LA FRONTERA

Otras obras de Don Winslow

El cártel
Los reyes de lo cool
La hora de los caballeros
Satori
Salvajes
Corrupción policial
El invierno de Frankie Machine
El poder del perro
La muerte y vida de Bobby Z
En lo más profundo de la meseta
Tras la pista del espejo de Buda
Un solo de aire fresco

LA FRONTERA

Don Winslow

HarperCollins *Español*

Publicado por HarperCollins Español, Estados Unidos de América.

Título en inglés: THE BORDER

Publicado por HarperCollins Publishers, 195 Broadway, New York, NY 10007.

Este libro es un trabajo de ficción. Las referencias a personas reales, eventos, establecimientos, organizaciones o locales están destinadas únicamente a proporcionar un sentido de autenticidad y se utilizan de manera ficticia. Todos los demás personajes, y todos los incidentes y diálogos, se extraen de la imaginación del autor y no deben interpretarse como reales.

Jefe de edición: *Edward Benítez*

Traducción de: *Victoria Horrillo*

Adaptación de traducción: *Martha López*

ISBN: 978-0-7180-9436-2

Impreso en Estados Unidos de América

19 20 21 22 23 LSCH/PC 10 9 8 7 6 5 4 3 2 1

A la memoria de

Alexander Mora Venancio, Abel García Hernández, Abelardo Vázquez Peniten, Adán Abraján de la Cruz, Antonio Santana Maestro, Benjamín Ascencio Bautista, Bernardo Flores Alcaraz, Carlos Iván Ramírez Villareal, Carlos Lorenzo Hernández Muñoz, César Manuel González Hernández, Christian Alfonso Rodríguez Telumbre, Christian Tomás Colón Garnica, Cutberto Ortiz Ramos, Dorian González Parral, Emiliano Alen Gaspar de la Cruz, Everardo Rodríguez Bello, Felipe Arnulfo Rosas, Giovanni Galindes Guerrero, Israel Caballero Sánchez, Israel Jacinto Lugardo, Jesús Jovany Rodríguez Tlatempa, Jhosivani Guerrero de la Cruz, Jonás Trujillo González, Jorge Álvarez Nava, Jorge Aníbal Cruz Mendoza, Jorge Antonio Tizapa Legideño, Jorge Luis González Parral, José Ángel Campos Cantor, José Ángel Navarrete González, José Eduardo Bartolo Tlatempa, José Luis Luna Torres, Julio César López Patolzin, Leonel Castro Abarca, Luis Ángel Abarca Carrillo, Luis Ángel Francisco Arzola, Magdaleno Rubén Lauro Villegas, Marcial Pablo Baranda, Marco Antonio Gómez Molina, Martín Getsemany Sánchez García, Mauricio Ortega Valerio, Miguel Ángel Hernández Martínez, Miguel Ángel Mendoza Zacarías, Saúl Bruno García, Daniel Solís Gallardo, Julio César Ramírez Nava, Julio César Mondragón Fontes y Aldo Gutiérrez Solano.

Y dedicado a
Javier Valdez Cárdenas
y a los periodistas de todas partes.

Son como quien levanta un muro inseguro y luego lo recubre con cal. Pues diles a esos que blanquean el muro, que el muro se vendrá abajo.

—Ezequiel, 13

Basta con tan poco, tan terriblemente poco, para que uno se encuentre del otro lado de la frontera, donde todo pierde su sentido: el amor, las convicciones, la fe, la historia.

—Milan Kundera,
El libro de la risa y el olvido.

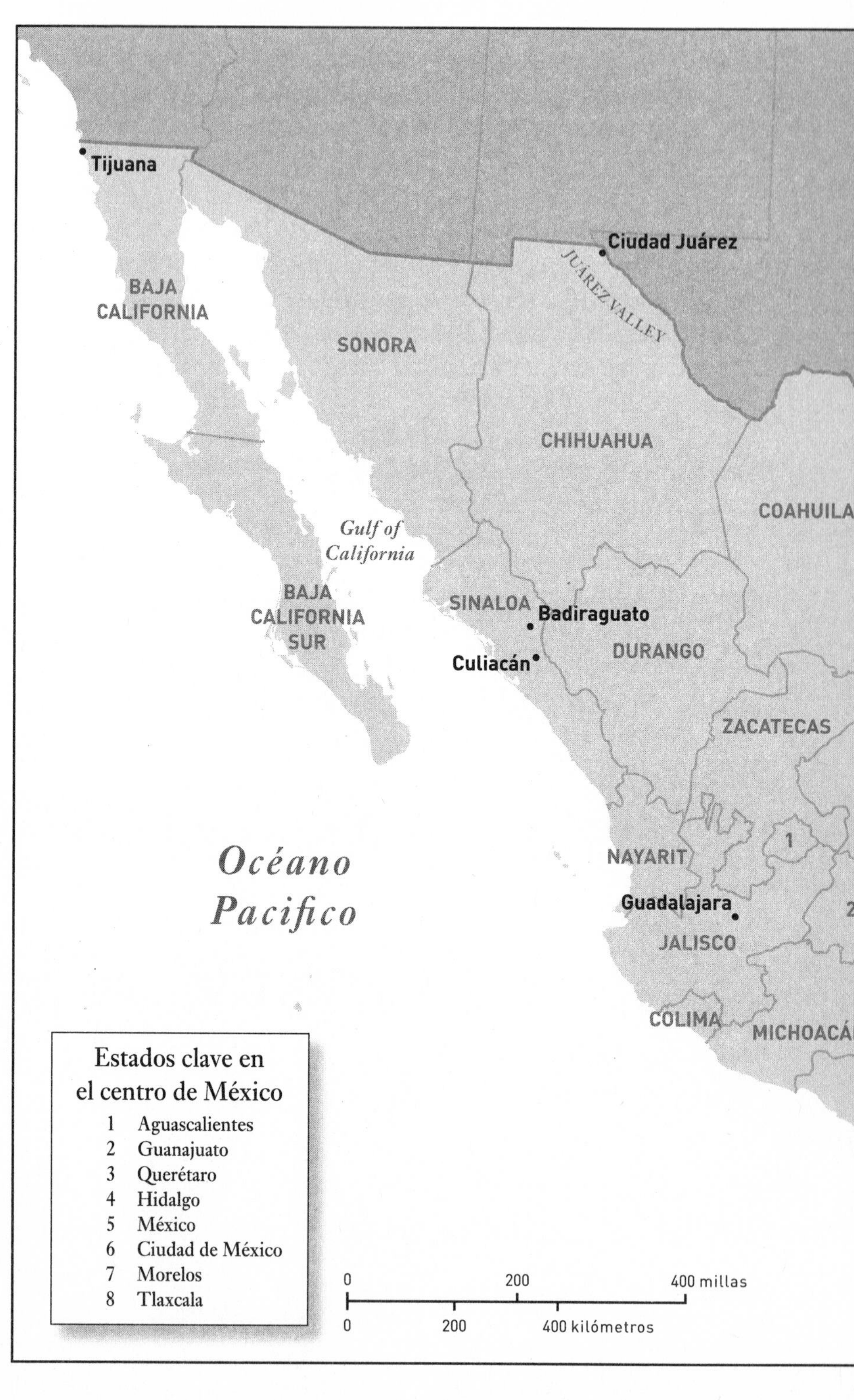

Tijuana
Ciudad Juárez
JUÁREZ VALLEY
BAJA CALIFORNIA
SONORA
CHIHUAHUA
COAHUILA
Gulf of California
BAJA CALIFORNIA SUR
SINALOA
Badiraguato
Culiacán
DURANGO
ZACATECAS
1
Océano Pacífico
NAYARIT
Guadalajara
2
JALISCO
COLIMA
MICHOACÁN
Estados clave en el centro de México
1 Aguascalientes
2 Guanajuato
3 Querétaro
4 Hidalgo
5 México
6 Ciudad de México
7 Morelos
8 Tlaxcala
0
200
400 millas
0
200
400 kilómetros

ESTADOS UNIDOS

Nuevo Laredo

UEVO
LEÓN

TAMAULIPAS

SAN
LUIS
POTOSÍ

3

4

México

5

6

8

7

PUEBLA

VERACRUZ

Tristeza

UERRERO

OAXACA

*Golfo de
México*

*Bay of
Campeche*

YUCATÁN

QUINTANA
ROO

CAMPECHE

TABASCO

BELIZE

CHIAPAS

GUATEMALA

Guatemala City

HONDURAS

*Gulf of
Tehuantepec*

EL SALVADOR

LA FRONTERA

Prólogo

Washington, D. C.
Abril de 2017

Keller ve al mismo tiempo al niño y el destello de la mira telescópica.

El niño, tomado de la mano de su madre, mira los nombres grabados en el muro de piedra negra y Keller se pregunta si busca un nombre en concreto —el de su abuelo, quizá, o el de un tío— o si su madre lo habrá traído al Monumento a los Veteranos de Vietnam como punto final de un largo paseo por el National Mall.

El Muro se encuentra en la hondonada del parque, oculto como un secreto bochornoso o una íntima vergüenza. Aquí y allá, los familiares han dejado flores, o tabaco, o incluso botellitas de alcohol. Lo de Vietnam ocurrió hace mucho tiempo, en otra vida, y Keller ha librado una larga guerra propia desde entonces.

En el muro de Vietnam no hay batallas inscritas. Ni Khe Sahns ni Quảng Tris ni Hamburger Hills. Quizá porque ganamos todas las batallas pero perdimos la guerra, se dice Keller. Tantos muertos para una guerra inútil. En visitas anteriores había visto hombres apoyarse contra la pared y sollozar como niños.

Ese sentimiento de pérdida, agobiante y desgarrador.

Hoy, hay unos cuarenta visitantes junto al Muro. Algunos podrían ser veteranos; otros, familiares; la mayoría, probablemente, turistas. Dos hombres maduros, ataviados con el uniforme y la gorra de la VFW, la asociación de veteranos de guerras extranjeras, ayudan a los visitantes a localizar el nombre de sus seres queridos.

Ahora Keller vuelve a estar en guerra: contra la DEA, contra el Senado, contra los cárteles mexicanos de la droga y hasta contra el presidente de Estados Unidos.

Y son lo mismo: una misma entidad.

Se han sobrepasado todas las fronteras en las que Keller antes creía.

Algunos quieren silenciarlo, enviarlo a la cárcel, acabar con él; unos pocos, sospecha, quieren simplemente matarlo.

Sabe que se ha convertido en una figura controvertida, que es la encarnación de una grieta que amenaza con ensancharse y partir el país en dos. Ha desencadenado un escándalo, una investigación que se extiende desde los campos de amapola de México a Wall Street y la propia Casa Blanca.

Es un cálido día de primavera, un poco ventoso, y la brisa suspende en el aire las flores de los cerezos. Percibiendo su emoción, Marisol lo toma de la mano.

Keller ve al niño y un instante después, a la derecha, en dirección al Monumento a Washington, un inesperado destello de luz. Se abalanza sobre la madre y el niño y los tira al suelo.

Luego se vuelve para proteger a Mari.

La bala lo hace girar como un trompo.

Le rasguña el cráneo y le deja el cuello al revés.

La sangre se le mete en los ojos y, al alargar el brazo para jalar a Marisol, la vista se le tiñe literalmente de rojo.

El bastón de ella cae con estrépito sobre la acera.

Keller cubre el cuerpo de Marisol con el suyo.

Otras balas se incrustan en el Muro, por encima de él.

Oye gritos y voces de alarma. Alguien aúlla:

—¡Están disparando!

Keller levanta los ojos intentando descubrir de dónde vienen los disparos y ve que proceden del sureste, más a menos a las diez: de detrás de un pequeño edificio que —recuerda— es un baño público. Se lleva la mano a la cadera buscando la Sig Sauer y entonces se acuerda de que va desarmado.

El tirador pasa a disparo automático.

Las balas rocían la pared de piedra por encima de él, levantando lascas entre los nombres. La gente yace en el suelo o se agazapa contra el muro. Cerca de los extremos, más bajos, unos pocos avanzan a gatas y echan a correr hacia Constitution Avenue. Otros se quedan en pie, anonadados.

Keller grita:

—¡Al suelo! ¡Están disparando! ¡Al suelo!

Pero se da cuenta de que no va a servir de nada: el monumento se ha convertido en una trampa mortal. El Muro describe una ancha «V» y solo hay dos salidas, siguiendo un estrecho sendero. Una pareja de mediana edad corre hacia la salida este, hacia el francotirador, y cae abatida de inmediato, como comparsas de un horrendo videojuego.

—Mari —dice Keller—, tenemos que movernos. ¿Entiendes?

—Sí.

—Prepárate.

Espera hasta que los disparos cesan un momento mientras el tirador cambia el cargador y entonces se levanta, agarra a Mari y se la echa al hombro. Cargado con ella, avanza siguiendo la pared hacia la salida oeste, donde el muro desciende paulatinamente hasta llegarle a la cintura, y entonces levanta a Mari, pasa al otro lado y la deposita detrás de un árbol.

—¡Agáchate! —grita—. ¡Quédate aquí!

—¿A dónde vas?

El tiroteo comienza de nuevo.

Keller salta otra vez el Muro y empieza a llevar a la gente hacia la salida suroeste. Apoya una mano en la nuca de una mujer, le empuja la cabeza hacia abajo y la hace avanzar, gritando:

—¡Por aquí! ¡Por aquí!

Y entonces oyó el nítido siseo de una bala y el áspero chasquido del impacto. La mujer se tambalea y cae de rodillas, agarrándose el brazo mientras la sangre le mana entre los dedos.

Keller intenta levantarla.

Un proyectil silba al pasar rozándole la cara.

Un joven corre hacia él y extiende los brazos hacia la mujer.

—¡Soy enfermero!

Keller la deja en sus manos, da media vuelta y sigue empujando a gente delante de él, alejándola del tiroteo. Vuelve a ver al niño, tomado aún de la mano de su madre, los ojos dilatados por el miedo. La madre lo empuja intentando protegerlo con su cuerpo.

Keller le pasa un brazo por el hombro y la obliga a agacharse y a seguir avanzando.

—Ya los tengo —dice—. Ya los tengo. No se paren.

La conduce a lugar seguro, hasta el final de la pared, y desanda el camino.

Otra pausa en los disparos cuando el tirador vuelve a cambiar de cargador.

Dios mío, piensa Keller, ¿cuántos tendrá?

Uno más, como mínimo, porque los disparos se reanudan de nuevo.

La gente se tambalea y cae.

Las sirenas chillan y aúllan, los rotores de los helicópteros zumban rítmicamente como un bajo.

Keller agarra a un hombre para jalarlo, pero una bala se incrusta en su espalda y el hombre se desploma a sus pies.

La mayoría de los visitantes ha logrado llegar a la salida oeste, otros yacen tendidos sobre la acera y otros, los que eligieron el camino equivocado, descansan inermes sobre la hierba.

Una botella de agua que alguien ha dejado caer se vacía a borbotones sobre la acera.

Un teléfono celular con la pantalla agrietada suena en el suelo junto a un *souvenir:* un busto de Lincoln, pequeño y barato, con la cara salpicada de sangre.

Keller mira hacia el este y ve que un agente de policía, pistola en mano, corre hacia el edificio de los baños y cae con el pecho acribillado.

Se echa al suelo, se acerca a rastras al policía y le palpa el cuello buscándole el pulso. Está muerto. Varias balas impactan en el cadáver y Keller se aplasta contra la tierra detrás de él. Levanta la vista y cree ver al tirador agachado detrás del edificio de los baños, cambiando de cargador.

Art Keller se ha pasado casi la vida entera librando una guerra al otro lado de la frontera, y ahora está en casa.

Se ha traído la guerra con él.

Toma la pistola del policía muerto, una Glock de 9 milímetros, y avanza entre los árboles hacia el tirador.

LIBRO PRIMERO

Monumento funerario

Solo los muertos han visto el fin de la guerra.

—Platón

1
Monstruos y fantasmas

Los monstruos existen, y los fantasmas también. Habitan dentro de nosotros, y a veces ganan.

—Stephen King

1 de noviembre de 2012

Art Keller sale como un refugiado de la selva guatemalteca.

Ha dejado atrás una matanza. En el pueblecito de Dos Erres, los cadáveres yacían amontonados, algunos de ellos medio abrasados entre los rescoldos todavía humeantes de la hoguera a la que fueron arrojados. Otros, en la explanada del pueblo, donde cayeron abatidos por las balas.

La mayoría de los muertos son narcos, pistoleros de cárteles rivales que vinieron aquí presuntamente a hacer las paces. Negociaron un tratado y, en el transcurso del desenfrenado festejo para celebrar su reconciliación, los Zetas sacaron armas de fuego, cuchillos y machetes y se dispusieron a masacrar a los de Sinaloa.

Keller les cayó literalmente encima: el helicóptero en el que iba recibió un impacto de misil y aterrizó aparatosamente en medio del fuego cruzado. Distaba mucho, sin embargo, de ser inocente. Había acordado con Adán Barrera, el jefe del cártel de Sinaloa, presentarse allí con un equipo de mercenarios y acabar con los Zetas.

Barrera les había tendido una trampa a sus enemigos.

El problema era que sus enemigos se le habían adelantado.

No obstante, los dos objetivos principales de la misión de Keller, los cabecillas de los Zetas, han muerto: uno decapitado; el otro, convertido en una antorcha llameante. Luego, como habían acordado en su tregua inestable y perversa, Keller se había adentrado en la selva para buscar a Barrera y sacarlo de allí.

Tenía la impresión de haberse pasado la vida entera siguiendo el rastro de Adán Barrera.

Tras veintidós años de esfuerzos, por fin había conseguido meterlo en una prisión estadounidense, solo para ver cómo lo trasladaban a una cárcel mexicana de máxima seguridad de la que «se fugó» al poco tiempo para volverse más poderoso que nunca: el padrino del cártel de Sinaloa.

De modo que Keller regresó a México para perseguirlo de nuevo, hasta que finalmente, pasados ocho años, se convirtió en su aliado: se unió a él para eliminar a los Zetas.

El mal menor.

Y así lo hicieron.

Pero Barrera había desaparecido.

Por eso ahora Keller camina.

Consigue entrar a México tras darle al guardia fronterizo un puñado de pesos y recorre a pie los dieciséis kilómetros que lo separan del pueblo de Campeche desde el que se montó la operación.

Más que caminar, va dando tumbos.

Se ha disipado la adrenalina del tiroteo que comenzó antes del amanecer, y ahora siente el sol y el calor asfixiante del bosque tropical. Le duelen las piernas, le escuecen los ojos y lleva aún, incrustado en las fosas nasales, el hedor a fuego, a humo y a muerte.

El olor a carne quemada no se va nunca.

Orduña lo espera en la pequeña pista de aterrizaje abierta a golpe de machete en la selva. El comandante de la FES está sentado dentro de la cabina de un helicóptero Black Hawk. Keller y el almirante Orduña se han convertido en íntimos colaboradores durante su guerra común contra los Zetas, una relación que podría resumirse en una sola frase: «lo que necesites, cuando quieras». Keller le proporcionaba información reservada procedente de los servicios de inteligencia estadounidenses y había acompañado a menudo a los equipos tácticos de Orduña en operaciones especiales dentro de territorio mexicano.

Esta misión, sin embargo, era distinta: la oportunidad de descabezar a los Zetas de un solo golpe surgió en Guatemala, territorio vedado para la Infantería de Marina de México. Orduña, no obstante, proporcionó al equipo de Keller una base de operaciones y apoyo logístico, lo trasladó por aire a Campeche y ahora espera para ver si su amigo sigue con vida.

Sonríe de oreja a oreja al verlo salir del lindero del bosque y, metiendo la mano en una hielera, le ofrece una Modelo bien fría.

—¿Y el resto del equipo?— pregunta Keller.

—Los evacuamos —contesta Orduña—. Ya deberían estar en El Paso.

—¿Bajas?

—Un muerto. Cuatro heridos. De ti no estaba seguro. Si no volvías al anochecer, *a la mierda todo**, íbamos a ir a buscarte.

—Estaba buscando a Barrera —dice Keller mientras se bebe la cerveza.

—¿Y?

---

* Las palabras en *cursivas* aparecen en español en el original. (N. de la t.)

—No lo encontré.

—¿Y Ochoa?

Orduña odia al líder de los Zetas casi tanto como Keller odia a Adán Barrera. La guerra contra las drogas tiende a volverse muy personal. En el caso de Orduña, pasó a ese terreno cuando uno de sus agentes murió en una redada contra los Zetas, y los Zetas mataron por añadidura a la madre, la tía, la hermana y el hermano del joven la noche de su entierro. A la mañana siguiente, Orduña formó la compañía de «los Matazetas», cuyo objetivo era ese: matar Zetas. Y eso hacían cada vez que tenían ocasión. Si tomaban prisioneros era únicamente para conseguir información. Luego los ejecutaban.

Keller odiaba a los Zetas por motivos distintos.

Distintos, pero suficientes.

—Ochoa está muerto —responde.

—¿Seguro?

—Lo vi con mis propios ojos. —Había visto a Eddie Ruiz verter una lata de petróleo sobre el cuerpo todavía con vida del jefe de los Zetas y acercarle un cerillo. Ochoa murió dando alaridos—. Y el Cuarenta también.

El Cuarenta era el lugarteniente de Ochoa. Un sádico, igual que su jefe.

—¿Viste su cadáver? —pregunta Orduña.

—Vi su cabeza —contesta Keller—. No estaba unida a su cuerpo. ¿Te conformas con eso?

—Me conformo —dice Orduña sonriendo.

En realidad, Keller no vio la cabeza del Cuarenta. Fue su cara, arrancada por alguien y cosida a un balón de futbol.

—¿Volvió Ruiz? —pregunta.

—Todavía no.

—Estaba vivo la última vez que lo vi.

Convirtiendo a Ochoa en una antorcha viviente, y luego parado en un viejo patio maya de piedra, contemplando cómo un chiquillo daba patadas a una estrafalaria pelota de futbol.

—Puede que se haya largado sin más —comenta Orduña.

—Puede.

—Deberíamos ponernos en contacto con tu gente. Han estado llamando cada quince minutos. —Orduña pulsa varios números en un teléfono celular y dice—: ¿Taylor? Adivina a quién tengo aquí.

Keller toma el teléfono y oye decir a Tim Taylor, el jefe del Distrito Suroeste de la DEA:

—Santo cielo, creímos que estabas muerto.

—Lamento decepcionarte.

• • •

Lo esperan en el Adobe Inn de Clint, Texas, en una carretera remota a escasos kilómetros al este de El Paso.

La habitación —una sala de estar amplia con cocina abierta— tiene el «equipamiento» típico de un motel de carretera: microondas, cafetera, minibar, sofá con mesa baja, dos sillas y un televisor. Un mal cuadro de un atardecer detrás de un cactus, y a la izquierda una puerta, ahora abierta, que da acceso al dormitorio y el cuarto de baño. Un buen sitio, muy discreto, para dar parte de la situación.

La televisión está puesta, muy baja, en CNN.

Sentado en el sofá, Tim Taylor mira la laptop colocada sobre la mesa de café. Junto a ella hay un teléfono satelital apoyado en vertical.

John Downey, el comandante militar de la redada, espera junto al microondas a que algo se caliente. Keller repara en que se ha quitado el traje de camuflaje, bañado y afeitado, y viste un polo de color morado, jeans y tenis.

Otro hombre, un agente de la CIA al que Keller conoce por el nombre de Rollins, mira la televisión sentado en una silla.

Downey levanta la vista cuando entra Keller.

—¿Dónde carajo te habías metido, Art? Hemos hecho rastreos por satélite, búsquedas con helicópteros…

Se suponía que tenía que sacar a Barrera sano y salvo. Ese era el trato.

—¿Cómo está su gente? —pregunta.

—Volaron —contesta Downey con un ademán semejante al aleteo de una perdiz asustada.

Keller sabe que dentro de doce horas los miembros del equipo táctico estarán dispersos por todo el país, o por medio mundo, quizá, provistos de coartadas que expliquen su ausencia.

—El único que no ha aparecido es Ruiz —añade Downey—. Confiaba en que estuviera contigo.

—Lo vi después del tiroteo —dice Keller—. Iba a pie.

—Entonces, ¿anda suelto? —pregunta Rollins.

—Por él no tiene que preocuparse— replica Keller.

—Es responsabilidad suya —añade el agente de la CIA.

—A la mierda Ruiz —dice Taylor—. ¿Qué pasó con Barrera?

—Dímelo tú —contesta Keller.

—No hemos sabido nada de él.

—Entonces imagino que no salió con vida —comenta Keller.

—Se negó usted a subir al helicóptero de extracción —dice Rollins.

—El helicóptero tenía que despegar —responde Keller—. Y yo aún tenía que encontrar a Barrera.

—Pero no lo encontró.

—Las operaciones tácticas no son como el servicio a la habitación —replica Keller—. No siempre te traen lo que pediste. Las cosas pueden torcerse.

Pueden torcerse desde el principio.

Habían descendido en medio de un tiroteo en el que los Zetas estaban masacrando a los de Sinaloa. Luego, un misil tierra-aire impactó en el helicóptero en el que viajaba Keller, matando a un hombre e hiriendo a otro. De modo que, en lugar de bajar usando las cuerdas, habían tenido que hacer un aterrizaje forzoso en pleno tiroteo y evacuar a todos los efectivos en el único helicóptero que quedaba operativo.

Hemos tenido suerte en salir de allí, piensa Keller. Y más suerte aún de completar la misión principal y ejecutar a los cabecillas de los Zetas. Si no hemos podido traer también a Barrera, qué se le va a hacer.

—Si no me equivoco, el objetivo primordial de la misión —dice Keller— era eliminar a la dirección de los Zetas. Si Barrera está entre las víctimas colaterales…

—¿Mejor que mejor? —pregunta Rollins.

Todos saben que Keller odia a Barrera.

Que el jefe del narco torturó y asesinó a su amigo y socio.

Que él nunca lo ha olvidado y que menos aún ha perdonado a Barrera.

—No seré yo quien derrame lágrimas de cocodrilo por Adán Barrera —responde.

Conoce la situación en México mejor que cualquiera de los presentes. Les guste o no, el cártel de Sinaloa es una pieza clave para la estabilidad de México. Si el cártel se deshace debido a la desaparición de Barrera, la precaria paz que reina en el país podría correr la misma suerte. Barrera también era consciente de ello, y esa postura de *después de mí, el diluvio* le había permitido pactar ventajosamente tanto con el gobierno de México como con el de Estados Unidos para quedar en libertad y atacar a sus enemigos.

El microondas pita y Downey saca la bandeja.

—Lasaña congelada. Un clásico.

—Ni siquiera sabemos si Barrera está muerto —comenta Keller—. ¿Encontraron el cuerpo?

—No —responde Taylor.

—La D-2 está allí en estos momentos —dice Rollins, refiriéndose al ala paramilitar del servicio de inteligencia guatemalteco—. No han encontrado a Barrera. Ni tampoco a ninguno de los objetivos principales.

—Puedo confirmar personalmente que ambos objetivos han sido eliminados —responde Keller—. Ochoa carbonizado, y el Cuarenta En fin, más vale no hablar del Cuarenta. Les aseguro que los dos son cosa del pasado.

—Pues esperemos que Barrera no lo sea —comenta Rollins—. Si el cártel de Sinaloa está inestable, México está inestable.

—La ley de las consecuencias imprevistas —dice Keller.

—Teníamos un acuerdo muy concreto con el gobierno mexicano para preservar la vida de Adán Barrera —añade Rollins—. Les garantizamos su seguridad. Esto no es Vietnam, Keller. Ni tampoco es Phoenix. Si descubrimos que violó usted ese acuerdo...

Keller se pone en pie.

—No harán ni una mierda. Porque era una operación ilegal y no autorizada que «no ha tenido lugar». ¿Qué van a hacer? ¿Procesarme? ¿Sentarme en el banquillo de los acusados? ¿Dejar que declare bajo juramento que pactamos con el mayor narcotraficante del mundo? ¿Que participé en una operación patrocinada por Estados Unidos para eliminar a sus rivales? Permítame darle un consejo que los que de verdad nos manchamos las manos seguimos a rajatabla: nunca saque un arma a no ser que esté dispuesto a apretar el gatillo. ¿Está dispuesto a hacerlo?

No hay respuesta.

—Ya me lo parecía —añade Keller—. Y que conste que quería matar a Barrera. Ojalá lo hubiera matado. Pero no lo hice —concluye antes de salir de la habitación.

Taylor lo sigue afuera.

—¿A dónde vas?

—No es asunto tuyo, Tim.

—¿A México? —insiste Taylor.

—Ya no trabajo para la DEA —responde Keller—. Ni para ti. No puedes decirme dónde puedo o no puedo ir.

—Te matarán, Art —le advierte Taylor—. Si no te matan los Zetas, te matarán los de Sinaloa.

Seguramente, piensa Keller. Pero, si no voy, me matarán de todos modos.

Va en coche a El Paso, al apartamento que tiene cerca del EPIC. Se quita la ropa sucia y sudada y se da una larga ducha caliente. Luego entra en el dormitorio y se acuesta, comprendiendo de pronto que hace casi dos días que no duerme y está agotado, exhausto.

Tan cansado que no puede dormir.

Se levanta, se pone una camisa blanca y unos jeans y saca la pequeña Sig 380 de la caja fuerte del armario de la habitación. Se engancha la funda al cinturón, se pone un impermeable azul marino y sale.

Camino de Sinaloa.

• • •

Keller llegó por primera vez a Culiacán en los años setenta, siendo un agente novato de la DEA, cuando la ciudad era el epicentro del tráfico de heroína en México.

Y ahora vuelve a serlo, piensa mientras cruza la terminal hacia la parada de taxis. El círculo se ha completado.

Adán Barrera era en aquel entonces un simple maleante que intentaba abrirse paso como mánager de boxeo.

Su tío, en cambio, era, además de policía, el segundo mayor cultivador de opio de Sinaloa, y aspiraba a ser el primero. Era la época en que quemábamos y fumigábamos los campos de amapola, piensa Keller, y expulsábamos a los campesinos de sus hogares. A Adán lo atraparon en una de esas redadas. Los *federales* iban a tirarlo de una avioneta, y entonces intervine yo y le salvé la vida.

El primero de muchos errores, se dice Keller.

El mundo habría salido ganando si yo hubiera dejado que convirtieran al pequeño Adán en Rocky la Ardilla Voladora, en lugar de dejarlo vivir para que llegara a ser el mayor narcotraficante del mundo.

Pero entonces éramos amigos.

Amigos y aliados.

Cuesta creerlo.

Y más aún aceptarlo.

Keller sube a un taxi y pide al conductor que le lleve al *centro*.

—¿Dónde exactamente? —pregunta el taxista mirándole por el retrovisor.

—Da igual —contesta Keller—. Así tendrás tiempo de llamar a tus jefes y contarles que un *yanqui* desconocido ha llegado a la ciudad.

Los taxistas de todas las ciudades mexicanas con fuerte presencia del narco son *halcones*, espías de los cárteles. Su labor consiste en vigilar los aeropuertos, las estaciones de tren y las calles y mantener informados a los poderes fácticos de quién entra y sale de su ciudad.

—Te ahorraré el esfuerzo —añade Keller—. Dile a quien vayas a llamar que tienes a Art Keller en tu taxi. Ellos te dirán dónde tienes que llevarme.

El conductor empuña el teléfono.

Tiene que hacer varias llamadas, y su voz se va crispando con cada una de ellas. Keller conoce el protocolo: el taxista llama al jefe de su célula local, que a su vez llama a su superior, y así sucesivamente hasta que el nombre de Art Keller llegue a la cúspide misma de la pirámide.

Keller mira por la ventanilla mientras el taxi se adentra en la ciudad por la carretera 280 y ve los altares funerarios erigidos en la cuneta en memoria de narcos caídos, casi todos ellos jóvenes muertos en las guerras del narcotráfico. Algunos altares solo son ramos de flores y botellas de cerveza amontonadas junto a cruces de madera baratas; otros son pancartas a todo color con fotografías del muerto extendidas entre dos postes, y otros, ornamentadas lápidas de mármol.

Tienen en su mayoría un año de antigüedad, como mínimo: ha habido menos muertos desde que el cártel sinaloense de Barrera ganó la guerra (con tu ayuda, piensa Keller) y estableció la llamada *Pax Sinaloa*, que trajo a México una paz relativa.

Pero pronto habrá más altares, se dice Keller, en cuanto llegue a la ciudad la noticia de la «Matanza de Dos Erres». Un centenar de *sicarios* sinaloenses acompañaron a Barrera a Guatemala. Pocos de ellos volverán, si es que vuelve alguno.

Y habrá más altares en los reductos de los Zetas en Chihuahua y Tamaulipas, al noreste del país, cuando sus soldados no regresen.

Keller sabe que los Zetas están en las últimas. El cártel paramilitar, compuesto por exefectivos de las fuerzas especiales, que antiguamente había amenazado con tomar el control del país, se encuentra ahora tullido y descabezado. Sus mejores hombres han muerto a manos de Orduña o yacen asesinados en Guatemala.

Ya no hay nadie que desafíe el poder de Sinaloa.

—Dicen que lo lleve a Rotarismo —le informa el taxista, nervioso.

Rotarismo es un barrio del extremo norte de la ciudad, al pie de los montes pelones y los campos de labor.

Un sitio muy a propósito para deshacerse de un cadáver.

—A un taller de hojalatería —añade el conductor.

Estupendo, piensa Keller.

Así tienen las herramientas más a mano.

Para desguazar un coche o un cadáver.

Es fácil descubrir dónde se está celebrando un cónclave de narcos de alto rango por el número de todoterrenos estacionados en la puerta. Y este tiene que ser de los gordos, se dice Keller cuando por fin se detienen, porque delante del garaje hay una docena de Suburban y Expedition con armas asomando por las ventanillas como púas de puercoespín.

Las armas apuntan al taxi y Keller piensa que el conductor va a orinarse encima.

—*Tranquilo* —le dice.

Un par de *sicarios* uniformados patrullan a pie frente al taller. Keller sabe que es una costumbre que han adoptado todos los cárteles: cada uno tiene su fuerza de seguridad armada, con su correspondiente uniforme distintivo.

Estos visten gorra de Armani y chaleco de Hermès.

Todo un poco presuntuoso, en opinión de Keller.

Un hombre sale del garaje y se dirige al taxi, abre la puerta de atrás y ordena a Keller que salga de una puta vez.

Keller lo conoce. Terry Blanco es un mando policial del estado de Sinaloa. Está a sueldo del cártel desde que entró en el cuerpo, y ya peina algunas canas.

—No sabes lo que está pasando por aquí.

—Por eso vine —responde Keller.

—¿Sabes algo?

—¿Quién está adentro?

—Núñez.

—Vamos.

—Keller, si entras ahí —le advierte Blanco—, puede que no vuelvas a salir.

—Esa es la historia de mi vida, Terry —replica Keller.

Cruzan el garaje dejando atrás los elevadores y las plataformas de trabajo hasta llegar a una gran zona diáfana, como una nave industrial con el suelo de cemento.

La misma escena que en el motel, reflexiona Keller.

Solo que con distintos personajes.

La acción, sin embargo, es la misma: gente que habla por teléfono o maneja computadoras intentando conseguir información sobre el paradero de Adán Barrera. El lugar está en penumbra: no hay ventanas y las paredes son gruesas, idóneas para un clima en el que te achicharras al sol o te congelas cuando sopla viento del norte. No conviene que la meteorología o las miradas curiosas penetren en este lugar y, si alguien muere aquí, si alguien se pone a gritar o a llorar o a suplicar, los gruesos muros absorben el sonido.

Keller sigue a Blanco hasta una puerta que hay al fondo.

La puerta da a un cuartito.

Blanco lo hace pasar y cierra cuando entran.

Detrás de una mesa, hablando por teléfono, hay un individuo al que Keller reconoce de inmediato. De aspecto distinguido, cabello entrecano y barba bien recortada, viste saco de pata de gallo y corbata tejida, y salta a la vista que le incomoda la atmósfera grasienta de la trastienda del taller.

Ricardo Núñez.

El Abogado.

Exfiscal estatal, Núñez había sido director de la prisión de Puente Grande, pero dimitió de su puesto en 2004, semanas antes de que se «fugara» Barrera. Keller lo interrogó entonces y Núñez declaró desconocer por completo los hechos, pero aun así fue inhabilitado y pasó a ser la mano derecha de Barrera. Desde entonces, según se dice, ha ganado cientos de millones con el tráfico de cocaína.

Apaga el teléfono y mira a Blanco.

—¿Nos permites un momento, Terry?

Blanco sale de la habitación.

—¿Qué estás haciendo aquí? —pregunta Núñez.

—Ahorrarte el esfuerzo de tener que localizarme —responde Keller—. Por lo visto estás al corriente de lo de Guatemala.

—Adán me contó lo del acuerdo —dice Núñez—. ¿Qué pasó?

Keller repite lo que les contó a los chicos en Texas.

—Se suponía que tenías que sacar de allí al *Señor* —le espeta Núñez—. Ese era el trato.

—Los Zetas se me adelantaron —contesta Keller—. No tuvo el debido cuidado.

—No sabes nada sobre el paradero de Adán —dice Núñez.

—Solo lo que acabo de decirte.

—La familia está muy preocupada —añade Núñez—. No sabemos absolutamente nada. No se han encontrado… sus restos.

Keller oye un alboroto afuera. Blanco le dice a alguien que no puede entrar y un instante después la puerta se abre de golpe y choca con la pared.

Entran tres hombres.

El primero es joven, de unos treinta años, poco más o menos. Viste una chamarra de cuero negro de Saint Laurent que debe de costar por lo menos tres de los grandes, jeans Rokker y tenis Air Jordan. Tiene el pelo negro y rizado, con uno de esos cortes de quinientos dólares, y una barbita de tres días muy a la moda.

Está nervioso.

Enojado, tenso.

—¿Dónde está mi padre? —le pregunta a Núñez con aspereza—. ¿Qué le pasó a mi padre?

—Todavía no lo sabemos.

—¡Con una chingada, cómo que no saben!

—Tranquilo, Iván —dice uno de sus acompañantes, otro joven vestido con ropas costosas, pero mal afeitado y con el cabello negro descuidado y revuelto bajo la gorra de beisbol. Parece un poco borracho o un poco drogado, o las dos cosas. Keller no lo conoce, pero el otro debe de ser Iván Esparza.

Antes el cártel de Sinaloa tenía tres ramas: la de Barrera, la de Diego Tapia y la de Ignacio Esparza. Barrera era el jefe, el primero entre iguales, pero Nacho Esparza era un socio respetado además de ser el suegro de Barrera, no por azar: había casado a su hija menor, Eva, con el jefe del cártel para sellar la alianza.

Así que, se dice Keller, este muchacho tiene que ser el hijo de Esparza y cuñado de Adán. Los informes de inteligencia afirman que Iván Esparza dirige ahora la plaza de Baja, una zona crucial porque incluye los pasos fronterizos de Tijuana y Tecate.

—¿Está muerto? —grita Iván—. ¿Murió mi padre?

—Sabemos que estaba en Guatemala con Adán— responde Núñez.

—¡Carajo! —Iván da un manotazo en la mesa delante de Núñez. Mira a su alrededor buscando a alguien contra quien descargar su ira y ve a Keller—. ¿Quién putas eres tú?

Keller no responde.

—Te hice una pregunta.

—Y yo te oí.

—*Pinche gringo*, te voy a... —Se abalanza hacia Keller pero el tercer hombre se interpone entre ellos.

Keller lo conoce por las fotos de los servicios de inteligencia. Tito Ascensión era el jefe de seguridad de Nacho Esparza, un hombre al que hasta los Zetas temían, y con razón: los había matado a docenas. Como recompensa, le dieron su propia organización en Jalisco. Su corpulencia, su cabeza grande y agachada, su talante de perro guardián y su tendencia a la brutalidad le habían granjeado el apodo: el Mastín.

Agarra a Iván por los antebrazos para sujetarlo.

Núñez mira al otro joven.

—¿Dónde estabas, Ric? Te llamé a todas partes.

Ric se encoge de hombros.

Como diciendo, *¿Qué más da dónde estuviera yo?*

Núñez frunce el ceño.

De tal padre, tal hijo, piensa Keller.

—Pregunté quién es este —dice Iván zafándose de las garras de Ascensión. Pero no vuelve a lanzarse contra Keller.

—Adán había llegado a ciertos... acuerdos —explica Núñez—. Este hombre estuvo en Guatemala.

—¿Viste a mi padre? —pregunta Iván.

Vi algo que se parecía a tu viejo, contesta Keller para sus adentros. Lo que quedaba de su parte inferior estaba entre las brasas de una hoguera.

—Creo que será mejor que te vayas haciendo a la idea de que tu padre no va a volver.

Ascensión pone la cara de un perro que acaba de comprender que ha perdido a su adorado amo.

Una expresión de perplejidad.

De tristeza.

Y de rabia.

—¿Cómo lo sabes? —le pregunta Iván a Keller.

Ric lo abraza.

—Lo siento, *mano*.

—Alguien va a pagar por esto —afirma Iván.

—Tengo a Elena en el teléfono —dice Núñez, y pone el altavoz—. Elena, ¿sabes algo más?

Tiene que ser Elena Sánchez, se dice Keller, la hermana de Adán, retirada del negocio familiar desde que cedió Baja California a los Esparza.

—Nada, Ricardo. ¿Y tú?

—Nos confirmaron que Ignacio falleció.

—¿Ya se lo dijo alguien a Eva? ¿Fue alguien a verla?

—Todavía no —responde Núñez—. Estábamos esperando a saber algo concreto.

—Alguien tendría que hablar con ella —insiste Elena—. Perdió a su padre, y puede que a su marido. Los pobres niños...

Eva tiene dos hijos gemelos con Adán.

—Iré yo —dice Iván—. La llevaré a casa de mi madre.

—Ella también estará deshecha de dolor —responde Núñez.

—Voy a ir para allá —dice Elena.

—¿Quieres que vaya alguien a recogerte al aeropuerto? —pregunta Núñez.

—Todavía tenemos gente allí, Ricardo.

Se olvidaron de que estoy aquí, se dice Keller.

Curiosamente, es el joven que parece drogado —¿Ric?— el que repara en su presencia.

—Ehhh, ¿qué hacemos con este?

Más ruidos afuera.

Gritos.

Golpes y bofetadas.

Gruñidos de dolor, alaridos.

Han empezado los interrogatorios, piensa Keller. El cártel está deteniendo gente: sospechosos de pertenecer a los Zetas, posibles traidores, colaboradores guatemaltecos... Cualquiera de quien puedan conseguir información.

Por el medio que sea.

Keller oye un ruido de cadenas arrastradas por el suelo de cemento.

El siseo de un soplete de acetileno al encenderse.

Núñez lo mira y levanta las cejas.

—Vine a decirte que terminé con esto —dice Keller—. Para mí se acabó. Voy a quedarme en México, pero me largo, dejo esta vida. No volverán a saber de mí, y espero no volver a saber de ustedes.

—¿Tú vas a largarte como si nada, y mi padre no? —pregunta Iván. Saca una Glock 9 de la chamarra y le apunta a la cara—. Ni madres.

Es un error de jovenzuelo, acercar demasiado la pistola al hombre al que quieres matar.

Keller se echa un poco hacia atrás al mismo tiempo que lanza la mano, agarra el cañón de la pistola, gira y se la arranca de la mano. Luego lo golpea tres veces en la cara con ella y oye cómo se rompe el hueso del pómulo antes de que Iván caiga al suelo, a sus pies, hecho un guiñapo.

Ascensión hace un intento por reaccionar, pero Keller ha agarrado a Ric Núñez del cuello y le apunta a la cabeza con la pistola.

—No.

El Mastín se queda quieto.

—¿Qué carajo te hice yo? —pregunta Ric.

—Voy a decirles lo que vamos a hacer —dice Keller—. Voy a salir de aquí. Voy a vivir mi vida y ustedes van a vivir la suya. Si alguien viene por mí, los mataré a todos. ¿Entendido?

—Entendido —contesta Núñez.

Usando a Ric como escudo, Keller sale marcha atrás de la habitación.

Ve hombres encadenados a las paredes, charcos de sangre, huele a orina y sudor. Nadie se mueve, todos lo miran mientras sale a la calle.

No puede hacer nada por ellos.

Absolutamente nada.

Veinte rifles le apuntan, y nadie va a arriesgarse a dispararle al hijo del jefe.

Keller estira el brazo, abre la puerta de atrás del taxi, empuja a Ric hacia el suelo.

Apunta al taxista a la nuca.

—*Ándale.*

Camino del aeropuerto, ve el primer altar dedicado a Adán en la cuneta de la autopista.

Una pancarta pintada con aerosol.

Adán vive.

Juárez es una ciudad de fantasmas.

Es lo que piensa Art Keller mientras conduce por sus calles.

Murieron más de diez mil juarenses cuando Adán Barrera conquistó la ciudad arrebatándosela al antiguo cártel local para apoderarse de un nuevo corredor de entrada a Estados Unidos. Cuatro puentes: el de la calle Stanton, el Puente Internacional Ysleta, el de Paso del Norte y el Puente de las Américas, el llamado «Puente de los Sueños».

Diez mil muertos para que Barrera consiguiera esos puentes.

Durante los cinco años que duró la guerra entre los cárteles de Sinaloa y Ciudad Juárez, más de trescientos mil juarenses huyeron de la ciudad, lo que dejó su población en un millón y medio de habitantes.

Un tercio de los cuales, según ha leído Keller, sufren de estrés postraumático.

Le sorprende que no sean más. En el momento álgido del conflicto, los vecinos de Juárez se acostumbraron a esquivar los cadáveres tirados en las aceras. Los cárteles llamaban por radio a los conductores de las ambulancias para decirles a qué heridos podían recoger y a cuáles debían dejar morir. Se atacaron hospitales, albergues para indigentes, clínicas de desintoxicación.

El centro de la ciudad quedó prácticamente desierto. Animado antaño por una famosa vida nocturna, la mitad de sus restaurantes y un tercio de sus bares cerraron sus puertas. Cerraron las tiendas. Y el alcalde, los regidores y la mayor parte de la policía municipal cruzaron aquellos mismos puentes para instalarse en El Paso.

Desde hacía un par de años, sin embargo, la ciudad había empezado a recuperarse. Estaban reabriendo los comercios, los refugiados volvían a sus hogares y la tasa de muertes violentas había disminuido: menos de ochocientos homicidios en 2012, y menos de quinientos al año siguiente.

Keller sabe que, si ha remitido la violencia, se debe a una sola razón.

A que Sinaloa ganó la guerra.

Y estableció la *Pax Sinaloa*.

Pues jódete, Adán, piensa mientras rodea la Plaza del Periodista, con su estatua de un joven vendedor de periódicos.

Al diablo con tus puentes.

Y con tu paz.

No hay vez que pase por la plaza y no vea los restos esparcidos de su amigo Pablo.

Pablo Mora era un periodista que desafió a los Zetas al empeñarse en escribir un blog denunciando los crímenes del narco. Lo secuestraron, lo torturaron hasta la muerte, descuartizaron su cadáver y colocaron sus restos en torno a la estatua del vendedor de periódicos.

Tantos periodistas asesinados, reflexiona Keller, al comprender los cárteles que no solo tenían que controlar la acción, sino también el discurso.

La mayoría de los medios de comunicación dejaron sencillamente de informar sobre el narco.

Por eso Pablo creó su blog suicida.

Y luego estaba Jimena Abarca, la panadera de un pueblecito del Valle de Juárez que se enfrentó a los narcos, a los *federales*, al ejército y al gobierno entero, que se puso en huelga de hambre y los obligó a liberar a presos inocentes, y a la que un matón de Barrera le pegó nueve tiros en el pecho y la cara en el estacionamiento de su restaurante favorito de Ciudad Juárez.

O Giorgio, el fotógrafo de prensa al que decapitaron por cometer el pecado de fotografiar a narcos muertos.

O Erika Valles, asesinada y descuartizada como un pollo. Una muchacha de diecinueve años tan valiente que era la única agente de policía de una pequeña localidad en la que los narcos habían matado a sus cuatro predecesores.

O Marisol, cómo no.

La doctora Marisol Cisneros, alcaldesa de Valverde, el pueblo de Jimena Abarca en el Valle de Juárez.

Asumió el cargo después del asesinato de los tres alcaldes anteriores. Siguió en él cuando los Zetas amenazaron con matarla, e incluso después de que la acribillaran en su coche causándole heridas graves en el abdomen, el pecho y las piernas; entre ellas, rotura del fémur y de dos costillas y fractura de una vértebra.

Tras varias semanas en el hospital y meses de recuperación, Marisol se reincorporó a su puesto y dio una rueda de prensa. Impecablemente vestida, peinada y maquillada, mostró sus cicatrices —y su bolsa de colostomía—, miró fijamente a la cámara y les dijo a los narcos: *Volveré al trabajo y no me van a detener.*

Keller no se explica de dónde saca tanto valor.

Por eso lo saca de quicio que los políticos estadounidenses pinten a todos los mexicanos con la brocha gorda de la corrupción. Piensa entonces en gente como Pablo Mora, Jimena Abarca, Erika Valles y Marisol Cisneros.

No todos los fantasmas son muertos: algunos son la sombra de lo que pudo haber sido.

Tú mismo eres un fantasma, se dice.

Una sombra de ti mismo, viva sólo a medias.

Volviste a México porque estás más a gusto con los muertos que con los vivos.

La autopista, la Carretera Federal 2, bordea la frontera al este de Ciudad Juárez. Desde la ventanilla del conductor, Keller divisa Texas a escasos kilómetros de distancia.

Lo mismo daría que estuviera al otro lado del mundo.

El gobierno federal mexicano mandó aquí al ejército para restablecer la paz, y el ejército exhibió la misma brutalidad que los cárteles. Hubo auténticas matanzas durante la ocupación militar. En esta carretera, cada pocos kilómetros solía haber controles militares que los vecinos de la zona temían por ser puntos de extorsión, chantaje y detenciones arbitrarias que a menudo terminaban en palizas, torturas e internamiento en un campo de prisioneros construido a toda prisa carretera adelante.

Si no morías en un tiroteo entre narcos, podían matarte los soldados.

O podías simplemente desaparecer.

Fue en esta misma carretera donde los Zetas atentaron contra Marisol. Dándola por muerta, la dejaron en la cuneta, desangrándose. Por eso, entre otras razones, se alió Keller con Barrera temporalmente: porque el Señor de los Cielos prometió mantenerla a salvo.

Keller mira por el retrovisor para cerciorarse, aunque sabe que no hace falta que lo sigan. Ya saben adónde va, y cuando llegue lo sabrán también. El cártel tiene *halcones* por todas partes. Policías, taxistas, muchachos en las esquinas, ancianas en las ventanas, oficinistas sentados detrás de sus mesas. Hoy en día todo mundo tiene un celular, y todo mundo está dispuesto a servirse de él para congraciarse con el cártel de Sinaloa.

Si quieren matarme, me matarán.

O por lo menos lo intentarán.

Entra en el pueblecito de Valverde: una veintena de manzanas formando un rectángulo sobre la llanura desértica. Las casas —al menos las que sobreviven— son de bloques de cemento, pero aún quedan algunas de adobe. Unas pocas, advierte Keller, han vuelto a pintarse de tonos de azul brillante, rojo y amarillo.

Los vestigios de la guerra, sin embargo, están aún presentes, se dice Keller mientras recorre la ancha calle central. La panadería Abarca, que antes era el centro social del pueblo, sigue siendo un amontonamiento de escombros ennegrecidos por el fuego; los agujeros de bala, como picaduras de viruela, tapizan aún las paredes, y algunas casas siguen cerradas y abandonadas. Miles de personas huyeron del Valle de Juárez durante el conflicto. Algunos por miedo; otros, obligados por las amenazas de Barrera. La gente se despertaba por la mañana y encontraba carteles con listas de nombres colgados en las calles, entre los postes del teléfono: vecinos a los que se ordenaba largarse ese día bajo amenaza de muerte.

Barrera despobló algunos municipios para reemplazar a sus vecinos por personas venidas de Sinaloa, fieles a su organización.

Colonizó el valle, literalmente.

Ahora, sin embargo, los controles militares han desaparecido.

El búnker hecho de costales de tierra que había en la calle mayor ya no está, y unas pocas personas mayores se sientan en el kiosco de la plaza a disfrutar del sol de la tarde, algo impensable solo un par de años atrás.

Keller se fija, además, en que la pequeña *tienda* ha vuelto a abrir, de modo que los vecinos tienen de nuevo un sitio donde comprar lo imprescindible.

Algunos han vuelto a Valverde. Muchos otros no. Pero el pueblo presenta leves indicios de recuperación. Keller pasa junto a la modesta clínica y para frente al ayuntamiento, un edificio cuadrangular de dos plantas, hecho con bloques de cemento, que alberga lo que queda del gobierno municipal.

Estaciona el coche y sube por la escalera exterior hasta el despacho de la alcaldesa.

Marisol está sentada detrás de su escritorio, con el bastón enganchado al brazo de la silla. Absorta en unos papeles, no repara en Keller.

Su belleza le para el corazón.

Lleva un sencillo vestido azul y el pelo recogido en un moño severo que realza sus pómulos altos y sus ojos oscuros.

Keller sabe que nunca dejará de quererla.

Marisol levanta los ojos y sonríe al verlo.

—Arturo…

Agarra su bastón y empieza a levantarse. Todavía le cuesta sentarse y levantarse de las sillas, y Keller advierte la leve mueca de dolor que hace al incorporarse. El corte de su vestido oculta la bolsa de colostomía, regalo del proyectil que seccionó su intestino delgado.

Fueron los Zetas los que le hicieron esto.

Keller fue a Guatemala a matar a los hombres que ordenaron el crimen, Ochoa y el Cuarenta, a pesar de que ella le suplicó que no buscara venganza. Ahora lo rodea con sus brazos y lo estrecha contra sí.

—Me daba miedo que no volvieras.

—Dijiste que no estabas segura de querer que volviera.

—Hice muy mal en decir eso. —Apoya la cabeza sobre su pecho—. Lo siento mucho.

—No hace falta que te disculpes.

Ella se queda callada unos segundos. Luego pregunta:

—¿Se acabó?

—Para mí, sí.

Keller la siente suspirar.

—¿Qué vas a hacer ahora?

—No lo sé.

Es la verdad. Lo cierto es que no esperaba volver vivo de Dos Erres, y ahora que ha vuelto no sabe qué hacer con su vida. Sabe que no va a volver a Tidewater, la empresa de seguridad que llevó a cabo la incursión en Guatemala, y también que no piensa volver a la DEA (de eso ni hablar). Pero en cuanto a qué va a hacer, no tiene ni idea.

Y sin embargo aquí está, en Valverde.

Atraído por ella.

Es consciente de que entre ellos no puede volver a haber lo que había antes. Comparten demasiado dolor, demasiados seres queridos muertos, y cada muerte es como una piedra en un muro tan alto que no hay forma de escalarlo.

—Esta tarde me toca trabajar en la clínica —dice Marisol.

Es la alcaldesa del pueblo y su único médico. En el Valle de Juárez viven treinta mil personas, y ella es la única doctora que trabaja a tiempo completo.

Por eso abrió una clínica gratuita en el pueblo.

—Te acompaño —dice Keller.

Marisol se cuelga el bastón de la muñeca y se agarra al barandal al bajar por la escalera exterior, y a Keller le asusta que pueda caerse. Baja tras ella, con la mano lista para agarrarla.

—Hago esto varias veces al día, Arturo —dice ella.

—Lo sé.

Pobre Arturo, piensa Marisol. Hay en él tanta tristeza…

Ella sabe cuál es el precio que ha pagado ya por su larga guerra: la muerte de su amigo y compañero, el alejamiento de su familia, las cosas que ha visto y hecho que le impiden conciliar el sueño o que, peor aún, lo atrapan en una pesadilla.

Ella también lo ha pagado muy caro.

Las heridas externas son evidentes. El dolor crónico que las acompaña no tanto, pero aun así se deja sentir con fuerza. Ha perdido su juventud y su belleza. A Arturo le gusta pensar que sigue siendo hermosa, pero seamos sinceros, piensa ella, soy una mujer que lleva bastón y una bolsa de mierda colgada a la espalda.

Y eso no es lo peor. Es lo suficientemente lúcida como para darse cuenta de que padece un caso agudo de síndrome del sobreviviente —¿por qué ella está viva cuando tantos otros han muerto?— y sabe que Arturo sufre del mismo mal.

—¿Cómo está Ana? —pregunta Keller.

—Estoy preocupada por ella —responde Marisol—. Está deprimida, bebe demasiado. Está en la clínica, ahora la verás.

—Estamos hechos polvo, ¿verdad? Todos nosotros.

—Pues sí —contesta ella.

Veteranos, todos nosotros, de una guerra inenarrable, piensa. A la que, como se dice ahora, no se ha dado «conclusión».

Ni victoria, ni derrota.

Ni reconciliación, ni tribunales que juzguen crímenes de guerra. Y menos aún desfiles, medallas, discursos o agradecimientos públicos.

Solo una lenta y empantanada disminución de la violencia.

Y un sentimiento de pérdida abrumador, un vacío que no consigue llenar por más que se mantenga ocupada en el despacho o la clínica.

Atraviesan la plaza del pueblo.

Los viejos del kiosco los miran pasar.

—La fábrica de chismorreos se pone en marcha —comenta Marisol—. A las cinco de esta tarde, estaré embarazada de ti. A las siete nos habremos casado. Y a las nueve me habrás dejado por una mujer más joven, *güera*, probablemente.

La gente de Valverde conoce bien a Keller. Vivió en el pueblo después del atentado contra Marisol, cuidándola hasta que se recuperó. Acudía a su iglesia, a sus festejos, a sus funerales. Aunque no sea del todo uno de ellos, tampoco es un desconocido, un *yanqui* más.

Lo quieren porque quieren a Marisol.

Keller intuye, antes de verlo, la presencia del coche que se acerca por la calle, a su espalda. Aproxima despacio la mano a la pistola por debajo del impermeable y la posa en la culata. El coche, un viejo Lincoln, pasa lentamente de largo. El conductor y el pasajero no se molestan en disimular su interés.

Keller saluda con una inclinación de cabeza.

El *halcón* le devuelve el saludo al pasar.

Sinaloa lo vigila.

Marisol no repara en ello.

—¿Lo mataste, Arturo? —pregunta.

—¿A quién?

—A Barrera.

—Hay un chiste muy viejo y muy malo sobre una mujer en su noche de bodas —contesta él—. Su marido le pregunta si es virgen y ella contesta: «¿Por qué todos me preguntan lo mismo?».

Marisol reconoce su respuesta por lo que es: una evasiva.

—¿Por qué todos te preguntamos lo mismo? —insiste. Se han prometido uno al otro no mentirse nunca, y Arturo es un hombre de palabra. Al no contestarle directamente, ella sospecha cuál es la verdad—. Dímelo. ¿Lo mataste?

—No —responde Keller—. No, Mari, no lo maté.

• • •

Cuando se presenta Eddie Ruiz, Keller lleva sólo un par de días viviendo en la antigua casa de Ana, en Juárez. Le hizo una oferta a la veterana periodista y ella la había aceptado: aquella casa le traía demasiados recuerdos.

Eddie el Loco había participado en la redada de Guatemala. Keller había visto al joven narco —un *pocho*, un chicano de El Paso— verter una lata de petróleo sobre el jefe herido de los Zetas, Heriberto Ochoa, y prenderle fuego.

Cuando llega a su casa en Ciudad Juárez, no va solo.

Lo acompaña Jesús Barajos, Chuy, un esquizofrénico de dieciocho años empujado a la psicosis por los horrores que ha soportado, presenciado e infligido a otros. Sicario del narco desde los once años, el adolescente no ha tenido ninguna oportunidad, y Keller lo vio en la selva guatemalteca pateando tranquilamente un balón de futbol al que había cosido la cara de un hombre al que había decapitado con sus propias manos.

—¿Por qué lo trajiste aquí? —pregunta Keller, viendo la mirada perdida de Chuy.

Había estado a punto de matar al chico en Guatemala. Una ejecución sumaria por asesinar a Erika Valles.

¿Y Ruiz lo trae aquí? ¿A verme a mí?

—No sabía qué hacer con él —responde Eddie.

—Entrégalo.

—Lo van a matar —dice Eddie.

Chuy pasa a su lado, se acurruca en el sofá y se queda dormido. Bajito y enclenque, tiene la mirada feroz de un coyote hambriento.

—Además, no puedo llevarlo adonde voy.

—¿Qué vas a hacer? —pregunta Keller.

—Cruzar el río y entregarme —responde Eddie—. Cuatro años y estoy fuera.

Era el trato que le había conseguido Keller.

—¿Y tú? —dice Eddie.

—No tengo ningún plan —contesta Keller—. Vivir, nada más, supongo.

Aunque no sepa cómo.

Su guerra ha terminado y él no sabe cómo vivir.

Ni qué hacer con Chuy Barajos.

Marisol veta su idea de entregarlo a las autoridades mexicanas.

—No sobreviviría.

—Mari, mató a…

—Sé lo que hizo —responde ella—. Está enfermo, Arturo. Necesita ayuda. ¿Y qué ayuda le dará el sistema?

Ninguna, Keller lo sabe, aunque no está seguro de que le importe. Quiere que su guerra se acabe, no llevarla consigo a rastras como la bola de un preso, encarnada en la persona de un muchacho semicatatónico que asesinó a personas a las que apreciaba.

—Yo no soy como tú. No puedo perdonar como perdonas tú.

—Tu guerra no acabará hasta que lo hagas.

—Entonces supongo que no acabará.

Pero no entrega a Chuy.

Mari encuentra a un psiquiatra dispuesto a tratar gratis al chico y le consigue por medio de su clínica la medicación que necesita, pero su pronóstico es «reservado». Como máximo puede aspirar a llevar una existencia marginal, una sombra de vida, con sus peores recuerdos atenuados, si bien no borrados del todo.

Keller no acierta a explicarse por qué se hizo cargo del chico.

Tal vez sea su penitencia.

El chico deambula por la casa como otro espectro de la vida de Keller. Duerme en el cuarto de invitados, juega con el Xbox que Keller compró en un Walmart de El Paso y engulle cualquier cosa que Keller prepare, normalmente salida de una lata con la etiqueta de Hormel. Keller vigila su coctel de medicamentos y procura que se los tome a su hora.

Lo lleva a sus citas con el psiquiatra y se queda sentado en la sala de espera, hojeando ediciones en español de *National Geographic* y *Newsweek*. Luego vuelven a casa en autobús y Chuy se arrellana delante del televisor mientras él hace la cena. Casi nunca hablan. A veces, Keller oye los gritos procedentes del cuarto de Chuy y entra y lo despierta de su pesadilla. Aunque en ocasiones siente la tentación de dejarlo sufrir, nunca lo hace.

Algunas noches agarra una cerveza y se sienta afuera, en los escalones del pequeño patio trasero de Ana, y rememora las fiestas que hacían allí: la música, la poesía, las apasionadas discusiones políticas, las carcajadas. Fue aquí donde conoció a Ana, a Pablo y Giorgio, y al Búho, el decano del periodismo mexicano que editaba el periódico en el que trabajaban Ana y Pablo.

Otras noches, cuando Marisol viene a la ciudad a visitar a algún paciente ingresado en el hospital, salen a cenar o van a El Paso a ver una película. O, a veces, él va en coche hasta Valverde, se reúne con ella al cerrar la clínica y dan un apacible paseo por el pueblo al atardecer.

Nunca pasan de ahí, y él siempre vuelve a casa a dormir.

La vida adopta una cadencia onírica, irreal.

Por la ciudad circulan rumores acerca de la muerte o no muerte de Barrera, pero Keller no les presta atención. De cuando en cuando, un coche pasa despacio por delante de la casa, y una o dos veces un policía llamado

Víctor Ábrego, a sueldo de Sinaloa, viene a preguntarle si ha tenido alguna noticia, si sabe algo nuevo.

No, Keller no sabe nada.

Por lo demás, cumplen su promesa de dejarlo en paz.

Hasta que dejan de hacerlo.

Eddie Ruiz vacía la cisterna del escusado de acero atornillado a la pared de cemento. Luego mete un tubo de papel higiénico en el desagüe y sopla por él, empujando el agua hacia el interior de la cañería. Hecho esto, retira la colchoneta de espuma del soporte de cemento que le sirve de cama, la dobla encima del retrete y presiona sobre ella como si le hiciera un masaje cardiaco. Aparta la colchoneta, apila tres tubos de papel higiénico dentro del escusado, acerca la boca al de más arriba y grita:

—*¡Señor!*

Espera unos segundos y luego escucha:

—¡Eddie! *¿Qué pasa, mijo?*

Eddie no es hijo de Rafael Caro, pero se alegra de que el viejo narcotraficante lo llame así, de que incluso pueda pensar en él como en un hijo.

Caro lleva preso en la cárcel de Florence prácticamente desde su inauguración, allá por el 94. Fue uno de los primeros reclusos de la prisión de supermáxima seguridad. A Eddie lo alucina que esté allí metido, solo, desde 1994, en una caja de concreto de dos metros quince por tres setenta (cama de cemento, mesa de cemento, taburete de cemento, escritorio de cemento) y no haya perdido la cordura.

Cuando murió Kurt Cobain, Caro estaba en su celda. Cuando Clinton se fumó el puro, Caro estaba en su celda. Cuando a un montón de chiflados con turbante les dio por estrellar aviones contra edificios, cuando invadimos un puto país por error, cuando un negro fue elegido presidente, Caro seguía metido en su celda de dos metros quince por tres setenta.

Veinticuatro horas al día, siete días por semana.

Carajo, piensa Eddie, yo tenía catorce años, estaba en primero de secundaria jalándomela con la *Penthouse* cuando lo encerraron, y el tipo sigue aquí, y está cuerdo. El difunto Rudolfo Sánchez solo cumplió dieciocho meses y acabó hecho un pingajo. Y yo llevo año y pico aquí y estoy a punto de volverme loco. Seguro que ya se me habrían ido las cabras si no fuera porque hablo con Caro por el «waterfono».

Caro sigue siguiendo un lince. A Eddie no le extraña que llegara a ser uno de los grandes capos del narcotráfico. El único error que cometió —aunque fue un error fatal— fue apostar por el caballo equivocado en una carrera en la que solo había dos contendientes: el Güero Méndez y Adán Barrera.

Tenía todas las de perder, se dice Eddie.

Y corrió la misma suerte que muchos de los enemigos de Adán: fue extraditado a Estados Unidos, donde querían dejarlo seco por haber participado en la tortura y asesinato de un agente de la DEA llamado Ernie Hidalgo. Como no pudieron probarlo, le endosaron la condena máxima por tráfico de estupefacientes —de veinticinco años a cadena perpetua— en vez de cadena perpetua sin posibilidad de libertad condicional.

Los federales estaban tan encabronados que lo mandaron a Florence, donde metían a tarados como el Unabomber, Timothy McVeigh antes de liquidarlo, y a terroristas de toda ralea. Osiel Contreras, el antiguo jefe del cártel del Golfo, está aquí, junto con otro par de capos del narcotráfico.

Y yo, piensa Eddie.

El jodido Eddie Ruiz, el primero y único estadounidense en liderar un cártel mexicano, valga eso para lo que valga.

Aunque Eddie sabe perfectamente lo que vale.

Cuatro años de prisión.

Lo que es un problema, porque hay personas, algunas de ellas habitantes de esta institución, que se preguntan por qué le cayeron solo cuatro años.

A un tipo de su calibre.

Eddie el Loco.

El antiguo Narco Polo, apodado así por el tipo de camisas que solía llevar. El que se enfrentó a los Zetas hasta pararles los pies en Nuevo Laredo, que acaudilló a los sicarios de Diego Tapia, primero contra los Zetas y luego contra Barrera. Que sobrevivió cuando los marinos ejecutaron a Diego y que luego montó su propio negocio, una astilla de la antigua organización de Tapia.

Algunas de esas personas se preguntan por qué volvió a Estados Unidos, donde ya se le buscaba por tráfico de drogas, por qué se entregó y por qué le cayeron solo cuatro años de reclusión en una cárcel federal.

La respuesta obvia era que Eddie era un delator, que había vendido a sus amigos a cambio de una reducción de condena. Eddie lo negaba tajantemente delante de otros reclusos.

—Nómbrenme a un solo cabrón que haya caído desde me encerraron a mí. A uno solo.

Sabía que no podían responder, porque no había ninguno.

—Además, si hubiera querido hacer un trato —añadía Eddie—, ¿creen que habría dejado que me metieran en Florence? ¿La peor cárcel del país?

Para eso tampoco tenían respuesta.

—¿Y una multa de siete millones de dólares? —insistía él—. ¿Qué chingadera de trato es ese?

Claro que el factor decisivo era su amistad con Caro, porque todo mundo sabía que Rafael Caro —un tipo que había aguantado una condena de veinticinco años sin chistar—, jamás se dignaría mirar a un *soplón*, y mucho menos le brindaría su amistad.

De modo que, si Eddie estaba en buenos términos con Rafael Caro, lo estaba con todo mundo.

Ahora grita a través de la cañería:

—Por aquí todo bien, *señor*. ¿Y usted?

—Estoy bien, gracias. ¿Qué hay de nuevo?

¿Qué hay de nuevo?, piensa Eddie.

Nada.

En este sitio nunca hay nada nuevo: todos los días son iguales. Te despiertan a las seis y te pasan una cosa que ellos llaman comida por la ranura de la puerta. Después del «desayuno», Eddie limpia su celda. Religiosamente, con toda meticulosidad. El objetivo del aislamiento es convertirte en un animal, y Eddie no va a facilitárselos viviendo en una pocilga. Así que mantiene su celda, su ropa y su persona limpias y en perfecto estado de revista. Después de limpiar cada superficie de la celda, lava la ropa en el lavabo metálico, la escurre y la cuelga para que se seque.

Mantener en orden su ropa no resulta difícil.

Solo tiene dos camisas reglamentarias de color naranja, dos pantalones, dos pares de calcetines blancos, dos calzoncillos blancos y unas sandalias de plástico.

Después de lavar, entrena.

Cien flexiones.

Cien sentadillas.

Eddie todavía es joven, solo tiene treinta y tres años, y no piensa permitir que la prisión lo convierta en un viejo. Cuando salga, a los treinta y cinco, piensa estar en plena forma, guapo y con la mente todavía lúcida.

Muchos de los tipos que viven en este sitio no volverán a ver el mundo.

Morirán en este agujero.

Después de hacer ejercicio, suele darse una ducha en el minúsculo cubículo del rincón de su celda, y luego se pone a ver un rato la tele, un pequeño televisor en blanco y negro que ganó gracias a que es un «preso ejemplar», lo que en este bloque viene a significar no pasarse el día gritando, o pintando las paredes con tu propia mierda, o intentando mear a los guardias por la ranura de la puerta.

La televisión es de circuito cerrado y está muy controlada; solo emite programas educativos y religiosos, pero algunas de las mujeres que salen están pasablemente buenas, y así al menos Eddie puede oír voces humanas.

A eso del mediodía, meten algo que ellos llaman almuerzo por la ranura. En algún momento de la tarde, o de la noche, o cuando les sale de los huevos, los guardias vienen a llevárselo para sacarlo una hora al patio. Nunca se sabe cuándo van a venir, porque no quieren que haya hora fija, no vaya a ser que Eddie organice una fuga aérea o algo así.

Pero cuando por fin deciden presentarse, Eddie pega la espalda a la puerta y mete las manos por la ranura para que le pongan las esposas. Abren la puerta y él se arrodilla como si fuera a hacer la primera comunión mientras le ponen los grilletes en los tobillos y le pasan la cadena por las esposas.

Después lo llevan al patio de ejercicio.

Lo que es un privilegio.

Los dos primeros meses que pasó aquí, no le permitían salir. Lo llevaban a una sala sin ventanas que parecía una alberca vacía. Ahora, en cambio, puede tomar un poco el aire en una jaula de tres y medio metros por seis, con paredes de concreto armado, rematada por una gruesa alambrada con postes rojos. Hay barras para hacer dominadas y una canasta, y si te has portado bien y los guardias están de buen humor, puede que hasta lleven a un par de presos más y te dejen charlar un rato.

A Caro no lo sacan al patio.

Mató a un poli, no le dan ni madres.

Normalmente, sin embargo, Eddie está solo en el patio. Hace dominadas, tira unas cuantas veces a la canasta y juega solo con una pelota de futbol americano. Cuando estaba en la preparatoria en Texas, era un defensa de primera, y era fantástico, porque le permitía ligar con las más buenas del equipo de animadoras. Ahora lanza la pelota, corre tras ella, la atrapa y nadie lo anima.

Antes le encantaba estampar el balón en el pecho de sus rivales. Que les diera la tos. Lanzárselas con todas sus fuerzas y acertarles en el punto exacto para que se quedaran sin aire y soltaran la pelota. Arrancarles de cuajo el corazón.

El futbol en la prepa.

Las noches de los viernes.

De eso hace una eternidad.

Cinco días al mes, Eddie no va al patio de ejercicio, sino a un pasillo donde puede hablar por teléfono durante una hora.

Suele llamar a su mujer.

Primero a una y luego a la otra.

Es un fastidio, porque nunca se ha divorciado oficialmente de Teresa, con la que se casó en Estados Unidos, así que técnicamente no está casado con Priscilla, con la que se casó en México. Tiene una hija y un hijo con Priscilla

—de tres años y año y medio, respectivamente—, y una hija de trece y un hijo de diez con Teresa.

Ambas familias no están, digamos, al corriente de su mutua existencia, así que Eddie tiene que andar con mucho ojo para acordarse de con quién está hablando en cada momento, y ha llegado a escribirse el nombre de sus hijos en la mano para no cagarla y preguntar por quien no debe, lo que sería un poco violento.

Y lo mismo con las visitas mensuales.

Tiene que alternarlas e inventarse alguna excusa para explicarle a Teresa o a Priscilla por qué no pueden ir a verlo ese mes. Suele ser la misma en los dos casos.

—Nena, tengo que usar la visita para ver a mi abogado.

—¿Quieres a tu abogado más que a tu mujer y tus hijos?

—Tengo que ver a mi abogado para poder volver a casa con mi mujer y mis hijos.

Sí, bueno, a qué casa y con qué familia también es una cuestión peliaguda, pero tiene dos años por delante para decidirlo. Está pensando en hacerse mormón, como ese tipo de *Big Love*. Así Teresa y Priscilla podrían ser «esposas hermanas».

Pero entonces tendría que vivir en Utah.

A veces sí emplea el tiempo de la visita mensual en hablar con su abogado. Minimum Ben Tompkins viene desde San Diego, sobre todo ahora que su exmejor cliente ha desaparecido del mapa.

Eddie estaba allí, en Guatemala, cuando estiró la pata el Señor.

Pero de eso no le ha dicho nada a nadie. Se suponía que ni siquiera tenía que estar allí, en Guatemala, y por eso está en deuda con el cabrón de Keller, por llevarlo allí y dejarlo liquidar a Ochoa.

A veces Eddie utiliza ese recuerdo para pasar el rato: cómo vertió una lata de petróleo sobre el jefe de los Zetas y cómo le lanzó un cerillo. Dicen que la venganza es un plato que se saborea mejor cuando está frío, pero a él lo puso muy bien, y eso que estaba bien calientito. Ver a Ochoa convertido en la Bruja Malvada del Oeste, dando aullidos igual que ella...

La revancha por un amigo de Eddie al que Ochoa quemó vivo.

Por eso Eddie no abre la boca: porque está en deuda con Keller.

Pero carajo, piensa, deberían haberme dado una medalla por chingarme a Ochoa, en vez de meterme en Florence.

Y a Keller también.

Somos dos putos héroes, él y yo.

Dos *rangers* de Texas.

Barrera es pasto para las hormigas y Tompkins necesita ganarse la vida, por eso no le importa venir a que Eddie le dé recados sobre lo que tiene que hacer con el dinero guardado en cuentas de paraísos fiscales de todo el mundo.

Una multa de siete millones, chinga a tu madre, Tío Sam, piensa Eddie. Para mí eso no es nada, morralla que se me cae de los bolsillos cuando me siento en el sofá.

Eddie es dueño de locales nocturnos en Acapulco, dos restaurantes, una concesionaria de coches y un montón de mierdas más que se le han olvidado. Además del dinero que tiene bronceándose en distintas islas. Lo único que tiene que hacer es cumplir su condena y salir de allí. Luego tiene la vida solucionada.

Pero de momento está en Florence y Caro quiere saber qué hay de nuevo.

Eddie piensa: Caro no quiere saber qué novedades hay en Florence, sino fuera, en el mundo; qué oye Eddie cuando está en la jaula de ejercicio o de pie sobre la cama, hablando con sus vecinos por los conductos de ventilación.

Ahora Caro pregunta:

—¿Qué sabes de Sinaloa?

Eddie no entiende por qué se interesa en esos rollos. Todo ese mundo lo olvidó hace mucho tiempo, así que ¿por qué sigue pensando en eso? Claro que ¿en qué va a pensar, si no? Seguro le sienta bien darle vueltas al tema como si todavía estuviera en activo.

Igual que esos viejos de El Paso que rondaban por el campo de futbol, contando batallitas de cuando jugaban ellos y que luego se ponían a discutir sobre a qué jugador debía poner de *quarterback* el nuevo entrenador, o si debía cambiar la formación en «I» por una más abierta, esa clase de cosas.

Pero Eddie respeta a Caro y se alegra de poder matar el tiempo con él.

—He oído que están aumentando mucho la producción de *chiva* —dice. Sabe que a Caro no va a gustarle la noticia.

El viejo *gomero* estaba allí en los años setenta, cuando los gringos fumigaron y envenenaron los campos de amapola, obligando a los cultivadores a dispersarse. Estaba presente en la famosa reunión de Guadalajara en la que Miguel Ángel Barrera, el famoso M-1, les dijo a los *gomeros* que abandonaran la heroína y se dedicaran a la coca. Estaba allí cuando el M-1 formó la Federación.

Eddie y Caro hablan de tonterías un minuto o dos más, pero comunicarse por las cañerías es una pesadez. Por eso a los narcos les da pánico que los extraditen a una cárcel de supermáxima seguridad estadounidense: porque, desde un punto de vista práctico, no hay forma de seguir llevando el negocio desde allí dentro, como sí pueden hacerlo desde una prisión mexicana.

Aquí tienen las horas de visita muy limitadas —si es que tienen horas de visita—, y además se vigilan y se graban las conversaciones, igual que las llamadas telefónicas. Así que hasta el capo más poderoso solo puede recibir noticias a cachos y dar órdenes muy imprecisas. Pasado un tiempo, todo se desmorona.

Caro lleva mucho tiempo fuera de juego.

Si esto fuera el *draft* de la NFL, piensa Eddie, Caro sería *Mr. Irrelevant*: el último cabrón.

Eddie se sienta a la mesa, enfrente de Minimum Ben.

Admira el estilo del abogado: saco de lino de color tostado, camisa azul y corbata de moño a cuadros, un toque bonito. Pelo abundante y blanco como la nieve, bigote retorcido y barba.

Tompkins sería el coronel Sanders si se dedicara a los pollos en vez de a la droga.

—La Junta de Prisiones va a trasladarte —le informa—. Es un procedimiento rutinario. Tienes un buen historial aquí, así que te mereces una «rebaja».

Dentro de las cárceles federales estadounidenses hay una jerarquía. La más severas son las de supermáxima seguridad como Florence. Luego vienen las penitenciarías, donde los reclusos, aunque amurallados, no están en régimen de aislamiento, sino agrupados en bloques de celdas. Después están las correccionales, edificios-residencia rodeados de alambradas y, por último, los campos de seguridad mínima.

—A una penitenciaría —continúa Tompkins—. Teniendo en cuenta los delitos que te imputan, no te harán otra rebaja hasta que esté próxima tu puesta en libertad. Luego puede que hasta te trasladen a una residencia de régimen abierto. Por Dios, Eddie, creí que te alegrarías.

—Sí, me alegro, pero…

—¿Pero qué? —pregunta el abogado—. Estás en régimen de aislamiento, Eddie, encerrado veinticuatro horas al día. No ves a nadie.

—De eso se trata, precisamente. ¿Es que tengo que explicártelo?

Sí, claro, está en aislamiento y estar en aislamiento es una fregadera, pero lo está sobrellevando bastante bien, se ha acostumbrado. Y en su celda está a salvo, allí nadie puede hacerle nada. Si lo meten en un bloque de celdas en alguna parte, puede que al soplón le lluevan palos. Eddie no quiere decirlo en voz alta, porque nunca se sabe qué guardia puede estar a sueldo de quién.

—Me prometieron protección.

Tompkins baja la voz.

—Y vas a tenerla. Cumple tu condena y entrarás en el programa.

Para cumplir mi condena primero tengo que sobrevivir, piensa Eddie. Si me trasladan, mis papeles se vienen conmigo. Aquí pueden guardar en secreto mi expediente, pero ¿en una penitenciaría? Esos guardias venderían a su madre por una dona de chocolate.

—¿Dónde van a mandarme?

—Dicen que a Victorville.

A Eddie se le ponen los pelos de punta.

—¿Sabes quién controla *Victimville*? La Eme. La mafia mexicana. Es como si me trasladaran a Culiacán.

La Eme hace negocios con todos los cárteles menos con los Zetas, piensa, pero con quien mejor se entiende es con Sinaloa. En cuanto echen un vistazo a mi expediente, me sacarán los ojos.

—Conseguiremos que te alojen en una unidad protegida —dice Tompkins.

Eddie se inclina sobre la mesa.

—Escúchame, si me meten ahí, será como como si anunciaran a los cuatro vientos que soy un dedo. ¿Crees que no van a llegar hasta mí? ¿Sabes lo fácil que es? Solo hace falta que un guardia deje una puerta sin cerrar. Prefiero cortarme aquí las venas antes que dejar que me metan en una unidad protegida.

—¿Qué es lo que quieres, Eddie?

—Quedarme donde estoy.

—Eso no puede ser —dice Tompkins.

—¿Qué pasa? ¿Es que necesitan la celda?

—Algo así —contesta Tompkins—. Ya conoces a la Junta. Cuando empieza el papeleo…

—A ellos les da igual si me muero.

Eso era una estupidez y él lo sabía. Claro que les daba igual. Todos los días mueren presos en las cárceles y los administradores se limitan a tacharlos de la lista; cuantos menos haya, mejor. Y lo mismo opina el público en general. Ya eres una puta escoria, así que, si alguien te quita de en medio, tanto mejor.

—Haré lo que pueda —dice Tompkins.

Eddie está seguro de que el abogado no puede hacer absolutamente nada. Si lo trasladan con sus papeles a V-Ville, es hombre muerto.

—Tienes que llamar a una persona de mi parte —dice.

Keller contesta al teléfono y es Ben Tompkins.

—¿Qué quiere? —pregunta, malhumorado.

—Ahora represento a Eddie Ruiz.

—¿Por qué será que no me sorprende?

—Eddie quiere hablar con usted —dice el abogado—. Dice que tiene información valiosa.

—Yo estoy fuera del juego —responde Keller—. Me da igual la información que tenga.

—No tiene información valiosa para usted —dice Tompkins—. Sino sobre usted.

Keller vuela a Denver y luego va en coche hasta Florence.

Eddie toma el teléfono para hablar a través del cristal.

—Tienes que ayudarme.

Le cuenta a Keller que están a punto de trasladarlo a Victorville.

—¿Qué tiene eso que ver conmigo? —pregunta Keller.

—¿Eso es todo? ¿Arréglatelas solo?

—Todos estamos solos, ¿no? —dice Keller—. En todo caso, yo ya no tengo ninguna influencia.

—Eso son pendejadas.

—Es la verdad.

—Me estás arrinconando —dice Eddie—. Me estás empujando a hacer algo que a ninguno de los dos nos conviene.

—¿Me estás amenazando, Eddie?

—Te estoy pidiendo ayuda —replica Eddie—. Y si no me la das, tendré que usar mis mañas. Ya sabes a lo que me refiero.

Guatemala.

La redada que nunca tuvo lugar.

En la que Keller se quedó de brazos cruzados mientras Eddie convertía a Heriberto Ochoa en una antorcha humana.

Y luego se adentró en la selva para buscar a Barrera.

Y solo salió él.

—Ahora que lo dices —contesta Keller—, puede que me quede influencia suficiente para que te trasladen al Ala Z, Eddie.

El Ala Z.

Básicamente, el sótano de la cárcel de Florence.

El Ala Z es donde te meten cuando la cagas. Te desnudan, te ponen grilletes en las manos y los pies, te arrojan a una celda y allí te dejan.

Un agujero negro.

—¿Crees que podrás soportar dos años en el Ala Z? —pregunta Keller—. Saldrás balbuceando como un idiota, contando toda clase de historias absurdas. Nadie creerá una palabra de lo que digas.

—Entonces mantenme donde estoy.

—No lo has pensado bien —dice Keller—. Si te quedas en Florence, esa gente que tanto te preocupa empezará a preguntarse por qué sigues aquí.

—Pues piensa en otra cosa —insiste Eddie—. No voy a ser el único que salga jodido de esto. Para que me entiendas: la próxima vez que haga una llamada no será a ti, será *sobre* ti.

—Veré qué puedo hacer —dice Keller.

—Y tienes que hacer otra cosa por mí —añade Eddie.

—¿Qué?

—Quiero una Big Mac. Con papas grandes y una Coca Cola.

—¿Nada más? —pregunta Keller—. Pensé que querrías coger.

Eddie se queda pensando un momento y luego dice:

—No, prefiero la hamburguesa.

Eddie oye un golpe en el escusado y comprende que Caro quiere hablar con él. Pasa por todo el embrollo de vaciar el desagüe y luego acerca el oído al tubo de papel.

—Oí que te trasladan —dice Caro.

Tardaron poco, piensa Eddie. Y Caro está más enterado de lo que yo pensaba.

—Sí, así es.

—A Victorville.

—Sí.

Ya no le da tanto miedo el traslado, desde que recibió una llamada de Keller diciéndole que su expediente estaba impoluto. Cualquiera que le eche un vistazo podrá leer entre líneas y llegar a la conclusión de que le cayeron solo cuatro años porque su abogado era mucho más hábil que el fiscal que llevó el caso.

—No te preocupes —dice Caro—. Tenemos amigos allí. Ellos te cuidarán.

—Gracias.

—La Mariposa —dice Caro.

Otro nombre de la Eme.

—Voy a echar de menos nuestras pláticas —dice Caro.

—Yo también.

—Eres un buen muchacho, Eddie. Muestras respeto. —Caro se queda callado unos segundos. Luego dice—: *Mijo*, quiero que hagas una cosa por mí en V-Ville.

—Usted dirá, *señor*.

Eddie no quiere hacerlo, sea lo que sea.

Solo quiere cumplir su condena y largarse.

Salir de la cárcel, dejar el negocio.

Juguetea con la idea de producir una película sobre su vida, lo que llaman *biopic*. Sería un bombazo si consiguieran que la protagonizara DiCaprio o alguien así.

Pero no puede decirle que no a Rafael Caro. Si lo hace, la Eme le dará una bienvenida poco cordial a V-Ville. Puede que lo piquen en el acto, o puede que simplemente lo hagan a un lado. En todo caso, no sobrevivirá sin la protección de una banda.

—Sabía que esa sería tu respuesta —dice Caro, y luego baja tanto la voz que Eddie apenas lo oye decir—: Búscanos un *mayate*.

Un negro.

—De Nueva York. Al que vayan a soltar pronto. Mételo en el bolsillo —añade Caro—. ¿Entiendes?

Dios mío, piensa Eddie. Caro sigue en activo.

Hace cuentas: Caro ha cumplido veinte años de su sentencia de veinticinco. Dado que se trata de una condena federal, pueden hacer que la cumplas hasta el último día o pueden reducirla al ochenta y cinco por ciento, puede que incluso más.

O sea, que a Caro le queda poco tiempo, está ya con un pie en la puerta.

Y quiere volver al negocio.

—Entiendo, señor —responde Eddie—. Quiere usted contar con un negro que vaya a salir pronto. Pero ¿por qué?

—Porque Adán Barrera tenía razón —dice Caro.

La heroína era nuestro pasado.

Y nuestro pasado es nuestro futuro.

Eso no hace falta que se lo diga a Eddie.

Keller le manda un aviso a Ben McCullough.

—Llámame por una línea segura.

La primera vez que vio a McCullough fue en una habitación de hotel de Georgetown, un par de semanas antes de la incursión en Guatemala. No se dijeron sus respectivos nombres y Keller, que nunca ha sido un animal político, no reconoció al senador por Texas. Solo sabía que aquel individuo representaba a ciertos intereses petroleros dispuestos a sufragar una operación para eliminar a los cabecillas de los Zetas, porque la «Compañía Z» se estaba apoderando de valiosos yacimientos de petróleo y gas en el norte de México.

La Casa Blanca acababa de rechazar oficialmente la operación, pero envió a McCullough a autorizarla por debajo. El senador organizó la financiación sirviéndose de sus contactos en el mundo del petróleo y ayudó a montar un equipo de mercenarios por medio de una empresa privada con sede en Virginia. Keller, que ya había renunciado a la DEA, se unió a Tidewater Security en calidad de consultor.

Ahora McCullough le devuelve la llamada.

—¿Qué pasa?

Keller le cuenta lo de la amenaza de Eddie.

—¿Tienes influencia en la Junta de Prisiones? ¿Puedes hacer que limpien el 501 de Ruiz?

—¿Te importaría hablarme en cristiano?

—Necesito que contactes con alguien de la Junta de Prisiones y que eliminen del expediente de Ruiz cualquier referencia al trato que hizo —dice Keller.

—¿Ahora vamos a dejar que los narcotraficantes nos chantajeen? —responde McCullough.

—Pues sí —dice Keller—. A no ser que quieras responder un montón de preguntas sobre lo que ocurrió en Guatemala.

—Me encargaré de que así se haga.

—A mí me gusta tan poco como a ti.

Maldito Barrera, piensa Keller al colgar.

Adán vive.

Elena Sánchez Barrera se resiste a admitir, aunque sea para sus adentros, que su hermano está muerto.

La familia ha mantenido la esperanza durante el largo silencio, que primero duró días, luego semanas, y que ahora ya dura meses, mientras trataban de averiguar qué sucedió en Dos Erres.

Pero de momento no han sabido nada nuevo. Al parecer, las autoridades tampoco han difundido entre sus filas lo que sabían. Es como si la mitad de las fuerzas policiales creyeran que el rumor de la muerte de Adán es una cortina de humo levantada para ayudarlo a evitar su detención.

Ojalá, piensa Elena. La policía federal es, para efectos prácticos, casi una filial del cártel de Sinaloa. El gobierno nos favorece porque les pagamos bien, porque mantenemos el orden y no somos unos salvajes. Así pues, la idea de que Adán escenificara su propia muerte para evitar un arresto es absurda, por más que se haya extendido como la pólvora.

Si no ha sido la policía quien la ha difundido, ha sido la prensa.

Elena había oído otras veces la expresión «circo mediático», pero no cobró verdadera conciencia de lo que significaba hasta que empezaron a difundirse esos rumores sobre la muerte de Adán. Entonces se encontró asediada. Los periodistas hasta tuvieron la desfachatez de plantarse frente a su casa, en Tijuana. No podía salir sin que la acribillaran a preguntas acerca de Adán.

—¿Cuántas veces tengo que decirles que no sé nada? —les respondía—. Lo único que puedo decirles es que quiero a mi hermano y rezo por que esté bien.

—Entonces, ¿puede confirmarnos su desaparición?

—Quiero a mi hermano y rezo por que esté bien.

—¿Es cierto que su hermano era el mayor narcotraficante del mundo?

—Mi hermano es empresario. Lo quiero y rezo por que esté bien.

Con cada nuevo rumor, se desencadenaba un nuevo ataque. Hemos oído que Adán está en Costa Rica. ¿Es cierto que se esconde en Estados Unidos? Adán ha sido visto en Brasil, Colombia, Paraguay, París…

—Lo único que puedo decirles es que quiero a mi hermano y rezo por que esté bien.

La manada de hienas se habría comido viva a Evita, la habrían hecho pedazos. De haber podido encontrarla. Y no es que no lo hayan intentado. Los periodistas inundaron Culiacán, Badiraguato. En California, un reportero emprendedor incluso dio con el apartamento que Eva tiene en La Jolla. Al no poder localizarla, acosaron a Elena.

—¿Dónde está Eva? ¿Dónde están los niños? Hay rumores de que los han secuestrado. ¿Están vivos?

—La señora Barrera se ha recluido en casa —contestaba Elena—. Les pedimos que respeten su intimidad en este momento tan difícil.

—Ustedes son personajes públicos.

—No —respondía ella—. Somos empresarios del sector privado.

Era cierto. Ella se retiró de la *pista secreta* ocho años atrás, cuando acordó cederle la plaza de Baja a Adán para que pudiera entregárselas a los Esparza. Lo hizo de buena gana: estaba cansada de matanzas, de la muerte que era parte intrínseca del negocio, y se alegraba de poder vivir de sus muchas inversiones.

Eva, por su parte, sabe del negocio de las drogas tanto como de física de partículas. Es una mujer bella, bondadosa y estúpida. Pero fértil. Ha cumplido su propósito. Le ha dado a Adán hijos y herederos: los gemelos Miguel y Raúl. ¿Qué será de ellos?, se pregunta Elena.

Eva es una joven mexicana, una muchacha de Sinaloa. Habiendo muerto, al parecer, su padre y su marido, seguramente se cree obligada a obedecer a su hermano mayor, y Elena quisiera saber qué le ha dicho Iván.

Sé lo que le diría yo, piensa. Eres ciudadana estadounidense, y los niños también. Tienes dinero de sobra para vivir como una reina el resto de tu vida. Agarra a tus hijos y vuelve a California. Críalos lejos de este negocio, antes de que atrape a otra generación. Tomará algún tiempo, pero al final el circo mediático se irá con la música a otra parte.

Con un poco de suerte.

La rocambolesca alquimia social de esta época marcada por la vulgaridad ha convertido a Adán en la más valiosa de sus mercancías: una celebridad. Su imagen —viejas fotografías policiales e instantáneas tomadas por casualidad en actos públicos— llena las pantallas de televisión, los monitores de computadora, las primeras planas de los periódicos. Los pormenores de su fuga de la cárcel en 2004 se recitan con un deleite cargado de admiración. Los «expertos» de las tertulias televisivas inflan lo de su poder, su riqueza, su influencia. Se entrevista a «testigos» mexicanos para que den fe de su filantropía: los sanatorios que ha construido, las escuelas, los parques infantiles... («Para ustedes es un traficante de drogas. Para nosotros es un héroe».)

La cultura del famoseo, reflexiona Elena.

Un oxímoron.

Aunque se pudiera controlar a la prensa tradicional, intentar domesticar a las redes sociales es como tratar de retener mercurio entre los dedos. Internet, Twitter, Facebook, rebosan de «noticias» acerca de Adán Barrera: cada rumor, cada chismorreo, cada insinuación, cada fragmento de desinformación se vuelve viral. Protegidos por la pantalla del anonimato digital, personas de dentro de la organización que saben que no deben hablar, filtran los pocos datos que se tienen, agregando al espeso engrudo de las falsedades unas pizcas de verdad.

Y el rumor más pernicioso de todos...

Que Adán está vivo.

El de Guatemala no era Adán, era un doble suyo. El Señor de los Cielos ha vuelto a engañar a sus enemigos.

Adán está en coma, oculto en un hospital de Dubái.

Vi a Adán en Durango.

En Los Mochis, en Costa Rica, en Mazatlán.

Lo vi en sueños. Se me apareció en espíritu y me dijo que todo va a salir bien.

Como Jesucristo, piensa Elena. La resurrección siempre es posible cuando no hay cadáver. Y al igual que Jesucristo, ahora Adán tiene discípulos.

Elena pasa de la sala a la enorme cocina. Ha pensado en vender la casa y comprarse otra más pequeña ahora que sus hijos ya son mayores y viven por su cuenta. Las sirvientas, atareadas preparando el desayuno, miran para otro lado y redoblan su actividad mientras tratan de esquivar su mirada. El servicio siempre es el primero en enterarse de todo, se dice Elena. De algún modo siempre se enteran antes que nosotros de cada muerte, de cada nacimiento, de cada compromiso apresurado y cada lío secreto.

Elena se sirve una infusión y sale a la terraza. Su casa está en los cerros que dominan la ciudad, y al contemplar desde esa altura el gran tazón de humo contaminado que es Tijuana, piensa en toda la sangre que ha vertido su familia —activa y pasivamente— para controlar este lugar.

Fue obra de su hermano Adán y su hermano Raúl, muerto hace mucho tiempo; ellos se apoderaron de la plaza de Baja y la convirtieron en el centro de un imperio nacional que se alzó, cayó y volvió a alzarse, y que ahora...

Ahora está en manos de Iván Esparza.

Igual que la corona de Adán, dentro de poco.

Siendo los dos hijos de Adán tan pequeños, Iván es el siguiente en la línea sucesoria. No bien llegó la noticia de lo ocurrido en Guatemala, declaró muertos a su padre y a Adán y anunció que tomaba el mando.

Elena y Núñez se encargaron de pararle los pies.

—Es prematuro —dijo Núñez—. Todavía no tenemos la certeza de que estén muertos, y de todos modos no creo que te convenga ocupar la jefatura.

—¿Por qué no? —preguntó Iván ásperamente.

—Es demasiado peligroso —argumentó Núñez—. Demasiado riesgo. Faltando tu padre y Adán, no sabemos quién se mantendrá leal.

—Puede resultar útil que haya cierta ambigüedad respecto a su muerte —añadió Elena—. La duda sobre si está vivo o no, mantendrá lejos a los lobos por un tiempo. Pero si anuncias que el rey ha muerto, todos, empezando por los duques, los barones y los caballeros y acabando por los campesinos, verán un resquicio en el cártel de Sinaloa y querrán aprovecharlo para apoderarse del trono.

Iván accedió a esperar, a regañadientes.

Es un niño mimado, el típico narco de tercera generación, casi un estereotipo, se dice Elena. Impulsivo y proclive a la violencia. Adán no le tenía simpatía ni confiaba en él, y le preocupaba que tomara el poder cuando Nacho se retirara o muriera.

A mí también me preocupa, piensa Elena.

Pero la única alternativa son sus propios hijos.

Los verdaderos sobrinos de Adán, por cuyas venas fluye la sangre de los Barrera. El mayor, su hijo Rudolfo, ya ha cumplido, tanto literal como metafóricamente. Entró en el negocio familiar siendo muy joven, traficó cocaína de Tijuana a California y durante unos años le fue muy bien: compró varias discotecas y patrocinó a grupos de éxito y a campeones de boxeo. Se casó con una mujer muy guapa y tuvo tres hijos preciosos.

Nadie amaba más la vida que Rudolfo.

Luego le vendió 250 gramos de coca a un agente encubierto de la DEA en un motel de San Diego.

Doscientos cincuenta gramos, piensa Elena. Qué estupidez, qué insignificancia. Habían introducido toneladas de cocaína en Estados Unidos, y el pobre Rudolfo cayó por un cuarto de kilo. Un juez de Estados Unidos lo condenó a pasar seis años en una prisión federal.

Una prisión de «supermáxima» seguridad.

En Florence, Colorado.

Solo porque se apellidaba Barrera, se dice Elena.

La familia —o, mejor dicho, Adán— tuvo que poner en juego todos sus recursos —dinero, poder, influencia, abogados, chantajes y extorsión— para poder sacarlo al cabo de solo un año y medio.

Sólo un año y medio, reflexiona Elena.

Un año y medio en una celda de dos metros quince por tres setenta, veinticuatro horas al día en perfecta soledad. Una hora al día para bañarse o hacer ejercicio en una jaula desde la que a duras penas se divisaba el cielo.

Cuando regresó, cruzando el puente de Paso del Norte en Ciudad Juárez, Elena apenas lo reconoció. Estaba pálido, enflaquecido, demacrado como un fantasma. Su hijo de treinta y cinco años, tan amante de la vida, parecía de pronto un sexagenario.

Eso fue hace un año.

Desde entonces Rudolfo se ha volcado en sus negocios «legales»: clubes nocturnos en Culiacán y Cabo San Lucas, y diversos grupos musicales de los que es productor y promotor. A veces habla de volver a *la pista secreta*, pero Elena sabe que su hijo tiene muy presente el miedo a volver a prisión. Rudolfo dirá que quiere ocupar la cabecera de la mesa, pero se estará mintiendo a sí mismo.

Luis, el pequeño, no le preocupa. Estudió ingeniería en la universidad (Dios lo bendiga) y no quiere saber nada del negocio familiar.

Pues muy bien, se dice Elena ahora.

Es lo que queríamos, ¿no? Lo que quisimos siempre: que nuestra generación hiciera fortuna con el negocio para que nuestros hijos no tuvieran que meterse en eso. Porque el negocio nos ha hecho fabulosamente ricos, pero también nos ha llevado al cementerio una y otra vez.

Han muerto su marido, su tío —el patriarca, Tío Barrera—, su hermano Raúl, y ahora también su hermano Adán. Y su sobrino Salvador, y un montón de primos, parientes políticos y amigos.

Y enemigos.

El Güero Méndez, los hermanos Tapia, y tantos otros a los que derrotó Adán. Lucharon por el «terreno», se dice Elena, y el único terreno que consiguieron y que comparten es, inevitablemente, el del cementerio.

O el de la prisión.

Aquí, en México, o en *el norte*.

Encerrados en celdas durante décadas o a perpetuidad.

Una muerte en vida.

Así que, si Rudolfo quiere regentar discotecas y jugar a hacer música, y Luis dedicarse a construir puentes, tanto mejor.

Si es que los dejan.

—¡De todos modos vamos a morir jóvenes! —exclama Ric Núñez—. ¡Así que, si de eso se trata, convirtámonos en leyendas!

Ha sido una noche de cristal y coca en el Blue Marlin, el nuevo club de Rudolfo Sánchez. Por lo menos, ahí han acabado. Acompañados por una tropa de chicas, los Hijos, como se les conoce vulgarmente —Ric, los hermanos Esparza y Rubén Ascensión— han visitado todos los clubes de moda de Cabo San Lucas, de sala VIP en sala VIP, casi siempre invitados pero dejando abundantes propinas, hasta que, en una sala privada del Marlin, a Ric se le ocurre «pasar al siguiente nivel».

Saca su Colt .38 y la pone sobre la mesa.

¿Te imaginas las canciones que escribirán?, se dice Ric. Los *corridos* acerca de jóvenes vástagos de los cárteles del narcotráfico ataviados de Armani, de Boss y de Gucci, al volante de Rolls y Ferraris, metiéndose coca de la mejor calidad con billetes de cien dólares, y tirándolo todo por la borda en un juego de azar…

Llevan toda la vida juntos, *Los Hijos*. Iban juntos al colegio en Culiacán, jugaban juntos en las fiestas de sus padres, pasaban juntos las vacaciones en Cabo y Puerto Vallarta. Bebían cerveza e inhalaban coca juntos, fumaban hierba, ligaban con chicas. Varios de ellos hicieron un par de semestres en la universidad, pero la mayoría entró directamente en el negocio familiar.

Sabían quiénes eran.

La nueva generación del cártel de Sinaloa.

Los herederos.

Los Hijos.

¿Y las chicas? Siempre consiguen las mejores, desde que estaban en la escuela secundaria, y ahora aún más. ¿Y cómo iba a ser de otro modo? Son guapos, tienen buena ropa, dinero, drogas, armas. Tienen «estilo»: van a las salas VIP, consiguen las mejores mesas en los mejores restaurantes, asientos de primera fila y pases de *backstage* para los conciertos con más pegada. ¡Chingado, si hasta los grupos de música les dedican canciones, canciones que tratan sobre ellos! Los jefes de meseros les abren las puertas y las mujeres las piernas.

Los Hijos.

Ahora, una de las zorritas de Iván saca su celular y grita:

—¡Tendría un millón de visualizaciones en YouTube!

Carajo, sería alucinante, piensa Ric. Alguien volándose la tapa de los sesos en un video, por una apuesta. Para que se entere todo mundo de que nos vale madres, de que somos capaces de cualquier cosa, de cualquier cosa.

—Va, al que apunte el cañón, se pone la pistola en la cabeza y aprieta el gatillo. Si sobrevive, repetimos.

Hace girar la pistola.

Con fuerza.

Todos contienen la respiración.

El cañón le apunta a él.

Iván Esparza suelta una carcajada.

—¡Tómala, Ric!

El mayor de los Esparza lleva toda la vida picándolo, desde que eran unos chamacos. ¿A que no te atreves a saltar desde el barranco a la charca? Anda, a ver si te atreves. ¿A que no te atreves a colarte en la escuela, a robarle el whisky a tu *papi*, a desabrocharle la blusa a esa chava? Se han metido entre pecho y espalda botellas enteras de vodka, se han lanzado uno contra el otro al volante de lanchas rápidas, han conducido hasta el borde mismo de un precipicio, pero esto…

Entre cánticos de «¡Que lo haga, que lo haga!», Ric toma la pistola y se encañona la sien derecha.

Igual que le hizo aquel tira *yanqui*.

El que le partió la cara a Iván.

Hace, ¿cuánto?, casi un año, y todavía se le nota la cicatriz del pómulo, y eso que ha pasado por las manos de los mejores cirujanos plásticos que puedan conseguirse con dinero. Iván finge que no le da importancia, claro, dice que así parece todavía más macho.

Pero ha jurado que algún día matará a ese gringo, a Keller.

A Ric le tiembla la mano.

A pesar de estar borracho y drogado, lo que más desea en este instante es no tener que apretar el gatillo. Poder retroceder unos minutos, hasta el momento en que se le ocurrió esta idea estúpida, esta idiotez, y callársela.

Pero está atrapado.

No puede echarse para atrás delante de Iván, de Alfredo y de Oviedo, y de Rubén. Y menos aún delante de Belinda, la chica sentada a su lado con una chamarra de cuero negro, *bustier* de lentejuelas y jeans pintados sobre la piel. Belinda está loca, pero es una loca preciosa, capaz de todo. Ahora le sonríe con una sonrisa que parece decir: Hazlo, amor. Hazlo y luego te hago el hombre más feliz del mundo.

Si es que sobrevives.

—Vamos, hombre, déjalo ya —dice Rubén—. Era una broma.

Pero es Rubén quien lo dice, el cauto, el prudente, «el freno de emergencia», como lo llamó Iván una vez. Sí, puede ser, pero Ric sabe que Rubén es hijo de su padre, y que el Perrito es tan mortífero, tan implacable como su viejo.

Aunque ahora no parezca mortífero, sino asustado.

—No, voy a hacerlo —contesta Ric.

Le dicen que no lo haga, y él sabe que lo dicen en serio, pero también sabe que, si no lo hace, lo despreciarán. Será el que se acobardó; él, no ellos. Pero si aprieta el gatillo y la pistola no se dispara, será lo máximo.

Además, es genial ver a Iván espantado.

—¡Era una broma, Ric! ¡Nadie espera que lo hagas! —le grita Iván.

Da la impresión de que va a abalanzarse hacia él por encima de la mesa, pero le da miedo que la pistola se dispare. Alrededor de la mesa están todos inmóviles, la vista fija en Ric. Por el rabillo del ojo, ve que su mesero privado se escabulle por la puerta.

—Baja la pistola —dice Rubén.

—Órale, aquí va —contesta él.

Ha empezado a tensar el dedo cuando de pronto Belinda le quita la pistola de la mano, se la mete en la boca y aprieta el gatillo.

El percutor choca con la cámara vacía, emitiendo un chasquido.

—¡No mames! ¡Dios! —grita Iván.

Todos están asustados. La loca de la *chava* lo ha hecho de verdad, y luego deja tranquilamente la pistola sobre la mesa y dice:

—El siguiente.

Pero Rubén agarra la pistola y se la guarda en el bolsillo.

—Creo que ya hemos terminado.

—Mariquita —replica Belinda.

Ric sabe que, si eso se lo dijera un tipo, se armaría una muy gorda: Rubén se apuntaría con la pistola o se la metería en la boca a quien le hubiera llamado «mariquita». Pero es una *chica* la que lo dice, así que no pasa nada.

—Qué subidón —dice Belinda—. Creo que me vine.

Se abre la puerta y entra Rudolfo Sánchez.

—¿Qué demonios está pasando aquí?

—Solo nos estamos divirtiendo un rato —responde Iván, asumiendo el liderazgo.

—Eso me dijeron —dice Rudolfo—. Háganme un favor. Si quieren matarse, no lo hagan en mi local, ¿estamos?

Lo dice amablemente, pero si fuera cualquier otro tendrían un problema. Iván se sentiría obligado a encararse con él, a darle una bofetada, quizá, o al menos a causar algunos desperfectos: romper algunas cosas y tirar al suelo unos billetes para cubrir los daños antes de largarse.

Pero Rudolfo no es cualquiera.

Es el sobrino de Adán Barrera, el hijo de su hermana Elena. Un *hijo*, igual que ellos, aunque les saque unos años.

Rudolfo los mira como diciendo: ¿Qué hacen armando desmadre en mi local? ¿Por qué escogieron este sitio? Y dice:

—¿Qué les diría a sus padres si dejara que se volaran la tapa de los sesos en mi antro?

Entonces se interrumpe, visiblemente avergonzado, al acordarse de que el padre de Iván ha muerto asesinado por los Zetas en Guatemala.

Ric siente lástima por él.

—Perdona, Dolfo. Andamos un poco pedos.

—A lo mejor deberíamos pedir la cuenta —dice Rubén.

—Está pagado —responde Rudolfo.

Pero Ric nota que no dice: «No, por favor, quédense, tomen otra ronda». Se levantan todos, se despiden de Rudolfo, le dan las gracias —un poco de respeto, piensa Ric— y salen a la calle.

Y entonces Iván estalla:

—¡Ese *malandro*, *pendejo*, *pinche* hijo de la chingada, *labioso*, cabrón! ¿Se cree muy gracioso? «¿Qué pensarían sus padres…?».

—No lo hizo a propósito —replica Rubén—. Seguramente se le olvidó.

—¡Una cosa así no se olvida! —grita Iván—. ¡Quería chingarme la madre! Cuando yo tome el mando…

—No es el mismo desde que volvió —comenta Ric.

A diferencia de ellos, Rudolfo ha estado en prisión. Cumplió condena en una cárcel de supermáxima seguridad y corre el rumor de que eso lo dejó hecho polvo, de que volvió destrozado.

—Es un pendejo —afirma Iván—. No pudo soportarlo.

—Ninguno de nosotros sabe cómo reaccionaría —interviene Rubén—. Mi viejo dice que ir a la cárcel es lo peor que puede pasarte.

—Pues él salió bien —dice Ric—. Tu padre es un cabrón duro.

—Ninguno de nosotros lo sabe —repite Rubén.

—¡Y una chingada! —responde Iván—. Así es nuestra vida. Si vas a la cárcel, vas. Y aguantas como hombre.

—Rudolfo aguantó —contesta Ric—. No la cagó, no abrió la boca.

—Porque su tío lo sacó —dice Iván.

—Pues muy bien —responde Ric—. Bravo por Adán. Habría hecho lo mismo por ti.

Todos saben que Adán ya hizo algo parecido antes, cuando mandaron a la cárcel a su sobrino Sal por matar a dos personas a la entrada de un antro. Hizo un pacto para que se retiraran los cargos a cambio de delatar —o eso se decía— a los hermanos Tapia, lo que desencadenó la guerra civil que estuvo a punto de acabar con el cártel.

Y Sal murió de todos modos.

Hecho pedazos por Eddie Ruiz, el Loco.

Sal debería estar aquí esta noche, bebiendo con nosotros, piensa Ric.

Ve con Dios, *mano*.

Iván nota que las chicas lo miran pasmadas.

—¡¿Y ustedes qué miran?! ¡Muévanse, métanse en los putos coches!

Y entonces, tan repentinamente como se ha enfurecido, vuelve a alegrarse. Pasa los brazos por los hombros de Rubén y Ric y grita:

—¡Somos hermanos! ¡Hermanos para siempre!

Y gritan todos:

—*¡Los Hijos!*

Repleta de coca, de alcohol y de orgasmos, Belinda se adormila.

Sacude la cabeza.

—No tienes resistencia. Ojalá estuviera aquí Gaby.

Se gira para mirar a Ric.

Mierda, piensa él, quiere repetir.

—No puedo.

—Te doy unos minutos —responde Belinda.

Toma el porro que hay en la mesilla de noche, lo enciende, le da una fumada y se lo ofrece.

Él lo acepta.

—Fue una locura lo que hiciste esta noche.

—Lo hice para sacarte del apuro —contesta ella—. Te metiste tú solito en una trampa.

—Podrías haber muerto.

—Podría —contesta haciéndole señas de que vuelva a pasarle el porro—. Pero aquí estoy. Además, mi tarea es protegerte.

Belinda Vatos, la Fósfora, es la *jefa* de la FEN, la *Fuerza Especial de Núñez*, el escuadrón armado de la facción del cártel de Sinaloa que dirige Núñez. Es muy raro que una mujer ocupe un puesto así, pero bien sabe Dios que Belinda se lo ha ganado a pulso, piensa Ric.

Empezó como correo, pasó luego a mula y subió como la espuma cuando se ofreció voluntaria para liquidar a un miembro de los Zetas que estaba haciendo estragos entre su gente en Veracruz. El tipo no se esperaba que una bella señorita de grandes pechos y espesa cabellera negra y rizada se acercara a él y le pegara dos tiros en la cara, pero eso fue lo que hizo Belinda.

Ella y su novia, Gabriela, tenían una técnica. La Gaby entraba en un bar, se quedaba un rato y luego se iba fingiendo estar borracha. Se caía en la acera y, cuando el objetivo se inclinaba para ayudarla, la Fósfora salía del callejón y lo liquidaba.

Ric había descubierto pronto que la Fósfora tenía gustos más exóticos. Gaby, ella y algunos de sus hombres gustaban de secuestrar a sus víctimas, cortarlas en pedacitos y dejar los trozos en la puerta de sus familiares a modo de mensaje.

El mensaje calaba al instante.

La Fósfora se había convertido en una estrella del rock dentro del narco: posaba con atuendos provocativos para fotografías de Facebook y videos de YouTube, tenía canciones dedicadas a ella, y el padre de Ric la había ascendido a lo más alto cuando el anterior jefe de seguridad fue enviado a prisión.

Ric se la cogió por primera vez por una apuesta.

—Sería como meterle la verga a la muerte —comentó Iván.

—Sí, pero una *chava* así de loca tiene que ser buena en la cama —repuso Ric.

—Si es que sobrevives —dijo Iván—. Porque podría ser como una de esas arañas, ya sabes, las que matan al macho después de aparearse. Aunque por lo que he oído es lesbiana.

—Es bisexual —contestó Ric—. Me lo dijo ella.

—Pues entonces atrévete. A lo mejor pueden hacer un trío.

—Eso dice ella que quiere —dijo Ric—. Con ella y con esa chava, Gaby. Que me las tire a las dos.

—Solo se vive una vez.

Así que Ric se acostó con Belinda y Gaby, y la chingadera fue que se enamoró de una y no de la otra. Sigue cogiéndose a muchas mujeres distintas —incluso a veces a su esposa—, pero lo suyo con Belinda es especial.

—Somos almas gemelas —le explicó ella—. En el sentido de que ninguno de los dos tiene alma.

—¿Tú no tienes alma? —le preguntó Ric.

—Me gusta pasonearme, me gusta cogerme a cabrones y a viejas y me gusta matar gente —contestó Belinda—. Si tengo alma, no vale gran cosa.

Ahora Belinda lo mira y dice:

—De todos modos, no podía dejar que el príncipe heredero se volara la cabeza.

—Pero ¿qué dices?

—Piénsalo —responde ella, pasándole otra vez el porro—. Lo más probable es que Barrera esté muerto. Nacho lo está, seguro. Rudolfo es un cero a la izquierda. Y tu padre… Yo quiero mucho a tu padre, mato por él, moriría por él, pero no es más que un apoderado. El ahijado eres tú.

—No digas tonterías. Iván es el siguiente en la línea de sucesión.

—Yo solo te lo digo. —Le quita el porro, lo deja en la mesilla y lo besa—. Acuéstate, nene. Ya que no puedes cogerme, voy a cogerte yo. Déjame cogerte, nene.

Se chupa el dedo y se lo mete a Ric en el ano.

—Esto te gusta, ¿verdad que sí?

—No jodas.

—Eso pienso hacer, nene —contesta ella—. Joderte. Joderte, pero bien.

Y eso hace.

Usa la boca y los dedos, y cuando él está a punto de venirse, aparta la boca, le mete los dedos hasta el fondo y dice:

—Podría ser todo tuyo. El cártel entero, todo el país si lo quisieras.

Porque eres el ahijado de Adán Barrera, le oye decir Ric.

Su legítimo heredero.

El ungido.

El ahijado.

Pasan semanas, y luego meses, y un año.

El aniversario de la famosa batalla de Guatemala coincide con el Día de Muertos, y en todo el país, incluso en Ciudad Juárez, aparecen altares improvisados en homenaje a Adán Barrera: fotos suyas, velas, monedas, botellitas de alcohol y *papel picado*. Algunos permanecen intactos; otros son desmantelados por seguidores enfurecidos que proclaman que sobran los altares porque «*Adán vive*».

Para Keller, las fiestas navideñas pasan sin pena ni gloria. Se reúne con Marisol y Ana para celebrar una cena discreta e intercambiar pequeños obsequios, y luego vuelve a Juárez y le regala a Chuy un videojuego nuevo que al chico parece gustarle. Al día siguiente los periódicos traen noticias de que los niños pobres de varias poblaciones rurales y *barrios* de Sinaloa y Durango han recibido, como por arte de magia, juguetes de su «Tío Adán». Llegan cestas de comida a las plazas, regalo del Señor.

Keller apenas se entera de la víspera de Año Nuevo. Marisol y él cenan temprano, toman una copa de champán y se dan un púdico beso. Se mete en la cama y se queda dormido antes de que caiga la bola de Times Square.

A las dos semanas de empezar el Año Nuevo, desaparece Chuy.

Cuando Keller vuelve de hacer compras, la tele está apagada y los cables del Xbox desenchufados.

En el cuarto de Chuy faltan la mochila que le compró Keller y la poca ropa que tiene el chico. Su cepillo de dientes no está en la repisa de cerámica del cuarto de baño. Al parecer, se dice Keller, las tormentas que soplan dentro su cabeza lo han impulsado a irse. Por lo menos —como descubre al registrar su cuarto— se ha llevado sus medicinas.

Da una vuelta en coche por el barrio, preguntando en las tiendas y los cibercafés. Nadie ha visto a Chuy. Pasa por las zonas del centro donde se reúnen los adolescentes, pero no lo ve. Por si acaso decidió ir a Valverde, llama a Marisol, pero allí tampoco lo ha visto nadie.

Quizás haya cruzado el puente para volver a El Paso, donde se crio, piensa Keller. Así que pasa al otro lado y da una vuelta por el barrio, pregunta a varios pandilleros moderadamente hostiles que, dando por sentado que es policía, le dicen que no han visto a ningún Chuy Barajos.

Recurre entonces a sus antiguos contactos en la brigada de narcóticos de la policía de El Paso y averigua que Chuy es considerado «persona de interés» en varios casos de homicidio acaecidos en la ciudad en 2007 y 2008, y que a ellos también les gustaría hablar con él. En todo caso, estarán atentos y le avisarán si encuentran al chico.

Al volver a Juárez, Keller encuentra a Terry Blanco en el San Martín, en la avenida Escobar, tomando una *caguama* en el bar.

—¿Quién es ese muchacho? —pregunta el policía cuando Keller le explica el favor que quiere pedirle.

—Ya sabes quién es —responde Keller—. Lo ves cuando patrullas por mi casa.

—Solo intentamos garantizar tu seguridad —dice Blanco, que ha bebido ya más de una cerveza—. Corren malos tiempos por aquí, Keller. Ya no sabemos a quién informar, quién está al mando. ¿Tú crees que está vivo?

—¿Quién?

—Barrera.

—No lo sé —dice Keller—. ¿Has visto al chico?

—¿Sabes cuántos chamacos tarados hay sueltos por México? —pregunta Blanco—. Carajo, solo en Juárez habrá… ¿cientos? ¿Miles? ¿Qué más da uno más? ¿Por qué te importa este?

Keller no sabe qué contestar.

—Si lo encuentras, detenlo —dice—. Y tráemelo.

—Claro, ¿por qué no?

Keller deja dinero en la barra para pagarle otra ronda. Luego sube a su coche, llama a Orduña y le explica la situación.

—¿Ese tal Barajos estuvo en Guatemala? —quiere saber Orduña.

—Sí.

—¿Fue testigo?

—¿De qué, Roberto?

—Bueno, bueno.

—Mira, están en deuda con ese chico —dice Keller—. Mató al Cuarenta.

Tras un largo silencio, Orduña dice:

—Cuidaremos bien de él. Pero, Arturo, ya sabes que la probabilidad de encontrarlo es...

—Lo sé.

Mínima.

El largo conflicto ha dejado miles de huérfanos, familias rotas y adolescentes desarraigados. Y eso sin contar a los miles de personas que huyen de la violencia de las bandas en Guatemala, El Salvador y Honduras, y atraviesan México con la esperanza de encontrar refugio en Estados Unidos. Muchas de ellas no lo consiguen.

Chuy es ahora un monstruo y un fantasma, las dos cosas.

Keller recibe una llamada del senador Ben McCullough.

Está en El Paso y quiere reunirse con Keller. Lo que dice en realidad es:

—Keller, deja que te invite una cerveza.

—¿Dónde te alojas?

—En el Indigo, en Kansas Street. ¿Lo conoces?

Keller lo conoce. Va hasta el centro en coche y se reúne con McCullough en el bar del hotel. El senador ha vuelto a sus raíces: viste camisa vaquera y botas Lucchese. Tiene apoyado el Stetson sobre el regazo. Fiel a su palabra, pide una jarra grande de cerveza, le sirve un vaso a Keller y dice:

—Hoy he visto una cosa interesante al cruzar El Paso: un cartel que decía *«Adán vive»*.

A Keller no le sorprende: ha visto esos mismos carteles en Juárez y sabe que en Sinaloa y Durango están por todas partes.

—¿Qué quieres que te diga? El hombre tiene seguidores.

—Se está convirtiendo en un Che Guevara —comenta McCullough.

—Imagino que la ausencia enternece el corazón.

—¿Has sabido algo más? —pregunta el senador—. Sobre su muerte, digo.

—Ya no estoy al tanto de lo que pasa en ese mundillo.

—Tonterías.

Keller se encoge de hombros: es la verdad.

—¿Lees la prensa de Estados Unidos? —pregunta McCullough.

—Las páginas de deportes —contesta Keller.

—Entonces ¿no sabes lo que está pasando aquí? ¿Con la heroína?

—No.

—Hay mucha gente dentro de las fuerzas policiales que han celebrado el presunto fallecimiento de Barrera —explica McCullough—, pero la verdad es que el flujo de drogas no ha disminuido en absoluto. De hecho, ha aumentado. Sobre todo el de heroína.

Entre los años 2000 y 2006 —le cuenta el senador—, el número de muertes por sobredosis de heroína se mantuvo bastante estable: unas dos mil al año. Entre 2007 y 2010, subió a tres mil. Pero en 2011 hubo cuatro mil. Seis mil en 2012. Ocho mil en 2013.

—Para que te hagas una idea —añade McCullough—, te diré que desde 2004 hasta ahora han muerto 7 222 militares estadounidenses en Irak y Afganistán, en total.

—Para que te hagas una idea —responde Keller—, en ese mismo periodo de tiempo han muerto más de cien mil mexicanos como consecuencia de la violencia provocada por el narcotráfico, y otros veintidós mil más han desaparecido. Y son cálculos optimistas.

—Más a mi favor —dice McCullough—. Las muertes que citas en México, la epidemia de heroína aquí, los millones de personas que hay tras las rejas… Sea lo que sea lo que estamos haciendo, no está funcionando.

—Si me has hecho venir para decirme eso, los dos hemos perdido el tiempo. Gracias por la cerveza, pero ¿qué es lo que quieres?

—Represento a un grupo de senadores y congresistas con poder e influencia suficientes para destituir al actual director de la DEA y nombrar a uno nuevo —le informa McCullough—. Y queremos que seas tú.

Keller no se sorprende fácilmente, pero ahora está sorprendido.

—Con todo respeto, están mal de la cabeza.

—El país está inundado de heroína, su consumo ha subido en más de un ochenta por ciento, y la mayor parte de esa droga procede de México —responde McCullough—. Tengo votantes que van a visitar a sus hijos al cementerio.

—Y yo he visto enterrar a chiquillos mexicanos con bulldozers —dice Keller—. Eso aquí a nadie le importa un carajo. Ahora hay una «epidemia de heroína» porque los que están muriendo son muchachos blancos.

—Te estoy pidiendo que te importe a ti —contesta el senador.

—Yo ya libré mi guerra.

—Están muriendo jóvenes ahí afuera —insiste McCullough—. Y no creo que seas capaz de cobrar tu pensión y quedarte de brazos cruzados mientras eso sucede.

—Espera y verás.

—Piénsalo. —McCullough se baja del taburete y le pasa su tarjeta—. Llámame.

—No voy a llamarte.

—Ya veremos.

Se va y lo deja allí sentado.

Keller hace cuentas: McCullough dijo que las muertes por heroína subieron ligeramente en 2010 y aumentaron bruscamente en 2011. Y que en 2012 subieron de nuevo, en un cincuenta por ciento.

Todo ello mientras vivía Adán.

Hijo de puta, piensa Keller. Barrera montó ese negocio: fue su último regalo envenenado a este mundo. Se acuerda entonces de una cita de Shakespeare: *El mal que hacen los hombres les sobrevive.*

Ya lo creo que sí.

El fantasma y el monstruo.

Cenan en el Garufa, un restaurante argentino del bulevar Tomás Fernández. Cuesta un ojo de la cara, pero Keller quiere llevarla a un sitio bonito. Él pide carne y Marisol salmón, que come con desvergonzado apetito, algo que siempre le ha gustado de ella.

—¿Qué me estás ocultando? —pregunta Marisol al dejar su tenedor.

—¿Por qué crees que te estoy ocultando algo?

—Porque te conozco —responde ella—. Entonces, ¿qué es? Desembucha.

Cuando le cuenta su conversación con McCullough, Marisol se recuesta en su silla.

—Dios mío, Arturo, es increíble.

—¿Verdad que sí?

—Creí que eras *persona non grata*.

—Yo también lo creía.

Le explica lo que le dijo McCullough y lo que respondió él. Marisol se queda callada.

—Por Dios, no pensarás que debo aceptar, ¿no? —pregunta él.

Ella sigue callada.

—¿No? —insiste Keller.

—Art, piensa en el poder que tendrías. En el bien que podrías hacer. Podrías cambiar las cosas de verdad.

Keller se olvida a veces de su activismo político. Ahora recuerda que Marisol acampó en el Zócalo de la Ciudad de México para protestar por el fraude electoral; que más de una vez ha marchado por el Paseo de la Reforma para manifestarse contra la brutalidad policial. Todo ello forma parte intrínseca de la mujer de la que se enamoró.

—Estás en contra de prácticamente todo lo que hace la DEA —responde.

—Pero tú podrías cambiar sus métodos de actuación.

—No sé —dice Keller.

—Bueno, vamos a enfocarlo de otro modo. ¿Por qué no quieres aceptar?

Keller le expone sus motivos. En primer lugar, porque está harto de la guerra contra las drogas.

—Pero puede que ella no esté harta de ti —replica Marisol.

Cuarenta años son más que suficientes, contesta Keller. Él no es un burócrata, ni un animal político. Ni siquiera está seguro de poder vivir otra vez en Estados Unidos.

Ella sabe que su madre era mexicana y su padre un anglosajón que los llevó a San Diego y luego los abandonó. Pero Keller se crio como un estadounidense. Estudió en la UCLA, sirvió en los *marines*. Luego, la DEA lo hizo volver a México, y desde entonces ha pasado más tiempo allí que en Estados Unidos. Marisol sabe que siempre se ha sentido dividido entre dos culturas: Arturo tiene una relación de amor-odio con ambos países.

Y sabe que se trasladó a Juárez movido casi por un sentimiento de culpa: que creía estar en deuda con una ciudad que había sufrido tanto por causa de la guerra de Estados Unidos contra las drogas; que tenía la obligación moral de contribuir a su recuperación, aunque solo fuera pagando impuestos, haciendo compras, manteniendo una casa abierta.

Y, más tarde, ocupándose de Chuy, esa cruz con la que cargaba.

Pero Chuy se ha ido.

Ahora Marisol le pregunta:

—¿Por qué quieres vivir en Juárez? Y dime la verdad.

—Porque es real.

—Conque es por eso —responde ella—. Y porque no puedes ni recorrer una cuadra sin acordarte de la guerra.

—¿Qué quieres decir?

—Aquí solo tienes malos recuerdos, y…

Se interrumpe.

—¿Y qué? —pregunta Keller.

—Está bien. A mí —dice ella—. Estás cerca de mí. Sé que sigues queriéndome, Arturo.

—No puedo evitarlo.

—Ni yo te lo estoy pidiendo —responde Marisol—. Pero si vas a rechazar ese puesto por estar cerca de mí, no lo hagas.

Acaban de cenar y van a dar un paseo, algo que habría sido imposible un par de años atrás.

—¿Qué oyes? —pregunta Marisol.

—Nada.

—Exacto —dice ella—. Ni sirenas de policía ni ambulancias ni disparos.

—La *Pax Sinaloa*.

—¿Durará? —pregunta ella.

No, contesta Keller para sus adentros.

Esto no es la paz, es una tregua.

—Te llevo a casa —dice.

—Es mucho camino. ¿Y si me quedo a dormir en la tuya?

—El cuarto de Chuy está libre.

—¿Y si no quiero dormir en el cuarto de Chuy? —responde Marisol.

Se levanta muy temprano, antes de que amanezca, mientras el frío ventarrón de Ciudad Juárez fustiga los muros y sacude las ventanas.

Es curioso, se dice, que las grandes decisiones que se toman en la vida no siempre vayan precedidas por un momento importante o un cambio trascendental, sino que calan en uno como algo inevitable, como algo que uno no decide en absoluto, sino que le viene dado desde siempre.

Puede que lo decisivo fuera ese letrero.

ADÁN VIVE.

Porque es cierto, piensa Keller esa mañana. El rey puede haber muerto, pero el reino que creó pervive, propagando el sufrimiento y la muerte de forma tan certera como si Barrera ocupara aún el trono.

Keller tiene que reconocer, además, otra cosa. Si hay alguien capaz de destruir ese reino, eres tú, se dice. Por bagaje, experiencia, motivación, conocimientos y capacidades.

Marisol también lo sabe. Esa mañana, cuando Keller vuelve a la cama para intentar dormir un rato más, su movimiento la despierta y pregunta:

—¿Qué pasa?

—Nada. Vuélvete a dormir.

—¿Una pesadilla?

—Puede ser —contesta, y se ríe.

—¿Qué ocurre?

—Creo que todavía no estoy preparado para ser un fantasma —responde él—. Ni para vivir con fantasmas. Tenías razón: mi guerra no ha acabado.

—Quieres aceptar el puesto.

—Sí —responde Keller. Posa la mano en la nuca de Marisol y la atrae hacia sí—. Pero solo si vienes conmigo.

—Arturo…

—Llevamos nuestra pena como una especie de medalla —la interrumpe—. La arrastramos como una cadena, y pesa mucho, Mari. No quiero que nos venza, que nos degrade. Hemos perdido ya muchas cosas. No nos perdamos también uno al otro. Sería una pérdida demasiado grande.

—La clínica…

—Yo me ocupo de eso, te doy mi palabra.

Se casan en Nuevo México, en el Monasterio de Cristo en el Desierto, pasan una breve luna de miel en Taos y luego viajan en coche a Washington, donde el agente inmobiliario de McCullough les tiene preparadas varias casas para que las vean.

Les encanta una en Hillyer Place, hacen una oferta y la compran.

A la mañana siguiente, Keller empieza a trabajar.

Porque sabe que el fantasma ha vuelto.

Y con él, el monstruo.

2

La muerte de los reyes

Venid, sentémonos sobre la tierra a contar historias tristes sobre la muerte de los reyes.

—Shakespeare,
Ricardo II, Acto Tercero.

Washington D.C.
Mayo de 2014

Keller mira la foto del esqueleto.

Briznas de hierba asoman entre las costillas, las enredaderas ciñen los huesos de las piernas como si trataran de amarrar el cuerpo a la tierra.

—¿Es Barrera? —pregunta.

Barrera desapareció del radar hace año y medio. Las fotos acaban de llegar, las ha mandado la delegación de la DEA en la ciudad de Guatemala. Las fuerzas especiales guatemaltecas encontraron los restos en Petén, en la selva, a un kilómetro de distancia de la aldea de Dos Erres, donde Barrera fue visto por última vez.

Tom Blair, el jefe de la Unidad de Inteligencia de la DEA, coloca sobre la mesa de Keller otra fotografía en la que aparece el esqueleto colocado sobre una camilla.

—La estatura coincide.

Barrera es bajo, Keller lo sabe: no llega al metro setenta. Pero eso puede decirse de mucha gente. Sobre todo, en las desnutridas regiones mayas de Guatemala.

Blair despliega más fotos sobre la mesa: un primer plano del cráneo junto a otro de la cara de Adán Barrera. Keller reconoce la imagen: fue tomada hace quince años, cuando Barrera estaba internado en el Correccional Metropolitano de San Diego.

Fue él quien lo metió allí.

La cara (familiar, casi íntima) le devuelve la mirada.

—Las medidas orbitales coinciden —añade Blair—. Las de la bóveda craneana son idénticas. Necesitaríamos análisis dentales y genéticos para estar seguros al cien por cien, pero…

Tendremos registros dentales y muestras de ADN de Barrera, de cuando pasó una temporada en una cárcel estadounidense, se dice Keller. Sería sumamente improbable que pudieran extraerse muestras genéticas útiles de un esqueleto que ha pasado más de un año pudriéndose en la selva, pero Keller ve por las fotografías que la mandíbula está intacta.

Y tiene la intuición de que los registros dentales también van a coincidir.

—Por los daños que presenta el cráneo —dice Blair—, yo diría que recibió dos disparos en la cara, a bocajarro, efectuados desde arriba. El que lo ejecutó quería que fuera consciente de lo que iba a pasar. Lo que encaja con la Teoría Dos Erres.

La Teoría Dos Erres, la predilecta del Grupo de Trabajo Sinaloa de la DEA, postula que en octubre de 2012 Adán Barrera y su socio y suegro, Ignacio Esparza, se trasladaron a Guatemala acompañados por un nutrido séquito armado a fin de celebrar una conferencia de paz con sus rivales, los Zetas, un cártel de narcotraficantes especialmente sanguinario. La reunión tenía un precedente: en 2006, Barrera y el líder de los Zetas se reunieron para conferenciar, acordaron dividir México en distintos territorios y firmaron una paz efímera que, al desmoronarse, dio paso a un conflicto aún más costoso y violento. La teoría afirma también que Barrera y el jefe de los Zetas, Heriberto Ochoa, se encontraron en la remota localidad de Dos Erres, en el distrito de Petén, Guatemala, y volvieron a trinchar México como un pavo. En la fiesta que siguió a la firma de la paz, los Zetas atacaron por sorpresa a los de Sinaloa y los masacraron.

Desde esa presunta reunión no han vuelto a tenerse noticias de Barrera ni de Esparza. Tampoco de Ochoa y de su lugarteniente, Miguel Morales, apodado el Cuarenta. Diversos informes de inteligencia apoyan la teoría de que en Dos Erres se produjo un intenso tiroteo. La D-2, el brazo armado del servicio de espionaje guatemalteco, entró en la zona y encontró decenas de cadáveres, algunos de ellos entre los restos de una gran fogata, lo que correspondería con la práctica de quemar cadáveres propia de los Zetas.

Los Zetas, uno de los cárteles más temidos de México, empezaron a declinar tras la presunta reunión de Dos Erres, lo que indica que sus cabecillas fueron asesinados y sus filas diezmadas.

El cártel de Sinaloa no ha experimentado un declive similar. Por el contrario, se ha convertido en el poder indiscutible: es, con mucho, el cártel dominante y ha impuesto una especie de paz sobre un país en el que, a lo largo de una década de violencia asociada al narcotráfico, han muerto cien mil personas.

Sinaloa, además, manda más drogas que nunca a Estados Unidos. No solo marihuana, metanfetamina y cocaína —las drogas que han hecho inmensamente rico al cártel—, sino también cantidades ingentes de heroína.

Todo lo cual parece contradecir la Teoría Dos Erres y reforzar la del «Ataúd Vacío»: es decir, que Barrera diezmó, en efecto, a los Zetas en Dos Erres y que, tras fingir su propia muerte, dirigía ahora el cártel desde algún lugar secreto.

De nuevo, había precedentes, incluso numerosos: a lo largo de los años, diversos jefes del narco se habían hecho pasar por muertos para escapar a la presión incesante de la DEA. Soldados de los cárteles saqueaban las oficinas de jueces de instrucción y forenses y sustraían los presuntos cadáveres de sus capos para impedir su identificación efectiva y alentar el rumor de que los *jefes* seguían vivitos y coleando.

De hecho —como Keller ha hecho notar a menudo a sus subordinados—, no se ha hallado el cadáver de ninguno de los cabecillas presuntamente asesinados en Dos Erres. Y aunque se da por sentado que Ochoa y el Cuarenta murieron, el hecho de que Sinaloa siga funcionando como una máquina bien engrasada confiere credibilidad a la Teoría del Ataúd Vacío.

No obstante, la completa desaparición de Barrera desde hace un año y medio indica lo contrario. Aunque siempre ha tenido cierta tendencia al aislamiento, Barrera solía dejarse ver con su joven esposa, Eva, en las fiestas de su población natal, La Tuna, en Sinaloa, o en Año Nuevo, en algún destino turístico como Puerto Vallarta o Mazatlán. No hay noticias de que se le haya visto en ninguno de esos lugares. Es más, la vigilancia digital no ha detectado correos electrónicos, tuits u otros mensajes en las redes sociales, ni comunicación telefónica alguna.

Barrera tiene numerosas *estancias* en Sinaloa y Durango, además de diversas casas en Los Mochis, a lo largo de la costa. La DEA las conoce y sabe que sin duda hay otras. Pero las fotografías de satélite de estas localizaciones muestran una disminución significativa del tránsito tanto de entrada como de salida. Normalmente, cuando Barrera se trasladaba de residencia aumentaba el movimiento de guardaespaldas y personal de apoyo y se registraba un pico en las comunicaciones por internet y teléfono celular, así como un incremento de los contactos entre la policía estatal y local a sueldo del cártel de Sinaloa.

La ausencia de estos indicadores apoyaría, en principio, la Teoría Dos Erres, es decir, que Barrera ha muerto.

Pero la incógnita principal —si Barrera no está dirigiendo el cártel, ¿quién lo dirige?— sigue sin resolverse, y en los corrillos mexicanos abundan las noticias de presuntos «avistamientos» de Barrera en Sinaloa, Durango, Guatemala, Barcelona, y hasta San Diego, donde viven su esposa (¿o su viuda?) y sus dos hijos de corta edad. «Barrera» incluso ha enviado mensajes de texto y tuits que han alimentado a la secta de los discípulos de «Adán vive», los que dejan pancartas pintadas a mano en las cunetas de las carreteras.

Los familiares más cercanos de Barrera —sobre todo, su hermana Elena— han procurado *no* confirmar su muerte, y cualquier ambigüedad respecto a su situación da al cártel tiempo para tratar de organizar una sucesión pacífica.

Los defensores de la Teoría Dos Erres argumentan que al cártel le interesa especialmente mantener a Barrera «con vida» y que la emisión de esos mensajes es una estrategia de desinformación: la posibilidad de que Barrera esté vivo infunde temor, y ese temor contribuye a impedir que posibles enemigos desafíen el poder de Sinaloa. Algunos de los partidarios más acérrimos de esta teoría llegan a afirmar que el propio gobierno mexicano, ansioso por mantener la estabilidad, se halla detrás del movimiento *Adán vive*.

La confirmación del fallecimiento de Barrera, si es que se trata de eso, piensa Keller, va a conmocionar al mundo del narco.

—¿Quién tiene la custodia del cuerpo? —pregunta.

—La D-2 —contesta Blair.

—O sea, que en Sinaloa ya lo saben.

El cártel dispone de informantes en todos los niveles de la administración guatemalteca. Y la CIA también lo sabe ya, se dice Keller. La D-2 es una coladera.

—¿Quién más lo sabe en la DEA?

—Solo nuestro agente principal en la ciudad de Guatemala, tú y yo —dice Blair—. Pensé que querrías mantenerlo en secreto de momento.

Blair es lo bastante listo y leal como para asegurarse de que Keller reciba primero la noticia y con la mayor exclusividad posible. Art Keller es un buen jefe; como enemigo, en cambio, es un hombre peligroso.

En la DEA todo mundo está al corriente de la rencilla existente entre Keller y Adán Barrera, que se remonta a los años ochenta, cuando Barrera participó en la tortura y asesinato de su compañero, Ernie Hidalgo.

Y todo mundo sabe que a Keller lo mandaron a México a detener a Barrera y que en lugar de hacerlo acabó cargándose a los Zetas.

Puede que literalmente.

Las charlas de oficina —o las murmuraciones, mejor dicho— hablan de un helicóptero Black Hawk siniestrado en la aldea de Dos Erres, donde presuntamente tuvo lugar la batalla entre los Zetas y los sinaloenses de Barrera. El ejército guatemalteco tiene helicópteros de fabricación estadounidense, claro —igual que el cártel de Sinaloa, si vamos a eso—, pero los rumores hablan también de una operación secreta de mercenarios estadounidenses que entraron en Guatemala con intención de eliminar a la plana mayor de los Zetas, estilo Bin Laden. Y si se da crédito a esos rumores —tachados de absurdas especulaciones por los mandos de la DEA—, también podría creerse que Art Keller participó en dicha operación.

Y ahora Keller, que eliminó a Adán Barrera y a los Zetas, es el director de la DEA, el «paladín antidrogas» más poderoso del mundo, al mando de un organismo estatal con más de diez mil empleados, cinco mil agentes especiales y ochocientos analistas de inteligencia.

—Mantenlo en secreto por el momento —dice Keller.

Sabe que Blair capta el mensaje implícito: que lo que de verdad quiere Keller es que la noticia no llegue a oídos de Denton Howard, el subdirector de la DEA, un nombramiento político al que nada le gustaría más que despellejar vivo a Keller y exhibir su piel como un trofeo en la pared de su despacho.

Howard es el chismoso número uno en todo lo relativo a Keller: *Keller tiene un pasado cuestionable, una lealtad dividida, una madre y una esposa mexicanas (¿sabías que su nombre de pila no es Arthur, sino Arturo?), es un vaquero, una bala perdida, tiene las manos manchadas de sangre, corren rumores de que incluso estuvo* allí, *en Dos Erres*. Howard es un cáncer que circula por la Unidad de Inteligencia recabando información de sus fuentes particulares, que cultiva sus propias relaciones diplomáticas en México, Centroamérica, Colombia, Europa y Asia, que trabaja al Capitolio y se entiende más que bien con los medios.

Keller no puede ocultarle la noticia indefinidamente, pero hasta un par de horas de ventaja le serán útiles. Para empezar, el gobierno mexicano tiene que saberlo por mí, piensa Keller, no por Howard, o, peor aún, por sus amiguitos de Fox News.

—Manda los registros dentales a la D-2 —dice—. Que sepan que estamos a su entera disposición.

Estamos hablando de horas, no de días, piensa Keller, antes de que esto salga a la luz. Algún responsable de la D-2 nos ha mandado la información, pero seguro que algún otro habrá llamado ya a Sinaloa y que alguien intentará sacar raja vendiendo la noticia a los medios.

Porque la muerte ha convertido a Adán Barrera en lo que nunca fue en vida.

Una estrella de rock.

La cosa empezó nada menos que con un artículo de *Rolling Stone*.

Un periodista de investigación llamado Clay Bowen se interesó por los rumores acerca de la presunta bronca entre los Zetas y el cártel de Sinaloa en Guatemala, empezó a escarbar y al poco tiempo descubrió que Adán Barrera —según el expeditivo y ultramoderno lenguaje del reportero— «estaba en error 404». Como un Stanley tundeteclas, se fue en busca de su Livingstone narco y volvió con las manos vacías.

Y en eso basó su reportaje.

Adán Barrera era el fantasma, el fuego fatuo, el poder misterioso e invisible detrás de la mayor red de narcotráfico del mundo, un genio esquivo al que las fuerzas policiales no podían atrapar, ni localizar siquiera. El artículo se remontaba a la «audaz huida» de Barrera de una cárcel mexicana en 2004 (audaz huida, y una chingada, pensó Keller al leer el reportaje; el cabrón untó a alguien para salir de prisión y se largó desde la azotea, en helicóptero) y llegaba hasta su «escapada definitiva» con la escenificación de su propia muerte.

A falta de una entrevista con el interesado, Bowen habló al parecer con diversos colaboradores y miembros de la familia («fuentes anónimas, personas del entorno de Barrera») que pintaron un retrato muy halagüeño del narcotraficante: da dinero a parroquias y escuelas, construye sanatorios y parques infantiles, es un ángel con su madre y sus niños.

Trajo la paz a México.

(Esta última cita hizo a Keller reír a carcajadas. Fue Barrera quien empezó la guerra en la que murieron cien mil personas, ¿y «trajo la paz» al ganarla?)

Adán Barrera, narcotraficante y asesino múltiple, pasó a ser una mezcla entre Houdini, el Zorro, Amelia Earhart y Mahatma Gandhi. Un chamaco incomprendido de una zona rural empobrecida que, elevándose desde sus humildes orígenes, alcanzó la riqueza y el poder vendiendo un producto que, a fin de cuentas, la gente quería, y ahora es un benefactor, un filántropo acosado y perseguido por dos gobiernos a los que esquiva con brillantez y sobrepasa en ingenio.

El resto de los medios de comunicación se hizo eco del reportaje en un momento de sequía informativa, y empezaron a circular noticias sobre la desaparición de Barrera en la CNN, la Fox y todas las cadenas televisivas. Barrera se convirtió en tema de moda en las redes sociales, donde miles de internautas jugaban a un juego llamado *¿Dónde está Waldo?*, lanzando incesantes especulaciones acerca del paradero del gran hombre. (La favorita de Keller era que Barrera había rechazado una oferta de *Bailando con las estrellas*, o bien que se ocultaba haciéndose pasar por la estrella de una telecomedia de la NBC.) El interés fue decayendo, claro, como sucede siempre en estos casos, con la salvedad de unos cuantos blogueros contumaces y de la DEA y la SEIDO mexicana, para las que el asunto de la muerte o no de Barrera no era un juego, sino un asunto de crucial importancia.

Y ahora, se dice Keller, resurgirá otra vez.

El ataúd ya está ocupado.

Ahora lo que está vacío es el trono.

Estamos ante un dilema, piensa Keller. El cártel de Sinaloa es el motor principal del tráfico de heroína. Si ayudamos a derribarlo, destruimos la *Pax Sinaloa*. Si nos desentendemos de él, aceptamos que continúe la crisis de la heroína en Estados Unidos.

El cártel de Sinaloa tiene su agenda y nosotros tenemos la nuestra, y la «muerte» de Barrera podría crear un conflicto irreconciliable entre la necesidad de promover la estabilidad en México y la de atajar la epidemia de heroína en Estados Unidos.

Lo primero exige la preservación del cártel. Lo segundo, su eliminación.

El Departamento de Estado y la CIA fomentan, al menos pasivamente, la complicidad de las autoridades mexicanas con el cártel, mientras que la DEA y el Departamento de Justicia están decididos a erradicar sus operaciones de tráfico de heroína.

Hay, además, otras facciones. El fiscal general quiere que se reforme la legislación antidrogas, lo mismo que el responsable máximo de la lucha contra el narcotráfico en la Casa Blanca, pero mientras que el fiscal general dejará pronto su puesto, la Casa Blanca se muestra más cauta. El presidente está al final de su mandato, tiene la valentía y la libertad de acción del «pato cojo», pero no quiere proporcionar a los conservadores munición con la que atacar a su posible sucesor, que tendrá que presentarse a las elecciones de 2016.

Y uno de esos conservadores es tu subdirector, piensa Keller, al que le gustaría verte a ti y a las reformas barridos de un plumazo en 2016, o antes si puede ser. Los republicanos ya controlan la Cámara de Representantes y el Senado. Si consiguen además la Casa Blanca, su nuevo ocupante nombrará otro fiscal general que nos lanzará a conquistar las altas cumbres —o los abismos, si se quiere— de la guerra contra las drogas, y tú serás uno de los primeros a los que ponga de patitas en la calle.

Así que el tiempo se agota.

Es tarea tuya, piensa Keller, detener el flujo de heroína que entra en este país. El cártel de Sinaloa —el legado de Adán, el edificio que él construyó, que tú lo ayudaste a construir— está segando la vida de miles de personas y tiene que morir.

Pero no va a morirse solo.

Tienes que matarlo tú.

Cuando Blair se va, Keller empieza a hacer llamadas.

La primera, a Orduña.

—Encontraron el cadáver —le dice sin preámbulos.

—¿Dónde?

—¿Dónde crees tú? —responde Keller—. Estoy a punto de llamar a la SEIDO, pero antes quería avisarte.

Porque Orduña está limpio, limpio como el agua: no acepta dinero ni mierda de nadie. Sus hombres —con ayuda de Keller y de los servicios de inteligencia estadounidenses— han eliminado a los Zetas, y ahora Orduña está dispuesto a acabar con el resto, incluido Sinaloa.

Un silencio. Luego Orduña dice:

—Entonces habrá que pedir champán.

A continuación, Keller llama a la SEIDO —una mezcla de FBI y DEA en versión mexicana— y habla con el fiscal general. Es una llamada delicada, porque el fiscal general mexicano puede ofenderse porque los guatemaltecos avisaron a la DEA antes que a él. La relación siempre ha sido frágil, sobre todo por culpa de la incesante cizaña de Howard, pero sobre todo porque la SEIDO ha estado en diversos momentos a sueldo de Sinaloa.

—Quería informarle enseguida —dice Keller—. Vamos a emitir un comunicado de prensa, pero podemos posponerlo hasta que emitan ustedes el suyo.

—Se lo agradezco.

La siguiente llamada que hace Keller es al fiscal general de Estados Unidos.

—Conviene emitir un comunicado oficial —dice el fiscal.

—En efecto —responde Keller—, pero deberíamos esperar a que México haga pública la noticia.

—¿Y eso por qué?

—Para que puedan salvar la cara —explica Keller—. Si se enteraran por nosotros, quedarían mal parados.

—Pero se han enterado por nosotros.

—Tenemos que trabajar con ellos —responde Keller—. Y siempre es conveniente llevarse bien con los vecinos. Además, a fin de cuentas no lo capturamos nosotros. Lo mataron otros narcos.

—¿Eso fue lo que pasó?

—Eso parece, desde luego.

Pasa cinco minutos más persuadiendo al fiscal general de que retrase el anuncio oficial y luego llama a un contacto en la CNN.

—Esto no lo has sabido por mí, pero México está a punto de anunciar que se ha encontrado el cuerpo de Adán Barrera en Guatemala.

—Dios santo, ¿podemos dar la noticia?

—Tú decides —responde Keller—. Yo solo te digo lo que va a pasar. Eso confirmará que Barrera fue asesinado tras una conferencia de paz con los Zetas.

—Entonces, ¿quién dirige ahora el cártel?

—Ojalá lo supiera.

—Por favor, Art.

—¿Quieres adelantarte a la Fox —dice Keller— o prefieres seguir al teléfono haciéndome preguntas para las que no tengo respuesta?

Lo primero, más bien.

El Martin's Tavern lleva abierto desde que se derogó la Prohibición en 1933 y desde entonces ha sido refugio de políticos demócratas. Keller entra en el restaurante pasando junto a la mesa en la que, según cuenta la leyenda, John Kennedy le pidió matrimonio a Jackie.

Camelot, piensa Keller.

Otro mito, uno en el que él creía profundamente de niño. Creía en JFK y en Bobby, en Martin Luther King, en Jesucristo y en Dios. Habiendo sido asesinados los cuatro primeros, solo queda Dios, pero no el Dios que poblaba su infancia ocupando el lugar de su padre ausente, no la deidad omnisciente y todopoderosa que gobernaba con justicia severa pero ecuánime.

Ese Dios murió en México.

Como tantos otros dioses, piensa Keller cuando el calor estancado del pintoresco local lo golpea como un mazazo. México es un país donde los templos de los nuevos dioses se levantan sobre las tumbas de los viejos.

Sube por la estrecha escalera de madera hasta la sala de arriba, en la que Sam Rayburn solía presidir su camarilla y Harry Truman y Lyndon Johnson apretaban diversas tuercas para conseguir que se aprobaran sus proyectos de ley.

McCullough está sentado en una mesa. Tiene la cara carnosa y rubicunda y una espesa cabellera blanca como la nieve, como corresponde a un hombre que ya pasa de los setenta. Su gruesa mano rodea un vaso chato. Otro vaso descansa sobre la mesa.

McCullough es republicano. Pero le gusta el Martin's.

—Te pedí algo —dice cuando Keller se sienta.

—Gracias —responde Keller—. Es el cuerpo de Barrera. Acaban de confirmárnoslo.

—¿Qué le has dicho al fiscal general? —pregunta el senador.

—Lo que sabemos —dice Keller—. Que nuestras informaciones acerca de una batalla entre los Zetas y los de Sinaloa han resultado ser exactas, y que al parecer Barrera murió en el tiroteo.

—Si lo de Dos Erres se hace público —responde McCullough—, es posible que nos relacionen con Tidewater.

—Es posible —dice Keller—. Pero no hay nada que vincule a Tidewater con la operación.

La empresa se disolvió y posteriormente volvió a crearse en Arizona, bajo otra insignia. En la misión de Guatemala participaron veinte hombres. Uno de ellos murió en combate. Se recuperó su cadáver, se informó a sus familiares que había muerto en un accidente durante un entrenamiento y se llegó a un acuerdo extrajudicial con ellos. Otros cuatro resultaron heridos y fueron evacuados a un hospital costarricense. Se destruyeron sus expedientes médicos y se les indemnizó conforme a los términos del contrato. De los quince restantes, uno ha muerto en un accidente de tránsito y otro mientras trabajaba para otra empresa. Los otros trece no tienen intención de incumplir la cláusula de confidencialidad del contrato.

El Black Hawk siniestrado no llevaba distintivos y los chicos lo volaron antes de largarse. La D-2 llegó al día siguiente y dejó limpio el lugar de los hechos.

—Me preocupa más que la Casa Blanca se ponga nerviosa —dice Keller.

—Yo me encargo de tranquilizarlos —contesta McCullough—. Nos estamos apuntando mutuamente a la cabeza, lo que antes solíamos llamar «destrucción mutua asegurada». Y además, pensándolo bien, ¿qué pasaría si el público descubriera que el presidente de Estados Unidos sacó el revólver y mató a tres de los mayores narcotraficantes del mundo? En el contexto actual, con esta epidemia de heroína, su índice de popularidad se dispararía.

—Tus colegas republicanos tratarían de destituirlo —dice Keller—. Y tú votarías a favor.

Corre el rumor —iniciado por el propio senador— de que McCullough piensa presentarse a las elecciones presidenciales de 2016.

McCullough se ríe.

—En lo tocante a traiciones, puñaladas traperas, ataques a la yugular y combate cuerpo a cuerpo, o sea, en todo lo relativo a poder letal puro y duro, esta ciudad no tiene nada que envidiarles a los cárteles mexicanos. Procura no olvidarlo.

—Lo tendré en cuenta.

—Entonces, estás convencido de que esto no va a perjudicarnos.

—Sí, lo estoy.

McCullough levanta su vaso.

—Pues brindo por el muerto recién aparecido.

Keller apura su copa.

• • •

Dos horas más tarde contempla la imagen de Iván Esparza en la gran pantalla de la sala de reuniones. Parado delante de un avión privado, Esparza viste camisa *norteña* a rayas, jeans y gafas de sol.

—Iván Archivaldo Esparza —dice Blair—. Edad, treinta años. Nacido en Culiacán, Sinaloa. Hijo mayor del difunto Ignacio *Nacho* Esparza, uno de los tres socios principales del cártel de Sinaloa. Tiene dos hermanos menores, Oviedo y Alfredo, por orden de edad, ambos metidos en el negocio familiar.

La imagen cambia a una fotografía de Iván con el pecho desnudo, de pie en la cubierta de un barco con otros yates de fondo.

—Iván es un ejemplo típico del grupo conocido como los Hijos —prosigue Blair—. Los vástagos. Ropa vaquera de estilo norteño, joyas aparatosas, cadenas de oro, gorra de beisbol con la visera hacia atrás, botas llamativas y coches de lujo variados: Maseratis, Ferraris, Lamborghinis. Hasta lleva pistolas con las cachas incrustadas con diamantes. Y cuelga fotos de todo ello en las redes sociales.

Blair muestra algunas imágenes del blog de Iván:

Una AK-47 chapada en oro sobre el tablero de un Maserati descapotable.

Fajos de billetes de veinte dólares.

Iván posando con dos chicas en bikini.

Una joven sentada en el asiento delantero de un coche, con el apellido Esparza tatuado en la larga pierna izquierda.

Coches deportivos, yates, motos acuáticas, más armas.

Las fotos favoritas de Keller son una en la que aparece Iván vestido con una chamarra con capucha e inclinado sobre un león adulto tendido delante de un Ferrari y otra con dos cachorros de león en el asiento delantero. La cicatriz de su cara apenas se ve, pero el pómulo sigue un poco aplastado.

—Ahora que se ha confirmado la muerte de Barrera —añade Blair—, Iván es el siguiente en la línea de sucesión. No solo es hijo de Nacho, sino también cuñado de Adán. La rama Esparza del cártel tiene miles de millones, centenares de soldados y una enorme influencia política. Pero hay otros candidatos.

En la pantalla aparece la fotografía de una mujer de aspecto elegante.

—Elena Sánchez Barrera —dice Blair—, la hermana de Adán. Antes dirigía la plaza de Baja, pero se retiró hace años, tras cederle el territorio a Iván. Tiene dos hijos: Rudolfo, que cumplió condena en Estados Unidos por tráfico de cocaína, y Luis. Al parecer, en estos momentos se encuentra desvinculada del negocio de la droga, igual que sus dos hijos. La familia tiene invertida la mayor parte de su dinero en negocios legales, pero tanto Rudolfo como Luis salen de vez en cuando con los Hijos y, como sobrinos carnales de Adán que son, hay que considerarlos herederos potenciales del trono.

Sigue una foto de Ricardo Núñez.

—Núñez tiene la riqueza y el poder necesarios para tomar el control del cártel —continúa Blair—, pero es por naturaleza un segundón, nacido para permanecer detrás del trono, no para ocuparlo. En el fondo es un abogado, un legalista prudente y quisquilloso que carece del gusto y la tolerancia por el derramamiento de sangre que exigiría un intento de hacerse con el poder.

Otra foto de un joven aparece en la pantalla.

Keller reconoce a Ric Núñez.

—Núñez tiene un hijo de veinticinco años —añade Blair—, también llamado Ricardo, con el ridículo sobrenombre de Mini Ric. Solo está en la lista porque es ahijado de Barrera.

Más fotos de Mini Ric.

Bebiendo cerveza.

Conduciendo un Porsche.

Sosteniendo una pistola grabada con sus iniciales.

Llevando a un guepardo atado con una correa.

—Ric carece de la seriedad de su padre —dice Blair—. Es otro *hijo*, un playboy que se gasta el dinero que nunca ha ganado con su propio sudor ni su sangre. Cuando no está drogado, está borracho. No puede controlarse a sí mismo, cuanto menos al cártel.

Keller ve una foto de Ric e Iván bebiendo juntos, brindando a la cámara. Con la mano libre apoyada en el hombro del otro.

—Iván Esparza y Ric Núñez son uña y carne —continúa Blair—. Iván se lleva mejor con Ric que con sus hermanos, probablemente. Pero Ric es un macho beta en la manada que dirige Iván. Iván es ambicioso. Ric es casi lo contrario.

Keller ya sabe todo esto, pero le ha pedido a Blair que ponga al corriente de la situación al personal de la DEA y el Departamento de Justicia tras descubrirse el cadáver de Adán. Denton Howard está sentado en primera fila. Aplicándose por fin al estudio, piensa Keller.

—Hay unos cuantos *hijos* más —prosigue Blair—. El padre de Rubén Ascensión, Tito, era el guardaespaldas de Nacho Esparza, pero ahora tiene su propia organización, el cártel de Jalisco, cuyos beneficios proceden principalmente de la metanfetamina. Este... —añade mostrando otra foto de un joven: cabello corto negro, camisa negra, mirada airada fija en la cámara— es Damien Tapia, alias Lobezno. Edad, veintidós años, hijo del difunto Diego Tapia, otro exsocio de Adán. Formó parte de los Hijos hasta que su padre se enemistó con Barrera en 2007, lo que desencadenó un importante conflicto interno que ganó Barrera. Antes era muy amigo de Iván y Ric, pero dejó de relacionarse con ellos porque culpa a sus padres de haber matado al suyo.

Los Hijos, piensa Keller, son como el *Brat Pack*, la «pandilla de mocosos» del narcotráfico mexicano, la tercera generación de traficantes. La primera fue la de Miguel Ángel Barrera, el M-1, y sus asociados; la segunda, la de Adán Barrera, Nacho Esparza, Diego Tapia y sus diversos rivales y enemigos: Heriberto Ochoa, Hugo Garza, Rafael Caro.

La de ahora son los Hijos.

Pero, a diferencia de la generación anterior, los Hijos nunca han trabajado en los campos de amapola, no se han ensuciado las manos con la tierra ni se las han manchado de sangre en las guerras que libraron sus tíos y padres. Se dan muchos aires, se pavonean con sus pistolas y sus AK chapadas en oro, pero nunca han tenido que entrarle con todo. Consentidos, soberbios y fatuos, se creen que el dinero y el poder son suyos por derecho. E ignoran lo que conlleva ese privilegio.

El acceso de Iván Esparza al poder llega con diez años de adelanto, como mínimo. Carece de la madurez y de la experiencia necesarias para dirigir este negocio. Si es listo, utilizará a Ricardo Núñez como *consigliere*, pero dicen de él que no es muy listo: que es arrogante, iracundo y exhibicionista, cualidades por las que su padre, siempre severo, solo sentía desprecio.

Pero el hijo no es el padre.

—Comienza un nuevo día —dice Keller—. La muerte de Barrera no ha disminuido la afluencia de drogas ni una sola semana. De hecho, es más fuerte que nunca. De modo que hay continuidad y estabilidad. El cártel es una corporación que ha perdido a su director ejecutivo. Pero sigue teniendo una junta directiva que tarde o temprano nombrará a un nuevo presidente. Hay que procurar mantenerse al tanto de esa conversación.

Es el vivo retrato de su padre.

Cuando Hugo Hidalgo cruza la puerta, Keller se retrotrae casi treinta años atrás.

Se ve a sí mismo y a Ernie Hidalgo en Guadalajara.

El mismo pelo negro azabache.

El mismo rostro agraciado.

La misma sonrisa.

—Hugo, ¿cuánto tiempo hacía ya? —Keller sale de detrás de la mesa para darle un abrazo—. Ven, siéntate, siéntate.

Conduce al joven a un sillón, en un pequeño rincón junto a la ventana, y toma asiento frente a él. Su recepcionista y varios secretarios se han preguntado cómo es posible que un agente novato haya conseguido cita con el director, sobre todo en un día como hoy, cuando Keller ha cancelado todo lo que tenía en la agenda para encerrarse en su despacho.

Lleva todo el día allí metido viendo, vía satélite, informativos mexicanos sobre el anuncio de la muerte de Adán Barrera. Univisión emite imágenes del cortejo fúnebre: decenas de vehículos descendiendo sinuosamente por las montañas, camino de Culiacán. En las aldeas y pueblos del trayecto, la gente se agolpaba junto a la carretera y lanzaba flores, corría llorando junto al coche fúnebre, pegaba las manos al cristal. Se han construido alteres improvisados con fotos de Barrera, velas y carteles que proclaman «¡ADÁN VIVE!».

Y todo por ese pedazo de mierda que mató al padre del joven que ahora se sienta frente a Keller, el mismo joven que antes lo llamaba «tío Arturo». Hugo debe de tener, ¿cuántos? ¿Treinta años ya? ¿Un poco más?

—¿Cómo estás? —pregunta Keller—. ¿Qué tal la familia?

—Mi madre está bien —dice Hugo—. Ahora vive en Houston. Ernesto trabaja en la policía de Austin. Es uno de esos polis hippies que van en bici. Está casado y tiene tres niños.

Keller se siente culpable por haber perdido el contacto.

Se siente culpable por muchas cosas relacionadas con Ernie Hidalgo. Fue culpa suya que lo mataran cuando Hugo era solo un chiquillo. Ha dedicado toda su carrera a intentar redimirse por ese error: siguió la pista de todos los implicados y los mandó a la cárcel.

Consagró su vida a derribar a Adán Barrera.

Y por fin lo ha conseguido.

—¿Y tú? —pregunta—. ¿Estás casado? ¿Tienes hijos?

—No —contesta Hugo—. Todavía. Mire, señor, sé que está muy ocupado y le agradezco mucho que me haya hecho un espacio…

—Faltaba más.

—Una vez me dijo que, si había algo que pudiera hacer por mí, no dudara en pedírselo.

—Y lo decía muy en serio.

—Gracias —dice Hugo—. No he querido aprovecharme de eso, de nuestra relación, no es que crea que me debe usted nada…

Keller ha seguido de lejos la carrera de Hugo.

El chico ha ido por buen camino.

Sirvió en el ejército, con los *marines*, en Irak.

Luego, al volver, acabó los estudios, se graduó en Justicia Penal por la Universidad de Texas e ingresó en la oficina del *sheriff* del condado de Maricopa. Acumuló una buena hoja de servicios y siguió presentando su candidatura a la DEA hasta que por fin fue contratado.

Keller sabe que podría haber tomado un atajo. Podría haberse presentado como hijo de un héroe caído de la DEA, y le habrían dado el trabajo en un abrir y cerrar de ojos.

Pero no lo hizo.

Se ganó a pulso su ingreso y eso Keller lo respeta.

Ernie habría sentido lo mismo.

—¿Qué puedo hacer por ti, Hugo?

—Llevo ya tres años en mi puesto —dice el joven— y sigo investigando las compras de marihuana en los suburbios de Seattle.

—¿No te gusta Seattle?

—Está lejísimos de México —responde Hugo—. Pero puede que ese sea el meollo del asunto.

—¿Qué quieres decir?

Hugo parece incómodo. Luego tensa la mandíbula y fija la mirada en él.

Como habría hecho Ernie, piensa Keller.

—¿Está usted manteniéndome alejado del peligro, señor? —pregunta Hugo—. Porque si es así…

—No, yo no.

—Pues entonces alguien lo está haciendo —añade Hugo—. He solicitado cinco veces el traslado al FAST y me lo han denegado. No tiene sentido. Hablo español perfectamente, tengo aspecto mexicano y cumplo con todos los requisitos en materia de armas.

—¿Por qué quieres pasarte al FAST?

FAST es el acrónimo en inglés del Equipo de Apoyo y Asesoramiento para Misiones en el Extranjero, pero Keller sabe que sus efectivos hacen mucho más que apoyar y asesorar. Son básicamente las fuerzas especiales de la DEA.

—Porque ahí es donde está la raíz de todo —explica Hugo—. Veo a adolescentes muertos por sobredosis. Quiero entrar en esa lucha. Quiero estar en el frente.

—¿Ese es el único motivo? —pregunta Keller.

—¿No es suficiente?

—¿Puedo ser sincero contigo, Hugo?

—Ojalá alguien lo fuera.

—No puedes pasarte la vida vengando a tu padre —dice Keller.

—Con todo respeto, señor —replica Hugo—, usted lo ha hecho.

—Por eso lo sé. —Keller se inclina hacia delante en su sillón—. Los hombres que mataron a tu padre están muertos, todos ellos. Dos murieron en prisión y otro en un tiroteo en un puente de San Diego. Yo estaba presente. En cuanto al último… Están a punto de celebrar su velorio. El trabajo está acabado, hijo. No hace falta que lo retomes.

—Me gustaría que mi padre se sintiera orgulloso de mí —dice Hugo.

—Estoy seguro de que así es.

—No quiero que me den un trato especial por quién era mi padre —añade el joven—, pero tampoco quiero que me pongan obstáculos.

—Me parece justo —dice Keller—. ¿Sabes qué? Si alguien está bloqueando tu traslado al FAST, lo desbloquearé. Si pasas las pruebas y superas el periodo de instrucción… solo la mitad lo consiguen… me ocuparé de que te destinen a Afganistán. A la línea del frente.

—Hablo español, no urdu.

—Sé realista, Hugo —contesta Keller—. Es imposible que te mandemos a México. O a Guatemala, o El Salvador, o Costa Rica, o Colombia. La DEA no va a arriesgarse a esos encabezados si te pasara algo. Y podría pasarte. Serías un hombre marcado.

—Estoy dispuesto a arriesgarme.

—Yo no.

Tuve que decirle a Teresa Hidalgo que su marido había muerto, piensa Keller, no voy a decirle también que han matado a su hijo. Toma nota de que debe enterarse de quién ha estado protegiendo a Hugo y darle las gracias por ello. Ha sido un acierto.

—Si no te apetece Kabul, dime adónde quieres ir. Europa… ¿España, Francia, Italia?

—No trate de deslumbrarme, señor —responde Hugo—. O me trasladan al frente o dejo la DEA. Y usted sabe que me aceptarán en cualquier cuerpo de la policía fronteriza y que me mandarán de infiltrado. Les estaré comprando droga a los de Sinaloa antes de que a usted le dé tiempo de tachar mi nombre de la lista de felicitaciones navideñas.

Eres hijo de tu padre, no hay duda, piensa Keller. Harás exactamente lo que has dicho, y conseguirás que te maten, y eso no puedo permitirlo, se lo debo a tu padre.

—¿Quieres ayudar a echar abajo el cártel? —pregunta.

—Sí, señor.

—Entonces puede que tenga un trabajo para ti aquí mismo —dice Keller—. Como mi asistente personal.

—Un trabajo burocrático —dice Hugo.

—Si crees que vas a echar abajo el cártel comprando unos cuantos papeles de coca en El Paso o liquidando a un par de *sicarios* en El Salvador, puede que seas demasiado estúpido para trabajar aquí —replica Keller—. Pero si lo que quieres es meterte de verdad en la refriega, vuelve a Seattle, recoge tus cosas y preséntate aquí el lunes a primera hora para empezar a trabajar. Es la mejor oferta que van a hacerte, hijo. Yo que tú la aceptaría.

—La acepto.

—Bien. Nos vemos el lunes, entonces.

Acompaña a Hugo a la puerta y piensa: Mierda, acaba de darme una lección el hijo de Ernie Hidalgo.

Keller vuelve frente al televisor.

Los restos mortales de Barrera han llegado a Culiacán.

Si tiene que quedarse aquí sentado cinco minutos más, Ric se pega un tiro.

Esta vez, de verdad.

Prefiere estar a muerto a seguir sentado en esta silla plegable de madera, con la vista fija en el ataúd cerrado en el que descansan los huesos de Adán Barrera, fingiéndose apenado y absorto en lindos recuerdos de su padrino que no tiene ni ha tenido nunca.

Todo esto es vomitivo.

Pero también es divertido, al estilo de Guillermo del Toro. Los *velorios* se hacen para que la gente pueda ver el cadáver, pero en este caso no hay cadáver: han arrojado el esqueleto a un féretro que seguramente cuesta más que la casa de mucha gente, así que es un poco como ir al cine a ver una película que no tiene imagen, solo sonido.

Y luego está toda esa discusión acerca de qué hacer con el traje, porque se supone que hay que vestir al finado con sus mejores galas para que no vaya por el otro mundo hecho un pordiosero, pero, como en este caso no había modo de hacerlo, han doblado un traje Armani que encontraron en un armario de Adán y lo han metido en el ataúd.

Pero lo más divertido ha sido pensar qué más metían dentro, porque la tradición manda que se introduzcan en el féretro cosas que representen lo que al difunto le gustaba hacer en vida, pero a nadie se le ocurría nada que Adán hiciera por diversión, nada que le gustara de veras.

—Podríamos meter dinero —le dijo Iván en voz baja mientras estaban un poco apartados de la conversación—. Porque el dinero le gustaba, eso seguro.

—Y las viejas —respondió Ric.

Se cuenta que su padrino era todo un donjuán.

—Sí, pero no creo que vayan a dejarte matar a una vieja buena y meterla ahí con él —dijo Iván.

—No sé —contestó Ric—. Hay bastante espacio.

—Te doy mil dólares si lo propones —dijo Iván.

—No vale la pena —respondió él mientras veía a su padre y a Elena Sánchez debatiendo muy seriamente la cuestión.

No, a su padre no le haría ni pizca de gracia, y a Elena él no le cae bien.

Además, no se atrevería a decir algo así delante de Eva —hablando de viejas buenas—, que estaba... en fin, buenísima con su vestido negro.

A Eva se la tiraría sin pensárselo dos veces. A fin de cuentas, son de la misma edad. Pero eso tampoco va a decirlo delante de su hermano Iván.

—Yo me la cogería —le dijo Belinda una vez—. Seguro.

—Entonces, ¿crees que tira para los dos lados?

—Nene —contestó ella—, conmigo todos tiran para los dos lados. Yo consigo a quien se me antoja.

Ric se quedó pensándolo un momento.

—Eva no. Tiene hielo ahí abajo.

—Yo lo derretiría —respondió Belinda sacando la lengua—. Y lo convertiría en lágrimas de felicidad.

A Belinda nunca le ha faltado seguridad en sí misma.

Al final decidieron meter en el ataúd una pelota de beisbol, porque a Adán le gustaba un poco el juego (aunque nadie recuerda que fuera nunca a un partido), un par de guantes de boxeo, de cuando era joven y quería ser promotor, y una foto de la hija que murió de pequeña, lo que hizo que Ric se sintiera un poco mal por haber deseado meter a una tipa muerta en la caja.

Y ahí se acabó esa discusión; luego vino otra, mucho más seria, acerca de dónde celebrar el *velorio*. Al principio pensaron hacerlo en casa de la madre de Adán en La Tuna, su pueblo natal, pero luego decidieron que sería demasiado esfuerzo para la anciana y, además, como señaló el padre de Ric, «la ubicación rural plantearía numerosas dificultades logísticas».

Muy bien.

Resolvieron hacerlo en Culiacán, en cuyo cementerio se encontraban, a fin de cuentas, como en casa. El problema era que todo mundo tenía una residencia (o varias) en la ciudad o sus alrededores, así que inició un debate acerca de qué casa sería la elegida. Al parecer, el asunto tenía cierta relevancia.

Elena quería que el velorio se celebrara en su casa. Después de todo, Adán era su hermano. Iván, por su parte, quería que fuera en el domicilio de la familia Esparza, porque Adán era su cuñado. El padre de Ric ofreció su casa a las afueras de Eldorado, «lejos de miradas curiosas».

¿Qué carajo importa eso?, se preguntaba Ric viendo cómo se acaloraban. A Adán va a darle igual, está muerto. Pero a ellos sí que parecía importarles, y estuvieron un buen rato enzarzados hasta que Eva dijo en voz baja:

—Adán y yo también teníamos casa. Lo haremos allí.

Ric se fijó en que a Iván no parecía agradarle que su hermanita interviniera.

—Es demasiado pedirte que seas la anfitriona.

¿Por qué?, se preguntó Ric. Ni que Adán tuviera que esforzarse por ofrecer frijoles refritos a sus invitados o alguna cosa para que disfrutaran de su velorio.

—Es verdad, es demasiado, cielo —dijo Elena.

El padre de Ric asintió con un gesto.

—Además, está en el campo, muy lejos.

Por fin estaban de acuerdo en algo, pensó Ric.

Pero Eva insistió:

—Lo haremos allí.

Así que Ric y todos los demás tuvieron que irse al fin del mundo, hasta la *estancia* de Adán, por caminos de tierra, pasando junto a los controles que la policía estatal había montado para proteger el cortejo fúnebre. Putas caravanas de narcos que venían a presentar sus respetos, algunos por cariño, otros por compromiso, y otros por miedo a que no los vieran por allí. Si te invitaban al *velorio* de Adán Barrera y no ibas, el invitado de honor del próximo velorio podías ser tú.

Su padre y Elena se habían encargado de casi todos los preparativos, así que estaba todo perfecto, cómo no. Helicópteros sobrevolando en círculos el recinto, guardias armados patrullando los jardines, valets de estacionamiento con pistola a la cintura.

La inclinada pradera de césped estaba llena de invitados. Se habían dispuesto mesas con manteles blancos repletas de comida, botellas de vino y jarras de cerveza, agua y limonada. Los meseros iban de acá para allá portando charolas de canapés.

Una de las bandas norteñas de Rudolfo Sánchez tocaba bajo un toldo.

El camino hasta la casa estaba salpicado de pétalos de cempasúchil, como es tradicional en un *velorio*.

—Echaron la casa por la ventana —comentó Karin, la mujer de Ric.

—¿Y qué esperabas?

Ric había hecho dos semestres de negocios en la Universidad Autónoma de Sinaloa, y lo único que había aprendido sobre economía era que un condón barato podía salir mucho más caro que uno bueno. Cuando le contó a su padre que Karin estaba *embarazada*, Ricardo le dijo que hiciera lo correcto.

Ric sabía qué era lo correcto: librarse de aquel estorbo y romper con Karin.

—No —contestó Núñez—. Vas a casarte y a criar a tu hijo.

Ric padre pensaba que la responsabilidad de tener una familia haría de su hijo un hombre. Y en cierto modo así fue: lo convirtió en un hombre que apenas pisaba su casa y que tenía una amante con la que hacer todo aquello a lo que su esposa se negaba. Y no es que él le pidiera nada: Karin, aunque bastante guapa, era más aburrida que una cena de domingo. Si le sugería alguna de las cosas que hacía Belinda, seguramente rompería a llorar y se encerraría en el baño.

Su padre no se compadecía de él:

—Pasas más tiempo de parranda con los Esparza que en tu casa.

—Necesito salir con los muchachos de vez en cuando.

—Pero tú ya no eres un muchacho, eres un hombre —respondía Núñez—. Y un hombre tiene que pasar tiempo con su familia.

—¿Tú has visto a Karin?

—Tú elegiste acostarte con ella —replicaba su padre—. Sin tomar las debidas precauciones.

—Una sola vez —decía Ric—. Ahora ya no tengo que preocuparme mucho por eso.

—Búscate una amante —le aconsejó su padre—. Es lo que hace un hombre. Pero cuida a tu familia.

Su padre, sin embargo, pondría el grito en el cielo si se enteraba de a quién había elegido como amante: a una psicópata absoluta que además era su jefa de seguridad. No, su padre no aprobaría lo de la Fósfora. Por eso de momento lo guardaban en secreto.

Su viejo había añadido algo más:

—Deshonrar tu matrimonio es deshonrar a tu padrino, y eso no puedo consentirlo.

Esa noche, Ric se fue derechito a casa.

—¿Has estado quejándote con mi padre? —le preguntó a Karin.

—¡Nunca estás en la casa! —contestó ella—. ¡Te pasas todas las noches con tus amigos! ¡Y seguro que te estás tirando a alguna puta!

A varias, en plural, pensó Ric, pero no lo dijo. Lo que dijo fue:

—¿Te gusta esta casa nueva tan grande? ¿Y el piso de Cabo? ¿Te gusta? ¿Y la casita en la playa de Rosarito? ¿De dónde crees que sale todo eso? La ropa, las joyas, esa tele de pantalla plana que siempre estás mirando. La niñera para que tu hija no te interrumpa cuando estás viendo tus *telenovelas*. ¿De dónde crees que sale? ¿De mí?

Karin esbozó una sonrisa burlona.

—Tú ni siquiera tienes trabajo.

—Mi trabajo —replicó él— es ser el hijo de mi padre.

Otra mueca burlona.

—El Mini Ric.

—Exacto —contestó él—. Así que cualquiera que no se comporte como una zorra sin dos dedos de frente pensaría, «Umm, no me conviene ir a quejarme de mi marido con su padre, no vaya a ser que se me acabe el negocio».

Claro que eso es lo que pensaría alguien que no se comporte como una zorra sin dos dedos de frente.

—Lárgate.

—Por Dios, a ver si te decides —respondió Ric—. ¿Quieres que me quede en casa o que me vaya? Una puta noche contigo y aquí estoy, condenado a cadena perpetua.

—¿Y cómo crees que me siento yo? —preguntó Karin.

A eso es a lo máximo que llega, pensó Ric. Si hubiera llamado zorra estúpida a Belinda, le habría metido un tiro en la verga y luego se la habría chupado hasta sacarle la bala.

—A ver si entiendes —dijo—. Si quieres quejarte, quéjate con tus amigas cuando queden para comer. Quéjate con la sirrvienta, quéjate con esa mierdita de perro que te compré. Pero nunca, jamás, te quejes con mi padre.

—¿O qué, si no? —le espetó ella a la cara.

—Yo nunca le pegaría a una mujer —dijo él—. Ya lo sabes. Pero me divorciaré de ti. Te quedarás con una de las casas y vivirás en ella sola, y a ver si entonces encuentras otro marido, cargada con una mocosa.

Esa noche, horas después, cuando se metió en la cama, estaba tan borracho que se había ablandado un poco.

—¿Karin?

—¿Qué?

—Sé que soy un pendejo —dijo Ric—. Soy un *hijo*, es lo único que conozco.

—Es que tú…

—¿Qué?

—Que solo juegas a vivir —dijo ella.

Ric se rio.

—¿Y para qué sirve la vida si no, nena?

Como *hijo* que es, ha visto a amigos, primos y tíos asesinados. Muchos de ellos jóvenes, algunos más jóvenes que él. Hay que jugar mientras la vida te lo permita, porque tarde o temprano —seguramente más pronto que tarde— acabarán metiendo tus chucherías favoritas en una caja con tu cadáver.

Coches veloces, barcos veloces, mujeres más veloces aún. Buena comida, mejor alcohol, drogas de primerísima calidad. Casas bonitas, ropa selecta, armas lujosas. Si hay algo mejor en la vida, Ric lo desconoce.

—Juega conmigo —dijo.

—No puedo —contestó ella—. Tenemos una hija.

Ahora que Karin se ha acostumbrado a su papel de joven madre y está criando a su niña, su matrimonio ha pasado de la hostilidad abierta a una tolerancia cargada de aburrimiento. Y, naturalmente, tiene que acompañarlo al *velorio* de Adán; lo contrario sería «indecoroso» a ojos de su padre.

Pero lo jodía que Belinda también estuviera allí.

Trabajando.

Karin se fijó en ella.

—Esa chica, ¿es de seguridad?

—Es la jefa de seguridad.

—Es guapísima —comentó ella—. ¿Crees que es *tortillera*?

Ric se rio.

—¿Cómo es que conoces esa palabra?

—Yo sé cosas. No vivo en una burbuja.

Sí, claro que vives en una burbuja, pensó Ric.

—No sé si es lesbiana o no. Probablemente.

Ahora Karin está sentada a su lado con cara de estar tan harta como él, pero con la mirada fija en el ataúd, como corresponde a la esposa del ahijado (Karin cumple con su deber igual que una monja reza el rosario, piensa Ric).

Lo que le recuerda que se convirtió en ahijado de Adán con ocasión de su boda, según la antigua tradición mexicana que permite a un hombre «adoptar» a un ahijado para celebrar un acontecimiento relevante en la vida del joven, aunque Ric sabe que Adán lo hizo más por deferencia a su padre que por cariño hacia él.

Ha oído contar por lo menos mil veces la historia de cómo se alió su padre con Adán Barrera.

Ricardo Núñez era bastante joven en aquel entonces: solo tenía treinta y ocho años cuando Adán llegó custodiado a las puertas de la prisión, después de que las autoridades estadounidenses le concedieran la «extradición por motivos humanitarios» para que cumpliera en México el resto de su condena de treinta y dos años de cárcel.

Hacía frío esa mañana, decía siempre su padre cuando contaba aquella historia. Adán, que iba esposado y llevaba grilletes en los tobillos, tiritaba de frío cuando se quitó la chamarra azul y se puso un uniforme café con el número 817 cosido por delante y por detrás.

—Le solté un discurso santurrón —le contaba Núñez a su hijo.

(¿A poco tiene de otros?, pensaba Ric.)

—«Adán Barrera, ahora es usted un interno del Cefereso II. No crea que su posición anterior le deparará privilegios de ninguna clase. Aquí es usted un delincuente como otro cualquiera.»

Fue un discurso de cara a la galería (había cámaras delante) y así lo entendió Adán. Al entrar en la prisión, Adán aceptó amablemente las disculpas de Núñez y sus garantías de que se haría todo lo posible por asegurar su comodidad.

Y así fue, en efecto.

Diego Tapia ya se había encargado de las medidas de seguridad. Algunos de sus hombres de mayor confianza aceptaron dejarse detener y procesar para que los enviaran a prisión, donde ejercerían de guardaespaldas del Patrón. Núñez, además, prestó su colaboración para que Adán dispusiera de una «celda» de más de cincuenta y cinco metros cuadrados, con cocina completa, un bar bien surtido, televisión LED, computadora y un refrigerador repleto de alimentos frescos.

Algunas noches, el comedor de la cárcel se convertía en sala de cine para que el Patrón celebrara «veladas cinematográficas» con sus amigos, y el padre de Ric nunca olvidaba recalcar que al gran capo del narcotráfico le gustaban las películas para todos los públicos, sin sexo ni violencia.

Otras noches, en cambio, los guardias de la prisión iban a Guadalajara y volvían con una camioneta cargada de bellas señoritas para los ayudantes y empleados de Barrera. Adán, sin embargo, no participaba en el festín, y no tardó mucho en iniciar su idilio con Magda Beltrán, una bella reclusa que había sido Miss Sinaloa y que llegaría a hacerse famosa por ser su amante.

—Pero así era Adán —le decía Núñez a su hijo—. Siempre tuvo cierta clase, cierta dignidad. Apreciaba la calidad, tanto en los objetos como en las personas.

Adán cuidaba de la gente que lo cuidaba.

De modo que Núñez no se sorprendió cuando, unas semanas antes de Navidad, Adán entró en el despacho y le sugirió con toda calma que dimitiera de su puesto, informándole, además, que le habían abierto una cuenta numerada en un banco de las islas Caimán, cuya documentación encontraría en su nueva casa de Culiacán.

Núñez presentó su renuncia y volvió a Sinaloa.

La noche de Navidad, un helicóptero despegó de la azotea de la prisión llevando como pasajeros a Adán Barrera y Magda Beltrán. Según se rumoraba, la «fuga» costó más de cuatro millones de dólares en mordidas a diversas personas de la Ciudad de México.

Parte de ese dinero se depositó en una cuenta numerada de Gran Caimán, con Ricardo Núñez como beneficiario.

Vinieron investigadores federales a interrogar a Núñez, que aseguró no saber nada de la fuga. Los agentes mostraron su indignación por el trato especial que había recibido Adán en la cárcel y amenazaron con imputar a Núñez, pero no sacaron nada en claro. Y aunque Núñez quedó inhabilitado como fiscal, poco importaba ya: Adán cumplió su palabra y lo acogió bajo su protección.

Lo introdujo en el negocio de la cocaína.

Núñez se volvió un hombre respetado.

Un hombre de confianza.

Y, además, discreto. No le gustaba llamar la atención, prefería mantenerse alejado de los reflectores y de las redes sociales. Volaba premeditadamente por debajo del radar, de modo que ni siquiera la SEIDO y la DEA —y, de hecho, muy pocas personas dentro del cártel— sabían lo importante que había llegado a ser.

El Abogado.

Se convirtió, de hecho, en la mano derecha de Adán.

Ric, por su parte, ha pasado muy poco tiempo con Barrera, por eso se le hace tan raro estar aquí sentado, fingiendo que lamenta su muerte.

El féretro de Adán está emplazado sobre un altar construido para la ocasión en la sala más espaciosa de la casa. Cúmulos de flores frescas se amontonan sobre el altar, junto a cruces y estampas religiosas. Mazorcas de maíz con su cáscara, calabazas y *papel picado* cuelgan de una pérgola de ramas levantada por encima del ataúd, alrededor del cual se han dispuesto recipientes sin tapa llenos de café crudo, otra tradición de *velorio*, para tapar el olor a descomposición, sospecha Ric.

Como ahijado del difunto, Ric se sienta en primera fila, junto a Eva, claro, los Esparza, y Elena y sus hijos. La madre de Adán, tan anciana como la tierra misma, enlutada y con una mantilla negra sobre la cabeza, ocupa una mecedora. Su rostro arrugado muestra esa tristeza paciente de la *campesina* mexicana. Señor, las cosas que habrá visto, piensa Ric. Tantos seres queridos muertos: sus dos hijos varones, un nieto asesinado, una nieta muerta siendo una niña, y tantos otros.

Ric conoce la expresión «cortar la tensión con un cuchillo», pero en esta sala la tensión no podría cortarse ni con un soplete. Se supone que tendrían que estar contándose historias entrañables sobre el finado, pero a nadie se le ocurre ninguna que contar.

Ric tiene unas cuantas ideas…

Oye, ¿qué tal aquella vez que el tío Adán hizo matar a toda una aldea para asegurarse de que también mataba al soplón?

O…

¿Y aquella otra vez que el tío Adán ordenó que a uno de sus rivales le mandaran la cabeza de su mujer envuelta en un paquete de hielo seco?

O…

Hey, ¿se acuerdan de cuando el tío Adán hizo arrojar a aquellos dos niños desde lo alto de un puente? ¡Qué puntada! Era un tipo genial, era la pistola, ¿eh?

Ganó miles de millones de dólares, montó y gobernó un puto imperio y ¿cuál es el resultado final?

Una hija muerta, una exmujer que no viene a su funeral, una viuda joven y bella como un trofeo, dos hijos gemelos que se criarán sin su padre, una gorra de beisbol, unos guantes de boxeo viejos y mohosos y un traje que nunca llegó a ponerse. Y a nadie, ni a una sola de las personas que se han reunido aquí por centenares, se le ocurre una anécdota bonita que contar sobre su vida.

Y ese es el tipo que triunfó.

El Señor. El Patrón. El Padrino.

Ric ve que Iván lo mira, que se toca la nariz con el índice. Que se levanta de su silla.

—Tengo que orinar —dice Ric.

Cierra la puerta del baño a su espalda.

Iván está preparando unas rayas sobre la repisa de mármol del tocador.

—Carajo, qué aburrimiento.

—Es horroroso.

Iván enrolla un billete de cien dólares (cómo no, piensa Rick), se mete una raya de coca y le pasa el tubito.

—A mí no me hagan esta mierda, *cuate*. Cuando me vaya, hacen una fiesta por todo lo alto, me suben a una lancha y, ¡pum!, funeral vikingo.

Ric se inclina y aspira la coca por la nariz.

—Mucho mejor. ¿Y si me petateo yo primero?

—Tiro a tu cadáver a un callejón.

—Gracias.

Llaman suavemente a la puerta.

—*¡Momento!* —grita Iván.

—Soy yo.

—Belinda —dice Ric.

Abre la puerta, ella entra rápidamente y cierra.

—Sabía lo que estaban haciendo aquí, ojetes. Denme un poco.

Iván se saca el frasco del bolsillo y se lo pasa.

—Sírvete.

Belinda prepara una raya y la aspira.

Iván se apoya contra la pared.

—¿A que no saben a quién vi el otro día? A Damien Tapia.

—No jodas —dice Ric—. ¿Dónde?

—En Starbucks.

—¡No mames! ¿Y qué le dijiste?

—Le dije «hola», ¿qué pensabas?

Ric no sabe qué pensaba. Damien fue un *hijo*, se criaron juntos, jugaban juntos constantemente, salían de fiesta, todo ese rollo. Se llevaba tan bien con él como con Iván, hasta que Adán y Diego Tapia se pelearon, y hubo una guerra, y mataron al padre de Damien.

En aquel entonces ellos eran adolescentes, unos chamacos.

Adán ganó la guerra, claro, y la familia Tapia fue expulsada del cártel. Desde entonces tenían prohibido cualquier contacto con Damien Tapia. Aunque de todos modos él tampoco quería saber nada de ellos. Seguía por la ciudad, pero encontrarse con él era incómodo.

—Cuando mande yo —dice Iván—, haré las paces con Damien.

—¿Sí?

—¿Por qué no? —responde Iván—. Esa bronca fue entre Adán y su viejo. Adán está muerto, como habrás notado. Yo arreglaré las cosas con Damien. Todo volverá a ser como antes.

—Me parece bien —dice Ric.

Ha echado de menos a Damien.

—Esa generación —añade Iván, señalando con la barbilla hacia la puerta—, no tenemos por qué heredar sus guerras. Nosotros vamos a pasar la página. Los Esparza, tú, Rubén y Damien. Igual que antes. Los Hijos, como hermanos, ¿no?

—Como hermanos —repite Ric.

Entrechocan los nudillos.

—Si acabaron ya con esas mariconadas —comenta Belinda—, será mejor que salgamos antes de que se den cuenta de lo que andamos haciendo aquí. Meterse coca en el *velorio* del patrón. ¡Qué vergüenza!

—Este lugar se construyó gracias a la coca —responde Iván.

—Vendiéndola, no metiéndosela —replica ella y mira a Ric—. Límpiate la nariz, mi amor. Oye, tu mujer está guapa.

—Ya la habías visto otras veces.

—Sí, pero hoy la veo más chula —dice Belinda—. Si te apetece hacer un trío, yo podría enseñarle un par de cositas. Anden, vámonos.

Abre la puerta y sale.

Iván agarra a Ric del codo.

—Oye, ya sabes que tengo que cuidar de mis hermanos, pero vamos a esperar un par de días a que las cosas se tranquilicen y luego hablamos, ¿okey? Sobre dónde encajas tú.

—Okey.

—Descuida, *mano* —añade Iván—. Seré justo con tu padre y cuidaré de ti.

Ric sale detrás de él.

Elena está sentada entre sus dos hijos.

Una vez vio en televisión un documental de naturaleza en el que contaban que, cuando un león joven se adueña de la manada, lo primero que hace es matar a los cachorros del macho dominante anterior. Los suyos aún llevan el apellido Barrera y la gente dará por sentado que aspiran al poder, aunque no sea cierto. Rudolfo solo tiene una pequeña escolta y una camarilla de gorrones. Luis, aún menos. Quiera yo o no, piensa Elena, tendré que asumir cierta cuota de poder para protegerlos.

Pero ¿el trono?

Nunca ha habido una mujer al frente del cártel y ella no quiere ser la primera.

Algo tendrá que hacer, no obstante.

Sin una base de poder, los otros leones perseguirán a sus cachorros y acabarán con ellos.

Al mirar el ataúd de su hermano, desearía sentir algo más. Adán fue siempre muy bueno con ella y con sus hijos. Quiere llorar pero no le salen las lágrimas, y se dice a sí misma que es porque tiene el corazón agotado, exprimido de tantas muertes a lo largo de los años.

Su madre, posada en su silla como un cuervo, está prácticamente catatónica. Ha enterrado a dos hijos, a un nieto y una nieta. Elena desearía poder convencerla de que se mude a la ciudad, pero ella se empeña en quedarse en la casa que Adán le construyó en La Tuna, completamente sola, sin contar al servicio y los guardaespaldas.

No querrá irse, morirá en esa casa.

Si mi madre es un cuervo, piensa Elena, los demás son buitres. Buitres que planean en círculos aguardando el momento de abalanzarse sobre los huesos de mi hermano.

Iván Esparza y sus dos hermanos, los dos igual de cretinos que él; Núñez, el horrible abogado de Adán; y un hatajo de adjuntos de poca monta: jefes de plaza, cabecillas de células y pistoleros con ansias de medrar.

Se siente cansada, sobre todo cuando ve que Núñez viene hacia ella.

—Elena —dice el abogado—, ¿podemos hablar un momento en privado?

Lo sigue fuera, hasta la gran pradera en pendiente por la que paseó tantas veces con Adán.

Núñez le pasa una hoja de papel y dice:

—Esto es muy incómodo.

Espera mientras ella lee.

—No es una posición que me agrade —continúa Núñez—, y desde luego nunca la he querido. De hecho, rezaba por que no llegara nunca este día. Pero estoy firmemente convencido de que deben respetarse los deseos de tu hermano.

Es la letra de Adán, no hay duda, piensa Elena. Y expone con toda claridad que Ricardo Núñez debe tomar el control en caso de que él muera repentinamente, hasta que sus hijos alcancen la mayoría de edad. Santo Dios, los gemelos apenas han cumplido dos años. Núñez tendrá una larga regencia por delante. Tiempo de sobra para traspasar la organización a su propia prole.

—Me doy cuenta de que puede que sea una sorpresa —dice Núñez— y una desilusión. Solo confío en que no haya rencores.

—¿Por qué habría de haberlos?

—Comprendería que pensaras que el mando debería pasar a la familia.

—A mis hijos no les interesa, y Eva...

—Eva es una reina de concurso de belleza —concluye Núñez.

—Magda Beltrán también lo era —dice Elena, aunque no sabe por qué siente el impulso de llevarle la contraria.

Pero es la verdad. Adán debería haberse casado con su fabulosa amante. La bella Magda lo conoció en prisión, se convirtió en su amante y, valiéndose de ello y de su considerable instinto para los negocios, creó una organización multimillonaria.

—Y mira cómo acabó —dice Núñez.

Cierto, piensa Elena. Los Zetas le grabaron a cuchillo una Z en el pecho y a continuación la asfixiaron con una bolsa de plástico. Y estaba embarazada de Adán. Magda se lo había confesado a Elena, y ahora Elena se pregunta si Adán llegó a saberlo alguna vez. Espera que no: le habría roto el corazón.

—Evidentemente, Eva no es la persona más indicada para tomar el mando —dice.

—Por favor comprende —dice Núñez— que asumo esta responsabilidad en nombre de los hijos de Adán. Pero si piensas que la mejor opción eres tú, estoy dispuesto a ignorar los deseos de Adán y a retirarme.

—No —responde ella.

Dejar que Núñez ocupe el trono equivale a apartar a sus hijos, pero Elena sabe que ellos en el fondo están deseando que así sea. Y, francamente, si Núñez quiere ponerse en la mira, tanto mejor.

Pero a Iván... a Iván no va a gustarle.

—Tienes mi apoyo —dice. Ve que Núñez asiente con la elegancia de un abogado en el momento de ganar un caso. Luego deja caer la bomba—. Solo tengo una pequeña petición.

Núñez sonríe.

—Tú dirás.

—Quiero recuperar Baja. Para Rudolfo.

—Baja es de Iván Esparza.

—Y antes de que fuera suya, era mía.

—Para ser justos, Elena, renunciaste a ella —responde Núñez—. Querías retirarte.

Fue mi tío, el M-1, quien mandó a mis hermanos a quitarles la plaza de Baja al Güero Méndez y a Rafael Caro, piensa ella. Corría 1990 y Adán y Raúl se encargaron de ello. Sedujeron a los niños ricos de Tijuana y los convirtieron en una red de narcotráfico que se apropió de la estructura de poder de sus padres para entregárnosla a nosotros. Reclutaron a bandas de San Diego como sicarios y vencieron a Méndez, Caro y a todos los demás hasta apoderarse de la plaza y convertirla en un trampolín desde el cual tomar el país entero.

Nosotros hicimos de tu cártel de Sinaloa lo que es ahora, piensa, así que si quiero Baja vas a dar. No dejaré a mis hijos sin ninguna base de poder con la que defenderse.

—Baja se le entregó a Nacho Esparza —insiste Núñez—. Y al morir él, ha pasado a Iván.

—Iván es un payaso —replica Elena.

Todos los son, todos los *hijos*, incluido tu hijo Ricardo.

—Con derechos legítimos para reclamar y un ejército que lo respalda —dice Núñez.

—Y tú ahora tienes el ejército de Adán —responde Elena, dejando en el aire la continuación obvia de esa frase: «si es que yo te respaldo».

—Iván se va a sentir muy decepcionado por no conseguir el trono —añade Núñez—. Tengo que dejarle algo, Elena.

—¿Y Rudolfo, el sobrino de Adán, va a quedarse sin nada? —pregunta ella—. Los hermanos Esparza ya tienen mucho, más dinero del que puedan gastar en toda una vida, todos ellos juntos. Te estoy pidiendo una sola plaza. Y puedes quedarte con el comercio interior, como hasta ahora.

Núñez parece sorprendido.

—Por favor —dice Elena—, sé perfectamente que el joven Ric está distribuyendo su mercancía por todo Baja California Sur. No pasa nada. Yo solo quiero el norte y la frontera.

—Ah, nada más.

Elena quiere una de las plazas más lucrativas del tráfico ilegal de narcóticos. En Baja California hay un floreciente *narcomenudeo*, ventas callejeras al por menor, pero eso no es nada comparado con el *trasiego*, el tráfico de drogas desde Tijuana y Tecate a San Diego y Los Ángeles. Desde allí, la mercancía se distribuye a todo Estados Unidos.

—¿Te parece mucho pedir? —pregunta Elena—. ¿A cambio de que acate los últimos deseos de mi hermano? Lo necesitas, Ricardo. Si no…

—Me estás pidiendo que te entregue algo que no es mío —dice Núñez—. Adán entregó la plaza a los Esparza. Y con todo respeto, Elena, mis negocios en Cabo no son asunto tuyo.

—Hablas como un abogado, no como un *patrón* —replica ella—. Si vas a ser el Patrón, sé el Patrón. Toma decisiones, da órdenes. Si quieres mi apoyo, el precio es Baja para mi hijo.

El rey ha muerto, piensa Elena.

Larga vida al rey.

Ric está sentado junto a la alberca, al lado de Iván.

—Esto está mejor —dice—. No aguantaba ni un puto minuto más ahí dentro.

—¿Dónde está Karin?

—Hablando por teléfono con la niñera —dice Ric—. Seguramente estarán debatiendo sobre el color de la caca. Tardará un rato.

—¿Crees que sabe lo tuyo con Belinda? —pregunta Iván.

—¿Y a quién carajo le importa?

—Oh, oh.

—¿Qué?

—Mira —dice Iván.

Ric se gira y ve que Tito Ascensión viene hacia ellos. Tan alto como un refrigerador, pero más grueso.

El Mastín.

—El viejo perro guardián de mi padre —comenta Iván.

—Un poco de respeto —responde Ric—. Es el papá de Rubén. Además, ¿sabes a cuántos ha matado?

A muchos, es la respuesta.

A cientos, por lo menos.

Tito Ascensión fue en tiempos jefe del escuadrón armado de Nacho Esparza. Combatió a los Zetas y luego a los Tapia, y después, de nuevo, a los Zetas. Una vez mató a treinta y ocho de un jalón y colgó sus cuerpos de un puente de la autopista. Pero metió la pata: resultó que no eran Zetas, sino ciudadanos de a pie. Tito se enfundó una coipa, convocó una rueda de prensa y se disculpó por el error, pero añadió que su grupo seguía en guerra con los Zetas y que convenía extremar las precauciones, no fuera a ser que te confundieran con uno de ellos.

El caso es que Tito desempeñó un papel crucial a la hora de ganar las guerras para Sinaloa, y como recompensa Nacho le permitió montar su propia organización en Jalisco, autónoma, pero sin abandonar la órbita de Sinaloa.

Tito quería mucho a Nacho Esparza y, cuando se enteró de que los Zetas lo habían matado en Guatemala, agarró a cinco de ellos, los torturó durante varias semanas y, luego de matarlos, les cortó la verga y a cada cadáver le introdujo la suya en la boca.

No, a El Mastín no convenía faltarle al respeto.

Ahora, su sombra cae literalmente sobre los dos.

—Iván —dice—, ¿puedo hablar contigo?

—Luego te veo —dice Ric, procurando no reírse.

Solo se le ocurre pensar en Luca Brasi en la escena de la boda de *El padrino*, que ha visto con Iván cincuenta y siete mil veces, por lo menos. Iván está obsesionado con esa película; le gusta casi tanto como *Caracortada*.

—No, quédate —dice Iván, y como Tito pone cara de dudar, añade—: Ric va a ser mi número dos. Cualquier cosa que tengas que decirme, puedes decirla delante de él.

Habla un poco despacio, como si Tito fuera medio lerdo.

—Quiero entrar en el negocio de la heroína —dice Ascención.

—¿Te parece prudente? —pregunta Iván.

—Da muchos beneficios —dice Tito.

En eso tiene razón, piensa Ric. Sinaloa está ganando millones con la chiva mientras Jalisco sigue traficando con cocaína y meta.

—Esas dos cosas no siempre van unidas —contesta Iván, intentando emular a su padre—. Para empezar, entrarías en competencia con nosotros.

—El mercado es lo bastante grande para los dos —responde Tito.

Iván arruga el entrecejo.

—Tito, ¿para qué arreglar lo que no está roto? Jalisco gana mucho dinero con la meta, ¿no? Y ni siquiera te cobramos *piso* por usar nuestras plazas.

—Era el acuerdo que tenía con tu padre —dice Tito.

—Pagabas lo que debías, de eso no hay duda —dice Iván—. Has sido un buen soldado, y conseguiste tu propia organización como recompensa. Pero creo que es mejor dejar las cosas como están, ¿no te parece?

Santo Dios, piensa Ric, es casi como si le estuviera dando palmaditas en la cabeza.

Buen perrito, buen perrito.

Siéntate.

No te muevas.

Pero Tito responde:

—Si tú crees que es lo mejor…

—Lo es —dice Iván.

Tito saluda a Ric con una inclinación de cabeza y se aleja.

—Rubén sacó el cerebro de su madre —dice Iván—. Y el físico también, por suerte.

—Rubén es un buen tipo.

—Es un tipo chingón —dice Iván.

Como si Ric no lo supiera. Rubén es la mano derecha de Tito, dirige su fuerza de seguridad en Jalisco y está muy metido en el transporte de la mercancía. ¿Cuántas veces ha oído Ric a su padre decir «Ojalá te parecieras más a Rubén Ascensión, tan serio, tan maduro»?

Me lo ha dejado bien claro, piensa Ric. Si pudiera elegir, preferiría tenerlo a él de hijo antes que a mí.

Mala suerte para los dos, supongo.

—¿Qué? —pregunta Iván.

—¿Qué de qué?

—Pusiste una cara como si alguien acabara de cogerse a tu perrito.

—Yo no tengo perro —dice Ric.

—A lo mejor eso es lo que te pasa —añade Ric—. ¿Quieres que te consiga uno? ¿Qué clase de perro quieres, Ric? Mando a alguien a comprarte uno ahorita. Quiero que seas feliz, *mano*.

Así es Iván, piensa Ric.

Desde que eran niños. Si le decías que tenías hambre, salía a comprarte comida. Si te robaban la bici, se presentaba con una nueva. Si le decías que estabas cachondo, te mandaba una chica a casa.

—Te quiero, cabrón.

—Yo también a ti —dice Iván. Y luego añade—: Ahora nos toca a nosotros, *mano*. Es nuestro momento. Ya verás. Va a ser lo máximo.

—Sí.

Ric ve acercarse a su padre.

Pero no es Ric a quien busca Ricardo Núñez. Dice:

—Iván, deberíamos hablar.

—Sí, deberíamos —dice Iván.

Ric ve la expresión de su cara, su sonrisa, y comprende que este es el momento que ha estado esperando.

Su coronación.

Núñez baja la mirada hacia su hijo y dice:

—En privado.

—Claro. —Iván le guiña un ojo a Ric—. Enseguida vuelvo, *bro*.

Ric asiente sin decir nada.

Se recuesta en la silla y ve cómo se alejan su mejor amigo y su padre.

Y entonces lo asalta un recuerdo de Adán.

De pie, a un lado de un camino de tierra, en una zona rural de Durango.

—Mira a tu alrededor —dijo Adán—. ¿Qué ves?

—Campos —dijo él.

—Campos vacíos —añadió Adán.

Eso Ric no podía discutírselo. A ambos lados del camino, hasta donde alcanzaba la vista, se extendían campos de marihuana en descanso.

—Estados Unidos ha legalizado la marihuana de hecho —dijo Adán—. Si mis fuentes están en lo cierto, dos o más estados harán pronto el anuncio oficial. No podemos competir con la marihuana local, ni en calidad ni en costos de transporte. El año pasado ganábamos cien dólares por kilo de hierba. Ahora son veinticinco. Ya no nos es rentable cultivarla. Estamos perdiendo decenas de millones de dólares al año y si California, por ejemplo, la legaliza, las pérdidas ascenderán a cientos de millones. Pero hace calor aquí afuera. Vamos a tomar una cerveza.

Condujeron otros quince kilómetros, hasta un pueblecito.

El coche que encabezaba la comitiva entró primero para asegurarse de que estaba todo en orden. Luego entraron en una cantina y la vaciaron. El propietario, nervioso, y una chica que parecía ser su hija les llevaron una jarra grande de cerveza fría y unos vasos.

Adán dijo:

—El mercado de la marihuana, que antes era uno de los más rentables, se está viniendo abajo. Las ventas de meta están cayendo y las de cocaína se han estancado. Por primera vez desde hace más de una década, encaramos un año fiscal con crecimiento negativo.

Ni que estuviéramos perdiendo dinero, pensó Ric. Todo mundo ganaba millones. Pero ganaban menos millones que el año anterior, y es algo intrínseco a la naturaleza humana que, si uno es rico, se sienta pobre si gana un poco menos que antes.

—La situación actual es insostenible —continuó Adán—. La última vez que ocurrió esto nos salvó la innovación del cristal, la metanfetamina, que se convirtió en una gran fuente de beneficios y sigue siéndolo, pero su potencial de crecimiento es pequeño, no basta para compensar las pérdidas derivadas de la marihuana. Igualmente, el mercado de la cocaína parece haber alcanzado su punto de saturación.

—Lo que necesitamos —dijo Ric— es un producto nuevo.

—No —respondió Adán—. Lo que necesitamos es un producto viejo. —Hizo una pausa teatral y luego añadió—: Heroína.

Ric se quedó perplejo. Seguían vendiendo heroína, claro, pero comparada con la hierba, la meta y la coca, era un producto secundario. El negocio había empezado con la heroína, con el opio, en tiempos de los viejos *gomeros*, los cultivadores de amapola que hicieron fortuna vendiendo el opio a los gringos para fabricar morfina durante la Segunda Guerra Mundial. Después de la guerra, la mafia estadounidense se hizo cargo del mercado. Compraba todo el opio que cultivaban los gomeros y elaboraba con él heroína.

Pero en los años setenta, la DEA se coaligó con el ejército mexicano para quemar y fumigar los campos de amapola de Sinaloa y Durango. Los rociaban con pesticidas desde avionetas y quemaban los pueblos, lo que obligó a los *campesinos* a abandonar sus hogares y a los *gomeros* a dispersarse a los cuatro vientos.

Fue el tío de Adán, el gran Miguel Ángel Barrera o M-1, quien reunió a los *gomeros* en un encuentro parecido a este y les dijo que no les convenía ser agricultores. Que los campos podían quemarse y envenenarse. Que lo que les convenía era ser traficantes. Los introdujo en el mercado de la cocaína colombiana y se hicieron ricos ejerciendo como intermediarios, pasando la coca de Cali y Medellín a Estados Unidos. Fue también el M-1 quien introdujo el *crack* en el mercado, lo que supuso la mayor derrama económica que hubieran conocido los gomeros, a los que por entonces se conocía ya como *narcos*.

Los millonarios se convirtieron en multimillonarios.

Aquella frágil asociación de narcos pasó a ser *la Federación*.

¿Y ahora Adán quiere que se dediquen otra vez al opio?, pensó Ric. ¿Piensa que la heroína es la solución?

Es un disparate.

—Tenemos una oportunidad —dice Adán— aún más grande que con el *crack*. Un mercado ya montado que solo espera que le saquemos partido. Y lo han creado los propios gringos.

Las grandes compañías farmacéuticas estadounidenses, explicó, habían convertido a miles de individuos en adictos a los analgésicos legales.

Pastillas.

Oxicodona, Vicodin y otras, todas ellas derivadas del opio, frutos de la amapola.

Pero las pastillas son caras y pueden ser difíciles de conseguir, prosiguió Adán. Los adictos que ya no consiguen recetas de sus médicos recurren a la calle, donde el producto de contrabando puede costar hasta treinta dólares la dosis. Y algunos de esos adictos necesitan hasta diez dosis al día.

—Lo que yo propongo —dijo Adán— es aumentar nuestra producción de heroína en un setenta por ciento.

Ric se mostró escéptico. La heroína mexicana, el «alquitrán negro», nunca había podido competir en calidad con el producto más puro que llegaba del sur de Asia o el Triángulo Dorado. Aumentar la producción más de un cincuenta por ciento produciría pérdidas enormes.

—Actualmente, nuestra heroína de alquitrán negro es pura en un cuarenta por ciento —añadió Adán—. Me he reunido con los mejores cocineros de heroína de Colombia y me han asegurado que con nuestro producto base podrían elaborar una cosa llamada «heroína canela».

Se sacó un sobrecito del bolsillo del saco y se lo mostró a Ric.

—La heroína canela es pura en un ochenta por ciento. Pero lo mejor de todo es que podemos venderla a diez dólares la dosis.

—¿Por qué tan barata? —preguntó Ric.

—Compensaremos el precio con el volumen —respondió Adán—. Nos convertiremos en un supermercado. Vamos a vender a precios más bajos que las farmacéuticas estadounidenses, y en su propio mercado. No pueden competir. Eso compensará de sobra lo que perdemos con la marihuana. Podemos ganar miles de millones de dólares nuevecitos. La heroína fue nuestro pasado y también será nuestro futuro.

El vaticinio de Adán, como de costumbre, había dado en el clavo.

En el tiempo transcurrido desde que tres estados de Estados Unidos legalizaron la marihuana, las ventas de hierba del cártel disminuyeron casi en un cuarenta por ciento. El proceso se demorará un tiempo, pero Núñez ya ha empezado a convertir los campos de marihuana en campos de amapola. Solo el año pasado, aumentaron la producción de heroína en un treinta por ciento. Pronto llegarán al cincuenta por ciento, y a final de año alcanzarán el objetivo del setenta por ciento.

Mientras tanto, los gringos siguen comprando. ¿Y por qué no?, se dice Ric ahora. El producto nuevo es más barato, más abundante y potente. Es un negocio redondo. La heroína fluye hacia el norte, y los dólares en sentido contrario. Así que tal vez, piensa Ric Núñez, los *Adanistas* tengan razón: Barrera sigue vivo.

La heroína es su legado.

Esa es la historia que podrías contar.

3

Payasos malévolos

Tenía un amigo que era payaso. Cuando murió, fuimos todos sus amigos al entierro en el mismo coche.

—Steven Wright

Viven en una casa unifamiliar en Hillyer Place, al este de la Veintiuno, en el barrio de DuPont Circle. La eligieron porque DuPont es un barrio «peatonal» para Marisol; hay cafeterías, restaurantes y librerías en las inmediaciones, y a Keller le agradan las evocaciones históricas de la zona. Teddy Roosevelt vivía allí cerca, igual que Franklin y Eleanor.

Y a Marisol le encantaba el mirto que se alzaba hasta la ventana del segundo piso. Sus flores de color lila le recordaban los vívidos colores de México.

Cuando Keller llega a casa, Marisol lo espera sentada en un gran sillón junto a la ventana de la sala, leyendo una revista.

—Somos una «pareja influyente» —dice cuando Keller cruza la puerta.

—¿Ah, sí? —Él se inclina y la besa en la frente.

—Aquí lo dice. —Ella señala el ejemplar de *Washington Life* que tiene sobre el regazo—. «La influyente pareja formada por el señor y la señora Keller», la doctora, deberían llamarme, «asistió a la gala de recaudación de fondos en el Kennedy Center. El director de la DEA y su elegante esposa latina...», o sea, yo. Soy tu «elegante esposa latina».

Keller echa un vistazo a la página. No le hace gracia que hayan fotografiado a Marisol. No le gusta que su imagen circule por ahí. Pero es casi inevitable: es una mujer interesante y con clase, y la historia del héroe de la DEA cuya esposa mexicana fue tiroteada por el narco es irresistible tanto para la prensa como para la flor y nata de Washington, de ahí que reciban invitaciones para las fiestas y eventos más elegantes. Keller preferiría rechazarlas, pero Marisol dice que, les guste o no, esos contactos políticos y sociales son sumamente útiles para su trabajo.

Tiene razón, piensa Keller. El encanto de Mari ha demostrado ser un antídoto eficaz contra lo que se ha denominado su propio «antiencanto», y ella le ha abierto puertas que de otro modo le habrían estado vedadas (y las ha mantenido abiertas).

Cuando Keller necesita hablar con un congresista, un senador, un consejero, un personaje influyente, un editor, un embajador, un activista o incluso con alguien de la Casa Blanca, es muy probable que Mari haya comido, desayunado o participado en un comité con su pareja.

O bien es la propia Mari la que se encarga de hablar. Ella es muy consciente de que a muchas personas que le dirían que no a Keller les resulta mucho más difícil negarle algo a su simpática y elegante esposa, y no le importa levantar el teléfono cuando hace falta pedir cierto voto para que se apruebe una partida presupuestaria, cuando conviene que cierta información trascienda a la prensa, o cuando hay que recaudar fondos para un proyecto concreto.

Está muy atareada: forma parte del patronato del Centro Pediátrico Nacional y del Museo de Arte de las Américas y ha recaudado fondos para Children's Inn, Doorways for Women and Families y AIDS United.

A Keller le preocupa que tanta actividad no sea buena para su salud.

—Me encantan esas causas —le dijo ella cuando se mostró preocupado—. Y, además, tú necesitas tener capital político en el banco.

—Esa no es tarea tuya.

—Sí que lo es —repuso ella—. Esa precisamente es mi tarea. Tú has cumplido tu palabra.

En efecto, la había cumplido. Cuando llamó a McCullough para aceptar su oferta, le dijo que tenía una condición: que buscaran un sustituto para Mari en la clínica y que costearan su salario. McCullough volvió a llamarle esa misma mañana para decirle que una compañía petrolera texana había ofrecido a un médico muy calificado y un cheque sustancioso, y que si necesitaba algo más.

Marisol, por su parte, emprendió una campaña diplomática para ayudar a su marido. Se unió a patronatos y comités, y acudía a almuerzos y galas de recaudación de fondos. Y a pesar de las objeciones de Keller había salido en el *Post* y el *Washingtonian*.

—Los cárteles ya saben qué cara tengo —le dijo ella—. Y tú necesitas que haga estas cosas, Arturo. Los trogloditas del Tea Party están deseando lincharte, y a los liberales tampoco les entusiasmas.

Keller sabía que tenía razón. Marisol poseía «perspicacia política», como ella misma había dicho una vez; sus comentarios y observaciones solían dar de lleno en el clavo, y distinguía al instante los matices de la cada vez más polarizada escena política nacional. Además, Keller tenía que reconocer que su deseo ansioso de escapar de la política y limitarse a «hacer su trabajo» era una ingenuidad.

—Cualquier trabajo es político —decía Marisol—. El tuyo, más que la mayoría.

Cierto, pensaba Keller, porque él era el principal «paladín antidroga» en un momento en que la administración estadounidense se estaba planteando seriamente lo que debía ser (o no ser) y significar la guerra contra las drogas.

De hecho, el fiscal general había ordenado a la DEA dejar de emplear la expresión «guerra contra las drogas», alegando (con razón, en opinión de Keller) que las instituciones no debían librar una guerra contra sus propios ciudadanos. El Departamento de Justicia y la Casa Blanca estaban replanteándose la draconiana legislación antidroga aprobada durante la epidemia de *crack* de los años ochenta y noventa, que imponía penas de prisión que iban de un mínimo de treinta años a cadena perpetua incluso para infractores no violentos.

Como resultado de esa legislación, había más de dos millones de personas en las cárceles —en su mayoría, hispanos y afroamericanos—, y ahora el gobierno estaba revisando muchas de esas sentencias, considerando la reducción de condena en algunos casos y planteándose la posibilidad de derogar las condenas mínimas establecidas por ley.

Keller estaba de acuerdo con estas reformas, pero prefería mantenerse al margen de controversias y centrarse en la labor que le habían encomendado: atajar la epidemia de heroína. A su modo de ver, era el jefe de la Agencia Estatal de *Lucha* contra las Drogas, y aunque estaba dispuesto a relajar, digamos, la lucha contra la marihuana, las declaraciones políticas prefería delegarlas en el «zar antidroga».

El director de la Oficina Nacional de Control de Drogas de la Casa Blanca —apodado el «zar antidroga»— era oficialmente el portavoz del presidente en materia de lucha contra el narcotráfico y el encargado de implementar las medidas adoptadas por el Ejecutivo.

Bueno, más o menos.

El actual «zar» era un representante de la línea dura que había mostrado cierta resistencia a poner en práctica las reformas propuestas por el fiscal general y apoyadas por el presidente. De ahí que estuviera a punto de dejar el cargo para convertirse en jefe de Aduanas y Protección Fronteriza (de modo que Keller tendría que seguir trabajando con él), para ser sustituido por alguien más favorable a las reformas.

Para Keller, aquello no era más que otro hilo de la ya enmarañada madeja de la burocracia. Técnicamente, su jefe inmediato era el fiscal general de la nación, pero ambos debían tener en cuenta la opinión del zar antidroga, dado que el fiscal general actuaba en nombre de la Casa Blanca.

Y luego estaba el Congreso. La DEA tenía que consultar e informar, en diversos momentos, al Comité de Justicia del Senado, al Comité de Asignaciones, al de Presupuestos, al de Seguridad Nacional y al de Asuntos Administrativos.

Lo de la Casa Blanca era todavía peor. Tenía sus propios comités de Presupuestos, Asignaciones, Seguridad Nacional y Asuntos Administrativos, pero además su Comité de Justicia estaba dividido en subcomités: Delincuencia común, Terrorismo, Seguridad e Investigación Nacional y Seguridad Fronteriza y Política de Inmigración.

Así pues, Keller tenía que coordinarse y conferenciar con el Departamento de Justicia, la Casa Blanca, los diversos comités del Senado y la Cámara de Representantes, y con otras instituciones federales cuya misión coincidía con la suya: la NSA, la CIA, el FBI, la AFT, el Servicio de Inmigración y Aduanas, la Agencia de Instituciones Penitenciarias, la Guardia Costera y la Marina, el Departamento de Transportes, el de Estado... La lista era interminable.

Y eso solo a nivel federal.

Porque Keller tenía que tratar también con los gobiernos y cuerpos policiales de los distintos estados, con más tres mil departamentos del *sheriff* y más de doce mil cuerpos de policía local. Eso por no hablar de los jueces y fiscales de estados y municipios.

Y eso solo en Estados Unidos, porque también tenía que mantenerse en contacto, consultar y negociar con altos funcionarios y mandos policiales de países extranjeros: de México, desde luego, pero también de Colombia, Bolivia, Perú, Camboya, Laos, Tailandia, Myanmar, Pakistán, Afganistán, Uzbekistán, Turquía, Líbano, Siria y todos los países de la Unión Europea en los que se vendía y compraba heroína, o por cuyos territorios pasaban los cargamentos de droga. Conversaciones todas estas que debían efectuarse a través del Departamento de Estado y a veces también de la Casa Blanca.

Keller, como es lógico, delegaba gran parte de estas tareas. En muchos sentidos, la DEA era una máquina de movimiento perpetuo que funcionaba por su propio impulso, pero aun así Keller tenía que ocuparse personalmente de los asuntos importantes y estaba decidido a afilar su espada y a atacar de frente el problema de la heroína.

Cuando asumió el puesto de director, la DEA desconfiaba profundamente de él como exagente infiltrado con fama de ser un tipo duro e implacable. «Nos han enjaretado a un auténtico vaquero», era la opinión general, y cierto número de burócratas de nivel medio empezaron a recoger sus efectos personales en la creencia de que el nuevo jefe traería consigo a su propio personal.

Keller los sacó de su error.

Convocó una reunión general en la que afirmó:

—No voy a despedir a nadie. La idea que se tiene sobre mí es que no soy un gestor y no tengo ni idea de cómo dirigir un organismo gigantesco. Y así es, en efecto: no la tengo. Pero los tengo a ustedes. Daré directrices claras y concisas y confío en ustedes para que la agencia funcione en aras de esos objetivos. Lo que espero de ustedes es lealtad, honestidad y esfuerzo. Lo que pueden esperar de mí es lealtad, honestidad, esfuerzo y apoyo. Nunca les daré una puñalada por la espalda, pero se las daré en el pecho si los sorprendo jugando a lo que no deben. No teman cometer errores: solo los holgazanes y los cobardes no los cometen. Pero si tenemos un problema, no quiero ser el último en enterarme. Me interesan sus opiniones y sus críticas. Creo firmemente en la confrontación de ideas. No necesito ser el único que hable, pero sí tener la última palabra.

Fijó el orden de prioridades.

Reunió al subdirector, Denton Howard, y a los jefes de Inteligencia y Operaciones y les informó que, en su lista de prioridades, la primera era la heroína.

La segunda, la heroína.

Y la tercera, la heroína.

—Mantendremos nuestros esfuerzos respecto a las drogas de la Lista I —les dijo—, pero por el lado policial nuestro objetivo absoluto será atajar la epidemia de heroína. No me importa la marihuana —añadió—, salvo en los casos en los que pueda conducirnos, hacia arriba en la escala, hasta los traficantes de heroína.

Lo que equivalía a centrarse en el cártel de Sinaloa.

El planteamiento de Keller supone un vuelco: históricamente, el cártel no estaba involucrado en la producción masiva de heroína desde los años setenta, cuando la DEA y el ejército mexicano quemaron y fumigaron los campos de amapola (estando Keller presente) y los cultivadores se dedicaron a otros productos.

La rama de los Barrera del cártel había amasado casi toda su fortuna gracias a la cocaína y la marihuana; la de los Esparza, gracias a la metanfetamina, y la facción de los Tapia gracias a una combinación de las tres.

—Es un error concentrar todos nuestros esfuerzos en combatirlos en suelo mexicano —le dijo Keller a su gente—. Lo sé porque es un error que yo mismo cometí. En repetidas ocasiones. De ahora en adelante, nuestra prioridad es combatirlos donde podemos darles con más fuerza: aquí, en Estados Unidos.

Howard replicó:

—Ese es un enfoque asistemático que requerirá la coordinación de decenas de cuerpos de policía metropolitanos.

—Organícenlo —repuso Keller—. De aquí a un mes, quiero entrevistarme cara a cara con los jefes de narcóticos de Nueva York, Chicago y Los

Ángeles. Si no pueden o no quieren venir ellos aquí, iré yo a verlos. Después, quiero reunirme con los de Boston, Detroit y San Diego. Y así sucesivamente. Se acabó lo de mearnos unos en los zapatos de los otros. Esos tiempos han pasado.

Estupendo, pensó Keller, tengo un subdirector que está deseando sabotearme. Voy a tener que traerlo muy corto, y la forma de traer corto a un burócrata es restringir su acceso a la información.

Keller pidió a Blair que se quedara después de la reunión.

—¿Tiene Howard algo contra mí?

Blair sonrió.

—Confiaba en conseguir tu puesto.

Los puestos de director y subdirector de la DEA son de designación política; todos los demás son funcionarios del Estado que ascienden siguiendo el escalafón administrativo. Keller llegó a la conclusión de que probablemente Howard creía que McCullough y su camarilla se lo habían jodido.

Según el reglamento interno, todos los jefes de departamento deben informar directamente a Howard, que a su vez informa a Keller.

—Cualquier asunto de importancia —le dijo a Blair—, sáltate a Howard y acude directamente a mí.

—Quieres que lleve una doble contabilidad.

—¿Algún problema con eso?

—No —respondió Blair—. Yo tampoco confío en ese cabrón.

—Si la cosa llega a saberse, yo te cubro las espaldas.

—¿Y quién te las cubre a ti? —preguntó Blair.

El mismo de siempre, pensó Keller.

Yo.

—Echemos otro vistazo al *velorio* —dice Keller.

Blair abre las fotos del velorio de Barrera, tomadas por un agente encubierto de la SEIDO que, demostrando un arrojo fuera de lo común, trabajó como mesero para la empresa de cáterin que sirvió el banquete. Keller mira las decenas de fotografías: Elena Sánchez sentada junto al féretro; los hermanos Esparza; Ricardo Núñez y su hijo, Mini Ric; y toda una caterva de personajes importantes. Estudia las fotos hechas en el interior de la casa, en el césped, junto a la alberca.

—¿Puedes colocarlas por orden cronológico? —pregunta.

El tópico afirma que toda imagen narra una historia, pero una secuencia de imágenes, piensa Keller, puede ser más como una película, contar un relato distinto. Cree firmemente en la cronología y la causalidad, y analiza las fotografías conforme a ese criterio.

Blair es lo bastante listo como para cerrar la boca.

Veinte minutos después, Keller empieza a seleccionar una serie de fotos y a colocarlas en fila.

—Fíjate en esto: Núñez se acerca a Elena. Salen afuera, supongamos que a hablar en privado.

Selecciona varias imágenes en las que se ve a Elena y Núñez caminando juntos, codo con codo, enfrascados, al parecer, en una intensa conversación. Luego…

—Mierda —dice Keller—, ¿qué es esto?

Amplía las manos de Núñez, una hoja de papel que le entrega a Elena.

—¿Qué es? —pregunta Blair.

—No se distingue, pero es evidente que ella lo está leyendo. —Keller agranda la cara de Elena, leyendo con el ceño fruncido—. Puede que sea la factura del cáterin, vete tú a saber, pero desde luego no parece muy contenta.

Examinan las fotografías de Elena y Núñez hablando y a continuación comprueban la secuencia temporal. La conversación duró cinco minutos y veintidós segundos. Elena devolvió el papel a Núñez y volvió a entrar en la casa.

—Lo que daría yo por tener un audio —comenta Keller.

—Estaban confabulándose —dice Blair.

Keller vuelve a mirar las fotografías ordenadas cronológicamente y se fija en que Iván y Mini Ric mantuvieron lo que parece ser una conversación relajada junto a la alberca. Entonces sale Núñez y se aleja con Iván, dejando a Ric allí sentado. Media hora más tarde, según el registro temporal de las fotografías, Iván vuelve a salir y habla con Ric.

Y su conversación ya no parece tan relajada.

—¿Son imaginaciones mías o están discutiendo? —dice Keller.

—Iván parece enojado, eso seguro.

—Sea lo que sea lo que lo encabronó —dice Keller—, tuvo que suceder mientras estaba con Núñez. No sé, puede que esté queriendo ver demasiadas cosas en esto.

O puede que no, piensa.

Todos los indicios apuntaban a que Iván era el candidato más probable para tomar el control del cártel, uniendo las ramas de los Esparza y los Barrera. Ahora, en cambio, da la impresión de que Ricardo Núñez conferenció por separado con Elena Sánchez e Iván Esparza, y que el contenido de esa conversación enfureció a Iván.

Santo Dios, ¿habremos pasado algo por alto?

Keller pensaba que Ricardo Núñez era solo un funcionario de nivel medio; como mucho, una especie de consejero de Barrera. Pero ha desempeñado un papel destacado en el *velorio* y el funeral, y de pronto parece haberse convertido en una suerte de intermediario entre Elena e Iván.

Pero ¿qué estuvieron negociando?

Elena lleva años fuera del negocio.

Keller pone a prueba un enfoque distinto: tal vez Núñez no se esté limitando a ejercer sus «buenos oficios»; quizá se haya convertido en un poder en sí mismo.

No lo pierdas de vista, piensa Keller.

¡ADÁN VIVE!

Elena Sánchez Barrera mira el grafiti pintado con espray en el muro de piedra del cementerio de Jardines del Valle.

Ha visto ese mismo lema por el trayecto, mientras iban hacia la ciudad, pintado en vallas, en fachadas de edificios, en anuncios publicitarios. Le han contado que ese mismo fenómeno se está dando en Badiraguato, y que han aparecido pequeños altares al «*Santo Adán*» en las cunetas de las carreteras de pueblos y aldeas a lo largo y ancho de Sinaloa y Durango: la ilusión, la quimera de que Adán Barrera —el amado Señor, el Patrón, el Padrino, el Señor de los Cielos, el hombre que construía sanatorios, escuelas, iglesias, que daba dinero a los pobres y alimentaba a los hambrientos— sea inmortal, que siga viviendo en carne o en espíritu.

Sí, ya, san Adán, piensa.

Adán podía ser muchas cosas, pero santo no era.

Mira por la ventanilla y ve reunida por completo a la plana mayor del cártel de Sinaloa; de todo el narcotráfico mexicano, de hecho. Si el gobierno quisiera de verdad terminar con el tráfico de droga, podría hacerlo de un plumazo.

En una sola redada, caerían todos.

Pero eso nunca pasará, no solo porque hay cientos de *sicarios* del cártel apostados dentro del cementerio y en sus alrededores, sino porque la policía del estado de Sinaloa y la policía municipal de Culiacán han acordonado el sitio. Un helicóptero policial sobrevuela la zona y, en cualquier caso, el gobierno federal no se ha propuesto seriamente acabar con el narcotráfico, solo pretende «manejarlo», de modo que no va a interrumpir el funeral.

Ricardo Núñez permanece de pie, con su impecable traje negro, frotándose las manos como una especie de Uriah Heep* latino, piensa Elena. Se ha entrometido en la planificación del funeral hasta el último detalle, desde la elección del ataúd al reparto de lugares entre los invitados, pasando por la

* El abogado de la novela *David Copperfield*, de Charles Dickens. (N. de la t.)

seguridad, y sus *sicarios*, ataviados con las gorras de Armani y los chalecos de Hermès que les son característicos, montan guardia en la entrada y los muros.

Elena ve a la famosa Fósfora —algo más discreta que de costumbre con un saco de traje negro y unos pantalones del mismo color— supervisando a los *sicarios* y tiene que reconocer que la chica es un bombón. El hijo de Ricardo, Mini Ric, aguarda junto a su padre, acompañado por su sosísima esposa, cuyo nombre Elena no consigue recordar.

Los hermanos Esparza permanecen en fila, como cuervos posados en un cable telefónico. Por una vez no se han vestido como extras de una telenovela barata; en señal de respeto, se han puesto trajes negros y zapatos de verdad, con agujetas y todo. Elena saluda con una inclinación de cabeza a Iván, que le devuelve el gesto escuetamente y se acerca un poco más a su hermana, como si de ese modo quisiera afirmar su propiedad sobre ella.

Pobre Eva, piensa Elena, allí parada con sus dos niños pequeños, que ahora son peones en un juego del que no saben nada. Igual que la propia Eva, por supuesto. Porque Iván va a controlarla y a utilizarla como un arma contra Núñez. Elena ya la está oyendo: *Vean, nosotros somos la verdadera familia de Adán Barrera, sus auténticos herederos, no un ayudante que se da muchos aires, un empleaducho cualquiera.* Si Eva no tiene arrestos suficientes para regresar a California, Iván los paseará a ella y a los gemelos por todas partes, exhibiéndolos como peleles.

Hablando de peleles, tiene a su perro guardián muy a mano. El Mastín tiene el cuello de la camisa sudado, se le ve incómodo con saco y corbata, y Elena sabe que lo han traído aquí para recordarles a todos que Jalisco es un aliado de la rama de los Esparza y que, si estalla un conflicto, este asesino brutal y todas sus tropas están del lado de Iván.

Pero con un poco de suerte no llegará la sangre al río.

Ricardo la llamó para decirle que Iván, aunque de mala gana y con amargura, ha aceptado que él, Núñez, dirija el cártel y que, con la misma amargura y la misma desgana, ha accedido a cederle Baja a Rudolfo.

Debió de ser una escena digna de verse, piensa Elena, al menos tal como Ricardo se la describió. Iván se puso a gritar y a maldecir, le dedicó a Elena todos los exabruptos del diccionario y unos cuantos más que aún están por registrar, amenazó con la guerra, prometió luchar hasta la muerte, pero, finalmente, la aplicación monótona y constante de la lógica y la razón por parte de Ricardo, como la tortura china de la gota, consiguió aplacarlo.

—Ha aceptado un *piso* del dos por ciento —le dijo Ricardo.

—Lo normal es un cinco.

—Elena…

—De acuerdo, está bien.

Ella habría aceptado un cero por ciento, si hubiera hecho falta.

Ricardo no pudo evitar lanzarle una pequeña pulla.

—Además, ¿esta conversación no debería yo tenerla con Rudolfo?

—Tú me llamaste.

—Sí, en efecto —contestó él—. Me equivoqué al marcar.

—Le pasaré el mensaje a Rudolfo —repuso ella—. Pero estoy segura de que estará de acuerdo.

—No me cabe duda —contestó Ricardo.

Rudolfo va sentado a su lado en el asiento de atrás de la limusina. Se mostró encantado cuando ella le dijo que era el nuevo jefe de Baja, pero Elena notó que estaba nervioso.

Tiene razones para estarlo, piensa.

Queda por delante un trabajo arduo e incierto. Traficantes y pistoleros que antes eran «gente de Barrera» fueron transferidos a los Esparza y ahora se les va a pedir que vuelvan. La mayoría lo harán de buena gana, ella lo sabe. Pero otros mostrarán más resistencia, puede que incluso se rebelen.

Habrá que dar más de un escarmiento, matar al primero que se muestre en desacuerdo, y le preocupa que Rudolfo no tenga valor para dar la orden, que nunca lo haya tenido: a su pobre hijo le gusta agradar, un rasgo de carácter muy útil en el negocio de la música y la hostelería. En *la pista secreta*, menos.

Elena tiene gente capaz de hacerlo, y hacerlo en nombre de su hijo, pero tarde o temprano Rudolfo necesitará tener su propio escuadrón armado. Ella puede proporcionarle gente y lo hará, pero las órdenes tendrá que darlas él.

Pone la mano sobre la de Rudolfo.

—¿Qué? —pregunta él.

—Nada —dice Elena—. Solo que es un momento triste.

El coche reduce la marcha cuando uno de los hombres de Núñez les indica dónde estacionar.

El mausoleo, piensa Elena al tomar asiento junto a su madre, es un monumento al exceso más ramplón. Construido en estilo churrigueresco clásico, tiene tres pisos de altura, una cúpula recubierta de mosaicos, columnas de mármol y relieves de pájaros, dragones y fénix.

Y aire acondicionado.

Dudo que Adán vaya a notar el calor, piensa.

El sistema de sonido Dolby inserto en las columnas emite *corridos* sobre Adán en un bucle continuo. Dentro de la cripta, un monitor de pantalla plana muestra videos del gran hombre y sus buenas obras.

Es horrendo, piensa Elena, pero es lo que espera la gente.

Y no conviene desilusionar a la gente.

El sacerdote, por cierto, se ha mostrado un tanto reacio a oficiar el funeral de un «conocido narcotraficante».

—Mire a su alrededor, santurrón de mierda —le dijo Elena cuando se reunieron en su despacho—. Esa mesa tras la que está sentado la pagamos nosotros. La silla en la que descansa su trasero gordo la pagamos nosotros. El sagrario, el altar, los bancos, las ventanas de cristal emplomado... Todo salió del bolsillo de Adán. Así que no se lo estoy pidiendo, *padre*. Le estoy diciendo que va a oficiar el funeral. O, si no, le juro por la Virgen María que mandaremos a nuestra gente a llevarse todo lo que hay en esta iglesia, empezando por usted.

Así que ahora el padre Rivera recita unas oraciones, da la bendición y añade una breve homilía acerca de las virtudes de Adán como hombre volcado en su familia, su generosidad para con la Iglesia y la comunidad, su profundo amor por Sinaloa y sus gentes y su fe en Jesucristo, el Espíritu Santo y Dios Padre.

Adán tenía fe en el dinero, en el poder y en sí mismo, se dice Elena cuando el cura se dispone a concluir el oficio. Esa era su Santísima Trinidad. En Dios no creía.

—Pero sí en Satanás —le dijo una vez a su hermana.

—No se puede creer en uno sin creer en el otro —repuso ella.

—Claro que sí. Tal y como yo lo entiendo, Dios y el diablo se enzarzaron en una tremenda batalla por gobernar el mundo, ¿no?

—Supongo que sí.

—Bueno —dijo Adán—. Pues mira a tu alrededor: ganó el diablo.

Todo esto es un chiste, piensa Ric.

También está pensando en las ganas que tiene de orinar y en por qué no lo hizo antes de que empezara el funeral, que no se acaba nunca, pero ya es demasiado tarde, tendrá que aguantarse.

Y soportar las miraditas que le lanza Iván.

Su amigo no ha dejado de mirarlo con cara encabronada desde que empezó el funeral. Igual que lo miró cuando salió de hablar con Ricardo padre en el *velorio* y se acercó a él en la alberca. Lo miró desde arriba y dijo:

—Tú lo sabías.

—¿Qué?

—Que Adán nombró sucesor a tu padre.

—No lo sabía.

—Chinga tu madre.

—No lo sabía.

—Tu padre me llamó payaso —dijo Iván.

—Seguro que no dijo eso, Iván.

—No, lo dijo esa perra de Elena —repuso Iván—. Pero tu padre lo repitió. Y tú lo sabías, Ric. Lo sabías. Me dejaste hablar, que soltara el rollo sobre lo que iba a hacer, y lo sabías desde el principio.

—Vamos, Iván, yo...

—No, ahora el que manda eres tú, ¿no? —replicó Iván—. Tu padre es el *jefe*, así que eso te convierte en... ¿en qué, Mini Ric? ¿Eh?

—Sigo siendo tu amigo.

—No —contestó Iván—. No somos amigos. Ya no.

Y se alejó.

Ric lo llamó, le mandó mensajes, pero no recibió respuesta. Nada. Y ahora Iván está ahí sentado, mirándolo como si lo odiara.

Y puede que me odie, piensa Ric.

Pero quizá no pueda reprochárselo.

Después de hablar con Iván, Núñez lo llamó a él.

Ric leyó el papel que su padre deslizó sobre la superficie de cristal de la mesa.

—Santo Dios.

—¿Eso es todo lo que tienes que decir?

—¿Qué quieres que diga?

—Yo esperaba más bien que dijeras algo así como: «Avísame si puedo ayudarte en algo, papá» —contestó Núñez—, o «Si necesitas algo, aquí me tienes». O «Adán eligió sabiamente, papá, eres el más indicado para ese puesto».

—Eso no hace falta decirlo.

—Y sin embargo tuve que decirlo yo. —Núñez se recostó en su asiento y juntó las puntas de los dedos, un gesto que Ric odiaba desde niño porque siempre precedía a un sermón—. Necesito que des un paso adelante, Ric. Que tengas un papel más activo, que me eches una mano.

—Iván creía que iba a ser él.

Su amigo no había parado de hablar de las cosas que haría cuando tomara el poder, y Adán había alargado la mano desde la tumba para quitárselo todo.

—La felicidad de Iván no me concierne —replicó Núñez—. Ni a ti tampoco, ya que vamos a eso.

—Somos amigos.

—Entonces quizá puedas ayudarme a persuadirlo de que sea razonable —dijo su padre—. Va a seguir al frente de la rama Esparza de la organización.

—Creo que esperaba algo más.

—Todos tenemos que sobrellevar nuestras decepciones —repuso Núñez.

Ric tuvo la sensación de que se refería a él.

—Iván va a tener que dirigir toda la rama de los Esparza —añadió su padre—. De todos modos no tendría tiempo para encargarse de Baja.

—Iba a dársela a Oviedo.

—¿A Oviedo? ¿El mismo Oviedo al que he visto en Facebook conduciendo una moto con los pies? —preguntó Núñez.

—No sabía que tuvieras Facebook.

—Mis ayudantes me mantienen al corriente de esas cosas. En cualquier caso, tienes permiso de Elena para seguir vendiendo en Baja.

—¿De Elena o de Rudolfo?

—¿Te estás pasando de listo?

—Yo ya tenía un acuerdo —dijo Ric—. Con Iván.

—Pues ahora lo tienes con Rudolfo —respondió Núñez—. Si me demuestras que el *narcomenudeo* va bien, puede que te dé el *trasiego*. Y a partir de ahí, ¿quién sabe?

—Que te demuestre que va bien.

—Por amor de Dios, Ric —dijo Núñez—, muéstrame algo. Eres el ahijado de Adán Barrera. Eso supone ciertos privilegios, y los privilegios van acompañados de responsabilidades. Yo tengo la responsabilidad de asegurarme de que se cumpla la voluntad de Adán, y tú tienes que ayudarme.

—Está bien.

—Otra cosa sobre la que deberías pensar —añadió Núñez—. Vamos a estar al mando hasta que los hijos de Adán sean mayores de edad, pero para eso faltan muchos años. Supón que me pasa algo entre tanto. Tú ocuparías mi puesto.

—No lo quiero —contestó Ric.

Allí estaba otra vez, ese dejo de decepción, incluso de rechazo, cuando su padre preguntó:

—¿Quieres ser el Mini Ric toda la vida?

A Ric le sorprendía la capacidad de su padre para lastimarlo. Creía estar ya por encima de eso, pero sintió una punzada en el corazón.

No contestó.

Una de las cosas que su padre espera de él es que dé un discurso, una elegía, en el funeral.

Algo a lo que Ric se opuso.

—¿Por qué yo?

—Porque, como ahijado suyo que eres —contestó Ricardo—, es lo que espera la gente.

Bueno, si era lo que esperaba la gente, pensó Ric. Aunque no tenía ni idea de qué iba a decir.

Belinda le brindó algunas ideas.

—Adán, mi padrino, era un mamavergas sin escrúpulos que mató a más gente que el cáncer de colon…

—Muy bonito.

—Y que se casó con una vieja buena a la que le doblaba la edad y a la que, francamente, todos querríamos cogernos. ¡Qué más puede decirse de Adán Barrera, ese hombre entre los hombres, ese narco entre los narcos, ese padrino entre los padrinos! Paz. Y fin.

En lo de su conflicto con Iván tampoco había sido de mucha ayuda.

—Ya conoces a Iván —dijo—. Se calienta. Ya se le pasará. Seguro que esta noche se toman unas copas juntos.

—No creo.

—Bueno, y qué más da —dijo Belinda—. Tienes que empezar a afrontar los hechos. Primero: Barrera nombró jefe a tu padre, no a Iván. Y segundo, el ahijado eres tú, no él. Quizá deberías empezar a actuar en consecuencia.

—Hablas como mi padre.

—Tu padre no siempre se equivoca.

Ahora sí tiene que mear. El puto cura por fin se baja de la tarima y un cantante ocupa su lugar. Es uno de los talentos de Rudolfo, un vejete que empieza con un *corrido* que compuso «especialmente para el Señor», con una letra más deprimente que una canción de Adele.

Después sube un poeta.

¡Un poeta!

¿Qué será lo siguiente?, piensa Ric. ¿Un guiñol?

Pues no, es él.

Su padre le hace lo que podría denominarse un «gesto significativo» inclinando la cabeza y Ric sube al altar. No es tonto: sabe que es un momento crucial, la proclamación de que ha ascendido a lo más alto de la línea sucesoria saltándose a Iván.

Ric se inclina hacia el micrófono.

—Mi padrino, Adán Barrera, era un gran hombre.

Se escucha un murmullo general de asentimiento y el público espera a que continúe.

—Me quería como un hijo —añade Ric—, y yo a él como a un segundo padre. Era un padre para todos nosotros, ¿no es cierto? Era…

Parpadea al ver que un payaso —un *payaso* de verdad, con maquillaje blanco, peluca de rizos rojos, nariz de goma, pantalones anchos y zapatotes—

aparece dando brincos por el pasillo central, soplando un silbato y llevando en la mano un montón de globos blancos.

¿Quién ordenó esto?, se pregunta, pensando que está viendo visiones.

No puede ser una bromita de Elena o de su padre, ninguno de los cuales es precisamente famoso por su sentido del humor. Ric los mira y ve que no se ríen.

Elena, de hecho, parece enojada.

Claro que Elena siempre parece enojada.

Ric intenta retomar su discurso.

—Daba dinero a los pobres y construyó...

Pero nadie lo escucha porque el payaso empieza a lanzar flores y guirnaldas de papel a los asombrados espectadores al acercarse al altar. Luego da media vuelta, mete la mano en la colorida chaqueta y saca una Glock de 9 milímetros.

Me va a matar un puto payaso, piensa Ric, atónito. No es justo, está mal.

Pero el *payaso* se vuelve y le dispara a Rudolfo en plena frente.

La sangre salpica la cara de Elena.

Su hijo cae sobre su regazo y ella lo abraza, el rostro crispado en un rictus de agonía mientras grita y grita.

El asesino corre por el pasillo, pero ¿a qué velocidad puede ir un payaso con zapatotes? Belinda se saca una MAC-10 del saco y lo fríe a tiros.

Los globos se elevan en el aire.

La *Pax Sinaloa* de Adán Barrera ha terminado antes de que lo metieran en el hoyo, se dice Keller mientras ve las noticias en Univisión.

Los periodistas apostados frente a los muros del cementerio describían una «escena caótica»: algunos invitados huían despavoridos, otros sacaban «diversas» armas, y varias ambulancias corrían hacia el lugar de los hechos. Y con ese toque de surrealismo que con tanta frecuencia parece caracterizar al mundo del narco mexicano, los primeros informes indican que el asesino de Rudolfo Sánchez iba vestido de payaso.

—De payaso —le dice Keller a Blair.

Blair se encoge de hombros.

—¿Se conoce la identidad del asesino? —pregunta Keller, reacio a decir «payaso».

—La SEIDO cree que es este. —Blair abre un archivo en la pantalla de la computadora—. Jorge Galina Aguirre, alias el Caballo. Trabajó para el cártel de Tijuana en los noventa, cuando Adán y Raúl se estaban adueñando de todo. Un traficante de marihuana de nivel medio, sin enemigos conocidos, ni rencillas con los Barrera, que se sepa.

—Pues parece que algo tenía contra Rudolfo.

—Corre el rumor de que Rudolfo se tiró a su hija, o puede que a su mujer —dice Blair.

—Rudolfo era un donjuán.

—El precio del pecado —comenta Blair.

Sí, aunque Keller lo duda.

La vieja defensa de la honra y los crímenes pasionales está cayendo rápidamente en desuso, y la gravedad de la afrenta —el acto abominable de matar a un sobrino de Barrera delante de su familia y en su funeral— permite suponer que se trata de algo más.

Es una declaración de intenciones.

Pero ¿de qué y de quién?

Según todos sus informes, Rudolfo Sánchez era inofensivo: su estancia en Florence le había sacado por completo el jugo. Se dedicaba a los clubes nocturnos, los restaurantes y la producción musical, negocios en los que se manejaba mucha pasta en efectivo; muy útiles, por tanto, para el lavado de dinero. ¿Se había jodido a alguien en un trato? ¿Había perdido una cantidad significativa de dinero ajeno?

Tal vez, pero no se mataba a un Barrera por algo así, y menos aun en el funeral del Señor. Negociabas un acuerdo, o te comías las pérdidas porque era mejor para el negocio y para tus posibilidades de sobrevivir. De nuevo según los informes de inteligencia, ni Rudolfo ni ningún miembro de la familia Sánchez se dedicaba ya al tráfico de drogas, de modo que no debería haber muerto en tales circunstancias.

A no ser que esos informes se equivoquen o que las cosas hayan cambiado.

Claro que han cambiado, piensa Keller. Barrera ha muerto y puede que este haya sido el primer disparo de la batalla por reemplazarlo.

Rudolfo no quería que lo enterraran en el cementerio, quería que lo incineraran y arrojaran sus cenizas al mar. No habrá tumba, ni cripta, ni mausoleo pretensioso que visitar, solo el fragor de las olas y un horizonte infinito.

Su viuda —somos tantas, piensa Elena, que formamos nuestro propio cártel— permanece de pie junto a su hijo y su hija, de diez y siete años respectivamente. Que vieron cómo moría su padre.

Mataron a mi hijo delante de su esposa y sus niños.

Y de su madre.

Elena ha oído la bromita que circula por ahí: «¿Agarraron al payaso que lo hizo?».

Sí, en efecto.

No llegó a salir del mausoleo. Alguien del equipo de Núñez lo abatió en el pasillo. La cuestión es, piensa Elena, cómo pudo entrar. Había tanta seguridad, tantísima... La de los Barrera, la de los Esparza, la de Núñez, la policía municipal, la estatal... Y ese individuo consiguió pasar tranquilamente todos los controles.

El asesino era Jorge Galina Aguirre, un traficante de marihuana sin enemigos conocidos ni resentimiento alguno contra los Barrera, que ellos supieran.

Por lo menos contra Rudolfo.

Esa noche, tras acompañar el cadáver de Rudolfo a la funeraria, Elena fue a una casa situada a las afueras de la ciudad en cuyo sótano se había reunido a todo el contingente de seguridad. Estaban sentados en el suelo de cemento, con las manos atadas a la espalda.

Elena fue pasando ante ellos y mirándolos a los ojos, uno por uno.

Buscando un asomo de remordimiento.

Una mirada de temor.

Vio mucho de esto último; de lo primero, en cambio, no vio ni rastro.

Todos contaban lo mismo: que vieron acercarse un todoterreno negro, ocupado únicamente por el conductor y el payaso, sentado en el asiento del copiloto. Que el payaso salió del coche y que luego el todoterreno se fue. Los guardias lo dejaron pasar porque pensaron que se trataba de una parte extraña de la ceremonia. De modo que fue una misión suicida, pensó Elena. Una misión suicida, aunque el asesino no lo supiera. El conductor esperó a que entrara y luego se fue, dejándolo allí.

Para que cumpliera su misión y muriera.

Cuando salieron del sótano, Ricardo Núñez dijo:

—Si quieres que los matemos a todos, puedes darlos por muertos.

Ya tenía listos a varios miembros de su escuadrón armado, con las armas preparadas para llevar a cabo una ejecución en masa.

—Haz lo que quieras con tus hombres —dijo Elena—. A los míos suéltalos.

—¿Estás segura?

Ella se limitó a asentir con la cabeza.

Sentada en la parte de atrás del coche, flanqueado por guardias armados —gente suya, venida de Tijuana—, vio salir de la casa a los hombres de los Barrera.

Parecían sorprendidos, anonadados por seguir con vida.

Elena le dijo a uno de sus hombres:

—Sal y diles que están todos despedidos. No volverán a trabajar para nosotros.

Luego vio entrar a la gente de Ricardo.

Volvieron a sus coches una hora después.

Ahora ve a su nuera meterse hasta el tobillo en el mar y vaciar la urna con las cenizas de Rudolfo.

Como café instantáneo, piensa Elena.

Mi hijo.

Al que acuné en mi pecho, al que sostuve en brazos.

Al que le limpié el culo, la nariz, las lágrimas.

Mi bebé.

Esa mañana había hablado con su otro hijo, Luis.

—Fueron los Esparza —dijo—. Fue Iván.

—No lo creo, madre —contestó él—. La policía dice que Galina estaba loco. Que desvariaba. Creía que Rudolfo se había acostado con su hija o algo así.

—¿Y tú lo crees?

—¿Por qué iba a querer Iván matar a Rudolfo? —preguntó Luis.

Porque yo le quité Baja, pensó Elena. O creyó que se la había quitado.

—Mataron a tu hermano y ahora van a intentar matarte a ti. No dejarán que salgamos de aquí con vida, así que tenemos que quedarnos. Y si nos quedamos, tenemos que ganar. Lo siento, pero es la pura verdad.

Luis se puso pálido.

—Yo nunca he tenido nada que ver con el negocio. No quiero tener nada que ver con eso.

—Lo sé —dijo Elena—. Y ojalá pudieras mantenerte al margen, cariño mío. Pero no puedes.

—Madre, yo no quiero.

—Ni yo quería esto para ti —repuso Elena—. Pero voy a necesitarte. Para vengar a tu hermano.

Ve que Luis contempla las cenizas de su hermano, que flotan un instante en la superficie del mar antes de desaparecer entre la espuma de una ola suave.

Así como así.

Mi pobre niño, piensa Elena.

Aunque ya no es un niño, es un joven, tiene veintisiete años. Nació en este mundo, del que no puede escapar. Fue una tontería por mi parte pensar lo contrario.

Y esa tontería le ha costado la vida a mi otro hijo.

Ve alejarse la ola llevándose a su hijo y piensa en la canción que le cantaba en sus cumpleaños.

El día que tú naciste,
nacieron todas las flores
y en la pila del bautismo
cantaron los ruiseñores.
Ya viene amaneciendo,
ya la luz del día nos dio,
levántate de mañana,
mira que ya amaneció.

Un puñal grueso y afilado le traspasa el corazón.
Un dolor que ya nunca se irá.

Keller se sienta en el sofá, enfrente de Marisol.

—Pareces cansado —dice ella.

—Ha sido un día duro.

—Barrera —dice Marisol—. Lo vi en las noticias. Vaya escena, ¿eh?

—Hasta muerto sigue matando gente —comenta Keller.

Hablan unos minutos más y luego ella sube a acostarse. Él entra en el despacho y enciende la tele. La CNN está informando sobre lo ocurrido, haciendo una recapitulación de la vida de Adán Barrera: cómo empezó de adolescente vendiendo jeans piratas, cómo entró en el negocio de tráfico de drogas de su tío, su guerra sangrienta con el Güero Méndez para apoderarse de la plaza de Baja y cómo sucedió a su tío como jefe de la *Federación* mexicana. Mientras en pantalla aparecen las escasas fotos que se tienen de Barrera, el informador sigue hablando de «rumores sin confirmar»: que Barrera estuvo involucrado en la tortura y muerte del agente de la DEA Ernie Hidalgo, que arrojó desde un puente a los dos hijos pequeños de su rival, Méndez, y que asesinó a diecinueve personas inocentes —hombres, mujeres y niños— en un pueblecito de Baja California.

Keller se sirve una copita de licor mientras el periodista hace «balance»: Barrera construyó escuelas, clínicas y parques infantiles en su estado natal, Sinaloa, prohibió a su gente mezclarse en el negocio de los secuestros y la extorsión, y era «adorado» por la población rural de las montañas de la Sierra Madre.

En pantalla aparecen carteles que proclaman ¡ADÁN VIVE! y pequeños altares de carretera con fotos suyas, velas, botellas de cerveza y cigarrillos.

Barrera no fumaba, se dice Keller.

El reportaje incluye la detención de Barrera en 1999 por el «actual director de la DEA, Art Keller», su traslado a una prisión mexicana, su «audaz huida» en 2004 y su posterior regreso a lo más alto del mundo del narcotráfico, su guerra con el «hiperviolento» cártel de los Zetas y la traición de estos en la conferencia de paz de Guatemala.

Luego, la escena del funeral.

El estrafalario asesinato.

El entierro solitario, con la única presencia de su viuda, sus hijos gemelos y Ricardo Núñez.

Keller apaga la televisión.

Creía que pegarle dos tiros en la cara a Adán Barrera lo haría sentirse en paz.

Pero no.

LIBRO SEGUNDO

Heroína

Es como la heroína
cuando te da
el bajón.

—Russel Hayden,
Heroin

1

El acela

Tiendas vacías en torno a la plaza,
hay una jeringa en la alcantarilla
y cristales por todas partes.

—James McMurtry,
We Can't Make It Here Anymore

Keller mira desde la ventanilla del tren las fábricas abandonadas de Baltimore y se pregunta si algunas de ellas serán ahora refugio de yonquis. Las ventanas están hechas añicos, hay pintadas en las paredes de ladrillo expuesto, los postes de las vallas se inclinan como marineros ebrios y las mallas metálicas están cortadas.

En toda la línea de Amtrak sucede lo mismo: en las afueras de Filadelfia, en Wilmington y Newark. Las antiguas fábricas se han convertido en cascarones vacíos, los empleos han desaparecido y muchos de sus antiguos obreros son adictos al pico.

A las afueras de Wilmington, un cartel enorme situado encima de un edificio decrépito lo explica todo. Originalmente decía GOOD BUY WORKS, «una buena compra funciona», pero alguien ha pintado encima con aerosol y ahora reza GOOD BYE WORK, «adiós trabajo».

Keller se alegra de haber tomado el tren en lugar del avión. Desde el aire no habría podido ver todo esto. Está tan centrado en parar el tráfico de drogas que resulta tentador pensar que las raíces de la epidemia de heroína se encuentran en México, pero su verdadero origen está justo aquí y en decenas de ciudades y poblaciones más pequeñas.

Los opiáceos son una respuesta al dolor.

Dolor físico, emocional, económico.

Keller tiene los tres ante sus ojos.

El trío ganador de la heroína.

Keller va en el Acela, el tren que hace en tres horas el trayecto entre Washington, D. C. y Nueva York: del centro del poder político al centro del poder financiero, aunque a veces cueste distinguir quién gobierna a quién.

Igual que cuesta saber qué puede hacer respecto a México desde Washington, cuando la verdadera causa del problema de los opiáceos podría estar en Wall Street. Estás montando guardia en el río Bravo con una escoba, piensa, intentando contener la marea de heroína mientras los multimillonarios mandan el trabajo al extranjero, clausuran fábricas y pueblos, matan esperanzas y sueños, infligen sufrimiento.

Y luego te ordenan detener la epidemia de heroína.

¿Cuál es la diferencia entre el administrador de un fondo de cobertura y el capo de un cártel?

Que uno ha estudiado en la Wharton Business School y el otro no.

Al levantar la vista ve a Hugo Hidalgo avanzando a trompicones por el pasillo con una charola de cartón en la mano. Trae café y sándwiches. El joven agente se deja caer a su lado, en el asiento del lado del pasillo.

—Te traje un panini de jamón y queso. Espero que te guste.

—Sí, está bien. ¿Qué compraste para ti?

—Una hamburguesa.

—Eres un tipo valiente.

Un buen tipo, en realidad.

En unos pocos meses, Hidalgo se ha convertido en toda una estrella. Es el primero en llegar por la mañana y el último en irse por la noche, aunque Keller sospecha que a veces duerme en un catre, en el despacho, si está pendiente de algún asunto urgente.

Se halla inmerso en el análisis de comunicaciones por teléfono celular y satélite, correos electrónicos e informes de campo, de cualquier cosa, en suma, que le permita hacerse una idea de la naturaleza cambiante y fluida del cártel de Sinaloa.

Se ha convertido en el informante personal de Keller. Su último reporte llegó esta mañana, antes de que se fueran a tomar el tren: tres *dealers* de Tijuana encontrados colgados de un puente.

—Eran gente de Esparza —dijo Hugo—. La respuesta de Elena al asesinato de su hijo.

—¿Iván sigue negando su responsabilidad en el asesinato de Rudolfo?

—Sí —contestó Hugo—, pero en la calle se dice que está aprovechando la hostilidad de Elena como pretexto para no entregarle Baja, de ahí que ella ataque a sus vendedores.

El comercio en las calles de México es una fuente relativamente escasa de ganancias comparado con el tráfico transnacional, pero es esencial para mantener el territorio fronterizo. Para conservar una plaza, un capo necesita matones, y esos matones ganan casi todo su dinero gracias al comercio local.

Sin menudeo no hay ejército.

Y sin ejército no hay plaza.

Por tanto, si no hay menudeo, no hay comercio internacional.

De manera que, a menos que Núñez consiga imponer la paz, Elena e Iván seguirán luchando a nivel local en Baja California por el control de los pasos fronterizos.

—¿Elena dispone de efectivos? —preguntó Keller.

Hugo se encogió de hombros.

—Es difícil saberlo. Algunos veteranos leales a Barrera están volviendo con Elena ahora que ha izado su bandera. Muchos son amigos de Rudolfo que buscan venganza. Otros se han quedado con los Esparza, temerosos de que Iván recurra a Tito Ascensión y a su gente de Jalisco para ponerlos en orden.

Un miedo razonable, pensó Keller. El Mastín, el viejo perro guardián de Nacho Esparza, es brutal a más no poder.

—¿Y Núñez?

—Permanece neutral —dijo Hugo—. Intentando mantener la paz.

Las sospechas de Keller respecto a Núñez han resultado ser ciertas: Barrera nombró al abogado su sucesor, el «primero entre iguales» encargado de dirigir el cártel. Núñez se encuentra en un atolladero: si permite que Iván se quede con Baja, parecerá débil, lo que en el mundo del narcotráfico equivale a hallarse al borde de una pendiente muy resbaladiza. Pero si obliga a Iván a ceder, tendrá que enfrentarse a él en una guerra. En cualquiera de los dos casos, su organización se resquebrajará. Y aunque la mayoría de la antigua rama de los Barrera permanece fiel a Núñez, al parecer hay elementos que están considerando seriamente aliarse con Elena o Iván.

Núñez tendrá que forzar a Iván y Elena a negociar la paz, o elegir bando.

La *Pax Sinaloa* se disuelve entre los estragos de la muerte de Adán Barrera.

Puede que sea todo inútil, piensa Keller. Quizá no importe quién manda la heroína, sino que sigue llegando. Los narcos pueden jugar todo lo que quieran a las sillas. Qué carajo, podemos dejar todas las sillas vacías usando la llamada «estrategia del golpe a la cabeza» —detener o matar a los capos de los cárteles—, pero el trono siempre estará ocupado y las drogas seguirán llegando.

Él ha sido uno de los principales ejecutores de esa estrategia, ha contribuido a retirar de la circulación a todos los *jefes* de la antigua *Federación*, los Zetas y el cártel del Golfo y el de Sinaloa, ¿y cuál ha sido el resultado?

Que mueren más estadounidenses que nunca por sobredosis.

Si se le pide al ciudadano medio que nombre la guerra más larga que ha librado Estados Unidos, seguramente dirá que la de Vietnam, y luego rectificará rápidamente y dirá que la de Afganistán, pero la verdadera respuesta es la guerra contra las drogas.

Cincuenta años ya, y los que quedan.

Ha costado más de un billón de dólares, y eso solo contando una parte de su costo financiero: el dinero «lícito», «limpio», que se destina a equipamiento, policía, juzgados y cárceles. Pero si queremos ser de verdad sinceros, Keller sabe, tenemos que contar también el dinero sucio.

Decenas de miles de millones de dólares procedentes del narcotráfico —en metálico— van a parar a México cada año, tanto dinero que ya ni siquiera lo cuentan: lo pesan. Ese dinero tiene que ir a parar a alguna parte, los narcos no pueden guardarlo debajo de la almohada o en agujeros excavados en sus jardines. La mayoría está invertido en México; se estima que el dinero procedente de las drogas constituye entre un 7 y un 12 por ciento de la economía mexicana.

Pero buena parte de ese capital vuelve a Estados Unidos, en forma de bienes inmuebles y otras inversiones.

En negocios bancarios de los que sale ya blanqueado.

Es el sucio secretito de la guerra contra las drogas: cada vez que un adicto se clava una aguja en el brazo, todo mundo gana dinero.

Todos somos inversionistas.

Todos somos el cártel.

Ahora tú eres el general al mando de esta guerra, piensa Keller, y no tienes ni idea de cómo ganarla. Tienes miles de soldados valientes y entregados, y lo único que pueden hacer es mantener la línea del frente. Solo sabes hacer lo que has hecho siempre, y no está funcionando, no sirve, pero ¿cuál es la alternativa?

¿Abandonar?

¿Rendirse?

Eso no puede ser, porque está muriendo gente.

Pero tienes que probar algo distinto.

El tren entra en el túnel, camino de Manhattan.

Como estaba previsto, no hay nadie esperando para recibirlos. Ni de la DEA, ni de la oficina del fiscal general. Salen de Penn Station por la puerta de la Octava Avenida y paran un taxi. Hugo le dice al conductor:

—Al noventa y nueve de la Décima Oeste.

—No, no vamos allí —dice Keller, y antes de que Hidalgo pueda preguntarle por qué, añade—: Porque si orino en la oficina de la DEA en Nueva York, Denton Howard se entera de cuánto he meado y de qué color antes de que acabe de lavarme las manos.

Sabe que hay filtraciones en la DEA: filtraciones a los medios de comunicación conservadores y también a los políticos republicanos que compiten por la candidatura presidencial, entre ellos Ben McCullough.

Uno de los posibles candidatos es de aquí, de Nueva York, aunque a Keller le cueste creer que vaya en serio.

John Dennison, magnate inmobiliario y estrella de *reality* televisivo, Amenaza con presentarse, y gran parte del ruido que está haciendo tiene que ver con México y la frontera. Lo que le faltaba a Keller es que Howard le dé alas a Dennison con medias verdades e información privilegiada, contándole, por ejemplo, que va a entrevistarse en privado con el jefe de la División de Narcóticos del Departamento de Policía de Nueva York.

—¿Adónde vamos? —pregunta Hidalgo.

Keller le dice al taxista:

—Al 280 de Richmond Terrace, Staten Island.

—¿Qué hay ahí? —dice Hidalgo.

—Haces muchas preguntas.

Brian Mullen los está esperando en la acera, delante de una casa vieja.

Keller sale del coche, se acerca a él y dice:

—Gracias por reunirse conmigo.

—Si mi jefe se entera de que estoy haciendo esto a sus espaldas —contesta Mullen—, me echará a los perros.

Mullen ascendió por el camino más arduo, trabajando como agente encubierto en Brooklyn en los tiempos del auge del *crack*, de cuya mugre salió, sin embargo, impoluto. Al acceder a reunirse con Keller sin informar a sus superiores, está quebrantando todos los protocolos de actuación.

La visita del jefe de la DEA tendría que ser todo un acontecimiento acompañado por la presencia de la prensa y por una sesión de fotos en el número uno de Police Plaza, con la plana mayor completa en uniforme de gala. Debería haber asistentes, y coperos, y correveidiles de Relaciones Públicas. Se hablaría mucho y no se haría nada.

Mullen viste jeans y una chamarra de los Yankees.

—¿Le recuerda a sus tiempos de infiltrado? —pregunta Keller.

—Algo así.

—¿Qué sitio es este? —dice Keller.

—Amethyst House —contesta Mullen—. Una residencia tutelada para mujeres farmacodependientes. Si me ve algún poli de la central, puedo decir que iba a reunirme con un informante.

—Este es Hugo Hidalgo —dice Keller, y nota que a Mullen no le agrada que haya venido alguien más—. Su padre y yo trabajamos juntos hace años. Ernie Hidalgo.

Mullen estrecha la mano de Hugo.

—Bienvenido. Vamos, traje un coche. Hay un bar en la esquina, querrán tomar café o algo.

—No, nada.

Siguen a Mullen hasta una Navigator negra y sin distintivos estacionada en la calle. El tipo sentado al volante no los mira cuando suben al asiento de atrás. Es joven, con el cabello moreno repeinado hacia atrás y chamarra de cuero negro.

—Este es Bobby Cirello —dice Mullen—. Trabaja para mí. No se preocupen. El detective Cirello es sordo y lerdo de profesión. Llévanos a dar una vuelta, ¿quieres, Bobby?

Cirello arranca.

—Este es el barrio de St. George —explica Mullen—. Antes era el epicentro de la epidemia de heroína en Nueva York porque es el que está más cerca de la ciudad, pero ahora la heroína está por toda la isla: Brighton, Fox Hills, Tottenville... De ahí su nombre, Isla Heroína.

St. George parece territorio yonqui, piensa Keller, si es que existe tal cosa. Desde el coche ve a individuos que parecen adictos merodeando por las esquinas, en estacionamientos y solares vacíos.

Luego, sin embargo, se adentran en un barrio residencial comparable al de cualquier población de Estados Unidos: urbanizaciones de viviendas unifamiliares, calles arboladas, jardines bien cuidados, columpios y canastas en las entradas de las casas.

—El pico está matando a muchos chicos de por aquí —comenta Mullen—. Por eso ahora tenemos una «epidemia». Cuando solo eran negros y puertorriqueños, no era una enfermedad, era un delito, ¿no?

—Sigue siendo un delito, Brian.

—Usted ya me entiende —contesta Mullen—. Es esta «canela» nueva. Un treinta por ciento más fuerte que el alquitrán negro que vendían antes los mexicanos, al que estaban acostumbrados los drogadictos. Por eso hay tantas sobredosis: se meten la misma cantidad que antes y los deja secos. O estaban acostumbrados a tomar pastillas, pero la heroína es más barata y se meten demasiada.

A medida que avanzan hacia el sur, internándose en otras zonas residenciales, Mullen les indica distintas casas: *un hijo de esa familia, una hija de aquella otra, esa gente tuvo suerte, su hijo tuvo una sobredosis pero sobrevivió y ahora está en rehabilitación, quién sabe, ya veremos, supongo.*

—Es una cuestión de triaje —comenta el agente—. El primer paso es atender a los heridos, ¿verdad? Ver si podemos salvarlos en el campo de batalla. El estado de Nueva York acaba de darnos presupuesto para equipar a veinte mil agentes de policía con naloxone.

Keller conoce el fármaco, comercializado con el nombre de Narcan. Es como un EpiPen, un inyector de epinefrina: si se atiende a tiempo a una persona con sobredosis, se la puede prácticamente resucitar de entre los muertos. Un kit de Narcan cuesta sesenta billetes, nada menos.

—Pero la DEA ha expresado sus «reservas», ¿no? —dice Mullen—. Les preocupa que anime a los drogadictos a seguir picándose, o que los muchachos empiecen a usarlo para ponerse. Temen que haya «fiestas de Narcan».

Ese es el hocicón de Denton Howard cuando habla con la prensa, piensa Keller, pero no lo dice en voz alta. No va a sacudirse el asunto de encima pretextando que no fue él.

—Yo pondría kits de Narcan en la calle como si fueran extintores de incendios —prosigue Mullen—. Quizás así los adictos podrían salvar a sus amigos, porque muchas veces, cuando llegan mis agentes o los servicios de urgencias, ya no puede hacerse nada por ellos.

Es razonable, piensa Keller. Pero también sería un suicidio político: si abogara por la distribución libre del Narcan, en *Fox and Friends* lo harían pedazos.

—Muy bien. Triaje. ¿Qué más?

—Evitar las muertes por sobredosis es el primer paso —continúa Mullen—, pero cuando el adicto se recupera de la sobredosis sigue enganchado, ¿no? Lo salvas para poder salvarlo otra vez, hasta que un día ya no puedes. Lo que hay que hacer es meterlo en rehabilitación.

—Entonces, ¿la rehabilitación es la respuesta?

—Sé que la cárcel no es la solución, con mandarlos a prisión no se consigue nada —dice Mullen—. Allí siguen drogándose, la única diferencia es que la droga es más cara. Juzgados especializados, tal vez. Detenerlos y que un juez los obligue a ir a rehabilitación. No sé si hay una única solución. Pero tenemos que hacer algo distinto. Tenemos que cambiar nuestro modo de pensar.

—¿Esa es su opinión? —pregunta Keller—. Me refiero a si está expresando un cambio de actitud en la forma de pensar del departamento de policía o si es usted un caso aparte.

—Un poco ambas cosas —contesta Mullen—. Mire, si le vas al jefe o a algún otro mando con estas cosas, te mira como si fueras un pobre bobo, pero hasta algunos tipos del alto mando están empezando a buscar soluciones distintas, ven lo que está pasando. Carajo, si hasta un detective sufrió una sobredosis hace dos años, ¿lo sabía? Resultó herido mientras trabajaba y empezó a tomar analgésicos. Y de ahí pasó al pico. Y murió de una sobredosis. Un policía de Nueva York, por amor de Dios. Le da a uno que pensar. Buscar nuevas soluciones. ¿Ha oído hablar de los SIF?

Los Centros de Inyección Supervisada, piensa Keller. Lugares a los que los adictos pueden acudir para picarse, y donde personal médico supervisa el contenido y la dosis.

—¿Una legalización de hecho de la heroína?

—Llámelo como quiera —responde Mullen—. Pero están salvando vidas. La puerta giratoria de la detención y la cárcel, no. Yo detengo a adictos y ellos siguen picándose en la cárcel. Retiro de la circulación a *dealers* y otros ocupan su lugar. Decomiso heroína y llega más. Bobby, vamos a Inwood, a enseñarle a este señor lo que tiene que ver.

—¿Jersey o Brooklyn? —pregunta Cirello.

—Ve por el puente de Verrazano —dice Mullen, y mira a Keller—. No me gusta salir de mi jurisdicción.

Toman la 278 para entrar en Brooklyn por el lado de Bay Ridge y luego se dirigen a Sunset Park y Carroll Gardens.

—Esto antes se llamaba Red Hook —explica Mullen—, pero a los promotores inmobiliarios les sonaba mejor Carroll Gardens. Usted no es de Nueva York, ¿verdad?

—De San Diego.

—Aquello es precioso —dijo Mullen—. Y un tiempo fantástico, ¿no?

—No paso mucho por allí desde hace años —contesta Keller—. He vivido casi siempre en El Paso y en México. Y ahora en Washington.

Cruzan el puente de Brooklyn para entrar en la parte baja de Manhattan y siguen West Side Highway casi hasta el extremo de la isla, donde tuercen hacia Dyckman Street, giran a la izquierda y suben por Broadway.

—¿Dónde estamos? —pregunta Keller.

—En Fort Tryon Park, en la zona de Inwood —contesta Mullen—. El extremo norte de Manhattan, y el principal centro de heroína.

Keller observa los complejos de apartamentos de ladrillo expuesto, cuidados con esmero. Parques, canchas de deporte, niñeras empujando carritos de bebés.

—No lo parece.

—Exacto —dice Mullen—. Aquí no hay muchos consumidores, pero sí fábricas de heroína, en Inwood y en Washington Heights, a un paso de aquí, más hacia el centro. Aquí es donde sus mexicanos traen la mierda, se la venden a mayoristas para que la corten, la metan en papeles y la distribuyan. Como un centro de distribución de Amazon.

—¿Por qué aquí?

Por ubicación, explica Mullen. Fácil acceso a la Ruta 9, hasta las pequeñas poblaciones del Hudson vapuleadas por la heroína. Un corto trecho hasta la 95 y el Bronx, o hacia Long Island o Nueva Inglaterra. Harlem está bajando

Broadway, y muy cerca quedan West Side Highway y la FDR, por las que se llega a otras barriadas.

—Si fuera usted UPS o FedEx —explica Mullen— y quisiera atender el Corredor Noreste, aquí es donde se instalaría. Puede uno subirse al coche y estar en Jersey Turnpike o en Nueva Jersey en cuestión de minutos, y desde allí llegar a Newark, a Camden, a Wilmington, a Filadelfia, a Baltimore, a Washington… Si se lleva poco peso, se puede meter la droga en una mochila, tomar la línea uno o dos del metro hasta Penn Station y subirse al Acela. Ir hacia el sur, hasta las ciudades que acabo de mencionarle, o hacia el norte, hasta Providence o Boston. Nadie va a pararte, nadie va a registrarte la mochila, y además en el tren hay wifi, puede uno ver *Narcos*.

»Su gente también está al tanto de esto. Hemos hecho redadas en esta zona. Siete kilos, nueve, dieciséis, millones de dólares en efectivo… Pero los narcos lo consideran el costo inevitable de hacer negocios y la mierda sigue llegando.

—Se siente uno como si intentara hacer retroceder el océano —dice Keller.

—Algo así.

—¿Reciben la ayuda que necesitan de mi agencia? —pregunta Keller.

—¿A corto plazo? —pregunta Mullen—. Sí, claro. Mire, siempre hay tensión entre los federales y la policía local, no nos engañemos. Algunos de sus agentes temen compartir información con nosotros, ya sea porque quieren anotarse las redadas o porque creen que todos los policías locales son corruptos. Y mi gente juega al escondite con la suya porque quieren anotarse las redadas y no le apetece que los federales invadan su terreno y se los estropeen.

La coordinación siempre es difícil, Keller lo sabe, incluso cuando las intenciones son buenas, que no siempre es el caso. Es muy fácil que distintos organismos policiales se pisen informantes o testigos protegidos, que obstaculicen o interrumpan una investigación prometedora, incluso que por su culpa muera algún informante. Y Keller sabe que la DEA puede mostrarse muy displicente con los cuerpos de policía locales, ordenarles que se mantengan al margen de una investigación, igual que sabe que los policías locales están con frecuencia más que dispuestos a escatimar información valiosa a sus agentes.

La envidia profesional es un auténtico problema. Todo mundo quiere ocuparse de las redadas porque las redadas son el camino hacia el ascenso. Y dan mucha publicidad: todos quieren ponerse delante de esa mesa cargada de drogas, armas y dinero y que les saquen fotos. Se ha convertido en un cliché, pero no es un cliché inofensivo, piensa Keller, porque produce la impresión de que estamos ganando una guerra que no estamos ganando.

Las drogas sobre la mesa son como las fotos de vietcongs muertos.

—Pero en general —añade Mullen— creo que la cooperación está funcionando bastante bien. Aunque siempre podría mejorarse, claro.

Es su forma de abrir la puerta, piensa Keller. De formular la pregunta: ¿qué está haciendo de verdad aquí?

—¿Qué le parece si usted y yo hablamos sin que los chicos estén presentes? —dice.

—¿Alguna vez ha estado en los Cloisters?

Keller y Mullen caminan por las arcadas del claustro de Cuixà, en el parque, no muy lejos de Inwood. La edificación formó parte antiguamente de la abadía benedictina de San Miguel, en los Pirineos franceses. Trasladada a Nueva York en 1907, ahora rodea un jardín central.

Keller sabe que Mullen está haciendo una declaración de intenciones al venir aquí. Y, efectivamente, Mullen dice:

—Tengo entendido que le gustan los monasterios.

—Viví en uno una temporada.

—Sí, eso me han dicho —dice Mullen—. En Nuevo México, ¿verdad? ¿Cómo era?

—Tranquilo.

—Dicen que estaba a cargo de… ¿de las colmenas, o algo así? —pregunta Mullen.

—El monasterio vendía miel —contesta Keller—. ¿Qué más quiere saber, Brian?

Porque, si Mullen duda de él, conviene saberlo ya.

—¿Por qué dejó el monasterio? —pregunta Mullen.

—Porque dejaron salir a Adán Barrera de la cárcel.

—Y usted quería volver a meterlo dentro —dice Mullen.

—Algo así.

—Me gusta esto —comenta Mullen—. Me gusta venir aquí, dar un paseo y pensar. Me ayuda a alejarme de toda esa mierda. No estoy seguro de que me guste el mundo moderno, Art.

—Yo tampoco —dice Keller—. Pero es el único que tenemos.

—Oiga, estamos en la capilla, ¿quiere entrar? —pregunta Mullen—. Lo digo porque, si vamos a confesarnos, ya que estamos aquí podemos hacerlo en una iglesia.

Cruzan los gruesos portones de roble, flanqueados por tallas de animales rampantes. La amplia nave está dominada por un ábside en un extremo, con una cruz colgante. En la pared lateral hay frescos dedicados a la Virgen María.

—Esto lo trajeron de España —explica Mullen—. Precioso, ¿eh?

—Sí.

—¿A qué ha venido exactamente? —pregunta Mullen—. Imagino que no habrá sido para que le haga una visita guiada y le enseñe cosas que ya conoce.

—Habló usted de triaje —responde Keller—. De soluciones a largo y corto plazo. Quiero que conozcan mis intenciones de largo plazo. Voy a imprimirle un nuevo rumbo a la DEA, más en la línea de la que hablaba usted antes. Alejado de la puerta giratoria de la detención y la cárcel y más tendente a la rehabilitación. Quiero que respaldemos con el poder federal las iniciativas locales y que retiremos todos los obstáculos.

—¿Puede hacer eso? —pregunta Mullen—. A su gente no le va a gustar.

Keller sabe lo que piensa Mullen y que se está callando: que la DEA tiene un interés especial en que la guerra contra las drogas siga en marcha. De ello depende su existencia.

—No sé —dice—. Pero voy a intentarlo. Y para conseguirlo voy a necesitar el apoyo de fuerzas policiales como la de Nueva York.

—¿Y a corto plazo?

—Hasta que cambie la línea de partida —dice Keller—, tenemos que hacer todo lo que podamos por detener el flujo de heroína.

—Eso no se lo discuto.

—He llegado a la conclusión de que en México no puedo hacer gran cosa —añade Keller—. Están demasiado protegidos. Si quiero detener el problema tiene que ser aquí, en Nueva York, que se ha convertido en el centro neurálgico de la heroína.

Mullen sonríe.

—¿Alguna otra epifanía, Art?

—Sí —contesta Keller—. No podemos responder a la cuestión de por qué la gente consume drogas. Pero sí sabemos por qué trafican con ellas. Es muy sencillo: por dinero.

—¿Y?

—Y si de verdad queremos hacer algo, hay que ir tras el dinero —dice Keller—. Y no me refiero a México.

—Sabe lo que significa eso aquí.

—Sí, lo sé —dice Keller—. Y estoy dispuesto a dar ese paso. Supongo que la pregunta es: ¿usted lo está?

Keller sabe lo que le está pidiendo a Mullen.

Es una maniobra capaz de dar al traste con toda una carrera.

Los yonquis y los vendedores no tienen forma de contraatacar. Pero los centros de poder, si los atacas, tienen muchas formas de devolver el golpe.

Pueden sepultarte.

Mullen no parece asustado.

—Solo si está dispuesto a ir hasta el final —dice—. No me interesa mandar a unos cuantos chivos expiatorios a la cárcel un par de años. Pero si está dispuesto a ir más allá, entonces… ¿Qué necesita?

Un banquero, le dice Keller.

Un banquero de Wall Street.

En el tren de regreso, Hidalgo pide otra hamburguesa y le dice a Keller que no está tan mal.

—Me alegro —dice Keller.

Porque a partir de ahora vas a pasar mucho tiempo en el Acela.

Es el principio de la Operación Agitador.

Guerrero, México

A Ric la heroína le recuerda la Pascua.

Las amapolas de un morado brillante relucen al sol, y las que no son moradas son rosas, rojas y amarillas. En contraste con los tallos verde esmeralda, parecen cestas de golosinas.

El avión se ladea bruscamente sobre la Sierra Madre del Sur al prepararse para aterrizar en una pista privada a las afueras de la localidad de Tristeza, en el estado de Guerrero. El padre de Ric lo ha traído aquí a modo de tutorial, «para que conozcas el negocio desde el terreno, como si dijéramos». Forma parte de su serie de sermones titulada *Tu generación*, que podría resumirse en el lema «tu generación está desvinculada de la tierra que los ha hecho ricos».

Como si mi padre, el abogado, hubiera pasado un solo día en los campos de labor, piensa Ric. Lo más cerca que ha estado de ser un *campesino* fue su intento —breve, por suerte— de cultivar tomates en el jardín, que concluyó con una declaración según la cual era «económicamente más eficiente» comprarlos en el mercado, pese a que previamente le había obsequiado otra entrega de su serie de sermones titulada *Tu generación no sabe de dónde viene lo que come*.

Sí que lo sabemos, piensa Ric.

De Calimax.

El avión aterriza con un fuerte rebote.

Ric ve los Jeeps llenos de hombres armados junto a la pista, esperando para llevarlos a las montañas por caminos de tierra. Es necesario un convoy porque esta parte de Guerrero es cada vez más «tierra de bandidos», relativamente nueva para el cártel de Sinaloa.

Sus campos en Sinaloa y Durango no bastan para suplir la demanda creciente de heroína, por eso el cártel se ha expandido a Guerrero y Michoacán.

Ric sabe que ambos estados producen cada vez más pasta de opio. El problema es que la infraestructura aún no es suficiente para alcanzar la producción deseada, y tienen que apoyarse en organizaciones más pequeñas como intermediarios entre los campesinos y el cártel.

Eso no es malo en sí, de no ser porque los intermediarios están en guerra unos contra otros. De modo que este bello paisaje, piensa Ric mientras el Jeep atraviesa arboledas de altos pinos *ocotes*, está plagado de pistoleros de bandas rivales.

Primero están los Caballeros Templarios, sobre todo en Michoacán, supervivientes de la antigua Familia y aún poseídos (y esa es la palabra exacta, se dice Ric) por un afán desquiciado, casi religioso, de erradicar a los «malhechores». Sinaloa los toleró mientras ayudaron a combatir a los Zetas, pero su utilidad se está agotando rápidamente y ahora causan más problemas de los que resuelven. Sobre todo teniendo en cuenta que esos presuntos «bienhechores» están muy metidos en el negocio de la meta, la extorsión y el asesinato a sueldo.

Los Caballeros se empeñan en combatir a los Guerreros Unidos, un grupo desgajado de la organización de los Tapia y fundado por Eddie Ruiz, el antiguo sicario de Tapia que ahora reside en una prisión estadounidense de supermáxima seguridad.

Ruiz fue el primer gringo en encabezar un cártel mexicano. Ric coincidió con él una o dos veces de niño, pero lo conoce sobre todo por los famosos videos de YouTube, cuando Eddie el Loco se grabó a sí mismo entrevistando a cuatro zetas antes de ejecutarlos. Luego mandó la grabación a todas las cadenas de televisión y subió el video a internet.

Inauguró una tendencia.

Ahora, los «Muchachos de Eddie», como se llama a veces a los Guerreros Unidos, están causando estragos en Guerrero, Morelos y el Edomex, matando a rivales, secuestrando por dinero, extorsionando a negocios y, en líneas generales, chingando la madre.

No podemos pararlos porque los necesitamos, le ha dicho Núñez a Ric. Sobre todo aquí, en Guerrero, donde controlan Tristeza. La ciudad, de unos cien mil habitantes, tiene más importancia de la que permite suponer su tamaño por estar enclavada en el cruce de varias carreteras de importancia, entre ellas la interestatal que lleva a Acapulco, una pieza clave. La alcaldesa de Tristeza es una veterana de los Guerreros Unidos y necesitamos, al menos de momento, estar en buenos términos con ella.

Los Guerreros Unidos mantienen una disputa sangrienta con Los Rojos, otro grupo escindido de la organización de Tapia, que a su vez, a decir verdad, fue una escisión del cártel de Sinaloa.

—Lo que se disputan son las rutas de contrabando —le explicó Núñez—, pero, si analizas la situación como es debido, te das cuenta de que en realidad se pelean por nosotros. Es una falla del sistema que montamos, pero Adán estaba tan ocupado combatiendo a los Zetas que no tuvo tiempo de arreglarla, y desde su muerte la cosa ha ido de mal en peor.

Ric ha descubierto que el cártel de Sinaloa no posee, en realidad, plantaciones de heroína en Guerrero. La mayoría de ellas solo tienen unas hectáreas de extensión y están escondidas en lo profundo de las montañas; sus dueños son pequeños agricultores que cosechan la amapola y luego venden la goma de opio a intermediarios, como los Guerreros Unidos y Los Rojos, que la transportan al norte, escondida casi siempre en autobuses comerciales que salen de Tristeza con destino a Acapulco, desde donde es trasladada a laboratorios en Sinaloa o más próximos a la frontera con Estados Unidos.

De modo que se están matando unos a otros por el derecho a vendernos la droga, piensa Ric, cuya respiración se vuelve más trabajosa cuando superan la altura de los tres mil metros.

Y luego está su viejo amigo Damien Tapia.

Que ahora se hace llamar el Lobezno y que se está convirtiendo en otro estorbo para Sinaloa.

Damien ha reunido a algunos de los excolaboradores de su padre y ha empezado a vender cocaína y metanfetamina en Culiacán, Badiraguato, Mazatlán y hasta en Acapulco, donde según dicen ha montado su sede, protegido por parte de la antigua banda de Ruiz, y se dedica a extorsionar a bares y locales nocturnos. Hay rumores de que se le ha visto en Durango y aquí, en Guerrero, lo que significa, en caso de que sea cierto, que está intentando introducirse también en el mercado de la heroína.

—Un muchacho tan simpático —dijo una vez Núñez sobre Damien—. Fue una pena que su padre se volviera loco y tuviéramos que sacrificarlo como a un perro rabioso.

El convoy llega a una curva cerrada y Ric ve un destello de color más adelante: ocultas detrás de un pinar, en una ladera empinada, se adivinan las flores radiantes de las amapolas. Ve y huele los tocones quemados de los pinos, talados por los agricultores para dejar sitio al cultivo de opio.

El campo tiene quizás una hectárea de extensión, pero Núñez le dice a su hijo que no se deje engañar.

—En Guerrero, media hectárea de tierra bien regada y atendida puede dar hasta ocho kilos de savia de opio en una estación, lo que basta para producir un kilo de heroína en bruto. El año pasado —añade—, el kilo de savia se vendía a setecientos dólares. El precio se ha doblado ya, hasta los mil quinientos dólares, con el aumento de la demanda, y solo hemos conseguido mantener un precio tan bajo convirtiéndonos en el único comprador, el Walmart, si quieres llamarlo así.

»Este agricultor podría tener entre ocho y diez de estas parcelas diseminadas por la ladera de la montaña, ocultas a los helicópteros del ejército que patrullan la zona para rociar herbicidas. A razón de tres mil dólares por parcela, ya empezamos a hablar de dinero de verdad.

Tres mil dólares es lo que se gasta mi viejo en un almuerzo, piensa Ric, pero para un campesino pobre de una zona rural de Guerrero es una fortuna.

Ric se baja del Jeep para ver trabajar a los *rayadores* en la parcela.

Se entera de que ganan bastante dinero. Un trabajador aplicado puede ganar entre treinta y cuarenta dólares diarios, siete veces lo que ganan sus padres laborando en campos de maíz o plantaciones de aguacate. Casi todos los *rayadores* son chicas adolescentes, porque sus manos son más pequeñas y hábiles. Provistas de pequeñas cuchillas que sujetan con anillos a sus pulgares, practican con cuidado minúsculas incisiones en las cápsulas de la adormidera para que mane la goma, como una lágrima.

Es una tarea delicada: si la incisión no es lo bastante profunda, no brota la savia. Si lo es en exceso, se estropea la cápsula, lo que supone un desastre en términos productivos. La *rayadora* vuelve a la misma planta una y otra vez: una misma cápsula puede rajarse hasta siete u ocho veces para producir la cantidad máxima de savia.

Una vez hecho el corte, se deja que el líquido que brota se endurezca hasta convertirse en goma marrón, y los *rayadores* emplean las cuchillas para raspar la goma y echarla en cazuelas que luego llevan a cobertizos o establos, donde otros trabajadores hacen con ella bolas o pasteles que pueden almacenarse durante años si es necesario.

Cuando el agricultor ha recogido suficiente pasta de opio, se pone en contacto con el intermediario, que viene a recogerla, le paga y lleva la pasta a un laboratorio para fabricar heroína canela. Desde ahí, la droga es trasladada a un punto de distribución como Tristeza, donde se carga en autobuses para hacer la llamada «ruta de la escopeta» al norte.

El intermediario le sube el precio hasta un 40 por ciento —unos 2100 dólares por kilo— y luego se la vende al cártel, que, de nuevo, controla el precio al ser prácticamente el único comprador.

Un kilo de heroína en bruto se vende en Estados Unidos por un precio que varía entre los 60 000 y los 80 000 dólares.

—El margen es excelente —dice Núñez—, e incluso teniendo en cuenta los costos de transporte, contrabando, seguridad y, naturalmente, las mordidas, todavía podemos vender a precios más bajos que las farmacéuticas gringas y conseguir pingües ganancias.

Ric es un chavo de ciudad, pero no puede evitar apreciar la belleza de la escena que tiene ante sí. Es idílica. El aire es fresco y limpio, las flores preciosas, y la visión de las muchachas, con sus delantales blancos y su largo cabello negro, moviéndose con silenciosa eficiencia mientras hacen su trabajo es indescriptiblemente relajante, verdaderamente hermosa en su sencillez.

—Es gratificante saber —oye que dice su padre— que este negocio da un trabajo digno a tantas personas, y con un salario que no podrían conseguir de otro modo.

Hay centenares de explotaciones como esta diseminadas por Guerrero.

Trabajo de sobra para todo mundo.

Sí, piensa Ric, somos benefactores de la sociedad.

Vuelve a subir al Jeep y el convoy prosigue su sinuoso ascenso por la montaña, con los *sicarios* en guardia en busca de bandidos.

Damien Tapia, el Lobezno, observa el convoy por la mira telescópica de un fusil de precisión.

Oculto entre los árboles de la ladera opuesta, tiene al jefe del cártel de Sinaloa, Ricardo Núñez —uno de los hombres que tomaron la decisión de matar a su padre— literalmente en la mira.

Cuando Damien era niño, su padre era uno de los tres jefes del cártel de Sinaloa, junto con Adán Barrera y Nacho Esparza, dos hombres que para Damien eran como sus tíos. Los hermanos Tapia eran poderosos entonces: Martín, el político; Alberto, el pistolero; y su padre, Diego, el líder indiscutible.

Cuando el tío Adán fue detenido en Estados Unidos, fue el padre de Damien quien se hizo cargo del negocio. Cuando fue trasladado a México, a la prisión de Puente Grande, fue su padre quien se ocupó de protegerlo. Y cuando salió de la cárcel, luchó a su lado para quitarles Nuevo Laredo al cártel del Golfo y los Zetas.

Eran todos amigos, en aquel entonces: los Tapia, los Barrera y los Esparza. En aquellos tiempos, Damien admiraba a los chicos mayores como Iván, Sal, Rubén Ascensión y Ric Núñez, que tenía casi la misma edad que él. Eran sus compas, sus *cuates*. Eran los Hijos, los herederos del todopoderoso cártel de Sinaloa que algún día dirigirían juntos, como hermanos, para siempre.

Luego el tío Adán se casó con Eva Esparza.

Evita es más joven que yo, piensa Damien ahora al centrar la mira en la sien encanecida de Ricardo Núñez. Jugábamos juntos de pequeños.

Pero el tío Nacho quería Baja para Iván, y ofreció a su hija como prenda para conseguirla. Después de que Eva se casara con el tío Adán, la rama de los Tapia del cártel se convirtió en el pariente pobre: desairada, ignorada, ninguneada. La misma noche que Adán desfloró a Evita, los *federales* a los que tenía domesticados fueron a detener al tío carnal de Damien, Alberto, y lo mataron a tiros. Resultó que Adán había vendido a los Tapia para salvar a su sobrino Sal de una acusación de asesinato.

Mi padre, piensa Damien, no volvió a ser el mismo desde entonces. No podía creer que los hombres a los que llamaba *primos* —Adán y Nacho— lo hubieran traicionado, que hubieran matado a carne de su carne y sangre de su sangre. Empezó a hundirse cada vez más en la *Santa Muerte*, a abismarse en la cocaína. La ira y la pena se lo comieron vivo y la guerra que lanzó para vengarse hizo pedazos el cártel.

Qué carajo, piensa Damien, hizo pedazos el país entero, puesto que Diego se alió con los Zetas para combatir a los Barrera y los Esparza, sus antiguos socios del cártel de Sinaloa.

Hubo miles de muertos.

Damien solo tenía dieciséis años el día que, justo después de Navidad, los marinos siguieron la pista de su padre hasta un edificio de apartamentos de Cuernavaca, entraron con carros blindados, helicópteros y ametralladoras y lo asesinaron.

Guarda la foto en su celular como fondo de pantalla. Diego Tapia con orificios de bala en la cara y el pecho, la camisa desgarrada, los pantalones bajados, el cuerpo cubierto de billetes de dólar.

Eso se lo hicieron los marinos.

Lo mataron, mancillaron su cadáver y subieron las fotos nauseabundas a internet.

Pero Damien siempre culpó al tío Adán.

Y al tío Nacho.

Sus «tíos».

Y a Ricardo Núñez, el padre de Ric.

Lo que le hicieron a Diego Tapia es imperdonable, piensa Damien. Mi padre era un gran hombre.

Y yo soy hijo de mi padre.

Escribió un *narcocorrido* sobre ese tema y lo tiene en Instagram.

Soy el hijo de mi padre
y siempre lo voy a ser.
Yo soy hombre de familia,
hombre de mi profesión,
y nunca daré la espalda
a mi parentela.
Seré así hasta que me muera.
Porque el Lobezno soy yo.

Su madre le ha suplicado que deje el negocio, que se dedique a otra cosa, a lo que sea, que ya ha perdido a demasiados seres queridos.

—Eres guapo —le dice—. Tan guapo como una estrella de cine o de rock, tan guapo como un galán de Telemundo, ¿por qué no te haces actor, o cantante, o presentador de televisión?

Pero Damien le dice que no, que no va a deshonrar así a su padre. Ha jurado sobre la tumba de Diego que devolverá a los Tapia al lugar que se merecen.

A lo más alto del cártel de Sinaloa.

—Nos lo robaron, mami —le dice Damien a su madre—. Y yo voy a recuperar lo que nos robaron.

Es fácil decirlo.

Cumplirlo, no tanto.

La organización de los Tapia existe aún, pero solo conserva una parte de su antiguo poder. Sin el liderazgo de los tres hermanos —Diego y Alberto han muerto, Martín está en prisión—, funciona como un grupo de franquicias vinculadas nominalmente al apellido Tapia pero que de hecho operan de forma autónoma traficando con coca, meta, marihuana y, ahora, también heroína. Y están dispersas, con células repartidas por el sur de Sinaloa, Durango, Guerrero, Veracruz, Cuernavaca, Baja, Ciudad de México y Quintana Roo.

Damien tiene su propia célula con sede en Acapulco y, aunque otros grupos le tienen cierto respeto por ser hijo de quien es, no lo consideran el jefe. Y el cártel de Sinaloa —quizá por remordimientos, por lo que le hicieron a su familia— lo tolera, siempre y cuando no se pase de la raya ni busque venganza.

Y la verdad es, y Damien lo sabe, que no constituye una gran amenaza: las fuerzas combinadas de los Barrera y los Esparza lo superan en número y en potencia de fuego, irremediablemente.

Hasta ahora, piensa Damien.

Porque ahora el tío Adán y el tío Nacho están muertos.

Y Elena Sánchez e Iván están en guerra.

Ha cambiado el juego.

Y él tiene en la mira a Ricardo Núñez.

—Dispara —le dice Fausto.

Fausto —bajito, rechoncho, bigotón— es uno de los colaboradores de su padre que se fueron con Eddie Ruiz al morir Diego. Ahora que Eddie está en prisión, ha vuelto con Damien.

Afincado en Mazatlán, Fausto es un asesino a sueldo.

Lo que Damien necesita.

—Dispara —repite.

El dedo de Damien se tensa sobre el gatillo.

Pero se detiene.

Por varias razones.

Primero, porque no está seguro de dónde sopla el viento. Segundo, porque nunca ha matado a nadie. Y tercero...

Damien enfoca con la mira a Ric.

Ric va sentado justo al lado de su padre, y Damien no quiere arriesgarse a fallar y matar a su amigo.

—No —dice bajando el fusil—. Se nos echarían encima.

—No si están muertos. —Fausto se encoge de hombros—. Chingado, déjame que yo me encargue.

—No, es demasiado pronto —dice Damien—. Todavía no tenemos poder suficiente.

Es lo que le dice a Fausto, lo que se dice a sí mismo.

Observa cómo el convoy dobla el siguiente recodo y se pierde de vista, fuera de su alcance.

El avión hace un viraje inesperado.

Ric creía que volverían directamente a Culiacán, pero el avión vira de pronto al oeste, hacia el océano y Mazatlán.

—Quiero enseñarte una cosa —le dice Núñez.

Ric cree conocer bastante bien Mazatlán, que es desde hace tiempo el parque de juegos predilecto de los Hijos. Van al carnaval desde que eran niños y al hacerse mayores empezaron a frecuentar los bares y los antros y a ligar con las *turistas* que llegaban en tropel desde Estados Unidos y Europa, en busca de sol y playa. Fue en Mazatlán donde Iván le enseñó a decir «¿Quieres acostarte conmigo esta noche?» en francés, alemán, italiano y —en cierta ocasión que Ric solo recuerda vagamente— en rumano.

Aunque no lo tiene muy claro, debió de ser la noche en que los detuvieron a él, a los Esparza y a Rubén Ascensión en el malecón por algún exceso del que ya no se acuerda, los llevaron a la comisaría y volvieron a soltarlos enseguida, pidiéndoles disculpas, cuando se enteraron de cómo se apellidaban.

Ric tiene alguna vaga idea de que Mazatlán, al igual que muchas de las ciudades de Sinaloa, fue fundada por alemanes y conserva aún cierto aire bávaro en su música y su afición por la cerveza, una tradición de la que Ric ha disfrutado más de lo que debiera.

El coche que los espera en la pista de aterrizaje los conduce no al paseo marítimo ni a la playa, sino al puerto.

Ric conoce también el puerto porque es allí donde atracan los cruceros, y donde hay cruceros hay mujeres disponibles. Los Esparza y él solían sentarse en el paseo marítimo, por encima de los muelles, a evaluar a las mujeres que se bajaban de los barcos, y luego se hacían pasar por guías turísticos y se ofrecían a llevar a las que habían sacado mejor calificación a los bares de moda.

Aunque hubo también una vez que Iván miró fijamente a una noruega de ojos azules, alta y muy guapa, y le dijo sin rodeos:

—La verdad es que no soy guía. Soy hijo del jefe de un cártel. Tengo millones de dólares, lanchas rápidas y deportivos, pero lo que de verdad me gusta es cogerme a mujeres preciosas como tú.

Para sorpresa de Ric, la chica dijo que sí y se fueron con ella y sus amigas, alquilaron una suite en un hotel, bebieron Dom Perignon, se metieron coca a mansalva y cogieron como monos hasta que llegó la hora de que las chicas volvieran al barco.

Sí, Ric podría mostrarle algunas cosas de Mazatlán a su padre.

Pero no van a los muelles de los cruceros. Pasan de largo y entran en los muelles comerciales, donde atracan los cargueros.

—Un negocio —dice Núñez cuando salen del coche junto a una nave industrial— no puede estar nunca quieto. Si te quedas parado, te mueres. Tu padrino, Adán, lo sabía, por eso hizo que nos pasáramos a la heroína.

El guardia apostado en la puerta de la nave los deja pasar.

—La heroína es buena —continúa Núñez cuando entran—, es rentable, pero como todas las cosas rentables, atrae a la competencia. Otra gente ve que haces dinero y te copia. Lo primero que intentan es vender más barato que tú, bajar el precio y reducir los beneficios de todo mundo.

Si el cártel fuera de verdad un cártel, explica, en el sentido clásico —es decir, un conjunto de empresas que controlan el comercio de un bien y han acordado establecer precios fijos—, eso no sería problema.

—Pero lo de «cártel» está mal empleado en nuestro caso. De hecho, es contradictorio hablar de «cárteles» en plural.

Ellos tienen competencia, explica: lo que queda de los Zetas, los restos del «cártel» del Golfo, los Caballeros Templarios... Pero quien le preocupa de veras es Tito Ascensión.

Ascensión le pidió permiso a Iván para entrar en el negocio de la heroína e Iván tuvo la prudencia de negárselo, pero ¿y si Tito sigue adelante de todos modos? Jalisco podría convertirse rápidamente en el mayor competidor del cártel de Sinaloa. Vendería más barato que ellos, y Núñez no quiere verse forzado a reducir el margen de ganancia. Así que...

Entran en un cuarto al fondo de la nave.

Núñez cierra la puerta.

Un joven asiático está sentado detrás de una mesa sobre la que hay apilados varios paquetes envueltos de...

Ric no sabe qué es aquello.

—La única solución a una baja de precios —explica Núñez— es mejorar la calidad del producto. Los clientes pagarán un plus por la mercancía más selecta.

—Entonces, ¿esto es heroína de mejor calidad? —pregunta Ric.

—No —dice Núñez—. Es fentanilo. Cincuenta veces más potente que la heroína.

El fentanilo, un opiáceo sintético, se utilizó en principio para aliviar los dolores de pacientes con cáncer terminal, en forma de parches cutáneos, le explica Núñez. Es tan potente que hasta un micropunto puede ser letal. Pero la dosis correcta produce un efecto mucho más fuerte, y mucho más rápido, en el consumidor.

Núñez lleva a Ric de vuelta a la nave, donde hay varios hombres reunidos. Ric reconoce a algunos. Son mandamases del cártel: Carlos Martínez, que opera en Sonora; Héctor Greco, el jefe de plaza en Ciudad Juárez; y Pedro Esteban, de Badiraguato. A los demás no los conoce.

Detrás de ellos, a lo largo de la pared, hay tres hombres atados a sillas.

Con solo echarles un vistazo, Ric comprende que son yonquis.

Esqueléticos, temblorosos, amodorrados.

Un tipo con pinta de técnico de laboratorio se sienta en una silla junto a una mesita en la que hay dispuestas tres jeringas hipodérmicas.

—Caballeros —dice Núñez—, ya les he hablado del nuevo producto, pero ver es creer. Así que vamos a hacerles una pequeña demostración.

Hace una seña con la cabeza al técnico de laboratorio, que agarra una de las jeringas y se agacha junto a un adicto.

—Esta es nuestra heroína canela común.

El técnico desata el brazo del yonqui, busca una vena y le pone la inyección. Un segundo después, el yonqui echa la cabeza hacia atrás y se abandona.

Está volando.

—La siguiente jeringa es de heroína mezclada con una pequeña cantidad de fentanilo —prosigue Núñez.

El técnico pica al segundo yonqui, que echa la cabeza hacia atrás bruscamente, abre los ojos de par en par y distiende la boca en una sonrisa casi beatífica.

—Ah, Dios. Ah, Dios mío…

—¿Qué tal? —pregunta Núñez.

—Es maravilloso —dice el yonqui—. Maravilloso…

Ric tiene la impresión de estar viendo las ventas por televisión.

Y en cierto modo así es. Sabe que, según la mitología popular, los capos de los cárteles son dictadores que se limitan a dar órdenes y esperan que se cumplan. Y así es en lo tocante a los *sicarios*, los matones y los subordinados en general, pero un cártel está compuesto por empresarios que solo hacen lo que es bueno para el negocio, y su negocio es vender.

—Lo siguiente —dice Núñez— son solo tres miligramos de fentanilo.

El último yonqui se revuelve, intentando liberarse de las cuerdas.

—¡No! —grita.

Pero el técnico le desata el brazo, localiza la vena y le inyecta todo el contenido de la jeringa. El mismo movimiento brusco de cabeza, los mismos ojos desorbitados. Luego los ojos se cierran y la cabeza cae hacia delante. El técnico acerca dos dedos al cuello del yonqui y menea la cabeza.

—Está muerto.

Ric tiene que hacer un esfuerzo para no vomitar.

Dios, ¿de verdad su padre acaba de hacer esto? ¿Lo ha hecho de verdad? ¿No podría haber usado una rata de laboratorio, un mono o algo así? ¿Tenía que matar a un ser humano para hacer una demostración comercial?

—Cualquier adicto que pruebe este nuevo producto —continúa Núñez—, no podrá volver atrás, no podrá volver nunca a las pastillas farmacéuticas, que son mucho más caras y menos potentes. Ni siquiera a la heroína canela. ¿Para qué tomar el regional si puedes ir en el expreso?

—¿Y a nosotros qué nos cuesta? —pregunta Martínez.

—Cuatro mil dólares el kilo —contesta Núñez—. Aunque comprando al por mayor seguramente podremos reducir el costo a tres mil. Pero cada kilo de fentanilo producirá veinte kilos de producto mejorado que valdrá más de un millón de dólares en el mercado minorista. El margen de ganancia no es el problema.

—¿Cuál es, entonces? —pregunta Martínez.

—El suministro —dice Núñez—. La producción de fentanilo está muy controlada en Estados Unidos y Europa. Pero podemos comprarlo en China y traerlo a los puertos que controlamos, como Mazatlán, La Paz y Cabo. Aunque esto significa que tenemos que controlar los puertos.

»Caballeros, hace treinta años, el gran Miguel Ángel Barrera, M-1, el fundador de nuestra organización, presentó un producto derivado de la cocaína en una reunión muy parecida a esta. Ese derivado, el *crack*, hizo rica y poderosa a nuestra organización. Yo ahora les estoy presentando un derivado de la heroína que nos hará ascender a un nivel todavía superior. Quiero que la organización se dedique al fentanilo y espero que me respalden. Bien, he reservado mesa en un restaurante de la ciudad y confío en que en eso también me acompañen.

Se van a cenar a un sitio de la playa.

Lo de siempre, piensa Ric: una sala privada en la parte de atrás del local, el resto del lugar vacío, un cerco de guardias armados rodeando el restaurante. Cenan ceviche, langosta, camarones, marlín ahumado y tamales barbones, todo ello regado con grandes cantidades de cerveza Pacífico. Y si alguno de ellos se acuerda del yonqui muerto al fondo de la nave industrial, Ric no lo nota.

Después del banquete, el avión lleva a Ric y a su padre de vuelta a Culiacán.

—Bueno, ¿qué opinas? —pregunta Núñez durante el vuelo.

—¿Sobre qué?

—Sobre el fentanilo.

—Creo que los convenciste —contesta Ric—. Pero si el fentanilo es tan bueno, la competencia también lo conseguirá.

—Claro que sí —dice Núñez—. Así son los negocios. Ford diseña una buena camioneta, Chevy la copia y la mejora, y Ford diseña otra todavía mejor. La clave está en ser el primero, en monopolizar la cadena de suministro, en establecer canales de venta dominantes y una buena base de clientes, y en seguir dándoles servicio. Tú puedes sernos de mucha utilidad asegurándote de que La Paz siga siendo nuestra en exclusiva.

—Claro —dice Ric—. Pero hay un problema en el que no has pensado. ¿El fentanilo es sintético?

—Sí.

—Entonces cualquiera puede producirlo —dice Ric—. No se necesitan sembradíos, como con la heroína. Solo se necesita un laboratorio que puedes instalar en cualquier parte. Será como con la meta: cualquier pendejo con un par de billetes y un equipo de química podrá fabricarlo en su tina.

—Habrá imitaciones baratas, sin duda —responde Núñez—. Pero serán, como mucho, un estorbo marginal. Los imitadores no tendrán la capacidad de distribución necesaria para causarnos un problema serio.

Si tú lo dices, piensa Ric.

Pero no podrás controlarlo a nivel de menudeo. Los vendedores no tienen disciplina suficiente para limitar las dosis y empezarán a matar a su clientela. Empezará a morir gente, como ese pobre diablo del almacén, y cuando comiencen a morirse en Estados Unidos nos lloverá mierda de todos lados.

Se ha abierto la caja de Pandora.

Y han salido los demonios.

El fentanilo, se dice Ric, podría matarnos a todos.

Staten Island, Nueva York

Jacqui se despierta mareada.

Como cada mañana.

Por eso lo llaman «el arponazo para despertar», piensa mientras sale de la cama. Bueno, no es exactamente una cama, sino un colchón inflable en el suelo de una camioneta, pero supongo que si se puede dormir en él… encima de él… es una cama.

A fin de cuentas, los nombres se basan en verbos. Lo que es una lástima, piensa, porque su apodo, Jacqui la Yonqui (un nombre) se presta con demasiada facilidad a la aliteración basada en lo que hace, es decir, inyectarse, un verbo.

De pronto tiene que reprimir las ganas de vomitar.

Jacqui odia vomitar. Necesita espabilarse.

Dándole un codazo a Travis, dice:

—Hey.

—Hey —contesta él medio dormido.

—Voy a salir a conectar.

—Sale.

Pendejo holgazán, piensa, también voy a salir a conseguir para ti. Se pone una vieja sudadera de la Universidad de Connecticut, sus jeans y unos Nike morados que encontró en una venta de jardín.

Abre la puerta de la camioneta y sale a la soleada mañana de domingo en Staten Island.

En Tottenville, concretamente, en el extremo más al sur de la isla, enfrente de Perth Amboy cruzando el río. La camioneta está parada en el estacionamiento del centro comercial Tottenville Commons, detrás del Walgreens de Amboy Road, pero Jacqui sabe que tendrán que cambiar de sitio esta misma mañana, antes de que los echen los de seguridad.

Entra en la farmacia haciendo caso omiso de la mirada atravesada que le lanza la cajera y se dirige al baño del fondo porque necesita mear. Hace sus necesidades, se lava las manos, se echa agua en la cara y se encabrona consigo misma porque ha olvidado traerse el cepillo de dientes y la boca le sabe a mierda vieja.

Que es exactamente lo que pareces, se dice.

No lleva maquillaje, su largo cabello castaño está sucio y apelmazado y va a tener que buscar un sitio donde asearse un poco antes de ir a trabajar hoy, pero ahora mismo solo oye la voz de su madre: *Eres una chica tan guapa, Jacqueline, cuando te cuidas.*

Es lo que intento, mamá, piensa Jacqui mientras sale de la tienda lanzándole a la cajera una sonrisa de «vete al carajo».

Vete al carajo, zorra, prueba tú a vivir en una camioneta.

Que es donde viven Travis y ella desde que su madre los echó a la calle hace ya, no sé, tres meses, cuando volvió temprano del bar —oh, milagro— y los encontró picándose.

Así que se mudaron a la camioneta de Travis y ahora viven básicamente como gitanos. No como indigentes, insiste Jacqui, porque la camioneta es un hogar, pero sí… cuál es la palabra… erráticamente. *Errático* es una palabra que siempre le ha gustado. Ojalá rimara con algo para que pudiera usarla en una canción, pero no. Solo rima con *patético* y en eso no quiere entrar porque suena demasiado a verdad.

Somos, piensa, bastante patéticos.

Quieren alquilar un apartamento, piensan alquilar uno, pero de momento el dinero del primer mes de alquiler —y del último— y el de la fianza se ha ido a sus venas.

De vuelta en el estacionamiento saca el teléfono y llama a su conecte, Marco, pero va al buzón de voz. Deja un mensaje breve: *Soy Jacqui. Te estoy buscando. Llámame.*

Se muere de ganas de hablar con él porque está empezando a ponerse malísima y no quiere tener que treparse a la camioneta para ir hasta Princes Bay o hasta el puto Richmond, donde trabajan los *dealers* callejeros.

Está demasiado lejos y es demasiado arriesgado, porque la policía está entrando a madrazos y deteniendo a los *dealers*. O peor aún, puedes ir a comprarle a uno y acabar detenida, y Jacqui no quiere por nada del mundo que la detengan y la manden a pasar el mono a la cárcel de Rikers.

Está a punto de volver a la camioneta para irse al estacionamiento de Waldbaum, donde normalmente puedes conseguir, cuando suena su teléfono y es Marco, que no parece muy contento.

—Es domingo por la mañana.

—Lo sé. Necesito un pasón para despejarme.

—Deberías haberte guardado uno anoche.

—Sí, mamá.

—¿Qué necesitas? —pregunta Marco.

—Dos papeles.

—¿Quieres que salga por veinte dólares?

Dios, ¿por qué se lo pone difícil? Está empezando a moquearle la nariz y nota que va a vomitar.

—Me estoy poniendo mal, Marco.

—Bueno, ¿dónde estás?

—En el Walgreens de Amboy.

—Estoy en el McDonald's —dice él—. Nos vemos detrás de la lavandería. ¿Sabes dónde es?

Sí, va allí todos los días a lavar la ropa. Bueno, no todos los días, pensándolo bien. Solo cuando está muy asquerosa.

—Hombre, claro.

—Media hora —dice Marco.

—¿Para cruzar el estacionamiento?

—Me acaban de atender.

—Bueno, ya voy.

—Diez minutos —dice Marco—. Detrás de la lavandería.

—Pídeme un café —añade Jacqui—. Con leche y cuatro terrones.

—A sus órdenes, señora —contesta Marco—. ¿No querrás también un McMuffin o algo así?

—Solo el café.

Le va a costar no vomitar el café, no quiere ni pensar en comida grasienta.

Cruza a pie el estacionamiento, sale a Page Avenue y se acerca al siguiente centro comercial, donde hay una farmacia CVS, un McDonald's, un supermercado, una licorería y un restaurante italiano, además de la lavandería.

Rodea la farmacia y espera en la parte de atrás de la lavandería.

Cinco minutos después, llega Marco en su Ford Taurus. Baja la ventanilla y le pasa su café.

—¿Encendiste el coche para cruzar el estacionamiento? —pregunta ella—. ¿Y el calentamiento global, Marco? ¿Has oído hablar de él?

—¿Tienes el dinero? —pregunta Marco—. Y no me digas que vas a conseguirlo, porque ya no te fío.

—Lo tengo. —Mira a su alrededor y le da un billete de veinte.

Él hurga en la guantera y le pasa dos sobrecitos semitransparentes.

—Y uno por el café.

—¿En serio?

Marco anda muy creído desde que empezó a mercadear. A veces olvida que es un yonqui como otro cualquiera, que pasa mierda para ganar dinero y ponerse bien. Últimamente lo hace mucha gente: todos los vendedores que conoce Jacqui son consumidores. Rebusca en el bolsillo de sus jeans, encuentra un billete de dólar y se lo da.

—Creí que eras un caballero.

—No, soy feminista.

—¿Dónde vas a estar luego?

Marco se acerca el meñique a la boca y el pulgar a la oreja. «Llámame», es lo que dice, y arranca.

Jacqui se guarda los sobres en el bolsillo y vuelve a la camioneta.

Travis ya está despierto.

—Conecté —dice ella sacando los papeles.

—¿De quién?

—De Marco.

—Es un pendejo —dice Travis.

—Bueno, pues la próxima vez ve tú —responde Jacqui.

Carajo, este vago cabrón, piensa. Lo quiere, pero Dios, a veces puede ser un grano en el culo. Y hablando de Nuestro Señor y Salvador, Travis le da un aire a Jesucristo: pelo largo y barba, todo de un color ligeramente rojizo. Y está tan flaco como Jesucristo, por lo menos como el Jesucristo de las estampas.

Jacqui busca el fondo recortado de una lata de refresco que usa como cazoleta en lugar de una cuchara y vierte la heroína en él. Llena su jeringa con agua de una botella, echa el agua en la heroína, prende el encendedor y lo sostiene debajo de la cazoleta hasta que la solución empieza a burbujear. Le quita el filtro a un cigarrillo, lo moja con agua y lo deposita con mucho cuidado en la solución. Luego mete la punta de la aguja en el filtro y succiona el líquido con la jeringa

Toma un cinturón fino que tiene para ese fin, se lo enrolla alrededor del brazo izquierdo y aprieta hasta que se le marca una vena. Entonces introduce la aguja en la vena, jala un poco del émbolo para que haya una burbujita de aire dentro y mueve la aguja en círculo hasta que una pequeña gota de sangre aparece en la aguja.

Jacqui empuja el émbolo.

Desata el cinturón antes de retirar la aguja y luego…

¡Bam!

El subidón.

Tan bello, tan apacible.

Se apoya contra la pared de la camioneta y mira a Travis, que también acaba de meterse el arponazo. Se sonríen y luego ella se sumerge en el mundo de la heroína, tan infinitamente superior al mundo real.

Para lo que, a fin de cuentas, no hace falta gran cosa.

Cuando Jacqui era pequeña, cuando ella era pequeña, cuando Jacqui era una niña, veía a su papá en todos los hombres que se cruzaba por la acera, en el autobús, en cada hombre que entraba en el restaurante donde trabajaba su madre.

¿Ese es mi padre? ¿Ese es mi padre? ¿Ese es mi padre?, le preguntaba a su madre, hasta que su madre se cansó de oírla y le dijo que su padre estaba en el cielo con Jesús y Jacqui se preguntó por qué Jesús sí podía estar con él y ella no, y le agarró manía a Jesús.

Cuando Jacqui era pequeña se quedaba en su habitación mirando libros de dibujos y se inventaba historias y se las contaba a sí misma, sobre todo cuando su madre creía que estaba durmiendo y traía a casa a algunos de esos hombres que entraban en el restaurante donde trabajaba. Se quedaba tirada en la cama y se inventaba historias y cancioncillas sobre cuando Jacqui era pequeña, cuando ella era pequeña, cuando Jacqui era una niña.

No era tan pequeña, tenía nueve años, cuando su madre se casó con uno de esos hombres que entraban en el restaurante donde trabajaba y él le dijo a Jacqui que no era su papá, que era su padrastro y ella le contestó que ya lo sabía porque su papá estaba con Jesús y él se rio y dijo que sí, que a lo mejor, si es que ese tal Jesús estaba sentado en un bar en Bay Ridge.

Jacqui tenía once años la primera vez que Barry le preguntó si de grande iba a ser puta como su madre y ella recuerda cómo le sonó esa palabra (*pu-ta*), y recuerda que se paseaba por la casa mascullando: *Lo digo muy en serio, y sí que lo pienso, Barry es un pendejo al ciento por ciento.* Y él la oyó una vez y le dio una bofetada y dijo: *Puede que no me quieras, pero por mis huevos que vas a respetarme*, y su madre se quedó allí sentada, en la mesa de la cocina, y no hizo nada. Claro que ella tampoco hacía nada cuando Barry le pegaba a su madre y la llamaba puta y borracha de mierda y Jacqui corría a esconderse en su habitación, avergonzada por no hacer nada por impedírselo. Y cuando Barry se iba al bar hecho una furia, Jacqui salía y le preguntaba a su madre por qué seguía con ese hombre que la trataba tan mal y su madre le contestaba que algún día entendería que una tiene sus necesidades, que se siente muy sola.

Jacqui no se sentía sola porque tenía libros. Se encerraba en su cuarto y leía: leyó todo *Harry Potter*, y la idea de que aquellos libros los había escrito una mujer la llevó a la biblioteca, donde encontró a Jane Austen, a las Brontë, a Mary Shelley y a George Eliot, y luego a Virginia Woolf e Iris Murdoch, y los poemas de Sylvia Plath, y decidió que algún día dejaría Tottenville y se iría a Inglaterra y se haría escritora y viviría en una habitación propia donde no tendría que cerrar la puerta para no oír los gritos, los llantos y los golpes.

Empezó a escuchar música, no porquerías pop como las que escuchaban sus pocas amigas, sino música de la buena como Dead Weather, Broken Bells, Monsters of Folk, Dead by Sunrise, Skunk Anansie. Se compró una guitarra vieja en una tienda de empeños, se sentó en su habitación y aprendió sola a tocar acordes (Jacqui es una autodidacta tanto en música como en literatura) y empezó a escribir canciones cuando Jacqui era pequeña (do), cuando ella era pequeña (fa), cuando Jacqui era una niña (do).

Jacqui está tocando la guitarra una tarde cuando su madre está en el trabajo y llega Barry y le quita la guitarra de las manos y dice: *Este será nuestro secreto, nuestro secretito, ya verás cómo te gusta*, y la tira en la cama y se echa encima de ella y ella no se lo dice a su madre ni a nadie (*Este será nuestro secreto —re—, nuestro secretito —sol—, ya verás cómo te gusta —mi menor—)*, ni siquiera cuando su madre le dice *Sé que te estás acostando con alguien, eres una putilla, quién es él, voy a hacer que lo metan en la cárcel* y Barry sigue entrando a su habitación hasta que un día muy temprano oye gritar a su madre y corre y ve a Barry inclinado sobre el escusado y su madre grita *¡Llama a emergencias!* y Jacqui vuelve despacito a su cuarto y toma su teléfono y antes de marcar canta *Este será nuestro secreto (re), nuestro secretito (sol), ya verás cómo te gusta (mi menor)* y cuando llega la ambulancia Barry ya está muerto.

Para entonces Jacqui está ya en preparatoria, fuma un poco de hierba y bebe un poco de cerveza y de vino con sus amigos, pero casi siempre se queda en casa leyendo o tocando la guitarra, descubre a Patti Smith y Deborah Harry y hasta a Janis Joplin, escribe canciones con letras sardónicas (*Este será mi secreto / mi secretito / maté a mi padrastro / pasiva agresivamente / Y qué bien / qué bien se siente*) y su madre dice que tiene que buscarse un trabajo para ayudar en casa, así que se pone a trabajar de barista en Starbucks.

Saca buenas notas en la preparatoria, casi por despecho, porque odia la escuela y todo lo relacionado con ella excepto la sala de estudio. Sus notas son tan buenas que consigue una beca, pero no le alcanza para entrar en Columbia o en la Universidad de Nueva York o Boston, y en casa no hay dinero para mandarla a ningún sitio al que quiera ir, y nunca va a vivir en Inglaterra, ni a ser escritora y a tener una habitación propia y su madre quiere que estudie para estilista para que pueda ganarse la vida pero Jacqui se aferra a un último pedazo de sueño y se inscribe en la CUNY de Staten Island.

Empieza con las pastillas.

Está en primer curso, en la CUNY, vive en casa con su madre y en vacaciones de Navidad alguien le ofrece un poco de Oxi y ella está un poco borracha y muy aburrida y piensa qué carajo y se la toma y le gusta y al día siguiente sale a comprar un poco más porque en Tottenville hasta un perro lazarillo podría encontrar pastillas. Las venden en las escuelas, en las esquinas, en los bares, qué carajo, si hasta las venden en los camiones de helados.

Las pastillas están por todas partes: Oxi, Vicodin, Percocet… Todo mundo las vende o las compra o las dos cosas. A Jacqui le quitan la ansiedad, la ansiedad de no tener ni puta idea de qué quiere hacer con su vida, de saber que nació en Tottenville y que va a vivir en Tottenville y a morir en Tottenville, trabajando por el salario mínimo en cualquier cosa, da igual el título que se saque en la CUNY. La ansiedad de guardar en secreto que su padrastro se la tiraba a escondidas como tardeada.

Las pastillas la hacen sentir bien y ella no tiene un problema de drogas; lo que tiene son problemas de dinero. Al principio no, cuando solo tomaba un poco de Oxi los fines de semana, ni siquiera cuando empezó a tomar una pastilla al día, pero ahora son dos o tres, a razón de treinta billetes cada una.

Parte del dinero lo saca de su trabajo en Starbucks y parte del monedero de su madre, y a veces no necesita dinero si quiere tirarse a los tipos que venden las pastillas. Coger no es nada, está acostumbrada a quedarse acostada y dejar que un pendejo se la coja y, de paso, mejor que sea un tipo que pueda proporcionarle un pasón, ya que no un orgasmo.

Se pasa drogada prácticamente todo el segundo semestre de la universidad, y luego el verano entero, y después va dejando de ir a clases, y va de sacar sobresalientes a no presentarse a los exámenes, hasta que por fin desiste de esa farsa y deja los estudios.

Sigue trabajando, drogándose y cogiéndose a *dealers*, y luego conoce a Travis.

Que la mete en la heroína.

Sería muy fácil culparlo —su madre lo culpa, desde luego—, pero en realidad no fue culpa de Travis. Se conocieron en un bar, uno de esos locales *grunge* en los que se reúnen imitadores de Kerouac a charlar y tocar la guitarra, y a Travis acababan de despedirlo de la obra en la que trabajaba —era techador— porque se había lesionado la espalda y no podía trabajar y se le había acabado la baja.

Eso fue lo que le pasó a Travis: que un médico le recetó Vicodin para el dolor de espalda, empezó a tomarlo y ya no pudo parar. Dejándose llevar por la antiquísima teoría de que quince es mejor que uno, empezó a engullir pastillas como si fueran M&M's.

Estaban los dos drogados cuando se conocieron, pero fue…

¡BAM! El amor.

Cogieron en la parte de atrás de la camioneta de él y Jacqui se vino como nunca se había venido. Él tenía una verga larga y flaca —tan larga y flaca como su cuerpo— y alcanzaba a tocarla en un sitio donde nunca nadie la había tocado.

A partir de entonces solo tuvo ojos para Travis, y viceversa.

Les gustaba la misma pintura, la misma música, la misma poesía. Escribían canciones juntos y las tocaban en la calle, en St. George, para la gente que se bajaba del ferry. Se lo pasaban en grande, la única joda era el dinero.

El dinero, siempre el dinero.

Porque también estaban enganchados y su hábito les costaba hasta trescientos dólares al día, y eso era insostenible.

Entonces a Travis se le ocurrió una idea.

—El pico —dijo— te pone mucho más y cuesta como seis o siete billetes la jeringa.

En vez de treinta.

Pero a Jacqui le daba miedo la heroína.

—Es la misma mierda —respondió Travis—. Todos son opiáceos, en pastilla o en polvo, todo es fruto de la amapola.

—No quiero volverme adicta —dijo Jacqui.

Travis se rio.

—No mames, si ya lo eres.

Todo lo que decía era cierto, pero Jacqui argumentó que no quería picarse. Va, dijo Travis, podemos inhalarla.

Él fue el primero.

Y se puso un pasón alucinante.

Parecía en la gloria.

Así que Jacqui también probó, y fue maravilloso, maravilloso. Mejor que cualquier otra cosa, hasta que probaron a fumarla y descubrieron que era todavía mejor.

Luego, un día, Travis dijo:

—A la mierda con esto. ¿Por qué nos complicamos tanto la vida? Es mucho más fácil picarse, no voy a dejar que la tripanofobia me lo impida.

Tripanofobia, pensó Jacqui: el miedo a las agujas.

A los dos les apasionaban las palabras.

Pero ella no creía tener una fobia, estaba convencida de que su miedo era muy razonable: con las agujas podías contagiarte de hepatitis C, de VIH, de vete tú a saber qué más cosas.

—No si eres limpio, si tienes cuidado, si eres... meticuloso —repuso Travis.

Él lo fue al principio, solo usaba jeringas nuevas que compraba a enfermeros o a tipos que trabajaban en farmacias. Siempre se limpiaba el brazo con alcohol antes de meterse un pico, siempre hervía la heroína para eliminar bacterias.

Y se ponía.

Se ponía mejor que con la Oxi, mejor que inhalando o fumando pico. Se inyectaba y la droga iba directamente a su sangre, a su cerebro, y Jacqui sentía envidia, se sentía relegada, atada a la tierra mientras él volaba a la luna, y una noche él se ofreció a picarla y ella lo dejó. Travis le metió un arponazo en vez de la verga y el placer que experimentó ella fue infinitamente más grande.

Desde ese momento, comprendió que no había marcha atrás.

Así que se puede culpar a Travis todo lo que se quiera, pero Jacqui sabe que fue ella, que es cosa suya, que tiene el corazón y el alma de una adicta porque le encanta, adora la heroína, le encanta ponerse, la lleva literalmente en la sangre.

—Eres demasiado lista para estar haciendo esto —le decía su madre.

No, soy demasiado lista para no hacerlo, pensaba Jacqui. ¿Quién quiere quedarse en este mundo habiendo una alternativa?

—Te estás matando —se quejaba su madre.

No, mamá, estoy viviendo.

—La culpa es de ese puto cabrón.

Lo quiero.

Me encanta nuestra vida.

Me encanta…

Dos horas después, Jacqui mira el reloj y piensa: Mierda, voy a llegar tarde. Sale de la camioneta y se acerca al CVS porque quiere arreglarse un poco. Entra en el baño, cierra la puerta, saca champú de su bolso y se lava el pelo en el lavabo. Se seca con toallitas de papel, se aplica delineador, un poco de rímel y se cambia para ir al trabajo: unos jeans más o menos limpios y un polo de manga larga de color morado con la chapita del nombre prendida.

De vuelta en la camioneta, despierta a Travis.

—Tengo que irme a trabajar.

—Bueno.

—Intenta conectar, ¿de acuerdo?

—De acuerdo.

Porque tan difícil no puede ser, ¿no, Travis? En Staten Island es más fácil conseguir heroína que marihuana. La hay por todas partes. La mitad de la gente que conoce Jacqui la consume.

—Y mueve la camioneta —insiste ella.

—¿A dónde? —pregunta Travis.

—No sé, pero muévela.

Sale y toma el autobús para ir al Starbucks de Page Avenue. Espera que el encargado no la vea llegar cinco minutos tarde porque sería la tercera vez en las últimas dos semanas y el trabajo le hace muchísima falta.

Tiene que pagar el teléfono, la gasolina y comprar comida, y ahora gasta hasta cincuenta dólares al día no para ponerse, sino para estar más o menos bien.

Es como un tren que cada vez va más deprisa.

No hay paradas, ni manera de bajarse.

Keller sale sudando del metro en Dupont Circle.

El verano en Washington suele ser caluroso, húmedo y agobiante. Las camisas y las flores se marchitan, las energías y las ambiciones decaen y las tardes abrasadoras dan paso a noches pegajosas que apenas traen algún alivio. A Keller, el calor le recuerda que la capital de la nación se construyó sobre un pantano desecado y que, según se cuenta, el bueno de George eligió esa ubicación para salvarse de una inversión inmobiliaria poco afortunada.

El verano ha sido feo en todas partes.

En junio emergió en Siria e Irak un grupo islamista radical llamado ISIS, cuyas atrocidades no tienen nada que envidiarles a las de los cárteles mexicanos.

En Veracruz, México, fueron exhumados treinta y un cadáveres de una fosa común situada en un terreno propiedad de un exalcalde.

El ejército mexicano se enfrentó a tiros con los Guerreros Unidos y mató a veintidós. Más tarde se supo que los narcos habían sido llevados a un establo y ejecutados.

La violencia en México no ha cesado desde que murió Barrera.

En julio, en Murrieta, California, un grupo de trescientos manifestantes armados con banderas y pancartas rodeó tres autobuses llenos de inmigrantes centroamericanos —muchos de ellos niños— y, al grito de «¡USA, USA!» y «¡Lárguense a su país!» los obligaron a dar media vuelta.

—¿Esto es Estados Unidos? —preguntó Marisol cuando Keller y ella vieron la noticia en televisión.

Dos semanas después, varios agentes de policía de Nueva York destinados en Staten Island mataron a un negro llamado Eric Garner al hacerle una llave en el cuello para someterlo. Garner estaba vendiendo cigarrillos ilegalmente.

En agosto, un policía de Ferguson, Missouri, mató a tiros a Michael Brown, un muchacho afroamericano de dieciocho años, lo que desencadenó una oleada de disturbios. Keller se acordó entonces de los «largos y cálidos veranos» de los sesenta.

Ese mismo mes, más adelante, el aspirante a candidato presidencial John Dennison acusó al gobierno de Barack Obama —sin indicio alguno, ni pruebas materiales— de estar vendiendo armamento al ISIS.

—¿Es que está loco? —preguntó Marisol.

—Está lanzando lodo a diestra y siniestra, a ver si algo pega —dijo Keller.

Lo sabe por experiencia: Dennison también ha intentado salpicarlo a él, por su defensa del naloxone.

—¿No es una vergüenza —dijo Dennison— que el director de la DEA sea tan blando con las drogas? Es débil. No está bien. Además, ¿no es mexicana su mujer?

—En eso tiene razón —dijo Marisol—. Soy mexicana.

Los medios conservadores se hicieron eco de la noticia y la echaron a andar.

A Keller lo puso furioso que metieran a Marisol en todo ello, pero no hizo ninguna declaración. Dennison no puede jugar al tenis, pensó, si no le devuelvo la pelota. Pero se convirtió en blanco de nuevos ataques cuando, en respuesta a una pregunta del *Huffington Post,* dijo estar básicamente de acuerdo con la revisión de las sentencias máximas por parte del gobierno para delitos relacionados con el tráfico de drogas.

«Patético», tuiteó Dennison. «El jefe de la DEA quiere que los vendedores vuelvan a la calle. Obama debería decirle "¡Estás despedido!", pero es un blando.»

Al parecer, lo de «¡Estás despedido!» es una muletilla que usa Dennison en su *reality*, que Keller no ha visto nunca.

—Algunos famosillos de medio pelo van por ahí haciéndole encargos —le explicó Mari—. Y cada semana despide al que lo ha hecho peor.

Keller ni siquiera sabía quiénes eran esos famosillos de medio pelo, pero Mari sí porque se ha vuelto desvergonzadamente adicta a los programas de *Real Housewives*. Le informó de que había *Real Housewives* de Orange County, Nueva Jersey, Nueva York y Beverly Hills, y que lo que hacían era salir a cenar, emborracharse y tirarse lumbre unas a otras.

A Keller le dieron ganas de sugerir que hicieran un programa sobre las *real housewives* de Sinaloa, de las que conocía a unas cuantas; podrían salir a cenar, discutir y ametrallarse unas a otras, pero prefirió dejarlo así para bien porque Marisol es muy susceptible con todo lo que tenga que ver con su gusto por la cultura pop estadounidense.

En un plano más serio, sus esfuerzos por imprimir un rumbo más progresista a las políticas de la DEA están tropezando con resistencias internas.

Keller lo comprende.

Él también fue un fanático en tiempos, un defensor de la línea más dura. Sigue siéndolo en lo tocante a los cárteles que introducen heroína, cocaína y metanfetamina en el país. Pero también es más realista. Lo que estamos haciendo ahora no sirve, piensa; es hora de probar algo distinto. Pero es difícil convencer de ello a otras personas que también se han pasado la vida luchando en esta guerra.

Denton Howard recoge las declaraciones que hace Keller y se las arroja como si fueran piedras. Al igual que Keller, ha sido elegido a dedo y está haciendo campaña dentro y fuera de la DEA para asegurarse de que quienes puedan apoyarlo en un futuro, tanto en el Capitolio como en los medios de comunicación, sepan que no está de acuerdo con su jefe.

Y se nota.

Dos días más tarde, *Politico* publica un artículo acerca de las «disensiones» dentro de la DEA. Según la revista, la agencia se está dividiendo entre la «facción Keller» y la «facción Howard».

No es ningún secreto que Keller y Howard no simpatizan, afirma el artículo, *pero se trata de una cuestión más ideológica que personal. Art Keller es más liberal, quiere que se relaje la legislación antidroga, que se reduzcan las condenas obligatorias y que los esfuerzos de las autoridades se centren en el tratamiento más que en la prohibición. Howard, en cambio, es un defensor a ultranza de la prohibición, un conservador de los que preferirían «encerrarlos a todos y tirar la llave».*

Se están formando facciones en torno a esas dos posturas, prosigue la revista:

> *Pero no se trata únicamente de una lucha política de opuestos; es algo más complicado. Lo verdaderamente interesante del caso es lo que podríamos llamar la «brecha vivencial». Gran parte del personal veterano de la DEA, que de otro modo respaldaría la postura más rígida de Howard, no lo respeta porque es un burócrata, un político que nunca ha trabajado a nivel de calle, mientras que Keller es un agente veterano que trabajó como infiltrado y que conoce la labor policial más básica. Por el contrario, parte del personal más joven, que en otras circunstancias simpatizaría con las posiciones liberales de Keller, tiende a verlo como una especie de dinosaurio, un policía de calle con un largo historial de «dispara primero y averigua después» al que le faltan habilidades administrativas y que invierte demasiado tiempo en operaciones policiales, en lugar de centrarse en las medidas políticas.*
>
> *En todo caso, puede que el asunto no se decida en los pasillos de la DEA, sino en las urnas. Si los demócratas ganan las próximas elecciones presidenciales es casi seguro que Keller seguirá en su puesto y procurará librarse de Howard y su facción. Pero si un candidato republicano se instala en la Casa Blanca, es muy probable que Keller sea destituido y que Howard ocupe su lugar.*
>
> *Seguiremos atentos.*

—¿Con quién habló para este artículo? —pregunta Keller al autor por teléfono.

—No puedo revelar mis fuentes.

—Lo comprendo perfectamente —dice Keller, al que Marisol ha hecho entender que los medios de comunicación no son el enemigo y que tiene que congraciarse con ellos—, pero sé que conmigo no habló.

—Lo intenté, pero no me respondió el teléfono.

—Pues fue un error —responde Keller. O un sabotaje, quizá—. Mire, voy a darle mi número de celular. La próxima vez que quiera escribir un artículo sobre la agencia que dirijo, llámeme directamente.

—Si hay algo en el artículo que quiera matizar o corregir...

—Bueno, la verdad es que yo no disparo primero y averiguo después —dice Keller. Ese es el discurso de Howard, piensa para sus adentros—. Y no voy a «librarme» de nadie.

—Pero echaría usted a Howard.

—El de Denton Howard es un cargo de designación política —dice Keller—. No podría despedirlo aunque quisiera.

—Pero le gustaría.

—No.

—¿Puedo citar sus palabras textuales?

—Claro.

Que el que quede como un imbécil sea Howard.

Keller cuelga y sale a la zona de recepción.

—Elise, ¿me han llamado últimamente de *Politico*?

Ha trabajado como agente infiltrado, de modo que la leve vacilación que advierte en los ojos de la secretaria es respuesta suficiente.

—Da igual —dice—. Voy a cambiarla de puesto.

—¿Por qué?

—Porque necesito a alguien en quien pueda confiar —dice Keller—. Recoja sus cosas hoy mismo.

No puede permitirse que una partidaria de Howard conteste el teléfono de su despacho.

Sobre todo, estando Agitador en marcha.

Keller ha mantenido prácticamente en secreto la operación, de cuyos pormenores solo están informados Blair, Hidalgo y él mismo.

Por el lado de la policía de Nueva York, Mullen se está jugando el cuello al dirigir la operación desde su despacho sin informar a sus superiores ni a nadie de la División de Narcóticos, excepto al detective Bobby Cirello, el agente que les hizo de chofer cuando hicieron el tour de la heroína por la ciudad.

Ello forma parte de la estrategia de doble dirección —de arriba abajo y de abajo arriba— que han ideado Keller y Mullen en el transcurso de múltiples e intensas discusiones. Mandarían a Cirello a infiltrarse en el mundillo neoyorquino de la heroína desde el nivel más bajo y, al mismo tiempo, ellos intentarían encontrar un resquicio en la cúspide del mundo financiero e ir bajando a partir de ahí hasta dar con el punto de confluencia entre ambas realidades.

La Operación Agitador es de combustión lenta: va a durar meses, puede que incluso años. Keller y Mullen se han prometido mutuamente no hacer detenciones ni redadas prematuras, por muy tentador que resulte.

—No jalaremos de la red —dijo Mullen— hasta que tengamos a todos los peces.

Cirello ya está en la calle.

Dar con un objetivo adecuado en el mundo financiero ha llevado más tiempo.

No pueden introducir a un agente infiltrado en el mundo de las finanzas, al nivel que les interesa, porque la curva de aprendizaje sería demasiado empinada y larga.

O sea, que tienen que encontrar un soplón.

Aunque suene muy feo, lo que están buscando es una víctima. Como cualquier depredador, observan el rebaño en busca de los más vulnerables, los heridos, los débiles.

No es muy distinto a buscar un informante en el mundo del narcotráfico, piensa Keller. Solo tienes que buscar a alguien que haya sucumbido a sus propias debilidades o esté en apuros.

Los puntos flacos son los mismos en los dos casos: dinero, ira, miedo, drogas o sexo.

El dinero es lo más fácil. En el mundillo del narcotráfico, alguien recibe droga a crédito y luego se la incauta la policía o se la roban. Debe mucho dinero que no puede pagar. Y acepta colaborar a cambio de dinero en efectivo o protección.

Ira. Alguien no consigue la mercancía que quería, el trato que quería, el respeto que creía merecer. Alguien se coge a la mujer o la novia de algún otro. O, peor aún, mata a su amigo o a su hermano. El agraviado no tiene poder para vengarse por su cuenta y recurre a las fuerzas de la ley para que lo hagan por él.

Miedo. Alguien se entera de que está en la lista negra, de que va a rodar su cabeza. No tiene dónde huir y acude a la policía. Pero no puede presentarse con las manos vacías, la ley no concede protección por simple bondad. Tiene que aportar información, estar dispuesto a volver atrás y llevar un micro. Y luego está el miedo a ir a prisión por una larguísima temporada: una de las principales motivaciones para convertirse en un soplón. Los federales se sirvieron de ese temor para destripar a la mafia. La mayoría de los mafiosos no pueden afrontar el miedo a morir en chirona. Hay algunos que sí —Johnny Boy Cozzo, Rafael Caro—, pero son casos contados.

Drogas. Antes era un axioma dentro del crimen organizado que, si te drogabas, eras hombre muerto. La droga lo vuelve a uno impredecible, charlatán, vulnerable. A la gente se le va la hebra cuando está borracha o drogada. Juega a lo loco, se mete en peleas, estrella coches. Y un adicto… Lo único que hay que hacer para sacarle información a un adicto es retirarle la droga. Así habla seguro.

Y luego está el sexo. Los deslices sexuales no tienen mucha importancia en el mundo de la droga —a no ser que te tires a la mujer, la novia, la hija o la hermana de alguien, o seas gay—, pero entre «civiles» el sexo es sin duda la debilidad número uno, la campeona indiscutible.

Hombres que están dispuestos a confesarles a sus esposas que han defraudado a hacienda, que han desfalcado millones, incluso que han matado a alguien, son incapaces de reconocer que han cometido un desliz. Tipos que procuran que sus amigos sepan que son unos machotes —que tienen novias, amantes, putas, señoritas de compañía de alto precio— se dejarían prácticamente matar antes que confesar que les gusta ponerse la lencería de esas mismas novias y el maquillaje de sus amantes, o que las putas o las señoritas de compañía cobran un plus por azotarlos o mearles encima.

Cuanto más raros son sus gustos sexuales, más vulnerable es el objetivo.

Dinero, ira, miedo, drogas y sexo.

Lo que de verdad estás buscando es un plato combinado. Mezcla cualquiera de esos cinco ingredientes y darás con tu víctima en un abrir y cerrar de ojos.

Hugo Hidalgo toma un taxi para ir de Penn Station al hotel Four Seasons.

Ahora pasa casi todo su tiempo en Nueva York, porque allí es donde se mueve más heroína y porque, en palabras que suelen atribuirse al ladrón de bancos Willie Sutton, en Nueva York «es donde está el dinero».

Mullen lo está esperando en la salita de estar de una suite del último piso.

Un tipo de poco más de treinta años, calcula Hidalgo, está sentado en uno de los sillones tapizados. Tiene el pelo rubio engominado hacia atrás, aunque un poco revuelto, como si se hubiera pasado las manos por él. Viste una camisa blanca, cara, y pantalones de traje negros, pero está descalzo.

Apoya los codos en las rodillas y la cara en las manos.

Hidalgo conoce esa postura.

Es la de alguien a quien han agarrado.

Mira a Mullen.

—Chandler Claiborne —dice el policía—. Este es el agente Hidalgo, de la DEA.

—Hola —masculla Claiborne sin levantar la vista.

—¿Qué tal? —dice Hidalgo.

—Ha tenido días mejores —responde Mullen—. El señor Claiborne alquiló una suite en el hotel, se trajo a una *escort* de mil dólares y unos gramos de coca, se le fue la mano, por decirlo de alguna manera, y le dio una paliza a la chica. Ella, a su vez, llamó a un detective que conoce, que subió a la habitación, vio la coca y tuvo el acierto de llamarme.

Claiborne levanta por fin los ojos. Mira a Hidalgo y dice:

—¿Sabe quién soy? Soy agente de sindicación en Berkeley Group.

—Okey…

Claiborne suspira como un veinteañero intentando enseñar a sus padres a usar una aplicación del iPhone.

—Un fondo de cobertura. Tenemos participación mayoritaria en algunos de los proyectos urbanísticos más importantes del mundo, tanto en la construcción de viviendas como de oficinas. Más de dos millones de metros cuadrados de suelo de primera clase.

Empieza a mencionar edificios que Hidalgo conoce, y un montón que desconoce.

—Creo que el señor Claiborne intenta darnos a entender —dice Mullen— que es una persona importante, con contactos importantes dentro del mundo empresarial. ¿Lo he resumido bien, señor Claiborne?

—Bueno, si no lo fuera —contesta Claiborne—, ya estaría en la cárcel, ¿no?

Es un pendejo arrogante acostumbrado a salirse con la suya, piensa Hidalgo.

—¿A qué se dedica un «agente de sindicación?»

Claiborne empieza a relajarse.

—Como pueden imaginar, esas propiedades cuestan cientos de millones, cuando no miles, y ese dinero hay que financiarlo. Ningún banco o entidad financiera está dispuesto a asumir ese riesgo por sí solo. A veces son necesarios hasta cincuenta prestamistas para sacar adelante un proyecto. Es lo que se denomina un préstamo sindicado. Porque sindica a varias entidades.

—¿Cómo le pagan? —pregunta Hidalgo.

—Tengo un sueldo —dice Claiborne—, alrededor de medio millón de dólares, pero lo que de verdad da dinero son las bonificaciones. El año pasado rondaron los veintiocho millones.

—¿Veintiocho millones de dólares?

El sueldo de Hidalgo en la DEA es de 57 000 dólares.

—Sí —contesta Claiborne—. Miren, lo siento, me dejé llevar. Le pagaré lo que quiera a la chica, dentro de lo razonable. Y si puedo hacer algún tipo de aportación a un fondo de la policía o…

—Creo que nos está ofreciendo un soborno —dice Mullen.

—Eso me parece a mí —contesta Hidalgo.

—Mira, Chandler —añade Mullen—, ¿puedo llamarte Chandler?

—Claro.

—Mira, Chandler —prosigue el policía—, esta vez el dinero no va a sacarte del atolladero. En mi mundo no se paga con billetes.

—¿Y cómo se paga en su mundo? —replica Claiborne con desdén. Porque confía en que haya alguna forma de pago. Siempre la hay.

—El muy imbécil se nos está poniendo gallito —dice Mullen—. Me parece que no está acostumbrado a que lo encaren un irlandés de mierda o un mexicano. Vas por mal camino, Chandler.

—Si llamo a ciertas personas… —dice Claiborne—. Puedo llamar a John Dennison a su teléfono privado ahora mismo.

Mullen mira a Hidalgo.

—Puede llamar a John Dennison a su teléfono privado.

—Ahora mismo —concluye Hidalgo.

Mullen le ofrece a Claiborne su teléfono.

—Llámalo. Pero antes voy a explicarte lo que va a pasar: vamos a llevarte directamente a la comisaría y a denunciarte por posesión de una droga de clase uno, por contratar los servicios de una prostituta, por agresión y por intento de soborno. Seguramente tu abogado te sacará bajo fianza antes de que nos dé tiempo a llevarte a Rikers, pero nunca se sabe. En todo caso, podrás leerlo todo en el *Post* y el *Daily News*. El *Times* tardará un día más en dar la noticia. Así que llama.

Claiborne no toma el teléfono.

—¿Qué alternativas tengo?

Porque Claiborne tiene razón en el fondo, piensa Hidalgo. Si fuera un don nadie, ya estaría en comisaría. Él sabe que tiene alternativas: la gente rica siempre tiene alternativas, así son las cosas.

—El agente Hidalgo ha venido desde Washington —explica Mullen—. Está muy interesado en saber cómo circula el dinero procedente del narcotráfico por el sistema bancario. Igual que yo. Si puedes ayudarnos a despejar esa duda, tal vez estemos dispuestos a olvidarnos de tu detención y procesamiento.

Hidalgo ya creía que Claiborne estaba pálido a más no poder, pero se pone aún más blanco.

Blanco como un fantasma.

El premio gordo.

—Creo que prefiero arriesgarme —dice Claiborne.

Hidalgo entiende lo que Claiborne no dice. No dice: «No sé nada de dinero procedente del narcotráfico». Ni: «Nosotros no nos dedicamos a eso». Dice que prefiere arriesgarse, es decir, que conoce a personas que especulan con dinero procedente del tráfico de drogas, y les tiene más miedo que a la policía.

—¿En serio? —dice Mullen—. Muy bien. Puede que con dinero consigas convencer a la puta de que retire la denuncia por agresión. Luego puedes contratar a un abogado de los que cobran millones y quizá, solo quizá, librarte de la cárcel por posesión de cocaína. Pero para entonces ya será demasiado tarde, porque tu carrera estará jodida, tu matrimonio estará jodido y tú también.

—Los demandaré por coacción —dice Claiborne—. Acabaré con sus carreras.

—Tengo una mala noticia para ti —replica Mullen—. No me importa mi carrera. Hay chicos muriéndose en las calles. Lo único que me importa es parar las drogas. Así que demándame. Tengo una casa en Long Island City, puedes quedarte con ella. El techo tiene goteras, por cierto, no voy a engañarte.

»Bien, voy a decirte lo que vamos a hacer: dentro de aproximadamente media hora vendrá una fiscal del distrito. Te tomará declaración, o sea, una confesión completa y sincera, y redactará un escrito de acuerdo de cooperación cuyos pormenores puedes negociar con aquí el agente Hidalgo. O bien puede meterte un buen paquete, en cuyo caso tendremos que ir todos a comisaría y poner en marcha esta guerra. Pero, hijo... Prefiero avisarte ya, y te ruego que me creas: no soy un tipo con el que te convenga librar una guerra. Porque soy un kamikaze y estoy dispuesto a lanzarme en picada contra tu barco. Así que tienes media hora para pensártelo.

Hidalgo y Mullen salen al pasillo.

—Estoy impresionado —comenta Hidalgo.

—Bah —dice Mullen—. Es un viejo numerito. Me lo sé al dedillo.

—¿Te das cuenta de lo que nos estamos jugando?

Porque Claiborne no va del todo desencaminado. Si le tocas los huevos a gente que controla miles de millones de dólares, ellos te los tocan a ti. Y John Dennison puede causarles muchos problemas.

—Tu jefe dijo que estaba dispuesto a ir hasta el final —dice Mullen—. Si era un farol necesito saberlo ya, para darle una patada en el culo a este pendejo.

—Voy a llamarlo.

Mullen vuelve a entrar para vigilar a Claiborne.

Hidalgo llama a Keller y le informa de la situación.

—¿Estás seguro de que quieres seguir adelante?

Oh, sí.

Keller está seguro.

Es hora de empezar a agitar las aguas.

Keller comparece ante el comité de Ben McCullough para informar acerca de las medidas que piensa tomar para combatir la epidemia de heroína. Empieza por negar la validez de la llamada «estrategia del golpe a la cabeza».

—Como saben —explica—, yo era uno de los principales defensores de la estrategia del golpe a la cabeza, es decir, centrarse en detener o eliminar a los cabecillas de los cárteles. Hay cierto paralelismo con la guerra contra el terrorismo. En coordinación con el ejército mexicano, hicimos un trabajo estupendo en ese aspecto, retirando de la circulación a los capos del cártel del Golfo, de los Zetas y del cártel de Sinaloa, junto con varias decenas más de jefes de plaza y altos mandos. Pero, lamentablemente, no ha servido de nada.

Les informa que las exportaciones de marihuana mexicana han caído casi en un 40 por ciento, y que las fotografías de los satélites y otras fuentes de inteligencia indican que los de Sinaloa están convirtiendo miles de hectáreas de cultivos de marihuana en cultivos de adormidera.

—Acaba de decir que descabezaron a los cárteles más importantes —dice uno de los senadores.

—Exacto —responde Keller—. ¿Y cuál fue el resultado? Un aumento en la exportación de estupefacientes a Estados Unidos. Al emular la guerra contra el terrorismo, hemos seguido un modelo equivocado. Los terroristas se resisten a ocupar el lugar dejado por sus camaradas muertos, pero los beneficios económicos del tráfico de drogas son tan enormes que siempre hay alguien dispuesto a ofrecerse voluntario. De modo que lo único que hemos hecho ha sido crear vacantes por las que vale la pena matar.

La segunda línea de actuación principal —el esfuerzo por impedir que las drogas crucen la frontera— tampoco ha funcionado, explica Keller. La agencia estima que, a lo sumo, incautan un 15 por ciento de las drogas ilegales que cruzan la frontera, a pesar de que en sus planes de negocio los cárteles calculan un 30 por ciento de pérdidas.

—¿Por qué no lo hacemos mejor? —pregunta un senador.

—Porque sus predecesores aprobaron el Tratado de Libre Comercio —responde Keller—. Tres cuartas partes de las drogas entran en camiones a través de los pasos fronterizos habilitados legalmente: San Diego, Laredo, El Paso… Los pasos comerciales más transitados del mundo. Miles de camiones todos los días. Si registráramos a fondo cada coche y cada camión, colapsaríamos el tráfico comercial.

—Nos ha dicho qué es lo que no funciona —dice McCullough—. ¿Qué cree que sí funcionaría?

—Durante cincuenta años, hemos centrado nuestros esfuerzos en detener la afluencia de drogas de sur a norte —contesta Keller—. Mi idea es revertir esa prioridad y concentrarnos en atajar el flujo de dinero de norte a sur. Si deja de fluir dinero hacia el sur, el estímulo para mandar drogas al norte disminuirá. No podemos destruir a los cárteles en México, pero tal vez podamos matarlos de hambre desde Estados Unidos.

—Tengo la impresión de que está tirando la toalla —dice uno.

—Nadie está tirando la toalla —responde Keller.

La sesión es a puerta cerrada, pero aun así no quiere dar más detalles de los estrictamente necesarios. No les habla, desde luego, de la Operación Agitador, porque si estornudas en Washington alguien dice «jesús» en Wall Street. No es que desconfíe de los senadores, pero tampoco confía en ellos. Se acerca un año de campaña, dos de los tipos sentados delante de él han creado «comités exploratorios» y grupos de acción política y sin duda buscarán apoyos para sus respectivas candidaturas. Y al igual que yo, piensa Keller, van a ir donde está el dinero.

A Nueva York.

Blair ya le ha soplado que Denton Howard le está dorando la píldora a John Dennison.

—Cenaron juntos en un club de golf de Dennison en Florida —le contó Blair.

Keller deduce que él estaba en el menú de esa cena.

Dennison, que sigue jugueteando con la idea de presentarse a las elecciones, tuiteó: «¡El jefe de la DEA quiere sacar a los traficantes de prisión! ¡Qué vergüenza!».

Bueno, piensa Keller, es verdad que quiero sacar a algunos traficantes. Pero no necesita que Howard vaya contándolo por ahí. Después de la sesión del comité, aborda a McCullough en el pasillo y le dice que quiere fuera a Howard.

—No puedes despedirlo —dice el senador.

—Pero tú sí.

—No, yo tampoco. Es el niño bonito del Tea Party y me enfrento a una revuelta del ala derecha del partido en las próximas elecciones. No puedo ganar las elecciones generales si no gano las primarias. Tendrás que aguantarlo.

—Me está apuñalando por la espalda.

—No me digas —dice McCullough—. A eso nos dedicamos en esta ciudad. El mejor modo que tienes de solucionarlo es conseguir resultados.

Tiene razón, piensa Keller.

Vuelve a su despacho y manda llamar a Hidalgo.

—¿Qué tal vamos con Claiborne?

—Nos está dando poca cosa —dice Hidalgo—. Un bróker que consume coca, el director de un fondo de cobertura muy metido en la marihuana…

—No es suficiente —dice Keller—. Apriétale las tuercas.

—Está bien.

La parte de la operación que va de abajo arriba marcha viento en popa: Cirello está escalando puestos. Pero la parte que va de arriba abajo está estancada: el pendejo de Claiborne se cree que puede jugar con ellos ofreciéndoles migajas de información.

Tienen que darle rigor, obligarlo a soltar.

Se acabaron las contemplaciones.

O paga el boleto o se baja del autobús.

Se encuentran en el Acela.

—¿Qué te crees que somos, Chandler? ¿Un montón de pendejos? —pregunta Hidalgo—. ¿Crees que vas a librarte de nosotros así como así y seguir con tu vida?

—Eso intento.

—Pues vas a tener que poner más empeño.

—¿Qué quieren que haga? —pregunta Chandler.

—Darnos algo que nos sirva —responde Hidalgo—. Los de Nueva York están hartos de ti. Van a procesarte.

—No pueden —dice Claiborne—. Hicimos un trato.

—Un trato que no estás cumpliendo.

—He hecho lo que he podido.

—Y una mierda —dice Hidalgo—. Has estado jugando con nosotros. Te crees mucho más listo que un montón de policías que compran sus trajes en cualquier centro comercial, y seguramente lo eres. Eres tan listo que vas a ir derechito a la cárcel. Te va a encantar el servicio a la habitación de Attica, cabrón.

—No, denme una oportunidad.

—Ya la tuviste. Esto se acabó.

—Por favor.

Hidalgo finge pensárselo. Luego dice:

—Está bien, voy a llamar a alguien, a ver qué puedo hacer. Pero no te prometo nada.

Se levanta, sale del vagón y pasa unos minutos en el siguiente. Luego vuelve a entrar y dice:

—Te he conseguido un poco más de tiempo. Pero no es infinito. O nos das algo que nos sirva o dejo que los de Nueva York te empinen.

Keller recibe una llamada del almirante Orduña.

—Ese chico al que buscas —dice Orduña—, puede que lo hayamos visto.

—¿Dónde?

—En Guerrero. ¿Te cuadra?

—No —contesta Keller. Pero nada de lo relacionado con Chuy Barajos tiene sentido.

No están seguros de que sea él, le explica Orduña, pero uno de sus agentes en Guerrero estaba vigilando a un grupo de estudiantes radicales de una universidad y vio rondando por allí a un joven que encajaba con la descripción. Además, oyó a uno de los estudiantes llamarlo Jesús.

Podría ser cualquiera, piensa Keller.

—¿Qué universidad es?

Chuy ni siquiera acabó la preparatoria.

—Espera —dice Orduña, y consulta sus notas—. La Escuela Normal Rural de Ayotzinapa.

—Nunca he oído hablar de ella.

—Ya somos dos.

—Imagino que tu agente no…

—Te la estoy mandando, *cuate*.

Keller fija la mirada en el monitor de la computadora.

Dios, las probabilidades son…

La foto aparece en la pantalla.

Keller ve a un chamaco bajo y flacucho con jeans rotos, tenis y gorra de beisbol negra. Tiene el pelo largo y desgreñado.

La foto está un poco borrosa, pero no hay duda.

Es Chuy.

2

Isla heroína

No te quiero, pero te necesito,
no quiero besarte, pero necesito hacerlo.
—Smokey Robinson,
You Really Got A Hold On Me

Staten Island, Nueva York
2014

Bobby Cirello tiene treinta y cuatro años.

Pocos para ser detective.

El jefe Mullen es su principal patrocinador. Lleva trabajando para él mucho tiempo, primero como infiltrado en Brooklyn, cuando el jefe dirigía la Setenta y Seis, donde le resolvió montones de casos. Y luego, cuando a Mullen lo ascendieron a la central, se llevó con él a Cirello y al cruzar el puente lo ascendieron a detective.

Cirello se alegra de haber dejado el trabajo de infiltrado. No es manera de vivir, tener que codearse a todas horas con yonquis, *dealers* y malhechores de todo pelaje.

No puedes tener vida propia.

Su nuevo trabajo le gusta, y también le gusta su estudio en Brooklyn Heights, que tiene el tamaño justo para que pueda tenerlo limpio y ordenado. Además, ahora tiene horarios más o menos regulares, aunque haga muchas horas.

Ahora está sentado en el despacho de Mullen en el décimo piso del número uno de Police Plaza, la sede de la policía de Nueva York.

Con el control remoto en la mano, Mullen va cambiando de canal la tele sujeta a la pared, saltando de un informativo a otro. Todos hablan de un actor famoso que ha muerto de sobredosis, y todos se refieren a la «avalancha de heroína» y a la «epidemia de heroína» que azota la ciudad. Y afirman, de paso, que la policía de Nueva York «parece incapaz de detenerla».

Cirello sabe que Mullen no va a tomarse a la ligera lo de «incapaz», ni tampoco las llamadas del jefe de división, del comisionado y del excelentísimo alcalde. Carajo, prácticamente el único que no ha llamado para echarle bronca es el presidente, seguramente porque no tiene su teléfono.

—Así que ahora resulta que tenemos una epidemia de heroína —dice

Mullen—. ¿Sabes por qué lo sé? Por el *New York Times*, el *Post*, el *Daily News*, el *Voice*, la CNN, la Fox, la NBC, la CBS, la ABC, y no nos olvidemos de *Entertainment Tonight* porque, sí, señor, ellos también nos están dando por detrás.

»Dicho lo cual, ahí fuera está muriendo gente. Negros, blancos, jóvenes, pobres, ricos... Esa mierda mata por igual, sin hacer distingos. El año pasado tuvimos trescientos treinta y cinco homicidios y cuatrocientas veinte sobredosis de heroína. Los medios me dan igual, puedo vérmelas con ellos. Lo que me importa es que está muriendo gente.

Cirello prefiere no comentar lo obvio: que *Entertainment Tonight* no decía esta boca es mía cuando eran negros los que morían en Brooklyn. Mantiene la boca cerrada. Siente demasiado respeto por Mullen y, además, su jefe tiene razón.

Está muriendo muchísima gente.

Y nosotros solo tenemos unos cuantas escobas para intentar barrer un océano de heroína.

—El paradigma ha cambiado —continúa Mullen—, y nosotros tenemos que cambiar con él. La táctica de compra y redada funciona hasta cierto punto, pero ese punto queda muy lejos de nuestro objetivo. Hemos tenido cierto éxito al intervenir los laboratorios de elaboración de heroína. Hemos decomisado un montón de pico y de dinero en efectivo, pero los mexicanos pueden seguir fabricando heroína y, por lo tanto, haciendo dinero. Cuentan con esas pérdidas en sus planes de negocio. Estamos en un juego de cifras que no podemos ganar.

Cirello ha participado en algunas redadas en laboratorios de heroína.

Los mexicanos traen la droga a través de Texas y la transportan a Nueva York, donde la almacenan en apartamentos y casas, casi siempre en la parte alta de Manhattan y el Bronx. En esas «fábricas» cortan la heroína, la embolsan en papeles y se la venden a *dealers*, casi todos ellos pandilleros que la ponen en circulación en los barrios de la ciudad o la llevan a localidades más pequeñas del interior del estado y de Nueva Inglaterra.

El Departamento de Policía de Nueva York ha incautado grandes cargamentos, de hasta veinte y cincuenta millones de dólares, pero se trata de una puerta giratoria. Mullen tiene razón: los cárteles mexicanos pueden reemplazar toda la droga y el dinero que pierden.

También pueden sustituir a la gente, porque la mayoría del personal de las fábricas son mujeres de la zona que se ocupan de cortar la heroína y encargadillos que trabajan por un sueldo. Los mayoristas del cártel rara vez, o nunca, están presentes en las fábricas, salvo durante los escasos minutos que tardan en traer la mercancía.

Y la mercancía sigue llegando.

Mullen habla a diario con los enlaces de la DEA, que le cuentan que la situación es la misma en todo el país. La nueva heroína mexicana llega a través de San Diego, El Paso y Laredo a Los Ángeles, Chicago, Seattle, Washington, D. C. y Nueva York: a los principales mercados.

Y los más pequeños.

Las bandas callejeras se están trasladando de las grandes urbes a los pequeños poblados, donde montan su numerito en moteles y hacen negocio. Ya no es solo la población urbana la que consume opiáceos: también son las amas de casa de las zonas residenciales suburbanas y los agricultores de zonas rurales.

Pero ellos no son responsabilidad de Mullen.

Nueva York sí lo es.

Mullen va al grano:

—Si queremos ganarles la partida a los mexicanos, tenemos que empezar a jugar como ellos.

—No te sigo.

—¿Qué tienen los narcos en México que no tienen aquí? —pregunta Mullen.

Un tequila de primera, piensa Cirello, pero se lo calla. No dice nada: Bobby Cirello reconoce una pregunta retórica en cuanto la oye.

—Policías —añade Mullen—. Aquí tenemos algunos policías corruptos, claro. Tipos que se hacen de la vista gorda por dinero, que fuman porros, unos pocos que venden drogas, y hasta algunos que trabajan de guardaespaldas para los narcos, pero son una excepción. En México son la norma.

—No sé adónde quieres ir a parar.

—Quiero que vuelvas de infiltrado —dice Mullen.

Cirello sacude la cabeza. Esos tiempos ya pasaron. Aunque quiera volver, no puede. Lo conoce demasiada gente. Le descubrirían en treinta segundos, sería un puto chiste.

Se lo dice a Mullen.

—Todos saben que soy poli.

—Exacto. Quiero que te infiltres como poli —dice Mullen—. Un policía corrupto.

Cirello no dice nada porque no sabe qué decir. No quiere ese trabajo. Misiones como esta te hunden la carrera: ganas fama de corrupto y ya no te la quitas de encima. La sospecha perdura y, cuando llega la hora de los ascensos, tu nombre no está en la lista.

—Quiero que hagas correr la voz de que estás en venta —dice Mullen.

—Tengo treinta años —responde Cirello—. Preferiría zafarme de esta misión. Es mi vida, jefe. Lo que me estás pidiendo me complicaría mucho las cosas.

—Sé lo que te estoy pidiendo.

Cirello hace un último intento.

—Además, soy detective. Es un puesto demasiado alto. El último caso que hubo de un detective corrupto fue en los años ochenta.

—Eso también es cierto.

—Y todo mundo sabe que soy tu ayudante.

—De eso se trata, precisamente —dice Mullen—. Cuando consigas un comprador lo bastante importante, le harás saber que me representas.

Santo cielo, piensa Cirello, ¿Mullen quiere que haga correr la voz de que toda la División de Narcóticos está en venta?

—Así es como funciona en México —dice Mullen—. No compran policías, compran departamentos enteros. Quieren tratar con los mandos. Es la única forma que tenemos de vernos las caras con los de Sinaloa.

A Cirello le da vueltas la cabeza.

Lo que propone Mullen es demasiado peligroso. Hay muchísimas cosas que podrían salir mal. Otros policías podrían enterarse de que es un «corrupto» y lanzar una operación contra él. O podrían hacerlo los federales.

—¿Cómo piensas documentarlo? —pregunta. Dejar un rastro documental de la operación para que, si la cosa acaba mal, tengas las espaldas cubiertas.

—No voy a hacerlo —dice Mullen—. No va a saberlo nadie. Solo tú y yo.

—¿Y el tal Keller? —pregunta Cirello.

—Tú de eso no sabes nada.

—Pero, si nos agarran, no podremos demostrar que estamos limpios.

—Exacto.

—Podríamos acabar en prisión.

—Confío en mi reputación —dice Mullen—. Y en la tuya.

Sí, piensa Cirello, como si eso fuera a servirme de algo si me tropiezo con otros polis que sean corruptos de verdad, que acepten dinero de los traficantes o que estén metidos en asuntos de drogas. ¿Qué carajo hago entonces? Yo no soy un soplón de mierda.

Mullen le lee el pensamiento.

—Solo me interesan los narcos. En todo lo demás, hazte de la vista gorda.

—Pero significa violar todos los re…

—Lo sé. —Mullen se pone en pie detrás de su mesa y mira por la ventana—. ¿Qué demonios quieres que haga? ¿Seguir respetando el reglamento mientras mueren muchachos como moscas? Tú eres muy joven, no te acuerdas de la epidemia de sida, pero yo vi cómo esta ciudad se convertía en un cementerio. Y no pienso volver a verlo.

—Entiendo.

—No tengo nadie más a quien recurrir, Bobby —continúa Mullen—. Tú tienes cabeza y experiencia suficientes para hacerlo, y no sé en quién más puedo confiar. Te doy mi palabra de que haré todo lo que pueda para proteger tu trabajo.

—De acuerdo.

—¿Eso significa que vas a hacerlo?

—Sí, señor.

—Gracias.

Mientras baja en el ascensor, Cirello se pregunta si no acabará de cagarla por completo.

Libby lo mira y dice:

—Así que eres un buen chico italiano.

—La verdad es que soy un buen chico griego —dice Cirello.

Están comiéndose unas hamburguesas con queso, sentados en una mesa del Joe Allen, cerca del teatro donde trabaja ella.

—¿Cirello? —pregunta Libby.

—En mi trabajo no viene mal tener un apellido que suene italiano —contesta él—. Es lo mejor si no eres irlandés. Pero sí, soy un chico griego de Astoria.

Casi un estereotipo. Sus abuelos llegaron después de la Segunda Guerra Mundial, se mataron a trabajar y abrieron un restaurante en la calle Veintitrés que todavía regentea su padre. El barrio ya no es tan griego como antes, pero sigue viviendo mucha gente de origen griego en aquella zona y todavía se oye hablar *elleniká* en sus calles.

Cirello no quiso dedicarse a la hostelería y por suerte tenía un hermano menor que sí quería, de modo que sus padres no se llevaron un disgusto tan grande cuando Bobby fue primero a la Universidad John Jay de Justicia Penal y después a la academia de policía. Asistieron a su graduación y estaban muy orgullosos de él, aunque anden siempre preocupados y nunca hayan llegado a entender que trabajara de infiltrado y que se presentara en casa con la barba crecida y el pelo hecho un asco, flaco y demacrado.

Su abuela lo miraba fijamente a los ojos y preguntaba:

—Bobby, ¿tú te drogas?

—No, yaya.

Solo compro drogas, pensaba él. Era imposible explicarles su vida. Otra razón por la que trabajar de infiltrado es tan duro: nadie entiende lo que haces, salvo otros policías encubiertos, y a esos nunca los ves.

—Y eres detective —dice Libby ahora.

—Prefiero que hablemos de ti.

Libby es una preciosidad. Melena roja y brillante, de esas que, cree Cirello, suelen describirse como «lustrosas». Nariz larga, labios anchos y un cuerpo de infarto. Unas piernas más largas que una carretera rural, aunque Cirello no sepa mucho de carreteras rurales. La vio en un Starbucks del Village, se dio la vuelta y dijo:

—Seguro que vas a pedir un *macchiato* con leche descremada.

—¿Cómo lo adivinaste?

—Soy detective.

—Pues no se te da muy bien —dijo Libby—. Voy a pedir un *latte* con leche descremada.

—Pero tu número de teléfono es 212 555 6708. ¿Cierto? —dijo él.

—No, qué va.

—Demuéstramelo.

—Déjame ver tu placa —dijo Libby.

—No irás a denunciarme por acoso sexual, ¿verdad? —contestó Cirello.

Pero le enseñó su placa.

Ella le dio su número de teléfono.

Cirello tenía la impresión de que sentía debilidad por los policías, pero tuvo que llamarla dieciocho veces para que aceptara su invitación.

—No hay mucho que contar —dice ella—. Soy de un pueblecito de Ohio, fui a la Universidad Estatal de Ohio y estudié danza. Y hace seis años vine a la gran ciudad a triunfar.

—¿Y qué tal te va?

—Bueno —dice ella encogiéndose de hombros—, estoy en Broadway.

Libby forma parte del coro de *Chicago*, lo que, calcula Cirello, viene a ser el equivalente a un detective en el mundo del baile. Y lo mira fijamente con esos ojos verdes, como dándole a entender que están al mismo nivel.

Muy bien, piensa Cirello.

Estupendo.

—¿Vives en la ciudad? —pregunta.

—En el Upper West Side —dice ella—. En la Ochenta y Nueve, entre Broadway y Amsterdam. ¿Y tú?

—En Brooklyn Heights.

—Creo que geográficamente somos incompatibles —comenta Libby.

—¿Sabes?, siempre he pensado que la geografía estaba sobrevalorada —dice Cirello—. Creo que ya ni siquiera se enseña en la escuela. Y de todos modos trabajo en Manhattan, en el número uno de Police Plaza.

—¿Y eso qué es?

—La sede central del Departamento de Policía de Nueva York. Trabajo en la División de Narcóticos.

—Así que no me conviene fumar hierba delante de ti.

—Por mí no hay problema —contesta él—. Te acompañaría, si no fuera porque nos hacen análisis de vez en cuando. ¿Puedo preguntarte una cosa? ¿Compartes apartamento con alguien?

—Bobby —dice ella—, no voy a acostarme contigo esta noche.

—Yo no te lo he pedido. Eso me ofende, francamente. ¿Es que tengo facha de ser una puta barata? ¿Crees que puedes llevarme a la cama porque te haya invitado a una hamburguesa?

Libby se ríe.

Tiene una risa grave y gutural que a Cirello le gusta mucho.

—¿Tú compartes con alguien? —pregunta ella.

—No. Vivo en un estudio. Para cambiar de planes tengo que salir al pasillo, pero me gusta. Aunque casi no estoy allí.

—Trabajas mucho.

—Sí, muchísimo.

—¿En qué estás trabajando ahora? —pregunta Libby—. ¿O no puedes decírmelo?

—Íbamos a hablar de ti —dice Cirello—. Por ejemplo, yo creía que las bailarinas no comían hamburguesas con queso.

—Mañana tendré que ir a una clase extra, pero vale la pena.

—¿A una clase? —pregunta él—. Creí que ya habías acabado los estudios.

—Hay que seguir practicando para mantenerse en forma —explica Libby—. Sobre todo si vas a ponerte hasta las trancas de carne a estas horas de la noche, y ya sé que eso ha sonado fatal. ¿Y tú? ¿Comes sano?

—No. Como como un poli, lo que puedo comprar en la calle, donde me dé hambre.

—¿Donas, por ejemplo?

—No me encasilles, Libby.

—¿Qué hay de toda esa maravillosa comida griega?

—No es tan maravillosa cuando de pequeño no te has alimentado de otra cosa —dice Cirello—. No se lo digas a mi yaya, pero prefiero mil veces la italiana. O la india, o la caribeña, cualquier cosa que no venga envuelta en una hoja de parra. Deja que te pregunte otra cosa: ¿los Indios o los Rojos?

—Los Rojos —dice Libby—. Lo sé todo sobre la liga.

—¿Crees que Rose debería entrar en el Salón de la Fama?

—Por supuesto que sí —dice Libby—. Siempre apuesto por mi equipo. Apuesto a que tú también.

—¿Sabes?, esto podría funcionar.

—¿Eres de los Mets?

—Por supuesto.

Toma una papa frita del plato de Cirello y se la mete en la boca.

—Bobby, respecto a eso de la puta barata…

Cirello pone unas cucharadas de café en el cazo y enciende la estufa de gas a fuego medio. Remueve el café hasta que sale espuma, lo sirve en dos tazas y se acerca a la cama.

—Libby, dijiste que te despertara a las siete.

—Ay, mierda —dice ella—. Tengo que ir a clase.

Él le pasa el café.

—Esto está buenísimo —dice Libby—. ¿Qué es?

—Café griego.

—Creí que habías dicho que odiabas la comida griega.

—Soy un hablador.

Ella entra en el cuarto de baño sin que parezca preocuparle su desnudez. Sí, a mí tampoco me preocuparía, piensa Cirello, teniendo ese cuerpo. Cuando sale, lleva la melena pelirroja recogida en una coleta y se ha puesto una sudadera y unos leggins.

—Hora de la huida incómoda —dice.

—Deja que te lleve.

—Voy a tomar el metro.

—¿Esa es tu forma de decirme que esto ha sido solo un ligue de una noche? —pregunta Cirello.

—Vaya, fíjate, el gran detective, todo inseguro… —dice ella, y le da un beso en los labios—. Es mi forma de decirte que el metro es más rápido.

Él apura su café de un trago.

—Vamos, te acompaño.

—¿Seguro?

—Como te decía, soy un buen chico griego.

Al llegar a la entrada del metro, ella dice:

—Más te vale llamarme.

—Te llamaré —promete Cirello.

Ella le da otro beso ligero y baja las escaleras.

Cirello para en un puesto, compra los periódicos y entra en una cafetería a desayunar. Se sienta en una mesa, pide una omelet grande de queso y pan tostado de centeno, y echa un vistazo al *Times*. La noticia de la muerte por sobredosis del famoso actor ocupa los titulares.

Y ahora, se dice Cirello, yo tengo que meterme en ese desmadre y venderme a la gente que lo mató.

Es fácil decirlo. Hacerlo, no tanto.

Esa gente no es multimillonaria porque sea idiota. No tienen en el bolsillo a policías mexicanos porque los policías mexicanos sean más fáciles de corromper, sino porque tienen poder sobre ellos. La oferta no es «o lo tomas o lo dejas», es «o lo tomas o te matamos a ti y a toda tu familia». Así saben que pueden confiar en el poli al que compran, que no va a delatarlos.

Pero aquí arriba las cosas no funcionan así.

A nadie que esté en su sano juicio se le ocurriría matar a un policía de Nueva York, y mucho menos amenazar a su familia, porque todo mundo sabe que treinta y ocho mil policías furiosos se le echarían encima. Aunque el sujeto en cuestión sobreviviera al arresto —cosa poco probable—, los fiscales irlandeses e italianos y el juez judío se encargarían de que pasara el resto de sus días en la peor prisión del estado. Y, más grave aún, eso jodería el negocio, de ahí que los capos procuren que sus tropas no se pasen de la raya.

Los pandilleros negros y latinos saben que no les conviene ir por ahí matando policías, porque se les vendría abajo el tinglado.

Mueren policías de vez en cuando, sí, demasiados, pero no los mata el crimen organizado.

A los mexicanos les va a parecer muy raro comprar a un poli de Nueva York porque no tendrán asegurado nada con él.

Así que habrá que darles alguna seguridad.

Entra en el garaje, sube a su coche, un Mustang GT de 2012, y pone rumbo al casino Resorts World.

Una semana después, está en un Starbucks de Staten Island escuchando a la barista canturrear el tema de *La isla de Gilligan*.

> *...ahí está Gilligan,*
> *el capitán,*
> *el millonario y su esposa,*
> *la actriz de cine,*
> *y todos los demás,*
> *están en la Isla Heroína.*

—Eres muy joven para conocer esa serie —dice.

—Hola —contesta ella—. ¿Qué le sirvo?

Cirello mira la chapita con su nombre.

—Un *latte*, por favor, Jacqui.

—¿Solo un *latte*? —pregunta ella—. ¿Sin adjetivos fastidiosos?

—Solo un *latte* —responde él, pensando «Y un poquito de heroína, quizás».

La chica lleva manga larga y se le nota en la mirada que está drogada. Además, ¿Isla Heroína? Muy gracioso —y verdadero—, aunque sea un poco siniestro.

Staten Island es un punto candente del tráfico de heroína. Ahora hay tres veces más pico en la zona que hace apenas dos años. Antes la droga estaba solo en el norte, en la zona más urbana de la isla, adonde llegaba en el ferry de Manhattan o por el puente desde Brooklyn, y se la encontraba solo en las barriadas.

Ya no.

Ahora está en las zonas de casitas unifamiliares del centro y el sur de la isla, barrios de clase trabajadora en los que viven numerosos policías, bomberos y empleados municipales.

Y, seamos sinceros, piensa Cirello, son barrios blancos.

Barrios obreros.

Por eso está él aquí.

Porque es blanco.

En Manhattan y Brooklyn, el tráfico de drogas está en manos de las bandas. Las pandillas de negros y latinos controlan el conecte en las barriadas y sus alrededores, y Cirello sabe que con ellos no tiene ninguna posibilidad.

No siendo un poli blanco.

Ni siquiera un poli blanco corrupto.

Pero aquí el tráfico de heroína es distinto: hay un montón de vendedores independientes, la mayoría de ellos adictos. Venden papeles de unos pocos dólares que compran a minoristas que, a su vez, consiguen la droga en las «fábricas» del centro.

Hace veinte años, puede que incluso diez, uno se habría jugado el pellejo si hubiera intentado vender pico a jovencitos blancos de Staten Island, que está tan llena de mafiosos como de policías. ¡Si el propio Paul Calabrese vivía aquí! Y todavía hay bastante presencia de la mafia en la isla, solo que ahora es distinto. Ya no cuidan de los suyos como antes, y eso de que la mafia protege a los chicos blancos de la droga es un mito desfasado.

Cirello ha oído decir que hasta el puto nieto de John Cozzo pasa pico por esta zona. Claro que tampoco es de extrañar, teniendo en cuenta que Cozzo mató a Calabrese para despejar el camino a la importación de heroína mexicana.

El caso es que Cirello sabe que no va a encontrar a nadie que le sirva de gancho en el Bronx, en Brooklyn o en Manhattan. Es aquí donde va a encontrarlo: en Staten Island —en Isla Heroína—, con yonquis como esta chica, Jacqui.

Para que lo lleven con los tiburones.

Ya ha echado la carnada. Fue al Resorts World y, como un tonto, dejó tres de los grandes en la mesa de *blackjack*. Acto seguido apostó al básquetbol —universitario y profesional— y perdió cinco mil más. Después se fue a Connecticut —al Mohegan Sun y al Foxwoods—, perdió un par de miles más, se emborrachó y armó bulla para que se corriera la voz entre el mundillo del crimen organizado de la costa noreste de que había un detective de Nueva York al que se le había ido la hebra y estaba apostando —y perdiendo— a lo bestia y bebiendo como un cosaco.

Sangre en el agua.

Ahora se bebe su *latte* y observa a Jacqui trajinar detrás del mostrador. Sonríe y hace su trabajo pero parece un poco temblorosa, camina un poco a brincos y Cirello calcula que le quedan tres horas, quizá, para necesitar otro pasón.

Debe de tener, ¿cuántos? ¿Diecinueve años? Veinte, como mucho.

Qué mundo este.

Gente joven cayendo como moscas, como si esto fuera la Primera Guerra Mundial. Padres enterrando a sus hijos. Es antinatural.

Aparte de esta misión que le han enjaretado, su nueva vida le gusta bastante. Lleva varias semanas viéndose con Libby y de momento todo va bien. Sus horarios coinciden: ella solo está libre por la noche o a primera hora de la mañana, y ahora mismo ambos se contentan con verse tres veces por semana para cenar y luego coger. Ella no le pide más y él tampoco a ella.

Es fácil.

Cirello acaba de beberse el café y recorre un trecho de calle hasta el Zio Toto.

El bar está vacío y Cirello aparta uno de los taburetes negros, se sienta y pide un Seven y una Coca Cola.

Angie llega tarde y Cirello sabe que se trata de un juego de poder.

Hacer esperar al otro.

Angie llega unos cinco minutos después.

Para estar yendo regularmente al gimnasio, lo disimula muy bien, piensa Cirello. Angelo Bucci sigue siendo el mismo zoquete seboso que era cuando iban al colegio Archbishop Malloy en Astoria. Ahora lleva el pelo muy corto y viste una chamarra de los Mets, jeans y mocasines.

Le da un abrazo a Cirello, se sienta y dice:

—¿Para qué chingado me hiciste venir hasta aquí?

—¿No vives ahora en Richmond?

—Aun así está lejos —dice Angie—. ¿Qué pasa, es que no quieres que te vean con tus viejos amigos ahora que eres detective? ¿Qué tomas? ¿Qué es eso, una Coca Cola?

—Y un Seven.

—Ponme lo mismo —le dice Angie al barman—, pero añádele un chorrito de vodka. Y ponle otro refresco a este *mezzo finocchio*.

Cirello asiente señalando su vaso vacío.

—¿Qué tal Gina? —pregunta.

—Pues tan rompehuevos como siempre, si te refieres a eso —dice Angie—. Los mocosos crecen como la mala hierba. Pero tú no me pediste que viniera hasta aquí para preguntarme por mi vida familiar, Bobby.

—Necesito que me prestes dinero —dice Cirello.

—Me lo temía —responde Angie—. ¿Cuánto?

—Veinte de los grandes.

—¡Carajo, Bobby!

—La culpa la tiene el equipo de básquet de St. John's —dice Bobby.

—¿A quién le debes ese dinero?

—A nadie —contesta Bobby—. No tengo deudas, pero estoy seco. Y tengo cosillas que pagar: el alquiler, el coche, la comida…

—Más apuestas…

—Necesito pasta, Angie, no un sermón.

—A lo mejor sí lo necesitas, si apuestas por St. John's —replica Angie—. Dios, Bobby, no quiero prestarte dinero. Tendría que cobrarte intereses.

—Lo sé.

—Y si sigues por ese camino y pierdes…

—Gano bastante dinero —dice Cirello.

—¿Y por eso recurres a mí?

—Sí, bueno, creí que éramos amigos.

—Y lo somos —dice Angie—. Por eso no quiero que te metas más en ese hoyo y que…

—¿Qué?

—A ver cómo te lo explico, Bobby —dice Angie—. Prestarle dinero a un detective de la policía de Nueva York… Si no me pagas, ¿cómo voy a recuperar mi dinero? Porque a ti no puedo apretarte las tuercas, ¿verdad que no?

—En primer lugar —dice Cirello—, voy a devolverte el dinero. Pero, si no te lo devuelvo, lo único que tienes que hacer es irle con el cuento a Asuntos Internos y adiós a mi trabajo. No está mal como garantía.

—Sí, puede ser. No lo había pensado.

—Menos mal que estoy yo aquí, entonces.

—Sí, bueno, de eso ya no estoy tan seguro —dice Angie—. Está bien, treinta días al veinte por ciento, los intereses todos los viernes, como un reloj. Si una semana no los pagas, se te suman al principal.

—Sé cómo es, Angie.

—Yo vivo de los jugadores —dice Angie—. Son los que ponen comida en mi mesa y visten a mis hijos. No quiero vivir de ti, Bobby. Mierda, ¿qué le diría a tu abuela? ¿Cómo está, por cierto?

—Bien. Hecha una cascarrabias.

—Debería pasarme por allí para saludarla —dice Angie—. Hace mucho tiempo que no la veo.

—Seguro que se alegra de verte.

Angie se levanta y apura su bebida.

—Entrenamiento de las Ligas Pequeñas, ¿te lo puedes creer? ¿Te estacionaste aquí delante?

—Un poco más abajo.

—Vamos afuera.

Se acercan caminando al Land Rover negro de Angie. Cirello se sienta en el asiento del copiloto. Angie abre la guantera, saca un fajo de billetes de cien dólares y cuenta veinte de los grandes.

—No me jodas con esto, Bobby.

—Descuida.

—¿Quieres que te lleve hasta tu coche?

—Está en el Starbucks.

—De acuerdo —dice Angie—. Nos vemos el viernes. En el Pier 76, un bar que hay en St. George. ¿Lo conoces?

—Puedo buscarlo.

—A las cinco de la tarde. No te retrases.

—Esto queda entre tú y yo, ¿no, Angie?

—Claro que sí —responde Angie, ofendido—. ¿Qué carajo te creías?

Cuando sale del coche, Cirello sabe qué va a ocurrir a continuación: Angie se irá derecho con sus jefes, a jactarse de que tiene agarrado a un detective de la policía de Nueva York. Le preguntarán en qué trabaja ese detective y él les dirá que en narcóticos. Los jefes harán correr la noticia. Porque a eso se dedican.

La información es moneda de cambio, tanto para policías como para delincuentes.

Cirello vuelve a su coche y se sienta.

Porque eso es lo que hago yo, piensa. Sentarme. Gran parte del trabajo policial consiste en sentarse y esperar a que ocurra algo. A veces ocurre, lo que equivale a decir que otras veces no ocurre.

Pero con Jacqui tiene una corazonada.

Va a tener que conseguir, y no falta mucho.

Lo que en circunstancias normales no tendría mucha importancia. A fin de cuentas, varios miles de adictos van a comprar droga en las horas siguientes, y son los agentes uniformados, o los que van de paisano, quienes se ocupan de esas cosas si tienen que hacer algunas detenciones para completar esas cuotas que supuestamente no existen.

Pero Cirello necesita atrapar una pieza óptima.

Ni demasiado grande, ni muy pequeña.

Detener al *dealer* de Jacqui es una nimiedad, pero puede que lo conduzca hasta el otro de nivel intermedio que está buscando.

Así que se sienta a esperar.

Emboscado.

Como el depredador en que se ha convertido.

Un poli en busca de botín.

Jacqui le ha mandado como cincuenta y siete mensajes a Travis y su jefe ha empezado a molestarse.

¿Dónde carajos se habrá metido?

¿Por qué no contesta por lo menos? Si no ha conseguido, piensa Jacqui, por lo menos podría decírmelo para que intente encontrar a Marco o a alguien. Le hace una seña al gerente para decirle que va al baño y él la mira como diciendo «¿Otra vez?». Entra en el baño y está a punto de llamar a Marco cuando por fin recibe un mensaje de Travis. «Estoy llegando. Sal.»

Cuando sale del baño, el gerente la para.

—¿Estás enferma?

—No, ¿por qué?

—Pareces enferma.

—Estoy bien —dice Jacqui.

—No, déjalo por hoy —dice él—. Hay poca gente.

—Necesito las horas extra.

—Vete a casa, Jacqui.

Sale al estacionamiento. Travis la está esperando en la camioneta, parada al borde del estacionamiento. Jacqui entra por detrás y Travis sale del asiento del conductor y se reúne con ella.

—¿Conseguiste? —pregunta Jacqui.

—Sí.

Está preparando el pico cuando alguien golpea la puerta.

—Es mi puto jefe —dice ella—. Voy a hablar con él.

Corre la puerta solo un resquicio.

No es el encargado. Es el del *latte* sin adjetivos.

Sostiene una placa de policía.

—Hola, chicos —dice—. ¿Qué hacen ahí adentro?

Cirello suelta su discurso.

—Puedo detenerlos ahora mismo —dice—. Es posesión simple, así que seguramente les asignarán un juzgado especializado en narcóticos, pero aun así irán a Rikers un par de semanas, a no ser que puedan pagar la fianza, que me imagino que no es el caso. O bien…

Hace una pausa para dar efecto a sus palabras.

Para darles un poco de esperanza.

—Me dicen quién es su *dealer*.

El chico menea la cabeza. Cirello ha comprobado la placa de la camioneta, sabe que se llama Travis Meehan y que no tiene antecedentes.

Le da pena el muchacho.

—No podemos hacer eso —dice Travis.

—Pues es una lástima —contesta Cirello—, porque van a pasar el mono en la cárcel. ¿Quieres a esta chica?

Travis asiente en silencio.

—Pues si la quieres —continúa Cirello, sintiéndose fatal—, no querrás que pase por el patio del Rose Singer.

—No queremos ser unos soplones —dice Jacqui.

—Los entiendo —dice Cirello—. De veras que sí. El caso es que, en última instancia, ni siquiera me interesa su *dealer*. Apuesto a que es un amigo suyo que también se mete, ¿verdad? Vamos, ¿tengo razón?

Asienten de mala gana.

—No quiero perjudicar a su amigo —dice Cirello—. Ni a ustedes. Ando detrás de personas a las que ni siquiera conocen, la gente que le vende la droga a su amigo, y apuesto también a que no son amigos suyos.

—Tenemos que vivir aquí.

—Si es que vuelven de Rikers —dice Cirello—. Nunca los han detenido, así que no saben lo que es eso. Nunca se sabe, puede pasar cualquier cosa. Les toca un mal juez, o tiene un mal día, y… Pero yo los entiendo. Miren, podemos hacerlo de modo que nadie se entere de que fueron ustedes. Aunque, si lo prefieren, los detengo y hago correr la voz de que soltaron la lengua. Se pondría feo.

—Eres un ojete —dice Jacqui.

—Pues sí.

Cirello ve que necesita un piquete. Los dos lo necesitan.

Y él dispone del argumento más persuasivo para tratar con cualquier adicto a la heroína.

—No les estoy pidiendo que le tiendan una trampa. Solo díganme su nombre, una descripción, un coche, por dónde anda, y dejo que se metan su pico.

Dicho y hecho.

Pan comido.

Aborda a Marco esa noche.

No tiene que ir muy lejos, el muy cretino vende lo suyo en el estacionamiento del McDonald's. («¿Le apetecen unas papas, señor?». «No, gracias, solo la heroína».)

Cirello lo observa llevar a cabo una transacción en su Ford Taurus, luego se acerca y se sienta en el lado del copiloto.

—Departamento de Policía de Nueva York, Marco —dice Cirello enseñándole su insignia—. No me hagas sacar el arma y pon las manos sobre el volante.

Marco intenta hacerse el duro.

—¿Tiene una orden de detención?

—No la necesito —contesta Cirello—. Tengo indicios suficientes para detenerte. Acabo de verte vender un papel. Ni siquiera tengo que preguntarte si puedo registrar el coche, puedo registrarlo sin más, pero primero quiero saber si llevas algún arma encima. Armas de fuego, sobre todo.

—No.

—Eso está bien, Marco —dice Cirello—. Así te ahorras cuatro años en chirona. Ahora, veamos qué tenemos aquí.

Abre la guantera y ve un montón de papeles.

—Vaya, vaya —dice Cirello—. Posesión de drogas para su venta. Un delito grave. Como para aplicar la doctrina Rockefeller. Entre quince y treinta años, obligatoriamente.

Marco empieza a llorar. Es un yonqui flacucho, asustado, patético, y Cirello se siente una mierda.

—Yo también lloraría si fuera tú —dice—. ¿Tienes antecedentes, Marco?

—Uno.

—¿Por?

—Posesión —contesta el chico.

—¿Qué te cayó?

—Condicional —dice Marco—. Tratamiento psicológico ordenado por el juez y un programa de metadona.

—No sirvió de mucho, ¿eh? —dice Cirello—. Bueno, pues ahora lo tienes el doble de jodido, Marco. El juez te meterá un buen paquete. Se han puesto muy duros con los *dealers* últimamente, y tú, mi joven y estúpido amigo, estás vendiendo heroína en un barrio blanco en el que ha habido muchas muertes por sobredosis. ¿Sabes cuántos funcionarios de prisiones viven en Staten Island? Pues van a estar esperándote adentro.

Cirello acaba de inventarse ese rollo, pero suena bien. Y el muchacho está aterrorizado, le tiemblan las manos sobre el volante.

—Quiero hablar con mi abogado.

—Lo único que puede conseguirte un abogado es una condena mínima de quince años, con suerte —dice Cirello, viendo que esto se le escapa de las manos—. O sea que cuando salgas tendrás… ¿cuántos? ¿Cuarenta años? Eso, en el mejor de los casos. En el peor, ¿sesenta? Pero sí, vamos a llamar a tu abogado. Lo malo es que, cuando lo llames, yo ya no podré hacer nada por ti.

—¿Y qué puede hacer por mí?

—Eso depende de ti —dice Cirello.

—Ya sé lo que quiere.

—¿Qué quiero, Marco?

—Quiere que le diga quién me vende esto —dice Marco.

—No eres tan tonto como pareces —dice Cirello—. Eso está bien. Pero, antes de que digas algo que me demuestre que sí eres tan tonto como pareces, permíteme preguntarte una cosa: si esos tipos estuvieran en tu lugar, ¿crees que cumplirían entre quince y treinta años de prisión por salvarte a ti? Piénsalo antes de responder.

—Me matarán.

—No si lo hacemos bien —dice Cirello—. Mírame, Marco. Marco, mírame.

Marco lo mira.

—Hijo —dice Cirello con aire paternal—, yo soy el camino, la verdad y la vida. Soy tu única oportunidad de seguir teniendo un futuro. Pero no puedo hacerlo solo. Necesito tu ayuda. Colabora conmigo. Dime lo que necesito saber y puedes largarte.

Marco titubea.

Es un momento crítico.

Cirello dice:

—Los tipos que te vendieron esto saben que no aguantarás en la cárcel. Saben que te entrará el mono. ¿Crees que van a quedarse sentados de brazos cruzados, preguntándose si los delatarás o no?

Marco se lo piensa.

Pero a Cirello no le interesa que Marco piense. En cuanto dejas pensar a un yonqui, se le ocurren toda clase de pendejadas para complicarte la vida.

—No, ¿sabes qué? Todo esto son tonterías. Vamos a la comisaría a ficharte para que puedas llamar a tu abogado.

—No.

—¿No?

—No —repite Marco—. Por favor, ayúdeme.

Sí, para eso estoy aquí, piensa Cirello.

Ese es mi oficio: ayudar.

Cirello sigue el coche de Marco por Arden Avenue, cruzando el extremo sur de Staten Island.

Le parece casi surrealista —a él, que ha trabajado casi siempre en los guetos de Brooklyn— estar pasando por allí, entre zonas comerciales y manzanas de casas unifamiliares, con el parque de Arden Heights a su izquierda. Tiene la sensación de estar en las afueras —lo que algunos neoyorquinos contumaces llamarían «el campo»— cuando, siguiendo la frondosa Edgegrove Avenue, pasan bajo el puente de Korean War Veterans Parkway y giran hacia al norte por Amboy Road, en la esquina noreste de Blue Heron Park. Las diez manzanas siguientes son de viviendas, en su mayor parte. Más allá, Amboy desemboca en una zona comercial de Eltingville: la oficina de correos, un par de bancos y el Centro Comercial Eltingville a la izquierda, y más locales comerciales la derecha, donde Marco entra en un estacionamiento.

Cirello lo adelanta, para al fondo del estacionamiento, cerca de un Smashburguer, y saca su teléfono.

—¿Dónde vas a encontrarte con ellos?

—En la calle, enfrente de Carvel.

—¿La heladería? —pregunta Cirello.

—Sí.

—¿La de los pasteles?

—Sí, Carvel.

Santo Dios, piensa Cirello. Pasteles helados y heroína. El millonario y su esposa…

Ve a Marco estacionar. Un par de minutos después, una Ford Explorer roja se detiene junto a su coche. Marco le pasa dinero a su ocupante, que a su vez le entrega un paquete.

Marco, como habían acordado, se larga.

Cirello sigue a la Explorer, que gira a la derecha hacia Amboy y se dirige al norte, entra en Great Kills y deja atrás el cementerio de Ocean View (aunque no alcance a explicarse de qué sirve que un cementerio tenga vista al mar) y un parque dedicado al escritor afroamericano Frederick Douglass (lo que es un poco raro, porque Cirello no ha visto un negro en todo el día) y se adentra en Bay Terrace.

Normalmente comprobaría la placa, pero no quiere que quede constancia de sus pesquisas y ya sabe por Marco a quién pertenece el coche: a un tal Steven DeStefano.

La Explorer sale a Guyon Avenue dirigiéndose hacia el este, hacia la playa, tuerce a la izquierda para tomar Mill Road y luego a la derecha, hacia Kissam Avenue, donde las casas empiezan a escasear para dar paso a una marisma que flanquea la carretera por ambos lados. Se detiene en el acceso a una casita estrecha, del lado norte de la carretera. La casa está rodeada por dos solares vacíos, más allá de los cuales hay otras viviendas.

Intimidad, piensa Cirello.

Genial.

Pasa de largo frente a la casa y sigue Kissam hasta el final, donde la calle desemboca en la playa de Oakwood, en Lower Bay. Aquí no hay nada, piensa, nada excepto playa a derecha e izquierda, hasta donde alcanza la vista.

Saca su Glock de la funda, la deja en el asiento, a su lado, se prende la insignia en la solapa de la chamarra, da media vuelta y vuelve a la casa. Respira hondo, abre la puerta, sale y se acerca a la entrada delantera.

No hay en esto nada de reglamentario, ni lo más mínimo.

El procedimiento habitual sería tomar nota de la dirección, regresar a la división e informar, obtener una orden de registro y volver con refuerzos: varios detectives y agentes uniformados, puede que de las fuerzas especiales o la ATF, en coordinación con la DEA.

No que un solo detective se presente allí armado con una Glock, sin papeles y con una causa probable que no resistiría ni cinco minutos en una vista judicial. Es una pendejada, una pendejada por la que podría acabar despedido, procesado, quizás incluso muerto.

Pero no sabe de qué otra forma puede hacerlo.

Cirello llama con la culata de la pistola a la puerta de madera.

—¡Policía!

Oye el alboroto adentro, el caos que ha oído decenas de veces cuando a los vendedores les entra el pánico e intentan decidir qué hacer. ¿Tirar la mercancía por el escusado? ¿Huir? ¿Presentar resistencia?

—¡Abre la puta puerta, Steve! —grita, y luego se aparta por si acaso Steve decide soltar tiros.

Pero no.

Cirello estira el brazo y prueba a girar el picaporte.

La puta puerta está abierta.

Qué seguros de sí mismos están estos pendejos.

Cirello respira hondo otra vez para calmar las pulsaciones de su corazón, abre la puerta de una patada y entra con la pistola en alto.

Hay dos tipos allí parados, mirándolo.

Como ciervos deslumbrados por los faros de un coche.

Hay un hueco abierto en el recubrimiento de madera de la pared y Cirello ve el cargamento de heroína guardado dentro. Los muy idiotas estaban intentando decidir si salían por detrás llevándose el producto, pero no han sido lo bastante rápidos. Cirello calcula a ojo que hay un kilo cortado en papeles.

—¡Si mueven un puto dedo, esparzo sus sesos por la habitación! —grita, su voz amplificada por la adrenalina.

—¡Tranquilo, tranquilo! —dice el más gordo de los dos.

Parece tener poco más de treinta años, es grueso y lleva el típico corte de pelo de maleante de Staten Island, corto por los lados. Por la descripción que le hizo Marco, debe de ser DeStefano.

El otro es más o menos de la misma edad y lleva el mismo corte de pelo, pero no parece que frecuente tanto el gimnasio. Llevan gorras de los Yankees con la visera hacia atrás, conjunto deportivo y cadenas de oro.

¿De dónde sacan a estos tipos?, se pregunta Cirello.

Ninguno de los dos parece adicto a la heroína.

Al Anadrol, quizá.

—Siéntense —ordena—. Con las piernas cruzadas.

Obedecen.

—Ahora estiren las piernas, tírense bocabajo y pongan las manos a la espalda —dice Cirello.

—Vamos —dice DeStefano—, ¿de verdad es necesario?

—Eso depende de ustedes —contesta Cirello.

Ve la sonrisa de listo que esboza DeStefano. Los mafiosos siempre creen que todo mundo es como ellos (que todo mundo quiere plata, que cualquiera está en venta) y Cirello acaba de confirmar esa convicción.

La sonrisa de DeStefano se ensancha. Señala con la barbilla hacia la pared.

—Hay veintisiete de los grandes en una bolsa, ahí dentro. Agarra el dinero, vete, tómate una Coca Cola y sonríe.

Sin dejar de apuntarle con la pistola, Cirello se acerca al recubrimiento, hurga dentro del hueco y saca la bolsa.

—¿Y qué con la heroína?

—Si la quieres, agárrala —responde DeStefano—. Pero ¿dónde vas a venderla?

Cirello se mete la bolsa en la pretina de los pantalones, a la espalda, bajo la chamarra.

—No voy a venderla yo, van a venderla ustedes. Pueden seguir con el negocio como de costumbre, solo que ahora tienen un socio.

—¿Ah, sí? ¿Y qué parte se lleva ese socio?

—Diez mil a la semana.

—Cinco.

—Siete.

—Trato hecho —dice DeStefano—. Pero me gusta saber cómo se llaman mis socios.

—Bobby Cirello, División de Narcóticos.

—¿Qué comisaría? —pregunta DeStefano—. Porque no te he visto por aquí.

—De la central.

DeStefano se permite poner cara de asombro un momento.

—O sea, que si tengo problemas con algún poli de por aquí, puedo recurrir a ti.

—Yo lo arreglaré.

—No es tu zona.

—He dicho que lo arreglaré —responde Cirello.

—Muy bien, Bobby —dice DeStefano—. Puedo llamarte Bobby, ¿verdad? Si le doy veintisiete mil dólares a un cabrón, puedo tutearlo, ¿no? Así que dime una cosa, Bobby, ¿cómo nos encontraste?

—¿Bromeas? —pregunta Cirello—. Llevan semanas pasando en ese estacionamiento. Tienen que cambiar un poco.

—Te lo dije —dice el más flaco.

—Cállate la puta boca.

—Bueno, Steve —dice Cirello—, quiero verte cada viernes. En el estacionamiento del McDonald's. Si no apareces, te buscaré. Y si tengo que buscarte, te detendré. ¿Entendido?

—Pero esos veintisiete mil me dan un margen de tres semanas y pico, ¿no?

—No —contesta Cirello—. Eso es una multa por ser idiotas, y holgazanes. Cambien de sitio a partir de ahora. Nos vemos el viernes.

Sale a la calle.

Ya no hay vuelta atrás, piensa.

Ya soy un policía corrupto.

Vuelve a Tottenville y se reúne con Marco en el estacionamiento del McDonald's. Se sube al Taurus y le pasa al chico dos mil dólares en efectivo.

—No te lo metas por la vena. Y lárgate. ¿Conoces a alguien fuera de Nueva York?

—Mi hermana vive en Cleveland.

—Pues ve a darle lata —dice Cirello—. Hagas lo que hagas, no vuelvas por aquí, ¿de acuerdo?

Sale del coche y Marco arranca.

Cirello duda de que pase de Jersey, pero nunca se sabe. Aunque él conoce a los yonquis, y si hay alguien capaz de hacer algo estúpido, contraproducente y autodestructivo, es un yonqui.

Es lo que hacen.

El prestamista se lleva una sorpresa.

Un chasco, incluso. Si la gente salda sus deudas a la primera y de golpe, él no obtiene beneficios.

Pero eso es lo que hace Cirello. Busca a Angie entre la gente que abarrota el Pier 76 y le pasa un sobre grueso.

—Está todo. El principal y los intereses.

Angie se guarda el sobre en la chamarra.

—¿Tuviste suerte?

—Podría decirse así —contesta Cirello—. ¿Puedes apostar diez mil por mí? ¿En el Carolina del Norte-Louisville? Quiero apostar por los Heels y a los puntos.

—Por Dios, Bobby, acabas de salir del hoyo, ¿es que quieres volver a meterte en él? —pregunta Angie.

—¿Quieres o no?

Angie se encoge de hombros.

—De acuerdo, yo te hago la apuesta.

—Eres el mandón.

—No, tú eres el mandón.

Cirello rehúsa una copa.

Durante las semanas siguientes, gasta dinero como un cuarentón fracasado empeñado en conseguir a una jovencita con la que no tiene ninguna posibilidad.

Apuesta al basquetbol, universitario y profesional.

Va al casino, juega al *blackjack*.

Incluso apuesta en el beisbol, y eso que nadie en su sano juicio apostaría en el beisbol, como no sea un ludópata empedernido.

Porque eso es él.

Angelo se lo dice cuando Cirello va a verlo por tercera semana consecutiva con las manos vacías. Usa esas mismas palabras:

—Eres un ludópata empedernido.

—Y tú te dedicas a las apuestas y los préstamos ilegales.

Están sentados en los taburetes de costumbre, en el Pier 76.

—Sí, pero yo pago mis facturas —responde Angelo—. Y tú me debes treinta y dos mil dólares y ni siquiera puedes pagarme los intereses.

—Georgia Tech-Wake Forest…

—Georgia Tech-Wake Forest, mis huevos —replica Angelo—. Ha pasado lo que te dije que no quería que pasara. Ahora tendría que darte una paliza, pero ¿cómo voy a darle una paliza a un amigo que además es policía?

—Te conseguiré el dinero.

—Con insignia o sin ella —dice Angelo—, no podemos dejarte pasar esto, Bobby.

—¿Quiénes no pueden?

—No puedo permitirme perder treinta y dos mil —dice Angelo—. Cedí tu cuenta. Lo siento, pero no me has dejado elección.

O sea, que Angelo le ha vendido la deuda de Cirello a alguien situado en un peldaño más alto de la organización.

—Así que así están las cosas —dice Cirello.

Angelo mece el vodka de su vaso. Luego dice:

—El bar Play Sports, en Sneden. Ve allí.

—¿De qué hablas?

—Tú ve allí, Bobby.

Angie apura su copa, se levanta y se va.

Cirello estaciona en Sneden y entra en el Play Sports.

Hay un tipo sentado en una mesa, comiendo. Cuarenta y tantos años, delgado, cabello negro algo canoso. Levanta la vista y dice:

—¿Cirello?

—¿Quién pregunta?

—Mike Andrea. —Le indica el asiento de enfrente, pero Cirello no se sienta—. ¿Quieres un panini? Aquí están muy ricos. A mí me gusta el Trio: *prosciutto*, *sopressatta* y *capocollo*. Deberías comer algo, te ves flaco.

—¿Quién carajos eres tú? ¿Mi madre?

—Ahora mismo soy tu mejor amigo, Bobby, muchacho —contesta Andrea. Da otro mordisco al panini y se limpia la boca con el dorso de la mano—. Puedo echarte un lazo y sacarte de la mierda en la que estás metido.

—¿En qué mierda estoy metido yo?

—Angie Bucci me vendió tu pagaré —dice Andrea—. Angie es un buen tipo, yo lo quiero mucho. Pero yo no soy un buen tipo, no fui a la escuela contigo, no conozco a tu abuela y no tengo ningún escrúpulo en darte un escarmiento.

—Puede que sea más problemático de lo que crees.

—Sí, ya sé que eres detective, tipo duro —dice Andrea—. Pero no hace falta que lleguemos a eso. Siéntate y come algo, compórtate como un ser humano y escúchame.

Cirello se sienta.

Andrea indica a la mesera que se acerque.

—Lisa, este joven amigo mío tan apuesto va a tomar un Trio y una cerveza.

—¿Ha podido echar un vistazo a nuestra carta de cervezas? —pregunta ella.

—Carta de cervezas... —masculla Andrea—. Dónde iremos a parar.

—Para mí, una Sixpoint —dice Cirello.

—¿Ale o pilsner?

—Pilsner, gracias —contesta él.

La mesera le sonríe y se aleja.

—Apuesto a que puedes tirártela si juegas bien tus cartas —dice Andrea—. No, se me olvidaba que no juegas bien tus cartas. Las juegas como un pendejo, ¿y quieres saber por qué?

—No.

—Porque quieres perder —continúa Andrea—. Todos los ludópatas empedernidos lo que de verdad quieren es perder. Debe de ser para castigarse o algo así, no sé.

—¿Qué quieres?

—Que le hagas un favor a cierta gente —contesta Andrea.

—¿Qué clase de favor y a qué gente?

—Gente que está dispuesta a detener el procedimiento de cobro de tu préstamo. No hace falta que sepas quiénes son exactamente. Y solo a cambio de cierta información. Esas personas están pensando en hacer negocios con alguien y quieren saber si ese alguien está limpio, que no va a darles problemas.

—Conseguir ese tipo de información es arriesgado.

—No tanto como deber treinta y dos mil dólares que no tienes —replica Andrea, y desliza un papel sobre la mesa.

Es una amenaza absurda, piensa Cirello. El problema de deberle dinero a un prestamista no es deberle demasiado, es no deberle lo suficiente. Si le debes cinco de los grandes, tienes un problema. Si le debes diez mil o más, no puede permitirse que te mueras. Mandará un guardaespaldas a protegerte porque necesita que le devuelvas la pasta. ¿Quieres vivir para siempre? Consigue que te preste cien mil chuchos, y te donará un riñón si te hace falta.

Cirello mira el papel, ve tres nombres escritos.

—No voy a dar información clasificada.

—Que no te entre el miedo —dice Andrea—. No te estamos pidiendo que mates a nadie. Es gente con la que todavía no estamos haciendo negocios. Considéralo una selección de personal. Investigación previa. Nada más.

—¿Cómo sé que no llevas un micro?

—Sí, me atrapaste, Cirello —dice Andrea—. Lisa, la mesera, es una agente encubierta. Y sus tetas son los micrófonos. ¿Te interesa el trato o no?

—Vas a dejar de cobrarme intereses.

—No, seguirá habiendo intereses —dice Andrea—, pero dejarán de crecer. Y nadie vendrá a cobrar. Estableceremos algún tipo de plan de amortización.

—El plan de amortización es este —replica Cirello tomando el papel—. Y la cena la pagas tú.

—Sí, no te rasques el bolsillo —dice Andrea—. Putos policías… Todos son unos tacaños.

Lisa trae la comida.

Andrea tenía razón, piensa Cirello. *Prosciutto, sopressatta, capocollo*, todo buenísimo.

Desayuna en casa de Mullen, en Long Island City.

Judy Mullen les ha hecho pan francés y están sentados en la mesa de la cocina mientras se oye a los hijos del jefe jugando *Halo* en el salón.

—Mike Andrea es un capo de la familia Cimino —dice Mullen—. De Bensonhurst. Si le compró tu pagaré a Bucci, la cosa se pone seria. Los de Crimen Organizado le atribuyen una docena de asesinatos, por lo menos.

—Pero los Cimino están fuera del negocio de las drogas —dice Cirello—. Desde hace años.

—Puede que Andrea esté haciendo negocios a título personal.

—Entonces, ¿quiénes son esas personas a las que representa?

—Eso es lo que tenemos que averiguar —responde Mullen, echando un vistazo a la lista de Andrea—. Apuesto a que ya saben quién es esta gente. Te están poniendo a prueba.

—Eso pienso yo también.

Mullen mira otra vez el papel.

—Markesian y Dinestri están limpios. Dile que estamos vigilando a Beltrán.

—¿Es verdad? —pregunta Cirello.

Mullen sonríe.

—Lo será.

—¿Quieres que presione a Andrea para que me presente a esa gente? —pregunta Cirello.

—Es demasiado pronto. Se olerían algo. Tú sigue como hasta ahora.

Mullen sabe que le está pidiendo mucho. Ya le han llegado rumores sobre Cirello. Hace apenas dos días, su teniente vino a hablar con él a puerta cerrada.

—Crimen Organizado está oyendo cosas preocupantes sobre uno de nuestros chicos. Han visto a Bobby Cirello en compañía de un prestamista, un tal Angelo Bucci.

Le puso delante varias fotografías de Cirello sentado en un bar con Bucci.

—Puede que esté trabajando en un caso —dijo Mullen.

—Eso espero —contestó el teniente—. Ojalá sea solo eso, porque dicen por ahí que Cirello juega mucho. Y que pierde mucho. Que bebe, que viene a trabajar hecho un asco…

—De acuerdo, estaremos atentos.

—Mira, ya sé que es tu mano derecha…

—Dije que estaremos atentos. Manténme informado.

Es el tipo de rumores que conviene poner en circulación en una operación como esta, pero al mismo tiempo Mullen se siente mal por poner en peligro la carrera de Cirello. Tufos como ese son difíciles de guardar en un frasco. Y, desde un punto de vista práctico, si Asuntos Internos la emprende con Cirello, podría dar al traste con la operación.

Cirello se le adelanta.

—Necesito que me asegures que Crimen Organizado no tiene agarrado por los huevos a Andrea, que no van a grabarme, que no voy a encontrarme a Asuntos Internos esperándome en la puerta cualquier día.

—Si les pregunto a Crimen Organizado —dice Mullen—, tendré qué decirles por qué me interesa. Y no quiero meterlos en esto todavía.

—Sí, está bien.

—Lo siento —dice Mullen—. Si Crimen Organizado o Asuntos Internos te ponen contra las cuerdas, diles que tienes que hablar con tu abogado y acude directamente a mí. Te prometo que, si llegamos a eso, yo me encargaré de aclararlo todo.

—De acuerdo.

—Estás haciendo un trabajo estupendo, Bobby —dice Mullen—. Hemos pasado al siguiente nivel. Tenemos que aguantar.

«Tenemos», piensa Cirello. Pero no eres tú, jefe, quien se está jugando el trasero, soy yo. Soy yo quien se está haciendo pasar por una escoria.

Y además le está pasando factura.

Las salidas a los casinos, la bebida... Todo eso no va con él.

Y a Libby no le gusta. La relación va bien, se está consolidando. Pero últimamente Libby dice que está «distinto», que ha «cambiado».

—¿En qué? —preguntó Cirello cuando ella sacó el tema.

Estaban tomando el *brunch* (porque desde que está con Libby toma el *brunch*; gajes de salir con una bailarina, supone) en el Heights Café de Hicks Street y ella dijo:

—No sé. Pareces un poco distante.

—Estoy justo aquí, Libby.

—¿Adónde vas cuando yo estoy trabajando? —preguntó ella—. ¿Qué haces?

—No sé —respondió Bobby—. Veo la tele, trabajo... No te estoy engañando, si te refieres a eso.

—No, no me refiero a eso —dijo Libby—. Es que pareces, no sé, estresado. Y bebes más que...

—¿Más que qué?

—Más que cuando te conocí.

—Es por el trabajo.

—Cuéntame.

—No puedo —contestó él—. Mira, Libby, ni tú ni yo tenemos un trabajo tradicional, de nueve a cinco, de los de «¿Qué tal el día, cariño? Bien, gracias».

—El mío no es nada misterioso.

—Pues el mío sí —contestó él, y se dio cuenta de que había hablado con más aspereza de la que pretendía—. Tendré cuidado con la bebida. Tienes razón, me estoy pasando un poco de la raya.

—No quiero ser una novia pesada.

—No lo eres. Pero es que...

—¿Qué?

—No me queda otro remedio —dijo Cirello—. Es el trabajo.

—Está bien.

Pero a ella no le gusta y esto está provocando tensiones en la relación. Cirello no quiere perder a Libby. Ahora le dice a Mullen:

—Mire, sé que estamos empezando a hacer progresos. Quiero llegar hasta el final, por supuesto.

—Muy bien, entonces. Te lo agradezco, Bobby.

—Bien —dice Cirello poniéndose en pie—. Dale las gracias a la señora Mullen por el desayuno. Estaba muy rico.

—Se lo diré —dice Mullen—. Ven a cenar uno de estos días. Y trae a...

—Libby.

—Nos gustaría conocerla —dice Mullen—. Y, Bobby, ten cuidado, ¿de acuerdo?

—Sí, claro.

Vuelve a encontrarse con Andrea, hace su informe, recibe su sobre. La semana siguiente, Andrea dice:

—Comprobamos lo que nos contaste.

—Sí, lo sé.

—Nos fue útil.

Andrea le pasa otro papel.

Otros dos nombres.

—¿Es que tienen demasiado trabajo y necesitan más gente o qué? —pregunta Cirello sin tomar el papel.

—¿Qué pasa? —responde Andrea—. No van a morirse, si eso es lo que estás pensando.

—Quiero que me perdonen los intereses.

—Si quieres perdón, ve a ver a un cura —replica Andrea—. Te mandará rezar diez avemarías. Y si no lo haces, te endosará otras diez. Hasta la Iglesia católica cobra intereses.

—Yo soy ortodoxo.

—No estás en la mejor situación para negociar que digamos —contesta Andrea.

Sí que lo estoy, piensa Cirello, porque tu gente prefiere tener en el bolsillo a un detective de la policía, que dinero.

Desliza el papel sobre la mesa, hacia Andrea.

—Búscalos en Google.

Le perdonan los intereses.

Cirello hace averiguaciones sobre los nombres del papel.

Luego le pasan otros; después, indaga acerca de un lugar; a continuación, comprueba ciertos números de placas para ver si son coches de la policía.

Mientras tanto, sigue jugando hasta perder y su deuda sube y baja como un yoyo, pero sigue acumulándose, con intereses o sin ellos. Sigue bebiendo y cada vez parece más lo que se supone que es: un policía fuera de control, inmerso en una espiral descendente.

Mullen continúa recibiendo quejas sobre él: que ha vuelto a presentarse con resaca, que no ha ido a trabajar, que es un engreído, que se sigue dejando ver con un apostador profesional, que se le ha ido la hebra.

El teniente quiere hacerle una prueba de orina, atarlo al polígrafo o, por lo menos, mandarlo al psiquiatra.

Mullen dice que no.

El teniente se pregunta por qué el jefe de Narcóticos defiende a un poli que parece estar a punto de descarrilar.

Libby se pregunta qué ha sido del tipo tierno que era Cirello cuando lo conoció.

Las cosas solo mejoran un poco cuando van a casa de Mullen a cenar. Mullen y su mujer se portan de maravilla, los niños son estupendos, pero Bobby está tenso y ensimismado durante la cena, casi hasta el punto de mostrarse grosero.

Discuten en el camino de vuelta.

—Me cae bien tu jefe —comenta ella.

—¿Sí?

—¿A ti no?

—Sí, claro —responde Bobby—. Bueno, es un jefe.

—¿Qué quieres decir con eso?

—¿Qué? ¿Es que ahora vas a ponerte de su parte?

—No sabía que hubiera partes —dice Libby—. Solo dije que me cae bien.

—Me alegro por ti.

—Jódete, Bobby.

—Eso, que me jodan.

—Sí, claro, porque no hay nada más atrayente que la autocompasión —comenta ella—. Ahora mismo, lo que más me apetece es ir a casa y cogerte.

Cirello sabe lo que está haciendo, sabe lo que le ocurre. Conoce la cruda verdad del trabajo de infiltrado: pasas tanto tiempo fingiendo ser una cosa que al final ya no finges, te conviertes en eso.

Por eso se alegra tanto cuando Andrea le dice:

—Mi gente quiere conocerte.

—¿Dónde van a reunirse? —pregunta Mullen.

—En Prospect Park —contesta Cirello—. En un sitio llamado Erv's, entre Flatbush y Beekman.

—Uno de esos sitios para *millennials* modernos —comenta Mullen—. Cocteles de autor y todo ese rollo.

Cirello ignora cómo sabe su jefe esas cosas, pero Mullen parece saberlo todo.

—La reunión no será allí —añade Mullen—. Te encontrarás allí con Andrea y te llevará a otro sitio. Voy a mandar refuerzos.

—Se lo olerán.

—Mira, no sabemos de qué se trata todo esto.

—No van a matar a un poli de Nueva York —responde Cirello.

—Te pondremos un micro —dice Mullen— y nos quedaremos esperando no muy lejos. Así, si hay algún problema, llegaremos a tiempo.

—No he llegado hasta aquí para echarlo todo a perder ahora.

—No voy a dejarte solo, Bobby —contesta Mullen.

¿Y cómo carajos crees que estoy ahora?, piensa Cirello.

Se encuentra con Andrea en el Erv's.

Lo que dijo Mullen: hípsters haciendo cocteles finos y cafés a la medida.

—No te imaginaba en un sitio como este —comenta Cirello.

—No vamos a quedarnos.

Así que Mullen tenía razón, otra vez. Cirello sigue a Andrea hasta su Lincoln Navigator y sube al vehículo.

—Tengo que cachearte.

—Ahórrate la molestia —contesta Cirello—. Llevo mi arma reglamentaria, una Glock nueve, y no pienso dártela.

—Me refería a un micro.

—Un micro, no jodas.

—Vamos, Cirello.

—Si me pones las manos encima, te rompo la cara contra el parabrisas —replica.

—¿A qué viene ponerse así?

A que llevo un puto micrófono encima, piensa Cirello. Pero es muy pequeño, como le prometió Mullen, tecnología de punta, pegado entre el tacón y la suela de una de las botas Chelsea que lo hizo comprarse Libby. Así que Cirello se calma.

—Está bien, cachéame. Pero si te detienes un segundo más de lo justo en mi paquete, me daré cuenta.

Andrea lo cachea de arriba abajo.

—¿Contento? —pregunta Cirello.

—Y cachondo —responde Andrea.

Pone el coche en marcha y sale a Flatbush.

—¿Adónde vamos? —pregunta Cirello.

—Si te lo dijera, esta estratagema tan ingeniosa no serviría de nada —dice Andrea—. Ya lo verás.

Sigue Eastern Parkway hasta Van Wyck y tuerce hacia el sur.

—¿Vamos a Kennedy? —pregunta Cirello, sobre todo para que lo oiga Mullen.

—Dios santo, eres peor que mis hijos —dice Andrea—. «¿Cuánto falta? ¿Cuánto falta?» No tendrás que hacer pipí, ¿no?

—No me vendría mal.

—Pues te aguantas —responde Andrea mirando por el retrovisor con insistencia.

—No nos viene siguiendo nadie —dice Cirello—. A menos que nos esté siguiendo tu gente. Y si es así, te reviento la cabeza, Mike.

—Relájate.

Llegan a Kennedy y Andrea se mete por el carril de entrega de Dollar Rent-A-Car.

—¿Dollar? —pregunta Cirello para que Mullen sepa dónde está—. ¿No Hertz? ¿Ni siquiera Avis? ¿Tan mal les va, chicos?

—Vamos.

Cirello sale del coche y lo sigue hasta un lugar de estacionamiento ocupado por otra Lincoln.

—Sube adelante —ordena Andrea.

Él se sienta al volante. Cirello sube al coche.

El aeropuerto Kennedy es un buen sitio para reunirse. Desde el 11 de septiembre, solo el Departamento de Seguridad Nacional puede llevar a cabo labores de escucha en los alrededores del aeropuerto, y al Departamento de Seguridad Nacional le importa un pito la mafia. Y con tanto ir y venir de aviones, da igual que lleve un micro en la bota. Mullen no va a oír nada. Estará cagándose justo ahora.

No, si algo sale mal, estás solo.

A no ser que al jefe le entre el pánico y se presente con toda la caballería, cosa que Cirello espera que no haga.

Demasiado trabajo para tirarlo por la borda.

Aun así, no le gusta ir sentado en el asiento del copiloto, la «silla eléctrica italiana». Te pegan dos tiros en la nuca, se suben a otro coche de alquiler y caso cerrado. Ya se imagina a Andrea en el interrogatorio: «Un poli corrupto. Me pidió que lo llevara al aeropuerto. Yo qué sé de lo que pasó después».

Por eso ahora pregunta:

—¿Puedo darme la vuelta?

El tipo sentado detrás contesta:

—Bueno, se supone que esto iba a ser un cara a cara.

Cirello se gira.

Es un puto mocoso: entra en tu tienda a comprar cervezas y seguro que le pides identificación.

Pelo castaño y barba castaña. Cara ancha de pómulos altos. Chamarra de cuero bien ceñida sobre el pecho y los hombros musculosos.

Se parece a su abuelo, Johnny Boy.

Johnny Boy Cozzo fue el último gánster de la vieja escuela. No se declaró culpable, no pidió reducción de condena, fue a juicio (dos de los jurados lo declararon inocente) y no delató a nadie cuando finalmente lo condenaron a cadena perpetua sin posibilidad de libertad condicional.

Murió de cáncer de garganta en una prisión federal.

Ahora se hacen películas sobre él.

Cirello sabe bastante de historia de la mafia. Sabe que fue Johnny Boy quien quebrantó el mandamiento de «si traficas con drogas, mueres», impuesto por la familia Cimino, y empezó a importar cocaína de México. Para hacerlo mató a su jefe, ocupó su puesto y la familia Cimino ganó millones con la coca.

Hasta que Giuliani y los suyos desbancaron a los Cimino y al resto de las Cinco Familias, que ahora, como suele decirse, no son ni la sombra de lo que fueron. Y la orden de «drogas no» vuelve a estar en vigor, impuesta por el hijo de Johnny Boy, Junior, porque, ante la posibilidad de una larga condena en prisión, la gente cantaba de lo lindo.

Y sin embargo aquí está ahora este otro John Cozzo, sentado junto a Steve DeStefano en la parte de atrás de un coche.

—¿Sabes quién soy? —le pregunta a Cirello.

—¿Tú no lo sabes? —replica Cirello—. ¿Tienes amnesia o qué?

—Vaya, el tipo se hace el gracioso —dice Cozzo—. Pues hazte un favor y no dejes tu trabajo. Soy John Cozzo. Y sí, era mi abuelo. La gente me llama Jay.

—¿Qué estamos haciendo aquí, Jay?

—Has estado chingando aquí a mi amigo Steve.

Cirello lleva todavía su arma, pero, retorcido como está en el asiento, es imposible que pueda alcanzarla antes de que alguno de ellos le pegue un tiro. Y por el rabillo del ojo ve que Andrea se lleva la mano a la pretina de los pantalones.

Si de verdad quieren liquidarme, piensa Cirello, soy hombre muerto.

—¿Tu tío sabe que estás aquí? —pregunta.

—¿Qué pinta en esto mi tío?

—¿Junior no tenía cierta regla acerca de no traficar con drogas?

—Ahora solo hay una regla —responde Cozzo—. Ganar dinero. Si ganas lo suficiente, las normas las pones tú. Eso me lo enseñó mi abuelo. Yo me parezco más a él que mi tío, sin ánimo de faltarle al respeto.

—No, claro.

Claro que no. A Junior todo mundo le falta al respeto. Hasta su gente lo llama el Príncipe Payaso y Urkel. Casi ha arrasado con lo poco que quedaba de la familia. Y ahora uno de sus capos se ha pasado de listo y se ha conchabado con su sobrino el traficante.

—Bonito pendejo estás hecho —dice Cozzo—. Le sacas siete de los grandes a la semana a uno de los míos y no pagas tus deudas.

—Se las cobraron en especie.

—Por eso quería verte en persona —dice Cozzo—. Mirarte a los ojos, ver lo que compré.

—Alquilaste, más bien.

—Lo que usted diga, detective —responde Cozzo—. Ahora soy el accionista mayoritario del negocio de Steve. Y, teniendo en cuenta el nuevo acuerdo, creo que ya no necesitamos pagar para que nos protejas. La cuestión ahora es si tenemos que matarte o podemos hacer negocios.

—Ya estábamos haciendo negocios —dice Cirello, intentando que no se le note el miedo en la voz.

—Verás, cuando dije que te había comprado, me refería a eso exactamente —dice Cozzo—. Bucci le vendió tu pagaré a Mike, y Mike me lo vendió a mí. Y no se admiten devoluciones.

Quiere algo, piensa Cirello, y lo quiere con ansia. Si no, ya habría dejado de hablar y Andrea habría apretado el gatillo.

—¿Y si yo rompiera el pagaré? —pregunta Cozzo—. ¿Qué conseguiría con eso?

—¿El capital y los intereses, quieres decir?

—El capital y los intereses.

—¿Qué quieres? —pregunta Cirello.

Aquí era donde quería llegar, para esto se ha esforzado tanto.

—Me estoy planteando hacer un negocio importante con cierta persona —dice Cozzo—. Y necesito saber que todo va a ir como seda. Escúchame bien, Cirello, voy a devolver a mi familia al lugar que le corresponde. Ese negocio es una pieza clave para mi proyecto y no puedo cagarla.

—¿Me estás hablando de heroína?

—Eso no te hace falta saberlo —responde Cozzo.

—Sí le hace falta, Jay —dice Andrea—. Así sabrá dónde tiene que mirar.

—¿Ah, sí? —pregunta Cozzo.

—Sí —dice Cirello—. Hay distintas unidades en Narcóticos. Hay una fuerza especial dedicada a la heroína, por ejemplo. Y luego hay distintas comisarías...

—Heroína, sí —dice Cozzo—. Necesito información, a nivel local, estatal, federal...

—Yo puedo hablarte de la policía de Nueva York —dice Cirello—. A la policía del estado y la DEA no tengo acceso.

—Pues consíguelo.

—Eso, si es que puedo hacerlo, va a costarte algo más —contesta Cirello.

—Hijo de puta avaricioso.

—No puedo ir con las manos vacías —dice Cirello—. La policía del estado es una cosa, pero los putos federales…

—¿Cuánto?

—Cincuenta mil, quizá. En metálico.

—¿Qué carajos…?

—Es el precio de hacer negocios, Jay —dice Andrea.

—¿Y tú cuánto vas a llevarte? —pregunta Cozzo—. ¿Quince mil de comisión?

—Más bien veinte, calculo yo —responde Cirello—. Yo también tengo que vivir.

—Que jugar, querrás decir.

—Es lo mismo.

Cozzo se lo piensa unos segundos y luego dice:

—Te daré esos cincuenta. Tú consígueme la información. Pero que conste que esto tiene garantía, Cirello: tu puta vida. Me da igual que seas poli o no. Si sale mal, te mato.

—¿Sobre quién tengo que informarme?

—Eso te lo dirá Mike —responde Cozzo abriendo la puerta—. Que tengan buen viaje. Y, Cirello, recuerda lo que te dije.

DeStefano y él salen del coche.

Cirello los ve acercarse a otro vehículo, subir a él y arrancar.

En el camino de vuelta, le pregunta a Andrea:

—¿Junior no va a molestarse por esto?

—A Junior le cuesta más conseguir ingresos que a un viejo mear —dice Andrea—. Yo tengo hijos en la universidad. ¿Tú sabes lo que cuesta eso hoy en día? No quiero tener que sacarlos, bastante complicado lo tienen ya.

—¿Confías en Cozzo, ese imberbe?

—¿Confiar? —dice Andrea—. Eso sí que tiene gracia.

—¿A quién tengo que investigar?

A un negro del este de Nueva York, le dice Andrea.

De nombre Darius Darnell.

3

Victimville

Cuando se abran las puertas de la prisión, el verdadero dragón saldrá volando.

—Ho Chi Minh

Eddie ve el cuchillo y comprende que es hombre muerto.

Cruz viene por el pasillo con un *pedazo* —una hoja de afeitar fundida con el mango de un cepillo de dientes— a la altura de la cadera y una sonrisa en la cara. Hace tiempo que quiere cargarse a Eddie y parece que por fin la Eme le ha dado luz verde.

Eddie se maldice a sí mismo porque no tiene ningún arma, salvo los puños, y esto no debería haberle tomado desprevenido.

Caro se la ha jugado, y ahora Cruz se le va a echar encima, y no hay forma de salvarse.

Fue distinto cuando llegó a Victorville.

Entró en el patio hace siete meses con el respaldo de Rafael Caro y enseguida le presentaron a Benny Zúñiga, el *llavero* de la Eme, el mandamás de la prisión. Zúñiga llevaba desde siempre haciendo de *mesa* en Victorville: veinticinco años ya de una sentencia de treinta años a perpetuidad.

Daba las órdenes dentro y fuera, en las calles.

Así que para Eddie fue un espaldarazo definitivo que Zúñiga lo saludara personalmente mientras hacía pesas.

—Me han hablado bien de ti —dijo Zúñiga.

—Lo mismo digo —contestó Eddie, ahogando un suspiro de alivio.

Keller había limpiado su expediente, pero nunca se sabía. Quizá Zúñiga le hubiera pedido a uno de sus hombres que mirara con detenimiento sus papeles.

La celda era algo mejor que la de Florence —cuatro metros por uno ochenta—, pero tenía que compartirla con otro tipo. A Eddie no le importó; el número de reclusos superaba en un 50 por ciento la capacidad máxima de la cárcel y muchos *vatos* dormían de tres en tres (el más débil, en el suelo).

Había una litera, un escusado y un lavabo de acero inoxidable, y una mesita con un taburete remachado al suelo.

Y aire acondicionado, además, notó Eddie.

Comparado con Florence, aquello era un puto hotel de lujo.

La primera vez que Eddie Ruiz entró en su celda, había un *vato* joven —flacucho, alto y con la cabeza rapada— sentado en la litera de abajo. Lo miró con nerviosismo.

—Hola —dijo—. Soy Julio.

—¿Qué carajo estás haciendo, Julio?

—¿Qué quieres decir?

—Digo —contestó Eddie— que qué carajo haces en mi cama.

—Pensé que a lo mejor preferías la de arriba —contestó Julio.

—¿Quién te ha dicho que pienses? —preguntó Eddie.

Julio se trepó a toda prisa a la litera de arriba.

—¿Te habló Zúñiga de mí? —preguntó Eddie.

—Tengo que hacer lo que me mandes —contestó Julio—. Limpiar la celda, lavarte la ropa, ir al economato… Lo que quieras…

Eddie notó que el chico lo miraba raro.

—Tranquilo —dijo—. A mí no me van esos juegos. Ni soy tu papá ni tú eres mi puta. Cuando quiera un coño, tendré un coño de verdad. Pero eres mi compañero de celda, así que nadie se meta contigo. Eso no me dejaría en buen lugar. Si alguien te molesta, acude a mí, a nadie más, ¿entendido?

Julio asintió, aliviado.

—¿Para quién trabajas? —preguntó Eddie.

—Ahora para la Eme.

—Si esto va bien —dijo Eddie—, hablaré en tu favor.

—Gracias.

—Tiende mi cama.

Esa noche, en el comedor, Eddie se sentó en la mesa presidencial, con Zúñiga y los otros mandamases.

—Esta es una prisión mexicana —comentó Zúñiga—. Hay unos doscientos *güeros*, la mayoría de ellos de la Hermandad Aria, quinientos *mayates* y mil hermanos de la frontera. Unos trescientos son *norteños*, pero los demás están bajo control. El director es mexicano y la mayoría de los guardias también. Aquí mandamos nosotros.

—Es bueno saberlo.

—No es como en el estado —dijo Zúñiga—. Aquí colaboramos con los *güeros* y nos peleamos con los *norteños*, pero todos odiamos a los negros. Hasta los guardias odian a los negros. O sea, *todo el mundo* contra los *mayates*.

—Entendido.

La Eme, la mafia mexicana, se formó en los años cincuenta, pero entonces era solo una banda del sur de California, de *sureños*, compuesta principalmente por reclusos de Los Ángeles y San Diego que maltrataban a sus primos, los jornaleros de las zonas agrícolas del norte del estado.

Así que, para defenderse, los del norte formaron Nuestra Familia y casi treinta años después la enemistad entre *sureños* y *norteños* era más violenta que entre las otras razas. De hecho, la Eme —que dirigía a las diversas bandas de *sureños*— mantenía una estrecha alianza con la Hermandad Aria.

Los morenos odiaban a otros morenos más que a los blancos.

La Eme, la Hermandad Aria y la Black Guerrilla surgieron cuando se eliminó la segregación en las cárceles y las distintas razas tuvieron que convivir en los mismos patios y las mismas galerías. Siendo como es la gente, enseguida empezaron a matarse unos a otros y a formar bandas para defenderse. Cuando los presos salieron, llevaron esas mismas bandas a las calles, poniendo en marcha una puerta giratoria cuyo movimiento nunca cesaba.

Y lo mismo sucedió con las grandes bandas centroamericanas.

A finales de los ochenta, muchos salvadoreños, hondureños y guatemaltecos empezaron a escapar del infierno en el que se habían convertido sus países y a emigrar a California. Sin trabajo, formación ni contactos, muchos de esos jóvenes acabaron en las cárceles, donde no eran negros ni blancos, ni *norteños* ni *sureños*.

Estaban jodidos, sin más.

Los mexicanos, los negros, los arios los prostituían, les robaban, los enganchaban al pico, los extorsionaban. Fue un buen negocio al principio. Luego, sin embargo, sucedió algo completamente inesperado.

Resultó que algunos de aquellos tipos eran gente dura de pelar: excombatientes del ejército o de las guerrillas que habían participado en las guerras civiles de sus países y que decidieron organizarse y luchar.

Un salvadoreño al que apodaban el Flaco Stoner fundó Wonder 13, una banda a la que pronto se conoció como Mara Salvatrucha. Una antigua banda de los años cincuenta llamada 18th Street resucitó bajo el nombre de Calle 18 y pronto ambas organizaciones pasaron a ser las más violentas del sistema penitenciario. Algunos *mareros* estaban como putas cabras; habían hecho auténticas barbaridades en las guerras de sus países —cortar cabezas, abrir en canal— y dieron rienda a su locura en prisión.

Hasta la Eme los rehuía.

Y, como había sucedido antes, los que salieron en libertad se llevaron sus bandas consigo y montaron *clicas* de Mara Salvatrucha y Calle 18 no solo en Los Ángeles y otras ciudades de Estados Unidos, sino también en San Salvador, Tegucigalpa y la ciudad de Guatemala.

Eddie se parte el culo de risa cuando oye a políticos ignorantes como ese tarado de John Dennison decir que van a mandar a las bandas «al sitio de donde vinieron».

Fueron *hechas en Estados Unidos*.

Made in the USA.

Y las autoridades penitenciarias nunca se propusieron seriamente frenar la violencia en las cárceles. Más bien al contrario: preferían que los presos se pelearan entre sí en vez de enfrentarse a los guardias.

Qué carajo, necesitaban que las bandas controlaran la prisión.

Que mantuvieran la disciplina y el orden.

Y además, qué más daba que un montón de basura blanca, frijoleros y negrillos se mataran entre sí, ¿no?

—¿Qué clase de trabajo quieres hacer? —pregunta Zúñiga.

Eddie no lo sabe. No ha trabajado en su puta vida. No sabe hacer nada, como no sea traficar y matar gente, y en Florence se dedicaba básicamente a jalársela.

—No sé. ¿En la cocina?

—La cocina no te conviene —dice Zúñiga—. Allí hay que trabajar en serio. Te conviene más vigilar pasillos.

—¿Voy a ser un puto conserje?

—*Tranquilo*. El trabajo lo hará tu compañero.

Así que Eddie pasó a formar parte del personal interno destinado a labores de conserjería, y se dedicó a contemplar cómo unos cuantos gañanes fregaban los suelos y limpiaban los baños. Se instaló en la odiosa monotonía de la cárcel. Una monotonía distinta a la de Florence, pero monotonía al fin y al cabo.

No se «casó» —no se integró oficialmente a la Eme—, pero su estatus como hombre del cártel le confería el prestigioso rango de *camarada* y con eso era suficiente. Aunque no se hizo el tatuaje de la mano negra, fue aceptado en la *clica*: el sanctasanctórum.

Y vivía conforme a *las reglas*, las estrictas normas que la Eme había establecido para sus miembros en prisión.

Ni peleas con otros miembros de la banda.

Ni chivatazos.

Ni cobardía.

Ni drogas duras.

Se podía beber, se podía fumar un poco de *yerba*, pero la *chiva* ni tocarla, porque un yonqui no es de fiar ni sirve para nada en una pelea.

Y nada de «beisbol»: o sea, nada de mariconadas.

Podían prostituir a otros reclusos: venderlos para chupar pitos o que se dejaran culear por los arios, por ejemplo. Si eras una «nena», un puto, si no querías o no podías pelear, Zúñiga o los demás te alquilaban, pero los *carnales* o *camaradas* de la Eme tenían prohibido usar tus servicios. Eso era para patanes blancos o *mayates*, no para mexicanos orgullosos y machotes, no para hombres de *la raza*.

Ni hacías eso, ni te metías en los asuntos de otros miembros. Y desde luego tampoco le faltabas al respeto a sus *rucas* o sus novias, no las mirabas con deseo en la sala de visitas, ni, cuando salías, te metías con la mujer de otro miembro de la banda.

Si incumplías alguna de esas *reglas*, pasabas a formar parte de una lista en la que nadie quería estar. Hacían falta los votos de tres miembros de pleno derecho para que tu nombre figurara en *la lista*, pero en cuanto aparecía en ella podías darte por muerto.

Era todo muy estricto, pero Eddie entendía el porqué. Necesitaban *las reglas*, necesitaban disciplina para conservar su dignidad y su respeto por sí mismos en un lugar que estaba ideado para despojarlos de ambas cosas.

Las reglas hacían que te mantuvieras fuerte cuando querías darte por vencido.

Un día volvió del patio de ejercicio y, al entrar en la celda, encontró a Julio haciendo aguardiente «claro».

El chico peló un trozo de cable y lo metió en el «aguijón», una cubeta de plástico llena de vino fuerte y añejo colocada en el suelo de la celda. Luego metió el otro extremo del cable en un enchufe de la pared.

El vino empezó a calentarse.

Tardó un rato, pero el alcohol se destiló por fin y, convertido ya en un licor el doble de fuerte que el típico aguardiente carcelario, pasó a otra cubeta a través de un trozo de manguera de goma.

Julio le ofreció un trago.

—Está bueno —dijo Eddie.

Julio se encogió de hombros.

—Claro que está bueno. Soy el mejor aguardentero de Victimville, por lo menos de los mexicanos.

Eddie estaba en el patio, esperando su turno para usar las pesas, cuando se le acercó Zúñiga.

—Me estaba preguntando si podrías hacerme un favor, *compa*.

—El que quieras —dijo Eddie, confiando en que no fuera nada muy duro.

Si lo pescaban allí por asesinato, ya podía despedirse de su trato con los federales: no volvería a salir. Pero no podía decirle que no al *mesa*, así que se limitó a esperar.

—Acaba de llegar un tipo —dijo Zúñiga—. Uno de los nuestros. Va por ahí diciendo que lo agarraron por robo a mano armada, pero un blanco de la oficina echó un vistazo a su expediente y resulta que es un *chester*.

Un pederasta, pensó Eddie. Un empleado blanco de administración ha dado con su verdadero expediente y se lo ha pasado a los mexicanos para que se ocupen de él. Es la norma: los blancos castigan a los blancos, los negros a los negros, los morenos a los morenos.

Así funciona la retorcida justicia carcelaria. Un tipo de una raza no puede ponerle la mano encima a otro de una raza distinta. Si un blanco tocara al pederasta mexicano, los mexicanos primero tendrían que darle una paliza al blanco —lo que desencadenaría un ciclo interminable de represalias— y luego tendrían que darle otra al pederasta. Así que en cierto modo tiene sentido: los blancos dejan el asunto en manos de los mexicanos para que se encarguen ellos.

Hay que mantener la disciplina; es lo que se espera. Si Zúñiga no hiciera nada sabiendo que tiene a ese maricón en su patio, le perderían todo el respeto. Se lo perderían a la *raza* entera si se supiera que no ponen en su sitio a un *vato* así.

—Me preguntaba si podrías echarle el perro —dijo Zúñiga.

—No hay problema —contestó Eddie, aliviado por que solo fuera una paliza—. Carajo, si quieres que me lo cargue…

—No, bastará con una chinga —dijo Zúñiga—. Lo quiero fuera de mi patio.

Y quieres ver si soy de fiar, pensó Eddie. Tienes doscientos güeyes a los que podrías encargarles esto, pero quieres ponerme a prueba.

Okey.

Y quieres que lo haga a la vista de todos, pensó Eddie.

Que dé espectáculo.

—Pasarás una temporadita en aislamiento —dijo Zúñiga—, pero no presentarán cargos contra ti.

—Estuve en Florence —contestó Eddie—. Y allí todo era aislamiento. Además, yo también tengo hijos.

—Respeto, *mano.*

Zúñiga le dio el nombre y se alejó.

Para qué esperar, se dijo Eddie, y a la mañana siguiente, en el desayuno, se sentó a escuchar al pederasta, que estaba en otra mesa, con otros piojosos como él, jactándose de cómo sacó la pistola y se le encasquilló y por eso los polis le echaron el guante, y Eddie pensó: ¿Pero quién es este pendejo?

Y cuando el tipo se levantó de la silla, Eddie también se levantó de la suya y en el instante en que el tipo venía hacia él le lanzó la charola a la garganta como si fuera un hacha y el tipo se habría desplomado como un árbol talado de no ser porque Eddie soltó la bandeja, lo agarró por la pechera y empezó a darle puñetazos en la cara, *bam, bam, bam, bam*, cuatro seguidos, y luego lo lanzó al suelo, se echó encima de él y siguió sacudiéndolo hasta que se le cansaron los brazos. Entonces empezó a darle rodillazos en los costados y la entrepierna y a machacarle la cara con los codos y los antebrazos.

Eddie sintió que empezaba a quedarse sin fuerzas, pero los guardias —que también tenían hijos— no parecían tener especial prisa por ir a separarlos y los demás presos gritaban y aullaban entusiasmados —¡chíngatelo, *ese*! ¡dale más fuerte!— y el tipo gemía y lloraba y sangraba y le suplicaba a Eddie que parara, pero Eddie conocía las normas —no pares hasta que los separen los monos—, así que siguió moliéndole la cara al tipo hasta que notó que lo agarraban por la parte de atrás de la camisa y solo entonces dejó que lo levantaran mientras los demás lo aclamaban a gritos.

El *chester* estaba acurrucado en el suelo, pero Eddie le lanzó otra patada a los huevos y le dio un pisotón en la rodilla. Vio que Zúñiga inclinaba la cabeza, complacido, y que uno de los mandamases de la Hermandad Aria también le hacía un gesto de respeto al salir.

En la audiencia disciplinaria, el funcionario de prisiones encargado del caso le preguntó qué había motivado la pelea y Eddie contestó:

—Con todo respeto, señor, usted ya sabe qué la motivó. Han intentado ocultar el expediente de ese tipo con una tapadera absurda, pero ya saben que eso aquí no va a servir.

El funcionario lo condenó a pasar treinta días en aislamiento y Eddie renunció a su derecho a apelar.

¿Qué carajo iba a decir en su descargo? Había un video de la agresión y, además, él no negaba lo que había hecho, se enorgullecía de ello. Se corrió la voz de que Eddie Ruiz no solo era un capo del narco, también era un tipo duro por derecho propio y aliado de la Eme.

Las autoridades no imputaron a Eddie por agresión, el pederasta se rehusó a denunciarlo y fue puesto bajo custodia especial, lejos del patio de Zúñiga, y Eddie cumplió sus treinta días como un hombre.

La Eme, además, cuidó de él mientras estuvo en el agujero. Le hacía llegar sándwiches y pastelitos a través de un guardia al que tenía a sueldo y que una vez hasta le llevó una botella del aguardiente de Julio, de modo que Eddie pudo quedarse allí sentado y emborracharse a sus anchas.

Eddie compartió el aguardiente con su compañero en la unidad de aislamiento, Quito Fuentes, un antiguo narco mexicano que estaba cumpliendo cadena perpetua por su papel en el asunto de Hidalgo, allá por el 85. Por lo visto, el cabrón de Art Keller lo había metido literalmente a través de la valla fronteriza para poder detenerlo en Estados Unidos.

Quito no iba a salir de prisión mientras viviera y los monos lo arrojaban al agujero cada vez que tenían oportunidad porque había matado a un poli y eso nunca lo olvidaban. Para entonces era ya un demente que se pasaba la vida farfullando cosas sin sentido. Conversaba casi continuamente con algo o alguien a quien llamaba «el gotero de miel», y Eddie se alegró de poder emborracharlo, a ver si así se callaban un rato él y el gotero de miel.

Pero el cabrón de Keller, ¿eh?

¿A través de la puta valla?

Le pareció que no había pasado tanto tiempo cuando un mono abrió la puerta y dijo:

—Ruiz, te toca volver a la gran vía.

—Oye, Quito —dijo Eddie—, dale recuerdos al gotero de miel, ¿de acuerdo?

—El gotero de miel dice que buena suerte.

—¿Quién es el gotero de miel? —preguntó el mono mientras acompañaba a Eddie a su unidad.

—¿Y yo qué carajos sé?

Cuando volvió a su celda, estaba limpia y ordenada y Julio lo estaba esperando como un jodido mayordomo.

—Bienvenido a casa.

—Gracias por el aguardiente.

Julio casi se sonrojó.

—Tenemos que hablar de eso —dijo Eddie—. Hay que sacarle ganancia. ¿Cuánto se puede pedir por el chupe?

—Cincuenta billetes por una botella de agua de medio litro.

—Le pediré permiso a Zúñiga —dijo Eddie—. Pondremos en marcha el negocio y podrás quedarte con el veinte por ciento.

Eddie se acercó a la celda del *mesa*: un «baño de pájaros», una celda al final de la galería de la planta baja. Había tres emes con él, pero Zúñiga le indicó a uno que se levantara para que Eddie pudiera sentarse en el banquillo.

—Gracias por las golosinas —dijo Eddie.

Zúñiga asintió con un gesto.

—Oí que te tenían con Quito. ¿Cómo está?

—Zafado. Totalmente volado.

—Es una lástima.

—Quiero vender aguardiente —dijo Eddie.

Zúñiga se rio.

—El tal Julio sabe cocinar, ¿eh? Eso es morralla. Ve con Dios.

Eddie se fue y montó su negocio vendiendo aguardiente.

El aguijón propiamente dicho, como una buena masa madre, nunca se tocaba. Estaba cuidadosamente escondido detrás de la pared de un pequeño desván. Solo lo sacaban cuando llegaba el momento de preparar otra tanda de aguardiente.

Eddie montó también otros negocios.

En su galería había dos «nenas», uno de ellos una auténtica vestida, con rímel, labial y larga melena rizada.

Eddie buscó a su «papi».

—Ahora trabajan para mí —le dijo.

El tipo se acobardó, no dijo ni esta boca es mía, pero ¿qué iba a hacer? Eddie tenía la bendición de la Eme.

Se lo llevó aparte.

—¿Cómo te llamas?

—Martina.

—Bueno, Martina, pues ahora yo soy tu papi —dijo Eddie—. Si encuentro a alguien que contrate tus servicios a largo plazo, bien. Si no, irás de mano en mano. Puedes quedarte con un tercio, el resto es para mí. Y si no te parece bien, te entrego a los negros para que te rifen. Pero antes te rompo la cara y te dejo tan fea que tendrán que tapártela con una almohada mientras te la meten.

Martina no puso ninguna objeción.

Ni tampoco el otro puto, un tipo delgaducho llamado Manuel.

—Ahora te llamas Manuela —dijo Eddie—. Y tendrás que arreglarte un poco. Rasúrate, por amor de Dios, y a ver si te consigo un poco de maquillaje, chingado.

Eddie encontró a un preso mayor, condenado a cadena perpetua, y le arrendó a Martina por seis meses a cambio de un tercio de su cuota del economato. A Manuela la alquilaba a ratos a cambio de tabaco y sellos que podía vender a buen precio.

O, mejor dicho, era Julio quien los vendía, porque Eddie lo puso a cargo del menudeo.

Y de la destilería.

Sobornó a un guardia para que lo dejara usar un rincón de un almacén para esconder el aguijón y puso a cocinar al chico cada vez que podía. Cuando no estaba cocinando aguardiente, Julio andaba por ahí vendiendo botellas.

Nunca a cambio de dinero contante y sonante.

Siempre por sellos, tarjetas telefónicas y boletos del economato.

Ahora, Eddie bebe un trago de una nueva tanda de aguardiente y se figura que la vida es buena.

Aunque se moría de ganas de coger.

Se llamaba Crystal y era basura blanca de pura cepa, de Barstow.

Unos treinta años, poco más o menos, nada fea. Pelirroja, pecosa, nariz y boca finas, figura de bolo: las tetas pequeñas, el culo gordo.

Ser guardia de prisiones fue el mejor trabajo que pudo encontrar.

Pagaban mejor que en Costco.

Y además tenía seguro médico.

Crystal tragaba mucha mierda en V-Ville. Los guardias mexicanos le hacían ver su suerte porque pensaban que deberían haberle dado el trabajo a una latina y no a una blanca rústica como ella. Y los presos la miraban como si quisieran tirársela.

Eddie no.

Eddie la trataba con respeto, le hablaba como a un ser humano, la miraba a los ojos como si hubiera algo detrás de ellos. Todo el tiempo, claro está, pensando en cogérsela, aunque procurara disimularlo porque sabía que a las mujeres eso no les gusta.

Después sí, pero no al principio.

—¿Sabes cuál es la parte más sensible de una mujer? —le preguntó Eddie a Julio—. Las orejas.

—Eso he oído. —Julio sacó la lengua e hizo el gesto de lamer.

—No, idiota —dijo Eddie—. Me refiero a que hay que hablarles. Y luego, el que tiene que usar el oído eres tú. Hay que escuchar. Si quieres que una mujer se ponga cachonda, escúchala.

Así fue como empezó con Crystal. Pequeñas cosas al principio, literalmente «hola» y «¿qué tal?», y luego, una semana después, «hoy está usted muy guapa, guardia Brenner». Si ella tenía que mover unas cajas, allí estaba Eddie para ayudarla. Si necesitaba limpiar un sitio a toda prisa, Eddie se ofrecía voluntario aunque en su vida hubiera agarrado un trapeador.

Un día que pasó por su lado en el corredor, ella parecía disgustada. Tenía los ojos un poco hinchados.

—¿Se encuentra bien, guardia Brenner? —preguntó Eddie.

—¿Qué?

—¿Se encuentra bien?

—Siga circulando, Ruiz —contestó ella, pero no se movió. Luego dijo—: A veces este sitio… no sé… te hace polvo.

—Dígamelo a mí.

—Sí, claro, tú ya lo sabes.

—No, lo digo en serio: dígamelo —dijo Eddie—. Si alguien le está dando problemas…

Crystal se rio.

—¿Qué? ¿Es que vas a solucionarlo?

—Sí, puede.

Ella se quedó mirándolo un rato.

—No, es solo que, ya sabes, los otros guardias… Primero, porque soy mujer, y encima blanca. Sin ánimo de ofender, Ruiz.

—Sé a qué se refiere —dijo él—. Yo, cuando vivía en Texas, era «mexicano», y cuando vivía en México era un *yanqui*. Mire, lo de los guardias no puedo arreglarlo pero, si algún preso le da problemas, dígamelo.

—De acuerdo.

—Lo digo en serio.

—Lo sé —contestó ella—. Mira, será mejor que cada uno siga a lo suyo.

Eddie sonrió.

—Confraternización.

—Aquí está mal vista.

Al día siguiente, Eddie se acercó a otro preso de su galería.

—Ortega, hazme un favor.

—¿Qué quieres?

Eddie se lo dijo.

—¿Qué gano yo? —preguntó Ortega.

—¿Una botella de aguardiente?

Al día siguiente, Crystal vio a Eddie en el pasillo que supuestamente estaba fregando. Parecía preocupada.

—¿Qué ocurre? —preguntó Eddie.

Crystal vaciló.

—Vamos, a mí puede contármelo.

—Un preso del ala C, Ortega —dijo Crystal—. Me está haciendo la vida imposible. Cada vez que tengo que pasar lista, se me pone bravo. A la hora de cerrar las celdas, se queda en la puerta, me mira, murmura cosas. No quiero dar parte, pero…

—Hablaré con él.

—¿Sí?

—Sí.

Dos días después, Crystal se acercó a Eddie cuando salía del comedor.

—¿Qué hiciste?

—Hablar con él, nada más —dijo Eddie—. ¿Ya está todo bien?

—Sí. Gracias.

—De nada —respondió Eddie y luego, jugándosela a medias, añadió—: *Mamacita*.

Al día siguiente, cuando se cruzaron en el corredor, no le dijo nada pero le metió una hojita de papel en el bolsillo del uniforme. En ella había escrito

Pienso en ti. Era un gran riesgo. Si Crystal daba parte, volverían a meterlo en el agujero.

Cuando volvieron a verse ese mismo día, ella tampoco le dijo nada, pero le puso un trozo de papel en la mano. Eddie esperó a estar en su celda para sacarlo y vio que decía *Yo también pienso en ti.*

Eddie comprendió entonces que la tenía donde quería. Ya no era solo una posibilidad. Solo quedaba concretar el momento y el lugar.

Obtuvo la respuesta a esos interrogantes a la mañana siguiente, cuando pasó delante de ella en el corredor.

—En la capilla —le susurró Crystal—. Al fondo.

A Eddie le dio de pronto por la religión.

Entró en la capilla, que estaba vacía a esa hora de la mañana, y rodeó el altar, en cuya parte de atrás había un pequeño pasadizo. Crystal estaba esperándolo. Dijo exactamente lo que imaginaba él que diría:

—No podemos hacer esto.

Eddie, por su parte, respondió exactamente lo que tenía previsto decir:

—No podemos dejar de hacerlo.

La atrajo hacia sí y se besaron. Luego le dio la vuelta, la empujó contra la pared y le bajó los pantalones. Se bajó la bragueta, se sacó la verga y se la metió. Crystal se vino antes que él, lo que le sorprendió. Acabó, se subió la bragueta y la hizo girarse.

—¿Y ahora qué? —preguntó ella.

Más de lo mismo, fue la respuesta.

Mantenían encuentros fugaces, sudorosos, jadeantes en la capilla y los almacenes. Cruzaban sonrisas y miradas furtivas en los pasillos, se pasaban notitas. Era divertido, era peligroso y Eddie sabía que eso era lo que de verdad ponía cachonda a Crystal: el sexo peligroso con un tipo peligroso. El sexo fue mejorando. Él le enseñó un par de cosillas que en Barstow eran desconocidas.

Zúñiga miraba más allá de los hombres uniformados que se paseaban por el patio, jugaban al basquetbol, levantaban pesas o permanecían de pie sin hacer nada. Miraba más allá de la valla, de las espirales de alambre de púas, de las torres, hacia el desierto vacío.

—¿Para qué hacemos esto, Eddie? —preguntó mientras se oía el estrépito de las pesas de hierro al chocar con los soportes metálicos—. Me he pasado casi toda la vida en sitios como este. Nunca saldré de aquí, como no sea para ir a un lugar peor. Tengo millones de dólares, pero lo máximo que puedo gastar son los doscientos noventa dólares mensuales de mi cuenta del economato, que uso para comprar fideos y galletas. Comida de niño, no de un hombre hecho y derecho. Tengo mujer, hijos, nietos a los que veo un par de horas al mes. De vez en cuando me cojo a alguna guardia un poco zorrita, me acuerdo de cómo huele su pelo, pero la peste de los hombres la tengo metida día y noche en la nariz. Puedo ordenar que alguien viva o muera, pero tengo que hacerme pajas. Y aun así sigo haciendo negocios. ¿Por qué será?

—No lo sé.

Eddie sabe, en cambio, que tiene que encontrar a un negro.

Caro le pidió ese favor, él le dijo que sí y a un tipo como Rafael Caro no se le falla porque, si lo haces, es seguro que acabarás con una faca en el ojo en el patio de cualquier cárcel de Estados Unidos o México.

Y, además, Caro dijo que iban a ganar millones.

Nadie pensaría que encontrar a un negro en la cárcel sería difícil, pero los morenos no se relacionan con los negros y, si lo hacen, conviene que sea por un buen motivo.

Eddie recurrió a Crystal.

—Necesito que mires unos papeles, nena.

—Eddie, si me pescan…

—Pues que no te pesquen —dijo Eddie—. Vamos, una guardia echando un vistazo a los expedientes… ¿Qué problema hay?

Le dijo lo que le hacía falta. Era bastante concreto: un negro de Nueva York condenado por tráfico de drogas pero que estuviera a punto de salir. Crystal tardó una semana, pero dio con él: Darius Darnell, alias DD. Treinta y seis años, sentenciado a diez de prisión por mercadear cocaína. Fecha prevista de excarcelación, mediados de 2014.

Para expresarle su gratitud, Eddie añadió un poco de cariño en las cogidas que le ponía. Pero seguía teniendo un problema: cómo acercarse a un negro y tener con él una conversación seria.

Así que fue una suerte para él que estallara el motín.

Una ocasión en la que, ya se sabe, se mezclan todas las razas.

Los motines carcelarios no estallan sin más.

Hasta los más espontáneos requieren premeditación, planificación y un propósito definido. Lo que parece un estallido repentino de violencia, acaecido porque sí en el apacible patio de una prisión, no lo es en absoluto.

Zúñiga planeó este para recordarles a los *mayates* cuál era su sitio.

—Hay que hacerlo de vez en cuando —le explicó a Eddie—. Aunque esta vez nos han dado un pretexto.

La pendejada de siempre, pensó Eddie. La mierda de la testosterona. Un mexicano, un tal Herrera, salía del patio y un tipo negro lo rozó al pasar.

Cambiaron unas palabras, lo que, inevitablemente, condujo a diversos insultos raciales.

Eddie había jugado contra muchos negros en la preparatoria. Carajo, agunos equipos de Houston y Dallas estaban compuestos solo por negros, y a los muchachos chicanos les gustaba llamarlos de vez en cuando «negrillos» o «mayates», pero a Eddie nunca le dio por ahí. No le veía sentido a enemistarse con tipos que por lo general eran más grandes y rápidos.

El caso es que el negro —un tal DuPont, un novato de Louisiana— y Herrera empezaron a pegarse y los monos los separaron, no sin que antes DuPont le dijera a Herrera que tenían que vérselas los dos «cara a cara».

Al principio, Zúñiga pensó en mantener la paz y le dijo a Eddie:

—Tú has trabajado otras veces con los *mayates*, ¿verdad?

—Les vendía *yerba*, hace mucho.

—Ve a hablar con Harrison, dile que le pare los pies a ese tipo.

Eddie se acercó al borde del patio, cerca de la cancha de basquetbol de los negros, y se quedó allí con los brazos cruzados. Eso llamó la atención del mandamás negro, un tal Harrison, condenado a cadena perpetua, que mandó a dos de sus hombres a ver qué pasaba.

—¿Qué quieres?

—Hablar —dijo Eddie.

Lo llevaron al banco de pesas, donde Harrison estaba sentado con varios de sus hombres y DuPont, que seguía echando chispas. Qué grande es el cabrón, pensó Eddie. Uno de esos cabronazos negros del sur, enormes, como los que solían venir del este de Texas.

—Eddie Ruiz —dijo.

—¿Qué quieres? —preguntó Harrison. Tenía unos ojos viejísimos, pensó Eddie. Unos ojos que sabían que nunca verían otra cosa que este asqueroso agujero en el desierto.

—Esa cita a las seis —dijo Eddie—. Benny Z piensa que es mala idea. Dice que por qué no lo dejamos pasar, podríamos achacarlo al calor.

—Yo no quiero dejarlo pasar —dijo DuPont.

Harrison lo miró como diciendo, ¿Quién carajo te preguntó a ti lo que quieres? Pero se volvió hacia Eddie y dijo:

—Su chico lo llamó negrillo.

—Y él lo llamó frijolero —repuso Eddie—. No vale la pena derramar sangre por eso.

Una expresión que nunca había entendido del todo. Él nunca había visto derramarse la sangre como si fuera leche con chocolate o algo así. La había visto correr, la había visto fluir, la había visto salir despedida de una cabeza, pero ¿derramarse?

No.

—Él cree que sí vale la pena —contestó Harrison, señalando a DuPont con la cabeza.

—¿Y a ti te importa lo que piense este?

DuPont es un recién llegado, reflexionó Eddie, un zarrapastroso, un recolector de algodón que seguramente le da por el culo a su hermana como método anticonceptivo.

—El hombre tiene sus derechos —dijo Harrison.

Eso es verdad, pensó Eddie. Tiene derecho a ser un puto imbécil, que es lo que es DuPont si piensa que esto va a ser de verdad un duelo de dos. Se encogió de hombros, volvió con Zúñiga y le refirió la conversación.

—Los putos *mayates* no saben cuál es su sitio —dijo Zúñiga.

Eddie sabía que estaba encabronado porque lo habían dejado mal. Y eso no puede permitírselo un *mesa* de la Eme. Si se corría la voz de que un *mayate* le había hecho un desplante a Benny Z, todo mundo empezaría a pensar que la Eme se estaba ablandando, que estaba en las últimas.

Y eso no podía ser.

Zúñiga estaba más encabronado con Harrison que con DuPont, porque DuPont era un ignorante, pero que Harrison rechazara su oferta de paz era una falta de respeto premeditada, de *jefe* a *jefe*. Si el *mesa* lo dejaba pasar, estaría acabado.

De modo que empezó a planear el motín.

Hizo correr la voz entre los miembros de la Eme de que sacaran sus *pedazos* y los escondieran en el patio, en lugar seguro. Luego mantuvo una reunión estratégica con sus colaboradores más cercanos, entre los que incluyó a Eddie.

Eddie vio llegar a DuPont para su duelo con Herrera. Andaba muy gallito, sabedor de que el escuálido mexicano no era rival para él.

Además, tenía a diez hermanos escondidos detrás, listos para intervenir.

Lo que habría estado muy bien, de no ser porque Herrera tenía a sesenta mexicanos.

Con navajas.

Y no se limitaron a esperar. Atacaron.

Sacaron facas de las camisas, las chamarras, las perneras de los pantalones. Hasta del agujero del culo se las sacaron. Eddie también llevaba su *pedazo* sujeto con cinta adhesiva a la pierna: una hoja bien afilada, hecha con tapas de latas birladas de la cocina.

Sesenta frijoleros enfurecidos echaron a correr a toda velocidad, las facas en alto centelleando al sol. Chingado, aquello parecía El Álamo con negros en vez de gañanes texanos, y los negros ni siquiera tenían un muro en el que parapetarse.

Salieron por piernas.

Había tantos negros corriendo que aquello parecía la exhibición de la NFL, pensó Eddie, pero aquí no tenían adónde correr y la cerca, más que una defensa, era una trampa. Aparecieron más negros cruzando el patio a todo correr, pero también salieron más mexicanos desde tres lados, como estaba previsto, y solo tardaron unos segundos en acorralar a los negros contra la pared. O contra la cerca, mejor dicho, y estaba claro que los guardias no iban a mover un dedo, porque el único factor de unidad en Victimville era el odio común a los negros.

Eddie había oído decir que el amor une a la gente, pero sabía que el odio era un lazo mucho más fuerte.

El odio es el superpegamento de las emociones colectivas.

Los monos se hicieron de la vista gorda mientras una oleada de mexicanos empujaba a los negros contra la alambrada y los *muchachos* empezaban a lanzar puñetazos, cortes y puñaladas.

Como suele decirse, hubo derramamiento de sangre.

DuPont —que además de ser tan alto, el muy cabrón, y estaba en la mira desde el principio— fue de los primeros en caer, porque un motín carcelario no es el mejor sitio para ser un gigante y que encima te tengan enfilado.

Un mexicano que blandía un calcetín atado con un candado dentro le dio un golpe en la cabeza. DuPont cayó de rodillas, lo que tampoco es buena idea en un motín, porque los mexicanos empezaron a pisotearlo como si quisieran plantarlo en el suelo. Otros negros trataron de abrirse paso hasta él, pero Eddie vio enseguida que no iban a conseguirlo.

Los negros de adelante arremetían con golpes y puñaladas, pero los de atrás empezaron a trepar por la alambrada. Estaban tan desesperados los hijos de la chingada que se lanzaban contra las espirales de alambre afilado que remataban la cerca y trataban de liberarse de sus púas para saltar al patio contiguo.

La mayoría se quedaron allí enganchados, chillando, pero Eddie vio que uno de los pocos que lograron pasar al otro lado era Darius Darnell, que estiraba el brazo para ayudar a bajar a su compañero de celda, un tipo mayor llamado Jackson.

No se lo pensó dos veces.

Metió el pie en la malla de alambre y empezó a trepar.

Al llegar a la alambrada, respiró hondo y se impulsó hacia arriba, haciéndose cortes en brazos y piernas. Se desenganchó y, gritando, se dejó caer al suelo y echó a correr detrás de los negros como si estuviera loco de rabia.

• • •

Darius parecía tener fuerzas para correr mucho más, pero decidió no usarlas. Se quedó con Jackson, que era más viejo y más lento, lo que demostraba que el tipo no solo los tenía cuadrados, sino que además era leal hasta la médula porque unos doce mexicanos habían seguido el ejemplo de Eddie y escalado la alambrada, y corrían detrás de los negros a lo largo de la cerca.

Eddie tomó nota: Darnell era un tipo de fiar.

Corría hacia un patio de ejercicio segregado, un rectángulo cercado de unos seis metros por seis. Había un guardia junto a la puerta abierta, haciéndole señas de que se acercara, y Eddie comprendió que pensaba encerrar dentro a Darnell y Jackson.

Los otros negros, en cambio, no llegaron.

Uno se quedó rezagado al intentar contener un ataque y cinco *vatos* se le echaron encima. Jackson intentó dar marcha atrás para ayudarlo, pero Darnell lo agarró por la camisa y lo empujó hacia el patio segregado gritando:

—¡Muévete, hombre! ¡No puedes hacer nada por él!

El guardia estiró el brazo, agarró a Jackson y lo hizo cruzar la puerta. Darnell lo siguió.

Eddie, que iba detrás, llegó a la puerta en el momento en que el guardia, un joven mexicano, se disponía a cerrarla.

El guardia sonrió y dijo:

—*Adelante, mano.*

Eddie entró.

La puerta se cerró tras él y el guardia se alejó.

Eddie vio entonces que seis *vatos* salían al patio desde dentro, con una sonrisa en la cara y la navaja en la mano.

Darnell y Jackson podían darse por muertos.

Así se los dijo uno de los *vatos*.

—¿Qué pasó? ¿Creyeron que estaban a salvo? Vamos a hacerlos picadillo.

Pero Eddie se puso entre ellos.

—*Suficiente.*

—¿Quién eres tú para decirnos cuándo parar? —preguntó el que llevaba la voz cantante.

Eddie lo conocía: era Fernando Cruz, un cabrón con muy mala leche amigo de Zúñiga. Aunque no tan amigo. Eddie notó que parecía un poco inseguro cuando le espetó:

—¿Te volviste *mayate*, Ruiz?

—Se acabó. Ya hemos conseguido lo que queríamos.

—Yo no —replicó Cruz—. Todavía no he mojado la navaja. Quítate de en medio si no quieres que te raje a ti.

—No querrás verter la sangre de un hermano —dijo Ruiz.

—Tú no eres de la Eme, solo eres un *camarada*.

—Pero voy en el mismo carro —repuso Eddie—. En el asiento delantero —añadió para recordarle a Cruz que el jefe y él hacían negocios juntos.

—¿Te crees que porque traficas con *chiva* puedes darme órdenes? —le soltó Cruz—. He dicho que te quites. O, si quieres ser un *mayate*, podemos tratarte como a ellos.

Eddie se arrancó la navaja que llevaba pegada a la pierna. Le habría dolido una barbaridad de no ser porque tenía tanto miedo que no sentía nada.

Levantó la navaja a la altura de la cintura.

—Somos seis —dijo Cruz—, y tú solo uno.

—Pero es a ti a quien le voy a cortar el cuello —replicó Eddie.

—¿Para defender a dos *mayates*? —Cruz meneó la cabeza—. A Benny Z no va a gustarle esto.

—Hablaré con él.

—Yo también. —Pero Cruz retrocedió, miró a Darnell y Jackson, y dijo—: Tienen suerte de que aquí a Ruiz le gusten las vergas negras. Más vale que se lo cojan bien esta noche.

A Eddie se le pasó por la cabeza rajarle la cara, pero se lo pensó mejor. Cruz le lanzó una mirada rencorosa, pero volvió a entrar en el edificio llevándose a sus chicos.

—¿Por qué hiciste eso? —preguntó Darnell.

Eddie lo miró a la cara por primera vez.

Darius Darnell medía aproximadamente un metro ochenta y cinco. Era tirando a delgado, aunque no flaco, y tenía los músculos endurecidos por las pesas que levantaba en el patio. Pelo muy corto, bigote y barbita. Piel muy oscura, lo que se dice negro.

—Te pregunté por qué hiciste eso —repitió.

—Porque tú y yo vamos a ganar millones juntos —respondió Eddie.

Cruz tenía razón: a Zúñiga no le gustó lo que hizo Eddie.

Eddie recibió el mensaje mediante una cometa, porque después del «motín racial», los guardias los encerraron a todos en sus celdas sin dejarlos salir. Le llegó un papelito sujeto con un trozo de sedal, avisándole de que el jefe quería verlo en cuanto acabara el encierro indefinido.

Se corrió la voz de que Eddie había caído en desgracia.

—No van a hacer nada —le dijo a Julio.

—¿Cómo lo sabes? —preguntó el chico, asustado.

Le daba miedo que atacaran a Eddie y, de paso, también a él; que Eddie ya no estuviera en buenas relaciones con la Eme y que eso repercutiera en su estatus; seguir siendo un mandadero o algo peor.

—Porque lo sé —respondió Eddie.

Su relación con Caro le serviría de escudo.

Eso esperaba, al menos.

En ese momento le preocupaba más el encierro, porque estar atrapado en una celda veinticuatro horas al día, pudiéndote duchar una sola vez por semana, era un fastidio. Además, la comida era una mierda: sándwiches de crema de cacahuate con mermelada, un refresco y una bolsa pequeña de papas fritas.

Para comer y cenar todos los días, durante el mes que duró el encierro.

Era un asco.

Pero lo que más le asqueaba era no poder ver a Crystal.

Lo que significaba que no podía coger, ni conseguir información del exterior, y sabía que ella se habría enterado de lo ocurrido con Darius Darnell y que habría sumado dos y dos y deducido que eran cuatro. Cosa que él no quería que ocurriera porque era importante que, cuando Crystal empezara a hacer sus cálculos, él estuviera allí para convencerla de que dos y dos no sumaban cuatro, sino tres o cinco.

Y ahora no podía hacerlo.

Era frustrante.

Tan frustrante como no poder continuar su conversación con Darnell. Después de que Eddie le soltara eso de que iban a ganar millones juntos, Darnell le había lanzado una mirada que solo podía describirse como «oscura».

«¿De qué carajo me estás hablando?», le preguntó.

«Tengo que proponerte un negocio», le dijo Eddie, «para cuando salgas».

«No me interesa».

«Todavía no te he dicho nada».

«No hace falta», respondió Darnell.

«Acabo de salvarte la puta vida», dijo Eddie. «Me juego el pellejo por ti ¿y ni siquiera vas a escucharme?».

«Yo no te he pedido que intervinieras», replicó Darnell. «No te debo ni mierda».

Claro que sí, pensó Eddie. Y tú lo sabes. Aunque digas que no, sabes perfectamente que sin mí ahora mismo estarías tirado en el suelo desangrándote, así que, aunque solo inconscientemente, estás en deuda conmigo. Pero dijo: «Está bien. Haré rico a otro negro.»

Darnell se quedó mirándolo unos segundos, sin saber si largarse o escucharlo. Luego dijo: «¿De qué se trata?».

«Heroína —dijo Eddie—. Una tubería directa a México: larga, honda y resistente. La concesión exclusiva del área metropolitana de Nueva York: los Mets y los Yankees, los Giants y los Jets, los Knicks y los Nets. Ahora mismo los mexicanos están vendiendo la droga a los dominicanos, dejando fuera a los negros. Podrías ser el único distribuidor negro importante de toda Nueva York. Tienes la red, tienes tropas, lo único que te hace falta es producto».

«No pienso venderle veneno a mi gente», dijo Darnell.

«Pues no lo hagas», contestó Eddie. «Véndeselo a los blancos. Les encanta esta mierda. ¿Te acuerdas del cristal? Ganamos una fortuna vendiéndoselo a los albinos de pueblo. Ahora tenemos un mercado urbano, un mercado de los alrededores... El cielo es el límite».

«Entonces, ¿para qué me necesitas?»

«Los mexicanos también me están dejando fuera del negocio», dijo Eddie. «Viejas rencillas, esos rollos. Pero ahora tengo un respaldo serio, en acceso al producto y en transporte. Lo único que necesito es un socio minorista. Ya que no puedo recurrir a los morenos, recurro a los negros. Llámalo "diversidad". Una narcorrevolución multicultural».

«¿Y piensas llevar el negocio desde aquí?»

«Me quedan dieciocho meses para salir», dijo Eddie. «Pero sí, mientras tanto puedo llevar el negocio desde aquí».

Darnell se quedó callado un segundo. Luego dijo: «Prefiero buscar trabajo, no quiero líos».

«¿Y qué vas a hacer?», preguntó Eddie. «¿Qué clase de trabajo van a darte, con tu historial? Uno en el que tengas que preguntar "¿Quiere papas con su orden?". Un año conmigo, dos como máximo, y podrás retirarte, comprarte una casa en ¿cómo se llama? Westchester o donde sea, hacerte socio del club campestre, jugar al golf y que tu mujer se dedique a la filantropía. Mira, no voy a venderte nada. Si quieres, genial. Si no, bueno, olvídate de lo que ha pasado hoy. Invita la casa».

«¿Vas a meterte en líos con tu gente?»

«Eso es problema mío, tú no te preocupes.» Pero quería que Darnell se preocupara. Quería que se sintiera culpable a tope.

«Si tienes algún problema», dijo Darnell, «puedes recurrir a mí».

«Acabo de hacerlo, hermano».

«Déjame pensarlo», dijo Darnell.

Entonces llegaron los guardias y los hicieron salir y Eddie se dio cuenta de que estaba sangrando y lo llevaron a la enfermería y lo curaron antes de volver a llevarlo a la celda, donde lo encerraron como a todos los demás.

Por fin, el director de la cárcel reunió a todos los mandamases en su despacho para hacer las paces y ellos le prometieron portarse bien y un montón de idioteces más porque estaban hartos de sándwiches de crema de cacahuate con mermelada, y así acabó el encierro indefinido.

Y a Eddie le mandaron presentarse en la celda de Zúñiga.

—¿Vas a ir? —preguntó Julio.

—¿Tengo elección?

—Supongo que no.

—Entonces, ¿a qué viene esa pregunta tan tonta? —dijo Eddie—. Lo que tienes que hacer es preparar más aguardiente para que sigamos ganando dinero, deja que yo me ocupe de la Mariposa, ¿de acuerdo?

Bajó a la celda de Zúñiga.

El *mesa* tenía allí a cuatro de sus hombres más duros, incluido Cruz. Eddie comprendió enseguida que estaba con el agua al cuello.

Zúñiga fue al grano.

—¿Te has olvidado de quién eres, Eddie? A lo mejor ahora te crees que eres negro y no moreno.

No era momento de achicarse.

—No, sé de buena fuente que soy moreno.

—¿Lo sabes «de buena fuente»? —preguntó Zúñiga.

—Es una forma de hablar.

—Incumpliste las *reglas* —dijo Zúñiga—. Te enfrentaste a tu propia gente. Estás metido en un buen lío. Aquí Cruz quiere que se te juzgue.

—No pueden juzgarme —replicó Eddie—. No soy de la Eme. Y si Cruz quiere verme muerto, ¿por qué no me mata él?

Miró a Cruz y sonrió.

—No es así como funcionan las cosas —repuso Zúñiga.

Eddie comprendió que no tenía más remedio que lanzarse de cabeza a la alberca. Si la cosa le salía bien, quedaría libre y todos contentos. Si no, Zúñiga mandaría que lo liquidaran y le encargaría el trabajo a uno de sus *vatos* —seguramente a Cruz—, que se ocuparía de ello en la ducha, en el patio o donde fuese, pero lo mataría seguro, o él mismo pasaría a formar parte de la lista negra.

Así que Eddie dijo:

—Yo voy a decirte cómo funcionan las cosas: ponte en contacto con Rafael Caro y él te dirá que actué siguiendo sus órdenes. Pero no te dirá nada más, porque el motivo está fuera de tu alcance. Te dirá que me dejes hacer lo mío y que me ofrezcas toda la ayuda que necesite. Así es como funcionan las cosas.

—Llevará tiempo contactar con Caro.

—Tiempo precisamente es lo que nos sobra —contestó Eddie.

Eddie salió de la celda dándoselas de duro, aunque tenía la sensación de estar a punto de orinarse encima. Estaba casi seguro de que Caro respondería a todas las preguntas correctamente, pero el viejo llevaba tanto tiempo encerrado en Florence que quizás hubiera olvidado lo que había dicho, lo que le había encargado.

De todos modos, así ganaba al menos una semana. Nadie iba a tocarlo mientras esperaban la respuesta de Caro.

Lo siguiente en la agenda de Eddie era Crystal.

Ella tenía turno de noche y se encontraron en el almacén.

Un mes y medio era mucho tiempo sin coger y para Eddie lo primero era bajarle los calzones, pero para ella no.

—Me utilizaste —dijo.

No me digas, pensó Eddie.

—Nena, te extrañé.

Ella lo apartó de un manotazo.

—Me enteré de lo que pasó con Darnell. ¿En qué lío me metiste?

—Anda, nena, sé que tú también me extrañaste.

Le llevó la mano hasta su verga.

Ella la apartó.

—Se acabó, Eddie. No puedo seguir con esto.

—Sí puedes —contestó él. No quería llegar a ese punto todavía, pero ella no le estaba dejando elección—. Vas a hacer lo que yo te diga.

—No puedes obligarme.

—Escúchame, zorra estúpida —le espetó él—. Si voy a ver al director y... No, ahora cállate y escucha... Y le digo que cogimos, a mí me mandarán a aislamiento, pero tú irás a la cárcel. Si le digo que me pasaste información, te caerán entre ocho y quince años. En una prisión federal de máxima seguridad.

Ella empezó a llorar.

—Creí que me querías.

—Quiero a mi mujer —dijo Eddie—. Y a mis hijos. Y hay un labrador negro en Acapulco al que quizá quiera, pero ¿a ti? No, aunque me encanta cogerte, por si eso te sirve de consuelo. Así que esto es lo que vas a hacer, Crystal. Vas a seguir dándome información. Y ahora mismo vas a ponerte de rodillas y a mamarme el pito, y si lo haces bien, puede que te coja. Y si no haces lo que te digo, *mamacita*, comprobarás lo que las *tortilleras* pueden hacerle a una exguardia en prisión.

Mientras la empujaba suavemente por los hombros para que se arrodillara, ella preguntó:

—¿Todavía vamos a ir a París?

—Por Dios, Crystal —dijo Eddie—. Tú chúpamela.

• • •

—No estarás pensando en serio en meterte en eso, ¿verdad? —preguntó Arthur Jackson.

Estaba en la litera de su celda, mirando a Darius Darnell.

—No sé —respondió Darnell, lanzándole una mirada desde el otro lado de la celda—. Puede.

—¿Qué nos han traído las drogas —dijo Jackson— como no sea sufrimiento?

Jackson, que estaba cumpliendo una triple condena a cadena perpetua, sabía mucho de sufrimiento. Tenía veinte años y estaba estudiando en la universidad, en Arkansas, cuando le presentó a un amigo a un traficante de *crack* y se llevó mil quinientos billetes por las gestiones.

Los pescó la policía.

Jackson se negó a delatar a los demás, pero su amigo tuvo menos escrúpulos.

Al amigo le dieron la condicional; al vendedor le cayeron siete años. Y Arthur Jackson se quedó con el paquete. No se fijó fianza, no pudo reunirse con el fiscal, no sabía cómo funcionaba el sistema porque nunca se había metido en líos.

Su amigo y el *dealer* mintieron en el estrado. Le cargaron el muerto a Arthur.

El jurado lo declaró culpable del delito de conspiración para la distribución de cocaína. Los miembros del jurado ignoraban cuál era la sentencia a la que se enfrentaba.

Tres cadenas perpetuas por una llamada telefónica.

Arthur Jackson veía a peces gordos del narcotráfico salir de aquellas cuatro paredes. Veía a violadores, pandilleros, pederastas y asesinos salir de aquel lugar mientras él seguía pudriéndose allí.

El presidente Bush se negó a conmutarle la pena.

Obama era su última oportunidad, pero ya había rechazado miles de solicitudes y de todos modos su mandato estaba tocando a su fin y, con él, las últimas esperanzas de Arthur Jackson.

Y aun así Arthur conservaba la esperanza de que un hermano negro viera la injusticia de aquel caso y lo pusiera en libertad.

Darius se había encariñado con Arthur.

Arthur Jackson era seguramente la persona más generosa y buena que había conocido nunca. Llevaba ya veinte años en chirona y nunca le había hecho daño a nadie, pero Darius pensaba que su amigo se equivocaba con Obama.

El presidente era un hermano, sí, pero de Harvard, un hermano que había ido a colegios privados y al que le preocupaba su imagen como presidente; por tanto, no iba a apresurarse a excarcelar a un montón de traficantes negros. Por absurdo que pareciera, Arthur posiblemente habría tenido más oportunidad con un presidente blanco al que no pudieran acusar de favorecer a delincuentes negros.

La cruda realidad —aunque Darius no se la dijera a Arthur porque lo quería— era que Jackson tenía ya cuarenta y un años, que había pasado sus mejores días en la cárcel y que seguramente moriría en ella.

Y sin embargo cada día, sin faltar uno solo, Arthur esperaba la carta de Pennsylvania Avenue.

Tenía en la pared un «calendario de clemencia» del gobierno de Obama en el que iba tachando los días y ya había más recuadros tachados que vacíos.

Darnell no se explicaba cómo lo hacía Arthur, cómo conseguía no volverse loco, por qué no se arrancaba las venas con los dientes o mataba a alguien sabiendo que le han hundido la vida entera por una puta llamada telefónica.

Arthur, sin embargo, conservaba la calma, no perdía la bondad.

Leía su Biblia, jugaba al ajedrez y ayudaba a otros presos a escribir cartas y redactar escritos de apelación.

Arthur hacía las paces cuando otros querían pelear.

Y ahora intentaba disuadir a Darius para que no hiciera lo que Darius ya había decidido hacer.

—¿Qué nos han traído las drogas, como no sea sufrimiento?

Dinero, se dijo Darnell.

Lisa y llanamente.

Dinero.

Darius tampoco era un chiquillo. Tenía ya treinta y seis años, su hijo estaba en la secundaria ¿y qué perspectivas tenía, en realidad? En eso Ruiz estaba en lo cierto. Quizá consiga un trabajo por el salario mínimo. Quizás. Mientras que de la otra forma podía ganar…

¿Millones?

En eso Ruiz también tiene razón, reflexiona Darius. Tienes la red, tienes gente y cuando salgas a la calle esa gente tendrá ciertas expectativas, y entre esas expectativas no estará el que uses un sombrerito de papel.

Esperan que vuelvas al negocio.

Y tú también lo esperas.

Pero a Arthur le dijo:

—Nada más que sufrimiento, hermano.

—Exacto —dijo Arthur—. Y si vuelven a detenerte, te condenarán a perpetua. ¿Quieres acabar como yo?

—Podría ser mucho peor.

—Y mucho mejor también —respondió Arthur.

Sí, ¿cómo?, se preguntó Darius. ¿Cómo?

—Entonces, ¿qué vas a decirle a Ruiz? —preguntó Arthur.

—Voy a decirle que no —contestó Darius.

No le gusta mentirle a Arthur, pero tampoco quiere hacerle daño. Jackson ha sufrido muchas decepciones en su vida, va a sufrir más, y Darius no quiere ser una de ellas.

A veces lo oye llorar por las noches.

Ahora, al ver que Cruz saca la navaja, Eddie cierra el puño.

Su única oportunidad es atacar primero, golpear a Cruz en la cara, conseguir que falle la primera puñalada. No es una buena opción, pero es la única que tiene.

Entonces Cruz se para.

Le pasa a Eddie la navaja y dice:

—Córtame.

—¿Qué?

—Zúñiga dice que puedes cortarme —dice Cruz ofreciéndole literalmente la otra mejilla—. Por el insulto.

Así que Caro ha contestado.

Diciendo que Eddie es intocable.

—No, olvídalo —dice Eddie.

—Tienes que hacerlo.

—¿Es que todavía no se han enterado, gente? —Eddie le devuelve la navaja—. No tengo que hacer nada.

Esquiva a Cruz y se aleja.

Sorprendido de seguir con vida.

Darius Darnell sale de prisión.

Un momento dichoso, si no fuera porque tiene que despedirse de Arthur.

—Pórtate bien, ¿me oyes? —le dice Arthur.

—Tú también.

Arthur se ríe.

—Yo no tengo elección.

—Vas a salir de aquí —dice Darius a pesar de que no lo cree—. Ya lo verás.

—No te pongas a escribir cartas a mi favor —dice Arthur—. Si no, me tendrán aquí para siempre.

—Te mandaré paquetes.

—Me hará mucha ilusión.

Los dos hombres se abrazan. Han pasado siete años juntos en una celda de un metro ochenta por cuatro y no han discutido ni una sola vez.

Luego, el guardia escolta a Darnell fuera de la galería.

Los hermanos presos gritan y aúllan.

Una hora y pico de papeleo y está fuera.

A unos mil quinientos kilómetros de allí, otro reo sale de prisión.

Rafael Caro se queda parado un momento y deja que el sol le dé en la cara.

Es un hombre libre.

Ha cumplido el ochenta por ciento de su condena y, gracias a la reducción por buena conducta, este preso modelo ha sido excarcelado.

Y deportado de inmediato, naturalmente.

A eso estaba supeditada su liberación.

A Caro le parece bien: está deseando abandonar *el norte* para no volver nunca más.

Una limusina lo espera. De ella sale un hombre que se acerca, lo abraza y lo besa en las mejillas.

—Señor.

Abre la puerta de atrás y Caro sube al coche.

Una botella de Modelo suda en una hielera.

Caro deja que la cerveza fría se deslice por su gaznate. Le sienta de maravilla.

Igual que estar vivo.

El coche lo lleva a un aeródromo privado a las afueras de Pueblo, donde lo espera el avión. Una bella y joven azafata le entrega un atuendo nuevo y le muestra dónde cambiarse.

Cuando sale, la chica le pone una toalla alrededor del cuello, le corta el pelo, lo afeita y sostiene un espejo delante de su cara.

—¿Todo bien?

Caro asiente con un gesto y le da las gracias.

—¿Puedo hacer algo más por usted? —pregunta ella.

—No, gracias.

—¿Está seguro?

Él vuelve a asentir.

El avión despega.

Unos minutos después la azafata vuelve con una bandeja cubierta con un paño blanco en la que hay un plato de carne finamente cortada, arroz y puntas de espárragos.

Y otra Modelo.

Caro come y se queda adormilado.

La joven lo despierta justo antes de que el avión aterrice en Culiacán.

Keller mira la pantalla de la televisión mientras Caro avanza entre el cúmulo de periodistas.

Al viejo narco se le ve frágil, tiene esa palidez de la cárcel y arrastra los pies como si aún llevara grilletes en los tobillos.

Hugo estalla:

—¡¿Ayudó a torturar y matar a mi padre y ya está fuera?! ¡¿Lo condenaron de veinticinco años a perpetua y ha salido en veinte?!

—Sí, lo sé.

Keller ha hecho una solicitud a la Junta de Prisiones, ha llamado a Justicia, ha escrito cartas oficiales mostrando su desacuerdo con la excarcelación de Rafael Caro, les ha recordado a todos lo que hizo, pero no ha servido de nada. Y ahora tiene que quedarse sentado, viendo cómo uno de los torturadores de Ernie sale en libertad.

Vuelve a recordarlo todo.

Ve a Caro pararse a hablar ante uno de los micrófonos que le acercan a la cara.

—Soy un hombre mayor. Cometí errores en el pasado y he pagado por ellos. Ahora solo quiero vivir en paz.

—Que chingue a su madre —dice Hugo.

—No hagas ninguna estupidez —le dice Keller—. Que no me entere yo de que viajas a México.

—No te enterarás.

Keller lo mira.

—¿No me enteraré o no vas a ir?

—Las dos cosas.

Volviéndose hacia la tele, Keller ve que la gente de Caro lo hace entrar en el asiento de atrás de un carrazo.

Así que Caro ha salido de prisión, piensa. Dios mío, ¿cuándo voy a salir yo? ¿O estoy sentenciado a cadena perpetua sin reducción de condena por buen comportamiento? De pronto recuerda algo de aquella otra guerra, la primera, la de Vietnam. Algo que escribió Ho Chi Minh:

Cuando se abran las puertas de la prisión, el verdadero dragón saldrá volando.

4
El autobús

O estás dentro del autobús o estás fuera.
—Ken Kesey

Culiacán, México
Septiembre de 2014

Al principio, a Damien Tapia le sorprende, le decepciona, incluso, la casita en la que vive Rafael Caro, la ropa insulsa que lleva. La casa, construida en los años ochenta, es modesta: una sola planta, un dormitorio con baño, una salita de estar y una cocina aún más pequeña. Los muebles son viejos, como los que se encuentran en cualquier venta de garaje.

Pero se trata de Rafael Caro, uno de los fundadores de la Federación. Debería vivir en una mansión y llevar ropa de Armani, no una camisa vaquera vieja y unos pantalones chinos arrugados. Debería cenar en los mejores restaurantes, no rascar sobras de *frijoles* del fondo de una sartén.

Damien se siente estafado.

Luego, sin embargo, se sienta con el viejo y ve que lo que en principio le había parecido degradación es solo austeridad; que no es que el hombre haya caído muy bajo, es que está por encima de todo eso. Que sus años en una celda de aislamiento no lo han convertido en un demente, sino en un monje.

En un sabio.

De modo que se sienta y escucha mientras Caro dice:

—Adán Barrera era enemigo de tu padre. Y mío también. Mandó matar a tu padre y a mí me mandó a vivir en el infierno. Era el demonio.

—Sí.

—Yo no conocí a tu padre —dice Caro—. Ya estaba en prisión. Pero me han dicho que era un gran hombre.

—Sí que lo era.

—Y tú quieres vengarlo.

—Quiero que mi familia vuelva a ocupar el lugar que le corresponde —dice Damien.

—Me han dicho que tienes en tu poder una cantidad importante de heroína —dice Caro.

Es cierto. Damien y sus chicos asaltaron un laboratorio de Núñez en Guerrero y se llevaron quince kilos. Pero ¿cómo lo sabe el viejo?

—Pero no tienes modo de moverla ni mercado en Estados Unidos —añade Caro.

—Tengo muelles en Acapulco —dice Damien.

Sabe, no obstante, adónde quiere ir a parar el viejo. Los muelles son útiles para traer productos químicos, pero lo son mucho menos para la exportación de drogas. El puerto del Pacífico solo le da acceso a la costa oeste de Estados Unidos. El viaje es lento, difícil, peligroso. La marihuana puede trasladarse por mar: se arrojan las balas de hierba al océano frente a las costas de California y las embarcaciones las recogen para llevarlas a tierra, pero la hierba ya no da beneficios.

Necesita introducirse en el comercio de la heroína para vencer a Sinaloa, y Caro tiene razón: carece de medios logísticos y de infraestructura de mercado.

—Algunos viejos amigos de tu padre están moviendo heroína de Sinaloa en autobuses que salen de Tristeza —dice Caro.

Damien lo sabe. Los Guerreros Unidos se han convertido en clientes de Sinaloa. No puede reprochárselos, tienen que sobrevivir, de algo tienen que vivir.

—¿Y si también movieran tu mercancía? —pregunta Caro.

—No querrán —responde Damien—. Los hermanos Rentería son títeres de Núñez.

—Puede que quieran dejar de serlo.

Damien niega con la cabeza.

—Ya se los pedí.

Los Rentería eran amigos de su padre, trabajaron para él durante años, combatieron por él contra Adán. Tras la muerte de Diego, se fueron con Eddie Ruiz. Damien los conoce desde que era un niño. Pero cuando intentó sondearlos para saber si estaban dispuestos a ayudarlo, le cerraron la puerta.

—Una cosa es que se los pidas tú —dice Caro— y otra que se los pida yo.

La ciudad de Tristeza está enclavada en la carretera 95, cerca del límite norte del estado de Guerrero, en la frontera con Michoacán y Morelos. Es una ciudad antigua, de larga historia, fundada en 1347. Fue allí donde concluyó oficialmente la guerra de Independencia de México y donde se izó la primera bandera mexicana.

Es una ciudad bonita, conocida por sus tamarindos, sus iglesias neoclásicas y por el lago que hay a las afueras.

Damien sigue a un coche por Bandera Nacional y luego tuerce a la izquierda, hacia la *calle Álvarez*.

—¿Adónde vamos? —pregunta Fausto.

—No sé —dice Damien—. El Tilde solo ha dicho que lo sigamos.

—Esto no me gusta.

—Tú ten la pistola preparada.

El Tilde para frente a la *central de autobuses*.

—¿La estación de autobuses? —pregunta Fausto.

—Eso parece —dice Damien al salir del coche.

Se pone una gorra de beisbol negra porque el sol pega fuerte. Lleva camisa negra, jeans y tenis Nike, y una Sig Sauer .380 que le abulta ligeramente la camisa. Fausto no, él no se anda con pendejadas: saca una MAC-10 del asiento de atrás, aunque se supone que la reunión va a ser amistosa.

El Tilde sale del coche con una gran sonrisa en la cara y les tiende los brazos para darles la bienvenida.

—*¡Bienvenidos todos!* ¡Cuánto tiempo!

Cleotilde Rentería, el Tilde, es otro de los guardaespaldas del padre de Damien que se fue con Ruiz. De él se cuenta que una noche mató a veinte turistas en Acapulco creyendo que eran miembros de una banda rival. No lo eran, pero el Tilde respondió diciendo que «más valía prevenir que lamentar», o algo por el estilo.

Cuando Eddie se fue, el Tilde y algunos otros miembros de las organizaciones de Tapia y Ruiz formaron su propio escuadrón —Guerreros Unidos— y ahora los dos hermanos del Tilde, Moisés y Zeferino, dirigen el negocio con él.

Damien se fija en que el Tilde viste un polo a rayas azul y amarillo y pantalones chinos, una reminiscencia de las antiguas reglas de Eddie, que obligaba a los suyos a vestir bien. Se acerca y abraza primero a Damien y luego a Fausto.

—Es una cosa linda —dice el Tilde—. Desde aquí, los autobuses van a todas partes. Guadalajara, Culiacán, la Ciudad de México... ¿De cuánto estamos hablando?

—Ahora mismo, de quince kilos —responde Damien—. Puede que más, más adelante. Tengo el producto, pero necesito sacarlo de Guerrero. Acudí primero a ustedes por respeto.

El Tilde no quiere saber de dónde ha sacado Damien esos quince kilos de pasta de heroína, aunque tiene una idea bastante aproximada. Una de las plantas empacadoras de Ricardo Núñez fue atacada hace una semana por diez encapuchados armados con AK-47. Se llevaron quince kilos y Núñez está que trina. Tiene a su gente desplegada por todo el estado buscando su mercancía y a los hombres que se la llevaron.

Si Núñez se enterara, se lo llevarían los demonios.

Y luego empezaría a matar.

Más vale que no se entere.

Y más vale que tampoco me entere yo, piensa el Tilde al mirar a Damien. Por eso no pregunta. Es mejor poder negarlo todo, aunque ya le ha dejado caer a Núñez que Los Rojos están detrás del asalto.

Que se joda Núñez.

Que se joda Sinaloa.

Aunque la verdad es que para joderse se bastan solos, piensa el Tilde. Las ramas de Esparza y Sánchez se están dando de lo lindo en Baja: dejan cuerpos colgados de los puentes o desparramados a trozos por las calles.

Núñez no puede mantenerse neutral eternamente.

—Nosotros te la movemos —dice el Tilde.

—¿No les da miedo Sinaloa? —pregunta Damien.

—Ojos que no ven, corazón que no siente —responde el Tilde—. A la chingada esos mamones. Esto queda entre nosotros, ¿sí?

—Por supuesto.

—Eres un buen chico —dice el Tilde.

El hijo de tu padre.

—Fíjate en tus muchachos, Ric —dice Belinda Vatos—. Eduardo es el jefe de su banda. Iván, lo mismo. Hasta Damien tiene ya su organización.

—¿Qué quieres decir? —pregunta Ric.

Ha vuelto de Guerrero y está en el apartamento de Belinda en La Paz.

—Que ninguno de ellos es el ahijado de Adán Barrera —dice ella—. Lo tienes todo ahí, a tu disposición. Y te quedas nomás sentado, jalándotela.

—¿Qué quieres que haga? —pregunta Ric.

—Comportarte como un soldado. Convertirte en el general de tu padre. Así, cuando se retire, el trono será tuyo. Además, es lo que él quiere.

—Lo sé.

—Lo sabes, pero no haces nada —replica ella—. Tu padre te necesita.

—¿Es que ahora soy Michael Corleone?

—Tienes que mojar la brocha, Ric —dice Belinda—. Tienes que cogerte a la Flaca.

—Sí, yo nunca he…

—Bah, no te preocupes. Yo te ayudo a estrenarte.

Baja entera es un puto caos. Sobre todo, las ventas nacionales y el negocio de la extorsión, más que los cruces fronterizos. Pero para controlar la frontera hacen falta efectivos y para pagar a esos efectivos hay que darles franquicias barriales donde puedan pasar droga y apretarles las tuercas a los bares, los restaurantes, las tiendas de abarrotes.

Antes, cuando Sinaloa tenía el monopolio, estaba todo bien organizado.

Ahora, en cambio, reina el desorden: de una cuadra a otra, de la noche a la mañana, en La Paz, en Cabo, en Tijuana, en todas partes. No se sabe si manda Sánchez o Esparza, o Núñez, o alguna *piratería*, grupos independientes que aprovechan el caos reinante para hacer negocio sin pagar impuestos a Sinaloa. Los vendedores callejeros no saben para quién trabajan, los dueños de negocios no saben a quién tienen que pagar.

Belinda va a dejárselos claro.

Por eso Ric se sube a un coche con Belinda, Gaby y un par de sus chicos —Calderón y Pedro— y se van al Wonder Bar, en Antonio Navarro, no muy lejos del puerto deportivo. Sigue a Belinda hasta el bar, ella entra en la oficina y se encara con el dueño, un tipo joven llamado Martín.

—Tu plazo para pagar se venció —dice.

—Ya pagué —contesta Martín.

—¿A quién? —pregunta Belinda—. ¿A quién le pagaste?

—A Monte Velázquez. Dijo que ahora era él quien se encargaba de cobrar.

—Monte no es de los nuestros —dice Belinda.

—Dijo…

—¿Qué? ¿Que como Adán Barrera está muerto ahora todo mundo puede sacar tajada? —dice Belinda, y señala a Ric—. ¿Sabes quién es este?

—No. Perdón, yo no…

—Es Ric Núñez.

Martín parece asustado de pronto.

—Ric —dice Belinda—, ¿Monte Velázquez trabaja para nosotros?

—No.

—Pero él dijo…

—¿Vas a decirle a Ric que no sabe quién trabaja para su padre? —le espeta Belinda.

—No, yo…

—¿Y pretendes hacernos creer que Monte te dijo que trabajaba para Sinaloa? —insiste ella—. ¿En serio, Martín?

—Lo siento, yo solo…

—No lo sientas —dice Belinda—, limítate a pagarnos lo que nos debes.

—¡Pero ya pagué!

—Sí, a quien no debías —contesta ella—. Mira, Martín, si te equivocaste es problema tuyo, no nuestro. Sigues debiéndonos dinero.

—No lo tengo.

—¿Que no lo tienes? —pregunta Belinda—. ¿Y qué hay en esa caja fuerte, Martín?

—No puedo permitirme pagar dos veces.

—Pues páganos a nosotros y no le pagues a Velázquez.

—Dijo que me quemaría el lugar —dice Martín—. Dijo que me mataría a mí, a mis empleados, a mi familia...

Ric comprende entonces que Martín tiene más huevos de los que él creía.

—Les pago para que me protejan —añade Martín—. ¿Dónde demonios estaban cuando vinieron Velázquez y sus hombres?

Ric teme que Belinda le pegue un tiro en la cara, pero ella también lo sorprende.

—Tienes mucha razón. Deberíamos haber estado aquí, y no estábamos. Eso se acaba esta misma noche. Aquí está Ric Núñez, el ahijado de Adán Barrera, para garantizártelo en persona. ¿No es así, Ric?

—Así es.

—Así es —dice Belinda—. Verás, Martín, lo que vas a hacer es abrir esa caja fuerte y darnos nuestro dinero. A cambio, tienes la garantía personal de Ric Núñez de que nadie volverá a molestarte. Incluido ese *labioso* de Monte.

Martín mira a Ric.

Ric asiente con un gesto.

Martín se levanta, abre la caja fuerte, cuenta el dinero y va a entregárselo a Ric.

—A mí, no a él —dice Belinda—. El señor Núñez no toca el dinero.

—Claro, disculpe.

—Pedro vendrá cada semana a cobrar —dice Belinda—. Si le pagas a cualquier otro, te cortamos las manos y las clavamos en la puerta del local. No nos hagas venir otra vez por aquí al señor Núñez y a mí, ¿de acuerdo?

Salen del bar, suben al coche y, dejando atrás una esquina, llegan a un solar del que se ha apoderado la gente de Velázquez. Dos *malandros* andan por allí, pasando crack y heroína. Son unos chamacos en realidad, piensa Ric. No pueden tener más de veinte años. Visten sudadera con capucha, jeans ajustados y tenis de bota.

—*Piraterías* —dice Belinda. Estira el brazo hacia el asiento de atrás y le pasa a Ric una MAC-10—. Es muy fácil. Apóyate la culata en el hombro, echa esto hacia atrás y aprieta el gatillo.

Le entrega la pequeña ametralladora y agarra otra. Ric ve que Gaby, Pedro y Calderón hacen lo mismo. Pedro, que va al volante, aprieta el botón para bajar todas las ventanillas.

—Hora de la fiesta —dice Belinda.

—¿No deberíamos avisarles primero? —pregunta Ric—. ¿Como hicimos con el dueño del bar?

—Estos cabrones no nos pagan —dice Belinda—. Nos cuestan dinero. Dinero tuyo, Ric. Y hay que dar un escarmiento. Solo saca el arma por la ventanilla y dale duro. Te va a encantar: es como coger, solo que con esto siempre te vienes.

Gaby se ríe.

—Vamos —dice Belinda.

Pedro da la vuelta, regresa hacia la esquina. Las armas sobresalen por las ventanillas como púas de puercoespín.

Belinda grita:

—¡Ahora!

Ric apunta a uno de los chicos, luego inclina el arma hacia arriba y aprieta el gatillo. La ametralladora parlotea como un inspirado adicto al *speed*. Ric ve que el cuerpo del muchacho se convulsiona, se tambalea y cae, y oye reír a Belinda y a los demás.

En la calle, la gente echa a correr.

Pedro vuelve a dar la vuelta con el coche.

—¿Y ahora qué? —pregunta Ric.

—Ahora vamos a marcar tu territorio —dice Belinda.

El coche se detiene delante de los cadáveres, tirados como desperdicios. Gaby saca una cartulina grande de la parte de atrás y Belinda toma un bote de pintura roja en espray.

—Vamos —le dice a Ric.

Él sale, los sigue hasta los dos cadáveres.

Al mirar a uno de los chicos, le sorprende que la sangre parezca más negra que roja. Luego desvía la mirada y ve que Gaby le está cortando los brazos con un machete al otro cuerpo. Después, coloca la cartulina sobre el cuerpo mutilado. Belinda se inclina y escribe con aerosol: «Perdieron las manos con las que vendían. Este es territorio de Sinaloa. Mini Ric, el Ahijado».

—El trabajo no está acabado hasta que se acaba el papeleo —dice Belinda.

—¡No mames, Belinda!

—Esto no sirve de prueba, *tranquilo* —dice ella.

Vuelven a subir al coche y se marchan.

Van a otro bar junto al puerto deportivo donde Belinda pide una botella de Dom, les sirve a todos y brinda:

—¡Porque Ric se ha desvirgado!

Ric bebe.

Ella se inclina y le susurra:

—Mañana serás famoso. Serás alguien. Tu nombre saldrá en los periódicos, en los blogs, en Twitter…

—Okey.

—Anda, nene —dice ella—. Di la verdad. Estuvo bien, ¿verdad que sí? Te gustó, ¿eh? Yo me vine.

—¿Y ahora qué va a pasar?

—Ahora vamos por Monte Velázquez.

Ese cabrón arrogante vive en un yate atracado en el puerto deportivo.

—Le gusta pescar —explica Belinda—. Y también le gustan las viejas.

—¿Y a quién no? —pregunta Gaby.

—Lo que tienen en común pescar y coger —dice Belinda señalando a su novia— es la carnada.

Ric tiene que reconocer que Gaby está buenísima. Top atado a la nuca, minifalda, taconazos, el pelo negro brillante, los labios carnosos pintados de brillo: el sueño húmedo de cualquier narco. Avanza por el muelle tambaleándose como si estuviera achispada, para y se quita los tacones, luego sigue caminando hacia el barco de Monte.

Cuando llega a la altura del yate grita:

—¡Jandro! ¡Cariño! ¡Jandro!

Unos segundos después Monte sale a la cubierta, la gruesa barriga rebosando por encima de los calzoncillos a cuadros.

—Es tarde, *chica*. Vas a despertar a todo mundo.

—Busco a Alejandro —dice Gaby.

—Tiene suerte ese Alejandro —responde Monte—. Pero este no es su barco.

—¿De quién es este barco?

—Mío. ¿Te gusta?

—Sí, me gusta.

—El tal Alejandro —dice Monte— ¿es tu novio?

—Solo un amigo —contesta Gaby—. Con derechos. Estoy cachonda.

—Me interesa eso de los derechos.

—¿Tienes vodka? —pregunta Gaby.

—Claro.

—¿Vodka del bueno?

—El mejor —dice Monte.

—¿Y coca?

—Suficiente como para cubrirme toda la verga.

—¿La tienes muy grande?

—Lo bastante grande para ti, *mamacita* —responde Monte—. Ven a verla.

—Bueno.

Así de fácil, piensa Ric.

El tipo está tan concentrando en cogerse a Gaby que ni siquiera los oye entrar en el camarote. Belinda se acerca y le clava una aguja en el cuello.

Cuando Monte vuelve en sí está atado a una silla, con los pies metidos en una palangana.

Belinda se sienta delante de él.

—Has estado diciendo por ahí que trabajas para Sinaloa.

—Trabajo para Sinaloa —dice Monte.

—¿Para quién concretamente? —pregunta Belinda—. Dame un nombre.

—Ric Núñez.

Belinda se ríe.

—Tengo una mala noticia que darte, cabrón. ¿Sabes quién es este? Ric, ¿este tipo trabaja para ti?

—Es la primera vez que lo veo.

—Decirle a la gente que estás con nosotros cuando no es verdad, está muy mal —dice Belinda—. Nos has estado robando nuestro dinero y nuestro nombre. Tienes que pagar por ello.

—Les devolveré el dinero, se los juro.

—Sí, claro que nos lo vas a devolver —dice Belinda—. Pero no basta con eso, Monte. Primero tienes que sufrir.

Gaby sale de la cocina del barco con una botella.

¿Qué carajo es eso?, se pregunta Ric.

—Ácido —dice Belinda—. Clorhídrico o algo así. No sé. Solo sé que jode de lo lindo.

—Dios mío…

Ric piensa que va a vomitar.

—Te voy a quemar los pies, Monte —dice Belinda—. Y te va a doler. Pero no morirás. Así, cada vez que alguien te vea por ahí dando saltitos con tus muletas, se lo pensará dos veces antes de decir que trabaja para Sinaloa si no es cierto.

—Por favor, no —dice Monte—. Por favor.

—No te preocupes —dice ella—, te dejaremos en urgencias.

Le hace una seña a Gaby.

Gaby vierte el ácido.

Ric mira para otro lado.

Pero oye el grito: un alarido ensordecedor, inhumano, un sonido que no puede proceder de una persona. Oye el golpeteo de la silla sobre el suelo de madera y la náusea invade su garganta, se inclina y vomita.

Cuando levanta la vista, Monte tiene el cuello tan echado hacia atrás que parece que va a rompérsele, la cara roja, los ojos desorbitados.

Luego deja de gritar y baja bruscamente la cabeza.

—Mierda —dice Belinda—, se nos adelantó.

—Tanto carbohidrato y tanto alcohol —dice Gaby.

—¿Y ahora qué? —pregunta Belinda.

—¿Lo echamos a los tiburones? —dice Gaby.

Belinda tiene una idea mejor.

Por la mañana, la otra gente atracada en el puerto deportivo se despierta con una estampa dantesca.

Monte Velázquez, desnudo, cuelga del mástil atado a una soga, con un gran cartel alrededor del cuello que dice:

ZARPEN, PIRATAS – EL AHIJADO.

El video se vuelve viral.

Ric ya tiene fama y apodo.

El Ahijado.

El autobús está en la zona de mantenimiento, a una cuadra de la estación de Tristeza.

Damien observa cómo el mecánico coloca con cuidado el paquete de pasta de heroína, el último de los quince, bien envuelto en tela, en el falso fondo del compartimiento de equipajes. Luego coloca la tapa y, usando un destornillador eléctrico, la fija a su sitio.

Si no estás al tanto, piensa Damien, no se nota nada.

Satisfecho, sale de la estación y cruza la calle.

El Tilde lo espera en un coche.

—¿Todo bien?

—Sí.

Debido a su amistad con el padre de Damien, Eddie Ruiz va a pagarle por partida doble: le compra la pasta de heroína a buen precio y le abona un dos por ciento de las ventas del producto acabado en Nueva York.

Es muy amable por su parte, se dice Damien, no tendría por qué hacerlo.

Es un buen amigo.

Como lo fue de mi padre.

Eddie Ruiz fue una de las últimas personas que vieron a Diego Tapia con vida. Se fue del complejo de apartamentos donde estaba escondido Diego unos minutos antes de que llegara el ejército. Luchó a brazo partido por volver y morir con él, pero no consiguió atravesar el cordón militar.

Incluso después de muerto el padre de Damien, Eddie mantuvo la fe. Montó su organización fuera de Acapulco y siguió luchando contra los Barrera hasta que los *federales* lo detuvieron y el gobierno mexicano lo extraditó a Estados Unidos.

Y ahora va a seguir luchando desde allí.

Incluso desde la cárcel, piensa Damien.

Con quince kilos de heroína camino de Nueva York, por fin van a poder plantar batalla de verdad.

Jesús *Chuy* Barajos va buscando pelea.

En sus diecinueve años de vida apenas ha conocido otra cosa. Luchó por los Zetas, por la Familia y otra vez por los Zetas, y ahora que vuelve a estar solo anda buscando lo único que conoce.

En un mundo mejor, las películas que se proyectan en el interior de sus párpados serían obras de ficción, fruto de la imaginación de un guionista y del estilo de un director, pero en el mundo de Chuy son documentales. Recuerdos, podría decirse, si no fuera porque no fluyen como reminiscencias sino entrecortadamente, descoyuntados, como fogonazos de un surrealismo en exceso realista.

Recuerdos de cuerpos desollados y cabezas cortadas.

De niños muertos.

De cadáveres mutilados o quemados en toneles de doscientos litros, recuerdos que residen tanto en su olfato como en su mirada. Y en sus oídos, donde todavía oye —no puede dejar de oírlos, en realidad— los gritos, las súplicas de piedad, una risa estridente y burlona que a veces es la suya propia.

Él perpetró algunos de esos horrores, en otros casos fue simple testigo, aunque ya apenas distingue entre una cosa y la otra. Hace meses que dejó de tomar su medicación y ahora la psicosis vuelve a invadirlo como una marea roja cada vez más honda, imparable, impenetrable.

Es un chico que una vez arrancó con todo cuidado la cara de un hombre que lo había torturado, la cosió a un balón de futbol y se puso a darle patadas contra una pared.

Por desgracia, tiene la lucidez suficiente para saber que es un monstruo, pero no la necesaria para escapar de su jaula.

Sus andares reflejan su sufrimiento íntimo: sus movimientos son torpes, desacompasados, como si sus piernas estuvieran desconectadas del resto de su cuerpo. Siempre ha sido flaco, pero ahora parece famélico, se olvida de comer o engulle comida basura con ansia voraz.

Vaga por el país como un don Quijote sin un solo molino contra el que cargar. Sin propósito, sin causa alguna, sin objetivo, se junta con otros extraviados, viaja un tiempo con un grupo hasta que percibe —acertadamente— que ya no soportan más su locura, su gorroneo, sus pequeños hurtos, su violencia incipiente. Entonces vuelve a irse sin rumbo fijo.

Ahora está en Guerrero.

En el municipio de Tixtla, en el campus de la Escuela Normal Rural de Ayotzinapa, donde los estudiantes toman lo que encuentran para su pelea.

Chuy no sabe por qué luchan, solo sabe que se están juntando para dirigirse a la capital y protestar contra algo, y tienen marihuana y cerveza y hay chicas guapas, y desprenden un aire de normalidad juvenil que él ansía desesperadamente a pesar de saber que está fuera de su alcance.

Le atrae el conflicto como un faro que le indica el camino a casa, como un rayo abductor del que le es imposible escapar en la misma medida en que le es imposible volar, de modo que se queda junto los «otros estudiantes», que se cuentan por decenas, corea consignas y escucha emocionado los planes para esa noche. Los estudiantes no disponen de transporte para llegar a la Ciudad de México, pero tienen la tradición, tolerada por la policía, de «secuestrar» un autobús público por una noche.

La estación de autobuses de la cercana Tristeza.

La alcaldesa de Tristeza también tiene el ánimo encrespado.

Ariela Palomas acoge esa semana una reunión de alcaldes y no está dispuesta a que ni ella ni su municipio queden en ridículo.

Si los estudiantes —izquierdistas probados, hasta el punto de ser comunistas o anarquistas— vienen a Tristeza con intención de cometer actos vandálicos, piensa darles una lección que sus profesores, esos rojos que los consienten, no les darán en la universidad.

Alguien tiene que defender la ley y el orden público, le dice al jefe local de la policía federal. Alguien tiene que proteger el derecho de propiedad, le dice al comandante del puesto militar más próximo, y si esos blandengues de la compañía de autobuses no tienen huevos para hacerlo, lo hará ella.

Da órdenes claras y firmes a la policía municipal: si los estudiantes secuestran autobuses, se les tratará como lo que son, o sea, delincuentes.

Hay un nuevo *sheriff* en la ciudad.

Ariela Palomas no está dispuesta a tolerar la desobediencia.

Sentado a la mesa del comedor, Keller mira fijamente el teléfono, deseando que suene.

Ha sabido por Orduña que ha vuelto a verse a Chuy y que su gente va a intervenir.

—Seguro que lo encuentran —dice Marisol.

—Espero —dice Keller.

Sus esperanzas no son infundadas. La gente de Orduña es lo mejorcito de México, agentes de primera clase. El almirante ha enviado un escuadrón de paisano al campus en busca de Chuy, con orden de detenerlo y llamar a su jefe, que a su vez avisará a Keller.

¿Y luego qué?, piensa Keller.

¿Qué hacemos con él cuando lo tengamos?

No podemos dejarlo en México, volverá a escaparse. Así que, ¿lo traemos aquí? Es ciudadano estadounidense, de modo que por ese lado no hay problema. El problema, mejor dicho, los problemas son… abrumadores, incluso puede que insuperables.

¿Qué se hace con un esquizofrénico de diecinueve años que ha matado, torturado, mutilado? ¿Con un ser humano tan dañado que no hay forma de repararlo? Keller sabe lo que le diría su viejo amigo el padre Juan: «Es una persona, no un automóvil. Puede que no haya forma de repararlo, pero sí de que se redima».

Pero ¿la redención es para esta vida o para la siguiente?, se dice Keller.

Es esta vida con la que tenemos que bregar, y ¿qué se hace con Chuy Barajos en este mundo?

—Quizá aquí pueda tener la atención médica que necesita —argumenta Marisol.

—Quizá —dice Keller.

Pero primero tenemos que encontrarlo.

Suena, por Dios, suena de una maldita vez.

Chuy se lo está pasando en grande.

Ebrio de marihuana y cerveza, se une al grupo de cerca de un centenar de estudiantes que asalta la estación de autobuses de Tristeza. Con la gorra de beisbol bien metida sobre el cabello largo y un paliacate rojo tapándole la cara, se suma a los cánticos y avanza hacia un autobús.

El conductor abre la puerta y deja subir a los estudiantes.

Está molesto, pero no asustado. Esto ocurre con cierta frecuencia: los estudiantes se apoderan del vehículo y ordenan al conductor que los lleve a su destino, se manifiestan durante unas horas y luego hacen el trayecto de vuelta. Aunque es un fastidio, ni los autobuses ni los conductores sufren daño alguno, y la empresa les ha dicho que se limiten a cooperar y se aguanten. Es más sencillo, más barato y menos arriesgado que resistirse, y los estudiantes suelen invitarlos a cenar y a beber unas cervezas.

Chuy sube al autobús y se sienta junto a una chica guapa.

Igual que él, lleva una gorra de beisbol y un paliacate, pero tiene unos ojos preciosos, el cabello largo y brillante y los dientes blancos, y corea consignas que Chuy no entiende pero que corea igualmente.

Los estudiantes secuestran cinco autobuses. Dos de ellos toman la ruta sur para salir de la ciudad. El de Chuy es el primero de un convoy de tres que toma la ruta norte.

Es estupendo.

Un viaje por carretera, una excursión.

Los muchachos bromean, ríen, cantan y corean, se pasan uno o dos porros, un poco de cerveza, algo de vino.

A Chuy le está encantando.

Él no llegó ni a la preparatoria.

A los once años era ya un asesino.

Ahora tiene la oportunidad de resarcirse de toda la diversión que se ha perdido.

El Tilde recibe una llamada de uno de sus hermanos.

—Estoy en el centro —dice Zeferino—. Hay un problema.

—Como siempre —dice el Tilde—. ¿Qué pasa esta vez?

—Unos estudiantes tomaron el autobús.

El Tilde se pregunta por qué su hermano cree que es problema que unos estudiantes hayan tomado el autobús y así se lo dice.

—No —dice Zeferino—, se llevaron nuestro autobús.

—Mierda —dice Tilde—. ¿Por qué no se los impediste?

—Porque eran cien —dice Zeferino—. ¿Qué querías que hiciera? ¿Ponerme a hacer aspavientos y decirles que no podían llevarse el autobús porque está lleno de *chiva*?

—Deberías haber hecho algo —dice el Tilde.

Porque es de verdad un problema.

Un problema del carajo.

Un montón de estudiantes en poder de un autobús que no solo va cargado de heroína, sino que además esa heroína es de Sinaloa, es la heroína perdida de Ricardo Núñez, y Núñez va a preguntarse qué demonios hace en un autobús de Guerreros Unidos.

Y Ariela va a ponerse como un basilisco.

—¿Qué quieres que haga? —pregunta Zeferino.

No sé, piensa el Tilde. ¿Qué haces cuando hay un robo?

Llamar a la policía.

El teléfono suena por fin.

Marisol se sobresalta.

—¿Sí? —dice Keller.

—Lo perdimos —dice Orduña.

Le explica que un grupo numeroso de estudiantes ha secuestrado varios autobuses en Tristeza y que seguramente Barajos va en uno de ellos.

Keller no lo entiende.

—¿Cómo que han secuestrado autobuses?

—Es casi una tradición —dice Orduña—. Lo hacen a menudo, para ir a manifestaciones. Esta es en la Ciudad de México.

—Dios…

—Es una travesura de estudiantes —dice Orduña—. Van, se divierten manifestándose y luego vuelven. Mi gente estará en la estación, lo detendremos entonces.

—De acuerdo.

Orduña nota su preocupación.

—Mira, no te preocupes. Esto es… ¿cómo decirlo? Pura rutina.

Al principio, los estudiantes piensan que son cohetes.

Alguna celebración, o fuegos artificiales.

Chuy sabe que no.

Sabe cómo suena un disparo.

El pequeño convoy de tres autobuses acaba de incorporarse al circuito norte que conduce fuera de la ciudad. Chuy mira por la ventana trasera y ve que los persiguen varias patrullas.

Más detonaciones.

La chica sentada a su lado —Clara, le ha dicho que se llama— grita.

—No te asustes —le dice Chuy—. Están disparando al aire.

El conductor quiere parar, pero un estudiante llamado Eric, uno de los líderes, un auténtico exaltado, le ordena seguir. «Déjalos que disparen al aire, solo es para apantallar, para no quedar mal».

Los chicos empiezan a cantar muy alto para ahogar el ruido.

Entonces Chuy oye un golpeteo sordo, metálico: las balas perforando el autobús. Mira por el cristal delantero y ve que una patrulla bloquea la calle.

El convoy se detiene.

Damien piensa que va a vomitar.

—¿Cómo pudieron dejar que pase algo así? —pregunta por el teléfono—. ¿Cómo carajo pudieron dejar que pase?

—La recuperaremos —dice el Tilde.

—¿Cómo?

—Descuida —contesta el Tilde—. Ya estamos en eso.

• • •

—¡Que no nos paren! —grita Eric.

Chuy lo sigue fuera del autobús. Él y otros diez corren hacia la patrulla e intentan levantarla por detrás para sacarla del paso.

Un policía sale del coche.

Chuy se acerca a él por la espalda, estira el brazo y trata de quitarle la pistola. El policía se gira y dispara.

La bala atraviesa el brazo de Chuy.

Siente el dolor, pero es un dolor desconectado, una película más, mientras rueda debajo del coche para cubrirse porque los policías del otro lado del camino han abierto fuego con sus fusiles.

Eric se tira al suelo, se arrastra hacia los matorrales.

Chuy se incorpora y corre hacia el autobús. Un chico que corre delante de él recibe un tiro en la cabeza y se desploma. Otro sale corriendo del autobús para intentar ayudarlo, pero una bala le da en la mano y cae de rodillas, mirándose anonadado los tres dedos mutilados.

Chuy pasa por su lado, entra en el autobús.

Los chicos están gritando.

Nunca les habían disparado.

A Chuy sí.

—¡Abajo! —grita—. ¡Al suelo!

Se acerca agachado a Clara, la empuja hacia el suelo y se tumba sobre ella. Un chico agazapado habla por su celular, está llamando a una ambulancia.

—Tenemos que salir de aquí —dice Chuy.

Clara no lo escucha: grita y grita. Burbujas de espuma salen de su linda boca. Chuy se aparta, la agarra de la mano y la jala, deslizándose por el suelo mojado de sangre, hacia la puerta trasera. La abre y jala a Clara hacia fuera. Caen al suelo y, parapetándose en el autobús, Chuy la arrastra hasta la cuneta y vuelve a tumbarse sobre ella.

Le tapa la boca con la mano para que deje de gritar.

La oye gimotear.

Luego oye el aullido de la ambulancia.

El teléfono celular de Ariela vibra constantemente dentro de su bolso, pero la alcaldesa hace oídos sordos.

Su cena ha sido un éxito, los invitados se han atiborrado de comida exquisita y buen vino y ahora están tomando el postre, antes de que lleguen el café y el brandy.

Esta velada la convertirá en una estrella de la política.

El teléfono deja de sonar y vuelve a empezar.

Esto ocurre varias veces, hasta que por fin Ariela se disculpa y sale al pasillo.

Es el Tilde.

—¿Qué? —pregunta enojada.

Los policías cortan el paso a los dos autobuses de la ruta sur.

Rompen las ventanas y arrojan gas lacrimógeno para desalojar a los estudiantes. Algunos escapan corriendo. La policía reúne al resto y los obligan a entrar en las patrullas.

Chuy oye los pasos pero no levanta la vista, confiando en que la gorra negra lo camufle. Luego, la luz de la linterna le da en los ojos.

—Arriba —dice el policía agarrándolo por el codo y jalándolo para que se levante.

Otro policía agarra a Clara.

Chuy mira a su alrededor. Los policías están peinando la cuneta, agarrando a los chamacos, golpeándolos, dándoles patadas, arrastrándolos hacia los coches. Pero al menos han cesado los disparos y hay una ambulancia estacionada junto al primer autobús. Sus luces rojas se reflejan en la cara de Chuy mientras el personal de emergencias saca a los muchachos heridos.

El agente le da una bofetada.

—Yo no he hecho nada —dice Chuy.

—Me manchaste de sangre, *pinche pendejo*. —Empuja a Chuy hacia una patrulla y lo hace subir al asiento trasero.

A Clara la meten de un empujón a su lado.

Seis patrullas llevan a los estudiantes a la comisaría de Tristeza.

—No pasa nada —le dice Chuy a Clara.

La policía no te mata en la comisaría.

Ariela va a su despacho a ocuparse de la crisis.

Lo que se sabe de momento es que se ha producido un «incidente» después de que un grupo de estudiantes secuestrara varios autobuses y que ha habido un tiroteo. Varias personas han sido trasladadas a una clínica de urgencias.

Ariela habla con el jefe de la policía local, que le confirma que sus agentes dispararon a los estudiantes «tras ser provocados». La mayoría de los estudiantes han escapado, pero unos cuarenta —todavía no está seguro del número— se encuentran detenidos.

Ariela llama al Tilde.

—No podemos acercarnos al autobús —dice él—. Sigue en la carretera. Algunos estudiantes han vuelto. Profesores de la normal. Periodistas.

—Tienen que recuperar ese autobús.

—Lo sé.

—¿Y periodistas? —dice ella—. Eso no puede ser.

No lo va a permitir, no lo puede permitir: historias lacrimógenas sobre estudiantes idealistas agredidos en su municipio... Y si además esos fisgones de la prensa encuentran la heroína en el autobús, la cosa se les irá de las manos. Y eso solo en cuanto a la opinión pública, porque si Sinaloa los relaciona con el cargamento de heroína, se desatará una guerra antes de que se dé cuenta de lo que ocurre.

Eso es, se dice, dos historias: una de cara a la opinión pública y otra para el mundo del narco. La primera: estudiantes radicales secuestran varios autobuses y agreden a agentes de policía que solo intentaban cumplir con su labor. La policía se defiende. Lamentablemente, algunos estudiantes resultaron heridos. Pero la culpa es de los estudiantes, no de la policía.

La segunda tiene como destinatario a Núñez: algunos de los estudiantes estaban aliados con Los Rojos —o por lo menos estaban siendo utilizados por ellos— y se apropiaron del autobús creyendo erróneamente que esa noche transportaba un cargamento de Sinaloa.

Es la historia que le cuenta a Núñez.

La que le cuenta a su propia gente.

Keller ha puesto el teléfono en modo vibración para que no despierte a Mari, aunque duda que esté dormida. Lo tiene a mano para oírlo en cuanto vibre, mientras está sentado en el sillón tratando de leer solicitudes de conmutación de pena.

Le da por pensar que Althea y él ya estaban divorciados cuando sus hijos llegaron a la adolescencia. Como los chicos estaban casi siempre en Estados Unidos con su madre y él vivía en México, nunca tuvo que quedarse así sentado, en vela, esperando a oír que un coche paraba frente a la casa, que se abría su puerta, que unos pasos se acercaban a la casa.

Ni aguardar a que sonara el teléfono con la esperanza de que fuera su hijo o su hija para decirle que estaban bien, para darle una explicación atropellada, una excusa, confiando en evitar una reprimenda o un castigo, sin darse cuenta de que lo que uno siente no es ira, principalmente, sino alivio. Tampoco rezar por que la llamada telefónica no fuera de la policía.

Todo eso recayó en Althea.

Debería llamarla y disculparme, piensa. Debería llamarla y pedirle perdón por un montón de cosas.

No, se dice, a quien de verdad deberías pedir perdón es a tus hijos, que ya son adultos. La pura verdad es que te has volcado más en Chuy Barajos que en ellos en su momento, no es raro que prácticamente sean unos desconocidos. Y no sirve de nada decirte que están bien. Están bien a pesar de ti, no gracias a ti.

El teléfono vibra en la mesita.

Keller contesta y oye decir a Orduña:

—Ha pasado una cosa.

La patrulla entra en el estacionamiento de la comisaría de Tristeza.

Sale un agente y Chuy le oye decir:

—Aquí no pueden traerlos.

—¿Por qué no?

—El jefe dice que los lleven a Cocula.

—¿A Cocula? ¿Por qué?

—No sé, pero llévenlos allí.

El coche vuelve a arrancar y se dirige a la subcomandancia de Cocula, en el límite noreste del municipio.

El coche del Tilde, un Land Rover blanco, pasa lentamente junto al autobús. Debe de haber un centenar de personas merodeando por allí —estudiantes, profesores, periodistas—, tomando fotos, examinando los orificios de bala del autobús.

—No podemos acercarnos —dice el Tilde.

—Si crees que voy a dejar que se nos escape un millón de dólares en heroína es que estás loco —dice Fausto—. Da la vuelta.

—¿Qué vas a hacer?

—Alejarlos del puto autobús —dice Fausto—. Para el coche.

El Tilde para y Fausto sale.

—Vamos.

Otros dos hombres salen del asiento de atrás.

Se detienen junto al coche, levantan sus AK y abren fuego. Dos estudiantes caen muertos, otros quedan heridos.

El gentío que rodea el autobús huye despavorido.

—Vamos —dice Fausto.

Se acerca al trote al autobús. Mientras los otros dos siguen disparando al aire, desatornilla la tapa que cubre el suelo del compartimiento de equipajes y saca los paquetes de pasta de heroína.

Unos minutos después, el Tilde llama a Damien.

—La tenemos. Saldrá en otro autobús por la mañana.

A continuación llama a Ariela para ponerla al corriente.

—¿Qué hay de los estudiantes? —pregunta ella.

—¿Qué pasa con ellos?

—Quién sabe qué vieron en el autobús —dice la alcaldesa—. Lo que irán a contar.

—Son unos chamacos —responde el Tilde—. Estudiantes.

—No son solo unos chamacos —dice Ariela—. Son de Los Rojos.

—Tonteras.

—Es la verdad —insiste ella—. Los Rojos están usando a los estudiantes para atacarnos. No podemos permitirlo.

—¿Qué estás diciendo?

—Digo que este lío lo armaste tú, Tilde. Que lo soluciones —dice, y cuelga.

Keller deja el teléfono sobre la mesa.

—Orduña dice que la policía ha detenido a algunos chicos y los ha llevado a la comisaría —le dice a Mari—. Su gente fue a la estación de Tristeza, pero no estaban allí. Han oído que iban a llevar a algunos a Cocula…

—¿Qué es eso?

—Un pueblo cercano —dice Keller—. La gente de Orduña va para allá.

—¿Creen que Chuy está…?

—No lo saben —contesta Keller—. No saben casi nada. Por lo visto la policía de Tristeza les cortó el paso a los autobuses, hubo un tiroteo, hicieron bajarse a los chicos…

—¿Cuántos son?

—No lo saben —dice Keller—. Cuarenta o cincuenta.

—Dios mío. ¿Y le dispararon a alguno?

—Mari, no lo saben —insiste Keller—. Mira, la gente de Orduña es muy eficaz. Cuando lleguen a Cocula tomarán el mando, la policía local no se atreverá a enfrentarse a ellos. Recogerán a los estudiantes y los pondrán a salvo.

El vehículo se detiene.

Sale un policía agitando los brazos.

—¡Aquí no! ¡Vayan a Pueblo Viejo!

—¡Eso está en medio de la nada, carajo! —responde a gritos el conductor.

—Órdenes.

El convoy se pone otra vez en marcha siguiendo la carretera 51, que bordea el norte del municipio. Luego sube hacia el noreste, por Del Jardín, hacia la remota ubicación de Pueblo Viejo, al pie de la sierra.

Chuy pega la cara a la ventanilla.

Empieza a llover.

La gota choca contra el cristal y resbala.

Chuy intenta limpiarla, como si estuviera en su mejilla.

Varios profesores llevan a los estudiantes heridos del segundo ataque a los autobuses a una clínica de urgencias, pero no hay ningún médico de guardia.

Piden auxilio por teléfono, pero no acude nadie.

Un profesor sale a la calle y les grita a los soldados apostados al otro lado de la calle, pero ninguno de ellos se mueve.

Los cuerpos de los dos estudiantes muertos yacen afuera, bajo la lluvia.

Se abre la puerta del coche y un policía saca a Chuy a rastras.

Luego a Clara.

Se queda allí parado y mira alrededor mientras otros agentes sacan a los estudiantes de las patrullas y les ordenan permanecer de pie bajo la lluvia.

Llegan varios autos.

No son vehículos policiales, sino camiones de carga, camionetas, un variopinto surtido de vehículos.

Un hombre sale de un Land Rover blanco y se acerca a otros dos individuos. Hablan un momento, luego el hombre grita unas órdenes y los policías empiezan a meter a los chicos a empujones en la parte trasera de los vehículos.

A Chuy lo meten en un camión de carga en el que apenas hay sitio para permanecer de pie, y mucho menos para sentarse. Se agarra a Clara mientras siguen subiendo estudiantes, cada vez más apretados, como ganado. Algunos gritan, otros lloran, otros están tan anonadados que guardan silencio.

Las puertas se cierran.

Oscuridad total.

Aire húmedo y caliente.

Oye gritar a alguien:

—¡No puedo respirar!

Otros aporrean la puerta.

Chuy se nota mareado. Se desmayaría, pero no hay sitio para caerse, otros cuerpos lo sostienen en pie.

Alguien vomita.

Chuy tiene tantas ganas de orinar que le duele.

Se tambalea cuando el camión arranca.

—¿Dónde los llevamos? —pregunta Zeferino.

—¿Dónde se lleva la basura? —responde el Tilde.

• • •

Los servicios de emergencia tardan una hora en llegar a la clínica.

Para entonces, dos estudiantes más se han desangrado.

—No estaban allí —dice Keller.

—¿Qué quieres decir?

—No estaban en Cocula —dice Keller.

—¿Dónde están?

—Nadie lo sabe. Orduña dice que su gente los está buscando, pero…

Los estudiantes han desaparecido, todos ellos.

Chuy afloja la vejiga. Le avergüenza orinarse delante de Clara, pero ella no se da cuenta. Chuy la nota apoyada contra él, inconsciente.

Además, no importa.

La camioneta está llena de olor a orines, a mierda, a sudor y a miedo.

De eso y de oscuridad, y Chuy ya no tiene que cerrar los ojos para ver sus películas. Invaden su cerebro mientras pugna por respirar, su pecho escuálido se tensa, sus pulmones exigen un oxígeno que no llega.

Le parece que pasan una eternidad en esa oscuridad, en ese infierno, hasta que por fin se abren las puertas y entra aire. De los veintidós chicos y chicas que van en el camión, once ya han muerto asfixiados.

Clara entre ellos.

Arrojan su cuerpo sin vida afuera, como un costal de harina.

Los paquetes de heroína son cuidadosamente depositados en tres bolsas de deporte. Fausto y sus dos hermanos suben al autobús y dejan las bolsas a sus pies.

Esta vez no habrá errores.

El cadáver de Eric aparece entre unos matorrales, cerca del lugar del ataque, con la carne de la cara arrancada, los ojos sacados, el cráneo fracturado y los órganos internos desgarrados.

Lo han torturado y golpeado hasta la muerte.

A cuatro patas, como un animal, Chuy jadea intentando respirar.

El Tilde le da otra patada en el estómago.

—¡Los Rojos!

Chuy no sabe de qué está hablando.

—¡Di la verdad! —grita el Tilde—. ¡Estás con Los Rojos!

Chuy no contesta. ¿Para qué? Toda su vida ha pertenecido a una banda u otra, siempre en el bando equivocado.

Igual que ahora.

Levanta la mirada y ve que está en un tiradero, junto a un enorme montón de basura parte de la cual arde incluso bajo la lluvia.

Los estudiantes muertos, asfixiados en los camiones, han sido arrojados al montón como desperdicios.

Los vivos permanecen arrodillados o en posición fetal.

Algunos sollozan, unos pocos rezan.

La mayoría guarda silencio.

Varios tratan de huir y son abatidos, casi todos permanecen en actitud pasiva, incrédulos, mientras los hombres pasan por detrás de ellos y les disparan a la cabeza.

Caen de cara sobre la tierra.

Chuy aguarda pacientemente su turno. Cuando el hombre llega tras él, se gira, levanta la vista y sonríe.

Confiando en que este sea, al fin, el final de la película.

Pero cuando ve el cañón del arma y el dedo tenso sobre el gatillo, grita:

—¡Mami!

No oye el disparo que lo mata.

El silencio, Keller lo sabe, es de mal agüero.

O bien Orduña no sabe nada o bien no quiere decirle lo que sabe.

El teléfono permanece mudo, inanimado.

Mari está arriba, hablando con sus contactos en México, y de momento solo ha averiguado que hay seis muertos y veinticinco heridos. Cuarenta y tres jóvenes han desaparecido. Entre ellos, probablemente, Chuy.

¿Cómo pueden evaporarse sin más cuarenta y tres personas?, pregunta Mari.

Keller lo sabe muy bien. Ha visto fosas comunes en México, dejadas por los Zetas, por los Barrera y otros. Más de veinte mil personas han desaparecido en México en la última década, estos son solo los últimos cuarenta y tres.

¿Cuándo acabará esto?

Ya ha llamado a Blair y a sus otros jefes de departamento y les ha dicho que quiere que centren todos sus esfuerzos en localizar a los chicos desaparecidos, aunque sabe que seguramente están buscando cadáveres.

—¡La policía les disparó sin más! —exclamó Mari, enfurecida—. ¡Pararon los autobuses y abrieron fuego! ¿Cómo han podido hacerlo? ¿Por qué?

Él no supo qué responder.

—¿Y dónde están los que han desaparecido? —preguntó ella.

De nuevo, Keller no sabía la respuesta.

Tiene, sin embargo, la certeza de que la psique torturada de Chuy Barajos ya nunca podrá repararse; de que la redención es ya su única esperanza.

Los hermanos Rentería —el Tilde, Zeferino y Moisés— arrojan los cuarenta y tres cadáveres al montón de basura. Luego los rocían con gasolina y dísel, los cubren con madera, plástico y llantas, y les prenden fuego.

Los cuerpos arden con dificultad.

Tardan en consumirse el resto de la noche y casi todo el día siguiente.

Mientras los cadáveres arden lentamente, una muchedumbre se congrega frente a la oficina de la procuraduría en Tristeza. Algunos son supervivientes del ataque, otros son profesores, periodistas o ciudadanos preocupados.

Algunos son padres y madres. Algunos lloran y abrazan a sus hijos, aliviados.

Otros no tienen tanta suerte: sus hijos han muerto o están desaparecidos, y los padres y madres de estos últimos exigen respuestas, desesperados, o las suplican.

Han desaparecido cuarenta y tres jóvenes.

¿Dónde pueden estar?

Ariela Palomas da una rueda de prensa.

—Esos estudiantes son radicales violentos —afirma—, y lamento decir que algunos solo son gánsteres aliados con el crimen organizado que aterroriza este estado. Naturalmente, es una tragedia que muera una persona joven, pero quebrantaron la ley, se resistieron a la detención y atacaron a la policía.

—¿Se lo tenían merecido? —pregunta un periodista.

—Lo ha dicho usted, no yo —responde Ariela.

Cuando le preguntan, contesta que ignora dónde pueden estar los cuarenta y tres desaparecidos.

—Son prófugos. Seguramente estarán escondidos.

Los Rentería meten los restos en ocho bolsas de basura de plástico y los arrojan al río.

Unas horas después, los quince paquetes de heroína llegan sin contratiempos a Guadalajara. A continuación son procesados, convertidos en «canela», reempaquetados y transportados a Juárez, donde un tráiler los lleva al otro lado de la frontera.

Un par de semanas después, agentes de la SEIDO encuentran restos calcinados en el tiradero y bolsas de plástico en el río, pero no pueden identificarlos como los restos mortales de los estudiantes. Esa misma semana, manifestantes enmascarados prenden fuego a varios edificios gubernamentales en Chilpancingo, la capital del estado de Guerrero. Dos días más tarde, cincuenta mil personas marchan en la Ciudad de México. Hay protestas en París, Londres, Buenos Aires y Viena. Estudiantes de la Universidad de Texas en El Paso celebran una vigilia y leen en voz alta los nombres de los jóvenes desaparecidos.

En Tristeza, manifestantes queman el ayuntamiento.

Se especula que Ariela Palomas ordenó el ataque porque no quería que la protesta estudiantil afectara su conferencia turística y, al ver que la cosa se le iba de las manos, pidió ayuda a los Guerreros Unidos para que «limpiaran» el desaguisado.

La heroína de los autobuses no se menciona.

Sometido a una enorme presión por parte de la opinión pública, el gobernador de Guerrero pide un permiso temporal y se lo conceden. La semana siguiente, Palomas es detenida en la Ciudad de México y enviada a la prisión de máxima seguridad del Altiplano. Asegura desconocer el paradero de los estudiantes desaparecidos. ¿Cómo va a saber ella nada?, pregunta Ariela. Estaba en una cena de gala.

El presidente de México manda novecientos *federales* y tres mil quinientos soldados a Guerrero para mantener el orden.

Las protestas continúan.

La heroína del autobús llega a una fábrica de Nueva York, donde Darius Darnell la distribuye en papeles. Algunas de esos papeles acaban en el brazo de Jacqui Davis.

A ambos lados de la frontera, padres afligidos se preguntan qué ha sido de sus hijos.

LIBRO TERCERO

Los Retornados

¿Habré de volver a casa yo, que he aniquilado a mis defensores?

—Alejandro Magno

1

Las fiestas

La Navidad se ha acabado y el Negocio es el Negocio.
—Franklin Pierce Adams

Washington, D. C.
Diciembre de 2014

Keller no deja de repetirse que la Masacre de Tristeza no habría tenido lugar si Adán Barrera siguiera vivo; es una idea de la que no puede escapar.

Y no porque Barrera hubiera impedido la matanza de esos chicos por consideraciones de índole moral, sino porque era demasiado astuto para desatar esa tormenta mediática. Y porque cuando Sinaloa mandaba, lo que decía Barrera era ley.

Ahora no hay ley que valga.

Mataste al lobo, reflexiona Keller, y ahora los coyotes andan sueltos.

En noviembre, un equipo de forenses de una universidad alemana fue al basurero de Cocula e identificó los restos óseos de un cuerpo calcinado como pertenecientes a uno de los estudiantes desaparecidos. De modo que la verdad sobre la Masacre de Tristeza, como se la conoce ya, empieza a salir a la luz: cuarenta y tres jóvenes fueron trasladados a un tiradero, asesinados a tiros y quemados sobre un montón de basura. Algunos de ellos sin duda todavía estaban vivos cuando vertieron la gasolina sobre sus cuerpos y les prendieron fuego.

Keller avanza entre la ventisca invernal y entra en la librería Second Story Books de P Street buscando un libro sobre la obra de Leonora Carrington, una de las artistas favoritas de Marisol. Es un volumen difícil de encontrar; podría conseguirlo en Amazon pero prefiere comprar en tiendas de barrio y a veces en Second Story encuentra libros que en otras librerías no tienen.

Eso que cuenta Ariela Palomas de que solo trataba de impedir los actos vandálicos de un grupo de estudiantes radicales y la cosa se le fue de las manos es, evidentemente, una patraña. Los alumnos de la normal llevaban años organizando manifestaciones sin que a la alcaldesa le preocupara lo más mínimo. Y esa historia de que no quería que su importantísima conferencia se viera empañada por las protestas también hace agua: el lugar donde se celebraba la conferencia estaba muy lejos de la estación de autobuses y sus participantes ni siquiera estaban al tanto de que iba a haber una marcha que, de todos modos, era en la Ciudad de México, a ciento treinta kilómetros de allí.

No, Palomas intenta tapar algo o a alguien tan poderoso que está dispuesta a pasar el resto de su vida en prisión.

Y, de momento, el gobierno mexicano parece dispuesto a dar por buena su historia.

El pueblo mexicano no. La gente, los medios de comunicación y las familias denuncian a voz en grito que se está echando tierra sobre el asunto, y Keller no se los reprocha.

Una de las personas que se niegan a aceptar la versión oficial es, por supuesto, Marisol.

En noviembre se empeñó en asistir a una manifestación en la Ciudad de México.

Discutieron al respecto.

—Es peligroso —dijo Keller.

—La última vez que hubo una manifestación en la capital —respondió Mari—, fuiste conmigo. Pero no te acuerdas.

Keller sí se acordaba.

Fue a principios de su relación, cuando hubo manifestaciones masivas en protesta por lo que muchos mexicanos consideraban un fraude electoral. Keller se manifestó con ella, pasó la noche a su lado en el Zócalo, envuelto en una bolsa de dormir. También se manifestó con ella en Juárez, puede que de eso Mari no se acuerde, pero…

—Sí que me acuerdo, fue antes de…

—¿De que me convirtiera en una lisiada?

—Yo no he dicho que seas una lisiada.

—Pues no me trates como si lo fuera.

—Pero sé realista —repuso Keller—. Tienes movilidad limitada. Podría haber disturbios y…

—Si los hay, me apartaré cojeando —dijo ella—. Pero si tanto te preocupa, podrías venir conmigo.

—Tú sabes que no puedo hacer eso.

Los titulares serían brutales; las repercusiones diplomáticas, aún peores. Le guste o no, tiene que colaborar con la actual administración mexicana.

—Antes habrías venido —dijo Marisol.

—Eso no es justo.

—Lo que no es justo —replicó ella, empezando a molestarse— es que hayan desaparecido cuarenta y tres estudiantes que seguramente están muertos, que asesinaran a otros seis y que al gobierno le tenga sin cuidado.

—El enemigo no soy yo, Mari.

Ella se ablandó un poco.

—No, claro que no. Y tienes razón, estoy siendo injusta. Lo siento. ¿Que yo vaya te causará problemas?

—Tal vez.

Marisol es muy conocida en México, las cámaras la localizarán, los medios estadounidenses, y especialmente los de extrema derecha, se cebarán en la noticia.

—Pero lo que me preocupa es tu seguridad.

—Tengo que ir.

A pesar de las objeciones de Keller, fue.

Miles de personas —familiares de los estudiantes desaparecidos, activistas sociales, ciudadanos preocupados— se manifestaron ante el edificio del Congreso. Fue, en líneas generales, una protesta pacífica. Hubo, sin embargo, algunos cientos de manifestantes que se separaron del bloque principal y marcharon hacia el Palacio Nacional.

Mari iba con ellos.

Igual que Ana Villanueva.

Naturalmente, cuando Marisol le llamó para decirle que no se preocupara, que iba a estar acompañada, Keller pensó que la periodista había viajado desde Valverde para unirse a la protesta. Ante el Palacio Nacional, algunos de los manifestantes más radicales se cubrieron el rostro y arrojaron botellas y petardos contra las puertas. La policía los hizo retroceder con cañones de agua y tanto Mari como Ana acabaron en el suelo. Al verlo en televisión, Keller se sintió al mismo tiempo furioso y aterrorizado. Al hablar por teléfono con Marisol le preguntó:

—¿Estás bien?

—Un poco mojada, pero por lo demás bien.

—No tiene gracia —dijo Keller.

—Era agua, Arturo.

—Podrían haberte lastimado de gravedad.

—Pero no fue así.

Él suspiró.

—Me alegraré cuando estés en casa.

—La verdad es que voy a ir a Tristeza.

—¡¿Qué?!

—¿No me has oído o no me has entendido? —preguntó Mari.

—No te entiendo porque es absurdo —repuso Keller—. ¿Qué crees que vas a conseguir yendo allá?

—Encontrar los cuerpos.

Keller perdió los estribos. ¿Cómo demonios, preguntó, creía su mujer que un grupo de activistas sin preparación iba a conseguir lo que no habían conseguido el gobierno, la policía, varios equipos internacionales de expertos y su propia gente? ¿Y qué pensaba, que a un estudiante lo habían llevado al basurero y lo habían matado allí, y que los otros estaban...? ¿Dónde? ¿En una prisión secreta en alguna parte? ¿En los sótanos del Palacio Nacional? ¿En Marte? Los restos de los estudiantes, le dijo, están en el basurero y el río, son cenizas y nadie los encontrará nunca.

—¿Terminaste? —preguntó Marisol cuando él se detuvo para tomar aliento.

—De momento, sí.

—Vamos a ir a Tristeza —explicó ella— para que la opinión pública siga teniendo presente la desaparición de los estudiantes y para obligar al gobierno a llevar a cabo una investigación como es debido. Y...

—Dios mío, ¿qué más?

—Nos ha llegado información de que el ejército tiene retenidos a los estudiantes en un cuartel a las afueras del municipio —concluyó Marisol.

—No creerás eso.

—¿Puedes asegurarme que no es cierto?

—Para saber que no es cierto solo hay que aplicar la lógica y la razón —contestó él—. Solo están agitando el avispero.

—Porque es necesario agitarlo —repuso ella—. ¿Qué quieres? ¿Que dejemos que «se encarguen los profesionales»?

—Pues sí.

—Pero es que no se están encargando.

—Estamos haciendo todo lo que podemos —dijo Keller.

—Me refiero aquí, en México. ¿Por qué luchamos, Arturo? Creí que estábamos en el mismo bando.

—Y así es —afirmó Keller—. Pero no quiero que vayas a Tristeza. La Ciudad de México es una cosa. Guerrero es primera línea del frente.

—Ana viene conmigo.

También estaba contigo cuando te acribillaron a las afueras de Valverde, pensó Keller. Será tan incapaz de protegerte como lo fue entonces.

—Voy a decirle a Orduña que las recoja a las dos y las suba a un avión.

—No creo que se te permita ordenar un secuestro, ni aunque seas el director de la DEA —dijo Mari—. Y si de pronto vas a convertirte en una especie de ogro paternalista...

—Por favor.

—Y sobreprotector...

—¿Me tomas el pelo?

—No puedes decirme lo que tengo que hacer —concluyó ella.

Marisol fue a Tristeza, miró de frente a las cámaras de televisión y dijo:

—Estamos haciendo la labor que las autoridades se niegan a cumplir.

Y se puso a buscar fosas comunes.

Ya ni siquiera se trataba de la Masacre de Tristeza. Ana, que escribía otra vez para *El Periódico*, el rotativo de alcance nacional de Juárez, informó que podía haber hasta quinientos cadáveres enterrados en la zona durante el pasado año y medio.

Keller vio las declaraciones de Marisol en la página web de Breitbart, cuyo titular rezaba LA ESPOSA DEL DIRECTOR DE LA DEA ENCABEZA UNA PROTESTA IZQUIERDISTA. El artículo no solo incluía el video de la declaración de Mari en Tristeza, sino también una foto suya con una pancarta que decía YA ME CANSÉ y otra grabación en la que se le veía cayendo al suelo, empujada por los cañones de agua, frente al Palacio Nacional, con un cintillo que decía MARI LA ROJA SE MOJA.

Al lado, en otra foto, Keller parecía mirar a su esposa con una sonrisa.

El *New York Times*, el *Washington Post* y la CNN no llegaron a tanto, pero publicaron varias notas acerca de la participación de la esposa del director de la DEA en las protestas. El *Guardian* prácticamente la beatificó. Fox News emitió imágenes de los manifestantes encapuchados arrojando botellas y petardos mientras Sean Hannity se preguntaba en voz alta si Art Keller apoyaba las actividades radicales de su mujer.

Keller se vio obligado a emitir una declaración oficial. «Aunque se trata de un asunto interno del Estado mexicano, la DEA está cooperando estrechamente con el gobierno de México para descubrir la verdad respecto de lo sucedido en Tristeza. Nuestros pensamientos y plegarias están con los estudiantes desaparecidos, con sus familias y sus seres queridos».

De mala gana, fue a la CNN y tuvo que ver cómo Brooke Baldwin daba paso a un video de las protestas. Ante la ceja levantada de la periodista, respondió:

—Evidentemente, mi esposa tiene su propio criterio.

—Pero ¿apoya usted lo que está haciendo?

—La apoyo a ella —dijo Keller—. Marisol es ciudadana mexicana y tiene derecho a manifestarse.

—¿Violentamente?

—Creo que, si vemos toda la grabación, es claro que ella no tomó parte en ningún acto violento —repuso Keller.

—Pero estaba allí.

—Sí, desde luego.

John Dennison intervino con un tuit: «Mari la Roja avergüenza a su marido. Triste».

Keller recibió una llamada de McCullough.

—¿No puedes controlar a tu mujer?

—Voy a hacerte un favor, Ben —contestó Keller—. Ni siquiera voy a contarle que has dicho eso. Pero, a decir verdad, no tengo ningún interés en «controlar» a mi mujer. Es una mujer, no un perro.

—Oye, yo estoy de tu parte, ¿recuerdas? —dijo McCullough.

Si decides presentarte para presidente, se dijo Keller, me dejarás tirado como una colilla.

—Entonces, ¿vas a anunciar tu candidatura, Ben?

—Ahora mismo estoy centrado en defender los intereses de los ciudadanos de mi estado —respondió McCullough—. Pero, oye, si la bella doctora pudiera contenerse y no unirse, digamos, al ISIS...

—Que tengas buen día, Ben.

Cuando volvió a casa, Mari le dijo:

—Te vi en la CNN. Gracias.

—No iremos a convertirnos en una de esas parejas influyentes de Washington que se comunican a través de las noticias por cable, ¿verdad? —preguntó Keller.

—No.

—¿Qué has averiguado en Tristeza?

—Lo que tú decías —contestó ella—. Nada. Y no te jactes.

—No tengo nada de qué jactarme.

Al contrario. Cuarenta y nueve jóvenes muertos, cuarenta y tres de ellos «desaparecidos», seis asesinados en el lugar del asalto, entre ellos, seguramente, Chuy Barajos. Keller no va a jactarse de nada.

Marisol tiene otras malas noticias.

—Ana va a retomar la investigación. Está convencida de que el gobierno federal está encubriendo algo y va a escribir un reportaje. Ha conseguido que Óscar la acredite.

—Óscar debería ser más prudente.

—Nunca ha podido decirle que no —dijo Marisol—. Estoy preocupada, Arturo. ¿Puedes hacer algo para ayudarla?

—Puedo llamar a Roberto. Pedirle que le eche un ojo.

No servirá de mucho, pensó. Las fuerzas especiales de la infantería de marina tienen cosas más urgentes que hacer que cuidar de una reportera.

Sobre todo, de una reportera tan independiente y obstinada como Ana. Pero aun así haría esa llamada.

Luego le telefoneó Ana.

—¿Qué puedes decirme de los Palomas?

—Ana…

—Por favor —dijo Ana—, tú sabes que esa historia es una *mamada*. Mis fuentes dicen que la familia Palomas está aliada con Sinaloa.

Sus fuentes estaban en lo cierto, pensó Keller. Los Palomas llevan varias generaciones vinculados al cártel de Sinaloa a través de la facción de los Tapia. Cuando los Tapia se enfrentaron a los Barrera, los Palomas se mantuvieron fieles a los primeros, pero cuando perdieron la guerra hincaron la rodilla ante Adán, que les concedió la absolución y les dio permiso para operar en Guerrero.

—Ana, ¿estás en Guerrero? —preguntó Keller.

—¿Dónde voy a estar, si no?

—No sé. ¿A salvo en casa?

—He estado demasiado tiempo a salvo en casa —contestó ella—. Quiero que me ayudes con esto, Arturo. Por aquí se rumorea que Guerreros Unidos tomó parte en el asunto. ¿Puedes confirmármelo? Extraoficialmente, claro. Entre tú y yo.

—Tenemos fuentes que afirman lo mismo.

—¿Y por qué encubre el gobierno mexicano a Guerreros Unidos? —preguntó Ana—. Son una banda de medio pelo.

Eso ya lo sabes, pensó él.

La mañana posterior a la matanza, Keller pidió a su Departamento de Inteligencia que le hiciera un informe completo de la situación en el estado de Guerrero. Así se enteró de que el cártel de Sinaloa estaba invirtiendo gran cantidad de recursos en Guerrero como nueva fuente de opio y que Guerreros Unidos y Los Rojos —ambas bandas, fragmentos del frasco roto de los Tapia— competían por aprovisionar al cártel. Si Sinaloa estaba involucrado, era indudable que habría elementos de la administración tratando de encubrir el asunto.

—La gente de aquí dice que la policía de Tristeza entregó a los estudiantes a los narcos —dijo Ana—. ¿Puedes confirmarlo?

—Puedo confirmar que eso es lo que dice la gente.

Sabía que era cierto. Blair había conseguido transcripciones de los interrogatorios a varios agentes de policía de Tristeza donde admitían que habían dejado a los chicos en manos de personas vinculadas a Guerreros Unidos.

Por orden de Ariela Palomas.

—Pero ¿quién se lo ordenó a ella?, se pregunta ahora Keller. Una alcaldesa de un pequeño municipio no ordena por sí sola el asesinato de cuarenta y nueve jóvenes.

Eso lo hacen los jefes de los cárteles.

Pero ¿de qué cártel en concreto?

¿Y quién?

Ahora nadie sabe siquiera quién está al frente de Guerreros Unidos.

Puede que los hermanos Rentería, puede que no.

¿O la orden procedía de más arriba?

De Sinaloa.

Ricardo Núñez está al mando del cártel de Sinaloa, al menos nominalmente. Parece estar adiestrando a su hijo, el ahijado de Adán, para que lo sustituya en algún momento. El Mini Ric tiene fama de ser un inútil, un playboy, el típico *hijo*, pero últimamente hay indicios de que está empezando a involucrarse seriamente en el negocio.

Núñez padre no es, hasta donde saben, un hombre especialmente violento o irreflexivo. Al contrario, probablemente es aún más prudente que Adán. Sería impropio de él haber ordenado o incluso consentido una matanza como la de Tristeza. Puede que su hijo sea más sanguinario, pero no tiene poder para ordenar algo así.

Otras dos facciones de Sinaloa están sacando heroína de Guerrero.

Se sabe que Elena Sánchez está sumida en el duelo por la muerte de su hijo y aun así libra una sangrienta guerra intestina contra Iván Esparza, usando a vendedores callejeros como peones. El único hijo que le queda, Luis, encabeza oficialmente la facción de los Sánchez, pero es un ingeniero, no un asesino.

Iván Esparza sí lo es, en cambio.

Es tan estúpido, impulsivo y despiadado como para haber ordenado o autorizado la Masacre de Tristeza.

Pero de momento no hay nada que lo vincule a los hechos.

Ni a él, ni a ninguno de ellos.

Puede que no fuera Sinaloa, a fin de cuentas, se dice Keller.

Los informes de inteligencia indican también que el cártel Jalisco Nuevo se está infiltrando en Guerrero.

Tito Ascensión creció en la pobreza, en los campos de aguacate de Michoacán. Cumplió condena en el violento caldero de San Quintín. No sería la primera vez que matara a inocentes: una vez mató a treinta y cinco en Veracruz al confundirlos con Zetas. No habría dudado en matar a esos estudiantes si le estorbaban.

Pero ¿por qué?

¿Por qué estorbaban unas cuantas decenas de universitarios que iban de juerga?

¿Y por qué quiere encubrirlo el gobierno?

Eso era lo que intentaban averiguar Ana y él.

Luego, Ana le formuló una pregunta muy interesante:

—Los Guerreros Unidos antes estaban con los Tapia. ¿Crees que alguno de ellos puede guardarle lealtad a Damien Tapia?

Eso era nuevo, pensó Keller.

¿Qué había oído contar Ana? ¿Qué sabía?

—¿Por qué lo preguntas?

—Solo estoy barajando posibilidades, Arturo.

Tonterías, se dijo Keller. Ana es una periodista veterana a la que antes le temía todo mundo, desde los narcos a los altos funcionarios del gobierno, incluso los presidentes de la república. Jamás desperdiciaba una pregunta; eran demasiado valiosas.

—¿Qué te hace pensar que Damien Tapia tiene algo que ver con esto?

—No es que lo piense, necesariamente —contestó ella—. Es solo que han visto a Damien merodeando por Tristeza.

—¿Quién lo ha visto?

—Cuando tú empieces a hablarme de tus fuentes —replicó ella—, yo te revelaré las mías.

—No, seguro que no.

—No, claro —contestó ella riendo—. Pero ¿qué sabes de Damien?

Seguramente lo mismo que tú, contestó Keller. Que el hijo de Diego está resentido con Sinaloa por la muerte de su padre y la ruina de su familia. Que ha jurado vengarse pero hasta ahora no ha hecho nada, salvo publicar un par de videos en YouTube y escribir malas canciones.

Probablemente los de Sinaloa lo habrían matado ya si no fuera porque de jovencito era muy amigo de los hermanos Esparza y de Ric Núñez. También estaba muy unido a Rubén, el hijo de Tito. Era el menor de los Hijos, una especie de mascota, por eso lo toleraban. Y, si fueran sinceros, los capos de Sinaloa reconocerían que se sienten culpables por lo que les hicieron a los Tapia.

—Ana, ten cuidado —dijo Keller, y colgó.

Luego ordenó que sacaran a Eddie Ruiz de su celda y lo llevaran a un teléfono especial.

—¿Qué sabes sobre lo de Tristeza? —le preguntó.

—Nada —contestó Ruiz.

—Dicen que Guerreros Unidos tuvo algo que ver.

—¿Y?

—Antes eran de los tuyos —dijo Keller—. Y Damien Tapia era tu amigo.

—«Amigo», no sé —dijo Eddie—. Más bien le hacía de niñera cuando su viejo tenía demasiada coca adentro para cuidar de él.

—¿Has tenido contacto con él últimamente?

—Sí, Keller —respondió Eddie—. Viene aquí todos los jueves y jugamos *Pokémon*. ¿Tú qué crees?

—¿Qué puedes decirme de Tristeza? —insistió Keller.

—Aunque supiera algo, que no lo sé —respondió Ruiz—, ¿crees que te daría información que pudiera implicarme? Me queda poco para salir de aquí, Keller. No voy a cagarla ahora.

—Tal vez un pequeño traslado te refresque la memoria, como terapia —replicó Keller.

Eddie estaba cómodo en Victorville, allí se sentía a salvo. Tenía cerca a su familia, que podía ir a visitarlo. Que lo trasladaran a otra cárcel sería un tremendo engorro para él; tal vez incluso peligroso. Tendría que buscar el favor de otro jefe de la Eme, entablar nuevas alianzas. Y luego Keller podría hacerlo trasladar de nuevo, una y otra vez…

—Carajo, Keller —dijo Eddie—. ¿Vienes con un palo, en vez de una zanahoria? ¿Esto qué es?

—¿Qué quieres?

—Mira, hombre —dijo Eddie—, hace tres años que me entregué. Dos años desde nuestra excursioncita al sur…

—No puedes seguir jugando esa carta.

—Lo que sé tiene que valer algo —dijo Eddie—. ¿Unos meses de recorte de condena, quizá?

—Eso les corresponde decidirlo a los fiscales federales y al juez.

—Como si tú no tuvieras ninguna influencia sobre ellos —repuso Eddie.

Tiene razón, pensó Keller. Solo tendría que hacer una llamada, dos a lo sumo, para adelantar la fecha de excarcelación de Ruiz.

—¿Qué obtengo yo a cambio?

—Averigua sobre los hermanos Rentería —respondió Eddie.

—Los Rentería ocupan un nivel medio. ¿Quién dio la orden?

—Ya te dije lo que podía —dijo Eddie.

De modo que, sea quien sea quien dio la orden, es tan poderoso que ni siquiera Eddie se atreve a dar el soplo. Sabe, en cambio, que a los Rentería puede echarlos a los perros.

—Si esto se confirma, conseguiré que adelanten tu PFE.

«Posible fecha de excarcelación.»

—Se confirmará —le aseguró Eddie.

—Si no, te haré botar de cárcel en cárcel como una pelota.

—¿Alguna vez te cansas de ser un cabrón? —preguntó Ruiz.

—No.

—Ya me lo parecía.

Keller le dio aviso a Orduña y la FES no dejó piedra por mover buscando a los Rentería. Registraron casas, almacenes, peinaron el campo buscando plantaciones de opio, se convirtieron en un estorbo constante para el tráfico de heroína en Guerrero.

Pero no encontraron a los hermanos Rentería.

Keller reflexionó sobre la posible relación entre Guerreros Unidos y Damien Tapia. ¿De qué índole era y quién tenía poder para ordenar los asesinatos de Tristeza? Ordenó a sus colaboradores que apretaran las tuercas a todos sus informantes, así como a los delincuentes inculpados y a los presos federales a fin de obtener información sobre lo sucedido en Tristeza. Que ofrecieran pactos, que profirieran amenazas, que hicieran detenciones, registros e incautaciones hasta el límite que permitiera la ley. Se preguntó a todos los soplones por Tristeza y se les presionó para obtener información.

El personal de todas las oficinas de la DEA captó rápidamente el mensaje: el jefe había iniciado una cruzada. O empuñabas la bandera y marchabas a su lado, o tu carrera se trababa como un coche barato de segunda mano.

Keller recurrió al Servicio de Inmigración y a la Patrulla Fronteriza: si paran un coche que lleve aunque sea trescientos gramos de marihuana, por favor, interroguen acerca de Tristeza. Acudió a sus contactos en diversos cuerpos policiales locales y estatales pidiéndoles lo mismo: pregunten a todo mundo por Tristeza y, si averiguan algo, aunque sea mínimo, avísennos.

Pero, de momento, nada.

Ahora Keller encuentra el libro que está buscando, *Leonora Carrington: pinturas, dibujos y esculturas, 1940-1949*. Marisol se va a poner contenta. Keller se acerca al mostrador y paga el libro; luego sale a la calle.

Alguien mató a esos estudiantes.

Él va a descubrir quién fue y va a acabar con quien sea.

Porque es cosa mía, piensa.

Tú destruiste al monstruo, se dice.

Ahora te toca destruir al siguiente.

Siempre ha habido especulaciones filosóficas en torno a la cuestión «¿Y si no existiera Dios?», reflexiona mientras camina entre la aguanieve. Pero nadie ha formulado de verdad la pregunta «¿Y si no existiera Satán?», ni mucho menos la ha respondido.

La respuesta a la primera es que se desataría el caos en el cielo y en la tierra. Pero la respuesta a la segunda es que se desataría el caos en el infierno: todos los demonios menores se lanzarían a una lucha amoral por convertirse en el nuevo Príncipe de las Tinieblas.

Luchar por el cielo es una cosa.

Pero luchar por el infierno…

Si Dios ha muerto y también ha muerto Satán…

En fin, feliz Navidad.

Hugo Hidalgo tiene un regalo para él.

Entra en el despacho con una sonrisa satisfecha en la cara y dice:

—Puede que lo de Claiborne por fin esté dando fruto. ¿Supiste de lo de Park Tower?

—Suena a título de serie de la televisión pública.

Park Tower, le explica Hidalgo, es un rascacielos que alberga oficinas, tiendas y condominios, situado en la parte baja de Manhattan. Una empresa llamada Terra Company lo compró en 2007, durante la burbuja inmobiliaria. Pagó por adelantado cincuenta millones de dólares de un precio total de casi dos mil.

—Es solo un dos y medio por ciento —comenta Keller.

—El resto procedía de préstamos con interés elevado y debía abonarse en un solo pago global en un plazo de dieciocho meses.

El problema, explica Hidalgo, es que el edificio ha sido un fracaso. Terra no ha encontrado arrendatarios suficientes para cubrir los intereses, y mucho menos el capital. Y el edificio necesita remodelaciones importantes, y en el sector de la construcción cada vez hay más competencia.

Ahí es donde entra Berkeley, el fondo de cobertura para el que trabaja Claiborne.

Berkeley creó un sindicato crediticio para refinanciar Park Tower y saldar el préstamo. A cambio, recibiría una participación del veinte por ciento en el nuevo edificio. Claiborne reunió a diecisiete prestamistas de bancos de Estados Unidos y de otros países: Alemania, China, los Emiratos.

—¿Y cuál es el problema? —pregunta Keller.

—Que el Deutsche Bank acaba de zafarse —dice Hidalgo—. Y Claiborne está haciendo malabares para mantener unidos al resto, y le faltan doscientos ochenta y cinco millones. Es una operación jodida, porque el crédito de Terra no vale una mierda. Así que Claiborne está buscando lo que él llama un «prestamista de último recurso».

—Vaya eufemismo —dice Keller.

—Claiborne solo me lo contó porque amenacé con volver a su asunto

—dice Hidalgo—. Pero cuando han tenido problemas parecidos siempre han recurrido a HBMX.

Keller reconoce el nombre. HBMX es un banco de inversión privado que lava enormes sumas de dinero para el cártel de Sinaloa.

Todas las grandes redes del narcotráfico afrontan el mismo problema, el problema contrario al que suelen tener las empresas corrientes: a las redes del narcotráfico no les falta capital; tienen demasiado.

Y en su mayor parte es dinero líquido.

Los cárteles operan a crédito y cobran al contado: adelantan las drogas a intermediarios que pagan cuando venden la mercancía a un minorista. No es infrecuente que un cártel adelante de buena fe millones de dólares en drogas cuyo pago está garantizado con la vida de los prestatarios y sus familias.

El riesgo para ambas partes es escaso, porque las drogas son una venta casi segura. Lo peor que puede ocurrir es que la policía incaute la mercancía antes de que se venda, en cuyo caso el intermediario debe proporcionar pruebas al cártel, normalmente con el informe policial de que las drogas, en efecto, han sido decomisadas. Entonces acuerdan una prórroga de la deuda o incluso, si se trata de un cliente fijo, su condonación.

Tal es la cantidad de dinero que se mueve.

Pero ese es el problema: que el negocio genera ingentes cantidades de dinero líquido que hay que lavar, hacer pasar a través de empresas legales a fin de que pueda utilizarse.

Hace una década, más o menos, los cárteles lavaban el dinero electrónicamente, haciéndolo circular por el mundo mediante múltiples transferencias digitales, hasta que quedaba limpio. Pero cuando la Interpol y otros organismos policiales mejoraron sus sistemas de vigilancia electrónica, los cárteles volvieron a los métodos de antes: empezaron a trasladar fisicamente el dinero a México, donde era depositado en bancos amigos.

La cosa funcionó durante un tiempo, pero los bancos mexicanos no podían gestionar todo ese dinero, y las mejores oportunidades de inversión se hallaban en Estados Unidos, de modo que los narcos comenzaron a transferir el dinero de bancos mexicanos a bancos estadounidenses. El problema era que los bancos de Estados Unidos se rigen por normas de control mucho más estrictas: supuestamente, no pueden aceptar depósitos en efectivo de más de diez mil dólares sin cumplimentar un SAR —un informe de actividad sospechosa— y están obligados a informar a las autoridades de cualquier depósito de importancia, sea cual sea la suma, si su origen puede ser sospechoso.

Un par de bancos de Estados Unidos y el Reino Unido fueron sorprendidos moviendo dinero del narcotráfico sin presentar los correspondientes informes y condenados a pagar varios miles de millones en multas, lo que podría parecer un montón de dinero de no ser porque las transferencias ascendían a 670 000 millones de dólares y las ganancias de los bancos ese año superaron los 22 000 millones.

Para jugar, hay que pagar.

Pero el dinero inmovilizado en los bancos no sirve de gran cosa ni genera ganancias, de modo que una de las mejores cosas que se pueden hacer con él es invertir en el sector inmobiliario.

Porque los bienes inmuebles son caros.

La construcción es cara.

La mano de obra es cara.

Y se puede lavar todo el dinero a través de préstamos, inflando el presupuesto para materiales, pagando mano de obra que no trabaja, etcétera, etcétera.

Con un proyecto como Park Tower, las posibilidades son infinitas.

Y cuando una empresa como Terra se encuentra en medio de un río ancho y caudaloso como el proyecto Park Tower y se queda sin dinero y no consigue más crédito, acepta cualquier cable que le echen con tal de llegar a la otra orilla.

Si el dinero del narcotráfico es su único salvavidas, se agarra a él.

—¿Ya han recurrido a HBMX? —pregunta Keller.

—No lo harán hasta que agoten todas las posibilidades —dice Hidalgo.

De ahí la expresión «prestamista de último recurso», se dice Keller.

Hidalgo pone una cara rara.

—¿Qué pasa? —pregunta Keller.

—¿Sabes quién es el socio principal de Terra?

—No.

—Jason Lerner —dice Hidalgo.

—¿Quién es ese?

—El yerno de John Dennison —responde Hidalgo—. ¿Estás seguro de que quieres seguir adelante?

Porque es un asunto delicado, piensa Keller.

Dennison ha estado atacándome, de modo que podría verse como un desquite, o una maniobra política, o ambas cosas. Si Dennison se presenta finalmente a las elecciones presidenciales, esto podría abrir una auténtica gusanera.

Tenemos que ser precavidos.

Impecables.

—No puedes decirle expresamente a Claiborne en modo alguno, ni siquiera sugerirle, que recurra a HBMX o a cualquier otra entidad. Solo puedes pedirle que te proporcione información sobre las negociaciones que ya estuvieran previstas.

Es una distinción tan fina y endeble como papel de fumar y Keller lo sabe. Es probable que acabe por romperse de todos modos, pero entre tanto tienen que mantenerla.

—Dile a Inteligencia que reúna toda la información que tengamos sobre HMBX, Terra y Berkeley —dice—. Pero con mucho cuidado: camúflalo entre solicitudes de información sobre otras entidades. Acceso estrictamente limitado. Infórmame a mí y solo a mí.

Si Howard se lo huele, irá derecho con Dennison y todo se irá al traste antes de haber empezado.

—¿Qué hacemos con Mullen? —pregunta Hidalgo.

—Lo mantendré informado —dice Keller—. Se lo debemos. Pero a nadie más.

—¿Y el Distrito Sur? —pregunta Hidalgo.

—Es prematuro —responde Keller.

Un caso de blanqueo de capitales que implique a Terra y Berkeley quedaría bajo la jurisdicción de la fiscalía federal para el Distrito Sur de Nueva York, y naturalmente habría que contar con ellos, pero todavía no hay pruebas definitivas, solo la posibilidad de un delito que puede concretarse o no.

Además, en la fiscalía podría haber filtraciones que pondrían en peligro no solo la operación sino al propio Claiborne; quizás incluso a la *escort* a la que Claiborne agredió y por la que acabó convirtiéndose en un soplón.

—¿Dónde está la chica? —pregunta Keller.

Hidalgo se encoge de hombros.

—Le pediré a Mullen que vaya a buscarla y la saque de la ciudad —dice Keller.

No cree que Claiborne sea capaz de matarla, pero sabe que los cárteles no tendrán reparo en hacerlo.

Marisol está echando un vistazo a la estantería de libros latinoamericanos de la librería Politics and Prose cuando oye decir:

—Disculpe. ¿La doctora Cisneros?

Se vuelve y ve a una mujer atractiva, madura, con el cabello rubio cenizo.

—Sí, soy yo.

—Althea Richardson —dice la mujer—. Antes, Althea Keller.

—Ah. *Encantada*.

Se ríen las dos de ese momento embarazoso: la exmujer de un hombre presentándose a su actual esposa.

—Te reconocí por las fotos de las revistas —dice Althea—, pero no te hacen justicia.

—Eres muy amable —dice Marisol—, y aún más guapa de lo que dice Arturo.

—Estoy segura de que Art nunca ha dicho tal cosa —contesta Althea con una sonrisa—. Puede que sea despistado, pero no tanto como para decirle algo así a su mujer.

—Tal vez aún no estábamos casados —responde Marisol.

—Oye, ya sé que es un poco raro —dice Althea—, pero ¿te apetece tomar un café o algo?

—Claro, ¿por qué no?

Marisol descubre que le cae muy bien la exmujer de Arturo. Aunque en realidad no le sorprende: él siempre habla muy bien de ella y se culpa del divorcio a sí mismo, en exclusiva. Lo que sí le sorprende es que Althea sea tan divertida, divertida e inteligente, socarrona y dada a burlarse de sí misma.

Enseguida empiezan a reírse de anécdotas sobre Art Keller y descubren que tienen muchas cosas en común.

Y no solo respecto a Art.

Sus convicciones políticas son muy similares, igual que sus ideas respecto al papel de las mujeres, y al cabo de unos minutos Marisol empieza a pensar que tal vez haya encontrado a una verdadera amiga en esta ciudad.

—Los ataques que has recibido son una vergüenza —comenta Althea.

Marisol se encoge de hombros.

—La derecha es igual en todas partes, ¿no? Ya sabes, no les gusta que las mujeres se… ¿Cómo se dice? Se tomen confianzas.

—¿Qué harán ustedes si…? —Althea se interrumpe.

—¿Si destituyen a Arturo?

—Lo siento —dice Althea—. Metí la pata.

—No, es la realidad —responde Marisol.

—¿Se quedarían en Washington?

—Creo que sí. Pero háblame de ti.

—No hay mucho que contar —dice Althea—. Enseño ciencias políticas en la universidad. Enviudé hace poco…

—Lo siento mucho.

—Bob y yo llevábamos la típica vida de una pareja de profesores —dice Althea—. Era muy agradable. Nos sentábamos juntos en la sala a escuchar el radio, hacíamos excursiones al campo con nuestro equipo de L. L. Bean… Catas de vino los fines de semana, vacaciones de verano en Martha's Vineyard o la costa de Maryland. Luego enfermó. El último año no fue nada agradable.

—Lo siento de veras.

—Estoy bastante bien, la verdad —dice Althea—. Pero es extraño, sabes, despertar por la mañana y darse la vuelta y que ese lado de la cama esté vacío. Y no me acostumbro a cocinar para uno solo. Muchas veces ni me molesto, compro algo hecho. De todos modos, soy una cocinera pésima. Puede que Art te lo haya dicho.

—No.

—El pobre hombre solía cocinar en defensa propia.

—Seguro que no es verdad.

—Es triste —dice Althea—. En el restaurante chino ya me conocen por mi nombre. Por lo demás, me paso la vida recorriendo librerías y abordando a las mujeres de mi exmarido.

—Me alegro de que lo hayas hecho.

—Yo también.

Esa noche, cuando Keller llega a casa, Marisol le dice:

—¿A que no adivinas a quién me encontré esta tarde? A Althea. —Le hace gracia que parezca completamente perplejo—. Se acercó a mí y se presentó. Tomamos un café.

—¿Hablaron de mí?

—Qué ego, el tuyo —dice Marisol—. Al principio sí, claro. Luego, lo creas o no, encontramos otros temas de conversación.

—Apuesto a que sí —dice Keller.

—Ya entiendo por qué la quieres —añade ella.

—La quería.

—Tonterías —dice Marisol—. No puedes haber estado casado con una mujer así tanto tiempo, tener hijos con ella, y no quererla. No estoy celosa, Arturo. ¿Qué? ¿Es que tiene que desagradarme Althea solo porque estuviste casado con ella? Discúlpame, pero me resisto a ser un tópico.

—Un estereotipo.

—¿Perdón?

—Un tópico es una expresión verbal trillada. Un estereotipo es…

Marisol le lanza una mirada capaz de helar.

—¿En serio ahora vas a corregir mi inglés?

—No. Nada de eso.

—Así me gusta —dice ella.

—Bueno, si vuelves a verla…

—Claro que voy a verla —dice Marisol—. Y tú también, porque va a venir en *Nochebuena*. ¡Arturo, hagamos una Navidad mexicana este año! Invitemos gente. Estoy harta de tanta muerte. Nos sentaría bien un poco de vida.

—Claro, me parece bien, pero…

—Pero ¿qué?

Su rostro es una máscara de fingida inocencia.

—Lo de Althea… Podrías haberme preguntado primero.

—Pero me habrías dicho que no.

—Exacto.

—Entonces ¿para qué iba a preguntártelo? —inquiere Marisol—. Althea iba a pasar la Nochebuena sola, y eso no está bien. Y la verdad es que me agrada, me cae muy bien. Ana también va a venir, por cierto. Vas a ser una isla en un mar de estrógeno.

—Genial.

—¿Qué planes tiene Hugo?

—No lo sé.

—Pregúntale.

Keller sabe lo que pretende su esposa, aunque ella no lo sepa. Él es un solitario, no le molesta la soledad, pero Mari es un animal social. Pasó sus días más felices rodeada de un círculo de amigos para los que un nuevo poema era motivo suficiente para celebrar una fiesta. Él estuvo presente en algunas de esas reuniones: la bebida, los debates apasionados, las canciones, las risas… Muchos de esos amigos ahora están muertos, asesinados en la guerra contra el narcotráfico, y quizás inconscientemente Mari trata de recrear el calor de ese abrazo mutuo, quiere sentirse de nuevo arropada. Keller sabe que se siente sola en este país tan frío, por eso se dice a sí mismo: «No seas un idiota, no le estropees sus planes navideños».

Hugo Hidalgo se ríe en su cara.

—A ver si entiendo bien. ¿Quieres que vaya a cenar a tu casa contigo, con tu esposa y con tu exmujer? No. Mejor dicho: no, ni hablar.

—¿Qué vas a hacer en Navidad?

—Eso, no.

—Eres más listo de lo que pareces —responde Keller.

—No te pases, jefe.

Keller juega su última carta: un triunfo.

—A Mari le encantaría que vinieras.

—Rayos.

—Deberías haber hecho planes con antelación —dice Keller—. No estar preparado es prepararse para fracasar.

Ana llega en Nochebuena.

Es asombroso, piensa Keller, que cada año que pasa se parezca más a un pájaro, con su naricita picuda y su frágil constitución, que se diría sostenida por huesitos sin médula. Sigue llevando el pelo cortado como paje, pero ahora lo tiene blanco.

De pie en el escalón, con su abrigo de paño y su maleta en la mano, parece una huérfana de mediana edad. Keller abre la puerta y ella lo besa en la mejilla.

Huele a alcohol.

—Tu habitación ya está preparada —dice Keller.

—Ah, yo pensaba que sería un pesebre.

—Puedo echar un poco de paja en el suelo si quieres —dice Marisol.

Puede que hasta tenga paja a la mano, piensa Keller. Su mujer no ha parado un momento para que todo esté listo: ha decorado la casa con las típicas flores de nochebuena, ha puesto el *nacimiento* y ha comprado comida especial; *bacalao* salado, por ejemplo. Ahora se mueve entre la cocina y el comedor, pone platos y copas en la mesa, remueve la comida, y entre tanto bebe vino sin cesar y charla con Ana.

Después, Ana y ella se van a la misa de gallo.

—Hemos quedado con Althea en la iglesia —le dice Marisol a Keller—. ¿Seguro que no quieres venir?

—Creo que paso.

—Nada de hacer trampa y empezar con el *ponche* antes de que volvamos —le advierte ella.

—No lo haré.

Aunque huele maravillosamente: la fruta cortada, la canela y el ron cociéndose a fuego lento. Eso, y el pavo y el jamón en el horno. Marisol ha tirado la casa por la ventana: van a estar comiendo sobras hasta el Día de la Marmota, el 2 de febrero.

—No te olvidarás de bañar el pavo, ¿verdad? —pregunta ella—. Saludaremos al Niño Jesús de tu parte.

Dos segundos después de que salgan por la puerta, Keller prueba el *ponche*.

Le pega un poco: sabe tan bien como huele.

Está sentado viendo *Qué bello es vivir* cuando suena el timbre y llega Hidalgo.

—Rayos —dice.

—¿Qué pasa?

—Olvidé el chaleco antibalas.

—No te preocupes —dice Keller—, las mujeres siempre disparan a la cabeza. ¿Quieres un poco de *ponche*?

—Quiero mucho *ponche* —responde Hidalgo—. Dios mío, qué bien huele aquí.

—Mari lleva toda la semana haciendo tamales.

—¿Tú no deberías estar ya en la cama, jefe?

Keller tiene fama de ser muy madrugador; y de estar entre los primeros en llegar a la oficina cada mañana.

—Pues sí, la verdad.

—Oye, si quieres echar una siesta, yo vigilo.

Graciosito.

—¿Qué hay en la tele? —pregunta Hidalgo. Se sirve un vaso de ponche y se sienta—. Ah, sí. Esta me gusta. Bueno, ¿dónde están tus esposas?

—En misa. Si te queda alguna bromita por allí, suéltala ahora, Hugo.

—¿Tanto tiempo tenemos? —responde Hidalgo.

—Otra cosa —dice Keller—. Esta noche, nada de hablar de trabajo.

—Entendido. Pero, antes de que entre en vigor esa prohibición, hemos comprobado la información sobre Damien Tapia.

—¿Y?

—La señora periodista tiene razón —dice Hidalgo—. Se ha visto a Tapia por Tristeza. Estuvo allí aquella noche, con los Rentería. Corre el rumor de que Guerreros Unidos estaba moviendo pico tanto para Sinaloa como para Damien.

—¿Crees que se atrevieron a joderse a Sinaloa?

—Hay viejas rencillas entre ellos, ¿no? —dice Hidalgo—. ¿No estabas tú allí cuando mataron al padre de Damien?

—¿Has leído mi expediente, Hugo?

—Son cosas que se cuentan en la oficina —contesta Hidalgo—. Así que puede que los Rentería hayan redescubierto sus raíces y estén colaborando con el chico.

—Puede ser —dice Keller—. Pero no creo que lo de los estudiantes sea cosa de Damien Tapia. No tiene peso suficiente para hacer algo así por su cuenta. Tuvo que ser otro quien dio la orden.

—¿Quién? —pregunta Hidalgo—. Que sepamos, el Lobezno no tuvo nada que ver.

—No sé —dice Keller—. Habrá que seguir investigando. Pero esta noche no. Y no le digas nada a la periodista.

—Creí que era amiga tuya.

—Y lo es.

Pero ojalá se olvidara de este asunto.

Keller ya ha perdido a demasiados amigos.

Las mujeres vuelven cantando.

De pie en los escalones de la entrada, se detienen y cantan *villancicos*. O por lo menos lo intentan entre estallidos de risa.

Althea está guapísima.

Ha envejecido con elegancia, como suele decirse. Lleva el cabello rubio cenizo muy corto y sus ojos azules brillan detrás de los anteojos apoyados cerca del extremo de su larga nariz aguileña. Keller había olvidado lo hermosa que es y ahora, mientras la ve cantar, se acuerda de que cuando vivían en México estaba empeñada en aprender a hablar español con fluidez.

Ella lo mira y sonríe.

Termina el villancico y las tres mujeres atacan la versión española de *Noche de paz*.

Noche de paz, noche de amor,
todo duerme en derredor...

La tierna y hermosa canción devuelve a Keller a una Navidad de hace —Dios mío— treinta años ya, la última Nochebuena que pasó con su familia, cuando todavía las cosas marchaban bien, justo antes de que mataran a Ernie. Fue esa Nochebuena cuando Althea se llevó a los niños y lo dejó a él en Guadalajara porque tenía miedo, miedo por sí misma y por sus hijos.

Entre los astros que esparcen su luz,
viene anunciando al niñito Jesús...

Había niños cantando *villancicos* en la calle aquella noche, frente a su casa, cuando besó a Althea y los metió a los tres, a ella y a los niños, en un taxi con destino al aeropuerto pensando que volverían a reunirse muy pronto, en México o en Estados Unidos. Pasó el día de Navidad con los Hidalgo y vio al pequeño Hugo abrir sus regalos, y unos días después Ernie fue secuestrado, torturado y asesinado, y el mundo se oscureció de repente y Keller ya nunca volvió con Althea, nunca regresó con su familia.

Brilla la estrella de paz,
brilla la estrella de paz.

Termina la canción y se hace un instante de perfecto silencio.

De perfecta quietud.

De atemporalidad.

Luego Keller dice:

—Pasen.

• • •

Llegan otros invitados.

Marisol, por lo visto, ha invitado a todos sus conocidos y a todo aquel que se ha cruzado en su camino estas últimas dos semanas, de modo que hay gente de sus patronatos y obras de beneficencia, de la embajada mexicana, meseros de sus restaurantes favoritos, empleados de librerías y tintorerías, vecinos…

Keller reconoce a la mayoría, aunque no a todos.

A pesar de su carácter solitario, le sorprende descubrir que no le molesta en absoluto y que, de hecho, se lo está pasando bastante bien.

La comida es fantástica.

Cuando la mayoría de los estadounidenses piensan en comida mexicana, se imaginan burritos y tacos rellenos de pollo, res o cerdo y bañados en queso y frijoles refritos, pero Keller sabe que la cocina mexicana es mucho más variada, sofisticada y sutil.

El pavo con mole está buenísimo, pero lo que de verdad apasiona a Keller son los *romeritos en revoltijo*: camarón seco, papas y *nopales* con romeritos cocinados en una salsa de *chile ancho*, *mulato* y *pasilla*, almendras, canela, cebolla y ajo.

El *bacalao* es un plato típico de Navidad. Marisol lo dejó en remojo un día entero para quitarle la sal y luego retiró la piel y las espinas. Retiró las semillas y la piel de los chiles anchos y los mezcló con tomate fresco. La casa se llenó de un aroma irresistible cuando puso a cocer la salsa a fuego lento con laurel, canela, pimiento rojo, aceitunas y alcaparras. Añadió luego las papas y remató el plato con *chiles güeros*.

Pero la Navidad no es Navidad si no hay tamales.

Marisol ha rellenado las hojas secas de maíz con cerdo, res y pollo («Solo carne oscura, por favor, Arturo, la pechuga es demasiado seca»), pero también ha hecho algunos tamales al estilo de Oaxaca, envueltos en hojas de plátano, con pollo, cebolla, chiles poblanos y chocolate.

Por si no bastara con eso, una gran olla de pozole hierve a fuego lento en la estufa, y hay una gran fuente de *ensalada de Nochebuena*, con lechuga, betabel, manzana, zanahoria, gajos de naranja, trozos de piña, jícama, nueces pecanas, cacahuates y granos de granada.

De postre, Marisol ha preparado un montón de *buñuelos* espolvoreados con azúcar, pero como la mayoría de los invitados son mexicanos y ningún mexicano llegaría con las manos vacías, también hay *roscas de reyes*, arroz con leche, pastel de *tres leches*, *polvorones de canela* y flan.

Desde luego, nadie pasa hambre, ni tampoco sed.

Hay sidra de manzana humeante y chocolate caliente para los abstemios, y *rompope* —ponche de huevo aderezado con ron— y *ponche navideño* para los que beben alcohol. A Marisol le ha costado mucho encontrar *atole champurrado* («va bien con los tamales») y cerveza Noche Buena, pero solo la de la fábrica Cuauhtémoc Moctezuma (Keller no ha tenido el valor de decirle que ahora pertenece a Heineken).

Si toma algo de distancia, si se obliga a salir de su ensimismamiento —que él mismo reconoce—, Keller se da cuenta de que Marisol está en su salsa. Tiene la casa llena de gente, comida, bebida, charla y risas. Un invitado ha traído un *bajo sexto*, una guitarra de doce cuerdas, y ha encontrado un rincón tranquilo desde el que obsequia discretamente a los presentes con música norteña. Keller observa que su mujer se mece inconscientemente al son de la música mientras presenta entusiasmada a Hugo y a una chica muy guapa a la que Keller cree reconocer de Busboys and Poets.

—¿Estás haciendo de casamentera? —le pregunta cuando ella concluye su misión.

—Son perfectos uno para el otro —dice Marisol—. Y estaría bien que Hugo tenga a alguien. ¿Has platicado con Althea?

—Vaya, eso sí que es cambiar de tema. Todavía no.

—Pero lo harás.

—Sí, Mari, voy a charlar con ella.

Se tropieza con Althea unos minutos después en el pasillo cuando ella sale del baño.

—Como en los viejos tiempos, Art —comenta—. Me alegro de verte.

—Lo mismo digo. Siento mucho lo de Bob.

—Gracias. Era un buen tipo.

Se quedan allí parados sin saber qué decir, como era de esperar, hasta que Keller pregunta:

—¿Qué sabes de los chicos?

Los chicos ya no son tan chicos, se recuerda Keller: Cassie tiene treinta y cinco años, y Michael, treinta y tres. Y él se ha perdido casi toda su vida adulta.

Mientras perseguía a Adán Barrera.

—Bueno —dice Althea—, Cassie tiene novio. Por fin. Creo que esta vez va en serio. De hecho, hasta se toma algún rato libre de vez en cuando.

Cassie es maestra de educación especial básica en el área de la Bahía, una fanática de su trabajo. Tanto en el fanatismo como en la preocupación social, piensa Keller, tiene a quien parecerse.

—No quiero adelantar los acontecimientos —prosigue Althea—, pero puede que dentro de poco recibas una invitación de boda.

—¿Crees que querrá que vaya? —pregunta Keller.

Ha intentado seguir siendo un buen padre, en la medida en que podía serlo: mantuvo a sus hijos, les pagó la universidad e iba a verlos cuando podía y ellos querían, pero poco a poco se fueron distanciando y ahora son prácticamente extraños. Una llamada telefónica de vez en cuando, un correo electrónico, eso es todo. Si tienen algún interés en verlo, no lo han hecho explícito.

—Claro que sí —dice Althea—. Querrá que su padre la lleve al altar. Y seguramente deberíamos ofrecernos a ayudarla con los gastos.

—Será un placer. ¿Y Michael?

—Como siempre —dice Althea—. Ahora está en Nueva York, aunque a lo mejor ya lo sabías.

—No.

—Esta vez es el cine —añade Althea—. Está intentando inscribirse en un curso de la Universidad de Nueva York y mientras tanto trabaja como asistente *freelance*, o algo así.

—¿Dónde vive?

—Con unos amigos, en Brooklyn. Está todo en su página de Facebook.

—No pienso comunicarme con mis hijos a través de las redes sociales —dice Keller.

—Es mejor que no comunicarse con ellos de ningún modo —responde Althea—. Llámalo entonces.

—No tengo su número.

—Dame tu teléfono.

Keller le pasa su celular y ella marca unos números.

—Ahora ya lo tienes. Llámalo, le encantará charlar contigo.

—No, no creo que así sea, Althie.

—Estaba dolido —dice ella—. Desapareciste en ese sitio al que vas. Y él se quedó con un padre ausente, con un héroe que siempre estaba haciendo cosas nobles, así que ni siquiera podía estar resentido contigo sin sentirse culpable. Ni siquiera tenía ese consuelo.

—Me pareció mejor no estar entrando y saliendo continuamente de sus vidas.

—Puede que lo fuera —dice Althea—. Llama a los chicos, charla un poco con ellos de cualquier cosa.

—Sí.

—Has tenido suerte con Marisol —añade Althea—. Es estupenda.

—He encontrado la horma de mi zapato.

—Dos veces, además.

—Cierto.

—No, en serio, me alegro por ti, Art.

—Gracias.

—Y procura ser feliz, ¿de acuerdo? —dice Althea—. No todos los problemas del mundo son culpa tuya.

—¿Y tú? ¿Eres feliz?

—Ahora mismo, me haría feliz comerme una rebanada de pastel de *tres leches* —contesta ella, y pasa por su lado—. Llama a los chicos.

Son cerca de las tres de la mañana cuando Marisol reparte las bengalas y conduce a la calle a los invitados que aún quedan en la fiesta, formando un pequeño desfile algo achispado.

—Los vecinos van a llamar a la policía —dice Keller.

—Están casi todos aquí —contesta Marisol—, y la policía también. He invitado por lo menos a tres.

—Qué lista eres.

—Ni que esta fuera mi primera Nochebuena. Y mira. —Señala con la barbilla a Hugo, que rodea con un brazo a la joven de la librería—. ¿Sé lo que hago, o no?

—No es que estén ya camino al altar.

—Espera y verás.

Althea se acerca y abraza a Marisol.

—Me voy. Gracias por todo, hacía mucho tiempo que no me lo pasaba tan bien.

—Sin ti no habría sido ni la mitad de divertido.

—Ten cuidado, Art, no dejes que se te escape, ¿eh? —dice Althea.

Keller la ve alejarse calle abajo agitando una bengala.

Casi está amaneciendo cuando se van los últimos invitados. Parada en la sala, Marisol dice:

—Ahora quizá podríamos quemar la casa y listo.

—Mejor la quemamos por la mañana —responde Keller.

—Ya es de mañana —dice Ana.

—Aun así, yo me voy a la cama —contesta Marisol—. Buenas noches, queridos míos.

Keller intenta quedarse en la cama hasta tarde pero no lo consigue. Mari es un tronco cuando él se levanta, entra en el estudio y toma el teléfono.

Llama primero a Cassie.

Ella fue siempre la más blanda de los dos, la más comprensiva.

—Cassie Keller.

—Cassie, soy papá.

—¿Mamá está bien?

—Sí, todos estamos bien —contesta Keller—. Solo llamaba para saludar. Feliz Navidad.

Un breve silencio. Luego:

—Bueno, hola y feliz Navidad para ti también.

—Sé que ha pasado mucho tiempo.

Ella intenta prolongar su silencio para incomodarlo, pero luego dice:

—¿Cómo estás, entonces?

—Bien, estoy bien —dice Keller—. Mamá me ha dicho que tienes a alguien y que la cosa va en serio.

—¿No irás a hacer de papá ahora?

—Pero ¿es verdad?

—Sí, supongo que sí —responde Cassie.

—Vaya, qué bien —dice Keller—. ¿Tiene nombre?

—David.

—¿A qué se dedica David?

—Es maestro.

—¿En tu escuela? —pregunta Keller.

—Sip.

—Vaya, qué bien.

—¿Vas a seguir diciendo «qué bien»? —pregunta Cassie.

—Imagino que no se me ocurre otra cosa que decir. Lo siento.

—No, no pasa nada —dice ella—. Debería presentártelo alguna vez.

—Me encantaría.

—A mí también.

Charlan un par de minutos más de cosas sin importancia y quedan en que él la llamará la semana siguiente. Keller bebe un par de sorbos de café antes de llamar a Michael.

Va al buzón de voz. «Soy Michael. Ya sabes qué hacer».

—Michael, soy tu padre. No te preocupes, no pasa nada. Solo llamaba para desearte felices fiestas. Llámame si quieres.

Diez minutos después suena su teléfono.

Es su hijo.

Keller se lo imagina sentado, tratando de decidir qué hacer. Se alegra de que haya optado por llamar, y así se lo dice.

—Sí, bueno, la verdad es que lo pensé —dice Michael.

—Lo entiendo perfectamente.

—Al principio creí que a lo mejor era mi cumpleaños o algo así —añade su hijo—, y luego me di cuenta de que no era el mío, sino el de Jesús.

Me lo tengo merecido, piensa Keller.

Mantiene la boca cerrada.

—Bueno, ¿qué pasa? —pregunta Michael.

—Nada, lo que te decía. Solo quería decirte hola, ver cómo estás.

—Estoy bien. ¿Y tú? ¿Cómo estás?

—Yo, bien.

Silencio.

Keller sabe que Michael está esperando que mueva su ficha y que es muy capaz de esperar eternamente: lleva inscrita la terquedad en el ADN. Así que Keller dice:

—Oye, mañana o pasado podría tomar el Acela y estar ahí en tres horas.

Silencio. Luego:

—Mira, no te ofendas —dice Michael—, pero estoy muy complicado ahora mismo. Estoy en medio de un rodaje. Es un video corporativo, pero el trabajo es el trabajo, y no puedo quedar mal con este contacto.

—No, claro que no.

Michael se ablanda por fin.

—Pero estás bien, ¿no?

—Sí, estoy bien.

—De acuerdo. Bueno…

—La próxima vez te aviso con más tiempo —dice Keller.

—Estupendo.

Es un comienzo, piensa Keller al colgar. Sabe que su hijo es demasiado orgulloso para hacer las paces al primer ofrecimiento. Pero es un comienzo.

Marisol baja un par de horas después, hecha polvo.

—Si de verdad me quisieras, me pegarías un tiro. Uy, supongo que eso ha sido de mal gusto. Lo retiro. Feliz Navidad, Arturo.

—Feliz Navidad —dice Keller—. Acabo de llamar a Cassie y Michael.

—¿Y qué tal?

—Con Cassie bien, con Michael no tanto. —Le cuenta que se ha ofrecido a ir a Nueva York y que su hijo le ha dicho que no—. Me lo merecía. Es un muchacho orgulloso, me ha puesto en mi sitio. ¿Sabes qué? Me alegro por él.

—Va a costar algún tiempo —dice Marisol—, pero seguro que volverá, ya lo verás.

Además fue el festejo equivocado, piensa Keller, eso es en Pascua.

Y no todo mundo vuelve.

Ha visto las estadísticas de final de año: 28 647 muertos por sobredosis de heroína y opiáceos en 2014.

Cuarenta y nueve jóvenes en México, en autobuses.

En Estados Unidos, 28 647 víctimas de las drogas.

Ninguno de ellos va a volver.

Y tú estás haciendo mal tu trabajo.

—Te quiero, pero me vuelvo a la cama —dice Marisol.

—Sí, bueno, yo voy a la oficina.

—Es Navidad.

—Mejor, así estará todo tranquilo —dice Keller—. Volveré antes de que te levantes.

Va en coche hasta Arlington conduciendo él mismo, entra en su despacho y se enfrasca en los datos que han recabado sobre lo ocurrido en Tristeza.

Porque sabe que están pasando algo por alto.

Se remonta hacia atrás en el tiempo: la última vez que se atacó un autobús lleno de personas inocentes fue en 2010, cuando los Zetas pararon un transporte de línea que circulaba por la autopista 1 y mataron a todos sus ocupantes creyendo por error que eran reclutas del cártel del Golfo.

¿Pudo ocurrir eso en Tristeza?

Si fueron los Guerreros Unidos, ¿creyeron quizá que los estudiantes pertenecían a Los Rojos? Cabe esa posibilidad, pero ¿cómo pudieron cometer ese error? Traficantes veteranos como los de Guerreros Unidos no pensarían que un montón de muchachos vagamente izquierdistas eran narcos incipientes.

¿O es posible que haya algo de verdad en ello? ¿Podrían estar vinculados algunos de los estudiantes a Los Rojos, y los Guerreros Unidos los mataron a todos para asegurarse de liquidar a los «culpables»?

Recapitula, piensa Keller.

Guerreros Unidos y Los Rojos están enfrentados por controlar el aprovisionamiento de heroína al cártel de Sinaloa. Damien Tapia podría estar vinculado a Guerreros Unidos. Tapia se dejó ver con los Rentería en las inmediaciones de la estación de autobuses de Tristeza, de modo que…

Dios mío, piensa, nos hemos centrado en lo que no era.

Estábamos centrados en los estudiantes, cuando…

Llama a Hugo.

—Por Dios, jefe, es Navidad.

—No se trata de los estudiantes —dice Keller—. Se trata de los autobuses. Había heroína en los autobuses.

Tres días después de Navidad, el Día de los Santos Inocentes, Rafael Caro se prepara el desayuno en la cocina de su casa en Badiraguato.

La estufa de propano tiene cuatro quemadores. En uno hay una olla con pozole, en otro una sartén para los huevos del desayuno; en el tercero, una cafetera vieja. Caro se sienta ante la mesa plegable con su camisa vaquera, sus viejos pantalones chinos y una gorra azul de beisbol bajada sobre la frente a pesar de que está dentro de casa. Se come sus huevos mientras piensa en Arturo Keller.

Keller, el mismo que lo metió en el infierno en el que ha pasado veinte años, le está amargando la vida otra vez, apretándole las tuercas a todo mundo por el asunto de Tristeza. En un momento en que el negocio está al borde del caos, se dice Caro, cuando más necesitamos que nos dejen en paz para resolver las cosas, Keller vuelve a estar sobre nosotros.

¿Es que no va a morirse nunca?

Por su culpa se ha abierto una investigación importante, y quién sabe adónde llevará. A él ya lo ha empujado a tomar una decisión difícil: ha tenido que cortar el conducto que conectaba a Guerreros Unidos con Ruiz. Por lo menos consiguieron pasar los quince kilos y llevarlos hasta su destino en Nueva York. Eso está bien, pero ahora mismo es demasiado peligroso, no se puede continuar.

Tendrán que buscar otra manera. Ariela Palomas debe mantener la puta boca cerrada, y los hermanos Rentería… ¿Cómo pudieron ser tan estúpidos? Dejar que una pandilla de estudiantes, de chamacos, secuestrara un autobús lleno de *chiva*…

—Trae aquí al Tilde —ordena Caro al joven sentado a la mesa de la cocina.

El chico —el único empleado de Caro, que lo lleva por ahí en una vieja motocicleta Indian y va a la *tienda* a comprar frijoles, tortillas, carne, huevos y cerveza— sale y regresa un momento después acompañado del Tilde Rentería.

Caro señala con la barbilla la silla de madera desocupada.

El Tilde se sienta.

—No tuvieron el debido cuidado —dice Caro.

—Perdón.

—¿Perdón? ¿Tuve que ordenar la muerte de cuarenta y nueve jóvenes, de unos chamacos, y solo puedes decir «perdón»?

—La orden la dio usted —dice el Tilde—, pero yo tuve que matarlos.

—¿Qué ocurriría —pregunta Caro— si Ricardo Núñez averiguara que ustedes movieron la heroína que le robaron? ¿Que están conchabados con Damien? ¿Que tienen negocios en *el norte* con Eddie Ruiz? ¿Qué pasaría?

—Habría guerra.

—Ustedes no están listos para una guerra con Sinaloa —dice Caro—. No pueden ganar una guerra con Sinaloa, pero eso no es lo importante. Lo importante es que las guerras son malas para el negocio.

Y no forman parte de su plan, que consiste en destruir al cártel de Sinaloa sin tener que enfrentarse a él. Conseguir que se autodestruya.

—Voy a decirte lo que va a pasar ahora —continúa—. La policía federal recibirá un soplo anónimo informando de dónde están los hermanos Rentería y hará una redada. Ustedes se rendirán y, cuando los interroguen, confesarán que mataron a esos estudiantes.

—¿Es una broma? —pregunta el Tilde.

Es el Día de los Inocentes, que conmemora la matanza de recién nacidos en Belén por orden de Herodes, un día dedicado a las bromas pesadas, como en Estados Unidos el 1 de abril.

—¿Me estoy riendo? —pregunta Caro.

—¡Nos condenarán a cadena perpetua!

—Mejor eso que una condena a muerte, ¿no? —replica Caro.

Se le ha pasado por la cabeza matar a los Rentería —sería bastante sencillo hacer que los *federales* los eliminaran en la redada—, pero eso equivaldría a romper con la antigua organización de Tapia.

—Confiesas, cuentas esa historia de Los Rojos y se acaba la investigación. Te cae cadena perpetua, cumples veinte años y cuando salgas todavía serás relativamente joven.

—No puedo pasar veinte años en la cárcel.

—Yo los pasé —contesta Caro.

Y cuando salí era mucho mayor de lo que tú lo serás, piensa Caro.

—Con todo respeto —dice el Tilde—, usted no es el jefe. Es, digamos, un tío al que veneramos y que nos da buenos consejos.

—Y como tal —responde Caro—, te sugiero encarecidamente que aceptes mi consejo. Te estoy prestando tu vida, Rentería. Tómala hoy y no tendrás que devolverla nunca.

Otra tradición del Día de los Inocentes: lo que te presten ese día, no tienes que devolverlo.

—Podemos esperar hasta después de las fiestas, si quieren —dice Caro mirándolo fijamente.

El Tilde capta el mensaje y se va.

Que se joda, piensa Caro.

Es un don nadie.

Y que se joda también Art Keller.

Me regaló veinte años en el infierno.

Tendré que buscar un buen regalito para él.

Un regalo que no pueda devolver.

Suena la campana y Marisol se mete la última uva en la boca.

Es una tradición de Año Nuevo: comerse doce uvas, *las doce uvas de la suerte*, una por cada campanada. Trae buena suerte para el año que empieza.

Así que Ana hace sonar la campana y Marisol engulle las uvas. Luego le ofrece a Keller una cucharada de lentejas.

—Anda.

—No me gustan las lentejas.

—Trae buena suerte. ¡Tienes que hacerlo!

Keller se come las lentejas.

Marisol se ha vuelto casi tan loca en Año Nuevo como en Nochebuena. Ha encendido todas las luces de la casa, como manda la tradición mexicana. Ha hecho limpieza a fondo, barriendo de dentro hacia afuera, y la casa todavía huele a especias porque hirvió agua con canela y fregó los suelos con la mezcla perfumada. Después subieron al piso de arriba, abrieron la ventana del cuarto de baño y arrojaron una cubeta de agua a la calle.

Ana ha sido su cómplice entusiasta en todas estas maniobras. Incluso ha convencido a Marisol de que anoten sus «pensamientos negativos» —todo lo malo que ha pasado este último año— y quemen el papel para asegurarse de que las cosas malas no los sigan al año que comienza.

Ojalá fuera tan fácil, piensa Keller, pero aun así ha escrito los números «49» y «28 647» en un papel, junto con «Denton Howard», «John Dennison», «Guatemala» y «Tristeza», y ahora acerca un cerillo al papel y lo quema.

—¿Qué escribiste? —le pregunta a Mari.

—¡No te lo puedo decir! —contesta ella mientras quema su papel.

El Año Nuevo siempre es una oportunidad para que los Hijos se desmadren a más no poder, piensa Ric.

Pero este año Iván se ha desbordado.

Ha alquilado toda la azotea —el *skybar*— del Splash, el club más nuevo y exclusivo de Cabo, y él y Ric se han traído a todo su equipo de seguridad por si acaso a Elena se le ocurre saldar cuentas antes de que acabe el año fiscal.

Las «mayordomas» del Splash —mujeres despampanantes de largas piernas, vestidas únicamente con tanga— les sirven botellas de Dom Perignon y Cristal y cocteles de autor clasificados por «elementos sensoriales»: Sucio, Ahumado, Dulce, Suave, Salado y Picante.

Ric se decide por el Ahumado, una mezcla hecha a base de whisky escocés, y se fuma uno de los puros Arturo Fuente Opus X que ha repartido Iván, a 30 000 pesos la caja. En cada mesa hay un tazón de cocaína —no rayas, sino tazones— y varias filas de porros: marihuana híbrida Loud Dream, a ochocientos dólares los treinta gramos.

En el escenario, seis mujeres increíblemente bellas se contonean al ritmo de la música tecno vestidas con lencería que Iván ha encargado expresamente para la fiesta, y ahora Iván narra su pequeño concurso de belleza:

—Okey, cada chica lleva un color: el rojo es para la pasión; el amarillo, la prosperidad; el verde, para la salud; el rosa, la amistad; el naranja, la buena suerte, y el blanco, la paz.

Ninguna de ellas viste de negro.

El negro trae mala suerte en Año Nuevo.

Por eso, claro, Belinda luce un vestidito negro. Es su forma de desafiar la tradición, de mandar al carajo el miedo . Es la única mujer invitada a la fiesta. Se ha vedado la entrada a esposas y amantes, con excepción de la Fósfora, y a Karin, la mujer de Ric, no le ha hecho ninguna gracia que él haya preferido pasar la ocasión con los Hijos y no con ella.

¿Qué carajo quiere?, piensa Ric. Esta misma noche, algo más temprano, Iván le pagó a un artista ganador de varios Grammys y a su banda para que dieran un concierto privado ante todas las familias durante la cena celebrada en Casiano. Karin hasta pudo tomarse una foto con el cantante. Luego, durante el postre, Ric echó un collar de oro en su copa de champán. Pasó la medianoche con ella y hasta comió las dichosas uvas. Y ahora ella está tranquilamente sentada en la terraza de una suite con vista al mar, así que ¿qué más quiere la cabrona?

«Es trabajo», le dijo Ric.

«¿Trabajo?», preguntó Karin. «¿Es broma?»

No, nada de eso.

Invitándolo a la fiesta de Año Nuevo, Iván ha querido tenderle la mano. Las cosas han estado muy tensas entre ellos desde que el padre de Ric tomó el control y le cedió Baja a Elena. De modo que esta ha sido su forma de decirle que quiere dejar ese asunto de lado y retomar su amistad. Es un asunto personal, sí, pero también una cuestión de negocios, una forma de restañar heridas, de servir como embajador de su padre ante una rama importante del cártel.

«Así que ahora eres el *jefe* de La Paz, ¿eh?», le dijo Iván cuando llamó para invitarlo.

«Vamos, hombre».

«No, si me parece bien», dijo Iván. «Exigiste lo tuyo y le echaste huevos. El pequeño Ric, tan relajado, se puso cabrón. Claro que ya no te llaman Mini Ric, ¿no? Ahora te llaman el Ahijado».

«Sí, ese soy yo», contestó Ric, intentando quitarle peso al asunto.

«Tu padre te está preparando para otras cosas más importantes», afirmó Iván.

«Mi padre opina que soy un estorbo», dijo él.

«No, ya no», dijo Iván. «No después de lo que hiciste en La Paz».

«Esa fue más bien Belinda».

«¿Sigues cogiéndote a esa pinche loca?», preguntó Iván. «Ten cuidado, *mano*. Tengo entendido que la locura también se pesca por la verga. No, ahora eres un jefazo, Ric. Una estrella de rock».

«Solo intento ayudar a mi padre, eso es todo», dijo Ric.

«¿El ahijado no quiere ser el padrino?», preguntó Iván. «¿Qué pinche película es esa?»

«De eso se trataba la película, precisamente».

«Y mira cómo acaba».

«Es una película, Iván».

Primero Belinda y ahora Iván, pensó Ric. ¿Por qué todo mundo intenta ponerme en una silla que no quiero ocupar?

Así que, cuando Karin montó el número de que la dejaba «botada» en Año Nuevo, Ric le dijo:

«Tengo que arreglar las cosas con Iván. Si rechazo su invitación, se ofenderá».

«Pero que yo me ofenda no importa».

«Es el negocio, nena», le dijo Ric.

«Es una excusa para ponerte hasta la madre y coger con putas».

Sí, en efecto, piensa Ric mientras mira bailar a las chicas. Está hasta arriba de coca, de mota, de alcohol y hasta de puros, y sospecha que van a acabar tirándose a algunas putas. ¿Qué quieres para el Año Nuevo?, se pregunta. ¿Pasión, prosperidad, salud, amistad, buena suerte o paz?

Iván va a dejarle la elección al destino. Sosteniendo un sombrero, dice:

—Aquí dentro hay seis trozos de papel, cada uno con el color de una chica. El papel que saquen del sombrero es lo que les toca.

Las chicas pasan al siguiente nivel: se quitan los tops de lencería y empiezan a restregarse unas contra otras, a besarse y a tocarse.

—Esto es el paraíso —dice Belinda.

Ric se ríe. Está ahí sentada, con un puro metido en la boca, mirando a las bailarinas lujuriosamente, como un cabrón. Están ella, Iván, Oviedo, Alfredo y Rubén: solo los seis, uno para cada chica.

Han dejado un sitio vacío, con una botella de Dom y un puro, para Sal.

Ric se vuelve hacia Belinda.

—¿Vas a ponerte celosa si me tiro a otra chava?

—¿Vas a ponerte celoso si me la tiro yo?

Ric niega con la cabeza.

—Pero Gaby se va a encabronar.

—¿Tú ves que Gaby esté aquí?

—No.

—Yo tampoco —dice Belinda juntando las manos.

—¿Qué haces? —pregunta Ric.

—Rezar para que me toque paz.

Ric no se lo reprocha: la chica de blanco está buenísima. La melena negra, larga y brillante, le llega hasta el trasero sobresaliente. Él prefiere que le toque la de verde: siempre está bien tener salud, y la rubia tiene unos labios carnosos perfectos para mamadas y unas tetas sobre las que podría acostarse y morir de felicidad.

—Las damas primero —dice Iván poniéndose delante de Belinda.

Ella levanta el brazo, mete la mano en el sombrero y saca un trocito de papel blanco.

—¡Sí!

Oviedo saca el rosa.

Alfredo, el amarillo.

Rubén —maldita sea— saca la hojita verde.

—¡Uyyy! —le dice Belinda a Ric—. *Pobrecito.*

Ric mete la mano en el sombrero y saca el papel rojo.

—Pasión —dice Belinda.

La chica que le ha tocado está bastante buena, piensa Ric. La misma melena negra espesa que la de Belinda, piernas largas y tetas preciosas.

—¡Me tocó buena suerte! —anuncia Iván al sacar el papelito naranja.

Las chicas bajan del escenario en fila y se arrodillan delante de sus respectivos clientes.

Pasión se arrodilla delante de Ric y le baja el zíper. Su boca le hace maravillas. Mira hacia un lado y ve que Belinda tiene la cabeza echada atrás y las manos apoyadas en la cabeza de su chica, apretándole la cara contra su entrepierna; luego apoya las manos en los brazos del sillón y se agarra a ellos con tanta fuerza que los nudillos se le ponen blancos.

Iván… Iván ha tenido suerte. Llega al orgasmo con un grito.

—*¡Madre de Dios!* ¡Me gustó tanto que voy a regalarte mi coche, *mamacita*!

La fiesta continúa.

La coca, la mota, el alcohol, las mujeres.

En cierto momento, Ric se queda dormido.

Lo despierta un ruido de disparos.

A su lado, Belinda lame a una de las bailarinas como un gatito lamería un cuenco de leche tibia. Rubén está inconsciente; su brazo izquierdo cuelga de un lado del sillón, ligeramente apoyado en una botella de cerveza. Los hermanos Esparza están de pie al borde de la azotea, disparando sus AK al aire.

Rudolfo no está allí para decirles que paren.

A Ric le vale madre. Intenta volver a dormirse, pero los disparos no se lo permiten. Entonces abre los ojos y ve que Suerte, vestida ahora con una camiseta negra, jeans y tacones altos, se acerca a Iván.

—¿Me das el coche? —pregunta.

Iván baja el arma.

—¿Qué?

—Dijiste que me darías tu coche.

Iván se ríe.

—¿De verdad crees que voy a regalarte un Porsche de setenta y cinco mil dólares por una mamada?

—Es lo que dijiste.

Mierda, piensa Ric. Se levanta a duras penas del sillón y se acerca a ellos.

—Vete a la chingada, *conchuda estúpida* —dice Iván.

Vuelve a apoyarse la AK en el hombro y sigue disparando al aire.

Pero Suerte es muy terca. Se queda allí, mirándolo.

—¿Sigues aquí? —pregunta Iván, bajando otra vez el arma—. ¿Qué parte de «vete a la chingada» no entiendes?

—Dijiste que ibas a regalarme un coche.

—¿Qué te parece esta zorra? —le pregunta Iván a Ric. Luego mira a la chica—. Voy a preguntarte una cosa. Ya sabemos que sabes chuparla, pero ¿eres capaz de chuparle las balas a un arma antes de que yo apriete el gatillo? A ver, vamos a comprobarlo.

Le acerca el cañón del fusil a la boca y empuja.

—Abre la boca, puta.

—Vamos, hombre —dice Ric.

Iván tiene tanta coca encima que no se controla.

—Tú no te metas.

—Estás pasado, Iván —dice Ric—. En realidad no quieres hacer esto.

—No me digas lo que quiero hacer.

La mujer está aterrorizada. Tiembla cuando abre la boca alrededor del cañón e Iván empuja obligándola a arrodillarse.

—Sácale las balas, *puta*, o aprieto el gatillo.

Ric ve que un reguero de orina baja por las piernas de la chica.

Oviedo se ríe.

—¡Se está meando!

Todos miran anonadados. Pero nadie se mueve.

—¿Sigues queriendo mi coche? —pregunta Iván.

Ella niega con la cabeza.

—No te entiendo con la boca llena —dice Iván.

—Ya basta, Iván —dice Ric.

—Vete al carajo. —Iván vuelve a mirar a la chica—. No estoy seguro, pero me pareció que decías: «Soy una zorra estúpida que no sirve para nada, así que mátame, te lo suplico». ¿Es así? —Mueve el cañón del fusil arriba y abajo, obligando a la chica a asentir—. ¿Lo ven? —dice Iván—. Quiere morir.

Ric no sabe cómo sucede, pero de pronto saca la pistola y apunta a la cabeza de Iván.

—Ya es suficiente.

Oviedo y Alfredo le apuntan con sus armas.

Los pistoleros de Iván empiezan a acercarse.

Igual que los de Ric.

Iván lo mira y sonríe.

—¿Conque esas tenemos, Ahijado? ¿Por una puta de mierda?

—Suéltala, hombre.

—Ahora eres un tipo duro, ¿eh?

Ric nota las armas apuntando hacia él. En una fracción de segundo, cualquiera de estos tipos puede decidir apretar el gatillo para salvar a su jefe. Podría haber una masacre en cualquier momento.

—Te llevaré conmigo, Iván.

Iván lo mira, lo taladra con los ojos.

Luego, lentamente, aparta el cañón de la boca de la chica, baja el arma y estrecha a Ric en un abrazo.

—Juntos para siempre entonces, ¿eh? *¡Los Hijos, siempre! ¡Feliz Año Nuevo a todos!* —Aprieta con fuerza a Ric y le susurra al oído—: ¿Quién iba a pensar que tuvieras tantos huevos? Pero vuelve a apuntarme con un arma, *mano*, y te mato.

Suelta a Ric.

Ric ve que Suerte se levanta con esfuerzo y camina hacia el ascensor con piernas temblorosas. Nadie se acerca a ella. Ninguna de las otras mujeres se le aproxima.

Es una apestada.

Ric la sigue.

—Eh.

Ella se vuelve. Tiene una mirada asustada y furiosa y el cabello alborotado; el labial corrido alrededor de la boca le da el aspecto de un payaso.

Ric se mete la mano en el bolsillo de los jeans, saca unas llaves y se las tira.

—Es un Audi, no un Porsche, pero es un buen coche. Y solo tiene cuarenta y ocho mil kilómetros.

La chica lo mira sin saber qué hacer.

—Llévatelo —dice Ric—. Llévate el coche.

Se abre el ascensor y ella entra.

Ric vuelve a la fiesta.

Iván ha visto lo que ha hecho.

Sacude la cabeza, sonríe y dice:

—Ric, eres un mamón.

Puede que sí, piensa Ric.

En todo caso, feliz Año Nuevo.

Damien Tapia va en el primer coche del convoy que serpentea por la tortuosa carretera de la zona montañosa de Sinaloa.

Diez vehículos con cincuenta hombres armados hasta los dientes, financiados con los quince kilos de heroína que le mandó a Eddie Ruiz. Al igual que Damien, todos los hombres visten de negro: camisa o sudadera negra, jeans negros, calzado negro: botas o tenis. Algunos llevan ya puestas las capuchas negras; otros las tienen sobre el regazo.

Damien se ciñe la bufanda al cuello para protegerse del frío de la madrugada. El cielo está empezando a cambiar de un negro profundo a un gris pizarra, pero Damien no ha permitido que los conductores encendieran los faros, pese a que las carreteras excavadas en la falda de la montaña son estrechas y un patinazo de las ruedas podría hacer que el vehículo se precipitara por un barranco de treinta metros.

Es esencial que el convoy no sea detectado, que el ataque sea una sorpresa absoluta.

Y debería serlo, teniendo en cuenta que es Año Nuevo.

Damien está a punto de anunciar su presencia a lo grande. El Lobezno ha salido de caza y se dispone a aullar para que todo mundo lo oiga.

Ha descubierto que hay que endurecer el corazón. Cuando se enteró de que Palomas había ordenado la muerte de esos chicos para encubrir su cargamento de heroína, un profundo horror se apoderó de él. No podía comer ni dormir, le dolía el estómago. Su imaginación lo torturaba con vívidas imágenes de los estudiantes asesinados, de sus cadáveres ardiendo entre una montaña de basura. Pensó en entregarse y confesar. Hasta pensó en suicidarse, en acercar una pistola a su cabeza y apretar el gatillo.

«¿Eso es lo que querría tu padre?», le preguntó el *tío* Rafael.

Damien había acudido a casa del viejo a pedirle consejo. No sabía a quién más recurrir: su padre estaba muerto, sus amigos ya no eran sus amigos. No podía contárselo a Iván ni a Ric, ni siquiera a Rubén.

«No corres peligro», le dijo Caro. «Nadie puede relacionarte con lo que pasó en Tristeza».

«Pero me atormenta».

«Te sientes culpable».

«Sí, *tío*».

«Deja que te haga una pregunta», dijo Caro. «¿Mataste tú a esos estudiantes?»

«No».

«No», añadió Caro. «Lo único que hiciste, *sobrino*, fue meter algo de producto en ese autobús. Depositaste tu confianza en los Rentería y te fallaron. Pero tú no eres responsable de la muerte de esos jóvenes».

Para vergüenza suya, Damien rompió a llorar.

Lloró delante de Rafael Caro.

Pero Caro se limitó a quedarse allí sentado, esperando a que se serenara.

«Este negocio nuestro», prosiguió después, «da mucho y exige mucho. Depara grandes recompensas y pérdidas terribles. Nos permite hacer cosas maravillosas, pero a veces nos obliga a hacer cosas horribles. Si aceptamos una cosa, tenemos que aceptar la otra. Permíteme preguntarte si tienes dinero suficiente para vivir».

«Sí».

«¿Y tu madre y tus hermanas? ¿Tienen suficiente para vivir?»

«Sí».

«Entonces quizá deberías olvidarte de este negocio», dijo Caro. «Dejar que los muertos entierren a los muertos y vivir tu vida».

«No puedo».

«Entonces sábete», agregó Caro, «que tienes que aceptar las dos caras de la moneda. Disfruta de los beneficios, acepta las pérdidas, haz esas cosas horribles que a veces uno tiene que hacer. Nunca derrames sangre si no es necesario, pero, cuando tengas que hacerlo, curte tu corazón y hazlo».

Ahora Damien ve el estrecho valle allá abajo y la hacienda casi escondida bajo los riscos del otro lado. La casa es más humilde de lo que esperaba, más pequeña de lo que recordaba, cuando venía aquí de niño. Las paredes del edificio de una sola planta están recién pintadas de rosa, y el tejado recién arreglado con tejas de barro. Varios edificios anexos ocupan el fondo del valle: la casita del servicio, piensa Damien, un garaje y varios barracones con techo de lámina para los guardias.

Sabe que, un poco más abajo siguiendo el valle, hay una estrecha pista de aterrizaje y un hangar para una avioneta.

Mirando por unos prismáticos de visión nocturna, ve que el único guardia de servicio está apostado junto a un pequeño brasero, dando zapatazos en el suelo para espantar el frío. Lleva el rifle colgado del hombro de la chamarra militar y un gorro de lana bien bajado sobre la cabeza.

Damien no quiere preguntarse si tiene mujer, familia. Hijos. Se obliga a no pensar en que ese hombre tiene una vida que él está a punto de arrebatarle.

El Lobezno no ha matado nunca antes.

Elena se echa la vieja colcha sobre los hombros y trata de volverse a dormir.

El gallo no se lo permite.

Llevaba tanto tiempo viviendo en la ciudad que ya no está acostumbrada a los ruidos del campo: el rebuznar de los asnos, los cuervos graznando, el fanfarroneo incesante de ese maldito gallo. No se explica cómo alguien puede pegar ojo con tanto alboroto y, de hecho, oye a su madre deambulando por el pasillo, tratando ruidosamente de no hacer ruido.

¿Cuántas veces ha intentado convencerla de que se traslade a un sitio más cómodo en la ciudad, a uno de los muchos apartamentos o casas que la familia tiene en Culiacán, en Badiraguato, en Tijuana, incluso en Cabo? Pero la muy terca se niega rotundamente a dejar la única casa que ha conocido en su vida. Va de vez en cuando a la ciudad, de visita (aunque cada vez menos; cambió de idea de repente y decidió no ir a Tijuana a pasar las fiestas, lo que obligó a Elena a hacer el fatigoso viaje hasta aquí), y hace peregrinaciones anuales a las tumbas de sus hijos, pero se empeña en vivir aquí, alegando simplemente: *«Yo soy una campesina»*.

Pero Elena nunca se ha creído todo eso. Seguro que su madre es consciente de que la familia tiene miles de millones de dólares, de que sus hijos fallecidos eran los señores de un inmenso imperio construido sobre el narcotráfico. Alguna idea debe de tener de por qué es una *campesina* con un pelotón de guardias armados, una «paisana» con aeródromo privado.

Pero nunca habla de ello, lleva luto en el vestido, el chal y el velo, y rechaza cualquier sugerencia de ampliar la casa, de reformarla, de hacerla más cómoda. Fue una lucha convencerla de que había que darle una mano de pintura, con la falta que le hacía (y luego se empeñó en pintarla de este horrible tono de rosa), y arreglar el tejado, a pesar de que durante la estación de lluvias el agua entraba a chorros en la sala y Elena tuvo que ponerse seria y echarle un sermón sobre lo peligroso que era el moho para los pulmones, sobre todo a su edad.

Y ahora ya está levantada, siempre antes de que amanezca, como si tuviera que prepararle el desayuno a su marido antes de que se vaya al campo, y a veces a Elena le dan ganas de gritarle: «Sí, tu familia eran campesinos, cultivaban amapolas».

Pero ahora su madre y ella tienen algo terrible en común.

Las dos lloran la muerte de sus hijos.

Y ese cabrón de Núñez, ese abogado pusilánime y zalamero —piensa Elena al levantarse, porque ¿qué sentido tiene seguir acostada si está despierta?—, me reclama por vengarme. Todavía no ha visto nada, se dice mientras se pone la bata. Voy a acabar con todos ellos y con sus familias. Voy a quemar sus casas, sus cultivos, sus ranchos, sus huesos y a esparcir las cenizas al viento frío del norte.

Esa idea la reconforta.

Entonces oye los disparos.

Damien aprieta el gatillo.

El guardia cae sobre el brasero, levantando una nubecilla de humo y cenizas.

Echándose la capucha sobre la cabeza, Damien hace una seña y los vehículos irrumpen rugiendo en el valle y se dirigen a toda velocidad hacia la hacienda mientras los guardias salen en tropel de los barracones y abren fuego. Sus hombres —veteranos bien pagados y entrenados— devuelven los disparos desde los vehículos y los guardias corren a refugiarse de nuevo en los barracones.

Excitado, Damien salta del coche y se acerca a la puerta delantera de la hacienda. Le sorprende que no esté cerrada con llave; claro que, si eres la madre de Adán Barrera, seguramente no tienes que preocuparte de cerrar la puerta.

Una criada, puede que una cocinera, lo mira pasmada. Luego se palpa a toda prisa el mandil y saca un celular. Damien se lo arranca de la mano y la empuja contra la pared.

—*¡Señora!* —grita ella—. *¡Señora!* ¡Huya, corra!

¿Señora?, piensa Damien al taparle la boca y llevarla a rastras a la cocina. La madre de Barrera no debería estar aquí, tendría que estar visitando a la familia en Tijuana. El plan era quemar la casa natal de Adán Barrera, no hacerle daño a su madre. Los hombres ya han entrado tras él y están prendiendo fuego a las cortinas de las ventanas.

—¡Esperen! —grita Damien, soltando a la cocinera—. ¡Alto! ¡La vieja está aquí!

Es demasiado tarde.

Las llamas trepan por las cortinas, hasta el techo. Damien ve por la ventana cómo arden la casa del servicio, los barracones. Sus hombres están sacando los coches y las motocicletas del garaje mientras las llamas devoran el techo.

Se vuelve y ve a la vieja de negro mirándolo.

—¡Largo! —grita la mujer—. ¡Fuera de mi casa!

Una mujer más joven aparece tras ella, la agarra de los hombros y la aparta.

—Si le haces daño a mi madre, si le tocas un solo pelo… ¿Sabes quién soy? ¿Sabes de quién es esta casa?

Damien la recuerda de cuando era niño.

La *tía* Elena.

—No deberían estar aquí —dice, sintiéndose estúpido.

—¡Haz que se vayan, Elena! —grita la anciana.

La habitación empieza a llenarse de humo.

—Tienen que salir —dice Damien—. Ahorita.

—Qué hombres tan valientes —le espeta Elena a la cara—. Quemar la casa de una anciana, echarla a la calle.

Damien oye que uno de sus hombres dice:

—¡Mata a esas cabronas!

—¡Lárguense! —grita Damien.

Agarra a Elena por el hombro de la bata y la jala hacia la puerta. Ella no suelta a su madre y, abrazadas, avanzan a trompicones seguidas por Damien, que las saca a empujones por la puerta.

Elena abraza a su madre para intentar protegerla del viento y el frío de la mañana.

Pero su madre se resiste, forcejea, intenta volver atrás.

—¡Mi casa! ¡Mi casa!

—¡Tenemos que irnos, *mami!*

Elena ni siquiera sabe si la oye entre tanto ruido: el viento, las voces de los hombres, los gritos de los sirvientes que cruzan corriendo la explanada, el *pop-pop-pop* de los disparos y el chasquido de las llamas. Qué absurdo, piensa, que esté oyendo a las gallinas. No al gallo, que por fin ha dejado de cantar, sino el cacareo frenético de las gallinas, que corren de acá para allá, atolondradas como… en fin, como gallinas.

—Mami, ¿puedes caminar?

—¡Sí!

Sin apartar el brazo de los estrechos hombros de su madre, Elena le empuja suavemente la cabeza hacia abajo para protegerla apenas de las balas que pasan silbando y entonces oye gritar a un hombre:

—¡Dejen de disparar! ¡Alto el fuego! *¡Las señoras!*

Un *sicario* sale corriendo de los barracones hacia ella, pero una ráfaga de disparos lo atraviesa y el hombre cae sobre la tierra a escasos metros de Elena, arquea el cuello y grita:

—¡*Señora,* váyase!

A su alrededor, pintada de rojo por el fuego, se desarrolla una escena demencial. Hombres en llamas, antorchas humanas, se tambalean, gritan y caen.

El aeródromo está demasiado lejos, piensa Elena. Su madre no podrá llegar. Y quién sabe si estos cabrones no lo habrán tomado ya, si se habrán apoderado de la avioneta, si el piloto estará en su sitio o si estará vivo siquiera. Sabe, en todo caso, que no puede quedarse aquí: ignora quiénes son estos hombres. Podrían ser ladrones muy poco listos, nada más, o podrían ser sicarios de Iván.

No puede quedarse a averiguarlo.

Arriesgarse a que la secuestren y pidan rescate por ella.

O a que la violen.

O la asesinen.

O a que le peguen un tiro por error en medio de este caos.

La pista de aterrizaje es la mejor opción.

Baja la cabeza y sigue avanzando.

Fausto la ve.

El lugarteniente de Damien distingue a Elena Sánchez, vestida únicamente con una bata, intentando alejar del sitio en llamas a una mujer que solo puede ser la madre de Adán Barrera. Acelera bruscamente, cruzando entre el circo de motocicletas, y para el coche junto a las dos mujeres.

—¡Suban!

—¡Déjennos en paz! —le espeta Elena.

Fausto le apunta con la pistola al pecho.

—¡Dije que suban al puto Jeep!

Elena ayuda a subir a su madre y luego sube ella. Y, cómo no, piensa Fausto, enseguida juega la carta del «sabes-quién-soy-yo».

—¡Sí, sé quién es! —grita Fausto.

Pisa el acelerador y avanza a toda velocidad hacia el aeródromo.

La hélice de la avioneta ya está en marcha, el piloto acaba de arrancar, dispuesto a salir de allí a toda velocidad. Fausto para el coche delante para cortarle el paso, levanta su AK, apunta al cristal y grita:

—¡No tan deprisa, *cabrón!* ¡Tienes pasajeras!

La avioneta se detiene.

Fausto se baja del coche y ayuda a Elena y a su madre a descender. Luego las acompaña hasta la avioneta, abre la portezuela y le dice al piloto:

—¿Ibas a dejarlas aquí? ¿Qué clase de cobarde eres tú?

Las ayuda a subir.

—¿Por qué haces esto? —pregunta Elena.

Porque no soy un puto descerebrado, piensa Fausto. Damien puede quemar la casa de los Barrera y sobrevivir; quizás incluso salir adelante. Pero ¿lastimar a la hermana y la madre de Adán Barrera? Si lo hiciera, el país entero se volvería contra él, y empezaría una venganza que solo concluiría con la muerte del chico.

Y con la mía.

—¡Despega! —le grita al piloto.

Durante los dos días siguientes, los hombres de Damien van por el valle quemando casas y cobertizos, robando vehículos y aterrorizando en general a la población de una zona que antes era, quizá, la más segura del mundo.

El saqueo solo termina cuando el gobierno federal manda tropas, pero para entonces los hombres de Damien —a los que los medios han bautizado como los Lobos— ya han desaparecido en las montañas.

El ataque conmociona al país.

Un principiante poco conocido ha asaltado la casa de la madre de Adán Barrera, nada menos, obligando a la anciana a escapar en plena noche.

Tal vez el cártel de Sinaloa no sea tan poderoso como pensaba todo mundo.

La mayoría de la gente toma el suceso por lo que es…

La declaración de guerra de Damien Tapia.

El Año Nuevo traerá guerra.

—Cuánto me alegro de que estés a salvo —dice Núñez por teléfono—. Y tu madre, ¿está bien?

El abogado mira a Ric y pone cara de fastidio. Tiene puesto el altavoz, de modo que Ric y Belinda oyen decir a Elena:

—Se tomó un tranquilizante y está durmiendo. Sí, estamos aquí, en Ensenada.

—Es indignante, Elena —dice Núñez—. Absolutamente indignante.

—¿Estás indignado, Ricardo? Porque yo te culpo a ti.

—¡¿A mí?! —exclama Núñez en un tono que es una parodia perfecta de inocencia ultrajada—. ¡Te aseguro que yo no he tenido nada que ver con esto! Fue ese animal de Tapia. Dios mío, Elena, se está jactando de ello en las redes sociales.

—Tuviste mucho que ver —afirma ella—. Dejaste que alguien matara a mi hijo y no hiciste nada. ¿Cómo no va a pensar la gente que no pasa nada por atacarnos? Tu debilidad ha dejado bien claro que ahora es posible ultrajar a Sinaloa.

—No sabemos quién ordenó el asesinato de Rudolfo.

—Tu hijo estuvo de juerga con sus asesinos anoche mismo —dice Elena—. ¿Crees que no me entero de esas cosas? No, has dejado aislada a mi familia ¿y ahora tienes la desfachatez de llamar para decirme que estás indignado? Por favor, discúlpame si no me emociono. Ni me calmo.

—Haremos todo lo que esté en nuestro poder para castigar a Damien Tapia.

—Ese es precisamente el problema, nuestro poder —dice Elena—. La gente va a preguntarse, y con razón: «Si Sinaloa no puede proteger a la madre de Adán Barrera, ¿a quién puede proteger? ¿A nosotros?». Si Adán viviera, la cabeza de ese patán ya estaría clavada en alto. Claro que, si viviera Adán, ese cabrón no habría tenido el valor de hacer algo así.

—Lo estamos buscando en estos momentos.

—¿Quién? ¿El ejército? —pregunta Elena—. El ejército no podría ni pescar un pez en una pecera. No, gracias, Ricardo. Es verdad que estoy envejeciendo, pero todavía me quedan dientes. Nuestra familia se encargará del joven Tapia, ella sola.

—No le sigas el juego a esa gente —dice Núñez—. Es justo lo que quieren, dividirnos.

—De eso ya te encargaste tú —replica Elena—. Llámame cuando estés dispuesto a portarte como un verdadero *patrón*. Hasta entonces…

Cuelga.

—¿Estuviste de fiesta con Iván anoche? —le pregunta Núñez a Ric.

—Con todos los Esparza —dice Ric sin amilanarse—. Y con Rubén Ascensión.

—¿Y te parece prudente?

—Estoy intentando mantener la relación.

—¿Regalándole tu coche a una zorra? —pregunta Núñez—. ¿También intentabas mantener la relación con ella?

Se entera de todo, piensa Ric. Todos mis guardaespaldas son unos soplones.

—¿Era eso lo que querías ver hoy en los medios? ¿«Líder del cártel de Sinaloa asesina a una prostituta»?

Núñez se queda mirándolo un segundo. Luego dice:

—No, hiciste lo correcto.

Santo Dios, piensa Ric, eso es nuevo.

—Tú conoces a ese Damien —dice su padre.

Y tú también, piensa Ric. Conoces a «ese Damien» desde que era un niño.

—¿Qué le pasa? —pregunta Núñez—. ¿Por qué haría una cosa tan terrible? ¿Tuvo una juventud difícil? ¿Es un rebelde sin causa?

No, se dice Ric, no me cabe duda de que tiene una causa.

—Sé que es amigo tuyo —continúa su padre—. Pero ya sabes que tengo que hacer algo.

Ric sabe, en efecto, que su padre está en una posición comprometida. El cártel de Sinaloa entero está furioso por esta afrenta a la memoria de Adán, por este insulto a las mujeres de la familia real. Si el jefe del cártel no hace algo al respecto, pensarán que es un blando, que no tiene agallas suficientes para ocupar el mando.

Pero…

—Lo entiendo —dice Ric—. Ahora mismo todo mundo está rabioso. Pero hay que recordar que Damien no las mató. Qué carajo, si hasta hizo que las sacaran en avioneta de allí.

—Después de quemar la casa, matar a cinco de sus hombres y saquear un pueblo entero al que nosotros teníamos que proteger —dice Núñez—. Me parece bien que le guardes lealtad a tu amigo, pero…

—Seguramente estará hundido —dice Ric—. Conozco a Damien, estará escondido en alguna parte, tan espantado por lo que ha hecho como todos los demás. Deja que intente hablar con él, que lo traiga aquí, a ver si podemos encontrar una solución.

—¿Qué estás proponiendo? —pregunta Núñez—. ¿Un tiempo fuera?

No sé qué estoy proponiendo, piensa Ric.

—Puede que una multa, una compensación quizá. Se disculpa, vuelve a construir lo que quemó…

—¿Con qué? —pregunta Núñez—. ¿De dónde va a sacar tanto dinero?

Bueno, se dice Ric, tenía dinero suficiente para pagar un pequeño ejército.

—Yo solo digo que hay gente que ha hecho cosas peores y no ha pasado nada.

—No creas que no me da pena el pasado de ese chico —dice Núñez—. Pero su padre era un desquiciado, un bravucón trastornado por la droga, y había que quitarlo de en medio. Y ahora el hijo ha mostrado el mismo comportamiento errático y peligroso. Ceder a la compasión sería abdicar de nuestras responsabilidades y no podemos permitirnos ese lujo.

—O sea, que lo quieres muerto.

Núñez se vuelve hacia Belinda y Ric comprende de pronto qué hace ella aquí.

La muerte no es suficiente.

Ric pone en marcha el motor.

—No pienso hacerlo.

—¿Qué?

—Torturar a un amigo, no voy a hacerlo —dice al arrancar—. Y tú tampoco.

—Tú no eres quién para decirme lo que tengo que hacer —responde Belinda—. Las órdenes me las da tu padre.

Esas órdenes consisten en encontrar a Damien, matarlo lentamente y con dolor y grabarlo en video. Hay que dar un escarmiento, mostrarle al mundo que el Abogado no es un blandengue.

—Y además lo disfrutarás, ¿verdad? —pregunta Ric.

—Es mi trabajo —dice ella—. ¿Qué? ¿Crees que puedes salvarlo? Si no lo hacemos nosotros, lo hará alguien más. ¿Qué crees que hará la gente de Elena si lo encuentran primero?

—Si lo encuentro yo primero —dice Ric—, le pego dos tiros en la nuca y listo.

—Fíjate, de repente eres un asesino experto —replica Belinda—. ¿Hablas en serio? Vamos a hacer lo que dice el jefe.

Ric para el coche, se vuelve y la mira.

—Lo que vamos a hacer es lo siguiente: vamos a buscar a Damien donde no esté, por todas partes, sin dejar una sola piedra sin remover y ¿sabes qué, Belinda? No lo vamos a encontrar.

—Tú hazlo a tu modo —contesta ella—, yo lo haré al mío.

Ric lo hace a su modo.

Al modo de esta nueva versión suya: el hijo del jefe, comprometido, volcado en el negocio, decidido, que empieza a mandar a los hombres de su padre como si fueran suyos. Envía avionetas con doscientos *sicarios* a Sinaloa y les dice: «Busquen a Damien Tapia y, cuando lo encuentren, tráiganmelo. Intacto. Quiero vérmelas con él cara a cara».

La mayoría interpreta mal sus palabras, y es lo que desea: piensan que quiere apoderarse de Damien para vengar personalmente la afrenta contra su padrino, y lo respetan por ello.

El Ahijado crece en estatura.

Núñez llega el Día de Reyes.

Era solo cuestión de tiempo que viniera alguno, piensa Caro. Acabarán por venir todos, y lo sabe; la única duda era quién vendría primero.

Caro lo recibe en la sala. El sofá es viejo y mullido; el sillón, un Barcalounger tapizado, de esos que se echan hacia atrás para que los viejos se duerman cómodamente frente al televisor.

Núñez refrena el impulso de sacudir el polvo del sofá antes de sentarse.

En la tele están dando las noticias. Caro tiene un pequeño televisor en cada habitación: le gusta ver el beisbol.

Núñez ha llegado con una *rosca* y deposita el pan en la mesa de la cocina como si fuera un regalo de gran valor: oro, incienso o mirra. Caro se pregunta si es un mensaje: dentro del bizcocho hay escondida una figurita del Niño Jesús. Al que le toca esa porción, paga la comida y bebida en la Candelaria.

—¿Se enteró de lo que hizo Damien Tapia? —pregunta Núñez.

—¿Y quién no?

—Es indignante —dice Núñez—. No quiero lastimarlo, pero…

—Pero tendrías que hacerlo.

—Si lo hago, ¿tengo su bendición?

—No necesitas mi bendición —responde Caro—. Estoy retirado.

—Pero sigue contando con nuestro respeto, don Rafael —responde Núñez—. Por eso he venido, por respeto a usted. Puede que sepa que Adán me nombró su sucesor. Pero Iván Esparza y Elena Sánchez desafían mi autoridad. Eso por no hablar del joven Damien.

—¿Y qué quieres de mí? —pregunta Caro—. Como ves, soy un pobre viejo. No tengo ningún poder.

—Pero tiene influencia —dice Núñez—. Pertenece usted a una gran generación. Es uno de los fundadores de nuestra organización. Su nombre todavía significa algo, su aprobación todavía tiene peso, su consejo, su guía… Le agradecería mucho que me apoyara.

—¿Qué apoyo puedo darte? —pregunta Caro—. ¿Viste *sicarios* afuera? ¿Vehículos? ¿Avionetas? ¿Campos de amapolas? ¿Laboratorios? Esas cosas las tienes tú, Núñez, no yo.

—Si Rafael Caro respaldara mi liderazgo —dice Núñez—, eso valdría mucho.

—Lo único que quieres es mi nombre —responde Caro—. Que es lo único que me queda.

—Naturalmente, no he venido con las manos vacías.

—¿Trajiste algo más, aparte de la rosca? —pregunta Caro—. ¿Comida? *¿Frijoles?* ¿Arroz?

—Se está burlando de mí —dice Núñez—. Sé que mis modales me hacen ver ridículo, pero hablo en serio. Adán se lo quitó todo. Quizás yo pueda devolverle lo que le quitó.

—¿Puedes devolverme veinte años? —pregunta Caro.

—Claro que no —contesta Núñez—. No era mi intención darme aires. Lo que quería decir es que quizá yo pueda ofrecerle una restitución parcial. Hacer que los años que le quedan sean más… cómodos.

—¿Un sillón nuevo?

—Otra vez se burla de mí.

—Pues deja de andarte por las ramas —responde Caro—. Si crees que estoy en venta, hazme una oferta.

—Un millón de dólares.

Estás más desesperado de lo que creía, piensa Caro. Si me hubieras ofrecido la mitad, quizá te habría dicho que sí. Pero un millón me hace pensar que vas perdiendo, y ¿cómo voy a respaldar el poder de quien va perdiendo?

—Dijiste que apreciabas mis consejos —dice—. Deja que te dé uno. Estás en medio de Iván y Elena, sin resolverte hacia uno u otro lado. Eso no los hace leales a ti, a ninguno de los dos, solo te hace parecer débil. Ningún bando te respeta, ningún bando te teme. Y Damien y los Ascensión lo ven y se meten en tu territorio. Y tú no haces nada.

—Ascensión no se está metiendo en mi territorio.

—Lo hará —afirma Caro—. Se ha declarado independiente. ¿Cómo llama a su organización? ¿El cártel Nuevo Jalisco?

—Algo así.

El cártel Jalisco Nuevo, CJN.

—Te hará competencia —dice Caro—. Y si él puede, ¿qué va a impedírselo a los demás? No quiero tu dinero, Núñez, y no voy a prestarte mi nombre. Lo que voy a hacer por ti es lo siguiente: no respaldaré a ningún otro. A diferencia de ti, yo puedo permitirme ser neutral, convertirme en árbitro si es necesario. Pero tú, Ricardo, tienes que mostrarte firme, hacer que te teman. Si lo haces, tal vez podamos hablar más adelante.

Caro se levanta de la silla.

—Ahora tengo que orinar —dice.

Es el Día de los Reyes Magos, piensa mientras espera a que salga la orina, y ahora hay, en efecto, tres reyes en el cártel de Sinaloa. Núñez cree que es el único, pero también está Iván Esparza, y la reina madre, Elena, que querría hacer rey al único hijo que le queda.

Y Tito Ascensión, el siervo leal, que quizá crea que él también puede ser rey, aunque no se lo reconozca ni a sí mismo.

Y el joven Damien, también.

Que acaba de lanzarse con todo por la corona.

Núñez está en un buen aprieto. Tiene que arremeter contra alguien, pero no puede atacar a Elena Sánchez ni a Iván Esparza, y no podrá encontrar a Damien.

De modo que solo le queda una opción.

Una muy mala, piensa Caro cuando por fin sale la pis, y se ríe pensando en la *rosca* de la cocina.

Hay un rey escondido en el pan.

El Niño Jesús mira a Tito Ascensión con los ojos como platos.

Con la pintura recién retocada, vestido con sus hermosos ropajes de seda, descansa sobre el mostrador de la tienda de muñecas, mirando hacia arriba.

La mayoría de la gente no se atreve a mirar a los ojos al Mastín, pero Jesús no tiene ese problema.

La esposa de Tito lo mandó a recoger al Niño Dios al taller de restauración y a llevarlo a la iglesia para el Día de la Candelaria, antes de que la familia se dé un festín de tamales y *atole* para celebrar el último día de la Navidad.

Tiene gracia, piensa mientras espera a que el dueño haga la cuenta; tienes tu propia organización, eres el jefe, das órdenes a cientos de hombres, pero cuando tu mujer te manda a un encargo, vas en persona. Algo tan importante como recoger al Niño Jesús no se delega.

El hijo del dueño, un chamaquito, también lo mira a hurtadillas. Hace como que está quitando el polvo a un estante detrás del mostrador, pero mira por debajo del brazo al famoso narcotraficante que controla la ciudad. Hasta un niño de diez años sabe quién es el Mastín.

Tito le saca la lengua y mueve los dedos junto a las orejas.

El niño sonríe.

El propietario se acerca y le entrega la cuenta, que dice «0».

—Feliz Candelaria, señor —dice.

—No, Ortiz, no puedo aceptarlo —contesta Tito.

Le da al hombre doscientos dólares.

Cada uno conoce sus obligaciones.

—Gracias. Gracias, señor.

Tito toma la figura y sale a la calle. Estacionó su nuevo todoterreno Mercedes frente a la tienda. Su guardaespaldas está sentado en el asiento del copiloto, asomando una MAC-10 por la ventanilla.

—Vete atrás —ordena Tito—. Jesús va en el asiento delantero.

El guardaespaldas sale y Tito le abrocha el cinturón a Jesús.

La mayoría de los capos como él tienen chofer, pero Tito prefiere ir al volante. Le encanta conducir, y ahora cruza Guadalajara entre grafitis que proclaman ADÁN VIVE.

Tito lo duda.

Los muertos, muertos están.

Si lo sabrá él. Ha matado a varios cientos de personas —perdió la cuenta— y ninguna de ellas ha vuelto, jamás.

El coche es el segundo de un convoy de tres.

La Explorer de adelante y la camioneta Ford 150 de atrás van llenas de pistoleros, a pesar de que esta parte de Guadalajara, como casi todo el estado de Jalisco, es territorio seguro. El cártel de Jalisco no está en guerra con nadie, es aliado de Sinaloa y la mayoría de los policías del estado y los *federales* están a sueldo de Tito.

Pero nunca viene mal tomar precauciones.

En un mundo en el que alguien se atreve a quemar la casa de Adán Barrera…

Santo Dios, ¿en qué estaría pensando ese chico?

Claro que puede que Sinaloa ya no sea lo que era antes.

Antes de pasar por la tienda de muñecas, Tito ha hablado por teléfono con Rafael Caro.

«¿Quién es Iván Esparza para decirte a ti lo que puedes hacer o no?», le preguntó Caro.

Estaban hablando de cómo se ha negado Iván a que la organización de Tito entre en el negocio de la heroína.

«Se lo debo todo a Esparza».

«Sin ánimo de ofender», dijo Caro, «Nacho está muerto. Si estuviera vivo, jamás te diría esto. Pero el padre no es el hijo».

«Aun así le debo lealtad», dijo Tito, acordándose del día del funeral de Nacho, cuando se acercó a la viuda para preguntarle si podía hacer algo y ella, tomándolo de las manos, le dijo: «Cuidar de mis hijos».

Juró hacerlo.

«La lealtad tiene que ser para los dos lados», le dijo Caro. «¿Te son ellos leales a ti? ¿Te están dejando entrar en el negocio de la heroína, de miles de millones al año? ¿Te han ofrecido Michoacán, tu tierra? Has hecho de todo por Sinaloa: has matado por ellos, has sufrido por ellos. ¿Y qué hacen ellos por ti? ¿Palmearte la cabeza como a un buen perro? ¿Echarle unos cuantos huesos a su fiel Mastín? Tú mereces más que eso».

«Estoy contento con lo que tengo».

«¿Y miles de millones procedentes de la heroína?», le preguntó Caro. «¿Un mercado gringo ya montado? No aprovecharse de eso sería hacer las cosas al revés. Tú ya tienes los laboratorios de coca, de meta. No te costaría nada convertirlos en laboratorios de heroína».

«Sinaloa no va a dejar que use sus plazas», dijo Tito. «O en todo caso me cobrarían un extra».

«Oye», dijo Caro. «Solo estamos hablando, ¿eh? Haciendo cábalas».

Pero esto es muy serio, piensa Tito ahora mientras conduce. Enfrentarse al cártel de Sinaloa es un asunto serio como la chingada. Entre Núñez, Sánchez y los Esparza tienen centenares, si no miles de *sicarios*. Tienen en el bolsillo a la mayor parte de la policía federal, el ejército y los políticos.

¿Y apoderarse de Baja? ¿De Tijuana?

Tienes familia, se recuerda.

Tienes un hijo.

¿Qué vas a dejarle a Rubén?

Si te metes en una guerra con Sinaloa, podrían matarte. Qué carajo, podrían matarlo a él. Su herencia sería una tumba prematura. O una celda en la prisión, el destino de muchos que se enfrentaron a Sinaloa y descubrieron que tenían que pelear también con la policía, con el ejército y el gobierno federal. Las cárceles y los cementerios están llenos de enemigos de Sinaloa.

Rubén no sobreviviría en prisión.

Es bajo y delgado.

Valiente también, un pequeño tigre, pero eso no le serviría de nada frente a una banda de presidiarios musculosos. En algunas prisiones podrías ejercer tu poder, protegerlo, pero en otras no, sobre todo si estás en guerra con Sinaloa.

Y las cárceles que no controla Sinaloa las controlan los Zetas, y Tito se echa a temblar cuando piensa en lo que pasaría si la Compañía Z descubriera que el hijo de Tito Ascensión está en una de sus cárceles. Lo violarían en grupo todas las noches, hasta que se cansaran de la diversión, y luego lo matarían.

Y tardarían días en hacerlo.

Pero por otro lado…

Una riqueza ilimitada.

Si ganas, Rubén heredará un imperio que valdrá no millones, sino miles de millones. Una riqueza de esas que cambian a una familia para siempre, que convierten a los campesinos en caballeros. Que compran granjas, fincas, ranchos, haciendas. Con una riqueza así, los hijos de Rubén no tendrían que ensuciarse nunca las manos.

Serían los dueños de los huertos de aguacates.

¿Y cómo quieres que te vea Rubén?

¿Como el perro de Iván Esparza?

¿O quieres que tu hijo te vea como el Patrón, el Señor, el Señor de los Cielos?

Rubén tenía tres años cuando él cayó en prisión.

Era un niño pequeño que lloraba cada vez que veía a su *papi*, y cada vez que se iba. Tito se quedaba allí, con su mono naranja, viendo cómo se llevaban a su *hijo*, a su *vida*, llorando a gritos y tendiéndole los brazos, y se le partía el corazón.

Aunque no podía demostrarlo.

En San Quintín, si mostrabas cualquier debilidad, los lobos lo olfateaban y te hacían pedazos. Te cogían por el culo, por la boca. Y, cuando se cansaban de esos agujeros, te abrían otros para seguir cogiéndote.

No, debías tener el corazón de piedra y una cara igual.

Eso fue en 1993, cuando Adán Barrera se enfrentó a quince asaltos con el Güero Méndez por el título de *Patrón*. Tito llevaba un año a la sombra cuando se enteró de que Rafael Caro había sido detenido y extraditado a Estados Unidos y condenado a una pena de prisión de veinticinco años a perpetua, muy probablemente por haber cometido el pecado de apostar por Méndez.

A él solo le cayeron cuatro años.

Fue suficiente.

Mil cuatrocientos sesenta días entre los muros de La Pinta son muchos, demasiados, porque no hay nada peor que la cárcel.

Cuatro años fingiendo que tu mano derecha es un chocho. Cuatro años levantando pesas en el patio para que otros hombres no hagan de ti un chocho. Cuatro años comiendo basura, aguantando las chingaderas de los guardias. Cuatro años viendo a tu mujer y a tu hijo una vez al mes, en una «sala de visitas».

Vio a muchos tipos venirse abajo en La Pinta. Tipos fuertes, tipos duros que se derrumbaban y lloraban como bebés. O que se enganchaban a la heroína que podía conseguirse fácilmente y se convertían en fantasmas. Vio a hombres convertirse en mujeres: empezar a llevar peluca y maquillaje, esconder el pito entre las piernas sujetándolo con tela adhesiva, dejarse dar por el culo. O a tipos que pasaban tiempo en el *hoyo* y perdían la chaveta, salían de allí farfullando como idiotas.

La Pinta estaba ideada para romperte el ánimo, pero a él no consiguió rompérselo, sobre todo gracias a la Eme.

Seguía las normas y todos los días cumplía con *la máquina*, el entrenamiento diario que imponía la Eme para mantenerse en forma, listos para luchar.

Hacía los ejercicios de calistenia, las lagartijas, las sentadillas, los abdominales, levantaba pesas. Él, que se había fortalecido en los campos de aguacate, se puso como un toro.

Ahora nota la cicatriz que le corre por la mejilla derecha y se acuerda. Qué jodido, piensa, que no se la hicieran los *mayates* o los *güeros*, sino su propia gente. Y sucedió, además, muy apropiadamente, en el Callejón de la Sangre.

El *llavero* —el jefe de la Eme— le advirtió que no se acercara por aquella parte del patio, por lo menos yendo solo, pero Tito sabía que debía demostrar que no tenía miedo si no quería pasarse los cuatro años siguientes luchando con los *norteños*, que estaban en guerra con la Eme.

Como quería solventar ese asunto cuanto antes, al día siguiente se dio un paseo por el Callejón de la Sangre. Los *norteños*, por su parte, tampoco perdieron el tiempo. Tito vio que uno se le acercaba y oyó al otro a su espalda.

Se volvió y lanzó un puñetazo. Concentrando en el golpe toda la fuerza de sus ciento trece kilos, le partió la mandíbula al pueblerino. Luego se giró, pero no lo bastante rápido, y el *pedazo* le rajó la mejilla. No sintió dolor. Agarró la mano que empuñaba el cuchillo y la estrujó como si fuera una bolsa de papas fritas.

El tipo gritó y dejó caer la navaja.

Sin soltar la mano aplastada, lanzó un izquierdazo que derribó a su rival. Habría seguido golpeándolo pero, como no quería pasar el resto de su vida en la cárcel por una acusación de asesinato, se detuvo y dejó que los guardias lo rociaran con gas pimienta, lo redujeran a garrotazos y lo llevaran a la enfermería, donde le cosieron la cara como si fuera una saca de correo.

Luego lo echaron al *hoyo*.

Estuvo noventa días allí, pero se enteró de que el gañán había perdido la puta mano. Y lo que era aún mejor, el estado de California decidió que había actuado en defensa propia y no lo acusó de nada.

Tito cumplió su condena.

La cumplió con entereza, dignidad y respeto.

Como un convicto, no como un prisionero.

Sufría por dentro.

Extrañaba a su mujer y a su hijo.

Cuando salió y lo deportaron, juró que no volvería nunca: ni a Estados Unidos, ni a la cárcel.

Nunca volverán a separarlo de su hijo.

Pero ¿cómo vas a traicionar a Nacho, al que se lo debes todo?, piensa ahora. ¿Puedes jugártela, poner en peligro tu vida y la de tu hijo?

No, piensa Tito.

No puedes.

La vida te ha dado mucho más de lo que jamás creíste que te correspondería; no tientes a la suerte, no te arriesgues a perderlo todo.

Entones oye el helicóptero.

La Explorer de adelante da un frenazo y sus *sicarios* salen precipitadamente.

Tito da un volantazo.

—¿Qué pasa?

—Hay un control del ejército en la cuadra siguiente —dice el chofer.

Al mirar por el retrovisor, ve acercarse a gran velocidad a varios vehículos militares. La Ford gira para ponerse de lado y bloquear la calle. Sus hombres salen y se parapetan detrás de la camioneta. Tito oye el estallido de los disparos al torcer a la derecha por una calle lateral. Mira hacia arriba por la ventanilla y ve que el helicóptero vira y se sitúa sobre él.

Al carajo, piensa.

No voy a volver.

Pueden matarme, pero no volverán a llevarme a prisión.

—*¡Jefe!*

Tito ve el carro blindado que bloquea la calle más adelante. Mete reversa y pisa a fondo el acelerador.

El guardaespaldas grita por la ventanilla:

—¡El *jefe* está aquí! ¡Quieren agarrar al *jefe!*

De los bares y las tiendas salen hombres corriendo. Algunos son *sicarios* suyos; otros son vecinos del barrio que saben lo que les conviene. Empiezan a arrojar todo lo que pueden a la calle, entre Tito y el vehículo militar: sillas, mesas, una señal de estacionamiento. Otros se suben a las azoteas y lanzan ladrillos, trozos de tubería, tejas.

Un grupo de cinco hombres empuja un coche hasta el centro de la calle y lo vuelca. Y luego otro, y otro más, hasta formar una barricada.

Tito retrocede hasta la calle principal y avanza alejándose de la camioneta, donde sus hombres han empezado a disparar a discreción sobre los soldados que intentan acercarse. Ve un callejón a la izquierda y se mete por él.

Detrás de él, sus *sicarios* se mueven calle arriba y calle abajo abriendo los depósitos de los coches, introduciendo trapos dentro y prendiéndoles fuego.

Los coches se incendian.

Un humo espeso y negro caracolea hacia el cielo.

Tito cruza rápidamente el callejón, sin detenerse al llegar a un cruce. Esquiva un autobús y se mete por el callejón siguiente, respando contra la pared el costado derecho de su coche nuevo.

El helicóptero sigue sobre él.

Oye el claxon de vehículos militares adelante de él.

El helicóptero dirige la cacería.

Tito da marcha atrás.

Pero sabe que lo tienen atrapado. Ni sus hombres ni las barricadas improvisadas podrán detener largo rato a los blindados.

Entonces ve abrirse la puerta de un edificio. Un hombre sale y le hace señas con la mano.

—*¡Jefe!*

Tito se detiene, abre la puerta del coche y sale. Luego se vuelve, le desabrocha el cinturón de seguridad al Niño Jesús y lo agarra. Su mujer le hará la vida imposible si no lleva la figurilla sana y salva a la iglesia.

El hombre lo jala hacia el interior del edificio.

—Venga conmigo, *jefe*.

Están en la parte trasera de un cine.

Detrás de la pantalla.

Tito oye el ruido de la película: explosiones, disparos más estruendosos que el sonido amortiguado de la escena real que se está desarrollando fuera. Siguiendo al hombre, cruza por detrás de la pantalla, hasta lo alto de una escalera metálica que los conduce a un sótano.

Cajas de golosinas, latas de refresco, paquetes de servilletas y vasos de plástico.

El hombre abre una puerta de acero y le indica que pase.

Tito tiene que confiar en él, no le queda otro remedio.

Cruza la puerta, el hombre entra detrás de él y cierra. Pulsa un interruptor y de pronto Tito comprende dónde está.

—¿Cómo te llamas? —pregunta.

—Fernando Montoya.

—Fernando Montoya, acabas de hacerte rico.

Avanzan por un pasillo y entran en un local que parece una cantina. Mesas redondas, sillas de mimbre, una barra hecha con una hoja de aglomerado apoyada en unos barriles, una televisión de pantalla plana montada sobre la pared, cerca del techo. Media docena de hombres beben cerveza mientras ven un partido de *fútbol*. Al ver a Tito, se levantan.

Policías de Guadalajara: todos saben quién es.

Antes era uno de ellos. Solía venir a esta misma cantina a pasar el rato, así el turno se hacía más llevadero.

Los policías parecen nerviosos.

—¿Qué están esperando? —dice Tito—. ¿Van a darme una cerveza o qué?

Tiene que tomárselo con calma, hacerse el *macho*, brindarles una historia que contar, aunque por dentro esté rabioso. Y asustado, eso puede reconocerlo para sus adentros. Hace diez años que las autoridades mexicanas y estadounidenses lo pusieron en busca y captura, pero nadie nunca había intentado detenerlo.

En Jalisco, no.

Ahora es el ejército el que carga contra él.

Y si Fernando Montoya no le hubiera abierto la puerta trasera del cine, lo habrían capturado.

Tito se sienta a beberse su cerveza mientras dos policías dicen que van a subir a ver qué está pasando para informarle. Le dicen que se quede allí tranquilamente hasta que las cosas se calmen, que luego lo llevarán a donde quiera ir.

Saben que también habrá sobres extra para ellos, y bien gordos además.

¿Por qué ahora?, se pregunta Tito. ¿Por qué ahora y por qué el ejército?

Pero cree saberlo.

Sinaloa tiene al ejército de su parte. De algún modo el cártel se ha enterado de que está pensando en meterse en el negocio de la heroína y ha decidido lanzar un ataque preventivo.

Es la mentalidad carcelaria: atacar antes de que te ataquen.

Tito saca su celular del bolsillo.

Allí abajo no hay cobertura, así que le da el número a Montoya.

—Oye, llama a mi chamaco, dile que estoy bien. Dile que yo dije que salga de la casa, que se vaya a alguna parte hasta que tenga noticias mías.

Montoya sale.

Vuelve quince minutos después y le informa que se ha ido directamente al buzón de voz.

Tito empieza a preocuparse.

Pasa una hora y media antes de que vuelvan los polis para avisarle que está todo despejado. Ha habido disturbios en las calles: contenedores de basura quemados, coches, autobuses. El ejército se ha retirado por fin. Espere unos minutos más; luego, nosotros lo sacamos de aquí.

En la televisión empiezan a dar las noticias y entonces Tito lo ve.

Rubén saliendo de su casa, esposado.

Los putos soldados le ponen las manos encima, le empujan la cabeza hacia abajo y lo meten en la parte de atrás de un carro blindado.

—Quiero irme ya —dice Tito—. Tengo que hacer unas llamadas.

La primera persona a la que llama desde el asiento de atrás de la patrulla es Rafael Caro.

—Tienen a Rubén.

—Ya lo vi —dice Caro—. Andan diciendo que lo encontraron con treinta rifles y medio millón en efectivo. No habrá juez que lo deje en libertad en esas condiciones. Va a llevar su tiempo.

—¿Cuánto?

—No lo sé —contesta Caro—. Tito, tienes que tranquilizarte.

Tito está furioso.

Y aterrado por su hijo. Los Zetas no controlan ninguna cárcel de Jalisco, pero Sinaloa sí.

—Fue Sinaloa —dice.

—Sí, pero ¿quién? ¿Elena? ¿Núñez? ¿Iván?

Tito no sabe qué contestar.

—Da igual. Que chinguen a su madre todos.

—¿Significa eso que vas a seguir adelante con lo de la heroína? —pregunta Caro—. ¿Aunque desate una guerra con Sinaloa?

—Sinaloa ya me declaró la guerra —responde Tito—. Carajo, sí, voy a seguir adelante —dice antes de colgar.

Si le pasa algo a mi hijo, se dice, cierta gente va a morir.

Y así seguirá, muerta.

Agarra al Niño Jesús y se baja en la iglesia.

Camuflado entre el gentío, Ric se aparta para dejar paso a los fieles que portan a la Virgen de la Candelaria hacia la iglesia de Nuestra Señora de Quilá.

El rito se celebra en la festividad de la Candelaria desde hace trescientos años, y las calles del pueblecito a las afueras de Culiacán están atestadas de gente. Decenas de miles de personas han acudido a disfrutar de la feria, con sus puestos de comida, sus juegos y sus bandas de música ambulantes. La muchedumbre se apretuja y avanza, tratando de tocar, o de ver al menos, a la Virgen, metida en su vitrina de acrílico y ataviada con un manto de seda azul claro con bordados de oro.

Aunque está aquí a petición de su padre —es importante que el cártel esté presente, que alguien de la familia se deje ver en la procesión, y entonces corre el rumor de que el Ahijado anda por aquí—, a Ric le gusta de verdad la feria de Quilá por motivos que, de hecho, no consigue explicarse. La mayoría de la gente que acude son *indios*, campesinos, y para Ric tiene algo de conmovedor su fe sencilla e ingenua en la Virgen. Le piden dádivas, favores: salud para un ser querido, la cura de una enfermedad crónica, la salvación de un hijo descarriado. Algunos se detienen en medio del camino para alabar y dar gracias a la Virgen por los milagros que ya les ha concedido. Ric oye a un hombre cuya cadera artrítica sanó de pronto, a una mujer que no podía concebir y acaba de dar a luz a su primer hijo, a una anciana que recuperó milagrosamente la vista tras una operación de cataratas.

Quién sabe, piensa Ric.

Los médicos no tienen ningún mérito, todo se atribuye a una muñeca encerrada en una urna de plástico. A Ric le recuerda a esos coleccionistas de juguetes que compran «figuras de acción» y no las sacan del embalaje porque, si lo hacen, se devalúan.

Aun así, todo lo conmueve.

Karin ha venido con él, y también su hija Valeria, que tiene ya dos años y está loca de emoción por los ruidos y colores, además del azúcar que ha consumido en los distintos puestos. Lleva el lindo vestidito blanco de fiesta manchado de chocolate, azúcar glas y otra cosa que Ric no sabe identificar, y ahora se cuelga de su mano tratando de levantar algo de la calle. Somos unos padres terribles, piensa Ric, aunque está deseando que a la niña le dé el bajón de azúcar y se quede dormida en el carrito.

—¿Quieres entrar en la iglesia? —pregunta Karin cuando ya ha pasado la Virgen.

—Paso —contesta él.

De cualquier modo, seguro que a Valeria le dará un berrinche en la iglesia y tendrán que llevársela de allí, y además...

Avizora problemas.

Belinda se abre paso entre el gentío, hacia él. Eso no está bien, piensa Ric. Una fiesta como esta está reservada a las esposas, no a las amantes, y Belinda lo sabe.

Karin también la ha visto.

—¿Qué quiere esa?

—No lo sé —responde Ric, alarmado por la expresión seria de Belinda.

Normalmente, la situación daría pie a una sonrisa desdeñosa y un comentario mordaz acerca de que ella también sería virgen si estuviera encerrada en acrílico, pero Belinda lleva la preocupación pintada en el rostro.

—Es tu padre —dice antes de que Ric pueda preguntarle—. Le dispararon.

—¿Está...?

—Todavía no lo sabemos.

Ric deja a su hija en manos de Karin y sigue a Belinda al coche que los espera.

Es extraño, se dice Ric mientras el coche circula a toda velocidad camino del hospital, que sienta una emoción tan intensa. No quiere a su padre, eso es seguro; puede que ni siquiera le tenga simpatía, y sin embargo el miedo lo sacude, como una corriente eléctrica constante, al tiempo que se repite una plegaria: «Por favor, que no se muera; por favor, que no se muera... Por favor, que no se muera antes de que yo pueda...»

¿Antes de que tú puedas qué?, se pregunta.

¿Despedirte?

¿Pedirle perdón?

¿Perdonarlo?

Belinda está concentrada en el teléfono, tratando de averiguar qué ha pasado. Lo único que saben es que estaba saliendo de casa para ir a la misa de la Candelaria en la iglesia de Eldorado. El suyo era el tercer coche del convoy y, al salir del camino en curva que da acceso a la mansión, una camioneta que venía en sentido contrario pasó velozmente a los dos primeros coches de la comitiva y acribilló el Mercedes de Núñez.

—¿Mi madre…? —dice Ric.

—Está bien, no le dieron.

Gracias a Dios, piensa Ric.

—¿Sabemos ya quién fue? —pregunta, y piensa: Ojalá no haya sido Iván. Ni Damien.

—No, escaparon —contesta Belinda, y lee un mensaje de texto—. Dios…

—¿Qué?

Ella no contesta.

—¿Qué?

—En la calle ya se ha corrido la voz de que tu padre está muerto —dice ella.

Por favor, que no sea cierto, piensa Ric.

—Dios mío, Ric, eso significa que tú eres…

—Cállate la puta boca.

Tiene la impresión de que tardan una eternidad, pero por fin llegan al pequeño hospital de Eldorado. Se baja del coche antes de que pare siquiera y corre a la sala de espera. Al verlo, su madre se levanta de la silla y rompe a llorar.

Ric le sacude trozos de cristal del vestido.

—Los doctores dicen que no saben —dice su madre—, que no saben.

Seguramente el grosor de la puerta del coche le salvó la vida, le dice el médico a Ric. Frenó la bala que se le incrustó en el estómago y que, de no ser así, le habría perforado el hígado. Han extraído la bala y detenido la hemorragia interna, pero todavía existe el riesgo de una septicemia. «Descansa cómodamente», es el tópico que emplea el doctor.

Ric le lleva a su madre una infusión de la cafetería del hospital y luego vuelve al coche para hablar con Belinda.

—Quiero saber cómo carajo ha podido pasar esto —dice—. Quiero saber quién está detrás, y quiero desquite antes de que amanezca mañana.

—Ya le avisé a mi gente —dice ella—. Están interrogando a todos sus guardaespaldas…

—Lo que sea necesario, Belinda.

—Por supuesto —responde ella—. En cuanto a quién está detrás, todavía nadie ha reivindicado el ataque. Seguramente están esperando a saber si está vivo o muerto. Pero ten en cuenta que el principal candidato es tu buen amigo Damien.

Ric ignora la pulla.

—Publica en Twitter que mi padre se está muriendo. Haz venir al cura de su parroquia, y que todo mundo se entere. A ver quién se atribuye la responsabilidad. Manda a gente a casa de la madre de Damien. Si fue él, tratará de trasladar a su familia. Que les expliquen que no queremos lastimarlos, pero que tienen que quedarse donde están.

—¿Y si intentan irse?

—Mátenlos a todos.

Pero Damien Tapia solo es una posibilidad, piensa Ric.

Otra es Elena Sánchez.

Está resentida porque mi padre no ha tomado medidas contra Iván por el asesinato de Rudolfo. Ha cuestionado su liderazgo, ha dicho que está debilitando al cártel. Puede que haya decidido tomar cartas en el asunto.

Pero Elena no es tan tonta como para hacer algo así, se dice. Sabe que no puede retener Baja enfrentándose a las fuerzas combinadas de nuestra rama y la de Iván, como sucedería sin duda. Su organización ya anda escasa de personal, y no es tan necia como para quedarse aislada.

Tienes que considerar la posibilidad de que haya sido Iván.

Todavía está rumiando el haber tenido que ceder Baja, y sigue pensando que el jefe del cártel debería ser él. Puede que crea que el ala de los Esparza tiene fuerza suficiente para combatir a la rama de Núñez y a Elena; y, afrontémoslo, quizá crea que puede ganar si quien está al mando eres tú y no tu padre.

Y seguramente tiene razón, piensa Ric.

Tu padre es mejor líder en la guerra que tú; es mejor líder, y punto.

Belinda le pasa el teléfono y dice, moviendo los labios sin emitir sonido: «Elena».

—Acabo de enterarme —dice Elena—. Lo siento mucho. ¿Cómo está?

—Todavía no lo sabemos.

Un silencio, y luego ella dice:

—Sé lo que estás pensando.

—¿En serio? ¿Y qué estoy pensando, Elena?

—He tenido mis desacuerdos con tu padre —dice ella—, pero yo jamás haría una cosa así.

—Es bueno saberlo.

—Dale recuerdos a tu madre. Dile que rezo por él, por todos ustedes.

Ric le da las gracias y cuelga. Se pregunta si Elena ha llamado porque está preocupada de verdad, o para demostrarle que no ha sido ella quien ha dado la orden, o porque ha sido ella e intenta encubrir sus actos. Se vuelve hacia Belinda.

—¿Quién manejaba hoy?

—López.

Gabriel López, un expolicía estatal de Sinaloa, es el chofer de su padre desde que Ric tiene uso de razón. Siempre pulcramente vestido, con la corbata bien anudada, puntual, profesional, discreto. Soltero y dedicado al cuidado de su madre anciana, que sufre de Alzheimer.

—¿Está vivo? —pregunta Ric.

—No resultó herido.

—¿Dónde está?

—No lo detuve —dice Belinda—. No se me ocurrió...

—Localízalo.

López no contesta el teléfono.

Se va al buzón de voz.

Ric no deja mensaje.

—Fue él —dice.

—Pero ¿quién lo compró? —pregunta Belinda.

—No lo sabremos hasta que hablemos con él —dice Ric.

—No está —dice Belinda—. No lo localizamos.

Tenemos que localizarlo, piensa Ric. Quien haya intentado matar a mi padre volverá a intentarlo. Tenemos que averiguar quién es.

Ric hace un video de la madre de López y se lo manda al chofer de su padre. Segundos después, suena su teléfono.

Es López.

—Tienes que venir a hablar conmigo.

—Si voy, me matarás.

Pero yo ya no puedo ser el Ric de antes. Tengo que proteger a mi familia.

—Si no vienes —dice—, la mato a ella.

Está contando con que me comporte como el que era antes, reflexiona. Como el tipo campechano al que no se le ocurriría hacer daño a la familia de otra persona, y mucho menos a una anciana indefensa y senil que tiene muy poca idea, o ninguna, de lo que está pasando.

Por Dios, si creyó que era su Gabriel cuando llegué.

Efectivamente, López dice:

—Tú no harías eso.

Ric saca su pistola y apunta a la anciana a la cabeza. Con la otra mano sujeta el teléfono.

—Mírame.

Amartilla la pistola.

—¡No! —grita López—. ¡Ya voy!

—Media hora —dice Ric—. Ven solo.

Llega veintiocho minutos después.

Belinda lo cachea y le quita la Glock.

López besa a su madre en la mejilla.

—Mami, ¿estás bien? ¿Te lastimaron?

—¿Gabriel?

—*Sí*, mami.

—¿Me trajiste mis *chilindrinas*?

—Hoy no, mami —contesta López.

Ella frunce el ceño y mira al suelo.

—¿Dónde podemos hablar? —pregunta Ric.

—En mi despacho —dice López.

Entran en un cuartito, tan pulcro y ordenado como el propio López. Ric le indica que se siente. Belinda bloquea la puerta, pistola en mano.

—No fui yo —dice López.

—No me mientas, Gabriel —responde Ric—. Me pone furioso. No tengo tiempo para sacarte la verdad por la fuerza. Si no me lo dices ahora mismo, le pego un tiro a la vieja delante de ti. Dime la verdad y me ocuparé de que tenga los mejores cuidados de Culiacán. ¿Quién te compró?

Por favor, piensa Ric, que no diga Iván.

—Tito —dice López—. Tito Ascensión.

—¿Por qué?

—Tu padre fue tras él —dice López—. No lo atrapó. ¿Tienes silenciador? No quiero que ella se asuste.

Ric mira a Belinda, que asiente con un gesto y dice:

—Yo me encargo.

—No —dice Ric—, tengo que hacerlo yo.

Si no lo hago, me considerarán débil.

Y tendrán razón.

Hay que hacerlo, y tengo que hacerlo yo.

—¿Estás seguro? —pregunta Belinda—. Lo digo porque sé que en Baja fingiste.

—Estoy seguro.

Belinda le pone el silenciador a la pistola y se la pasa a Ric. El corazón le late a mil por hora y tiene ganas de vomitar. Le dice a López:

—Date la vuelta. De cara a la ventana.

López se gira. Dice:

—Mis papeles están en el cajón de arriba a la izquierda. Está todo en orden. Le traigo *chilindrinas* todos los jueves.

—Daré orden de que así se haga —contesta Ric, esforzándose por que no le tiemble la voz.

Levanta la pistola.

Belinda dijo que era fácil: apuntar y disparar.

No lo es.

Apunta con la mira hacia la base del cráneo.

Es el momento decisivo, piensa Ric. Si aprietas el gatillo, no habrá marcha atrás. Serás un asesino. Pero si no lo haces y la gente con la que tratas cree que eres débil, harán pedazos a tu familia.

Matarán a tu padre en la cama del hospital.

Si no está muerto ya, claro.

Le tiembla la mano.

Agarra la pistola con las dos, para estabilizarla.

Oye sollozar a López.

Aprieta el gatillo.

Su padre tiene la tez gris.

—Necesito hablar contigo —dice con voz rasposa—. Tenemos que averiguar…

—Fue Tito —dice Ric—. Compró a López para tenderte una trampa. No te preocupes. Ya me ocupé de él.

Núñez asiente en silencio.

—¿Por qué? —pregunta Ric—. ¿Por qué fuiste por Tito?

Con visible esfuerzo, Núñez mueve otra vez la cabeza como si desdeñara la pregunta.

—Un ataque preventivo. Ahora también irá por ti. Tienes que irte a un sitio seguro, vete a…

Pierde el conocimiento.

Empiezan a sonar pitidos.

Entra corriendo una enfermera, aparta a Ric de un empujón y comprueba los monitores.

Grita algo y entran más enfermeras, luego un médico. Después, sacan la cama de Núñez al pasillo, camino del quirófano. Ric no entiende todo lo que dicen, solo lo suficiente para saber que a su padre le ha bajado la presión sanguínea y tienen que volver a «intervenir» para detener la hemorragia.

Ric se sienta en la sala de espera con su madre.

Está aterrorizado por su padre, pero se dice a sí mismo que no puede permitirse el lujo de sentir ninguna emoción; su deber es mantener la sangre fría y pensar.

Estamos en guerra con Tito Ascensión y el cártel Jalisco Nuevo.

El CJN no solo controla Jalisco; también controla casi todo Michoacán y algunas áreas de Guerrero. Opera en la Ciudad de México y tiene un muelle en Puerto Vallarta. Ahora Tito tratará de ocupar Baja, Juárez y Laredo, y los puertos de Manzanillo y Mazatlán.

Tito es un luchador, un general de campo curtido y con experiencia, y un asesino despiadado. Ya ha ganado varias guerras. La gente le teme, y con razón; les dará miedo ir contra él. Alguna de nuestra gente en Sinaloa se pondrá de su lado por puro miedo, o porque creen que va a ganar.

Y lo que es peor —se dice Ric, y odia pensarlo—, Tito tiene vínculos muy antiguos y sólidos con Iván. Era el fiel guardián de Nacho Esparza, el jefe de su equipo de seguridad y de su brazo armado. Luchó contra el cártel del Golfo por los Esparza, contra el cártel de Juárez por los Esparza, contra los Zetas por los Esparza, y los venció a todos.

Lo más lógico es que ahora recurra a Iván y le proponga una alianza contra nosotros y Elena. Y, si lo hace e Iván acepta, estamos acabados.

No podemos ganar.

No salen las cuentas.

No podemos enfrentarnos a las fuerzas combinadas del CJN y la rama de los Esparza, a su dinero y sus recursos materiales. Formarán un nuevo cártel y acabarán con nosotros.

Solo hay una cosa que puede hacerse.

Sabe que debería contar con el consejo y la autorización de su padre; de hecho, es él quien debería tomar la decisión, pero la pura verdad es que ahora mismo es incapaz de tomarla y Ric no tiene tiempo para esperar.

Sale a la calle y empieza a hacer llamadas.

Mientras va en coche hacia la reunión, Ric sabe que si ha calculado mal —si Iván y Tito ya han llegado a un acuerdo—, puede darse por muerto.

Lo matarán en cuanto aparezca.

Ha sido una estupidez venir sin escolta, pero temía provocar lo que está intentando impedir: una guerra con Iván. El tipo ya está paranoico, teme que lo acusen del intento de asesinato contra Núñez, y si él se presenta con una fuerza armada, Iván pensará que le ha tendido una emboscada.

Ric decide arriesgarse.

Lleva una Glock 9 milímetros metida en la pretina de los jeans, debajo de la chamarra de beisbol de los Tomateros.

«No tiene seguro, así que no vayas a volarte el culo», le advirtió Belinda mientras metía una bala en el cargador. «Limítate a apuntar y a apretar el gatillo».

«Espero que no sea necesario».

«No deberías hacer esto», le dijo ella cuando él subió al coche. «Yo no debería dejar que lo hagas».

«No es cosa tuya».

Ella sonrió.

«Oye, Ric... Ahora eres Michael».

Iván lo citó en una gasolinera Pemex de la carretera 15, en el límite sur de Eldorado y, al entrar en ella, Ric lamenta haber accedido a encontrarse allí con él. La gasolinera está en medio de un estacionamiento inmenso, casi desierto a esas horas de la noche. Solo hay un par de camiones de carga estacionados a un lado.

Cualquiera de los cuales, se dice, podría estar llenos de pistoleros de Esparza.

O del CJN.

O de ambos.

Sale del coche y camina hacia la gasolinera. Es un paseo largo: nota las armas apuntándole a la espalda.

Iván está sentado en un gabinete, al lado de la máquina de café, el microondas y una estantería llena de comida basura.

Ric se sienta delante de él.

—No fui yo —dice Iván.

—No pensé que fueras tú.

—Pero tenías tus sospechas —añade Iván.

—Sí, de acuerdo, tenía sospechas.

—No te culpo —dice Iván—. Sería lo más sensato. Si no fuera tu padre...

—Fue Tito —afirma Ric, buscando indicios de sorpresa en el semblante de Iván.

Su amigo parece sorprendido, pero puede que esté fingiendo.

—Verás, yo pensé que había sido Damien —dice Iván.

—Tito —repite Ric—. Mi padre fue contra él.

—Un error grave —dice Iván—, ir contra Tito Ascensión y fallar. Pero ¿mandar a Rubén a la cárcel? Eso te convierte a ti también en objetivo.

—Ya lo estoy notando, te lo aseguro.

—Entonces, ¿qué hacemos aquí?

—Te necesito de nuestro lado —dice Ric.

—Lo sé —contesta Iván—. Pero... teniendo en cuenta que hace un mes amenazaste con pegarme un tiro en la cara, ¿por qué debería hacerlo?

—Por Baja —contesta Ric—. Te la devolveré.

Iván se lo piensa y luego dice:

—Lo mismo haría Tito.

—Él no la tiene, no puede dártela.

—Tú tampoco —replica Iván—. Es de Elena.

—Le diré que ya no.

Iván sonríe, burlón.

—¿Sí?

—Sí.

—Entonces ella recurrirá a Tito —dice Iván.

—¿Lo ves? —responde Ric—. Funcionará a la perfección.

—Tendremos que arrebatársela por la fuerza.

—Pero, si te alías con nosotros, ganarás —dice Ric.

—Aliado con Tito también ganaría.

—Tal vez.

—Oye, Ric —dice Iván—, vaya con quien vaya, gano.

—Supongo que por eso estoy aquí.

Iván pasea la mirada por la gasolinera. Luego mira por la ventana. Se vuelve hacia Ric y dice:

—Podría venderte a Tito ahora mismo. Me lo pagaría bien. Y luego podría canjearte por Rubén.

—Pero no vas a hacerlo —dice Ric, aunque no está seguro.

Iván se toma un rato para responder. Luego dice:

—No, no voy a hacerlo. Conque Baja, ¿eh?

—Tú te quedas con los cruces fronterizos y con la mayor parte del mercado interior. Solo quiero los barrios que ya controlamos en La Paz y Cabo.

—¿Qué hay de Mazatlán?

—Para ti.

—No te ofendas —dice Iván—, pero ¿tu padre autorizó esto?

—Todavía no.

—Caray —dice Iván—. Fíjate, cuánto has crecido.

—¿Trato hecho?

—De momento sí —responde Iván—. Pero, y repito que no te ofendas, ¿qué pasará si tu padre no sale de esta? Te convertirás en el *patrón*. Sé que eres el Ahijado y todo eso, pero no sé si puedo aceptar eso.

—¿Qué quieres?

—Yo soy el siguiente en la línea sucesoria —dice Iván—. Después de tu viejo, claro.

—Como te dije —responde Ric—, yo no quiero la sucesión, pero…

—¿Qué?

—Si accedo a eso, tendrás un motivo para matar a mi padre.

Iván se queda mirándolo unos segundos.

—Sí que has crecido, sí. En ese caso no hay trato, Ahijado. Tito me dará el trono.

Se está deshaciendo todo, piensa Ric, y no puedo levantarme de esta mesa sin haber llegado a un acuerdo. Mi padre va a odiarme por esto, pero…

—Te diré lo que voy a hacer —dice Ric—. Si mi padre muere pacíficamente, en la cama, o se retira, te cederé el paso. Pero si alguien lo mata, quien sea, el puesto me lo quedo yo.

—Tendrás que enfrentarte a mí para conseguirlo.

—Esperemos no llegar a eso —dice Ric, y le tiende la mano—. ¿Trato hecho?

Iván le estrecha la mano.

—Una cosa más —dice Ric—. Mi padre no tiene que enterarse de nuestro acuerdo, nunca.

—Dale recuerdos de mi parte —contesta Iván—. Dile que le deseo una pronta y total recuperación.

Ric vuelve al coche sabiendo que ha conseguido el acuerdo que necesitaba y que acaba de darle un motivo a Iván para matar a su padre, y a él mismo.

Empuña el teléfono para saber si su padre sigue vivo.

Cuando llega la Candelaria, hasta el entusiasmo de Marisol por las fiestas ha remitido.

No ha ido a la iglesia, no bebe *atole* ni ha comprado, desde luego, una figurita del Niño Jesús.

—Estoy harta de celebraciones —le dice a Keller.

Una cosa que sí intenta es comprender la explicación que le da su marido sobre el Día de la Marmota.

—Una marmota sale de su agujero —dice.

—Sí.

—Y si ve su sombra… ¿qué dices que pasa?

—Que quedan otras seis semanas de invierno.

—Y si no —dice Marisol—, ¿es que es primavera?

—Sí.

—¿Y qué tiene una cosa que ver con otra? —pregunta ella—. ¿Cómo es posible que el que una marmota no vea su sombra desencadene el principio de la primavera?

—Es solo una tradición.

—Una tradición muy tonta.

—Cierto —conviene Keller—. Carece de la lógica intrínseca de comer uvas o arrojar agua sucia por la ventana.

Ni siquiera intenta explicarle el significado actual del Día de la Marmota en la cultura pop —la repetición cíclica, constante, de un mismo día—, a pesar de que tiene la sensación de que eso es lo que le está pasando.

Primero fue el intento frustrado de detener a un capo del narcotráfico por parte de las autoridades mexicanas; esta vez se trataba de Tito Ascensión, del cártel Jalisco Nuevo. Y ahora, el intento de asesinato contra el jefe del cártel de Sinaloa, Ricardo Núñez.

Entre tanto, Roberto Orduña ha cosechado un éxito. Gracias a un soplo, su FES intervino una casa en Zihuatanejo y atrapó a los tres hermanos Rentería.

Orduña lo llamó para decirle que los Rentería habían confesado que fueron ellos quienes mataron a los estudiantes.

«¿Qué motivo adujeron?», preguntó Keller.

«Creían que esos chicos habían sido reclutados por Los Rojos», contestó Orduña. «Triste, ¿no?»

Keller no se traga la historia de los Rentería, igual que no se traga que Orduña los haya encontrado a los tres en el mismo lugar por pura suerte. Fue Eddie Ruiz quien informó de sus nombres. ¿Informó también de su paradero?

¿Y quién le dio la orden?

Si Ruiz maneja algo, tiene que ser porque alguien maneja a Ruiz.

«Creemos que había un cargamento de heroína en ese autobús», dijo Keller.

«¿Tienen datos que lo demuestren?», preguntó Orduña.

«Estamos en ello».

«¿De quién era la heroína?»

«¿De Sinaloa?», sugirió Keller. «¿De Ricardo Núñez?»

«Bueno, Núñez está jodido».

«¿Saldrá de esta?»

«Eso parece», contestó Orduña. «Y ahora los dos cárteles más grandes de México van a lanzarse a matar uno contra el otro».

El Día de la Marmota, se dijo Keller.

Otra guerra.

Más muertes.

Las fiestas, en efecto, se han terminado.

2

Coyotes

Nunca retes a un coyote. Nunca.
—Lora Leigh, *Coyote's Mate*

Bahía de los Piratas, Costa Rica
Marzo de 2015

Sean Callan saca la bujía del motor fuera de borda de su *panga* y la sustituye por una nueva.

La lancha, una Yamaha de siete metros de eslora y metro setenta de manga, está todavía en buen estado pese a sus siete años de antigüedad porque Callan se ocupa de su mantenimiento con celo casi religioso. La usa para llevar a los turistas a pescar con caña o con arpón, a bucear, o simplemente a dar un paseo por el mar al atardecer. Por eso la mantiene en perfecto estado.

Tiene una relación amor-odio con el motor, un E-Arrow de dos tiempos y cuarenta y cinco caballos que le compró a un pescador de Playa Carrillo. El motor exige más atenciones que una de esas ricachonas que vienen de Los Ángeles para disfrutar de lo primitivo sin prescindir de los lujos de la civilización, una necesidad contradictoria que Callan y Nora intentan resolver no sin grandes esfuerzos.

Nora, piensa Callan, con mejor talante que yo.

Hace ya más de diez años que tienen la pequeña «casa de huéspedes» —cuatro búngalos y una casa principal, enclavados en una arboleda con vista a la playa—, y Nora ha hecho de ella un éxito. Ganan bastante y llevan una vida tranquila, sobre todo en temporada baja, cuando casi siempre tienen el sitio para ellos solos.

A Callan le encanta este lugar.

La Bahía de los Piratas es ahora su hogar, y no piensa irse nunca. Pese a vivir en un lugar tan apartado y tranquilo, a un buen trecho de los hoteles de Tamarindo y del pueblecito de Matapalo, Callan se mantiene muy ocupado. Siempre hay algo que hacer.

Cuando no está arreglando el motor o poniendo a punto la lancha, está llevando a clientes a navegar. O los sube en su viejo Land Rover —hablando de arreglos y mantenimiento— y los lleva a Rincón de la Vieja a montar a caballo o a hacer senderismo, o al parque de Palo Verde a ver los cocodrilos,

los pecaríes y jaguarundis. O se ocupa de los grupos que vienen a observar aves, una actividad que Nora se empeña en ofertar.

O bien lleva a los huéspedes a los bares y clubes de Tamarindo —casi sobrios a la ida; borrachos como cubas a la vuelta—, a clases de surf o a subirse a uno de los barcos de pesca deportiva que se alquilan para la captura de pez espada o pez vela.

Y, cuando no está atendiendo a los clientes, se ocupa del hotel. Siempre hay algo que reparar, arreglar y remendar. Cuando no es la paja de un tejado, es el estuco y, cuando no, una tubería que gotea. En temporada baja se dedica casi exclusivamente al mantenimiento: enyesa paredes, lija suelos, pinta techos.

O trabaja en la casa grande, construida en los años veinte y que, cuando ellos la compraron por casi nada, estaba en un estado lamentable. Ahora está restaurando con mimo la carpintería: las barandillas, los suelos, la ancha terraza con vista al Pacífico.

En el taller que se construyó detrás de la casa, está haciendo una mesa de comedor con madera de cedro reutilizada. Es una sorpresa para el cumpleaños de Nora, y trabaja en ella en sus ratos libres.

Antes, cuando vivía en Nueva York, era carpintero, un artesano de primera, así que le encanta esta tarea. De hecho, le encanta todo su trabajo: disfruta estando al aire libre, en los parques naturales, en la selva, en las riberas del Tempisque, en el océano.

Lleva una buena vida.

Nora es quien se ocupa de la gestión diaria del hotel, aunque Callan le echa una mano, y su vida transcurre en una agradable rutina. Viven en el piso de arriba de la casa principal y se levantan antes de que amanezca para empezar a hacer el desayuno en la cocina de abajo.

María, su ayudante, ya suele estar allí cuando bajan, y Nora y ella preparan fuentes de *gallo pinto* con huevos, crema agria y queso; cuencos de papaya, mango y tamarindo; ollas de café y té bien cargados, y jarras de *horchata*, la bebida a base de maíz molido y canela que se sirve aquí, en la provincia de Guanacaste.

Callan suele zamparse una taza de café y, mientras desayunan los huéspedes, se asegura de que el Land Rover arranca o de que la lancha está a punto para la actividad que tengan esa mañana. Si es una excursión más larga, Nora y María preparan algo de almuerzo para llevar. Si no, quitan la mesa, recogen la cocina y empiezan a hacer la comida, que suele consistir en *casado*: arroz y frijoles con pollo, cerdo o pescado.

Después de comer, Nora suele subir al piso de arriba a dormir la siesta —su «sueño reparador», como ella dice, aunque Callan opina que su belleza no necesita reparación alguna—, mientras un pequeño contingente de empleadas, formado en su mayor parte por integrantes de la familia de María, cambian sábanas y toallas y preparan las habitaciones para la llegada de nuevos huéspedes.

Él no suele tener tiempo de dormir la siesta, aunque de vez en cuando se echa una, y le encanta: tumbarse con Nora sobre las sábanas salpicadas de agua fresca es uno de sus momentos preferidos.

Las cenas suelen ser tranquilas; normalmente solo hay un par de huéspedes porque la mayoría prefieren ir a cenar a algún restaurante de Playa Grande o Tamarindo. Pero aun así Nora y María preparan *boquitas* de *patacones* y *arracaches* y platillos de ceviche o *chicharrón*, y un plato principal de pescado a la parrilla —dependiendo del pescado fresco que encuentre Nora en Playa Carrillo—, o bien *olla de carne*, el estofado local hecho con res y yuca. Otras veces, Nora se pone creativa, le da por la cocina francesa y prepara *steak frites*, *coq au vin* o algo por el estilo.

El postre suele ser una macedonia de frutas o, si a Nora le apetece ir a fondo, un pastel de *tres leches*, seguido por café y brandy en la terraza, donde los huéspedes pueden sentarse a escuchar la música de la playa de enfrente y del bosque tropical de atrás.

Normalmente se acuestan temprano, a no ser que Callan tenga que ir a la ciudad a recoger a sus huéspedes, y a la mañana siguiente vuelven a madrugar.

Eso en temporada alta, es decir, en la estación seca, aproximadamente entre diciembre y abril. Luego llegan las lluvias y empieza la estación verde, aunque en Guanacaste, por lo general, solo hay aguaceros diarios a última hora de la tarde y primera de la noche. Aun así, la lluvia ahuyenta a los turistas, y Callan y Nora aprovechan para hacer labores de mantenimiento y también para pasear por la playa, para navegar a solas en la lancha, echar siestas largas y apasionadas, cenar tranquilamente y hacer el amor al son de la lluvia que golpea el tejado de lámina.

Los *turistas* vuelven en julio.

Ahora está terminando la temporada alta, es marzo y Callan ha sacado la *panga* a la playa para cambiar las bujías, porque a veces echa el ancla junto a un arrecife y no quiere que le falle el motor estando a mil metros de la costa.

Hace mucho calor a mediodía, treinta y tantos grados, pero Callan no se quita la camisa. Las mujeres que se alojan en la casa a veces comentan en broma que les encantaría ver sin camisa a su apuesto y musculoso anfitrión, pero, para ser un tipo tan relajado, Callan es tímido y dice que no sería «apropiado». Por eso lleva puesta una camisa vaquera ancha y descolorida sobre unos pantalones cortos muy viejos, además de *huaraches* y una raída gorra de beisbol. Al girar la llave se raspa un nudillo y suelta un improperio, breve pero incisivo.

Entonces oye una risa a su espalda.

Es Carlos.

Callan conoce al hijo de María desde que era pequeño y tiene que recordarse que Carlos ya no es un niño sino un hombre adulto, con esposa y dos hijos por los que trabaja como una mula para mantenerlos. Trabaja en barcos de pesca deportiva de alquiler y en barcos de pesca comercial y, a fuerza de dejarse el pellejo, ha ahorrado dinero suficiente para el anticipo de un Topaz convertible de 1989, con diez metros de eslora, dos motores gemelos dísel de 735 caballos, tangones elevados, silla de combate y cabina delantera con cocina completa para montar un negocio por su cuenta.

Callan ha estado ayudándole a poner el barco a punto, igual que Carlos le echa una mano cuando necesita que alguien lleve a los turistas a los parques o a navegar, o cuando tiene que arreglar un tejado.

Ahora Carlos se ríe y pregunta:

—¿El motor se te resiste?

—Y además va ganando —contesta Callan.

—Te estás haciendo viejo —dice Carlos.

Callan tiene cincuenta y cuatro años y está de acuerdo. Su melena, que le llega al hombro, empieza a tener canas.

—Y tú estás hecho un asco.

—He estado fuera toda la noche.

—¿Con Bustamante?

—Sí.

—¿Pescaron algo? —pregunta Callan.

—Unos atunes —responde Carlos—. ¿Quieres que saque yo esa bujía?

—No, ya la tengo. —Callan da otro giro a la llave y la bujía sale—. ¿Comiste? En casa hay comida y tenemos poca gente.

Solo cuatro clientes: dos ornitólogos de mediana edad y una pareja hippie.

—No, estoy bien —dice Carlos palmeándose la panza.

La poca que tiene, porque, como dice María, «si Carlos tiene algo de grasa, es en la cabeza». No, Carlos es delgado, fibroso y guapo a rabiar. Si no le fuera tan fiel a Elisa, estaría por ahí toda la noche tirándose a las turistas.

Ahora ayuda a Callan a cambiar las bujías y quedan para seguir trabajando en el Topaz, en cuya cabina Carlos quiere instalar un piso de madera. Hablan unos minutos más —del tiempo, de pesca, de beisbol, de lasioberías de siempre— y luego Carlos se va a trabajar a un chárter que sale a la captura de marlín.

Callan sube a la casa a ver si los huéspedes quieren ir a bucear con esnórquel.

Nora está en la cocina troceando verduras.

Llevan ya dieciséis años juntos —con algunas interrupciones— y todavía se le para el corazón cuando la ve.

Nora Hayden es una mujer de una belleza sorprendente.

Cabello que solo puede describirse como dorado, algo más corto desde hace unos años, para la vida en los trópicos.

Ojos azules, tan claros y cálidos como el Pacífico.

A sus cincuenta y dos años, piensa Callan, está más guapa que nunca. Esbelta por la natación y el yoga, las arrugas que circundan sus ojos y su boca solo la hacen más interesante.

Y eso es solo el envoltorio.

Lo que hay dentro, Callan lo sabe, es oro puro.

Nora es lista, mucho más lista que él, una empresaria estupenda, y tiene el corazón de una leona.

La quiere más que a su vida.

Ahora se acerca a ella por detrás, le pasa el brazo por la cintura y dice:

—¿Qué tal el día?

Ella echa el cuello hacia atrás y lo besa en la mejilla.

—Bien. ¿Y el tuyo?

—Bien —contesta Callan—. ¿Qué vas a hacer para cenar?

—No lo sé —dice Nora—. Depende de lo que encuentre.

—Carlos dice que tiene atunes.

—¿Quién?

—Bustamante.

Nora niega con la cabeza.

—No, no tiene. María se ha pasado por allí esta mañana. No tiene nada.

—Qué raro —dice Callan—. Carlos me ha dicho que salieron anoche.

Nora se encoge de hombros.

—Qué sé yo. ¿La lancha está lista?

—Sip.

Lleva a los huéspedes a bucear, vuelve con el mismo número de personas con el que salió —que es de lo que se trata—, se da una ducha y los lleva a la ciudad a cenar.

Vuelve para cenar con Nora.

Como no hay clientes, ella ha preparado un plato sencillo de arroz con frijoles que Callan devora con ansia.

—¿No estás deseando que llegue la temporada baja? —pregunta Nora.

—Un poco, sí.

Mucho, piensa ella. Conoce a su hombre. Callan es una persona reservada, taciturna, y aunque se le da bien relacionarse con los clientes —es muy simpático cuando quiere—, ella sabe que no le sale de naturaleza y que prefiere la soledad.

Preferiría estar a solas con su trabajo, y con ella.

Ella también lo está deseando.

Le gusta su trabajo, le gusta llevar el hotel, le caen bien casi todos sus huéspedes, a muchos de los cuales ya conoce de otras veces, pero será agradable tener tiempo libre y estar a solas con Sean. Dar sus paseos al atardecer por la playa, para los que rara vez tienen tiempo cuando están llenos.

Nora es feliz con la vida que lleva.

Con el ritmo de sus días y sus noches, de sus estaciones.

Nunca pensó que sería feliz, pero lo es.

Después de cenar y tomar el café, Callan vuelve a Tamarindo con el coche para recoger a los huéspedes. Se encuentra con ellos en el Crazy Monkey. Los ornitólogos están acabando el postre; los hippies, bailando en la discoteca, y Callan se sienta a tomar una cerveza para matar el tiempo.

Desde el bar, ve a los mexicanos en la discoteca. Destacan por su atuendo de jeans *norteños*.

Es algo que ocurre desde hace poco tiempo aquí en Guanacaste: grupos de una docena o más de mexicanos, casi todos hombres, a veces con amigas. Se los encuentra en el Crazy Monkey, en el Pacífico, en el Sharkey's, viendo el futbol o un combate de boxeo en la tele.

A Callan no le gusta.

Y no porque tenga algo contra los mexicanos, que no lo tiene. Son *esos* mexicanos los que le desagradan.

—Se acercan las lluvias —comenta el barman al pasarle una Rancho Humo, y niega con la cabeza cuando Callan hace amago de sacar la cartera.

Callan deja una buena propina, más de lo que cuesta la cerveza.

—¿Vas a quedarte por aquí?

—No —contesta el barman—. Voy a ir a San José a ver a la familia.

—Qué bien.

Se vuelve y ve a Carlos.

En la discoteca, hablando con uno de los mexicanos. Un tipo grueso, corpulento, de treinta y tantos años, con ese aire de macho alfa que lo identifica como jefe de la manada. Un poco mejor vestido que el resto, un poco más acicalado.

El *jefe*, piensa Callan. Lo ha visto por Tamarindo con otros dos hombres. Ahora ve a Carlos asentir con un gesto y estrecharle la mano al *jefe*.

• • •

Callan se acaba la cerveza, recoge a los huéspedes y los lleva a casa.

Le cuesta dormir.

Siempre ha llevado a rajatabla lo de no meterse en asuntos ajenos, y sabe que eso es lo que debería hacer ahora.

Pero se trata del hijo de María.

Y le tiene cariño a Carlos.

Así que, a su pesar, a la mañana siguiente va a buscar a Carlos, que está trabajando en el Topaz, y sube a bordo.

—Creí que habíamos quedado el sábado —dice Carlos.

—Sí —contesta Callan—. Quería hablar contigo.

—¿De qué?

—De lo que estás haciendo.

Carlos parece intranquilo.

—¿Qué estoy haciendo?

—Vamos, hombre —dice Callan.

—No sé a qué te refieres.

—Los traslados de coca que estás haciendo con Bustamante —dice Callan.

Por eso están aquí los mexicanos. Traen la cocaína en avión desde Sudamérica, la meten en pequeñas embarcaciones que salen a alta mar, donde se encuentran con barcos más grandes que la trasladan a México o incluso a California.

Pagan a los pescadores locales para que hagan los traslados.

Callan lo entiende. La pesca da para poco y, aunque diera para más, no es nada comparado con el dinero que puede ganarse transportando cocaína: el sueldo de un mes o más en una sola noche.

—Yo no…

—No me ofendas.

Carlos se enoja.

—No es asunto tuyo.

—Mira, lo comprendo —dice Callan—. Unos cuantos embarques y puedes pagar el barco y montar tu negocio. Ese el sueño, ¿no? Pero yo conozco a esa gente. Créeme, no te conviene mezclarte con ellos. Consigues el dinero para comprar un barco y crees que puedes dejar lo demás. Pero no te lo permitirán, Carlos. Querrán que lleves la droga en tu barco.

—Les diré que no.

—A esa gente no se le dice que no.

—¿Cómo es que sabes tanto de ese asunto? —pregunta Carlos.

—Lo sé y listo —responde Callan—. No estás hecho para eso.

—¿No? —dice Carlos—. ¿Y para qué estoy hecho? ¿Para pasarme la vida siendo el tico guapo que te hace de grumete?

—Acaba de pagar tu barco y monta tu propio negocio.

—Para eso pueden faltar años.

Callan se encoge de hombros.

—Para ti es fácil —dice Carlos—. Tú ya tienes tu negocio.

Cierto, piensa Callan. Pero dice:

—Solo es un consejo de amigo, hombre.

—Pues entonces pórtate como un amigo —replica Carlos— y no le digas nada a mi madre.

—No se lo diré —dice Callan—, pero ¿cómo va a sentirse cuando acabes en prisión?

Carlos sonríe.

—Primero tendrán que agarrarme.

—¿Lees los periódicos, Carlos? —pregunta Callan—. ¿Ves las noticias? El gobierno de Costa Rica acaba de renovar un acuerdo con Estados Unidos. La puta Guardia Costera estadounidense está ahí fuera, patrullando. Con la DEA.

Esto no acabará bien.

La tarde siguiente, Callan está rascando el salitre de la lancha cuando se le acerca el *jefe*.

—Bonita lancha —dice con una sonrisa zalamera en la jeta.

—Gracias.

—¿Eres Donovan?

—Sí.

Es el nombre que usa aquí.

—El amigo de Carlos.

—Acertaste otra vez —contesta Callan. No tiene sentido demorarlo—. ¿Qué quieres?

La sonrisa se borra.

—Quiero que te ocupes de tus putos asuntos.

—¿Y cómo sabes cuáles son mis putos asuntos y cuáles no lo son? —pregunta Callan.

—Sé que mis asuntos no son los tuyos —responde el *jefe*.

—Mira —dice Callan—, por mí puedes tener todos los barcos y los pescadores que quieras. Lo único que digo es que por qué no dejas en paz a Carlos.

—Ya sabes cómo son estas cosas —dice el *jefe*—. Haces una excepción por alguien y luego tienes que hacerla por todo mundo. Y entonces deja de ser una excepción.

—Una sola persona, es lo único que digo.

—No necesitamos que ningún *yanqui* de mierda venga a decirnos lo que tenemos que hacer —replica el jefe.

—Ni ningún mexicano de mierda.

—¿No te agradan los mexicanos?

—No me agradan ustedes —contesta Callan.

—¿Sabes quiénes somos?

—Me hago una idea.

—Somos de Sinaloa —dice el *jefe*—. No te metas con nosotros. Y deja que Carlos haga lo que tiene que hacer.

—Carlos es mayorcito —responde Callan—. Puede hacer lo que quiera.

—Exacto.

—Exacto —dice Callan.

—No te metas con nosotros.

—Sí, ya lo dijiste.

El *jefe* le lanza una mirada de perdonavidas y se aleja. Callan lo ve alejarse.

No debería haberme metido donde no me llaman, piensa.

Las semanas siguientes transcurren plácidamente. Llegan las lluvias y los turistas se van, salvo unos pocos aventureros en busca de experiencias y precios de ganga. Callan vuelve a ver al *jefe* un par de veces más, una en el Crazy Monkey, otra en el Pacífico. Incluso lo ve con Carlos, pero Callan desvía la mirada cuando el mexicano le dedica una sonrisa burlona.

Callan no vuelve a tocar el asunto con Carlos. Trabajan en el barco, reparan los tejados de las casitas de los huéspedes y hablan de todo, menos de eso. Lo intenté una vez, se dice Callan. Carlos es un hombre adulto, sería insultante volver a mencionarlo.

La vida vuelve a su rutina.

Callan pasa la mayor parte del tiempo haciendo reparaciones y por las tardes se escabulle en el taller para trabajar un rato en la mesa de comedor. Justo antes de que se ponga el sol, Nora y él se encuentran para ir a dar un paseo por la playa, aunque esté lloviendo, porque la lluvia es cálida y no les importa mojarse.

Cenan tranquilamente, hacen el amor bajo el tejado de lámina.

En mayo, una mañana, se despierta cuando todavía está oscuro y oye alboroto en la planta de abajo.

Es María y está llorando.

Cuando baja a la cocina, Nora la está abrazando.

—¡Tienen a Carlos! —solloza María—. ¡Tienen a Carlos!

La tranquilizan para que les cuente qué ha pasado. O lo que sabe, al menos. Ha habido un «decomiso», una redada en alta mar. Dicen que era cocaína. Hay once ticos detenidos.

Carlos entre ellos.

Callan va a la ciudad a informarse.

Habla con el jefe de la policía local.

Es un asunto feo. El mayor embargo de cocaína de la historia de Costa Rica. Cuatro toneladas. En el barco de Bustamante y en otro. Once detenidos, todos ellos jóvenes y sin antecedentes delictivos.

Callan sabe que todos ellos son pescadores.

Tentados por el dinero.

Ahora están jodidos.

¿Dos toneladas de coca? Da igual que los juzguen en Costa Rica o en Estados Unidos, les esperan décadas tras las rejas.

Callan regresa a casa y entre él y Nora tratan de tranquilizar a María. Le conseguirán un abogado a Carlos, quizá pueda hacer un trato…

Pero Callan sabe que no servirá de nada.

Si Carlos pacta con las autoridades, si accede a dar nombres o a testificar, es hombre muerto. Lo matarán en prisión.

Puede que de todos modos lo maten, por si acaso.

Esa misma noche vuelve el *jefe*.

Acompañado por dos tipos.

Se quedan atrás, a un lado.

Callan está cubriendo la *panga* con una lona; al parecer, va a haber un fuerte temporal. Se baja de un salto de la lancha al acercarse el *jefe*.

—¿Te enteraste de lo que pasó? —pregunta el mexicano.

—Sí, me he enterado.

—Me preguntaba si tú tuviste algo que ver.

—No.

—No sé —dice el *jefe*—. Pero más te vale hablar con tu chico, decirle que mantenga la boca cerrada.

—Seguramente ya lo sabe.

—Solo por si acaso —responde el *jefe*—. Si habla, lo mato a él, a su madre, a ti y a esa mujer tuya tan guapa…

Callan saca con un movimiento grácil la pistola de debajo de la camisa.

Antes de que al *jefe* se le agranden los ojos, le mete dos balas entre ellos.

Uno de los mexicanos echa mano de su arma, pero es demasiado lento y Callan le pega dos tiros en la cara; luego se gira y hace lo mismo con el otro.

Tres muertos en otros tantos segundos.

Sean Callan, alias John Donovan, era conocido en otra vida como Billy the Kid Callan.

Pistolero de la mafia irlandesa.
Pistolero de la mafia italiana.
Pistolero de Adán Barrera.
Eso fue en otra vida, pero hay destrezas que no se olvidan.

Carga los tres cadáveres en la *panga* y zarpa hacia alta mar. Les mete unas pesas de buceo en los bolsillos y los tira por la borda. Luego tira también su pistola, una Sig de 9 milímetros que tiene desde hace mucho tiempo y echará de menos.

Llueve mucho y Nora se extraña al verlo llegar empapado. Callan le cuenta exactamente lo que ha pasado, porque no se mienten uno al otro y porque, después de todo lo que ha vivido, Nora no se sorprende de nada.

Pero la intranquiliza que los de Sinaloa anden tan cerca, en Tamarindo. Ha pasado mucho tiempo, y casi toda la gente a la que conoció está muerta o encarcelada, pero ella fue la legendaria amante de Adán Barrera. Él era el Señor de los Cielos y ella su dama, y puede que todavía haya gente que la reconozca, que se acuerde de ella.

Espera que no, ha sido feliz aquí, por fin se siente en paz y no quiere volver a huir. Pero si tiene que hacerlo…

Tienen dinero a buen recaudo en cuentas numeradas, en Suiza, en las Caimán, en las islas Cook. Intentan vivir solo de las ganancias que da la casa de huéspedes, pero el dinero está ahí si necesitan desaparecer.

—Llama a María —dice Callan—. Dile que no pasa nada si Carlos da nombres.

—¿Estás seguro?

—Los tipos a los que puede delatar están muertos —responde Callan.

Si Carlos puede hacer un trato, que lo haga. Que lo hagan los once: al cártel le importará una mierda que delaten a unos muertos.

—¿Y si el cártel manda más gente aquí? —pregunta Nora.

—No hará falta —dice Callan.

Va a ir él al cártel.

Callan lleva veintiún años sin pisar México.

Se fue después de un tiroteo en el aeropuerto de Guadalajara en el que murió el mejor hombre que ha conocido nunca, y desde entonces no ha vuelto.

El padre Juan Parada era su mejor amigo.

Y el de Nora.

Adán Barrera le tendió una trampa para matarlo.

Callan lo dejó todo después de aquello. Fue una bendición del cielo que

Nora y él se encontraran, y a veces Callan piensa que fue el padre Juan, que velaba por ellos.

Ahora, sin embargo, ha vuelto a Tijuana.

Y también Nora.

No quería que viniera solo y por fin logró convencerlo. Callan tuvo que reconocer que estaría más segura con él que sola en Costa Rica.

Sabe que, si va a salvarles la vida a ambos, es aquí donde debe suceder.

Alquilan un coche en el aeropuerto.

—¿No te trae recuerdos? —pregunta Nora mientras cruzan Tijuana.

—Era otra vida.

—Por lo visto, no.

Van al Marriott de Chapultepec y se registran como el señor Mark Adamson y su esposa, los pasaportes que Art Keller les proporcionó hace años. La habitación es alegre y luminosa: sábanas y almohadones blancos, cortinas blancas, limpia hasta la asepsia.

Callan ya echa de menos Bahía.

Se ducha y se afeita con esmero, se peina y se pone una *guayabera* blanca y unos jeans.

—Quédate en el hotel —le dice a Nora.

—Sí, señor.

Él sonríe de mala gana.

—Quédate en el hotel, por favor.

—De acuerdo.

—Estaría más tranquilo si estuvieras en San Diego.

La frontera está a apenas tres kilómetros.

—Pero yo no —responde Nora—. No va a pasarme nada. ¿Cómo vas a encontrarla?

—No voy a encontrarla yo —dice Callan—. Voy a dejar que me encuentren ellos. Espero estar de vuelta dentro de unas horas. Si no, toma tu pasaporte, cruza el puente y ponte en contacto con Keller. Él sabrá qué hacer.

—Hace dieciséis años que no hablo con Keller.

—Creo que se acordará de ti. —La besa—. Te quiero.

—Yo también a ti.

El portero le trae el coche y Callan pone rumbo a Rosarito. El Club Bombay está junto a la playa. Antes era uno de los garitos de Sinaloa en Baja.

Toma asiento junto a la barra y pide una Tecate.

—¿Este sitio todavía sigue siendo de los Barrera? —pregunta al barman.

Al hombre no le agrada la pregunta. Se encoge de hombros y dice:

—¿Es de la prensa?

—No —responde Callan—. Trabajé para Adán hace tiempo.

—Me parece que no lo conozco. —El barman lo mira con más atención.

—Hacía mucho tiempo que no venía por aquí —dice Callan.

El barman asiente en silencio y entra en la cocina. Callan sabe que va a hacer una llamada.

El policía tarda veinte minutos en llegar.

Un agente de paisano, de la policía estatal de Baja California, no de la local.

Se acerca a Callan y va derecho al grano.

—Usted y yo vamos a ir a dar un paseíto.

—Estaba disfrutando mi cerveza.

—La disfrutará más al sol —replica el poli—. Descuide, nadie le pondrá una multa.

Salen a la avenida Eucalipto.

—¿Americano? —pregunta el policía.

—En tiempos.

—De Nueva York.

—¿Cómo lo supo?

—Esta es una ciudad turística —dice el policía—. Reconozco los acentos. ¿Qué lo trae por aquí, preguntando por los Barrera?

—Los viejos tiempos.

—¿Qué hacía para el Señor?

Callan lo mira a la cara.

—Mataba gente.

El policía no pestañea.

—¿Para eso está aquí?

—Estoy aquí para intentar evitarlo.

El policía lo conduce a un coche estacionado al borde de la playa.

—Suba.

—Primera regla para un *yanqui* que quiera sobrevivir en México —contesta Callan—: no subir a un coche de la policía.

—No se lo estaba preguntando, señor…

—Callan. Sean Callan.

El policía saca la pistola en un abrir y cerrar de ojos. Le apunta a la cabeza.

—Suba al puto coche, señor Callan.

Callan sube al coche.

Dieciocho años después, la leyenda de Billy the Kid Callan sigue viva. El gringo que fue uno de los pistoleros clave de Adán Barrera en la guerra contra el Güero Méndez; el que le salvó la vida cuando intentaron asesinarlo en

Puerto Vallarta; el que luchó junto a Raúl en la famosa balacera del mercado de la avenida Revolución de Tijuana; el que estaba presente en el tiroteo del aeropuerto que acabó con la vida del cardenal Parada.

Se cantan canciones sobre Billy the Kid Callan, y ahora está sentado en la parte de atrás de un coche policial sin distintivos mientras el agente mexicano llama por teléfono intentando averiguar qué hacer con él.

Callan habla bastante bien español, de modo que sabe lo que está diciendo el policía. Capta la frase «¿Quiere que lo matemos sin más?», entre otras. El policía hace un montón de llamadas seguidas, de modo que debe de haber cierta discusión al respecto. Finalmente cuelga y arranca el coche.

—¿Adónde vamos? —pregunta Callan.

—Ya lo verá.

Los polis son polis, piensa Callan, da igual su nacionalidad. Les gusta hacer preguntas, no responderlas. Se recuesta en el asiento y no hace ningún otro intento de trabar conversación mientras el coche circula por la costa siguiendo la carretera 1, cruzando Puerto Nuevo y La Misión. El vehículo se detiene en el trébol de carreteras en el que la 1 pasa a ser la 3.

Hay una camioneta estacionada en la cuneta.

Tres hombres armados con MAC-10 salen de ella y le apuntan a Callan cuando el poli lo saca del coche y se los entrega. Uno de los ellos lo cachea.

—¿Crees que, si fuera armado, yo no lo sabría? —pregunta el policía, irritado.

—Solo quería asegurarme.

El poli menea la cabeza, vuelve a su coche y se va. El guardia conduce a Callan a la parte de atrás de la camioneta.

Otro tipo, de unos cuarenta años, calcula Callan, se dirige a él cuando la camioneta se pone en marcha en dirección sur, hacia El Sauzal.

—¿Qué quieres? ¿Qué haces aquí?

No es mexicano y, por su acento, Callan deduce que es israelí. No le sorprende: los Barrera solían emplear a numerosos exmilitares israelíes como guardias de seguridad.

—Quiero hablar con la *señora* Sánchez.

—¿Por qué? ¿Para qué? —pregunta el israelí.

—Hay un problema.

—¿Qué? ¿Qué clase de problema? ¿Te manda Iván?

—¿Quién es Iván?

—¿Quién te manda?

—Nadie —contesta Callan—. He venido por mi cuenta.

—¿Por qué?

—¿Vamos a seguir así? —pregunta Callan.

—No es necesario —responde el israelí—. Podemos pegarte un balazo y tirar tu cuerpo a la cuneta.

—Podrían —dice Callan—, pero a su jefa no le haría ninguna gracia.

—¿Y eso por qué?

—Porque una vez le salvé la vida a su hermano —dice Callan.

—He oído las canciones —dice el otro—. Pero en las canciones se dicen muchas cosas que no son ciertas. «Te querré siempre», «tú significas todo para mí»…

—«Santa Claus llegó a la ciudad…».

—A eso es a lo que me refiero.

El israelí da orden de parar la camioneta. Se para, sacan a empujones a Callan y lo llevan a rastras hasta un descampado que antes era un campo de beisbol y ahora solo es grava y polvo. Empiezan a pegarle. Le llueven patadas y puñetazos, pero todos al cuerpo, ninguno a la cara ni a la cabeza, y Callan hace lo que puede por cubrirse y mantenerse en pie mientras el israelí lo sermonea:

—Aquí no se viene preguntando por los Barrera. Aquí no se viene sin que te lo pidan. ¿Crees que vamos a permitir que un conocido pistolero se pasee tan a gusto por nuestro territorio? ¿A qué has venido? ¿Qué quieres? Dímelo y paramos.

—Ya te lo dije.

—Estoy harto —dice el israelí.

Los guardias empujan a Callan para ponerlo de rodillas. El israelí le apunta a la cabeza.

—¡Te manda Iván!

—No.

—¡Dime la verdad! ¡Te manda Iván!

—¡No!

—¡Entonces, ¿quién te manda?!

—¡Nadie!

—¡Mentiroso!

—¡Estoy diciendo la verdad!

El israelí aprieta el gatillo.

El ruido es horrible, ensordecedor. El fogonazo del cañón chamusca la oreja de Callan. Cae de bruces sobre la arena. Los guardias le dan vuelta y él mira a la cara al israelí. No oye nada, excepto el pitido que tiene en los oídos, pero lee sus labios.

—Última oportunidad. Dime la verdad.

—Ya te la dije.

Lo levantan.

—Llévenlo al coche.

Lo sientan en la camioneta, le dan una botella de agua y Callan bebe mientras ve al israelí hablar por teléfono.

La camioneta vuelve a la carretera y se dirige al sur.

—Estás diciendo la verdad —dice el israelí.

—Eso ya lo sabía.

—¿De qué quieres hablar con la señora Sánchez?

—Eso no es asunto tuyo, cabrón.

El israelí sonríe.

A veces, lo que dicen las canciones es cierto.

Tumbada junto a la alberca, Nora se acuerda de su juventud.

La chica de California, la chica dorada, el bombón de Laguna Beach con el que todos los padres de sus amigos querían ligar. Tirada junto una alberca en Cabo, reflexiona ahora, fue donde conoció a Haley, que la metió en la prostitución, la puso en ese mundo.

Y todo lo que siguió.

Adán.

Fue la amante del mayor narcotraficante del mundo.

Luego se convirtió en la informante más valiosa de Keller.

Después, Callan le salvó la vida.

Sean le ha salvado la vida en muchos sentidos y le ha dado motivos para vivir.

Y ella a él.

Juntos han construido una vida que vale la pena, y ahora el pasado ha salido reptando de su lodazal como los viejos pecados para los que no hay redención, solo la postergación del castigo, una suspensión de la condena, y ahora están aquí, de nuevo en México.

Como si Adán hubiera extendido los brazos desde su tumba para traerlos de vuelta.

Él la quería, Nora lo sabe. Puede que incluso ella lo quisiera alguna vez, antes de saber lo que era en verdad. Se lo dijo Art Keller, Art Keller le enseñó cómo era de verdad Adán, y luego la utilizó, como la utilizaron todos los demás hombres de su vida.

Hasta que conoció a Sean.

Pero tú también los utilizaste, piensa. Si eres sincera contigo misma —¿y qué sentido tiene, si no?—, los utilizabas.

Así que no te hagas la víctima.

Tú estás por encima de eso.

Eres más fuerte.

Callan le ha dicho que si no vuelve cruce el puente, pero no piensa hacerlo. Si no vuelve, irá a buscarlo, lo traerá o traerá su cuerpo, o al menos averiguará qué le ha pasado, y ahora está furiosa consigo misma por haber dejado que se fuese solo.

Debería haber ido con él, se dice, haberlo obligado a «dejarme» ir con él. Yo podría hablar con Elena tan bien como él, o mejor incluso.

A fin de cuentas, yo la conocí.

Cenábamos juntas, íbamos juntas de compras, compartíamos reuniones familiares. Ella sabía que su hermano me quería, sabía que yo lo trataba bien.

Hasta cierto punto.

Nunca supo que lo traicioné.

Si lo supiera…

Aun así, debería haber ido.

La casa se alza en un cabo al norte de Ensenada.

La camioneta se detiene en la verja de seguridad, el guardia les hace señas de que pasen y avanzan por un camino de grava.

Callan no entra. El israelí lo conduce a una pradera de césped perfectamente cuidada, con vista al océano y a las rocas negras de abajo. Una masa de altas palmeras se agita al viento por el lado norte, una playa inmensa se extiende hacia el sur, y más allá se ve un puerto deportivo con veleros. La casa, piensa Callan, debe de costar millones. Paredes de estuco blanco, enormes ventanales panorámicos —con los cristales entintados—, terrazas y patios generosos, varios edificios anexos.

El israelí lo hace sentarse en una silla blanca de hierro forjado, junto a una mesa, y se aleja: donde no pueda oír la conversación, advierte Callan, pero sí verlos. Sale una joven vestida completamente de negro y le pregunta si quiere comer o beber algo. ¿Una cerveza, quizá? ¿Té helado? ¿Tal vez un poco de fruta?

Callan declina el ofrecimiento.

Unos minutos después, Elena Sánchez sale de la casa.

Lleva un vestido blanco, largo y suelto, y el pelo negro recogido atrás. Se sienta frente a Callan, lo observa unos segundos y dice:

—Lamento que lo hayan tratado con tanta rudeza. Comprenderá que mi gente tenga que asegurarse. Tengo entendido que le prestaba usted servicios parecidos a mi hermano. Si lo que cuentan las historias y las canciones es cierto, una vez le salvó la vida.

—Más de una vez.

—Por eso he aceptado verlo —dice Elena—. Lev me dijo que hay algún problema.

Callan no se anda con rodeos.

—Maté a tres de sus hombres.

—Ah.

Callan le cuenta lo que pasó en Bahía y añade:

—He venido a arreglar las cosas.

—Quédese aquí unos minutos, por favor —dice Elena—. Enseguida vuelvo.

Callan la ve regresar a la casa. Luego se queda sentado, contemplando el mar. La adrenalina se está disipando y empieza a dolerle el cuerpo. Los chicos de Lev son profesionales en lo suyo, no le han roto ningún hueso, pero los hematomas son profundos.

Y Callan siente el peso de los años.

Quince minutos después vuelve Elena.

La acompaña un joven.

—Este es mi hijo Luis —dice—. Ahora está al frente del negocio, así que he pensado que debía estar presente.

Si de verdad estuviera al frente del negocio, piensa Callan, tú no estarías aquí, pero de todos modos saluda a Luis con una inclinación de cabeza.

—*Mucho gusto.*

—*Mucho gusto.*

No hay más que mirar dos veces a Luis para comprender que no quiere estar al frente del negocio familiar, que preferiría estar en cualquier parte del mundo, menos allí. Callan ha conocido a muchos narcos. Luis no es uno de ellos.

—Los tres hombres a los que mató eran contratistas independientes —explica Elena—, pero estaban bajo nuestra protección.

Y pagaban un porcentaje de sus ganancias por ese privilegio, se dice Callan.

—Estoy dispuesto a pagar una compensación, incluso a entregar una cuota, si es necesario.

—No puede usted compensarnos económicamente —dice Elena—. Estoy en guerra, señor Callan, y como sin duda recuerda las guerras son costosas. Necesito todos los ingresos que pueda conseguir. Necesito el dinero que llegaba de Costa Rica.

—Solo quiero que mi esposa esté a salvo —dice Callan—. Y Adán también lo querría.

Elena parece sorprendida.

—¿Y eso por qué?

—Porque la quería —contesta Callan.

Es extraño, pero Elena se muestra asombrada.

—¿Está casado con Nora Hayden?

—Sí.

—Qué cosa tan extraordinaria —dice Elena—. Siempre le tuve envidia, era tan bella… La verdad es que me agradaba mucho. Dele recuerdos de mi parte. Están volviendo todas las leyendas. Primero Rafael Caro, ahora usted y Nora…

Se oye un bullicio repentino y tres niños aparecen corriendo por el lado sur del césped, ríen y gritan perseguidos por una niñera mientras otra mujer los contempla.

—Mis nietos. Los jóvenes son tan resilientes… —Advierte la mirada de perplejidad de Callan y añade—: Su padre murió recientemente. Asesinado, de hecho. Delante de ellos. Iván Esparza ordenó su asesinato.

Lo que explica la guerra, piensa Callan. Y mi comité de bienvenida. «¡Te manda Iván!»

Ella se recuesta en su silla y mira el mar.

—Precioso, ¿verdad?

Si no has visto Bahía, responde Callan para sus adentros.

—Toda esta belleza, toda esta riqueza —prosigue Elena—, y tenemos que matarnos como animales. ¿Qué nos pasa, señor Callan?

Callan da por sentado que es una pregunta retórica.

—Tal vez podamos llegar a un acuerdo —dice ella—. Le concedo la amnistía por la muerte de mis tres empleados, dejo en paz a su pueblecito, por no hablar de la bella Nora…

—¿A cambio de qué?

—Iván Esparza —dice Elena—. Mátelo por mí.

Mientras Lev lo lleva de vuelta a Rosarito, Callan piensa en la propuesta de Elena.

Pelee por mí, pelee por Luis. Ayúdenos a hacernos con el control del cártel y, si ganamos, le doy todo lo que quiera.

Absolución.

Seguridad.

Su esposa, su hogar.

Su vida.

Sabe que no tiene elección.

Ha vuelto a la guerra.

Keller está sentado junto a Marisol viendo las noticias de la noche.

Concretamente, a John Dennison anunciando su candidatura a la presidencia de Estados Unidos. «Voy a construir un gran muro a lo largo de la frontera mexicana, y nadie construye muros mejor que yo. Levantaré un muro grande, enorme, allá abajo, ¿y saben quién va a pagar ese muro? México. Recuerden lo que les digo».

—«Recuerden lo que les digo» —dice Marisol—. ¿Cómo se las va a ingeniar para que México pague el maldito muro?

«Nuestro país se ha convertido en un basurero», continúa Dennison. «Cuando México manda a su gente, no manda a los mejores. La gente que manda trae drogas, trae armas, trae delincuencia. Son ladrones, son asesinos y son violadores».

—Es una tele muy cara —dice Keller—. Por favor, no le tires el vaso.

—¡¿Violadores?! —exclama Marisol—. ¡¿Ese nos llama a nosotros asesinos y violadores?!

—Creo que no se refería a ti personalmente.

—¿Cómo puedes tomártelo a broma? —pregunta ella.

—Porque es una broma —dice Keller—. Ese tipo es un fantoche.

Los republicanos podrían ganar las próximas elecciones y yo quedarme sin trabajo, piensa Keller, pero no será este tipo quien me entregue el sobre rosa, aunque sea famoso por despedir a la gente.

Dennison continúa: «Hay mucha gente en la sala, muchos amigos, y me cuentan que el mayor problema que tienen es la heroína. ¿Cómo es posible, con todos estos lagos y estos árboles tan hermosos? Las drogas están entrando a raudales por nuestra frontera sur, y cuando digo que voy a construir un muro, es que vamos a tener un muro de verdad. Vamos a construir el muro, y vamos a detener el veneno que está entrando y destruyendo a nuestros jóvenes y a muchas otras personas. Y vamos a atender a esas personas que se engancharon a las drogas y ahora son adictas».

Al día siguiente, el *Washington Post* pregunta a Keller por la promesa de Dennison de construir un muro.

—En cuanto a detener el flujo de drogas —contesta Keller—, un muro no serviría de nada.

—¿Por qué no?

—Es muy sencillo. El muro aún tendría puertas. Las tres más grandes son San Diego, El Paso y Laredo: los cruces fronterizos con mayor tráfico comercial del mundo. Por El Paso cruza un tráiler cada quince segundos. El setenta y cinco por ciento de las drogas ilegales que llegan de México entran a través de esos cruces legales, casi siempre en camiones, algunas veces en coches. Es imposible que podamos parar y registrar exhaustivamente ni siquiera una pequeña parte de esos vehículos sin colapsar por completo el comercio. No tiene sentido construir un muro cuando las puertas están abiertas veinticuatro horas al día, siete días por semana.

Sabe que debería haber cerrado la boca, pero no puede.

—Tenías que explayarte sobre el muro —le recrimina McCullough.

—Es una idea estúpida —dice Keller—. Peor aún, es una estratagema política llena de cinismo: decirles a padres de New Hampshire que han perdido a sus hijos que vas a detener el flujo de heroína construyendo un muro.

—Estoy de acuerdo contigo —responde McCullough—, pero no voy y se lo cuento al *Post*.

—Quizá deberías —replica Keller.

—Es cuestión de imagen —dice McCullough—. El jefe de la DEA se opone a algo que podría detener el flujo de drogas que llega de México…

—Repito que no va a detenerlo.

—Y encima está casado con una mexicana.

—Te lo digo con todo cariño y respeto, Ben —contesta Keller—. Vete a la mierda.

—Dennison no va a ganar —dice McCullough—. Ese muro no va a construirse. Déjalo, deja que siga diciendo tonterías. ¿Para qué pelearte con ese cretino?

Porque, piensa Keller, entre otras cosas, el yerno de Dennison está metido hasta el cuello en dinero procedente del narcotráfico.

Terra ya ha sacado agua del pozo al menos tres veces antes, pidiendo préstamos millonarios a HBMX para proyectos urbanísticos en Hamburgo, Londres y Kiev. Claiborne se encargó del préstamo sindicado en los dos primeros casos. El de Kiev se resolvió a través de Sberbank, una entidad rusa sancionada ahora por las autoridades estadounidenses.

HBMX también tiene problemas. En 2012, su filial estadounidense fue condenada a pagar una multa de dos mil millones de dólares por «no impedir que infractores de la ley utilizaran sus sistemas bancarios para lavar dinero». La investigación levantó ampollas. En un periodo de cinco años, HBMX México mandó más de 15 mil millones de dólares en efectivo o en cheques de viaje sospechosos a sus sucursales en Estados Unidos. El banco también fue sancionado por «resistirse a cerrar cuentas vinculadas a actividades sospechosas»: tenía más de diecisiete mil informes SAR sin revisar.

Con razón es un «prestamista de último recurso», piensa Keller.

Ahora Claiborne asegura que Lerner está desesperado.

No ha encontrado reemplazo para el dinero del Deutsche Bank, se le agota el tiempo para pagar el plazo final de Park Tower y el edificio es una sangría constante de dinero.

«Jason quiere que vaya a Rusia», le dijo Claiborne a Hidalgo. «O a México».

En todo caso es dinero sucio, se dice Keller, pero no le interesa que Claiborne vaya a Rusia. Le interesa mucho, en cambio, que vaya a México.

Allí están pasando muchas cosas.

La principal es la ascensión fulgurante de Tito Ascensión y del cártel Jalisco Nuevo. El CJN se ha introducido agresivamente en el tráfico de heroína y fentanilo, desafiando la hegemonía de Sinaloa. La organización está moviendo producto a través de los cruces fronterizos de Baja California y tiene una fuerte presencia no solo en Jalisco, sino también en Michoacán y Guerrero. Y está desafiando a los Zetas en Veracruz.

No solo está en disputa la exportación. El mercado interior de las drogas se ha fortalecido en México, y la competencia por el dominio de las calles ha convertido ciudades como Tijuana, La Paz y muchas otras en auténticos campos de batalla. La cifra de muertos ha alcanzado cotas comparables a las de las «malas rachas» de 2010 y 2011.

Las ventas interiores y exteriores están indisolublemente unidas: los cárteles les pagan a sus matones dándoles territorio, de modo que los mercados interiores pagan la mano de obra que necesitan para controlar los cruces fronterizos.

Y no se trata solo de drogas: las bandas locales que se alían con uno u otro cártel ganan mucho dinero a través de la extorsión, obligando a pagar a bares, restaurantes, hoteles y prácticamente a cualquier negocio que quede dentro de su territorio.

Es un fenómeno relativamente novedoso: cuando el antiguo cártel de Sinaloa ostentaba la hegemonía no permitía la extorsión, alegando que pondría en su contra a la ciudadanía —que por lo demás se mantenía neutral— y obligaría al gobierno a intervenir.

El CJN no tiene tales escrúpulos. Extorsiona a empresas y negocios incluso en la Ciudad de México, delante de las narices del gobierno federal, retando al PRI, el partido en el poder, a tomar cartas en el asunto.

El gobierno mexicano lo ha intentado.

En enero, los *federales* trataron de capturar a Ascensión y fallaron. Detuvieron, en cambio, a su hijo Rubén.

Ascensión respondió tendiendo una emboscada a un convoy de *federales* en Ocotlán, con ametralladoras y lanzamisiles. Murieron cinco agentes.

El gobierno contraatacó asaltando de madrugada el rancho de Ascensión en una zona rural de Jalisco.

Dos helicópteros EC-725 Caracal Super Cougar de fabricación francesa, propiedad de la Fuerza Aérea Mexicana, llegaron volando apenas sobre los árboles. Dos pares de ametralladoras de 7.62 milímetros asomaban por las ventanillas de ambos flancos, y cada helicóptero transportaba a veinte *federales* o paracaidistas de élite del ejército con orden de matar o capturar a Tito Ascensión.

El plan era sorprenderlo durmiendo en uno de sus muchos ranchos y hacerlo dormir para siempre.

Pero Tito estaba bien despierto.

En una habitación blindada de la hacienda, a través de un teléfono celular, Tito vio llegar a los helicópteros; esperó a que el que iba a la cabeza quedara suspendido sobre la casa y vio cómo los paracaidistas empezaban a bajar por una cuerda, como paletitas en un palito.

Igual de indefensos, colgando en el aire.

Cinco camiones blindados escondidos bajo redes de camuflaje salieron entonces de entre los árboles. La guardia pretoriana de Ascensión: soldados de élite entrenados por antiguos miembros de las fuerzas armadas israelíes. Vestían de uniforme y en cada camión se leía CJN FUERZAS ESPECIALES – ALTO MANDO.

Abrieron fuego con sus AK.

Cayeron dulces del cielo.

Un pistolero del CJN disparó un misil al segundo helicóptero y le dio de lleno en el rotor trasero. El aparato giró, se estrelló contra el suelo y estalló en llamas.

Así terminó la redada «sorpresa».

Murieron nueve soldados y otros sufrieron quemaduras espantosas.

Durante los dos días siguientes, sicarios del CJN sembraron el caos en Jalisco, secuestrando y quemando coches y autobuses, prendiendo fuego a gasolineras y bancos, incluso en la localidad turística de Puerto Vallarta. El gobierno tuvo que mandar diez mil efectivos del ejército —un gasto enorme— para restaurar mínimamente el orden.

Tres semanas después, un grupo de *federales* localizó un convoy de coches con hombres armados saliendo de un rancho en Michoacán, cerca del límite con Jalisco. Tenían información de que Tito Ascensión se escondía posiblemente en el Rancho del Sol y trataron de detener los vehículos.

Sus ocupantes abrieron fuego y regresaron al rancho a toda velocidad.

Los *federales* pidieron refuerzos.

Primero, cuarenta agentes más; luego sesenta. A continuación, un helicóptero Black Hawk acribilló los edificios del rancho con más de dos mil balas, matando a seis pistoleros del CJN y capturando a tres.

Dos de los muertos del CJN eran policías del estado de Jalisco.

Murió un *federal*.

Pero Tito Ascensión no estaba entre los muertos, ni entre los detenidos.

La Ciudad de México decidió no conformarse.

Necesitaban una victoria.

Titulares triunfantes.

Los *federales* patrullaron la zona y detuvieron a treinta tres sospechosos más, hombres de los que se sabía o se sospechaba que estaban a sueldo del cártel. Los llevaron al rancho y les pegaron un tiro en la nuca. Luego dispersaron sus cadáveres por el rancho, les pusieron en las manos fusiles de asalto y lanzamisiles y anunciaron que habían matado a cuarenta y dos sicarios del CJN en el transcurso de un tiroteo feroz de tres horas de duración.

Colmaron, cómo no, los titulares.

La prensa mexicana —incluida Ana— no desperdició la ocasión. La mayoría de los medios informaron de que la presunta «batalla» era un fraude y que los *federales* habían ejecutado a cuarenta y dos hombres que probablemente no tenían ningún vínculo con el CJN.

«Cuarenta y nueve en Tristeza», escribió Ana. «Ahora, cuarenta y dos en Jalisco. ¿Está el gobierno federal sencillamente matando a sus adversarios?»

¿O está simplemente matando a los adversarios de Sinaloa?, se pregunta Keller. Hay un precedente, y él estuvo implicado: proporcionó información de los servicios secretos estadounidenses a Orduña y la FES para eliminar a los Zetas, los rivales de Barrera.

Y no hay duda de que Sinaloa y el CJN están en guerra.

Todas las fuentes de la DEA informan que Ascensión culpa a Sinaloa de los ataques contra él y del encarcelamiento de su hijo. Se cree, en general, que fue él quien ordenó el atentado contra Ricardo Núñez, aunque una minoría cree que fue Iván Esparza.

Lo segundo parece improbable, piensa Keller, teniendo en cuenta que, según sus informaciones, Núñez dio marcha atrás y les devolvió Baja a los Esparza. Si es cierto, fue una maniobra muy hábil, aunque le granjeara la enemistad de Elena Sánchez y la empujara, por así decirlo, en brazos de Tito Ascensión. Núñez necesita las tropas de los Esparza para librar su guerra contra Ascensión.

Pero ello ha sumido a Baja en un completo caos, en una guerra entre múltiples bandos: por un lado, las fuerzas unidas de Núñez y Esparza y, por otro, la organización «rebelde» de Sánchez y su aliado, el CJN. De momento —desde el atentado contra Núñez—, ninguno de los cabecillas ha sufrido ataques directos. Están luchando a pie de calle, masacrando a los vendedores y matones de sus adversarios.

La «calle» está sufriendo.

Vendedores, matones y dueños de locales apenas saben de un día para otro quién manda, a quién le tienen que pagar, a quién deben lealtad. Cualquier error es letal; son peones ciegos en una partida de ajedrez 3-D y cada vez los derriban del tablero con mayor frecuencia.

Y brutalidad.

Aparecen cadáveres colgados de puentes y pasos elevados, quemados, decapitados, descuartizados y esparcidos sus trozos por las aceras. Una agente de Sinaloa —la jefa de las fuerzas armadas de Núñez, una psicópata apodada la Fósfora— ha adquirido la costumbre de rociar los cadáveres con pintura verde, proclamando que es el color de Sinaloa y que «Baja es verde».

Un matadero, eso es Baja, se dice Keller.

Si al menos fuera el único…

Sinaloa y el CJN también se están disputando las ciudades portuarias, no solo por las ventas de droga y la extorsión, sino por la posibilidad esencial de controlar la llegada de barcos de China que traen tanto el fentanilo como las sustancias químicas necesarias para la elaboración de metanfetamina.

Pero las ciudades portuarias suelen ser también lugares turísticos, y destinos vacacionales tan conocidos como Acapulco, Puerto Vallarta y Cabo San Lucas están experimentando una oleada de violencia inusitada que ahuyenta los importantísimos beneficios económicos del turismo.

Puertos más prosaicos como Lázaro Cárdenas, Manzanillo, Veracruz y Altamira se han convertido en campos de batalla. Veracruz, en una guerra a tres bandas entre Sinaloa, el CJN y los Zetas. En Acapulco, la guerra entre Sinaloa y el CJN se ha complicado por la presencia de Damien Tapia y los vestigios de la antigua organización de Eddie Ruiz.

Ahora solo existen dos supercárteles, reflexiona Keller: Sinaloa y el CJN. Pero hay, además, un puñado de organizaciones de segunda fila: el cártel de Tijuana Nuevo, encabezado por la familia Sánchez; los Zetas, que están resurgiendo en Tamaulipas y partes de Chihuahua; y Guerreros Unidos, que parece haberse aliado con la antigua banda de Tapia bajo el liderazgo de Damien. Y luego están los restos de los Caballeros Templarios y la Familia de Michoacán. Esos son los actores principales, pero en México hay más de ochenta organizaciones de narcotráfico identificables.

Si Keller tuviera que aventurar quién va a la cabeza, apostaría por el CJN, aunque por poco. Han conseguido enormes ganancias con el tráfico de heroína y Tito es quien más experiencia bélica tiene a sus espaldas. No hay duda de que Núñez está muy debilitado en términos personales: sigue recuperándose de sus heridas, y ahora su rama del cártel la dirige su hijo Ric. El Mini Ric, por otro lado, parece estar creciendo en ese papel y se ha aliado con Iván Esparza, que es un líder sólido en tiempos de guerra. Ascensión, por su parte, está hasta cierto punto maniatado debido a que su hijo se encuentra en poder de las autoridades federales. Aun así, si tuviera que elegir, Keller diría que el CJN es en estos momentos el cártel más poderoso de México.

Lo que equivale a un cataclismo sísmico dentro de la estructura de poder.

El gobierno federal mexicano, sin embargo, se ha lanzado a una persecución encarnizada de Ascensión, y ello le ha impedido transformar su nuevo poder en influencia política.

La Ciudad de México sigue aferrándose a Ricardo Núñez y Sinaloa.

John Dennison va a presentarse para presidente de Estados Unidos.

Y su yerno está recabando dinero del narcotráfico.

Él también es uno de los Hijos, concluye Keller.

La fiesta está en su apogeo.

Para el cumpleaños de Oviedo, Iván ha alquilado un restaurante entero en Puerto Vallarta e invitado a los Hijos y sus esposas.

Las *segunderas* tienen prohibido el paso.

Las novias y amantes son para la juerga de después, que Ric sabe que será una orgía a base de alcohol y drogas, pero la cena en el fastuoso restaurante es un asunto serio: los chicos van muy encopetados, sus esposas lucen sus mejores galas. Todos de negro, como mandaba la invitación, porque el restaurante es blanco de arriba abajo: paredes blancas, muebles blancos, blancos manteles.

Elegante, adulto.

La comida también es muy adulta: tartar de ternera y *aguachile* de camarón para empezar, seguidos de pernil de cerdo, raviolis de marisco y ragú de pato, y para terminar *crème brûlée* de chocolate y pudín de pan de plátano.

Ric bebe un martini de pepino —cosa nueva en él— y habla con su mujer, lo cual tampoco deja de ser una novedad, aunque sea cada vez más frecuente dado que pasa casi todas las noches en casa con Karin y la bebé.

Lo raro es —y hasta Ric tiene que admitirlo— que el atentado contra su padre y su larga recuperación lo han obligado a convertirse en el individuo que la gente cree que es y que su padre quiere que sea. Y que, además, está empezando a disfrutarlo; se ha dado cuenta de que, cuando prescinde de fiestas, del alcohol y las drogas, le gusta ocuparse del negocio: la estrategia, la asignación de recursos y personal, hasta de la guerra contra Tito y Elena.

Se reúne a menudo con Iván para coordinar sus actividades frente al cártel Baja Nueva Generación, el CBNG. Es complicado: los vendedores de algunas esquinas tienen que pasar de Núñez a Esparza y viceversa; igualmente, sus respectivos pistoleros, espías y policías deben tener un reparto claro de responsabilidades y territorios para no entorpecerse unos a otros.

Es una labor minuciosa y detallada, el tipo de tarea de la que Ric habría huido como de la peste hace apenas unos meses y que ahora, en cambio, asume con diligencia. Estudian atentamente Google Maps, debaten los informes de los *halcones*, incluso acuerdan el dinero que pagan a la policía para que los agentes no intenten aprovecharse de uno u otro y crear disensiones entre ellos.

«El cártel Baja Nueva Generación», afirmó Ric en una de sus reuniones, «no es más que la manera que tiene Luis de hacer saber a todo mundo que ahora él está al mando».

«Pues va a tener que esforzarse más», contestó Iván, «porque todo mundo sabe que la que manda sigue siendo su *mami*. Luis es ingeniero. ¿Qué sabe él de dirigir un cártel o pelear una guerra?»

¿Y qué sabemos nosotros?, pensó Ric, pero no lo dijo. Todos somos nuevos en esto, hasta Iván. Ninguno se ha tomado en serio esta mierda hasta hace poco, y ahora nos toca aprender sobre la marcha. Puede que Luis no sepa un carajo sobre pelear una guerra, pero Tito Ascensión sabe un montón. Tito ha olvidado más de lo que sabemos nosotros.

Iván preguntó por Damien.

«¿Qué tal te va con la gran cacería del Lobezno?»

«De momento, nada», contestó Ric. «¿Y a ti?»

«El chavo anda desaparecido», dijo Iván. «Seguramente hace bien. Fue una pendejada lo que hizo.»

«Eso sin duda, pero…»

«Pero ¿qué?», preguntó Iván.

«No sé», dijo Ric. «¿De verdad fue tan grave? A fin de cuentas, no salió herido nadie de peso».

«Eso no importa», respondió Iván. «Lo que importa es que nos faltó al respeto».

«Atacó a Elena», dijo Ric. «La mujer con la que estamos en guerra».

O sea que a lo mejor deberíamos aliarnos con él.

«Da igual», dijo Iván. «Atacó a la madre de Adán Barrera. La madre de tu padrino. Si dejamos que se salga con la suya, lo que sigue es agacharnos y dejar que todo mundo nos dé por el culo. No, Damien se va porque se va».

«De acuerdo, pero hay formas y formas de que alguien se vaya», repuso Ric. «¿Sabes lo que quiero decir?»

«Hay que darle un buen escarmiento, Ric».

«Está bien».

«Ric…»

«Ya te oí», contestó. Valía la pena intentarlo. Pero cambió de tema. «Oye, hablando de faltas de respeto, ¿viste lo que dijo sobre nosotros ese puto *yanqui*?»

«¿Quién? ¿Dennison?», preguntó Iván. «¿El que se lanza para presidente? ¿El que va a construir el muro?»

«Dijo que, si lo eligen, va a "patearle el culo al cártel de Sinaloa en conjunto"», dijo Ric. «Lo puso en Twitter».

Iván puso esa cara tan suya, la que suele ser indicio de que va a haber desmadre.

«Vamos a chingarlo un poco».

«¿A qué te refieres?»

«Al tipo le gusta tuitear, ¿no?». Iván sacó su teléfono. «Pues vamos a tuitear».

«No es buena idea».

«Por favor», dijo Iván. «Hemos sido muy buenos últimamente. Puro trabajo y nada de diversión. También hay que divertirse un poco».

Tecleó algo en su celular y se lo enseñó a Ric.

«Si sigues emputándonos, haremos que te tragues tus palabras, Ronald McDonald, cabeza de cheeto, gordo cabrón. El cártel de Sinaloa».

«No mames, Iván, no aprietes "enviar"».

«Demasiado tarde, ya lo hice», contestó Iván. «Se va a mear en los pantalones».

«Creo que el que se acaba de mear soy yo», dijo Ric.

Pero se reía.

Iván también.

«¡Somos el puto cártel de Sinaloa, *mano*! ¡Tenemos más dinero que ese tipo, más hombres que ese tipo, más armas, más cerebro, más huevos! Ya veremos quién le patea el culo a quién. Que chingue a su madre. *¡Los Hijos siempre!*»

Los Hijos siempre, pensó Ric.

Salió de la reunión y volvió a buscar a Damien allí donde no estaba. Lo que no significaba, por supuesto, que él supiera dónde estaba.

Belinda siguió haciendo de las suyas.

Su gente descubrió que el jefe de operaciones del CBNG frecuentaba un *palenque* de Ensenada.

Al hombre le gustaban las peleas de gallos.

Belinda asaltó el palenque y mató a cuatro hombres, pero el tipo se escapó.

No por mucho tiempo.

Dos semanas después, volvía a casa de una reunión a las cuatro de la madrugada, por la carretera 1, cuando la Fósfora y su gente rodearon su Navigator con varias motocicletas y se lo cargaron a él, al chofer y al guardaespaldas.

Belinda y Gaby descendieron y rociaron los cadáveres con pintura verde en espray.

«He decidido que ese es nuestro color», explicó Belinda. «Sinaloa, en Baja, es verde. Yo lo llamo "el cielo verde". Es cosa de imagen».

«Cosa de imagen».

«La imagen es importante», dijo ella. «Veo la CNN».

La imagen es importante, pero también lo son las palabras, lo que explicaba por qué también dejó sobre los cuerpos un letrero que decía: «El cielo es verde, cabrones del CB. Estamos aquí y aquí estaremos siempre. Sinaloa en Baja».

Un mes después, dio con otro elemento del CB en un club de desnudistas de la Zona Río de Tijuana y dejó sus trozos (verdes) en una bolsa de plástico negra con el mensaje: «Otro recordatorio de que estamos aquí y aquí seguiremos siempre. Ustedes ni siquiera existen. El cielo siempre será verde, hasta para las *strippers* y las fulanas del CB/Jalisco».

«¿Qué tienes contra las *strippers*?», preguntó Ric.

«Nada», contestó ella. «Me gustan las *strippers*. Me gustan mucho. Pero si van a desnudarse, que se desnuden para nosotros, no para esos traidores del CB y sus compadres de Jalisco».

«Sí, pero ¿lo de "fulanas"?»

Belinda puso cara de preocupación.

«¿Te parece sexista? Porque yo soy feminista, estoy sin reservas por el empoderamiento de las mujeres. Soy la primera jefa de seguridad de un cártel de importancia, ¿no? Y no quiero que la gente piense...»

«No, no pasa nada.»

«¿Sigues con tu misión de búsqueda y no captura?», preguntó ella.

«La verdad es que no encontramos a Damien», dijo Ric. «Pero nos hemos enterado de que se esconde en Guerrero, en algún sitio muy remoto».

«¿Quieres que mande allí a mi gente?»

«No, tú céntrate en Baja».

«¿Y qué carajo crees que estoy haciendo?», preguntó ella.

Sí, el «cielo verde», pensó Ric.

—Esto está riquísimo —dice ahora Karin, sosteniendo una cucharada de pudín—. ¿Ya lo probaste?

—Está muy bueno.

—¿Cuántos años cumple Oviedo, por cierto? —pregunta Karin.

—Veinticinco, o trece —contesta Ric.

Técnicamente, Oviedo es el jefe de plaza de Baja California, pero Ric prefiere saltárselo y tratar directamente con Iván, al que de todos modos le está costando delegar el control. Oviedo es un chico simpático, pero sigue siendo un chamaco, no es serio, y a Ric le cuesta trabajar con él.

Iván se acerca a la mesa.

—Tengo que hacer una llamada. ¿Te encargas tú de esto?

Ric asiente con la cabeza.

—¿Adónde va de verdad? —pregunta Karin.

—Hay una especie de fiesta después de la cena —contesta Ric—. Seguramente tendrá que encargarse de algunos detalles.

De la coca, de las putas… De la coca.

—¿Tú vas a ir? —pregunta Karin.

—No, voy a volver al hotel contigo.

—¿Te molesta no ir?

—No —contesta él—. No me molesta.

Unos cinco minutos después se abre la puerta del restaurante y Ric echa un vistazo esperando ver a Iván, pero ve a un tipo vestido de negro con la cabeza cubierta por una capucha y un AK-47 en las manos.

Ric pone las manos en los hombros de Karin y la empuja para que se meta debajo de la mesa.

—Quédate ahí.

Entran más hombres por la puerta.

Ric ve que Oviedo dirige la mano hacia la pistola que suele llevar en la cintura, pero el arma no está ahí. Ninguno de ellos va armado: están en una cena de gala en Jalisco, donde Tito Ascensión ha garantizado personalmente la seguridad de los hermanos Esparza. De modo que están totalmente indefensos cuando los pistoleros —unos quince— empiezan a separar a hombres y mujeres.

Karin grita cuando un hombre mete la mano debajo de la mesa y la agarra de la muñeca.

—No pasa nada, nena —le dice Ric a su mujer, y añade dirigiéndose al pistolero—: Si la lastimas, te mato.

El pistolero que entró primero empieza a dar órdenes a voces:

—¡Las mujeres en esta pared! ¡Los hombres en esa! ¡Muévanse!

Ric conoce esa voz.

Es Damien.

Se acerca a la pared y se coloca junto a Oviedo, Alfredo y otros seis hombres. Mira hacia el otro lado de la sala a Karin, que está llorando y parece aterrorizada.

Le sonríe.

El suelo está cubierto de bolsas de mano, carteras y zapatos de tacón alto.

—¡Adelante! —grita Damien.

Su gente empieza a recorrer la fila de hombres. Uno a uno, los vuelven contra la pared, les atan las muñecas a la espalda con cintas de plástico y los hacen desfilar por la puerta.

Ric es el último.

—¡A él no! —grita Damien—. ¡Déjenlo! —Se acerca a Ric—. ¿Dónde está Iván?

—No lo sé, hombre —contesta Ric encogiéndose de hombros.

Damien se echa hacia atrás y le apunta a la cara con la AK.

—¡¿Dónde carajo está?!

Ric se siente mareado, como si fuera a desmayarse. Tiene la sensación de que va a cagarse encima, pero se obliga a contestar con voz firme:

—Ya te dije que no sé.

Ve los ojos de Damien a través de las rendijas de la capucha.

Arden cargados de adrenalina.

—Lo esperaremos —dice Damien.

—No tienes tiempo, D —contesta Ric con una calma que incluso a él le sorprende—. Tenemos gente aquí mismo, en la calle. Llegarán en cualquier momento. Yo que tú me iría ya, no sea que tengas que abrirte paso a tiros.

—Tengo entendido que has dado la cara por mí —dice Damien.

—Ahora me arrepiento.

—Pues no lo hagas —responde Damien—. Solo por eso no voy a llevarte con los demás. —Entonces retrocede y grita—: ¡Okey! ¡Vámonos! ¡Ya tenemos lo que queríamos!

Bueno, a dos de los tres hermanos, al menos, piensa Ric.

Los pistoleros salen y Damien es el último en cruzar la puerta.

Ric se acerca y agarra a Karin. La abraza y dice:

—Tranquila, tranquila. Ya pasó.

Aunque sabe que no es así.

Keller está sentado con Marisol en la terracita de la primera planta, tratando de escapar del calor agobiante de la noche de agosto. Los veranos en Washington son lo que él llama «tiempo de tres camisas»: si sales a la calle más de una vez, tienes que cambiarte de camisa dos veces.

Pero Marisol ha hecho una jarra de sangría que se están tomando con hielo, como bárbaros *yanquis*, y le dice que la mejor manera de afrontar el calor es quedarse completamente quieto, cuando suena su celular.

Es Hidalgo.

—Alguien ha secuestrado a los hermanos Esparza. Bueno, a dos de ellos, por lo menos.

—¿A cuáles?

—Todavía no está claro —contesta Hidalgo—. Univision ha dado ya tres versiones de los hechos. A ver qué sacas en claro tú: un grupo de hombres armados entró en un restaurante de Puerto Vallarta donde los Esparza estaban celebrando una especie de fiesta, agarró a todos los hombres y se los llevó en una camioneta cerrada. Dejaron ir a todos, menos a los Esparza.

—¿Quién tiene huevos para hacer algo así?

—No sé —dice Hidalgo—. Pero es muy revelador respecto a Sinaloa, ¿no crees?

Sí, piensa Art. La gente ya no les tiene miedo.

Aunque causaron mucho revuelo en los medios durante unos días cuando amenazaron al «candidato», como lo llama ahora Keller.

—Nos vemos en la oficina —dice.

—Adiós a lo de quedarse completamente quieto —comenta Marisol.

—Ya lo haré cuando esté muerto.

Entonces tendré tiempo de sobra para eso, añade Keller para sus adentros.

Iván está fuera de sí.

—¡Tiene a mis hermanos! ¡Tiene a mis hermanos!

—Cálmate —dice Ric.

—¡Cálmate tú, carajo! —grita Iván—. ¡Tiene a mis hermanos! ¡Que yo sepa, podría haberlos matado ya!

Han pasado tres cuartos de hora, piensa Ric.

Si Damien hubiera abandonado los cadáveres en alguna parte, seguramente ya lo sabrían. Y Ric e Iván tienen hombres por todo Puerto Vallarta peinando las calles, las carreteras secundarias, hasta las playas. Están hablando con taxistas, con gente de la calle, incluso con turistas, preguntándoles si han visto algo.

De momento, nada.

Tampoco han recibido ninguna llamada.

No se ha pedido rescate.

¿Qué carajos se propone Damien?, se pregunta Ric. Si quisiera matar a los Esparza, podría haberlo hecho en el restaurante. Ahora tiene rehenes. ¿Para qué? ¿Para pedir dinero por ellos? ¿O para otra cosa?

—¿Por qué te dejó a ti? —pregunta Iván.

—Para tener a alguien con quien negociar —dice Ric—. Alguien en quien confía.

—Más vale que sea por eso —contesta Iván.

—¿Qué estás diciendo? —pregunta Ric.

—No sé —dice Iván—. Ahora mismo no sé ni lo que digo, carajo. Juro por Dios que me llevaré a las hermanas de Damien, a su madre…

—No te precipites —le aconseja Ric—. No hagas nada que pueda empeorar la situación. Vamos a resolver este asunto. Tenemos que volver a Culiacán. Aquí no podemos hacer nada.

—No me digas lo que tengo que hacer —replica Iván—. ¿Ese es el tipo al que querías perdonar, eh? El que no hizo nada grave... Cuando lo encuentre, y lo encontraré, voy a destriparlo como a un pollo y a arrancarle la piel a tiras, y luego me emplearé a fondo.

—Si quisiera matar a tus hermanos, ya lo habría hecho.

—¿Y cómo sabes que no los ha matado?

—Porque no puede —dice Ric—. Ya se habrá dado cuenta. Intentó un golpe maestro, atrapar a los tres hermanos Esparza. Pero se quedó sin el más importante: tú. Se arriesgó y falló, Iván. Y ahora tiene que negociar contigo.

—Entonces ¿por qué no dice nada?

Damien tiene que hacer que este fallo parezca un éxito, se dice Ric. Para eso puede servirse de la prensa, hacer creer a la opinión pública que solo quería poner de manifiesto que el cártel de Sinaloa ya no es lo que era, que puede atacarlo, que no le tiene miedo y que nadie debería tenérselo. Así que dejará que los medios se den vuelo con este asunto, como ocurrió tras el asalto a la hacienda de los Barrera. Puede que, con un poco de suerte, se conforme con humillar públicamente a los Esparza.

—Los retendrá hasta que el asunto deje de ser noticia —afirma Ric—. Luego los soltará. A menos que hagas alguna tontería, Iván.

Si Iván se comporta como suele, si se vuelve loco y secuestra a las mujeres de la familia Tapia, Oviedo y Alfredo acabarán probablemente de bruces en alguna zanja.

Y eso, se dice Ric, desencadenará una guerra que no acabará nunca.

Su padre no lo recibe en el despacho, sino en la sala.

Núñez está sentado en un sillón grande, con el bastón —que cada vez le hace menos falta— apoyado en el brazo del mueble.

Sigue viéndose frágil, piensa Ric.

Se encuentra mejor, ya está fuera de peligro, pero continúa débil. Apenas ha recuperado peso y tiene la cara demacrada y la piel pálida.

Y habla en voz baja, como si le costara un gran esfuerzo.

—Salga como salga este asunto, me echarán la culpa a mí. Dirán que soy demasiado pasivo, demasiado vacilante, tan débil que el Lobezno se ha atrevido a secuestrar a dos miembros de la familia real de Sinaloa. Y si los Esparza mueren, Iván se separará del cártel y se embarcará en una venganza sangrienta contra la organización de Tapia que sembrará aún más caos en el país. El gobierno se verá obligado a reaccionar y se preguntará por qué no puedo controlar la situación. Buscarán a alguien que pueda hacerlo. Puede que a Tito.

—Tito estuvo metido en esto —responde Ric—. Tuvo que dar, como mínimo, permiso tácito para que pasara en Jalisco.

—Así es —dice Núñez—. Tito es la clave, pero no podemos recurrir a él.

Entonces, se dice Ric, habrá que pedir ayuda a alguien que sí pueda.

Rafael Caro inclina su silla hacia atrás.

Ric ve las suelas de los zapatos del viejo.

La izquierda tiene un agujero.

—Don Rafael —dice Núñez padre—, gracias por acoger esta reunión. Como estadista venerado y respetado, la eminencia gris, como si dijéramos…

—¿De qué está hablando? —pregunta Caro.

—Creo que se refiere a que tiene usted el pelo gris —dice Tito.

—Lo tengo blanco —responde Caro—. Soy viejo, estoy retirado, ya no estoy vinculado al negocio. Esta pelea ni me va ni me viene. Pero si precisamente por eso puedo ser un mediador objetivo, con gusto haré lo que esté en mi mano para ayudar a resolver el problema.

Quizá sea el único que puede hacerlo, se dice Ric. El único elemento neutral con el prestigio necesario para hacer que se reúnan todos en la misma habitación y acepten el resultado de la reunión.

La primera vez que estuvo en esta casa, a Ric le sorprendió que el famoso Rafael Caro viviera en un lugar tan pobre. Ahora están todos aquí sentados, apretujados en esta sala pequeña y agobiante, con el viejo televisor puesto, pero con el volumen muy bajo. No hay mesa, ni las viandas que suelen acompañar a una reunión. El recadero de Caro acaba de ofrecerles un vaso de agua —sin hielo— y Ric está sentado en un banquillo, bebiendo de un viejo frasco de mermelada.

Afuera es otra historia.

El dispositivo de seguridad es inmenso.

Está aquí la gente de su padre, la de Iván, y también la de Tito: todos apostados junto a sus vehículos, armados hasta los dientes, esperando la mínima chispa para que todo se dispare. Algo más lejos, la policía del estado ha montado un cordón de seguridad para mantener alejados a los curiosos, o —Dios no lo quiera— a la prensa.

Eso por no hablar del ejército y los *federales*.

Ric sabe que no va a haber una redada. El gobierno tiene tanto interés como el que más en que esta reunión salga bien. No quieren estropearla.

—¿Por qué no ha venido Damien? —pregunta Iván.

—Yo puedo hablar por él —dice Tito.

—¿Y eso por qué?

—Porque sabe que si viniera acabaría muerto —responde Tito—. Y, como dije, y no voy a repetirlo, yo puedo hablar por él y garantizar que aceptará las decisiones que se tomen aquí.

—O sea que está contigo —dice Iván, levantándose de un salto—. Que estabas metido en esto con él.

—Siéntate —dice Caro—. Siéntate, muchacho.

Sorprendentemente, piensa Ric, Iván se sienta.

Mira con furia a Tito, pero el Mastín no se digna devolverle la mirada y se dirige a Caro.

—Algunos de los aquí presentes han intentado matarme. Esas mismas personas hicieron que metieran a mi hijo en prisión, donde sigue todavía porque esas personas les dijeron a sus jueces que no lo pongan en libertad. Pero… por el respeto que le tengo a Ignacio Esparza estoy aquí como mediador para tratar de liberar a sus hijos.

—¿Puedes garantizar la seguridad de los hermanos Esparza? —le pregunta Caro.

—Están a salvo y a gusto —dice Tito.

—¡Quiero que los liberen! —grita Iván.

—Todos queremos lo mismo —responde Caro—. Para eso estamos aquí, ¿me equivoco? Así que, Tito, ¿por qué no nos dices lo que va a costar? ¿Qué quiere el Lobezno?

—En primer lugar, quiere una disculpa por el asesinato de su padre.

Iván dice:

—Nosotros no…

—Tu padre tomó parte en esa decisión —replica Tito—, igual que otras personas aquí presentes.

—Igual que tú —dice Núñez—. Si no recuerdo mal, fuiste especialmente eficaz a la hora de combatir a los Tapia.

Tito mira a Caro.

—Dígale a esa persona que no se dirija a mí.

—No le hables —dice Caro—. ¿Entonces?

—Imagino —dice Núñez— que podemos llegar a un acuerdo para expresar nuestro… pesar… por lo que le ocurrió a la familia Tapia.

Caro mira a Tito.

—¿Qué más?

—Quiere que se le perdone por el ataque a la casa de los Barrera —dice Tito.

—¡¿Quiere que nos olvidemos de eso?! —exclama Iván—. ¡Eso no está bien!

—No es cuestión de que esté bien o mal —dice Caro—. Es una cuestión de poder. Tapia tiene a tus hermanos y eso le da poder para hacer exigencias.

—Pero hay cosas que son intocables —dice Iván—. Hay normas. No se toca a las familias.

—Soy lo bastante viejo como para acordarme de cuando Adán Barrera decapitó a la mujer de un buen amigo mío y arrojó a sus dos hijos desde un puente —responde Caro—. Así que no hablemos de «normas».

—Yo solo puedo hablar por nuestra organización —dice Núñez con voz cansada—. No puedo hablar por Elena. Quizá tú puedas, Tito. Pero, en lo que a nosotros respecta, estamos dispuestos a olvidar el ataque a los Barrera. ¿Algo más?

—Damien quiere garantías de que, si libera a sus rehenes, no habrá represalias contra él —dice Tito.

—Está como una puta cabra —replica Iván—. Lo mataré a él, mataré a su familia…

—Cállate, Iván —dice Ric.

Iván lo mira con furia.

Pero se calla.

Núñez dice:

—El joven Damien no puede esperar salir indemne si secuestra a figuras importantes del cártel y nos pone a todos en ridículo ante la prensa. ¿Qué pensará la gente? Nos perderían el respeto, nos convertiríamos en un blanco fácil.

—Y ustedes no pueden esperar que el muchacho acceda a entregar su vida —dice Tito—. Si van a matarlo de todos modos, no tiene nada que perder matando a los Esparza.

—Entonces estamos en un callejón sin salida —dice Núñez.

—Estoy cansado. —Caro saca un teléfono del bolsillo de sus pantalones y marca unos números. Mientras se establece la llamada dice—: Sinaloa ofrecerá una disculpa y perdonará el ataque a la casa de los Barrera. No habrá, en cambio, amnistía por el secuestro.

Tito mira a Iván.

—Entonces tus hermanos están muertos.

—Juraste protegerlos —dice Iván.

Caro levanta el teléfono.

Ric se inclina hacia delante y ve a Rubén, el hijo de Tito, de pie en un despacho, rodeado de guardias de la prisión. Su viejo amigo parece asustado.

Y es lógico que lo esté.

Uno de los guardias le pone un cuchillo al cuello.

—Los Esparza serán liberados —le dice Caro a Tito— o a tu hijo le cortarán el cuello mientras tú miras. En cambio, una vez liberados los Esparza, un juez determinará que las acusaciones contra tu hijo carecen de fundamento y que la redada en su casa fue ilegal y ordenará su puesta en libertad.

A fin de cuentas, piensa Ric, no se trata de lo que está bien y lo que está mal, ¿no?

Es una cuestión de poder.

—¿Estamos de acuerdo, Tito? —pregunta Caro.

—Sí —contesta Ascensión, y luego mira a Núñez e Iván—. Esto es solo una tregua, no una paz.

—Está bien —dice Iván.

Núñez se limita a asentir con un gesto.

—Más vale que llames al joven Damien —le dice Caro a Tito—. Cuando nos avisen de que los Esparza están libres, empezará el proceso para liberar a tu hijo.

—Necesito más detalles.

—¿No te basta con mi palabra? —pregunta Caro, mirándolo con altivez.

Tito no contesta.

—Bien —dice Caro, y se levanta trabajosamente de su asiento—. Ahora voy a echarme una siesta. Cuando me levante, no quiero ver a ninguno de ustedes, ni quiero enterarme de que se han matado unos a otros. Yo estaba presente cuando el M-1 montó este negocio. Y estaba en prisión cuando ustedes dejaron que se desmoronara.

Entra en su dormitorio y cierra la puerta.

En el trayecto de vuelta en coche, Ric le dice a su padre:

—Tú sabías lo de Rubén antes de que entráramos ahí, ¿verdad? Sabías que Caro tiene mano con el gobierno.

—Si no, yo no habría entrado —responde Núñez.

—Deja que te pregunte una cosa —dice Ric—. Si Tito no hubiera cedido, ¿habrías dejado que mataran a Rubén?

—No dependía de mí —contesta su padre—. Pero Caro lo habría permitido, puedes estar seguro. De todos modos, era casi seguro que Tito cedería. No hay muchos hombres dispuestos a parecerse a Abraham.

—¿Qué quieres decir?

—Que no hay muchos hombres dispuestos a sacrificar a su propio hijo.

Ric sonríe.

—Lo que me lleva a preguntar…

—Por supuesto que no —dice Núñez—. Me sorprende que lo preguntes. Eres mi hijo y te quiero, Ric. Y estoy orgulloso de ti. Lo que has hecho últimamente…

—Entonces, ganamos.

—No —responde Núñez—. Ahora todo mundo sabe que Damien se sentía con libertad para hacer lo que hizo. Eso es un golpe a nuestro prestigio. Quiero que publiques en las redes sociales lo que hicimos con Rubén. Eso ayudará, demostrará que somos despiadados. Que todavía tenemos poder. Publícalo a través de uno de nuestros blogueros para que no puedan atribuírnoslo. Si alguien pregunta si pasó de verdad, niégalo. Así la gente se lo creerá aún más.

—Así que Damien está ahora aliado con Tito —comenta Ric—. ¿Qué opina Elena al respecto?

—¿Y qué remedio le queda? —pregunta Núñez—. No le agrada, claro, pero tiene que aceptarlo. Con Tito y Damien de su parte, cree que puede ganarnos. Y puede que no se equivoque. Porque es posible que Caro también esté de su parte.

—¡Acaba de ponerse de nuestro lado!

—¿Sí? —pregunta Núñez—. Piénsalo bien. Tito ha conseguido lo que quería de verdad. Su hijo va a ser liberado. Y sin costo alguno para él, salvo el que Damien deje en libertad a los Esparza. No me sorprendería que Caro hubiera autorizado el secuestro. Ni que estuviera detrás de todo este asunto.

—¿Y por qué iba a hacer eso?

—Para obligarnos a recurrir a él —dice Núñez—. Ahora nosotros estamos en deuda con él, Tito está en deuda con él, y Damien también. Y acaba de dejar claro que es el único que puede actuar como mediador. Ahora se recostará a ver quién gana. Y luego moverá sus fichas.

Núñez apoya la cabeza en el respaldo del asiento y cierra los ojos.

—Caro —añade— quiere ser el *Patrón*.

3

La bestia

—Oiga, señor, ¿puede decirme dónde encontrar una cama?
Sonrió y me estrechó la mano.
—No —fue lo único que dijo.

—Robbie Robertson, *The Weight*

Ciudad de Guatemala
Septiembre de 2015

En sus diez años de vida, Nico Ramírez no ha conocido más que el Basurero.

El tiradero es su mundo.

Es un *guajero*, uno de los miles que malviven escarbando entre la basura del tiradero municipal.

A Nico se le da muy bien su oficio.

Bajito y flaco, viste jeans rotos, tenis agujereados y su único tesoro: una camiseta de *fútbol* del Barcelona con el nombre de su héroe, Lionel Messi, y el número 10 estampados en la espalda. Es un maestro en el arte de eludir a los guardias de los grandes portones verdes de entrada al basurero. Se supone que no deben entrar niños, pero Nico es solo uno de los miles de menores que lo hacen y, como no dispone de una de las preciadas credenciales que le darían acceso en calidad de «empleado», tiene que usar sus mañas.

Por eso es una ventaja ser tan chiquito, y ahora, mientras agarra una bolsa de plástico negra con la mano derecha, se agacha detrás de una mujer y espera a que el guardia mire para otro lado. Cuando vuelve la cabeza, Nico entra a la carrera.

El basurero, situado en un barranco profundo, ocupa dieciséis hectáreas de terreno, y al levantar los ojos Nico ve el desfile de camiones amarillos que bajan por el tortuoso camino para depositar más de quinientas toneladas de basura diarias. Los camiones tienen letras y números pintados en los flancos y, a pesar de que apenas sabe leer y escribir, Nico conoce el significado de esas claves tan bien como los callejones y recovecos del caserío improvisado donde vive, al lado del basurero. Los códigos hacen referencia al barrio en el que el camión recoge su carga, y Nico está pendiente de los que vienen de las zonas ricas de la ciudad, porque es ahí donde están los mejores desperdicios.

La gente rica tira comida a montones.

Nico tiene hambre.

Siempre está hambriento.

Él no tira nada.

El chico tiene la piel y el cabello blancos por la perpetua nube de humo y polvo que pende sobre el tiradero e impregna cada aspecto de la vida de los *basureros*: sus ropas, su piel, sus ojos, sus bocas, sus pulmones. Tiene los ojos enrojecidos y una tos crónica. Lleva incrustado en las fosas nasales el olor agrio, rancio, fétido de la basura que arde a fuego lento, pero no conoce otra cosa.

Nadie conoce otra cosa en el Basurero.

Nico se limpia la nariz con la manga —siempre tiene mocos— y mira entre la bruma espesa la fila de camiones que baja sinuosamente por el barranco.

Entonces lo ve: NC-3510A.

Playa Cayalá, un barrio rico de la Zona 10.

Esa gente tira tesoros.

Mientras se adentra en el tiradero, intenta calcular dónde se detendrá el camión de Cayalá. Sabe que otros *basureros* también lo han visto y que la competencia será feroz. Según algunas estimaciones, los rebuscadores de basuras son unos cinco mil; según otras, son siete mil; el caso es que el basurero está siempre atestado, y siempre es una lucha conseguir el mejor botín.

Su madre está por allí, en algún sitio, pero Nico no la busca: está demasiado concentrado en seguir la pista del camión de Cayalá. La verá en casa más tarde, quizá con algún dinero en la mano si consigue llenar la bolsa.

Localiza, en cambio, a la Buitra.

Miles de buitres auténticos sobrevuelan el tiradero esperando para posarse y competir con los *guajeros* por los despojos más selectos, pero la Buitra —Nico ignora su verdadero nombre— tiene la vista más aguda que todos ellos. Es una mujer de mediana edad, de ojos rasgados y uñas largas y afiladas de las que no teme servirse. Araña, rasguña, muerde, patea: cualquier cosa con tal de llevarse la mejor pieza.

Y luego está su palo: un trozo de madera corto, con una punta de metal afilada que utiliza para pinchar desperdicios y meterlos en su bolsa. O para pinchar a la gente y obligarla a apartarse.

O algo peor.

Una vez, Nico la vio clavarle el pincho a Flor en la mano. Flor es su amiga, más o menos de su misma edad, y aquel día se agachó debajo de la Buitra para agarrar un sándwich envuelto en papel amarillo y la Buitra le hundió el pincho en el dorso de la mano.

Se infectó la herida y la mano aún no ha sanado del todo. Tiene un agujero del tamaño exacto del pincho de la Buitra, todo rojo alrededor, y a veces mana de él una cosa amarilla y Flor no puede cerrar la mano del todo.

De eso es capaz la Buitra.

Pero a Nico no le da miedo. Por lo menos, eso se dice a sí mismo.

Yo soy más rápido, piensa, y más listo. Puedo escurrirme bajo sus garras, escapar de un brinco de sus patadas. A mí no puede atraparme. Nadie en el Basurero puede.

Nico gana todas las carreras, hasta cuando se enfrenta a los chicos mayores. Nico Rápido, lo llaman, y las pocas veces que encuentran algo parecido a una pelota de *fútbol*, él es la estrella: veloz, escurridizo, astuto, hábil con los pies.

Ahora Nico ve que la Buitra también ha divisado el camión de Cayalá.

No puede permitir que ella llegue primero.

Necesita el dinero que puede darle ese camión, lo necesita desesperadamente porque su madre y él ya le deben a la *mara* el pago de una semana y, si se retrasan otra semana, las represalias serán terribles.

Un buen *guajero* puede sacar hasta cinco dólares al día, de los que paga a la *mara* dos dólares y medio, o la mitad de lo que consiga. Todo mundo en el Basurero, y en cada barrio, paga a la *mara* —ya sea a MS-13 o a Calle 18— la mitad de lo que gana.

Nico ha visto lo que le pasa a la gente que no paga a tiempo. Ha visto cómo los pandilleros los golpean con palos y cables eléctricos, cómo echan agua hirviendo sobre sus hijos pequeños, cómo tiran al suelo a la madre y la violan.

Su madre y él han estado ahorrando cada *quetzal* —el dinero que de otro modo habrían dedicado a desayunar está en una lata enterrada en el suelo de su casucha—, pero aun así no les alcanza y Calle 18 se pasará por su casa esta noche para cobrar.

Dos *mareros* vinieron a decírselo anoche.

Uno de ellos era el Pulga. Lo llaman así porque pica, pica y pica, chupándole la sangre a todo mundo en el vecindario. A Nico le da pavor. El Pulga tiene la cara cubierta de tatuajes: en la frente, la cifra dieciocho en números romanos; en el lado derecho de la nariz la palabra *UNO*, y en el izquierdo, la palabra *OCHO*. El resto de la cara lo tiene pintado con motivos mayas, de modo que no se le ve ni un centímetro cuadrado de piel.

Al otro Nico no lo había visto nunca. No tiene la cara tatuada, y eso es una novedad. La policía ha estado deteniendo o disparando a los que llevan tatuajes, y los jefes de la *mara* les han dicho a los nuevos que no se los hagan.

El Pulga miró a la madre de Nico, que estaba sentada en el suelo de tierra con las rodillas dobladas y le dijo:

«¿Dónde está mi dinero, *puta*?»

«No lo tengo».

«¿Que no lo tienes? Pues más te vale conseguirlo», le dijo el Pulga.

«Lo conseguiré», contestó ella con voz temblorosa.

El Pulga se agachó delante de ella. Enjuto y musculoso, la agarró de la barbilla y la obligó a mirarlo.

«O tienes mi dinero mañana, puta, o te lo saco de las verijas, del culo y de la boca.»

Vio el destello de rabia en los ojos de Nico.

«¿Qué pasa, mariquita?», preguntó. «¿Qué vas a hacer? ¿Impedírmelo? A lo mejor a ti te hago chuparme la verga, ponérmela bien dura para tu *mami*.»

Avergonzado, Nico se apretó contra la pared, un trozo de valla publicitaria de una película vieja que encontraron en el basurero.

El Pulga le dijo:

«Quieres que tu *mami* pase un buen rato, ¿verdad que sí?»

Nico bajó la mirada.

«Contéstame, *hijo*», dijo el Pulga. «¿No quieres que tu *mami* pase un buen rato cuando me la coja?»

«No».

«¿No?», dijo el Pulga. «¿A qué pendejo se cogió para tenerte? Seguro que entonces no se lo pasó bien, ¿eh?»

Aquel insultó hirió a Nico en lo más vivo. Tenía cuatro años cuando murió su *papi* y lo enterraron en el Muro de Lágrimas: minúsculos nichos excavados en la pared del barranco, por encima del tiradero, como edificios de pequeños apartamentos, uno encima de otro. Nico y su madre tienen que pagar veinte dólares al año para que sus restos sigan allí. Si no pagas o no puedes permitirte que te entierren allí, arrojan tu cuerpo al barranco bajo el muro.

Nico no puede permitir que a su *papi* lo tiren al Cañón de los Muertos.

Es el peor lugar del mundo.

Nico se acuerda de su *papi* con mucho cariño, y el marero decía cosas horribles.

«Te hice una pregunta», dijo el Pulga.

«No sé».

El Pulga se rio.

«Nico Rápido te llaman, ¿verdad? ¿Porque eres rápido?»

«Sí».

«Muy bien, Nico Rápido», dijo el Pulga. «Volveremos mañana, y más les vale tener mi puto dinero».

Luego se fueron.

Nico se apartó de la pared y abrazó a su madre. Ella es joven y bonita, Nico sabe que el Pulga la desea, ve cómo la miran los *mareros*.

Sabe lo que quieren.

Igual que sabe la historia de su madre.

Ella tenía cuatro años cuando un escuadrón de las PAC entró en su pueblo, en plena región maya, buscando insurgentes comunistas. Rabiosos al no encontrarlos, agarraron a los campesinos, calentaron cables al fuego y se los metieron al rojo vivo por la garganta. Obligaron a las mujeres a prepararles el desayuno y a mirar mientras ordenaban a padres matar a sus hijos y a hijos matar a sus padres. A los que se negaban los rociaban con gasolina y les prendían fuego. Luego violaron a las mujeres. Cuando acabaron con las mujeres, empezaron con las niñas.

La madre de Nico fue una de ellas.

La violaron seis soldados. Quedó catatónica, y tuvo suerte. A otras las violaron, las colgaron de los árboles, las despedazaron con machetes y les golpearon la cabeza contra las piedras. Vio cómo abrían en canal a mujeres embarazadas y les sacaban los bebés del vientre.

Aquellos miembros de las PAC eran milicianos civiles, casi unos niños, criados en esas mismas aldeas mayas, a los que los kaibiles —las fuerzas especiales del ejército, entrenadas por Estados Unidos en su guerra global contra el comunismo— drogaban y embrutecían hasta convertirlos en animales. Tras la guerra civil guatemalteca, algunos emigraron a Estados Unidos, donde se toparon con el racismo, el desempleo y el aislamiento, y sin tratamiento para la psicosis que acarreaban. Algunos fueron a prisión y allí formaron bandas como la Mara Salvatrucha y Calle 18.

Las feroces *maras* tuvieron su germen en una guerra respaldada por Estados Unidos y nacieron en las cárceles estadounidenses.

Cuando las PAC abandonaron el pueblo, solo quedaban doce personas con vida; entre ellas, la madre de Nico.

Doce de un total de seiscientas.

Como millares de mayas, ella emigró a la ciudad.

Ahora, Nico tiene que llegar al camión de Cayalá antes que la Buitra. No, se dice, no te pongas delante de ella, donde pueda verte. Quédate detrás, observa lo que ve y luego lánzate en el último momento y agárralo.

Si ella es el buitre, piensa, tú eres el halcón.

La Buitra contra Nico Rápido, el Halcón.

Agachándose para hacerse aún más pequeño, se escurre entre el gentío, oteando entre piernas y brazos para no perder de vista a la Buitra, que se abre paso a empujones hacia el camión de Cayalá.

El camión se para, levanta el remolque y los ejes hidráulicos gruñen como una gigantesca mula mecánica al volcar su carga. La Buitra avanza meneando las caderas con decisión, dando codazos, apartando a la gente a empellones.

Otros camiones también arrojan su carga, y los *guajeros* se arremolinan sobre los montones como un enjambre de hormigas. Nico no presta atención a sus hallazgos; tiene la vista fija en las piernas rechonchas de la Buitra. Está nervioso: ¿qué habrá salido del camión de Cayalá? ¿Ropa, papel, comida? Se mantiene agazapado tras ella, con otros dos *guajeros* en medio.

Ella es la primera en llegar al camión de Cayalá y entonces Nico lo ve.

Un tesoro.

Tiras de aluminio.

Puede sacar cuarenta centavos por una libra de aluminio, cuatrocientos cincuenta gramos. Tres libras —un dólar veinte— bastarían para pagar a los *pandilleros*.

La Buitra también lo ha visto, claro. Como no puede pinchar el aluminio, se mete el palo debajo del brazo y se agacha para recogerlo.

Nico aprovecha la ocasión.

Apartándose de su escudo humano, se desliza bajo el brazo estirado de la Buitra y agarra las láminas de metal.

Ella chilla como un pájaro.

Empuña el palo y le lanza un golpe, pero él es Nico Rápido el Halcón y lo esquiva fácilmente. Ella le lanza un bofetón y falla por poco; luego levanta el palo para clavárselo, pero Nico se aparta a trompicones, sujetando las preciadas tiras de metal contra la panza.

No se detiene a meter más cosas en la bolsa. Tiene que ir donde el *vendedor* a vender el aluminio. Luego podrá volver a recoger más basura. Pero primero tiene que salir de allí y conseguir su dinero.

Su dinero, piensa, y esa frase resuena como una canción dentro su cabeza: mi dinero.

No para de sonreír al imaginarse entrando en su casucha, sacando los billetes del bolsillo y diciendo: «Ten, *mami*. No te preocupes de nada. Yo me encargo de todo».

Soy el hombre de la familia.

Puede que busque al Pulga, se dice, y que me plante delante de él y le diga: «Aquí tienes tu puto dinero, *pendejo* pito flojo».

Sabe que no lo hará, pero es una idea bonita y lo hace reír. Bajando la cabeza, corre hacia la puerta y entonces ve…

Un envoltorio de McDonald's.

Blanco.

Una hamburguesa.

Intacta.

Dios, cuánto desea la hamburguesa.

Cuánto le apetece.

Está hambriento y la hamburguesa huele de maravilla, y se ve estupenda, con su kétchup rojo y su mostaza amarilla rebosando del bollo. Una hamburguesa de McDonald's, algo de lo que ha oído hablar pero nunca ha tenido. Quiere metérsela en la boca y engullirla, pero…

Sabe que debería vendérsela a uno de los vendedores de carne del Basurero, que la añadirá a un cocido. Seguramente le darán hasta diez centavos por ella, cinco de los cuales serán para el Pulga y Calle 18.

Pero los otros cinco podría compartirlos con su madre.

Se mete la hamburguesa en el bolsillo.

Ojos que no ven, corazón que no siente, piensa.

Pero no es cierto.

La hamburguesa no se le va de la cabeza.

Permanece allí como un sueño seductor. Nico nota su aroma a pesar del hedor del basurero, del humo acre, de la fetidez que despiden siete mil seres humanos escarbando entre la basura para sobrevivir.

Mami nunca lo sabrá, se dice al llegar a los portones.

Calle 18, el Pulga, nunca lo sabrán.

Pero tú sí, se dice.

Y Dios también.

Jesucristo te verá comerte la hamburguesa y llorará.

No, piensa, véndela y lleva a casa tanto dinero que mami se eche a llorar de alegría.

Está entretenido con esa idea deliciosa cuando el palo lo golpea en la cara.

Cae al suelo, aturdido. Con ojos llorosos, ve a la Buitra agacharse y arrancarle las tiras de aluminio.

—*¡Ladrón!* —le grita ella—. ¡Ladrón!

Vuelve a blandir el palo, lo golpea en el hombro y lo hace caer de espaldas.

Nico se queda allí tumbado y mira el cielo.

O lo que se ve de él.

Una nube de humo.

Buitres.

Se lleva la mano a la cara y palpa la sangre. Le duele mucho la nariz y nota que ya se le está hinchando.

Se echa a llorar.

Ha perdido el dinero.

Y el Pulga vendrá esta noche.

Se queda allí tumbado unos minutos, un niño pequeño sobre un montón de basura. Quiere quedarse allí tumbado para siempre, rendirse, morir. Está tan cansado, y dicen que morirse es como estar dormido, y sería maravilloso dormir.

Sería maravilloso morirse.

Pero si te mueres, reflexiona, dejarás a *mami* sola para vérselas con el Pulga.

Se obliga a incorporarse.

Apoyándose en una mano, se pone en pie. Todavía tiene la hamburguesa y algún dinerillo puede sacarle. Luego volverá al basurero y quizá consiga algo más.

Quizá lo suficiente para saldar su deuda con la *mara*.

Sale dando tumbos, en busca del carnicero.

El carnicero toma la hamburguesa y huele el envoltorio.

—No me sirve.

—No está estropeada —le asegura Nico, pensando que el hombre intenta engañarlo.

—No, no está estropeada —dice el carnicero—, pero McDonald's rocía la basura con aceite industrial para que no pueda comerse. No puedo venderla. La gente se pondría enferma. Anda, vete a buscar algo que pueda vender.

Nico se aleja. ¿Por qué harán eso?, se pregunta. Si no van a comerse la comida, ¿qué tiene de malo dejar que otros se la coman? ¿Será porque no pueden pagarla? No tiene sentido.

Hambriento, cansado y abatido, vuelve a colarse en el tiradero. Le arde la cara y la sangre pegajosa se ha mezclado con hollín. Los desechos de los camiones de los barrios ricos ya estarán despojados, así que rebusca entre los montones de basura agarrando cualquier cosa que pueda vender: un par de calcetines viejos, papel, lo que sea.

Encuentra un tarro de mermelada, lo olisquea primero y luego lo rebaña con el dedo y lame la mermelada. Sabe bien, está dulce, pero le da aún más hambre. Mete el frasco en su bolsa de plástico; quizá le den por él unos centavos.

Le duele el estómago. De hambre, pero sobre todo de angustia.

El tiempo corre, no ha encontrado suficiente botín para pagar a los *mareros* y sabe que no lo va a encontrar.

—¿Qué vas a hacer? —pregunta Flor.

Parte la tortilla y le da la mitad.

Nico se la mete en la boca.

—No sé.

—Ojalá tuviera dinero. Te lo daría.

Flor tiene nueve años y parece mucho más pequeña. Más joven no, sin embargo: desnutrida y afectada por una infección crónica, la niña tiene ojeras y la tez macilenta.

—El Pulga hará lo que ha dicho.

—Lo sé.

Lo hará porque tiene que recolectar cierta cantidad de dinero cada semana y entregársela no solo a sus jefes de la *mara*, sino también a la policía. Si no, está acabado: morirá o irá la cárcel.

Y además el Pulga tiene que demostrar su valía. Ni siquiera es un miembro de pleno derecho de Calle 18, sino un *paro*, un asociado. Tiene que reunir dinero para pasárselo a un *sicario* que a su vez se lo entrega a un *llavero* que se lo da al *ranflero*, el jefe de la *clica*, la célula local de Calle 18. Y seguramente el *ranflero*, piensa Nico, se lo entrega a sus jefes, que también tienen que pagar a la policía para poder seguir haciendo negocios.

Así funciona el mundo, se dice Nico. Todo mundo entrega dinero a alguien. Puede que en algún lugar, en la cúspide, haya hombres que amasan y amasan dinero, pero él ignora quiénes son esas personas.

—El Pulga también te lastimará a ti —dice Flor.

Sabe ya lo que los hombres les hacen a las mujeres, y lo que algunos hombres les hacen a los niños.

—Lo sé —dice Nico.

—Puedo tomar prestado un cuchillo —dice Flor— e ir a matar a la Buitra.

—Ya habrá vendido el metal.

—Entonces mato al Pulga.

—No —dice Nico—. Tú consígueme el cuchillo, y yo lo hago. Es trabajo para un hombre.

Pero los dos saben que ninguno mataría al pandillero, aunque pudieran. Vendrían más *mareros* y el castigo sería peor.

—Hay una cosa que puedes hacer —dice Flor.

Nico lo sabe.

Y está aterrorizado.

—No pasa nada —dice Flor tomándolo de la mano—. Yo iré contigo.

Los dos niños esperan a que el sol esté bajo en el cielo brumoso y luego bajan al Cañón de los Muertos.

Bajar es de por sí peligroso.

El camino, angosto, empinado y lleno de barro, discurre junto a un precipicio que cae en picado treinta metros hasta el fondo del barranco. Nico no quiere mirar abajo. Le da vértigo y ganas de vomitar. Ha oído a gente bromear acerca de una caída desde la vereda —«Bueno, por lo menos te vas derechito a la tumba»—, y ahora esas bromas no le hacen gracia. Además, los pies se le escurren dentro de los tenis, unos Nike viejos que sacó de un camión de Cayalá hace un año. Le quedan muy grandes y las suelas están tan desgastadas que casi han dejado de existir, y ahora, mientras desciende con cuidado por la ladera, los dedos de los pies se le estrujan contra las puntas.

Cuando llega al fondo del cañón, siente una arcada.

Sus ojos, ya llorosos, lagrimean aún más a causa del hedor espantoso, y tiene que hacer un esfuerzo para no vomitar lo poco que ha comido.

Algunos cadáveres llevan allí mucho tiempo; son simples esqueletos, costillares vacíos, cráneos con las cuencas de los ojos huecas. Otros están bastante frescos y completamente vestidos, y Nico trata de decirse que solo están durmiendo. Lo peor son los cuerpos que llevan allí solo unos días: hinchados por los gases, putrefactos, hediondos.

Perros hambrientos flanquean a Nico y a Flor, esperando, desconfiados, la oportunidad de agarrar un bocado. Un buitre se posa sobre un muerto, le abre a picotazos un agujero en la panza y levanta el vuelo llevando los intestinos en el pico.

Nico se inclina y vomita.

Quiere escapar de allí, pero se obliga a quedarse.

Tiene que hacerlo, tiene que quedarse y encontrar algo con lo que pagar a los *mareros*. De modo que pasa por encima de cadáveres putrefactos y esqueletos buscando algo de valor que otros puedan haber pasado por alto. Cuesta apoyar el pie, y tropieza y se tambalea; a veces cae sobre un cadáver y otras sobre el duro suelo.

Pero se levanta y sigue buscando. Se obliga a palpar los cadáveres, a registrar sus camisas y bolsillos en busca de monedas, de pañuelos, de cualquier cosa que otros saqueadores no se hayan llevado aún.

Tropieza de nuevo, cae y aterriza con una aguda punzada de dolor. Se encuentra frente a frente con la cara de un muerto. Los ojos lo miran con reproche. Entonces oye gritar a Flor:

—¡Nico!

Y al mirar ve a su amiga arrodillada junto al cadáver tumefacto de un hombre.

—¡Mira! —La niña sonríe, sosteniendo en alto una cadena.

Es fina, delicada, pero parece de oro y de su extremo cuelga una medalla.

—Santa Teresa —dice Flor.

Suben trabajosamente, cañón arriba.

Unas treinta mil personas se hacinan en el barranco, en torno al basurero. Sus chozas y casuchas están hechas de cajas viejas, carteles, láminas de plástico, desechos de madera. Los más afortunados tienen tejados de asbesto; los más míseros duermen al raso.

Las calles —sendas de barro por las que corren arroyos de inmundicias— dibujan un laberinto lleno de recovecos por el que Nico y Flor avanzan con facilidad, corriendo en busca de un mercachifle que les compre la cadena. Ya ha oscurecido y en el Basurero arden fogatas hechas en toneles de basura y braseros de carbón. Aquí y allá brilla una luz eléctrica, conectada ilegalmente a los cables tendidos sobre el *barrio*.

Gonsalves está todavía en su «tienda»: medio contenedor de carga puesto de costado y alumbrado por un cable conectado chapuceramente al tendido eléctrico. Al ver entrar a los niños dice:

—Está cerrado.

—Por favor —dice Nico—. Solo una cosa.

—¿Qué?

Flor le enseña la cadena.

—Es de oro.

—Lo dudo. —Pero Gonsalves toma la cadena y la mira a la luz de la bombilla pelada—. No, es falsa.

Nico sabe que el viejo está mintiendo. Gonsalves se gana la vida engañando a todo mundo: compra barato y vende muy caro.

—Como soy bueno —dice—, voy a darte ocho quetzales.

Nico se viene abajo. Necesita doce para pagarle al Pulga.

—Devuélvemela —dice Flor—. Herrera nos dará veinte.

—Pues llévasela a Herrera.

—Eso pienso hacer —dice Flor tendiendo la mano.

Pero Gonsalves no le devuelve la cadena. La observa cuidadosamente.

—Supongo que podría darles diez.

—Supongo —dice Flor— que podrías darnos quince.

No, Flor, no, piensa Nico. No lo presiones demasiado. Solo necesito doce.

—Dijiste que Herrera les daría veinte —dice Gonsalves.

—Está muy lejos hasta allá.

—Bueno, si un quetzal más les ahorra un paseo…

—Tres —dice la niña—. Trece y es tuya.

—Eres una niñita muy mala —replica Gonsalves—. Muy dura de pelar.

—Herrera me quiere mucho.

—Seguro que sí —responde Gonsalves.

—¿Entonces?

—Les doy doce.

Acéptalos, piensa Nico. Acéptalos, Flor.

—Doce —dice ella mirando más allá del ropavejero, hacia un mostrador hecho con dos tablones de aglomerado apoyados sobre barreras— y ese chocolate.

—Eso vale un quetzal entero.

—¿Vamos a estar aquí discutiendo toda la noche —contesta la niña—, o vas a darnos el chocolate?

—Si hago esa estupidez —dice Gonsalves—, ¿prometes venderle a Herrera a partir de ahora y no volver aquí nunca más?

—Con mucho gusto —responde la niña mientras Gonsalves cuenta doce quetzales y se los da—. ¿Y el chocolate?

Gonsalves toma el chocolate del mostrador y se lo entrega.

—Nunca encontrarás marido.

—¿De veras? —pregunta Flor.

—Hay que apurarse —dice Nico cuando salen.

Mientras atraviesan el barrio corriendo, Flor le quita el envoltorio al chocolate y le da la mitad a Nico. Él lo engulle mientras corre. Sabe de maravilla.

Cuando llega a casa, el Pulga ya está allí.

Su madre llora sentada en el suelo.

—Tengo tu dinero —dice Nico, y le da al Pulga lo que le deben—. Ya estamos en paz.

—Hasta la semana que viene —dice el Pulga metiéndose el dinero en el bolsillo—. Entonces volveré.

—Aquí estaré —contesta Nico haciendo acopio de valor.

Es el cabeza de familia.

El Pulga lo mira atentamente.

—¿Cuántos años tienes ya?

—Diez —responde Nico—. Casi once.

—Edad suficiente para ingresar —dice el Pulga—. Quieres proteger *mi barrio*, ¿verdad? Me vendría bien un chamaco rápido para entregar paquetes.

Drogas.

Crack. Heroína.

—Va siendo hora de que cumplas tu deber con la *mara*, Nicky Rápido —añade el Pulga—. Hora de que entres en Calle 18.

Nico no sabe qué decir.

No quiere ser un *marero*.

—Siéntate —dice el Pulga y saca un cuchillo—. Dije que te sientes.

Nico se sienta.

—Estira las piernas.

Nico estira las piernas hacia delante.

El Pulga acerca el cuchillo al brasero de carbón hasta ponerlo al rojo vivo. Luego se agacha delante de Nico, le agarra la pierna izquierda y le aprieta la hoja contra la carne, por encima del tobillo.

Nico grita.

—Cállate, pórtate como un hombre —dice el Pulga—. Si chillas como una niña te trataré como a una niña, ¿entiendes?

Nico asiente en silencio. Las lágrimas le corren por la cara, pero mantiene la mandíbula apretada mientras el Pulga le graba el XV y el III en el tobillo.

El olor a carne quemada llena la casucha.

—Volveré —dice el Pulga al levantarse—. Para darte la paliza de ingreso. No pongas esa cara de susto, Nicky Rápido, solo son dieciocho segundos. Un niño duro como tú puede soportarlo, ¿verdad? Si has aguantado esto, puedes aguantar lo otro, ¿no?

Nico no contesta. Ahoga un grito.

—Volveré —repite el Pulga. Le sonríe a la madre de Nico, hace un ruido de beso y se va.

Nico cae de costado, se agarra el tobillo y llora.

—Va a volver —dice su madre—. Te obligará a unirte a ellos. Y si no te obligan los Números, te obligarán las Letras.

Los «Números» son Calle 18; las «Letras», la Mara Salvatrucha.

Nico sabe que su madre tiene razón, pero no quiere irse. Llora.

—No quiero dejarte.

¿Qué hará sin él para hacerle compañía, para despertarla cuando grita en sueños, para ir al tiradero y encontrar las cosas de las que sacan dinero para comer?

—Tienes que irte —insiste ella.

—No tengo dónde ir.

Tiene diez años y nunca ha salido del Basurero.

—Tienes un tío y una tía en Nueva York —dice su madre.

Nico se queda de piedra.

¿Nueva York?

¿El Norte?

Está a miles de kilómetros de allí. Primero hay que cruzar Guatemala, y luego México, y después todavía hay que recorrer cientos de kilómetros atravesando Estados Unidos.

—No, mami, por favor.

—Nico…

—Por favor, no me mandes lejos —dice él—. Te prometo que seré bueno, que me portaré mejor. Trabajaré más, encontraré más cosas…

—Nico, tienes que irte.

Su madre sabe cómo son las cosas.

La mayoría de los *mareros* mueren violentamente antes de cumplir los veinte años. Ella quiere lo que quiere toda madre: que su hijo viva. Y para eso está dispuesta a renunciar a él para siempre.

—Te irás a primera hora de la mañana —dice.

Solo hay una forma de irse.

En el tren que llaman la Bestia.

Nico está tumbado entre la maleza, junto a las vías.

No está solo: hay una docena más escondidos en la oscuridad, esperando a que llegue el tren. Temblando —tal vez de frío, tal vez de miedo—, Nico trata de no llorar mientras piensa en su madre y en Flor.

Fue a verla anoche.

Para despedirse.

«¿A dónde te vas?», preguntó ella.

«*Al norte*».

Ella pareció aterrorizada.

—¿En la Bestia?

Nico se encogió de hombros. ¿Cómo si no?

—Ay, Nico, he oído cosas…

Todos las han oído. Todo mundo conoce a alguien que intentó subirse al tren que va hacia el norte, hacia Estados Unidos, atravesando México. El tren tiene muchos nombres: el Tren Devorador, el *Tren de los Desconocidos*, el *Tren de la Muerte*.

La mayoría de la gente no llega a su destino.

Los atrapa la *migra* mexicana y los deporta en el *Bus de las Lágrimas*. Pero esos son los que tienen suerte, porque Nico y Flor también saben de gente que cayó a la vía y se quedó sin piernas, y ahora se desplazan en tablones con ruedecillas, impulsándose con las manos.

Algunos mueren.

O por lo menos eso es lo que creen los niños, porque nunca vuelve a saberse de ellos. Y aun así conocen a gente que ha tratado de hacer el viaje cinco o seis veces, o diez.

Unos pocos consiguen llegar *al norte*.

La mayoría no.

Flor lo abrazó y lo apretó con fuerza.

«Por favor, no te vayas».

«Tengo que irme».

«Voy a extrañarte».

«Yo a ti también».

«Eres mi mejor amigo», dijo Flor. «Mi único amigo.»

Sentados en el suelo de tierra de su casucha, estuvieron largo rato abrazados. Nico sentía la humedad de las lágrimas de Flor en el cuello. Al final, se apartó y dijo que tenía que irse.

«¡Por favor, Nico!», suplicó ella. «¡No me dejes!»

La oyó llorar al salir a la calle.

Ahora, tendido entre la hierba, gira la cabeza y mira al chico tumbado a su lado. Es mayor que él, de catorce o quince años, alto y flaco, con camisa blanca, jeans y gorra de beisbol de los Yankees de Nueva York bien metida sobre la frente.

—Es tu primera vez —dice el chico.

—Sí —dice Nico.

El otro se ríe.

—Tienes que correr deprisa. Aceleran para que no podamos subirnos. Ve por la escalerilla de la parte delantera del vagón, así, si no la alcanzas, a lo mejor puedes agarrarte a la de atrás.

—Está bien.

—Si te caes —añade el chico—, impúlsate con toda la fuerza que puedas para que el tren no te agarre las piernas, o…

Se cruza las piernas con un gesto, fingiendo que se las corta.

—Está bien.

—Me llamo Paolo —dice el otro.

—Yo soy Nico.

Oye acercarse el tren, traqueteando sobre las vías. La gente empieza a moverse, se levantan de entre la maleza húmeda. Algunos llevan mochilas; otros, bolsas de plástico; algunos no llevan nada. Nico lleva una bolsa de plástico de supermercado; dentro, una botella de agua, un plátano, un cepillo de dientes, una camiseta y una pastilla de jabón. Lleva puesta una chamarra vieja, su camiseta de Messi y sus tenis agujereados.

—Átate la bolsa al cinto —le dice Paolo—. Vas a necesitar las dos manos. Y átate la chamarra a la cintura.

Nico hace lo que le dice.

—Muy bien —dice Paolo, incorporándose hasta quedar agazapado—. Sígueme.

El tren ya está aquí: un tren de carga largo, con unos veinte vagones y tolvas. El motor vomita un humo negro al acelerar.

—¡Vamos! —grita Paolo, y echa a correr.

A Nico le cuesta mantenerse al paso del chico, que es fuerte y tiene las piernas largas, pero lo hace lo mejor que puede mientras se dice Tú eres rápido, eres Nico Rápido, puedes hacerlo, puedes agarrar el tren. A su alrededor, la gente corre intentando alcanzar el tren. Son en su mayoría adolescentes, pero también hay algunos hombres adultos, y unas pocas mujeres. Unas cuantas familias, con niñas y niños pequeños.

Nico sube corriendo por el talud, hasta la vía, y se asusta al sentir el zumbido del duro metal que pasa ante él como un relámpago. Paolo salta, se agarra a la escalerilla de la parte delantera de un vagón de carga y se impulsa hacia arriba mientras Nico corre intentando alcanzarlo, pero no puede, y entonces Paolo le tiende la mano.

Nico se agarra a ella. Paolo lo trepa a la escalerilla.

—¡Agárrate! —grita Paolo.

Al mirar hacia atrás, Nico ve que un hombre mayor tropieza y cae.

Algunas personas han conseguido subirse al tren mientras otros se han quedado atrás, se dan por vencidos y paran de correr.

Pero yo lo he conseguido, se dice Nico. Nada puede detener a Nico Rápido.

Paolo empieza a subir por la escalerilla, hacia el techo del vagón.

—¡Vamos!

Nico comienza a seguirlo, pero entonces ve…

A Flor.

Corriendo hacia el vagón.

Grita, le tiende el brazo.

De un solo vistazo Paolo lo comprende todo.

—¡Déjala!

—¡No puedo! ¡Es mi amiga!

Empieza a bajar por la escalerilla.

Flor corre hacia él, pero está sin aliento y va quedándose atrás.

—¡Vamos! —grita Nico tendiéndole la mano.

Ella intenta alcanzarla.

Falla.

Nico baja hasta el último peldaño y se inclina hacia afuera, el cuerpo apenas a treinta centímetros de las vías, que cada vez pasan más deprisa. La mano con que se agarra a la escalerilla empieza a aflojarse mientras estira el otro brazo.

—¡Yo te agarro!

Flor se impulsa hacia delante.

Nico toca las yemas de sus dedos, desliza la mano hacia abajo y la agarra de la muñeca cuando ella salta.

Durante un segundo permanece suspendida en el aire, justo encima de las ruedas demoledoras.

Nico no puede agarrarse.

Ni a la escalerilla, ni a ella.

Empieza a caer, pero se aferra a aquella mano y entonces...

Siente que lo jalan hacia arriba.

Que los jalan a ambos.

Paolo es inmensamente fuerte, tiene los músculos tensos como cables de acero. Los sube a los dos a la escalerilla y grita:

—¡Vamos!

Lo siguen hasta el techo del vagón, a cuatro metros y medio del suelo.

Allá arriba hay mucha gente.

Gente sentada y agachada, agarrada a lo que puede. Paolo abre hueco para que se sienten y le dice a Nico:

—Te dije que la dejaras. Las viejas no sirven para nada. Solo traen problemas. ¿Tiene comida? ¿Dinero?

—Tengo dos mangos —contesta Flor—, tres tortillas y veinte quetzales.

—Algo es algo, supongo —dice Paolo—. Dame una tortilla por salvarles la vida.

Ella saca una tortilla de su bolsa y se la da.

El chico la devora y dice:

—He hecho este viaje cuatro veces. La última vez llegué hasta Estados Unidos.

—¿Qué pasó? —pregunta Nico.

—Que me agarraron y me mandaron de vuelta —dice Paolo—. Mi madre está en California. Trabaja para una señora rica. Esta vez lo voy a conseguir.

—Nosotros también —dice Nico.

Paolo les echa una mirada.

—Lo dudo.

Porque para llegar a Estados Unidos tienen que cruzar México.

Las vías discurren hacia el oeste atravesando las montañas guatemaltecas para girar luego bruscamente hacia el norte, camino de la frontera.

Nico no es consciente de ello: sus conocimientos de geografía no llegan más allá de las lindes del Basurero. Nunca antes ha estado en el campo, no ha visto nunca la vegetación, las aldeas, las pequeñas granjas. Para él, todo es de momento una gran aventura mientras está allí sentado, en lo alto del vagón, con Flor y Paolo.

Tiene hambre, pero a eso está acostumbrado.

Lo de la sed es distinto, pero la gente se pasa el agua que lleva, normalmente en botellas viejas de refresco, y una vez, cuando el tren se detiene unos minutos cerca de una población, Paolo se baja de un salto y pide agua a unos campesinos.

—En México será distinto —les dice cuando vuelve a subir—. Allí no nos quieren.

—¿Por qué no? —pregunta Flor.

—Porque no —contesta el chico.

En el techo del vagón no hay nada que hacer como no sea mirar el paisaje y platicar, y agarrarse cuando la vía se inclina hacia un lado o el otro, o agachar la cabeza cuando se acercan ramas. A Nico empieza a gustarle el ritual de gritar *«¡Rama!»* cuando ven una: es como un juego.

Paolo es quien más habla, adoptando el papel de veterano curtido.

—Lo primero que tienen que saber —dice— es que no pueden confiar en nadie.

—Estamos confiando en ti —contesta Flor.

—Eso es distinto —dice Paolo, un poco picado—. No confíes en los hombres, les hacen cosas a las niñas, ¿comprendes lo que quiero decir? No entres en los vagones, y menos aún con los hombres. A veces viene la *migra* y encierra a la gente dentro.

Paolo es un pozo de información.

Tendrán que bajarse del tren cuando lleguen a la frontera porque la policía mexicana estará esperando en el control. Hay un río entre Guatemala y México y necesitarán dinero con que pagar a alguien para que los cruce en una balsa.

—Yo no tengo dinero —dice Nico.

—Pues más te vale conseguirlo.

—¿Cómo? —pregunta Nico.

Paolo se encoge de hombros.

—Pide. Roba. ¿Sabes robar carteras?

—No —contesta Nico.

Paolo mira a Flor.

—A veces dejan que las muchachas les paguen sacudiéndoselas, pero yo que tú no lo haría.

—Descuida, no lo haré.

En todo caso, no conviene tardar mucho en cruzar el río, les dice Paolo, porque el pueblo en el que hay que esperar está lleno de gente mala: ladrones, pandilleros, traficantes de droga, pervertidos. Algunos son personas que intentaron subirse a la Bestia y se dieron por vencidos; antes víctimas, ahora pululan por el pueblo aprovechándose de otra gente.

—Solo tratas de asustarnos —dice Flor.

Paolo vuelve a encogerse de hombros.

—Les estoy diciendo cómo es. Hagan lo que quieran.

Nico está asustado, pero la puesta de sol es preciosa.

Nunca había visto un atardecer que no estuviera velado por la contaminación de la ciudad o el humo del basurero. Mira los rojos y los naranjas intensos y se pregunta si ese es el aspecto que tiene el mundo. Es tan bonito...

Cuando oscurece, ve las estrellas.

Por primera vez en su vida, Nico ve las estrellas.

Flor comparte una tortilla y un mango con él, y Nico empieza a tener sueño. Pero le da miedo quedarse dormido. El techo del vagón se inclina hacia los dos lados y es muy fácil resbalarse. Entonces oye cantar. *El rey Quiché* empieza unos vagones más atrás y pronto se extiende tren adelante; los migrantes cantan para mantenerse despiertos unos a otros.

Nico también se une.

Luego se une Flor.

Cantan y aplauden y ríen, y es el momento más feliz del día, quizá el momento más feliz de sus vidas. Cuando acaba la canción, alguien empieza *El grito*, y después *Luna* de *Xelajú*, y luego los cánticos se difuminan y Nico siente que se tambalea, que está a punto de quedarse dormido.

—Apóyate en mí —le dice Paolo—. Yo no me duermo.

Nico se duerme. No sabe cuánto tiempo lleva dormido cuando Paolo lo zarandea y dice:

—La frontera. Tenemos que bajar.

Amodorrado, Nico toma a Flor de la mano y siguen a Paolo escalerilla abajo. La mayoría de los migrantes bajan del tren como hielo derretido cayendo de un tejado metálico, y se internan entre la maleza a lo largo de las vías.

Aquello es un muladar: restos de lonas plásticas, trozos de cartón, calcetines rotos, ropa interior, botellas agujereadas.

Huele a orina y a mierda.

Nico y Flor encuentran un trozo de cartón y se acuestan. Se acurrucan uno contra otro para no enfriarse. Agotados, se duermen enseguida, pero solo duermen un rato porque tienen que conseguir dinero con que pagar la travesía del río.

Cuando se levantan, Paolo se ha ido.

—¿Dónde está? —pregunta Nico.

—No sé —dice Flor—. Nos dejó.

Al entrar en el pueblecito, ven putas en los portales, niños como ellos apoyados contra las paredes con trastos para pedir limosna sobre el regazo, hombres que los vigilan como coyotes hambrientos.

Sale música de una *cantina* abierta y entran.

La dueña, una mujer mayor con el pelo teñido de rojo, grita al verlos:

—¡Largo de aquí, sabandijas! ¡Aquí no se pide!

Salen corriendo.

Caminan un poco más, calle abajo.

Un viejo está sentado en una silla de mimbre, en un callejón. Fuma un cigarrillo, tiene una cerveza en la otra mano y mira con descaro a Flor. Luego se baja el zíper, se saca la verga y se la enseña.

—Voy a partirle la cara —dice Nico.

—No, tengo una idea —dice Flor. Mira al viejo y sonríe.

—¿Qué vas a hacer? —pregunta Nico.

—Tú prepárate —dice ella.

Lo deja allí de pie y se acerca al viejo.

—¿Quieres que te la toque?

—¿Por cuánto?

—Cinco quetzales —contesta ella.

—Está bien.

—Dame el dinero.

—Tócamela primero —dice el viejo.

Tiene las mejillas cubiertas por una barba de cerdas cortas y blancas, los ojos lagañosos.

Está borracho.

—Bueno —dice Flor—. Bájate los pantalones.

Él se levanta trabajosamente, se afloja el cinturón, mira a su alrededor y se baja los pantalones sucios hasta las rodillas.

Veloz como una centella, Nicky Rápido se lanza hacia delante, mete la mano en el bolsillo del viejo y saca dinero. Billetes.

—¡Corre! —grita.

Agarra de la mano a Flor y echan a correr calle abajo. El viejo grita e intenta seguirlos, pero tropieza y cae.

La gente mira.

Nadie intenta atraparlos.

Nico y Flor se ríen cuando salen del pueblo y se adentran entre los árboles.

—¿Cuánto tenemos? —pregunta ella.

—¡Doce quetzales! —exclama Nico.

—¡Suficiente!

No es difícil encontrar el vado del río. Solo tienen que seguir el flujo de migrantes. Algunos van a pie; otros, en carritos jalados por niños montados en triciclos. Nico y Flor van andando porque no quieren gastar dinero.

Paolo está en la orilla.

—¿Consiguieron dinero? —pregunta.

—Sí —dice Flor.

—¿Cómo?

Los mira extrañado cuando los dos rompen a reír.

—Es igual. Vamos, hay que seguir. Denme su dinero.

—¿Por qué tenemos que darte nuestro dinero? —pregunta Flor.

—Porque a ustedes los engañarán —dice Paolo—. A mí, no.

Le dan el dinero y él se acerca a un grupo de hombres parados junto a una balsa hecha con planchas de madera amarradas a viejas cámaras de llanta. Observan mientras negocia haciendo aspavientos, meneando la cabeza, enseñando el dinero para después volver a guardarlo. Por fin entrega parte del dinero y regresa.

—Está todo arreglado —dice—. Van a llevarnos a los tres.

—¿Por qué pagamos nosotros por ti? —pregunta Flor.

Nico frunce el ceño.

—Nos está ayudando.

—No confío en él.

Pero Paolo ya se ha alejado y lo siguen hasta el borde del río, se meten en el agua hasta la rodilla y suben a la balsa, que oscila bajo su peso hasta que consiguen equilibrarse. Uno de los hombres sube al último y los lleva a remo hasta la otra orilla.

Se bajan de la balsa y ponen pie en México.

—Ahora toca andar —dice Paolo—. Podemos subirnos a otro tren a las afueras de Tapachula.

—¿Qué es Tapachula? —pregunta Nico.

—Una ciudad. Ya lo verás.

Son diez kilómetros andando por una carretera asfaltada de un solo carril que cruza campos y huertos. Los paisanos los miran fijamente, o les gritan insultos y los increpan.

Nico avanza a trompicones por el camino.

Hambriento, sediento, cansado.

Paolo los lleva hasta más allá de la estación de tren, donde Nico ve que se paran otros migrantes.

—¿Por qué no vamos a la estación? —pregunta.

—Demasiados pandilleros —dice Paolo—. La Mara 13 controla toda esta zona.

Los lleva a un cementerio.

Está cerca de las vías y es un buen sitio para esconderse.

El tren llega temprano.

Nico nota las piernas como si fueran de madera. Tiene la cabeza aturdida, la boca seca.

Flor y él durmieron anoche bajo el techo de una tumba. Nico soñó con el Cañón de los Muertos, con cadáveres que sacaban los brazos de la tumba sobre la que dormía para agarrarlo por haberle robado la cadena de oro al muerto.

El cementerio está abarrotado de vivos. Se levantan de las tumbas en medio de la neblina plateada de la mañana, meten las pocas cosas que tienen en bolsas o bolsillos y van hacia las vías como un ejército derrotado.

Caminan trabajosamente hacia las vías, cruzan un canal de desagüe pisando sobre unas piedras y suben por el talud, donde se agazapan y esperan la llegada de un tren que los lleve a un hogar en el que nunca han estado.

El tren acelera a medida que se acerca al cementerio.

Empiezan las carreras.

Nico empuja a Flor para que se coloque entre Paolo y él. El chico mayor alcanza primero la escalerilla y estira el brazo para ayudarla a subir. Nico sube detrás, se abren un huequito en el techo del vagón y se acomodan para el trayecto.

No dura mucho.

Unos minutos después, el tren aminora la marcha hasta casi pararse y suben los *maras*.

Suben al tren tres vagones por detrás del de Nico. Él mira hacia atrás y ve el alboroto, oye gritos y voces.

—¿De dónde eres? —le pregunta Paolo.

—De ciudad de Guatemala.

—Eso ya lo sé, bobo —dice Paolo—. ¿De dónde?

—Del Basurero.

—Eso es territorio de Calle 18 —dice Paolo—. ¿Llevas tatuaje?

Nico se sube la pernera del pantalón, le enseña el XVIII grabado en su piel.

—Si la Mara 13 piensa que estás con los de Calle 18 —dice Paolo—, te matarán. Más vale que huyas.

—¿A dónde?

Paolo señala hacia la parte delantera del tren.

El tren ha vuelto a ponerse en marcha. El maquinista solo ha frenado para dejar que se suban los *maras* y ahora acelera para atrapar a los migrantes que viajan arriba. Nico mira: los pandilleros están en el vagón de al lado y se acercan.

—¡Vete! —grita Paolo.

Nico se levanta.

Flor también.

—Tú no —le dice Paolo—. Lo retrasarías. ¡Vete, Nico!

Nico echa a correr.

A cuatro metros y pico del suelo, sobre un tren que circula a sesenta y cinco kilómetros por hora, el niño de diez años corre hacia el extremo delantero del vagón y salva de un salto la brecha de un metro veinte que lo separa del siguiente. Cae violentamente, a cuatro patas, se levanta y tropieza con las piernas de un hombre. El hombre lo insulta, pero Nico se pone de pie, mira atrás y ve que los *maras* vienen tras él.

Como perros persiguiendo algo que huye.

Sigue adelante, pasando por encima de pies, piernas, dedos. Dos *maras* saltan al vagón y lo siguen. Nico salta al vagón siguiente, y luego al otro, y después…

El siguiente vagón no es un vagón de carga, sino un depósito.

La parte de arriba es convexa, se curva bruscamente hacia los lados.

Y el salto no es de metro veinte, es de casi tres.

Nico mira hacia atrás y ve venir a los *maras*. Se sonríen, se carcajean, sabiéndolo atrapado. Están tan cerca que alcanza a ver los tatuajes de sus caras y cuellos.

Si se queda allí, le espera una buena paliza, puede incluso que lo maten.

Pero si intenta saltar y no consigue salvar los tres metros, caerá entre los vagones y lo aplastarán las ruedas del tren. Y aunque lo consiga, podría resbalar por la superficie curva y caer a las vías.

No hay tiempo para pensar.

Nico retrocede unos pasos, arranca a correr con todas sus fuerzas y se lanza al aire.

—¿Por qué huyó ese niño? —le pregunta el *mara* a Paolo.

—No sé. No lo conozco.

El *mara* mira a Flor.

—¿Y tú? ¿Lo conoces?

—No.

—No mientas.

—No estoy mintiendo.

—¿Es de Calle 18? —pregunta el *mara*.

—¡No! —grita Flor.

—¿No decías que no lo conocías? —replica el *mara* mirándola con enojo.

Flor le sostiene la mirada.

—Conozco la MS-13, conozco Calle 18. Ese niño no era de ninguna.

A su alrededor, los *maras* avanzan sistemáticamente entre los migrantes, quitándoles dinero, ropa, exigiéndoles números de teléfono de familiares que puedan mandar más dinero. Interrogan a los chiquillos y a los jóvenes: ¿De dónde eres? ¿Estás con alguna clica? ¿Con cuál? ¿Con nosotros? ¿Con Calle 18? Los *maras* los desnudan en busca de tatuajes. Un tatuaje equivocado conlleva una paliza o una puñalada; luego, arrojan al infortunado del tren.

—¿Tienes dinero? —le pregunta el *mara* a Flor—. Dámelo.

—Por favor, me hace falta.

—A lo mejor te hace más falta que te cojan, *niña*.

Ella le entrega las pocas monedas que tiene. El *mara* piensa en cogérsela de todos modos pero decide que es demasiado pequeña, luego le da un par de bofetadas a Paolo, le quita la gorra de los Yankees y sigue adelante.

Nico cae pesadamente sobre el techo del vagón depósito.

Intenta aferrarse con los dedos al metal resbaladizo, pero se escurre por el costado del depósito como un huevo frito resbalando por una sartén caliente.

Cae con un golpe sordo sobre una barandilla que rodea la parte baja del vagón.

Se queda sin respiración, pero se agarra con fuerza. Bocabajo, ve pasar los rieles a toda velocidad, oye el canto del hierro, sabe que está a escasos centímetros de morir aplastado o cortado por la mitad. Un puntal une la barandilla al vagón y Nico se arriesga a estirar el brazo y agarrarse a él, y luego se echa hacia delante, hasta alcanzar la escalerilla del centro.

Se aferra a ella, recupera el aliento y allí se queda, jadeando de agotamiento, de miedo, de dolor y adrenalina. Aunque teme mover las piernas para no caer, se obliga a hacerlo. Encoge las piernas, estira la derecha y apoya el pie en un escalón.

El tren frena de nuevo para que bajen los *maras* y Nico sigue pegado al costado del depósito, confiando en que no lo vean o no les importe. Cuando el tren vuelve a ganar velocidad, sube despacio, penosamente, por la escalerilla. Una barandilla circunda la válvula de carga de arriba. Se agarra a ella.

• • •

El tren de vía estrecha avanza hacia el norte por la costa del Pacífico de Chiapas.

Es la primera vez que Nico ve el océano y, con la resiliencia de la niñez, le parece emocionante y bellísimo. Con las montañas verdes a su derecha y el mar azul a su izquierda, tiene la sensación de estar en un mundo distinto.

Mareado por el hambre y el calor —la temperatura es de cuarenta grados y el sol cae a plomo sobre los techos de los vagones, convirtiendo el metal en una plancha caliente—, se encuentra en un estado semialucinógeno y contempla los plataneros y las matas de café como si fueran la estrafalaria imaginería de un sueño.

Le duele el cuerpo.

Está magullado por la caída, puede incluso que tenga alguna costilla rota y se le ha hinchado el lado derecho de cara, donde se golpeó con la barandilla. Aun así, tuvo la suficiente presencia de ánimo para bajar del depósito cuando vio que los otros descendían del tren, antes de llegar al puesto de control de La Arrocera.

Flor y Paolo lo encontraron tendido entre los matorrales junto a la vía, lo ayudaron a rodear el puesto de control y esperaron con él hasta que llegó el siguiente tren de carga. Después, lo ayudaron a subir a bordo.

Ahora, sentado sobre el tren, observa cómo rompe una ola, como un lápiz blanco que trazase una línea sobre una hoja de papel azul.

Flor parte una tortilla por la mitad y le da un trozo.

—¿Puedes masticar?

Nico se mete la tortilla en la boca y trata de masticar. Le duele, pero tiene hambre y la tortilla sabe bien.

—¿Tengo una cara muy rara?

—Bastante rara —contesta ella—. Y hablas raro.

Él sonríe, y también le duele un poco.

—¿Cómo raro?

—Como si tuvieras todo el tiempo la boca llena —dice ella.

Nico mira a su alrededor.

—Esto es bonito.

—Muy bonito.

—A lo mejor algún día podemos vivir en el campo —dice Nico.

—Estaría bien.

Hablan unos minutos acerca de comprar una granja, de tener gallinas y cabras y plantar cosas, aunque no saben qué.

—Flores —dice ella.

—Las flores no se comen —contesta Paolo.

—Pero se pueden mirar —dice Flor—. Y oler.

Paolo resopla con fastidio.

Nico piensa que tiene un aspecto muy raro sin su gorra de los Yankees. Tiene el pelo corto y desigual, como si se lo hubiera cortado con un cuchillo o algo así, y sostiene un trozo de caja de cartón sobre la cabeza para protegerse del sol.

—Podríamos cultivar maíz —dice Nico—. Y *tomatillos*, y naranjas.

Paolo niega con un bufido.

—Yo voy a tener un restaurante. Así podré comer todo lo que quiera cuando me dé la gana. Pollo, papas, filetes…

—Yo me estoy comiendo uno ahora —dice Nico, y hace como que corta un trozo de filete y se lo mete en la boca—. Mmmm. Riquísimo.

Nunca ha probado la carne, pero su imaginación le hace fruncir los labios y poner los ojos en blanco de puro gusto.

Hasta Paolo se ríe.

El tren pasa junto a una serie de grandes lagunas que separan el continente de una estrecha franja de playa y luego vira hacia el norte y se aleja de la costa, cruzando campos de labor y pasando junto a pequeñas poblaciones.

A Nico le da pena alejarse del mar.

Cree que Nueva York está junto al océano, pero no está seguro.

Esa noche se bajan del tren y entran en un pueblo en busca de algo que comer, aunque no tienen dinero para comprar comida. Y es peligroso: los *madrinas*, civiles de la zona que colaboran con la *migra*, patrullan las inmediaciones de las vías buscando a migrantes. A veces los entregan a la policía, que exige una sustanciosa mordida por dejarlos ir. Eso, los que tienen suerte. Porque se sabe que los *madrinas* golpean, violan y asesinan a otros.

Paolo les explica todo esto a los niños.

—Hay un albergue cerca de una iglesia. Si conseguimos llegar, nos darán comida y un sitio donde dormir.

A la luz de la media luna, los conduce por el lecho de un arroyo, lejos de las vías.

Nico ve destellos de linternas a lo lejos: patrullas de *madrinas* buscando víctimas. Mantiene la cabeza gacha y sigue a Flor, la mano apoyada en su espalda, intentando no tropezar y hacer ruido. Salen del lecho del arroyo a las afueras del pueblo, donde Nico ve una pequeña iglesia y, a su lado, un edificio de bloques de cemento de una sola planta.

—Aquí es —dice Paolo, visiblemente aliviado—. Lo maneja un cura, el padre Gregorio. Los *madrinas* no entran porque le tienen miedo. Los amenaza con el infierno.

Entran.

Hay unas cuantas literas arrimadas a la pared y colchones esparcidos por el suelo. En un pequeño fogón humean ollas de estofado y frijoles. Sobre una mesita hay apiladas un montón de tortillas. Los migrantes, más o menos una docena, comen o duermen.

El padre Gregorio es un hombre alto y de cabello cano, cara alargada y nariz ganchuda. Está de pie junto al fogón, con un cucharón en la mano.

—Entren. Tendrán hambre.

Nico asiente en silencio.

—Pareces herido —le dice el padre Gregorio.

—Estoy bien.

El padre Gregorio se le acerca y mira su cara hinchada.

—Creo que necesitas un médico. Puedo acompañarte a la clínica. Nadie te molestará, te lo prometo.

—Solo un poco de comida, por favor —dice Nico.

—Come primero, luego hablaremos de eso —contesta el cura.

Les sirve unos tazones de estofado, echa encima unos frijoles y les da tortillas.

Acuclillado en el suelo, Nico empieza a comer.

—Santíguate primero —le dice Flor en voz baja—. Si no, se enojará el cura.

Nico se santigua.

La comida está caliente y rica. Aunque le duele masticar, Nico la devora. Luego se acerca el padre Gregorio y le pregunta:

—¿Qué hay de lo del médico?

Al ver que Paolo niega ligeramente con la cabeza, Nico contesta:

—Estoy bien.

—Yo no estoy tan seguro —dice el padre Gregorio—, pero está bien. Todas las camas y los colchones están llenos, tendrán que dormir en el suelo. Hay una ducha en la parte de atrás por si quieren lavarse.

Después de comer, Nico sale y busca la ducha, un tubo que sobresale de la pared, detrás de una puerta de listones de madera. El agua, un chorrito, no está caliente, pero sale tibia por el calor del verano. Se pone debajo y usa la pastilla de jabón que hay en una repisa de plástico para lavarse, y luego la toalla comunitaria, húmeda de otros usos, para secarse lo mejor que puede.

Hace una mueca de dolor al tocarse el costado derecho —tiene un hematoma enorme— y le cuesta mucho levantar el brazo para ponerse la camiseta. Vuelve a ponerse los jeans y sale.

Paolo está esperando para usar la ducha.

—Es mejor que no vayas a la clínica —dice—. Los de la *migra* la vigilan como halcones, entran en cuanto se va el padre Gregorio.

—Gracias por avisarme.

—Sin mí no lo conseguirían.

—Lo sé.

Nico se aparta para dejarlo entrar en la ducha. Pero en vez de volver a entrar, se sienta en un trozo de hierba para disfrutar del aire fresco y las estrellas. Luego, a través de los listones de la puerta, ve algo asombroso: Paolo se está quitando una venda del pecho.

Nico ve sus pechos.

Comprende entonces que Paolo es una chica.

Cuando el agua deja de correr, ve que Paolo —aunque supone que en realidad se llama Paola— vuelve a envolverse cuidadosamente el pecho con la venda, ocultando los pechos bajo la camisa. Al salir y ver a Nico allí sentado, se sobresalta.

—¿Qué haces aquí? —pregunta.

—Nada, estoy sentado.

—¿Espiándome?

—No se lo diré a nadie, te lo prometo —dice Nico.

—¿Que no dirás qué? —pregunta Paolo acercándose a él amenazadoramente—. ¡¿Qué es lo que no vas a decir?!

—¡Nada! —responde Nico. Se levanta y entra corriendo en la casa.

Pero más tarde, al tenderse junto a Flor, le susurra:

—Paolo es una chica.

—¿Qué? Qué tontería.

—No, vi…

—¿Qué?

—Ya sabes. —Se pone las manos sobre el pecho—. ¿Por qué habrá…?

—Qué bobo eres.

—Pero ¿por qué?

—Por lo que les hacen los hombres a las chicas —contesta Flor.

—No le digas que te lo conté.

—Duérmete.

—No se lo digas.

—No se lo diré —asegura Flor—. Anda, duérmete.

Nico se duerme de pronto, y con la misma prontitud se hace de día.

Cuesta levantarse. Le arden las costillas cuando se pone de rodillas y se levanta. El padre Gregorio da a cada uno una tortilla, dos rodajas de mango y un vaso de agua. Mientras Nico masca su tortilla, mira a Paola, que lo mira con furia y desvía los ojos.

Un momento después dice:

—Tenemos que irnos. Vamos.

A Nico le da pena irse, aunque en realidad no sabe por qué.

No se da cuenta de que este es uno de los pocos sitios donde han sido amables con él.

De repente aparecen niños montados en bicis por los caminos de tierra que atraviesan los campos de maíz y empiezan a pedalear junto a las vías del tren.

Sonríen y saludan con la mano y les gritan «hola».

Nico también saluda y grita; luego las bicis se adelantan y las pierde de vista. Un minuto después mira hacia la parte delantera del tren y ve una arboleda junto a la vía. Hay algo raro en los árboles, algo que no alcanza a distinguir.

¿Son globos? ¿Globos blancos?

¿O son *piñatas?*

No, son demasiado grandes, se dice.

El tren empieza a aminorar la marcha.

¿Qué pasa?, se pregunta Nico. Mira de nuevo los árboles y se da cuenta de que lo que está viendo son colchones.

Colchones apoyados en las ramas de los árboles.

No entiende.

Entonces ve a los niños de las bicis debajo de los árboles, gritando y señalando al tren. De los colchones empiezan a levantarse hombres que caen de los árboles como fruta madura. Entonces el tren se detiene bajo los árboles y los hombres, armados con machetes y garrotes de madera, lo rodean. No son *maras*: no llevan tatuajes, ni colores de ninguna banda. Parecen campesinos, pero son bandidos que sestean en los árboles hasta que los niños del lugar les avisan de que viene el tren.

—¡Corran! —grita Paola.

Se abre paso entre otros migrantes, baja precipitadamente por la escalerilla y salta desde el quinto escalón. Un bandido agarra a Nico por la pechera de la camiseta, pero él se zafa, toma a Flor de la mano y la jala hacia la escalerilla.

Bajan y se internan corriendo entre los campos de maíz.

El maíz es más alto que ellos y apenas ven a su alrededor, pero a Nico le parece vislumbrar por un instante a Paola corriendo entre los tallos.

Puede que sea Paola, pero no está seguro.

Gritos de miedo y de dolor llegan del tren.

Jadeantes, se detienen y se acuclillan, escondidos entre los tallos del maíz.

Nico siente cómo le late el corazón y teme que los bandidos lo oigan. Oye pasos que avanzan hacia ellos por el maizal y se tapa los oídos con las manos. Los pasos se acercan más y más, y no sabe si debe huir o quedarse quieto y confiar en que no los vean.

El miedo lo paraliza.

Luego oye gritos.

—¡Tengo a uno! ¡Vengan aquí! ¡Tengo a uno!

—¡Suéltame! ¡Quítame las manos de encima!

Es Paola.

Nico piensa que debería intentar ayudarla, pero no puede moverse. Solo puede quedarse allí sentado y oír el forcejeo, las voces. Son cuatro, puede que cinco. Gritan y ríen, y luego uno dice:

—¡Miren! ¡Es una vieja! ¿Creíste que podías engañarnos, putita?

Ve a ayudarla, se dice Nico.

Eres Nico Rápido.

Nico el Veloz.

Nico el Valiente.

Ve a enfrentarte a ellos.

Pero no puede moverse. Es un niño de diez años y no consigue mover las piernas cuando oye gritar a Paola porque le han arrancado la venda del pecho. No puede moverse cuando los oye gritar:

—¡Sujétenla!

Y oye que ella grita y forcejea, y luego oye su voz sofocada por la mano de un hombre.

Nico es del Basurero.

Conoce los ruidos del sexo, los ruidos que hacen los hombres cuando se cogen a las mujeres, los gruñidos, los gemidos, las maldiciones, y ahora oye todo eso y oye también risas y gritos y sollozos ahogados mientras se turnan para violarla, para usarla de todas esas formas que él conoce desde chico, porque ha pasado su infancia en un tiradero.

Quiere ser un héroe, quiere ayudar a su amiga, quiere apartar a esos hombres de ella y matarlos y salvarla, pero sus piernas no se mueven.

Solo puede quedarse allí agazapado y escuchar.

Avergonzado.

Luego se hace el silencio.

Solo un instante. Después Nico oye que los hombres se van, y se avergüenza por alegrarse de que se alejen y no lo hayan encontrado, y se queda allí sentado, escuchando a Paola gemir y golpear la tierra con los pies.

Unos minutos después, oye el motor del tren.

Flor es la primera en ponerse en marcha.

Avanza a gatas entre el maíz, hacia Paola.

Nico se queda sentado unos segundos más y luego la sigue.

Paola está de pie en un pequeño claro. Allí donde la han tendido, los tallos de maíz están aplastados. Se está subiendo los jeans, y Nico ve un hilo de sangre entre sus piernas. Ella se agacha para recoger su camisa, se la pone y empieza a abrochársela. Luego los ve y dice:

—Váyanse. Déjenme en paz.

Echa a andar hacia las vías.

Al darse cuenta de que la siguen, mira hacia atrás y grita:

—¡Dije que me dejen en paz! ¡Estoy bien! ¿Creen que es la primera vez?

El tren se ha ido y no hay nadie en las vías, excepto dos cadáveres: uno con la cabeza aplastada; el otro, muerto a machetazos. Hay basura esparcida por todas partes —bolsas de plástico y botellas de agua vacías—, pero los bandidos se han llevado todo lo que tenía algún valor.

Los niños se sientan a esperar junto a la vía.

Un par de horas después pasa otro tren y vuelven a treparse en la Bestia.

El tren se dirige al norte atravesando Oaxaca, con destino a Veracruz.

Paola se ha sentado aparte y guarda silencio.

No los mira ni les habla.

El tren desciende hacia Veracruz y atraviesan plantaciones de piñas y caña de azúcar. La gente se vuelve más amable. Algunos hasta esperan junto a las vías para lanzarles comida.

Paola no come, ni siquiera cuando Flor intenta darle algo de comida.

El tren cruza los montes del Pico de Orizaba.

Al atravesar las sierras, el calor abrasador se convierte en frío, y Nico y Flor se arriman uno al otro, tiritando. Por la noche corren peligro de morir congelados y, cuando llega el alba, el sol es tan tenue que apenas basta para calentarlos.

A las afueras de Puebla, cuando el tren pone rumbo a la Ciudad de México, Paola les habla por fin. Se pone en pie, mira hacia la parte delantera del tren, luego se vuelve hacia Nico y dice:

—No fue culpa tuya.

Entonces Nico ve el cable de alta tensión y grita:

—¡Agáchate! ¡Agáchate, Paola!

Pero ella no se agacha.

Se vuelve de nuevo hacia la cabecera del tren y extiende los brazos. El cable le da en el pecho, y ella se convierte en un relámpago de luz en un día soleado.

Nico se tapa los ojos con el brazo.

Cuando vuelve a mirar, Paola no está. Solo queda de ella un leve olor a carne quemada que el aire frío del norte dispersa rápidamente.

El tren se detiene a las afueras de la Ciudad de México.

Allí esperan más bandas.

Pacientes y certeros como buitres, se abalanzan sobre los migrantes en cuanto bajan del tren y los obligan a pagar para dejarlos recorrer los veinte kilómetros que hay hasta el albergue de Huehuetoca.

—No tenemos dinero —dice Nico.

—Eso es problema suyo, no mío —dice el pandillero mirando a Flor de arriba abajo.

—Tengo esta camiseta —dice Nico.

—Conque Messi, ¿eh? Está bien, Número Diez, dámela. Seguramente vale más que la mocosa.

Nico se quita la camiseta y se la da.

Luego, Flor y él emprenden el camino hacia el albergue.

Allí, los voluntarios le encuentran una camiseta. Le queda tan grande que casi le llega a las rodillas, pero se alegra de tenerla.

Por la mañana, Flor y él regresan a las vías del tren. Nico sabe, porque ha hablado con migrantes veteranos en el albergue, que de la estación salen varias vías que van al norte. La Ruta Occidente llega hasta Tijuana; la Ruta Centro, a Juárez; la Ruta del Golfo, a Reynosa. A él le conviene esta última porque es la que llega más al este, más cerca de Nueva York.

Afuera de la estación, las vías forman un confuso rompecabezas, pero por fin encuentra la que cree que es la Ruta del Golfo, y echan a andar por la vía hasta que encuentran un lugar seguro desde el que subir a bordo, y allí esperan a que pase el tren.

Ha estado lloviendo a ratos, pero ahora ha parado y el cielo es de un gris perla.

—¿Qué vamos a hacer cuando lleguemos a la frontera? —pregunta Flor.

Nico se encoge de hombros.

—Cruzar el río.

Aunque no sabe cómo van a hacerlo. Ha oído ya muchas historias: sobre gente que se ahoga, sobre *coyotes* que exigen dinero para cruzar a los migrantes, sobre la *migra* estadounidense que espera al otro lado.

Todavía no sabe cómo van a cruzar, pero sabe que tienen que hacerlo y que no tiene sentido preocuparse aún, porque primero tienen que llegar allí.

Ochocientos kilómetros más en la Bestia.

—¿Y luego qué? —pregunta Flor.

—Llamaré a mis tíos —dice Nico. Lleva el número de teléfono escrito en el elástico de los calzoncillos—. Ellos nos dirán qué hacer. Puede que nos manden pasajes. Así podremos ir dentro del tren.

Flor se queda callada un momento y luego pregunta:

—¿Y si a mí no me quieren?

—Te querrán.

—Pero ¿y si no?

—Entonces iremos a otra parte —responde Nico.

Si mis tíos no la quieren a ella, es que tampoco me quieren a mí, se dice. Nueva York no es suyo, ya encontraremos un sitio en otra parte.

Aquello es Estados Unidos.

Hay sitio para todo mundo, ¿no?

Ve venir el tren.

Aquí hay menos migrantes y los trenes son distintos. Llevan menos productos agrícolas y más manufacturas, como refrigeradores y coches.

—¿Lista? —pregunta Nico.

Flor se levanta.

—Extraño a Paola.

—Yo también.

Comienzan a correr junto al tren.

La lluvia ha vuelto resbaladiza la creosota que recubre los durmientes y cuesta afianzar el pie, pero, de tanto practicar, se les da bien subirse al tren. A Nico aún le duelen las costillas y no corre como antes, pero Flor se adelanta para agarrarse a la escalerilla y ayudarlo a subir.

Alcanza un vagón, se aferra a la escalerilla delantera y le tiende la mano a Nico.

Él estira el brazo y resbala en la creosota.

Cae de bruces.

Se levanta y lo intenta otra vez, pero la mano de Flor está ya a un metro de distancia y el tren empieza a ganar velocidad.

—¡Apúrate, Nico! —grita Flor.

Él sigue corriendo, pero el tren es más rápido.

—¡Nico!

Flor se cuelga de la escalerilla pensando en saltar, pero el tren va ya muy deprisa y si salta se lastimará. Nico le hace señas para que continúe.

—¡Yo tomaré el siguiente! —le grita—. ¡Nos vemos en…!

Pero Flor está ya muy lejos, es cada vez más pequeña y su voz se desvanece cuando grita:

—¡Nicooooooo!

Por primera vez en su vida, Nico está solo.

Sube al tren solo, se mantiene apartado, no confía en nadie, habla poco y, cuando habla, es para preguntar por Flor. Cuando se baja del tren en busca de comida, pregunta por ella. No está en la primera parada, ni en la siguiente. Pregunta por ella en los albergues, en las clínicas. No tiene ninguna foto suya, solo puede describirla, pero nadie la ha visto, o por lo menos eso dicen.

Vuelve a subir al tren, camino del norte.

Solo, triste, asustado.

No hace amigos ni lo intenta porque no puede confiar en nadie y, además, los amigos desaparecen sin más, en un relámpago de luz o en un tren que se aleja hasta perderse de vista.

Por fin, la Bestia se detiene.

Nico sabe que está en Reynosa, pero poco más. Paola le habló de un albergue donde podía pasar la noche antes de intentar cruzar el río, y él solo consigue llegar a la Casa del Migrante, regentada por curas.

Allí le dan una comida sencilla y noticias sobre Flor.

La detuvieron, le dice una mujer. Sí, una niña que encaja con su descripción fue detenida por la policía de Reynosa al lado del tren.

—¿Usted lo vio? —pregunta Nico.

—Sí, lo vi —asegura la mujer.

—¿Qué hacen con ellos? —pregunta Nico—. ¿Con la que gente a la que detienen?

Los que no tienen dinero para pagar la mordida.

—Los devuelven —contesta ella.

De modo que Flor está en el Bus de las Lágrimas, de vuelta a ciudad de Guatemala y al Basurero.

Por lo menos está viva, se dice Nico. Por lo menos está a salvo.

Se queda dormido sobre el suelo de cemento.

El río —el río Bravo, o río Grande, como lo llaman los estadounidenses— es ancho y marrón. Con turbulencias y remolinos.

Nico está de pie en la orilla.

No sabe nadar.

Ha recorrido mil seiscientos kilómetros para llegar hasta aquí y ahora no sabe cómo cruzar los últimos cien metros. Los coyotes cobran cien dólares o más por cruzar a los migrantes, y él no tiene ni un dólar.

Observa cómo los coyotes transportan a grupos de gente en balsas inflables y los depositan entre la maleza de la otra orilla. La gente sale de la balsa y enseguida echa a correr, no vaya a venir la *migra* gringa a buscarlos.

Nico encuentra un sitio entre los matorrales de mezquite y espera a que caiga el sol.

Cuando por fin oscurece y el agua se vuelve negra, camina cuatrocientos metros río arriba, alejándose de los demás migrantes que esperan para cruzar, y se agacha en la orilla. Lleva todo el día vigilando este lugar, donde parece que el agua es poco profunda. Ha visto gente cruzar a pie, sujetándose con unos palos para no perder el equilibrio.

Nico tiene una ramita.

Cuando se hace de noche y las figuras que cruzan corriente arriba se convierten en simples siluetas, se acerca al borde del agua y mira hacia el otro lado. No ve los faros de los coches de la *migra*, no oye ruido de motores. Este tramo del río es muy tranquilo, aquí su cauce se estrecha al describir un meandro, y está seguro de que puede cruzarlo, trepar por la orilla empinada y esconderse los mezquites del otro lado.

Agazapado, espera a que sea noche cerrada para meterse en el agua negra.

Está fría, mucho más fría de lo que pensaba, pero se obliga a seguir adelante, tanteando el suelo pedregoso con los pies, tratando de no tropezar con las piedras y las ramas hundidas. Casi se cae dos veces, pero se apoya en su rama y se mantiene erguido.

El agua se hace más honda.

Primero le llega a las rodillas; luego, a la cintura. Solo entonces cae en la cuenta de que las personas a las que ha visto vadear el río eran hombres adultos y no niños de diez años.

El agua le llega al pecho y siente que la corriente lo jala tratando de arrastrarlo río abajo.

Empuja fuerte con las piernas, pero el agua le llega enseguida a la barbilla, luego a la boca y después a la nariz, y tiene que andar de puntitas para respirar, pero sabe que la parte más honda del río está en el centro y que cada vez será peor.

Entonces se hunde en un hoyo.

El agua le tapa la cabeza, el remolino le arranca el palo de la mano y Nico empieza a perder pie, resbala y el agua lo envuelve por completo, y contiene la respiración porque, si jadea en busca del aire que sus pulmones piden a gritos, tragará agua y se ahogará.

Al tocar el fondo, se impulsa con todas sus fuerzas con los dedos de los pies y sale a la superficie, respira y cae de bruces en el agua. Mueve frenéticamente los brazos mientras la corriente lo arrastra río abajo y un remolino lo hace girar y girar hasta que ya no sabe dónde queda la orilla; solo hay oscuridad mientras el agua lo arrastra y vuelve a hundirse y traga agua y vuelve a salir tosiendo y jadeando y está tan cansado que ya no agita los brazos y sus piernas, pesadas como piedras, se niegan a patalear y su cuerpo quiere tenderse a dormir en el agua que ya no está fría sino muy cálida y entonces la corriente lo lleva a la orilla.

Una rama rota se le engancha en la camiseta. Nico estira los brazos, se agarra a ella y se encarama a la arena.

Se echa allí, jadeando, tosiendo, agotado, y entonces nota una luz en la cara.

Una linterna.
Oye una voz.
—Por Dios, es un niño.
Unas manos lo agarran por los brazos y lo levantan.
Parpadea y ve una insignia.
Es la *migra* yanqui.

4

El mundo al revés

Somos lo que pretendemos ser, así que debemos tener cuidado con lo que pretendemos ser.

—Kurt Vonnegut, *Madre noche*

Cirello odia su trabajo.

Está harto de dorarles la píldora a traficantes de drogas, de aceptar su dinero, de fingir que es tan sucio como ellos. Le ha pedido media docena de veces a Mullen que le asigne otra misión —la que sea, cualquier cosa—, pero el jefe dice que no.

—Estamos obteniendo resultados —le dijo—. No es momento de abandonar.

El problema, piensa Cirello —«y es un hecho, señora», como decía un personaje de la tele—, es que soy demasiado bueno en lo mío.

Ha jugado con Mike Andrea y Johnny *Jay* Cozzo haciéndolos bailar al son que tocaba, como un pianista de uno de esos bares de mal gusto a los que la gente va en su cumpleaños. Creían que eran ellos los que estaban jugando con él, obligándolo a hacerles favores para saldar sus deudas de juego, primero comprobando números de placas para ver si ciertos coches eran de la policía y luego haciendo averiguaciones sobre posibles socios para enterarse de si estaban siendo investigados o no.

Las cosas despegaron por fin cuando le dio el visto bueno a Darius Darnell.

«Cumplió condena en Victorville», le dijo Cirello a Andrea, «pero fue un preso ejemplar. La Policía de Nueva York no le sigue la pista».

«¿Nos lo garantizas?»

«Al cien por cien», respondió él.

«¿Y la DEA?»

«No les interesa», dijo Cirello. Había sido muy sencillo: tomó los cincuenta mil que le dio Cozzo para «comprar» a un contacto de la DEA y luego se fue a ver a Mullen, que recurrió a vete tú a saber quién y le aseguró que, si la DEA se había interesado alguna vez en Darnell, de pronto había perdido el interés.

«Pero ¿en serio ahora van a trabajar con negros?»

«Nosotros somos diversos», contestó Cozzo.

«¿Que son qué?»

«Diversos», dijo Cozzo. «Significa que no nos importa la raza».

«Significa que ahora trabajamos con negrillos», añadió Andrea, «si esos negrillos pueden conseguirnos heroína de primera clase».

Cosa que al parecer Darius Darnell podía hacer, a juzgar por la cantidad de mercancía que empezaron a mover por la ciudad Andrea y Cozzo.

Cirello lo sabe de buena fuente porque ahora se dedica a proteger las entregas de heroína, asegurándose de que la División de Narcóticos desconoce los puntos de encuentro y de que los cargamentos no acaban en manos de bandas locales, secuestradores o policías verdaderamente corruptos.

Es un trabajo agotador y que además va en contra de todo lo que ha creído y hecho en el pasado como agente especializado en narcóticos. Ayuda a esos pendejos a mover pico por valor de millones de dólares, cantidades que habrían sido casos sonados cada uno. Podrían haber agarrado en cualquier momento a Andrea y a Cozzo, pero Mullen dijo que no.

«Son siete kilos, jefe», dijo Cirello. «¿Sabe lo que supondrá eso en la calle?»

«Sí, lo sé», dijo Mullen, «pero no estamos aquí para eso. No estamos aquí para ganar una batalla, estamos aquí para ganar la guerra».

Y luego se lanzó a hacer no sé qué analogía sobre una ciudad que Churchill dejó que los alemanes bombardearan durante la Segunda Guerra Mundial a pesar de que sabía con antelación que iban a atacarla.

«Los alemanes se habrían dado cuenta de que habíamos descifrado su código», explicó Mullen, «y podríamos haber perdido la guerra. De ahí que Churchill tuviera que dejar morir a miles de personas inocentes, para ganar la guerra».

Cirello no sabe nada de la guerra, solo sabe que van a morir un montón de adictos por toda la costa este porque él dejó pasar esos cargamentos.

Y eso lo mata.

Pidió que lo relevaran.

«Prefiero poner multas de tránsito en cualquier pueblucho de mala muerte», le dijo a Mullen.

«Aguanta, Bobby», dijo Mullen. «Sé que te está costando mucho, pero aguanta. Eres el mejor. ¿Y sabes cómo lo sé? Porque, antes que tú, el mejor era yo».

Sí, sí, pensó Cirello, ya está Mullen sobándome el pito.

«Necesito que subas un peldaño más», dijo Mullen. «Que establezcas una relación personal con Darnell».

«¿Y cómo voy a hacerlo?»

Poli blanco, traficante negro.

Ni hablar.

«Ten paciencia», dijo Mullen. «Hagas lo que hagas, no lo presiones. Espera a que él recurra a ti».

Cosa que no va a pasar nunca, pensó Cirello.

Pero dos semanas después, tal y como dijo el jefe, Andrea se le acerca y le dice:

—Darnell quiere conocerte.

Cuidado, piensa Cirello. Contrólate, no parezcas demasiado ansioso.

—¿Para qué?

—Estamos a la espera de un negocio de los gordos —dice Andrea— y Darnell quiere conocerte en persona antes de que suceda. Para «mirarte a los ojos» o no sé qué historia.

—¿Qué pasa? ¿Es que no confía en mí?

—Es lo que quiere.

—¿Ahora aceptas órdenes de negrillos? —dice Cirello—. Yo no quiero conocerlo.

—¿Por qué chingados no?

—Porque cuanta más gente me vea —responde Cirello—, más expuesto estoy.

—Él ya sabe tu nombre.

—¿Quién se lo dijo? —pregunta Cirello.

—Yo.

—Carajo, Mike.

—Vas a venir a verlo.

—¿Quién dice?

—Lo dicen los Lakers, que no han dado ni una en tus apuestas —le dice Andrea—. ¿Qué? ¿Creíste que no lo sabía?

Así que van a ver a Darius Darnell.

Cirello decide contárselo a Mullen a posteriori para que el jefe no lo eche a perder mandando a todo el cuerpo para cubrirle las espaldas. Se mete en el coche con Andrea y van hasta Linden Houses, en la zona este de Nueva York.

—Puede que seamos los únicos blancos del barrio —dice Cirello cuando salen del coche.

—¿Blanco, tú? —pregunta Andrea—. Yo soy italiano y tú griego. No somos blancos.

Una pequeña delegación de pandilleros de los G-Stone Crips los esperan a la entrada de la barriada y los acompañan hasta uno de los edificios, suben en ascensor hasta la última planta y luego por un tramo de escaleras, hasta la azotea.

Un negro alto está de pie en el borde, contemplando la ciudad.

—¡Aquí está! —dice Andrea—. ¡El rey contemplando su reino!

Este Andrea, igual de lameculos que siempre, piensa Cirello.

Darnell se vuelve.

Lleva una chamarra de los Yankees y jeans de diseñador, pero no calza tenis de basquetbolista, de bota, como esperaba Cirello tratándose de un traficante negro, sino botas de trabajo.

—Pasé muchos años a la sombra —dice Darnell—. Me gusta estar afuera cuando puedo.

—Un día precioso —comenta Andrea.

Darnell no le hace caso y mira a Cirello de arriba abajo.

—Tú debes de ser el policía del que no paran de hablar estos cabrones.

—Bobby Cirello.

—Sé cómo te llamas —dice Darnell—. ¿Sabes qué aprendí en prisión, Bobby Cirello?

—Muchas cosas, seguramente.

—Muchas cosas, seguramente —repite Darnell y se acerca a él hasta quedar a escasos centímetros de su cara—. Una de las cosas que aprendí fue a reconocer a un soplón en cuanto lo veo y, ¿sabes qué?, Bobby Cirello, creo que eres un soplón. Creo que trabajas de infiltrado y que la única cuestión aquí es si te pegamos un tiro o te tiramos por la azotea.

Cirello se caga de miedo.

Debería habérselo dicho a Mullen.

Debería haber pedido refuerzos.

Ya es demasiado tarde.

Decide jugársela.

—O también pueden pegarme un tiro y luego tirarme por la azotea. O, si de verdad te apetece ponerte creativo, tirarme por la azotea y luego pegarme un tiro. Hay varias alternativas. Pero el caso es que no vas a optar por ninguna de ellas porque ningún traficante negro se va a atrever a matar a un detective blanco de la policía de Nueva York, así que ¿por qué no nos dejamos de pendejadas?

Uno de esos largos silencios.

Luego Darnell dice:

—Si llevara un micro, ya estarían llegando patrullas para salvarle el pellejo. Está limpio.

—Bien —dice Cirello—. ¿Podemos irnos ya? Odio el aire fresco.

—Tengo una reunión esta noche —dice Darnell—. Con una persona en la que no confío mucho. Quiero que vengas, como encargado de seguridad.

—¿No te basta con los G Boys del barrio?

—Lo hacen bien —responde Darnell—, pero, como tú dices, nadie va a meterse con un detective. Nos vemos a las nueve en punto en Gateway, enfrente del Red Lobster. Asegúrate de que tu coche esté bien limpio, conduces tú.

—¿Con quién vamos a reunirnos?

—Ya lo verás.

Cirello lleva el coche a que le hagan una limpieza a fondo. A las nueve en punto para delante del Red Lobster.

Darnell ya está allí y sube al asiento del copiloto.

—¿Por qué a los blancos les gustan tanto los Mustang? —pregunta.

—Por Steve McQueen —responde Cirello—. *Bullitt.*

—Este no es el coche de *Bullitt.*

—No, no podía permitírmelo —dice Cirello—. Vas a tener que decirme dónde vamos, porque no lo sé.

Le ha impresionado que Darnell haya venido solo, sin escolta.

Es raro en un traficante.

—Ve hacia el sur por el Belt —dice Darnell—. A Brighton Beach.

—¿Ahora haces negocios con los rusos?

—¿Qué arma llevas? —pregunta Darnell.

—La de cargo —contesta Cirello—. Una Glock nueve. ¿Y tú?

—No digas tonterías —responde Darnell—. Un expresidiario con un arma… Si nos paran, me mandan de vuelta a V-Ville.

—Si nos paran —dice Cirello—, les enseño mi placa y seguimos tan tranquilos.

—Qué bonita es la vida para un blanco.

—No es por ser blanco, es por ser de los de azul —contesta Cirello—. No te gustan mucho los blancos, ¿eh?

—No me gustan nada.

—Es bueno saber a qué atenerme.

Cirello toma el Belt y sigue adelante hasta Ocean Parkway.

—Esa persona con la que voy a reunirme… —dice Darnell—. Tenemos un conflicto territorial.

—¿No tiene límites?

—No son tan grandes como él se piensa —dice Darnell—. Eso es lo que tenemos que resolver, quién puede venderle a quién. Yo le doy territorio si él me compra a mí en exclusiva.

—Parece un buen plan.

—Te voy a presentar como detective de la policía de Nueva York —dice Darnell—. No diré tu nombre.

—¿Tengo que enseñarle mi placa?

—No, carajo. Solo pon cara de poli.

—Haré lo que pueda —dice Cirello—. ¿Dónde quieres que gire?

—Estoy mirando el teléfono.

—¿Google Maps?

—Esa pendejada te dice dónde girar —dice Darnell—. Le quité el sonido.

—Ya sé, yo también lo odio.

—A la derecha en Surf Avenue y a la izquierda en Ruby Jacobs.

—Eso no es Brighton Beach —dice Cirello—. Es Coney Island. Junto a la montaña rusa, como se llame, el Thunderbolt.

—Yo no me subo a montañas rusas —dice Darnell—. Mi vida es una montaña rusa.

—Okey.

—Hay un sitio mexicano al final de la calle.

—No sé —dice Cirello.

—¿Qué es lo que no sabes?

—Qué hacemos aquí —contesta Cirello mirando alrededor—. Todo este espacio vacío. El estacionamiento, una obra…

—¿Estás asustado, blanco?

—Yo no soy blanco, soy griego —dice Cirello—. ¿Has visto esa película, *300?* Esos eran griegos.

—No la pasaron en V-Ville. Demasiado gay.

Cirello estaciona en un lugar, a media altura de Ruby Jacobs. Es el último sitio disponible, a media manzana del restaurante, que no le gusta ni pizca. Para llegar hasta allí hay que pasar por delante de un sitio llamado Polar Bear Club Walk.

—¿Polar Bear Club? —pregunta Darnell.

—Los fulanos que se tiran al mar el día de Año Nuevo —dice Cirello.

—Los negros no son tan tontos.

Están justo al borde del sitio de estacionamiento cuando Cirello ve movimiento por el rabillo del ojo.

Se lanza sobre Darnell y lo tira al suelo.

Las balas pasan silbando por encima de sus cabezas.

Cirello levanta la mirada, ve hombres corriendo.

—¡Te lo dije! —exclama Cirello en el coche—. ¡Te lo dije, carajo! ¡Te dije que esto tenía mala pinta!

—Debería haberte hecho caso.

Cirello se da cuenta de que circula a toda velocidad por el Belt y levanta un poco el pie del acelerador. La cabeza le da vueltas. Me he comportado como un delincuente, piensa, no como un poli. Debería haber actuado como lo que soy: un policía. Haberme quedado en el lugar de los hechos, haber dado aviso, haber esperado a que llegaran los agentes y los detectives, en lugar de salir corriendo como el costal de mierda que finjo ser.

Piensa en dar media vuelta y regresar, pero no lo hace.

No habría forma de explicarlo, de explicar por qué huyó del lugar de los hechos sin dar al traste con su carrera. Y además eso equivaldría a dar carpetazo a la investigación: todo ese trabajo, todos esos meses involucrándose a fondo con criminales, para nada.

Sigue conduciendo, consciente de que lo que debería hacer es llamar a Mullen. Dejar a Darnell en algún sitio y llamar a Mullen. Ir a sentarse a su cocina y contárselo todo, dejar que el jefe decida qué debe hacer.

Lleva a Darnell de vuelta al Red Lobster.

—Me salvaste la vida —dice Darnell.

—Era mi trabajo —contesta Cirello.

Es lo que se supone que hago, lo que tiene que hacer un policía, salvar la vida a la gente. Hasta a mierdas como tú, que les venden veneno a niños.

—Podrías haberte quitado de en medio sin más —dice Darnell—. Y no lo hiciste.

Quizá debería haberlo hecho, se dice Cirello.

—Ya no trabajas para los italianos —dice Darnell—. Voy a comprar tu deuda.

—No tienes por qué hacerlo.

—Si creyera que tengo que hacerlo, no lo haría —contesta Darnell.

—No van a ponerse muy contentos.

—No es asunto mío hacerlos felices —replica Darnell—. Son ellos los que deben tenerme contento a mí. No soy su negro, soy quien manda. Y si no les gusta, los zafo y me busco a otros. Llámame cuando te encuentres mejor y lo hablamos.

—¿Qué vas a hacer respecto a los rusos? —pregunta Cirello.

—Ya me encargaré de ellos.

Cirello vuelve a casa.

Entra en el cuarto de baño y vomita.

Cuando llega Libby, le pregunta qué tal el día y él dice que bien. Más tarde, ella lo abraza buscando sexo, pero él finge que está dormido. No lo está, apenas pega ojo esa noche, y cuando por fin se levanta ella ya se ha ido a clase.

Así es como Bobby Cirello se convierte en chofer y guardaespaldas principal de Darius Darnell. Se encarga de la seguridad de las principales entregas y vigila el radar para asegurarse de que la lucecita de Darnell no parpadea. A los italianos no les gusta nada, pero no le dicen nada a Darnell.

A Cirello, en cambio, vaya que lo hacen.

—Mira, sí que has ascendido —le dice Andrea—. ¿Chofer de un puto negro? Caray, Bobby, me dolió un poquitín la espalda cuando me la pisaste en tu camino hacia la cumbre.

—Yo no lo pedí.

—Ya, pero te lo dieron de todos modos, ¿eh?

Mullen se muestra un poco más entusiasta.

—¿Cómo pasó esto?

—No lo sé. Dijiste que me acercara a él y me acerqué.

Cirello le cuenta lo de su encuentro en la azotea.

—No deberías haber ido sin refuerzos —dice Mullen.

—Seguramente no —reconoce Cirello.

—Pero ya estás dentro, Bobby, ya estás dentro —dice el jefe—. El paso siguiente es averiguar de dónde saca Darnell su heroína.

El paso siguiente, piensa Cirello. Siempre hay un paso siguiente.

¿Cuándo va a parar esto?

Lo curioso es que Mike Andrea va a verlo unas semanas después y le hace exactamente la misma petición.

—¿Te gusta trabajar para Darnell? —pregunta.

—Me paga bien.

—Podrías ganar más aún —responde Andrea—. Darnell se cree que es el rey de Nueva York, pero, bien mirado, no es más que un intermediario. Si pudiéramos ponernos en contacto con su proveedor, le compraríamos directamente, sin tener que recurrir a él.

—Okey.

—¿Sabes quién es su proveedor?

—No.

—Pero podrías averiguarlo —dice Andrea—. Haznos ese contacto, Bobby, y te llevarás un buen pellizco. Olvídate de Darnell y entra tú.

Cirello reconoce que la cosa tiene gracia: dos mafiosos y el jefe de la División de Narcóticos de la Policía de Nueva York quieren que haga exactamente lo mismo. El hecho de que el asunto tenga sentido forma parte intrínseca de la extraña vida que lleva, que posee su propia lógica interna. En ese mundo, no se intervienen transacciones de heroína, se propician; no se resiste uno a la corrupción, se entrega a ella; y cuanto peor seas, mejor que mejor.

Es como esa antigua obra griega en la que se hablaba de la ciudad de las nubes y los cucos.

Cirello sabe que no puede seguir así eternamente.

Claro que no tendrá que hacerlo, porque es una situación esencialmente insostenible, solo es cuestión de tiempo que un muro u otro se derrumbe sobre él. En su vida policial, ya se ha corrido la voz acerca de Bobby Cirello. Nadie dice nada, pero esa es precisamente la cuestión: que los otros polis lo evitan, le escatiman información, no quieren dejarse ver con él. Una noche entra en un bar cerca de la jefatura y todos los polis que hay en el local clavan de pronto la mirada en el interior de sus vasos.

Existe el convencimiento tácito de que Cirello, «el cachorro de Mullen», no anda en nada bueno. Las comisarías son invernaderos, y One Police Plaza lo es multiplicado por diez. Los rumores se extienden más pronto que los resfríos, y el nombre de Cirello está en boca de todos: Cirello tiene un problema serio con el juego, está hasta el cuello de deudas, y, oye, varios agentes de paisano de la Catorce lo han visto andando con Mike Andrea en un bar de Staten Island.

Él sabe que los de Asuntos Internos van a venir a husmear, porque son como perros en un parque: incapaces de apartar la nariz de la mierda. Si no lo tienen ya enfocado, falta muy poco.

Y siempre cabe la posibilidad de que alguien, uno de los italianos o de los negros, sea detenido en una redada y, al enfrentarse a una condena seria por tráfico de drogas, intente venderlo. Casi confía en que suceda, porque así Mullen tendrá que intervenir y cerrar el caso.

Pero no solo le preocupan los de Asuntos Internos y el Departamento de Policía de Nueva York. También están la Policía del Estado de Nueva York y la DEA. Los federales andan detrás de los Cozzo desde hace generaciones. ¿Y si ya tienen a Jay Cozzo en su bolsillo? Carajo, en las familias de la mafia de Nueva York hay más soplones que maleantes. ¿Y si Andrea o incluso Cozzo ya están cooperando con la policía como testigos?

Mullen trata de tranquilizarlo.

—Contamos con protección federal del más alto nivel para esta operación.

Sí, genial, piensa Cirello. Pero ¿qué pasa con los niveles medios y bajos? ¿Alguien les ha ordenado que lo dejen en paz? Y, si es así, solo haría falta un federal corrupto para ir con el soplo a los italianos o a Darnell, y adiós Cirello.

Porque ese el otro muro que amenaza con derrumbarse sobre él. De nuevo, solo es cuestión de tiempo que la cague él o que la cague otro, y su fachada se vaya a la mierda. Es cuestión de tiempo que Darnell le pida que haga algo que no puede hacer y que quiera saber por qué no lo hace. Es una cosa que le quita el sueño por las noches —entre muchas otras—: que Darnell le pida que identifique a un agente infiltrado, o a un soplón, y que muera alguien por su culpa.

O, todavía peor, que Darnell le pida que se encargue él de matar a esa persona.

Ya se lo dejó caer una vez.

«Eres cero, cero, siete», le dijo.

«¿Y eso qué significa?»

«Que tienes licencia para matar», contestó Darnell.

Sí, ya, el que tiene la licencia es Darnell.

Cirello lo sabe porque es él mismo quien se encarga de volver a Brighton Beach, donde un mafioso ruso le entrega una bolsa de deporte y le dice:

—Dentro hay cien mil dólares. Por favor, dile al señor Darnell que lo sentimos, que fue un error, y que los responsables han sido castigados.

Alguien les ha metido un buen susto a los rusos, alguien les ha hecho entender que a Darius Darnell no conviene fastidiarlo, y Cirello se figura que tienen que haber sido ciertos mandamases de México.

Le entrega la bolsa a Darnell en uno de sus escondites del este de Nueva York. Darnell abre la bolsa, mira dentro y luego le pasa a Cirello un fajo de billetes de cien dólares envuelto como «pago por servicios».

Así es como funciona la cosa. Cirello está a sueldo de Darnell, pero no recibe un cheque semanal ni tiene plan de retiro. Hace un trabajo para Darnell y Darnell le da a cambio una cantidad aleatoria de efectivo.

Cirello, a su vez, se lo entrega a Mullen, y entre los dos llevan un registro exhaustivo y detallado del dinero, que va a parar a una caja fuerte.

Bueno, en su mayor parte.

Porque Cirello tiene que gastar para hacerse pasar por policía corrupto. Se compra algo de ropa, por ejemplo; lleva a Libby a cenar a sitios caros; hace algunas apuestas. Tiene que hacerlo, si no, Darnell empezará a sospechar. Una vez, incluso se lo pregunta directamente:

—¿Qué haces con el dinero que te doy?

Cirello le explica que lo guarda casi todo, que lo reserva para cuando deje la policía, porque si ahora empezara a gastar como un Kardashian, Asuntos Internos —que investiga a los agentes que viven por encima de sus posibilidades— iría tras él.

Darnell se lo traga: es lógico.

Pero las operaciones encubiertas nunca son compras, siempre son alquileres. La idea es desde el principio que en algún momento uno pueda salir de ellas y pasar página, y Cirello se muere de ganas de que llegue ese día. Pero para eso primero tiene que descubrir quiénes son los proveedores de Darnell.

Esos capaces de conseguir que los rusos se pongan de rodillas y le chupen el pito a Darnell.

Son gente muy jodida.

Gente que está matando a muchachos en Staten Island.

Así que Cirello sigue en la brega.

Su relación con Libby va de mal en peor. El trabajo policial normal ya es duro para una relación de pareja, pero el trabajo de infiltrado es letal. Cirello cumple su jornada de nueve a cinco en One Police Plaza pero está siempre de guardia: tiene que acudir en cuanto Darnell lo necesita, y es difícil explicarle a Libby por qué suena su teléfono a la una de la madrugada, por qué tiene que irse y no puede contarle adónde va ni por qué.

—Es por trabajo —dice una vez.

—Eso ya lo sé.

—No es por otra mujer —insiste él.

—Eso también lo sé.

Sí, seguramente lo sabe, piensa Cirello. Sabe que es preciosa, que es lista, que cualquier hombre se sentiría afortunado por tenerla a su lado y que ni siquiera se le ocurriría ponerle los cuernos.

No, ella sabe que es por trabajo, pero odia ese trabajo.

Odia que Cirello no pueda compartir esa parte de su vida con ella.

Y nota los cambios que se van operando en él: los trajes de Zegna, las camisas de Battistoni, las corbatas de Gucci y los zapatos de Ferragamo.

—¿Qué es esto? ¿Moda mafiosa?

—¿No te gusta?

—No me desagrada —dice ella—. Es solo que es, ya sabes, distinto.

Y se pregunta de dónde sale el dinero. El Bobby Cirello que ella conocía era un tipo austero, cuidadoso con el dinero. Vestía bien, pero siempre miraba la etiqueta del precio. ¿Y ahora, de repente, se gasta miles de dólares en ropa? No parece propio de él.

Pero no se trata solo de la ropa.

Bobby está cambiando.

Ahora parece estar siempre tenso. Se levanta por las noches y entra en otra habitación, y ella oye la tele puesta a volumen bajo. Bebe más que antes; no se emborracha, pero no hay duda de que bebe más que antes.

Y habla menos: largos periodos de silencio casi hosco.

Y luego están esas veces en las que se va a alguna parte. Se va sin dar explicaciones, vuelve sin dar explicaciones, acelerado, de mal humor, buscando una pelea que ella se niega a darle.

Libby lo quiere, está enamorada de él, pero esto no puede continuar.

Está a punto de dejarlo.

Él lo sabe.

Libby no dice nada, no hace amenazas ni lanza ultimátums, pero él sabe que tiene un pie en la puerta.

Y no se lo reprocha.

Carajo, hasta yo me dejaría a mí mismo si tuviera elección, piensa.

Cree que la quiere, que está enamorado de ella, pero hasta que no salga de este asunto ni siquiera se plantea comprar un anillo. Es el mundo al revés: cuanto más se acerca a Darnell, más se distancia de Libby. Es un riesgo muy conocido del trabajo de infiltrado: todo mundo sabe que tiendes a identificarte con tus objetivos —es casi un requisito previo para el éxito—, pero Cirello se da cuenta de que está empezando a caerle bien Darius Darnell.

Lo que no tiene sentido, porque odia al puto Darnell.

Pero están empezando a ser uña y carne.

Una noche, volviendo de Inwood en el coche, pasan delante del mausoleo del general Grant y Darnell dice:

—En V-Ville leí un libro sobre él.

—¿Ah, sí?

—Ese hombre ganó la guerra.

Resulta que Darnell leyó un montón de libros en chirona, seguramente más de los que Cirello ha leído en su vida, y conoce bastante bien la historia de Estados Unidos.

Además, tiene criterio propio.

—No hay ningún blanco en la historia de este país —dice en cierta ocasión— que haya hecho nada por un negro desinteresadamente.

Yo te salvé la vida, cabroncete, piensa Cirello, pero dice:

—¿Y qué hay de tu querido Grant?

—Así llegó a presidente.

—Bueno, ¿y Lincoln? —pregunta Cirello.

—Era racista.

—Liberó a los esclavos.

—Solo para salvar a la Unión —contesta Darnell.

—Eres duro, Darius.

—Ya lo sabes.

En otra ocasión, Darnell le habla de la cárcel.

—¿Sabes en qué consiste el sistema penal, Bobby Cirello? En meter a los negros en jaulas.

—También hay blancos en prisión —dice Cirello.

—Blancos pobres —responde Darnell—. Negros pobres, morenos pobres. Y amarillos pobres, si existiera tal cosa.

—Así que el problema no es la raza —dice Cirello—. Es la clase social.

Están en la azotea de Linden Houses, bebiendo cerveza y viendo el atardecer. Darnell dice:

—No, es la raza. Hay un blanco que se presenta para presidente que dice que a las mujeres hay que agarrarlas por el coño. ¿Qué crees que pasaría si Obama dijera que ha agarrado a una blanca por el coño? Que se reinstauraría el linchamiento.

—Probablemente.

—De probablemente nada —dice Darnell—. Lo lincharían y luego lincharían a la mitad de los hermanos de Washington, por si acaso. ¿Nunca has oído hablar de Emmett Till?

—¿Quién es ese?

—Tenía catorce años —explica Darnell— y lo lincharon porque una blanca dijo que le había silbado. Catorce años, Bobby Cirello.

Cirello lo mira y cree ver una lágrima rodar por su mejilla.

—¿Estás llorando, Darius?

—Yo no lloro desde que nací y el médico me dio una palmada en mi culo de negro.

—Okey.

—Pero oí llorar a muchos hombres —añade Darnell—. Los oía llorar por las noches, en sus celdas.

—Apuesto a que sí.

Darnell se ríe.

—Eso es lo que no deberías hacer, Bobby Cirello. No deberías apostar. Por nada. Por eso te metiste en este lío. ¿Qué tal te va con eso?

—Ya lo tengo más controlado.

—Muy bien —dice Darnell—. ¿Vas a reuniones? ¿Como otros adictos?

—No soy muy de reuniones.

Otra vez, Cirello lo está llevando a casa y Darnell le pide que gire en la Noventa y Uno.

—¿Adónde vamos? —pregunta Cirello.

—A recoger a mi hijo.

—No sabía que tenías un hijo.

—Está en ese colegio, ese de ahí.

Cirello conoce el Trinity, un colegio privado que cuesta un ojo de la cara. El hijo de Darnell está esperando afuera, con su saco del uniforme y sus pantalones grises, la mochila a la espalda y un palo de lacrosse en la mano.

Un chico guapo, de unos trece años.

—DeVon —dice Darnell—, saluda al señor Cirello.

—Bobby —dice Cirello.

—No, señor Cirello —puntualiza Darnell—. El chico tiene modales.

Es un chico tímido.

—Hola.

—¿Qué tal el entrenamiento? —pregunta Darnell.

—Metí un gol.

—Qué bien.

Lo llevan a casa de su madre en la 123 con Amsterdam. Cirello espera mientras Darnell acompaña dentro a su hijo.

—Un chico muy guapo —dice cuando Darnell vuelve al coche.

—Gracias a su madre —contesta Darnell—. Yo casi no estuve cuando era pequeño.

—Pero, oye, ahora va al Trinity, ¿no?

—Y luego irá a la universidad. ¿Tú tienes hijos?

—No —contesta Cirello.

—Pues te lo estás perdiendo.

—Supongo que tengo tiempo.

—Eso creemos todos, que tenemos tiempo —dice Darnell—. Pero no es cierto. El tiempo nos tiene a nosotros. El tiempo es invencible, hombre. Nunca se le derrota. Si quieres saber algo sobre el tiempo, pregúntale a un convicto. Somos expertos en ese tema.

Después de esto, Cirello le plantea una teoría a Mullen. Están sentados en su casa, en su mesa de la cocina, cuando la expone:

—Darius Darnell cumplió ocho años en una prisión federal. Antes de ingresar, era un vendedor de nivel bajo o medio que pasaba coca en Brooklyn. A los seis meses de salir, mueve grandes cantidades de heroína de alta calidad. ¿Qué podemos concluir de ello? Que hizo sus contactos en Victorville.

—Los negros y los morenos no se mezclan en prisión.

—Pero sabemos que está traficando con heroína mexicana —dice Cirello—, de modo que en algún momento han tenido que mezclarse. Mira, sabemos que los mexicanos suelen hacer sus negocios en la costa este a través de otros mexicanos, o bien otros latinos: dominicanos y puertorriqueños. Es su *modus operandi*. Pero este proveedor trata con negros, lo que significa que hay un nuevo jugador en la cancha al que o bien le importa poco la tradición o bien no puede operar a través de los cauces normales.

—Un caso aparte, entre los mexicanos.

—Es una teoría.

Sí, de acuerdo, piensa Cirello, un «caso aparte».

Algo sabe él de cómo es serlo.

Eddie Ruiz duró unos treinta y siete minutos en el programa de protección de testigos.

Más o menos el tiempo que tardó en echarle un ojo a St. George, Utah, y decir: «Yo creo que no».

Persistía la duda de si su reubicación en St. George, en el corazón de la región mormona polígama, era una especie de broma del Departamento de Justicia en referencia a su estado civil algo ambiguo, dado que tenía dos familias: una con la mujer con la que se casó en Estados Unidos siendo un adolescente y otra en México, con una mujer con la que se casó después. En todo caso, el Departamento de Justicia solo reconocía a la primera y, por tanto, era la única a la que estaban dispuestos a trasladar.

La primera esposa, Teresa, exanimadora de una preparatoria de Texas, no se mostró muy entusiasmada con ese privilegio.

—Aquí no hay nada.

Sus dos hijos estuvieron debidamente de acuerdo.

—Aquí no hay nada.

Eddie, en cambio, le puso más empeño.

—¿Cómo que no? Hay de todo: Costco, Target, McDonald's, Yogurt Barn...

—Son todos mormones —dijo Teresa.

—Mormones.

Eddie, que llevaba bastante tiempo lejos, no sabía en qué momento su hija de quince años y su hijo de doce se habían convertido en Donny y Marie Osmond (hablando de mormones), pero se apresuró a cambiar de tema.

—Es aquí donde el gobierno ha destinado a papá para que haga, ya saben, su trabajo secreto —dijo.

Eddie Jr., que acababa de enterarse de que Santa Claus no existía, seguía creyendo la historia de que su padre era un «agente secreto». Angela, en cambio, estaba muy metida en internet y sabía, porque había leído un montón de cosas, que su padre había sido un narcotraficante de los gordos. Y que, si el gobierno iba a trasladarlos a alguna parte, era porque Eddie había delatado a alguien.

—¿Dónde aprendiste eso? —le preguntó Eddie cuando su hija sacó el tema.

—En *Esposas de la mafia* —dijo Angela—. Es una serie de televisión. El padre de una de las protagonistas es Sonny Gravanno, y entró en el programa de protección de testigos porque era un chivato.

—Yo no soy un chivato.

—Lo que tú digas —contestó ella—. Pero ¿por qué tenemos que apellidarnos Martin? Somos hispanos, no tenemos pinta de apellidarnos Martin.

—Ricky Martin es hispano y se apellida Martin —repuso Eddie, saboreando su pequeña victoria porque, frente a una hija de quince años, hasta las victorias pírricas escasean.

Cuando estaba en chirona, oyó a un montón de tipos quejarse constantemente. «Solo quiero volver con mis hijos», decían, «solo volver con mis hijos». A decir verdad, él también hacía lo mismo, pero ahora que estaba de vuelta con sus hijos se daba cuenta de que no era tan genial como parecía.

Su hijo era una ortodoncia andante, con su factura correspondiente: cuando no estaba en el dentista, estaba encerrado en su habitación haciéndose pajas; y su hija estaba resentida por haber tenido que dejar a sus amigos de Glendora, sobre todo a un tal Travis al que Eddie estaba seguro de que le hacía mamadas.

—El sexo oral no es sexo —dijo Angela una noche, cuando iban camino de Utah—. Lo dijo un presidente.

—Entonces ¿por qué lo llaman sexo? —preguntó Teresa.

—Seguro que tú viste un montón de sexo oral en la cárcel —le dijo su hija a Eddie.

—¿En la cárcel? —preguntó Eddie Jr.

—Papá estuvo un tiempo trabajando como agente encubierto en una cárcel —respondió su padre.

—¡Vaya!

A Eddie le apenaba un poco que su hijo y tocayo fuera tan zoquete.

—Estoy segura de que se la chupaba —dijo Teresa en la cama esa noche—. Lo sé.

—Bueno, en Utah no se la va a chupar a ningún chico.

—¿Cómo lo sabes?

—Porque son mormones —contestó Eddie— y las mamadas son un gran pecado. Además, llevan esos calzoncillos.

—¿De qué estás hablando?

—Esos calzoncillos que llevan —dijo Eddie, cansado de conducir y de oír quejarse a sus hijos—. Es muy difícil quitárselos.

—Eres un experto en retirar calzoncillos de hombre.

—Muy bonito —repuso Eddie—. ¿Ves ahora de dónde lo sacó ella?

El caso es que Eddie dejó a su Familia Número Uno instalada en una bonita casa de tres habitaciones al final de un callejón sin salida a las afueras de St. George y se apersonó en la tienda de repuestos automotrices NAPA en la que iba a trabajar como gerente adjunto, donde transcurrieron los treinta y siete minutos.

Consiguió permanecer en el puesto treinta y seis minutos, hasta que Dennis, su nuevo jefe, los invitó a él y a la familia a ir esa noche a su casa a jugar una emocionante partida de Uno amenizada con sus copas de helado especiales («las nueces son la clave»); entonces recorrió un tramo de calle, pagó en efectivo un Chevy Camaro y puso rumbo al sur por la 15, con destino Las Vegas.

Al llegar se registró en el Mandalay Bay, pidió una botella de vodka y una escort y por fin pudo celebrar que había salido de Victorville. Estuvo tres días celebrando. Luego volvió a subir al coche y se fue a San Diego, donde tenía instalada a su Familia Número Dos.

Priscilla estaba furiosa.

—¿Llevas fuera una semana y vienes a vernos ahora?

—Tenía negocios que atender, nena.

—¿No me extrañabas? —preguntó ella—. ¿No extrañabas a tu hija y a tu hijo?

—Claro que sí.

En realidad, no mucho. Su hija pequeña tenía cinco años y medio y el niño dos menos, y eran ya dos mimados de marca mayor, echados a perder porque Priscilla les daba todo lo que querían y no sentía que estuviera mal. «Bueno, es que no tenían padre, ¿no?», decía.

A Eddie no dejaba de sorprenderle que sus esposas aceptaran alegremente el dinero procedente de las drogas y luego lo sermonearan por haber estado una temporadita en prisión. Conocía a tipos que habían estado treinta años adentro y sus mujeres cerraban la boca al respecto.

La boca, y las piernas.

Eddie tenía la fuerte sospecha de que Priscilla se había estado cogiendo a alguien mientras él estaba en la cárcel, porque siempre parecía más contenta de lo que debía. Cuando Teresa iba a visitarlo, tenía un aire convenientemente frustrado y deprimido. Priscilla, en cambio, siempre daba la impresión de acabar de coger.

Eddie se lo preguntó la primera noche que pasó en San Diego, cuando por fin, a fuerza de sobornos, consiguieron que los niños se fueran a la cama.

—Quiero preguntarte una cosa —dijo—. ¿Te has cogido a otros cabrones mientras yo estaba lejos?

—No —contestó ella con el nuevo acento californiano que había adoptado.

—Bueno —dijo Eddie. Zorra mentirosa—. Entonces, ¿qué hacías para aguantar?

Priscilla abrió el cajón del buró y sacó un vibrador.

—Solo estábamos yo y el conejito, cielo. ¿Crees que podrás competir con esto?

Lo encendió y Eddie le echó un vistazo.

—Bueno, mi verga no es giratoria.

—Ven aquí, nene. Yo te la hago girar.

Lo hizo, en efecto, y Eddie estaba —¿cómo decirlo?— fuera de combate cuando a la mañana siguiente sonó su teléfono y vio que era Teresa. Se puso unos jeans y corrió afuera para tomar la llamada.

—Hola, nena.

—Hola nena y una chingada. ¿Dónde carajo te metiste?

—Estoy en viaje de negocios.

—Ese tal Dennis no ha parado de llamar, muy preocupado —dijo Teresa—. Dice que tendrá que despedirte.

Oh, no, pensó Eddie.

—Mira, Teresa, no voy a dedicarme a vender repuestos de automóvil en Utah.

—Entonces, ¿vas a dejarnos aquí, sin más?

—No, nena —dijo Eddie—. Deja que me instale y mandaré a buscarlos.

—¿Instalarte dónde? ¿Dónde estás?

—En California.

—¿En California? ¿Por qué?

Porque es donde está el negocio, pensó Eddie.

—¿En serio me lo preguntas, T? ¿De verdad tengo que explicártelo?

—¿Qué van a decir los federales?

—¿Y a quién carajos le importa? —respondió él—. No estoy en libertad condicional, puedo dejar el programa de protección cuando me plazca. Mira, dile a Eddie Jr. que estoy en una misión, y a Angela dile, no sé, lo que sea. Y luego relájate. Yo te llamaré.

Colgó y trató de volver a la cama.

Pero no pudo ser.

—¿Con quién hablabas? —preguntó Priscilla.

—¿Qué?

—Afuera, donde yo no podía oírte —dijo ella—. ¿Quién te llamó?

—Cosas de negocios.

—Cosas de verijas, dirás.

—¿Quieres que te convierta en cómplice? ¿Eso es lo que quieres? —preguntó Eddie—. Te estaba protegiendo. Santo Dios.

Se levantó y bajó a hacerse un café y a desayunar algo. Los niños ya estaban en la cocina, salpicándolo todo de leche con cereales.

—¡Priscilla! —gritó—. ¿Puedes venir aquí y ocuparte de tus hijos?

—¡También son hijos tuyos!

Los niños lo miraban fijamente.

—¿Qué? —preguntó Eddie.

La niña, Brittany, preguntó:

—¿Eres nuestro papá?

—¿Hay algún otro al que llamen papá?

Brittany siguió mirándolo.

Eddie se metió la mano en el bolsillo y sacó un billete arrugado.

—¿Quieres veinte dólares, Brittany?

—Sí.

—Yo también quiero veinte dólares —dijo Justin.

Soy mexicano de pura cepa, pensó Eddie, Priscilla es mexicana de pura cepa, y nuestros hijos se llaman Brittany y Justin.

—Bueno, ¿quién quiere los veinte? ¿Hay algún otro hombre al que llamen papá?

Priscilla entró en la cocina.

—¿Veinte, Eddie? Qué barato.

—Me voy a Starbucks.

—Pues vete.

Eddie se fue.

Se buscó un hotel en la playa, en Carlsbad, y pasó un par de días relajándose.

Ahora toma el teléfono y llama a Darnell.

—Estoy fuera.

—Bienvenido al mundo, mi hermano.

—Gracias. ¿Tienes mi dinero?

—Está todo aquí esperándote. Hasta el último centavo.

Eddie ha estado adelantándole la heroína a Darnell hasta que saliera. Unos tres millones ya.

—Confío en ti. ¿Puedes traérmelo?

Necesita el dinero para pagarle a Caro. Así funcionan las cosas: Caro le adelanta la droga a Eddie, Eddie se la adelanta a Darnell y Darnell se la adelanta a los minoristas. Estos se la venden a los consumidores y luego el dinero hace el camino de vuelta.

—¿Tienes una mula a la que puedas confiarle tanta pasta?

—Sí, creo que sí —dice Darnell. Y luego añade—: Eddie, hay un problema.

Cómo no, piensa Eddie. Siempre hay un puto problema.

Este en concreto, le cuenta a Eddie, es que tienen competencia. Sinaloa ha estado mandando gente a Nueva York como si fueran representantes farmacéuticos: van a ver a los minoristas y ofrecen adelantarles heroína. Acuden sobre todo a dominicanos de la parte alta de Manhattan y el Bronx, pero cada vez es más frecuente que intenten levantarle clientes a Darnell en Brooklyn y Staten Island.

Las bandas dominicanas también son un problema porque venden la mercancía de Sinaloa a contracorriente del curso del Hudson, en Nueva Inglaterra, y hacia abajo en Baltimore y Washington, un territorio que Darnell ambiciona. Antes Chicago era el principal centro de distribución de Sinaloa, desde el que repartía cocaína a todo el país. Pero ahora que el cártel se ha metido en el negocio de la heroína, también quiere Nueva York. Y no se trata solo de Sinaloa. Darnell está encontrando a *dealers* que le compran a una empresa de Jalisco.

—Eso no está bien, Eddie —dice Darnell—. Tienes que poner orden en este desmadre.

Eddie no está seguro de que pueda. En los tiempos en que el cártel de Sinaloa era una sola organización, Adán Barrera y Nacho Esparza podían sencillamente emitir un decreto dividiendo el territorio de venta al por menor en Estados Unidos. Pero ahora el cártel de Sinaloa está compuesto, como mínimo, por tres organizaciones: la de Núñez, la de Esparza y la de Sánchez, también llamada CBNG, y Eddie no quiere que Darnell se entere de que su proveedor es en realidad Damien Tapia, un escindido de Sinaloa. Y luego están Tito Ascensión y el cártel Jalisco Nuevo. Y, cómo no, todo mundo quiere vender en Nueva York.

Pero la cosa no acaba ahí.

El producto de la competencia es mejor, le dice Darnell.

Le están ganando por precio y por calidad.

—Es esa basura del fentanilo —dice Darnell—. La canela ya no es suficiente. Tenemos que ponernos a la altura de esa mierda.

—Entendido.

—¿Puedes conseguir fentanilo?

¿Por qué no?, piensa Eddie. El fentanilo llega de China en barcos, y su pandilla de antes todavía controla Acapulco y su puerto, así que no cree que haya problema.

—Sí, podemos hacer dos cosas, D. Podemos cortar el pico con fentanilo y también vender el fentanilo solo. Darles a elegir a los clientes.

—Pero en pequeñas dosis —dice Darnell—. No queremos matar a todos nuestros clientes. Hay que mover esto, Eddie. Estoy perdiendo terreno y dinero. O echas tú de mi territorio a esos cabrones de Sinaloa, o los echo yo.

—Tranquilo, D —dice Eddie—. No nos conviene una guerra.

—No, pero no voy a dejar que se adueñen de todo, tú ya me entiendes.

—No te precipites, lo tengo todo controlado —dice Eddie, y empieza a hacer llamadas.

La doble vida de Cirello está a punto de acabar.

Con un decomiso inmenso.

Darius Darnell está esperando la llegada de veinte kilos de fentanilo. Una camioneta cerrada con veinte kilos de esa droga mortífera, cincuenta veces más potente que la heroína, está en camino. Darnell llevará el fentanilo a un laboratorio de la parte alta de Manhattan para convertirlo en pastillas y papeles de «fuego»: heroína mezclada con fentanilo.

Y Cirello va a encargarse de la seguridad de la entrega.

Es la redada que llevaban casi dos años esperando: un golpe sencillísimo que les dará la detención de Darnell y suficiente fentanilo para matar literalmente a millones de personas.

Cirello conoce las cuentas, y son de vértigo. Fabricar un kilo de fentanilo cuesta entre tres mil y cuatro mil dólares. Darnell va a pagar sesenta mil por kilo; o sea, la friolera de 1,2 millones por este envío. Pero si lo mezcla con heroína, cada kilo de fentanilo da para unos veinte kilos de mercancía, a más de un millón de dólares el kilo. Si lo convierte en fentanilo puro, en forma de pastillas, las cifras son de locura: las pastillas pesan menos de dos miligramos —más cantidad, por pequeña que fuese, mataría al consumidor—, de modo que cada kilo da para 650 000 dosis, que se venden a un precio de entre veinte y treinta dólares cada una.

Así que este cargamento podría poner trece millones de pastillas en la calle.

Trece millones de dosis de fentanilo que subirán y bajarán por la costa este como una plaga, matando adictos en Nueva York, Boston, Baltimore y Washington y asolando pequeñas poblaciones de Nueva Inglaterra, Pennsylvania, Ohio y Virginia Occidental.

Pero no será así, piensa Cirello.

Porque nosotros vamos a impedirlo.

Ahora Cirello va de camino a la cocina de Mullen para darle la buena nueva y planear la redada: qué personal intervendrá (agentes de Narcóticos y fuerzas especiales), cómo van a hacerlo y a organizar las comunicaciones. Todavía no sabe la localización exacta de la entrega. En cuanto la sepa, tendrá que encontrar la manera de comunicarse con Mullen. Los efectivos tendrán que estar listos para intervenir de un momento para otro.

Es complicado, pero emocionante.

La redada salvará muchas vidas.

Incluida la mía, piensa Cirello.

Porque se está volviendo loco. No soporta más el estrés, el aislamiento, fingir que es lo contrario de lo que es.

O puede que no lo contrario, piensa mientras va en el coche hacia la casa de Mullen. Puede que sea una parte distinta de mí, una parte a la que le gusta el dinero fácil, las noches locas, la ropa cara, el juego, la bebida, el subidón de adrenalina del peligro. Si es así, se dice, tanto mejor que esto vaya a acabarse por fin, antes de que de verdad me convierta en lo que finjo ser.

Mullen sale a recibirlo a la puerta.

—Pasa, pasa. ¿Qué ocurre?

Entran en la cocina. La señora Mullen le dice un hola apresurado, lo besa en la mejilla y se escabulle.

Cirello le cuenta a Mullen lo del envío inminente de fentanilo.

Espera que su jefe salte de la silla y se pongan a dar brincos de alegría.

Pero no.

Mullen escucha la noticia y se queda allí sentado, con el ceño fruncido, pensando.

—¿Qué pasa? —pregunta Cirello.

—Tenemos que dejarlo pasar —dice Mullen.

—¡¿Qué?!

—Hay que dejarlo pasar —repite Mullen—. Piénsalo bien, Bobby. Si hacemos esa redada, impediremos que veinte kilos de fentanilo lleguen a la calle. Pero luego llegarán cientos de kilos más, miles de kilos. No queremos incautar las drogas, queremos atrapar a la gente.

—Pero atraparemos a Darnell.

—Quienes nos interesan son los que surten a Darnell —responde Mullen.

—No me estás escuchando —dice Cirello—. Es una entrega. Los proveedores estarán presentes.

—Estarán presentes unos representantes comerciales de medio pelo —dice Mullen—. Esos son prescindibles. Si los detenemos, habrá otros por docenas. Si detenemos a Darnell, el proveedor se buscará otro Darnell.

Cirello no dice nada.

No sabe qué decir.

Es una decepción aplastante.

—Quiero comentar este asunto con una persona —dice Mullen.

—Me voy —dice Cirello levantándose.

—No, quédate. Debes tomar parte en esto.

Mullen toma el teléfono. Veinte minutos después consigue hablar con Art Keller. Cirello lo escucha contarle al director de la DEA lo que va a pasar. Luego, Mullen pregunta:

—¿Qué opinas? ¿Es hora de apretar el gatillo?

Cirello oye el largo silencio. Luego:

—No.

—Estoy de acuerdo —dice Mullen—. Pero, Art, eres consciente de que va a morir gente como consecuencia de esta decisión.

Otro silencio.

—Sí. Soy consciente de ello.

—Muy bien. Volveré a llamarte para contarte los detalles. —Mullen cuelga—. Bobby…

—No lo digas —dice Cirello—. Por favor, no lo diga, señor. No quiero oír lo importante que es esto, que tenemos que pensar en términos globales, no quiero oír nada sobre el bombardeo de Coventry…

—Sé que te estoy pidiendo mucho…

—Van a morir chicos.

—¡Ya lo sé, maldita sea!

Se quedan callados un momento. Luego, Mullen dice:

—Sé que estás al límite de tus fuerzas. Sé lo que te está costando esto…

No, no lo sabe, piensa Cirello.

—Si hubiera alternativa, te sacaría del caso —dice su jefe—. Pero eres el único que tiene relación con Darnell, nunca habíamos tenido a nadie en un peldaño tan alto, y si tenemos que empezar de nuevo…

Morirán más chicos, piensa Cirello.

—Bobby —dice Mullen—, ¿puedes aguantar un poco más? Si no puedes, no puedes. Dímelo y te saco del caso ya.

Te está ofreciendo una salida, se dice Cirello. Acéptala.

Se está ofreciendo a devolverte tu vida. Acéptala.

—No —contesta Cirello—. Estoy bien.

En este mundo al revés, estoy bien.

Cuando llega a casa, Mike Andrea tiene el coche estacionado en la calle. Cirello se acerca antes de que le dé tiempo a bajarse. Se apoya contra la puerta y le indica con un gesto que baje la ventanilla.

—¿Qué carajos haces tú aquí? —pregunta.

—No se te ve la cara últimamente, Bobby —contesta Andrea.

—No quiero verte rondando por mi casa.

—Sí, ya la vi cuando entró —dice Andrea—. No me extraña que quieras intimidad. No, creímos que a estas alturas ya tendríamos noticias tuyas, Bobby. Sobre ese asunto del que hablamos. ¿De dónde saca Darnell su mercancía?

—Ya te dije que no lo sé.

—Pero está esperando un cargamento de los gordos, ¿verdad? —pregunta Andrea.

—¿Quién te lo dijo?

—Él —responde Andrea—. Como decía ese tipo de la tele, «yo también soy un cliente». Va a vendernos una parte. Tú estarás allí, Bobby, asegurándote de que todo vaya como la seda, ¿verdad? Conoces a gente nueva, haces nuevos amigos… Pero no te olvides de los viejos, ¿eh? Tus viejos amigos son los que te cubren las espaldas, los que se aseguran de que a esa chica tan guapa no le pase nada…

Cirello lo agarra por las solapas y, de un tirón, lo saca a medias por la ventanilla.

—Ni la menciones con esa sucia boca, y no te acerques a ella o te mato, Mike. ¿Entendido? Meteré tus sesos en una pistola de pintor y luego iré a cargarme al imbécil de tu jefe.

De un empujón, lo deja caer de nuevo sobre el asiento.

El italiano se alisa las solapas.

—Más te vale tener cuidado. Ponerme las manos encima… Amenazar a la gente…

—Tú acuérdate de lo que te dije.

—Y tú acuérdate de lo que eres, carajo —dice Andrea—. Queremos noticias tuyas, Cirello.

Sube la ventanilla y arranca.

Cirello entra en su casa.

Libby le echa un vistazo y dice:

—¿Qué pasa, Bobby? Estás temblando.

—¿Sí?

—Sí. Ven aquí. —Ella lo abraza.

—Sí —dice él—. Puede que esté incubando algo.

Cirello lleva a Darnell a la reunión.

—¿Estás seguro? —pregunta Darnell.

—Te dije que todo está despejado —dice Cirello—. No apareces en el radar.

—¿En el de los federales tampoco?

—Ya te dije que no.

—Más vale que sea así —dice Darnell—, con lo que me cuesta.

No es por el dinero, y Cirello lo sabe; Darnell solo se queja para ocultar su nerviosismo. Se juega mucho en esta operación: decenas de millones de dólares y una posición en esa especie de carrera armamentista que se traen entre manos los traficantes, compitiendo por ver quién vende la droga más fuerte. La competencia —los dominicanos, los puertorriqueños, los chinos— le está pisando los talones y Darnell necesita esta remesa para ponerse a la cabeza, o por lo menos para no quedarse atrás.

Y hay muchas cosas que podrían salir mal: una trampa, una redada, un secuestro. Otro vehículo —una camioneta cerrada— los sigue de cerca con cuatro de los chicos que Darnell tiene en Brooklyn, armados con rifles de asalto. Otro equipo espera en las inmediaciones del lugar de entrega, montando guardia, listo para intervenir si algo sale mal. Un tercero aguarda junto al laboratorio por los mismos motivos.

Si hace falta, Darnell está dispuesto a usar la fuerza.

Cirello lleva su Glock en la cintura y otra pistola, una .380 desechable sujeta al tobillo, además de una escopeta Mossberg 590 oculta debajo de un abrigo en el asiento de atrás.

Él también está dispuesto a usar la fuerza.

Aunque no sabe con quién.

Hay ya demasiada gente implicada en el asunto: Mullen, la DEA, los italianos, Asuntos Internos, que no para de husmear, y sabe Dios quién más.

Cirello va conduciendo por West Side Highway.

—Vete por el GW —ordena Darnell.

—¿Vamos a Jersey? —pregunta Cirello.

—¿A ti qué te parece?

—No tengo jurisdicción en Jersey —dice Cirello—. Si te están vigilando, no puedo enterarme.

—Pues esperemos que no me estén vigilando.

Una táctica típica de narcotraficantes, se dice Cirello: cruzar jurisdicciones para que a la policía le sea más difícil organizar una redada. Hacer la transacción en Nueva Jersey y llevar la droga a Nueva York. A un nivel menor también funciona, por eso los *dealers* callejeros se sitúan en el límite entre las jurisdicciones de dos comisarías y se limitan a cruzar la calle cuando aparecen agentes de una de ellas, porque saben que no quieren tener que enfrentarse al papeleo que supone intervenir en una jurisdicción que no es la suya.

Cirello enfila hacia el puente.

—Sigue por la Noventa y Cinco y luego sal en la Cuatro Norte —dice Darnell. Cuando llevan solo un par de minutos en Nueva Jersey, añade—: Para aquí.

—¿En el Holiday Inn? —pregunta Cirello.

—¿Qué pasa? ¿Es poco para ti? —replica Darnell.

Es un sitio bien situado, piensa Cirello. Justo a la salida de la 95. Los mexicanos pueden entregar la droga y volver enseguida a la autopista. Ve que la camioneta de seguimiento estaciona tres lugares más allá y que un par de hombres de Darnell se bajan a inspeccionar el estacionamiento.

—Tenemos que esperar al informático —dice Darnell.

—¿Eh?

—Hay un informático en la camioneta —explica Darnell—. Software encriptado. Está hablando con los mexicanos para avisarles que estamos aquí.

Recibe una llamada y dice:

—Vamos. Habitación 104.

Se bajan del coche, cruzan el vestíbulo del hotel y tuercen a la derecha por un pasillo. Cuando Darnell va a llamar a la puerta, Cirello lo aparta.

—No te pongas delante de la puerta, carajo. Si adentro hay alguien que quiera matarte, solo tiene que disparar para atravesarla.

Se coloca a un lado y toca a la puerta con los nudillos.

—*¿Quién es?*

—Darnell.

La puerta se abre el ancho de una rendija, luego retiran la cadena y la abren del todo. Cirello estira el brazo izquierdo para retener a Darnell, mantiene la mano derecha apoyada en la culata de la pistola y entra.

El hombre que ha abierto la puerta tiene más de cuarenta años y parece un comerciante de poca monta más que una mula. Aunque supongo que de eso se trata, se dice Cirello, porque este es el tipo de sitio donde se alojaría un agente de ventas. O una pareja de turistas que busque un sitio barato no muy lejos de Manhattan, porque sentada en una silla hay una mujer también de cuarenta y tantos años, algo desaliñada y con unos diez kilos de más.

Ningún recepcionista se fijaría en ellos.

La televisión está sintonizada en un canal de lengua española, con el volumen muy bajo. Sobre el pequeño escritorio hay una MacBook Pro abierta y, debajo de la ventana, apoyadas en el suelo, dos maletas corrientes, usadas.

—Voy a cachearlo, ¿de acuerdo? —le pregunta Cirello al hombre.

Él acepta con un encogimiento de hombros.

Cirello lo cachea, no nota ninguna arma ni ningún micrófono, y luego dice:

—A ella también.

La mujer se levanta de la silla, se da vuelta y levanta los brazos a la altura de los hombros, y Cirello comprende que no es la primera vez que hace esto. La cachea. Está limpia.

Cirello le indica a Darnell que pase.

No es como en las películas, en una nave industrial, con un batallón de tipos con ametralladoras apostados en pasarelas de hierro. Es todo muy prosaico: una pareja de aspecto anodino, en la habitación de un hotel barato. No llevan armas porque no van a darse de tiros con la policía. Ni tampoco van a darse de tiros con secuestradores. Si se diera el caso, entregarían la droga y el cártel localizaría a los ladrones cuando intentaran colocarla y se ocuparía de ellos.

Con saña.

No, se limitan a cargar la droga en un coche o una camioneta y a venir por carretera desde California, y el cártel confía en que no vayan a robarla porque por lo general tienen algún familiar cercano en México retenido como garantía de buena conducta. No hay padre en el mundo que vaya a huir con un millón de dólares en drogas sabiendo que, si lo hace, su hijo será torturado hasta la muerte. Y aunque lo hubiera —que Cirello espera que no lo haya—, ¿dónde vendería la droga?

Lo que ocurre, en cambio, es que Darnell informará a su proveedor de que tiene la mercancía, el rehén será liberado, probablemente de alguna habitación de un hotel de lujo, y estos dos recibirán a cambio una buena propina.

La mujer le dice a Darnell:

—Su amigo le manda recuerdos.

—Déselos también a él de mi parte.

Luego ella mira a Cirello.

—Voy a abrir la maleta. ¿Está bien?

—Pero no meta las manos dentro.

Ella se inclina, abre una de las maletas y Cirello ve paquetes cuidadosamente envueltos en plástico y asegurados con tiras de cinta adhesiva gruesa.

—No voy a abrir uno —dice la mujer al incorporarse.

Darnell menea la cabeza.

—Confío en mi amigo.

Además, es muy peligroso, y Cirello lo sabe. Han muerto policías y rescatistas solo por entrar en contacto con el fentanilo. Si tienes una herida abierta o lo inhalas accidentalmente, es todo.

—Dos maletas —dice—. Diez kilos cada una. ¿Quiere pesarlas?

—Como dije, confío en mi amigo.

Ella cierra la maleta.

Después ocurre una cosa que sorprende a Cirello, y es que no ocurre nada.

No intercambian dinero. Ni un centavo.

Darnell se limita a tomar una de las maletas, indica a Cirello que tome la otra y se van.

Las meten en el maletero de su coche.

Darnell llama por teléfono.

—Diles que ya lo tenemos.

Luego vuelven a cruzar el GW, siguen hacia el norte por Riverside Drive, tuercen a la derecha en Plaza Lafayette y luego a la izquierda en Cabrini Boulevard, hasta Castle Village, una cooperativa de vivviendas formada por cinco grandes torres de apartamentos con cuatro caras y vista al Hudson.

Uno pequeño, de dos habitaciones, cuesta más de un millón de dólares.

No es el tipo de sitio donde uno espera encontrar un laboratorio de heroína, piensa Cirello, pero claro que de eso se trata.

De ubicación pura y dura.

Un barrio tranquilo de clase media alta, con fácil acceso a la Ruta 95, a la Ruta 9 y a la Calle 181 para cruzar el puente en dirección al Bronx, a Queens, a Brooklyn y a Staten Island.

Cirello se mete en el garaje.

Darnell y él salen del coche, agarran las maletas llenas de droga y toman el ascensor para subir a la última planta del edificio más al norte.

Darnell ha comprado los tres apartamentos de esa ala.

Un guardia armado los recibe en la puerta del ascensor y los acompaña hasta la puerta de uno de los apartamentos. Cirello ve que es una especie de sala de espera de oficina: un par de sillas, un sofá, una televisión y, a lo largo de la pared, varios percheros con monos para manejo de materiales peligrosos.

—Ponte uno —le dice Darnell.

Cirello se siente ridículo, pero se enfunda uno de los monos blancos.

Darnell hace lo mismo y le pasa unos guantes de plástico.

Una puerta vigilada conduce al siguiente apartamento. El guardia la abre y Cirello entra en el laboratorio.

Cinco mujeres ataviadas con monos blancos esperan, como obreras aguardando a que empiece su turno.

Que es lo que son, supongo, piensa Cirello.

Deja su maleta junto a la de Darnell sobre una mesa plegable. Una de las mujeres se acerca y le da una mascarilla para que se cubra la nariz y la boca. Luego se pone otra mascarilla, abre una de las maletas, saca un paquete y lo raja con un cúter.

—Debbie hizo un máster en Química en la Universidad de Nueva York —comenta Darnell—. Trabajaba en Pfizer, pero yo le hice una oferta mejor.

Con sumo cuidado, Debbie se sirve de una torunda para extraer una pequeña cantidad de polvo y trasladarla a un tubo de ensayo. Luego mete una tira de ensayo en el tubo y la saca unos segundos después.

—Ochenta punto cinco. Excelente.

Las mujeres se ponen manos a la obra: colocan los paquetes de fentanilo sobre las mesas, los cortan y distribuyen en charolas llenas de heroína y a continuación reparten el «fuego» en sobrecitos que se venderán en la calle.

Debbie toma la segunda maleta y conduce a Cirello y a Darnell a una tercera habitación. Colocadas sobre mesas hay varias máquinas de acero inoxidable y aspecto impecable.

—Son RTP 9 —explica Debbie—. Prensas rotatorias para fabricar pastillas. De última generación. Con estas, podemos fabricar dieciséis mil pastillas en una hora.

—¿Dónde las consiguieron? —pregunta Cirello.

—En internet —contesta Debbie—. Se fabrican en el Reino Unido, pero nosotros se las compramos al representante de la fábrica en Fort Worth.

—¿Saben usarlas? —pregunta Darnell.

—Hasta un niño sabría —dice ella—. Se echa el polvo aquí, baja hasta esta prensa, se mete por estos conductos y sale convertido en pastillas. ¿Quieres verlo?

Es tan sencillo como dice.

Cirello ha visto microondas más complicados. Se queda a un lado, mirando, mientras la máquina escupe pastillas igual que balas una ametralladora.

Mañana estarán envueltas y en la calle.

Y seguramente mañana mismo morirá alguien.

La última habitación es un control de seguridad, a falta de una expresión mejor. Al acabar su turno, todos los empleados tienen que venir aquí, desnudarse y someterse a un registro de cavidades corporales. Luego, otro guardia les introduce un dedo enguantado en la boca para cerciorarse de que no guardan nada entre los carrillos.

—Esto lo conocí en V-Ville —dice Darnell.

—¿Qué hacen cuando pescan a alguien? —pregunta Cirello.

—Todavía no lo sé —contesta Darnell—. No ha pasado aún porque saben que vamos a registrarlos y porque les pago bien. Siempre es mejor prevenir que remediar.

—Oye, Darius —dice Cirello—. A mí nadie me mete el dedo en el culo a no ser que yo se lo pida, y nunca lo pido.

—Creí que eras griego.

—Eso es un estereotipo racista.

—Los negros no podemos ser racistas —dice Darnell.

Darnell se apoya en la barandilla de la azotea y contempla las luces de Manhattan al otro lado del río.

—El otro día llevé a mi hijo al zoológico —dice.

—¿Al zoológico? —pregunta Cirello.

—Al del Bronx. Está haciendo un trabajo sobre gorilas, así que fuimos al Congo Gorilla Forest a ver a los gorilas. El muchacho estaba tomando apuntes y había un grupito de gente alrededor mirando a los animales, y mientras estaba allí me di cuenta de que no me identificaba con las personas, me identificaba con el gorila. O sea, que sabía lo que estaba pensando ese gorila mientras miraba desde dentro de la jaula.

—Ya, pero no es una jaula, ¿verdad? Es un «entorno».

—Esa es la cuestión —dice Darnell—. Que no parece una jaula pero lo es. Esos gorilas no pueden irse, tienen que estar ahí, dejar que la gente los mire. Cuando yo estaba en V-Ville, sabía que era una jaula porque podía mirar afuera entre los barrotes. Ahora que estoy fuera, no parece una jaula, pero lo es. Sigo siendo el gorila. En este país, un negro está siempre enjaulado.

Luego, de repente, pregunta:

—¿Cómo sé que puedo confiar en ti?

A Cirello le da un vuelco el estómago. Darnell parece hablar en serio, no bromea.

—Carajo, te salvé la vida, ¿no?

—¿Y cómo sé que no es la carta que estás jugando? —pregunta Darnell—. ¿Que no eres un infiltrado?

—Si quieres cachearme, adelante.

—Eres demasiado listo para llevar un micro —dice Darnell—. A lo mejor necesito que hagas algo que no podrías hacer si fueras un infiltrado. Porque un infiltrado no puede cometer un delito, ¿no?

—¿Qué estás tramando, D?

—Hay un chiste muy viejo sobre dispararle a las latas* —dice Darnell—. Afri*can*os, domini*can*os, mexi*can*os. A lo mejor necesito que le dispares a un mexicano.

—Esa no es mi labor.

—El mexicano en cuestión se está metiendo en mi territorio —dice Darnell—, robándome los clientes. Tengo que defenderme. Imagínate que mato dos pájaros de un tiro: defiendo mi territorio y averiguo si puedo confiar en ti.

—Creí que ya confiabas en mí.

—Tengo pensado algo grande para ti —dice Darnell—. Necesito asegurarme primero.

Darnell me está enseñando la puerta, piensa Cirello. La forma de escapar de esta puta misión. Vete y no vuelvas. Nadie podría reprochártelo. Ni siquiera Mullen autorizará un asesinato.

Ni siquiera ese fulano, el jodido Art Keller, de Washington, dará luz verde a un asesinato.

Camina hacia la luz, Bobby, se dice.

Camina hacia la luz.

—No voy a cometer un asesinato, Darnell. Lo siento.

—Tú no tienes hijos —dice Darnell—, pero puede que algún día los tengas. Y serán listos como tú, irán a la universidad. ¿Quieres que se gradúen cargados con un montón de préstamos o quieres que empiecen su vida libres de deudas? Te estoy hablando de dinero suficiente para que vayan a la Uni-

* *Cans*: «latas» en inglés. Juego de palabras intraducible. (N. de la t.)

versidad de Fordham, a John Jay. Dinero de sobra para llevarlos a Harvard, o a Yale. Consúltalo con la almohada, Bobby Cirello, y luego me cuentas.

Cirello no pega ojo esa noche.

Se queda acostado, pensando.

Acaba de poner veinte kilos de fentanilo en las calles que juró proteger y ahora le han pedido que cometa un crimen.

—¿Qué pasa, Bobby? —pregunta Libby.

—Estoy pensando en dejar el trabajo —dice de pronto, sorprendiéndose a sí mismo.

—Creí que te encantaba ser policía.

—Y me encanta.

O me encantaba.

Al menos eso creía.

Ya casi no me acuerdo.

La noche siguiente, está frente al Hogar de Jesús de la Palabra Revelada, junto al hotel Umbrella, en el Bronx.

Donde se aloja Efraín Aguilar.

Darnell se alegró cuando Cirello le dijo que había cambiado de idea.

«Bien pensado, Bobby Cirello», le dijo.

Efraín Aguilar es básicamente un representante farmacéutico de un cártel rival que vende fentanilo. Le ha robado tres minoristas a Darnell en Brooklyn, y Darnell quiere mandar un mensaje.

Cirello lleva todo el día siguiendo a ese cabrón y ahora está esperando a que vuelva de comprar en el *outlet* de Nine West, al otro lado de la Tercera Avenida. Debe de estar comprando regalos para su familia o para su novia o algo así antes de volver a México con su hoja de pedidos llena.

Cirello pensó en abordarlo en la Tercera, pero al final decidió que la calle estaba demasiado concurrida. Además, allí hay una tienda de ropa de niños y otra de mascotas, y no quiere arriesgarse a que salga herido algún menor.

Se siente mal por lo que está a punto de hacer pero luego piensa «a la mierda». ¿A cuánta gente ha matado Aguilar con el producto que vende? Es como esa vieja canción, *God damn the pusher man*, «que Dios maldiga al *dealer*», y en el infierno hay un sitio especial reservado para los canallas que trafican con esa basura.

Ahora ve a Aguilar subiendo por la calle.

Sí, lleva varias bolsas en la mano.

Cirello se acerca a él.

Aguilar no está atento, debería darse cuenta pero no se entera. Cirello se le acerca antes de que se percate de lo que ocurre, lo deja pasar y luego se vuelve, le apoya la pistola en la espalda y dice:

—¿Ves la camioneta blanca estacionada allí, hijo de puta? Pues ve hacia ella y sube.

—Por favor, no dispare.

—Camina.

Aguilar se acerca a la camioneta. Cuando llega a su lado, se abre la puerta y Cirello lo empuja adentro, sube detrás de él y cierra la puerta.

Hugo Hidalgo arranca.

Cirello empuja a Aguilar contra el suelo, le mete un trapo en la boca y le pone una capucha. Hidalgo conduce hasta St. Mary's Park, entre los dos sacan a Aguilar de la camioneta y lo llevan por un sendero hasta un tramo de hierba aislado, detrás de unos árboles, donde Cirello lo hace ponerse de rodillas, le quita la capucha y le apoya el cañón de la pistola en la frente.

—Ya puedes decir buenas noches.

—Por favor —suplica Aguilar.

Tiene los ojos rojos de haber llorado, moquea y se ha meado en los pantalones.

—Tienes una oportunidad —dice Cirello.

—Lo que sea.

—Túmbate bocarriba. —Cirello lo empuja hacia atrás, guarda la pistola, saca un rotulador y le pinta cuidadosamente un agujero en medio de la frente—. Abre los ojos y la boca, de par en par.

Aguilar obedece.

Cirello saca su teléfono y le toma una foto.

Se la manda a Darnell.

—Volvemos a la camioneta —dice Cirello—. Ahora estás muerto. Si le dices a alguien lo contrario, te encontraremos y te mataremos de verdad. *¿Comprendes?*

—Entendido.

—No te lo mereces, cabrón.

Hidalgo lleva a Cirello de vuelta a su coche y se va con Aguilar esposado en la parte de atrás.

—¿Qué hiciste con él? —pregunta Darnell.

—No te importará que no te convierta en un posible testigo de cargo en mi contra, ¿verdad? —dice Cirello.

En realidad, D, Aguilar va de camino a no sé qué fuerte en calidad de testigo federal protegido y seguramente en estos momentos estará cantando a lo Freddie Mercury para la DEA.

—Baste decir que ya no tienes que preocuparte por él y que el mensaje está enviado.

—De todos modos, si me vuelven a detener me caerá perpetua —dice Darnell—, así que el primer nombre que daré será el tuyo, y la primera historia que contaré será esta.

—Sí, me lo imagino —dice Cirello—. Bueno, ¿cuál es mi gran recompensa? ¿De dónde saldrá mi dinero para Harvard?

—Vas a ir a Las Vegas.

—¿Eso es todo?

—A entregar dinero —dice Darnell.

A su proveedor.

Puede que se sienta culpable.

Puede que sienta que les debe algo, pero, al despedirse de Darnell, Cirello va a ver a Mullen y luego se acerca al Starbucks de Staten Island.

Jacqui no se alegra de verlo.

—¿Puedes tomarte un descanso? —pregunta.

—Si quiero perder mi trabajo, sí.

—¿A qué hora sales?

—Dijiste que nos dejarías en paz —responde Jacqui.

—Mentí —dice Cirello—. Es lo que hacemos los polis. ¿A qué hora sales?

—A las cuatro.

—¿Travis va a venir a recogerte? —Al ver que ella asiente, añade—: Los veo a las cuatro. No me obliguen a venir a buscarlos.

Sale y se sienta en su coche.

A las cuatro y cinco, la camioneta de Travis se detiene, Jacqui sale de la cafetería y sube a ella. Cirello se acerca y golpea la puerta. Cuando Jacqui abre, dice:

—Hay un Sonic en la cuadra siguiente. Los invito a comer.

—Tenemos que ir a conseguir.

—Una puta hamburguesa. Diez minutos.

Se reúnen con él en el Sonic. Cirello les compra hamburguesas, malteadas y papas fritas y se sientan en una mesa. Nota que los dos están con el mono.

Mullen y Cirello lo estuvieron hablando. El jefe estaba en contra.

«¿Por qué crees que estás en deuda con esos chicos?»

«No lo creo», dice Cirello. «Solo quiero darles una oportunidad».

«Eres un policía, no un asistente social».

«Son dos cosas que se mezclan».

«Pues no deberían», contestó Mullen. «Tenemos que trazar una línea muy clara».

«Con todo respeto, señor, esa línea no existe», respondió Cirello. «¿Para qué estamos haciendo todo esto, si no es para impedir que se piquen?»

«Eso lo hacemos cortando el suministro».

«Y ellos me dieron información para hacerlo».

«Porque los amenazaste», dijo Mullen. «Hay miles de adictos por ahí, Bobby. No podemos meterlos a todos en un programa».

«No estoy pidiendo que los metamos a todos», dijo Cirello. «Solo a esos dos.»

«No tenemos presupuesto para...»

«Yo recibo dinero constantemente», repuso Cirello.

«De ese dinero hay que llevar un registro».

«O no», dijo Cirello. «No me digas que no te encanta la paradoja, jefe, la simetría: usar dinero del narcotráfico para rehabilitar a heroinómanos».

Cirello esperó a que se lo pensara. Conoce a su jefe, conoce su corazón. El hombre es un pastelito de acero. Efectivamente, tras un largo silencio, Mullen dijo:

—Está bien, propónselos.

Así que ahora Cirello se sienta delante de los dos adictos y les hace su propuesta:

—Tengo una oferta única para ustedes, de sí o no. Si quieren dejarlo, puedo meterlos en un programa. A los dos.

—¿Qué es esto, como una intervención? —pregunta Jacqui.

—Sí, algo así.

—Nosotros no tenemos seguro médico —dice ella.

—Hay un fondo para estas cosas —dice Cirello. Bueno, lo hay ahora—. Es un sitio en Brooklyn, no un balneario junto al mar en Malibú donde vayan a hacer yoga. Pero, si quieren, puedo conseguirles cama esta misma noche.

—¿Por qué haces esto? —pregunta Travis.

—¿Quieren o no? —dice Cirello.

—¿Cuánto tiempo sería? —pregunta Jacqui.

—No sé cuánto tiempo sería —dice Cirello—. No sé de qué color son las paredes, ni si tienen televisión por cable... Solo sé que consiguen resultados. Pueden desintoxicarlos en una cama en vez de una celda, pueden quedar limpios.

—No sé —dice Jacqui.

—¿Qué hay que saber? —pregunta Cirello—. Son yonquis y viven en una camioneta. Están sentados en un Sonic con el mono. No saben de dónde van a sacar el próximo piquete. No entiendo a qué creen que van a renunciar.

—A la heroína —dice Jacqui.

—Mira —dice Travis—, a lo mejor no nos vendría mal desintoxicarnos un tiempo.

Cirello se da cuenta de que ha dicho «un tiempo», pero no le importa. Si consiguen que estos chicos se queden unos días, tal vez puedan salvarlos. Al menos tienen una oportunidad.

Jacqui no lo ve de esa forma.

—¿Ahora te me vas a acobardar? —le pregunta a su novio—. ¿Te va a entrar el miedo? Pero, oye, si tú quieres irte…

—Sin ti, no.

Enternecedor, piensa Cirello.

Amor de yonqui.

Pero quizá funcione, tal vez se convenzan uno al otro, por pura culpa. Lo que haga falta, a Cirello le importa una mierda.

—Bueno —dice Jacqui—. Iré.

Travis asiente con un gesto.

—Voy a hacer unas llamadas —dice Cirello—. Recojan sus cosas tal y como estén. Nos vemos aquí a las seis y los llevo hasta allá. ¿Tienen que avisar a alguien?

—No —contesta Travis.

—Supongo que yo tendría que decírselo a mi madre —dice Jacqui.

—Sí, díselo —contesta Cirello—. A las seis en punto. Aguanten hasta entonces, que las cosas van a mejorar.

Un último piquete, se dice Jacqui.

Está hecha un desmadre, se encuentra fatal.

—No conviene empezar la desintoxicación hecho una mierda —le dice a Travis.

—¿Cómo lo sabes?

—Conozco gente que se ha desintoxicado —contesta ella—. Carajo, Shawna lo hizo cinco veces. Me lo dijo ella.

—Ni siquiera sabemos dónde conectar.

—Esto es Isla Heroína—dice ella—. Tú conduce.

—No sé.

—Vamos, cielo —dice Jacqui—. Un último piquete. La última fiesta antes de que empecemos con los doce pasos y todo ese rollo.

Dan una vuelta por Tottenville.

Bajan por Hylan, siguen por Craig, cruzan Main.

No ven a nadie.

Es el problema de conseguir en la Isla: que es todo invisible, no se ve. Ocurre detrás de las puertas, en las trastiendas, detrás de los almacenes.

Si no sabes de antemano que hay un problema serio de heroína en Staten Island, no lo notas.

Por fin dan con ello en un callejón por Arthur Kill, detrás —precisamente— de una farmacia: una camioneta estacionada donde no tendría por qué estar, con la puerta lateral abierta y dos negros de pie, como si tuvieran abierto el negocio.

Y así es, en efecto.

Jacqui baja y se acerca a ellos.

—¿Qué buscas, mami?

—¿Qué tienen?

—Lo que necesitas.

Ella les da un billete de veinte. Uno de los negros mete la mano en la camioneta y saca dos sobres.

—Se ve rara —dice Jacqui.

—Es de un tipo nuevo.

—¿Qué es?

—El futuro —contesta él—. Si pruebas esto, ya no vuelves a lo de antes.

Jacqui toma los sobres y vuelve a la camioneta. Travis conduce hasta South Bridge Street y para en un estacionamiento, junto a un taller mecánico.

—Vamos —dice Jacqui—. No tenemos mucho tiempo.

Dentro de tres cuartos de hora han quedado con el buen samaritano del poli.

Jacqui prepara su inyección y Travis la suya.

—¿Qué es esta mierda?

—Una cosa nueva. Dicen que es genial.

—Eso espero —dice Travis—. Para el último viaje.

Jacqui tiembla tanto que le cuesta sostener la aguja sobre la cazoleta.

—Espera —dice Travis—. Me inyecto yo primero y te ayudo.

Estira el largo brazo blanco, se mete la aguja en la vena y aprieta el émbolo. Luego saca la aguja y la hunde en la mezcla que ha preparado Jacqui.

—¿Qué chingados haces, hombre? —pregunta ella.

—Soy más grande que tú —dice Travis—. Necesito más.

Vuelve a picarse.

Le sonríe.

Luego echa bruscamente la cabeza hacia atrás, su cuerpo empieza a sacudirse, a temblar y a convulsionar como si se estuviera electrocutando.

—¡Travis! —Jacqui lo agarra de los hombros. Intenta sujetarlo, pero él se sacude como un cable electrificado y no puede. La parte de atrás de su cabeza golpea contra el suelo de la camioneta—. ¡Travis! ¡Cariño! ¡No!

Luego se queda quieto.

Flojo.

Se le hincha el pecho.

Salen burbujas de su boca cuando exhala un suspiro.

Sus ojos vacíos la miran.

—¡¡¡Travis!!! ¡¡¡¡¡Nooooooooo!!!!!

Cirello se queda esperando frente al Sonic.

Debería haber imaginado que no aparecerían, se dice. Mullen intentó decírmelo. Debería haberle hecho caso.

Eres un pendejo, un liberal sensiblero.

Entonces oye el aviso por radio —una patrulla pidiendo una ambulancia— y tiene una corazonada. Pone la sirena en el techo del coche, arranca y vuela hacia South Bridge Street. Jacqui está sentada en el suelo, frente a la camioneta, con los brazos cruzados, gimiendo y meciéndose adelante y atrás.

La ambulancia ya ha llegado.

Cirello le enseña su insignia al agente de uniforme.

—¿Qué hay?

—Varón blanco, veintitantos años, sobredosis —dice el agente—. Le han administrado Narcan pero no ha servido de nada. Estamos esperando al médico de guardia.

—¿Y la chica?

—Posesión de drogas.

—¿Ya hizo su reporte?

—No.

—Hágame un favor —dice Cirello—. Déjela irse.

—Claro, detective.

Cirello toma nota del nombre y el número de insignia del patrullero, y luego se acerca a Jacqui y se acuclilla delante de ella.

—Lo siento mucho.

—Iba a ser nuestro último piquete —dice ella—. Íbamos a dejarlo.

—No te muevas de aquí.

Cirello entra en la camioneta. El cadáver de Travis está tendido en el suelo.

Fentanilo, piensa Cirello.

Puede que la misma mierda que yo he ayudado a distribuir.

El muchacho no lo sabía.

Cirello vuelve a salir y le dice a Jacqui:

—Sube al coche.

Ella mueve la cabeza.

—Es demasiado tarde.

—Para él, no para ti.

—Es lo mismo.

—No me vengas con ese rollo de Romeo y Julieta —dice Cirello—. Sálvate. Si te sirve de consuelo, él habría querido que te salvaras. Ahora sube al coche.

—No.

—¿Qué tengo que hacer? ¿Esposarte? —dice Cirello.

—Me da igual lo que hagas.

—Bueno.

La jala para que se levante, la hace darse vuelta y le pone las esposas a la espalda. La lleva hasta su coche, abre la puerta, le agacha la cabeza y la hace entrar. Luego la lleva a Brooklyn mientras ella vomita por todo el tablero de su coche.

Cirello entra con ella en la clínica, donde la enfermera de admisión le dice:

—Pensé que iba a traer a dos.

—Uno ya no pudo venir. —Le quita las esposas a Jacqui—. Va a ingresar por propia voluntad.

—Entendido.

—Buena suerte, Jacqui.

Ella está ida, pero consigue decir:

—Vete al carajo.

—Eso, me voy al carajo —dice Cirello al salir.

Se va a lavar el coche, le pasa la aspiradora por dentro, lo limpia bien y lo rocía con ambientador hasta que huele a vómito con vainilla, en vez de solo a vómito.

5

Banca

En el fondo, la banca no es simple cuestión de beneficios, sino de relaciones personales.

—Felix Rohatyn

Washington, D. C.
Julio de 2016

Keller se reúne con McCullough en el bar del Hamilton.

—¿Quieres una cerveza, o algo más fuerte? —pregunta McCullough.

—Solo café —dice Keller—. Es día de escuela.

El barman, que lo ha oído, pone una taza de café delante de él. En esta ciudad los barmans y los meseros lo oyen todo, piensa Keller. Y los taxistas —aunque ahora haya más conductores de Uber— lo ven todo.

—Dios mío, ¿quién iba a pensar que ese imbécil ganaría la candidatura? —pregunta McCullough.

—Deberías haberte presentado —contesta Keller.

—Ya había demasiados payasos en ese circo —responde McCullough—. Y yo soy uno de esos malvados «políticos profesionales». Ahora es el turno de los aficionados.

—¿Vas a apoyarlo ahora? —pregunta Keller—. ¿Después de toda la mierda que dijiste sobre él? ¿Y de la mierda que te echó encima?

—Es mierda pasada —contesta McCullough.

—¿Y el muro?

—A muchos de mis votantes les gusta ese muro —dice McCullough.

—Si quieres echarme a los perros, no pasa nada, lo entiendo —dice Keller—. Sin rencores, *vaya con Dios.*

—Puede que tenga que hacerlo —dice McCullough—. No has hecho muchos amigos entre ese sector del partido.

—No he intentado hacer amigos —replica Keller— en ningún sector de ningún partido. Si llega el caso, me iré pacíficamente, da igual quién sea el presidente.

—¿Qué harás? —pregunta McCullough.

—Tengo una pensión decente. Podríamos vivir bien en alguna parte. Puede que no en Washington…

—No estarás pensando en volver a México, ¿verdad? —pregunta McCullough.

—No —dice Keller—. Quizá Costa Rica. No sé, Ben, la verdad es que no lo hemos pensado.

Ni siquiera lo han hablado.

Keller vuelve al despacho.

Hay mucho que hacer antes de que deje el puesto, incluida una pila —y se queda corto, piensa— de miles de solicitudes de absolución o conmutación de pena de presos por delitos relacionados con las drogas que le ha mandado la Casa Blanca para que emita un dictamen. Si los republicanos ganan las elecciones, mandarán a la mierda todas esas solicitudes. Ya han dicho que piensan ordenar a los fiscales federales que pidan las penas máximas en todos los casos relacionados con drogas.

De vuelta a los viejos tiempos, se dice Keller, a los malos tiempos.

Se ha embarcado en una carrera contrarreloj para aprobar cuanto antes todas las solicitudes que le parecen válidas, para proteger a su gente dentro de la DEA y reasignarla a las ubicaciones que deseen, para hacer avanzar la Operación Agitador.

Lo llama su recepcionista por el intercomunicador.

—El agente Hidalgo quiere verlo.

—Dígale que pase.

—Claiborne ha organizado un encuentro con los mexicanos —dice Hidalgo.

—¿Cuándo y dónde?

—En Nueva York —contesta Hidalgo—, mañana.

—¿Lerner estará allí?

—No.

O sea que Claiborne es el tope, piensa Keller.

Muy bien.

Cada cosa a su tiempo.

—¿Quieres salir esta noche o prefieres quedarte en casa? —le pregunta a Marisol.

—Me encantaría quedarme —contesta ella—. ¿Te importa?

—No. ¿Comida china, india o pizza?

—¿India?

—Claro.

Keller se sirve un whisky bien cargado y se sienta en el sillón, junto a la ventana.

Conseguir una orden judicial para que Claiborne lleve un micro a la reunión es un problema.

Entraría dentro de la jurisdicción federal del Distrito Sur de Nueva York y, aunque Dennison no tiene muchos amigos en esa zona, es posible que el fiscal se resista a pedir una orden que va contra Terra y Jason Lerner. Podría considerarse una maniobra política en plena campaña presidencial.

Además, pone a Mullen en una situación delicada. Es dudoso cuánto tiempo más podrá continuar la investigación sin informar a sus superiores, y las consecuencias que ello puede tener son preocupantes. El candidato tiene muchos partidarios dentro del Departamento de Policía de Nueva York. Nueva York es su base, igual que la del Berkeley Group. Solo haría falta un poli, un abogado —o un secretario— para que el asunto llegara a oídos de Berkeley. Y Lerner podría ejercer una enorme presión para cerrar la investigación definitivamente.

Keller tiene que reconocer, además, que la orden judicial entraña de por sí un problema. No tenemos argumentos sólidos, solo la declaración de un confidente que afirma que Berkeley quizá se reúna con una entidad financiera que tal vez esté relacionada con un cártel de narcotraficantes mexicanos. Hasta el juez más independiente y ecuánime podría rechazar ese argumento como justificación para autorizar escuchas.

Es el mismo círculo vicioso de siempre, piensa Keller, el que afrontamos cada vez que intentamos conseguir una orden de vigilancia: sin pruebas firmes, no podemos llevar a cabo escuchas y, sin escuchas, no podemos conseguir pruebas firmes.

—¿A dónde te fuiste? —pregunta Marisol.

—¿Perdona?

—Ahora mismo, ¿dónde estabas? ¿Quieres que llame yo para pedir la comida, o llamas tú?

—No, llamo yo. ¿Lo de siempre?

Ella asiente con un gesto.

—Me he convertido en un triste animal de costumbres.

Lo triste, se dice Keller al tomar el teléfono, es que yo tenga grabado en el celular el número del servicio de reparto. Pide lo de siempre: para Marisol, *tikka masala* de pollo y para él *vindaloo* de cordero, y le dan la respuesta estándar: que tardarán unos cuarenta minutos. Sabe por experiencia que, pidas lo que pidas, ya sea una pizza de pepperoni o un faisán bajo una campana de cristal, responden siempre lo mismo: que tardarán unos cuarenta minutos.

Comen delante del televisor, viendo la convención de Cleveland. Un político zafio y sudoroso arenga al gentío al grito de «¡Que la encierren! ¡Que la encierren!».

—A lo que hemos llegado —dice Marisol—. Ese podría ser tu nuevo jefe. Dicen que será el nuevo fiscal general.

—¿Quién es?

—El gobernador de Nueva Jersey.

—Yo creí que era Pedro Picapiedra.

—O Hermann Goering —responde Marisol—. Dime que no van a ganar.

—No van a ganar.

—No pareces convencido.

—No lo estoy —dice Keller—. ¿Te has parado a pensar qué quieres hacer después?

—No lo sé —dice Marisol—. ¿Estás listo para retirarte?

—Tal vez.

—¿Y hacer qué? —pregunta ella.

—Leer libros —dice Keller—. Ir a dar largos paseos. Podríamos viajar.

—No pienso ir de crucero —responde Marisol.

Keller se ríe.

—¿Quién ha dicho nada de un crucero?

—Lo digo por si acaso.

—Está bien, nada de cruceros —dice Keller—. Me siento mal, Mari. Te arranqué de tu vida, de tu trabajo, y te traje aquí con la expectativa de llevar cierta clase de vida. Y has sido… fantástica. Me has ayudado a librar cada puta batalla, has salido casi siempre más airosa que yo, y ahora no sé qué vida puedo darte.

—No tienes que «darme» nada —responde Mari—. Yo decidí lo que quería hacer, y estoy muy satisfecha con lo que elegí.

—¿Sí?

—¡Sí! —responde ella—. ¿Cómo puedes preguntarme eso? Te quiero, Arturo. Me encanta nuestra vida aquí. Me encanta el trabajo que hago.

—Entonces, te gustaría quedarte en Washington —dice Keller.

—Si es posible, sí —dice Marisol—. Todavía no estoy lista para dedicarme a jugar al golf o a pasear por centros comerciales, o lo que hagan las jubiladas estadounidenses. Ni tú tampoco, si eres sincero.

Hay cosas que podría hacer en Washington, piensa Keller. Ha estado esquivando las llamadas de media docena de *think tanks* a los que les encantaría tener entre sus filas a un exdirector de la DEA. En su lista de llamadas pendientes figuran mensajes de Georgetown y la American University. Y dos cadenas de televisión lo han sondeado sobre la posibilidad de participar asiduamente en programas de noticias como experto en temas relacionados con las drogas.

Pero ¿quiero seguir dedicándome a «temas relacionados con las drogas», al nivel que sea?, se pregunta. Ya he intentando alejarme de ese mundo dos veces, y siempre ha vuelto a absorberme. ¿No sería estupendo dejarlo para siempre esta vez?

¿Y qué es lo mejor para Mari?

—¿No estás cansada de recibir ataques?

—Los ataques pararán —afirma ella—. Ya no seré relevante. Y, además, Arturo… ¿Breitbart? ¿Fox News? En lo que a ataques se refiere, son unos aficionados. Yo me meriendo a niños regordetes como Sean Hannity.

Eso es verdad, se dice Keller. Esta mujer se encaraba con los putos Zetas.

—En Washington podemos ganarnos la vida desahogadamente. Si de verdad quieres quedarte aquí, teniendo en cuenta…

—¿Que podría ser la nueva sede del fascismo en Norteamérica? —pregunta Marisol.

—Un poco exagerado, pero está bien.

—No es ninguna exageración —dice Mari—. Ese hombre es un fascista, sus ideas son fascistas.

—Y tú quieres quedarte en su capital.

—¿Qué mejor lugar para unirse a la resistencia? —pregunta Marisol—. Además, no va a pasar.

Dios te oiga, piensa Keller.

No le dice lo que teme: que esta gente pueda ganar las elecciones y acceder al poder gracias a los cárteles mexicanos.

Suena el teléfono.

Es Mullen.

—Se ha fijado la reunión. En el Pierre.

—¿Por qué no en las oficinas de Berkeley?

—¿Por precaución? —pregunta Mullen—. No quieren que se vea a la gente de HBMX cruzando la puerta. Me sorprende que los mexicanos hayan accedido.

—Tenemos que conseguir que nos autoricen las escuchas —dice Keller.

—¿Con qué argumento? —pregunta Mullen—. Son un grupo de banqueros y promotores inmobiliarios que van a reunirse para hablar de un préstamo. No tenemos motivos para creer que es un acuerdo relacionado con drogas.

—Es un acuerdo relacionado con drogas —afirma Keller—. Si dos chicos trafican veinte billetes de hierba en una esquina puedo ponerles un micro. Esos tipos van a mover cientos de millones ¿y tenemos que dejarlos escapar porque van a reunirse en el Pierre?

—Estamos en el mismo equipo —dice Mullen—. Lo que digo es que no creo que ningún juez vaya a dar el visto bueno. ¿Y si no le pusiéramos el micro a Claiborne para escuchar la reunión, sino para poder garantizar su seguridad personal? Un confidente que participa en una reunión de alto riesgo…

—No va a funcionar —dice Keller—. ¿La seguridad de Claiborne, en peligro? ¿En el Pierre, entre banqueros y promotores inmobiliarios? ¿Qué podemos temer, que se atragante con el foie gras? ¿Y qué haremos? ¿Entrar y hacerle la maniobra de Heimlich? Tenemos que encontrar algo que podamos presentarle al juez sin que se parta de risa y nos eche de su oficina.

—Puede que no sea necesario —dice Mullen—. Supongamos que Claiborne lleva el teléfono en el bolsillo y graba la reunión para sus propios fines. Habría ciertos problemas legales si quisieras utilizar la grabación en el juzgado más adelante, podría considerarse inadmisible, pero si solo buscamos información eso no importa.

—Recuérdame que nunca me meta contigo —dice Keller.

—¿Querrá hacerlo Claiborne? —pregunta Mullen.

No le queda otro remedio, piensa Keller.

Claiborne está más nervioso que una puta en una iglesia.

Hidalgo teme que vaya a echarlo todo a perder, que entre y se ponga a vomitar, o se eche a llorar o algo así.

—¿Y si nos dicen que apaguemos los teléfonos? —pregunta Claiborne.

—Pues finges que lo apagas y no lo haces —responde Hidalgo.

Santo Dios.

—¿Y si nos confiscan los teléfonos antes de la reunión?

—¿Has estado alguna vez en una reunión así? —pregunta Hidalgo—. Porque me gustaría saber cómo son.

—No, nunca.

—Entonces cálmate —dice Hidalgo—. Y recuerda: queremos nombres. Descripciones. Si tomas notas, queremos verlas. Si hay documentos, queremos copias de esos documentos.

—No sé si puedo conseguirlas.

—Más te vale —dice Hidalgo—. Porque lo de subirte gratis al carrusel se acabó para ti, Chandler. Tienes que pagar tu ficha.

—No sé…

—Compórtate como normalmente —dice Hidalgo—. Sé el cretino que sueles ser. Y no te preocupes por decir algo que pueda incriminarte porque de todos modos tendremos que hacer un nuevo trato contigo. Una cosa más: si hay más reuniones, asegúrate de que te incluyan entre los asistentes.

—¿Cómo voy a hacer eso?

—¿Y yo qué carajo sé? —responde Hidalgo—. ¿Tengo pinta de banquero de inversiones? Llegaste trepando a donde estás, ¿no? Hazte necesario, imprescindible. Bésales el culo, chúpales la verga, lo que haga falta.

—¿Cuánto tiempo voy a tener que seguir así? —pregunta Claiborne.

—Hasta... —dice Hidalgo.

—¿Hasta cuándo?

—Hasta que te digamos que pares —contesta Hidalgo.

Hasta que te hayamos exprimido hasta la última gota, piensa, o hasta que nos pongas en bandeja a un pez de los gordos. Lo que ocurra antes.

Pero eres un cabrón muy listo. Seguro que ya lo has adivinado.

Cuando un teléfono suena a las cuatro de la mañana, suelen ser malas noticias.

Keller se gira en la cama y contesta.

—Keller.

—Siempre he creído —dice Mullen— que es mejor tener suerte que portarse bien. ¿Estás preparado?

—¿Para qué?

—Necesitamos algo que vincule a Terra con los cárteles, ¿no? —dice Mullen—. Pues creo que acabamos de conseguirlo.

Keller se espabila de golpe.

—Dios santo. ¿Cómo?

—Mi infiltrado, Cirello —dice Mullen—. Darius Darnell acaba de decirle que se encargue de la seguridad de la reunión en el Pierre.

Keller espera en el despacho.

Y aprovecha el tiempo para leer solicitudes de conmutación de pena. Una es de un interno de Florida condenado a cadena perpetua por vender cocaína; solo cincuenta dólares, pero era su tercera condena. Otra es de un pobre diablo condenado a perpetua no revisable por vender una pequeña cantidad de metanfetamina. La siguiente es de un preso llamado Arthur Jackson, sin antecedentes penales previos, que está cumpliendo tres condenas a perpetuidad por hacer una llamada telefónica para organizar un negocito de cocaína.

Y la cosa sigue y sigue.

Bobby Cirello se da la buena vida.

¿Cómo llamarías, si no, al hecho de estar en el Pierre bebiendo un café de diez dólares y comiéndote un bollo de veinte mientras inspeccionas la suite en busca de micrófonos escondidos?, se pregunta a sí mismo.

Está impecable: traje negro de Zegna, camisa gris perla de Battistoni, corbata roja de Gucci con pañuelito a juego y zapatos negros de Ferragamo. Como solía decir su yaya sobre los mafiosos que entraban en su restaurante a tomar el desayuno especial por un dólar: «Lleva más dinero en el lomo del que tiene en el banco».

Darnell le dijo que se pusiera elegante.

En la reunión van a participar banqueros y magnates del sector inmobiliario, además de ciertos «invitados especiales» que vienen de México, por eso le han dicho que se vista bien, que mantenga los ojos y los oídos bien abiertos y la boca cerrada, que se asegure de que la suite es confiable y que haga notar su presencia para que los invitados sepan que están seguros y a salvo, que un policía de Nueva York vela por ellos.

«¿Qué interés tienes en esto?», preguntó.

«¿Por qué lo preguntas?»

«Me gusta saber dónde voy a meterme», contestó Cirello.

«Necesito saber que la habitación donde va a celebrarse la reunión no está intervenida», dijo Darnell. «Y nuestras visitas tienen que saber que están tratando con gente seria. Solo tienes que estar allí y parecer un poli».

Haré lo que pueda, piensa Cirello cuando sale al pasillo. «Invitados especiales», y una mierda. Promotores inmobiliarios, banqueros: en lo que a él respecta, son unos canallas, solo que de un nivel más alto. La clase de gente que mata a otra gente, como a ese pobre chico, Travis.

Se abre la puerta del ascensor y sale un hombre. Un auténtico cliente de Brooks Brothers, se dice Cirello. Seguramente viste de L. L. Bean los fines de semana, cuando está en Connecticut.

Parece cagado de miedo.

—¿Chandler Claiborne? —pregunta como si no estuviera seguro de su propio nombre—. Vengo por la reunión.

—Es el primero en llegar —dice Cirello.

—¿Y usted es…?

—Seguridad —responde Cirello—. Adelante, pase. Hay café y otras cosas. Estoy seguro de que los demás llegarán en cualquier momento.

—¿Ha peinado la habitación? —pregunta Claiborne.

—¿Cómo dice?

—Peinar la habitación —dice Claiborne—. Ya sabe, por si hay micros y esas cosas.

—Ah, sí, la he peinado de arriba abajo.

Santo Dios.

Claiborne entra.

Los mexicanos, tres, llegan unos cinco minutos después. Uno de ellos tiene unos cincuenta años, calcula Cirello; los otros tienen entre treinta y cinco y cuarenta. Relajados, vestidos con ropa cara: esta gente está habituada a reuniones con guardias de seguridad en la puerta.

—El señor Claiborne está dentro —dice Cirello.

—Entonces ya estamos todos —responde el de cincuenta años—. Por favor, cuide que no entre nadie más.

—Sí, señor.

Cierran la puerta.

Cirello espera en el pasillo una hora y media, hasta que salen.

Keller recibe la llamada.

—Claiborne ya salió —dice Hidalgo.

—¿Y?

—Lo grabó todo. Te estoy mandando el archivo de audio.

—¿Cómo está Claiborne?

—Asustado —contesta Hidalgo, y se ríe—. Ya sabes cómo es el trabajo de infiltrado.

—Quédate con él un rato —dice Keller—. Asegúrate de que no vaya llorando con sus jefes a confesarles todo.

—Ahora mismo estamos tomándonos unos martinis —dice Hidalgo.

—Buen trabajo, Hugo.

—Gracias, jefe.

Hay mucho que hacer.

Keller empieza por escuchar el archivo de audio.

La mayor parte es un galimatías, discusiones financieras que no entiende. Pero queda claro que Claiborne está presionando a los mexicanos para que tomen una decisión inmediata sobre el préstamo, ofreciéndose a «hacerles subir varios puestos» dentro de la pirámide de sindicación y asegurándoles que Park Tower es una inversión viable.

«Entonces, ¿por qué ha perdido dinero durante nueve años?», pregunta uno de los mexicanos.

«Por un declive del mercado inmobiliario», responde Claiborne. «Pero eso está cambiando. Se está iniciando una fase de crecimiento, y Park Tower está en una ubicación privilegiada».

«Entonces, ¿por qué se bajó Deutsche Bank de la operación?»

«Algunas personas tienen agallas para hacer dinero», contesta Claiborne. «Y otras no. La cuestión es ¿las tienen ustedes?»

«No, Chandler, la cuestión es qué garantías van a darnos ustedes sobre nuestro dinero».

«¿No se las hemos dado siempre? ¿Cuándo les ha fallado Terra, o Berkeley, lo que es lo mismo?»

«Eso es verdad. Pero Terra está a punto de incumplir sus compromisos.»

«Por eso precisamente estamos aquí», dice Claiborne. «Miren, seamos realistas. Todos tenemos necesidades. Nosotros necesitamos liquidez y ustedes necesitan un sitio donde colocar dinero líquido. Podemos ayudarnos mutuamente. Es una relación simbiótica».

Keller vuelve a pulsar el botón de pausa. «Nosotros necesitamos liquidez y ustedes necesitan un sitio donde colocar dinero líquido». ¿Indica eso que son conscientes de que están cometiendo un delito? ¿Que saben que los 285 millones de dólares que solicitan proceden del narcotráfico? Vuelve a poner en marcha el audio y oye preguntar a uno de los mexicanos:

«¿Por qué no vino gente de Terra?»

«Bueno, el bróker de sindicación soy yo».

«Esa no es una respuesta. ¿Por qué tendríamos que invertir cientos de millones en gente que no viene a sentarse con nosotros?»

«Esta es una reunión preliminar exploratoria», responde Claiborne, «para cerciorarnos de su interés. Si quieren sentarse a hablar con Terra...»

«No solo con Terra. Con Jason».

«Si pudiera decirle que están dispuestos a aportar los doscientos ochenta y cinco millones...»

«El problema no es la cantidad. Lo que nos preocupa es la relación personal».

«Si hoy llegamos a un acuerdo preliminar», dice Claiborne, «estoy seguro de que a Jason le encantaría reunirse con ustedes».

«Siendo así», dice el mexicano, «estamos dispuestos a echar un vistazo a las cifras.»

Siguen cuarenta minutos de cifras mientras Keller reza para sus adentros: Presiona para la próxima reunión. Presiona para la próxima reunión.

Dios debe de estar escuchándolo, porque el jefe de los mexicanos concluye la sesión diciendo:

«Estamos dispuestos a cerrar el trato. Pero solo con Jason en persona.»

«Veré si puedo organizarlo para mañana», responde Claiborne. «¿Puedo ofrecerles algún entretenimiento hasta entonces?»

«Eres muy amable, Chandler, pero para eso podemos arreglárnoslas solos».

«Claro».

Acaba la reunión. Adioses, arrastrar de pies, puertas que se cierran.

El paso siguiente es identificar al banquero mexicano, piensa Keller. Llama a Mullen.

—Dos de mis mejores hombres los estaban esperando en la puerta del Pierre —dice Mullen—. Los tenemos bajo vigilancia. Se alojan en el Peninsula. Estamos intentando conseguir los datos de registro.

—De todos modos habrán usado nombres falsos —dice Keller—. ¿Tus chicos les tomaron fotos?

—Sí, pero no son muy buenas. No querían acercarse demasiado y alertarlos.

—No, es lógico —dice Keller—. Mándamelas de todos modos y las cotejaremos. ¿Qué hay de Cirello? ¿Puedes darnos una descripción?

—Ya la tengo.

Keller le habla de la reunión del día siguiente con Jason Lerner.

—Mira, esos tipos no son vírgenes que digamos, no es la primera vez que se involucran con esa gente. Voy a mandarte el audio. Ya lo verás.

—¿Podremos conseguir una orden?

—No lo sé —dice Keller—. Depende de quién sea esa gente.

—Te mandamos las fotos enseguida.

—A mí directamente. Intentaré conseguir una orden —dice Keller—. Necesitamos pruebas. Tenemos que convencer a Claiborne para que presione a esos tipos y admitan que son conscientes de su culpabilidad. Con un poco de suerte, Darnell volverá a encargarle la seguridad a Cirello. ¿Podrá convencer él a Darnell?

—No puede presionar demasiado.

—Sí, no se trata de que corra riesgos. —Ya me mataron a un infiltrado, se dice Keller. Al padre de Hugo. No quiero llevar otra muerte sobre mi conciencia—. Dile que tenga cuidado. Pero si podemos vincular a Darnell con los que van a poner el dinero…

—Dios, Art…

—Sí, de paso habla también con Dios.

Las fotos llegan un par de minutos después.

Mullen tenía razón, no son muy buenas. Un poco borrosas, hechas desde el otro lado de la calle. Tres hombres saliendo del Pierre. Los mismos tres hombres entrando en el Peninsula. Keller no los reconoce.

Mira atentamente las fotos individuales.

El que bautiza como «Banquero mexicano 1, BM 1» parece tener más de cincuenta años: cabello canoso, barbita canosa, metro setenta y cinco, aproximadamente.

«BM 2» es más joven, entre treinta y cuarenta y pocos años, pelo negro, algo más de metro ochenta. «BM 3» tiene poco más de treinta años, calcula Keller.

Haría cotejar las fotografías con la base de datos de la DEA, pero hay personas dentro de la agencia que informan a Denton Howard de todo lo que hace.

Y Howard no puede enterarse de esto todavía.

Quizá no pueda enterarse nunca.

Keller llama a Orduña a México.

—¿Puedes cotejar unas fotografías?

—Tú tienes mejores recursos que yo para eso.

—Pero no puedo usarlos —responde Keller.

Se hace un largo silencio.

—*¿Así es?*

—*Así es* —responde Keller.

No puedo confiar en mi propia gente.

—Mándamelas.

—¿Puedes darles prioridad?

—Eres un grano en el culo, Art.

—Y además soy famoso por ello —dice Keller—. Roberto, ¿recuerdas que siempre te estás quejando de que Estados Unidos no asuma su responsabilidad en el problema de las drogas? Pues esta es mi forma de asumir la responsabilidad. Al nivel más alto.

—¿Quiere eso decir que vas a meterte en un lío aún más gordo? —pregunta Orduña—. Tienes los días contados.

—Por eso lo necesito ya.

—Aquí siempre tendrás trabajo —responde Orduña.

Keller manda las fotos y luego espera tres horas interminables, hasta que llama Orduña.

—En orden ascendente, BM 3 es Fernando Obregón, un banquero de inversiones de HBMX. BM 2 es David Carrancistas, un ejecutivo de crédito del mismo banco. Y BM 1 es tu ganador: León Echeverría. Un jugador independiente.

—El nombre me suena.

—De hecho, lo tienes en tu base de datos —dice Orduña—. Revisa tu archivo de imágenes de la boda real de Adán y Eva. Era uno de los invitados. Igual que en el velorio y el entierro de Adán. Hace años que lo vigilamos, décadas. Pero… Arturo, no sé en qué te estás metiendo allá, pero aquí Echeverría está muy bien relacionado, no solo con Sinaloa, también con ciertas personas de las altas esferas de la Ciudad de México.

Con las más altas esferas, explica Orduña. Echeverría es uno de los grandes donantes del PRI a todos los niveles. Comparte intereses financieros con la actual administración mexicana. De hecho, les ayuda en sus inversiones.

—Es *intocable* —dice Orduña.

Intocable.

Keller se reúne con el juez Antonelli en el bar del hotel Hay-Adams, en la calle Dieciséis. Ocupan uno de los reservados tapizados de rojo, bajo una vieja caricatura de Tip O'Neill.

—¿A qué viene esta cita clandestina, Art? —pregunta Antonelli—. Los dos tenemos despachos perfectamente funcionales.

—Necesito una orden.

—Para eso tienes un batallón de abogados.

Keller le dice contra quién es la orden.

—Me estás pidiendo que cometa suicidio profesional si ganan ellos —responde Antonelli.

—Si ganan ellos, te destituirán de todos modos.

—Puede que no —dice Antonelli—. Podría pasar desapercibido. A no ser que haga esto. Si te doy esta orden, podría considerarse una cacería de brujas política. Un intento de favorecer a los demócratas en las elecciones.

—No lo es —le asegura Keller.

Le muestra a Antonelli algunas de las fotografías que le envió Orduña: Echeverría bailando en la boda de Adán Barrera; en su velorio, en el entierro. Echeverría con Elena Sánchez, con Iván Esparza, con Ricardo Núñez, con Tito Ascensión. Hasta una foto de juventud con Rafael Caro.

—Deduzco que todas estas personas son figuras del cártel —dice Antonelli.

—Así es.

—¿Y qué?

—Que aquí hay indicios suficientes para justificar una sospecha razonable de delito —dice Keller.

—¿Un banco que presta dinero?

—A HBMX lo han pescado otras veces metiendo la mano en el tarro de las galletas —dice Keller—. En 2010, canalizó dinero del narcotráfico a través de Wachovia Bank. En 2011, con HSBC. En 2012, con Bank of America. Está todo en los archivos judiciales. Los bancos implicados llegaron a acuerdos con Justicia y pagaron multas.

—¿Por qué no ha sido procesado en México?

—Porque no son mucho más limpios que nosotros, imagino.

Antonelli tamborilea con los dedos sobre la mesa.

—No hay una relación clara entre esta reunión y los traficantes de drogas.

—Un traficante de heroína llamado Darius Darnell se encargó de garantizar la seguridad de la reunión.

—¿Cómo lo sabes? —pregunta Antonelli.

—Bill…

—Me estás pidiendo que me juegue el pellejo por esto.

—Tenemos un agente infiltrado muy próximo a Darnell —dice Keller.

—Consígueme una declaración jurada.

—Si llegara a filtrarse —dice Keller—, ese hombre podría morir.

Más tamborileo.

—¿Podría hablar con esa persona por teléfono?

Tardan veinte minutos en arreglarlo. Keller llama a Mullen, Mullen llama a Cirello, Cirello llama a Keller.

—No se identifique —dice Keller—. Estoy a punto de pasarle el teléfono a un juez federal que va a hacerle unas preguntas.

—De acuerdo.

Keller le pasa el teléfono a Antonelli.

—Soy el juez William Antonelli —dice—. Necesito que entienda que esta conversación tiene la misma fuerza legal que si se apersonara usted en mi despacho y estuviera bajo juramento. ¿Lo entiende?

—Sí, señoría.

—Bien —dice Antonelli—. ¿Tiene usted una relación personal con un tal Darius Darnell y, si es así, en qué consiste esa relación?

—Trabajo para él, ejerciendo mi labor como agente de policía infiltrado —dice Cirello.

—Que usted sepa de primera mano —añade Antonelli—, ¿está implicado Darnell en el tráfico de drogas?

—Sé de primera mano que Darnell trafica con heroína.

—¿Y realiza usted labores de seguridad para él?

—En mi calidad de agente de policía infiltrado —contesta Cirello—, realizo, en efecto, labores de seguridad para Darius Darnell.

—¿El señor Darnell le pidió que se encargara de las medidas de seguridad de una reunión en el hotel Pierre entre un representante de Terra Realty Trust y ciertas entidades bancarias mexicanas?

—Me lo pidió hace dos días —responde Cirello—, pero no me dijo quién asistiría a la reunión.

—¿Averiguó usted posteriormente la identidad de esos individuos?

—Sí, así es.

—¿A través del señor Darnell?

—No.

—En su opinión, ¿esa reunión está vinculada con los negocios de tráfico de drogas del señor Darnell?

Keller contiene la respiración. Es la gran pregunta. Si Cirello contesta que no lo sabe —que es posiblemente la respuesta precisa—, adiós a la orden judicial.

Entonces oye decir a Cirello:

—En mi opinión, sí.

—¿En qué se basa? —pregunta Antonelli.

Keller oye a Cirello mentir:

—Me lo dijo él.

—Gracias. —Antonelli cuelga—. No sé.

—Bill —dice Keller—, necesito esa orden. Necesito que hagas lo correcto.

—Ojalá fuera tan sencillo saber qué es lo correcto —dice Antonelli.

—Tú sabes qué lo es —responde Keller.

—Hiciste lo correcto —afirma Mullen.

¿Mentirle a un juez federal?, piensa Cirello. Claro que todo forma parte de este mundo absurdo en el que vivo: lo incorrecto es lo correcto.

—Hiciste lo correcto —repite Mullen—. Tenemos la orden.

Y eso es lo que importa, se dice Cirello.

—Ahora solo queda esperar que Darnell te mande otra vez a la reunión —dice Mullen.

—No hay razón para que no lo haga —dice Cirello.

Chandler Claiborne está asustado.

—No voy a hacerlo otra vez —dice.

—No tienes por qué —contesta Hidalgo—. La sala estará intervenida.

—Jason es amigo mío —añade Claiborne—. Hemos ganado millones juntos. No quiero meterlo en una trampa.

—¿Qué estás diciendo?

—Que voy a deshacer la reunión —dice Claiborne—. Ya sacaré el dinero de otro sitio.

—¿Cómo vas a explicárselo a Lerner?

—Le diré que los mexicanos se echaron atrás.

—Hazlo —dice Hidalgo—, y llamo a Jason Lerner y le pongo la grabación. Le diré que estás cooperando con nosotros como testigo. ¿Qué crees que pasará entonces?

Chandler lo mira fijamente.

—Ustedes son malvados. Son verdaderamente malvados.

—¿Qué te parece si subimos a mi coche y te llevo al depósito de cadáveres para que veas las consecuencias de una sobredosis de heroína? —responde Hidalgo.

—Yo no les clavo las jeringas en el brazo.

—¿Crees que Lerner es un tipo legal? —pregunta Hidalgo—. ¿Que mordería la bala por ti? ¿Te digo algo? Traeremos aquí a Lerner, a ver quién canta primero. Y que te quede clara una cosa: el que canta primero es el que se va libre. Los demás abordan el autobús con destino a una prisión federal. Mira, estoy harto de esta conversación. ¿Qué dices? ¿Cooperas con nosotros plenamente o jugamos esa partida, a ver quién consigue la inmunidad?

Claiborne escoge la opción número uno.

—Puede que en esta reunión reconozcas a alguien —dice Darnell—. Cuento con tu discreción.

—¿A quién voy a decírselo? —pregunta Cirello.

—Tienes razón.

Cirello decide presionar un poco más.

—¿Qué está pasando? ¿De qué se tratan esas reuniones? Porque, no te ofendas, pero esa gente no es precisamente de tu tipo.

—No —contesta Darnell, se detiene un segundo y luego se echa a reír—. Aunque mi hijo vaya al colegio con los suyos.

—Entonces…

—En este país, un negro solo puede progresar por su cuenta hasta cierto punto —dice Darnell—. Luego necesita a los blancos.

—¿Para qué?

—No voy a volver a la cárcel —dice Darnell—. Pase lo que pase, no voy a volver.

Cirello no insiste.

Porque ya tiene su respuesta: Darius Darnell confía en que, si vuelven a detenerlo, sus socios en Terra y Berkeley lo saquen del apuro.

O se los llevará por delante.

Bien hecho, Darnell, piensa Cirello.

Bien hecho, cabrón.

Porque ¿sabes cuál es la diferencia entre un sindicato de bancos y un cártel?

Prácticamente ninguna.

Cirello «peina» la sala colocando cuidadosamente varios micrófonos —en un jarrón, detrás de un cuadro, debajo del sofá— y empieza a canturrear.

• • •

Keller, en su despacho, lo oye perfectamente.

Ahora es cuestión de confiar en que nada salga mal en el último momento, y que todos los participantes acudan a la reunión.

Los mexicanos consiguieron, en efecto, entretenerse anoche. Según la gente de Mullen, cenaron en Le Bernardin y se trasladaron a continuación a un burdel exclusivo del Upper East Side. No regresaron al Peninsula hasta pasadas las dos de la madrugada.

Bien, se dice Keller, así estarán menos alertas.

Cirello sale al pasillo y espera.

Claiborne es de nuevo el primero en llegar.

—Buenos días.

—Buenos días, señor.

Y vete al carajo.

Unos minutos después llega Jason Lerner. Darnell tenía razón: Cirello lo reconoce de inmediato porque sale cada dos por tres en la sección de chismes del *Daily News*, normalmente del brazo de su despampanante esposa, en algún evento benéfico. Y durante los escasos minutos que Cirello vio la convención en la tele, Lerner estaba en la tribuna.

Cirello se guarda una sonrisa para sus adentros, pero ahí está, en su fuero interno. Darnell necesitaba un chico blanco y se ha buscado uno de los grandes. Saluda a Lerner con una inclinación de cabeza y dice:

—Uno de sus colegas ya está aquí.

Lerner inclina la cabeza.

—Gracias.

Oh, no me des las gracias, se dice Cirello.

Pendejo.

Los mexicanos llegan cinco minutos después.

Así que la fiesta ya puede empezar, piensa Cirello.

Keller escucha a Claiborne dando inicio a la reunión.

«Confío en que hayan pasado todos una buena noche».

Payaso, piensa Keller.

«Hemos preparado una oferta detallada», prosigue Claiborne. «Si las condiciones les parecen aceptables, tenemos los contratos listos para su firma. Así que, por favor, échenle un vistazo, tómense su tiempo y, si tienen alguna duda, la aclararemos encantados».

El sonido es bueno, piensa Keller. Se escucha el tintineo habitual de tazas de café y hielo en los vasos de agua, pero las voces llegan con nitidez. Y Cirello podrá testificar respecto a la identidad de los presentes en la sala.

Ruido de papeles.

Unos cuantos comentarios en voz baja respecto a diversos pormenores.

Claiborne pregunta si alguien quiere más café.

Luego alguien —por el sonido de su voz Keller deduce que es Echeverría, el mayor de todos— dice:

«Jason, me alegra volver a verte».

«Lo mismo digo».

«¿Cuánto tiempo hacía?»

Qué arrogante es esta gente, se dice Keller. Se están metiendo de cabeza en la trampa.

«Desde lo de Cabo», contesta Lerner. «En Año Nuevo, hace dos años, creo».

«Sí, creo que tienes razón».

Se palpa la tensión, piensa Keller. Echeverría sigue molesto por que Lerner no acudiera a la primera reunión. Esta es su forma de hacerle saber que lo considera un insulto.

Claiborne recoge la pelota.

«Bueno, ya han podido echar un vistazo a las cláusulas del acuerdo. Si necesitan más tiempo…»

«Las cláusulas nos parecen aceptables», contesta Echeverría. «Solo queremos mirar a Jason a los ojos y preguntarle si nuestro dinero está seguro con él».

«Estuvo seguro en Bladen Square, ¿no es cierto, León?», dice Lerner. «Y en el proyecto de Halterplatz. También está seguro en Park Tower».

Lerner no está dispuesto a aguantar estupideces, se dice Keller. Puede que sea por su nuevo estatus. Pero, santo Dios, acaba de hacer un recorrido completo de su relación de negocios con Echeverría.

El mexicano tampoco parece dispuesto a congraciarse con él.

«Pero, a diferencia de esos otros proyectos, Park Tower ha estado perdiendo dinero. Quieren vendernos un trozo de una entidad deficitaria, y me pregunto si eso se le hace a un viejo amigo».

«León, si piensas que te estoy utilizando con el único fin de reducir mis riesgos…»

«Si creyera eso, no estaría aquí sentado».

«Entonces…»

«Caballeros», dice Claiborne, desquitando su sueldo, «esta es una situación única…»

«¿Y eso por qué?», pregunta Echeverría.

«Como comentábamos ayer», contesta Claiborne, «ustedes necesitan un lugar donde colocar su dinero, y sus opciones no son, digamos, ilimitadas».

«¿Nuestro dinero no está lo bastante limpio para ustedes?», pregunta Echeverría.

Casi lo tienes, Claiborne, piensa Keller. Vamos, sigue presionando.

Pero Lerner interviene:

«Su dinero es tan bueno como el que más, por supuesto. Si no lo creyéramos, no estaríamos aquí. León, tienes razón, somos viejos amigos y, si he hecho algo que haya podido dañar nuestra amistad, te pido disculpas. Lo lamento. Entre viejos amigos, tengo que reconocer que te necesito. Si no entras en el negocio, tendré que ir a ejecución y perderé la propiedad».

Keller aguarda mientras se hace un largo silencio. Luego oye decir a Echeverría:

«Estamos dispuestos a firmar».

«Excelente», dice Claiborne.

Keller oye otra vez trasiego de papeles. Después oye decir a Lerner:

«De hecho, León, podemos hacerlo así, o podemos prescindir de contratos».

«Jason, yo...», dice Claiborne.

Está obviamente sorprendido.

Pero Lerner añade:

«Estoy seguro que comprendes que actualmente estamos sometidos a un escrutinio cada vez más intenso. Es como vivir en una pecera, con un reflector apuntándote. Sin ningún ánimo de ofenderlos, caballeros, el nombre de HBMX en un préstamo sindicado podría concitar un interés que no nos conviene en estos momentos. Si hubiera una forma de...»

«¿Estás sugiriendo que te entreguemos doscientos ochenta y cinco millones a cambio de un apretón de manos?», pregunta Echeverría.

«Como tú lo dijiste, somos viejos amigos».

«Jason», dice Claiborne, «esto es sumamente...»

«Gracias, Chandler. Yo me encargo».

Sí, cállate la puta boca, Chandler, piensa Keller.

«¿Cómo justificarías el dinero?», pregunta Echeverría.

«Como habrás observado», dice Lerner, «tenemos espacio disponible en Park Tower. Tal vez tengan empresas fantasmas que podrían arrendar ese espacio, y el dinero figuraría como ingresos. Otros fondos podrían justificarse como gastos de construcción. En fin, hay cientos de maneras de hacerlo».

Echeverría se ríe.

«Jason, estoy tratando de lavar dinero, no de ensuciarlo aún más».

¡Lotería!, piensa Keller.

«Te entiendo», dice Lerner, «pero si pudiéramos llegar a un acuerdo... menos formal, estaríamos dispuestos a darles dos puntos más, con lo que ocuparían el tercer puesto en la sindicación. Te prometo, León, que Park Tower será un bombazo. Tus inversionistas van a ganar un montón de dinero. Dinero limpio».

Dios mío, piensa Keller. Lerner acaba de confesar un montón de delitos. No solo se ha incriminado como participante en una operación de lavado de dinero, sino en un fraude de grandes proporciones y en la violación de una docena de leyes federales.

Pero los tiene bien puestos, eso Keller tiene que reconocerlo.

Doscientos ochenta y cinco millones, sin papeles.

Y, por tanto, sin aval.

Pero eso es común entre los narcotraficantes. Rara vez piden aval porque no lo necesitan. La vida de los deudores, la de sus familias, es garantía suficiente. Lerner sin duda lo sabe, pero puede que ahora mismo se sienta tan poderoso, tan bien relacionado, que cree estar por encima de eso.

Es *intocable*.

Pero ¿aceptará Echeverría? Los cárteles suelen adelantar un millón o dos, puede que incluso cinco en drogas, pero ¿doscientos ochenta millones de dólares?

«Tengo que hacer una llamada», dice Echeverría.

«Te dejamos solo», dice Lerner.

«No, salgo al pasillo».

No, piensa Keller. No, maldita sea, no.

Pero Echeverría sale y Keller, durante los diez minutos siguientes, solo oye ruido de gente que se levanta y se sienta, de líquidos que se sirven, de conversaciones en voz baja acerca del puto tiempo, los deportes, de la mejor ruta para llegar al jodido aeropuerto…

Por fin vuelve Echeverría.

«Tres puntos, Jason».

¿Eso es todo?, se pregunta Keller. ¿Va a negociar un escollo de un solo punto y ya está?

No.

«Y», añade Echeverría, «como tú mismo has comentado, en estos momentos estás sometido a un escrutinio cada vez mayor debido a tus relaciones más cercanas. Confío en que, si te hacemos este favor, como viejo amigo nuestro que eres, pongas en juego esas relaciones en caso de que necesitemos que alguien escuche nuestro punto de vista».

A pesar de lo mucho que los desprecia, de lo mucho que desea retirar de la circulación a toda esta gente, Keller casi se muere de ganas por que Lerner rechace de plano su oferta.

«No puedo prometerte», contesta Lerner, «que nuestros contactos vayan a emprender acciones concretas en un sentido o en otro…»

«Claro que no», dice Echeverría.

De acuerdo, piensa Keller.

«Pero siempre tendrán a alguien dispuesto a escucharlos», dice Lerner.

Dios mío, piensa Keller.

Dios mío.

Si John Dennison gana las elecciones…

El cártel ha comprado a la Casa Blanca.

Ya hemos cruzado la frontera.

LIBRO CUATRO

Investidura

Y cubro así mi desnuda villanía con viejos andrajos robados de las Escrituras.

—William Shakespeare, *Ricardo III*, Acto I, Escena III

1

Países extranjeros

Anaxágoras le dijo a un hombre que se lamentaba porque iba a morir en un país extranjero: «El descenso al Hades es el mismo desde todas partes».

—Diógenes

Washington, D. C.
Noviembre de 2016

La mañana posterior a las elecciones, Keller se despierta pensando que ya no reconoce su país.

No somos como yo creía que éramos, reflexiona.

En absoluto.

Lleva a cabo mecánicamente su rutina de cada mañana: se pone debajo de la ducha como si el chorro de agua caliente pudiera llevarse su depresión (cosa que no ocurre), se afeita, se viste y baja a calentar agua para el café.

Lo que le deprime es la pérdida de un ideal, una identidad, una imagen de lo que es este país.

O era.

Que este país elija a un racista, a un fascista, a un gángster, a un narcisista fanfarrón y jactancioso, a un fantoche. A un hombre que presume de agredir a mujeres, que se burla de un discapacitado, que se codea con dictadores.

A un mentiroso redomado.

Pero la cosa no acaba ahí, claro está.

Keller vio anoche subir al escenario a John Dennison, y justo detrás de él estaba Jason Lerner, un individuo que está en tratos, y endeudado, con el cártel. Ya ha sido nombrado «asesor especial» del nuevo presidente y, como tal, dispondrá de acceso privilegiado en materia de seguridad nacional, cualquier informe de secreto máximo puede acabar en sus manos.

Lo que significa que el cártel dispone ya de un infiltrado dentro de la Casa Blanca, la DEA y todo el aparato de los servicios de inteligencia de la nación.

Y tú tienes dos meses para impedirlo, piensa Keller.

Lleva una taza de café arriba, donde Marisol se ha tapado la cabeza con las cobijas.

—Tienes que levantarte tarde o temprano —dice al dejar la taza en la mesita de noche.

—No necesariamente.

—¿Vas a pasarte la vida debajo de las cobijas? —pregunta Keller.

—Es posible. —Su cara asoma debajo de la cobija—. Arturo, ¿cómo pudo pasar esto?

—No lo sé.

—¿Vas a renunciar?

—Lo habría hecho de todos modos —dice Keller—. Es el procedimiento habitual.

—Pero la otra candidata no habría aceptado tu renuncia.

Él se encoge de hombros.

—Eso nunca se sabe. El nuevo presidente tiene derecho a nombrar a una persona de su confianza para el cargo.

—No seas tan estoico —dice Marisol.

—No es estoicismo —responde Keller—. Es desaliento existencial. Me voy a la oficina.

—¿En serio?

—Hoy es día de trabajo.

El préstamo sigue su curso.

Claiborne entrega debidamente todo el papeleo.

Es inmenso.

Parte del dinero se recibe a través de contratos de arrendamiento, a medida que diversas empresas fantasmas obtienen dinero de HBMX y alquilan espacios en Park Tower. Y son literalmente empresas fantasmas, piensa Keller: las oficinas están vacías, no hay nada dentro.

Otra parte del capital sigue el itinerario habitual alrededor del mundo: HBMX lo transfiere a Costa Rica y de allí a las islas Caimán, y después a Rusia, desde donde se distribuye a diferentes entidades bancarias rusas, holandesas y alemanas. El dinero pasa a continuación a empresas fantasmas de Estados Unidos, a bufetes de abogados y fondos de cobertura, hasta que finalmente va a parar a Terra.

Hay, además, órdenes de compra para realizar mejoras en el edificio: ventanas, tablaroca, plomería, alfombrado, productos de limpieza... Cosas que se compran pero que, como explica Claiborne, nunca llegan a materializarse.

De una forma u otra, HBMX transfiere 285 millones de dólares a Terra.

Terra cumple con sus plazos de pago.

Berkeley se lleva diez millones de comisión.

Claiborne, una prima de un millón.

• • •

Keller hace recapitulación del caso.

Ya puede pedir la imputación de Lerner, Terra y Berkeley por dos posibles delitos federales de blanqueo de capitales. Dispone de una grabación en la que el propio Lerner se incrimina al reconocer implícitamente que no va a presentar los debidos informes en una transacción que supera (no jodas) los diez mil dólares, y hay una entidad financiera implicada.

Pero, de los dos delitos, el incumplimiento de la ley 18 USC 1957 es el menos importante, con una sentencia máxima de diez años de prisión. El premio gordo es la ley 18 USC 1956, que duplica la pena de prisión e impone una multa cuyo importe puede ser igual o superior dos veces al capital blanqueado. Pero la norma de 1956 exige que el imputado sepa que se trata de dinero sucio. Lerner, Claiborne y los demás tenían que saber que esos 285 millones procedían del narcotráfico.

Eso no lo tenemos todavía, piensa Keller.

Estamos cerca, pero un buen abogado defensor —y esta gente tendrá los mejores— hará trizas nuestras pruebas.

O, mejor dicho, nuestra falta de ellas.

No tenemos pruebas en las que Lerner reconozca expresamente que sabía que Echeverría representaba a capitalistas cuyo dinero procede del narcotráfico.

Tienen que mandar otra vez a Claiborne.

Sentado dentro de una camioneta estacionada junto a Bay View Drive, en Jamestown, Rhode Island, Hidalgo escucha por los audífonos.

Claiborne ha ido a la «casita» de verano que Lerner tiene al otro lado de Narragansett Bay, frente a Newport. También tiene una casa en los Hamptons, pero esa zona está, en su opinión, «demasiado vista».

Hidalgo oye un tintineo de vasos.

«Esta mierda tiene más años que nuestros padres», comenta Lerner. «Lo estaba reservando para una ocasión especial».

«Me siento honrado».

«No, mira», dice Lerner, «nos has sacado de un atolladero y te lo agradezco».

«Es mi trabajo».

«Te has superado», dice Lerner. «¡Salud!»

«Salud», contesta Claiborne. «Y gracias por mandarme el helicóptero.»

«La Noventa y Cinco es un fastidio los viernes», comenta Lerner. «No quiero que pases por eso».

Silencio.

«Bueno, ¿qué hacemos aquí?», pregunta Lerner. «Parecía urgente».

«Estoy preocupado».

«Se nota. ¿Por qué?»

Vamos, Chandler, piensa Hidalgo. Hazlo de una vez. Aquí hace un frío que pela.

«Conoces la procedencia del dinero de HBMX, ¿verdad?», pregunta Claiborne.

«No es la primera vez que hago negocios con Echeverría».

Cabrón escurridizo, piensa Hidalgo. Sigue, Chandler.

«Entonces, sabes que es dinero de las drogas», insiste Claiborne.

Ese es mi chico.

«No lo sé con seguridad», responde Lerner. «Ni tú tampoco».

«Vamos, Jason».

«Vamos tú, Chandler», dice Lerner. «Tú organizaste el préstamo. Si parte del capital tiene un origen problemático, es responsabilidad tuya, no mía».

Qué huevos tiene, piensa Hidalgo. Se diga lo que se diga de Lerner, el tipo tiene tamaños. Apriétale las tuercas, Chandler.

«Si yo caigo», dice Claiborne, «no caeré solo».

«¿Qué quieres decir con eso?»

«Que te estoy diciendo que es dinero del narcotráfico», responde Claiborne.

«Santo Dios, ¿traes un micro?»

Carajo. Calma, Chandler. No la cagues.

«No digas pendejadas».

«¿Lo traes?»

«¡No!»

«Porque si es así…»

«¿Crees que voy a arriesgarme a tocarle los huevos a esa gente?», pregunta Claiborne. «Tú sabes quiénes son, sabes lo que hacen».

Buen trabajo, hombre. Esto se te está empezando a dar bien. Ahora, vuelve al asunto.

«Sí, lo sé. ¿Y tú? ¿Lo sabes?»

Una amenaza velada. Una admisión de culpa implícita.

«Me matarían a mí y a toda mi familia», dice Claiborne.

«Sí, exacto.»

«Tengo miedo, Jason. Estoy pensando en acudir a la policía».

Allá vamos.

«No lo hagas», dice Lerner. «Es lo último que debes hacer».

«Si esto se pone mal…»

«Tenemos las espaldas cubiertas», afirma Lerner. «¿Es que no lo entiendes? Dinero de las drogas o dinero ruso, qué más da. Si hay una investigación, podemos cerrarla en cualquier momento. Ahora estamos en la cumbre. Somos intocables».

Puede que no, J, se dice Hidalgo. Puede que no, después de haber dicho eso delante de un micro.

«No sé...»

«Chandler, necesitaba ese puto crédito», dice Lerner. «Mi suegro necesitaba ese puto crédito. ¿Sabes adónde quiero llegar?»

Puta madre, piensa Hidalgo. Carajo.

Silencio.

«Bebe tu whisky y anímate», dice Lerner. «No va a pasar nada».

«Eso espero».

«Lo sé», afirma Lerner. «Voy a avisar para que el helicóptero te lleve de vuelta».

«De acuerdo, gracias».

Hugo Hidalgo se quita los audífonos.

Sí, piensa.

Gracias.

—Lo hiciste muy bien —dice Hidalgo.

Extrae la micrograbadora de debajo del cuello de la camisa de Claiborne, la enchufa a un puerto USB y descarga el contenido en su laptop.

—¿Y si me hubiera cacheado?

—No habría encontrado esto.

—¿Y si lo hubiera encontrado?

—Entonces supongo que se habrían dado de bofetadas hasta que uno de los dos se desmayara —dice Hidalgo—. El caso es que no lo encontró y ahora tenemos sus huevos en bandeja.

—Creo que sospecha algo.

—Claro que sospecha —dice Hidalgo—. Todo mundo sospecha.

—¿Qué va a pasar ahora?

—Ya te avisaremos —dice Hidalgo—. Tú sigue como si nada hasta que nos pongamos en contacto contigo. Juega squash, tómate un martini, sal a navegar, haz lo que haga la gente como tú cuando no está metida jodiéndonos a los demás. Contactaremos contigo cuando te necesitemos.

—No me cabe duda.

—Es agradable saber que hay algunas cosas seguras en esta vida, ¿verdad?

Keller escucha la grabación.

«Chandler, necesitaba ese puto crédito», dice Lerner. «Mi suegro necesitaba ese puto crédito. ¿Sabes adónde quiero llegar?»

Sí, creo que sí, contesta Keller para sus adentros.

Dennison tiene intereses en Terra. Intereses que no ha revelado en ninguna declaración pública de patrimonio.

Pero ¿está al corriente del préstamo de Park Tower?

Keller confía sinceramente en que no lo esté, pero eso ahora no es urgente. Lo urgente es acusar a Lerner.

Sabe que el problema de conseguir la demanda contra Jason Lerner es encontrar un ayudante de fiscal de distrito —un fiscal federal— que acepte el caso.

Al igual que al director de la DEA, a los fiscales federales los nombra la Casa Blanca y, por lo general, cambian con cada administración. Algunos conservan su puesto; muchos otros, no. El procesamiento de casos concretos, no obstante, corresponde a los fiscales ayudantes, o AUSAS, nombrados por el fiscal general de Estados Unidos, al que sirven a su capricho.

Y al próximo fiscal general no le va a hacer ninguna gracia procesar a Jason Lerner.

Ni a Terra.

El propio Lerner lo ha dicho: «Ahora estamos en la cumbre. Somos intocables.»

Puede que el muy infeliz tenga razón.

A cualquier fiscal ayudante le dará miedo tocar el caso: es un suicidio profesional. Y aunque le cuente a un fiscal federal lo que sé, piensa Keller, es posible que vaya directo con Lerner y se lo suelte todo.

La paradoja es brutal: la misma fiscal general que va a insistir en que se apliquen las penas máximas por posesión de marihuana se encargará de bloquear el procesamiento de personas que están lavando ingentes cantidades de dinero procedente del narcotráfico.

Porque esas personas son blancas, ricas y están bien relacionadas.

Si un billete de diez dólares cambia de manos, vas a la cárcel. Pero si cambias trescientos millones de dólares en Wall Street, vas a cenar a la Casa Blanca.

«Ahora estamos en la cumbre. Somos intocables».

Puede que no, cabrón.

Puede que no.

Tiene que plantear la cuestión con tacto, delicadamente, porque solo tendrá una oportunidad.

Y si mi corazonada no da en el clavo, se dice Keller, se acabó. El viernes sale temprano de la oficina, toma el Acela para ir a Nueva York y se registra en el Park Lane.

La habitación tiene una vista preciosa de Central Park.

Suena el timbre.

El fiscal general del estado de Nueva York le tiende la mano. Es alto, delgado, de cabello negro entreverado de gris.

—Drew Goodwin.

—Art Keller. Adelante.

Goodwin entra y contempla la vista.

—¿Le apetece una copa? —pregunta Keller.

—Bourbon, si tiene —dice Goodwin—. Pero el suspenso me está matando. El jefe de la División de Narcóticos de la policía de Nueva York me pregunta si estoy dispuesto a reunirme en secreto con el director de la DEA. En una habitación de hotel. La gente va a pensar que tengo una aventura extramarital.

Keller le sirve un Wild Turkey del minibar. Goodwin acepta la copa y se sienta en el sofá.

—Necesito que me dé su palabra —dice Keller— de que lo que se diga en esta habitación no saldrá de aquí.

—Ni que estuviéramos en Las Vegas.

—No simpatiza usted con el nuevo gobierno.

—Eso no es ningún secreto —responde Goodwin—. Soy el típico judío neoyorquino, liberal y demócrata.

—Ha abogado por la reforma de las sentencias para delitos relacionados con las drogas.

—Igual que usted.

—Y demandó a Dennison por fraude.

—Su presunta «universidad» era un fraude —afirma Goodwin—. Pero no he venido aquí a hacer un repaso de mi carrera. ¿Adónde quiere ir a parar?

—Necesito a alguien a quien no le dé miedo la nueva administración —dice Keller—. Alguien que no esté en deuda con ellos, que no los necesite para conservar su trabajo. Usted cumple esos requisitos. Pero tiene vínculos con Nueva York. Recibe donaciones de intereses comerciales de Nueva York para su campaña.

—Esto no es un casting, Keller —dice Goodwin—. Mullen me ha asegurado que usted es derecho, pero o enseña sus cartas de una vez o tengo mejores cosas que hacer.

—Necesito un fiscal.

—Tiene a miles en el Departamento de Justicia —responde Goodwin.

—Ninguno de ellos aceptaría este caso.

—Y cree que yo sí —dice Goodwin.

—Los hechos tuvieron lugar en Nueva York.

Goodwin se encoge de hombros.

—Cuénteme.

Keller le pone las grabaciones.

Goodwin escucha:

«Estuvo a salvo en Bladen Square, ¿no es cierto, León?», dice Lerner. «Y en el proyecto de Halterplatz. También está seguro en Park Tower».

«Su dinero es tan bueno como el que más, por supuesto. Si no lo creyéramos, no estaríamos aquí. León, tienes razón, somos viejos amigos y, si he hecho algo que haya podido dañar nuestra amistad, te pido disculpas. Lo lamento. Entre viejos amigos, tengo que reconocer que te necesito. Si no entras en el negocio, tendré que ir a ejecución y perderé la propiedad».

«Si pudiéramos llegar a un acuerdo… menos formal, estaríamos dispuestos a darles dos puntos más, con lo que ocuparían el tercer puesto en la sindicación. Te prometo, León, que Park Tower será un bombazo. Tus inversionistas van a ganar un montón de dinero. Dinero limpio».

«Como tú mismo has comentado, en estos momentos estás sometido a un escrutinio cada vez mayor debido a tus relaciones más cercanas. Confío en que, si te hacemos este favor, como viejo amigo nuestro que eres, pongas en juego esas relaciones en caso de que necesitemos que alguien escuche nuestro punto de vista».

«No puedo prometerte que nuestros contactos vayan a emprender acciones concretas en un sentido o en otro, pero siempre tendrán a alguien dispuesto a escucharlos».

—¿A quién estoy escuchando? —pregunta Goodwin.

—A Jason Lerner.

—Santo Dios.

—Está hablando con León Echeverría —dice Keller—, un pez gordo dentro de los círculos financieros y políticos mexicanos. Echeverría ha creado un grupo financiero a partir de varios cárteles del narcotráfico y lo dirige a través de un banco llamado HBMX.

—Lerner no reconoce que sea consciente de ello.

Keller le pone más grabaciones.

«Si yo caigo, no caeré solo».

«¿Qué quieres decir con eso?»

Goodwin para la grabación.

—¿Quién habla?

—Chandler Claiborne.

—Lo conozco.

Keller vuelve a poner la grabación.

«Te estoy diciendo que es dinero del narcotráfico».

«Santo Dios, ¿traes un micro?»

«No digas pendejadas».

«¿Lo traes?»

«¡No!»

«Porque si es así…»

«¿Crees que voy a arriesgarme a tocarle los huevos a esa gente? Tú sabes quiénes son, sabes lo que hacen».

«Sí, lo sé. ¿Y tú? ¿Lo sabes?»

«Me matarían a mí y a toda mi familia».

«Sí, exacto».

«Tengo miedo, Jason. Estoy pensando en acudir a la policía».

«No lo hagas. Es lo último que debes hacer».

«Si esto se pone mal…»

«Tenemos las espaldas cubiertas. ¿Es que no lo entiendes? Dinero de las drogas o dinero ruso, qué más da. Si hay una investigación, podemos cerrarla en cualquier momento. Ahora estamos en la cumbre. Somos intocables».

«No sé…»

«Chandler, necesitaba ese puto crédito. Mi suegro necesitaba ese puto crédito. ¿Sabes adónde quiero llegar?»

Keller detiene la grabación.

—Creo que necesito otra copa —dice Goodwin.

Keller le sirve una.

—Sabe lo que tiene aquí, ¿verdad? —pregunta Goodwin—. ¿Adónde podría conducir esto? No me extraña que crea que ningún fiscal federal va a aceptar el caso.

—Usted puede aceptarlo conforme a la 47:20 —dice Keller.

El estado de Nueva York tiene su propia normativa contra el blanqueo de capitales: un delito de Clase B castigado con penas de hasta veinticinco años de prisión y un millón de dólares de multa, que pueden agravarse en casos vinculados con el narcotráfico.

—Bonito sprint final, Keller —comenta Goodwin.

—Usted es un funcionario electo del estado de Nueva York —dice Keller—. El gobierno no puede tocarlo.

—La cosa no pinta nada bien —dice Goodwin—. Dennison no ha parado de atacarlo desde que lo nombraron director. Esto va a parecer una venganza. Y en mi caso también. Ya he declarado públicamente que nuestro nuevo presidente es un sinvergüenza. ¿Quién más sabe esto?

—Mullen —responde Keller—. Uno de mis hombres y yo. Nadie más.

—Me está pidiendo que procese a algunas de las personas más poderosas de Nueva York —dice Goodwin—. Pertenezco a varios clubes de los que también forman parte gente de Terra y de Berkeley. Han contribuido a mis campañas, sus hijos van a la escuela con los míos.

—Están muriendo chicos en todo el estado —responde Keller—. Sus compañeros de club están lavando dinero de la heroína y lo saben.

—No me venga con sermones —replica Goodwin. Mira por la ventana y luego pregunta—: ¿Me ha informado de todo lo que tiene?

—Cuando sus auditores judiciales investiguen Park Tower —dice Keller—, descubrirán empresas fantasmas, costos inflados, compras nominales…

—No me cabe duda —dice Goodwin—. ¿Qué gana usted con esto, Keller? Está a punto de dejar el puesto. Si sigue adelante con este asunto, van a colgarlo.

—Lo intentarán.

—Entonces, ¿por qué lo hace?

—¿Importa eso?

—Sí, importa —dice Goodwin—. Si me meto en esta pelea, quiero conocer al tipo que tengo al lado. ¿Tiene alguna rencilla personal con Lerner o con nuestro nuevo presidente, o es que quiere dejar el puesto dando un portazo?

—Se va a reír de mi respuesta.

—Póngame a prueba.

—Soy un patriota.

Goodwin lo mira fijamente.

—No me estoy riendo. Mi abuelo vino de Polonia. Si les hiciera el caldo gordo a esos desgraciados, me maldeciría desde la tumba.

—¿Qué diría su abuelo si dejara que esos cabrones se salgan con la suya? —pregunta Keller—. Porque ahora ya no puede decir que no lo sabía.

—Voy a necesitar a Claiborne —dice Goodwin—. Para validar las grabaciones.

Deja su vaso sobre la mesa y se levanta, señal inequívoca de que da por terminada la reunión y de que no hay nada más que añadir.

Se despide cortésmente de Keller con una inclinación de cabeza y se va.

—No pensarán que voy a testificar —dice Claiborne.

—Y tú no pensarás que no vas a hacerlo —responde Hidalgo—. Tenemos que recurrir a un gran jurado para conseguir la acusación, y no podemos hacerlo sin tu testimonio.

—¡Tienen las grabaciones!

—Necesitamos que certifiques su validez.

—No voy a testificar —dice Claiborne.

—Entonces irás a la cárcel.

—Ustedes me dijeron —responde Claiborne—, me prometieron, que solo tendría que darles «contexto», proporcionarles información. No dijeron nada de testificar.

Hidalgo se encoge de hombros.

—Echa un vistazo a nuestro acuerdo. A cambio de inmunidad, aceptaste hacer lo que necesitáramos que hicieras. Si te rajas, Nueva York seguirá adelante con el procesamiento y nosotros presentaremos cargos por blanqueo de capitales. Así que pongamos que cumples cinco años en Nueva York. Cuando salgas, tendrás que empezar a cumplir condena por un delito federal. Y, para tu información, las condenas federales implican que hay que cumplir como mínimo un ochenta y cinco por ciento de la pena. Así que pongamos que te caen veinte años, lo cual no es descabellado, cumplirías... Bueno, el experto en números eres tú, hombre, haz las cuentas.

—No lo entienden —dice Claiborne—. No conocen a esa gente.

¿Que yo no conozco a esa gente?, piensa Hidalgo. Esa gente torturó a mi padre hasta la muerte.

—Prefiero ir a prisión —dice Claiborne—. Iré a prisión.

Se levanta.

—Siéntate, Chandler —dice Hidalgo.

Keller le ha enseñado exactamente cómo manejar la situación.

—Dije que te sientes.

Chandler vuelve a sentarse.

Hidalgo espera hasta que le presta toda su atención. Se lo explicó Keller: «Acostúmbralo a obedecerte, hasta en las cosas más pequeñas».

—Permíteme explicártelo. Tú no tienes alternativa. La tenemos nosotros. Nosotros decidimos por ti. Si te rajas, sucederá lo siguiente: le haremos saber a Lerner que eres un soplón. Lerner le informará a Echeverría, y Echeverría recurrirá a sus amigos del cártel.

Claiborne parece aterrorizado.

—Serían capaces.

—Eso depende de ti —dice Hidalgo.

Dios santo, Keller tenía razón. Claiborne hará lo que yo le diga.

Hidalgo lo mira fijamente.

Claiborne no tiene nada que decir.

—Pero si sigues —añade Hidalgo—, si colaboras con nosotros, te ayudaremos. Te daremos protección, una nueva identidad, una nueva vida.

—¿Cómo sé que puedo confiar en ustedes?

—No puedes —dice Hidalgo—. Pero ¿en quién más puedes confiar? Enumérame la lista de candidatos, Chandler. ¿Tus amigos íntimos de Terra?

¿Lerner? ¿Echeverría? ¿O la persona que tienes enfrente ahora mismo, que te está mirando a los ojos y te está prometiendo que va a sacar a tu familia del atolladero en el que tú la metiste? Repasa las cifras. Ni una sola persona que haya entrado en el Programa Federal de Protección de Testigos y haya seguido en él ha sido asesinada. En cambio, los que eligieron ir a prisión… Ocurre constantemente. Y si eliges esa opción, tu familia se queda sola.

—¿No los protegerían?

—Yo sí —dice Hidalgo—, si de mí dependiera. Pero ¿cómo voy a presentarme ante mis jefes y a justificar unos gastos ilimitados en un tipo que nos dejó colgados? Se reirían en mi cara. Tu familia no significa nada para ellos.

—Son la peor gente del mundo.

—Sí, somos horribles —dice Hidalgo.

Y a ti te importan un carajo las familias de la gente que ha muerto de sobredosis por culpa de las drogas cuyo dinero tú te encargas de lavar. Aceptas plata de la gente que le partió las piernas a mi padre, que le arrancaron la piel a tiras y lo mantuvieron con vida a base de fármacos para que sintiera el dolor.

Vete a la mierda.

A la mierda tu casa en los Hamptons.

A la mierda tu familia.

—Así que, ¿qué dices? —pregunta Hidalgo—. Mi tren va a salir y no quiero perderlo. Quedé para cenar.

Ya sabe qué va a escoger Claiborne.

Es justo lo que le dijo Keller: dale a alguien a elegir entre una opción mala y otra peor y elegirá la mala. Se revolverá, gritará, protestará, chillará, pero son como los últimos estertores de la agonía: al final, no te queda más remedio que rendirte.

—No me dejan elección —dice Claiborne.

—Estaremos en contacto —contesta Hidalgo.

Se levanta y se acerca a la puerta que conduce a su tren.

Keller aún no está muerto y ya están despedazando su cadáver.

En los pasillos de Arlington y en las oficinas regionales, la gente se afana por adaptarse a la nueva situación, compitiendo entre sí para conservar sus puestos o encontrar otros mejores, y cambiando de filosofía para acercarse a las posturas del gobierno entrante.

Keller no se los reprocha: la supervivencia es una reacción natural.

Blair es el primero. Un día entra en el despacho con cara de pena.

—¿Qué pasa? —pregunta Keller.

Blair clava la mirada en el suelo.

—Si tienes algo que decir, dilo —dice Keller.

—Tú vas a irte, Art —responde Blair—. Yo tengo que seguir aquí. Tengo una hija en la universidad, otra en el último año de preparatoria...

—Y no quieres que te destinen al este de Mongolia.

—Tengo que distanciarme de ti a partir de ahora —dice Blair—, hasta que el nuevo director ocupe el cargo.

—Va a ser Howard.

—¿Eso se dice?

—Sí, eso se dice.

Y tú lo sabes, Tom. Si no, no estarías aquí.

—Espero que no te lo tomes a mal —dice Blair.

—Claro que no —contesta Keller—. Bueno, ¿cómo quieres que lo hagamos? ¿Nos peleamos a puñetazo limpio en el pasillo? ¿Te acuso de haberme robado un sándwich del refrigerador de la oficina?

—Quizá tengas algún asunto en marcha —dice Blair—. Simplemente no quiero tener nada que ver con eso.

—¿Qué le has dicho a Howard?

—Nada.

—¿Qué le vas a decir? —pregunta Keller.

Es lo que hacen los cárteles con los detenidos, piensa Keller. Les dicen que no pasa nada por que den información a la policía. Solo dinos qué vas a decirles para que podamos hacer los debidos ajustes.

—¿Que estás investigando a Lerner? —dice Blair.

—¿Me lo preguntas o me lo dices?

—Supongo que te estoy pidiendo permiso —responde Blair.

—¿Quieres que te dé permiso para joderme? —pregunta Keller—. Está bien, pero no te pases de la raya. Avísale a Howard que quizá le convenga velar por sus amiguitos. Pero tú no sabes nada concreto. ¿Te viene bien eso?

—¿Te viene bien a ti?

—Tendré que aguantarme, ¿no? —Keller se levanta y Blair entiende que la conversación ha terminado—. Gracias por tu apoyo y tu estupendo trabajo, Tom. Te lo agradezco de veras.

—Lo siento, Art.

—No lo sientas.

Para eso se construyen los botes salvavidas, piensa Keller. Solo del capitán se espera que se hunda con el barco.

Keller le pide a Hidalgo que vaya a verlo.

—Blair va a pasarse al lado oscuro —le dice—. Va a poner sobre aviso a Howard de la Operación Agitador.

—Se acabó, entonces.

Keller menea la cabeza.

—Lo aprovecharemos en beneficio nuestro. Si Howard quiere meter la cabeza en la horca, adelante, que lo haga.

—¿Qué quieres decir?

—Veremos a quién le avisa —dice Keller—. Si este asunto llega a oídos de Lerner, sabremos el alcance que tiene esto. Inyectamos el tinte y observamos el torrente sanguíneo para ver hasta dónde llega.

—Si Howard filtra este asunto, será obstrucción a la justicia.

—Borra toda la información sobre Agitador —ordena Keller—. Limpia las computadoras, llévate los archivos físicos. Los quiero fuera del edificio.

—Hablando de obstrucción a la justicia.

—Si no estás dispuesto…

—Estoy dispuesto.

—A partir de ahora, dirigiremos la operación desde fuera de la oficina —dice Keller—. ¿A quién tenemos en Inteligencia que siga estando de nuestro lado?

Hidalgo enumera varios nombres.

—McEneaney, Rolofson, Olson, Woodley, Flores, Salerno…

—Diles que creen una tonelada de información ficticia como señuelo —dice Keller—. Y hazla pasar a través de Blair. En cualquier cuestión importante, que se salten a Blair y acudan directamente a ti, y tú a mí. ¿Estarán dispuestos a hacerlo?

—Esos chicos cruzarían el infierno si tú se los pidieras —dice Hidalgo—. Hay mucha gente que lo haría…

—No necesitamos mucha gente —responde Keller—, solo un puñado de valientes dispuestos a sacrificar su carrera. Tienen que ser conscientes de que a partir del diecisiete de enero no podré ofrecerles ninguna protección.

—Hay mucha gente que ya está haciendo las maletas —comenta Hidalgo.

—Desarrollen información falsa y pásensela a Blair —dice Keller.

Un ecocardiograma.

No les toma mucho tiempo.

Esa misma tarde, Howard se presenta en su despacho.

—¿Viniste a tomar medidas para las cortinas? —le espeta Keller.

—¿Estás haciendo una investigación a mis espaldas? —pregunta Howard.

Blair ha cumplido su parte del trato.

—No confío en ti —contesta Keller—. Utilizas la información que recibes para socavar la mía.

—Has creado feudos privados dentro de este organismo —dice Howard—, quebrantando directamente nuestra política de transparencia a fin de promover unos intereses personales y políticos que entran en conflicto con nuestro mandato institucional.

—¿Quién te escribió eso?

—Montar una operación clandestina dentro de la agencia puede constituir un delito —dice Howard.

—El abogado eres tú.

—No sabes dónde te estás metiendo.

—Pues si alguna vez quieres contármelo, Denton —replica Keller—, estaré encantado de tomarte declaración.

—¿Para tu cacería de brujas?

—Seguimos yéndonos por las ramas —dice Keller—. ¿Quieres concretar de una vez qué es lo que te preocupa? ¿Ponerle nombre?

Howard no contesta.

—¿Eso es un no? —pregunta Keller—. Entonces, ¿de qué tenemos que hablar?

—Quiero esos archivos.

—Y yo quiero un poni.

—Si detecto cualquier intento por tu parte de eliminar o sustraer archivos antes de que te vayas —le advierte Howard—, juro por Dios que haré que te procesen.

—Largo de aquí antes de que yo mismo me incrimine por agresión —responde Keller.

—Muy propio de ti —dice Howard—. ¿Cómo te llaman? ¿*Killer* Keller?

—Te conviene recordarlo —concluye Keller.

Se reúnen en el Monumento a Washington.

Camuflados entre los turistas.

Hace frío. Keller se ha subido las solapas del abrigo y lamenta no llevar un gorro.

—Voy a ir directo al grano —le dice O'Brien—. ¿Estás investigando a Jason Lerner?

—Estás coqueteando con un delito de obstrucción a la justicia —responde Keller.

—¿Has puesto esa investigación en conocimiento de la fiscal general? —pregunta O'Brien.

Quiere saber quiénes saben lo de Lerner y qué es lo que saben esas personas, piensa Keller. Hasta dónde ha llegado esa hipotética investigación y hasta qué nivel tiene que llegar para cortarla.

—Permíteme que te pregunte qué sabes tú sobre Lerner. ¿A qué vienen estas preguntas? ¿Fue a verte Denton Howard? ¿Te manda él?

—Yo no soy el correveidile de Howard.

—¿O fue Lerner en persona? —insiste Keller—. ¿O tu presidente electo?

—Si Howard acudió a mí —responde O'Brien—, fue en mi calidad de miembro del Comité de Inteligencia y por tanto no hay nada de ilegítimo en ello.

Se miran uno al otro.

Luego O'Brien añade:

—Si estás investigando a Lerner o a Terra, tienes que pararlo. Inmediatamente.

—No voy a confirmarlo ni a negarlo —responde Keller—. Voy a hacer lo que haría con cualquier investigación. Seguiré adelante hasta donde me lleve y, si conduce a una posible imputación penal, dejaré el asunto en manos de fiscales competentes. No es una cuestión política.

—Todo es política —afirma O'Brien—. Sobre todo, ahora.

—No sabes de qué estás hablando, Ben. —Por lo menos, eso espero—. No sabes lo que me estás pidiendo.

—Presido el Comité de Inteligencia del Senado. Si el director de la DEA está investigando una hipotética relación entre Terra y el narcotráfico, debo saberlo.

—Por lo visto ya lo sabes.

—Necesito detalles —insiste O'Brien—. Necesito saber qué tienes.

—Entonces cítame para que comparezca a puerta cerrada ante el comité y declararé bajo juramento —responde Keller.

O'Brien no contesta. No quiere que declare oficialmente, piensa Keller, ni siquiera a puerta cerrada. Porque habrá otros senadores en la sala, algunos de ellos demócratas.

—¿No quieres?

—Creí que éramos amigos.

—Yo también lo creía.

Pero te has pasado al enemigo. Me trajiste aquí para detener la epidemia de heroína y ahora te has vendido a la gente que lava su dinero.

Ya no te conozco, Ben.

—Deja el cargo pacíficamente y vive tu vida —le aconseja O'Brien—. Si es por dinero, Art, podemos procurarte un buen colchón. Hay *think tanks*, fundaciones… Solo tendrías que mencionar un precio.

—Yo no tengo precio —dice Keller.

—Todo mundo lo tiene.

—¿Y cuál es el tuyo?

—Vete al carajo —responde O'Brien—. Al carajo tú y tu santurronería de católico.

—Sí, está bien.

—¿Qué? ¿De pronto eres virgen? —pregunta O'Brien—. ¿Desde cuándo? Has jugado más sucio que nadie que yo conozca. Has hecho un montón de pactos en tu vida, algunos de ellos conmigo. Tú sabes que monedas de cambio hay muchas.

—¿Recortes fiscales? ¿Inmigración? ¿El muro?

—A mí me gusta tan poco como a ti ese hijo de puta de Dennison —dice O'Brien—, pero no se equivoca en todo. Y no te conviene enfrentarte a esa gente.

—Me he enfrentado a Adán Barrera, al cártel de Sinaloa y a los Zetas —responde Keller—. ¿Crees que me da miedo «esa gente»?

—Te sacarán del despacho escoltado por la policía y con una caja de cartón en las manos.

Primero el soborno y luego la amenaza, se dice Keller.

Tengo la sensación de estar otra vez en México.

—No estás en situación de arrojar la primera piedra —dice O'Brien—. Tienes los pies metidos en un lodazal.

—¿Y si te dijera —responde Keller— que hay verdadera preocupación por que los cárteles del narcotráfico estén comprando influencia en los niveles más altos del gobierno de Estados Unidos?

—¿Me lo estás diciendo?

—¿Es necesario que lo haga? —pregunta Keller—. Dios mío, Ben, me trajiste aquí para ganar esta guerra…

—¿De veras crees que alguien tiene verdadero interés en ganar esta guerra? —replica el senador—. Nadie quiere ganarla. Lo que les interesa es que siga. No puedes ser tan ingenuo. Decenas de miles de millones al año en policía, equipamiento, prisiones… Es un negocio. La guerra contra las drogas es un gran negocio. Y eso implica «comprar influencia en los niveles más altos del gobierno de Estados Unidos». Siempre ha sido así. ¿Y tú crees que vas a pararlo? No te hagas ilusiones. Como amigo tuyo, te suplico que lo dejes.

—¿O qué?

—O acabarán contigo.

—«Acabaremos contigo», querrás decir.

—Muy bien, acabaremos contigo —responde O'Brien. Empieza a alejarse y luego se da vuelta—. Las cosas buenas de este mundo no las hacen los santos. Las hacen personas comprometidas que se esfuerzan todo lo que pueden.

Se van en direcciones opuestas.

• • •

—Es un hombre inteligente —dice O'Brien—. Actuará en consecuencia.

—¿Podemos correr ese riesgo? —pregunta Rollins—. Keller hace siempre lo que quiere.

A O'Brien no le agrada Rollins.

El tipo lleva muchos años en la brega. Exmiembro de las fuerzas especiales y de la CIA, es uno de esos veteranos del espionaje conocidos generalmente como «operativos», y ha trabajado para diversas empresas de consultoría y alquilado sus servicios a gobiernos extranjeros, corporaciones y partidos políticos.

Es, en resumidas cuentas, un solucionador.

Y ahora trabaja para Berkeley.

—¿Qué opciones tenemos? —pregunta O'Brien.

—Por amor de Dios, ese tipo pasó una temporada cuidando las colmenas de un monasterio —dice Lerner—. Es inestable. Y tiene prejuicios contra el presidente. Está casado con una extranjera conocida por su militancia radical de izquierda.

—Art Keller es un héroe estadounidense —responde O'Brien—. Ha consagrado su vida a luchar por este país.

—Ni siquiera estamos seguros de que sea ciudadano —dice Lerner—. Su madre era mexicana, ¿no?

—¿Así vas a responder a esto? —pregunta O'Brien—. ¿Polemizando sobre su nacionalidad? Mira, puedes desacreditar a Keller todo lo que quieras, pero las pruebas hablan por sí solas al margen de cuál sea la fuente. ¿Tiene alguna prueba, Jason? ¿Cabe esa posibilidad?

—No veo cómo puede tenerla.

—Lo que te estoy preguntando —insiste O'Brien— es si la DEA tiene alguna razón para investigar tus transacciones financieras.

—Negocié un paquete crediticio con un banco mexicano —dice Lerner.

—¿Vinculado al narcotráfico? —pregunta O'Brien.

—No les pregunté de dónde venía el dinero.

—Pues deshaz el trato. Inmediatamente.

—El dinero ya llegó —contesta Lerner—. Es cosa hecha.

—Maldita sea.

—Keller sabe que hablé con banqueros mexicanos —añade Lerner—. ¿Y qué?

—¿Qué conversaciones tuviste con Claiborne? —pregunta Rollins.

—He tenido muchas conversaciones con él.

—Debemos dar por sentado que Claiborne llevaba un micrófono —afirma Rollins—. ¿Hablaste alguna vez de dinero procedente del narcotráfico?

—Puede ser.

—Eso te coloca en la mira.

—¿Qué pruebas tiene Keller? —pregunta Lerner.

—Ese es el problema —dice Rollins—. Que no lo sabemos. No ha informado a la oficina de la fiscal general.

—¿No podemos recurrir a la fiscal general? —pregunta Lerner—. ¿Que le ordene a Keller entregar toda la información de la que dispone?

—¿Crees que la actual fiscal general va a estar dispuesta a hacernos ese favor? —replica O'Brien—. Tendríamos que esperar hasta la toma de posesión. Después, el nuevo fiscal general podría exigírselo a Keller.

—Y Keller tendría que obedecer.

—Conociéndolo —dice O'Brien—, seguramente mandará a la mierda al fiscal general.

—Entonces podríamos destituirlo —dice Lerner.

—¿Y de qué serviría eso? —pregunta O'Brien—. Puede recurrir a la prensa.

—Pues lo acusamos de perjurio.

—¿Para qué? —pregunta O'Brien—. ¿Para que lo tengas de vecino de celda?

—Resuélvanlo —dice Lerner, y sale de la habitación.

La amenaza, el soborno.

En México lo llaman «plata o plomo».

Esa misma tarde, vienen con más plata.

Howard llama para preguntarle si puede pasarse unos minutos por su despacho.

—Art —empieza diciendo—, tú y yo hemos tenido nuestras diferencias tanto en lo personal como en lo político, pero creo que en estos momentos los dos estamos sufriendo las consecuencias de un malentendido.

—¿Y en qué consiste ese malentendido?

—En que yo no quiero tu puesto —dice Howard.

—¿No lo quieres?

Howard esboza su sonrisa de político, tan sincera como una puta de veinte dólares, pero mucho menos cálida.

—Hablé con el presidente electo. Y me dijo que está dispuesto a mantenerte en el cargo.

—¿Ah, sí?

—Conoce tu hoja de servicios —añade Howard—. Es tu fan, de hecho. Cree que eres igual de directo que él, que no te andas con tonterías.

—Ajá.

—Opina que, entre sus ideas sobre seguridad fronteriza y tu pasión por terminar con el tráfico de drogas —prosigue Howard—, podrían hacer grandes cosas juntos.

—¿Y cuándo tuvo esa revelación?

—El presidente Dennison estaría dispuesto a considerar seriamente algunas de tus propuestas relativas a la legalización de la marihuana, la reforma de las condenas y la asignación de recursos públicos al tratamiento de adictos —afirma Howard.

El diablo siempre viene con las manos llenas, se dice Keller. Te brinda la oportunidad de hacer el «bien mayor» a cambio de que escondas el mal debajo de la alfombra. Y yo he aceptado ese pacto más de una vez. Es ingenioso, es tentador. Piensa en todo el bien que podrías hacer si te olvidas del asunto de Lerner.

—Imagino que, teniendo en cuenta esa nueva actitud —dice Keller—, ¿los ataques de la derecha en los medios de comunicación cesarían?

—Creo que puedo afirmarlo sin temor a equivocarme —responde Howard con la sonrisa pagada de sí misma de un vendedor que cree tener la venta asegurada.

—¿Cuál es el *quid?* —pregunta Keller.

—¿Disculpa?

—Del *pro quo* —dice Keller—. Doy por sentado que no me estás ofreciendo esto a cambio de nada.

La cara de Howard se petrifica.

—Creo que eso ya lo sabes.

—Sí, yo también lo creo.

—No voy a meterme en la trampa y a dejar que me acuses de obstrucción a la justicia, Keller.

—Pues no te metas.

Howard se levanta.

—Nunca me has agradado, Keller. Siempre me has parecido un hipócrita, un criminal incluso. Pero nunca he pensado que fueras estúpido. Hasta ahora. Piensa en nuestra oferta. No vas a recibir ninguna mejor.

Ahí está la plata, se dice Keller. ¿Dónde está el plomo?

No tarda mucho en aparecer.

—Cuando dejes este despacho —añade Howard— y lo ocupe yo, iniciaré una investigación acerca de ciertos hechos ocurridos en Guatemala. Ya sabes a lo que me refiero y sabes que acabarás tras las rejas.

¡Bang!

La bala.

• • •

La noche dura cuarenta años.

Un repaso insomne a cuarenta años de lucha continuada.

Hace cuatro décadas, le dice la noche, estabas quemando amapolas en Sinaloa. Le salvaste la vida a Adán Barrera, Dios te ayude. Adelanta la película tan rápido como lo permite una noche en vela, y cinco años después Ernie Hidalgo y tú intentaban explicarle al mundo que los mexicanos pasaban cocaína colombiana a través de Guadalajara y nadie les hacía caso.

Más escenas de película en mitad de la noche: tú deteniendo a Adán en San Diego; su mujer embarazada, que se cae al intentar huir; su hija, que nace con un defecto congénito. Adán te culpa a ti. Ernie y tú destapan el Trampolín Mexicano: cargamentos de cocaína trasladados en avionetas desde Colombia a Centroamérica y de allí a México y Estados Unidos, alimentando la epidemia de *crack*. El M-1 amenaza a tu familia, Althea agarra a tus hijos y se va. Ernie tiene planeado irse pero Adán se adelanta, lo tortura para averiguar cuál es su fuente de información, pero no hay fuente: tú te la inventaste para encubrir unas grabaciones ilegales.

Ernie muere por tus pecados.

Juras destruir a los Barrera.

Detienes al M-1.

Y resulta que estaba financiando una operación de la NSA en apoyo a la Contra nicaragüense, parte de un plan denominado Niebla Roja para la eliminación sistemática de comunistas en Centroamérica. Pudiste descubrir el pastel, pero no lo hiciste. Por el contrario, hiciste un pacto, como ha dicho O'Brien: le mentiste al Congreso sobre la Operación Niebla Roja a cambio de autorización para perseguir a los Barrera.

Los atrapaste.

Pero, antes de eso, Adán mató al padre Juan, el mejor hombre que has conocido nunca. Y tú utilizaste a Nora, la amante de Barrera, para traicionarlo.

Hiciste una jugada sucia para conseguir que cruzara la frontera: le dijiste que su hija se estaba muriendo. Y lo esposaste delante del hospital.

El cártel tenía a Nora.

Ibas a canjearla por él.

Más escenas de película: el encuentro en el puente.

Sean Callan tenía que pegarte un tiro. No lo hizo. Amaba a Nora, Nora lo amaba a él.

Mataste al M-1.

Luego metiste a Adán tras las rejas.

Debiste matarlo entonces.

Ahora intenta dormir.

Vamos.

La película no te deja, la película continúa.

Intentas hallar un poco de paz en un monasterio.

Pero ellos dejan que Adán vuelva a México a cumplir condena.

Tú sabes lo que va a pasar. Y pasa. Adán escapa. Y emprende una guerra para recuperar todo México.

Cien mil personas mueren en esa guerra.

Tú vuelves allí para buscarlo.

Surge un mal mayor: los Zetas.

Decapitaciones, destripamientos, antorchas humanas.

Asesinatos masivos, fosas comunes.

Conoces a Marisol. Te enamoras de Marisol. Los Zetas la acribillan a balazos, la dejan inválida. Te alías con Barrera para erradicar a los Zetas, para protegerla.

Más sangre, más muertes, más atrocidades.

Adán les tiende una trampa a los Zetas.

Vas a Guatemala.

Eliminas a los Zetas.

Se supone que debes traer a Adán de vuelta contigo.

Pero lo matas.

En pago por lo de Ernie, por todos los muertos.

Cuarenta años.

Cuarenta años luchando en esa guerra, haciendo el mal en nombre del bien mayor, haciendo pactos, jugando a ser Dios, bailando con el diablo.

Sale el sol.

Un cielo triste, invernal.

Amanece sobre los yonquis, sobre los presos, sobre las familias de luto, sobre los que se atiborran de drogas y los afligidos, sobre un país que ya no se conoce a sí mismo.

El sueño no va a llegar a la luz del día, como no lo hizo en la oscuridad.

Tienes que escoger un camino.

Tomar una decisión.

Hacer otro pacto, darles lo que quieren.

Dejar que Lerner se escabulla.

Estás siendo un cretino y, para colmo, un egoísta. Piensa en lo que podrías hacer con lo que te ofrecen: los adictos que tendrían tratamiento, la gente que saldría de prisión. Podrías hacer el bien en cantidades tremendas ¿y vas a tirar todo eso por la borda solo por meter tras las rejas un par de años a ese mamón, a ese tarado de Lerner? Eso, asumiendo que pudieras hacerlo, lo que no está nada claro.

Aceptar el dinero para tratar a los adictos, vaciar algunas de esas celdas.

O…

Luchar.

Seguir luchando.

Tú caerás, pero ellos caerán contigo.

Quizá. Si puedes.

Impedirles, quizá, que se adueñen del país.

Si es que no lo han hecho ya.

O'Brien llama a Keller.

—La gente se está poniendo nerviosa. Impaciente. Necesito saber qué voy a decirles.

—Diles —contesta Keller— que se vayan al carajo.

Claiborne le abre la puerta a la prostituta a la que ha llamado para aliviar su estrés.

La chica entra, y tres hombres entran tras ella.

Uno de ellos lo golpea en la cabeza con la culata de la pistola. Claiborne despierta atado a la cama, amordazado con una pelota en la boca.

Sentado en una silla, en el rincón, Rollins le explica las cosas.

—Señor Claiborne, cuando le quite la mordaza usted va a a decirme todo lo que ha revelado. Exhaustivamente. Si no lo hace, voy a matarlo a usted, a su esposa y a sus dos hijitas. Asienta con la cabeza si me ha entendido.

Claiborne asiente.

Rollins se levanta y le quita la mordaza.

—Hable.

Claiborne habla.

Entre sollozos, se lo cuenta todo.

Rollins lo pica en el brazo con una jeringa.

—A su familia no va a pasarle nada.

Aprieta el émbolo.

La muerte de Claiborne sale en el *Times* y el *Daily News*.

muere banquero inmobiliario por presunta sobredosis.

Encontraron su cadáver en una suite del Four Seasons, en el suelo, al que cayó desde la cama, con la jeringa todavía clavada en el brazo.

El patólogo forense dictamina que la causa del fallecimiento fue una sobredosis de heroína mezclada con fentanilo. Atribuye el hematoma que Claiborne presentaba en la cabeza a un impacto producido al caerse de la cama y golpearse con la esquina de la mesilta.

El personal del hotel cuenta a la policía que Claiborne era un huésped asiduo y que a menudo tenía «compañía», aunque ningún empleado que estuviera de guardia esa noche recuerda que una mujer subiera a su suite. Sus compañeros de Terra aseguran desconocer que Claiborne consumiera drogas, si bien un par de ellos admiten finalmente ante la policía que le habían visto consumir cocaína.

Su obituario informa de que el fallecido deja mujer y dos hijas.

Cirello llega a la conclusión de que la mejor defensa es un buen ataque. Darnell va a culparlo de que ese pendejo de Claiborne llevara un micro. Así pues, lo más inteligente es tomar la iniciativa. Por eso le grita a Darnell:

—¡¿Mataron ustedes a ese tipo, hijos de puta?!

—¡¿A quién llamas así, cabrón?! —responde Darnell a gritos—. ¡Tenías que asegurarte de que no hubiera micros en la sala!

—¡Si querías que cacheara a tus banqueros —replica Cirello—, debiste habérmelo dicho! ¡Es culpa tuya! ¡Yo no quería involucrarme en un asesinato!

—Si quieres largarte, lárgate.

—Sí, claro —dice Cirello—, me largo con una etiqueta de cómplice pegada a la espalda. ¡Vete al carajo!

Están en una de las guaridas de Darnell en Harlem.

Sugar Hill.

Darnell está encabronado.

—A mí tampoco me dijeron que iban a cargárselo. Lo hicieron y se acabó. Al negro no le dicen nada.

Cirello lo acepta como un ofrecimiento de paz.

—¿Tu nombre sale en las grabaciones?

—Ese fulano no sabía mi nombre.

—Bueno, eso está bien —dice Cirello. Se quedan callados un momento. Luego añade—: Claiborne tenía dos hijas.

—Estaba metido en este desmadre, hombre.

—¿Y él sabía que estaba metido en este desmadre? —pregunta Cirello.

—Si no lo sabía, debería haberlo sabido —responde Darnell.

—Bueno, ¿y ahora qué? —pregunta Cirello.

—Ahora nada, de vuelta al trabajo —dice Darnell—. Vas a entregar un dinero en mi nombre. A mi proveedor.

—Chingado, ¿me estás jodiendo, o qué? —contesta Cirello—. La DEA sabe lo del préstamo, lo de la sindicación… Van a desmantelarla, a meter a gente en prisión.

—La DEA no va a hacer ni madres —dice Darnell—. ¿Una pandilla de policías contra la Casa Blanca? Gana la Casa Blanca.

Cómo no, piensa Darnell.

Lo blanco siempre gana.

Es posible que se causara una sobredosis.

No, no es posible, se dice Keller. No te engañes.

Lo mataron ellos.

Pero antes tuvo que contarles todo. Primero le extrajeron toda la información, lo golpearon en la cabeza y le inyectaron la dosis fatal. Y saben que la grabación en la que Claiborne aparece hablando con Lerner dará problemas ante un gran jurado ahora que él no está aquí para verificarla.

Goodwin también lo sabía. Llamó a Keller y le dijo:

«¿Su testigo clave se ha suicidado?»

«Vaya coincidencia, ¿eh?»

«Por favor», dijo Goodwin. «La gente de Lerner puede ser muchas cosas, pero no son asesinos».

«Aún puede conseguir que un gran jurado lo acuse», dijo Keller.

«Tal vez», respondió Goodwin. «Pero el juez de sala desestimará la grabación si no puede autentificarse su procedencia. Y aunque no lo haga, la defensa le preguntará al jurado si están dispuestos a creerle a un adicto.»

«Usted no va a aceptar el caso».

«No hay caso que aceptar», concluyó Goodwin.

«¿Y el caso del asesinato de Claiborne, qué?»

«¡El forense ha dictaminado que fue un suicidio!», replicó Goodwin. «¿Sabe usted lo difícil que es invalidar un…?»

Keller colgó.

La gente de Lerner —que, por supuesto, no son asesinos— cumplió su misión, piensa Keller.

Pero cometió un error.

Mató al único hombre que podía identificar a Hugo Hidalgo.

Hidalgo está hecho polvo.

Keller conoce esa sensación: la primera vez que pierdes a un tipo que estaba bajo tu responsabilidad es como si te abrieran en canal.

Y la cosa no mejora la segunda vez, ni la tercera.

Quiere decirle a Hidalgo que no es culpa suya pero sabe que el chico no va a creerle. Lo único que puede hacer es canalizar la rabia de Hidalgo.

Y procurar mantenerlo a salvo.

—¿Claiborne murió por mi culpa? —pregunta Hidalgo.

—No puedes pensar así —contesta Keller—. Lo mataron ellos.

—No lo habrían hecho si…

—No le des más vueltas —dice Keller—. Claiborne jamás se preocupó por la gente a la que él afectaba.

—¿Y sus hijas? —pregunta Hidalgo—. Ellas no hicieron nada.

—No, no hicieron nada —dice Keller—. Ya terminaste aquí. Voy a mandarte al oeste.

—¿Al oeste por qué?

—Porque es allí donde está el proveedor de Darnell —dice Keller—. Si creen que voy a darme por vencido y a olvidarme de este asunto, están locos. Lo que hay que hacer ahora es seguir investigando la red de narcotráfico, averiguar quién le provee heroína a Darnell. Sea quien sea, es el mismo que le dijo a Darnell que se encargara de la seguridad de las reuniones sobre Park Tower.

Así podremos encarrilar de nuevo este asunto, se dice Keller.

Se trata de dinero y drogas.

Si no puedes rastrear el dinero, rastrea las drogas.

Porque el dinero y las drogas son como dos imanes: al final, siempre se unen.

Cirello es el único pasajero de un avión Citation Excel de siete plazas. No hay asistente de vuelo, pero puede prepararse una copa o un almuerzo ligero en la cocinita de a bordo. Y hay sitio de sobra para su equipaje de mano, que es de lo que se trata.

Lleva dos maletas con 3.4 millones de dólares que Darius Darnell le debe a su proveedor. Aparte del dinero en metálico, lleva ropa suficiente para pasar tres días en Las Vegas y unos regalos para un amigo de Darnell.

«Cuando acabes ese negocio, hazme un favor», le dijo Darnell. «Date una vuelta por V-Ville a ver a un amigo mío y llévale unas cosas de mi parte».

«No voy a llevar pico a una prisión federal», dijo Cirello.

«No es pico», contestó Darnell. «Ese cabrón no se droga. Son libros y un bizcocho de plátano».

«¿Bizcocho de plátano?»

«Al hombre le gusta el bizcocho de plátano, ¿pasa algo?»

«¿Lo hiciste tú?», preguntó Cirello.

«¿Por qué te sorprende tanto?», dijo Darnell. «Son tres horas en coche desde Las Vegas a Victorville. Ya te puse en la lista de visitas.»

El avión viaja a ochocientos kilómetros por hora: un viaje de cinco horas. Cirello se acomoda con un Bloody Mary y se pone a pensar.

Ha sido una semana de locos.

Primero estuvo en una suite de hotel con magnates del sector inmobiliario relacionados con el presidente electo. Y ahora está en un jet privado volando a Las Vegas con unos cuantos millones de dólares en efectivo a sus pies. Eligieron Las Vegas porque sabían que un jugador como él iría encantado, aunque Cirello tiene la impresión de que el proveedor no tiene su sede allí sino en otro sitio, no muy lejos.

El proveedor no quiere que el mensajero sepa dónde tiene su base de operaciones.

Cirello ha recibido instrucciones.

Toma un taxi, no un Uber, en el aeropuerto, le dijo Darnell. Paga en efectivo. Regístrate en el Mandalay Bay, lleva tú mismo las maletas, no los botones. Quédate en tu habitación. No llames a ninguna puta porque no conviene que una de ellas se largue llevándose una maleta mientras tú meas. Relájate y ve la tele. Alguien te llamará.

Después de entregar el dinero, quédate un día o dos y juega. Gana, pierde, es igual. Coge si quieres. Ve a ver un espectáculo de Blue Man Group. No llames la atención, pero tampoco andes escondiéndote. Solo eres un poli de vacaciones en Las Vegas.

Vuelve a casa en un vuelo comercial.

«¿En un vuelo comercial?», preguntó Cirello.

«Lo que encuentren en tu maleta cuando vuelvas da igual», respondió Darnell. «¿Qué pasa? ¿Ya te aficionaste a la buena vida? ¿Ahora te crees Jay-Z? ¿No puedes subirte a un avión como todo mundo?»

«Bueno, pero en primera clase, ¿de acuerdo?»

«En turista».

«Vamos».

«Si ganas mucha plata jugando, cómprate un boleto en primera», dijo Darnell. «Si no, no hay razón para que un poli viaje en primera. Los polis compran barato. Si no, fíjate en tus zapatos».

«¿Qué tienen de malo mis zapatos?»

«Si no lo sabes…»

Cirello se queda dormido en el vuelo. Despierta, se prepara un sándwich de ternera asada, abre una cerveza y se pone a ver DirecTV.

El viaje ha tensado todavía más su relación con Libby.

«Si puedes esperar hasta el domingo», le dijo ella, «podría ir contigo. Estoy libre el domingo y el lunes».

«Tiene que ser el sábado, nena».

«Bueno», dijo ella. «Entonces puedo alcanzarte el domingo. Me gustaría ver Las Vegas».

«Tengo que ir solo, Lib».

«Así que es por trabajo», dijo ella.

«Ya sabes que no puedo hablar de eso».

«¿Qué trabajo tiene que hacer un poli de Nueva York en Las Vegas?»

«Un trabajo del que no puede hablar», contestó él. «Por Dios, dame un respiro, ¿quieres?»

«Mira, Bobby… Puedo darte todo el respiro que quieras».

O sea, se dice Cirello ahora, que puede dejarme libre. Que no me tiene agarrado por una argolla del hocico. Si quiero largarme, puedo hacerlo.

Un par de horas después está en Las Vegas.

Aborda un taxi, se registra en el hotel.

Una habitación bonita, con vista al Strip.

Sería agradable salir a dar una vuelta, pero tiene que quedarse y esperar a que lo llamen. Sabe que tardarán un buen rato porque el proveedor querrá hacer ciertas averiguaciones preliminares: asegurarse de que ha venido solo, comprobar que las habitaciones contiguas no están llenas de federales o de policías de Las Vegas, echar un ojo a todo le que entre o salga del vestíbulo del hotel.

De modo que se queda allí.

Saca una Coca Cola y un Toblerone del minibar, enciende la televisión y busca un partido de futbol americano universitario.

Uno reñido: USC contra UCLA.

Y cómo no, cuando quedan cinco minutos para que acabe el cuarto tiempo, suena el teléfono.

Eddie Ruiz cree firmemente que hay que aprovechar el tiempo matando varios pájaros de un tiro.

Se organiza para recoger su dinero en Las Vegas y, ya que está allí, hacer el viaje de dos horas por la 15 hasta St. George para ver a la familia.

Piensa dejarle parte del dinero a Teresa, para apaciguarla: una cataplasma verde con la que aliviar la leve infección de su resentimiento por estar atrapada en Utah. Verá a los niños, escuchará sus pendejadas, los llevará a cenar y de compras, y luego volverá a echarse a la carretera rumbo a San Diego, para aplacar a su otra familia.

No quería, por otra parte, que el mensajero supiera que vive en San Diego. No hace falta que lo sepa todavía, puede que nunca.

Además, a él le gusta Las Vegas.

¿Y a quién no?

Si tienes dinero, y Eddie lo tiene, Las Vegas es el paraíso. Llega con un par de días de antelación, toma una suite en el Wynn, se mete en Eros.com, reserva a una rubia impresionante llamada Nicole y la lleva a Carnevino a tomar un filete *riserva*, añejado durante ocho meses, que se paga a precio de oro, por pulgadas.

Ignora cuánto cobra Nicole por pulgada, pero da por bien invertido cada dólar cuando vuelven a la habitación, y le da mil dólares de propina cuando ella se va. Duerme a pierna suelta, llama a recepción para pedir una masajista y, ya relajado, baja al casino y pierde cuarenta de los grandes jugando al *blackjack*. Esa noche va a cenar al Mizumi con una chica asiática que se llama Michelle y duerme hasta que lo llama Osvaldo para avisarle que ha llegado su dinero.

Se ducha, pide que le suban café y algo de desayunar y, cuando acaba de comer, Osvaldo ya se ha asegurado de que el mensajero, un poli, está solo y limpio.

—Pues ve a buscar mi dinero —dice Eddie.

Suena el timbre.

Cirello se levanta, se acerca a la puerta y ve por la mirilla. Observa a un joven hispano allí parado, solo, y entorna la puerta.

—¿Cirello? —pregunta el tipo.

—Sí —contesta abriendo del todo.

El tipo entra y mira alrededor.

—¿Le importa que eche un vistazo al cuarto de baño?

Cirello le indica que adelante. El tipo entra en el baño y vuelve a salir tras comprobar que están solos.

—Tiene algo para mí.

—Necesito que me diga una serie de números.

—5-8-3-1-0-9-7.

—Eso es. —Cirello se acerca al armario, saca las maletas y las deja en el suelo, a los pies del tipo—. Voy a necesitar un recibo.

—¿Cómo?

—Es broma.

—Ah —dice el otro, con pocas ganas de reír—. Mi jefe dice que le dé recuerdos al suyo y le presente sus respetos.

—Igualmente —responde Cirello, aunque Darnell no ha dicho tal cosa.

El tipo recoge las maletas.

—Mucho gusto.

—Lo mismo digo.

Cirello abre la puerta y el tipo sale.

Así, sin más.

Es lógico, piensa Cirello: un tipo saliendo de un hotel con un par de maletas no va a llamar la atención.

Hidalgo está pendiente de las maletas, no de su portador.

Sentado en el bar del vestíbulo, ve al desconocido salir del ascensor con las maletas en la mano y habla al micro que lleva oculto en el cuello de la camisa:

—Está saliendo. Varón, hispano, metro ochenta, polo rosa, pantalones chinos.

—Ya lo veo.

La mujer de afuera, Erica, es tan llamativa que podría ser bailarina en Las Vegas, pero de hecho es una agente de policía vestida de paisano. Keller ha pedido la colaboración del departamento de policía local porque no quiere implicar a más personal de la DEA aparte de Hidalgo.

Hidalgo le pediría salir a Erica si no fuera porque están de servicio, y porque está saliendo con otra mujer en Washington. El caso es que Erica ya ha localizado al tipo y se ha puesto en marcha. Es eficaz: en cuestión de segundos, manda una foto del desconocido esperando a que el valet le lleve su vehículo.

Hidalgo le envía la foto a Keller.

Luego oye a Erica informar de la marca y el número de placa del coche de alquiler del tipo. Dos agentes de la División de Narcóticos de la policía de Las Vegas esperan en otro coche para seguirlo.

Hidalgo pide otra cerveza y espera. Es lo único que puede hacer de momento. Entonces llama Erica.

—Van tras él.

Hidalgo la escucha informar de los movimientos de los dos policías de Narcóticos. El sujeto se dirige hacia el norte por Las Vegas Boulevard —el Strip—, deja atrás el Luxor, el Tropicana, el MGM Grand. Después, el Caesars Palace, el Mirage y el Treasure Island. Cruza Sands Avenue y entra en el Wynn, saca las maletas del coche, le lanza las llaves al valet y entra en el hotel.

Eddie, envuelto en una bata blanca, abre la puerta y deja entrar a Osvaldo. Echa un vistazo a las maletas.

—¿Qué pinta tenía ese tipo?

—Pinta de poli.

—¿Estaba nervioso?

—Hizo una broma idiota.

—¿Sobre qué? —pregunta Eddie.

—Sobre que necesitaba un recibo.

—La verdad es que tiene gracia —dice Eddie.

Abre una maleta, saca un fajo de billetes y se lo da a Osvaldo.

Osvaldo se va.

Eddie no cuenta el dinero: Darnell es un empresario demasiado serio para intentar timarlo.

Vuelve a la cama y se echa una siesta.

Debo de estar haciéndome viejo, piensa.

Estoy molido.

Hidalgo recibe aviso de que el tipo salió del Wynn sin las maletas.

—Vete para allá —le dice a Erica—. Releva a tu gente y vigila el hotel. Yo voy en camino.

Llama a Keller.

—El tipo que fue a ver a Cirello es un enviado, seguramente. Fue al Wynn a llevar el dinero. ¿Ya lo identificamos?

—Todavía no —responde Keller.

Hidalgo se va a toda prisa al Wynn. Erica está en su coche, en la calle que lleva del Strip al hotel.

—¿Hay alguna otra salida? —pregunta Hidalgo.

—En coche, no.

Keller llama.

—Tenemos un nombre: Osvaldo Curiel. Salvadoreño, exboina verde. Trabajó para Diego Tapia y luego para Eddie Ruiz.

—Jefe, Eddie Ruiz estuvo en Victorville, ¿verdad?

—Al mismo tiempo que Darius Darnell.

—Santo Dios.

—No te muevas de ahí, Hugo.

—Entendido. —Se vuelve hacia Erica—. ¿Puedes echarle un vistazo al libro de registro?

—¿Sin una orden judicial?

—Nada de papeleo esta vez.

Ella se lo piensa un segundo.

—Los hoteles suelen estar dispuestos a colaborar con la policía. Puedo intentarlo. ¿Qué tengo que buscar?

—A un tal Eddie Ruiz —dice Hidalgo—. Aunque es poco probable que se haya registrado con su verdadero nombre. Pero si ves algo que se le parezca…

Sabe que Ruiz tendrá documentación falsa y tarjetas de crédito a juego, pero a veces a estos tipos no les gusta apartarse demasiado de sus nombres auténticos o sus iniciales.

Hidalgo se dispone a esperar.

Keller le manda la imagen más reciente de Ruiz, su foto de ingreso en Victorville.

Erica pasa cuarenta y cinco minutos fuera. Cuando vuelve al coche dice:

—No hay ningún Eddie Ruiz.

—Ya me lo imaginaba.

—Pero… No, seguramente es una tontería.

—Dime.

—¿Ruiz no era un as del americano en Texas cuando iba a la preparatoria? —pregunta ella—. ¿Un defensa?

—Creo que sí.

—Porque había un tal L. R. Jordan en el libro de registro. Ocupa una suite desde hace dos días —dice Erica—. Y está exprimiendo su American Express.

Hidalgo empieza a buscar en Google.

—Ya lo hice yo —dice Erica—. Lee Roy Jordan fue un famoso defensa de los Vaqueros de Dallas.

—¿Viste en qué…?

—Habitación 1410 —responde ella—. Si llama para pedir algo, el recepcionista me enviará un mensaje de texto.

Hidalgo se queda mirándola.

—Eres buenísima en esto.

—No me lo digas a mí, yo ya lo sé —dice Erica—. Díselo a mi jefe.

—Eso está hecho.

Esperan una hora y media allí sentados. Luego, Erica recibe un mensaje: el señor Jordan acaba de pedir que le suban una hamburguesa con queso y papas fritas.

—¿Alguna vez has trabajado de mesero? —le pregunta Erica a Hidalgo.

—No. ¿Y tú?

—Me pagué la universidad trabajando en Hooters —contesta ella—, lo que normalmente bastaría para que una no quiera ver a los hombres ni en pintura.

—¿Y así es en tu caso?

—No.

—¿Crees que te dejarán…?

—En esta ciudad, cuando un hotel necesita un policía, necesita un policía —dice Erica—. A veces prefieren que no quede constancia escrita del asunto y, cuando es posible, les hacemos ese favor. Así que sí, creo que me dejarán.

Vuelve tres cuartos de hora después.

—Es tu hombre, Ruiz.

—¿Intentó ligarte?

—Hugo… Te llamas Hugo, ¿verdad?

Hidalgo se queda sin respiración.

—Sí.

—Todos intentan ligar conmigo. —Le pasa un recibo de estacionamiento—. Y te conseguí esto. No es de alquiler. Vino en su coche. Tengo el lugar de estacionamiento.

—Erica…

—Hugo, ve a hacer lo que tengas que hacer —le dice ella—. Pero a mí no me metas. Ya he violado suficientes leyes hoy. Estaré en el vestíbulo si me necesitas.

Hidalgo llama por teléfono a Keller.

Keller toma la llamada y escucha:

—El proveedor de Darnell es Eddie Ruiz.

La mejor trampa, reflexiona Keller, es la que te tiendes tú mismo.

Esta me la he buscado yo y no tiene salida.

Por lo menos, salida buena.

Si intento que acusen a Lerner y a los demás, saldrá a relucir Eddie Ruiz, y si cae Eddie Ruiz, yo caigo con él.

Pero si no lo hago, el cártel podría abrirse paso a base de plata hasta el gobierno de Estados Unidos. No es solo cuestión de influencia, de tener «mano» en la administración, lo que ya es malo de por sí. Es cuestión de chantaje. El cártel sostendría sobre la cabeza del gobierno una espada de Damocles que podría dejar caer en cualquier momento.

Es lógico, se dice Keller, que la gente que solo le es fiel al dinero se busque entre sí.

La mierda tiende a buscar su nivel.

Así que ahora tenemos un cártel en México y un cártel aquí, en casa, y se están juntando.

En un solo cártel.

Lo más inteligente, piensa mientras echa un vistazo a la lista de bancos en los que ha parado Ruiz, es alejarse. Qué demonios, ni siquiera tienes que irte: van a ponerte de patitas en la calle. Vete, cobra tu pensión, acepta un trabajo de consultor, vive tu vida.

Te lo has ganado.

Lee libros, viaja con Mari, beban vino, vean juntos el atardecer.

La alternativa es acabar tu vida tras las rejas.

¿Y, total, para qué? Aunque impidas que este asunto siga adelante, habrá otros. Aunque cortes de raíz esta fuente de drogas, habrá otras fuentes. Te estarías sacrificando por nada, absolutamente por nada.

Una cosa es dar tu vida por algo y otra muy distinta darla por nada. Me queda poco tiempo en el puesto, se dice. Unas semanas, un par de meses como mucho. Pero he dedicado toda mi puta vida a combatir el narcotráfico.

Ernie Hidalgo dio su vida.

Y que me jodan si, después de todo eso, voy a dejar que una pandilla de traficantes y traidores se adueñe de mi país.

No era la mejor hamburguesa que se ha comido Eddie, pero la mesera estaba buenísima: una negra tan despampanante que le han dado ganas de llamar a Darius y decirle, «Ahora te entiendo, hermano, ahora te entiendo». La próxima vez que venga a Las Vegas, va a pedir una afroamericana en el menú. Llama a recepción para que tengan preparado su coche, mete sus cosas en la bolsa y recoge las maletas llenas de dinero.

Veinte minutos después está en la 15 Norte, camino de St. George y de su ración de melodrama doméstico.

Keller sigue el itinerario de Ruiz desde Washington.

La lucecita del dispositivo de seguimiento que Hidalgo ha colocado debajo de su defensa trasera —ilegal a más no poder sin una orden judicial— parpadea en el mapa por la I-15.

A Keller le dan ganas de reír.

Eddie va a ver a su familia en Utah.

Pero las implicaciones no tienen ninguna gracia, se dice Keller.

Ahora tenemos un vínculo directo entre la heroína cortada con fentanilo de Nueva York, Darius Darnell y Eddie Ruiz. Y hay un vínculo financiero entre Darnell, Ruiz y Terra Company, Berkeley Group, Lerner y Echeverría.

Echeverría, por su parte, es el nexo de unión con figuras importantes de la administración y el sector financiero mexicanos.

Lerner cumple esa misma función en Estados Unidos.

Todo lo cual, de alguna manera, conduce de nuevo a Tristeza.

Y Eddie Ruiz, se dice Keller, conduce de nuevo a ti.

Cirello circula en sentido contrario por la 15: hacia el suroeste, rumbo a California.

Se alojó en el Mandalay, se gastó cinco de los grandes jugando a los dados y luego alquiló un coche y se fue. Cuando uno vive en Nueva York, no está acostumbrado a hacer tantos kilómetros en coche, pero Cirello descubre que le gusta. El desierto debería resultarle monótono pero, como es la primera vez que lo ve, lo disfruta.

La carretera va directo a Victorville y Cirello se registra en un Comfort Inn.

Los moteles de los alrededores de las grandes cárceles suelen ser lugares tristes. La mayoría de los huéspedes son familiares de presos o abogados defensores cuyos clientes ya perdieron, de modo que ninguno de ellos está muy contento. Los niños salen de los coches en el estacionamiento con los ojos hinchados de tanto llorar, las mujeres parecen agotadas, los abogados llegan con maletines llenos de recursos de apelación condenados al fracaso.

Hay una alberca en la que se meten los niños mientras las madres se sientan alrededor y comparan sus casos. Los abogados suelen dirigirse al bar más cercano o se van directo al sur, a Los Ángeles, a tratar de olvidar su paso por Victorville, a la que inevitablemente han apodado *Loserville**.

Si el motel es deprimente, comparado con la propia cárcel es Disneylandia.

Una prisión es uno de los lugares más tristes sobre la faz de la tierra, se dice Cirello mientras se acerca a la Penitenciaría Federal de Victorville. Y no solo por los muros y las alambradas: a Cirello le sorprende a menudo que muchas cárceles y centros penitenciarios se parezcan a cualquier almacén de los que se ven en los callejones de Queens, de Brooklyn o el Bronx. Son sitios donde se almacenan cosas. Pero lo peor es la sensación palpable de desesperanza, de desperdicio, de pérdida y dolor.

Las prisiones son palacios de dolor.

Si las paredes pudieran hablar, aullarían.

Cirello no es ningún liberal pusilánime y sensiblero. Ha metido a mucha gente en prisión y se alegra de que la mayoría sigan allí. Como casi todos los polis, ve a las víctimas de la delincuencia, conoce también su dolor, lo ha visto de primera mano en la calle, en las salas de urgencia de los hospitales, en los depósitos de cadáveres. Conoce a personas que llevan grabadas en la piel las cicatrices de las palizas, a mujeres que viven con sus violaciones. Más de una vez ha tenido que ir a informar a una familia de que un ser querido no va a volver a casa.

Eso sí que es dolor.

No, Cirello siente poca simpatía por los cabrones que sufren detrás de estos muros, pero sabe…

Sabe que algunos de ellos no deberían estar allí.

Y no se trata solo de los inocentes, de esos casos en los que el sistema judicial se equivoca. Es el sistema mismo. Como agente de narcóticos, ha mandado a decenas de traficantes tras las rejas, y por él, pueden joderse a casi todos: vendían muerte para ganar dinero.

Pero también están los otros.

Los adictos que venden para pagarse el hábito, los pobres diablos a los que pescaron pasando una cantidad insignificante de hierba, los idiotas que

* *Loser*, «perdedor», frente a *victor*, «vencedor». (N. de la t.)

allanaron una farmacia buscando pastillas, o los más idiotas aún que atracaron una gasolinera para comprar meta.

Oye, si le dispararon a alguien, si hirieron a alguien, si mataron a alguien intentando conseguir plata para comprar, que se pudran en la cárcel, que es donde deben estar. Pero ¿por un delito no violento? ¿Llenar las cárceles de pobres diablos que solo se han hecho daño a sí mismos?

¿Para qué?

¿Para aumentar la suma total del dolor?

El nombre de Cirello figura en la lista de visitas aprobadas para Jackson, pero en lugar de recurrir a ella usa su insignia de la policía de Nueva York. De ese modo, los guardias de admisión saben enseguida que no es abogado —los funcionarios de prisiones odian a los abogados—, sino un policía que necesita una sala de interrogatorio para entrevistarse con un recluso.

—¿Trae regalos? —pregunta el guardia.

—Necesito que ese tipo hable conmigo —contesta Cirello—. ¿Hay algún problema?

—Tenemos que inspeccionarlos.

—Claro.

Lo hacen pasar a una sala.

Unos minutos después traen a Arthur Jackson, esposado de pies y manos.

Cirello ha echado una ojeada a su expediente. El tipo está cumpliendo tres condenas a cadena perpetua por una transacción de crack en Arkansas.

¿No bastaba con una?, se pregunta Cirello. ¿Tan grave fue lo que hizo que tiene que cumplir tres cadenas perpetuas en el palacio del dolor? He detenido a asesinos que a los cinco años ya estaban en la calle. Y Jackson no tiene pinta de asesino. Tiene más bien pinta de pastor de una iglesia de pueblo.

Jackson se sienta y sonríe.

—Gracias por venir.

—No hay de qué.

—¿Qué tal está Darius?

—Bien.

—¿Se está portando bien? —pregunta Jackson—. ¿Nada de drogas?

—Se está portando bien.

—Me alegro —responde Jackson—. ¿Ha encontrado trabajo?

A Cirello le dan ganas de contestar malévolamente «Sí, en una farmacéutica», pero dice:

—Está instalando tablaroca. Le va bien. Me pidió que le trajera esto.

Jackson parece inmensamente satisfecho. Dos de los libros son de ajedrez, de estrategia; el otro es una exégesis del Evangelio según san Mateo.

—¿Y bizcocho de plátano? ¡Darius solía hacerlo aquí!

—No me diga.

—Ya lo creo —dice Jackson—. Bueno, gracias por molestarse en venir.

—Por Darius, cualquier cosa.

—¿De qué lo conoce? —pregunta Jackson.

—Puso tablaroca en mi apartamento —dice Cirello—. Nos hicimos amigos. Cuando le dije que iba a venir por esta zona, me pidió que pasara por aquí.

—Darius haciéndose amigo de un policía... —comenta Jackson sacudiendo la cabeza—. ¿Qué te parece?

—La próxima vez que venga le traeré otro paquete.

—Estupendo —dice Jackson—. Aunque ya no estaré aquí.

¿Cómo?

—Señor Jackson, pensé que...

Jackson sonríe.

—Me van a conmutar la pena.

—¿El presidente conmutó su sentencia?

—Todavía no. Pero lo hará.

Cirello tiene la impresión de que un ruido que oye en su pecho es el de su corazón rompiéndose. No conoce al presidente, pero está seguro de que Barack Obama nunca ha oído hablar de Arthur Jackson. Obama ha tenido ocho años para conmutarle la pena a Jackson. Hasta un niño se daría cuenta de que eso no va a ocurrir. Arthur Jackson va a pasar el resto de su vida —y de las dos siguientes— aquí, en esta prisión.

No está muerto aún, pero ya está enterrado.

—Sé lo que está pensando —dice Jackson—. Pero tengo fe. Sin fe, señor Cirello, no hay nada en esta vida. Ni en la siguiente.

Cirello se levanta.

—Ha sido un placer conocerlo.

—El placer es mío —dice Jackson—. Aunque, y por favor no se ofenda, espero no volver a verlo.

—Yo también lo espero, señor Jackson.

Cirello recorre unos cincuenta kilómetros camino de Las Vegas cuando de pronto arremete a puñetazos contra el tablero. Cuando llega a la ciudad, se emborracha a medias, pierde otros diez jugando a los dados y se sube a un avión para volver a Nueva York.

Vuela en clase turista.

Eddie Ruiz se alegra tanto de estar otra vez en la carretera que le dan ganas de bajarse del coche y besar el asfalto.

Teresa y su familia de St. George son un grano en el culo, y se queda corto. Entre ella y los niños no han parado de joderlo. Y no es que Eddie sepa lo que es eso —a él nunca lo violaron en chirona—, pero ha oído contar suficientes cosas como para saber que es comparable a tener que aguantar a su mujer y sus hijos.

«¿No me preocupo por ustedes?», le preguntó a Teresa durante una de sus varias peleas. «¿No los mantengo? ¡Acabo de darte doscientos mil dólares!»

«¡No te vemos la cara!», respondió ella. «¡Y estamos en Utah!»

«Hay sitios peores».

«¡Dime uno!»

Eddie podía decirle dos, Florence y Victorville, pero le pareció que no era momento de sacar a relucir sus años en prisión.

«Te prometo que en cuanto lo tenga todo arreglado mandaré a buscarlos y volveremos a California.»

«¿Dónde exactamente?», preguntó Teresa. «No será a alguna pocilga».

«No, a La Jolla», dijo Eddie, improvisando.

Angela quería un coche.

Y no un coche cualquiera: un BMW.

«Tienes quince años», le dijo Eddie.

«Voy a sacar la licencia dentro de poco».

Sí, claro, pensó Eddie. En Utah los jóvenes sacan su licencia de conducir cuando tienen como once años, pero ¿un BMW? Ni hablar.

—A lo mejor te compro un Camry de segunda mano.

—¡Carajo!

—¡Oye!

—Mírame, papá —dijo Angela—. ¿Te parezco una de esas mormonas con el pelo de estropajo que se casan con sus primos? ¿Tengo facha de eso?

Eddie no supo qué contestar.

A Eddie Jr. tampoco supo qué decirle.

No recuerda que el mocoso se le cayera de bebé y se diera un golpe en la cabeza, o haberlo dejado comer pintura ni nada por el estilo, pero es un zoquete. Y más holgazán que uno de esos sillones que se reclinan, porque al menos los sillones se enderezan cuando aprietas unos botones.

Eddie Jr. no.

El decúbito supino es su postura por default.

Así que Eddie se alegra de ir camino de San Diego.

Pensó en pasar otra vez a Las Vegas para cogerse a una negra, pero decidió que era demasiado arriesgado llevando tres millones en billetes en el maletero. Acaba de llamar a Osvaldo para decirle dónde estaba y el chico se colocó detrás para cubrirle las espaldas.

Osvaldo vigila el coche cuando Eddie para en Primm para mear. Luego, Eddie vuelve al coche y conduce sin parar hasta San Diego.

Pero no va a ver a Priscilla.

Ha tenido suficientes dramas familiares para que le duren una buena temporada.

Se va a su casa de Solana Beach.

Ha alquilado un condominio en el acantilado, justo encima de la playa. Es pequeño, solo tiene una habitación, pero los ventanales de la sala tienen, como dijo el de la inmobiliaria, «una vista bestial», porque se ven las olas rompiendo en la playa y toda la extensión del océano.

La cocina es minúscula pero a Eddie no le importa; total, casi no va a cocinar. Hay un sitio a un par de manzanas de allí que sirve unos burritos estupendos para desayunar y en Solana Beach y Del Mar hay buenos restaurantes a montones.

Igual que sitios de yoga.

Da lo mismo dónde estés: si te das una vuelta, ves por todas partes viejas buenas y mamás apetitosas saliendo de sus clases de yoga con sus pantalones de Lululemon y ese culo que se les pone de tanto hacer el perrito mirando hacia abajo.

Eddie es feliz aquí.

Y además nadie lo conoce.

Alquiló la casa con otro nombre, pagó doce de los grandes en efectivo por tres meses de alquiler y nadie le hizo preguntas. La famosa indiferencia del sur de California viene al pelo cuando uno intenta desaparecer, porque a la gente le importan un carajo los demás.

Es perfecto.

Eddie se siente a salvo aquí.

Está pensando en aprender a surfear.

Hidalgo saluda a Eddie educadamente con una inclinación de cabeza.

Uno de esos saludos entre desconocidos.

Están sentados en la terraza de un pequeño café de Solana Beach, en la que Eddie está devorando un burrito.

Hidalgo vuelve a mirar su teléfono.

Sabe que no debe entrar en contacto con Ruiz más de lo estrictamente necesario.

Ya saben dónde vive: en uno de esos condominios que los propietarios alquilan a turistas por semanas o meses cuando no los están usando. Una población muy cambiante, entra y sale gente continuamente sin que nadie se fije en los vecinos. Y Eddie Ruiz puede estacionar su Porsche en el garaje subterráneo.

Podrían detener a Eddie ahora mismo, en posesión de tres millones de dólares en metálico que pueden vincular directamente con Darius Darnell. Aunque no puedan relacionar a Eddie con los cargamentos de heroína, es una violación flagrante de los términos de su acuerdo judicial. Podrían mandarlo a la cárcel por treinta años.

Sirviéndose de esa amenaza, podrían apretarle las tuercas para que delate a su proveedor mexicano. Ruiz ya ha cantado antes. No sería muy difícil hacerlo cantar ahora.

Pero Keller se niega.

«Si detenemos a Eddie, solo lo tendremos a él», le dijo el jefe. «Si nos entrega a su proveedor mexicano, quizá podamos atraparlo y quizá no. Y yo lo quiero todo: a Eddie, a su proveedor, a los banqueros, a los promotores inmobiliarios, a todo mundo. Si no conseguimos eso, ¿de qué sirve todo esto?»

No lo sé, jefe, se dice Hidalgo. Lo que sí sé es que se nos está agotando el tiempo de partido. Esto es futbol, no beisbol: no tenemos garantizado pararnos en *home* para lanzar nuestros tiros antes de que se presente el nuevo director y toque el silbato. Tenemos que tirar a gol ya.

Aunque por otro lado lo entiende. Keller tiene razón hasta cierto punto.

Otra cosa es la orden judicial.

Hidalgo quiere intervenir la guarida de Eddie.

Si la llenan de micros, tal vez consigan grabar a Eddie el Loco hablando por teléfono con su gente al sur de la frontera. Conseguirían montones de información útil. Y sí, necesitan una orden, pero ¿por qué no puede conseguirla Keller del mismo juez federal que autorizó las grabaciones en el Pierre? Esta vez tienen más fundamentos legales que entonces, cuando intervinieron la gran reunión de banqueros.

Pero el jefe no quiere irse por ahí.

Demasiado arriesgado, dice.

¿Qué riesgo hay?, se pregunta Hidalgo. ¿Que haya una filtración? ¿Que se enteren sus rivales dentro de la DEA? ¿O que llegue a oídos de nuestros amigos los banqueros y desmantelen la operación? Pero, si ese fuera el caso, el juez ya les habría ido con el cuento.

Entonces ¿por qué se resiste Keller?

Dice que tiene que «meditarlo».

Hidalgo hasta aprovechó la oportunidad para ir un paso más allá. Le dijo «Bueno, jefe, si no quieres pedir autorización judicial, hagámoslo por debajo». Llegó incluso a decirle que se arriesgaría a entrar en casa de Eddie para montar el micro y que se encargaría él mismo de la vigilancia. Total, ya le habían puesto un dispositivo de seguimiento a la brava, así que ¿qué más daba?

Keller volvió a decirle que no. O, por lo menos, dijo que «todavía no».

Que quería pensarlo.

Pero ¿qué hay que pensar?

Keller no tiene fama de ceñirse escrupulosamente al reglamento, que digamos. Las historias que se cuentan sobre él son legendarias, y no tratan precisamente de su adherencia rigurosa al procedimiento establecido.

¿Es que acaso ha perdido el valor? ¿Su ímpetu? ¿O es que...?

¿De qué tiene miedo?

Es preocupante. Hidalgo sabe que Keller y Ruiz se conocen desde hace tiempo; que Ruiz era su informante en México, que Eddie entregó a Diego Tapia y, a cambio, Keller le consiguió una apetitosa reducción de condena.

De modo que ¿es posible que esté protegiendo a Eddie?

Y si es así, ¿por qué lo hace?

Hidalgo procura no apartar la mirada de su celular al notar que Eddie se levanta, tira el envoltorio de su burrito al cesto y se aleja.

¿Adónde vas, cabrón?

Al banco.

Bueno, a los bancos, en plural.

Primero conduce dos horas en dirección este, hasta Calexico, una localidad que, como su propio nombre indica, está a la mitad entre California y México, en la misma frontera. Hay cuatro pequeños bancos en la ciudad y Eddie prefiere usar bancos de poca importancia porque necesitan dinero y porque las autoridades gubernamentales les prestan menos atención que a las grandes entidades bancarias.

Eddie ya sabe cuáles van a seguirle el juego.

O sea, qué bancos aceptan múltiples depósitos de 9 500 dólares en efectivo efectuados en varios días por la misma persona sin presentar un Informe de Actividad Sospechosa. Las cantidades inferiores a 10 mil dólares quedan a discreción del banco, pero, por ley, si reciben depósitos sospechosos por menos de esa cifra también tienen que presentar un informe.

Algunos bancos tienden a sospechar menos que otros.

Eddie no va al Wells Fargo.

Demasiado grande, demasiada supervisión.

Escoge dos bancos más pequeños e ingresa 9 500 dólares en cada uno.

Luego emprende otra vez camino hacia el oeste y va parando en pequeñas poblaciones como El Centro, Brawley, Borrego Springs, Julian y Ramona, para hacer un abono en cada una como si fuera sembrando dinero por el país. Después se dirige a las afueras, a Poway y Rancho Bernardo, y luego a pequeñas ciudades como Escondido y Alpine. Al volver al área metropolitana de San Diego, recorre los barrios de las afueras visitando oficinas bancarias en El Cajon, Nacional City y Chula Vista.

Invierte varios días, pero cuando acaba ha depositado un millón de dólares.

Los otros dos se los da a Osvaldo para que los lleve en coche a México y se los entregue a Caro.

Él va a comprar algo para meterse en el sindicato.

Es un orgulloso inversionista de Park Tower.

Las Vegas, muchacho.

Una suite en el Four Seasons.

Cirello se instala y espera al mensajero de Ruiz.

Es curioso lo rápido que se acostumbra uno a ciertas cosas, piensa mientras contempla el Strip por la ventana. Aviones privados, suites de lujo, servicio a la habitación, licores de primera en el bar… Ya es lo normal, lo de siempre, lo que espera.

Solo que las cosas están a punto de cambiar.

Si es que consigue anotar otro tanto.

Subir otro peldaño en la escalera. Primero fue DeStefano, luego Andrea, después Cozzo. Más tarde, Darnell.

Y ahora…

Suena el timbre.

Es Osvaldo.

—¿Tienes mi paquete?

—Pasa.

Osvaldo parece dudar.

—Tenemos que hablar —dice Cirello.

—¿Vas a romper conmigo? —pregunta Osvaldo, pero entra—. ¿Qué pasa?

—Tengo que ver a tu jefe —dice Cirello al entregarle las maletas.

—¿Hay algún problema?

—Todo problema es una oportunidad, ¿no? —responde Cirello, y procede a explicarlo tal como le dijo Mullen—. Ya sabes que he estado untando a un tipo de la DEA. Pues se ha montado en su burro y quiere una porción más grande del pastel. Esa es la mala noticia. La buena es que tiene algunas ideas.

—¿Qué clase de ideas? —pregunta Osvaldo.

—Para expandir el negocio.

—Se lo comunicaré a mi jefe —dice Osvaldo.

—No, se lo comunicaré yo —replica Cirello.

Sabe que es el momento oportuno. O lo toman o lo dejan. O funciona o no. Si no funciona y le avisan a Darnell, yo vuelvo a mi puesto en la jefatura. Aunque no está seguro de qué es lo que prefiere.

—Verás, el caso es que no te conozco. Que yo sepa, podría estar entregándole dinero a un poli y podrían caerme treinta años de prisión, como mínimo. Y eso le preocupa también a mi contacto en la DEA. Necesitamos saber con quién estamos tratando.

—Pregúntale a Darnell.

—Darnell no tiene nada que ver con esto.

—El dinero que hay en estas bolsas es suyo.

—No, es de tu jefe —responde Cirello—. Y yo necesito saber que existe, y verlo cara a cara.

—¿Y de qué te va a servir?

—Para asegurarme —dice Cirello—. Además, voy a ofrecerle una oportunidad que no querrá perderse, créeme.

Osvaldo se lo piensa un momento.

—Se lo preguntaré.

—Yo espero aquí.

Espera dos largas horas.

Luego suena el teléfono.

—Cinco minutos. En el vestíbulo. Siéntate en el bar.

Cirello baja y se sienta en el bar. Para que quien lo esté vigilando lo vea con claridad, se asegure de que está solo. Puede que estén hablando por teléfono con Darnell, en cuyo caso lo tiene jodido. Suena su teléfono.

—Alquila un coche. Ahora mismo. Ve hasta el circuito de carreras y estaciona allí.

Qué fastidio, piensa Cirello.

Pero se acerca a recepción, alquila un Camaro y se dirige hacia el norte por la 15. Al llegar al circuito de carreras de Las Vegas, se mete en el inmenso estacionamiento. Hay unos veinte coches y camionetas dispersos por el recinto. Cirello sabe que están en uno de los vehículos, vigilándolo.

Espera veinte minutos, sentado en el coche. Está a punto de irse —que se vayan al carajo— cuando un Mustang Shelby se detiene a su derecha.

Eddie Ruiz va al volante.

—Sube.

Cirello se baja del Camaro y sube al Shelby. Si piensan pegarle un tiro, este es el momento. Pero no hay nadie en el asiento de atrás.

Ruiz se inclina y lo cachea.

Nota la pistola, pero no el micro.

Porque no lleva ninguno.

—¿Qué arma llevas? —pregunta Ruiz.

—Una Sig nueve.

—A mí me gusta la Glock —dice Ruiz—. No tienes que preocuparte del seguro.

—A mí me gusta el seguro.

—Querías mirarme a los ojos —dice Ruiz—. Pues mírame.

Cirello lo mira a la cara.

—Bueno, ya me viste —añade Ruiz—. ¿Qué quieres?

—Hacer negocios.

—Ya estamos haciendo negocios.

—Están haciendo negocios tú y Darnell —responde Cirello—. Yo solo soy un mandadero.

—Ya sé lo que eres —dice Eddie—. ¿Sabe Darius que intentas hacer negocios por tu cuenta?

—No, a no ser que se lo hayas dicho tú.

—Lo que pasa en Las Vegas, se queda en Las Vegas.

—O sea que te interesa.

—Vamos a divertirnos un rato.

Eddie ha alquilado tiempo de pista. Cincuenta billetes la vuelta, ¿qué es eso para él? Se ponen unos cascos y todo ese rollo, salen a la pista y Eddie pisa el acelerador. Ciento treinta, ciento cuarenta, ciento sesenta, se salen de la pista al tomar una curva y Cirello piensa que va a vomitar.

A la vuelta siguiente, Eddie supera los ciento noventa. Aúlla, grita, suelta uno de esos alaridos de los vaqueros de Texas y Cirello se imagina el coche estrellándose contra el muro, saltando por encima de él, dando vueltas de campana en el aire y estampándose contra el suelo convertido en una bola de fuego.

Al llegar a la recta, Eddie grita para hacerse oír por encima del rugido del motor:

—¡Habla!

—¡El federal al que unto! —dice Cirello—. ¡Quiere reunirse contigo!

—¡¿Tiene nombre ese cabrón?!

—¡Reúnete con él y lo sabrás!

La curva llega enseguida. Eddie cierra la boca y se concentra. Hasta él está un poco asustado. El coche derrapa, pero Eddie no pisa el freno, pisa el acelerador para tomar la curva, deja que el coche haga todo el trabajo.

A Cirello se le sale el estómago por la boca.

Doscientos diez, doscientos veinticinco, doscientos cuarenta…

Otra curva, carajo. Dios.

—¡¿Tienes miedo?! —pregunta Eddie.

—¡Sí!

Eddie se ríe.

Y acelera.

Doscientos sesenta, doscientos sesenta y cinco, y tienen la curva encima. Cirello está seguro de que va a morir. Pero el coche describe la curva y sale por el otro lado. En la recta Eddie grita:

—¡Dicen que este cacharro llega a los trescientos veinte!

—¡¿Has hecho esto otras veces?!

—¡No!

Genial, piensa Cirello.

—¿Podemos dejarnos de pendejadas e ir al grano?

—¡Pero si es nuestra primera cita! —responde Eddie—. ¡No me presiones ya para hacer un trío! Además, la vida es corta, hombre. Hay que divertirse cuando uno puede. ¿No te estás divirtiendo?

No, piensa Cirello. Y no puede permitir que Eddie lo esté chingando así, marcaría un mal precedente, es cuestión de autoridad.

—¡Si no te reúnes con ese tipo, yo lo dejo! ¡Es muy arriesgado tenerlo como enemigo!

—¡¿Me estás amenazando?!

—¡Te estoy diciendo cómo son las cosas!

—¡Puedo comprar a otro poli de Nueva York! —responde Eddie.

—¡¿Quieres referencias?!

Eddie afloja al llegar a doscientos noventa, levanta el pie del pedal, entra en el pit.

—¡Qué subidón! ¡Carajo! Cuando eras pequeño, ¿pensaste alguna vez que ibas a ir a casi trescientos por hora en un coche pocamadre y en un circuito privado?

—No, no se me ocurrió.

—De acuerdo, me reuniré con ese tipo —dice Eddie—. Pero espero por tu bien que valga la pena.

El Nobu Hotel del Caesars Palace.

Osvaldo abre la puerta y los deja entrar. Los cachea: las pistolas no importan; los micros, prohibidos.

Una suite, cómo no.

Es más grande que el apartamento de Cirello. Un bar, claro está; una «sala de ocio» con pantalla plana LED y hasta mesa de billar. Cirello sabe que Ruiz ha hecho que la registren de arriba abajo, y ni él ni Hidalgo llevan micro.

Es demasiado arriesgado y no hace falta.

Solo espera que Hidalgo esté a la altura de su reputación. El chico lo hizo bien cuando estaba en Nueva York, pero trabajar de infiltrado es otra cosa. Hidalgo es listo y duro, de eso no hay duda, pero aquí se juega uno la cara.

Por lo menos, Hidalgo tiene la pinta: viste un traje de Armani de color gris pizarra que no podría permitirse con su sueldo; camisa blanca sin corbata y mocasines de Gucci. Un lobezno en desarrollo. Está en el guion que les dio Keller: Ruiz le da mucha importancia a la ropa. Hoy lleva su típico polo, de color azul cielo, y unos chinos.

Hidalgo se mete de lleno en el papel desde el minuto uno.

Hay que echarle huevos.

—Yo también voy a cachearlos —dice Hidalgo—. A los dos.

Podría haber echado a perder la reunión nada más empezar, pero Eddie sonríe y levanta los brazos. Hidalgo lo cachea en busca de un micro; luego hace lo mismo con Osvaldo. Acto seguido agarra un rastreador y lo pasa por la habitación.

—Eso ya lo hice yo —dice Osvaldo.

—Lo hiciste por ustedes —replica Hidalgo—. Yo lo hago por mí.

No encuentra ningún micro.

—¿Contento? —pregunta Eddie—. Siéntate y toma una copa.

Osvaldo se encarga de servir: una Dos Equis para Cirello, un vodka con tónica para Hidalgo. Eddie toma té con hielo y Osvaldo no bebe.

—Eddie —dice Cirello—, este es el agente Fuentes.

—Tony —dice Hidalgo.

Keller le ha creado una identidad completa. Si alguien hace averiguaciones, encontrará su expediente en la DEA. Entró en el Departamento de Policía de Fort Worth, ingresó en la DEA, trabajó como infiltrado en California, pasó luego a la delegación de Seattle y más tarde a la Central.

Una carrera meteórica.

Divorciado, sin hijos.

Un apartamento en Silver Springs.

—Hola, Tony —dice Eddie—. ¿Eres mexicano?

—México-americano.

—*Pocho*, como yo.

—Sé quién eres —dice Hidalgo.

—El precio de la fama —responde Eddie—. Mira, si lo que quieres es más dinero, deberías hablar con Darnell, no conmigo.

—Darnell es un jornalero —dice Hidalgo—. Yo quiero tratar con el dueño de la plantación.

Tiene huevos, piensa Cirello.

Y los tiene bien puestos.

Eddie mira a Cirello.

—¿Le has comentado a Darnell que es un recolector de algodón?

—Seguramente lo olvidé —dice Cirello—. Permíteme expresarlo de otro modo. Yo soy de Nueva York y eso es lo que puedo ofrecerte. Fuentes trabaja en la sede central de la DEA, en la División de Inteligencia. Él lo ve todo.

—¿Intentas hacerte el interesante para que te dé un aumento? —le pregunta Eddie a Hidalgo—. Muy bien, ¿de cuánto estamos hablando? Di un número.

—No quiero un jefe —contesta Hidalgo—. Quiero un socio.

—Pues cómprate una franquicia.

Presiona, piensa Cirello. Tienes que presionarlo ahora o vas a perderlo.

—Estás enfocando esto mal —dice Hidalgo.

—¿Ah, sí?

—Sí —dice Hidalgo—. Ahora mismo tienes un distribuidor para tu producto, Darius Darnell, lo que te permite acceder a ciertos mercados de Nueva York. Si eso es lo único que quieres, bien, podemos tomarnos una copa y yo me buscaré a alguien más ambicioso, no hay problema. Pero tienes todos tus huevos puestos en una canasta, y además esa canasta es negra y pequeña. Si algo le pasa a Darnell, te quedas fuera del negocio. Mientras tanto, tus competidores del sur de la frontera están invadiendo Nueva York a lo grande, trabajando con hispanos. Es solo cuestión de tiempo que echen a Darnell del mercado. Y entonces, repito, te quedarás fuera.

—¿Y cómo vas a impedirlo tú?

—¿Cómo subió Adán Barrera hasta lo más alto? —pregunta Hidalgo—. Tú lo sabes, estabas allí.

—¿Por qué no me lo dices, de todos modos?

Cirello nota que Eddie está empezando a enojarse.

—El gobierno mexicano lo ayudó a eliminar a sus competidores —dice Hidalgo—. Los demás no tuvieron elección, tuvieron que aliarse con él. Aprovechando mi posición, podemos hacer lo mismo por ti aquí, en Estados Unidos.

Un silencio mortal.

—No pienses solo a la defensiva —añade Hidalgo—. No pienses: «Este federal puede decirme si aparezco o no en el radar». Piensa ofensivamente: «Este federal puede llevar a cabo operaciones de la DEA contra mis competidores». También puede funcionar en el otro sentido: tú consigues información sobre tus competidores, nos la das y nosotros actuamos en consecuencia. Igual que hacía Barrera.

—¿Y cómo sé yo que tienes tanta mano en la DEA?

—Echa un vistazo a la prensa mañana —contesta Hidalgo—. Porque esta noche la DEA va a intervenir un laboratorio de Núñez en el Bronx, un decomiso de quince kilos. Es un obsequio que te hago. Una muestra del producto, digamos.

Eddie mira a Cirello.

—¿Vas a hacerle esa putada a Darnell?

—No estamos hablando de hacerle una putada a Darnell —contesta Cirello—. Estamos hablando de expandir el negocio. Darnell puede apuntarse, eso lo decides tú. Pero no puede saber lo de Fuentes.

—¿Por qué no?

—Porque es negro y ha estado en la cárcel —dice Hidalgo—. No confío en él. Si quieres ser un equipo de segunda, Eddie, me parece bien. Lo entiendo. Se gana un buen dinero, es cómodo y de vez en cuando llegas a los playoffs. Pero si quieres ser como los Yankees, los Dodgers, los Cubs, nosotros podemos ayudarte a conseguirlo. Podemos meterte en Washington, en Baltimore, en Chicago, en Los Ángeles…

—O en Las Vegas, para el caso —dice Cirello.

—Podemos ayudarte a mover tu dinero —continúa Hidalgo—. Decirte qué bancos son seguros, qué préstamos, qué consorcios… Incluso podemos ponerte en contacto con gente.

Cirello ve que Ruiz se lo piensa.

Ruiz es un sobreviviente.

Salió de una pequeña banda de Laredo y llegó a ser el jefe de sicarios del cártel de Sinaloa.

Luego se fue con Diego Tapia.

Y lo traicionó cuando llegó el momento de salvar el pellejo.

Eddie Ruiz solo es leal a sí mismo.

—¿Y qué sacas tú de todo esto? —pregunta.

—Un porcentaje —dice Hidalgo—. Cuando tú comas, comeré yo.

—¿Y qué parte de mi cena quieres?

—Mi madre siempre me decía «come como un caballo, no como un cerdo» —responde Hidalgo—. Así que un cinco por ciento.

—Estás como loco.

—Hazme una contraoferta, entonces.

—Un dos.

—Gracias por la copa —dice Hidalgo y mira a Cirello como diciendo «vámonos de aquí»—. Yo por un dos no me levanto de la cama.

—¿Y por un tres pondrías el despertador?

—Puede que por un cuatro.

—Tres y medio —dice Eddie—. Si cumples, si haces lo que dices que vas a hacer.

—Lo haré —le asegura Hidalgo—. Y echa un vistazo a las noticias mañana. No te ofendas, pero ¿eres tú quien toma las decisiones, Eddie? ¿O tienes que hablar con alguien?

—Tengo que consultarlo con ciertas personas.

—Voy a pasar el fin de semana en la ciudad —dice Hidalgo—. Puedes contactar conmigo a través de Cirello. Él será el intermediario, el mediador.

—Estamos en contacto.

Hidalgo se dispone a cruzar la línea de meta.

—Eddie, podemos hacer algo grande —dice.

Eddie le pone delante un último obstáculo.

—¿Por qué? Aparte de dinero, ¿por qué haces esto?

Hidalgo lo esquiva, veloz como una centella.

—Porque estoy harto de luchar en una guerra que no vamos a ganar nunca —dice—. Porque estoy harto de ver cómo otra gente se hace rica. Y porque van a empezar a pelearse por el territorio y no quiero que esto se convierta en México. Prefiero que escojamos un ganador desde el principio y haya paz.

El escenario mexicano.

La *Pax Sinaloa*.

Ahora cosa del pasado.

—¿Y van a dejar que vendamos pico sin más? —pregunta Eddie.

—Los yonquis son yonquis —responde Hidalgo—. Siempre sacan la droga de alguna parte. Que se jodan. Yo quiero que las calles sean seguras para la gente que no se mete veneno en la vena.

—Yo te aviso —dice Eddie.

—Lo estoy deseando.

—¿Necesitan una reservación o alguna otra cosa? —pregunta Eddie—. Puedo conseguirles mesa en el Nobu.

Hidalgo se ríe.

—No creo que convenga que nos vean cenar en el Nobu.

—En el Denny, en todo caso —añade Cirello.

—Entendido —dice Eddie—. Pero lo digo en serio: si quieren chicas o algo, Osvaldo puede encargarse. *Chochos* de primera clase, invito yo.

—Te lo agradezco —dice Hidalgo—, pero a mí me gusta salir a cazar, tú me entiendes. Y en Las Vegas hay mucha caza.

Eddie mira a Cirello.

—Yo voy a probar suerte en las mesas —dice Cirello.

—Ozzie, dales unas fichas a estos muchachos. Que jueguen a nuestra salud.

Osvaldo les da unas fichas.

Cuando bajan, Hidalgo respira hondo.

—Dios santo….

—Estuviste genial, hombre —dice Cirello—. Fue impresionante.

—¿Tú crees? —pregunta Hidalgo—. ¿Crees que entraron al aro?

—Creo que sí, pero quién sabe. Ahora hará una llamada, les preguntará a sus jefes. Luego ya veremos. Pero entre tanto…

Hidalgo sale para llamar a Keller.

Cirello se va a la mesa del *blackjack*.

Apuesta con dinero del cártel.

Keller está esperando la llamada.

Ya está arrepentido de haber mandado a Hugo.

Hay mil cosas que podrían salir mal. Por ejemplo, que Ruiz se huela el pastel y rechace la oferta. Podría llevar a Hugo al desierto, y pegarle un tiro en la cabeza. A él, y también a Cirello. No, Eddie no haría eso, es demasiado listo. Pero aun así…

Los inconvenientes son espantosos.

Pero las ventajas…

La oportunidad de darle vuelta al cártel, de ponerlo patas arriba.

El teléfono suena por fin.

—¿Ya saliste?

—Sí, estoy bien.

—¿Y?

—Creo que picó —dice Hidalgo—. Va a informar a sus jefes.

—¿Dijo con quién tiene que hablar?

Porque la persona con la que hable Eddie es quien dirige el negocio. El verdadero vínculo con Echeverría y el sindicato de bancos.

—No —dice Hidalgo—, y no quise presionarlo.

—Hiciste lo correcto —dice Keller—. ¿Seguro que estás bien?

—Estoy genial.

Parece eufórico. A punto de salir de un subidón de adrenalina.

—De acuerdo. Procura no llamar la atención. Y mantenme informado.

Eddie tarda tres cuartos de hora en decidir informar a sus superiores. El número al que llama es de Sinaloa y la conversación dura casi una hora. La gente de Orduña hace el seguimiento a instancias de Keller. La torre de celular más cercana está cerca de la casa de Rafael Caro, en Culiacán.

Rafael Caro, se dice Keller.
Todo lo viejo vuelve. El pasado regresa.
Sigue las drogas, sigue el dinero.
Caro conecta con Ruiz y Darnell.
Conecta con Damien Tapia, que a su vez lleva a Ruiz y Darnell.
Damien Tapia movía heroína con Caro.
Fue Caro quien dio la orden de matar a los estudiantes de Tristeza.
Caro conecta a Echeverría con Claiborne y, a través de este, con Lerner.
O sea, que Caro tiene vínculos con Lerner.
Muy bien.
Keller va a demoler el muro de arriba abajo.
Echándoselo encima, si es necesario.

2

La muerte será la prueba

La muerte será la prueba de que hemos vivido.
—Rosario Castellanos

Sinaloa, México.
Diciembre de 2016

Su padre parece viejo.

Supongo que es lo que pasa cuando te pegan un tiro, se dice Ric. Que envejeces.

Ahora, su espesa cabellera está —prematuramente— más cana que negra y su cara parece tener una mueca constante de cansancio (¿o es de dolor?). Las balas no acabaron con él, pero mermaron sus fuerzas, no hay duda. Sigue siendo tan listo como siempre, e igual de analítico, pero se queda rápidamente sin energías.

Ric sabe lo que se dice ahora de él: «Si quieres hablar con el Abogado, hazlo antes de comer, antes de que se eche la *siesta*. Luego ya no está tan atento». Cada vez recurren menos a él y más a Ric.

La vida de su padre está muy atenuada, eso salta a la vista: no solo le fallan las energías, sino que lleva una dieta muy limitada: no puede beber alcohol —una copita de jerez, quizá, los domingos— y toma dieta blanda para que no se le irrite la mucosa gástrica, que está todavía en vías de recuperación. Ricardo Núñez padre nunca ha sido el alma de la fiesta, pero antes era un anfitrión cortés y generoso. Ahora celebra muy pocas veladas en casa, y las que celebra son cortas y acaban bruscamente: los invitados saben que deben irse en cuanto ven aparecer sombras oscuras bajo los ojos de Núñez.

En las películas, la gente a la que le pegan un tiro, o se muere o se recupera por completo. Ric ha descubierto que la realidad es un poco distinta.

Ahora está sentado con su padre en la parte de atrás de un coche, camino de una reunión. Hubiera preferido que su padre no asistiera, o al menos que la reunión se celebrara en su casa, pero Núñez padre no quiere que lo tomen por un inválido.

«El *patrón* tiene que dejarse ver», dijo. «Si no, la gente empieza a pensar que no hay nada detrás de la cortina».

«¿Qué?»

«*El mago de Oz*. ¿Nunca la has visto?»

«Creo que no».

«Un mago muy poderoso gobierna un reino solo con su voz, desde detrás de una cortina», explicó Núñez. «Y cuando retiran la cortina, descubren que solo es un hombre corriente».

Pero tú ya eres un hombre corriente, pensó Ric.

La reunión es con los jefes de un grupo llamado *La Oficina*, una de las muchas escisiones de la antigua organización de Tapia.

La última vez que Ric hizo cuentas, había veintiséis grupos distintos salidos de los Tapia. A veces cooperan entre sí; otras se pelean. Algunos son autónomos, otros le han jurado lealtad a Damien, y algunos otros todavía le son fieles a Eddie Ruiz. Se han extendido por todo el país: la mayoría, como Guerreros Unidos y Los Rojos, están en Guerrero y Durango, pero también hay otros en Sinaloa, Jalisco, Michoacán, Morelos, Acapulco, Tamaulipas, incluso alguno que otro en Chiapas y hasta en la Ciudad de México. Todos tienen algo en común: que están causando problemas.

A eso hay que sumar los grupos de *autodefensas*, milicias de voluntarios que aseguran combatir a los cárteles para defender a la población civil. Algunos lo intentan de verdad. Otros empezaron así y han acabado siendo un ejemplo más de corrupción y prácticas coercitivas.

Es un desmadre.

Caos por todas partes.

El mayor error que cometió Adán Barrera fue traicionar a su viejo amigo Diego Tapia y desencadenar una guerra civil dentro del cártel de Sinaloa. Mientras estuvo vivo, piensa Ric, pudo controlar sus repercusiones; pero ahora le toca a mi padre intentar que las cosas no se desborden del todo.

Es una tarea imposible.

Pero la reunión de hoy es un intento por poner orden.

La Oficina les ha hecho saber que quiere volver al seno de Sinaloa. Merece la pena intentarlo, se dice Ric. Nos vendría bien tener más aliados.

La guerra con Tito no va bien.

Para empezar, estamos perdiendo Baja.

Los Sánchez y Jalisco han tomado Tecate, uno de los pasos fronterizos hacia San Diego, el más pequeño de ellos pero aun así importante. Eso significa que ahora pueden pasar coca, metanfetamina y heroína directamente a Estados Unidos, rompiendo así el antiguo monopolio de Sinaloa. Además, le están prestando el paso fronterizo a Damien y a otros grupos escindidos, promoviendo así —y financiando— la insurgencia contra Sinaloa en Guerrero, Durango y Michoacán.

Desde su baluarte en lo más profundo de las montañas de Guerrero, Damien está desencadenando el caos. En vez de achicarse tras secuestrar a los hermanos Esparza, se ha vuelto aún más agresivo y les tiende emboscadas a los porteadores de Sinaloa y a las patrullas del ejército y la policía. Hace poco mató a tres policías estatales de Guerrero en un tiroteo de cuatro horas, cerca de una explotación de opio. Una semana después atacó un convoy del ejército y mató a cinco soldados.

Se está convirtiendo en el puto Che Guevara.

Y no solo en el campo.

Lo de Acapulco es una pesadilla.

La localidad costera, que antes era territorio apacible, es ahora un campo de batalla en el que Sinaloa, Jalisco Nuevo y Damien se disputan el puerto, imprescindible para importar las sustancias químicas necesarias para la elaboración de la meta y el fentanilo.

Antes el puerto lo controlaba Eddie Ruiz, y Ric tiene que reconocer que hacía un buen trabajo. Pero desde que Ruiz desapareció de la escena, su organización se ha dividido en varias facciones rivales que actúan a su antojo o entablan alianzas pasajeras con uno u otro cártel.

La factura de la carnicería ha sido muy alta.

Además de grotesca: a un grupo de antiguos sicarios de Ruiz les gusta desollarles la cara a sus víctimas y dejarlas en el asiento del coche. Otros prefieren la práctica, ya muy extendida, de colgar cadáveres en los puentes o dejar miembros amputados dispersos por las aceras. Los Guerreros Unidos y Los Rojos combaten en la ciudad, y ahora mismo el único aliado de Sinaloa es un grupo llamado «la Barredora» que, en efecto, a veces barre a sus enemigos de las calles.

Acapulco es para el que pueda tomarlo.

Igual que Mazatlán.

Nuestro puerto principal, se dice Ric, y puede que lo perdamos.

Otro grupo escindido de los Tapia, *los Mazatlecos*, luchó contra Sinaloa durante la guerra civil, se disolvió cuando la perdieron y ha resurgido tras la muerte de Barrera.

Con saña.

Literalmente.

De momento estamos aguantando, piensa Ric, pero la plaza se está calentando y, como Tito está ayudando a financiar los antiguos grupos de los Tapia, esto va de mal en peor. Baja, Guerrero, Durango, Michoacán, Morelos… En todas partes brotan grupos pequeños, igual que champiñones después de un invierno lluvioso.

Y plantas más antiguas, que se creían muertas o agonizantes, están empezando a despuntar de la tierra envejecida.

En Juárez —el cruce fronterizo más transitado y valioso, el frente más sanguinario de la guerra de Barrera, que Sinaloa conquistó a un precio terrible—, el derrotado cártel de Juárez está resurgiendo de sus cenizas.

En Chihuahua, el moribundo cártel del Golfo está cobrando nueva vida. Su antiguo jefe, Osiel Contreras, concluirá pronto su condena en una cárcel estadounidense y volverá a casa, sumándose así a *los retornados*. ¿Quién sabe qué intenciones tendrá?

Y en Tamaulipas y Veracruz están volviendo los Zetas, el cártel más violento, el más sádico y demencial, el enemigo al que Sinaloa erradicó aceptando una alianza perversa con el gobierno federal mexicano y la DEA, los que mataron a Barrera y a Esparza en Guatemala.

La tasa de asesinatos crece.

Ric ha estudiado las cifras.

En octubre de 2015, había habido 15 466 asesinatos en México.

En octubre de 2016 eran casi 19 mil.

Un aumento de más de un 20 por ciento, un nivel que no se alcanzaba desde la crisis de 2011, cuando Barrera mantenía una guerra abierta con los Tapia, el Golfo, Juárez y los Zetas.

El gobierno no puede ponerle freno.

Está en estado de pánico.

Nos mira a nosotros para que lo paremos.

Y si nosotros no lo conseguimos, se dice Ric, se buscarán a otro.

Puede que ya lo hayan encontrado.

Hace un rato, su padre le dio una noticia alarmante.

«Rafael Caro ha montado un sindicato.»

«¿Qué quieres decir? ¿Un sindicato de qué tipo?»

«Un fondo crediticio», dijo Núñez. «Un consorcio con banqueros, funcionarios del gobierno y gente de nuestro negocio para prestarle doscientos ochenta y cinco millones de dólares a un grupo inmobiliario gringo que pertenece al yerno del nuevo presidente. El sindicato ha comprado al gobierno de Estados Unidos por trescientos míseros millones. Es la ganga del siglo».

Ric ha barajado las posibles consecuencias.

Los miembros de ese sindicato no solo tendrán influencia en la Ciudad de México, sino también en Washington. Cabe la posibilidad de que tengan, por tanto, mano en la DEA: quizá puedan recabar información secreta y utilizarla para atacar a sus enemigos.

A nosotros, por ejemplo.

El préstamo le da al sindicato voz en los círculos financieros más elevados de Estados Unidos, sobre todo en Nueva York, donde Sinaloa está intentando establecerse.

Las ventajas de formar parte del sindicato son ilimitadas.

Y las desventajas de quedar excluido, también.

«¿Cómo te enteraste?», preguntó Ric.

«Todavía tenemos amigos en la Ciudad de México», le contestó su padre. «Daban por sentado que nosotros también estábamos metidos en ese asunto. Y no los he sacado de su error».

«¿Qué gente de nuestro negocio?»

«Iván Esparza, entre otros», contestó Núñez, como si soltara una bomba sobre la cabeza de su hijo.

«Acudieron a Iván y no a nosotros», dijo Ric, aturdido.

«Eso parece».

«E Iván no nos lo dijo».

«El caso es», dijo su padre, «que nos han dejado el margen. Con la complicidad de tu buen amigo Iván».

Ric no mordió el anzuelo. No le ha dicho a su padre que hizo un pacto con Iván sobre la sucesión. Núñez no lo admitiría. Y esto significa que Iván ha dado el pistoletazo de salida, se dice ahora Ric. Comprar influencia a ese nivel, meterse en eso y no avisarnos.... Le parece una violación de su amistad, eso por no hablar de su relación de negocios.

Es una traición, o se le parece mucho.

Ha habido tensión entre ellos.

Ric culpa a Iván de sus problemas en Baja. Hablaron de ese tema la última vez que se reunieron, en un bar de la playa, en Puesta del Sol.

Iván se negaba a admitir la verdad: que Tito y Elena se han hecho con el control de Tecate.

«Y no solo de Tecate», le dijo Ric. «También de La Presa, El Florido, Cañadas, Terrazas, Villa del Campo...»

Uno por uno, los territorios de Baja están cayendo en manos de Tito y Elena. Los únicos lugares donde Sinaloa sigue siendo fuerte son los que controlan Ric y Belinda: Cabo y La Paz. Belinda está muy activa en Tijuana, pero la ciudad es un campo de batalla en constante disputa, hay ajustes de cuentas cada dos por tres.

«¿Qué más te preocupa, joven Ric?», preguntó Iván.

«Tu hermano».

«¿Ovidio?», preguntó Iván a la defensiva. «¿Qué pasa con él?»

«Que está chingando», dijo Ric. «Desde que lo hiciste jefe de Baja... Quiero decir que no está cumpliendo. No se puede hablar con él por teléfono, la mitad de las veces está drogado o intentando cogerse a alguna vieja...»

«Ya sentará la cabeza».

«¿Cuándo?», preguntó Ric. «La cosa está que arde, Iván. Y Ovidio está cagándola. No hay forma de que tome una decisión, el último que habla con él es el que lo hace».

«Con el debido respeto», dijo Iván, «tú controlas ciertos barrios de La Paz y Cabo, pero el resto de Baja es cosa mía, no tuya».

Pues entonces ocúpate de tus cosas, pensó Iván.

«Lo que ocurre en Baja nos afecta a todos. Que Tito y Elena controlen Tecate nos perjudica a todos. Y si consiguen el paso de Tijuana...»

«Eso no va a pasar».

«Acaban de matar a Benny Vallejos».

Benny Vallejos era uno de los principales pistoleros de Iván en Tijuana. Encontraron su cuerpo acribillado a balazos, en un tramo solitario de carretera, con un letrero en el torso que decía SALUDOS DE SUS PADRES DEL CÁRTEL JALISCO NUEVO.

«Nos cobraremos en la revancha», dijo Iván.

«No es cuestión de revanchas», repuso Ric, «sino de controlar territorio».

«Vaya, fíjate», comentó Iván. «Qué seriecito te has vuelto. Me acuerdo de cuando tú también eras un parrandero».

«Puede que haya madurado», dijo Ric, que empezaba a enojarse. «A lo mejor Ovidio debería hacer lo mismo».

«Cállate, Ric, deja de hablar de mi hermano».

«Iván...»

«Dije que te calles la puta boca».

Ric se calló, pero le molestó que Iván no estuviera dispuesto a escucharlo. Y ahora está encabronado de verdad por que Iván haya actuado a sus espaldas en un asunto tan gordo como el del sindicato.

—Tenemos que sentarnos a hablar con los hermanos Esparza —dice Núñez—. Quiero una explicación. Tienen que dejarnos entrar en ese sindicato.

—Estoy de acuerdo.

—Ocúpate de organizarlo —dice su padre—. Lo antes posible.

Núñez se recuesta en el asiento y cierra los ojos.

Ric mira por la ventanilla los campos que flanquean la carretera 30 mientras el convoy avanza hacia el oeste, camino de El Vergel. La reunión va a celebrarse en una finca al sur de la ciudad, entre lisos e infinitos campos de pimientos morrones.

Ric oye roncar a su padre.

Mira su reloj y comprueba que es la hora de la siesta.

El convoy —guardias armados y uniformados en todoterrenos, delante y detrás de ellos— cruza El Vergel y tuerce hacia el sur por una carretera de dos carriles, atraviesa Colonia Paraíso y sale del pueblo a la altura de una arboleda que sigue el curso del río.

La finca, una casa típica con techo de tejas rojas y un porche amplio, está enclavada entre los árboles.

Ric rodea el coche, abre la puerta del otro lado y ayuda a salir a su padre. Núñez se incorpora lentamente y se tambalea al poner los pies en el suelo. Entran en la casa. Varios guardias entran primero, otros se quedan vigilando fuera.

Los de La Oficina —un tal Callarto y otro llamado García— ya están sentados en la mesa de la cocina. La casa es muy rústica: una mesa de madera, suelo de tarima ancha y viejos platos de loza blanca en los estantes de las paredes.

Se levantan cuando entra Núñez: buena señal.

Núñez les indica con un gesto que se sienten.

Ric ocupa una silla junto a su padre.

—Me alegra verlos de nuevo —dice Núñez—. Hacía mucho tiempo.

Típico, piensa Ric: es la forma que tiene su padre, el Abogado, de recordarles que le han sido desleales y de darles a entender, por otro lado, que eso es agua pasada. Al mismo tiempo, todos los presentes saben que La Oficina es una organización menor y que hace un año —mejor dicho, hace seis meses— Ricardo Núñez no se habría dignado reunirse con ellos personalmente.

Ric confía en que no estén muy pagados de sí mismos.

Porque siguen siendo una organización de poca monta.

Pero la realidad en 2016 es que las grandes organizaciones van a tener que armar coaliciones con multitud de grupos de segunda fila. La Oficina opera en Aguascalientes, en la Ciudad de México. Dado que Tito ha conseguido tener presencia en la capital, estaría bien contar con un aliado situado en su flanco, para impedir que se relaje. Estaría bien pero no es esencial, se dice Ric, y confía en que su padre no ceda demasiado para conseguir una ventaja que podría ser muy ligera.

Claro que se trata de una alianza preventiva, además de ofensiva. Tito desea consolidar su poder en la capital asegurando su flanco, y un acuerdo con La Oficina puede impedirlo.

—Soy muy consciente —dice Núñez— de las tensiones que existen desde hace tiempo entre la rama de los Tapia y nosotros. Sigue habiendo acritud y desconfianza. Pero nos hemos disculpado por cómo tratamos en el pasado a los hermanos Tapia y ahora reconocemos que fue un error… una injusticia, de hecho. Nosotros hemos sufrido injusticias parecidas. Pero el pasado pasado está y ahora lo único que podemos hacer es sentarnos a hablar y preguntarnos cómo vamos a seguir adelante.

—Pare el rollo —replica Callarto—. Necesitamos un distribuidor para nuestro producto. ¿Puede ayudarnos o no?

—¿Tito los rechazó?

—No hemos recurrido a él. Todavía.

—Pensamos en acudir primero a los viejos amigos —dice García.

—¿Qué obtenemos nosotros a cambio?

—Lealtad —contesta Callarto.

—La lealtad es un concepto —contesta Núñez—. Yo esperaba algo más concreto.

—¿Qué quiere?

Núñez sonríe.

—Yo no regateo.

—Si necesita ayuda contra Jalisco en la capital —dice Callarto—, cuente con nosotros.

—¿Del todo? —pregunta Ric—. ¿Hasta el final?

—Dentro de lo razonable— responde Callarto.

«Dentro de lo razonable», piensa Ric. O sea, «siempre y cuando creamos que llevan las de ganar». Creen que mi padre es débil, que pueden aprovecharse de él.

—No queremos amigos que solo lo sean mientras las cosas vayan bien —dice Ric.

Núñez levanta la mano.

—Ric…

—No, estos quieren aprovecharse de nosotros —dice Ric—. Se quedarán con nuestras rutas y nos dejarán colgados cuando los necesitemos.

Lo ve en los ojos de Callarto.

—No les estoy pidiendo lealtad —continúa Ric—. Se las estoy exigiendo. O vuelven a subirse al carro o los aplastaremos como lo que son, insectos.

—Te das muchos aires para ser un chamaco —dice Callarto.

—No soy un niño —responde Ric.

—Puede que Tito nos ofrezca un trato mejor.

—Lo hará —dice Ric—. Pero no podrá cumplirlo.

—Puede darnos acceso al paso de Tecate —replica Callarto.

—El paso de Tecate volverá a ser nuestro —afirma Ric—. Estamos ganando en Baja. Estamos ganando en Acapulco, en todo Guerrero. Lo de Mazatlán ya es cosa hecha. Elijan el bando equivocado y los aplastaremos.

—Deja que te pregunte una cosa —dice Callarto—. ¿Quién carajo eres tú para hablarnos así?

—Soy el Ahijado —contesta Ric—. Deja que yo te pregunte a ti una cosa: ¿cuántos hombres tienes afuera?

Callarto lo mira con furia. Luego dice:

—Oí decir que habías madurado. Por lo visto es verdad. Está bien, vamos a...

La sangre salpica la cara de Ric.

La boca de Callarto ha desaparecido, convertida en un enorme agujero.

Cae de su asiento.

Ric se abalanza sobre su padre y lo tira al suelo. Las balas silban por encima de ellos, se incrustan en las paredes, rompen la loza. García se arrastra por el suelo hacia la puerta trasera. La sangre forma un charco bajo la cabeza de Callarto, sus ojos muertos miran al techo.

Ric se arrastra hasta la ventana, se arriesga a echar un vistazo afuera.

Cuatro todoterrenos y un camión con la zona de carga cubierta por una lona forman un arco delante de la casa. En todos los vehículos se lee CJN. Los *sicarios* disparan desde detrás de las puertas de los coches. Los hombres de Ric corren a refugiarse; algunos disparan desde detrás de los árboles, otros desde los coches, otros yacen en el suelo, muertos o heridos.

Ric saca su Sig 9, rompe el cristal de la ventana con la culata y empieza a disparar.

Hace cinco disparos. Luego, una bala se encasquilla. Ric se aparta de la ventana, apoya la espalda en la pared e intenta sacarla. Belinda le ha enseñado cómo se hace una docena de veces, pero Ric no lo consigue, y las balas siguen entrando por la ventana.

—Carajo, carajo, carajo...

Tiene que salir de aquí.

Tiene que sacar a su padre de aquí.

Mira otra vez por la ventana. Tres de sus vehículos siguen afuera, pero uno ha desaparecido. O se largaron o están dando la vuelta por detrás de la casa. Algunos de sus hombres tienen los brazos en alto. Los *sicarios* del CJN los conducen al camión y los meten dentro a empujones.

Ric vuelve arrastrándose a la mesa, agarra a su padre del codo.

—No te levantes.

Salen de la cocina arrastrándose y empiezan a cruzar la pequeña sala, pasan junto al viejo sofá, una mesa baja, un televisor antiguo.

Ric ve la puerta de atrás.

Está abierta, García se ha largado por ahí.

Lleva a su padre hasta la puerta y echa un vistazo.

Hay un *sicario* afuera.

Ric se obliga a respirar.

Se obliga a calmarse. Luego, desencasquilla la pistola y mete otra bala en el cargador.

Tiene que dar en el blanco. Sujeta la pistola con las dos manos, apunta y aprieta el gatillo.

El *sicario* cae hacia atrás soltando su arma.

Tres de sus hombres aparecen montados en un todoterreno. Se abre la puerta del copiloto. Ric empuja a su padre hacia delante, lo mete en el asiento del copiloto y salta al coche.

El todoterreno arranca.

Si no hay carretera de salida, pueden darse por muertos.

El coche se lleva por delante una valla y se mete en un campo de pimientos.

Cruzan la tierra reseca y profunda, bajan por una pendiente suave y se topan con el río. No les queda más remedio que intentarlo. El conductor hace avanzar el coche y cruza con cuidado la corriente. Suben por otro campo hasta llegar a un camino de tierra. Consiguen regresar a la autopista, de vuelta a Culiacán.

Ric nota que le corre sangre por la cara.

Se pregunta si le habrán dado y, al palparse el nacimiento del pelo, se da cuenta de que tiene clavadas varias esquirlas de cristal. Baja la visera, se mira en el espejito y se las quita.

—¿Estás bien? —le pregunta a su padre.

Núñez asiente con un gesto.

—¿Quién era?

—Tito.

—Ahora tiene la desfachatez de atacarnos en Sinaloa —dice Núñez.

Sí, esto no pinta bien, piensa Ric.

Nada bien.

Parpadea para quitarse la sangre de los ojos.

—¿Qué carajo dices, hombre? —pregunta Iván por teléfono—. ¿En El Vergel? Qué huevos tiene este Tito, chingado. ¿Tu viejo está bien?

—Está un poco asustado —dice Ric—, pero bien. Mataron a dos de nuestros hombres y se llevaron a otros cuatro. No sé qué fue de ellos.

—Bueno, o cambiaron de bando —responde Iván— o aparecerán tirados en alguna cuneta.

—Supongo que sí —dice Ric—. Iván, tenemos que reunirnos.

—Parece serio.

—Lo es —contesta Ric.

Le cuenta a Iván que su padre quiere reunirse con todos los hermanos Esparza para aclarar las cosas.

—¿Aclarar qué?

—No te hagas el tonto.

—No sé…

—Tu inversión —dice Ric—. Con Rafael Caro. Nos jodiste, Iván.

—Oye, no a todo mundo lo invitan a todas las fiestas.

—A esta tienen que invitarnos —dice Ric—. Tú y yo hicimos un trato: mi padre dirige el cártel hasta que se retire o fallezca, y luego tú ocupas el trono. No puedes ir por tu cuenta. Seguimos en el mismo barco.

Un largo suspiro.

—¿Cuándo quieres que nos reunamos?

—Lo antes posible. Mañana o pasado…

—Pero en territorio neutral —dice Iván—. No quiero que parezca que me llamaron a la oficina del director.

—Sí, está bien.

—Y quiero alguna garantía de que no corro peligro.

—¿Ya no confías en mí?

—No confío en tu viejo —contesta Iván—. Encontrará la manera de culparme a mí de ese ataque.

—No seas paranoico.

—¿Yo soy paranoico? El paranoico es él. Quiero a Caro. Si él es el mediador, allí estaremos.

Ric dice que volverá a llamarlo y sube a la habitación de su padre. Núñez está en la cama, pero despierto, incorporado. Ric se sienta a los pies de la cama.

—¿Cómo estás?

—Estoy bien —responde Núñez—. Pero no lo estaría de no ser por ti. Nos sacaste de allí a los dos.

Ric no contesta.

—Lo que intento decir es que te lo agradezco.

—Está bien.

—¿Hablaste con Iván?

—Sí.

—¿Y?

—Me dio largas —dice Ric—. Se puso a la defensiva. Sabe que hizo mal.

—Pues tendrá que enmendarse —dice Núñez—. Necesitamos entrar en ese sindicato, ahora más que nunca. Necesitamos la ventaja que nos dará sobre Tito. Sin eso… Van a venir los tres hermanos, ¿verdad?

—Sí, pero ¿por qué quieres…?

—Tienen que escucharlo todos —dice Núñez—. Tienen que entender que, aunque les dimos Baja, siguen formando parte del cártel y yo soy el jefe del cártel.

—Iván quiere que la reunión sea en terreno neutral —dice Ric—. Y quiere que Caro esté presente para garantizar su seguridad.

—¿Sabía lo de la reunión con La Oficina? —pregunta Núñez—. ¿Se lo dijiste?

—Puede que le haya dicho algo.

—Si tú y yo morimos —dice Núñez—, el cártel pasa a Iván.

—No creo que sea capaz de algo así.

—Nos dejó al margen del sindicato —le recuerda Núñez.

—Caro nos dejó al margen.

—E Iván lo aceptó —dice su padre—. Tú sabes que quiere ser el jefe, que siempre ha estado resentido con nosotros.

—Es amigo mío.

Pero Ric se siente asqueado. Porque se da cuenta de que tiene dudas. Tú hiciste el pacto con Iván, se dice. Le diste motivos para matarnos a los dos y no tener que esperar. Iván Esparza no es precisamente famoso por su paciencia.

—Él no haría eso.

—Si tú lo dices —contesta Núñez—. Pero yo lo sabré en la reunión. Lo sabré cuando lo mire a los ojos. Su padre era capaz de disimular lo que estaba pensando. Los hijos, no tanto. Además, quiero hablar contigo sobre Belinda Vatos.

—¿Qué pasa con ella?

—Mi exjefe de seguridad, Manuel Aleja, va a salir de prisión —dice su padre—. Quiero que vuelva a ocupar su puesto. Estoy seguro de que Belinda lo entenderá.

Ric está seguro de que no. Su identidad depende absolutamente de su puesto como jefa de seguridad.

—No es justo.

—Tampoco es justo que Aleja haya pasado cinco años en la cárcel por nosotros —dice Núñez—. Se merece ocupar su antiguo puesto. Se lo ha ganado.

—Ella también.

—Ella es joven —responde Núñez—. Tendrá muchas oportunidades. Por favor, dale las gracias por sus servicios. Ofrécele alguna bonificación: un poco de territorio en La Paz para vender droga o algo así.

Sí, claro, como si Belinda fuera a conformarse con una propina, se dice Ric. Eso la pondrá aún más furiosa.

—Eso ya lo tiene.

—Pues dale más.

—Es un error —afirma Ric—. Estamos en medio de una guerra y ella es una de nuestras mejores combatientes.

—Es demasiado extravagante —dice Núñez—. Sinceramente, creo que está un poco loca, puede que hasta psicótica. Su forma de matar es… espantosa… macabra. No queremos que nos relacionen con esa clase de cosas.

—¿Y qué queremos entonces? ¿Matanzas limpias?

—Lo de Belinda es un asunto sin importancia —responde su padre—. Tú tienes que centrarte en las cosas importantes. Ahora mismo, en la inversión en Park Tower. Y en Nueva York. En última instancia, derrotaremos a Tito consiguiendo influencia en Washington y apoderándonos de Nueva York y el mercado de la costa este.

Ric sabe que su padre tiene razón en lo de Nueva York. Sus representantes están arrasando allí con la heroína mejorada con fentanilo. Parece una página sacada del viejo manual de Barrera: aumentar la producción, elevar la calidad, recortar precios y echar a la competencia del mercado.

Y las ganancias que llegan de Nueva York son verdaderamente fabulosas, se dice Ric.

Pero su padre se equivoca en lo de Belinda.

—Lo primero es lo primero —dice Núñez—. Organízame esa reunión con los Esparza.

Ana Villanueva mira al viejo.

Parece un tipo corriente, inofensivo. Camisa de manga larga de cuadros azules abrochada hasta el cuello, jeans bien planchados, gorra azul de beisbol. Un reloj barato con pulsera de plástico negro, una medalla de la Virgen de San Juan de Lagos colgada del cuello.

Rafael Caro parece un abuelo cualquiera, piensa Ana.

—Pregúnteme lo que sea —dice Caro—. No tengo nada que esconder.

—Pasó veinte años en una cárcel de Estados Unidos —dice Ana—, por la tortura y asesinato de un agente estadounidense.

—Hace treinta y un años, yo cultivaba marihuana —responde Caro—. Pero yo no maté a Hidalgo. No tuve nada que ver con eso.

—Entonces, los gobiernos de México y Estados Unidos estaban mal informados.

—Muy mal informados —dice Caro—. Pasé veinte años en prisión por cultivar marihuana. Y ahora es casi legal.

Se encoge de hombros con aire resignado.

—Conoció a Adán Barrera —dice Ana.

—Fuimos amigos en tiempos. Y, luego, enemigos. De eso hace muchos años. ¿Por qué me pregunta por cosas que sucedieron hace siglos?

—Muy bien, hablemos entonces del presente —dice ella—. Se rumora que está usted apoyando a los antiguos colaboradores de Tapia en su guerra contra el cártel de Sinaloa. ¿Hay algo de cierto en ello?

Caro se ríe.

—No, nada. ¿Para qué iba yo a querer meterme en más líos, después de pasar veinte años preso? Yo no quiero guerra, solo paz. Paz. Además, las guerras cuestan dinero. Mire a su alrededor. ¿Tengo aspecto de ser rico? No tengo nada.

—Hay quien afirma que lo que quiere es poder.

—Lo único que quiero es paz —afirma Caro—. Pido disculpas a la familia de Hidalgo, a la DEA y al pueblo mexicano por cualquier error que haya cometido.

—¿Ha venido gente a verlo? —pregunta Ana—. ¿Buscando su apoyo?

—¿Qué gente?

—Ricardo Núñez —dice ella—. Iván Esparza... Tito Ascensión...

—Han venido todos a verme —responde Caro—. Para presentarme sus respetos. Les dije lo mismo que le estoy diciendo a usted. Soy viejo. Para mí se acabó el negocio. No quiero formar parte de eso.

—¿Y les pareció bien?

—Sí. Ellos tienen su vida. Yo tengo la mía.

Ana se queda callada un momento.

Caro permanece en perfecta quietud.

Sereno como un Buda.

Luego Ana dice:

—Tristeza.

Caro menea la cabeza.

—Una pena lo que les pasó a esos jóvenes. Una tragedia.

—¿Sabe algo al respecto?

—Solo lo que leo en los periódicos —contesta Caro—. Lo que escriben ustedes.

Ana se arriesga:

—¿Quiere saber lo que he oído?

—Si le apetece contármelo...

—He oído —dice Ana— que había heroína en ese autobús. Heroína que Damien Tapia le robó a Ricardo Núñez.

—Ah.

—Y he oído que Damien Tapia vino a verlo a usted —prosigue Ana.

Un levísimo movimiento. Un ligerísimo filo en la mirada.

—No conozco al Lobezno.

—Pero Eddie Ruiz sí lo conoce —dice Ana—. Y usted conoce a Eddie.

—No, me parece que no.

—Su celda estaba justo encima de la suya en Florence.

—¿Ah, sí?

—Écheme una mano, *señor* Caro —dice Ana—. No creo que Palomas pudiera tomar ella sola la decisión de mandar matar a esos chicos. Y, desde luego, los hermanos Rentería no tenían autoridad para ordenar algo así. De modo que, ¿quién cree usted que dio la orden?

—Como le decía, no sé nada sobre ese tema. —Caro levanta el brazo y consulta su reloj.

—¿Tiene una cita? —pregunta Ana.

—Con el urólogo —responde Caro—. No envejezca. Es un error.

Se levanta despacio. La entrevista ha terminado.

—Gracias por recibirme —dice Ana.

—Gracias a usted —dice Caro—. Solo quiero que la gente sepa la verdad. Por favor, escriba la verdad, señorita.

—Lo haré.

Caro no lo duda.

Suena el teléfono.

Es Ricardo Núñez.

La reunión se celebra en el corazón de las montañas, muy al norte de Culiacán, en un viejo campamento situado junto a un meandro del río Humaya.

Es lógico que Caro haya tomado esa precaución, se dice Ric: a fin de cuentas, va a reunirse toda la plana mayor del cártel de Sinaloa. Tito, Elena o Damien podrían cargárselos a todos de un plumazo, en un solo golpe. Pero el viaje es arduo, un trayecto agotador por una carretera de un solo carril llena de baches. Ric nota que su padre hace una mueca cada vez que el coche se zarandea.

Es consciente de que la reunión tiene que salir bien.

Se juegan muchas cosas.

Tienen que restablecer la unidad con los Esparza. No podrán vencer a Tito si están dispersos, si desconfían los unos de los otros. Además, Ric echa de menos su amistad con Iván, no soporta que haya esa tensión entre ellos últimamente.

Pero el ala de Núñez tiene que poder entrar en el sindicato. Si no es así, se convertirán en figuras de segunda fila, y su padre ha dejado bien claro que eso es inaceptable tratándose de los herederos legítimos de Adán Barrera.

Así pues, Ric confía en que Iván se muestre conciliador y Caro sea razonable.

Y en que su padre esté bien despierto.

No lo estaba en la reunión con la gente de La Oficina, se dice Ric, y ni Iván ni Caro van a permitir que yo ocupe su lugar y lleve la voz cantante.

El convoy se desvía hacia una carretera aún más estrecha y accidentada, atraviesa una espesa arboleda y, a continuación, un puente bajo que cruza el río para llegar a la orilla este. La pista de tierra discurre paralela al río, entre árboles, por espacio de unos kilómetros y luego tuerce hacia el claro donde va a celebrarse la reunión. Es una explanada diáfana que baja en suave declive hacia el río. Al otro lado hay árboles y matorrales espesos y, más allá, empinadas montañas cubiertas de bosque.

La Sierra Madre Occidental: tierra de opio de primera clase.

Caro ha fijado normas estrictas: tres vehículos por grupo, un total de diez guardias armados por cada grupo. Ric ve que son los primeros en llegar.

Núñez mira su reloj.

El padre de Ric valora enormemente la puntualidad.

Y además están al descubierto. Una emboscada desde los árboles podría acabar con ellos en un instante.

Ric es un chico de ciudad: el silencio lo pone nervioso.

Entonces oye motores, ruido de vehículos que se acercan por la carretera. Asomándose por la ventanilla, ve el coche que abre la marcha y reconoce a uno de los hombres de Iván tras el volante. Los Esparza irán en el segundo coche, seguidos por otro vehículo.

Pasan unos instantes y aparecen otros tres todoterrenos.

Será Caro, piensa Ric.

El coche que encabeza el convoy de los Esparza entra en el claro.

Ric ve a Iván en el segundo coche. Sus hermanos van en el asiento trasero, detrás de él. Resulta raro verse así, piensa Ric. Deberíamos estar sentados tomándonos una cerveza. Los guardaespaldas de Iván salen del primer coche.

Suenan disparos de rifle entre los árboles, los guardaespaldas caen abatidos.

Luego, los disparos se concentran en el coche de Iván, que se convulsiona como un yonqui.

Iván intenta sacar su pistola, pero recibe un impacto y gira en el asiento.

Ovidio echa bruscamente la cabeza hacia atrás.

Alfredo cae.

Su coche arranca en reversa, choca contra el tercer coche, del que salen precipitadamente varios *sicarios* que empiezan a disparar hacia los árboles y son rápidamente abatidos.

Los coches de Caro dan marcha atrás, retroceden a toda prisa por el camino.

El coche de Iván da una sacudida hacia adelante, cambia de velocidad, luego gira y se aleja velozmente. Ric ve manar la sangre del brazo del conductor como un banderín rojo. Iván se inclina hacia el tablero, su cabeza rebota adelante y atrás como la de una muñeca rota.

Cesan los disparos.

Ric se vuelve hacia su padre.

—¡¿Qué hiciste?! ¡¿Qué hiciste?!

—Lo que tú no harías —responde Núñez.

Era Iván desde el principio, explica Núñez durante el interminable trayecto en coche hasta una casa en el campo, al sur de Culiacán. Fue Iván quien ordenó el atentado contra él en la Candelaria y quien le dio a Tito el soplo de la reunión con La Oficina.

—No lo creo —dice Ric.

—Por eso tenía que actuar sin decírtelo —responde su padre.

—Caro va a ponerse como loco —dice Ric—. No nos dejará entrar en el sindicato, nos excluirá de todo, puede que hasta nos ataque.

—Al principio, sí —dice Núñez—. Pero es un hombre pragmático. Habiendo muerto los Esparza, tiene que entenderse con nosotros. No tiene nadie más a quien recurrir.

—Elena. Tito.

—Caro es un sinaloense, a fin de cuentas —dice Núñez—. Preferirá aliarse con sus paisanos antes que con un forastero. Cuando le explique que Iván intentó matarnos, entrará en razón. Lo siento, sé que pensabas que Iván era tu amigo.

—Lo era.

—Te estaba utilizando —dice Núñez—. Ric, estando Iván vivo no podías convertirte en *el patrón*, era imposible. Él no lo habría permitido.

—Eso me da igual. Nunca he querido serlo.

—Es tu legado. Así lo quería tu padrino.

—¡Mataste a mi amigo!

—Y tú sabes la verdad —dice Núñez—. Cuando estés dispuesto a reconocerla, me darás las gracias.

¿Darte las gracias?, piensa Ric.

Nos has liquidado.

Nos has matado.

Iván no está muerto.

Ni tampoco Ovidio o Alfredo.

Están heridos, acribillados, pero vivos. Su chofer consiguió llegar a una carretera secundaria, a un pueblo cuya gente es leal a los Esparza y les dio refugio. Mandaron a buscar a un médico que los atendió lo mejor que pudo.

Esta es la historia que llegó a oídos de Caro.

Que Ricardo Núñez fue por todo y falló.

Exactamente como preveía Caro.

Hay un chiste muy viejo sobre la cárcel:

A un delincuente de cuello blanco —y eso es Núñez, en el fondo: un abogado, no un verdadero narco— se le planta delante su compañero de celda, un *mayate* gigantesco, y le dice: «Aquí en la cárcel tenemos un juego. Jugamos a la casita. Así que, ¿qué pides? ¿Marido o mujer?».

El delincuente de cuello blanco baraja sus opciones; son todas malas, pero una de ellas es peor que las demás, y dice: «Pido ser el marido.» El *mayate* asiente y dice: «Bueno, marido, ahora ponte de rodillas y chúpale el pito a tu mujercita».

Esa es la situación en la que Caro puso a Núñez. Eligiera lo que eligiera, llevaba las de perder. Si dejaba que Iván Esparza lo excluyera del crédito sindicado, perdía. Si tomaba medidas contra Iván usando la fuerza, perdía. Ahora Caro puede acudir a los aliados políticos de Núñez y decirles: «Miren, está fuera de control. Garanticé la seguridad de todos los implicados y violó el acuerdo. No podemos confiar en él».

Él salía ganando, de todos modos: si se imponían los Esparza, se aliaría con ellos; si ganaba Núñez, se entendería con el abogado. En cualquier caso, la mitad de los rivales potenciales del cártel de Sinaloa quedarían eliminados.

Y Núñez se las ha arreglado para que el resultado sea el peor posible: ha violado el acuerdo de seguridad, pero no ha matado a los Esparza. Sus enemigos siguen vivos y además ahora disponen de superioridad moral sobre Núñez.

Núñez se ha metido él solito en un hoyo muy profundo.

Ahora solo resta echarle tierra encima.

Solo hay un cabo suelto.

Tristeza.

Esa perra, la periodista, sabe algo. Y aunque no sepa nada, aunque solo esté sondeando el terreno, lanzando el anzuelo al agua para ver si pica, no se puede permitir que vomite sus mentiras en la prensa.

No se puede permitir que cuente la verdad. Sobre todo tratándose de ella.

Caro da la orden.

El escrito de acusación era secreto, pero alguien se lo ha filtrado a Núñez.

Ric lo lee.

EN EL TRIBUNAL DE DISTRITO DE ESTADOS UNIDOS PARA EL DISTRITO ESTE DE VIRGINIA —División de Alexandria—

ESTADOS UNIDOS DE AMÉRICA
contra
RICARDO NÚÑEZ
también conocido como «el Abogado»
1º delito: 21 U.S.C. 959, 960, 963
(conspiración para distribuir cinco kilogramos o más de cocaína para su importación a Estados Unidos)
2º delito: U.S.C. Código 952
(conspiración para distribuir cinco kilogramos o más de heroína para su importación a Estados Unidos)
3º delito: 18 U.S.C. 1956(h) 3238
(conspiración para el lavado de dinero)

—Ahora la DEA vendrá por mí —dice Núñez.

—El gobierno nos protegerá —contesta Ric.

—Puede que ya no nos queden amigos en el gobierno —responde Núñez—. En todo caso, no podemos arriesgarnos. Voy a esfumarme. Te aconsejo que agarres a tu familia y hagas lo mismo.

—¿Estoy acusado?

—No lo sé —dice su padre—. Yo no he visto el escrito de acusación, pero eso no quiere decir que no exista. Vete. Vete inmediatamente. Si nos hemos quedado sin amigos en el gobierno, es posible que la policía, el ejército y puede que los marinos vengan en camino. Si te capturan y te extraditan, será el fin. Lo importante ahora es sobrevivir hasta que consigamos arreglar esto.

¿Arreglar esto?, se pregunta Ric. ¡¿Cómo carajo vamos a «arreglar» esto?!

Han pasado diez días desde la emboscada en el Humaya, y todo mundo parece darles la espalda.

Sus aliados no contestan el teléfono. Policías, fiscales, políticos y periodistas que aceptaban nuestro dinero, que asistían a nuestras fiestas, que acudían puntualmente a nuestras bodas, a nuestros bautizos, a nuestros funerales, ya no conocen ni nuestros nombres.

Cabecillas de células de Sinaloa, *sicarios* de Baja, cultivadores de Durango y Guerrero han anunciado abiertamente que se alían con los Esparza. Otros no han tenido esa desfachatez, pero soportan una enorme presión y están a punto de ceder.

Hace dos días un convoy de treinta camionetas llenas de pistoleros de los Esparza entró en una localidad controlada por Núñez, secuestró a cuatro de nuestros hombres y quemó edificios y vehículos. Hicieron saber que era una advertencia a todas las poblaciones y aldeas que apoyaban a «la facción criminal de Núñez».

Pero nosotros no hemos respondido, se dice Ric, no hemos tomado represalias, no hemos hecho una demostración de fuerza para tranquilizar a nuestra gente. En parte porque Núñez está desanimado, casi sumido en una depresión, y prácticamente no sale de su cuarto. Pero también porque los pistoleros a los que podrían recurrir para dar un escarmiento no contestan el teléfono.

Además, Iván ha estado muy activo en las redes sociales —en Twitter, en Snapchat, en todas— denunciando la «emboscada vil y cobarde». Ha arremetido personalmente contra Ric: «Mi *cuate*, mi buen amigo, mi compa el Mini Ric intentó matarme. Mientras por un lado hablaba de paz y hermandad, por otro ese culero ordenaba mi asesinato. Es igual que su viejo: de tal palo, tal astilla.»

Y añadía un fragmento de audio de una canción de Tupac: «¿Quién me disparó? No remataron la jugada, pendejos. Y ahora van a afrontar la cólera de mi amenaza…»

Damien también intervino: «Parece que el ahijado de Barrera se toma su legado muy a pecho. Traiciona a sus mejores amigos igual que su padrino.»

La gente ha respondido con miles de comentarios, casi todos apoyando a los Esparza y atacando a los Núñez.

Iván es ahora el damnificado, la víctima.

Y nosotros los viles cobardes, los traidores, piensa Ric.

Iván es chingón, yo soy un culero.

Su padre no lo entiende, pero Ric se toma muy en serio este tema: sabe que perder la guerra en las redes sociales puede equivaler a perder la guerra y punto.

Y ahora estamos en guerra con Iván.

No es que haya tensiones, es que nos hemos agarrado a tiros.

Estamos en guerra con Iván, en guerra con Elena, en guerra con Damien, en guerra con Tito… No podemos recurrir a Caro como mediador. En cuanto a lo de entrar en el sindicato, olvídate.

Y ahora, además, los gringos vienen por nosotros.

—Todavía tenemos recursos —dice su padre—. Todavía nos quedan amigos y aliados. Es cuestión de mantener la cabeza agachada un tiempo, hasta que podamos consolidar nuestras bases de apoyo.

Muy bien, piensa Ric.

Agarra a tu familia y vete.

Sí, solo que su familia no quiere irse.

—Yo no estoy imputada —contesta Karin cuando Ric llega a casa y le dice que haga las maletas—. No hay cargos contra mí. Yo no intenté matar a Iván. ¿Por qué tengo que huir?

—¿Para estar con tu marido?

—¿Cómo vas a esconderte yendo con una mujer y una niña? —pregunta ella—. No puedes moverte con rapidez, no puedes escapar. Estarías preocupado por protegernos.

—Estarías más cómoda en casa.

—Claro que sí —dice ella—. Y también nuestra hija.

—*Así es.*

—A mí no me metas en esto —añade Karin—. Tú has hecho lo que has querido.

—Y a ti no te importaba el dinero, ¿verdad? —replica Ric—. Aceptabas las casas, los coches, las joyas, los banquetes, las habitaciones de hotel, el prestigio…

—¿Terminaste?

—Sí —contesta Ric—, terminé.

Mete unas cuantas cosas en una bolsa y se va.

El Lobezno no va a llegar a lobo viejo.

Encadenado a una silla puesta sobre el suelo de cemento de un sótano, conoce el negocio lo suficiente para saber que esto solo puede tener un resultado.

Se siente estúpido.

Primero por venir a Baja pensando que podía llevar a cabo un ataque temerario en suelo enemigo. Y luego por ligar con esa vieja tan buena, acompañarla a su casa, aceptar una copa. Lo siguiente que recuerda es despertar atado a esta silla.

No, no debería haber venido aquí, se dice.

Porque ya no me iré nunca.

Ahora, la vieja buena entra y le sonríe.

—Eres muy lindo, Damien, ¿lo sabías? —dice—. Es una lástima que tenga que hacerte esto. Estoy con Sinaloa y me han dicho que tengo que lastimarte, mucho, y por mucho tiempo.

De pronto comprende quién es.

Ha oído hablar de la Fósfora.

Es una psicópata.

—Todavía estás amodorrado —dice ella—, así que habrá que esperar a que se te pase el efecto de la droga. Porque lo que cuenta es que duela, claro. Lo siento, pero, ya sabes, es mi trabajo.

• • •

Ric corre a La Paz.

Belinda no le dice a quién tiene en el sótano.

Porque pondría reparos.

—Voy a esfumarme una temporada —dice Ric.

Le cuenta lo de la acusación, lo de la presión a la que está sometido desde la emboscada a los Esparza.

—Te pondré seguridad —dice Belinda.

—Respecto a eso…

—¿Qué?

—Mi padre quiere que vuelva su antiguo jefe de seguridad, Aleja.

—¿Es una puta broma o qué? —pregunta ella.

—Podemos darte más territorio.

—¿Me van a dar lo que puedo tener por mi cuenta? —pregunta ella—. La Paz es mía porque es mía.

—No seas así.

—Chinga tu madre.

—Mira, tengo que irme.

—Pues vete.

Damien ve que la chica vuelve a bajar por la escalera.

Intenta mantener la calma porque sabe que la cosa está a punto de empezar. Ha oído contar cosas sobre ella: baños de ácido, amputaciones de brazos… Quiere irse como un hombre y no deshonrar su apellido, pero está asustado, asustado de verdad.

Solo quiere a su mamá.

La Fósfora vuelve a sonreírle.

—Es tu día de suerte, Lobezno —dice—. Acabo de hablar por teléfono con Tito Ascensión.

—Creí que estabas con Sinaloa.

—Eso creía yo también —contesta ella—. Supongo que estábamos equivocados los dos. El caso es que esta vez la libraste, Damien. Puedes agradecérselo a tu tío Tito.

Lo desata.

Damien sale disparado de La Paz.

Igual que Ric.

Escapa a toda prisa.

El Búho parpadea.

El legendario editor Óscar Herrera, decano de los periodistas mexicanos, está sentado ante su escritorio en la redacción de *El Periódico*, con la pierna lisiada apoyada en la mesa. Los Barrera intentaron matarlo hace años, pero no lo consiguieron. Tres balas en la pierna y la cadera lo dejaron cojo y desde entonces usa bastón.

Ahora mira fijamente a Ana y parpadea.

Ana no. Lleva casi veinte años trabajando para Óscar y sabe que, para convencerlo de que publique un reportaje, solo hay un secreto: no mostrar duda alguna, ni vacilar. Lo apodan el Búho porque lo ve todo, haya luz u oscuridad.

De modo que Ana no recula cuando dice:

—Tu reportaje es pura conjetura.

—Nada es puro —replica Ana—. Y todavía no hay reportaje. Para eso quiero tiempo: para desarrollarlo.

—Se suponía que solo ibas a entrevistar a Caro.

—Y lo hice —contesta Ana—. Publica la entrevista.

—Fuiste a ver si pescabas algo de información sobre Tristeza —responde Óscar— y volviste con el anzuelo vacío.

—Caro mentía —afirma Ana—. Se lo noté en los ojos.

—Imagino que no esperarás que publique un reportaje basado en tus percepciones intuitivas —responde Óscar.

—No, espero que me des autorización para ir a buscar pruebas —dice Ana—. Lo que cuentan sobre Tristeza es una mentira.

¿Que la alcaldesa de una pequeña localidad ordena a un grupo de narcos asesinar a cuarenta y tres estudiantes por una protesta? Desde lejos huele a mierda pura. Y la teoría de la «banda rival» también apesta. Los Guerreros Unidos son narcos, narcos por los cuatro costados, pero no son los Zetas. No sacarían a cuarenta y tres estudiantes —chicos y chicas— de un autobús para matarlos a sangre fría solo porque creyeran que quizá colaboraban con Los Rojos.

No, se trata de la típica cortina de humo creada por el gobierno: publicar explicaciones contradictorias y opuestas para ocultar la verdad.

Y Ana está convencida de que la verdad tiene que ver con la heroína.

Ha consultado a todas sus fuentes sobre ese tema, ha entrevistado a sobrevivientes, a otros estudiantes, a profesores. Ha hablado con policías municipales, estatales y federales y con militares, se ha reunido en secreto con narcos de Guerreros Unidos, de Los Rojos de Sinaloa y de la antigua organización de Tapia.

Nadie conoce la historia completa, pero si empiezas a juntar las piezas surge una primera imagen:

Damien Tapia le robó heroína a Ricardo Núñez.

Guerreros Unidos y los hermanos Rentería metieron la heroína en los autobuses que usaban para sacar drogas de Guerrero.

Los estudiantes tuvieron la mala fortuna de secuestrar un autobús cargado de heroína.

Palomas estaba conchabada con Guerreros Unidos.

Fue ella quien dio las órdenes: recuperar la droga y matar a los estudiantes.

Ahí es donde la cosa empieza a no encajar, piensa Ana. Si el motivo para parar los autobuses era recuperar la heroína, ¿por qué no se limitaron a llevársela? ¿Por qué matar a todos esos chicos? ¿Por qué llevarlos a un lugar remoto, ejecutarlos y quemar sus cadáveres? ¿Por qué la policía los llevó a tres comisarías distintas antes de entregárselos a Guerreros Unidos?

Porque la situación no estaba nada clara, deduce Ana. Porque la policía fue recibiendo distintas órdenes a medida que se sucedían los acontecimientos. Y mataron a los chicos no para recuperar la heroína, se dice Ana, sino para proteger el sistema de transporte. Los Rentería, Palomas y Guerreros Unidos no querían que Núñez averiguara que estaban moviendo su heroína robada por encargo de Damien Tapia.

Cabe esa posibilidad, se dice.

Quizás ese fuera en parte el motivo.

Pero también es posible que fuera para proteger a los responsables del sistema de transporte, a la gente que se oculta detrás.

No ha trascendido nada más sobre la investigación del caso. Damien Tapia es un actor de segunda fila en términos relativos, solo un paso por delante de los hermanos Rentería. Carece de verdadera influencia política.

¿Quién la tiene, entonces?

¿A quién se está encubriendo?

A Núñez no, sin duda: él tiene peso político, pero no motivos para encubrir los sucesos de Tristeza. Por la misma razón, no pueden ser Iván Esparza o Elena Sánchez. Y Tito Ascensión no tiene nada que ver con ese asunto.

Entre los antiguos colaboradores de Tapia corre el rumor de que Damien iba a transferirle la heroína a Eddie Ruiz. Pero, si eso es cierto, no conduce a ningún lado, porque Ruiz no tiene influencia política en México, ni tratos con ninguna figura de peso dentro del país.

Con una salvedad: Rafael Caro, con quien Eddie estuvo en prisión.

Caro solo se inmutó durante la entrevista cuando le mencionó a Eddie. Y el viejo, que se acuerda de todo, fingió que ni siquiera sabía que Eddie ocupaba la celda de encima de la suya.

¿Es eso lo que creían estar ocultando al asesinar a los estudiantes? ¿La conexión con Caro?

Ana le expone su teoría a Óscar.

—¿Un sujeto que pasó veinte años en una celda de aislamiento? —pregunta Óscar.

—Es una leyenda.

—Yo también soy una leyenda —responde Óscar— y no tengo ningún poder. Caro es historia antigua, no tiene ninguna organización que lo respalde.

—Tal vez ese sea el meollo del asunto —dice Ana—. Que es neutral, que puede ejercer de consejero y mediador. Se rumora que fue él quien negoció la liberación de los hermanos Esparza.

—Ser una eminencia gris no equivale a tener influencia política.

No, se dice Ana, pero tener dinero sí.

El dinero y la política son como el arroz y los frijoles: van siempre juntos.

Y ayer recibió una llamada de Victoria Mora, la viuda de Pablo, que ahora trabaja como periodista en la sección de economía de *El Nacional*. Victoria, una analista financiera conservadora, seria y rigurosa, hizo de su conocimiento un asunto en el que ella no quiere indagar. Le dijo que en ciertos círculos bancarios se comentaba que HBMX había formado un sindicato para prestar trescientos millones de dólares a un consorcio inmobiliario estadounidense.

«¿Y por qué me llamas a mí?», preguntó Ana.

Victoria nunca le ha tenido especial simpatía. No solo porque Ana es una izquierdista militante, sino porque se acostaba con su difunto marido, aunque fuera después de su divorcio.

«Eso ya lo sabes», contestó, tan fría y seca como de costumbre.

«No, no lo sé».

«Ese banco es conocido por dedicarse al lavado de dinero procedente del tráfico de drogas», explicó Victoria. «León Echeverría se mueve como pez en el agua entre narcotraficantes.»

«¿Hay alguna razón para que no quieras hacer tú el reportaje?», preguntó Ana a la defensiva.

«Hay cientos de razones», respondió Victoria. «Yo dependo de esos banqueros y de ciertos funcionarios del gobierno para hacer mi trabajo. Si publicara esto, o lo investigara siquiera…»

«Te darían la espalda».

«Me condenarían al ostracismo».

«Entonces, ¿por qué…?»

«Ana», dijo Victoria, «este es un asunto muy feo. La verdad es que estoy saliendo con un hombre que trabaja en HBMX y está muy preocupado. Ha oído que cierto individuo está implicado…»

A Ana le dio un vuelco el estómago.

«¿Qué individuo?», preguntó.

«Rafael Caro», dijo Victoria. «Según ha oído mi amigo, Echeverría acudió a Caro para que lo ayudara a reunir a un grupo de inversionistas pertenecientes al narco porque Caro tiene mano con todos ellos. A mi amigo le preocupa que esto exponga a HBMX a una investigación de la DEA o la Interpol. Si se publica un reportaje, HBMX podría retirarse del acuerdo antes de que sea demasiado tarde».

«Bueno, gracias por recurrir a mí, Victoria».

«Pablo siempre decía que eras la mejor.»

«Lo extraño», dijo Ana. «¿Cómo está Mateo?»

El hijo de Pablo, que ahora tendrá… ¿cuántos? ¿Doce años?

Mateo estaba con Ana cuando mataron a su padre.

«Está bien, gracias por preguntar», dijo Victoria. «Creciendo como la mala hierba».

«Me encantaría verlo».

«Claro que sí», dijo Victoria. «No vamos mucho por Juárez, pero, cuando vayamos, te avisaré».

Ana sabe que no es cierto.

Y ahora le oculta a Óscar la pista que le dio Victoria. Sería prematuro contárselo. Óscar le preguntaría por sus fuentes y luego le diría que se centre en un solo caso. Pero puede que solo haya uno, piensa Ana.

Puede que todo sea la misma historia.

Si los estudiantes de Tristeza fueron asesinados para ocultar la conexión con Caro, es posible que dicha conexión llegue muy arriba en la escala de poder.

Si Caro está utilizando dinero del narcotráfico para invertir en grandes entidades bancarias…

Y si las grandes entidades bancarias y el gobierno son lo mismo…

Eso explicaría por qué las autoridades están echando tierra sobre lo que de verdad ocurrió en Tristeza.

—Deja que vea si Palomas quiere hablar conmigo —dice—. Y déjame ver si puedo conseguir una entrevista con Damien Tapia.

—Ana…

—¿Qué?

—Es demasiado peligroso —dice Óscar.

Ana ve la pena reflejada en sus ojos. Óscar ya ha perdido a dos reporteros: a Pablo y a Giorgio, el fotógrafo. A pesar de su apariencia de cascarrabias, el Búho es un pedazo de pan, y todavía llora esas muertes. Además, es cierto que es peligroso: más de ciento cincuenta periodistas mexicanos han muerto asesinados mientras cubrían las guerras del narco. En las épocas de mayor violencia, Óscar llegó a prohibirles que informaran sobre la situación.

Ana respondió a la prohibición creando un blog anónimo para publicar noticias relativas al narcotráfico.

Los Zetas ordenaron cerrarlo.

El pobre Pablo, el pobre y entrañable Pablo, dedujo que la responsable del blog era ella y asumió la responsabilidad. La mandó al otro lado de la frontera con Mateo y publicó una última entrada en el blog antes de que lo encontraran, lo torturaran y lo descuartizaran para luego esparcir sus pedazos por la Plaza del Periodista.

Junto a la estatua del vendedor de periódicos.

Fue culpa mía, se dice Ana.

Pablo pagó por mi arrogancia.

Después de aquello, dejó el trabajo. Siempre había bebido para convivir; desde entonces, sin embargo, se convirtió en una bebedora asocial: ahogaba en alcohol su remordimiento y su pena, y se escondía de todo mundo. Sobre todo, de sí misma. Pero Marisol no le permitió desaparecer del todo. Casi por la fuerza, la obligó a irse a vivir con ella al pueblo y la convenció para que trabajara en la clínica.

Poco a poco recuperó su vida.

Los sucesos de Tristeza la habían despertado de ese sueño, avivando en ella el fuego de la indignación que creía apagado y reducido a frías cenizas desde hacía mucho tiempo. Años atrás había sido una periodista respetada, incluso temida. Era lo que hacía mejor.

Ahora quiere hacerlo otra vez.

Si es que Óscar la deja.

Cuando volvió al trabajo, el Búho le asignó asuntos «inofensivos», historias «de mujeres»: galas benéficas, temas de arte, reportajes de interés humano que estaban muy lejos del mundillo del crimen, el narcotráfico y la política en el que Ana se había desenvuelto anteriormente. Ella era una periodista de investigación, pero Óscar no le permitía investigar ningún asunto que fuera más allá de un escándalo de sociedad (en la medida en que podía haber tal cosa en un lugar tan provinciano como Juárez) o la fuga de una tubería de alcantarillado.

Investigaba lo ocurrido en Tristeza en sus ratos libres y pagándolo de su bolsillo.

Y seguirá así si Óscar no le da su autorización.

Cuarenta y nueve jóvenes muertos.

Cuarenta y nueve familias de luto.

Y todo mundo parece haberlo olvidado.

Una tragedia más de las muchas que hay en México.

—Somos periodistas —dice Ana—. Si no informamos sobre los asuntos importantes, ¿para qué estamos aquí?

—Siempre he fantaseado —responde Óscar— con que mis reporteros vengan a mi funeral y me dediquen halagos bochornosos. No al contrario.

La necrológica que Óscar le dedicó a Pablo fue preciosa.

Ana la leyó en el periódico. No tuvo valor para asistir al funeral. Se quedó en casa, llorando, alcoholizada.

—Óscar —dice—, tú sabes que tenemos que hacerlo.

El Búho cierra los ojos como si consultara con su pasado. Luego los abre, pestañea y dice:

—Ten mucho cuidado.

Ana llama a la oficina gubernamental correspondiente y cumplimenta el papeleo para solicitar una entrevista con Palomas.

Luego habla por teléfono con Art Keller.

—Te propongo un juego —le dice—. Yo te cuento la primera parte de un cuento y tú me cuentas el final.

Ana le expone su teoría y luego le habla del acuerdo de HBMX y de su posible vínculo con Rafael Caro. Adivina que Keller ya está informado del asunto y, al concluir su relato, dice:

—Ahora te toca a ti. ¿Quién es el beneficiario del préstamo de HBMX? ¿Quién está detrás de «consorcio inmobiliario»?

—Aunque lo supiera —dice Keller—, no podría decírtelo.

—¿No podrías o no querrías?

—Es lo mismo —dice Keller.

—Pero lo sabes.

—No puedo confirmar o negar…

—Por favor, Arturo, para —dice Ana—. Esto es confidencial. Tú sabes que yo jamás revelaría la identidad de una fuente.

—No se trata de eso —responde Keller—. Preferiría que dejaras ese asunto, Ana.

—¿En tu calidad de alto cargo del gobierno —replica ella— o de amigo?

—De amigo.

—Si somos amigos, ayúdame.

—Eso intento —dice Keller—. Mira, ¿por qué no vienes a Estados Unidos a trabajar en tu reportaje? Si crees que hay una conexión estadounidense…

—Pienso hacerlo —dice Ana—, pero primero tengo que hacer ciertas averiguaciones aquí.

—¿Quién te dio el nombre de Caro? —pregunta Keller.

—Ah, ¿conque haces preguntas pero no las contestas? Acabo de decirte que nunca revelo mis fuentes.

Pero ahora ya sabe que va por buen camino. Las preguntas revelan a menudo tanto como las respuestas, y Keller acaba de revelarle que Caro es una pieza clave del caso. Decide presionarlo un poco.

—¿Crees que Caro tiene lazos con Tapia, Art? ¿Crees que está haciendo negocios con HBMX?

—Vente aquí —dice Keller.

Eso es un sí, se dice Ana.

—¿Qué tal está Mari?

—Tan Mari como siempre —contesta él—. Ana, ten cuidado, ¿de acuerdo?

—Lo tendré.

El funcionario de instituciones penitenciarias recibe la solicitud de Ana y llama a Tito.

Tito llama a Caro.

Caro le dice lo que tiene que pasar y le hace una petición.

Tito se la traslada a su gente.

Ana se va a casa.

Un apartamento de una sola habitación en Bosque Amazonas, en Las Misiones.

Un sitio tranquilo en un barrio tranquilo.

Algunas noches ni siquiera se le ocurre beber; otras, parece que no tiene más remedio. Supone que es lo que llaman una «alcohólica funcional», y lo cierto es que funciona mejor ahora que hace un año, más o menos.

Pero algunas noches la visitan los fantasmas, y siempre llegan exigiendo libaciones.

Esta es una de esas noches.

Tiene una botella de vodka guardada en un armario de la cocina para las noches de los fantasmas, y ahora la saca, se sienta a la mesa y se sirve un poco en un vaso de agua. No pretende emborracharse, solo entonarse un poco para embotar el filo de la angustia.

Algunas personas encuentran consuelo en los recuerdos. Se acuerdan de los buenos momentos que pasaron con sus seres queridos ausentes y eso hace que se sientan mejor. A ella, los buenos recuerdos la hacen sentirse peor. Será por el contraste, supone; por la añoranza de las noches de feliz borrachera, de risas, de canciones, de discusiones, de trabajo... Los buenos recuerdos son la constatación, afilada y dolorosa, de que nunca volverá a disfrutar de esas cosas.

Pablo, siempre tan tierno, tan desprolijo, con sus kilos de más y su barba de varios días.

Pablo borracho, indisciplinado, impotente, maravilloso, ebrio de amor (sin esperanzas) por su exmujer, por su hijo, por su querida ciudad hecha añicos. Porque Pablo, más que mexicano, era *juarense*: su mundo empezaba y terminaba en los límites de esta ciudad fronteriza, al borde mismo de México y Estados Unidos, cuya posición geográfica es al mismo tiempo la razón de su existencia y el motivo de su destrucción. Pablo amaba cada palmo sucio y cochambroso de su ciudad, y detestaba cada mejora como una antigua novia detesta a la nueva, más joven y bella.

Amaba Juárez por sus defectos, no a pesar de ellos, igual que Ana lo amaba a él por sus imperfecciones: por sus sacos arrugados y llenos de manchas; por su barba, tan eterna como su resaca; por esa predilección suya, autodestructiva y contraproducente, por las historias raras, marginales, escabrosas, que lo relegaban a las últimas páginas del periódico y a los peldaños inferiores de la jerarquía salarial.

Pablo siempre estaba sin un peso, siempre gorroneando copas y dando sablazos, pagando a duras penas la pensión de su hijo. Se alimentaba de comida basura que engullía en su viejo coche, en cuyo suelo se amontonaban los envoltorios de papel y los vasos de cartón.

Ahora, Ana llora.

Lloro patéticamente mientras le doy al trago, se dice.

La primera copa calma.

La segunda aturde.

La tercera hace que te interrogues.

¿Por qué hago esto de verdad?, se pregunta. ¿Porque creo que es importante que se sepa la verdad, o que saldrá algún bien de todo esto? ¿Porque creo que esos chicos merecen que se les haga justicia, la justicia que no se ha hecho con Pablo, con Giorgio, con Jimena y tantos otros? ¿Por qué creo que va a cambiar algo, aunque averigüe la verdad?

¿Qué importa la verdad, de qué sirve?

De todos modos, ya la conocemos todos.

La verdad sobre la matanza de Tristeza no es sino un cúmulo de detalles más dentro de una larga historia. ¿Qué importancia tienen, qué van a cambiar?

Hechos distintos, la misma historia.

Ana sabe que debería comer, saca del refrigerador un plato congelado —arroz con pollo— y lo mete en el microondas. Está comiendo desganadamente, sin saborear la comida, cuando suena su celular. No le apetece contestar, pero ve que es Marisol.

—¿Hola?

—Solo llamaba para saludar, para ver qué tal va todo.

—Arturo te dijo que está preocupado.

Como Marisol no responde, Ana añade:

—Y sí, estoy un poquitín borracha. Es una de esas noches.

—Ana, ¿por qué no vienes a pasar una temporada con nosotros?

—No te pongas paternalista conmigo —responde Ana—. ¿O habría que decir «maternalista»?

—Te pones muy ingeniosa cuando tomas tus copas.

—Soy famosa por ello. Pablo solía decir que era mucho más simpática cuando estaba un poco borracha.

—Entonces, ¿vas a venir?

La infatigable Marisol, piensa Ana. Siempre tan segura de saber lo que está bien y emperrada en conseguirlo. Marisol, tan firme en sus convicciones, tan recta, tan moralista, santa y mártir secular, perfecta esposa, anfitriona ideal, una auténtica lata.

—Cuando acabe lo que estoy haciendo. Ahora mismo estoy muy embrollada, Mari.

—Sí, Art me dijo que estás trabajando en un reportaje.

—De hecho, creo que estamos investigando el mismo caso —dice Ana—. Somos competidores. Tu marido intenta tomarme la delantera.

—Qué va. Ana...

—«Ana, ten cuidado. Ana, no bebas tanto. Ana, tómate tus vitaminas...»

—¿Qué te parece si te llamo mañana?

—Cuando esté sobria, quieres decir.

—Bueno, sí.

—¿Te acuerdas de cuando éramos felices, Mari? —pregunta Ana.

—Yo soy feliz ahora.

—Cuánto me alegro por ti.

—Lo siento, eso fue cruel —dice Marisol—. Sí, me acuerdo. Antes de que empezara la matanza. Recitábamos poesía a grito pelado de madrugada...

—«Hay que reír, pues» —dice Ana citando de memoria—. «La risa, ya lo sabemos, es el primer testimonio de la libertad.»

—Castellanos —dice Marisol—. «Soy hija de mí misma. De mi sueño nací. Mi sueño me sostiene.»

—«La muerte será la prueba de que hemos vivido.»

—Ven a hacerme una visita —dice Marisol—. No tengo con quién recitar poesía.

—Iré pronto.

Ana cuelga y sigue tomándose su cena, o lo que sea lo que está tomando. Debate consigo misma si beber otra copa, aunque ya sabe quién va a ganar esa discusión. Se lleva otro vodka al baño y se mete en la ducha. Al salir de debajo del chorro, echa otro un trago.

Se seca y se deja caer en la cama.

Cuando despierta, la botella está junto a la cama.

Le estalla la cabeza, está hecha una mierda. Se lava los dientes, se enjuaga la boca con Listerine y se pone un colirio en los ojos irritados. No le alcanzan las fuerzas para ducharse, de modo que se pone algo de ropa —una blusa, un suéter, unos jeans—, se calza y se va a trabajar.

La abordan frente a su casa.

Ve a los dos hombres delante de ella, pero no a los dos de atrás, que la agarran por las piernas y la levantan mientras los otros dos la sujetan por los hombros. Uno le tapa la boca con la mano y, antes de que se dé cuenta de lo que ocurre, la meten en la parte trasera de una camioneta cerrada.

Un secuestro muy profesional.

Tiene un trapo metido en la boca, una capucha en la cabeza, los brazos retorcidos hacia atrás y las muñecas atadas con cintas de plástico.

Unas manos la empujan hacia el suelo de la camioneta, unos pies la sujetan contra el suelo.

Está aterrorizada.

Intenta no perder la cabeza, trata de calcular los minutos que pasa en la camioneta antes de que se pare, se esfuerza por distinguir cualquier sonido que le dé una pista de dónde está. Ha escrito sobre secuestros, sobre raptos, ha entrevistado a policías, sabe lo que debe hacer.

Pero no puede.

Le cuesta un esfuerzo inmenso respirar.

La camioneta se detiene.

Oye abrirse la puerta. Unas manos la agarran, la levantan.

La conducen dentro.

La hacen sentarse bruscamente en una silla. La esposan a las patas de la silla.

—Díganos lo que sabe —dice una voz de hombre.

—¿Sobre qué?

La bofetada le hace volver la cabeza, le lastima el cuello, le provoca un pitido en los oídos. Es la primera vez que la golpean, y es asombrosamente doloroso.

—Tristeza —dice el hombre—. Cuéntenos lo que cree saber.

Ella se lo cuenta.

Le relata la historia de principio a fin.

La heroína de Núñez.

El robo de Damien.

El autobús con la heroína.

Los estudiantes muertos para ocultar información.

Para proteger…

—¿A quién? —pregunta el hombre.

—No lo sé.

El puño cerrado, esta vez. Ana es una mujer pequeña, ligera. La silla se vuelca. Su cabeza golpea contra el suelo de cemento. Le patean los tobillos, las piernas, las caderas, el estómago. Duele. Tiene la cara ardiendo, el pómulo roto.

—Adivine —dice el hombre—. ¿A quién, según usted?

—Damien Tapia —contesta Ana llorando—. Eddie Ruiz.

—¿Quién más?

—¿Rafael Caro?

La mayoría de la gente cree que resistiría. Que soportaría la tortura, que aguantaría.

La mayoría de la gente se equivoca.

El cuerpo no lo permite. El cuerpo se impone a la mente, al espíritu.

Ana se lo dice.

Le da todos los nombres.

Sobrevivientes, otros estudiantes universitarios, profesores. Policías locales, estatales, *federales*, militares, narcos de Guerreros Unidos, de Los Rojos Sinaloa, del antiguo grupo de Tapia, de Jalisco. Se lo cuenta todo para que no vuelvan a empezar.

Orwell tenía razón: «¡Házselo a Julia!».

No le sirve de nada.

—HBMX —dice el hombre—. ¿Qué sabe de eso? ¿Qué iba a escribir?

—Caro. Reuniendo dinero del narcotráfico para un préstamo. A un promotor inmobiliario gringo.

—¿Qué promotor gringo?

Ella solloza.

—No lo sé.

—Dígamelo para que esto pueda acabar.

—No lo sé, se lo juro.

—¿Quién le dijo lo del préstamo?

Le da el nombre de Victoria.

—¿Quién más?

—Nadie más.

—¿A quién le ha contado esto?

—A nadie. A nadie. Se lo juro, se lo juro, por favor…

—Le creo. ¿Es usted religiosa? —pregunta el hombre—. ¿Cree en Dios?

—No.

—Entonces no quiere rezar.

—No.

—Póngase de cara a la pared. No le va a doler.

Ana gira el cuerpo para mirar hacia la pared.

«De mi sueño nací. Mi sueño me sostiene.»

El hombre le dispara en la nuca.

La muerte será la prueba de que ha vivido.

Keller oye gritar a Marisol.

Corre arriba.

Ella está agarrando el teléfono. Tiene los ojos desorbitados. Parece que va a caerse. Keller la agarra y la sostiene en pie, ella se abraza a él.

—La mataron —dice Marisol—. Mataron a Ana.

Encontraron su cuerpo en Anapra, en la zanja de una cuneta, justo al otro lado de la frontera.

Fue torturada.

Hay que enseñar la lección.

Dar un escarmiento.

Hay que silenciar a los *dedos* —los informantes— que hablan con la policía, con el ejército, con la prensa, pero primero hay que castigarlos.

De tal forma que la gente aprenda la lección y tome ejemplo, y nadie sienta la tentación de soltar la lengua.

Manuel Ceresco está atado a una silla en el campo, a las afueras de Guadalajara. Tiene varios cartuchos de dinamita pegados al pecho. A unos treinta metros de distancia, su hijo de doce años, también llamado Manuel, está atado a otra silla, con varios cartuchos de dinamita amontonados debajo.

Tito sabe que la muerte de Manuel padre —el jefe de una pequeña célula que habló con la reportera— asustará a la gente, pero no les causará pavor.

Cuando se sepa esto, sentirán terror.

—¡¿Ves lo que hiciste por bocón?! —le grita a Manuel—. ¡Mira lo que le hiciste a tu hijo!

—¡No! ¡Por favor!

Manuel padre le suplica a Tito que no mate a su hijo.

—Haga lo que quiera conmigo, pero no lastime a mi muchacho. Él es inocente, no ha hecho nada.

Al darse cuenta de que es inútil, les suplica que lo maten a él primero. Pero uno de los hombres de Tito se coloca a su espalda y le mantiene los ojos abiertos con el índice y el pulgar.

—Mira.

El niño grita:

—*¡Papi!*

Tito da la señal.

Uno de sus hombres pulsa el detonador.

El niño explota.

Los hombres de Tito se ríen. Es divertido. Como en las caricaturas.

Manuel padre grita y aúlla. El hombre de Tito se aparta de él. Cuando está lo bastante lejos, Tito da otra vez la señal.

Manuel padre explota.

Más risas.

Cuando eran niños, hacían explotar ranas con petardos.

Ahora hacen saltar gente por los aires.

A la media hora, el video está ya en las redes sociales.

Se hace viral.

Victoria Mora sale de su casa en la colonia Roma de la Ciudad de México. Sube a su BMW y deja su maletín en el asiento del copiloto. Se está abrochando el cinturón de seguridad cuando oye parar la camioneta tras ella, cortándole la salida.

Un hombre se baja, se acerca al BMW por el lado del conductor y abre fuego con un AR-15.

Las balas despedazan a Victoria.

El hombre vuelve a la camioneta y esta arranca.

Una mujer que pasea a su perro grita.

La niña tiene diez años.

Su padre, un contador que habló con Ana, está esposado a una tubería de calefacción de la nave industrial. Un hombre le sujeta la cabeza y lo obliga a mirar mientras siete de los hombres de Tito se turnan para violar a la niña.

Cuando acaban, la degüellan.

Dejan que el padre lo asimile veinte minutos; luego agarran unos bates de beisbol y lo matan a palos.

• • •

En la redacción de *El Periódico* no queda nadie, solo Óscar Herrera.

Ha mandado a todos que se vayan.

Ahora escribe su último artículo, anunciando que el periódico dejará de publicarse tras este número. No puede permitir que mueran más periodistas. Acaba la columna, se levanta, toma su bastón y apaga las luces.

Keller sabe que fue Caro.

El que ordenó el asesinato de Ana.

Marisol y él fueron en avión a El Paso y luego en coche hasta Juárez (a las autoridades estadounidenses y mexicanas las sacó de quicio que el jefe de la DEA viajara a México sin el debido dispositivo de seguridad).

«Voy a ir», dijo él.

En ese tono que no admite discusión.

Varios *federales*, agentes de la policía estatal de Chihuahua y policías locales de Juárez fueron a recibirlos al paso fronterizo e insistieron en que dejaran su coche alquilado y subieran a un vehículo oficial con escolta. Keller accedió, y a Marisol no le importó en absoluto.

Tenía roto el corazón.

Y está obsesionada con que se haga justicia.

«¿Quién lo hizo?», le preguntó a su marido cuando se le pasó un poco la conmoción.

«No lo sabemos», dijo Keller. «Estaba investigando el asunto de Tristeza. Entrevistó a Rafael Caro».

«¿Hay alguna relación?»

«Mira, Mari…»

Keller le habló del sindicato de bancos y del crédito a Terra, y de lo que le había contado Ana acerca de una fuente anónima que relacionaba todo el asunto con Caro.

Mari no es tonta. Lo adivinó enseguida.

«Victoria Mora».

Asesinada horas después de que mataran a Ana. Y ahora Mateo se ha quedado huérfano, asesinados sus padres a manos de los cárteles.

«Seguramente», dijo Keller. No añadió lo evidente: que Ana tuvo que darles el nombre de Victoria a sus torturadores.

El entierro de Ana fue brutal.

Patético en el verdadero sentido de la palabra.

El viento otoñal del norte formaba remolinos de polvo y basura alrededor de sus tobillos en el Panteón del Tepeyac. Había poca gente: un par de periodistas y unas cuantas personas más, y a Keller le dio por pensar que mucha gente que de otro modo habría asistido al entierro —reporteros y activistas— ya estaban en la tumba.

Giorgio habría ido, pero estaba muerto.

Jimena habría ido, pero estaba muerta.

Pablo habría ido, pero estaba muerto.

Óscar Herrera estaba allí.

Apoyado en su bastón, avejentado y frágil como si un soplo de *norteño* fuera a llevárselo. Dijo muy poco, masculló un saludo y declinó hablar, limitándose a negar con la cabeza cuando surgió la ocasión de encomiar la figura de Ana.

Marisol se adelantó y recitó unos versos de una de las poetas preferidas de Ana, Pita Amor:

Soy vanidosa, déspota, blasfema, soberbia, altiva, ingrata, desdeñosa, pero conservo aún la tez de rosa.

A Marisol se le quebró la voz. Luego se repuso.

—Y digo, en palabras de Susana Chávez Castillo, también hija de Juárez, también asesinada en esta ciudad por su activismo social en defensa de la causa de las mujeres asesinadas: «Ni una más».

Un cura dijo unas palabras.

Un guitarrista cantó *Guantanamera*.

Bajaron el féretro al sepulcro.

Y eso fue todo.

Alguien habló de reunirse más tarde para compartir recuerdos de Ana, pero la cita no llegó a cuajar. La policía escoltó a Keller y Marisol hasta la frontera y desde allí fueron en coche hasta el aeropuerto.

Ahora, Keller ve al presidente electo en televisión.

«Debemos atajar el tráfico ilegal de drogas, dinero, armas y personas a través de la frontera que está agravando la crisis, acabar con las ciudades santuario que dan cobijo a narcotraficantes y desmantelar los cárteles de una vez por todas».

Los mismos cárteles, piensa Keller, con los que tú estás haciendo negocios.

—Voy a trasladarte —le dice Keller a Hidalgo cuando vuelve a la oficina—. Adonde quieras menos a México, pero lo más lejos de mí que sea posible. Cuando me vuelen por los aires, no quiero que te alcance la metralla.

—Demasiado tarde —responde Hidalgo—. Estoy ligado a ti. La nueva dirección me mandará a Bucarest. Howard me mandaría a la luna si tuviéramos delegación allí.

—Entonces acepta otro destino mientras todavía tienes oportunidad.

—Quiero llevar este caso hasta el final.

—No.

—¿Por qué? —pregunta Hidalgo—. ¿Porque conduce hasta Caro? ¿Por qué crees que no puedo controlarme? Sí puedo.

—Hay otros motivos por los que no quiero que te acerques más a Caro —dice Keller.

Caro fue uno de los que ordenaron la muerte del padre de Hugo, y le da un miedo atroz poner al chico en la misma situación.

—No me castigues a mí por tus remordimientos —responde Hidalgo—. Sé que a mi padre le faltaban dos semanas para el traslado a Guadalajara cuando lo mataron. Pero no fue culpa tuya.

—Sí lo fue.

—Muy bien, de acuerdo, como quieras. Carga con tu puta cruz, pero no me la eches encima a mí. Quiero acabar lo que empezó mi padre.

—Me estás poniendo en un aprieto, Hugo.

—Vamos, carajo —dice Hidalgo. Mira al suelo un segundo, levanta la mirada y pregunta—: Porque vas a seguir adelante con esto, ¿verdad?

—¿Qué quieres decir?

Hidalgo lo mira de frente. A Keller le recuerda a su padre.

—Ruiz y tú.

Keller le sostiene la mirada.

—Sí, ¿qué pasa con Ruiz y conmigo?

—Vamos, jefe.

—Fuiste tú quien sacó el tema, no yo.

—Ruiz era informante tuyo en México —dice Hidalgo—. Y se rumora que estuvieron juntos en no sé qué misión secreta en Guatemala.

Keller no se inmuta.

—Y luego —añade Hidalgo—, cuando Ruiz entró a prisión, hiciste que dejaran limpio su expediente.

—¿Has estado escarbando por ahí? —pregunta Keller—. ¿Tengo que cuidarme también de ti?

—Yo estoy de tu parte —responde Hugo—. Solo quiero saber a qué atenerme.

—¿Qué quieres preguntarme, Hugo?

—¿Ruiz tiene algo que pueda usar contra ti?

—Si llevas un micro encima —responde Keller—, se me partirá el corazón.

—¿Cómo puedes decirme eso?

—Los tiempos en que vivimos —dice Keller.

—No llevo ningún micro —contesta Hidalgo—. Dios mío, mentiría para protegerte.

—Eso es lo que quiero evitar —dice Keller—. Detendremos a Eddie Ruiz cuando nos conduzca a lo más alto de la pirámide y, cuando lo hagamos, me amenazará con algo que sabe de mí. Y yo no cederé a esa amenaza.

—Y te llevarás a Caro por delante cuando caigas.

—Si puedo, sí.

—Quiero ayudarte —dice Hidalgo.

—Arruinarás tu carrera.

—Puedo trabajar en una agencia de detectives privados —responde Hidalgo—. Me lo debes.

—¿Y eso por qué?

—Por mi padre.

—Eso es jugar sucio, Hugo.

—Este es un juego sucio —replica Hidalgo.

—Muy bien —dice Keller—. Puedes seguir en el caso. Ahora mismo, Ruiz y Caro se están comiendo lo que les servimos. De modo que hay que envenenar la comida, cebarlos con noticias falsas. Para eso te usaremos a ti.

Hidalgo se levanta.

—No estoy diciendo que mataras a Adán Barrera, pero, si lo hiciste… Gracias.

Se va.

No hay de qué, piensa Keller.

Ahora toca derribar a Caro, a Ruiz, a Darnell y a Lerner, y también a Dennison, si se da el caso.

A todos esos hijos de perra que mataron a cuarenta y nueve chicos…

Que asesinaron a Ana para encubrir sus sucios chanchullos de dinero.

3

Malos hombres

Han venido algunos hombres malos y vamos a echarlos de aquí.
—John Dennison

Estados Unidos es el paraíso.

Es lo primero que pensó Nico hace algo más de un año, cuando lo agarró la *migra*. Lo envolvieron en una cobija, lo metieron en un coche y subieron la calefacción. Luego le dieron una hamburguesa y un chocolate que Nico devoró como si hiciera días que no comía, y así era, en efecto.

Esto es *el norte*, se dijo Nico.

Todo lo que había oído era cierto: era maravilloso. Nunca antes se había comido una hamburguesa entera.

Los de la *migra* le sonreían, le hacían preguntas en español: ¿Cómo te llamas? ¿Cuántos años tienes? ¿De dónde eres? Nico les contó la verdad sobre su nombre y su edad, pero les dijo en cambio que era de México porque había oído decir que era mejor así.

«No nos mientas, *hijo*», le dijo uno de ellos. «Tú no eres mexicano».

«Sí lo soy».

«Escúchame, *mierdecilla*», dijo el de la *migra*. «Estamos intentando ayudarte. Si eres mexicano, te vas en el próximo autobús que salga. Tú eres *guaty*, te lo noto en el acento. Vamos, dime la verdad».

Nico asintió con la cabeza.

«Soy de Guatemala».

«¿Dónde están tus padres?»

«Mi padre murió», contestó Nico. «Mi madre está en el Basurero.»

«¿Viniste solo?»

Nico volvió a asentir.

«¿Desde ciudad de Guatemala?»

Nico dijo que sí.

«¿Cómo? ¿En tren? ¿En la Bestia?»

«Sí».

«Santo Dios».

Lo llevaron a un edificio y lo metieron en una celda. Hacía muchísimo frío —el aire acondicionado estaba a tope— y Nico oyó que uno de los *migra* decía: «El chico está todavía mojado, se va a helar ahí dentro».

Otro dijo: «Voy a buscarle algo».

Nico se quedó de piedra porque unos minutos después volvió el hombre con algo de ropa. Era ropa vieja y le quedaba grande, pero estaba limpia: una sudadera y unos pantalones deportivos. Calcetines blancos limpios y unos tenis.

«Quítate esa ropa mojada», le dijo el hombre. «No querrás enfriarte».

Nico se puso la ropa nueva.

En la celda había un catre. Se acostó y se quedó dormido casi sin darse cuenta. Cuando se despertó, le dieron otra hamburguesa y una Coca Cola, y una bolsa de plástico blanca con su ropa vieja dentro. Luego lo metieron en un autobús con un montón de migrantes, la mayoría mujeres con sus hijos.

Unos cuantos eran guatemaltecos, pero también había gente de El Salvador y de Honduras. Nico era el único niño que iba solo y se quedó sentado en silencio, mirando por la ventanilla las áridas llanuras de Texas mientras se preguntaba adónde iban.

El autobús cruzó un pueblecito que parecía vacío, como si acabara de irse todo mundo. Nico vio tiendas con los escaparates condenados y un restaurante con el cartel de CERRADO. Otra señal más grande mostraba una gran rodaja de sandía y decía DILLEY.

Un par de minutos después vio una larga valla de alambre y, detrás, varios edificios blancos de poca altura. Parecían nuevos. El autobús se detuvo en la puerta de acceso, donde un guardia habló con el conductor un segundo. Luego, entraron.

La puerta se cerró tras ellos.

Nico vio que los edificios eran en realidad grandes caravanas.

Al ver que todos empezaban a bajarse del autobús, Nico también se bajó, siguió a los demás hasta una de las caravanas y se sentó en un banco. Un guardia sentado detrás de una mesa de madera iba diciendo nombres y las personas a las que llamaba entraban en otra habitación.

Por fin oyó su nombre.

El guardia lo condujo a un cuartito y le dijo que ocupara una silla delante de un escritorio. La mujer sentada detrás del escritorio, de tez morena, grandes ojos cafés y cabello negro, le habló en español.

«Nico Ramírez», dijo. «Me llamo Donna, Nico. Soy tu asistente social. Seguro que no sabes lo que es eso».

Él negó con la cabeza.

«Significa que voy a cuidar de ti hasta que podamos llevarte al lugar donde debes estar, ¿de acuerdo? Primero tengo que hacerte unas preguntas. ¿Tienes algún documento de identidad, Nico?»

«No».

«Pero te llamas así de verdad, ¿no? ¿No me estás contando mentiras?»

«No. Digo, sí, me llamo así».

«¿Y tu madre sigue en ciudad de Guatemala?», preguntó ella.

«Sí».

«¿Hiciste el viaje tú solo?»

«No», contestó Nico. «Estaba con una niña que se llama Flor y con una muchacha que se llamaba Paola».

«¿Dónde están ahora?»

«Flor no sé dónde está», dijo Nico. «Paola se murió».

«Lo siento», dijo Donna. «¿Cómo murió?»

«Se dio con un cable».

Donna meneó la cabeza.

«¿Tienes familia en Estados Unidos, Nico?»

Nico no contestó.

«Nico», dijo Donna, «si tienes familia aquí y no me lo quieres decir porque te da miedo que se metan en un lío, a mí me da igual que tengan papeles o no. ¿Entiendes? Ese no es mi trabajo».

Nico se quedó pensando un momento. Luego dijo:

«Tengo un tío y una tía.»

«¿Dónde?»

«En Nueva York».

«¿En la ciudad?»

«Creo que sí».

«¿Sabes cómo ponerte en contacto con ellos?», preguntó Donna. «¿Tienes su número de teléfono?»

«Sí».

Le dio el número.

«¿Y cómo se llaman?», preguntó ella.

«Mi tío se llama Javier y mi tía Consuelo», respondió Nico. «López.»

«De acuerdo», dijo Donna. «Voy a probar a llamarlos. A lo mejor mañana puedes hablar con ellos. ¿Te gustaría?»

Nico asintió en silencio.

«Bueno», dijo Donna, «¿te gustaría hablar con tu madre, decirle que estás bien? Seguro que está preocupada por ti. ¿Quieres que la llamemos?»

«No tiene teléfono».

«De acuerdo», dijo Donna. «Puede que llame a tus tíos y que ellos le avisen, y así encontraremos la manera de localizarla. Ahora, le ley me obliga a decirte unas cuantas cosas. No vas a entender casi nada, pero aun así tengo que decírtelo, ¿de acuerdo?»

«De acuerdo».

«Eres lo que llamamos un "menor extranjero no acompañado." Eso significa que no estás en este país legalmente. Por eso tenemos que retenerte. O sea, que vas a tener que quedarte aquí. Pero vamos a procurar que pases aquí el menor tiempo posible, y luego quizá podamos dejar que te vayas a vivir con tus tíos. ¿Entiendes?»

«Sí».

«Voy a hacerte una pregunta muy dura», añadió Donna. «¿Sabes lo que son los abusos sexuales?»

Nico dijo que no con la cabeza.

«Significa que alguien te toque tus partes íntimas», explicó Donna. «¿Alguna persona te ha tocado así?»

«No».

«¿Y cómo te encuentras?», preguntó ella. «¿Te duele algo? ¿Te notas enfermo?»

Nico no supo cómo decirle que le dolía todo, que tenía el cuerpo magullado, lleno de cortes y quemaduras, que estaba helado, que tenía hambre y sed. No encontró palabras para expresar su absoluto agotamiento.

Así que dijo:

«Estoy bien».

«De todos modos, voy a llevarte al médico», dijo Donna. «Solo por si acaso. Te va a poner una inyección que llamamos "vacuna". No te asustes, no duele. Y va a hacerte unas pruebas para ver si tienes tuberculosis, que es una cosa que pasa a veces cuando toses mucho. ¿Toses mucho, Nico?»

Nico tosía todo el rato: tosía por el humo del tren, por el frío, por el polvo que se le metía en la boca y la nariz y los pulmones.

«Pero primero vamos a conseguirte algo de ropa», dijo Donna. «La que llevas está muy estropeada».

Donna lo condujo fuera del despacho y por un pasillo, hasta un cuarto donde había un montón de estanterías llenas de ropa nueva. Nico casi no podía creerlo cuando la vio tomar una camisa y unos pantalones, y luego unos calcetines y unos tenis nuevecitos y le dijo:

«Esto parece de tu talla. Pero no te cambies hasta que te hayas bañado. Vamos».

Lo llevó a una sala grande donde había una ducha.

«Esta llave de aquí es la del agua caliente y esta la del agua fría. Hay jabón y champú, y una toalla. Yo te espero fuera, a no ser que quieras que te ayude».

«No».

Cuando ella se fue, Nico se quitó la ropa y se metió en la ducha. Estaba todo muy limpio, pero olía a lejía. Primero giró la llave de agua caliente y dio un salto hacia atrás cuando el chorro salió de golpe. Sorteando el agua, estiró el brazo, giró la llave de agua fría y metió el dedo bajo el chorro hasta que notó que salía caliente pero no quemaba.

Entonces se metió debajo.

Era la primera vez que se duchaba así. Las pocas veces que se había duchado, había sido con el chorrito frío que salía de alguna tubería vieja y oxidada. El agua olía a huevos cocidos, pero a Nico no le importó: era maravilloso.

Era *el norte*.

Era América.

El *champú* le dio problemas. La señorita le había dicho esa palabra, pero él no sabía lo que era y no se atrevió a abrir la botellita de plástico. Pero se lavó el pelo con jabón hasta que estuvo bien limpio y dejó que el agua caliente corriera por su cuerpo.

Salió, se secó con la toalla y se puso la ropa nueva. Seguía pareciéndole increíble aquel lugar, en el que te daban ropa y zapatos.

Donna, que estaba esperándolo en el pasillo, lo llevó a ver al médico.

El médico le dijo que se quitara la camisa y luego lo hizo toser y le pasó una cosa metálica y fría por la espalda y el pecho. Lo hizo abrir la boca, le metió dentro un palo y le dijo que hiciera un ruido. Luego le pidió que subiera a una báscula y bajó una barrita metálica hasta la altura de su coronilla.

«Un metro treinta y siete», dijo. «Veinticuatro kilos. Tiene algo de retraso en el crecimiento y está sumamente desnutrido. Hematomas residuales en el pecho y la caja torácica. ¿Dijo si le pegaron?»

Donna le preguntó al niño por los moretones.

«Me caí del tren», dijo Nico.

«¿Informó de abusos sexuales?», preguntó el médico.

«No».

«¿Conviene que le haga un examen rectal?».

«Creo que por ahora no es necesario», contestó Donna. «Si más adelante cuenta algo, quizá».

«Ya puede volver a ponerse la camisa», dijo el médico. «Presenta síntomas de insuficiencia respiratoria, seguramente por haber respirado polvo y humo. Además, parece tener una infección ocular crónica, pero eso se cura con unas gotas. También tiene sinusitis, pero creo que bastará con hacerle un lavado nasal en vez de darle antibióticos, a ver qué tal va. Pero lo que necesita sobre todo este niño es comida y descanso. Donna, ¿puedo hablar un momento contigo en privado?»

Donna llevó a Nico fuera del consultorio, a un banco del pasillo, y volvió a entrar.

«El chico tiene el tatuaje de una banda grabado a fuego en el tobillo», dijo el médico. «Calle 18».

«¿Puedes omitirlo en el informe?»

«Sabes que no puedo».

«Tenía que preguntar».

Cuando salió al pasillo, Donna le preguntó a Nico:

«¿Sabes lo que es una cafetería?»

«No».

«Es como un restaurante, algo así».

Nico se alarmó.

«No tengo dinero».

«No pasa nada. La comida es gratis».

Nico no daba crédito a lo que oía. Ni a lo que veían sus ojos. Entraron en una sala muy grande donde había algunos migrantes comiendo, sentados en torno a unas mesas alargadas, mientras otros hacían cola sosteniendo bandejas y las personas de detrás del mostrador les llenaban los platos de arroz con frijoles y carne.

«Toma una bandeja y un plato», dijo Donna. «Y ahí hay tenedores, cuchillos y servilletas. Luego ponte en la fila».

«¿Y me darán comida?»

«Te darán comida», afirmó Donna. «Pero di gracias».

Nico dijo «*gracias*» una y otra vez mientras las personas de detrás del mostrador le ponían arroz con frijoles y carne en el plato. Al final del mostrador había vasos con jugo, ponche o agua. Nico miró a Donna.

«Toma uno», dijo ella.

Tomó un vaso de ponche y se sentó en una mesa con ella.

Tampoco dio crédito cuando oyó a gente quejarse de la comida: el arroz estaba duro, los frijoles demasiado blandos, la carne correosa, y además había poca.

Pero si es comida gratis, pensó Nico.

Te dan comida.

Se puso a engullir la suya, no fuera a ser que cambiaran de idea.

«Tranquilo», dijo Donna sonriendo. «Nadie te la va a quitar, *mijo*».

Nico no estaba tan seguro. Comió ansiosamente con la mano derecha mientras con la izquierda rodeaba el plato por si alguien intentaba quitárselo.

«Tengo que decirte un par de cosas más», dijo Donna mientras lo veía devorar la comida. «Como eres un menor no acompañado, no podemos destinarte a un dormitorio colectivo con adultos con los que no tienes ningún parentesco. Así que tenemos que ponerte en una habitación para ti solo».

Nico no tenía idea de qué estaba hablando.

Pero no le importó.

¿Una habitación para él solo? No podía imaginárselo, literalmente.

«Pero con un poco de suerte mañana podremos trasladarte a una casa de acogida», explicó Donna. «Es una casa normal. Habrá una mamá y un papá, y tendrás otros niños con los que jugar. Y si pasas allí una temporada un poco larga, irás a la escuela. ¿Te gustaría?»

Nico se encogió de hombros. ¿Cómo iba a saberlo?

«Ahora ve a buscar una manzana y una galleta», dijo Donna, «voy a llevarte a tu habitación».

La habitación era un rectángulo pequeño pintado de azul claro, con murales de cebras y jirafas. Había una cama individual arrimada a la pared. La ventana tenía rejas.

«Aquí está», dijo Donna. «Al fondo del pasillo hay un cuarto de baño que puedes usar si lo necesitas. Pero, Nico, sabes que no puedes salir del edificio, ¿verdad?»

Él dijo que sí con la cabeza.

Una habitación para él solo, un cuarto de baño, una ducha, comida y bebida gratis, ropa nueva y limpia, un par de tenis…

¿Por qué iba a querer irse del paraíso?

Donna volvió a su despacho y llamó al número que le había dado Nico.

Contestó un hombre.

«¿El señor López?», preguntó Donna en español.

«Sí», respondió él con cautela, desconfiadamente.

«Señor López», dijo ella, «soy Donna Sutton, de la Oficina de Reasentamiento de Refugiados. ¿Conoce usted a un niño llamado Nico Ramírez?»

«Sí».

Ahora parecía asustado.

«¿Puedo preguntarle qué relación tiene con él?», preguntó Donna.

«Es mi sobrino», dijo López. «El hijo de la hermana de mi mujer».

«Tenemos a Nico bajo custodia», explicó Donna. «Queremos que sepa que está bien, perfectamente».

«¡Consuelo!», oyó gritar al hombre, y luego le oyó decirle a su mujer que habían encontrado a Nico. Cuando volvió a ponerse al teléfono, estaba llorando. «Temíamos… No sabíamos nada…»

«¿Están ustedes en contacto con la madre de Nico?»

«Llama cuando puede», contestó López. «No tiene teléfono».

«La próxima vez que llame», dijo Donna, «¿podrían decirle por favor que Nico está sano y salvo y darle este número? Puede llamar por cobrar».

«¿Podemos hablar con Nico?»

«Volveré a llamar mañana para que hablen con él», dijo Donna. «Ahora espero que ya esté durmiendo.»

«¿Qué va a pasar entonces?»

Donna le explicó el proceso: les enviaría la Solicitud de Reunificación Familiar, que tendrían que devolverle llena; después habría una entrevista y, si todo marchaba bien, Nico pasaría a estar bajo su tutela hasta que, normalmente en el plazo de noventa días, se celebrara una audiencia de deportación que decidiría si Nico podía quedarse en Estados Unidos o debía regresar a Guatemala.

«No puede volver», dijo López. «Lo matarán».

«Habrá que ir paso a paso», respondió Donna.

Anotó sus señas y les dijo que volvería a llamarlos por la mañana. Después llamó al Servicio de Inmigración y Aduanas y, como mandaba la ley, les informó de que tenía a un menor no acompañado con un tatuaje de una banda en el tobillo.

«Tenemos que hacernos cargo del expediente», dijo el agente.

«Lo sé, Cody», contestó Donna. «Pero, por favor, ¿pueden tener especial cuidado con este? Solo tiene diez años».

«Ya sabes el clima que hay ahora mismo, Donna».

«Sí, lo sé».

«Haré lo que pueda, pero...»

Sí, pensó ella al colgar. Es la historia de siempre: agentes de la Patrulla Fronteriza, policías de Inmigración y Aduanas, asistentes sociales con más expedientes de los que pueden atender, abogados voluntarios que pasan apenas unos minutos con sus «clientes» antes de la audiencia oral... Todos hacemos lo que podemos, pero...

Las cosas no estaban tan mal como en 2014, cuando el número de menores no acompañados pasó de 30 mil el año anterior a casi 70 mil, lo que saturó el sistema por completo. La cifra de menores que huían de Centroamérica descendió a principios de 2015, pero ahora estaba volviendo a subir y amenazaba con colapsar de nuevo el sistema.

Donna tenía la mesa a rebosar, igual que todos los voluntarios y abogados de oficio que habían ido a ofrecer sus servicios.

Salió del recinto, tomó la carretera 35 hasta Pearsall y paró en el bar y parrilla Garcia's.

Alma Báez estaba en la barra, justo donde Donna pensaba que estaría, tomándose un bourbon con agua. Donna se dejó caer en el taburete de al lado y le hizo una seña al barman para que le pusiera lo de siempre: un whisky escocés con dos hielos.

«¿Qué tal estuvo el día?», preguntó Alma.

«La carga habitual de miseria», contestó Donna. «Menos mal que te he encontrado. Tengo un menor no acompañado que va a necesitar un abogado».

Donna trabajaba para la Oficina de Reasentamiento de Refugiados, que tenía subcontratada con una empresa privada, Corrections Corporation of America, la gestión de los centros de detención de migrantes. CCA gestionaba otros ocho centros de detención, pero su principal negocio eran las prisiones. Albergaba a 66 mil reclusos en treinta y cuatro prisiones estatales, catorce prisiones federales y cuatro cárceles de condado.

Como asistente social de la Oficina de Reasentamiento de Refugiados, Donna tenía el derecho —y el deber— de pedir la intervención de un abogado para representar a un menor cuando lo juzgaba necesario.

En el caso de Nico lo creía necesario, y así se lo dijo a Alma.

«¿Traficaron con él?», preguntó Alma.

«No, pero voy a clasificarlo como "vulnerable"», respondió Donna. Mediante esa clasificación, el chico podría contar con un abogado, y estaba claro que iba a necesitarlo. «Hay un problema. Quiero mandarlo a una casa de acogida hasta que consigamos que alguien se haga cargo de su custodia...»

«¿Y hay alguien?»

«Unos tíos, en Nueva York».

«Entonces ¿qué problema hay?», preguntó Alma. «¿Quieres que pidamos unos nachos para compartir?»

«Sí. El chico tiene un tatuaje de una banda», respondió Donna. «Calle 18».

«Pero dijiste que tiene diez años, ¿no?», preguntó Alma. «¿Carne o pollo?»

«Sí, pero de todos modos puede que lo traten como una "amenaza"», dijo Donna. «Pollo».

En los casos de menores no acompañados, solía celebrarse una audiencia previa con carácter de urgente y, en el 90 por ciento de los casos, el juez derivaba al niño a una casa de acogida. Pero en el caso de Nico el problema era doble, y Donna lo sabía. Debido a las inminentes elecciones presidenciales, en el país se había desatado una especie de histeria colectiva respecto a las bandas centroamericanas como MS-13 y Calle 18, y a los pandilleros que cruzaban la frontera. De ahí que los jueces como el que presidiría la causa de Nico fueran extremadamente reacios a permitir que cualquier persona vinculada a una banda quedara fuera de la tutela de las autoridades.

El segundo problema era de índole económica.

Cuestión de dólares y centavos.

CCA no ganaría ningún dinero con Nico Ramírez si era trasladado, como debía, a una casa de acogida. Pero si el juez lo consideraba una «amenaza» por culpa del tatuaje, lo enviaría a un «centro de seguridad» y la empresa se embolsaría sesenta y tres dólares diarios por el chico.

CCA cotizaba en bolsa.

Tenía que repartir ganancias entre sus accionistas. Y para ello tenía que llenar camas y celdas. Dejando en libertad a internos no hacía negocio; reteniéndolos, sí.

Nico era dinero asegurado.

Pero, qué carajo, la gente tenía que ganarse la vida, y CCA era la empresa que más trabajo daba en aquella zona. Dilley había sido en tiempos «la capital mundial de la sandía»; después, las sandías se fueron rodando cuesta abajo, hasta el otro lado de la frontera, y pareció que el *fracking* iba a ser la salvación, pero también resultó ser un fiasco.

Los presos eran una fuente de ingresos mucho más segura.

Nunca se acababan.

Pero, si a Nico lo etiquetaban como amenaza y lo mandaban a un centro de seguridad, sería mucho más difícil conseguir que lo reclasificaran y lo dejaran bajo la tutela de sus tíos, siempre y cuando cumplieran los requisitos y se aprobara su solicitud.

El niño podía pasar meses, o incluso años, en el centro de internamiento antes de que se tomara una decisión, una decisión que casi con toda probabilidad consistiría en deportarlo, lo que equivalía, de hecho, a dejarlo en manos de la banda de la que había escapado.

«Deberíamos buscarle un abogado», dijo Alma.

«¿Qué tal Brenda?»

«Está de casos hasta las cejas».

Brenda Solowicz había venido a Dilley a pasar un par de semanas en pleno apogeo de la crisis migratoria de 2014 y aquí seguía, instalada en una casa rodante cerca del hotel Best Western. Había cierto número de buenos abogados que trabajaban sin cobrar para ayudar a los migrantes pero, en opinión de Donna, Brenda era la mejor.

«Bueno, entonces ¿qué más da uno más?», preguntó Donna.

Alma suspiró.

«La llamaré. ¿Cuándo puedo ver al niño?»

«¿A primera hora de la mañana?»

«Allí estaré».

«Eres la mejor», dijo Donna.

«Y lo seré aún más cuando me haya echado otra copa adentro», repuso Alma.

Donna la entendía perfectamente: como tutora provisional designada por el juzgado, Alma tenía que hacerse cargo de huérfanos, de niñas pequeñas que habían sufrido violaciones múltiples, de menores que vivían en la calle o que habían sufrido maltrato físico o incluso torturas. Y trabajaba sabiendo que, en la mayoría de los casos, los niños a los que atendía estarían en Estados Unidos solo un par de semanas o meses, pasados los cuales serían enviados de vuelta al lugar de donde venían.

Y la cosa solo podía empeorar.

El whisky de Donna se había esfumado como si alguien la hubiera ayudado a bebérselo.

Pidió otro con un gesto.

Nico se bebió su jugo de naranja y acabó de comerse el cereal mientras aquella señora llamada Alma le hablaba.

«Ahora préstame mucha atención», dijo Alma. «Solo puedes quedarte en este país si tienes lo que llamamos "temores fundados" de que vayan a lastimarte o a matarte si vuelves a Guatemala. Un juez va a hacerte preguntas. Yo no puedo decirte qué decir o qué no, pero debes tener claro que solo puedes quedarte aquí si tienes miedo de que te lastimen si vuelves a casa».

Nico asintió en silencio.

«¿Tienes miedo de volver a casa, Nico?», preguntó Donna.

«Sí».

«¿Por qué?», preguntó Alma.

«Porque iban a obligarme a unirme a Calle 18».

«¿Te amenazaron?», preguntó ella. «¿O te lastimaron?»

«Dijeron que se lo harían a mi madre.» No mencionó que le habían grabado a fuego el tatuaje. Ya se había olvidado de ese dolor.

Pero la señora llamada Alma ya lo sabía.

«Donna me dijo que tienes un tatuaje. ¿Puedo verlo?»

Nico se subió la pernera del pantalón.

Alma hizo una mueca.

«¿Qué pasó? ¿Te lo hiciste tú mismo?»

Nico negó con la cabeza.

«Me lo hizo el Pulga».

«¿Quién es ese?»

«Un *marero*».

Una joven con el pelo rojo muy alborotado entró en la sala, se sentó y dejó un maletín sobre la mesa.

«Perdonen que llegue tarde. ¿Este es… Nico?»

«Sí».

«Soy Brenda, Nico. Voy a ser tu abogada en la audiencia».

«Nico nos estaba enseñando su tatuaje», dijo Donna.

«¿Puedo verlo, Nico?», preguntó Brenda. Miró el tatuaje, y luego a Alma y a Donna como si aquello tuviera muy mala pinta. Después dijo: «Bueno, Nico, dentro de unos minutos vamos a ir a otro edificio a hablar con un juez. El juez no estará allí, estará en una especie de televisión, pero puede verte y oírte, ¿de acuerdo?»

«De acuerdo».

«Yo hablaré un poco y luego el juez te hará unas preguntas», explicó Brenda. «Tú solo tienes que decir la verdad, ¿de acuerdo?»

«Bueno».

Brenda miró a Donna.

«¿Qué probabilidades hay de tomar un café?»

«Probabilidades muchas, pero el café es horrible».

«Da igual».

Brenda se tomó su café y fueron juntos al otro edificio. Nico se sentó en un banco entre Brenda y Alma y vio que varias personas, casi todas mujeres, se levantaban y hablaban ante una cámara, respondiendo a las preguntas que les hacía un juez desde una pantalla de televisión.

Aquello asustó a Nico.

Las mujeres hablaban en español, tratando de explicar por qué debían quedarse en Estados Unidos con sus hijos.

El juez no era muy simpático.

Algunas mujeres se fueron llorando.

Nico oyó que el juez decía su nombre.

«¿Nico Ramírez?»

Brenda lo llevó a una mesa que había delante y lo hizo sentarse en una silla plegable de metal.

«Brenda Solowicz, en representación de Nico Ramírez, un menor extranjero sin acompañante».

«Veo que la audiencia la solicitó la Oficina de Reasentamiento de Refugiados», dijo el juez.

«Así es, Señoría», contestó Brenda. «La ORR quisiera derivar al señor Ramírez a una casa de acogida hasta que se les conceda su tutela a sus familiares.»

«¿Existe esa posibilidad?»

«El señor Ramírez tiene un tío y una tía que están dispuestos a asumir su custodia», contestó Brenda. «Ya han empezado a tramitar la solicitud».

Nico vio que el juez bajaba la vista como si leyera algo. Luego levantó los ojos y dijo:

«Señorita Solowicz, sin duda es usted consciente de que hay un problema. ¿El representante del Servicio de Inmigración y Control de Aduanas está presente en la sala?»

«Aquí, Señoría», dijo Cody Kincaid.

«¿El Servicio de Inmigración y Control de Aduanas mantiene que el señor Ramírez es una amenaza para la seguridad pública?»

«El señor Ramírez está, aparentemente, vinculado a una banda», dijo Kincaid.

«¿En qué basa esa afirmación?»

«En un tatuaje», respondió Kincaid. «De Calle 18».

«¿Usted disputa esto, señorita Solowicz?»

«No, Señoría», dijo Brenda. «Pero, Señoría, es un niño de diez años…»

«Bueno, eso no nos consta, ¿verdad?», respondió el juez. «No disponemos de documentación que acredite su edad. Podría tener trece, catorce…»

«Veintitrés kilos, empapado».

«¿Eso pretendía ser un chiste, señorita Solowicz?»

«No, Señoría».

«¿El señor Ramírez habla inglés?», preguntó el juez. «Supongo que será demasiado pedir».

«No habla inglés, Señoría».

«¿Tenemos traductor?»

«Señoría, soy Alma Báez, la tutora provisional del señor Ramírez —dijo Alma—. Yo puedo traducir».

«Encantado de volver a verla, señorita Baéz», dijo el juez. «Déjeme hablar con el señor Ramírez. Buenos días, Nico. No hay por qué asustarse, Nico. Solo voy a hacerte unas preguntas y solo tienes que contestar la verdad. ¿Eres miembro de Calle 18?»

«No».

«Entonces, ¿por qué tienes un tatuaje de Calle 18?»

«Me lo hicieron ellos».

«¿Quiénes son ellos?»

«Si me permite, Señoría…», dijo Brenda.

«No, no se lo permito», respondió el juez. «Estoy hablando con el señor Ramírez y es muy capaz de contestar».

«Me tatuó el Pulga».

«¿Por qué dejaste que te tatuara?»

«Porque dijo que lastimaría a mi madre».

«¿Por qué viniste a Estados Unidos?»

«Para no tener que unirme a Calle 18», dijo Nico.

«Pero ¿no te da miedo que lastimen a tu madre porque te fuiste?», preguntó el juez.

«Sí».

Nico vio que el juez se quedaba pensando unos instantes. Luego dijo:

«Agente Kincaid, ¿cuál es la opinión del ICE en este asunto?»

«Preferiríamos que el señor Ramírez fuera trasladado a un centro de seguridad».

«Señoría», dijo Brenda, «conforme a la doctrina Flores, los menores extranjeros sin acompañante deben ser retenidos en "un centro lo menos restrictivo posible". Es decir, un hogar de acogida, no un centro de seguridad».

«No necesito que me cite usted la doctrina Flores», replicó el juez. «Ni recuerdo haberle preguntado».

«Le pido disculpas, Señoría».

«El señor Ramírez», prosiguió el juez, «ha expresado su temor a que un familiar muy cercano esté expuesto a la violencia de una banda criminal y, por tanto, podría ser objeto de extorsión o chantaje a manos de esa misma organización aquí, en Estados Unidos. Representa, por tanto, una amenaza y voy a denegar la solicitud de trasladarlo a una casa de acogida. El señor Ramírez pasará a vivir en un centro de seguridad hasta que se tramite la solicitud de tutela de sus familiares, momento en el cual se procederá a revisar su caso».

«Me reservo el derecho a recurrir ante la Junta de Apelaciones de Inmigración, Señoría».

«Faltaba más, señorita Solowicz. ¿Siguiente caso?»

Cuando salieron, Brenda dijo:

«Carajo. Si Jesucristo viniera hoy en día llevando un tatuaje, hasta a él lo considerarían una amenaza».

Nico no tenía ni idea de qué había pasado.

«¿Dónde vamos a colocarlo?», preguntó Alma.

Donna solo tenía dos opciones: un centro en el norte de California y otro en el sur de Virginia.

«Voy a intentar que vaya a la costa este, un poco más cerca de su familia. Quizás así puedan ir en coche a verlo».

Tuvo que llamar a los tíos de Nico para informarles que las autoridades iban a mandar al niño a un centro de detención para menores.

«Mire, con un poco de suerte no estará allí mucho tiempo. Un mes o dos.»

«¡¿Un mes?!»

«Estas cosas llevan su tiempo, señor López», dijo Donna.

Pero era precisamente el tiempo lo que la preocupaba: el sistema es como las arenas movedizas, cuanto más tiempo pasas dentro, más te hundes y más difícil es salir. Conocía a muchachos que habían pasado años atrapados en él.

«¿Quieren hablar con él? Está aquí mismo».

«Sí, por favor».

Donna salió al pasillo, donde Nico estaba esperando en un banco.

«Tengo a tu tío en el teléfono».

Nico la siguió al despacho y ella le pasó el teléfono.

«¿Hola?»

«*Sobrino*, ¿cómo estás? ¿Te encuentras bien?»

«Sí».

«Estamos intentando hablar con tu madre.»

«Bueno».

«Sé fuerte, Nico».

«Bueno».

Nico le devolvió el teléfono a Donna.

López ya había colgado.

«Nico», dijo ella, «dentro de un par de días vamos a llevarte a un sitio nuevo para que vivas allí mientras esperamos a ver si puedes irte a vivir con tus tíos, ¿está bien?»

«Está bien».

Y así, pensó Donna, es como se le dice a un niño de diez años que va a ir a la cárcel.

Esa noche se tomó una copa de más en el Garcia's, con Alma. Brenda también estaba presente cuando dio una palmada en la barra y exclamó:

«¡Por el amor de Dios, es un niño!»

Brenda la miró por encima de su botella de cerveza.

«Ay, Donna», dijo. «Aquí no hay niños».

Ahora Nico está sentado con la espalda apoyada en la pared de la sala de recreo del Centro de Internamiento de Menores del Sur de Virginia, viendo a otros chicos jugar a las damas en mesas atornilladas al suelo.

Y menos mal que están atornilladas, se dice Nico, porque si Fermín pierde —y está a punto de perder—, se pondrá tan furioso que, si pudiera, volcaría la mesa.

Y lo mismo los taburetes: también están atornillados.

Hasta el tablero de damas está encajado en la mesa para que no puedan usarlo como arma.

La mesa no va a moverse de su sitio, los taburetes no van a moverse de su sitio, el tablero no va a moverse de su sitio, y yo tampoco, piensa Nico.

Lleva aquí ya casi un año.

Al principio fue sensacional.

Primero se subió a un avión, y eso fue alucinante. Fue con un acompañante de la ORR que lo dejó sentarse en el lado de la ventanilla, y pudo ver el mundo desde 30 mil pies de altitud.

Era precioso.

Pero en cuanto salieron del aeropuerto, el acompañante le puso las esposas.

Lo sentía, eran las normas.

Pero le dio «chance» y le esposó las manos por delante en vez de por detrás, y lo ayudó a ponerse el cinturón de seguridad y pararon en un McDonald's, en la ventanilla para coches, para que Nico se tomara una Big Mac y una Coca Cola que sostuvo entre las piernas y sorbió por una pajilla.

Cuando llegaron al «centro», pasó casi lo mismo que la vez anterior. Primero lo llevaron a ver a una enfermera que lo pesó, le tomó la temperatura y le miró la boca y los oídos, y luego lo llevaron a la ducha, le dieron más ropa y le enseñaron su habitación. Por el camino pasaron por la sala de recreo y todos los chicos que había allí se callaron al instante, dejaron de hacer lo que estaban haciendo y lo miraron con curiosidad.

Carne fresca.

Nico subió por las escaleras hasta el piso donde estaba su habitación, dejó la toalla que le habían dado sobre la cama y se sentó.

Ahora espera a que Fermín estalle.

A Fer no le gusta perder y tiene mal genio.

No cuesta nada encenderlo.

Nico lo ha visto ponerse como una fiera porque se había acabado el jugo de manzana, porque alguien cambiaba de canal y quitaba *Property Brothers* —le encanta ese programa— y porque otro chico lo llamaba *saly* porque es de El Salvador.

Eso, cuando tiene algún motivo para enojarse.

Porque hay otras veces que salta sin ningún motivo, por las cosas que pasan dentro de su cabeza, de las que Nico prefiere no enterarse.

Por lo menos las broncas que arma Fer por las tardes son entretenidas, porque vienen los guardias, lo someten, se lo llevan a rastras y le dan sus «medicinas» para que se calme. A veces le cubren la cabeza con una capucha de rejilla para que no muerda a nadie. Es entretenido de ver —más que *Property Brothers*, por lo menos— y así puede uno matar el tiempo hasta que empieza *People's Court*, que les gusta a todos porque la jueza es muy guapa y además es latina y no aguanta tonterías de nadie. Fer se puso a darse de cabezazos contra la pared cuando Carlos le dijo que la jueza era cubana, no salvadoreña.

Ahora va a empezar con los cabezazos otra vez porque Santiago está a punto de hacer una buena jugada. Nico lo sabe porque ve la mirada que tiene Santi y esa sonrisita que se le pone justo antes de ganar una partida.

Fer mueve su ficha.

Santi salta tres peones y dice:

—¡Dama!

Sí, ajá, te la creíste, piensa Nico.

Lo que ocurre es lo que Nico espera: Fer tira todas las fichas del tablero de un manotazo, se levanta de un salto, se acerca a la pared de cemento y empieza a darse de cabezazos contra ella. Nadie intenta impedírselo porque saben que, si intentas impedir que Fer se golpee la cabeza contra la pared, te la golpea a ti y porque además uno de sus juegos preferidos consiste en ver cuánto tiempo tardan los guardias en aparecer.

Ocho cabezazos esta vez; luego, el guardia al que llaman el Gordo entra corriendo y dice:

—¡No jodas, Fermín! ¡¿Qué te hizo esa pared?!

Fer está tan atareado canturreando «Qué idiota soy» (bum), «Qué idiota soy» (bum), que no contesta y el Gordo lo rodea con sus brazos de oso, lo levanta en vilo y lo aparta de la pared mientras llegan otros dos guardias (el Chapo y el Feo) que agarran a Fer por las piernas —él no deja de patalear— y entre los tres lo sacan gritando de la sala de recreo.

Santi sonríe y dice:

—Le van a meter un buen pasón.

Luego llega la hora de *People's Court* y se sientan todos a ver la tele instalada en lo alto de la pared.

—Esta noche me la voy a jalar pensando en ella —dice Júpiter.

—No digas eso —contesta Nico, que está enamorado de la jueza Marilyn. Está loco por sus huesos.

—Me la voy a jalar —dice Júpiter haciendo el gesto de masturbarse con la mano. Es un grandulón de diecisiete años y le importa un carajo lo que diga un enano como Nico—. Voy a jalármela pensando que me la cojo por la boca y por el *chocho*.

De repente, Nico se oye gritar:

—¡No digas eso! ¡No lo digas!

—*Chúpamela*, menso.

Y se quedan todos de piedra cuando Nico, siempre tan tranquilo, tan tímido, tan dócil, salta hacia Júpiter y empieza a lanzar puñetazos frenéticamente, tratando de golpearlo. A Júpiter no le importa lo pequeño que sea el chiquillo: responde y le da un puñetazo en la nariz.

Pero eso no detiene a Nico.

Con la sangre chorreándole por la cara, sigue arremetiendo contra él hasta que Júpiter lo agarra, lo tira al suelo, se sienta encima de él y empieza a golpearlo en la cara y las costillas.

Los guardias vuelven a entrar y lo apartan de Nico.

—¡Por Dios! —exclama el Gordo cuando levanta a Nico y lo saca afuera—. ¿Se puede saber qué les pasa hoy?

Nico se oye gritar:

—¡Voy a matarlo! ¡Lo mataré!

—Tú no vas a matar a nadie. Cálmate.

El Gordo lo lleva a una «sala de recuperación», un cuartito rectangular con una cama y una puerta que se cierra con llave.

Entra la enfermera. Mientras le limpia la sangre de la cara dice:

—¿Qué mosca te picó? Tú siempre eres un buen chico.

Nico no contesta.

—No tienes la nariz rota. ¿Te duele en algún sitio más, cielo?

—No.

—Bueno. Tendrás que hablar con el orientador antes de volver a la sala común —dice la enfermera.

El orientador, un tal Chris, un tipo joven, entra unos minutos después y se sienta en la cama, junto a Nico.

—¿Quién te pegó?

Nico se encoge de hombros.

—¿No sabes quién te pegó?

—No.

Nico ha aprendido un par de cosas en Shenandoah. Una de ellas es que los soplones acaban mal. Ser un *dedo* es lo peor que se puede ser.

Chris se ríe.

—Nico, tú sabes que hay cámaras en la sala de recreo. Sabes que lo tenemos todo grabado.

—Pues mírelo —replica Nico.

—Ya lo hice—dice Chris—. La pelea la empezaste tú. ¿Por qué?

A Nico le da demasiada vergüenza repetir lo que dijo Júpiter sobre la jueza Marilyn, y también reconocer lo que siente por ella. Así que contesta con una evasiva:

—Si ya sabe lo que pasó, ¿por qué me lo pregunta?

Ya conoce la respuesta a su pregunta: el personal del centro tiene ubicado a Júpiter y está buscando un pretexto para quitárselo de encima. A Nico tampoco le cae bien Júpiter —es un pendejo—, pero también sabe de qué lado está y no piensa ayudarlos.

—Solo te estoy dando la oportunidad de contar tu versión de los hechos —dice Chris.

Otro encogimiento de hombros.

—Bueno —dice Chris—. Creo que es mejor que pases la noche aquí y dejemos que las cosas se calmen. Voy a castigarte con una semana sin patio. Te quedarás en la sala de estudio. Si quieres que se suspenda el castigo, háblalo con Norma.

—Pura mierda.

—Ese lenguaje —dice Chris—. ¿Quieres que te ponga otro día de castigo?

Chris lo mira fijamente para obligarlo a contestar.

—No.

—Muy bien —dice Chris—. ¿Quieres que te vea el asesor de salud mental?

—No.

—¿Estás seguro?

—Sí.

Chris se levanta y se va, cerrando con llave al salir. Nico se acerca a la pared y da unos golpecitos.

—¿Fer? ¿Estás ahí?

—Sí.

—¿Estás bien?

—Sí.

Tiene la voz soñolienta. Santi tenía razón: le han metido un buen pasón.

—¿Qué hiciste? —pregunta Fer.

—Le pegué a Jup.

—¿Por qué?

Nico se lo cuenta.

—Qué pendejo —dice Fer.

—¿Verdad?

—¿Cuánto te cayó? —pregunta Fer.

—Una semana.

—No está mal.

No. Chris podría haberlo reportado. Cada reporte se suma a tu expediente y, si tienes muchos, a lo mejor no te sueltan.

—Chris es chido.

—Pero puede que aun así Canela dé parte.

—Espero que no.

—Yo también.

Un rato después entra el Gordo con una bandeja: macarrones con queso, pan, jugo de manzana y una galleta de avena. A Nico le encantan los macarrones con queso, aunque prefiere las galletas de chocolate a las de avena. Pero, en fin, la comida está buena.

Después de comer, Nico se envuelve en una cobija, se acuesta y se pone a pensar en *fútbol*.

Juega *fútbol* en la cancha de basquetbol.

Cuando los blancos malos y los negros malos no están tirando a la canasta, los morenos ocupan la pista para jugar al futbol.

A Nico se le da bien.

Nico Rápido reaparece en la pista, se adueña de la pelota, dribla a varios jugadores del equipo contrario, hace un pase y se cuela por un hueco libre para disparar a la puerta, un espacio acotado por conos de color naranja junto a la valla metálica.

Los partidos de *fútbol* le granjean cierto respeto entre sus compañeros.

El chiquito es tan bueno que algunos chamacos piensan que tiene más de once años; que tiene trece, catorce o incluso quince. Todos quieren a Nico en su equipo, aunque normalmente se agrupan por nacionalidades —centroamericanos contra mexicanos—, igual que en la sala común. Los mexicanos miran por encima del hombro a los salvadoreños, a los hondureños y los guatemaltecos. Los culpan por colarse en México y joder las cosas en la frontera con *el norte*.

Pero a Nico nadie lo mira por encima del hombro cuando está jugando al *fútbol*, y ahora fantasea con que juega un partido. Imagina que le pasa la pelota a Fer, que esquiva a Júpiter como si fuera un poste, que Fer le pasa otra vez la pelota y que él chuta y… ¡gol!

Los otros chicos lo rodean y lo abrazan, le revuelven el pelo y gritan «¡Nico es Messi!» mientras los mexicanos lo fulminan con la mirada.

Luego se pone a pensar en Flor. Se pregunta dónde está y si estará bien. A veces fantasea con que consiguió cruzar la frontera y conoció a una señora muy buena que se hizo cargo de ella y la adoptó y que ahora vive en una casa grande y limpia y tiene ropa bonita y va a la escuela. Y que esa señora la está ayudando a buscarlo a él porque también quiere adoptarlo.

Por la mañana lo dejan salir a desayunar con los demás. Júpiter también está, pero no le hace caso, y Nico a él tampoco.

Luego tiene que ir a ver a Norma a su despacho.

La supervisora es una mujer madura y achaparrada, de brillante cabello rojo. Los chicos la llaman Canela.

—Nico —dice—, ya sabes que tenemos una política de tolerancia cero con la violencia.

Nico lo sabe.

Tienen una «política de tolerancia cero» con muchas cosas: con la violencia, con las palabrotas, con las «faltas de respeto», con jalártela o jalársela a otro, y con las drogas (a no ser que te las den ellos). Excepto por las drogas, hay tolerancia cero con muchas cosas que suceden continuamente.

—No vamos a tolerarlo y se acabó —dice Norma.

—Bueno.

—Estás empezando a meterte en líos —añade ella—. Te estás volviendo altanero, jovencito. Y yo no quiero verte así.

—Pues no mire —responde Nico.

—¿Quieres que te ponga un reporte? —pregunta Norma.

—No.

—¿Cómo dices?

—No, señora.

—Anda, vete a clase —dice Norma—. Pero vuelve en el recreo, a ver si podemos hablar con tus tíos por teléfono.

Nico quiere hablar con ellos, pero está harto de que solo sea por teléfono. Lleva muchos meses aquí y no han venido a verlo. En realidad sabe que no es culpa suya: que no tienen coche y que el avión cuesta mucho dinero. Pero también cree que es por otra cosa: porque les da miedo acercarse a las autoridades, ya que son «ilegales» y temen que los detengan.

Aunque pusieron su dirección en el papeleo; por lo menos eso le dijo la señora Alma, que sigue siendo su tutora provisional aunque esté en Texas y dice que tío Javier y tía Consuelo presentaron la solicitud de custodia y que «todavía estamos esperando» a que la aprueben.

No, se dice Nico de camino hacia el aula, el que está esperando soy yo.

Igual que está esperando que se resuelva su apelación.

Alma le dijo que la otra señora, Brenda, la abogada, había presentado —sin éxito— tres recursos para cambiar su «situación» como amenaza para la seguridad pública. Nico no entendió de verdad lo que era eso hasta que se lo explicó Santi.

«Todos somos amenazas, *güerito*», le dijo, «por eso estamos aquí».

Treinta chiquillos, todos ellos hispanos, viven en la unidad, que está separada del resto del centro, donde tienen encerrados a los chicos que han hecho cosas malas en Virginia.

«Si creen que eres de una banda», le explicó Santi, «o que eres un violador, o que has cometido algún delito...»

«Yo no he cometido ningún delito», dijo Nico.

«Tu delito es ese tatuaje que llevas en el tobillo», contestó Santi.

El tatuaje es un problema muy gordo, eso Nico tiene que admitirlo. No solo porque por su culpa acabó aquí, donde lo tienen encerrado, sino porque en este sitio hay chicos que de verdad están en una banda. Dos de ellos en Mara 13, y ya le han dicho de plano que lo matarán si pueden.

«Tú, *pisado* de la 18», le dijo Rodrigo, un salvadoreño, «una noche de estas, cuando los guardias no miren, vamos a entrar a tu cuarto, nos vas a chupar la verga y luego vamos a darte por el culo y a cortarte el pescuezo».

Y la amenaza soy yo, piensa Nico. Por lo menos aquí no hay nadie de Calle 18, porque seguro que lo matarían por haberse escapado, igual que intentaron matarlo los de la 13 cuando iba en el tren.

«Hablan por hablar», le aseguró Santi. «No son tan duros. Uno de ellos llora todas las noches y el otro se mea en la cama».

Nico sabe que Rodrigo no es el único que llora por las noches o moja la cama. Algunos se despiertan gritando, otros no paran de rascarse o de darse de cabezazos contra la pared. Hay un chico que nunca habla.

Nunca.

El Mudo Juan, lo llaman, y se pasa la vida ahí sentado, sin decir nada. Come, va a clase, a veces hasta juega basquetbol, pero no dice nada.

Ni una palabra.

El Mudo Juan es enorme, mide mucho más de metro ochenta y pesa lo menos noventa kilos. Se cuentan toda clase de historias sobre él, pero quién sabe si alguna de ellas será verdad, porque él no dice esta boca es mía. Algunos dicen que nació así; otros, que vio quemarse a su hermanita en un incendio; y otros que una banda de *mareros* violó a su madre delante de él.

El Mudo Juan no dice ni que sí ni que no.

Nico ha intentado hacerlo hablar, está emperrado en que el Mudo diga algo, se lo ha tomado como una misión. Pone una silla delante de él y le hace preguntas o le cuenta chistes, o lo insulta de todas las maneras que se le ocurren, dice cosas horribles sobre su madre, lo que sea con tal de hacerlo reaccionar. Y nada.

«Déjalo ya», le dijo Santi.

«Nunca».

Una vez por semana, todos los martes, el Mudo Juan va a ver al «asesor de salud mental» asignado al centro, pero él tampoco ha conseguido sacarle ni media palabra.

Un día, Nico perdió el control.

Empezó a gritarle al Mudo Juan:

—¡Di algo, Mudo! —le decía—. ¡Lo que sea! ¡Una pinche palabra! ¡Te doy lo que quieras! Te doy mi merienda una semana enterita, te la chupo si quieres, pero, por lo que más quieras, ¡di algo!

Santi se tiraba por el suelo de risa.

El Mudo no dijo nada.

Pero Nico no se da por vencido.

El caso es que a veces estar aquí es divertido; otras es una locura, y otras es triste sin más. La mayoría de las veces es todas esas cosas al mismo tiempo.

Aunque cada vez más es triste y punto.

Nico está triste.

Triste por estar aquí.

Triste porque sus tíos no han venido a verlo.

Triste porque ha hablado con su madre.

Hace dos días consiguieron hablar por fin, cuando su madre pudo disponer de un teléfono unos minutos y los del centro fueron a buscar a Nico y lo llevaron a la oficina, y la oyó decir:

«¿Nico?»

Como si no se lo pudiera creer.

«Sí, mami, soy yo».

«Nico…»

Y entonces empezó a llorar.

Y lloró y lloró y lloró.

Y en eso se les fue casi toda la llamada: ella no paró de llorar y, entre sollozo y sollozo, le preguntó si estaba bien, le dijo que lo quería, que lo quería muchísimo, que lo quería con toda su alma…

«¿Puedo volver a casa, mami?»

«No, *mijo*».

«Por favor, mami».

«No puedes, *mijo*. Te van a lastimar».

«¿Puedes venir tú aquí?»

«Lo intentaré».

«Por favor, mami».

«Pórtate bien. Te quiero».

Y eso fue todo. Se cortó la llamada.

Nico le devolvió el teléfono a Norma.

«¿Terminaste?»

«Sí».

«¿Ya?»

«Sí».

Nico sabía que su madre no podía venir aquí, ahora lo sabe, sabe que no tiene dinero y que además no sobreviviría a la Bestia. Pensaba que se sentiría mejor si hablaba con su madre, pero desde que habló con ella está aún más triste.

Ahora entra a la clase.

Inglés como segunda lengua.

A Nico le parece de locos que le estén enseñando al Mudo Juan a no decir nada en dos idiomas.

Esperar, esperar, esperar…

Todos los chicos están a la espera.

A la espera de que las autoridades judiciales cambien su calificación como amenazas, de que se apruebe la solicitud de custodia de sus familiares, o de cumplir dieciocho años para que, llegada la mayoría de edad, los metan en un avión y los devuelvan a su lugar de origen.

Es lo que hacen, sobre todo: esperar.

Van a clase, juegan a las damas, a las cartas y al *fútbol*, ven la tele, desayunan, comen y cenan, hablan de tonterías, se duchan, se acuestan, se levantan, van a clase, juegan a las damas, a las cartas y al *fútbol*, ven la tele, desayunan, comen y cenan, hablan de tonterías, se duchan, se acuestan.

Un día tras otro y tras otro.

Lo único que cambia es el sujeto de espera, porque la población varía. Un chico consigue que se apruebe la solicitud de custodia de sus familiares y se va; a otro le cambian la designación como amenaza y se va a un hogar de acogida o a una residencia supervisada; otro sopla una vela en su pastelillo de cumpleaños y desaparece. Y los que cometieron delitos graves en Estados Unidos cuando aún eran menores, al cumplir los dieciocho pasan a primera división: los mandan a la cárcel.

Esos parecen acobardados cuando se van, piensa Nico. Intentan hacerse los duros, aparentar que se alegran de irse, que no es para tanto, pero Nico se da cuenta de que están asustados.

—No me extraña —dice Santi mientras ven a uno irse.

Los presos harán fila para chingárselo. Es mexicano y tendrá que unirse a una banda para sobrevivir, y para eso tendrá que decidir si es *sureño* o *norteño*, y elija lo que elija la otra banda lo tendrá ubicado.

—Lo tiene muy jodido.

Santi sabe que solo está matando el tiempo hasta que cumpla los dieciocho, porque en su caso es absolutamente imposible, no hay ni una puta posibilidad de que lo reclasifiquen o de que alguien se haga cargo de su custodia. Es una amenaza porque fue víctima de una red de tráfico sexual, y cuando el médico gringo le preguntó si eso lo ponía furioso y quería vengarse, Santi contestó que claro que sí, carajo.

—Pensaron que lo que quise decir es que quería cogerme a algún niñito —dice Santi—. Yo les dije que no, que lo que quería decir es que tengo ganas de matar a los que me cogieron a mí.

Vio de refilón su expediente y decía: «Desviación sexual con tendencias homicidas».

—O sea que no voy a ir a ninguna parte —dice Santi— hasta que me expulsen. Pero hasta entonces voy a aprovecharlo al máximo, Nico. La mayoría de estos idiotas no se dan cuenta de lo que tenemos: una cama, comida, ropa, ducha… ¡Un cagadero limpio, carajo! Tele con pantalla plana. Dulces. Qué más quieres, *mano*…

Santi consigue un montón de dulces.

Es el rey del tablero de Shenandoah, le gana a todo mundo al ajedrez y a las damas y consigue caramelos, galletas, M&Ms, chocolates. Se está poniendo gordo, literalmente, y utiliza sus ganancias para apostar en cualquier cosa: el resultado de los partidos de *fútbol* del patio y los de la tele, y la decisión que va a tomar la jueza.

Lo que Nico no se explica es cómo se las arregla siempre para que los demás jueguen o apuesten. Casi siempre pierden, pero aun así aceptan. Santi hasta consigue que el Mudo Juan juegue al ajedrez y apueste en el programa de la jueza, señalando con el dedo al demandante o al demandado.

«¿Sabes qué es lo que me gusta del Mudo Juan?», le dijo una vez a Nico. «Que cuando pierde, nunca se queja».

Un día le explicó por fin cómo se las arregla para enredar a todo mundo.

«Es por la esperanza, Nico. La mayoría de estos chavos esperan cosas que en el fondo saben que no se van a cumplir. Esperan que cambie su calificación, esperan que alguien reclame su custodia, esperan vivir felices para siempre en Estados Unidos... Saben que esas cosas no van a pasar. Pero siempre tienen la esperanza de ganarle a Santi. Eso también es imposible, pero se hacen ilusiones. Les doy esperanza, Nico.»

Fermín es su presa más confiable, la que nunca falla.

Siempre juega y siempre pierde.

Fer tiene un olfato infalible para apostar por el perdedor, y Nico ha intentado hacerle ver la lógica del asunto:

«Tú escoge al que quieras», le dijo, «y luego apuesta por el contrario».

«¿Por qué?»

«Porque siempre escoges mal y pierdes», explicó Nico. «Así que, si lo haces al revés, vas a acertar y a ganar».

Santi presenció este diálogo con expresión de divertida condescendencia.

«Desengáñate, Nico. No va a servir de nada».

«¿Por qué no?»

«¿No lo entiendes?», preguntó Santi. «Quiere perder. Así tiene un motivo para darse de cabezazos contra la pared».

«¿Eso es verdad, Fer?»

«¡No! Yo quiero ganar».

«Nunca gana», concluyó Santi tranquilamente. «Y nunca ganará».

«Sí voy a ganar».

«¿Sabes qué?», contestó Santi. «Que por un chocolate, sin ver siquiera el programa, tú elige a un bando y yo me quedo con el otro».

«Eso es como tirar una moneda al aire», dijo Nico.

«Perdería igual», afirmó Santi. «Bueno, ¿qué te parece, Fer? ¿Apostamos un chocolate?»

«Sale».

«¡Fer!»

«Cállate, Nico», dijo Fer.

Eligió al demandante.

Caso sobreseído. La jueza dio la razón al demandado.

Fer le dio su chocolate a Santi y estuvo dándose de cabezazos contra la pared hasta que vino el Gordo y se lo llevó a la fuerza.

«Le hice un favor», dijo Santi. «Consiguió todo lo que quería: cabezazos y un buen pasón».

Y así siguen las cosas.

Día tras día.

Nico se convierte en un veterano.

Ve ir y venir a otros chicos.

Presta mucha ayuda a los nuevos, a la *fresca*. Les enseña la rutina, les da pistas sobre el personal del centro —de quién pueden aprovecharse y a quién les conviene evitar—, y sobre los otros internos.

Algunos le hacen caso y otros no.

A él le da igual.

A Santi le encantan los nuevos.

«Yo no veo novatillos insoportables que lo joden todo», dice. «Veo chocolates.»

De hecho, es Nico quien maquina el *Fermingate*, como lo llama después el personal del centro.

Está sentado, apoyado contra la valla, tomándose un respiro antes de volver al partido de *futbol*, cuando le dice a Santi:

—¿Y si Fermín te gana a las damas?

—¿Y si Becky G te chupa el pito? —responde Santi.

—Piénsalo —insiste Nico—. Todo mundo apostaría por ti, menos yo, que apostaría por Fermín. Piensa en las cantidades. Si pierdes, nos quedamos con todo.

—Se darán cuenta de que hay trampa.

—La *fresca* no.

—¿Te das cuenta de que lo que me estás proponiendo es una estafa, moral y éticamente censurable? —pregunta Santi.

—Sí.

—Me apunto.

Les cuesta algún tiempo preparar el asunto porque todo mundo sabe que Nico y Santi son *cerotes*. Por eso escenifican una pelea en la sala de recreo.

Nico está intentando que el Mudo Juan hable, diciéndole cosas horribles sobre su madre y una cabra.

—¿Por qué no lo dejas en paz de una vez? —pregunta Santi.

—¿Y a ti qué más te da? No es asunto tuyo —replica Nico.

—Claro que es asunto mío —dice Santi—. Me estás fastidiando.

La discusión despierta el interés de la sala. Los chiquillos apartan la mirada de la tele, o de lo que están haciendo. Aquello es una novedad: Nico y Santi son amigos, y además no son agresivos, aunque Nico se pusiera hecho una fiera por lo de la jueza Marilyn.

—¿Y qué? —dice Nico.

—Que lo dejes ya.

—¿Vas a obligarme tú?

Santi se levanta y se acerca a él, pero despacio, para que al Gordo le dé tiempo de entrar e interponerse entre ellos.

—Tranquilos.

—Está molestando a Juan.

—Qué novedad —replica el guardia—. Vuelve a tu sitio. Ponte a ver la tele.

Santi mira mal a Nico y luego vuelve a su asiento.

Nico vuelve otra vez con la madre de Juan y la cabra.

A los pocos minutos, todo el centro sabe ya que Santi y Nico se pelearon. Ellos siguen dando morbo al asunto: se lanzan miradas atravesadas en el pasillo y se empujan con más violencia de la necesaria en la cancha de futbol.

Dos días después, Fermín reta a Santi a una partida de damas.

—Dos chocolates —dice.

Cuando Santi acepta, Nico interviene.

—Yo también quiero —dice.

—¿Qué? ¿Un chocolate? —pregunta Santi.

—Quiero apostar —contesta Nico—. Por Fermín.

—¿Estás chiflado? —pregunta otro chico, Manuel—. Fermín siempre pierde.

—¿Apostamos algo? —pregunta Nico.

—¡Sí!

—Bueno, pero hay que hacerlo bien —dice Nico—. Fermín tiene que ir... no sé, un millón a uno. Dame tres a uno.

—Si Fermín gana, tú te llevas tres chocolates —dice Manuel—. Y si gana Santi, yo me llevo uno.

—Sí, eso significa tres a uno, cerebrito.

—Está bien.

La noticia corre como un reguero de pólvora. Cuando empieza la partida, Nico ha hecho once apuestas de tres a uno sobre Fermín. Solo hay un detalle…

—Esperen un segundo —dice Rodrigo.

A Nico le da miedo que Rodrigo se haya olido la trampa.

Pero Rodrigo pregunta:

—¿Nico tiene suficientes chocolates para cubrir las apuestas?

—Si es que pierdo —dice Nico.

—Claro que vas a perder —contesta Santi.

—¿Saben qué? —replica Nico—. Voy a dejar que me den un puñetazo en la panza por cada chocolate que me falte.

—Bueno, acepto el puñetazo —dice Rodrigo.

Nico hace rápidamente la cuenta: si pierde, le van a dar diez puñetazos en la panza. Pero si gano, se dice, Santi y yo nos repartiremos treinta y tres chocolates. Que podemos canjear por otros bienes y servicios, o prestar con intereses.

Seremos ricos.

Vale la pena arriesgarse.

Empieza la partida.

Todo mundo en la sala, hasta los que no han apostado, miran atentamente.

Al principio, Santi se arriesga y juega como siempre, sin hacer concesiones, y Fermín… Bueno, Fermín comete errores que solo pueden calificarse de «ferminescos». Parece la típica partida de damas entre Fermín y Santi, y los muchachos empiezan a burlarse de Nico; unos fingen que saborean sus futuros chocolates gimiendo de placer, y Rodrigo lanza feroces puñetazos al aire.

Nico les sigue la corriente, pone cara de angustia y arrepentimiento.

—Voy a darte tan fuerte —le dice Rodrigo—, que hasta tu madre lo va a notar.

Nico deja que sigan así.

Luego, la partida empieza a cambiar.

Santi mueve una ficha y Fermín le come dos. Un estremecimiento de asombro recorre la habitación.

Santi se encoge de hombros y vuelve a mover.

Fermín vuelve a comerle una ficha.

—¿Qué carajo…? —exclama Rodrigo.

Santi se echa hacia atrás, aparentemente perplejo. Luego se inclina hacia delante y se lanza a lo que sin duda será una contraataque implacable que pondrá fin a la partida.

O casi.

Nico ve el fin tan cerca que empieza a preocuparse.

Santi está a punto de ganar dos veces mientras se esfuerza por hacer maniobras y tender trampas que hasta Fermín pueda ver de antemano.

No es fácil.

Hasta Santi, siempre tan impertérrito, empieza a sudar.

Y Nico también.

Luego oye decir a Fermín:

—¡Dama!

Se acabó. Ha ganado Fermín.

Con gesto teatral, Santi arroja las fichas al suelo de un manotazo.

—¡Mierda!

—¡Fermín, ganaste! —grita Nico.

Fermín está que no se lo cree. Se sienta con la mirada fija en el tablero mientras oye cómo le llueven las maldiciones.

Por ganar.

—Todo mundo me odia —dice en voz baja—. Todo mundo me odia porque soy idiota. Soy un puto idiota.

Se acerca a la pared.

Bum, bum.

Nico no se fija, está muy atareado recogiendo chocolates e insultos. Un par de chamacos no pueden pagarle y Nico permite que se los queden a deber.

—Aunque saben que hay intereses, ¿no?

—¿Qué?

—¿Qué pasa, *güerito*? ¿Pensaste que los chocolates son gratis? —pregunta Nico—. El tiempo es dinero, hombre. Si me pagan mañana, me deben cuatro; si me pagan pasado mañana, cinco…

—¿Cómo vas a cobrarte la deuda? —le pregunta Santi después.

—¿Qué?

—Si alguno te dice que te vayas al carajo, que no piensa pagarte —dice Santi—, ¿cómo vas a obligarlo? A ti nadie te tiene miedo, Nico.

En eso tiene razón.

Nico es el muchacho más pequeño del centro, y su pelea con Júpiter no fue muy impresionante que se diga. Se queda pensando un momento y luego va a hablar con el Mudo Juan.

—Mudo —le dice—, si alguien me da problemas y me ayudas, te doy un chocolate. ¿Entendido? Di que sí con la cabeza.

El Mudo asiente.

—¿Trato hecho, entonces?

El Mudo vuelve a asentir.

—Muy bien —dice Nico—. Ten, dos chocolates de anticipo. Como prueba de buena fe.

Santi observa la transacción. Cuando Nico se aleja le dice:

—Si te quedas aquí mucho tiempo, tú y yo nos haríamos los amos de este sitio.

Rodrigo los ve hablar.

Está molesto.

Mirando a Santi con cara de pocos amigos le suelta:

—Tú perdiste a propósito.

La expresión ofendida de Santi podría haber engañado a una monjita, pero no a Rodrigo.

—¡Cabrones! Quiero que me devuelvan mi chocolate.

Nico le sonríe.

—Díselo al Mudo.

Pero Rodrigo no va a decirle ni pío al Mudo.

Igual que los demás, vio al Mudo partir el mango de una mopa por la mitad usando solo las manos una de las pocas veces que se ha enojado.

No lo rompió ayudándose con la pierna, no. Solo con las manos.

Rodrigo mira a Nico achicando los ojos.

—Te voy a matar, cabrón. Esta vez no es broma. Te voy a matar.

Pero se aleja.

—Que chingue a su madre —dice Nico.

Rodrigo ya no es tan de temer desde que su compa Davido se fue a la cárcel.

Así comienza el *Fermingate*.

Al día siguiente, en la asamblea de todas las mañanas, Chris dice:

—Hoy noto cierta tensión. ¿Pasa algo?

Nadie dice nada.

Porque los soplones...

Pero Chris ya ha oído algo.

—¿No tendrá algo que ver con el increíble montón de chocolates que Ramírez tiene en su habitación? ¿No habrán estado apostando? Porque ya saben que está prohibido apostar.

Silencio.

Alguien tiene que haber soltado la lengua, sin embargo —seguramente, uno de la *fresca*—, porque Canela llama a Nico y a Santi a su despacho.

—¿Tienen algo que decirme, chicos?

—¿Lo guapa que es? —contesta Santi.

—Porque si me lo cuentan antes de que lo averigüe por mi lado —añade ella—, saldrán mejor parados.

Ellos no contestan.

—Muy bien, como quieran —dice Canela—. Voy a interrogarlos por separado y pueden estar seguros de que alguno de los dos acabará por cantar.

Empieza por Nico.

—¿De dónde sacaste todos esos dulces?

—Me los dieron los chicos.

—¿Por qué?

—Porque son muy amables.

—No tendrá algo que ver con una partida de damas entre Santi y Fermín, ¿verdad?

—No sé.

—Porque hay chicos que los acusan de haber hecho trampas.

Nico se encoge de hombros.

—Voy a decirte lo que vamos a hacer, Nico —dice ella—. Al primero de los dos que me lo cuente, a ese no le hago un reporte. Al otro sí. ¿Crees que Santi va a cubrirte las espaldas?

No es que Nico lo crea, es que lo sabe. Santi no tiene nada que perder, por más reportes que le hagan. No va a ir a ninguna parte y, aunque vaya, Santi jamás lo echaría de cabeza. Igual que no se rajaría Fermín. O el Mudo, si pudiera hablar.

Son hermanos.

Compañeros *veteranos* de prisión.

Se plantan, y Canela no consigue doblegarlos.

Y no porque no lo intente: interroga prácticamente a todos los chicos de la unidad, pero para entonces hasta los de la *fresca* saben que allí nadie se raja. Llama a Rodrigo a su despacho, a Fermín, hasta al Mudo, que no dice nada.

En vista de que no hay forma de sacarles nada, al final se da por vencida.

Nico y Santi se reparten las ganancias de su estafa: una pequeña fortuna en chocolates, bolsas de papas fritas, refrescos y toda clase de porquerías. Ya no tienden su cama: de eso se encarga un chico que va retrasado en el pago. Tampoco lavan su ropa. Pueden colarse en la fila del comedor y elegir lo que se ve en la tele.

Y es una víbora que se muerde la cola, porque los otros chicos siguen apostando, hacen apuestas de lo más absurdas intentando desquitarse.

—Es otra ilusión humana —le explica Santi a Nico—. Igual que la esperanza. La gente quiere desquitarse, cree que puede hacerlo y lo que ocurre es que se hunde cada vez más.

Qué listo es este Santi.

Se las ingenia para que los otros chicos apuesten no contra él y Nico, sino entre sí, y Nico y él llevan la banca. Les pagan a los ganadores, y a los perdedores les cobran una tarifa. Pero con frecuencia los que pierden no pueden pagar, y Nico y Santi les prestan con intereses.

—De este modo —dice Santi—, nosotros ganamos con cada apuesta. Eso me lo enseñó mi abuela: la banca siempre gana.

Como de costumbre, tiene razón.

Son los amos del lugar.

Tenía que pasar.

Era inevitable.

Encierras a treinta adolescentes en un mismo sitio, y tarde o temprano montan un concurso de meados.

Podría haber sido peor.

Al principio iba a ser un concurso de pajas.

—Eso no sirve —explica Santi—. ¿Quién va a ganar? ¿El que se venga primero? ¿El que se venga al final? ¿O el que se venga mejor? ¿Cómo vamos a juzgar? Con los meados, tenemos una medida estándar: la distancia. Eso sí se puede medir.

—¿Quién va a ser el árbitro? —pregunta Rodrigo.

—Como ni yo ni Nico vamos a competir —dice Santi—, podemos ser nosotros.

—Pero entonces ustedes no pueden apostar —dice Rodrigo.

—Así es —contesta Nico.

Rodrigo es muy corto de entendederas.

—¿Dónde vamos a hacerlo? —pregunta Fermín.

—En las duchas —dice Santi—, para que podamos borrar las pruebas.

Acuerdan las normas: cada uno de los concursantes pondrá cinco chocolates que guardará la banca, o sea, Santi y Nico. El ganador se lo lleva todo. No se permiten apuestas colaterales (por si a alguien se le ocurre apostar por el chorro más corto, por ejemplo). Solo puede uno apostar por sí mismo, aunque los chicos que tienen el pito más grande tienen permitido subir la apuesta.

—El tamaño de la cola no está relacionado necesariamente con su potencia de expulsión —dice Santi.

—¿Cómo lo sabes? —pregunta Nico.

—¿Crees que este es mi primer concurso de meados?

El personal del centro se queda perplejo al día siguiente, al ver que los chiquillos se pelean por repartirse los jugos y los refrescos y beben de la fuente como camellos sedientos.

Chris lo adivina enseguida.

—Concurso de meados.

—Yo me encargo de deshacerlo —dice el Gordo.

—No, déjalos —dice Chris—. Podrían hacer miles de porquerías. Esta es bastante inofensiva.

—Ya sabes que están apostando.

—Así se distraen de otras cosas —dice Chris.

—¿De qué cosas?

—¿Me lo dices en serio? —pregunta Chris.

Cosillas como no saber dónde van a vivir, o dónde están sus familias, o si van a volver a mandarlos al infierno del que escaparon jugándose la vida. Cosillas de ese tipo.

—Pero procura estar en otra parte cuando lo hagan.

—O sea ¿que vamos a dejar que meen en las duchas?

—¿Tú nunca has meado en la ducha, Gordo? —pregunta Chris—. Vamos, dime la verdad.

Esa noche, trece concursantes se ponen en fila en la sala de duchas, completamente abarrotada. Algunos dan saltitos, incómodos por haberse aguantado la pis toda la tarde. Otros se apoyan alternativamente en una pierna y en otra.

—¡¿Preparados?! —grita Nico.

Están más que preparados.

—¡Pitos fuera! —grita.

Los demás obedecen.

—¡Meen!

Trece chorros de orina cruzan la sala de duchas describiendo otras tantas parábolas. Santi, que se ha puesto gafas de sol (por las posibles salpicaduras) se agacha a unos pasos de distancia.

La meada colectiva cesa.

Santi se pone a gatas y avanza con precaución por las baldosas mirando hacia abajo, muy concentrado.

Luego se levanta.

La sala queda en silencio.

Entonces Santi dice:

—Hay un empate.

Se quedan todos de piedra.

—En el carril número cinco —explica Santi— tenemos a Manuel, y en el once al Mudo Juan. ¡Están iguales!

Estalla la controversia. Los chicos corren a inspeccionar las manchas de pis. Discuten. Los mexicanos apoyan a su compadre Manuel; los centroamericanos, al Mudo Juan. Santi deja que se desahoguen un rato y luego grita para imponerse al barullo:

—¡La decisión del árbitro es definitiva! La cuestión es qué vamos a hacer ahora.

Algunos dicen que habría que repartir las ganancias a partes iguales entre Manuel y el Mudo. Santi tiene una mejor idea.

—Habíamos quedado en que el ganador se lo llevaba todo, así que tiene que haber un solo ganador y ese se lo lleva todo. Solo se puede hacer una cosa: que compitan Manuel y el Mudo.

—¡Eso, eso! —grita Nico.

—¿Y por qué tienen que decidirlo ustedes? —pregunta Rodrigo.

—Porque somos la Comisión de Apuestas y Juegos de Azar del Centro de Internamiento de Menores del Sur de Virginia.

—¿Ustedes? ¿Por qué? —pregunta un chico nuevo.

—¿Tú sabes lo que es una comisión? —le pregunta Santi.

—No.

—Pues entonces.

Santi explica las nuevas normas. Dentro de dos días (para que las vejigas tengan tiempo de recuperarse), Manuel y el Mudo se enfrentarán, como si dijéramos, cara a cara, y el ganador se llevará el pozo. Todo mundo puede apostar al resultado —solo uno a uno—, y todas las apuestas pasarán por la Comisión.

—¿Y si vuelve a haber un empate? —pregunta un chiquillo.

Eso Santi no lo había pensado. Se queda pensando unos segundos y dictamina:

—Entonces pasamos a las pajas. El primero en disparar, gana.

Cuando el grupo se disuelve, Santi dice:

—Me siento como un promotor de boxeo.

—¿De verdad hubo empate? —pregunta Nico.

—No seas menso.

El Mudo ganaba por un centímetro, explica Santi. Y ahora ellos van a conseguir un porcentaje por otra ronda de apuestas, que además será enorme y…

—Tenemos que apostar todo al Mudo.

—Nosotros no podemos apostar. Somos los árbitros.

—Pues que apueste Fermín por nosotros.

—¿Todo lo que tenemos? —pregunta Nico—. ¿Tan seguro estás de que va a ganar el Mudo?

—Tiene la verga como un caballo.

—Pero si dijiste que eso no…

—Ya sé lo que dije. Pero era un cuento chino.

Durante los dos días siguientes la emoción va en aumento, a medida que los mexicanos se alinean para apoyar a Manuel y los centroamericanos al Mudo. Los profesores advierten un interés repentino de sus alumnos por las propiedades físicas del agua, y al personal que se encarga de vigilar el acceso a internet le extraña que haya tantas búsquedas en Google del tipo «¿Con qué líquido se mea más?».

—Todo es cuestión de trayectoria —le dice Santi al Mudo confidencialmente—. Tienes que encontrar la trayectoria exacta. Si disparas demasiado alto o demasiado bajo, pierdes distancia.

El Mudo dice que sí con la cabeza.

—¿Qué trayectoria es mejor? —pregunta Nico—. ¿Lo sabes?

—En Yahoo dice que cuarenta y cinco grados.

—¿Ya oíste, Mudo? —dice Nico—. Cuarenta y cinco grados.

Nico está preocupado: toda su fortuna, que tanto le ha costado ganar, depende de que el Mudo mee con la trayectoria adecuada. Y de que elija bien lo que bebe.

—Agua —dice Santi—. Nada de refrescos. Las burbujas se te meten en el pito y te frenan la pis.

—¿Sí? —pregunta Nico.

—Compruébalo. Yo lo hice. —Santi vuelve a mirar al Mudo—. Y nada de hacerte pajas. Resérvate por si acaso tienen que desempatar. ¿Sabes en quién pensar?

—No te va a contestar, Santi.

—No importa. Es mejor que se lo calle. Con tal de que tengas a alguien, Mudo. Piensa en ella y jálatela, pero no te vengas. Así, cuando llegue el momento... *¡bam!* Saldrá disparado.

—He oído que Manuel piensa en Katie Barbieri —dice Nico.

—¿En esa zorra? —pregunta Santi—. Entonces ya ganamos. Pero no vamos a llegar a eso, vas a ganar meando.

—Y acuérdate —dice Nico—, el honor de toda Centroamérica depende de ti. Un continente entero.

—Creo que no es un continente —dice Santi.

—Claro que sí —contesta Nico—. América del Norte, América del Sur y Centroamérica.

Canela está dispuesta a poner freno a aquello. Es imposible que treinta adolescentes alborotados guarden en secreto algo así, y al final se entera. Le dice a Chris que corte el asunto de raíz.

—Están abusando de Juan.

—Es una forma de verlo.

—¿Es que hay otra?

—Claro —contesta Chris—. Que tenemos un muchacho que está prácticamente catatónico, con el que somos incapaces de comunicarnos, y Nico y Santi…

—Meyer Lansky y Lucky Luciano.

—¿Esos eran mafiosos?

—Sí.

—Consiguieron que participe en algo —concluye Chris.

—En algo asqueroso.

—Son adolescentes —dice Chris—. Son asquerosos por definición. Y esto está convirtiendo a Juan en el centro de atención.

—Lo están convirtiendo en un hazmerreír.

—Eso es lo que opinamos nosotros —afirma Chris—. Además, sabemos que Juan no va a hacer nada que no quiera hacer. Déjalos, Norma. Deja que se salgan con la suya en algo, que crean que nos ven la cara. Estos chicos no ganan casi nunca.

—No están aquí para eso.

—No —contesta Chris—. Están aquí para que el condado pueda facturarle a ORR. Son ellos los que mantienen el resto de este centro.

—Eso no es justo.

—Tienes toda la razón —responde él—. Vamos, Norma.

Pasados unos segundos, ella pregunta:

—¿Tú por quién vas a apostar?

—Por Juan —dice Chris—. Una cerveza, contra el Gordo.

—Vaya cosa.

Chris se encoge de hombros.

—Páganos más.

—No puedo.

Llega el gran día. Se palpa el nerviosismo. Los muchachos prestan aún menos atención en clase. Esa tarde juegan al *fútbol* sin ganas, como prolegómeno al gran acontecimiento. Se pasan el día observando a Manuel y al Mudo Juan, calibrando su estado físico, sus ganas, su cachondez, por si llega el caso.

Nico es un manojo de nervios.

Los mexicanos parecen muy seguros de sí mismos, como si supieran algo que ellos no saben. Pero Júpiter solo dice:

—¡Los mexicanos sí saben mear! Y si hay que desempatar, Manuel es el campeón mundial de la eyaculación precoz. Practica continuamente. Ustedes lo tienen muy jodido.

Nico espera que no.

Se ha acostumbrado a la riqueza y le gusta.

A la hora de la cena, los chicos están tan alterados que casi no pueden comer.

Menos el Mudo.

El Mudo come como un hipopótamo embarazado.

Nico se pregunta si será bueno que coma tanto.

—Sí —le asegura Santi—. La barriga presiona más sobre la vejiga cuando está bien llena.

Nico tiene sus dudas sobre los conocimientos de anatomía de Santi.

La tarde se hace eterna mientras llega la hora de apagar las luces. Los muchachos intentan ver la tele o jugar a las cartas, pero no consiguen concentrarse.

El Mudo bebe una botella de agua tras otra.

—Eso que dijiste de los refrescos, ¿es seguro? —le pregunta Nico a Santi.

—Totalmente.

—Porque Manuel está bebiendo Coca Cola.

—Mejor, así falla seguro.

Al fin (¡al fin!) se apagan las luces y los chicos desfilan dócilmente hacia sus habitaciones. El Gordo se escabulle y los chiquillos salen y se reúnen en la sala de duchas.

Nico tiene la impresión de que el Mudo está nervioso.

Y eso lo pone nervioso a él.

Santi se acerca la mano a la boca como si fuera un micrófono.

—Señoooras y señoooores…

—¿Qué chingados hace? —pregunta Júpiter.

—No tengo ni idea —contesta Nico.

—¡Para los miles de espectadores presentes en la sala y los millones que nos están viendo desde todos los rincones del mundo —vocifera—, nos disponemos a presenciar la final a un solo round del campeonato mundial de meadas en la categoría de pesos pesadooos! En la esquina roja, meando por Ciudad Juárez, México…

Los chamacos mexicanos lanzan hurras.

—¡Manuel *el Micción* Coronado!

Más vítores.

Y abucheos de los centroamericanos.

—Y en la esquina azul —prosigue Santi—, meando por… Bueno, no tenemos ni puta idea de dónde es… ¡Juan *el Mudo* no sé qué!

Vítores y abucheos.

—Caballeros, dense la mano si quieren…

No quieren.

—Quiero una meada limpia —añade Santi—. Nada de goteos, ni de orinarle al contrario en el pescuezo…

—¿Qué? —pregunta Júpiter?

—Tú no hagas caso —le dice Nico.

—A cargo del ring esta noche, ¡Nico Ramírez, el Firme pero Justo!

—Está bien, está bien —dice Nico, y luego repite lo que le dijo Santi que diga—. ¡Vamos allá!

Manuel y el Mudo se acercan a la línea.

—¡Preparados! —grita Nico—. ¡Pitos fuera!

Aparecen las vergas.

La tensión es insoportable.

—¡Meen!

Nico ve el chorro de orina del Mudo elevarse en un arco, describiendo en su trayectoria un ángulo perfecto de cuarenta y cinco grados. Es una preciosidad, como el agua de una manguera de incendios, y lleva consigo las esperanzas y los sueños de Nico.

Casi le dan ganas de llorar.

Entonces el chorro toca el suelo.

Justo al lado del charco que ha dejado Manuel.

Se hace un denso silencio cuando Santi se acerca, se inclina y examina las manchas. Luego mira a la multitud y dice con calma, solemnemente:

—Vamos a tener que ir a tiempo extra.

El gentío enloquece.

Los mexicanos están eufóricos: saben que el título ya es suyo.

—Haremos un descanso de diez minutos —dice Santi—. Y luego, las chaquetas.

Nico y Santi hablan a solas con el Mudo durante el descanso.

—¿Cómo estás? —pregunta Santi—. ¿Cachondo?

El Mudo no contesta.

Tiene mala cara.

—Esto es pan comido para ti, *güerito* —dice Santi acuclillándose delante de él—. Pero si prácticamente naciste para esto... Porque, siendo realistas, tú nunca vas a coger...

No hay respuesta.

El Mudo parece asustado.

Esto se ve mal, se dice Nico al ver la pobreza mirándolo a la cara en los ojos inexpresivos del Mudo.

Agarra al Mudo de los hombros.

—Llega un momento en la vida en el que uno tiene que dar un paso adelante y portarse como un hombre. Ha llegado ese momento. Este es tu momento, Juan. Olvídate de todos los ruidos, concéntrate y jálatela como un campeón, que es lo que eres y tú lo sabes. Anda, vamos.

Vuelven a congregarse.

—¡Sin preámbulos! —anuncia Santi—. A la señal de Nico, cada uno de los contendientes empezará a hacerse *una puñeta*. El primero en disparar, gana. ¿Nico?

—¡Pitos fuera! —dice Nico, y luego—: ¡Empiecen!

El Mudo le pone todo su empeño, eso hay que reconocerlo.

Cierra los ojos con fuerza, echa el cuello hacia atrás y su mano derecha se mueve con toda la rapidez que puede moverse la mano de un gigantón.

Manuel parece tomárselo con más calma, soñadoramente, como fantaseando.

—No sabía que Manuel era zurdo —dice Nico.

—Ambidiestro —contesta Jup.

—¿Tú crees que eso influirá?

—No creo —dice Jup—. Una vez lo vi jalársela con el pie. No, en serio, te lo juro.

Carajo, piensa Nico. Ser rico estuvo bien mientras duró.

—¡La jueza! —grita—. ¡Mudo, piensa en la jueza!

El Mudo acelera, jalándosela con furia.

Manuel le echa un vistazo, como un atleta de élite que oyera pasos tras él. Abandona su actitud despreocupada y sube el ritmo.

No va a dejarse alcanzar.

Está a un paso de la meta.

Nico tiene una inspiración repentina.

—¡La jueza, Mudo! —grita—. ¡La jueza y Canela!

Los ojos del Mudo se abren de par en par.

Se le abre la boca.

Y las bolas.

Un momento de asombrado silencio. Luego Santi grita:

—¡El ganador y nuevo campeón del mundo…! ¡Eeel Mudooooooo!

Los chiquillos centroamericanos rodean al Mudo, le palmean la espalda, lo abrazan, lo besan en las mejillas. Qué carajo, si hasta lo subirían a hombros y lo pasearían por la sala si pudieran, pero no pueden. Él acepta sus cumplidos y felicitaciones sin decir nada y vuelve a guardarse el pene en los pantalones.

Los mexicanos no paran de despotricar.

Nico está eufórico.

Es rico, su caudal de golosinas no tiene límites.

—¿Canela? —le pregunta Santi—. ¿A qué vino eso?

—No lo sé —dice Nico—. Se me ocurrió de pronto.

—Fue genial —dice Santi—. Asqueroso, pero genial.

Esa noche, al irse a la cama, Nico es un hombre rico y feliz.

A la mañana siguiente, Norma escucha la crónica de Chris y dice:

—¿Debo entender que un joven traumatizado hasta el punto del mutismo electivo llegó al orgasmo imaginándome a mí manteniendo una relación lésbica con una estrella de *reality*?

Chris sonríe.

—Pues sí.

—Dadas las circunstancias, voy a optar por sentirme halagada. —Norma levanta un documento—. De todos modos, la banda va a disolverse. Han aprobado la solicitud de custodia de los familiares de Ramírez. Su tío viene a buscarlo mañana.

—¿Lo sabe Nico?

—Todavía no. Pensé que tú querrías decírselo.

Chris encuentra a Nico yendo hacia el aula después de desayunar.

—Oye, *güerito*, recoge tus cosas, te vas de aquí.

Nico se queda atónito. Y asustado. ¿Van a mandarlo de vuelta a Guatemala?

—Buenas noticias —añade Chris—. Aprobaron tu solicitud de custodia. Tus tíos van a venir a buscarte.

A Nico le da vueltas la cabeza.

Al primero que se lo dice es a Santi, claro.

—¡Voy a vivir en Nueva York! ¡Voy a ser americano!

Santi menea la cabeza.

—No lo sabes, ¿verdad?

—¿Qué?

—Que eso no significa que vayas a quedarte para siempre —dice Santi—. Solo significa que puedes quedarte hasta que se celebre la «audiencia de deportación». La mayoría de las veces te deportan. Si no, se llamaría «audiencia de bienvenida a Estados Unidos».

—Ah.

—Pero oye, enhorabuena, *cerote*. Por lo que menos tú vas a salir de aquí.

De pronto Nico se siente mal. Él va a salir de allí y Santi no. Va a extrañar a Santi, y a Fermín, y hasta al Mudo.

Nunca había tenido hermanos.

Pero aun así está loco de contento.

Nico es, por talante natural y necesidad, un optimista. Nueva York será genial, sus tíos serán estupendos, y posiblemente —no, seguro— la audiencia de deportación la presidirá una jueza tan simpática y guapa como la de la tele, que lo dejará quedarse en Estados Unidos.

Así se lo dice a Fermín.

—Seguro que te dejan quedarte —le dice Fermín—. Eres un buen muchacho, ¿por qué no van a dejar que te quedes?

A mediodía, Nico ya se ha persuadido de ello. Y de que va a encontrar trabajo y a ganar suficiente dinero para traerse a su madre, y de que a ella también la dejarán quedarse. Por la tarde, cree firmemente que Flor también vendrá e irán juntos al colegio.

—Seguro que será así —dice Santi.

—Pero tú dijiste…

—Yo digo muchas tonterías —contesta Santi—. Hablo por los codos. Vas a tener una vida estupenda, Nico.

Rodrigo no está de acuerdo.

Al enterarse de que Nico se va, se acerca a él delante de Santi, Fermín, el Mudo y unos cuantos más y le suelta:

—Tú no vas a salir de aquí, *culero*.

—¿Ah, sí? ¿Por qué no?

—Porque voy a matarte antes.

—¿Por qué me odia tanto ese cabrón? —dice Nico cuando Rodrigo se aleja—. Está loco.

—No, qué va —dice Santi, y le explica los motivos.

Rodrigo cumplirá dentro de poco dieciocho años y, por tanto, será deportado a El Salvador. Pero él no quiere irse. Si mata a Nico, lo mandarán a la cárcel y además las tendrá todas para entrar en la Mara Salvatrucha porque habrá matado a un Calle 18.

Es perfectamente lógico.

—Para él, odiarte solo es un extra —concluye Santi.

—Pero ¿por qué me odia?

—Te tiene envidia —dice Fermín—, porque vas a irte.

—Que se joda —dice Nico—. Puedo pelear con él.

—No, no puedes —contesta Santi—. Te saca una cabeza y veinte kilos. Puede darte una paliza del carajo y además tiene un *pedazo*, lleva meses preparándolo. Piensa rajarte.

—Díselo a Chris —dice Fermín.

Nico niega con la cabeza.

—Yo no soy un soplón.

—A la mierda con eso —contesta Fermín—. Ese pendejo es un psicópata. Podría matarte, Nico.

—No voy a rajar —dice Nico.

—Pues rajo yo —dice Santi—. Se lo voy a decir a Chris.

—No —responde Nico—. Lo digo en serio, no se lo digas.

—Pero, Nico…

—Puedo arreglármelas solo.

—No, no puedes —dice Santi—. Mira, no es ninguna vergüenza, *güerito*.

Tienes la oportunidad de llevar una vida estupenda. No la tires por la borda por hacerte el machote.

—Si rajas —le dice Nico—, no te lo perdonaré nunca.

Está muerto de miedo, aterrorizado, pero si acusa a Rodrigo y la noticia llega hasta Guatemala, podrían tomarla con su madre.

Esa noche, está tan asustado que la cena le sabe a tierra.

Para empeorar las cosas, Rodrigo le sonríe desde otra mesa y, cuando se levanta para irse, le dice moviendo los labios sin emitir sonido:

—*Esta noche.*

Esta noche…

Tiene las piernas agarrotadas cuando sube las escaleras hacia su habitación. Intenta concentrarse en recoger las pocas cosas que tiene y meterlas en las bolsas de plástico que le han dado. Pero no sirve de nada. No para de pensar en Rodrigo, en la navaja, en lo que puede hacerle.

Ha visto muertos, gente asesinada, sabe qué aspecto tienen.

Quiere pedir socorros a gritos, quiere vomitar, pero no hace ninguna de las dos cosas.

Cuando acaba de meter sus cosas en la bolsa, se echa en la cama pero no cierra los ojos.

Espera.

Y piensa en el largo trayecto en la Bestia, en Paola, en Flor, en el asalto desde los árboles, en el hambre, en el frío, en el calor, en la sed, en el cansancio, en cómo cruzó el río.

Debería haberlo sabido, se dice. Debería haber sabido que no saldría de aquí.

Los chicos como yo no salen.

Entonces oye un grito.

Voces, pasos atropellados por el suelo de cemento.

Oye gritar al Gordo:

—¡Santo Dios!

Se levanta de un salto y sale al pasillo.

Ya hay otros chicos allí: Santi y Fermín, el Mudo y otros, mirando hacia abajo por la barandilla.

Rodrigo está tirado allá abajo, en el suelo, con el *pedazo* en la mano y un charco de sangre alrededor de la cabeza.

Con el cuello roto como un pollo.

El Mudo se vuelve hacia Nico.

Dice:

—Me debes un chocolate.

4

Billy the Kid

Si va a regir la ley de la mafia, mejor reemplazar al juez, al sheriff, etcétera.

—Billy the Kid

Tijuana, México.
Diciembre de 2016

Sean Callan anda a la caza.

Como los cazadores a lo largo de miles de años, es un depredador cuya meta es la supervivencia de aquello que ama: su mujer, su casa. Tiene que encontrar y matar a Iván Esparza para dar vida a lo que ama.

Mata a Iván, y Nora se salva.

Mata a Iván, y Elena se asegurará de que a tu querido pueblecito no le pase nada.

Pero para matar al jefe de un cártel no basta con apuntar a la cabeza. Callan sabe que, para llegar a la cabeza, primero tiene que atacar el cuerpo: ir socavando, abrirse paso hacia arriba, erosionar su base, despojarlo de su fortaleza, de su riqueza, hacer que la gente que lo apoya empiece a creer que ha apostado por el caballo perdedor en una carrera en la que quienes pierden no pagan con dinero, sino con sangre.

Los jefes mafiosos sobreviven en tanto generan dinero para otras personas y en tanto el caudal de ingresos fluye desde esas personas en dirección ascendente, proporcionándoles dinero para matones, mordidas, casas de seguridad y armamento.

Un árbol no se corta desde la copa: se cercena el tronco.

Olivier Piedra es una de las personas que ganan dinero gracias al patrocinio de Iván Esparza y que a cambio le procura beneficios.

Su dedicación principal es a regentear putas en la Coahuila, el barrio rojo de Tijuana, pero últimamente se dedica también a la extorsión y el conecte. Lo cual no tendría nada de malo si no fuera porque lo está haciendo bajo la bandera de los Esparza.

Y porque ha plantado su bandera en un cadáver perteneciente a los Sánchez.

Elena no puede permitirse perder ni una cuadra más a manos de los Esparza.

Olivier tiene que ser eliminado.

Baja es puro caos.

El cártel de Sinaloa, dividido en facciones, lucha consigo mismo en una guerra constante. El grupo de Sánchez combate a los Esparza, y ahora los Esparza luchan también contra la gente de Núñez. Añade a los de Jalisco a la mezcla y se forma un lío padre. La mitad de los payasos que andan sueltos por la calle ni siquiera saben para quién matan, solo saben que tienen que matar a alguien.

Algunos, en cambio, sí lo saben.

Equipos de sicarios a sueldo recorren Tijuana y el resto de Baja como niños en un campamento de verano homicida, enzarzados en una sangrienta guerra de banderines.

Hasta hay colores, piensa Callan.

Fue la Fósfora, esa puta psicópata, quien empezó.

«Baja es verde», decía.

Y empezó a pintar los cadáveres con aerosol verde, como si fuera el día de San Patricio o algo así. Y si Sinaloa era verde, Jalisco no iba a quedarse atrás, empezó a pintar sus muertos de rojo, y hasta Elena, que no suele entrar en esas mamarrachadas, decidió que les convenía tener un color y escogió el azul.

El Lobezno importó la moda a Guerrero y, cómo no, eligió el negro.

Es ridículo en serio.

Y, claro, ya nadie puede cargarse a nadie sin dejar una *manta*, un mensaje. Antes, con matar al tipo bastaba, ese era el mensaje. Enviado y recibido. Ahora tienes que escribir una nota dando explicaciones, fanfarroneando y amenazando a los sobrevivientes. Que, como es lógico, se revuelven y hacen lo mismo: ojo por ojo, diente por diente, ese puto rollo.

La cifra de muertos en Baja, que durante años fue territorio de Sinaloa relativamente pacífico, ha batido un récord histórico.

El verano de 2016 fue brutal.

En agosto, la Fósfora y su cuadrilla dejaron el cadáver de un partidario de Sánchez metido en una bolsa negra frente a un club de Zona Río, con una *manta* que decía: «Estamos aquí y nunca nos iremos. Esto para que se acuerden de que seguimos siendo los que mandan y que ustedes ni siquiera existen. Ni las putas de Sánchez ni las fulanas de Jalisco. ¡El cielo es verde!»

Luego dejó otro cuerpo descuartizado junto al puente Gato Bronco. «Para esto sirven los puentes. Seguimos al mando. Baja es verde», escribió.

La gente de Elena replicó ese mismo día; mató a un colaborador de Núñez y dejó otra *manta*: «Aquí tienen su pinche cielo verde. Chinguen a su madre. Baja es azul».

Un par de días después aparecieron dos cuerpos colgados de un puente en Colonia Simón Bolívar. «Así se ve la alianza Sánchez-Jalisco. Chinguen a su madre ustedes».

Al día siguiente, ardió un club nocturno que estaba bajo la protección de los Esparza. «Así acabarán todos los negocios que se junten con traidores. Apoyen a los verdaderos dueños de la ciudad y no a esos cabrones de mierda. Pásense a los rojos. Somos fuertes y estamos unidos: Sánchez-Jalisco.»

El otoño no fue mucho mejor.

Alguien arrojó los cadáveres descuartizados de cuatro gentes de Jalisco desde un puente peatonal, con notas en las que se amenazaba a Elena, Luis y el Mastín. Uno de los cuerpos fue a caer sobre un coche que pasaba. Dos semanas después, una joven chicana de dieciocho años murió a tiros cerca de la Vía Rápida. Su novio era un vendedor de los Esparza.

Callan no participó en ninguno de estos asesinatos.

Están por debajo de su nivel.

Él dirige un escuadrón de la muerte que recorre Baja en busca de sicarios enemigos o miembros destacados de cárteles rivales. Rastrean el terreno como submarinos en un ancho océano, tratando de detectar submarinos enemigos.

Hay que tener cierto nivel para que te liquiden Sean Callan o Lev, ellos no malgastan sus balas en *malandros* de poca monta.

Ni van por ahí rociando a nadie con espray.

Olivier Piedra da la talla por muy poco.

Ovidio Esparza sería un buen tanto.

Iván Esparza sería el jonrón.

Y en opinión de Callan le harían un favor al mundo si se cargaran a la Fósfora. Además de dirigir un escuadrón de asesinos extremadamente eficaz que ha convertido La Paz en su fortaleza, esa mujer es una sádica total cuya depravación, al parecer, no tiene límites. Le gusta quemar a la gente, rociarla con ácido, despedazarla y dejar sus restos esparcidos en manchones de pintura verde.

Bueno, la verdad es que ahora tiene un nuevo color.

El rosa.

Un manifiesto feminista.

Sí, sería beneficioso para la humanidad borrarla del mapa.

Así pues, Callan sale de cacería.

Mata.

De vez en cuando, vuelve a casa, a su refugio en Costa Rica, con Nora. A veces Nora viene a un escondrijo que tienen en San Diego, pero casi siempre se queda en Bahía y es él quien va a verla.

Elena Sánchez ha cumplido su promesa, ha mantenido a su gente alejada de Bahía, ha dejado en paz a los vecinos del pueblo. Es un pequeño refugio, un rincón apartado del mundo del narco, que cada día se extiende más y más. Lo paradójico del caso es que es la labor sanguinaria de Callan en México lo que permite que Bahía siga siendo un lugar apacible.

Sus asesinatos son el precio de la paz.

Será así mientras Elena vaya ganando la guerra. Si la pierde, otros vendrán a Bahía: los Esparza, la gente de Núñez, o puede que el antiguo grupo de Tapia que ahora dirige Damien. Otra razón para que Callan siga luchando: como cualquier soldado, quiere conseguir la victoria, quiere ganar esta guerra para volver a casa y vivir en paz.

Y para eso tiene que volver el cielo azul.

—Se está haciendo vieja, está gastada. Ya no sacamos tanto. Véndela. Consigue lo que puedas.

Flor oye hablar al hombre al que conoce como Olivier con el hombre al que conoce como Javier.

Hace ya meses que está con ellos.

El tren la llevó a Tijuana.

Estaba muy cerca de la frontera, pero no consiguió llegar porque los proxenetas esperaban puestos en fila, como cuervos en busca de saltamontes.

Iban secuestrándolas una por una.

El que agarró a Delmy se hacía llamar Olivier. Le dijo que trabajaba para una agencia que contrataba a chicas como asistentes y limpiadoras y que podía conseguirle trabajo, con un sueldo que le permitiría ahorrar y ganar suficiente para cruzar la frontera.

Flor no estaba muy segura de creerle, pero no tuvo alternativa. Olivier ya la había agarrado de la muñeca; la metió en un coche y la llevó a un edificio donde la encerró en un cuarto. Unos minutos después entró una señora mayor, le quitó la ropa y la palpó entre las piernas.

«*Virgen, valiosa*», masculló, y luego la llevó por el pasillo hasta una ducha. La lavó, le enjabonó el pelo con champú, la peinó y volvió a llevarla a la habitación.

Luego regresó Olivier y le tomó unas fotografías.

Primero desnuda.

La hizo posar.

Arrodillada en la cama.

Tumbada de espaldas.

Con las piernas abiertas.

Con las piernas cruzadas.

Le dijo que sonriera.

Que hiciera pucheros.

Si se resistía, la golpeaba en las plantas de los pies con una extensión eléctrica para que no se vieran las marcas en las fotografías.

Luego la hizo vestirse.

Con un vestido rosa de niña pequeña. Y la mujer le puso moños en el pelo y le pintó los labios y le puso rubor en las mejillas.

Él le tomó más fotos.

Le ordenó sostener un cartel que decía: SERÉ TU AMOR. SERÁS EL PRIMERO.

La hizo sonreír, la hizo fruncir la boquita.

Le dio tortillas con un poco de pollo.

Subió sus fotos a internet.

El primer hombre que vino era un gringo, un viejo. Le dijo a Flor que había pagado mil dólares por ser el *primero*. Que ella sería su *amor*, su cariñito. La tumbó en la cama y la violó.

El segundo era asiático.

Ese no dijo nada.

Lloró al terminar.

La tercera fue una mujer.

Después de eso, perdió la cuenta. Cada pocos días la trasladaban a otro hotel, a otra casa. La duchaban, le lavaban el pelo, la perfumaban, la alimentaban, le daban pastillas para que estuviera contenta, para que se calmara, para que fuera un amorcito. Cuando no lo era, le azotaban las plantas de los pies hasta que gritaba.

Las cosas siguieron así semanas y luego meses.

Ahora oye decir a Olivier que se está haciendo vieja, que está gastada. Que ya no sacan tanto por ella como antes. Que la venda, que saque lo que pueda.

Olivier necesita dinero para pagar el territorio que está comprando. Esquinas para vender chicas y drogas y extorsionar a los comerciantes. Eso le reportará más beneficios que una putilla gastada, y además todos los días llegan chicas nuevas.

Así que un hombre que se hace llamar Javier entra y se la lleva a otro edificio. La viola y la deja en un colchón y cierra la puerta con llave.

Le dice que volverá con su nuevo dueño.

Flor espera.

Le da igual.

Sabe que su vida es una larga violación y que ya nunca podrá ser otra cosa. A veces piensa en Nico y se pregunta qué habrá sido de él.

Cree que seguramente está muerto.

Por su bien, espera que sí.

• • •

Javier camina por la calle Coahuila.

La Zona Norte de Tijuana.

También llamada la Coahuila, es una «zona de tolerancia» de la prostitución.

La prostitución es legal en México, pero solo en zonas acotadas y si quienes la practican son mayores de edad. Muchas prostitutas son menores, sin embargo, y los hombres acuden a Tijuana en gran número en busca de jovencitas, de adolescentes, de «carne fresca».

Incluso de niñas.

Tijuana es famosa por ello.

Los pedófilos que no pueden permitirse ir a Bangkok vienen a Tijuana a coger. Antes los narcos no lo toleraban. En tiempos de Barrera, habrían colgado de la verga con alambre de púas a cualquiera que se atreviera a vender a una niña. Ahora es otra historia. Ahora lo toleran todo con tal de que les dé dinero para pagar a sus tropas.

Ya no hay reglas.

Todo vale.

Las *pirujas* —las putas— están por todas partes, se acercan a los hombres, les dicen *Vamos al cuarto*.

La mayoría van, para eso están aquí.

Pero Javier ve a uno que no.

Uno que sigue andando, que las ignora.

Ese aún no ha visto lo que anda buscando, se dice Javier. Tiene cuarenta y tantos años, quizá, viste casual, pero bien. Es *yanqui*, además, y tiene pinta de manejar dinero. Javier le echa el ojo, lo sigue. Lo ve rechazar a dos putas más, y eso que son bonitas, adolescentes.

Javier decide entrarle.

Se acerca y le dice en voz baja:

—Tengo un carro nuevo. De unos diez años. Nadie lo ha manejado.

—¿Cuánto?

—Quinientos dólares el alquiler —contesta el padrote—. Dos mil la compra. Si te la llevas *al norte*, amigo, puedes ganar mucha plata en la red oscura. Puedes venderla todas las veces que quieras.

—¿Dónde está?

—El dinero primero.

El gringo saca tres billetes de cien dólares.

—El resto, cuando la vea.

—¿Alquiler o compra?

—No lo sabré hasta que la vea. ¿Es bonita?

—Tiene la cara de un ángel. Y un cuerpo hecho para coger.

Javier lleva al gringo por un callejón, hasta un hotel barato. Sube a la segunda planta y abre la puerta.

La chica está sentada en el colchón desnudo.

—¿Cómo se llama? —pregunta el gringo.

Javier se encoge de hombros.

—Teresa —contesta al tanteo. A fin de cuentas, ¿qué más da?—. ¿La quieres o no? —pregunta al cerrar la puerta de la habitación.

—Sí —contesta el gringo—. Me la quedo.

Se mete la mano dentro de la camisa, saca una pistola con silenciador y le dispara a Javier entre las cejas. Luego abre la puerta y entra a la habitación. Agarra a la niña de la mano y la hace levantarse del colchón.

—Te vienes conmigo.

La niña ya lo sabe.

Ya le ha pasado otras veces.

La han trasladado de acá para allá.

Una y otra vez.

Rígida como una muñeca de madera, deja que el desconocido la conduzca por el pasillo y las escaleras. Un par de *pirujas* abren sus puertas el ancho de una rendija para mirar. O no ven nada o no les importa, o reconocen los ojos de un asesino cuando los ven.

El hombre la saca a la calle y se la entrega a otro hombre que la hace subir al asiento delantero de un coche.

Nadie lo detiene.

Otros dos hombres salen del coche.

—Quédate aquí —dice el hombre.

Ella obedece.

Callan abre una puerta de una patada y suben por las escaleras. El hombre que monta guardia delante de una puerta de hierro cerrada hace amago de sacar el arma del cinturón, pero uno de los israelíes le pega dos tiros en la garganta y lo arroja escalera abajo.

Lev revienta la cerradura a tiros de escopeta y entran.

Tirados en el suelo hay doce colchones mugrientos. Tres niñas y dos niños levantan la mirada hacia ellos.

—Llévate a los mocosos —le dice Callan al israelí.

El otro los saca de allí.

Callan avanza por el pasillo y cruza la puerta del fondo.

A un lado, de pie, hay una mujer con un cepillo en la mano y un estuche de maquillaje. Un hombre alto y corpulento, de cabello largo, sostiene una cámara. Se vuelve y ve la Glock 9 de Callan apuntándole.

—¿Tú sabes quién soy yo? —pregunta—. Soy Olivier Piedra, estoy con...

Callan le vuela la tapa de los sesos.

La mujer grita y echa a correr, pero Lev le dispara con la escopeta a las piernas. Cae de bruces con los brazos en cruz. Lev se acerca, saca una pistola y le descerraja un tiro en la nuca.

—*Zorra.*

Un cliente retrocede, se pega a la pared, extiende los brazos para taparse la cara.

Callan se acerca a él. Le pone la pistola en la rodilla izquierda y dispara. El hombre suelta un alarido y se desploma.

—Sal de aquí a rastras —dice Callan—. Diles que hay nuevas reglas en la Zona. El que toque a una niña, se muere.

Vuelven a bajar por las escaleras.

—Odio a los pederastas —dice Callan.

—Se nota —contesta Lev.

—¿Cómo te llamas? —le pregunta Callan a la niña.

—Flor.

—Ya estás a salvo —le dice él—. Nadie va a volver a lastimarte.

Nota que la niña no le cree.

No es la primera vez que le dicen algo así.

Ahora Callan tiene que decidir qué hace con la niña para poder tachar a Piedra de su lista de tareas pendientes y continuar la búsqueda de los hermanos Esparza.

Solo tiene una alternativa.

La frontera está a cinco minutos de allí.

A esas horas de la noche solo hay que esperar media hora y, mientras está en la fila, recibe una llamada de Lev para avisarle que vaya por el carril 8.

El agente de esa cabina está a sueldo de los Sánchez.

Pasan veinticinco minutos esperando y entre tanto la niña mira fijamente hacia delante. No se mueve, no llora, no dice una palabra.

Ni una sola.

Callan detiene el coche junto a la cabina, enseña su pasaporte estadounidense.

El agente mira a la niña.

—¿Es hija suya?

—Sí.

—Bienvenido a casa, señor Callan.

—Gracias.

Espera que Nora esté de acuerdo.

Alquilaron un «condominio vacacional» a través de una página de anuncios clasificados en la localidad costera de Encinitas, al norte de San Diego. Es pequeño, de una sola habitación, pero tiene vista al mar y a Nora le gusta pasear por la playa. Callan entra en el estacionamiento subterráneo, sale del coche, toma a Flor de la mano, la lleva al apartamento y entra.

Nora todavía está levantada viendo la tele.

Ve a la niña.

—*Nora, esta es Flor.*

Callan ve la mirada interrogante de Nora, pero su mujer es demasiado lista y sensible para hacer preguntas delante de la pequeña. Se levanta del sillón, se agacha delante de Flor y dice:

—*Hola, Flor. Bienvenida.*

—Puede que Flor tenga que quedarse con nosotros unos días.

—Qué bien —dice Nora—. ¿Tienes hambre, cielo? ¿O sed?

Flor asiente en silencio.

Nora la toma de la mano y la lleva a la zona de la cocinita.

—Vamos a ver qué tenemos por aquí.

Hay tortillas, queso, unas rebanadas de pavo y una naranja. Nora le prepara a la niña un plato y la hace sentarse en un taburete alto, junto a la barra del desayuno. No les queda leche, pero Nora le sirve un vaso de jugo de naranja.

La niña come y bebe despacio.

Después, Nora la lleva al sofá, donde mira la tele y pasado un rato se queda dormida.

Entonces Nora dice:

—Explícame.

—La estaban prostituyendo.

—¿Dónde está su familia?

—¿En Guatemala? —Callan se queda callado un momento. Luego dice—: Siempre has querido tener una hija.

—¿Y me compraste una?

—No la he comprado, exactamente.

—Ah. —Mira a la niña dormida—. La vida que llevamos ahora no es la más adecuada para una niña.

—¿Comparada con la que ha tenido?

—No sabemos nada de ella —dice Nora—. Puede que tenga familia y que la estén buscando.

—La mayoría de estos niños llegan en el tren —responde Callan—. Intentan cruzar a Estados Unidos.

—Si tiene familiares aquí, tal vez podamos encontrarlos.

—Tal vez.

—Cuidaremos de ella hasta que los encontremos, claro —dice Nora—. No te encariñes mucho con ella, Sean.

—No es un perrito.

—No sé —dice Nora acariciando el cabello de la niña—. En cierto modo sí lo es.

Por la mañana hablan con ella, averiguan que es de la ciudad de Guatemala, que sus padres fallecieron y que solo tiene una hermana mayor que no echará de menos tener otra boca que alimentar. No, no tiene familia en Estados Unidos.

—¿Por qué viniste? —pregunta Nora.

—Por mi amigo Nico —contesta Flor—. Él iba a venir. Lo iba a extrañar.

—¿Dónde está Nico? —pregunta Callan.

Ella no lo sabe. Se separaron en la Ciudad de México. Flor cree que se equivocó de tren.

—¿Qué quieres hacer? —pregunta Nora.

Flor se encoge de hombros.

Nadie le ha preguntado nunca qué quiere hacer.

Nora manda a Callan a comprar algo de ropa. Como él no tiene ni idea de tallas, se las anota y le dice que vaya a Target. Iría ella misma, pero no quiere dejar sola a Flor y a la niña aún le dan miedo los hombres.

Callan sale con su lista de la compra.

Camisas, pantalones, ropa interior, calcetines, zapatos, sudaderas, suéteres, un traje de baño. Pijamas, una bata, cobija, sábanas, una almohada. Champú, cepillo y pasta de dientes, un cepillo de pelo. Crayones, lápices de colores, hojas para dibujar. Y comida para niños, comida que pueda gustarle y a la que esté acostumbrada: arroz, pollo, leche, cereal, tortillas.

Y también muñecas.

—¿Muñecas de qué tipo?

—Qué sé yo —contesta Nora—. ¿Cuándo fue la última vez que compré una muñeca?

Pues imagínate yo, se dice Callan, pero se va a comprar y va tachando renglones de la lista. Cuando vuelve al apartamento, se asoma desde la terraza y ve a Nora y a Flor paseando por la playa, tomadas de la mano.

Deja las bolsas y vuelve a México a matar gente.

• • •

Lo convocan a una reunión táctica en casa de Elena.

Luis los pone al corriente de la situación.

Como caudillo militar, piensa Callan, Luis es un ingeniero chingón.

—La situación táctica ha cambiado —dice Luis—. La intentona de Núñez contra los hermanos Esparza ha modificado el panorama. Eso por un lado es positivo, porque la facción de Núñez ha perdido apoyo en la Ciudad de México. Pero por otro es negativo porque fortalece a los Esparza.

—¿Qué sabemos de su estado? —pregunta Callan, porque las heridas de bala, que él sepa, no fortalecen a nadie.

—No mucho —dice Luis—. Están escondidos en alguna zona remota de las montañas de Sinaloa. Se rumora que Iván recibió dos impactos en el hombro, que a Ovidio lo hirieron en la parte de arriba de la espalda y que Alfredo salió ileso. Pero la verdad es que no lo sabemos.

Elena permanece sentada con los dientes apretados.

Callan sabe cuánto desea ver muerto a Iván.

Pero sus opciones tácticas son limitadas. Lo mejor sería tenderle la mano a Núñez y ofrecerle una alianza contra los Esparza a cambio de Baja. Núñez estaría dispuesto a llegar a un acuerdo, tal como están las cosas, pero Elena no puede pactar con él sin ponerse a Tito Ascensión en contra. Y si arroja a Ascensión en brazos de Iván, perderá la guerra.

Además, Ascensión tenía rencillas con Núñez, no con los Esparza. Ahora que se han escindido, Tito ya no tiene motivos para combatir a Iván. De hecho, Iván, con su poder en Sinaloa, le sería mucho más útil que ella en un enfrentamiento con Núñez.

Elena está en un aprieto.

Necesita algo que dé un vuelco a la situación.

Igual que yo, piensa Callan.

Necesito dejar esta vida.

—Los tres hermanos Esparza están en el mismo sitio —dice—. Están juntos para que sea más fácil protegerlos, pero eso también los hace más vulnerables.

—¿Qué propones? —pregunta Elena.

—Si consiguen su ubicación —dice Callan—, denme permiso para intervenir. Solo yo, Lev y un equipo bien escogido de nuestros mejores hombres. Entramos, liquidamos a los Esparza y salimos.

—Es una misión suicida —dice Luis—. No puede salir bien.

—En todo caso sería mi suicidio —contesta Callan encogiéndose de hombros—. Miren, es una oportunidad para poner fin a esta guerra, y para ganarla de un solo golpe. Si seguimos luchando como hasta ahora, vamos a perder. Ustedes lo saben.

Elena sopesa su propuesta.

Sabe que Callan tiene razón.

Y hay cosas que Callan ignora y que empeoran la situación. Elena se ha enterado de que Rafael Caro reunió a un grupo de inversionistas que está prestando dinero a una empresa estadounidense estrechamente relacionada con el nuevo gobierno.

Rafael no acudió a ella.

Si eso es cierto, dentro de poco Iván será prácticamente imparable.

El tiempo no juega a nuestro favor, se dice Elena. Si no matamos pronto a Iván, él matará al único hijo que me queda. Mira a Callan.

—¿Qué probabilidades de éxito crees que hay?

Callan se lo piensa un segundo. Luego contesta:

—Tres a uno en contra. Pero nuestras probabilidades de ganar la guerra si las cosas se alargan son aún menores.

—Y estarías dispuesto a ir —dice Elena.

—Con una condición —dice Callan.

Papeles falsificados.

Un pasaporte estadounidense.

El Lobezno se está adecentando.

Ha ido a que le corten el pelo: no quiere parecer un salvaje cuando se reúna con Tito.

Ha pasado una larga temporada en las montañas desde que consiguió salir de Baja. Cultivando opio, moviendo opio, enfrentándose a la policía, al ejército, a los marinos.

Luchando con Sinaloa.

Y su viejo amigo Ric se ha dado a la fuga. La cosa tiene gracia, aunque también es una mala noticia porque los Esparza saldrán ganando. Pero Ric hizo mal y Damien se avergüenza de él. Hay un código y él lo quebrantó.

Ahora Damien está sentado en el sillón del peluquero, para librarse de la melena y la barba. Se siente bien volver a la civilización, y Tito le ha garantizado que no corre peligro en Guadalajara, donde nadie se atrevería a meterse con el jefe de Jalisco. Aun así, Damien lleva cuatro guardaespaldas en dos vehículos, armados hasta los dientes.

Hasta él lleva una granada debajo de la camisa.

El Lobezno no piensa irse solo si sospecha que van a liquidarlo.

La reunión con Tito podría ser peliaguda.

Habiéndose dado a la fuga Ric y su padre, Tito no tiene motivos para seguir combatiendo a los Esparza. Pero Damien necesitaba que siguiera en la pelea. Los Esparza no van a perdonarle el secuestro de Ovidio y Alfredo, y él no tiene poder suficiente para enfrentarse solo a ellos. Todavía no, aunque el dinero de la heroína y el fentanilo que le manda Eddie está llegando a raudales. Hasta ha tenido bastante para invertir en lo de Rafael Caro.

Ahora soy un potentado del sector inmobiliario, se dice Damien riendo para sus adentros.

Y eso está bien.

Está bien restaurar la fortuna de la familia.

Además, el dinero le dará poder para recuperar Acapulco y, cuando tenga el control del puerto, mucha de la antigua gente de Tapia se unirá a él.

La reunión con Tito tiene que salir bien.

Damien procura olvidarse del asunto, se inclina hacia atrás y se relaja. Sabe que el local es bueno, se lo recomendó el propio Tito. El peluquero le masajea el cuello y, sin darse cuenta, Damien se queda dormido.

Lo despiertan unos gritos.

Gritos y maldiciones, y cuando abre los ojos ve varios rifles apuntándole. Marinos vestidos de negro, con la cabeza y la cara cubiertas con pasamontañas, le gritan que se eche al suelo. Damien mira por el aparador: sus guardaespaldas tienen las manos detrás de la cabeza; dos de ellos ya están esposados.

Damien echa mano de la granada.

—¡Quieto! —grita un marino.

Damien vacila.

¿Vivir o morir?

Siempre piensas en morir como un héroe. En ser una leyenda en una canción. Al Lobezno no lo agarrarían vivo. Se fue con un estallido.

Pero la cosa cambia cuando es de verdad.

A la mierda con todo eso.

Damien decide vivir.

Levanta lentamente las manos.

Dos noches después, Damien Tapia recibe visita en su celda.

Tres guardias.

Enormes, los tres.

Está asustado.

—¿Qué quieren, hermanos?

No le contestan. Dos de ellos lo agarran y lo arrojan sobre la cama. Uno le sujeta las piernas y el otro lo obliga a estirar los brazos.

—¿Quién los manda? —pregunta Damien—. ¿Elena? Díganle que lo siento. Díganle que fue un error.

Ellos no responden.

—¿Núñez? —dice Damien—. No volveré a hacerlo. Lo compensaré. Por favor, díganselo.

El tercer guardia saca una navaja de fabricación casera.

—Llamen a Caro —dice Damien—. Él les dirá que soy buena gente. No querrá que me hagan esto. Por favor. Llámenlo. No, llamen a Tito. Él se los dirá. Estoy con él. Estoy con él. Por favor. Por favor. No quiero morir.

El guardia le hace un tajo en cada muñeca.

—Oí que se mató —dice Caro.

—¿Y usted lo cree? —pregunta Tito sentado en la cocina de Caro mientras ve al viejo preparar pozole.

No le gustó tener que hacerlo, tenderle una trampa a Damien para que lo detuvieran los marinos. Pero Caro le dijo que el Lobezno estaba causando demasiados problemas, tiroteando a policías y militares. Que no les convenía tanto desmadre.

—¿Por qué no iba a creerlo? —contesta Caro—. Toda la familia está loca. ¿El padre? Tantas matanzas, tanta violencia no es buena para nadie. Quizá sea mejor así.

—Y usted va a quedarse con sus rutas de heroína —dice Tito.

Caro sigue removiendo el pozole.

—¿Qué puedo hacer por ti, Tito? ¿Qué te trae por aquí?

—Mis treinta millones de dólares —dice Tito—. Quiero ver alguna ganancia.

—Ya la viste —responde Caro—. Inculparon a Núñez.

—Eso no significa nada a no ser que el gobierno vaya de verdad tras él.

—Lo harán —afirma Caro. Prueba el pozole y le añade un poco más de sal—. Tengo entendido que se fue de Eldorado y está desaparecido. Y el muchacho también. Tanto mejor.

—Creí que usted le era leal a Sinaloa.

—Dejaron que me pudriera en una celda durante veinte años y no hicieron nada —responde Caro—. Tus treinta millones de dólares están en Washington, dándole duro en tu nombre. —Tapa la olla y se aleja del fogón—. ¿Sabes cuál es el secreto para hacer un buen pozole? —pregunta—. Dejarlo cocer a fuego lento.

Dejar que Sinaloa se suicide.

Lo primero que quiere saber Eddie es si está en el radar de la DEA.

No, le dice Hidalgo, la DEA aún no se ha topado con él. En lo que respecta a los federales, es un expresidiario que abandonó voluntariamente el Programa de Protección de Testigos y les importa una mierda lo que le pase.

¿Y qué hay de Darius Darnell? ¿A él sí lo tiene la DEA en su radar?

No, a Darnell tampoco.

Luego Eddie se interesa por su operación de lavado de dinero: cita unos cuantos bancos en los que ha metido dinero. Hidalgo dice que ya le dirá algo. Espera una semana y vuelve: no, los bancos son seguros.

Aunque, naturalmente, ya no lo son.

Por indicación de Keller, Hidalgo, haciéndose pasar por Tony Fuentes, le ha estado suministrando información falsa a Eddie, como pedacitos de veneno ocultos en la comida.

Fuentes, además, le lleva obsequios: respuestas a preguntas que Ruiz no ha formulado. Eddie, aquí tienes datos de la DEA sobre tres organizaciones rivales que operan en Nueva York. Ten, la información sobre un «equipo de ventas» de Núñez que están sondeando a varias bandas de Manhattan, y sobre un vendedor de Jalisco que se ha colado en Brooklyn. Escucha esto, Eddie: el audio de un cliente de Sinaloa en Staten Island que está descontento; quizá convenga hacerle una propuesta.

Después observan los resultados.

El equipo de ventas de Núñez deja de sondear a posibles clientes y el minorista de Staten Island se muestra dispuesto a cambiar de bando. Curiosamente, al de Jalisco en Brooklyn lo dejan en paz de momento.

¿Significa eso que Caro se está acercando a Tito Ascensión?, se pregunta Keller.

Permanezcan al pendiente.

Tienen cuidado, se andan con mucho ojo, le dan a Ruiz solo algunas migajas para que no sospeche y empiece a pensar que aquello es demasiado bueno para ser verdad. Eddie pone a prueba a Fuentes, le pregunta si corre peligro con el cargamento de dos kilos que va a mover a Manhattan.

Ruiz puede permitirse perder dos kilos si Fuentes es un soplón.

Keller deja pasar el embarque y se asegura de que la policía de Nueva York también lo deje pasar pero lo vigile de cerca para seguir su pista hasta Darnell y de Darnell a sus distribuidores en Brooklyn, Staten Island y el interior del estado.

Ruiz tarda unas semanas en formular la gran pregunta: ¿qué puede decirle Fuentes sobre una investigación de la DEA sobre blanqueo de capitales en Nueva York?

Tendrás que concretar un poco más, contesta Hidalgo.

¿Bancos? ¿Inmobiliarias? ¿Préstamos?

Keller les da lo que ya saben: que la DEA está investigando al más alto nivel a Berkeley y Terra respecto a un crédito de HBMX posiblemente relacionado con dinero del narcotráfico.

Ruiz formula la pregunta que era de esperar: ¿en qué fase se halla la investigación?

Está en punto muerto, contesta Hidalgo tras hacer averiguaciones.

El testigo principal murió de una sobredosis.

La investigación del caso Park Tower va a quedarse en nada. Dentro de unas semanas Keller dejará su puesto y el nuevo director de la DEA no la retomará.

Pueden respirar tranquilos.

Durante las semanas siguientes, Ruiz se interesa especialmente por México: ¿qué sabe la DEA de sus campos en Guerrero? ¿De sus rutas de contrabando y de su gente: sus traficantes, sus contadores, sus pistoleros? ¿Y de los policías que tiene a sueldo, políticos, funcionarios del gobierno?

La verdad es que no saben gran cosa.

Pero aquí es cuando comienza el proceso de desmantelamiento de la organización desde dentro. Keller toma los pocos datos que tiene sobre la red de Ruiz, solicita más información a Orduña y la utiliza para inyectarle veneno a Eddie.

Claudio Maldonado es uno de los sicarios más eficaces de Ruiz en Acapulco, le dice Orduña a Keller. Keller le hace saber a Ruiz a través de Hidalgo que la SEIDO está vigilando a Maldonado y podría detenerlo en cualquier momento.

Eddie lo saca de Acapulco.

Un laboratorio de procesamiento en Guerrero está produciendo mercancía de alta calidad. Hidalgo le informa a Ruiz que los marinos lo han localizado y están planeando una redada. El laboratorio se clausura y el opio y el equipamiento son trasladados a otro sitio hasta que se les encuentra una nueva ubicación.

El juego se va enturbiando, se hace más sucio.

Eddie quiere nombres de soplones.

Orduña le da a Keller el nombre de dos de los veteranos más violentos de la banda de Tapia que operan en Acapulco y en las montañas de Guerrero. Solo uno de ellos, Edgardo Valenzuela, es un *dedo*. Pero también es un violador psicótico, un cerdo que le ha estado pasando a la gente de Orduña nimiedades de información, así que el almirante lo considera prescindible. El otro, Avelino Costas, el Grec, es de plano un sociópata que le tendió una emboscada a una columna de marinos y mató a tres.

Valenzuela y Costas son torturados y ejecutados.

Valenzuela confiesa.

Costas les escupe en la cara antes de que lo destripen.

Hidalgo está molesto.

—Eran asesinos sádicos —arguye Keller—. Se lo estaban buscando.

Ruiz confía mucho más en Fuentes desde que le entrega el nombre de los informantes, porque la DEA nunca delata a sus soplones, bajo ninguna circunstancia.

El alcance de la información que quiere se amplía.

¿Sabe la DEA dónde está Núñez?

¿Y dónde está Mini Ric?

¿Tienen alguna idea de dónde se esconden los hermanos Esparza?

No, no y tal vez, aunque la última pregunta plantea un dilema. Gracias al análisis del tráfico cifrado y a las imágenes de los satélites, tienen la ubicación de una *estancia* en el corazón de las montañas de Sinaloa en la que podrían estar los Esparza.

Pero Ruiz quiere esta información para pasársela a Caro, de modo que el problema es ¿hasta qué punto quieren ayudar a Rafael Caro? ¿Hasta qué punto se puede favorecer a un narcotraficante sobre otros y por qué motivos?

El mundo de la droga en México es un caos, hay más violencia que nunca y el gobierno está recurriendo a la vieja guardia, a *los retornados* como Caro, para intentar restablecer el orden.

Pero ¿restablecer el orden beneficiará a Caro?

Mientras se mantengan divididos en facciones enfrentadas, los narcos necesitan a Caro para que oficie como presunto «padrino» neutral: para que medie en disputas, imparta justicia y garantice acuerdos, treguas y armisticios. ¿Un hombre que no está en guerra con ninguna facción y que, por tanto, puede solicitar dinero de varios bandos para un préstamo sindicado?

Es valioso porque no tiene ningún perro en la pelea.

Poderoso, paradójicamente, por su falta de poder.

Pero si un bando —Núñez, Esparza o Ascensión— gana e impone su dominio, Caro se volverá innecesario, superfluo, será un viejo *gomero* más que cuenta batallitas sobre las glorias del pasado.

¿Y si lo que intenta Caro no es mantener unido al cártel de Sinaloa sino lo contrario, perpetuar su división? No les debe nada; dejaron que se pudriera en Florence durante dos décadas.

Si es así, reflexiona Hidalgo, tal vez esté utilizando a Tito Ascensión como pantalla, puesto que ninguna de sus peticiones o actos han ido dirigidos contra Jalisco y, cuando le pasamos el nombre de un *dealer* de Jalisco que operaba en Brooklyn, dejó pasar el asunto.

De modo que primero se alió con la antigua organización de Tapia, enemiga de Sinaloa, y ahora parece estar cooperando con Tito Ascensión, otro rival de los sinaloenses. Damien Tapia ha muerto y Caro sigue moviendo heroína a través de la red que montó con él y con Ruiz.

¿Y si Caro ha llegado a la conclusión de que, de momento, la posición de *padrino* es un lastre? ¿Que es mucho más inteligente y ventajoso no controlarlo todo, sino sacar tajada de todas partes? ¿Y si ha pasado de colaborar solo con Ruiz a cobrar un porcentaje a cada organización?

En ese caso, sería muy provechoso para él no mitigar la confusión sino avivarla, alimentar una situación perpetuamente inestable en la que él es el único elemento de estabilidad. ¿Y si estuviera manipulando la balanza de poder apoyando ora a Ruiz, ora a Tito, sobornando a Núñez y yendo quizá contra los Esparza, enfrentando a unos con otros al tiempo que, a ojos del gobierno mexicano, se erige como la gran esperanza de paz, el hombre prudente al que pueden recurrir?

Como recurrían a Barrera.

Adán Barrera era el Señor del Orden.

Rafael Caro es el Señor del Caos.

Y va a dejar que el caos se perpetúe hasta que todo se venga abajo, hasta que otros posibles líderes desaparezcan y no quede más remedio que acudir a él.

Ahora tienes la posibilidad de acceder a él a través de Ruiz, se dice Hidalgo. La cuestión es hasta qué punto puedes seguirle el juego. Porque, si te crees tu propia teoría acerca de su intención de perpetuar el caos, lo lógico sería que lo quitaras de en medio cuanto antes y sin contemplaciones.

¿O no?

¿O es preferible darle manga ancha, ayudarlo a socavar todo lo que pueda a las demás organizaciones y, cuando creas que ha hecho el máximo daño posible, jalar el hilo y pescarlo por fin?

Seguirle la corriente, ver hasta dónde llega su influencia dentro de la estructura de poder en México, en la banca, las finanzas, el gobierno… Qué carajo, ver hasta dónde llega dentro del gobierno estadounidense.

Ayudarlo a subir todo lo alto que pueda.

Y luego quitarle la escalera de debajo de los pies.

Porque si Caro está manipulando a las demás organizaciones y tú puedes manipular a Caro…

El *padrino* eres tú.

Cirello se reúne con Ruiz en el Palomino Club («alcohol y desnudo integral»), al norte de Las Vegas, y tiene que sentarse en un reservado de la sala VIP, viendo tetas y culos, mientras trata de poner al día a Eddie.

—Preguntaste por el paradero de los hermanos Esparza.

—¿Los encontraron? —pregunta Eddie sin apartar la mirada de una bailarina negra muy alta que no lleva nada encima.

—¿Sabes cómo funciona el análisis de tráfico?

—Sé que tengo que evitar la hora pico —responde Eddie.

Qué graciosito, el muy cabrón, piensa Cirello.

—Esto lo sé por Fuentes. Poco después de la emboscada contra los Esparza, la DEA detectó un tráfico telefónico y de internet sospechosamente alto en la zona de La Rastra, en Sinaloa, muy al sur, cerca del límite con Durango, justo al norte de Nayarit. Interceptaron algunos mensajes encriptados y nuestros decodificadores descubrieron que hacían referencia a cierto rancho. La vigilancia por satélite muestra un aumento significativo de la actividad y de la presencia de vehículos y personal en esa zona.

Le pasa a Eddie una fotografía de satélite de unos cuantos edificios en un claro en lo alto de un risco cubierto por una espesa masa boscosa en la Sierra Madre, entre La Rastra y Plomosas.

Eddie le echa un vistazo.

—Fíjate en esto —dice Cirello señalando un rectángulo café en medio del verde—. A mí me parece una pista de aterrizaje.

—Hablando de pistas de aterrizaje…

—Concéntrate —le dice Cirello—. ¿Te interesa o no?

Eddie se guarda la foto en el bolsillo.

—Las coordenadas están en la imagen —dice Cirello.

—Qué emoción —contesta Eddie—. ¿Te apetece un baile privado?

—No.

—¿Eres gay? —pregunta Eddie.

—No.

—Lo digo porque si lo eres da igual —dice Eddie—. Pero nos habríamos equivocado de club.

—Que te diviertas —dice Cirello, y se levanta.

La negra es fantástica. Sobre todo cuando va a la suite de Eddie a concluir el trabajo. Cuando se va, Eddie llama a Culiacán desde un teléfono desechable.

—El muchacho cumplió.

Lee las coordenadas.

Después de colgar, escanea la foto en su laptop y la envía.

Hay tantas formas de jugar esta carta, se dice Caro.

Podrías ponerte en contacto con la gente de Iván y avisarles que lo han localizado, ganarte su gratitud. O podrías pasarle la ubicación a Tito y dejar que las cosas sigan su curso.

Se decide por fin.

Llama a Elena Sánchez y le dice dónde puede encontrar a Iván Esparza.

—Un regalo que te hago —dice—. Para que vengues a tu hijo.

Callan estudia atentamente la foto del satélite.

Y Google Maps.

Mira a Lev.

—Es una joda.

Un camino de entrada, otro de salida. Los dos estarán fuertemente vigilados, no habrá forma de llegar sin que los vean. Podrían ir a pie, pero son muchos kilómetros cuesta arriba entre bosques y matorrales espesos, y es imposible introducirse en la zona sin que los paisanos, sin duda fieles a los Esparza, detecten su presencia.

—Lo más sensato —dice Callan— sería pasarle la información a las FES y dejar que los marinos entren con sus helicópteros.

—Pero ¿lo harán? —pregunta Lev.

El cártel de Sinaloa tiene mucha mano en el gobierno federal, y los marinos, que han intervenido agresivamente contra las demás organizaciones, han demostrado una notable pasividad respecto a Sinaloa.

—Elena quiere que Iván muera, no que lo detengan —argumenta Lev.

Y lo que la Reina quiere, lo consigue, se dice Callan. Pero el complejo en lo alto del risco es prácticamente un fuerte, un polvorín rodeado de vallas rematadas con alambre de concertina. Cuesta estar seguro viendo las fotografías, pero las viviendas parecen estar reforzadas con planchas de metal y troneras para disparar. Callan sabe que habrá reflectores que se activen mediante sensores de movimiento y sonido. Puede que incluso haya búnkeres subterráneos de concreto.

Con un B-52 sería pan comido, pero Callan sospecha que ni siquiera Elena puede conseguir un B-52.

Cuenta cinco vehículos, o eso parece —cuatro todoterrenos y una camioneta—, bajo una malla de camuflaje. El edificio bajo de cemento que hay afuera del recinto cercado es seguramente un barracón para veinte o treinta guardias, con cocina incorporada. Otra edificación, una nave prefabricada de metal, seguramente alberga vehículos y equipamiento, quizás incluso una avioneta, porque en la pista de aterrizaje no hay ninguna, o al menos no la había cuando se tomó la fotografía.

Hay demasiadas cosas que ignoran. Tendría que hacer un reconocimiento exhaustivo del terreno, pero sería tan difícil y peligroso como la propia misión y correrían el riesgo de alertar a los Esparza. Además, tienen que actuar deprisa. Los hermanos están allí hoy, pero ¿quién sabe si seguirán allí mañana o pasado mañana?

No tenemos suficientes datos ni tiempo para planificar el ataque, medita Callan. Vamos a meternos en una posición fortificada que desconocemos y estaremos en inferioridad numérica.

Aparte de eso, todo bien.

—Vayamos por partes —dice—. El acceso. ¿Cómo rayos entramos?

—¿Por la pista de aterrizaje? —pregunta Lev.

—Eso mismo estaba pensando yo —dice Callan.

No es que sea una buena solución —dista mucho de serlo—, pero puede que sea su única alternativa. Dos aviones pequeños en plena noche, confiando en que sea posible el aterrizaje. Un equipo abre fuego sobre los guardias obligándolos a cubrirse; otro entra en la casa a sacar a los Esparza; el tercero defiende la pista de aterrizaje.

Si todo va bien —cosa que no pasa nunca—, tus chicos conservan el control sobre la pista de aterrizaje y los aviones están intactos cuando salgan de la casa para «la exfiltración», como la llama Lev. Si no, salen de la casa —si es que salen— y se encuentran los aviones ardiendo y un montón de cadáveres tirados alrededor, y tienen que huir a toda prisa a campo traviesa hasta Durango.

Los cárteles de la droga tienen flotas aéreas.

Las usan para trasladar mercancía y gente de un sitio a otro.

Callan y Lev eligen dos aviones: un Pilatus PC-12 y un Beechcraft C-12 Huron, la versión militar del King Air 350. Con capacidad para diez pasajeros y autonomía suficiente para viajar hasta el objetivo desde Mazatlán y volver. Tienen, además, fama de responder bien en terreno abrupto —lo que es importante—, y los utilizan diversas fuerzas armadas.

Aviones de tamaño pequeño, pero duros y confiables.

Lo siguiente que hay que decidir es quién va a formar parte del equipo.

Tienen que ser los mejores, no simples matones callejeros capaces de malgastar cargadores disparando desde un coche en marcha, sino paramilitares bien entrenados y disciplinados que cumplan con su trabajo y solo con su trabajo y confíen en que sus compañeros van a hacer lo mismo.

Los Barrera llevan mucho tiempo en el negocio y desde los años noventa se han servido de exboinas verdes traídos de Israel, Sudáfrica, Gran Bretaña, Estados Unidos, México y otros sitios.

Callan y Lev tienen dieciocho plazas que cubrir. Lev elige a tres hombres de su equipo habitual, pero quiere dejar al resto para que se encarguen de proteger a Elena y Luis.

Cuatro israelíes, incluido Lev.

Son muy buenos.

Callan completa el comando con dos sudafricanos, un exintegrante de los Selous Scouts de Rodesia, tres exmiembros del SAS, un exmarine estadounidense y ocho mexicanos de la Fuerza Aérea, el ejército de tierra y los marinos. Dos de ellos pueden servir además como médicos de campaña. Si caen los dos, el resto están jodidos.

Tiene que exponerles la situación sin rodeos. No les dirá adónde van hasta que estén en el avión, pero no son idiotas: sabrán por experiencia que las probabilidades de salir con vida son escasas. Así que Callan les da la posibilidad de zafarse del plan.

Ninguno la acepta.

Quizá porque la guerra dura ya tanto que todos ellos han perdido a algún compa y tienen ganas de vengarse, o por verdadera lealtad hacia Elena, o simplemente porque son unos machotes y unos hijos de la chingada. Más probablemente porque Callan les ofrece una prima de 50 mil dólares a cada uno, pagadera en metálico o en cocaína, y un «seguro por defunción» de 100 mil dólares, depositado directamente en un paraíso fiscal, para la familia del que no vuelva.

Después, Callan tiene que buscar pilotos lo bastante locos y arrogantes como para aterrizar de noche en plena montaña, en una pista abrupta y desconocida, quedarse en la cabina durante el tiroteo y despegar —con suerte— en medio de una descarga cerrada. Y no necesita solo dos, necesita cuatro. Le hacen falta copilotos porque sería lo más tonto del mundo salir airosos y luego morirse al frente de un avión en perfecto estado porque al piloto le han sacado los sesos de un disparo y no hay quien maneje los controles.

Los pilotos del narco tienen fama de ser unos zafados, unos yonquis de la adrenalina, unos inconformistas que han despreciado lucrativos empleos en el ejército y las aerolíneas comerciales para ganar aún más pasta y tener más emociones. Muchos de ellos lo dejan y luego vuelven. Se enganchan a la coca, a las fiestas, a las mujeres que acompañan el tren de vida del narco, y el «mundo real» les parece muy aburrido.

Callan necesita expilotos del ejército, tipos con experiencia en combate que no pierdan los nervios si empiezan a oír el silbido de las balas a su alrededor. Y no dispone de personal suficiente para hacer lo que hacen a veces los narcos: dejar a un hombre en el avión apuntando a la cabeza del piloto para asegurarse de que no despegue antes de tiempo.

Hay uno en el equipo de Lev, un veterano de la Fuerza Aérea israelí acostumbrado a entrar y salir de Siria y Líbano. Luego consiguen también a

Búfalo Bill, un estadounidense que lleva en el mundillo del narco mexicano desde tiempos de Barrera y que, con su melena y su barba blancas, su mugriento sombrero de vaquero y un porro siempre colgándole de la boca, espantaría al más plantado si no fuera porque es capaz de pilotar un piano y hacerlo aterrizar en la cubierta de un submarino. Y a dos mexicanos: uno del Escuadrón 107 del 5º Grupo Aéreo, con cientos de horas de vuelo en el Pilatus, y un veterano de la Fuerza Aérea que pilotaba el C-12, ambos con experiencia en misiones contra los Zetas y la organización de los Tapia.

Ninguno de ellos va a rajarse.

Luego está la cuestión de las armas.

Los cárteles tienen flota aérea, y también tienen arsenales.

Menos bombas atómicas, lo que quieras.

Callan quiere que lleven fusiles de asalto, pero cada uno puede elegir el que más le guste, así que acaban con una colección variopinta de Galils compactos, C-8, FN belgas, un M-27, varios HK-33 y hasta unos cuantos AK-47 de lo más clásico.

Dos de los israelíes van a llevar MATADORES (*Man-portable, Anti-ank, Anti-door*), lanzacohetes portátiles capaces de abrir brecha en una valla, atravesar paredes o dejar inservible un todoterreno blindado. El *marine* llevará además una escopeta Mossberg calibre 12 para disparar en corto y reventar cerraduras.

Callan elige un HK MP7 con silenciador y mira réflex Elcan. También llevará una Walther P22 por si acaso se acerca lo suficiente a Iván Esparza como para meterle en el cráneo dos balas calibre .22.

Van a la casa de Elena en Ensenada para informarla a ella y a Luis.

—Quiero fotos del cadáver de Iván —dice Elena.

—Si es que hay cadáver —puntualiza Callan— y si nos da tiempo.

—Lo habrá —responde ella—. Y procuren sacar tiempo.

Callan le recuerda su trato. Él cumple su misión y, con éxito o sin él, vuelva o no, Elena y su gente se olvidan de Bahía, y Nora —y ahora también Flor, supone Callan— pueden volver allá y vivir en paz.

Elena confirma los términos del acuerdo, pero añade:

—Ya sabes que solo tiene validez mientras yo esté al mando. Si gana Iván, hará lo que quiera. Tenlo en cuenta, como incentivo.

De acuerdo, gracias, piensa Callan. Ni que me hiciera falta.

Cuando ya se va, Luis sale tras él.

—Quiero ir con ustedes —dice—. Vengar a mi hermano.

—¿Te manda tu madre?

—Ella no lo sabe —contesta Luis—. No lo permitiría.

—Ni yo tampoco —responde Callan—. Tienes todo mi respeto por pedírmelo, pero no estás entrenado para esto y yo no tendré tiempo de cuidar de ti. No te ofendas, pero serías un lastre.

—No les estorbaría. Sé cuidarme solo.

—Claro que nos estorbarías, Luis —dice Callan—. Todos los miembros del equipo sabrían quién eres y se sentirían obligados a protegerte.

Mal que le pese, Luis parece aliviado, y avergonzado por parecerlo.

—Diremos que fuiste —le dice Callan—. Haremos saber que estuviste allí. Cantarán canciones sobre ti.

En el coche, Lev le pregunta:

—¿Qué fue eso?

Callan se lo cuenta.

—Lo que nos hacía falta —dice Lev.

Callan va en coche a Encinitas.

Flor está dormida.

—¿Cómo está? —pregunta Callan.

—Es fantástica —dice Nora—. Pero va a necesitar muchos cuidados.

—Llévala a Bahía —dice Callan.

Nora lo interroga con la mirada.

—Ya no hay peligro —dice él—. Está todo arreglado.

—¿Dónde vas a estar tú?

—Tengo que ocuparme de un asunto.

—Sean…

—Hemos tenido una buena racha —dice Callan—. Y muy larga. Espero que todavía nos quede mucho tiempo por delante. Pero, si no, hay otros cien mil dólares a tu nombre en las islas Cook.

—¿Crees que eso me importa? —pregunta Nora.

—No.

—No voy a…

—Puedes darle una nueva vida a esa niña —dice Callan—. Llévatela a casa. Tú y María pueden darle todo el cariño del mundo.

—¿Cuánto tiempo tardaré en tener noticias tuyas?

—Un día o dos.

—Entonces te espero aquí —dice Nora.

—Muy bien —contesta Callan—. Pero luego vuelve a Bahía.

Hacen el amor mientras escuchan el fragor del oleaje en la playa.

Sentado en el C-12, Callan estudia la imagen de satélite del escondite de los Esparza.

Cuando el avión despegó de Mazatlán, les dio una foto a cada miembro del equipo y repasó con ellos el plan táctico y las misiones asignadas a cada uno: quién entrará en la casa, quién disparará contra el barracón de los guardias, quién defenderá la pista de aterrizaje. Las misiones son las mismas para los equipos de ambos aviones; de ese modo, si uno de los aparatos se estrella, el otro equipo podrá seguir adelante con el plan.

Nota un olor a hierba procedente de la cabina.

«¿Cómo puedes pilotar yendo pacheco?», le preguntó a Búfalo Bill.

«Si no voy pacheco no puedo pilotar», contestó Bill.

El piloto está muy relajado, pero en la parte de atrás del avión se respira tensión. Los hombres miran fijamente hacia delante, un par de ellos rezan en voz baja, otros no paran de moverse, comprobando el equipo por enésima vez: los cargadores de munición, las tiras de velcro de sus chalecos de kevlar, las ampolletas de morfina sujetas al gorro o la manga.

Unos cuantos llevan medallas religiosas; algunos, una identificación pegada por dentro de la camisa. Los mexicanos no llevan nada que pueda identificarlos; no quieren que sus familias sufran represalias en caso de que mueran o sean capturados.

Callan oye gritar a Bill:

—¡Cinco minutos, chicos!

Dos de los mexicanos acaban de rezar, se santiguan y se besan la punta de los dedos.

El C-12 va a la cabeza; el Pilatus con Lev y el otro equipo, unos diez segundos por detrás. Es crucial que el lapso de tiempo entre ellos no sea mayor, o ambos equipos podrían acabar hechos picadillo.

Tienen que aterrizar a oscuras y en una montaña, pero Búfalo Bill se lo toma como si estuviera aterrizando en O'Hare con un vuelo de United Airlines. Aun así, las ruedas rebotan violentamente en la pista, zarandeando a Callan y produciéndole una tortícolis que sabe que le va a durar días.

El avión se detiene por fin.

Callan se desabrocha el cinturón, agarra su HK y sale por la puerta.

Ve llegar el Pilatus detrás de él. Toca la pista de aterrizaje, rebota una vez y luego se posa y se detiene. Se abre la puerta y Lev corre hacia él para dirigirse hacia la casa.

En ese instante les da de lleno una luz blanca.

Cegadora.

Enormes reflectores.

Claridad como de pleno día.

Están al descubierto en la pista de aterrizaje cuando empiezan a dispararles desde todos los flancos. Callan oye el restallido de los disparos rasgando el aire y el ruido seco y sordo de las balas al impactar en los cuerpos a medida que caen sus hombres.

Se echa al suelo y le da tiempo a pensar «Sabían que veníamos» en el instante en que oye el silbido de un cohete y el C-12 explota. Búfalo Bill sale tambaleándose, con la barba en llamas. Se palmea frenéticamente la cara. Luego se le prende el sombrero y gira sobre sí mismo como un payaso ebrio.

El Pilatus explota. Un fragmento del fuselaje cruza girando la pista y parte al *marine* en dos.

Callan oye gritos de dolor.

Súplicas a madres y dioses.

Siempre ha pensado que la muerte sería silenciosa, pero es ruidosa del carajo.

Otra explosión y, luego, oscuridad.

La noche, otra vez.

Y el silencio.

Callan despierta —si es que se le puede llamar despertar— sentado con la espalda apoyada en una pared metálica. Tiene las manos atadas a la espalda con cintas de plástico, las piernas estiradas hacia delante, grilletes en los tobillos.

La sangre seca producida por el traumatismo craneal le tapona la nariz y los oídos. Tiene náuseas, está mareado, apenas si oye.

Le estalla la cabeza.

El edificio es grande, una nave industrial, o puede que un hangar, porque en el centro hay una avioneta. Unos cuantos *sicarios* armados con ametralladoras se pasean de un lado a otro. Un par de ellos están sentados en sillas plegables de metal.

Al otro lado de la nave ve algo que parecen cadáveres: bultos tapados con lonas manchadas de sangre.

Gira la cabeza.

Al hacerlo siente un dolor espantoso y tiene que contener las ganas de vomitar.

Lev está sentado a su lado, inconsciente todavía, con la barbilla clavada en el pecho. Más allá, Callan distingue a una hilera de hombres; le parece que son siete, pero ve borroso y le cuesta contarlos. Son todo lo que queda del escuadrón.

Intenta ver quiénes son, quién ha sobrevivido. Está Lev, y otro de los israelíes. El de Rodesia, piensa, dos mexicanos y puede que un británico. No alcanza a ver más allá.

El esfuerzo lo deja exhausto. Solo quiere volver a dormirse.

Pero se obliga a mantenerse despierto.

Se concentra en los sonidos: la respiración trabajosa de Lev, el llanto de un hombre, los gemidos de otro. Mira fila adelante para ver a qué se deben los gemidos: el británico tiene rota la pierna izquierda, el hueso le ha perforado la piel.

Se abre la puerta y entra luz en el hangar.

Duele como una puñalada en los ojos. Callan cierra los párpados con fuerza, intentando atajar el dolor.

Nota que un hombre se le pone delante y lo mira de arriba abajo. Luego oye decir:

—Mírame.

Abre los ojos y mira.

Sabe que es Iván Esparza, por fotos antiguas.

—¿Viniste aquí para matarme? —pregunta Esparza—. ¿Y qué tal resultó?

Su voz parece llegarle desde cincuenta metros de distancia.

Callan no responde.

Esparza le lanza una patada a un lado de la cara. A Callan le estalla la cabeza de dolor. Se inclina y vomita.

—A ver si nos entendemos: cuando yo te haga una pregunta —dice Esparza—, me contestas. ¿Entendido?

Callan asiente en silencio.

—¿Quién eres? ¿Cómo te llamas?

—Sean Callan.

—¿Quién te mandó?

—¿Qué?

—Dios, estás para los perros —dice Esparza—. ¿Quién… te… mandó? ¿Núñez? ¿Tito? ¿Elena? No me mientas, *pendejo*, porque ya lo sé. Solo quiero asegurarme.

Callan intenta pensar.

—¿Cuál era la pregunta?

Esparza vuelve a golpearlo.

Callan vomita otra vez.

Apenas oye a Esparza cuando le dice:

—Escúchame, cabrón, estoy esperando a que llegue un equipo. Se dedican a lastimar gente. Les gusta su oficio y se les da muy bien. Van a empezar a torturar a tu gente como no puedes ni imaginarte. Les diré que torturen a mis paisanos de ahí hasta que me digan sus nombres y dónde viven sus familias. Y te garantizo que entregarán a sus mujeres, a sus padres, a sus hijos… Y que los mandaré matar a todos. A no ser…

El británico grita.

—Ayúdalo —dice Callan.

—No faltaba más. —Esparza recorre la fila, saca una pistola y le dispara al inglés en la cabeza. Luego vuelve con Callan—. ¿Quieres que ayude a alguien más?

—No.

—¿Dónde estábamos?

—Elena Sánchez.

—Te mandó ella.

—Sí.

—Esa puta idiota —dice Esparza—. Núñez tira y falla. Elena tira y falla. ¿Se me puede reprochar que me crea inmortal? Te hice una pregunta.

—No.

—Respuesta acertada —dice Esparza. Inspecciona a Callan unos segundos—. Sean Callan. He oído hablar de ti. Billy the Kid Callan. Eres una puta leyenda. ¿Es verdad que le salvaste la vida a Adán una vez?

—Sí.

—He oído esa historia —dice Esparza—. Y la canción también. La película no la he visto, en cambio. Pero estoy impresionado. Claro que de Elena se pueden decir muchas cosas, pero no que sea una tacaña. Para la Reina, solo lo mejor de lo mejor.

—Exacto… —Callan pierde el hilo de sus pensamientos; luego dice—: Estos hombres… tienen talento… capacidades que podrían servirte… Trabajarán para ti.

—¿Y tú? —pregunta Iván—. ¿Trabajarás para mí?

—Sí.

—Es tentador —dice Esparza—. De veras que sí. Pero el caso es que… yo también quiero ser una leyenda. Y para ser una leyenda tengo que eliminar a la leyenda anterior.

Iván camina hasta el final de la fila.

A su lado va uno de sus hombres, sosteniendo un celular para grabar en video.

Uno a uno, Iván les dispara a los prisioneros en la cabeza. Cuando llega a Lev dice:

—Despiértenlo.

Uno de sus hombres abofetea a Lev hasta que vuelve en sí.

Levanta la mirada, pestañea.

—*Shalom*, hijueputa —dice Iván antes de dispararle.

La sangre salpica la cara de Callan.

Iván se pone delante de él.

—Verás, estoy harto de que venga gente a intentar matarme. Me encabrona de verdad. Y en YouTube les gusta mucho esta mierda. Se hará viral.

Apunta la pistola a la frente de Callan:

—¿Algunas últimas palabras?

—Sí —dice Callan—. Vete al carajo.

Quiere cerrar los ojos, pero se obliga a mantenerlos abiertos y a mirar fijamente a Esparza.

El que a hierro mata, a hierro muere.

Iván baja la pistola.

—Una buena leyenda no hay que desperdiciarla.

Manda a uno de sus hombres que le limpie el vómito de un manguerazo.

Callan se queda sentado, empapado, temblando.

Nora espera tres días.

Al no tener noticias de Callan, toma a Flor y se va.

Pero no va a Costa Rica.

Va a México.

Es una mujer impresionante.

No me extraña que mi hermano la quisiera, se dice Elena. Y la niñita que va con ella es un sol, aunque está claro que no es su hija.

Mira a la pequeña.

—Linda, ¿puedes ir un ratito con Lupe para que tu madre y yo podamos hablar? Te dará algo rico.

Flor mira a Nora, que asiente con un gesto.

La niña se va con la criada.

—Nos conocimos hace años —dice Nora.

—Me acuerdo, por supuesto —contesta Elena—. Mi hermano era el Señor de los Cielos y tú eras la Güera, su famosa señora. Yo te tenía un poquitín de envidia, si te digo la verdad. Y ahora estás todavía más guapa. ¿Cómo es posible?

—¿Dónde está mi marido?

—Directa al grano —dice Elena. Mira por la ventana. Es uno de esos raros días de lluvia del invierno. El Pacífico está gris y revuelto—. No lo sé, francamente. Pero si tuviera que aventurar una hipótesis, yo diría que está muerto.

—Fue a hacer un trabajo para ti.

—Y no volvió —dice Elena—. Imagino que no has visto el video.

Nora niega con la cabeza.

—Iván Esparza tuvo la delicadeza de enviármelo —continúa Elena. Conduce a Nora a una mesa y abre un archivo en la computadora—. Supongo que debería advertirte respecto a su contenido.

—No pasa nada.

Nora ve el video.

Ve a Sean —herido, dolorido, aturdido— mirar de frente a Iván Esparza y decir «Sí. Vete al carajo».

—Esparza no le disparó —dice.

—Que se vea en el video, no —puntualiza Elena—. Pero no me lo imagino tolerando esa bravata. Claro que...

—No sabemos si Sean está muerto —la interrumpe Nora.

—No.

—¿Qué has hecho para rescatarlo?

—Nada —dice Elena—. ¿Qué puedo hacer?

—Todo lo que esté en tu poder —responde Nora.

—Yo no tengo poder —dice Elena—. Estoy derrotada. Los nuevos poderes me han dado la espalda, me han tendido una trampa. En estos momentos tengo a gente recogiendo mis cosas para irme a otra parte. El problema es que no tengo dónde ir.

Iván, Caro y puede que incluso Tito le siguen la pista en México, y al otro lado de la frontera hay dictada orden de detención contra ellos.

Puede que se vaya a Europa.

Dure lo que dure.

—No puedes dejarlo allí sin más —dice Nora.

—No lo entiendes —responde Elena—. Las mujeres como tú y como yo tenemos los días contados. Nos derrotaron. Creíamos en cierto nivel de decencia, de decoro, incluso de belleza. La hermosura que se deriva del orden. Todo eso ha desaparecido. Salimos del escenario dejando solo caos.

Elena lo comprende ahora.

Debería haberme dado cuenta antes, pero ya es demasiado tarde, se dice.

Tito Ascensión se quedará con todo.

Pero él solo es un títere en manos de Caro.

El viejo nos ha manipulado a todos, ha jugado con nosotros para que nos destruyamos unos a otros y él pueda recoger los pedazos y azuzar a Tito como el perro que ha sido siempre. Un día de estos Tito matará a los Esparza sin saber siquiera que está cumpliendo designios de Caro.

El gobierno apoyará a Caro pensando que se encargará de restablecer el orden.

Pero se equivocan.

El genio de la anarquía ha salido de la botella y ya no podrán volver a meterlo dentro, nunca. Hay demasiados demonios sueltos para que un solo diablo se imponga, y se matarán ferozmente entre sí, como idiotas, en las calles de Tijuana, en las playas de Cabo, en los montes de Guerrero. Matarán en Acapulco, en Juárez, hasta en la Ciudad de México.

La matanza no cesará ya nunca.

—Vuelve a Costa Rica —dice—. Allí no puedo protegerte, pero estoy segura de que podrás llegar a algún acuerdo con quien controle la zona. Ya sabes cómo son estos hombres: la belleza los vuelve imbéciles.

Nora sale de la casa de Elena en Ensenada y conduce hasta el aeropuerto.

Cinco horas después, Flor y ella están en Washington.

Keller ve el video.

Ha visto otros parecidos muchas veces, demasiadas. Fue Eddie Ruiz quien inauguró la moda de los videos hace años, cuando capturó a cuatro Zetas enviados a Acapulco para matarlo. Los entrevistó delante de la cámara como si fuera un presentador de televisión y luego les pegó un tiro y publicó el video en todas partes.

Aquello marcó tendencia.

Ahora Keller ve las ejecuciones y junta las piezas del rompecabezas.

A través de Cirello, le pasaron a Caro la ubicación del escondite de los Esparza en Sinaloa. Apenas unos días después, un asalto aerotransportado al recinto es recibido con una emboscada. Porque eso fue, evidentemente: los Esparza sabían con antelación que iba a producirse el ataque. Las fotografías del satélite muestran los esqueletos de dos aviones calcinados en la pista de aterrizaje. La emboscada se produjo en el instante en que los aviones tocaron tierra. La mayoría de sus pasajeros fueron abatidos en el acto; unos cuantos fueron hechos prisioneros: los hombres a los que Keller está viendo ejecutar en lo que parece ser un hangar.

Detiene la imagen en uno de ellos.

La cara coincide con diversas fotografías de expedientes de inteligencia relativos a Elena Sánchez: es su presunto jefe de seguridad, Lev Ben-Aharon, exmiembro de las Fuerzas de Defensa de Israel. «*Shalom*, hijueputa.» Otras dos caras reconocibles pertenecen a un ciudadano mexicano, Benny Rodríguez, y a un rodesio, Simon van der Kok. Ambos figuran en sus archivos como agentes al servicio de Sánchez.

El problema es el último hombre de la fila. No vemos a Iván dispararle. Y el diálogo:

«—¿Algunas últimas palabras?

»—Sí. Vete al carajo».

Sean Callan.

Billy the Kid.

Tenía poco más de veinte años cuando dirigía la mafia irlandesa del West Side de Nueva York. Selló una alianza con el clan de los Cimino y se convirtió en su sicario estrella. Tuvo que irse de Nueva York después de que ayudara a asesinar al padrino y acabó trabajando como mercenario en América Central y posteriormente como pistolero para Adán Barrera. Salvó la vida de Barrera en un tiroteo, pero lo abandonó cuando el capo asesinó al padre Juan.

Keller lo conocía.

Qué carajo, si hasta hicieron juntos una incursión en Baja para sacar de allí a Nora Hayden. De eso hace mucho tiempo. Callan y Nora se fueron juntos y desaparecieron del radar, Keller nunca supo dónde ni intentó averiguarlo.

Los dejó vivir en paz.

Pero ¿qué rayos pinta Callan en un asalto contra Iván Esparza ordenado por Elena Sánchez? ¿Es que ha retomado su antiguo oficio?

¿Y por qué?

Santo Dios, todo está volviendo otra vez.

Keller se concentra en el asunto más acuciante.

Le das el paradero de los Esparza a Caro, se dice.

Caro se lo da a Elena.

¿Y luego le dice a Iván que Elena va a atacarlo?

¿Por qué no le pasó la información a Tito, que tenía más posibilidades de cargarse a los Esparza?, se pregunta Keller. Pero tú mismo has contestado tu pregunta: porque primero quería eliminar a Elena. Tenderle una trampa para masacrar a sus mejores tropas.

De modo que ahora las tres facciones del cártel de Sinaloa están tocadas:

Los Núñez, *père et fils*, se han dado a la fuga y tratan de dirigir su red desde su escondrijo.

La rama de los Sánchez está tocada, seguramente sin posibilidad de remontar.

Los únicos que quedan son los Esparza, que están heridos, literalmente, y en guerra con Tito, cuyo cártel de Jalisco es cada vez más poderoso.

La única constante en esa sucesión de acontecimientos es Rafael Caro. Keller tiene que reconocer que el hombre tiene su mérito. Yo pasé décadas intentando destruir el cártel de Sinaloa, piensa, y Caro lo ha conseguido en meses.

Esa es la buena noticia.

La mala es que el cártel de Jalisco es el nuevo poder hegemónico.

Rafael Caro no ha hecho todo esto con el único fin de coronar a Tito. Si Tito es el rey, Caro es Richelieu, es Wolsey, es Warwick. Se servirá de Ascensión para borrar del mapa a Sinaloa y dejará que Tito ocupe el trono y se exponga al peligro que ello conlleva mientras él cabalga el dragón del caos pensando que puede dominarlo, ser el verdadero rey.

Pero ya no hay reyes, reflexiona Keller.

El último murió en Guatemala.

Elena va sentada en la parte de atrás de la Escalade.

Al lado de Luis.

Lleva en el bolso de mano dos boletos de primera clase con destino a Barcelona. Desde allí, ¿quién sabe? Intenta no pensar en su dudoso futuro. Cada cosa a su tiempo. Lo primero es llegar al aeropuerto internacional de Tijuana. Su pequeño convoy está formado por tres vehículos; pensó que un número mayor llamaría la atención y no tendría ninguna ventaja en cuanto a seguridad.

La seguridad es un problema.

Nueve llamadas a Tito sin una sola respuesta.

Siete a Rafael, con el mismo resultado.

Ha llamado a *sicarios*, jefes de célula, policías, políticos... Nadie quiere saber nada de ella, los viejos amigos no se acuerdan de su nombre.

Recibió, en cambio, una llamada entrante.

De Iván.

—¿Te llegó mi video? —le preguntó él.

—Sí, fue encantador, gracias.

—No debiste hacer eso —dijo Iván, que parecía drogado—. Yo no maté a tu hijo, ¿sabes? No maté a Rudolfo. Nunca me cayó muy bien, era un tanto mamón, pero yo no lo maté.

—Entonces, ¿quién fue?

—¿Núñez? —dijo Iván—. ¿Caro?

—Caro estaba en prisión.

—¿Y qué? ¿Los jefes no pueden dar órdenes desde la cárcel? —repuso Iván—. No sé quién fue, solo sé que no fui yo.

—¿Por qué me estás diciendo esto?

—Para que dejes de odiarme —contestó Iván.

—¿Es que te importa?

—Te lo creas o no, sí.

—Ganaste, Iván —dijo Elena—. Me voy con Luis. Puedes quedarte con lo que puedas quitarle a Tito, o con lo que te deje. Y que Dios te ayude.

Colgó.

Ahora va sentada en la parte de atrás del coche y sabe que Iván le dijo la verdad.

Fue Caro.

Fue él desde el principio.

Encerrado en una celda durante veinte años, pensando en cómo vengarse de la gente que él creía que lo había traicionado.

Si yo lo hubiera sabido…

Pero ahora ya es demasiado tarde.

Ahora lo único que puede hacer es salvarle la vida a Luis.

El coche circula por la carretera 3, pasando por Punta Morro, La Playita y El Sauzal. Elena nunca pasa por El Sauzal sin sentir una punzada de dolor: fue allí donde Adán ordenó el asesinato de diecinueve personas inocentes para asegurarse de que moría un único informante.

El convoy deja atrás El Sauzal y a continuación Victoria; después, el chofer toma una salida hacia una rotonda que conduce de nuevo a la carretera 3, hacia el interior. Debería incorporarse a la 1, que lleva a Tijuana y al aeropuerto.

Elena se inclina hacia delante.

—¿Qué hace? Tiene que tomar la 1.

El coche que encabeza el convoy ha seguido la ruta correcta, hacia la 1, y ahora no hay ningún coche delante del de Elena.

—Tome la siguiente rotonda —dice Elena—. Puede volver a la 1.

El chofer no le hace caso. Acelera y sigue por la 3 en dirección este. Entonces Elena oye un fuerte zumbido tras ellos. Se gira y mira por el medallón trasero. Debe de haber diez motos; se acercan al vehículo de atrás y se ponen a su lado.

Se ve el fogonazo de los cañones de las armas al disparar.

El coche vira bruscamente y se estrella.

Las motos —todas rosas, extrañamente— enfilan hacia su coche. Elena oye el chirrido de más motores y se gira para mirar hacia delante. Vienen más motos directas hacia ellos.

El conductor detiene el coche.

—¡No pare! —grita Elena.

El conductor se tumba en el asiento delantero.

Las motos han empezado a girar en círculos a su alrededor, como indios en una de esas películas del Oeste tan malas.

Elena ve a la chica, a esa chica tan vulgar, tan corriente, la del funeral de Adán, la que mató al asesino de Rudolfo. Va en una de las motos que giran a su alrededor, estrechando el cerco. La chica levanta una pistola ametralladora y dispara. Elena se agacha, pero a Luis le entra el pánico. Abre la puerta y trata de escapar, abandonándola. Ella lo agarra, intenta detenerlo, pero él sale y echa a correr.

Hacia un muro de balas.

Le dan en las piernas, el pecho, la cara.

Cae de espaldas con los brazos en jarras.

Elena sale arrastrándose del coche y se arrodilla junto al cuerpo mutilado de su hijo, ensangrentado, hecho pedazos. Lo levanta, lo estrecha en sus brazos, mira al cielo y grita. Grita a voz en cuello, dejándose el corazón.

Un sonido agudo, sobrenatural.

Belinda se baja de la moto.

Se acerca, acerca una pistola a la frente de Elena y dice:

—Siempre te creíste mejor que yo.

Aprieta el gatillo.

Elena cae sobre su hijo muerto.

La narcodinastía de los Barrera se ha extinguido.

Del todo, de hecho, más aún de lo que cree la gente.

Suena el timbre en casa de Eva en La Jolla.

Eva se asoma por la mirilla y ve a un hombre solo, vestido con un polo morado y unos chinos. Como parece inofensivo, abre la puerta.

—¿Sí? —pregunta.

—Seguramente no te acuerdas de mí, pero estuve en tu boda —dice el desconocido. Mira detrás de ella a los gemelos, que se asoman tímidamente para mirar al recién llegado—. ¿Quiénes son estas dos preciosidades? Deben de ser Miguel y Raúl.

—¿Y tú quién eres? —pregunta Eva.

—Eddie —contesta él—. Eddie Ruiz.

Eva, Eva, Evaaaa, piensa Eddie.

Eva Esparza Barrera.

Todavía está como quiere y eso que tiene ya, ¿cuántos?, veintiocho años. Una mamá cogible. Maciza a más no poder. Dos hijos y sigue teniendo el culo como una manzana y unas tetas que parecen igual de firmes que cuando Adán B. la raptó de la cuna.

La novia niña del *Señor*.

Casada con un viejo para cimentar una alianza y producir herederos que unieran a dos ramas del cártel. La dulce, casta y virginal Eva, cuyo viejo guardó su *chocho* como si valiera su peso en oro, y así era, en cierto modo.

Y los dos principitos: el príncipe Miguel y el príncipe Raúl. Eddie se pregunta cuál de los dos salió primero, porque técnicamente ese sería el primero en la línea de sucesión a la corona.

Ahora que su *papi* ha muerto.

Y también su tío Raúl.

Y su tío abuelo el M-1.

Y su primo Sal, *muerto* también. Bueno, a Sal lo maté yo, piensa Eddie, pero eso no viene al caso. Si naces siendo un Barrera, tus probabilidades de morir de viejo no son muy buenas. Y la pequeña Eva —a la que Eddie pensó en tirarse cuando la vio recorriendo el pasillo hacia el altar— es una viuda despampanante.

Con diez millones de dólares a los que a Eddie no le importaría, eh, hincarles el diente.

—¿Cómo me encontraste? —pregunta Eva.

—A base de insistir —contesta Eddie.

Y gracias a un contacto en la DEA.

Eva es ciudadana estadounidense. Su *papi* llevó a su *mami* en coche al otro lado de la frontera para que ella naciera en San Diego, así que está aquí en situación legal y, aunque su difunto y amantísimo esposo fuera el mayor narcotraficante del mundo, no hay una sola acusación pendiente contra su afligida viuda.

Tiene limpio el historial.

—¿Qué puedo hacer por ti? —pregunta ella.

—A lo mejor los niños podrían ponerse a ver *Plaza Sésamo* o algo así —sugiere Eddie.

—Hace años que no pasan *Plaza Sésamo* —contesta ella—. ¿Dónde has estado?

—Por ahí.

—¿En el extranjero?

—Más o menos.

—Puedo ponerles una película —dice Eva.

—Eso sería estupendo.

Abre la puerta y lo deja pasar. Luego se lleva a los niños por el pasillo. Unos minutos después vuelve, conduce a Eddie a la sala y le indica que se siente en el sofá.

La casa es bonita, se dice Eddie.

Muebles nuevos, vista al mar.

Siete cifras, fácilmente.

Monedas, para Adán.

Eva viste de negro: blusa negra, jeans negros de diseño, muy ajustados, y sandalias. Lleva el pelo recogido en una de esas coletas que se hacen las mamás buenorras, como si acabara de llegar de yoga.

—Eddie Ruiz —dice—. ¿No trabajabas antes para mi marido?

¿Trabajar para él?, se dice Eddie. Yo tomé Nuevo Laredo para tu marido, zorra. Le tendí una trampa a Diego Tapia para liquidarlo, por tu marido. Fui a Guatemala a salvar a tu marido. Y ya entrados, princesa, convertí al hombre que mató a tu padre en una antorcha viviente. Así que a mí no me hables como si fuera el chico de la tintorería.

—Sí —contesta—, en tiempos.

Antes de que tu marido se fuera al otro barrio.

—¿De qué querías hablarme? —pregunta ella.

—De dinero.

—¿De dinero?

—¿Quién gestiona tu dinero ahora? —pregunta Eddie—. ¿Tus hermanos?

—Eso no es asunto tuyo.

—Pero podría serlo —responde Eddie—. Y yo no te robaría.

—¿Crees que mis hermanos me están robando?

—¿Cómo vas a saberlo? —pregunta Eddie—. Tú solo aceptas lo que te dan, ¿no? Y les das las gracias.

—Ellos me cuidan.

—Como si fueras una niñita.

—No soy una niñita —replica ella crispándose.

—Entonces ¿por qué te comportas como si lo fueras?

Eddie se lo explica a grandes rasgos: ella tiene derecho a todo el dinero que genera la facción de Adán del cártel. O sea, decenas de millones de dólares; un dinero que hay que lavar e invertir. De acuerdo, sus hermanos dicen que eso es lo que hacen, pero ¿lo hacen de verdad? ¿Recibe ella hasta el último centavo que se le debe o solo le dan lo que creen que merece? ¿Le mandan todo el dinero o solo una asignación mensual?

Eddie nota por la expresión de su cara que es esto último.

—¿Es broma? —pregunta—. Eres una mujer adulta con dos hijos pequeños.

Sigue presionando. ¿Están invirtiendo bien su dinero, por lo menos? ¿Le está rindiendo los beneficios que debería rendir? No lo sabe, ¿verdad?, porque no está al corriente de las cuentas y no pregunta.

—Y el dinero es tuyo, no de ellos —insiste Eddie—. Si lo invirtieras con nosotros, tendríamos muy en cuenta que es tu dinero, no nuestro.

—¿A quién te refieres con «nuestro»?

Ya casi la tengo en el aro, se dice Eddie. Si no estuviera interesada, ya lo habría mandado a la mierda y estaría hablando con sus hermanos.

—Soy miembro de un sindicato de inversionistas junto con algunas personas muy importantes cuyos nombres puede que conozcas o no.

—Ponme a prueba.

—Rafael Caro.

Aquí es donde la cosa se podría descarrilar, piensa Eddie, en caso de que sepa que Caro y Barrera libraron una guerra cuando ella aún estaba en pañales. Cuando todavía se transmitía *Plaza Sésamo*, aproximadamente.

Eva no lo sabe.

Eddie se lo nota en la mirada impávida.

Santo Dios, ¿de verdad es tan tonta como dicen?

—No me suena su nombre —dice, como si Caro fuera un cantante que no tiene en su *playlist*.

—Ha estado por ahí, fuera —contesta Eddie.

—¿En el mismo sitio que tú?

Pues la verdad es que sí, piensa Eddie.

—Caro tiene contactos en los niveles más altos de la administración mexicana, y de la de Estados Unidos también, y en círculos financieros. Él… nosotros… podemos conseguir que esos contactos también te beneficien a ti. Hacerte ganar mucho más dinero, ponerte al volante de tu vida.

—Si traiciono a mis hermanos.

—La lealtad es una calle de dos sentidos —contesta Eddie—. Eva, tú crees que no te entiendo, pero te entiendo, de verdad. Tenías diecisiete años cuando tu padre te casó con un viejo por asuntos de negocios. Ahora tus hermanos tienen problemas serios y necesitan hacer las paces con Tito Ascensión. ¿Te acuerdas de él? ¿Un tipo grandulón, viejo, muy feo? ¿Con cara de perro?

—¿Qué es lo que estás diciendo?

—¿Sabes qué es lo que puede ofrecerle Iván a Tito? —pregunta Eddie—. A ti.

—Él no haría eso.

—Si tienes suerte, te casarán con el hijo de Tito —añade Eddie—. Tiene más o menos tu edad y no es mal parecido. Pero si a Tito se la pones dura, en fin… Junta unos huesos para dárselos a roer, Eva. Puede que así lo distraigas unos segundos de vez en cuando.

—Eres asqueroso.

—Creí que eras una mujer, pero veo que quieres seguir siendo una niña. El error fue mío. —Eddie se levanta—. Me alegra volver a verte. Siento haberte hecho perder el tiempo.

—Siéntate.

Él duda un segundo para hacerle creer que se lo piensa; luego se sienta y la mira.

—¿Cómo funcionaría ese asunto? —pregunta ella.

Eddie se lo explica. Ella ni siquiera tendría que enfrentarse a Iván. Ya conocen a la gente que gestiona diariamente su dinero; irán a ver a esas personas y les explicarán que han cambiado las circunstancias, que Eva Esparza Barrera va a tomar las riendas de su vida. Si aceptan, genial, si no…

—No quiero violencia —dice ella.

Claro que no, piensa Eddie. Te casaste con un tipo que una vez tiró a dos niños por un puente, pero no quieres mancharte las manos de sangre. Como a la mayoría de las *esposas*, te gusta el dinero, y la ropa y las joyas, y los coches y la casa, pero no quieres saber de dónde vienen.

—Nada de violencia —dice Eddie.

A no ser que sea necesario.

Pero entonces se da cuenta de que la está perdiendo.

Y no quiere perderla. Tener a bordo a la *mami* de los gemelos reales —al chocho del que salieron los vástagos de Barrera— les daría legitimidad instantánea. Carajo, si en México todavía hay gente que enciende velas y le reza a san Adán.

Y su dinero tampoco les vendría mal.

Pero Eva dice:

—No sé…

Eddie sabe perfectamente lo que significa ese «no sé» viniendo de una chica. Significa que no. «Te quiero como amigo». Significa que está dispuesta a beberse una copita de vino y a ver Netflix contigo, pero de coger, nada.

Eso ya lo veremos, piensa Eddie. Tú todavía no lo sabes, Eva, pero vas a ponerte a cuatro patas y a pararme el culito. Yo no quería hacerlo así, preferiría seducirte despacito, no cogerte a lo bestia, pero…

—¿Quieres saber lo que yo sé? —pregunta—. Tu exguardaespaldas, Miguel… Te lo cogiste en tu condominio de Bosques de las Lomas en 2010. Unos nueve meses antes de que nacieran los gemelos.

—Eso es absurdo.

—Miguel no quería rajar —añade Eddie—. Se lo calló mucho tiempo. Pero al final resultó que valoraba sus huevitos más que a ti. ¿Y quién puede reprochárselo?

—Está mintiendo.

—No, no está mintiendo —dice Eddie—. Mira, no te culpo. Tenías que embarazarte o Adán te reemplazaría por otra *miss* a la que tampoco dejaría encinta. Lo comprendo. Hiciste lo que tenías que hacer. Y mientras estés con nosotros, a todos nos interesará que se siga creyendo que esos dos pequeños bastardos que están ahí adentro viendo lo que sea estén viendo son fruto del sagrado esperma de Adán Barrera y no de un pendejo que te ponía cachonda y al que no le pediste que se pusiera un condón.

»Pero si no te vienes con nosotros… ¿Qué harían tus hermanos si lo supieran? ¿Darte una paliza? ¿Matarte? Cerrarte la llave, eso seguro. ¿Y qué dirá el resto de la gente cuando sepa que no eres la afligida y casta viuda, sino una… no sé… una puta? ¿Una fácil? Porque, santo Dios, Eva, en serio… ¿Con el guardaespaldas? Es tan… porno.

Ahora es cuando de verdad va a averiguar si es una niña o una mujer.

Una niña se echaría a llorar.

Una mujer haría un trato.

Eddie le da un empujoncito en la dirección que le interesa.

—Podríamos construir un imperio, Eva. Esos niños de ahí podrían ser reyes. Por primera vez desde que naciste, podrías tomar las putas riendas de tu vida.

Eva no llora.

Asiente con la cabeza.

—Bueeeeno —dice Eddie, y vuelve a levantarse—. Lo pondré en marcha.

Ella lo acompaña a la puerta.

—¿Estás saliendo con alguien? ¿Tienes un galán? —pregunta Eddie.

Ella sonríe.

—Eso sí que no es asunto tuyo.

No, piensa él.

Pero podría serlo.

Rafael Caro se ha adueñado del cártel de Sinaloa, se dice Keller cuando recibe la noticia de que Eddie Ruiz fue a visitar a Eva Barrera.

A partir de ese momento, Eddie empieza a meter dinero a toneladas en sus bancos de lavado. Mucho más dinero del que tiene. Solo puede ser dinero de Eva, dinero que va a parar a diversos bancos de la zona de San Diego, a inversiones inmobiliarias en Estados Unidos y México, a proyectos urbanísticos en ambos países, en Europa y Oriente Medio y, cómo no, también a HBMX.

Integrado en el sindicato.

Se corre la voz de que parte de los contadores y gestores financieros de los Esparza se han pasado a las filas de Ruiz, y otros dos han sido hallados muertos junto a sus coches.

Keller es consciente de que muchos de los antiguos seguidores de Barrera desertarán para unirse al eje Caro-Ruiz en cuanto se sepa que Eva está con ellos. Lo raro es que Caro no haya reclamado a Eva para sí, por lo menos todavía.

Ahora, sin embargo, Eddie enarbolará el estandarte de los Barrera.

Adán vive.

Barrera vuelve a tener el cártel.

Tiene el sindicato.
El sindicato se ha convertido en el cártel y el cártel en el sindicato.
Pronto el sindicato tendrá también la Casa Blanca.
Será todo una misma cosa.
Por encima de mi cadáver, se dice Keller.

5

Blanc navidad

Oí las campanas el día de Navidad sus viejas tonadas de siempre tocar.

—Henry Wadsworth Longfellow, *Campanas de Navidad*

Kingston, Nueva York.
Diciembre de 2016

Jacqui merodea por las calles como lo que es: una zombi.

No es *La noche de los muertos vivientes*, es *La noche y el día y el día y la noche de los muertos vivientes.*

En sus momentos de lucidez, ha llegado a creer que la heroína no ha sido creada para los seres humanos, sino los seres humanos para la heroína, como medio para perpetuarse. Es un rollo darwiniano, se dice mientras camina por la acera en busca de su próximo piquete. La supervivencia del más apto, y está claro que la heroína es mucho más resistente que el ser humano. Las pruebas son irrefutables: ella misma es solo la Prueba A de una lista de millones de alfabetos completos.

La heroína incluso evoluciona para adaptarse mejor al medio.

Primero fue la negra mexicana.

Luego, la canela.

Después el fuego, al desarrollar la heroína su pulgar oponible, el fentanilo. Ahora hay rumores de que existe una cosa llamada cofentanilo: un nuevo salto evolutivo para hacerse aún más fuerte. Y luego están las subespecies emparentadas con la heroína: el Oxi, el Vicodin y el resto de los productos farmacéuticos.

Sí, la heroína se está adueñando del mundo igual que antaño se adueñó de él el *Homo sapiens*.

De manera imparable.

Estamos muriendo muchos, se dice Jacqui, pero otros muchos no nos morimos. Porque, a diferencia del ser humano, la heroína es demasiado astuta para destruir su entorno. Mantendrá vivos a suficientes adictos para seguir siendo necesaria, para seguir circulando, para que los seres humanos sigan cultivando esas amapolas.

Y la heroína es paciente.

La heroína te espera.

Esperó a Jacqui hasta que acabó la rehabilitación, y salió limpia y sobria y pasó por esa estupidez del hogar de transición.

Y luego volvió a recibirla con los brazos abiertos, como a la hija pródiga.

Todo está perdonado, vuelve a casa.

Vuelve a mis brazos, nena.

Vuelve a casa (sol séptima) conmigo (do).

Sí, Jacqui hizo la rehabilitación y aprobó con sobresaliente. Al principio fue una mierda, estaba jodidísima, pero las enfermeras la ayudaron a superar la desintoxicación y, cuando lo consiguió, los psicólogos y los otros pacientes la ayudaron a sobrellevar el resto.

Le dijeron que lo que la hacía enfermar eran sus secretos, así que un día les habló de los abusos que había sufrido y lloró a mares y se sintió mucho mejor. Le dijeron que tenía que asimilar su pena, así que les contó que Travis se había muerto en sus brazos y lloró un poco más. Le dijeron que para ponerse bien tenía que deshacerse de su culpa y arreglar las cosas, y ella llamó a su madre y le dijo que sentía mucho todas las cabronadas que le había hecho, y su madre la perdonó, y entonces le dijeron que tenía que perdonarse a sí misma, y se perdonó.

Fue a terapia, fue a terapia de grupo, fue a las reuniones y cumplió los Pasos, hasta el de encontrar un Poder Superior, lo que le resultó difícil porque ella no creía en Dios ni de lejos.

No hace falta que sea Dios, le dijeron, pero tiene que ser algo, tienes que encontrar algo superior a ti en lo que creer, porque llegará el día en que no haya nada entre tú y la droga más que ese Poder Superior. Así que primero usó al grupo como referente, luego pasó a una fuerza astral sin especificar y finalmente encontró a Jesús.

Sí, a Jesús.

La cosa tiene gracia, pensó Jacqui en su momento.

Aunque estaba encantada. Había encontrado un subidón mayor que el del pico, mayor que el de la canela, mayor que cualquier otra cosa.

Era tan bonito, carajo…

Jacqui salió de rehabilitación como si volara.

Limpia, sobria y feliz, con amigos nuevos y una nueva perspectiva, y una nueva vida, y hasta con un nuevo *look*, porque había engordado como siete kilos y tenía la piel y el pelo limpios y lozanos, y le dijeron que no estaba lista aún para reincorporarse al mundo y le advirtieron de que evitara a «personas, lugares y cosas», que no volviera a Staten Island, donde el mismo entorno de antes la haría volver a las andadas.

Era un riesgo demasiado grande, hasta con Jesús al lado.

Rezó para aclararse y Jesús y ella llegaron a la conclusión de que debía hacerles caso y pasar seis meses en un hogar de transición, lejos de Staten Island. Había una plaza libre en una residencia supervisada para exadictos en Kingston, en el interior del estado de Nueva York, y allá fue Jacqui.

Y estuvo bien, fue genial.

Muy distinto a lo que había conocido: un pueblo de veintitrés mil habitantes a orillas del Hudson, con antiguas casas coloniales, viejas fábricas de ladrillo e iglesias con altos campanarios blancos, y la residencia estaba en una casona victoriana del barrio de Roundout que, según supo después, figuraba en el Registro Nacional de Lugares Históricos.

Y estaba bien la residencia. Vivían allí trece mujeres, todas ellas exadictas, y la directora, Martina, era amable aunque estricta. Había normas y toques de queda, y todas tenían que ayudar con la limpieza y la cocina, cosa que a Jacqui terminó gustándole.

Pasado un mes, le permitieron buscar empleo y encontró trabajo atendiendo la ventanilla para coches del Burger King, a tiro de piedra de la casa. El trabajo era aburrido pero no estresante (tenía que evitar el estrés) y tenía a sus amigas de la residencia, y sus reuniones (noventa en otros tantos días) y sus amigos de Narcóticos Anónimos, y le aconsejaron que no tuviera una relación de pareja durante el primer año y ella les hizo caso, y era realmente feliz.

Un día, volvía a casa del trabajo y, en la esquina de West Chester y Broadway, un tipo le susurró: «Chica, tengo lo que necesitas».

Sí, ¿verdad?

Como si pudiera ver a través de su piel y ver lo que necesitaba de verdad.

Y eso fue todo, no hizo falta nada más: siguió a aquel tipo al otro lado de la esquina, detrás de la gasolinera Valero, y le compró una bolsita y los pertrechos necesarios y se metió un pico y Jesús no la acompañó, y fue entonces cuando descubrió que su verdadero Poder Superior —el Poder Supremo— era la heroína.

Puede que la heroína sea Dios, se dice ahora mientras busca a su *dealer*.

Nosotros la veneramos, eso está claro, y tenemos todos esos pequeños rituales religiosos que la acompañan: la mezcla, el cocinado, la jeringa…

Los musulmanes rezan cinco veces al día, reflexiona.

Yo voy por cuatro.

La echaron del hogar de transición, claro. Consiguió salirse con la suya un tiempo, disimulaba, se hacía pendeja, le mentía a Martina a la cara diciéndole que no se picaba, y a su compañera de cuarto, pero a esas zorras no hay quien las engañe, lo han visto todo, carajo, lo han hecho todo. Las normas de la residencia decían que Martina tenía derecho a hacerle un análisis de orina y el análisis dio la campanada, y la pusieron en la calle.

En la calle, otra vez.

Conservó el trabajo casi una semana, luego se quedó dormida y ese día no se presentó y le dieron una advertencia, y después volvió a dormirse y se saltó otro turno y ya no se molestó en volver; total para qué, solo iban a decirle que estaba despedida.

Así que ahora está sin trabajo, sin casa y enganchada a la heroína.

La Santísima Trinidad, piensa.

Bueno, en realidad tiene dos casas.

La caja de cartón de un refrigerador debajo del puente de Washington Avenue, donde cruza Esopus Creek —paradójicamente no muy lejos del hotel Best Western Plus—, y su «lugar de fin de semana»: un sitio debajo del paso elevado de la carretera 587, junto a la antigua vía del tren, cerca de Aaron Court.

Cuando la policía los echa de un sitio, la pequeña comunidad de indigentes emigra al otro cruzando la ciudad.

Es un juego.

Jacqui prefiere su casa de Washington Avenue porque la búsqueda en los contenedores es mucho más productiva. No solo está el Best Western, sino que hay un Picnic Pizza justo al otro lado del puente y, si cruza el río, puede rebuscar en el contenedor del Olympic Diner y colarse, quizá, en el baño de la gasolinera de enfrente a hacer pis o cagar.

A veces la pescan y la echan, le dicen que saque de allí su asqueroso culo de yonqui.

Qué maleducados.

El sitio de Aaron Court es más incómodo; lo único que hay cerca es un Domino's Pizza, y el contenedor no es nada del otro mundo, porque Domino's se dedica al reparto. Pero desde allí puede subir por Broadway, donde hay un montón de bares, y donde hay bares hay borrachos solitarios que le dan diez billetes por chuparles el pito en el asiento delantero del coche.

Ojo, ella no es una prostituta.

No es sexo, solo es oral.

Como ir al dentista: abrir la boca de par en par, girar, escupir y enjuagarse.

Bueno, de acuerdo, enjuagarse no, pero sí escupir.

Su domicilio de Washington Avenue no está muy lejos de una misión bautista que ocupa el local de un antiguo restaurante mexicano y donde la dejan entrar a darse una ducha una o dos veces por semana, e incluso a lavar su ropa.

Pero no puede quedarse allí ni en ningún albergue para indigentes porque tienen una política de tolerancia cero con el alcohol y las drogas y la harían soplar en el tubito o hacer pis para analizarla, lo cual le parece contraproducente teniendo en cuenta que la mayoría de los indigentes son adictos o alcohólicos.

O enfermos mentales.

Sí, hay muchos indigentes que son adictos, pero la mayoría de los adictos no son indigentes.

Eso Jacqui lo ha aprendido en las calles y en los parques y en las barriadas adonde va a conectar y a picarse. La mayoría de los yonquis que hay en esos sitios tienen trabajo: se dedican a arreglar tejados, a poner alfombras, son mecánicos de coches o trabajan en alguna de las pocas fábricas que sobrevivieron después de que emigrara IBM. Hay amas de casa que se inyectan porque es más barato que las pastillas de Oxi a las que se engancharon; hay chicos de preparatoria, y profesores, y gente que viene de pueblos aún más pequeños a conseguir.

Hay indigentes como ella que apestan a sudor y hay señoronas de barrio residencial que huelen a productos de Mary Kay y que se pagan el hábito con sus ganancias de Amway, y también hay toda una gama intermedia.

Bienvenidos a Nación Heroína, 2016.

Una nación bajo la influencia de las drogas.

Con libertad y justicia para todos.

Amén.

El problema es, como dicen en la serie de televisión, que el invierno se acerca.

Qué carajo, el invierno ya está aquí, piensa Jacqui, y ahora el peligro no son las sobredosis, es morir congelado. Bueno, las sobredosis y morir congelado.

Lo que pase primero.

Morir por sobredosis es más rápido.

Pero está muy visto, piensa Jacqui. Carajo, la muerte por sobredosis debe de ser la principal causa de fallecimiento entre las estrellas de rock, ¿no? Sobredosis hay a montones; volverse un cubo de hielo es un poco más original. Aunque da la impresión de que duele bastante.

Jacqui pasa delante de una casa condenada. El viento arrastra las basuras entre los hierbajos que antes eran el césped.

Dios mío, piensa, cuando IBM se fue le arrancó el corazón de cuajo a esta ciudad.

Llega a un lote vacío.

Una chico negro está allí parado, con las manos metidas en la chamarra de cuero, dando zapatazos en el suelo para ahuyentar el frío.

—Chica, tengo lo que necesitas.

—¿Tienes fuego? —pregunta Jacqui.

No todos los vendedores lo tienen. Algunos solo tienen canela, y eso a ella ya no le sirve. Ha oído contar entre la comunidad yonqui —que es tan confiable como cabe suponer— que el fuego lo traen de la gran urbe un par de bandas, una de las cuales, los GMB —Get Money Boys—, tiene ocupada la casa al otro lado del baldío.

—Chica, si tienes dinero, yo te doy fuego.

—Tengo veinte.

—Son veinticinco.

—No tengo veinticinco.

—Entonces que pases buen día —contesta él.

—Vamos, hombre.

—Largo de aquí, nena —dice él—. Estás llamando la atención.

—Te hago una mamada.

—Mujer, esto es un negocio, no un *hobby*. Si quieres ponerte de rodillas, vete a una iglesia.

—Tengo veintitrés.

—¿Quién te crees que soy, Daymond John? ¿Qué es esto, *Negociando con tiburones*? ¿Ahora vamos a negociar? —pregunta él—. Anda, lárgate antes de que te parta la cara.

—Bueno, veinticinco. —Se saca del bolsillo un billete de veinte y otro de diez y se los pone en la mano.

—Eres una puta mentirosa.

—Sí, soy una puta mentirosa.

—Intentaste engañarme —dice él—. Ibas a hacerme una mamada por cinco billetes. ¿Para qué quiero yo que me la chupe una blanca? No tienen labios. Acércate a la casa y llama a la puerta de atrás, pedazo de mañosa, boca de lagarto, no vales ni cinco dólares y encima seguro que me contagiabas algo.

—«¿Boca de lagarto?» Más vale que la mierda sea buena.

Jacqui se acerca a la puerta trasera y llama con los nudillos. La puerta se abre un poco y una mano le pasa un papel. Jacqui lo toma y se lo guarda en el bolsillo de la chamarra. Luego vuelve al puente de Washington Avenue, se mete en su bolsa de dormir, se prepara un piquete y se inyecta.

La mierda es buena, ya lo creo.

Con el fuego el efecto es mayor.

Es su Poder Supremo.

Dios y la evolución no son términos contradictorios, piensa mientras se adormila.

Son lo mismo.

• • •

Cirello gira bruscamente la cabeza.

—¿Qué te pasa? —pregunta Darnell—. Pusiste cara de haber visto un fantasma.

Algo así, piensa Cirello.

—Nada.

Llevó a Darnell al interior del estado. Cuando vas a tierra de blancos, le dijo Darnell, conviene llevar a un blanco al volante. Sobre todo si ese blanco es policía. Fueron hasta Kingston en coche porque tenía que reunirse con el jefe de los GMB para ponerlo en su sitio. Los GMB mataron a un vendedor rival y Darnell necesita aclarar el asunto.

Van hasta el Motel 19, a las afueras del pueblo, donde Darnell tiene alojada a la banda. Darnell echa a todo mundo de la habitación excepto a Mikey, el cabecilla.

—¿Se puede saber qué carajo te pasa, niñito? —pregunta Darnell.

—¿Qué quieres decir, D?

—Mataron a un hermano negro.

—A veces hay que hacerlo —contesta Mikey tratando de conservar el aplomo.

—¿Conoces a Obama? —le pregunta Darnell.

—¿El presidente?

—Sí, ese Obama —contesta Darnell—. Nadie mata a un solo árabe si él no da el visto bueno. Pues yo soy tu Obama, Mikey. Si quieres cargarte a alguien, primero tengo que darte permiso. Y no voy a dártelo.

—¿Por qué no? —responde Mikey, intentando todavía plantar cara.

—Piensa —dice Darnell—. Sé listo. Este es un pueblo pequeño. Un pueblo de mayoría blanca. Dejan que le vendas droga a escoria blanca porque es escoria. Pero no van a dejar que les llenes las aceras de cadáveres, ni aunque sean cadáveres de negros. Ese rollo llama mucho la atención, y la atención es mala para el negocio. Mala para mi negocio, ¿captas lo que quiero decir?

—Sí.

Mikey ya se alineó, se dice Cirello.

—No me obligues a sustituirte —le advierte Darnell.

—No lo haré.

—Tu primo Kevin te manda recuerdos.

—¿Cómo está? —pregunta Mikey.

—Bien.

Cirello oye el mensaje implícito: vuelve a joderme y no solo te mato a ti, mato también a tu primito.

En el trayecto de vuelta, Darnell dice:

—El problema de este negocio no es la mercancía, sino el personal. Encontrar gente que haga lo que les dices y no haga lo que les dices que no hagan.

—Eso mismo dice mi jefe.

—Ahí lo tienes —añade Darnell—. ¿Quién era la chica?

—¿Qué chica?

—Esa yonqui que vimos al pasar, desde el coche —dice Darnell—. La conocías.

—La habré detenido alguna vez en Nueva York.

—Y pensaste que la habías salvado —dice Darnell—. No seas tan inocente, Bobby Cirello. No se puede salvar a un yonqui.

—Supongo que no.

—¿Y sabes por qué no hay manera de salvarlos?

—Intuyo que vas a contármelo.

—Porque, a fin de cuentas —agrega Darnell—, lo que buscan los yonquis no es drogarse. Lo que buscan es morirse.

Supongo que sí, piensa Bobby.

Intenta quitarse de la cabeza a la chica, a Jacqui.

Tuvo su oportunidad. Si la desperdició, es cosa suya.

—Necesito que estés bien centrado —dice Darnell.

—¿Y eso por qué?

Porque, le dice Darnell, está a punto de llegar un cargamento enorme de fuego, el más grande hasta la fecha.

Cuarenta kilos.

—Va a ser una blanca Navidad —dice Darnell.

—Todas lo son.

—Eso es verdad.

Ha llegado la hora, reflexiona Keller.

De hecho, se te está agotando el tiempo. La nueva administración vendrá a cerrar la investigación porque conduce hasta ellos.

«Sigue el dinero», como decía aquel.

Pueden meterle un buen paquete a Eddie por tráfico de estupefacientes.

Tienen a Darius Darnell.

Y a Jason Lerner.

Ricardo Núñez ya está bajo investigación.

Pueden conseguir el procesamiento de Tito Ascensión y Rafael Caro en Estados Unidos por blanqueo de capital, y ver si sus protectores dentro del gobierno mexicano los dejan tirados cuando la cosa se ponga al rojo vivo.

Keller empieza a organizarlo todo.

Pide que le devuelvan favores, exige que se cumplan obligaciones.

Al fiscal federal de San Diego no hace falta meterle prisa: acepta encantado las pruebas que le da Keller de que Ruiz está traficando con drogas y lavando dinero, a lo que hay que sumar las acciones que él ha emprendido por su cuenta bajo secreto de investigación.

En San Diego hay desde hace tiempo acusaciones contra los Esparza por tráfico de heroína y cocaína. Resulta que en Texas y Arizona también, y en ambos casos existen causas secretas contra Ascensión y su hijo.

Es hora hacer redadas, de detener gente, de clavar los ataúdes.

Y es hora de detener la entrada de heroína.

Llama a Mullen.

—Estoy dispuesto a detener a Darnell.

—Menos mal —contesta Mullen—. Me estaba matando pensar que íbamos a permitir que cuarenta kilos de fuego salieran a la calle. Cirello está al borde del motín.

—¿Qué te parecería encargarte de la redada?

—¿Es broma? —preguntó Mullen—. Feliz Navidad.

Keller llega a su casa a pie.

Hay una mujer parada debajo del árbol de afuera.

Nora Hayden está tan bella como siempre.

Tiene arrugas y líneas que antes no tenía, se dice Keller, pero por alguna razón la hacen aún más guapa.

Sus ojos siguen siendo incisivos y radiantes.

Imperiosos.

Han pasado dieciocho años desde la última vez que la vio Keller.

Fue en un puente de San Diego.

Y después, cuando testificó contra Adán.

Nora Hayden era, hasta que conoció a Marisol, la mujer más bella que había visto nunca. La mujer más bella que habían visto muchos hombres, dado que pagaban miles de dólares para estar con ella.

Uno de esos hombres era Adán Barrera.

Nora se convirtió en su amante exclusiva de tiempo completo, en su legendaria diosa rubia cuando era el Señor de los Cielos.

Después, lo delató.

Bueno, eso no es del todo cierto, piensa Keller.

Yo hice que lo delatara.

Tenían un amigo en común, un cura —más tarde cardenal— llamado Juan Parada. Keller lo conoció en Sinaloa más o menos en la misma época que a Barrera, y Parada fue como un padre para él.

Nora Hayden estaba incluso más unida al cura que él. Decía que eran amigos, y a veces Keller se preguntaba si no habría algo más entre ellos, pero nunca se lo preguntó a ninguno de los dos.

No era asunto suyo.

Lo fue, en cambio, cuando Barrera mandó matar al padre Juan.

A su propio sacerdote, al hombre que había bautizado a su hija.

Barrera lo traicionó.

Keller se sirvió de ello para convencer a Nora, que durante muchos meses fue la informante de más alto nivel que nadie había logrado introducir en un cártel; literalmente, en la cama del *jefe* de la red de narcotráfico más grande del mundo.

Informaba solo a Keller y solo Keller conocía su identidad.

Pero el cártel la descubrió, como era inevitable.

Y la secuestraron.

De ahí el intercambio de rehenes en el puente y todo lo que siguió. Keller no había vuelto a verla desde el juicio de Barrera. Desapareció, sin más.

Keller confiaba en que hubiera encontrado la paz y la felicidad.

Y el amor.

Con Sean Callan.

Nora y Sean Callan se esfumaron como recuerdos.

Y, como recuerdos, volvieron los dos.

Keller sabe qué hace aquí. Dice:

—Callan desapareció.

Nora le cuenta lo que sabe, lo que descubrió por Elena Sánchez, lo que vio en el video.

—Lo vi —dice Keller.

—¿Sabías lo del ataque? —pregunta Nora.

Yo lo hice todo, menos mandarlo, piensa Keller.

—Fue en una zona remota de las montañas, al sur de Sinaloa. Esa es la ULC.

Nora lo interroga con la mirada.

—Última localización conocida —explica Keller.

Ella sigue siendo tan franca como siempre.

—¿Crees que está vivo?

—No lo sé —responde Keller—. Esparza no se ha jactado de haberlo matado, lo que es impropio de él, y en el video no se veía.

—¿Por qué mataría a todos los demás y no a Sean?

—Porque es Sean Callan —contesta Keller—. Puede que crea que vale más vivo.

—Sean te salvó la vida una vez. En el puente, aquella noche. Él era el francotirador. Tenía que haberte matado. Pero mató a los demás.

—Siempre me lo he preguntado —dice Keller.

—Ahora te necesita —añade Nora—. Yo te necesito.

—Haré todo lo que pueda, pero…

—Pero…

—No tengo poder absoluto en México —dice Keller—. Seguramente puedo conseguir que las FES hagan algunas redadas y salgan a buscarlo, pero cabe la posibilidad de que eso propicie que lo maten. Y aquí, en Estados Unidos… En fin, estoy prácticamente con un pie en la calle. No tengo la misma influencia que antes.

Nora asimila la información y luego dice:

—Antes de estar con Sean, antes de estar con Adán, tuve muchos clientes que pertenecían a las altas esferas de Washington y Nueva York. Algunos eran jóvenes en aquel entonces. Ahora ocupan puestos de poder. Haré lo que tenga que hacer.

—Entiendo.

—Tráelo de vuelta, Art —dice ella—. Se lo debes.

También te lo debo a ti, piensa él.

—¿Dónde puedo localizarte?

—En el Palomar.

Está solo a unas manzanas de distancia.

—Estamos en contacto —dice Keller.

Cuando entra en casa, Marisol le pregunta:

—¿Quién era esa?

—El pasado —contesta Keller.

Ella no insiste.

Keller recurre a Orduña.

—Creo que tu hombre está muerto —dice Orduña—. Mandó a la mierda a Iván, Iván hizo apagar la cámara y se lo cargó. Seguramente de una manera horrible, poco adecuada hasta para internet. Me estás pidiendo que busque un cadáver, Arturo.

—¿Puedes buscarlo de todos modos? —pregunta Keller.

—¿Por qué te interesa tanto ese tipo?

—Es un viejo amigo.

—¿En serio? —pregunta Orduña—. Porque según nuestros informes es uno de los antiguos *sicarios* de Adán Barrera. Lo que hace poco probable que sean amigos.

—Ya sabes cómo son estas cosas.

—Sí, lo sé —responde Orduña.

Le cuenta a Keller que los hermanos Esparza han abandonado el lugar donde sucedió el ataque y que su paradero es desconocido.

—¿Los estás buscando? —pregunta Keller—. No te ofendas, pero pensé que eran prácticamente intocables.

—Sí, pero menos que antes —dice Orduña—. No me malinterpretes, siguen teniendo mucha influencia, pero me están llegando noticias de que en la Ciudad de México hay ciertas personas a las que no les importaría que salieran tocados. Bueno, entonces, ¿estás buscando trabajo? Porque aquí siempre habrá un puesto para ti.

—Gracias —contesta Keller—. Intenta encontrar a Callan, ¿de acuerdo?

Le dice a su gente —por lo menos a los que todavía les importa lo que él diga— que intenten averiguar el paradero de los hermanos Esparza. Es una petición lógica que sirve de pantalla a su interés por Sean Callan, pero lo cierto es que si Callan sigue con vida, seguramente no estará muy lejos de los Esparza.

Iván querrá tener cerca a su rehén.

Hasta que descubra cómo sacarle el mejor partido o decida matarlo.

Los Esparza parecen haber desaparecido del mapa. Ninguna de las fuentes habituales les da una pista de dónde pueden estar. Ni los rastreos por satélite, ni el análisis de tráfico informático ni las intervenciones telefónicas han dado resultados.

En las redes sociales el asunto también ha generado polémica. En los blogs, en Twitter y en Snapchat se especula acerca del paradero de los capos del cártel de Sinaloa.

Sobre el paradero de Elena y Luis, en cambio, no había ninguna duda. En la «prensa roja» abundan las fotografías de sus cadáveres tirados en la carretera, en medio de charcos de sangre. De modo que ese misterio está resuelto, pero ¿dónde están los Núñez, padre e hijo? ¿Y dónde se han metido los hermanos Esparza? Circula el rumor —respaldado por el video que subió Iván a la red— de que hubo un asalto sangriento a uno de sus escondrijos, pero ¿dónde están ahora?

Y, se pregunta la gente, ¿quién es el hombre misterioso que tuvo los huevos de decirle a Iván Esparza «Vete al carajo»? Está claro que es un *yanqui*, pero ¿quién? ¿Está vivo o muerto? Hasta le han puesto un apodo, el Yanqui Bally —en referencia a los huevos que demostró tener—, y una banda de *norteño* vinculada a Tito compuso un *narcocorrido* sobre el Yanqui Bally que dejó en ridículo a Iván Esparza.

Por una canción así, podrían matar a Sean Callan.

Si es que no lo han matado ya.

Keller contacta con Nora.

Tiene que decirle que no hay noticias.

Se acerca la Navidad.

Y, con ella, el gran embarque de heroína que lo decidirá todo.

Aceras de la ciudad, llenas de gente,
vestidas de gala…

Keller se acuerda de esa antigua canción navideña cuando llega a Nueva York dos días antes de Navidad. Marisol ha decidido no venir. No tiene ánimos para celebrar las fiestas después de la muerte de Ana, y Keller le insinuó que tenía que ocuparse de cierto asunto de trabajo y que quizás ella estorbara. Ahora está en la Quinta Avenida, abriéndose paso entre la muchedumbre de compradores de última hora.

Niños que ríen, gente que pasa,
una sonrisa tras otra…

Está previsto que el cargamento llegue en Nochebuena, una maniobra ingeniosa puesto que todos los cuerpos de seguridad reducen sus efectivos de guardia al mínimo. La División de Narcóticos de la policía de Nueva York, no: Mullen estará trabajando y tiene lista una brigada de agentes bien entrenados y armados hasta los dientes para detener a Darius Darnell e intervenir el laboratorio al que vaya destinada la heroína.

Cosa que Cirello les dirá en cuanto el cargamento salga de Jersey. Si por el motivo que sea la heroína va a parar a otra parte, Cirello les avisará e improvisarán sobre la marcha. Hidalgo está en San Diego, esperando para detener a Eddie Ruiz tan pronto como termine la redada contra Darnell. Otros agentes se encargarán de detener a Eva Barrera, acusada de blanqueo de capitales.

Eso, si todo va bien.

Y en cada esquina se oyen
campanas de plata,
campanas de plata.
Es Navidad en la ciudad…

Bobby Cirello está harto de ser una herramienta.

Harto de ser un juguete en manos de otros.

Ahora va a jugar él.

Encuentra un sitio para estacionar en Garretson Avenue y entra en Lee's Tavern. Mike Andrea y Johnny Cozzo ya están sentados en una mesa.

—Ya era hora de que te acordaras de quiénes son tus amigos —dice Andrea—. Estábamos empezando a pensar que te habías convertido en un negrillo.

—¿Tienen planes para Nochebuena? —pregunta Cirello.

Keller cena con su hijo.

No parece un gran acontecimiento, pero lo es. Esta cena llega con dos décadas de retraso, y ha hecho falta un año entero —un año de llamadas telefónicas, cartas y correos electrónicos— para conseguir que Michael se vea con su padre esta noche.

Keller está nervioso.

¿Qué le dices a un chico —a un hombre ya— al que básicamente abandonaste cuando era niño para irte a perseguir monstruos? ¿Cómo le explicas que preferiste eso a estar con él, que no lo considerabas tan importante como para renunciar a perseguir a tu bestia negra? ¿Que tu sed de venganza era mayor que el cariño que sentías por él? ¿Cómo le pides que perdone lo imperdonable?

No se lo pides, se dice Keller.

No puedes echar esa carga sobre sus hombros.

Cenen y listo, es lo que le aconsejó Althea. Solo cenar, charlar un poco, preguntarle por su vida, ir paso a pasito.

Ha reservado mesa en un restaurante de moda llamado Blue Hill. Es un poco moderno para él, pero pensó que a Michael podía gustarle, y seguramente no puede permitirse ir allí por su cuenta. Además, está en el Village, así que Michael lo tiene fácil para llegar desde Brooklyn. Ahora ve a su hijo bajar las escaleras de entrada al restaurante y buscarlo con la mirada.

Keller se acerca a él.

—Michael.

—Papá.

Resulta violento: no saben si darse la mano o abrazarse, así que optan por algo intermedio. La anfitriona los lleva a su mesa y se sientan, Keller de espaldas a la pared.

—Gracias por venir a Manhattan —dice.

—Gracias a ti por venir desde Washington —responde Michael.

Dios mío, cómo se parece a su madre, piensa Keller. El mismo pelo rubio, los mismos ojos verdes, los labios siempre a punto de esbozar una sonrisa sardónica.

—¿Te parece bien este sitio? —pregunta Keller.

—Sí, es genial.

—Del campo a la mesa —dice su padre.

—Sí, claro.

El mesero se acerca a explicarles la carta. Se deciden por el menú de degustación, con platos como «camote *murasaki*» y «venado en salsa de moras».

—¿Qué tal el trabajo?

—Bien, sí —dice Michael—. Hicimos varios videos industriales. No es muy emocionante, pero da dinero.

—¿Y tú los editas?

—Sí —contesta Michael. Luego adopta esa expresión ligeramente maliciosa y pregunta—: ¿Y tu trabajo? ¿Qué tal?

—Imagino que lees los periódicos.

—En internet. Está claro que la ultraderecha no te tiene mucha simpatía.

—La izquierda tampoco está loca por mí que digamos —contesta Keller—. Pero quiero saber qué tal te va a ti. Cuéntame cosas de tu vida.

—No hay mucho que contar —dice Michael—. Me gusta trabajar en cine. Y se me da bastante bien.

—Seguro que sí.

—Eso lo dices porque eres mi padre.

—Bueno, ya era hora de que lo fuera, ¿no?

Más tarde, Michael echa un vistazo a la carta de postres.

—Okey, creo que voy a probar la crema de triticale malteado.

—¿Qué es eso?

—Chocolate blanco, manzana y helado de cerveza —lee Michael—. ¿Te apetece?

—Claro, ¿por qué no?

La crema de triticale malteado es... en fin, curiosa. A Michael parece gustarle. Quizá gracias al vino y a la cerveza que han tomado, la cena ha sido más relajada de lo que temía Keller.

—¿Qué planes tienes para Navidad? —pregunta.

—Voy a casa de los padres de mi novia —contesta Michael poniendo cara de fastidio—. En Long Island.

—No sabía que hubiera una —dice Keller.

—¿Una Long Island?

—Una novia.

—Pues sí, la hay —dice Michael.

Luego, silencio.

—¿Tiene nombre? —pregunta Keller.

—Sí —contesta su hijo—. Amber.

—Muy bonito.

—Muy años noventa. ¿Y tú? Qué haces en Navidad, digo.

—Trabajar —contesta Keller.

Y puede que haya sido un error porque nota que su hijo se tensa de repente.

—Los narcotraficantes no descansan en Navidad, ¿eh? —comenta Michael.

—Estos narcotraficantes no.

Keller se maldice por haber sacado el tema. Después del postre, paga la cuenta mientras Michael echa un vistazo a su celular.

—Hay un Uber a solo cuatro manzanas de aquí —dice su hijo—. Un par de minutos. ¿Lo quieres?

—Prefiero tomar un taxi.

—A la vieja usanza —comenta Michael.

—Soy un hombre mayor.

Salen a la acera.

—A ver si hacemos esto más a menudo —dice Keller.

—¿Más a menudo que cada veinte años? —responde Michael.

Es hijo de Althea, piensa Keller. Y tuyo. No puede morderse la lengua, lo lleva inscrito en el ADN.

—Feliz Navidad, Michael.

—Feliz Navidad, papá.

Keller está a punto de decirle que lo quiere, pero se refrena. Sería demasiado, y demasiado pronto, y su hijo podría tomárselo a mal, con razón.

Michael sube a su Uber.

Keller se va a su habitación, se ducha e intenta dormir. No sirve de nada. Se levanta, se prepara un *whisky* flojo del minibar y pone la tele.

Piensa en llamar a Mari, pero es muy tarde.

Tendrá que esperar a mañana.

El día siguiente se le va a hacer eterno esperando la redada.

Un signo de los tiempos que corren es que no pueda instalarse en las oficinas de la DEA en Nueva York porque no sabe en quién puede confiar. Iría al despacho de Mullen, pero tampoco puede dejarse ver por One Police Plaza porque lo pondría en la mira.

Así que se quedará en su habitación y se encargará del asunto por teléfono.

Aunque la verdad es que tampoco tiene gran cosa que hacer, salvo supervisar la situación y tener esperanza. Los pormenores del dispositivo están ya en manos de otra gente.

Hay muchísimas cosas que podrían salir mal.

Darnell podría olerse algo.

Cirello, sabiendo que por fin va a poder desmantelar este tinglado, podría delatarse sin querer: un cambio de comportamiento, una actitud, o incluso la expresión de su cara. Y lo mismo Hidalgo. Es listo, un agente experimentado, pero Ruiz también es listo y posee un instinto de supervivencia como Keller no ha visto otro igual.

¿Y qué pasa si Denton Howard se ha enterado? Lerner y él son muy cercanos, pero ¿hasta dónde llega la vinculación de cualquiera de ellos con Caro, Ruiz o Darnell? ¿Hasta el punto de que puedan advertirles, darles el soplo?

Todo tiene que salir bien, y solo hace falta una cosa para que todo se vaya al traste.

Suena su teléfono. Es Marisol.

—No podía dormir. Estaba pensando en ti.

Keller le habla de su cena con Michael y a ella le parece maravilloso, se alegra mucho por los dos.

—*Te amo, Arturo.*

—*Yo te amo también, Mari.*

A Darius Darnell su abuela lo quiere mucho.

Cirello lo nota claramente.

Es muy anciana —«noventa y tres y como un roble, tesoro»— y muy pequeña, con el pelo fino tan blanco como la nieve recién caída. Le tiembla la mano al servirle a Darnell más camote.

—Mi niño no come lo suficiente.

Cirello va a explotar: pollo en pepitoria, chuletas de cerdo, verduras y camote, y la abuela amenaza con una tarta de nueces pacanas.

Acababa de salir de la reunión en Staten Island cuando llamó Darnell.

—¿Qué haces?

—Nada, ¿por qué?

—Como mañana vamos a estar ocupados, ya sabes —le dijo Darnell—, mi abuela me va a hacer la cena de Nochebuena esta noche. Quiere que lleve a un amigo y pensé en ti.

—¿En mí?

—No quiero llevar a maleantes ni a putas a casa de mi abuela —repuso Darnell—. Tú eres mínimamente respetable, sabes usar una servilleta. Y, además, tenemos que repasar unos temas, ¿sabes?

Sí, Cirello lo sabe.

Está aquí sentado, llenándose la panza mientras piensa en la noche de mañana.

Una traición tras otra, y tras otra.

Lo que va a hacerle al «niño» de esta anciana tan simpática.

Darnell le compró esta casa en East New York porque su abuela no quería irse del barrio. Sigue siendo un barrio mísero y violento, pero ella está tan a salvo como un bebé en su cunita porque nadie va a atreverse a tocarle un pelo o decirle una mala palabra a la abuela de Darius Darnell. Podría pasar entre rateros y criminales con billetes de cincuenta dólares asomándole de los bolsillos, y nadie se metería con ella, porque equivaldría a una condena a muerte, a una muerte lenta.

Darnell tiene en nómina a todo mundo en cinco manzanas a la redonda. Los vendedores de la esquina velan por ella, sus chicos la acompañan a pie o en coche allá donde quiera ir y algunos agentes de policía de la Setenta y Cinco y la Setenta y Tres reciben abultados sobres navideños por echarle un ojo de vez en cuando.

El tendero le lleva la compra a casa.

La tarta de pacanas está de muerte.

Cirello ayuda a quitar la mesa y a llenar el lavavajillas; luego la abuela abre su regalo, un microondas nuevo.

—Niño, yo no necesito esto.

—Es para tus congelados Stouffer's —dice Darnell.

—Me encantan los Stouffer's.

—Mañana vendrán a instalártelo —dice Darnell.

La abuela mira a Cirello.

—Qué bien me trata mi niño.

—Es impresionante —dice él.

La anciana admira el aparato unos minutos, luego se sienta en su sillón a beber una copita de jerez. Dos minutos después está profundamente dormida.

—Esa mujer me crió —dice Darnell mirándola—. Cuando estaba en V-Ville, era la única que me escribía.

Repasan los planes de mañana. El cargamento tendría que estar en Jersey a las ocho en punto. Cirello dice que deberían dividirlo en dos: dos vehículos con veinte kilos cada uno. De ese modo, si uno se pierde (Dios no lo quiera), Darnell podrá compensar la pérdida con las ganancias de la otra mitad. Uno de los vehículos irá al laboratorio de Castle Village; el otro, a un sitio nuevo que han montado en la última planta de un edificio, entre la 211 Oeste y Vermilyea, en Inwood. En la esquina, en la Décima Avenida, hay un restaurante llamado Made in Mexico, lo que a Darnell le parece bastante gracioso.

—Tú ve en el coche de Castle Village —dice Darnell—. Yo iré en el de Inwood. A las diez tenemos que haber acabado. Hay que estar en casa a la hora de abrir los regalos.

—¿Vas a ver a tu hijo?

—No, por la mañana —contesta Darnell—. ¿Y tú?

—Iré a Astoria, con la familia —dice Cirello—. Yo también tengo yaya.

—¿Yaya?

—Una abuela griega.

—¿Te portas bien con ella?

—No tanto como debiera —responde Cirello.

Darnell se queda callado largo rato, como si estuviera pensando en algo, tratando de decidir si se lo cuenta a Cirello o no. Finalmente dice:

—Para mí, esta es la última.

—¿La última Navidad? —pregunta Cirello—. ¿Estás enfermo o qué?

—La última remesa —contesta Darnell—. Dejo el negocio de la droga.

—¿Lo dices en serio?

—Completamente —dice Darnell.

¿Cuánto arroz puede comer un chino?, le pregunta a Cirello. Está atiborrado de dinero y de inversiones legales; podría vivir de las rentas solo con los beneficios que saca de Park Tower. ¿Para qué seguir arriesgándose? Este cargamento es su plan de jubilación.

—Pensé que debías saberlo —añade Darnell—, para que hagas tus ajustes, por la pérdida de ingresos.

—No pasa nada —dice Cirello—. He ganado suficiente.

—Espero que hayas ahorrado un poco. No te lo gastes apostando al basquetbol. Un negro falla un triple y te ves otra vez en la ruina.

—He dejado de apostar —dice Cirello.

—Eso está bien.

—Pero no es solo por eso, ¿verdad? —pregunta Cirello—. No es solo por el riesgo.

—Estoy harto de la vida de matón —dice Darnell—. El ajetreo, la violencia, la paranoia… Saber que siempre hay alguien que intenta ocupar tu sitio, que no puedes confiar en nadie. Que no tienes amigos de verdad. Tú eres mi mejor amigo, Bobby Cirello, y casi no te conozco. ¿Verdad que es triste?

—Sí, mucho.

—No, yo solo quiero relajarme —continúa Darnell—, ver a mi muchacho jugar al *lacrosse*. Al *lacrosse*, nada menos. Y a lo mejor volver con mi ex, o a lo mejor no, todavía no lo sé. Solo sé que estoy harto de esto. Mañana se acabó.

Y que lo digas, piensa Cirello.

Es la verdad pura y dura.

Mira a la abuela de Darnell, dormida en el sillón.

En el juego de la droga, no hay espectadores inocentes.

• • •

Keller se reúne con Mullen y Cirello junto al árbol de Navidad de Rockefeller Center para repasar el plan.

Cirello confirma la hora y el lugar: la heroína llegará desde Jersey poco después de las ocho y será trasladada a una dirección de la 211 Oeste. Los chicos de Mullen tendrán vigilada la zona, pero no intervendrán hasta que Cirello les avise por mensaje de texto.

Entonces entrarán con todo.

—¿Darnell estará allí? —pregunta Mullen.

—Sí —dice Cirello—. El embarque es demasiado grande para delegarlo a alguien. Además, lo grabaremos recibiendo la droga en Jersey.

En cuanto Darnell esté esposado, Keller dará orden de detener a Eddie Ruiz.

Ruiz delatará a Lerner.

Y también a mí, piensa Keller.

No importa, habiendo tantas cosas en juego.

—¿Estamos listos? —pregunta.

Cirello asiente con la cabeza: está listo.

Se separan.

Keller pasa el día haciendo cosas de turista; de ese modo, si Howard lo tiene vigilado, solo verán a un tipo que ha ido a Nueva York a ver a su hijo, a hacer compras navideñas y a disfrutar de la ciudad.

Pasea por Rockefeller Center, visita San Patricio, entra en Bergdorf's y le compra una pulsera a Mari. Luego sigue Central Park hasta Columbus Circle y sube por Broadway, pide una hamburguesa y una cerveza en P. J. Clarke's y ve una película en los cines de Lincoln Plaza.

—No la caguen —dice Cirello.

—Yo ya hacía estas cosas cuando todavía usabas pañales —contesta Andrea.

Pero Cirello nota que está alterado, nervioso. Y con razón, piensa: hay un par de millones en juego.

—Si Darnell va tras ustedes después de esto, yo no voy a ayudarlos. Tendrán que arreglárselas solos.

—Pero aun así quieres tu parte.

—Carajo, claro que quiero mi parte —responde Cirello—. ¿Sabes el riesgo que estoy corriendo?

—Ustedes los polis comen a manos llenas —dice Andrea—. Descuida, le daremos salida en Providence. Darnell no se enterará de que fuimos nosotros.

Cirello sabe que está mintiendo, es imposible que le dé salida a veinte kilos de fuego en una ciudad del tamaño de Providence. Puede que lleven parte de la heroína allí, pero el resto lo venderán aquí, en Nueva York, y creen que Darnell es tan tonto que no se dará cuenta.

Solo espera que los italianos sepan lo que se hacen. Andrea seguramente sí, él es un mafioso de la vieja escuela. Pero ¿Cozzo? Quién sabe si tiene lo que hay que tener o si solo vive del nombre de la familia. Y Stevie DeStefano no le pareció precisamente un tipo duro cuando se encaró con él.

Al otro tipo no lo conoce. Es de la gente de Cozzo en Bensonhurst.

Cirello espera que sea bueno.

Porque la gente de Darnell lo son.

Vuelve a repasar el plan con Andrea: en el estacionamiento de Castle Village es donde los hombres de Darnell estarán más expuestos, con la ventaja añadida de que desde fuera no se verá ni se oirá nada.

Pero tendrán que actuar deprisa, con contundencia y sin vacilar, piensa Cirello.

—Y mantengan la puta boca cerrada —dice.

Los italianos se delatarán en cuanto digan más de una palabra o dos, y Cirello confía en que se culpe del golpe a los dominicanos o a alguna banda rival mexicana. Los hombres de Darnell tendrán que contar con pelos y señales lo que vieron y oyeron.

—Si están muertos, no podrán decir nada —dice Andrea—. En mi opinión, es la mejor manera de hacerlo.

—No te pedí tu opinión —responde Cirello—. La gente de Darnell se nos echará encima después de esto, pero no puede ir a la policía. Y si dejamos un montón de cadáveres en un estacionamiento, los que se nos echarán encima serán los de Homicidios.

—A esos les importa poco que mueran unos cuantos negros.

—Pero lo que digan los titulares les importa —replica Cirello.

Sabe cómo son las cosas: el alcalde le aprieta las tuercas al comisionado, que a su vez se las aprieta al jefe de detectives, que se las aprieta a los de Homicidios, que o resuelven el caso o ven cómo su carrera se va por el desagüe.

—O hacemos esto a mi manera o no lo hacemos.

—Está bien, tú mandas —dice Cozzo.

Cirello le dice a Andrea que no quiere que maten a nadie a menos que sea absolutamente inevitable, y si hacen las cosas como es debido no será necesario.

No quiere que muera nadie.

Ni siquiera un *dealer* negro.

• • •

En Jersey todo va sobre ruedas.

Los mismos correos, la misma rutina.

Cirello y Darnell recogen las maletas con droga, salen del hotel en dos vehículos con sus respectivos equipos de seguridad y enfilan hacia Manhattan.

Todo bien.

Los vehículos se separan cuando Cirello toma la 9 para ir a Castle Village y Darnell sigue hacia el norte en dirección a Dyckman.

El de Cirello, un todoterreno Lincoln negro, entra en el estacionamiento.

Los italianos ya están dentro, esperando con las máscaras de gas puestas. DeStefano pisa el acelerador de una camioneta Ford 150 —un vehículo de carga, robado, limpio—, la saca de su lugar y la lanza contra la puerta del conductor del Lincoln, estampándolo contra un pilote.

Cirello choca contra la puerta del copiloto, zarandeado por el impacto. No puede abrirla porque está incrustada en el pilote.

Los hombres de Darnell salen por las otras puertas.

Andrea saca una granada de gas lacrimógeno, le quita la anilla y la lanza. Saca su MAC-10 y avanza gritando:

—*¡Abajo! ¡Abajo!*

El muy cretino, piensa Cirello, intentando hablar español…

El conductor del Lincoln intenta dar marcha atrás, pero otro coche, un Caddy, le corta el paso. Cozzo sale del Caddy con un AR-15 al hombro y apunta. Su compañero salta de la Ford y hace lo mismo. Andrea se acerca al lado del conductor, abre la puerta y saca al conductor de un tirón. Luego lanza más gas lacrimógeno.

Cirello cae boqueando, trata de respirar, las náuseas lo ahogan, le arden los ojos.

Andrea se inclina hacia el interior del coche, toma la maleta, se acerca al Caddy, la mete en el asiento de atrás y sube al coche. Los otros dos tipos suben detrás.

—*¡Ándale!* —lo oye gritar Cirello.

Luego oye el rugido del coche al arrancar.

Uno de los chicos de Cirello se incorpora e intenta disparar, pero no va a servir de nada.

Cirello pulsa las teclas de su teléfono.

Darnell está en la última planta del edificio de apartamentos de la 221 Oeste.

Coloca la maleta llena de fuego sobre una mesa.

Para mí se acabó, piensa.

Su gente distribuirá la mercancía entre las bandas y otros minoristas, él recibirá su dinero y desaparecerá. Puede que se mude al interior, Hudson arriba, a algún sitio que esté cerca, para ver a su hijo y a su abuela y al mismo tiempo poder alejarse de esta mierda.

Puede que se compre un barco.

Toma el teléfono para llamar a Cirello pero el poli no contesta. Se va al puto buzón de voz. Lo intenta otra vez con el mismo resultado.

Darnell nota que una punzada de miedo le atraviesa la espina dorsal.

Entonces oye los golpes en la puerta y los gritos.

—¡Policía de Nueva York!

Una explosión débil, sorda, y la puerta se abre como por arte de magia.

Policías con máscara negra y chaleco antibalas, insignias en la pechera, fusiles de asalto al hombro.

—¡Al suelo! ¡Abajo! ¡Abajo! ¡Abajo!

Sus voces nerviosas, alteradas. Matarían a un negro en un abrir y cerrar de ojos.

Darnell se tumba bocabajo, estira los brazos hacia delante, lejos de la pistola que lleva a la altura de la cadera. Un segundo después alguien le agarra las manos, se las jala hacia atrás y lo esposa. Lo cachea, le quita la pistola.

Después oye decir:

—¿Darius Darnell? Brian Mullen, Departamento de Policía de Nueva York. Queda detenido por posesión de heroína con intención de venderla.

El policía comienza a leerle sus derechos.

Darnell no lo escucha.

Yo no tengo derechos, piensa.

Nunca los he tenido.

Cirello sale tambaleándose del estacionamiento, a la calle.

Tiene los ojos rojos e hinchados, la garganta rasposa.

Llama a Andrea.

El gánster está como loco de alegría.

—¡Lo hicimos! ¡Lo hicimos! ¡Y sin matar a un solo mico!

—¿Dónde están? —pregunta Cirello—. Quiero mi parte.

Keller contesta el teléfono.

—Detuvimos a Darnell —dice Mullen.

—Enhorabuena.

—Hay un problema —añade Mullen—. Solo tenemos veinte kilos.

—¿Dónde están los otros veinte? —pregunta Keller.

—No lo sé.

—¿Qué dice Cirello?

—No está aquí —contesta Mullen.

—¿Dónde está?

—No lo sé. Estoy muerto de miedo, carajo. Ha desaparecido.

Keller cuelga y llama a California.

Ordena la detención de Eddie Ruiz.

Eddie sabe por experiencia que las mujeres más buenas son las peores en la cama.

Puede que sea, reflexiona, porque creen que conceder el disfrute de su belleza ya es regalo suficiente y que no tienen que hacer ningún esfuerzo, más allá de maquillarse y arreglarse el pelo.

Eva Barrera no es la excepción.

Está buenísima.

Un diez rotundo en cuanto al físico —incluso en la escala de California— y un tres apenas en habilidades amatorias. Le hace a Eddie la mamada preliminar de rigor, pero como si estuviera chupando un limón: pone cara de agrio y no manda a la lengua a la cancha para nada. Sencillamente, no se mete en el juego.

Eddie acaba por cansarse, la acuesta en la cama y dice: «No puedo esperar más, me muero» (de aburrimiento) y la penetra. Su mano derecha reaccionaría con más entusiasmo. Comparada con Eva, aquel travesti de V-Ville parece Stormy Daniels. Se queda ahí acostada, poniendo cara de «qué suerte tienes, muchacho», como una virgen maya a la que fueran a arrojar a un volcán. Cosa que Eddie haría encantado si hubiera un volcán a mano en Solana Beach.

Le encabrona.

Se enorgullece de su capacidad para hacer gozar a una mujer. De hecho, sus esfuerzos han recibido alabanzas entusiastas de una amplia variedad de mujeres, tanto aficionadas como profesionales. Y aquí está Eva, comportándose como si le estuvieran haciendo una pedicura pasablemente agradable.

Se retira y decide enseñarle a hacer una mamada en condiciones.

—¿Qué haces? —pregunta ella.

—¿Tú qué crees?

—No, no quiero. Es asqueroso.

Por eso me gusta, piensa Eddie. Vuelve a echarse encima de ella con intención de acabar lo antes posible, y está esforzándose al máximo para alcanzar su objetivo cuando de pronto se abre la puerta de la habitación.

Eva abre los ojos de par en par y grita.

Claro, ahora, piensa Eddie.

—¡DEA! ¡Policía! ¡Abajo! ¡Al suelo!

Eddie se aparta de ella y se echa al suelo.

Eva se tapa con la sábana.

Eddie levanta la vista y ve al agente Fuentes.

Hijo de la gran puta, piensa.

—¿Tú quién eres? —pregunta Fuentes.

—Eva Barrera —contesta ella.

—Dos pájaros de un tiro —dice Fuentes.

¿Qué carajo significa eso?, se pregunta Eddie. Entonces Fuentes dice:

—Edward Ruiz, queda usted detenido por traficar con sustancias ilegales. Ponga las manos a la espalda.

—Vamos, hombre, deja que me ponga la ropa —contesta Eddie.

Fuentes sigue apuntándole con la pistola, pero lo deja ponerse los jeans y una camiseta.

—Dios, ¿no podían haber esperado cinco minutos?

—¿Cinco minutos? —responde Fuentes—. Eso no dice mucho de ti.

No dice mucho de ella, contesta Eddie para sus adentros.

Lo llevan a la sala.

—Una vista estupenda —comenta Fuentes.

—Llama a tu jefe —dice Eddie—. Dile que acabas de detener a Eddie Ruiz, a ver qué dice.

—¿Quién demonios crees que nos mandó?

¿Los mandó Keller?, piensa Eddie.

Debe de estar mal de la cabeza.

Cirello se va a casa, se lava la cara y llama a un colega suyo, Bill Garrity, de la 101.

—Ya sé que es tarde.

—¿No empezaba así una canción vieja, muy mala? —pregunta Garrity.

—Creo que convendría que te pasaras por el 638 de Hunter.

—¿Qué hay allí?

—Tu carrera —contesta Cirello—. Un salto a la primera fila, muy sencillo. Pero entra bien armado. Lleva gente.

—¿La información procede de Narcóticos?

—Ahí es donde trabajo.

—Si es tan genial —dice Garrity—, ¿por qué no vas tú?

Polis, piensa Cirello. No solo le miran el diente al caballo regalado: se asoman a su boca.

—Tengo mis motivos. Necesito distanciarme de esto.

—¿Puedes conseguirme una orden?

—¿También tengo que limpiarte el culo? —replica Cirello—. Puede que oyeras un disparo dentro. Encontrarás armas.

—El 638 de Hunter.

—Eso es.

—Gracias, supongo.

—De nada, supongo.

Cuelga.

Que se joda Mullen.

Que se joda Keller.

Ya tienen lo que querían. Ahora me toca a mí.

Y lo que yo quiero es la droga fuera de las calles.

A todos los *dealers* y los mafiosos en la cárcel.

Soy un agente de policía de Nueva York.

—¡¿Qué demonios hiciste?! —grita Mullen—. ¡¿Qué hiciste?! ¿Le diste el soplo a Cozzo para que robara parte del cargamento? ¡Eso es un puto delito, Cirello!

Es el día siguiente y Mullen agita un ejemplar del *Daily News* ante la cara de Cirello. El titular proclama VÁSTAGO DE LA MAFIA DETENIDO EN POSESIÓN DE UN ENORME EMBARQUE DE HEROÍNA.

John *Jay* Cozzo.

Y Mike Andrea.

Cirello abre las manos con gesto inocente. Mira una foto de Garrity posando ante los paquetes de heroína.

—Bill tuvo suerte, supongo —dice.

—Bill Garrity no encontraría ni una puta en un burdel —replica Mullen—. ¿Intentas decirme que acudió a un aviso porque se habían oído disparos y se topó por casualidad con el cargamento perdido de Darnell?

—No intento decir nada.

—¿Le diste tú el soplo? —pregunta su jefe.

Cirello no contesta.

—¿Lo hiciste?

—¡¿Qué carajo quieres de mí?!

—¡La verdad!

—¡¿Desde cuándo?! —le espeta Cirello—. ¡Llevo dos años mintiendo ¿y ahora quieres la verdad?! ¡Ya ni siquiera estoy seguro de qué es eso!

—¡Pues más vale que lo aprendas!

—¿Quieres la verdad? Pues ahí va —dice Cirello—. ¡Les tendí una trampa a los italianos para que robaran parte del cargamento porque no quería que pusieran más droga en la calle!

—¡¿Y no se te ocurrió otra forma de hacerlo?! —pregunta Mullen—. ¡¿Y si hubiera muerto alguien?!

—No ha muerto nadie.

—¡¿Qué voy a hacer contigo?! La mitad de la división ya cree que estás con la mierda hasta el cuello.

—¡¿Es una puta broma o qué?!

—¡¿Es que crees que Andrea y Cozzo no van a cantarles tu nombre a los de Asuntos Internos?!

—Pues diles a los de Asuntos Internos que era un agente infiltrado —responde Cirello.

—Tu misión no era tenderle una trampa a nadie —dice Mullen—. Si Asuntos Internos no te cae encima, lo hará el departamento. Y Keller te quiere colgado del árbol más alto.

—¿Te vas a meter en un lío con él por esto?

—Al carajo con Keller, no es mi jefe —dice Mullen—. ¿Dónde está Libby?

—Saint Louis, Kansas City...

—Ve a verla —le ordena Mullen—. Pasen unos días juntos.

—Creo que piensa que ya ha pasado demasiado tiempo conmigo.

—Quizá puedas arreglarlo.

—Quizá.

Cirello lo duda.

—Vete a casa, Bobby —dice Mullen—. Pero no te quedes mucho tiempo. Recoge unas cuantas cosas y vete a alguna parte. Pide tu baja por incapacidad, lárgate, deja que las cosas se calmen. Veré qué puedo hacer.

—Primero quiero ver a Darnell.

—No tienes por qué hacer eso, Bobby.

—Quiero hacerlo.

—No te lo aconsejo —dice Mullen—. ¿Para qué? ¿Por remordimiento? ¿Por masoquismo?

—Porque si no lo hago voy a sentirme como un cobarde —responde Cirello.

—Gracias a ti hemos incautado el mayor cargamento de heroína en la historia del departamento —dice Mullen—. Nadie piensa que seas un cobarde, solo un pendejo. Cinco minutos. Y si Darnell pronuncia la palabra *abogado*, te largas.

Darnell está sentado en una sala de interrogatorio, con las manos sujetas con grilletes a una mesa metálica.

Levanta la vista cuando entra Cirello. El policía no esquiva su mirada; tiene la sensación de que le debe al menos eso: mirarlo a los ojos.

—Cenaste en casa de mi abuela —dice Darnell—. Te sentaste a comer en casa de mi abuela.

—Era un infiltrado desde el principio —responde Cirello—. No te he traicionado.

—Eres un blanco como cualquier otro.

Cirello se sienta frente a él, al otro lado de la mesa.

—Puedes hacer algo por ti mismo. Puedes acortar tu condena en diez o quince años. Quizá no puedas ser un padre para tu hijo, pero podrás ser un abuelo para tus nietos.

Darnell no responde.

—Una vez me dijiste que esos blancos ricachones, esos cabrones, evitarían que fueras a la cárcel —prosigue Cirello—. ¿Dónde están? ¿Los ves aquí? ¿Ves a sus carísimos abogados? ¿Quién está aquí? Yo.

—No irás a pedirme ahora que confíe en ti.

—¿Tienes a alguien más? —pregunta Cirello.

Deja que el silencio se alargue un minuto.

—Te harán preguntas —añade—. Y lo que contestes marcará la diferencia entre que puedas salir de la cárcel algún día o mueras en chirona. Cuando te pregunten quién te pidió que te encargaras de las medidas de seguridad de esas reuniones, querrás mandarlos a la mierda. Pero esa sería la respuesta equivocada. La correcta es Eddie Ruiz.

—Estuvimos juntos en V-Ville —dice Darnell—. Me salvó la vida.

—Necesitaba un negro para distribuir su mierda por el barrio —responde Cirello—. Lerner y Claiborne y todos esos ojetes necesitaban un negro para vender droga con la que pagar su reluciente edificio, al que solo te dejarían entrar para limpiar los baños. ¿Crees que Lerner va a invitarte a la Casa Blanca? ¿A concederte el perdón presidencial? ¿Sabes lo que eres tú para esa gente? U-N-M. Un Negro Más.

—Quítate de mi vista.

—No lamento lo que te hice —dice Cirello—. Envenenas gente, matas gente. Mereces ir a la cárcel. Tampoco me da pena tu abuela. Ella sabe de dónde sale la comida que compra.

—¿Dónde está Libby? —pregunta Darnell—. Esté donde esté, puedo alcanzarla.

—Ahí está el verdadero Darius Darnell. Ahí está. Gracias por quitarme un peso de encima. —Cirello se inclina hacia él—. Ahora escúchame, hijo de puta. No soy un pendejo cualquiera. Soy un detective de la ciudad de Nueva York. Si me entero de que uno de tus matones se acerca a Libby aunque solo sea para decirle hola, iré al agujero donde te hayan metido y te daré una paliza de muerte. ¿Está claro, hermano?

Darnell lo mira fijamente.

—Vine aquí porque pensaba que tenía que mirarte a los ojos, que te debía al menos eso —añade Cirello—. Pero no te debo nada. Haz lo que quieras. Confío en que hagas lo más inteligente, lo correcto. Pero si quieres comportarte como un negro más, es decisión tuya. Yo ya acabé contigo.

Sale por la puerta.

Ha terminado con Darnell.

Ha dejado de ser un infiltrado.

Eddie está en la prisión federal de San Diego.

Antigua residencia de Adán Barrera.

No lo considera un ascenso, sino más bien el fin probable de la vida tal como la conoce. Sabe que, si quiere volver a ponerse algo de ropa que no sea un mono de presidiario, tiene que ser muy listo, hilar muy fino.

Sabe que no puede seguirles el juego; si lo hace, perderá seguro, porque, judicialmente hablando, lo tiene muy jodido. ¿Cuarenta kilos de heroína, así como están las cosas? Lo mandan de vuelta a Florence, y esta vez para siempre.

Así que no puede dejar que esto llegue a los tribunales; no puede dejar que se acerque a un juzgado ni de lejos.

Tiene que llegar a un acuerdo mucho antes. Y está claro cuál tiene que ser ese acuerdo. O pacta con Keller, o con Lerner. Cualquiera de los dos puede poner sobre el tablero de juego una carta que le abra las puertas de la prisión, y si creen que no está dispuesto a llevárselos por delante, más vale que se pongan listos.

Entre tanto, lo único que Eddie tiene que decir son las cinco palabras mágicas: «Quiero ver a mi abogado».

Keller recibe una llamada de Ben Tompkins.

—Represento a Eddie Ruiz —dice Tompkins—. El señor Ruiz me ha sugerido, y yo estoy de acuerdo, que sería conveniente que me reuniera con el abogado de usted.

—Yo no tengo abogado.

—Pues va a necesitar al mejor —replica Tompkins—. Yo no puedo atenderlo, pero puedo recomendarle a alguien.

—No, gracias —dice Keller—. Y lo que tenga que decir, puede decírmelo a mí directamente.

—Eso es una imprudencia.

—Acabemos de una vez.

—Muy bien —dice Tompkins—. El señor Ruiz dice que puede hablar a las autoridades acerca de Jason Lerner, o puede hablarles de usted.

—Si Eddie pretende celebrar una subasta —dice Keller—, no pienso pujar.

—Es una lástima, porque Eddie preferiría que el mejor postor fuera usted —contesta Tompkins—. No entiendo por qué, no me lo explico, pero por algún motivo le tiene simpatía.

—Dígale que su afecto no es correspondido —replica Keller—. Considero a Eddie un narcotraficante de mierda y un soplón asqueroso con el que tuve que tratar hace mucho tiempo. Dígale que en mi opinión es un gusano.

—Al menos permítame explicarle qué información tiene Eddie...

—Ya sé qué información tiene Eddie —responde Keller—. Y no me importa.

—Pues debería.

—Seguramente —dice Keller—. Si quiere ayudar a su cliente, debería estar llamando al fiscal general de Nueva York. ¿Quiere que lo comunique con él?

—Todavía no.

—Entonces no tenemos nada más de qué hablar —dice Keller.

—El señor Ruiz tiene muchas cosas que decir.

—Pues vaya usted a hablar con él —replica Keller antes de colgar.

Eddie está sentado con Ben Tompkins.

—Darnell te vendió —dice Tompkins—. Va a testificar sobre sus tratos contigo y sobre las reuniones del préstamo de Berkeley.

—¿Hablaste con Keller? —pregunta Eddie.

—Dijo, básicamente, que te fueras a la mierda —contesta Tompkins.

—Es un farol —dice Eddie.

—No creo —responde su abogado—. Llevo veinte años tratando con ese tipo y nunca he visto que lance un farol.

—Puedo mandarlo a prisión.

—No parece que le importe.

—Está loco ese cabrón —dice Eddie.

Está encabronado de verdad. ¿Por qué se comporta así Keller? Podría ser todo tan fácil, y él tiene que complicar las cosas.

Pero de acuerdo, está bien.

—Llama a Lerner —dice Eddie.

Como en los viejos tiempos.

Se reúnen arriba, en el Martin's.

—Ruiz está amenazando con soltar lo de Guatemala —dice O'Brien.

—No me importa.

—A mí sí —dice O'Brien—. Me salpicará a mí también.

—Ruiz no sabe nada de tu implicación en ese asunto —responde Keller—. No quiero arrastrarte conmigo, Ben.

—No, a mí no, solo al presidente de Estados Unidos —dice O'Brien.

—Si es culpable, sí.

—Si haces esto —dice O'Brien—, estarás cruzando una línea…

—¡¿Cruzando una línea, yo?!

—Te pedí que no siguieras adelante —dice O'Brien—. Ahora te lo repito. Olvídate de este asunto. Entrégale las cintas a Howard, vete, llévate a Mari y vive tu vida.

—¿Hablas por ti mismo o en nombre de Dennison? —pregunta Keller.

—Esto procede del nivel más alto.

—Y nos atrevemos a señalar con el dedo a México —comenta Keller.

—Por una vez en tu vida, sé prudente —insiste O'Brien—. Piensa en la gente que te quiere. O…

—¿O qué, Ben?

—¿Vas a obligarme a decirlo? —pregunta el senador.

Se levanta y se va.

Arthur Jackson tacha el último recuadro de su calendario.

El último día de gobierno de Barack Obama.

Y su última esperanza.

Ahora sabe que va a cumplir sus tres condenas a cadena perpetua aquí, en Victorville. Que va a pasar el resto de su vida aquí, que morirá aquí, que aquí será enterrado. Que cumplirá las dos últimas condenas en la tumba.

Se derrumba y llora.

Solloza con toda su alma.

Conoce por vez primera el verdadero significado de la desesperación.

La ausencia o la pérdida total de esperanza.

Intenta rezar, echa mano de su Biblia.

«He perdido el ánimo, mi corazón está desolado. Pero recuerdo todo lo que hiciste en tiempos pasados; pienso en todo lo que hiciste con tus manos. Tiendo hacia ti mis manos; te necesito como la tierra necesita de la lluvia».

Jackson sabe que renunciar a la esperanza es un pecado, pero él es un pecador y ya no puede remediarlo, solo puede creer que Dios lo ha abandonado en este lugar, que Jesucristo va a dejarlo en este infierno.

Es un guardia el que le trae la noticia:

—Arthur, tienes una llamada.

Lo lleva abajo, a los teléfonos públicos.

Es su abogado voluntario, una señorita.

Arthur se arma de valor.

—Aquí Arthur Jackson.

—¡Arthur! ¡Te lo han concedido!

—¿Qué?

—¡El indulto! —grita la joven—. ¡Obama ha indultado a diecisiete presos en su último día de mandato! ¡Tú estás en la lista!

Jackson suelta el teléfono y cae de rodillas.

Solloza otra vez.

Y entona un salmo:

—Yo confié sinceramente en el Señor, y él escuchó mi oración. El Señor me sacó del pozo de la destrucción; me sacó del barro y del lodo. Me puso los pies en la roca, en tierra firme, donde puedo andar con seguridad....

Alabado sea Dios.

—No está nada claro —dice Goodwin.

—¿Qué no está claro? —pregunta Keller—. Darnell le dijo que Eddie Ruiz organizó la seguridad de las reuniones de Terra con HBMX.

—Pero Ruiz no ha dicho nada.

—Aún —dice Keller—. Podría entregarle a Rafael Caro, y Caro está asociado con Echeverría, eso es evidente.

—Pero sigue sin haber nada que demuestre que Lerner tenía conocimiento de ello.

—¡Usted oyó la grabación!

—¡Pero no he podido corroborarla!

—Hidalgo puede declarar que Claiborne llevaba un micrófono.

—Pero no podemos demostrar que Claiborne estuviera hablando con Lerner —argumenta Goodwin—. Lo siento, Keller. Pero ha evitado usted que cuarenta kilos de fuego acabaran en la calle. Narcotraficantes de primera fila, el mayor decomiso de heroína de la historia... Quédese con eso y no se amargue.

—Entonces, va a procesar a Darnell —dice Keller—, va a procesar a Cozzo y a Andrea, pero a los banqueros no. Los sospechosos habituales van a la cárcel y los ricos salen indemnes.

—No puedo iniciar una causa judicial que sé que no voy a ganar.

—Muy bien, haga lo que tenga que hacer.

Keller se reúne con Hidalgo en su despacho.

—No vamos a conseguir a Lerner —le dice—. A Darnell sí, a Ruiz y a los italianos, pero no a Lerner.

—Es una lástima.

—Y tampoco a Caro.

—¿Por qué? —pregunta Hidalgo.

—México no va a procesarlo.

—Porque tiene a los fiscales en el bolsillo —dice Hidalgo.

—En parte por eso —contesta Keller—. Y en parte porque el gobierno cree que lo necesita para intentar restablecer la paz.

Porque el cártel de Sinaloa está prácticamente muerto y el nuevo rey es Tito Ascensión.

Y Tito es una mala bestia.

Las autoridades mexicanas confían en que Rafael Caro ejerza sobre él una influencia moderadora.

Hidalgo asimila la noticia.

—Me prometiste que iríamos tras él.

—Y lo hemos hecho —dice Keller—. Pero se nos ha escapado. Lo lamento.

—No me conformo con eso.

—Pues vas a tener que conformarte, Hugo.

—No lo acepto —responde Hidalgo—. Podemos seguir intentándolo.

—Yo me voy de aquí mañana. La nueva dirección no va a querer seguir con este asunto y los dos sabemos por qué. Pero ten paciencia, juega a largo plazo. Puede que este gobierno caiga. O que cambie en cuatro años.

—Nada cambia —dice Hidalgo levantándose—. Me mentiste.

—No era esa mi intención.

—Sí, claro que lo era.

—¿Adónde vas? —pregunta Keller.

—Renuncio.

Keller lo ve salir.

No se lo reprocha, sabe perfectamente cómo se siente. Aún se acuerda de cuando a él le dijeron que dejara en paz a Adán Barrera.

El día de la investidura amanece frío y nuboso.

Keller no asiste a la ceremonia, pasa la mañana en su despacho, recogiendo sus últimos efectos personales. El nuevo presidente ya ha anunciado que una de las primeras medidas que tomará tras jurar el cargo será despedir a Art Keller y nombrar en su lugar a Denton Howard.

También va a nombrar a Jason Lerner asesor de la Casa Blanca.

Keller está desconsolado.

Le rompe el corazón que su país haya acabado hipotecado con un cártel de narcotraficantes.

Y la droga sigue llegando.

Lo desespera que todos sus esfuerzos hayan sido en vano. Que la heroína siga matando estadounidenses, cada vez en mayor número. Que la epidemia continúe porque él no fue capaz de atajarla y que, además, el sistema que proporciona las drogas ahora tenga centros neurálgicos no solo en Guadalajara, sino en Nueva York y, desde esta mañana, también en Washington.

Echa una mirada al discurso de investidura, en la tele.

«Juntos haremos que América sea fuerte otra vez. Haremos que América sea rica otra vez. Haremos que América vuelva a sentirse orgullosa. Haremos que América vuelva a ser segura. Juntos haremos que América sea grande otra vez».

Al otro lado del país, la verja se abre.

Arthur Jackson sale al aire fresco de la libertad.

Art Keller sale de su despacho.

Se acabó, piensa.

Te vencieron, perdiste.

Olvídalo, es hora de esfumarse. Llévate a Mari y vivan lo que les quede de vida en paz.

Tu guerra ha terminado.

Camina hasta el cementerio de Arlington.

Ve las lápidas, hilera tras hilera.

Las cruces.

Las estrellas de David.

Las medias lunas.

No, se dice, no murieron para esto.

Para esto, no.

Es una larga caminata y hace frío, pero aun así va a pie hasta el *Washington Post*.

LIBRO QUINTO

Verdad

El infierno es la verdad vista demasiado tarde.

—Thomas Hobbes, *Leviatán*

1

El ente más poderoso del mundo

Los medios de comunicación son el ente más poderoso del mundo. Tienen el poder de convertir al inocente en culpable y al culpable en inocente.

—Malcolm X

Washington, D. C.
Enero de 2017

Keller nunca ha querido ser famoso.

O mal afamado, según se mire.

Para algunos, es un denunciante heroico; para otros, un traidor subversivo. Unos piensan que dice la verdad; otros, que es un embustero. Hay quien opina que es un patriota que intenta salvar a su país; otros, en cambio, lo ven como un exfuncionario amargado que trata de derribar a un presidente elegido democráticamente.

Todo mundo tiene una opinión, en cualquier caso.

Si la exposición pública que entrañaba ser el director de la DEA le parecía intensa, no es nada comparada con la tormenta mediática que ha desatado a su alrededor la publicación del artículo del *Washington Post*.

Exdirector de la DEA acusa a Lerner de lavar dinero del narcotráfico

En una entrevista concedida en exclusiva al Washington Post, el exdirector de la DEA Art Keller afirmó que Jason Lerner, yerno del actual presidente y recién nombrado asesor de la Casa Blanca, aceptó un préstamo de diversas entidades bancarias mexicanas a sabiendas de que su capital procedía de varias organizaciones del narcotráfico, entre ellas el cártel de Sinaloa. Keller asegura que Lerner, a través de su empresa, Terra, aceptó el crédito a fin de salvar su inversión en el edificio Park Tower y abonar el pago final de 285 millones de dólares por la compra del inmueble, después de que el Deutsche Bank se retirara de un acuerdo de préstamo sindicado. El exjefe de la DEA afirma que el dinero se recibió fuera de contrato mediante alquileres pagados por empresas fantasmas, compras ficticias de materiales de construcción y mantenimiento y sobrecostos de producción.

En caso de demostrarse su veracidad, estas acusaciones podrían traducirse en el procesamiento de Lerner por diversos delitos federales y estatales de lavado de dinero y fraude.

Keller explicó que el encargado de negociar el préstamo a través del banco HBMX fue el desaparecido Chandler Claiborne, que murió por sobredosis en la habitación de un hotel de Manhattan el pasado mes de diciembre. El exjefe de la DEA afirmó asimismo que «aliados» del gobierno de Dennison, cuyos nombres declinó mencionar, se pusieron en contacto con él para ofrecerle la posibilidad de permanecer en el cargo y de hacerle diversas concesiones políticas a cambio de que pusiera fin a la investigación contra Lerner y Terra. Según Keller, dichas personas le aseguraron que la oferta procedía del «más alto nivel», aunque se negó a concretar si se refería al propio Lerner o al presidente Dennison. Al rechazar la oferta —afirmó Keller—, esos «aliados» amenazaron con «acabar» con él.

Keller presentó su dimisión el 19 de enero, como es práctica habitual en los altos cargos de designación política cuando un nuevo gobierno accede al poder. Afirmó que recurría al Post para denunciar esta situación únicamente porque el nuevo director de la DEA, Denton Howard, se niega a proseguir la investigación abierta contra Lerner.

Al poner este periódico en duda sus acusaciones, Keller afirmó que tiene pruebas documentales y aludió a la existencia de grabaciones que «prueban irrebatiblemente» sus denuncias. Declinó mostrar cualquier fragmento de esas presuntas grabaciones y afirmó que las pondría a disposición de las autoridades competentes en caso de que «un organismo independiente lleve a cabo una investigación legítima». Keller aseguró asimismo que extrajo dichas pruebas de la sede de la DEA por temor a que fueran «destruidas, suprimidas o alteradas» y que actualmente las guarda a buen recaudo. Reconoció que su actuación al sustraer dichas pruebas podía ser constitutiva de delito y ponerlo, por tanto, en peligro de ser procesado por las autoridades federales, acusado de violar la Ley de Espionaje.

«Pensé que tenía un deber más alto», afirmó Keller, «puesto que la posible infiltración de cárteles del narcotráfico en la Casa Blanca representa un peligro mayor para la seguridad de Estados Unidos».

Keller dijo asimismo no poseer información que indique que el presidente Dennison tiene intereses financieros en Terra, ni conocimiento del préstamo relativo a Park Tower.

No fue posible ponerse en contacto con el señor Lerner para conocer su opinión sobre este asunto, pero fuentes anónimas de la Casa

Blanca tacharon las acusaciones de Keller de «escandalosas», «difamatorias» y «delictivas».

La CNN dijo que era un «bombazo».

Por eso precisamente acudió Keller al *Post*.

Para lanzar una granada y hacer que todo salte por los aires.

Si ningún fiscal estatal quiere abrir el caso, se dijo, ni tampoco quiere hacerlo ningún fiscal federal, quizá un consejero especial sí lo haga. Y si el nuevo fiscal general de Estados Unidos no nombra a un consejero especial, tal vez pueda hacerlo el Congreso. El Congreso podría crear un comité de investigación, pero el partido del presidente controlaría el comité, de modo que, en definitiva, no se sacaría nada en claro, se dijo Keller.

Naturalmente, el fiscal general del estado ha sido nombrado por Dennison, cuyo partido controla además las dos cámaras, pero las acusaciones son tan «escandalosas» que tal vez la opinión pública fuerce una investigación independiente.

Es su última esperanza.

Por temperamento, formación y experiencia, Keller es una persona extremadamente reservada. Ahora, sin embargo, los medios de comunicación cercan su casa como el vivac de un ejército invasor. Recibe una avalancha de peticiones: todos los periódicos y las cadenas de televisión nacionales, tanto convencionales como por cable, quieren entrevistarlo.

Él contesta a todos que no.

Porque su estrategia es pasar la bola a otros para que la hagan rodar. Si es solo él el que aparece en todos los programas, se convertirá en una figura aislada, en una voz solitaria que canta siempre el mismo sonsonete. Quiere intervenir lo justo para que la historia siga estando en el candelero.

Soplar de vez en cuando las ascuas para mantener vivo el fuego.

Y ahora su vida se ha hecho pública, todos los detalles de su presente y de su pasado —algunos ciertos, otros inventados— han sido desenterrados y exhibidos en la CNN, la Fox, la MSNBC, las cadenas de noticias nacionales y la primera plana de todos los periódicos.

Los «analistas» de los programas de actualidad informan de que Keller es hijo ilegítimo de una mexicana y un estadounidense (un blog de ultraderecha comentaba jocosamente en titulares: *Keller es un auténtico bastardo*).

Los más furibundos especulan con la posibilidad de que no sea estadounidense, sino mexicano, y generan cierta polémica al sugerir que nació en México y que por tanto no solo no cumpliría los requisitos para ocupar su antiguo puesto, sino que debería ser deportado.

A esto Keller sí responde.

«Seguramente podría sacar mi acta de nacimiento», le dice a Jake Tapper, «pero nadie cuestionó mi nacionalidad cuando estaba combatiendo en Vietnam».

Los medios aseguran que se crio —entre estrecheces económicas— en la zona de Barrio Logan, en San Diego, y que jugó una breve temporada, sin pena ni gloria, con los Golden Gloves, lo que explicaría su nariz torcida; que fue a la UCLA, donde conoció a su primera esposa (cuya familia estaba muy vinculada al Partido Demócrata de California) y más tarde a Vietnam: *La unidad militar de Keller, relacionada con la Operación Phoenix, el conocido programa de asesinatos selectivos en Vietnam.*

Bueno, en eso han acertado, piensa Keller cuando la historia sale a la luz, pero yerran en lo esencial: que ya había sido reclutado por la CIA. Algo se huele la prensa, sin embargo: un día, cuando sale de su casa, un periodista se le acerca y le dice: «El personal de los inicios de la DEA procedía en su mayor parte de la CIA. ¿Fue usted uno de ellos?».

Keller no contesta y la noticia aparece en titulares: *Descubierto el pasado de Keller en la CIA.*

También se «descubre» su trayectoria en la DEA: que fue agente operativo en Sinaloa en los años setenta, durante la Operación Cóndor, cuando se quemaron y fumigaron miles de hectáreas de campos de amapola.

Keller ve un panel de la CNN en el que una «experta» afirma: «Probablemente fue allí donde entró por primera vez en contacto con los Barrera. Una de mis fuentes asegura que Keller conoció a Adán Barrera de joven, que fueron amigos y que Keller incluso salvó a Barrera de una paliza brutal que le estaba dando la policía federal mexicana».

La misma experta —a la que Keller no conoce ni de nombre ni en persona— ofrece «pistas» sobre su personalidad:

«—La tortura y el asesinato de su compañero, Ernie Hidalgo —asegura—, fue posiblemente el momento crucial en la vida de Keller; si se analiza su carrera posterior, se llega a la conclusión de que es una búsqueda obsesiva por llevar ante la justicia a todos los implicados, y en especial a Adán Barrera. Creo que Keller se sentía íntimamente traicionado por Barrera, posiblemente porque habían sido amigos.

»—Lo que nos remite de nuevo a Sinaloa —comenta el presentador.

»—En efecto —dice la panelista—. Hay, además, otro nexo de unión entre ellos: Keller y Barrera tenían el mismo sacerdote, el padre Juan Parada, posteriormente cardenal, que murió en 1994 en un tiroteo frente al aeropuerto de Guadalajara. Mis fuentes aseguran que Keller también responsabilizaba a Barrera por la muerte de Parada.

»—Y finalmente Keller consiguió atrapar a Barrera.

»—Así es —contesta ella—. En 1999 detuvo a Barrera en San Diego…

»—¿Qué hacía Barrera allí?

»—Estaba visitando a su hija en el hospital. Keller lo detuvo y luego abandonó la DEA. Pero volvió en 2004, cuando Barrera fue trasladado a México.

»—Y se escapó, como todo mundo sabe.

»—Exacto. Keller pasó varios años destinado en la Ciudad de México, pero no consiguió detener de nuevo a Barrera —prosigue la experta—. Se le conocía principalmente por contribuir al desmantelamiento de los célebres Zetas. Luego Barrera murió asesinado en Guatemala. Poco después, Keller se convirtió en director de la DEA».

—¿Por qué ves esas tonterías? —le pregunta Mari.

—Estoy aprendiendo cosas de mí mismo que no sabía —contesta Keller.

Los medios siguen indagando, desentierran su declaración ante el comité Irán-Contras en 1992.

El comité del Congreso investigaba si la CIA o la NSC, o algún otro organismo de la administración Reagan, había promovido o al menos tolerado el tráfico de cocaína por parte de la Contra para financiar su guerra de guerrillas contra el régimen sandinista de Nicaragua.

De eso hace una eternidad, piensa Keller, fue en otra vida.

Le mintió al comité.

Cometió perjurio.

Le preguntaron si alguna vez había oído hablar de una empresa de transporte aéreo llamada SETCO.

«Muy vagamente», contestó.

Mentira. La verdad es que fueron él y Ernie Hidalgo quienes descubrieron lo de SETCO y trataron de ponerlo en conocimiento de sus superiores en la DEA.

Le preguntaron si había oído hablar de algo llamado «el Trampolín Mexicano».

No, dijo.

Otra mentira.

Ernie y él destaparon los vuelos clandestinos que transportaban la cocaína desde Colombia a Centroamérica y de allí a Guadalajara, México.

«—¿Y Cerbero, señor Keller? ¿Le suena de algo ese nombre?

»—No.

»—¿No tuvo Cerbero algo que ver con el asesinato del agente Hidalgo?

»—No».

Algo no: todo, se dice Keller ahora. La gente de Barrera torturó a Ernie para averiguar qué sabía sobre la operación, dirigida desde el despacho del vicepresidente, para financiar ilegalmente a la Contra haciendo la vista gorda con el Trampolín Mexicano.

El tío de Barrera, el mismísimo M-1, había financiado de su bolsillo un campo de entrenamiento de la Contra y, cuando Keller lo capturó por fin en Costa Rica, la CIA lo dejó irse.

Y Keller le mintió al comité.

A cambio, le dieron el mando de la Fuerza Especial Antinarcóticos del Suroeste, con plena libertad para perseguir y retirar de la circulación a Adán Barrera y a los asesinos de Ernie.

Cosa que hizo con mucho gusto.

Encerró al médico que supervisaba las torturas en prisión. Encerró a Rafael Caro. Y, aunque tardó años, finalmente consiguió poner tras las rejas al propio Adán Barrera.

Incluso mató al M-1 de dos balazos en el pecho, en un puente de San Diego.

Los derechistas, los defensores del nuevo gobierno, se están metiendo en un juego peligroso al revivir el asunto Irán-Contras. Es una pistola que apunta directamente a sus cabezas.

Una cosa es que me ataquen a mí, piensa Keller con el paso de los días, y otra que ataquen a Mari.

Los blogs de derecha publican historias acerca de la doctora Cisneros, la llaman «Mari la Roja» y la tildan de «radical», sacan a la luz su participación en protestas y manifestaciones contra el gobierno mexicano, su apoyo a «activistas de izquierda» en el Valle de Juárez; incluso pretenden dar vuelta a su heroísmo insinuando que, como alcaldesa de Valverde, fue acribillada a balazos no porque se opusiera a los cárteles, sino porque «traicionó» a uno de ellos.

Marisol descarta el asunto.

—Son palabras —le dice a Art—, no balas.

Pero le preocupa que la porquería que arrojan contra ella salpique también a su marido.

«Hay que tener en cuenta —dice uno de los presentadores— que la doctora Cisneros es una figura tan controvertida en México como su marido lo es en Estados Unidos. Para la izquierda es prácticamente una santa secular, una mártir que desafió tanto al gobierno como a los cárteles. Pero para los conservadores mexicanos, Cisneros es una diablesa, una comunista confabulada con elementos subversivos. Si a todo eso se le suma Keller, la mezcla es explosiva».

Otro analista «glosa» su relación de pareja en televisión.

«—Keller y Cisneros se conocieron en México durante el último periodo en el que Keller estuvo destinado allí. La suya es una verdadera historia de amor: él la cuidó hasta que se restableció, después de que resultara herida de gravedad en un atentado perpetrado por el cártel de los Zetas. Hay quien asegura que ella ha ejercido una influencia enorme sobre él, en un sentido liberalizante, y que muchas de sus posturas políticas respecto a la legislación antidrogas, la reforma penitenciaria y la inmigración proceden de la doctora Cisneros.

»—Cisneros estuvo en México manifestándose por el secuestro y asesinato de aquellos cuarenta y nueve estudiantes universitarios, ¿no es así?

»—En efecto —responde el analista—, acompañada por la periodista mexicana Ana Villanueva, que fue asesinada recientemente y que era íntima amiga suya y de Keller. De hecho, Villanueva pasó su última Navidad en casa de los Keller aquí, en Washington.

»—Y su último artículo antes de morir —añade el presentador— fue una entrevista con Rafael Caro.

»—Las conexiones no dejan de acumularse».

Igual que los ataques.

Los de Fox News y AM Radio son incesantes: Keller es un mentiroso movido por intereses políticos que intenta deslegitimar el resultado de las elecciones. Es un conspiranoico demencial, trastornado por el sentimiento de culpa que le produjo el asesinato de su compañero. Es un pusilánime dominado por la arpía de su mujer.

«Si hablas con cualquiera de la DEA —afirma un periodista radiofónico—, te dirán que Art Keller era un gestor pésimo. La agencia se estaba descomponiendo bajo su liderazgo, por llamarlo de alguna manera. Y además te dirán que tenía una agenda claramente liberal. Que es lo que se está viendo ahora».

Cualquier cosa con tal de desacreditarlo, de echar tierra sobre la historia que contó al *Washington Post*.

Luego aparece un artículo en un blog de la ultraderecha.

El puente a alguna parte, se titula.

En la primavera de 1999, el exdirector de la DEA Art Keller se vio involucrado en un tiroteo en Cabrillo Bridge, el puente del Balboa Park de San Diego. Keller, al que entonces se calificó de «héroe», abatió al capo del narcotráfico mexicano Miguel Ángel Barrera y detuvo al célebre Adán Barrera, que por entonces encabezaba el cártel mexicano conocido como la Federación. Poco después, Keller solicitó una excedencia de su puesto en la DEA y se retiró (atención) a un monasterio aislado en el desierto de Nuevo México, para reaparecer cuatro años después embarcado en una nueva cacería de Barrera en México, cacería que solo concluyó al conocerse que Barrera había muerto en Guatemala.

Pero rebobinemos un poco la película. En aquel puente, en 1999, hubo otro cadáver: el de Salvatore Scachi, un boina verde con vínculos conocidos con la mafia neoyorquina y la CIA. ¿Qué hacía Scachi en aquel puente? Nadie, incluido Art Keller, ha respondido nunca a esa pregunta. Y Scachi murió abatido no por la pistola de Keller, sino por una bala de alta velocidad disparada por un rifle. Ese asunto nunca se ha esclarecido y sigue figurando en el archivo de casos sin resolver de la policía de San Diego.

¿Quién efectuó el disparo y desde dónde? ¿Qué relación tenía Keller con el francotirador? Otra interrogante a la que el delator Keller nunca ha dado respuesta —ni nadie se la ha exigido—, escondido como estaba en su retiro de Nuevo México. No por casualidad los monjes guardan voto de silencio.

Algo sucedió en aquel puente, algo que el pueblo de Estados Unidos merece saber.

Ese puente lleva a alguna parte.

En efecto, piensa Keller, así es.

Mientras que la derecha lo demoniza, la izquierda se empeña en retratarlo como un león. En la MSNBC lo califican de «íntegro», «heroico» y «aguerrido»; *Rolling Stone* lo denomina «el nuevo Edward Snowden», una comparación que a Keller no le resulta muy halagüeña.

En cualquier caso, los medios liberales están fuera de sí de contento por que Keller haya lanzado acusaciones contra Jason Lerner y, por extensión, contra el propio Dennison. No se cansan de hablar del *Towergate* —como han bautizado inevitablemente al asunto— y acosan sin cesar a Lerner y a la Casa Blanca, con el mismo empeño con que los reporteros siguen el rastro de Keller.

En cada rueda de prensa que da la Casa Blanca surgen las mismas preguntas: «¿Qué pasa con el *Towergate*?»; «¿Corre peligro el puesto de Lerner?»; «¿Será imputado?»; «¿Es cierto que ha aceptado préstamos de los cárteles del narcotráfico mexicano?»; «¿Tiene el presidente intereses financieros en Terra?»; «¿Tenía el presidente conocimiento de ese préstamo?»; «¿Le dijo el presidente Dennison al fiscal general que presionara a Keller para que cerrara la investigación?»; «¿Se lo dijo Lerner?».

Dennison responde vía Twitter.

«Noticias falsas. Mentiras. Vamos a demandar».

Sus respuestas furibundas solo avivan las llamas. Los periodistas serios empiezan a publicar reportajes de investigación acerca de Terra, de la situación financiera de Park Tower y la sobredosis de Claiborne.

Keller desearía que, en efecto, demandaran: así Lerner se vería obligado a declarar bajo juramento.

Todos los días, el *Times* y el *Post* abren sus ediciones con titulares sobre el asunto: LERNER, EN ENTREDICHO POR PARK TOWER; EL MAYOR BANCO ALEMÁN SE RETIRÓ DEL PRÉSTAMO DE PARK TOWER; CLAIBORNE NO TENÍA ANTECEDENTES DE CONSUMO DE HEROÍNA.

Es lo que esperaba Keller cuando prendió la mecha: una auténtica tormenta de fuego. Si consigue que la presión de la opinión pública aumente hasta el punto de exigir la designación de un consejero especial, tal vez logre que se abra una investigación. Sabe, no obstante, que él mismo acabará siendo víctima del incendio que ha provocado, porque ese hipotético consejero especial querrá hablar, entre otros, con Eddie Ruiz, y Eddie hablará con cualquiera que le ofrezca un trato.

A Keller no le importa.

Solo quiere un consejero especial.

La presión sobre el fiscal general para que nombre uno va en aumento. Lo reclaman los columnistas, los senadores y congresistas demócratas, y hasta los todopoderosos programas de televisión del domingo.

Pero el fiscal hace oídos sordos.

Y contraataca.

«Si el señor Keller reveló información confidencial relativa a una investigación gubernamental al *Washington Post* o a quien fuese —afirma—, eso es un delito. Si ha sustraído materiales de dicha investigación también constituye un delito, y podríamos procesarlo por ello».

¿Hasta qué punto está al tanto de los hechos el fiscal general?, se pregunta Keller. ¿Hasta qué punto es cómplice de la situación? ¿Le han hablado O'Brien y los demás de las cintas de Claiborne? ¿Es esta la forma de advertirme que no las saque a la luz?

—¿De veras pueden hacerlo? —le pregunta Mari—. ¿Pueden procesarte?

—Es posible.

—Entonces podrías acabar en prisión por decir la verdad.

—Sip.

—Bueno —dice ella—, no serías el primero.

Keller nunca ha respondido muy bien a las amenazas. Las ha recibido de la antigua Federación, del cártel de Sinaloa y de los Zetas, todos los cuales intentaron matarlo. ¿Y ahora va a acobardarse porque ese alfeñique dio una rueda de prensa?

No.

Pero el fiscal general, David Fowler, se niega a nombrar a un consejero especial.

Dos días después, Fowler está en el Capitolio, delante de un comité presupuestario que le está preguntando sobre «el muro», cuando un senador demócrata, Julius Elmore, desliza una pregunta acerca de por qué no designa a un consejero especial para el caso *Towergate*.

—Porque no hace falta salirse de los cauces normales —le espeta Fowler—. Si el señor Keller pensaba que tenía pruebas suficientes para iniciar una causa judicial, ¿por qué no se las presentó a la anterior fiscal general antes de que ambos dejaran sus cargos? ¿Por qué no me las entrega a mí? La única justificación para nombrar a un consejero especial es que exista un conflicto de intereses que impida a la oficina del fiscal general mantener su imparcialidad.

Elmore apenas puede refrenar una sonrisa cuando pregunta:

—¿Existe en su opinión, señor fiscal, un conflicto de intereses que le impida ser imparcial en un proceso judicial que ataña a la Casa Blanca o al grupo empresarial Terra?

—No, en absoluto.

Más leña al fuego.

Los medios aúllan de indignación. ¿Cómo se atreve Fowler a afirmar que no hay conflicto de intereses cuando fue uno de los primeros y más señalados partidarios del nuevo presidente? ¿Cuando hizo campaña por él, recaudó dinero en su nombre y actuó como vocero suyo en televisión?

Sus partidarios responden que la cosa no llega al nivel de «conflicto». Si fuera así, muy pocos fiscales generales podrían haber emitido un dictamen en casos relacionados con la Casa Blanca.

No obstante, unos días después el *New York Times* revela en un artículo que Fowler tiene acciones en una empresa de inversiones que le prestó dinero a Terra para el desarrollo de proyectos urbanísticos en el extranjero. La buena salud financiera de la compañía le atañe, por tanto, de manera personal y directa.

El comité vuelve a pedir su comparecencia.

Elmore pregunta:

—Señor fiscal, ¿recuerda usted lo que respondió cuando este comité le preguntó si había algún posible conflicto de intereses en lo relativo a Terra?

—Sí, lo recuerdo.

—Declaró usted que no lo había —añade Elmore—. Pero no era cierto, ¿verdad?

—No hubo intención por mi parte de engañar a este comité —responde

Fowler—. Simplemente no me acordaba. Quiero decir, nadie es capaz de estar al corriente de todos los pormenores de su cartera de inversiones…

—¿En qué quedamos? —pregunta Elmore—. ¿No se acuerda o no estaba al corriente?

—Senador, me ofende profundamente cualquier insinuación en el sentido…

—Pero ¿diría usted ahora —lo interrumpe Elmore—, ante esta sala, que existe, en efecto, ese conflicto de intereses?

Fowler está atrapado y lo sabe. Reconoce que cabe la posibilidad de que exista un «conflicto aparente».

—Señor fiscal —continúa Elmore—, permítame preguntarle si alguien del actual gobierno le pidió que presionara a Keller para cerrar la investigación del caso *Towergate*.

—Bueno, senador —contesta Fowler—, la verdad es que el señor Keller ya había dejado su cargo cuando yo tomé posesión del mío.

—No es eso lo que le pregunté, señor fiscal.

—No recuerdo ninguna conversación en ese sentido.

—¿Sabe usted si el señor Howard habló con el señor Keller a ese respecto? —pregunta Elmore.

—Eso tendría que preguntárselo a ellos.

—Entonces, ¿no lo sabe?

—No recuerdo que el señor Howard me lo haya dicho.

—Pero, en caso de que alguna de esas conversaciones que usted no recuerda haya ocurrido en efecto —prosigue Elmore—, podría considerarse obstrucción a la justicia, ¿no es así?

Al día siguiente, Fowler se recusa formalmente del caso *Towergate*.

Ben O'Brien no está contento.

—Apocado de mierda, hipócrita —dice—. Lo único que tenía que hacer era echarle un par de huevos y aguantar.

Keller le ha tendido una trampa y el muy imbécil hijo de puta se ha metido en ella de cabeza.

—Le da miedo que lo acusen de perjurio —comenta Rollins.

—Estupideces —dice O'Brien—. ¿Quién va a acusarlo de nada?

Es una noticia pésima. El giro del fiscal general no solo apesta a culpabilidad, sino que ahora la decisión de designar a un consejero especial recae en John Ribello, el ayudante del fiscal general de Estados Unidos, que no va a estar dispuesto a apechugar por un jefe al que detesta íntimamente.

Lo que no impide que O'Brien lo intente. Llama a Ribello por teléfono.

—Haga lo que considere más conveniente, lo que le dicte su conciencia, desde luego, pero ya sabe que ese asunto no tiene ningún fundamento. Es una cacería de brujas.

La respuesta no es muy alentadora.

—¿Cómo sabe usted eso, senador? Si dispone de información pertinente…

—No, por Dios —responde O'Brien—. No hay ninguna prueba, ni una sola. Si la hubiera, ¿no cree que ya las habríamos visto?

—Por lo que deduzco —dice Ribello—, Keller se resiste a presentar las pruebas porque teme que sean alteradas o eliminadas.

Conque eso es lo que tú «deduces», mamón chupavergas, piensa O'Brien.

—Nadie ha hablado de eliminar pruebas —dice.

—Eso espero, como es lógico.

Están todos huyendo espantados, piensa O'Brien. Este imbécil es lo bastante listo como para nombrar a un consejero especial y apartarse de los tiros. Cargarle el muerto a otro y lavarse las manos.

Y Keller, el otro mañoso hijo de puta, tiene esas cintas en su poder a la espera de poder usarlas. Un consejero especial lo citará a declarar y exigirá ver todos los documentos y los materiales probatorios.

¿Y qué hará Keller entonces?

¿Qué dirá?

La cuestión ahora, reflexiona Keller al despertarse una mañana más, es qué va a hacer Ribello.

¿Imputarme?

¿Designar a un consejero especial?

¿Ambas cosas?

¿Nada?

Todo es posible.

Aun en el caso de que nombre a un consejero especial, se dice mientras se pasa una navaja de afeitar por la mejilla, ¿a quién nombrará? Si designa a un mandadero del Partido Republicano, será todo una farsa: la investigación no tendrá por objeto desvelar una actuación delictiva, sino enterrarla. Se harán tontos: indagar allí donde no haya pruebas y anunciar después que no se ha encontrado nada.

Acaba de afeitarse y se viste para…

¿Para qué?

¿Para pasarse el día sentado, esperando?

No tiene dónde ir: sus posibles opciones de empleo están en suspenso hasta que se resuelva este asunto. Podría salir a dar (otro) paseo por el barrio, rondar por las librerías, pero lo que antes era un placer se ha convertido en un fastidio porque no puede ir a ningún sitio sin que lo paren y lo interroguen, ya sean los periodistas o la gente de a pie que lo reconoce por la calle. Algunos le hacen gestos de aprobación, otros lo miran mal; hasta los hay que se acercan y le piden un autógrafo.

Marisol opina que debería llevar escolta.

—¿Un guardaespaldas? —preguntó Keller—. No quiero.

—No sabes de qué son capaces —argumentó ella—. Y puede que haya algún chiflado que busque notoriedad.

Keller no quiere ni oír hablar del asunto. No tuvo escolta cuando Adán Barrera puso precio a su cabeza —dos millones de dólares de recompensa—, y no va a tenerla ahora. Yo sé defenderme solo, gracias, piensa. Todavía lleva una Sig de 9 milímetros en la cintura, debajo del saco, cuando sale a la calle.

Lo que sucede cada vez menos.

Keller tiene que reconocer que se ha convertido en un prisionero en su propia casa. Para el caso, lo mismo daría que llevara una tobillera electrónica, se dice.

Se está poniendo el suéter cuando oye gritar a Marisol:

—¡Arturo, baja!

—¡¿Qué pasa?!

—¡Ribello está en la tele!

Keller baja a toda prisa las escaleras.

El ayudante del fiscal general John Ribello está dando una conferencia de prensa.

—En mi calidad de ayudante del fiscal general, he decidido que conviene al interés público que, en el ejercicio de mi autoridad, designe a un consejero especial que asuma la responsabilidad del caso conocido como *Towergate*. Ello no presupone que haya llegado a la conclusión de que se ha cometido algún delito, ni que vaya a iniciarse automáticamente un proceso judicial. Lo que he decidido, basándome en las circunstancias especiales que concurren en el caso, es que, a fin de que la ciudadanía estadounidense tenga plena confianza en el resultado, debo poner esta investigación en manos de una persona ajena a la cadena normal de mando.

—Ganaste —dice Marisol.

—No he ganado nada —contesta Keller.

Pero tampoco he perdido, piensa. Todo dependerá de a quién designe. Mira al hombre que aguarda detrás de Ribello y no lo reconoce. Tiene más o menos mi edad, calcula. Pelo cano. Alto, arrugado.

El desconocido se adelanta cuando Ribello dice:

—Nuestra nación se cimenta en el imperio de la ley, y el pueblo debe tener la seguridad de que los funcionarios del gobierno administran la ley de manera justa e imparcial. El consejero especial Scorti dispondrá de los recursos adecuados para llevar a cabo una investigación completa y exhaustiva, y confío plenamente en que dilucide los hechos, aplique la ley y llegue a un veredicto justo. ¿Señor Scorti?

Scorti se acerca al micrófono.

—No tengo mucho que decir en este momento, aparte de que, para evitar cualquier posible conflicto, voy a renunciar a mi puesto en el bufete de abogados Culver-Keveton. Haré todo lo que esté en mi mano para llevar este asunto a una conclusión justa y objetiva. Gracias.

Marisol ya está buscando en Google.

—Es de Boston… Republicano… Estudió en Dartmouth… Combatió en Vietnam: Estrella de Bronce y Corazón Púrpura…

—¿En el ejército o en los *marines*?

—En los *marines*. Facultad de Derecho de Columbia… Fue fiscal ordinario y después ayudante del fiscal general de lo Penal. Supervisó el proceso de Noriega…

—Por eso me suena su cara.

—El caso del atentado de Lockerbie y el de la familia Cimino.

El pasado siempre vuelve, reflexiona Keller. Sean Callan fue pistolero de los Cimino.

Suena el teléfono. Es el senador Elmore.

—Art, ese tipo es bastante decente.

—¿Sí?

—Toma sus propias decisiones —añade Elmore—. Dennison no va a mangonearlo. Esa es la buena noticia. La mala es que tú tampoco.

—De acuerdo.

Keller cuelga. Mira por la ventana y ve que empiezan a llegar los camiones de la prensa, los periodistas se están congregando afuera. En la televisión, acribillan a Ribello a preguntas.

—¿Qué alcance tendrá la investigación del señor Scorti? —pregunta uno—. ¿Tendrá libertad para investigar al exdirector Keller, además de a Lerner?

—El señor Scorti tendrá libertad para investigar todas las vertientes de este asunto —contesta Ribello.

—Eso incluye a Keller.

—Creo que la palabra «todas» es lo suficientemente elocuente.

—¿Incluida la muerte de Claiborne?

—No sé de qué otra forma decírselo…

—¿Tendrá el señor Scorti potestad para iniciar un proceso?

—El señor Scorti podrá iniciar un proceso si así lo considera oportuno, conforme a las leyes federales y a instancias de un gran jurado.

—¿Tendrá Scorti libertad para investigar las posibles vinculaciones financieras del presidente Dennison con Terra?

—Les repito —dice Ribello— que el consejero especial hará todas las averiguaciones que sean necesarias, hasta sus últimas consecuencias.

Ya veremos, piensa Keller.

Sabe que Scorti aún tardará semanas en pedir su comparecencia. Tendrá que montar su oficina, contratar personal, revisar documentos.

—Necesitas un abogado —dice Marisol.

—Eso mismo me dijo Ben Tompkins.

—Hasta el más necio acierta a veces.

—No quiero un abogado —dice Keller.

—No es momento de ser ingenuo, ni arrogante —responde Marisol—. Ni terco. ¿O es que quieres ir a la cárcel?

—Quiero que vaya a la cárcel Jason Lerner.

—Genial —dice Marisol—, así podrán jugar juntos al volibol.

Keller suspira.

—No conozco a ningún abogado defensor. Bueno, sí, pero a casi todos les encantaría verme en una celda, al lado de sus clientes.

—Conoces a Daniella Crosby.

—¿Quién es esa?

—Una de las abogadas defensoras más prestigiosas de Washington —dice Marisol—. Estuvimos juntas en un comité de alfabetización, quedamos para comer un par de veces. Su marido y ella estuvieron en nuestra fiesta de Navidad.

—Había tanta gente…

—Tengo su número guardado.

Keller mira por la ventana la horda creciente de periodistas.

—Llámala.

El despacho de Daniella Crosby está en el centro, en la Diecisiete con K, no muy lejos de la Casa Blanca y el hotel Hamilton.

Afroamericana, de unos cuarenta y cinco años, cabello negro corto, grandes anteojos enmarcando una cara de rasgos fuertes, mira a Keller desde el otro lado de la mesa de reuniones y va directa al grano.

—No sé si puedo evitar que vaya a prisión. ¿Es cierto que reveló al *Washington Post* datos de una investigación en curso y clasificada?

—Sí.

—¿También sustrajo materiales de dicha investigación de la sede de la DEA? —pregunta la abogada.

—En efecto.

—¿Y todavía tiene esos materiales en su poder?

—Posiblemente —contesta Keller.

—O sea, sí —dice ella—. Señor Keller, usted sabe que no puedo ayudarlo si no es sincero conmigo. De hecho, no estoy dispuesta a representarlo en ese caso.

—Señora Crosby…

—Reverenda —puntualiza ella—. Si vamos a ponernos formales, soy la reverenda Crosby. Soy ministra ordenada. ¿O nos tuteamos y lo dejamos en Daniella y Art?

—Daniella —dice Keller—, me estás pidiendo que confíe en ti y, francamente, yo no confío en nadie.

—¿Qué hay de Marisol?

—Ella es la excepción.

—Pues haz otra excepción —replica Crosby—. Has decidido enfrentarte al presidente de Estados Unidos y a toda su cohorte, a más de la mitad del Congreso, a varios cárteles del narcotráfico y, ahora, al consejero especial. ¿De verdad crees que puedes hacerlo solo?

—No quiero que tengas acceso a información que pueda ponerte en peligro.

—¿Por qué no te dejas de paternalismos y permites que sea yo quien decida qué riesgos quiero y puedo asumir? —replica ella—. Si acepto tu caso, lo que de momento es sumamente dudoso, mi labor consistirá en protegerte a ti y no al revés, así que cuanto antes nos acostumbremos a esa dinámica, tanto mejor.

—Creo que estás equivocándote de objetivo —dice Keller.

—¿Y eso por qué?

—Tu prioridad parece ser defenderme. La mía es procesar a Lerner.

—Y al presidente.

—Si es necesario, sí —contesta Keller—. Tienes que entender que mi intención al filtrar este tema era promover una investigación dirigida por un consejero especial. No pretendo huir de este asunto. Al contrario.

—Si juegas con fuego, podrías quemarte.

—Soy consciente del peligro.

—Es un peligro muy real.

Le explica a Keller que podrían acusarlo de transgredir tres leyes federales. La primera es la USC 18-793, la llamada Ley de Espionaje, que sirvió para procesar a Edward Snowden, con una pena de hasta diez años de prisión.

—Podrían basarse en ella —dice Crosby—, pero yo alegaría que la 793 atañe únicamente a información relativa a la defensa nacional, lo que creo que les sería muy difícil de demostrar.

La segunda ley es la 18-641, la Ley Federal de Apropiación Indebida, que se refiere al robo de propiedades del Estado, incluidos archivos documentales, con una pena máxima de diez años de cárcel y multa.

La tercera es la 18-1030, mencionada en el caso de Chelsea Manning y que prohíbe la transferencia electrónica de información relativa a la defensa nacional o a las relaciones con países extranjeros.

—Si la información de la que hablaste al *Post* ha estado en algún momento en una computadora de la DEA —explica Crosby—, podrías haber violado la 1030 y te enfrentarías a otros diez años de prisión.

Lo más probable, afirma, es que la fiscalía opte por lanzar las tres acusaciones a la pared como espaguetis, a ver si alguna se pega.

—¿Y la defensa cuál es? —pregunta Keller.

—¿Aparte de que no lo hiciste, quieres decir?

Keller no contesta.

La mejor estrategia defensiva, explica Crosby, sería citar las diversas «leyes del denunciante» que protegen a los funcionarios federales de ser imputados en caso de que crean razonablemente que otros agentes del Estado han cometido algún delito o que sus actuaciones ponen en peligro la salud y la seguridad públicas.

—Yo, naturalmente —añade Crosby—, argumentaría que el hecho de que una red de tráfico de heroína haya comprado influencia en los más altos niveles del gobierno constituye una amenaza para la salud y la seguridad públicas. Pero ¿puedes tú demostrar que agentes del Estado conspiraron con ese fin o trataron de encubrirlo? Ese es el problema.

—Jason Lerner es asesor de la Casa Blanca —responde Keller.

—Pero no lo era en el momento en que se cometieron los delitos de los que lo acusas —dice Crosby—. De modo que, aunque pudieras incriminarlo, eso no te exoneraría a ti. ¿Tienes alguna otra cosa?

Keller le habla de sus conversaciones con O'Brien, en las que el senador le pidió que diera carpetazo a la investigación. Omite, en cambio, el tema de la incursión en Guatemala.

—Eso puede ayudar —dice Crosby—, pero no es exculpatorio. O'Brien tiene poder, es el presidente de una comisión importante del Congreso, pero no tenía autoridad directa sobre ti.

—Denton Howard me ofreció la posibilidad de continuar en el cargo si cerraba la investigación.

—¿Y qué? —pregunta Crosby—. Era tu subordinado.

—Dijo que actuaba en nombre del entonces presidente electo —responde Keller.

—¿Esa conversación está grabada?

—Yo no la grabé.

—Entonces es tu palabra contra la suya —dice Crosby—. Y seguimos teniendo el mismo problema temporal. Aunque esa oferta procediera, en efecto, de Dennison, no constituye obstrucción a la justicia porque en ese momento Dennison carecía de autoridad efectiva. ¿La entonces fiscal general te pidió en algún momento que cerraras la investigación contra Lerner?

—No le planteé el caso.

—Eso es un problema —dice Crosby—. ¿Por qué no lo hiciste?

—Porque en esos momentos no solo estaba llevando a cabo una investigación —responde Keller—. También estaba en plena operación para desmantelar una red importante de tráfico de heroína relacionada con el *Towergate*. Me preocupaba que cualquier revelación prematura a la oficinal del fiscal general pusiera en peligro la operación, y no solo la operación, sino también a ciertos agentes encubiertos. Mi propia gente le estaba filtrando información a Howard, y él se la pasaba a O'Brien.

—Bien, entonces, ¿para qué quieres contratarme? —pregunta Crosby—. ¿Para que te defienda o para que te ayude a incriminar a Lerner?

—Para las dos cosas, supongo.

—¿Y si llega un punto en que esos dos intereses se contraponen?

—¿Permitirías tú que un cártel de narcotraficantes influya en el gobierno de Estados Unidos? —pregunta Keller.

—Para defender a mi cliente, sí.

—Entonces, llegado ese punto, te despediré —dice Keller.

—Mientras nos entendamos mutuamente… —contesta Crosby—. No vas a volver a hablar con los medios. De eso me encargo yo. Se me da muy bien y a ti muy mal. Ahora, cuéntamelo todo.

—¿Por dónde quieres que empiece?

Crosby lo mira como si fuera idiota.

—¿Por el principio?

Keller se lo cuenta todo.

Menos lo de Guatemala.

Y lo del puente.

A Sean Callan lo han trasladado una vez, y otra, y otra.

Es siempre la misma rutina: le ponen una capucha en la cabeza, lo esposan de pies y manos y lo meten en el asiento trasero de un vehículo; a veces, en un avión. Allá donde van los hermanos Esparza, va Callan. Luego lo meten a empellones en un almacén, en un establo, en un sótano, y lo encadenan a la pared.

Le dan la comida justa: unas tortillas, arroz con frijoles, un tazón de pozole. Cada pocos días lo desencadenan y lo rocían con una manguera, y le dan quizá algo de ropa usada porque Iván se queja de que si no, huele mal.

Callan sabe que apesta. Hace semanas que no se lava los dientes, tiene el pelo y la barba crecidos y apelmazados, parece un indigente psicótico. Psicótico está, desde luego: sabe que está perdiendo la razón. Hora tras hora sentado contra una pared, sin nada que mirar, sin nada que leer, sin nadie con quien hablar.

La única excepción fue el día que Iván vino a contarle un chiste: «¿Qué diferencia hay entre Jesucristo, un herpes y Elena Sánchez? ¿No lo sabes? Que Elena Sánchez no volverá».

Callan pierde la noción de las horas, de los días y las noches. Si alguien le preguntara cuánto tiempo lleva prisionero, no sabría decirlo. ¿Semanas? ¿Meses? No cree que haga ya un año.

Echa de menos a Nora, se pregunta cómo estará, confía en que ella y la niña estén bien, que no esté llorando su muerte.

Como no tiene dónde ir, su mente vaga por el pasado.

Tenía diecisiete años la primera vez que mató a un hombre.

Eddie Friel el Carnicero, en el Liffey Pub de Hell's Kitchen, en Nueva York. Le pegó un tiro en la cara con una pistola calibre .22 y la tiró al Hudson.

El siguiente fue Larry Moretti.

Luego se puso a trabajar para la familia Cimino, y Johnny Boy Cozzo le encargó eliminar al jefe, Paulie Calabrese, en la Navidad del 85. Después de aquello tuvo que largarse de Nueva York, estuvo en Guatemala, en El Salvador, en México, allá donde hubiera gente que necesitara gente que matara gente.

Perdió la cuenta de a cuántos mató.

Su alma estaba en un estercolero hasta que el padre Juan la sacó de allí.

Luego lo mataron a él también.

Lo mató Adán.

Ordenó su asesinato, al menos. Porque Adán Barrera no mataba con sus propias manos, para eso tenía a gente como yo, se dice Callan.

Así que, si ahora estoy en el infierno, estoy en el infierno y es lo que merezco.

No tiene ni idea de dónde está la noche que vienen a buscarlo, lo desencadenan y lo llevan a una ducha, en un rincón. El agua sale a cuentagotas, pero al menos está caliente. Luego lo sientan en una silla, lo afeitan, le cortan el pelo y le tiran unos jeans nuevos, una camisa vaquera y unos tenis.

—Vístete —dice uno de ellos—. Iván no quiere que parezcas un pordiosero.

¿Para qué?, se pregunta Callan. ¿Para el video, cuando me maten?

Se viste, le ponen una capucha en la cabeza y vuelven a meterlo en en el asiento trasero de un coche. El trayecto dura unas dos horas, calcula; luego el coche se detiene y le quitan la capucha.

Sabe dónde están, por los viejos tiempos.

El cruce fronterizo de Tecate.

Hay dos *federales* afuera de la camioneta cerrada.

—Sal.

—¿Me van a pegar un tiro por la espalda? —pregunta Callan.

—Nosotros no.

Callan sale. Los *federales* lo agarran por los brazos y lo llevan a la caseta de la Patrulla Fronteriza. Dos hombres de paisano lo están esperando. Los *federales* les entregan a Callan.

—¿Sean Callan? —dice uno de ellos—. FBI. Queda detenido como sospechoso del asesinato de Paul Calabrese.

Lo hacen darse vuelta y lo esposan.

Lo llevan de vuelta a Estados Unidos.

Crosby prepara a Keller para su entrevista con el consejero especial. No trabajan todos los días, pero sí casi todos, varias horas seguidas. Él va al despacho de la abogada a las nueve y se va poco después de comer.

Los primeros días, los medios acamparon delante del edificio, pero en vista de que Keller se negaba sistemáticamente a contestar a sus preguntas y que Crosby no soltaba prenda, se aburrieron y se fueron.

Normalmente, Keller toma el metro por la mañana, desde Dupont Circle a Farragut North. Cuando el tiempo lo permite, prefiere volver a casa andando por Connecticut Avenue para despejarse después de la sesión preparatoria. De vez en cuando se pasa por Kramer Books o Second Story, pero cada vez es más frecuente que alguien lo reconozca y trate de hablar con él, de modo que suele evitar entrar en las librerías.

—Hasta que nos hagan una oferta de inmunidad, te acoges a la Quinta Enmienda —dice Crosby—. Después, les damos todo lo que quieran.

—¿Incluidas las grabaciones?

—Si las piden, que las pedirán —contesta la abogada—. Harán una petición general, del tipo «todos los materiales que obren en su poder relativos al caso». Entonces les das las cintas.

—¿Y si las desaparecen? —pregunta Keller.

—No veo a Scorti haciendo algo así —dice Crosby—. Pero abonaré el campo.

—¿Qué quieres decir?

—Para eso me contrataste —responde ella—. Iré a los medios y les recordaré que cabe la posibilidad de que tengas pruebas materiales; grabaciones, por ejemplo. De ese modo, si Scorti tiene intención de hacer desaparecer las cintas, se verá sometido a una enorme presión para que las haga públicas.

Para eso la contraté, en efecto, piensa Keller. Es una maniobra astuta y sutil, y a mí no se me habría ocurrido. Y, además, se nota que le interesa derribar a Lerner. Aunque él no está muy convencido. Por eso hizo copias de las grabaciones y las tiene guardadas a buen recaudo. Se fija en que Crosby no le ha preguntado si ha hecho copias.

Comen en el despacho y repasan algunos detalles más. Aún no se ha concretado la fecha del interrogatorio.

Eddie se está volviendo loco en la cárcel de San Diego.

No metafóricamente, sino literalmente loco.

Pensaba que, después de su paso por Florence, aguantaría bien el aislamiento, pero ahora se da cuenta de que aquello no lo hizo más fuerte; más bien al contrario. La celda mide tres metros sesenta por uno ochenta y las paredes se ponen a vibrar si las mira muy fijamente, como si fueran de agua: una capa de agua sobre la arena cuando refluye la ola.

Y eso no está bien.

Sabe que no debería mirar fijamente las paredes, pero no hay nada más que mirar: ni ventanas, ni tele, ni siquiera una rendija en la puerta por la que pueda ver la galería, y sabe que, por más que se empeñe en mirarlas, las paredes no van a desaparecer.

Aquí lo están volviendo loco, y Eddie cree que es a propósito, que quieren ablandarlo para las negociaciones. A las seis y cuarto de la mañana le deslizan en la celda una bandeja con el desayuno —si es que se le puede llamar así—, y a las siete y media vuelven para inspeccionar la celda.

¿Para qué? Mide tres metros sesenta por uno ochenta. Un jugador normalito de la NBA no cabría en posición horizontal. ¿Qué creen que va a esconder? ¿Un tanque? ¿A los Red Hot Chili Peppers? ¿Un *jacuzzi* lleno de strippers?

Los guardias hacen recuento a las ocho, a las diez y media y a las cuatro. Para joderlo un poco más, supone Eddie. El problema es que le cuesta recordar en qué recuento van. El otro día pensó que era el de las cuatro y era solo el de las ocho.

Las primeras semanas se tomó muy a pecho lo de entrenar —lagartijas, sentadillas, abdominales, dominadas—, porque en V-Ville los de la Eme le dijeron que esa era la clave para fortalecer el espíritu.

Ahora le parece demasiada molestia, y entre comida y comida (si es que se las puede llamar así) suele quedarse tumbado en el catre, mirando las paredes. O el techo.

Con todo el almidón que le dan, tiene el cuerpo hecho una mierda.

Minimum Ben viene e intenta ponerlo al corriente de las cosas.

—¿Qué es un consejero especial? —pregunta Eddie—. ¿Es parecido a las Olimpiadas Especiales, o algo así? ¿Dan trofeos y ese rollo?

—Tienes que tomarte esto en serio, Eddie —dice Tompkins.

—Carajo, Ben, sácame de aquí.

—Estoy en ello.

—Pues ponle más empeño.

Porque estoy perdiendo la puta cabeza.

Lo están haciendo polvo y lo sabe. Antes podía hacer algo por defenderse, podía luchar, pero ahora está perdiendo la pelea y eso es lo que quieren esos cabrones, para eso está la cárcel, para destruirte la mente y el cuerpo y el alma y que hagas lo que quieran los muy hijos de puta.

O simplemente para que te mueras.

O peor, para que te conviertas en un pobre diablo, en uno de esos tipos patéticos que pintan con el dedo usando su propia mierda.

Se da cuenta de que ha dicho eso en voz alta.

—Genial —dice—, ahora hablas solo. Bueno, por lo menos estás hablando con alguien que está aquí de verdad. Mejor eso que hablar con alguien que no está. Porque no se te va del todo la hebra hasta que empiezas a hablar con gente que no está, ¿no?

¿No?

Las oficinas del consejero especial están en un edificio anodino del suroeste de Washington, justo al norte de Fort McNair.

Crosby deja su BMW X5 en el estacionamiento y Keller y ella toman el ascensor allí mismo, lejos de los ojos de la prensa, para subir al despacho. En el ascensor, Crosby dice:

—Scorti no es racista, pero es hijo de su generación. Él y todos los abogados de la Ivy League que haya ahí arriba van a verme como una afroamericana que fue a Howard y a pensar automáticamente que he llegado donde estoy gracias a la discriminación positiva. No durará mucho, pero nos dará una ventaja pasajera.

La puerta se abre.

Quizá por motivos de seguridad, la sala de reuniones no tiene ventanas, aunque Keller piensa que es más bien para producir cierta sensación de claustrofobia en los testigos. Él mismo solía emplear esa técnica.

Scorti tiene quince abogados en la plantilla, cada uno con su especialidad: derecho penal, tráfico de drogas, blanqueo de capitales, derecho constitucional... Tiene auditores forenses, expertos en vigilancia y una plétora de secretarias y secretarios, todos ellos juramentados para guardar, literalmente, el secreto. Y lo han guardado, piensa Keller. No ha habido ni un sola filtración procedente de la oficina de Scorti.

Son las nueve de la mañana.

A Scorti le gusta empezar temprano y acabar tarde, es puntual como un exmarine, pero no está en la sala cuando entran Keller y Crosby. Hay allí otros tres abogados, todos ellos hombres blancos de traje y corbata, y una secretaria con un estenógrafo, además de varios micrófonos pequeños colocados sobre la mesa.

Se hacen las presentaciones —Keller se olvida enseguida de los nombres— y vuelven todos a sentarse. Uno de los abogados lleva la voz cantante.

—Vamos a grabar esta sesión, para mayor seguridad suya y nuestra. Les proporcionaremos una transcripción.

—Naturalmente —dice Crosby—. Además de una copia de la grabación.

—Por lo general no damos copia de la grabación.

—No me interesa lo que hagan por lo general —replica Crosby—. Quiero asegurarme de que la transcripción es precisa.

—No estamos obligados a darles una copia —responde el abogado.

—Entonces hoy va a ser un día muy largo —dice Crosby—. Y monótono, porque no voy a parar de decirle a mi cliente que no conteste.

—Si tanto significa para usted… —dice el abogado, y se vuelve hacia Keller—. Voy a tomarle juramento. Su testimonio tiene la misma fuerza y el mismo efecto que si estuviera declarando ante un tribunal de justicia y está por lo tanto sujeto a las leyes federales relativas al delito de perjurio.

—El señor Keller está absolutamente dispuesto a cooperar como testigo —dice Crosby—. No han tenido que exigir judicialmente su comparecencia. No creo, por tanto, que tengamos que empezar esta sesión con amenazas.

—Solo estoy enunciando los términos de la ley.

—Yo informaré a mi cliente de los términos de la ley —replica Crosby—. Usted haga sus preguntas. Y quiero unas jarras de agua con hielo y unos vasos. Y también una cafetera y tazas de verdad, no vasos de cartón. Esto no es una comisaría de pueblo.

El abogado sonríe.

—¿Se le apetece algo más? ¿Unos daneses, unos cruasanes?

—¿Tienen?

—No.

—Entonces supongo que no —contesta Crosby—. Pero haremos descansos regulares y pararemos una hora y media para comer fuera de las oficinas. Y cuando el señor Keller desee hacerme alguna consulta, será en privado.

—No hay por qué adoptar una postura hostil, señora Crosby.

—Estoy de acuerdo —contesta ella—. Solo quiero asegurarme de que todos distinguimos claramente entre una entrevista y un interrogatorio.

Un asistente trae el agua y el café.

El abogado principal empieza con preguntas básicas: nombre, fecha de nacimiento y profesión, lo que provoca algunas risas en la sala cuando Keller responde «actualmente, desempleado». A Keller le resulta todo un poco raro: está acostumbrado a ser él quien haga las preguntas.

Están todavía calentando motores cuando se abre la puerta y Scorti entra en la sala, arrima una silla plegable metálica a la pared y se sienta, indicándoles con un ademán que prosigan.

—Quiero llevar su atención al momento en que se convirtió en director de la DEA —dice el abogado principal—. ¿Recuerda usted ese periodo?

—Sí.

—Salió usted de la nada —comenta el abogado.

—¿Eso es una pregunta? —dice Crosby.

—Fue bastante raro —prosigue el abogado—. Lo que trato de decir es ¿cómo es que lo nombraron para ese puesto?

—Seguro que conoce usted el procedimiento habitual —replica Crosby—. El presidente designó al señor Keller y el Congreso lo ratificó en el cargo. Por favor, no intente convencerme de que no ha escuchado las transcripciones de la ratificación. ¿Adónde quiere ir a parar?

—¿Qué papel desempeñó el senador O'Brien en su acceso al cargo, si es que desempeñó alguno?

—El senador O'Brien vino a El Paso y me preguntó si estaría dispuesto a aceptar el puesto.

—Pero usted vivía entonces en Juárez, ¿no es así? —pregunta el abogado.

—Al otro lado del puente, sí.

—¿Le dijo el senador por qué quería que ocupara usted ese puesto?

La entrevista ha tomado un derrotero distinto al que esperaba Keller. ¿Por qué le preguntan por O'Brien?

—Había echado un vistazo a mi hoja de servicios y pensó que podía hacer un buen papel.

—Usted es demócrata, ¿verdad? —dice el abogado—. Lo digo porque, ¿no es un poco raro que un senador republicano quiera tener a un demócrata en un puesto tan alto?

—La verdad es que soy independiente.

—Pero usted sabe a qué me refiero.

—No, no lo sé.

Sabe, sin embargo, qué está olfateando el abogado: su posible relación de amistad con O'Brien. ¿Habrá contado Ruiz lo de Guatemala? Y, si lo hizo,

¿hasta dónde ha llegado? ¿O acaso el abogado solo está «pescando», lanzando el anzuelo para ver si pico?

—Creo que este es buen momento para hacer un descanso —dice Crosby. En el pasillo, le pregunta a Keller—: ¿Hay algo que quieras contarme sobre Ben O'Brien?

—No.

—Entonces, ¿a qué vienen esas preguntas?

—No lo sé.

La abogada lo mira. Enojada. Cuando vuelven a entrar, Scorti se levanta de su silla y le tiende la mano a Keller.

—Soy John Scorti.

—Art Keller.

—Enhorabuena por la detención de Cozzo.

—Fue la policía de Nueva York —responde Keller—. Brian Mullen.

—Creo que algo tuvo usted que ver en ello —dice Scorti, y estrecha la mano de Crosby—. John Scorti. Me sorprende que no hayamos coincidido hasta ahora. Conozco su trabajo.

Vuelven a sentarse. El abogado principal hace amago de formular otra pregunta, pero Scorti levanta la mano y dice:

—Keller, usted y yo somos viejos soldados. Podemos seguir como hasta ahora o podemos ir al grano. De veterano a veterano, ¿qué pruebas tiene contra Jason Lerner?

Keller mira a Crosby.

Ella se encoge de hombros y dice:

—Adelante.

Keller se lo explica todo: que consiguieron que Chandler actuara como informante amenazándolo con procesarlo por un delito de posesión de drogas y agresión sexual, y que a través de él tuvieron acceso a Lerner y a la reunión de Terra con Echeverría. Y que obtuvieron una orden judicial para introducir un micrófono en la segunda reunión.

—¿La primera la grabaron sin autorización judicial? —pregunta Scorti.

—No —contesta Keller—. Claiborne puso a grabar su teléfono sin darse cuenta.

—¿Espera que me crea eso?

—Crea lo que quiera —replica Keller.

—¿Tiene usted esa grabación? —pregunta Scorti.

—Sí.

Crosby saca la grabación y la escuchan. Cuando acaba, Scorti dice:

—Lerner no estaba en esa reunión.

—En efecto.

—Y, basándose en esto, ¿obtuvo usted una autorización judicial?

Crosby saca la orden y la desliza sobre la mesa.

—El juez Antonelli —dice Scorti—. Nada sospechoso.

—No obtuvimos la orden basándonos únicamente en la grabación de Claiborne —explica Keller—. Lo que persuadió a Antonelli fue la declaración verbal de un agente encubierto que afirmó que un traficante de drogas le había pedido que se ocupara de la seguridad de la reunión.

—¿Puede proporcionarnos la identidad de ese agente?

—Robert Cirello, detective de segundo grado de la División de Narcóticos del Departamento de Policía de Nueva York.

—¿Dónde está ahora?

—De baja médica —dice Keller.

—¿Es una coincidencia?

—¿Alguna vez ha trabajado usted como infiltrado? —pregunta Keller.

—No, desde luego.

—Pues Cirello ha trabajado como infiltrado dos años seguidos —dice Keller—. No es coincidencia.

Scorti mira a uno de los miembros de su equipo.

—Búscalo. Necesitamos hablar con él.

—La actuación del detective Cirello fue impecable —afirma Keller—. Es un héroe, responsable en gran medida del desmantelamiento de una importante red de narcotráfico. No quiero que se vea acosado o perseguido.

—Usted no está al mando de esta investigación —replica Scorti.

—Pero usted quiere que coopere —contesta Keller.

—Art… —dice Crosby.

—Espere —dice él—. Ninguna de estas personas sabe lo que es trabajar sobre el terreno. Se limitan a sentarse en sus salas de reuniones y a juzgar a los demás. Las pistolas apuntando a sus cabezas solo son metafóricas. Las que apuntaban a la cabeza de Cirello eran reales.

—Entendido —dice Scorti—. Pero aun así necesitamos hablar con Cirello. Y también con el agente Hidalgo. ¿Dónde está?

—No lo sé.

—Hemos hecho numerosos intentos de contactar con él —dice Scorti—. Y no responde.

—No sé dónde está —repite Keller.

Es la verdad. No ha vuelto a saber de él desde que el chico se fue de su despacho.

—Qué oportuno, ¿no? —dice Scorti.

Keller se encoge de hombros.

—Así que Antonelli les da una orden judicial… —dice Scorti.

Keller retoma el relato: Lerner acude a la segunda reunión, se sienta a hablar con Echeverría, cuyos vínculos con el narco mexicano son bien conocidos…

—Tenemos fotografías —dice Crosby, y las despliega sobre la mesa.

—Imagino que han traído las grabaciones de esa segunda reunión —dice Scorti.

Escuchan la cinta. Keller nota que la atmósfera en la sala cambia cuando oyen a Lerner invitar a Echeverría a cometer un fraude bancario y a transferir cientos de millones de dólares ilegalmente.

El aire se espesa aún más cuando oyen:

«Y, como tú mismo has comentado, en estos momentos estás sometido a un escrutinio cada vez mayor debido a tus relaciones más cercanas. Confío en que, si te hacemos este favor, como viejo amigo nuestro que eres, pongas en juego esas relaciones en caso de que necesitemos que alguien escuche nuestro punto de vista».

—¿Ese es Echeverría? —pregunta Scorti.

—Así es —dice Keller—. Y este es Lerner.

«No puedo prometerte que nuestros contactos vayan a emprender acciones concretas en un sentido o en otro…».

«Claro que no».

«Pero siempre tendrán a alguien dispuesto a escucharlos».

La sala queda en silencio.

Luego Scorti dice:

—Lo que yo oigo es a un hombre hablando de negocios con un socio. No oigo nada sobre drogas.

—Podría oírlo —dice Keller.

—Si…

—Si yo supiera que va a utilizarlo.

—¿Qué es lo que tiene?

—¿Qué ocurriría si le dijera que tengo a Lerner grabado reconociendo que el préstamo procedía de dinero del narcotráfico?

—¿Lo tiene? —pregunta Scorti.

Keller no responde.

—Pedí expresamente todos los materiales —dice Scorti.

—¿Siempre consigue lo que quiere? —pregunta Keller.

—Normalmente sí.

—Mi cliente ha proporcionado información valiosa para la investigación —interviene Crosby— y ha demostrado su importancia como testigo de cargo. No voy a permitir que le proporcione nada más si no le garantizan plena inmunidad.

—Al carajo con eso —dice Keller—. Quiero saber qué va a hacer este tipo respecto a Lerner.

—Todavía no lo he decidido —dice Scorti—. No tomaré esa decisión hasta que completemos la investigación.

—Acabo de darle material más que suficiente para imputar a Lerner —dice Keller.

—Está reteniendo información.

—Impute a Lerner —dice Keller— y le daré las cintas. Así sabré de qué lado está. Sabré que no va a agarrar esas cintas y a enterrarlas.

—¿Quién demonios se cree usted que es? —replica Scorti—. ¿Quién demonios se cree que soy yo? La autoridad aquí la ejerzo yo, no usted. Señora Crosby, dígale por favor a su cliente que puedo meterlo en la cárcel hasta que me proporcione esas cintas.

—No, sin una citación no puede —contesta Crosby.

—Puedo tenerla esta misma tarde —dice Scorti.

—Esta discusión está de más. Basta con que le conceda inmunidad, es así de sencillo —dice Crosby.

—No, no está de más —dice Keller—. Sin imputación, no hay cintas.

—Quizá debería imputarlo a usted —dice Scorti.

Keller se levanta.

—Tenemos más preguntas —dice Scorti.

—No tenemos nada más que hacer aquí —responde Keller.

—Solo una pregunta más —dice Scorti—. Ha habido rumores. Se lo pregunto ahora: ¿mató usted a Adán Barrera?

Keller lo mira fijamente.

—No.

—Prepararé esa imputación —dice Scorti.

—¿Cuál? —pregunta Keller. Se acerca a la puerta y se vuelve hacia él—. Estaré esperando para ver de qué pasta está hecho.

En el ascensor, Crosby estalla.

—¿Qué te crees que soy, un adorno de jardín? ¿Una pared contra la que lanzas pelotas? Si no quieres que te represente…

—Te dije…

—Y yo te digo que ese hombre puede meterte tras las rejas.

—¿Qué quieres de mí?

—Lo que quiero es protegerte. —La puerta del ascensor se abre—. ¿Qué quieres tú, Art?

—Quiero echar abajo ese tinglado.

—¿Aunque te sepulte? —pregunta Crosby.

Mari diría que es mi culpa católica, que son mis estupideces masoquistas, piensa Keller. Pero sí, aunque me sepulte, va a ir al suelo.

Eddie mira desde el otro lado de la mesa al abogado neoyorquino, un tipo elegante, con pinta de mamón.

—Eddie —dice Tompkins—, el señor Cohn ha aceptado prestar su colaboración para preparar tu defensa. Por tanto, cualquier cosa que le digas será confidencial. ¿Entiendes?

—Claro.

Eddie entiende que el tal Cohn viene de parte de Lerner, a hacer un trato.

—¿En qué puedo serle de ayuda? —pregunta el abogado.

—Soy yo quien puede serles de ayuda —dice Eddie—. Puedo quitarles de encima a Keller de un plumazo. A cambio, me conseguirán un acuerdo para que salga de aquí mientras todavía se me ponga dura. ¿Trato hecho?

—Eso depende de lo que nos ofrezca —dice Cohn.

Han llegado a un callejón sin salida.

—Bien —dice Tompkins—, alguien tiene que ser el primero en mojarse.

De acuerdo, piensa Eddie. ¿Por qué no? ¿Qué carajo tengo que perder? Se inclina sobre la mesa, mira a Cohn, sonríe y dice:

—Yo vi a Art Keller matar a Adán Barrera.

Bang.

La presión aumenta.

Scorti no anuncia ninguna imputación, no lleva a nadie ante un gran jurado, pero exige formalmente a Dennison que presente sus registros financieros.

El presidente se vuelve loco: publica tuits hablando de «cacería de brujas», amenaza con despedir a Ribello, al fiscal general, incluso a Scorti, que según él se ha «extralimitado en su investigación, ha cruzado una línea roja».

Los medios también se vuelven locos.

Los presentadores debaten, con la pantalla dividida, si despedir a Scorti acabaría con la presidencia de Dennison en caso de que el Congreso inicie el proceso de *impeachment*.

Pero Dennison no despide a Scorti.

Solo amenaza, despotrica, se desahoga en Twitter.

Keller espera alguna imputación.

La de Lerner.

La suya propia.

Espera una citación, una orden judicial para que entregue las cintas o vaya a la cárcel.

No ocurre nada.

La oficina de Scorti guarda silencio.

Keller lee los periódicos, mira la televisión, ve que Scorti está entrevistando a testigos, revisando documentos, estudiando las finanzas de Dennison.

Pero no anuncia nada.

Keller está cansado.

No lo dice, pero Marisol nota que todo esto le está haciendo mella: la exposición pública, la presión de enfrentarse al presidente de Estados Unidos, la preocupación por su futuro, el riesgo de acabar en la cárcel.

Su marido no se queja: ojalá se quejara, ojalá gritara, montara en cólera, tirara cosas. Pero Arturo es de los que se lo guardan todo dentro y Marisol teme que eso lo esté consumiendo. Sabe que no duerme bien. Lo oye levantarse y bajar, oye la tele puesta, o a Arturo andando de puntitas por la casa.

Ahora finge interés en un partido de beisbol que están pasando en la tele, pero Marisol nota que está distraído, que los engranajes de su mente siguen girando.

—Bueno —dice—, ¿qué quieres hacer cuando pase todo esto?

—¿Suponiendo que no esté en prisión? —pregunta Keller.

—Si estás en prisión —dice ella—, ¿habrá visita conyugal?

—Depende de la cárcel.

—Pues consigue una donde la haya.

—Cuando pase todo esto —dice Keller—, y suponiendo que no lleve puesto un mono naranja, tú quieres quedarte aquí, ¿no? Me han ofrecido un puesto de profesor adjunto en la George Washington.

Eso está bien, piensa Marisol. Temía a medias que después de esto Art quisiera irse otra vez a un monasterio de Nuevo México a criar abejas o algo así. Se iría con él y haría lo que se haga con las abejas (¿pastorearlas? ¿enjambrarlas?), pero lo de la universidad le parece más apetecible.

Suena el timbre.

—Voy yo —dice.

Es Ben O'Brien.

—Necesito hablar con Art.

—No estoy segura de que él necesite hablar contigo —dice Marisol.

—Por favor —dice el senador—. Es importante.

Marisol abre la puerta y lo deja pasar.

Keller se levanta y sale al recibidor.

—Marisol —dice O'Brien—, ¿puede dejarnos solos unos minutos?

Ella mira a Keller, que asiente en silencio. Mira con dureza a O'Brien y sube al piso de arriba. Keller lleva a O'Brien a la sala y se sientan.

—Tenemos a Sean Callan —le informa el senador—. Te suena su nombre, ¿verdad? Tengo entendido que una vez te salvó la vida. En un puente de San Diego.

Keller no dice nada.

—Está en mal estado, me han dicho —prosigue O'Brien—. Y lo tenemos bien agarrado. Hay varias personas dispuestas a testificar que lo vieron matar a Paul Calabrese hace un montón de años. Pero además mató a un par de proxenetas en Tijuana hace poco. Una discusión por una niña que intentaba comprar.

—Eso no me lo creo.

—Da igual —dice O'Brien—. Seguramente lo más fácil será extraditarlo a México y que lo juzguen allí por los asesinatos. Le caerán treinta años en algún pudridero mexicano, aunque dudo que dure tanto tiempo. ¿Tú qué opinas? Claro que la otra opción es soltarlo. Depende de ti.

Keller adivina qué es lo que viene a continuación.

—Danos las cintas, retráctate de tus acusaciones, esfúmate —dice O'Brien—. Eso se te da bien, ¿no? Esfumarte.

O'Brien se levanta.

—Pongamos, ¿a las diez y media en el vestíbulo del Hamilton? Ah… y por si acaso tu gratitud hacia Callan no alcanza para que quieras devolverle el favor, Ruiz te vio matar a Barrera.

—Miente.

—Lo cuenta con mucho detalle —dice O'Brien—. Fue en la selva. Barrera te pidió agua. Se la diste. Luego le pegaste dos tiros en la cara, soltaste la pistola y te largaste.

Eso es exactamente lo que pasó, piensa Keller.

Ruiz llevaba mucho tiempo guardando ese as en la manga.

—Tiene la pistola en la caja de seguridad de un banco —añade O'Brien—. Tendrá tus huellas y coincidirá con las lesiones en el cráneo de Barrera.

Sí, en efecto, piensa Keller.

—¿A quién se lo contó? ¿A Scorti?

—A uno de los abogados de Lerner —contesta O'Brien—. Está dispuesto a declarar que mataste a Barrera a sangre fría, que le conseguiste un buen acuerdo judicial y que lo ayudaste a resolver diversos problemillas para que no soltara la lengua.

Keller sabe a lo que se enfrenta: podrían juzgarlo en Estados Unidos por diversos delitos de corrupción, incluido perjurio. Y extraditarlo a Guatemala para que lo juzguen allí por asesinato.

También sabe por qué ha cantado Ruiz: porque la Casa Blanca le ha ofrecido un trato, una carta para salir de la cárcel. Cumplirá un par de años y luego le concederán el indulto de la manera más discreta posible.

—Salva a Callan y sálvate tú —dice O'Brien—. La otra opción es que Ruiz testifique y que tú y Callan vayan a prisión. Y no creo que puedas arrastrarnos a mí, a Lerner o a Dennison contigo. Estarás desacreditado, nadie creerá nada de lo que digas después de que Ruiz acabe contigo.

Keller lo acompaña a la puerta.

Entonces oye que Marisol baja las escaleras.

—Tengo que hablar contigo —dice Keller.

Se sientan a la mesa de la cocina.

Keller se lo cuenta todo.

Lo de aquella noche en el puente.

Y que mató a Adán Barrera.

Marisol guarda silencio mientras él habla y, cuando acaba, dice:

—Me mentiste.

—Sí.

—Te pregunté expresamente si lo habías matado —dice Marisol—, y me miraste a los ojos y me mentiste.

—Así es.

—Prometimos que lo único que no haríamos nunca sería mentirnos uno al otro. Así que ¿qué vas a hacer?

—No lo sé —responde Keller—. ¿Qué debería hacer?

Ella se levanta de la silla. Le cuesta un momento, como siempre. Agarra su bastón, se apoya en él y mira a Keller.

—Llama a Daniella. Yo no soy tu abogada, no soy tu psiquiatra ni tu sacerdote. Era tu mujer.

Keller oye sus pasos y su bastón en la escalera. La oye abrir y cerrar las maletas. Un rato después, Marisol le pide que baje su equipaje a la puerta.

—Adiós, Arturo —dice—. Decidas lo que decidas, espero que sea lo mejor para ti.

Keller lleva sus maletas al Uber que espera fuera, le abre la puerta del coche y la ayuda a subir.

Luego ella se va.

Keller no intenta dormir.

¿Para qué?

La cosa tendría gracia si no fuera tan triste: Adán Barrera ha vuelto a maniobrar desde la tumba.

Adán vive.

Keller no acude a la cita en el vestíbulo del Hamilton.

No habría tenido sentido, porque a las nueve de la mañana se hace público que, según los registros financieros de Dennison, el presidente tiene importantes inversiones en Terra.

A las diez, Dennison despide a Scorti.

En otra «tuitormenta», tacha a Keller de «mentiroso patético», «perdedor» y «traidor».

A las diez y media, el gobierno de Estados Unidos está sumido en el caos.

—Así tendremos más tiempo para hacer lo que hay que hacer —comenta Rollins.

—No —contesta O'Brien.

—¿Qué alternativa hay? —dice Rollins—. ¿Vamos a dejar que ese tipo se cargue la administración? ¿Y luego qué? ¿Aguantar ocho años más un gobierno de izquierda? ¿Manga ancha con la migración, subidas de impuestos, legalización de las drogas? Tenemos una oportunidad única de darle vuelta a este país.

—¿De que vuelva a ser grande?

—Ríase si quiere, pero sí, así es —responde Rollins—. Hay que cortar por lo sano. Ciertas personas tienen que desaparecer. No hace falta que diga que sí, O'Brien. Limítese a no decir nada.

O'Brien no contesta.

Oye abrirse y cerrarse la puerta.

Caro se muestra reticente.

Hace unos años, los Zetas cometieron el error de matar a un agente estadounidense en México. La respuesta estadounidense, dirigida por Art Keller, fue violenta y eficaz. Aliados con los marinos mexicanos, llevaron a cabo redadas que eran, en definitiva, ejecuciones sumarias. Masacraron a los Zetas y los eliminaron del tablero de juego.

Pero Caro no necesita recurrir a ese ejemplo.

Nadie sabe mejor que él el peligro que entraña matar a un agente de la DEA. Tras el asesinato de Ernesto Hidalgo, la DEA desmanteló la Federación. Keller en persona mató a Miguel Ángel Barrera, el M-1, el fundador. Y, si los rumores son ciertos, mató también a Adán Barrera.

Él, Caro, también tomó parte en el asesinato de Hidalgo, y aunque su papel fue muy pequeño, Keller se encargó de que lo condenaran a una pena mínima de veinticinco años de prisión.

Ahora que por fin está libre ¿estos tipos quieren que los ayude a matar no a un agente de la DEA, sino al propio Art Keller?

Expresa su preocupación ante Echeverría y el estadounidense… ¿cómo se llama? Ah, sí, Rollins.

—No tenemos elección —afirma Rollins—. Keller aún no ha dado su brazo a torcer. Si decide publicar esas grabaciones, se acabó, no habrá formar de controlar los daños.

—Podríamos perder una oportunidad única si no actuamos —añade Echeverría.

—Y, si actuamos, podrían destruirnos —responde Caro.

—El gobierno procurará que no se dé demasiado vuelo al asunto —dice Rollins—. Manda usted un francotirador, el francotirador hace su trabajo y se le elimina de inmediato. Habrá revuelo un par de semanas, algo de desmadre, y luego las cosas volverán a su cauce.

—¿Por qué no utilizan a uno de sus hombres? —pregunta Caro.

—Porque parecerá más natural que sea un pistolero de un cártel —contesta Rollins—. «El narco mexicano asesina a su peor enemigo». Qué demonios, Barrera ofreció una recompensa de dos millones de dólares por Keller. Y lo que es mejor: difundimos la noticia de que Keller estaba conchabado con el cártel y que lo traicionó.

Matar al hombre y ensuciar su nombre, piensa Caro.

—¿Y pueden garantizarme que no habrá represalias?

—Esta gente tendrá tantos motivos como usted para tapar este asunto —responde Echeverría—. Más que usted, de hecho. Habrá represalias, desde luego. Los estadounidenses tendrán que responder. Pero se puede arreglar para que carguen contra personas que son, digamos, problemáticas.

Caro se lo piensa. Tito no pondrá reparos. En parte culpa a Keller de la muerte de Nacho Esparza. Y en cuanto a Iván, estará deseando liquidar al hombre que lo humilló y le partió la cara.

Da luz verde.

Y se finge reacio.

¿Sabrá esta gente, se pregunta, que cada noche durante veinte años, en aquel infierno helado, soñaba con matar a Art Keller?

Nada parece tan vacío como una casa vacía.

La silla desocupada en la cocina, la huella en un cojín del sofá, la almohada sin un solo pelo, carente de olor. Un pensamiento mudo, una risa que no se comparte, el silencio de la ausencia de pasos, de suspiros, de aliento humano.

Marisol ha llamado dos veces, dos llamadas breves, una para decirle que llegó sin contratiempos a Nueva York y que estaba en el Beekman, y otra para informarle que había alquilado un estudio en Murray Hill.

Una celda de aislamiento muy espaciosa, se dice Keller mientras vaga de habitación vacía en habitación vacía. Prepara comida para uno solo y apenas la prueba, bebe desganadamente una cerveza, presta atención solo a medias a la tele que, como un zumbido de fondo, habla sin cesar de «crisis constitucional» y «crisis de confianza».

Oye decir a un analista: «Esto es, en resumidas cuentas, un mano a mano entre John Dennison y Art Keller».

Sube a la planta de arriba a revisar su arsenal.

Una Sig 9 para la cadera, una Sig .380 para el tobillo.

Una escopeta Mossberg bajo la cama.

Un cuchillo Ka-Bar.

Ha estado cuarenta años en guerra con los cárteles mexicanos.

Ahora está en guerra con su propio gobierno.

Y son lo mismo.

El sindicato.

2

Roto

Aquí se rompió una taza.
—Dicho mexicano que significa
«Se acabó la fiesta».

México.
Marzo de 2017

Mini Ric se está convirtiendo en Micro Ric.

Cada día soy más chico, piensa.

Lo que quizá no sea del todo malo, porque cuando todo mundo te sigue la pista, vale más pasar inadvertido. Y cuando estás siempre huyendo, de sitio en sitio, es mejor no llevar mucho equipaje.

Soy cada vez más pequeño, se dice Ric, porque no paro de quitarme lastre de encima. Personas: esposa, hija, guardaespaldas, pistoleros, socios, aliados, amigos. Cosas: coches, motos, barcos, casas, apartamentos, incluso ropa. Poder: ha llevado desde niño una vida privilegiada, ha vivido como un príncipe, rodeado siempre de subalternos, sirvientes y parásitos que se apresuraban a cumplir sus deseos antes incluso de que los expresara. Podía ordenar una ejecución si se le antojaba; ahora tiene suerte si consigue encargar una pizza. Y dinero: antes ni siquiera pensaba en el dinero. Estaba siempre ahí y, si no, siempre podía conseguir más. Ahora —por decirlo sin rodeos— el dinero se le escapa por el culo.

Hace falta dinero para huir, para esconderse. Dinero para comprar coches nuevos, alquilar apartamentos, casas, habitaciones de hotel; para comprar el silencio de caseros y empleados, y de cualquiera que lo vea y lo reconozca. Dinero para pagar a *halcones*, policías, militares. Gasta muchísimo dinero e ingresa muy poco porque a su padre y a él les resulta difícil dirigir el negocio desde su escondite.

¿Cómo controlas lo que hacen los cultivadores si salir supone un riesgo? ¿Cómo te mantienes en contacto con tus traficantes, tus transportistas, tus sicarios e informantes cuando cada teléfono celular, cada correo electrónico y cada mensaje de texto es un peligro? ¿Cómo celebras reuniones y planificas estrategias cuando tienes que buscar lugares secretos de encuentro en el último momento y todo el que asista puede ser quien te delate a Iván, a Tito, a los *federales*, a la policía del estado, a la policía local, a la DEA, al ejército o a los marinos? ¿Cómo accedes a tu dinero cuando tus contadores huyen despavoridos con los rivales y cualquier comunicación con los que quedan es peligrosa? ¿Cuando la gente que debería lavarte el dinero te roba descaradamente porque ya no te tiene ningún miedo?

Y es lógico que así sea.

Antes, el apellido Núñez daba miedo.

La aureola de Adán Barrera infundía temor.

Ahora, Adán es un santo difunto: la gente sigue rezándole y encendiendo velas en su honor, pero no necesariamente va a jugarse el pellejo por su ahijado. Algunos sí lo hacen, o están dispuestos a hacerlo. Son los únicos con los que cuenta ahora, para que lo trasladen, lo escondan, hagan llamadas o lleven mensajes. Esas personas lo consideran el verdadero heredero de la corona de Adán y le prestan ayuda por pura lealtad.

Es peligroso, y Ric se siente mal porque lo que Iván, Tito, el ejército y la policía no consiguen con sobornos y persuasión, lo consiguen con amenazas y palizas, o incendiando casas y pueblos enteros.

La mayoría de la gente cede. Ric no puede reprochárselos. Algunos de los más duros aguantan vara, y Ric casi desearía que no lo hicieran. Se siente aún peor por la gente que no tiene información y sus interrogadores no les creen. Esos lo llevan aún peor, y no pueden hacer nada al respecto.

Él, mientras tanto, sigue huyendo.

De Eldorado a Culiacán, y de Culiacán a Badiraguato, donde la gente de Iván se presentó a los diez minutos de estar él en el apartamento. Escapó a Los Mochis, pero, como allí lo conocía mucha gente, tomó un avión para ir a Mazatlán y se encontró con la ciudad llena de gente de Tito luchando por el puerto.

Pensó entonces en irse a Baja —a fin de cuentas, La Paz había sido su baluarte—, pero allí manda ahora Belinda y ella no dudaría en venderlo al mejor postor, o en hacerlo picadillo y venderlo trozo a trozo. (Ahora circula el rumor de que tuvo un novio que la engañó con una chica del gimnasio, y Belinda secuestró a la chica y tardó tres días en matarla a golpes; luego se encabronó al enterarse de que el tal novio se había cogido a la chica en su camioneta nueva, y le cortó los antebrazos con un machete para que no volviera a conducir).

Ric hizo un viaje largo y peligroso en coche cruzando el territorio de Tito en Jalisco y Michoacán para subir a los montes de Guerrero y pasó varias semanas escondido cerca de una plantación de opio. Estuvo a salvo hasta que una gente que había pertenecido a Guerreros Unidos se enteró y, mientras intentaban decidir si lo entregaban a Iván o a Tito, él logró escabullirse y llegar a Puebla.

Su padre ha adoptado otra táctica.

«El movimiento llama la atención —le dijo a Ric—. Es mejor quedarse quieto».

Así que Ric padre se oculta en un condominio en el lujoso barrio de Anzures de la Ciudad de México, justo delante de las narices de los funcionarios del gobierno que le dieron la espalda y que ahora andan persiguiéndolo.

Ric se reúne con él en el Pisco Grill, no muy lejos del apartamento.

Su padre se ha dejado crecer la barba y lleva el pelo muy corto. Ric se anima al ver que ha engordado un poco: tiene la cara más llena, aunque siga estando pálido.

—¿Estás seguro de que aquí no hay peligro? —le pregunta Ric.

—Todavía tenemos algunos amigos en la capital —responde Núñez—. Y los demás están comprados y pagados.

Dan un repaso a los negocios —transferencias de dinero, rutas, personal— y luego Núñez pasa al tema de la estrategia.

—Fue Caro desde el principio —afirma Núñez—. Fue él quien mató a Rudolfo Sánchez y quien intentó matarme. Una estrategia muy hábil: consiguió enfrentarnos a todos.

—Y Tito es el nuevo jefe.

—Un perro siempre es un perro —dice Núñez—. Nunca se convierte en lobo. Un perro ansía tener un amo y Tito acabará por encontrar uno. Primero fue Esparza y ahora será Caro.

A Ric le preocupa que su padre esté subestimando a Ascensión.

Tito está ganando en todas partes.

Tijuana es prácticamente suya, ahora que Elena ha muerto.

La mató Belinda por encargo de Iván, aunque Ric no está seguro de que Tito no tuviera también algo que ver en el asesinato de su presunta aliada. Al menos no vetó su asesinato, y se ha quedado con todo lo que era suyo. Ha absorbido a casi toda la gente de Elena y juntos están echando a Iván de la ciudad, y el único territorio que ahora ocupan Elena y su hijo es una cripta en el cementerio de Jardines del Valle.

Los Esparza, al parecer, están aguantando en el norte de Sinaloa, pero Tito se ha quedado con la mitad sur y la ha añadido a sus territorios de Jalisco y Michoacán. También se está introduciendo en Juárez y tiene enfilado el este, lo que indica que intenta llevar a la práctica la antigua aspiración de Barrera, controlar todos los grandes pasos fronterizos: Tijuana, Juárez y Nuevo Laredo.

Y que nadie me diga, piensa Ric, que no fue también Tito quien mató a Osiel Contreras. El viejo acababa de salir de una cárcel estadounidense y se fue a Cancún a tomar un poco el sol después de pasar doce años en una celda. Hubo gente que decía que solo quería retirarse; otros contaban que tenía idea de resucitar el viejo cártel del Golfo en Nuevo Laredo, pero ya nunca lo sabremos porque estaba tumbado en una silla de playa tomándose una copa con sombrillita cuando alguien le metió tres balazos en la cara, atravesando el periódico que estaba leyendo.

Imagino que Tito no quería arriesgarse a que Contreras quisiera ser, como si dijéramos, el perro que mandaba en la jauría.

La gente de Tito también está actuando en Tamaulipas y Veracruz contra los Zetas, que se han dividido en facciones y están luchando entre sí. Irá engulléndolas todas, una por una.

El único sitio donde Tito no está haciendo progresos es Guerrero, se dice Ric, pero qué carajo, en ese agujero infernal, anárquico y desestructurado, nadie puede hacer progresos. Allí nadie consigue ventaja, ni Tito, ni Iván, ni nosotros. Ni el ejército, ni los marinos, ni las decenas de grupos de autodefensa ciudadana que han brotado como hongos.

Pobre Damien, piensa Ric. Por lo visto el muchacho se cortó las venas en Puente Grande.

Ya hay canciones al respecto.

No se puede enjaular al Lobezno.
Solito se liberó
para unirse con su padre.

Qué montón de pendejadas, piensa Ric. Estamos bien jodidos los Hijos.

Salvador Barrera, muerto.

Rudolfo y Luis, muertos.

Damien, muerto.

Los Esparza, tiroteados.

Y yo, en fuga.

Al único al que le va medio bien es a Rubén Ascensión. El tímido, el callado, el prudente, el que haría el papel de amigo fiel en cualquier película.

Teníamos el mundo en las manos y dejamos que se nos escapara entre los dedos, reflexiona Ric.

—Todavía tenemos algo que ofrecer —dice Núñez—. Todavía tenemos hombres, dinero, mercancía. Por no hablar del legado de los Barrera.

Su padre todavía se hace ilusiones.

Se agarra a un clavo ardiente, sigue creyendo que todavía puede controlar la situación, recuperar su poder y su prestigio.

Ric tiene metas más modestas.

Como que su padre y él no acaben en la cárcel, o en el hoyo.

No va a ser fácil. Nadie confía en nosotros después de lo que les hicimos a los Esparza. Y lo que es peor, nadie nos necesita. Iríamos a cualquier negociación como pordioseros. Y solo nos queda un sitio al que acudir.

Tito.

Podríamos ofrecerle pistoleros en Baja para liquidar a Iván, se dice Ric, y *sicarios* para Juárez y Laredo. Lo reconocemos como *patrón* y, a cambio, él nos protege de la policía y los políticos que ahora están a sus órdenes, y de Caro y el sindicato.

Es una esperanza muy endeble: Tito no necesita nuestros hombres, la mitad de ellos ya se están pasando a sus filas. Pero es nuestra única esperanza.

¿Y cómo puedo acercarme a Tito?, se pregunta.

Para hallar la respuesta, echa un vistazo a su propia vida.

A través de su hijo, se dice. Es la manera más fácil de acercarse al padre.

Carajo, piensa Ric.

Rubén está en Baja.

No es fácil dar con Rubén Ascensión últimamente.

Ahora es el jefe de seguridad de Tito en Baja California y está desvinculado del día a día, no está en la calle, en La Paz o Cabo, y Ric no puede arriesgarse a pasar mucho tiempo rondando por esas ciudades. Tiene que mantener la cabeza agachada por si acaso Iván, Belinda o el propio Rubén deciden cortársela. Ellos, o algún mercenario dispuesto a hacer méritos cargándose a un Núñez.

La cabeza de Ric pende de un hilo mientras busca a Rubén.

En Tijuana, deja recado en un local que solían frecuentar. Recado, y el número de un celular desechable. Luego se instala en un hotel modesto, dispuesto a esperar.

Dos días después, lo llama Rubén.

—¿Dónde estás?

—Sí, claro...

—Eres tú quien se puso en contacto conmigo.

—Necesito tu ayuda, *mano* —dice Ric—. Para hablar con tu padre.

—¿Juan capítulo cuatro, versículo dieciséis?

—¿Qué?

—Nada —dice Rubén—. No hace falta que hables con mi padre, puedes hablar conmigo. ¿De qué quieres que hablemos?

—A ustedes les interesa tanto como a nosotros quitar de en medio a los Esparza —dice Ric—. Quizá podamos serles útiles en ese aspecto.

Rubén le da una dirección.

—Rubén, no te ofendas —dice Ric—, pero necesito que me des tu palabra de que, si voy, saldré de allí.

—Son ustedes los que les tienden emboscadas a los demás —replica Rubén—. No nosotros.

Bueno, ahí me mató, piensa Ric.

La dirección es en Cabo San Lucas, una casona en los montes de Cerro Colorado. Parece nueva, el jardín aún no está terminado. Hay tres todoterrenos estacionados afuera, dos Mercedes en el amplio camino de entrada y unos cuantos coches caros, último modelo, en la calle.

Rubén ha armado una fiesta, se dice Ric.

Salen varios pistoleros de un todoterreno cuando se acerca. Levanta los brazos y lo cachean. Uno lo conduce a la puerta principal y llama al timbre.

Abre Rubén. Se acerca y abraza a Ric.

—Qué alegría verte, hermano.

Entran.

Efectivamente, es una fiesta. Música a todo volumen, la casa llena de gente: narcos, músicos, la típica gente guapa de Cabo, chicas despampanantes.

Iván tiene a una mujer sentada sobre el regazo.

Mira a Ric y dice:

—Hora de festejar, cabrón.

—Te estás equivocando de bando —le dice Ric a Rubén—. Mi padre…

—Supongo que no has visto las noticias —contesta Rubén.

Le pone delante una laptop y Ric ve una foto de su padre: demacrado, sin afeitar, vestido con una camisa arrugada. Dos *federales* lo llevan agarrado por los codos.

—Detuvieron a tu padre esta mañana —dice Rubén—. Fueron a buscarlo a su condominio. Lo llevaron a Puente Grande.

Es un golpe bajo, piensa Ric, encerrar a mi papá en la misma prisión de la que fue director. Estamos acabados. El gobierno nos ha dado la espalda. Pero es igual, yo estoy muerto de todos modos, soy el invitado de honor de esta fiesta.

Aun así, lo intenta.

—Puedo ofrecerles…

—No puedes ofrecernos lo que no tienes —replica Rubén.

—Deja que me vaya —dice Ric—. Me iré y no volverán a saber de mí.

—Imposible —contesta Rubén—. Tú fuiste parte del trato.

Resulta que los Esparza quieren dejar el negocio de la heroína. Se contentan con el viejo negocio familiar: coca y cristal. Y han reconocido a Tito como *jefe*. Iván hizo la oferta a través de Rubén, que se la transmitió a su padre.

Tito aceptó.

Pero había una condición.

Ric.

—Tú sabías que recurriría a ti —dice Ric.

—No tenías elección —responde Rubén—. Pero Iván se te adelantó.

Ahí es donde me equivoqué, piensa Ric. Apostaba por que Iván sería demasiado orgulloso para hincar la rodilla delante del antiguo perro guardián de su padre.

Y perdí esa apuesta.

—Siento que las cosas hayan salido así, no es nada personal —añade Rubén.

Luego sale de la habitación.

—¿Sabes qué es lo que más me jode? —pregunta Iván.

—¿Todo?

—Que ya no puedo sacar cuando juego al tenis —dice Iván—. Lo hacía chingón, y luego alguien me metió un balazo en la articulación del hombro y ahora no puedo levantar el brazo por encima de la cabeza. ¿Te has fijado en la cicatriz que tiene Ovidio en la cara? No te apures, yo te la enseño. Tres operaciones de cirugía plástica, y aún le esperan dos. Y además perdió la vista de un ojo. Alfredo se fue ya, pero es que el pobre tiene pesadillas, ¿lo puedes creer? Se mea en la cama.

Ric no intenta explicarle que él no sabía lo de la emboscada, que fue todo cosa de su padre.

Ya no tiene importancia.

Así que no dice nada.

—Nos retiraste seis meses de la circulación —continúa Iván— y Tito aprovechó esos seis meses para convertirse en rey. Tuve que ir a chuparle la verga. ¿Te imaginas cómo me sentí, Ric?

Una herida peor que un balazo, piensa Ric.

—Tú estabas allí cuando Tito vino a pedirme permiso para meterse en el negocio de la heroína —dice Iván—. Y ahora tuve que ir yo a decirle que lo dejo, que me contento con lo que nosotros le regalamos en su momento. Así que ya puedes suponer cuánto me alegro de verte, Ric.

Enciende un porro, le da un jalón y se lo acerca a la boca a Ric.

—Lo vas a necesitar.

Ric da una larga fumada y retiene el humo en los pulmones.

Es hierba de primera clase.

—Esta es la última fiesta, Ricky, muchacho —dice Iván—. La última reunión de los Hijos. Nos emborrachamos, nos ponemos hasta la madre, cogemos y, cuando estemos bien borrachos, bien drogados y bien cogidos, tú te despides.

Es la casa de Rubén, pero la fiesta es de Iván.

El muy cabrón tiene estilo, aunque sea un estilo muy retorcido, eso hay que reconocérselo, piensa Ric. Ha montado una fiesta de ejecución con su cáterin y todo. Hay mesas llenas de comida y meseras uniformadas que se pasean por la sala con bandejas de entremeses, rayas de coca y porros bien cargados.

Llega una banda, se instala en el patio, junto a la alberca, y empieza a tocar *norteño*.

Ric disfruta de todo: de la comida, del alcohol, de la droga, de la música… ¿Ypor qué no? Es absurdo intentar escapar, la casa está llena de hombres de Rubén que lo acribillarían a balazos. Y, por si pudiera considerarlo una forma de suicidio rápido, Iván ya le ha informado que los *sicarios* tienen orden de dispararle a las piernas.

Se emborracha, se droga, se atiborra de ceviche y *camarones*, y de tiernas tiras de filete marinado con jugo de limón. Baila con bellas mujeres, incluso se desnuda y se tira a la alberca. Bucea, deja que el agua lo acaricie, fresca y apacible.

Cuando sale, se encuentra cara a cara con Ovidio.

La cicatriz es fea: un tajo rojizo, desde debajo del ojo izquierdo hasta la sien.

Su ojo ciego mira a Ric con reproche.

—¿Disfrutando de tu fiesta? —le pregunta.

—Lo siento, O.

—Ya lo creo que lo vas a sentir.

Ric sale de la alberca y se envuelve una toalla en la cintura.

Iván llama la atención de los invitados, ordena a las meseras que llenen sus copas con Cristal y propone un brindis.

Ric nota que está repleto de coca.

—¡*Todos!* —grita—. Estamos aquí esta noche para celebrar la amistad. ¡Por los Hijos!

Ric apura su copa de un trago.

Vuelven a llenarse las copas.

—¡Por los amigos ausentes! —grita Iván—. ¡Por Salvador Barrera! ¡Descansa en paz, amigo!

Beben.

Más champán.

—¡Por Damien Tapia! —vocifera Iván—. ¡Aunque se quitara de en medio, seguimos queriendo a ese pinche loco! ¡Por Rudolfo Sánchez, al que yo no mandé matar, dicho sea de paso! ¡Y por Luis Sánchez, del que… no puedo decir lo mismo!

Risas nerviosas.

Otra copa hasta el fondo.

—¡Y por mi viejo *cuate*, Ric! —añade Iván con voz más suave, levantando su copa hacia él—. Mi amigo, *mi hermano… sangre de mi sangre…* al que quería y que intentó matarme. Esta es su última fiesta, así que procuremos que sea buena. Es la última fiesta de los Hijos. Después…

No acaba la frase, levanta su copa y bebe.

Ric bebe también.

Un rato después, Iván se acerca a él, se sienta a su lado junto a la alberca. No les cabe más alcohol o drogas.

—Éramos los Hijos —dice Iván—. Teníamos al mundo agarrado por los huevos. ¿Qué pasó, cuate?

—La jodimos —contesta Ric.

Iván asiente solemnemente.

—La jodimos.

Se quedan callados unos minutos. Luego Iván añade:

—Si no lo hago, la gente pensará que soy blandengue.

—Lo entiendo.

Es surrealista, esperar tu propia muerte, se dice Ric. Está seguro de que nadie se cree de verdad que va a morir, ni siquiera los condenados. Es demasiado raro, carajo. Pero le pregunta a Iván:

—¿Puedo llamar a mi mujer, a mi hija? ¿Para despedirme?

Iván hurga en su bolsillo, le pasa un teléfono y se retira para darle un poco de intimidad.

—Son las cuatro de la mañana —dice Karin al contestar.

—Lo sé. Perdón.

—¿Dónde estás?

—En Cabo —dice Ric—. ¿Puedes despertar a Valeria? Quiero hablar con ella.

—¿Estás borracho?

—Un poco. Por favor…

—Ric…

Pero un par de minutos después le pasa a su hija.

—¿Papi? —pregunta Valeria, medio dormida.

—Te quiero, *niña* —dice Ric—. ¿Lo sabes? Papi te quiere muchísimo.

—Ya lo sé —dice su hija—. ¿Cuándo vas a venir?

Ric siente ganas de llorar.

—Pronto, cariño. Pásame con mami, ¿sí?

—Sí.

Karin vuelve a ponerse.

—¿Qué está pasando, Ric?

—Llamo para decirte que te quiero.

—Estás borracho.

—Y para pedirte perdón por todo —añade Ric.

—¿Es por lo de tu padre? —pregunta Karin—. Salió en las noticias.

—Si me pasa algo, los abogados se pondrán en contacto contigo. No tendrás ningún problema.

—Está bien.

—De todos modos, perdón.

—Tómate un café —dice Karin—. Y no manejes.

—Está bien. Buenas noches.

Cuelga.

Ahora comprende lo que intentaba decirle su padre, lo que trataba de obligarlo a hacer: pasar más tiempo con su mujer y su hija. Ahora daría cualquier cosa por poder estar más tiempo con ellas, se dice. Siempre cree uno que tiene toda la eternidad por delante, que ya lo hará mañana. Y ahora ya no puedes.

Ahora ya es demasiado tarde.

Iván le da un minuto.

—Te tengo una mujer preparada —dice—. No voy a mandarte al otro barrio sin que eches un último palito.

Una cogida terminal, piensa Ric.

Lo que fácil llega, fácil se va.

¿Y por qué no?

Se levanta y sigue a Iván. Entran a la casa y siguen un pasillo hasta una puerta cerrada.

—Te está esperando adentro —dice Iván—. Para que lo sepas, no hay ventanas.

Ric entra.

Belinda está tendida en la cama.

Vestida de cuero negro de la cabeza a los pies.

—¿Vas a cogerme o a matarme? —pregunta Ric.

—Primero una cosa y después la otra —dice ella.

—Podemos saltarnos el sexo —contesta Ric—. Apuesto a que tienes navajas dentro de la vagina.

—¿Verdad que sería fantástico? —dice Belinda—. Cortarle la verga a tiras a un cabrón. Te conviene coger, Ricky. Querrás retrasar todo lo posible lo que viene después. Me dijeron que te lastime, que te lastime mucho.

—Me encanta que me digas cochinadas.

—Puedes cogerme por la boca, por el chocho, por el culo... Lo que quieras —dice Belinda—. Me pone muy cachonda que después de coger te vaya, ya sabes, a hacer eso otro.

—Estás enferma.

—Ya sé —dice ella.

Se arrodilla ante él y le quita la toalla. Empieza a hacerle lo que siempre ha llamado un «Belinda especial» usando los labios, la lengua, los dedos, las tetas.

Antes siempre lo ponía a mil, lo hacía disparar como un cañón contra incendios. Ahora ni siquiera se la pone dura.

—¿Qué pasa, nene? —pregunta Belinda.

—Será una broma.

—Es tu última oportunidad. ¿Quieres mi *culo*?

—No.

Ella se encoge de hombros y se levanta.

—¿Por qué tú? —pregunta Ric—. ¿Por qué tienes que hacerlo tú?

—Porque yo lo pedí —contesta Belinda con una sonrisa.

Buscan un atuendo deportivo viejo y lo hacen ponérselo, luego le atan las manos a la espalda con unas cintas de plástico y lo llevan afuera.

La fiesta ha terminado.

La mayoría de la gente se ha ido, pero unos pocos se han dormido en los sofás, en los sillones o en el suelo. Afuera está empezando a salir el sol, el cielo arde teñido de rojo, de púrpura y naranja.

Es tan hermoso, piensa Ric.

Lo meten en la parte de atrás de un todoterreno con los cristales entintados.

Iván sale de la casa y abre la puerta.

—Creí que quería mirar, pero cambié de idea.

—Iván...

—No supliques, Ric —dice Iván—. Quiero que escriban canciones sobre ti. Que digan que te fuiste como un hombre.

—Méteme un tiro en la cabeza. Por favor.

—Te vas a ir chillando como un perro —dice Iván con repentina dureza—.

Te vas a mear y te vas a cagar encima con las cosas que tiene preparadas para ti. Pero les diré que dejen de grabar antes.

Ric empieza a llorar.

—Por favor.

—Dios, Ric. —Iván cierra de un portazo.

Belinda sube al asiento del copiloto, se vuelve y le pone una capucha en la cabeza, luego le dice al conductor que arranque. Ric intenta controlar su terror, pero la pierna derecha empieza a temblarle y a contraérsele en espasmos, golpeando el asiento delantero.

El trayecto dura unas tres horas.

Tres horas interminables.

Luego el coche se detiene.

Le quitan la capucha.

Han parado junto a una pagoda budista y Ric se da cuenta de que están en Mexicali, junto al paso fronterizo.

Ha hecho pasar mucha droga por allí.

Belinda sale del coche y abre la puerta del lado de Ric. Saca un cuchillo y corta las ataduras de sus muñecas.

—Ve andando hasta la frontera. La DEA te está esperando.

Ric la mira anonadado.

—Los llamaste antes —dice Belinda—. Les dijiste que querías entregarte. No todas van a ser buenas noticias, nene. Tienen once cargos contra ti.

Ric sale del vehículo.

—¿Tú vienes?

—Prefiero jugármela aquí —contesta Belinda.

—Te matarán por esto.

—¿Esos putitos? Voy a hacer que se coman sus pelotas. Ahora ándale, *mojado*.

Vuelve a subir al coche y arrancan.

Ric avanza por Cristóbal Colón, hasta el cruce fronterizo.

Los agentes de la DEA están esperándolo. Lo detienen por conspiración para la distribución de metanfetamina, cocaína y heroína, y lavado de dinero.

Cuatro horas más tarde está en la prisión federal de San Diego.

En la misma celda que antaño ocupó su padrino Adán.

3

Armas baratas

De guerras y de un hombre canto, y de un exilio impuesto por el destino.

—Virgilio, *Eneida*, Libro I

Queens, Nueva York.
Marzo de 2017

De pie en la azotea del edificio, Nico mira el paisaje.

Jackson Heights es precioso.

Mucha gente no lo cree, pero Nico sí.

Hay edificios bonitos, y árboles y parques y comida por todas partes. El apartamento donde vive con sus tíos, en la Ochenta y Dos con Roosevelt, está justo encima de La Casa del Pollo, así que siempre huele a pollo frito, el olor se filtra por el suelo. En la misma manzana hay un Dunkin' Donuts, un Mama Empanada y —maravilla de maravillas—, un Popeye's Louisiana Kitchen que le ha abierto todo un mundo de sabores porque todos los viernes, cuando su tía trabaja, va allí a comer con su tío.

O iba, por lo menos.

Extra crispy: las palabras más bonitas del idioma inglés, se dice Nico.

Ha empezado a aprender inglés.

En la escuela, a unas pocas manzanas de su casa, sobre la Ochenta y Dos. Para llegar a la escuela tenía que pasar por debajo del puente de Roosevelt Avenue, y le encantaba quedarse allí parado y sentir el traqueteo del tren por encima de él.

Luego tenía que subir por la Ochenta y Dos, pasar por delante de la farmacia Duane Reade y del McDonald's (¡sí!), donde a veces podía comprarse algo de comer, y por el *outlet* de Gap, donde tía Consuelo y tío Javier le compraron ropa nueva, y del Foot Locker, Payless Shoes y el Children's Palace,. donde vendían cosas que no podían permitirse. Después cruzaba la calle Treinta y Siete, una gran avenida en la que su tía siempre le advertía que tuviera mucho cuidado. Las dos manzanas siguientes eran muy aburridas, no había mucho que ver, solo edificios «residenciales» (así ha aprendido que los llaman), hasta que llegaba al colegio privado St. Joan of Arc, donde a tía Consuelo le habría gustado inscribirlo si hubieran podido permitírselo. Nico, de todos modos, se alegraba de que no pudieran, porque los alumnos tenían que llevar uniforme, con unos sacos sport horribles de color rojo.

Y a él le gustaba la escuela pública 212.

De los ochocientos niños que estudiaban allí, más de la mitad eran hispanos, y el resto, en su mayoría, indios o paquistaníes. Nico iba a una clase de inglés para extranjeros con un montón de hispanohablantes y se le daba bastante bien leer, aunque lo que más le gustaba eran las matemáticas.

Los números son los mismos en los dos idiomas.

Se le daban bien, y todos los sábados por la mañana se sentaba con sus tíos y los ayudaba a hacer el presupuesto semanal: cuánto necesitaban para el alquiler, cuánto para la compra, cuánto para salir —si les alcanzaba— y cuánto podían ahorrar.

A veces iban al McDonald's, al KFC o a algún restaurante de la Treinta y Siete, pero casi siempre comían en casa. Mucho arroz y tortillas, aunque a veces tía Consuelo hacía *pepián* con cerdo o pollo, o *pupusas*: gruesas tortillas de maíz rellenas de frijol y queso y, a veces, carne de cerdo. Cuando había tiempo y su tía no estaba muy cansada, le preparaba su postre favorito: *rellenitos*, plátano frito con puré de frijol, canela y azúcar. Cuando ella no tenía tiempo o energías, Javier solía darle a Nico algo de dinero suelto para que se comprara lo que quisiera en Dunkin' Donuts.

Nico no veía a sus tíos tanto como quisiera, porque se mataban a trabajar. Tío Javier era conserje en un edificio de gente rica y Consuelo limpiaba casas. Trabajaban todas las horas que podían porque necesitaban dinero para la comida y el alquiler y estaban ahorrando para montar un negocio de suministros de limpieza.

Como la mayoría de los niños de su escuela, Nico llevaba la llave de casa colgada al cuello. A él no le importaba: siempre había pasado gran parte del día por su cuenta. La única diferencia entre pasar el día solo en Guatemala y hacerlo en Estados Unidos era que en Estados Unidos tenía una llave.

Los domingos iban a la iglesia.

Pero no a una iglesia católica, sino a la iglesia La Luz del Mundo, lo que sorprendió mucho a Nico, porque sus tíos se habían hecho «pentecostales». A él no le gustaba mucho la iglesia, era aburrida, el pastor hablaba sin parar de Jesucristo y además cantaban unas canciones horribles, pero enfrente había un puesto de *pupusas* y Javier solía comprar un par con queso y *chipilín*.

Nico echaba de menos a su madre. Cada dos o tres semanas conseguían hablar con ella por teléfono, así que por lo menos podía decirle hola, pero las llamadas eran cortas y solían ponerlo triste. Estaban intentando encontrar la manera de traerla *al norte*, pero entre los gastos del viaje y las complicaciones legales la cosa no pintaba bien. Además, cuando hablaba con ella por teléfono Nico se sentía un poco culpable porque sabía que, aunque pudiera volver a casa, a Guatemala, no querría hacerlo.

Ahora era americano. Se estaba mejor aquí.

No tenía que rebuscar entre la basura para comer y no estaba siempre malo y hambriento. Tenía una cama, una casa con paredes de verdad y cuarto de baño, y además iba a una escuela donde le daban de comer y le enseñaban gratis, y los maestros lo trataban bien.

Había una cosa, en cambio, que era igual que en Guatemala.

O que en Virginia, para el caso.

Las bandas.

La Ochenta y Dos, donde vivía Nico, era territorio de Calle 18.

Nico lo descubrió un día que volvía andando a casa desde Travers Park, donde había estado jugando al *fútbol* en la vieja cancha de basquetbol con unos niños de la escuela. Cruzó la calle Setenta y Ocho y se disponía a cortar por otra cancha, por detrás de Salem House, cuando lo paró una pandilla de cinco muchachos negros.

—¿Qué haces tú aquí, frijolero?

Nico no sabía qué querían decir con eso de «frijolero», pero dedujo que se referían a él. No contestó.

—Te pregunté que qué haces aquí.

—Ir a mi casa —dijo Nico.

—Pues búscate otro camino para ir a tu casa —le contestó el chico, un adolescente grandulón. Llevaba una camiseta de la marca Mecca, y Nico vio que los otros cuatro también.

—Esta manzana es nuestra. ¿Sabes quiénes somos?

Nico negó con la cabeza.

—Los ABK —dijo el chico, y al ver que Nico no entendía, añadió—: Always Banging Kings. ¿Tú con quién estás?

—Yo con nadie —contestó Nico, esforzándose por hablar en inglés.

El chico se rio.

—Pues ¿sabes qué, Yo-con-nadie? Échate a correr porque voy a contar hasta tres y, si te agarramos, vamos a darte pero bien. ¡Vamos! ¡Corre!

Nico echó a correr.

Nico Rápido corrió para salvar la vida.

Lo había hecho ya otras veces, en lo alto de un tren en marcha, así que no tuvo problema para cruzar corriendo la avenida Treinta y Cuatro, bajar por la calle Setenta y Nueve y cruzar un callejón hasta la Ochenta. Los *mayates* eran rápidos y gritaban mientras lo perseguían, y al volver la cabeza vio que se estaban acercando, porque eran mayores que él y más grandes y tenían las piernas largas.

Nico tomó aliento y apretó el paso hacia la Ochenta y Dos, con los ABK pisándole los talones.

Entonces oyó que se paraban.

Miró adelante y vio a un grupo de chicos hispanos, unos diez, parados en la esquina.

Uno de ellos gritó:

—*¡Píntense! ¡Pendejos!*

El de los ABK que se había encarado con Nico le respondió a voces:

—¡Vuélvete a tu casa, puta rata de frontera!

Pero no siguió avanzando.

—¡Yo ya estoy en mi casa, mono de feria! ¡Esto es territorio de Calle 18!

Se abrió la camisa para enseñar la culata de una pistola.

Los negros les lanzaron unos cuantos insultos más, pero se retiraron.

Nico dijo:

—*Gracias.*

El chico le dio unas palmadas en la cara. Con fuerza.

—¿Qué hacías tú por allí, *pendejo*? ¿Dónde estabas?

—En Travers Park.

—Ahora eso es de los *mayates*.

—No lo sabía.

—¿Qué, eres tonto? ¿De dónde vienes?

—De Guatemala.

—¿Con quién estás? —preguntó el chico.

—Con nadie —dijo Nico.

—¿Dónde vives?

—En la calle Ochenta y Dos, encima de La Casa del Pollo.

—Pues eres nuestro, *puta* —dijo el chico—. Tienes que unirte a la Dieciocho.

—Yo no…

—¿Tú no qué?

—No sé.

Nico estaba muy confundido. Aquellos chicos no parecían de Calle 18: no tenían la cara tatuada, ni vestían como pandilleros. Llevaban polos y jeans bonitos, o pantalones chinos.

—No sabes nada, ¿eh? —dijo el chico—. Voy a contarte cómo funciona esto. En este barrio están Calle 18 y Sureño 13. Si vistes de azul y negro, estás con nosotros. Si vistes de rojo, estás con ellos. Pero no te conviene estar con ellos, *hermanito*, porque cada vez que te veamos vestido de rojo te daremos una paliza. También están los ABK, y a esos les da igual que vayas de negro, de azul o de rojo. Si eres hispano, van tras de ti.

—¿Y si yo no quiero estar con nadie? —preguntó Nico.

—Entonces eres un mierda —respondió el chico—, y todo mundo te chinga.

Para demostrárselo, le da otra bofetada.

Igual que allá, piensa Nico, en eso no hay diferencias.

—Piénsatelo —dijo el chico—. Ven a buscarme para darme una respuesta. Si no vienes, iremos nosotros a buscarte, *hermanito*. ¿Entendido?.

Sí, entendido.

Le daba mucho miedo que vieran que ya tenía un tatuaje de la Dieciocho en el tobillo y lo mataran por haberse escapado. Y además se sentía completamente imbécil: había recorrido tres mil y pico kilómetros para escapar de los mareros de Calle 18 y había ido a parar entre ellos.

No sabía qué hacer. Le habría gustado contárselo a su tío Javier, pero temía que le dijera que no se uniera a la banda (seguramente en la iglesia La Luz del Mundo no eran muy amigos de bandas callejeras) y entonces tendría que desobedecerlo, y no quería, porque respetaba a su tío y le tenía cariño.

Pero Javier no lo entendería, se dijo Nico.

Seguramente ni sabía lo que era Calle 18.

Nico no pegó ojo esa noche. Quería hacer lo correcto, no meterse en ninguna banda, a fin de cuentas para eso había ido allí. Pero la vida le había enseñado a Nico Rápido a admitir la realidad. Le había enseñado que había que elegir entre lo malo y lo peor, y que hay que hacer lo que sea por sobrevivir.

Al día siguiente era sábado.

Nico fue a Modell's, agarró una gorra negra de los Yankees con letras azules, se la metió debajo de la camisa y salió de la tienda. Se la plantó en la cabeza y se fue en busca de los de Calle 18. Los encontró en el Taco Bell de la Treinta y Siete.

El jefe vio la gorra negra.

—Eres más listo de lo que pareces. ¿Cómo te llamas?

—Nico Ramírez.

—¿Y quieres ser de Calle 18?

—Sí.

—Te haremos *paro* —dijo el chico.

—¿Eso qué es? —preguntó Nico.

—Eres muy pequeño para pertenecer del todo a la banda —dijo el jefe—. Pero puedes ser un asociado hasta que demuestres lo que vales.

—Está bien.

—Pero primero tenemos que darte una paliza —dijo el jefe—. No pongas esa cara de susto, *hermanito*, solo vamos a sonarte dieciocho segundos. Pasan antes de que te des cuenta.

—¿Cuándo? —preguntó Nico, intentando no parecer asustado en absoluto—. ¿Dónde?

El jefe lo miró con más respeto.

—En el parque Moore, esta noche a las ocho.

—Allí nos vemos —contestó Nico, y se fue.

Esa noche fue al parque.

Los de la Dieciocho eran doce: nueve chicos y tres chicas. Formaron un círculo a su alrededor y se le acercaron.

—Este es Nico —dijo el jefe—. Pidió entrar.

Dieciocho segundos no parecen mucho tiempo, pero cuando te están empujando y dándote patadas y puñetazos, se hacen larguííííísimos. Nico aguantó, sin embargo, y fue lo bastante listo para mantenerse en pie.

—¡Tiempo! —gritó el jefe, y abrazó a Nico—. *Bienvenido, hermano*. Me llamo Davido. Ahora somos hermanos.

A Nico le sangraba la nariz, pero no la tenía rota. También tenía el labio inferior hinchado y un ojo morado, y moretones en la cara y por todo el cuerpo, y le dolían las costillas, porque una de las chicas le había clavado allí su zapato puntiagudo.

Pero había entrado en la banda.

Como *paro* o asociado, el peldaño inferior de la jerarquía de la mara.

Davido y unos cuantos más lo llevaron al Taco Bell de la Treinta y Siete y lo invitaron a cenar. Nico les preguntó por qué no llevaban tatuajes.

—Ya no los llevamos —dijo Davido—. Para no darle pistas a la poli. Si ven que vas tatuado, se buscan cualquier excusa para detenerte y te deportan. Por eso no los llevamos a la vista, *niño*. Esto que ves es camuflaje. Hay que ser listo.

Esa noche, cuando Nico volvió a casa, intentó escabullirse para que sus tíos no lo vieran, pero Javier estaba despierto y le vio la cara.

—¿Qué te pasó, *sobrino*?

—Nada.

—¿Nada? ¡Mira cómo estás!

Pasó lo que Nico se temía: se despertó la tía Consuelo y montó un escándalo. Le lavó la cara con un trapo y luego puso cubitos de hielo dentro del trapo y le dijo que se lo pusiera en la boca y el ojo.

Mientras tanto, Javier lo interrogaba.

—¿Quién te hizo esto?

—Unos muchachos negros —mintió Nico. No era del todo mentira, suponía, porque los negros le habrían hecho eso o algo peor si lo hubieran pescado.

—¿Dónde?

—En Travers Park.

Javier no se lo tragó del todo.

—¿Y por qué no te quitaron el reloj y los tenis? Los negros suelen llevarse los tenis.

—Porque me escapé —explicó Nico—. Soy muy rápido.

—No vuelvas a acercarte a ese parque —dijo Consuelo.

—Está justo al lado de la escuela.

—Pues busca otro sitio donde jugar.

Javier esperó a que Consuelo volviera a la cama. Luego entró en el cuarto de Nico y dijo:

—No te habrás metido en una banda, ¿verdad? Dime que no te metiste en una banda.

—No, qué va.

—Porque yo sé lo que pasa en la calle —dijo su tío—. Veo cosas. Crees que necesitas que esos chicos te defiendan, pero tienes que mantenerte alejado de esas cosas, Nico. No es bueno. Solo te traerá problemas.

—Ya lo sé.

Pero tú no ves nada, pensó, no sabes cómo son las cosas.

Ni cómo se entra en una banda.

Ni si puedes quedarte fuera.

Estaba rica, sabía dulce.

Dio otra fumada y le devolvió el porro de *yerba* a Davido. Retuvo el humo en los pulmones todo el tiempo que pudo y luego lo soltó.

Le dio la risa boba.

—Es buena mierda.

—Buena mierda, dice, no jodas.

Estaban de fiesta en casa de Davido, en la Ochenta y Seis. Una docena, más o menos, de nuevos hermanos y hermanas de Nico. En la tele Sony de pantalla plana sonaban Big Boy y Jamsha cantando *Dónde están toas las yales*. Nico miró el video mientras bebía otro trago de Cuervo.

En la pantalla, una *chica* con el culo gordo y las tetas grandes entraba en casa de Big Boy y se ponía a gritarle. Le tiraba sus cosas a una bolsa de basura. Big Boy se subía al coche con Jamsha, el de la *pizza*, y se ponían a cantar rap mientras conducían por las calles mirando a las chicas.

Las chicas del video estaban tremendas.

Igual que la chica que bailaba al lado de la tele, meneando el culo y las caderas como si no supiera que Nico la estaba mirando.

Y la miraba.

Sabía que Dominique iba al Pulitzer. Estaba en octavo, o algo así.

Y tenía ya esas tetitas tan tiesas y ese culo... Y el pelo largo, negro y brillante le rebotaba en el culo y le rozaba las tetas.

—¿Te gusta, niño? —le preguntó Davido, que se había fijado.

Davido se fijaba en todo.

Nico se rio. El otro le pasó el porro.

—Estoy intentando educarte, *paro* —dijo Davido—. Presta atención. ¿Sabes acaso lo que es una *mara*?

—Una pandilla.

—De dónde viene el nombre, digo. Una *mara* es una hormiga. De esas que se juntan y matan todo lo que se les pone por delante. A una es fácil aplastarla, pero un ejército de hormigas es imparable. Conquistar o morir, *manito*, eso es lo nuestro. Como dice la canción, «*la vida en la Dieciocho es fatal*».

La vida en la Dieciocho es fatal...

Otro video.

Las chicas de *En 20 uñas*, perreando.

Dominique las imitaba.

A Nico se le puso dura.

—Carajo —dijo Davido riendo—, no hay manera de hablar con un cabrón empalmado. No te escucha. ¿Se te antoja un poco de eso?

—No sé.

—Sí, claro que lo sabes. *Dominique, venga*.

Dominique se acercó bailando y les sonrió.

—¿Te parece guapo aquí mi niño? —preguntó Davido.

—Está bien.

—¿Por qué no te lo llevas al baño —dijo Davido—, y le demuestras cuánto te gusta?

—Okey.

—No sé —dijo Nico, sintiéndose tímido de repente. Ni siquiera había besado nunca a una chica.

—No sabe —dijo Dominique, y empezó a alejarse otra vez sin dejar de bailar.

—No importa —dijo Nico.

—No, claro que importa —contestó Davido—. Ahora estás con la Dieciocho. La cosa funciona así: no eres más que un *paro*, así que Dominique no va a coger contigo, pero sí te chupará el pito. ¡Tú, puta, vuelve aquí!

Dominique volvió.

—Vete con el niño —le ordenó Davido.

Dominique le tendió la mano a Nico, lo llevó al cuarto de baño y lo hizo sentarse en el borde de la bañera.

Se arrodilló delante de él.

Nico nunca había sentido nada parecido.

No aguantó mucho.

Dominique se levantó, se miró al espejo, se retocó el labial y se puso un espray en la boca.

—Fue tu primera vez, ¿eh?

—No.

—Sí lo fue. No te preocupes, *papi*. Lo hiciste bien.

Nico se había enamorado.

—Guárdate el pajarito— le dijo ella.

—Ah, sí.

Ella le sonrió en el espejo y salió.

Nico esperó un momento para calmarse y volvió a la fiesta. Davido le lanzó una sonrisa. Nico se la devolvió.

Estaba sonando Pouya.

South Side Suicide.

Una semana después, Nico se presentó donde le habían dicho.

En el estacionamiento del Burger King.

Davido se acercó a él. Mucho, hasta quedar pecho con pecho. Se metió la mano en la chamarra de los Yankees, sacó una cosa y se la guardó a Nico dentro del impermeable.

—Llévate esto y guárdalo en lugar seguro.

Era una pistola. Nico se dio cuenta enseguida.

—No quiero.

—¿Te pregunté si quieres? —dijo Davido—. Llévatela, métela debajo de la cama o donde no la encuentre tu tía.

—No voy a usarla.

—Claro que no vas a usarla —dijo Davido—. Más te vale. No, tienes que guardármela hasta que te la pida. Luego me la devuelves.

—¿Por qué no la guardas tú?

—Porque tú eres menor —explicó Davido—. Si te agarran con ella, vas a una correccional un par de meses y ya está. Si me pescan a mí, me mandan varios años a la cárcel. ¿Ya lo entendiste?

—Supongo que sí.

—Ese es tu trabajo —dijo Davido—. Como novato. Viene con la hierba, y el alcohol y las viejas. Si quieres eso, tienes que hacer esto.

Nico volvió a casa apretando la pistola contra su pecho.

Tenía la sensación de que toda la gente podía verla por la calle.

Pasó una patrulla y pensó que iba a orinarse en los pantalones.

Por suerte ese día sus tíos tenían turno doble y no había nadie en casa cuando llegó. Levantó el colchón de su cama, metió la pistola entre el colchón y la base, y volvió a colocar el colchón. Lo miró con atención, por si se notaba el bulto.

Cuando se acostó esa noche, sentía como si la pistola se le clavara en el estómago. Pero la noche siguiente no la notó tanto, y un par de noches después empezó a gustarle tener la pistola allí.

Hacía que se sintiera poderoso.

Como vengan a tocarme los huevos ahora, a ver qué pasa.

Métanse con Nico ahora, a ver cómo les va.

Les meto un tiro en el culo.

Pendejos.

Sus tíos lo veían, pero no querían verlo.

Eran buena gente, trabajaban duro, eran buenos con Nico, lo querían, pero tenían que ganarse la vida, se dejaban el pellejo trabajando para salir adelante en América.

De modo que veían los tenis nuevos, pero no los veían.

No querían saber de dónde los había sacado.

Sabían que esos Jordan nuevecitos no eran de Payless. Y el impermeable de los Yankees, y la camisa de cuadros de manga larga, y las gafas de sol… ¿de dónde salían? ¿De dónde sacaba Nico el dinero para comprarse todas esas cosas? ¿De dónde sacaba el dinero para ir a Burger King, a McDonald's, a Taco Bell? ¿Dónde iba su sobrino cuando ellos estaban trabajando, cuando estaban tan cansados que solo tenían fuerzas para meterse en la cama y echarse a dormir? Lo sabían, pero no querían saberlo.

No querían ver que sus notas caían en picado, que la calificación de su «actitud» pasaba de «excelente» a «insatisfactoria», ni contestar los mensajes de la escuela preguntándoles por sus faltas de asistencia.

Devolvían las llamadas, fueron a la escuela, hablaron con Nico, él les juró que no estaba haciendo nada malo. Sabía que era mentira y sabía que sus tíos lo sabían. Sabían lo que hacía pero no entendían por qué.

Sabían, pero no querían saber.

• • •

Nico era seguramente el mejor ladrón de teléfonos que había tenido Calle 18, porque era pequeño y veloz. Los objetivos no lo veían acercarse, ni lo agarraban después. Los celulares daban bastante dinero, pero Nico se los entregaba todos a Davido, que a cambio le daba dinero. Así que ahora Nico tenía debajo del colchón una pistola, dinero y un teléfono celular.

Davido le apretaba las tuercas. Decía que tenían que empezar a producir más porque estaban intentando comerles terreno a los ABK y eso significaba guerra y las guerras costaban dinero.

—Aquí todo mundo paga alquiler —le dijo—. En la Dieciocho no hay invitados.

Empezó a cobrarle a Nico una cuota: tenía que llevarle un teléfono celular a la semana como mínimo, así que Nico tuvo que extender su radio de acción más allá de Jackson Heights, hasta Woodside, Elmhrust y Astoria, y era arriesgado porque esos territorios los trabajaban otras bandas.

Daba igual. Nico tenía que producir.

Intentaba encontrar la manera de que Dominique volviera a chuparle el pito, o fuera al cine con él o algo así, cuando sonó su teléfono y era Davido.

—Necesito ese chisme.

—¿Qué chisme?

—Ese que me estás guardando.

—Ah.

—En el baño de hombres del Taco Bell, dentro de media hora.

Nico corrió a casa, tomó la pistola, se la metió debajo del abrigo y se fue al Taco Bell a toda prisa. Davido estaba ya en el baño de hombres y Nico le pasó la pistola.

—Estate donde yo pueda encontrarte dentro de una hora —le dijo Davido—. Te llamaré.

Nico se quedó en la calle una hora, hasta que lo llamó Davido.

—Vente para Roosevelt corriendo.

Parecía bastante alterado.

Nico corrió a la estación de tren.

Davido estaba en el andén. Le hizo señas de que se acercara y le metió la pistola en el bolsillo de la chamarra.

—Guárdala hasta que volvamos a necesitarla.

—¿No tendría que tirarla al río o algo así? —preguntó Nico.

—No hagas preguntas —respondió Davido—. Haz lo que te digo.

—Pero...

—No vamos a tirar una buena pistola —dijo Davido—. Además, ¿qué crees que hice con ella? Anda, lárgate.

Davido subió a un tren.

Nico se llevó la pistola a casa y la escondió.

Intentó no pensar en ello, pero a la mañana siguiente vio en la tele que habían matado a tiros a un chico negro en Travers Park.

El *Daily News* decía que era de los ABK.

Davido desapareció un par de semanas.

Nico salía con otros de la Dieciocho, pero ninguno sabía —o quería decir— dónde estaba Davido. Se habría ido a algún sitio del interior del estado, decían, hasta que la policía se cansara de buscar a alguien que desapareció de repente, alguien al que de todos modos los polis habrían retirado de la circulación.

Benedicto asumió el mando y les advirtió a todos que anduvieran listos porque los ABK querrían revancha. Esos no se cansarían y, a diferencia de los polis, no tenían que buscar a una persona en concreto: preferirían atrapar a Davido, claro, pero cualquiera de la Dieciocho les vendría bien.

Así era la vida en la calle, se dijo Nico.

La vida mara.

De modo que ahora, cuando salía, estaba siempre alerta porque los ABK no se conformarían con darle una paliza a alguien, irían a matar. De todos modos era invierno y hacía mucho frío, así que casi todo se hacía puertas adentro, donde se estaba calientito y se corría menos peligro.

Las fiestas seguían celebrándose en casa de Davido aunque él no estuviera por allí. Benedicto tenía llave y subían a poner música y a beber, y Nico intentó que Dominique le hiciera una paja, por lo menos, pero no tuvo suerte.

—Estás muy niño —le dijo.

—La otra vez no era tan niño —contestó él—. Y además he crecido. Anda, Nique.

Ella siguió diciéndole que no, pero una tarde se puso tan pasada que acabó por jalársela.

—Como regalo —le dijo.

—Yo no tengo nada para ti —contestó él.

—¿Tienes algo de hierba?

Nico le dio un poco de hierba.

La semana antes de Navidad, Nico caminaba por la avenida Treinta y Siete más contento que nada. Tenía dinero en el bolsillo e iba de compras.

Le compró a tía Consuelo una blusa bonita y unas pulseras, y para tío Javier encontró unos guantes, unos calcetines bien abrigados y una camisa vaquera nueva. Y a su madre le compró un suéter, unos jeans y las mismas pulseras que le había comprado a Consuelo, para mandárselo todo por correo a Guatemala.

A Dominique le compró una cadena de plata.

Luego se fue al McDonald's y pidió una Cuarto de Libra con queso, papas fritas y Coca Cola. De postre se comió un pay de manzana y luego se fue a casa encantado de la vida por tener dinero para regalar cosas a la gente a la que quería.

Cuando abrió la puerta, tía Consuelo estaba llorando.

Tío Javier estaba de pie a su lado.

Con la pistola.

—¿Qué es esto? —preguntó.

Nico no supo qué decir.

—Nico, ¿qué es esto? —insistió Javier. En la otra mano tenía el teléfono celular y parte del dinero de Nico.

—No es mío.

—Estaba debajo de tu colchón.

—No deberían haber mirado —dijo Nico—. Es mi cama.

Javier era un hombre amable, un buen hombre que nunca había querido lastimar a nadie, pero se acercó y le dio una bofetada. A Nico se le giró la cabeza del golpe, pero aguantó de pie y clavó la mirada en su tío, que lo miró avergonzado.

—¿De dónde sacaste eso? —preguntó Consuelo—. ¿De dónde sacaste una pistola?

—De los *maras* —dijo Javier—. ¿Verdad? ¿Quieres acabar en la cárcel, con los otros *malandros*? ¿Quieres que te deporten?

Yo no soy un *malandro*, pensó Nico. Yo me gano mi dinero.

—Les traje cosas. Regalos.

—Devuélvelos —respondió Javier—. No queremos regalos comprados con dinero sucio.

Nico se sintió fatal.

—Voy a tirar esto —dijo su tío, sosteniendo la pistola—. Voy a tirarla al río.

—¡No! —gritó Nico.

—Sí.

—Me van a matar.

—¿Quiénes te van a matar? —preguntó Javier—. Yo iré a hablar con ellos, para aclarar las cosas.

—Diles que lo dejen en paz —dijo Consuelo.

—Si vas a hablar con ellos, ¡te matarán a ti! ¡Por favor! —respondió Nico.

—Pues esto se va al río.

Pasó rozando a Nico. Él lo agarró de la cintura e intentó detenerlo, pero Javier era mucho más fuerte. Se lo quitó de encima y salió.

—¡Me van a matar! —gritó Nico.

Consuelo rompió a llorar.

Nico corrió a meterse en su cuarto.

Lo iban a matar, seguro, pensaba. O, como mínimo, le darían una buena paliza y luego lo echarían de la Dieciocho. Podía mantenerlo en secreto, pero ¿qué pasaría cuando Davido volviera a pedirle la pistola? Sería aún peor.

Sabía que no podría dormir. Estaba demasiado angustiado.

Salió a la escalera de incendios por la ventana y llamó a Davido desde la calle.

—Tengo que hablar contigo.

—Estoy cogiendo, *mano*.

Davido acababa de volver de su viaje al norte.

—Necesito hablar contigo.

—Vente para acá.

Davido abrió la puerta y Nico entró a toda prisa.

Dominique estaba sentada en el sofá, subiéndose los pantalones. Miró a Nico como diciendo: «¿Qué?», pasó a su lado y salió del apartamento.

—¿Qué es tan urgente? —preguntó Davido.

Nico tragó saliva.

—Perdí la pistola.

—¿Qué?

—La pistola —dijo Nico—. La perdí.

Davido lo empujó contra la pared.

—¡¿Cómo carajo pudiste perder una pistola?! ¿Qué pasó?

—La encontró mi tío. Y se la llevó.

—Dile que te la devuelva —dijo Davido.

—No puedo.

—¿Quieres que se lo diga yo?

—La tiró al río —dijo Nico.

Davido lo soltó. Se acercó a la mesa y encendió un porro. No se lo ofreció a Nico.

—Qué mierda. ¿Sabes lo que te va a pasar ahora?

—No.

—Yo tampoco —dijo Davido—. Tengo que decírselo a los jefes. Podría ser grave, Nico. Muy mal asunto.

—Les pagaré la pistola.

—¿Cuánto dinero tienes? —preguntó Davido.

—Cincuenta.

—Dámelos.

Nico se sacó los billetes del bolsillo y se los dio.

—La pistola costará por lo menos trescientos —dijo Davido—. ¿De dónde vas a sacar el resto?

—No sé —dijo Nico—. Yo los consigo.

—Voy a hablar con los *llaveros*, a ver qué puedo hacer por ti —dijo Davido—. Más te vale empezar a producir. Y a lo grande. Vete, gana algo de dinero, demuéstrales que eres útil, que conviene que sigas vivo.

—Está bien.

—Empieza con los doscientos cincuenta que debes —dijo Davido—. Sin eso, estás jodido. Ahora lárgate. Hasta que consigas ese dinero, no te conozco. No vengas por aquí y, si ves a un Dieciocho, cámbiate de acera.

Nico se fue a casa.

Javier estaba allí, esperándolo.

—Siento haberte pegado —dijo—. No debí haberlo hecho.

—No pasa nada.

—Dentro de poco será tu audiencia de deportación —dijo su tío—. Si se enteran de que andas con una pandilla, no dejarán que te quedes.

—No se van a enterar.

—Esto no está bien, Nico. Esa gente es basura.

—Son mis amigos.

—No, no son tus amigos. Venden drogas, matan gente. ¿No fue por eso por lo que te fuiste de Guatemala? ¿Por lo que dejaste a tu madre? ¿Para huir de esa gentuza? ¿Para llevar una vida decente aquí?

¿Y qué clase de vida es la que llevan ustedes?, se preguntó Nico.

Trabajan sin parar, están siempre cansados.

Llevan ropa mala.

—Te compré unos guantes —dijo—. Y una camisa nueva.

—Gracias, pero no los quiero.

—¡¿Por qué?!

—Tú sabes por qué, Nico —contestó Javier—. Y sabes distinguir lo que está bien y lo que está mal. Es solo que se te ha olvidado. Necesitas recordarlo.

Lo que necesito, pensó Nico cuando entró en su cuarto, son doscientos cincuenta dólares. Porque tú tiraste la pistola.

Por la mañana se levantó temprano y se fue a trajinar.

Se fue a la línea S y tomó el tren de la 7 a Grand Central Station.

Estaba lleno, atestado de gente que iba al trabajo o a la ciudad a hacer compras navideñas. Robó dos teléfonos en veinte minutos y luego decidió no tentar a la suerte y se bajó.

Era la primera vez que pisaba Manhattan.

Era alucinaaaante.

Había visto los rascacielos desde Queens, pero no se lo imaginaba así. El tamaño de los edificios, su belleza, las calles abarrotadas, gente pululando por todas partes, los escaparates de las tiendas llenos de cosas bonitas...

Algún día viviré aquí, se prometió.

Si no, me moriré.

Había oído hablar de la calle Cuarenta y Dos, así que echó a andar por ella hasta que llegó a Times Square, donde se paró, embobado. Hasta en pleno día era impresionante: las pantallas de video gigantescas, las noticias deslizándose por las paredes de los edificios, las luces de neón... Lo miró todo con la boca abierta. Subió por la Séptima Avenida estirando el cuello para mirar hacia arriba. Se sentía más pequeño que nunca, más emocionado que en toda su vida.

Aquello era de verdad Nueva York.

Aquello era América.

Casi se olvidó de por qué estaba allí, pero luego se acordó. No viniste aquí a mirar, viniste a trabajar, a robar, a ganar dinero.

Necesitaba tres cosas: dinero en efectivo, teléfonos y tarjetas de crédito.

El dinero lo usaría para pagar su deuda; los teléfonos y las tarjetas se los daría a Davido para impresionar a los jefes, porque ganaban mucho dinero revendiendo los teléfonos y usando ilegalmente las tarjetas.

Escogió a sus presas con cuidado.

Era fácil localizarlas: turistas que también estaban embobados con Times Square y miraban distraídos a su alrededor. Los distinguía de la gente que iba de acá para allá a toda prisa, del punto A al punto B. Esos se notaba de lejos que eran neoyorquinos. Como buen depredador, miraba y escuchaba, atento a la gente que hablaba otros idiomas, a los extranjeros, a los turistas que seguramente no saldrían corriendo detrás de él si notaban que les sacaba la cartera del bolsillo.

Dio el primer golpe frente a la tienda Disney: un padre que estaba allí parado con su mujer y sus hijos, mirando en el escaparate a Mickey y Goofy. La cartera le asomaba por el bolsillo de atrás como pidiendo a gritos que alguien la liberara de aquel tonto.

Nico lo hizo encantado.

Tomó la cartera, se la metió en el bolsillo de la chamarra y siguió caminando por la acera abarrotada de gente hasta que llegó a un McDonald's.

Entró en el baño de caballeros, se metió en un reservado y sacó la cartera. En cuanto a dinero, fue un tanto decepcionante: solo llevaba dos billetes de diez y uno de veinte. Pero tenía una Visa.

Se guardó el botín en el bolsillo de los jeans, tiró la cartera a la basura y volvió a la calle.

En la Cuarenta y Siete, cruzó a Broadway y recorrió dos manzanas hacia el sur, hacia las gigantescas pantallas de video, que podían ser el mejor aliado de un ladrón porque varios centenares de personas se congregaban allí, mirando hacia arriba. Sonreían, señalaban con el dedo, se tomaban *selfies* superfelices y todo ese rollo.

Nico le echó el ojo a un grupo de adolescentes asiáticos. Llevaban todos pañuelos y gorras de color azul. Debían de ser un grupo escolar, pensó, niños ricos, extranjeros. Todos tenían teléfono y tomaban fotos de las pantallas o se fotografiaban a sí mismos o entre sí. Se fijó en una chica que sostenía un iPhone 7. Tenía el brazo extendido para hacerse una foto con su mejor amiga.

Bam.

Nico agarró el teléfono y echó a correr.

Oyó que los asiáticos empezaban a gritar, pero no podían hacer nada porque Nico Rápido ya estaba en medio del gentío, lo atravesaba escondido entre la masa de cuerpos. A veces era una ventaja ser pequeño.

A él no iban a atraparlo.

Qué carajo, ni siquiera lo veían.

Un buen ciudadano intentó agarrarlo del codo, pero Nico se zafó y siguió adelante. Llegó a la Octava Avenida, vio otro McDonald's —hombre, en Manhattan había McDonald's por todas partes— y entró. Miró a su alrededor por si alguien lo había seguido y vio que estaba a salvo. Pidió una Big Mac, papas fritas y una Coca Cola y se sentó a comer.

Se le antojaba volver a salir a dar otro golpe, pero luego decidió que era muy arriesgado. Alguien podía reconocerlo («¡Ese es el chico!»), así que se fue al metro y volvió a Queens. Como el colchón ya no le servía de escondite, subió a la azotea y guardó sus cosas en una tubería.

Estuvo yendo a Manhattan los tres días siguientes.

Consiguió 327 dólares en efectivo, cuatro tarjetas de crédito y tres teléfonos más.

Una ola delictiva protagonizada por un solo niño.

Llamó a Davido.

—Tengo el dinero.

—Tráelo.

Había allí otros seis de la Dieciocho, incluida Dominique. Nico se dio cuenta de que la cosa pintaba mal en cuanto entró por la puerta porque ninguno de ellos le sonrió, ni lo saludó, ni nada. No le ofrecieron una bebida, ni un porro, ni ninguna otra cosa.

Lápiz Conciente sonaba en las bocinas a todo volumen.

—¿Tienes el dinero? —preguntó Davido.

Nico le dio los doscientos cincuenta dólares.

—La pistola estaba cargada —dijo Davido—. Y las balas cuestan dinero.

Nico le dio el resto del dinero, y los teléfonos y las tarjetas de crédito.

—He sido productivo.

—Óyeme, hablé con los jefes —dijo Davido—. Dijeron que había que castigarte, darte un escarmiento. Dijeron que tenía que lastimarte, Nico.

Dos chicos se colocaron detrás de Nico, bloqueando la puerta.

—¿Qué tienes que hacer? —preguntó.

—Dijeron que te cortara un dedo.

A Nico le dieron ganas de vomitar. Quizá iba a desmayarse. Pensó en escapar, pero no tenía dónde ir.

—Pero los convencí de que no —añadió Davido—. Así que solo tengo que romperte el brazo.

—Gracias.

—Los huesos se curan, los dedos no vuelven a crecer.

—Sí —dijo Nico. Le costaba respirar.

—Acepta tu castigo —dijo Davido—. Si no, te daremos una buena paliza, te echaremos y no podrás volver a pisar este barrio.

—Lo acepto.

—Bien.

Davido agarró un bate de beisbol de aluminio que había en el sofá. Los dos chicos que estaban detrás de Nico lo llevaron hasta la barra de la cocina.

—¿Eres diestro, Nico? —preguntó Davido.

—Sí.

Davido les hizo una seña a los chicos, que hicieron que Nico colocara el brazo izquierdo extendido entre dos taburetes.

Davido levantó el bate y preguntó:

—¿Estás listo, *paro*?

Nico respiró hondo y asintió con la cabeza.

Davido lo golpeó con el bate.

Dolió una barbaridad. Nico sintió que se caía, pero los dos chicos lo sujetaron y él no gritó, se tragó el dolor y no hizo más que gruñir. Se le llenaron los ojos de lágrimas, pero no las dejó caer. Sintió otra vez que iba a vomitar, pero se contuvo.

Con ojos llorosos, vio que Dominique lo miraba.

No le importó. Le dolía tanto que nada le importaba, salvo el dolor y mantenerse en pie. Oyó que Davido decía:

—Llévenlo a Elmhusrt.

—No tengo seguro —dijo Nico.

—En urgencias tienen que atenderte de todos modos —dijo Davido. Le pasó una botella de ron—. Echa un trago de esto. A lo mejor tienes que esperar un rato.

Nico se obligó a beber un poco de ron.

Lo sacaron a la calle, lo metieron en el asiento de atrás de un coche y lo llevaron al hospital de Elmhurst. Pararon delante de la entrada de urgencias y le dijeron que bajara. Le costó abrir la puerta, pero lo consiguió y entró en el hospital.

Estaba mareado.

La enfermera le preguntó qué le había pasado.

—Me caí. Por las escaleras, cuando bajaba del tren.

—¿Y tus padres? —preguntó la mujer.

—Vivo con mis tíos.

—¿Dónde están?

—Trabajando —contestó Nico.

—Tesoro, no podemos atenderte sin su autorización.

Llamó a su tía. Le dieron una bolsa de hielo y le dijeron que se sentara. Media hora después llegó su tío Javier.

—Nico, ¿qué pasó?

—Me caí.

Notó que Javier no le creía.

Su tío se acercó a la enfermera y habló con ella en español. Nico le oyó decir que no tenía seguro de salud ni mucho dinero, pero que por favor atendieran a su sobrino, que ya encontraría la manera de pagar la factura en los meses siguientes.

La enfermera lo llevó a una sala de examen.

Vino un médico y le hicieron una radiografía. El médico le enseñó la imagen. Tenía roto el cúbito, un hueso del antebrazo. Tardaría unas semanas en sanar, pero se pondría bien. El médico le acomodó el hueso, se lo escayoló y le recetó un analgésico que Javier podía comprar en la farmacia.

Tomaron un taxi para volver a casa.

—¿Tienes idea de cuánto nos arriesgamos viniendo al hospital? —le preguntó su tío—. ¿No te das cuenta de que están buscando echarnos del país, sobre todo ahora?

Nico se sentía fatal. Sus tíos estaban ahorrando para montar un negocio y aquello les perjudicaría.

—Les devolveré el dinero.

—Eres un niño. Eso no es responsabilidad tuya.

—Tampoco tuya —respondió Nico—. Conseguiré el dinero.

—¿Robando? ¿Vendiendo drogas? —preguntó Javier—. Fue por la pistola, ¿verdad?

Nico no contestó.

—Esto te lo hicieron tus «amigos». ¿Lo dejarás ahora?

No.

Al contrario, se metió más a fondo.

—Tenemos trabajo que hacer —le dijo Davido una noche, cuando estaban tomando algo en Krispy Krunchy Chicken—. Vamos.

Porque Calle 18 se estaba metiendo de lleno en el negocio de las drogas. Hasta entonces solo habían pasado *yerba*, pero la *chiva* daba más ganancias, y Davido estaba comprando heroína y poniéndola en la calle.

Fueron a pie hasta la Noventa y Dos, cerca de Northern. Davido le dio un teléfono desechable, lo ayudó a subir a la escalera de incendios y le dijo que subiera a la azotea.

—Tú vigila. Si ves cualquier cosa rara, me llamas.

—Okey.

Subió a la azotea y se puso a vigilar.

Jackson Heights es precioso.

Es bonita la vista del parque Northern. Nico ve Flushing Bay y los aviones que vienen y van de LaGuardia, tan bajos que parece que van a darle en la cabeza. Entonces se da cuenta de que no debería estar mirando hacia allá, sino hacia abajo, hacia la calle.

No ocurre nada.

Tiene ganas de hacer pis. Da zapatazos en el suelo para intentar distraerse.

Entonces ve acercarse un Escalade negro.

Se bajan de él unos negros.

Nico llama a Davido por teléfono.

—Unos *mayates* se bajaron de un coche.

—Son los tipos con los que quedamos, idiota.

—Ah.

—Los viste bien, eh.

Nico sigue vigilando. Unos veinte minutos después salen los negros, suben al coche y se van.

Suena el teléfono.

—¿La calle está despejada?

—Sí.

Davido se reúne con él en la calle, le pasa un billete de cien y una bolsa de hierba.

—*Feliz Navidad*, Nico.

Así es como Nico se mete en el negocio de la droga.

Jacqui está haciendo una mamada en el asiento delantero de un coche.

En el asiento trasero no hace mamadas.

Porque, para empezar, hay que abrir la puerta delantera, salir, abrir la trasera, meterse en el coche y cerrar la puerta. La luz del techo se enciende, se apaga, vuelve a encenderse. Llama la atención, es muy fácil que los polis lo vean, aunque a los polis les importa una mierda, excepto cuando la mujer del alcalde ve a alguna fulana haciendo una mamada en un estacionamiento y le dice a su marido que le diga a la poli que tome cartas en el asunto.

En un asiento trasero pueden pasar muchas cosas jodidas. Si te subes atrás, el tipo normalmente intenta tumbarte y meterte la verga. En el asiento delantero, te inclinas, se la chupas y asunto concluido. Si pasa algo, normalmente puedes salir por la puerta y largarte. A veces, si el tipo le da mala espina, se la mama con una mano en la manija de la puerta, por si acaso.

Este tipo le da mala espina.

Pasó delante de ella en su Camry destartalado cuatro o cinco veces antes de parar.

Un blanco madurito (figúrate), un tipo grandulón y panzón (qué sorpresa), tirando a calvo (no me digas), sin anillo de casado (un poco raro, y alarmante, porque los tipos casados suelen ser confiables, solo quieren que les hagas esa mamada que no les hace su mujer). Le habría dicho que se fuera a volar, pero hace un frío del carajo y la calefacción del Camry funciona. Además, necesita los veinte dólares para inyectarse.

Afrontémoslo, se dice Jacqui, algunos viejos dichos son ciertos. Como ese que dice «Un yonqui es capaz de hacer cualquier cosa con tal de ponerse». Debe de ser cierto, porque estoy en el asiento delantero de un coche de mierda, chupándole el pito a un tipo calvo y barrigón.

O eso intento.

Porque el muy pendejo no se viene.

Cuando era niña tenía uno de esos juguetes con un pajarito de madera que subía y bajaba y hundía el pico en un tubito con agua, y así es como se siente ahora. Cuando lo ponías en marcha, el pajarito no paraba, pero Jacqui no está segura de tener la resistencia de un pájaro de madera, eso por no hablar de que no le salen las cuentas: a este paso, va a cobrar unos doce centavos la hora.

Se incorpora y suspira.

—¿Algún problema?

—No lo estás haciendo bien.

¿Que no lo estoy haciendo bien?, piensa Jacqui. Ni que esto fuera un capuchino. Es una ecuación bastante sencilla, baboso.

Es succión: física elemental.

—¿Quieres que lo haga de otra manera? —pregunta.

¿Como si fuera Fergie, Jennifer Lawrence, una Kardashian, por ejemplo?

—Usa más la lengua.

Jacqui suspira y vuelve a inclinarse. Usa más la lengua, pero ¿qué quiere este imbécil por veinte billetes? ¿Sexo de peli porno? ¿En el asiento delantero de un Camry, en pleno invierno y con el motor en marcha? Esto es sexo rápido, tarado. Sexo McDonald's, ni siquiera sexo Wendy's o sexo Carl's Junior. No vamos a hacerte un plato especial: pagas tu dinero, te dan tu Cuarto de Libra y te largas.

El tipo le empuja la cabeza hacia abajo.

—Métetela hasta adentro.

Se acabó.

Jacqui intenta levantar la cabeza, pero el tipo es fuerte y sigue empujando hacia abajo. Ella empieza a atragantarse. Puede que eso sea lo que quiere el muy cerdo («Oh, qué verga tan grande tienes, me ahogo, me encanta»), a lo mejor hasta se viene, pero a Jacqui ya no le importa, solo quiere respirar y salir de aquí volando.

Él no la deja levantarse.

La agarra del pelo y se lo retuerce.

—Sigue.

Jacqui lo muerde.

El tipo grita.

Pero la suelta.

Jacqui levanta la cabeza y busca la manija, pero él la agarra por el cuello de la chamarra y la jala. Jacqui intenta accionar la manija con el pie, pero no puede.

—Te devuelvo el dinero, pero deja que me vaya.

—No, ahora lo quiero todo, puta.

Jacqui nota el cañón de la pistola en la parte de atrás de la cabeza.

—No, por favor.

El tipo arranca, sube por Washington y tuerce a la derecha por Powells Lane. Allí no hay nada, solo solares vacíos y árboles, y él se aparta del camino, para el coche y le clava el cañón de la pistola.

—Date vuelta. Bájate los pantalones. Te voy a coger, zorra.

—Sí, sí.

Le cuesta: está aterrorizada y hay poco espacio en el asiento delantero, pero consigue darse vuelta, se apoya contra la puerta y se baja los jeans hasta los tobillos.

—No me lastimes.

—Me mordiste, hija de puta.

—Lo siento, lo siento.

—Voy a cogerte pero bien.

Se echa encima de ella.

Pesa, Jacqui no puede respirar, pero intenta seguirle la corriente.

—Sí, cógeme, cógeme, méteme esa verga gorda, vas a hacer que me venga, papito. —Cualquier cosa, cualquier cosa con tal de salvar la vida—. Vas a hacer que me venga, papito.

Él gruñe, arquea la espalda.

Afloja la mano, la pistola resbala por su cintura.

Cae al lado de la mano de Jacqui.

Él la busca a tientas, pero Jacqui la agarra primero.

Y aprieta el gatillo.

Dos veces.

—¡Ay, carajo! ¡Carajo!

Patalea, se retuerce para quitárselo de encima. Se abre la puerta y ella cae de espaldas. Se levanta, se sube los pantalones y corre calle arriba, casi ha llegado a Washington cuando se da cuenta de que todavía tiene la pistola en la mano. Se la guarda en el bolsillo de la chamarra y sigue andando.

Camina hasta el Motel 19, donde tiene una habitación con Jason.

Jason es un pendejo, pero ella no puede vivir debajo de un puente en invierno, así que se queda con él en el motel de mala muerte mientras puedan permitirse pagarlo. Y solo pueden permitírselo porque ella sale a hacer mamadas por ahí mientras Jason intenta decidir de qué no va a trabajar.

Cuando llega a la habitación, él está drogado.

Tendido en la cama con el culo flaco al aire, mirando la tele.

—¿Conseguiste? —pregunta Jacqui.

Él mueve la cabeza, señalando más o menos la mesita de noche.

Es un infeliz, pero le ha guardado un poco. Jacqui se prepara un piquete. Le cuesta, porque le tiemblan las manos.

Cuando está más entonada, pregunta:

—¿Tienes algo de pasta?

—¿Por qué?

—Porque tengo que irme.

—Pues vete.

Puto idiota.

—De la ciudad, digo.

Está lo bastante despierto como para darse cuenta de que se le acaba el negocio.

—¿Por qué?

—Maté a un tipo.

Jason se ríe.

—Qué va, no mames.

No mames, que sí.

Los jeans de Jason están en una silla. Jacqui registra los bolsillos y encuentra seis dólares y treinta y siete centavos. No sabe cuánto cuesta el boleto de autobús a Nueva York. Más de seis dólares y treinta y siete centavos, seguramente.

—¿Solo tienes esto?

—No sé.

¿Y quién lo sabe entonces, cabrón? Jacqui se sienta en la cama a su lado.

—Jason, ese tipo me violó.

—Ah.

«Ah». Eso es todo. «Ah». Una cosa que hay que recordar de este mundillo, y Jacqui lo sabe, es que, al final, a nadie le importas un carajo. Ni al principio tampoco. No le importas a nadie un carajo en ningún momento.

—Jason…

—¿Qué?

—¿Tienes más dinero, pues?

—No.

Por eso todo mundo odia a los yonquis, piensa Jacqui.

Carajo, hasta yo odio a los yonquis.

Imposible tomar el autobús, así que se va andando hasta la Ruta 87 y hace autostop. Pedir aventón es peligroso. Podría recogerla algún tarado e intentar violarla.

Claro que ahora Jacqui tiene una pistola, se dice.

Y no van a violarla nunca más.

Mantiene el dedo en el gatillo, dentro del bolsillo de la chamarra, con el cañón apuntando al tipo casi todo el trayecto.

Otro madurito.

Esta vez casado y con anillo.

Paró, bajó la ventanilla del Subaru y dijo:

—No me gusta ver a una joven como tú aquí sola. ¿Adónde vas?

—A Nueva York.

—Yo voy hasta Nyack, si te sirve.

—No tengo dinero para gasolina —dijo Jacqui.

—Ni yo te lo he pedido.

Jacqui subió.

Sigue apuntándole con la pistola. Le gusta notarla en la mano.

El tipo quiere charlar.

—Me llamo Kyle. ¿Y tú?

—Bethany.

Bueno, ¿por qué no?

—¿Vuelves a casa o te vas, Bethany?

—¿Qué?

—¿Eres de Nueva York o de Kingston? —pregunta Kyle.

—Vengo de Albany —dice ella—. El último coche al que me subí me dejó en Kingston.

—Entonces, ¿dónde vives?

—En Brooklyn.

—Entiendo.

¿Entiendes, Kyle? ¿Y qué hay que entender? Jacqui lo mira con más atención y ve que es un poco más joven de lo que pensaba; cincuenta y pocos, quizá. Pelo tirando a rubio, con entradas, ojos azules debajo de los anteojos.

Cuando van más o menos por New Paltz pregunta:

—¿Tienes hambre, Bethany? Invito yo.

—Comería algo —dice ella.

Él se desvía y para en un Dunkin' Donuts. Jacqui pide un café y un cruasán con huevo y salchicha, y le sienta de maravilla. En algún punto de Harriman Forest se queda dormida, cosa que no pretendía hacer, y cuando se despierta Kyle le sonríe y dice:

—Te ganó el sueño.

Toma la 287 cruzando Nanuet.

—Puedo dejarte en la autopista si quieres —dice—. O puedo llamar a Saint Ann's.

—¿Qué es eso?

—La iglesia a la que vamos yo y mi mujer —dice Kyle—. En invierno tienen un programa para buscar sitio a gente sin techo. Porque tú no tienes techo, ¿verdad?

—Supongo que no.

—Sí, yo también lo supongo —dice él—. Pueden buscarte una cama y un programa.

—¿Un programa de qué?

—De desintoxicación —contesta Kyle—. Vamos. ¿A quién pretendes engañar?

—¿Y qué sabes tú?

Kyle toma el desvío a la Ruta 9 y entra en Nyack.

—No me gusta dejarte en la carretera. —Saca dos billetes de veinte de la cartera y se los pone a Jacqui en el regazo—. Te llevo al pueblo. Toma un taxi. Con eso debería bastarte para llegar a Nueva York.

—¿Qué tengo que hacer a cambio? —pregunta ella.

—No seas tan presuntuosa.

—Déjame en el pueblo y ya está.

Kyle para en la cuneta y dice:

—Ya está. Preferiría que me dejaras llevarte a Saint Ann's, pero es tu vida. Si cambias de idea…

Le da su tarjeta.

—Gracias —dice Jacqui.

Se baja del coche.

—No hay de qué.

Jacqui lo ve alejarse y se guarda la tarjeta en el bolsillo.

Necesita conectar.

Los yonquis tienen un radar infalible que los conduce a otros yonquis.

Se encuentran unos a otros hasta en territorio desconocido.

Jacqui encuentra enseguida a otra adicta en un parquecito de la calle principal. Otra joven esquelética como ella.

—Hola.

—Hola.

—¿Sabes dónde puedo conectar? —pregunta Jacqui.

—¿Tienes pasta? —pregunta la chica—. ¿Me consigues a mí también?

—Bueno.

—Voy a llamar. —Marca un número en su celular y se aleja un poco de Jacqui. Un minuto después vuelve y dice—: Vamos.

Bajan por Franklin hasta Depew, luego tuercen a la izquierda hasta el río Hudson y se acercan a un grupo de edificios de cinco plantas, con fachada de ladrillo. Entran en un portal y toman el elevador hasta el cuarto piso. La chica llama al timbre y, cuando entornan la puerta, dice:

—Soy Renee.

—¿Qué quieres?

—Dos papeles.

Jacqui le pasa un billete de veinte. Renee lo mete por la rendija de la puerta. Unos segundos después les dan dos globos. Las dos mujeres salen del edificio y van al estacionamiento de atrás. Se preparan sendos piquetes y se inyectan.

—¿Tienes un sitio donde pueda dormir? —pregunta Jacqui—. Solo una noche.

—Sí, está bien.

Vuelven por Depew hasta una casa vieja y suben a la habitación que Renee tiene alquilada. Un colchón, un microondas en el suelo, una tele antigua. Hay un cuarto de baño en el pasillo: escusado, lavabo y ducha.

Todo apesta.

A orines, a semen, a mierda y a sudor.

Jacqui se tumba en el suelo, se quita la chamarra y se la pone debajo de la cabeza como almohada.

No suelta la pistola.

Para ser tan pequeño, Nico tiene la boca muy grande.

Y es una suerte, porque le caben un montón de globos.

Los globos están llenos de heroína.

Ahora Nico va en bici por la avenida Cuarenta y Cinco, hacia el este, con un celular sujeto al manubrio y puesto en Google Maps, y la amable señorita le va dando instrucciones para llegar donde va.

Es un repartidor.

La bicicleta se la regaló Davido, dijo que era «un regalo de Navidad atrasado».

»—¡Gracias!

»—Eres idiota —dijo Davido—. Es para trabajar.»

El negocio de la droga ha cambiado, le explicó. Antes funcionaba así: chiquillos como Nico se plantaban en una esquina o en un parque y los clientes venían a pie o en coche y les daban el dinero. El chico doblaba entonces la esquina o entraba en un portal, le pedía la droga a uno de los mayores y se la pasaba al cliente.

—Así empecé yo —dijo Davido—. Era uno de esos chamacos.

El sistema funcionaba, explicó, porque aislaba a los traficantes de los compradores. Si un cliente resultaba ser un encubierto, solo podía detener al chico, y el chico acababa en el juzgado de familia y pasaba una temporada en un centro de menores, no cumpliendo condena en la cárcel.

Lo de vender en las esquinas todavía existe, le dijo Davido, los vendedores siguen haciéndolo, pero es una idiotez y un riesgo. ¿Para qué exponerse a cielo abierto cuando hay teléfonos celulares y mensajes de texto y Snapchat y todo ese rollo, y el cliente puede contactar contigo y tú solo tienes que llevarle la droga?

Además, así los clientes blancos no tienen que venir a barrios de mierda llenos de negros y latinos, pueden quedarse en sus lindas casitas viendo *Fixer Upper* o alguna mierda de esas que ven los *güeros* y la droga se las llevan a casa.

Que viene a ser lo que esperan los blancos de la vida.

—Hay que actualizarse para seguir siendo competitivo —dijo Davido—. Vivimos en la era de los servicios. Y si no das servicio, lo hará otro. ¿Has oído hablar de Blue Apron, GrubHub, Door Dash?

—No.

—Da igual —dijo Davido—. El caso es que hay que dar servicio. Reparto a domicilio. Por eso te compré una bici. El cliente llama, hace su pedido y nosotros se lo llevamos a casa. Voy a llamar Domino's a nuestro producto, porque hacemos reparto a domicilio.

Bueno, el reparto lo hace Nico.

Al usar chicos como correos se aplica el mismo principio, porque, si los detienen, no pasa nada. Los mandan una temporada a un centro de menores, y siempre hay más muchachos que quieren ganarse un dinerillo y meterse en una banda. Lo que hacen es meter la heroína o la coca en globos, y Nico se mete los globos en la boca y se va a repartir.

—¿Y si el que abre la puerta es un poli? —preguntó.

—Pues te tragas los globos —dijo Davido.

—¿Y si se me rompen dentro del estómago?

—Por eso no tienes que preocuparte —contestó Davido.

—¿Por qué?

—Porque te morirás, pero te dará tal subidón que ni te enterarás.

Puede que no, pero Nico confía en que compren globos de los buenos, no de los baratos que venden en las tiendas de todo a noventa y nueve centavos. La verdad es que no quería hacer esto, no solo porque pueda estallarle la droga adentro y matarlo, sino porque es un lío de los gordos. Una cosa es robar teléfonos y estar atento mientras otros hacen negocios, y otra muy distinta traficar las drogas.

Y no solo hierba, sino droga de la dura, con heroína.

Las reuniones de mujeres de Narcóticos Anónimos a las que asiste Jacqui en Nyack se celebran en el Centro de Mayores, a una manzana del edificio Nyack Plaza al que va a conectar.

Así lo tiene todo a la mano.

Limpia y sobria o sucia y drogada, a escasos metros de distancia.

Como un centro comercial del ánimo y la moralidad.

La zona de ocio y restauración.

¿Me voy por la tienda de chunches o por el bar de ensaladas?, se pregunta Jacqui. ¿Por la comida basura o por lo que es bueno para la salud? ¿Por el pico o por…?

¿Por qué?

¿Qué hay por ahí que tenga interés si no estás drogada?

Jacqui se debate cada noche, lucha a brazo partido por tomar esa decisión. Qué carajo, cada noche no, cada día. Constantemente. Para llegar al Centro de Mayores tiene que pasar por Nyack Plaza y a veces sus pies se niegan a pasar de ahí. A veces se queda clavada en la acera, en plena calle, como si estuviera paralizada. No puede entrar y tampoco puede seguir adelante. Se queda allí parada, sintiéndose como una idiota, como una tarada, como una pusilánime y una incapaz, inferior a un animal.

A veces gana el Plaza; otras, gana el Centro de Mayores.

A veces depende de si tiene dinero o no. Si no tiene, la decisión es más fácil: es absurdo entrar en el Plaza si no puede conseguir, así que se va a la reunión confiando en que sea suficiente, en que le baste con rezar para llenarse temporalmente las venas, para pasar la noche y llegar a la mañana siguiente, cuando todo empiece otra vez.

Hay veces en que tiene algún dinero y pierde el Plaza: se para allí, da vuelta sobre sus talones y luego sigue andando hacia la reunión.

Otras veces gana el Plaza: no consigue pasar de largo y entra a conectar, y puede pasarse varios días drogada hasta que por fin se obliga a ir a otra reunión y se sienta en una de esas sillas plegables de metal y se toma un café de mierda y dice que ha tenido «una recaída».

Una más.

Siempre le dicen lo mismo: «Sigue viniendo».

Si te empeñas, funciona.

Hablan de desprenderse del sentimiento de culpa, de esforzarse por hacerse perdonar.

¿El sentimiento de culpa?, piensa Jacqui.

Maté a mi novio de una sobredosis.

Le pegué dos tiros a un tipo.

¿Cómo le pide una perdón a los muertos?

Algunas de las mujeres le sugieren la metadona —la dan en el hospital de Nyack—, pero Jacqui no tiene seguro médico para meterse en el programa y además no le ve sentido a cambiar una droga por otra.

Pero poco a poco, casi como el agua que erosiona una roca, las reuniones comienzan a ganar la partida. Cada vez se mete menos, y cuando se mete son dosis más pequeñas, y se inyecta en la piel, no en la vena, o inhala la heroína. Las mujeres de la reunión no lo entienden, son unas puritanas que lo ven todo blanco o negro, pero a Jacqui le parece que es un progreso. Las llagas de la cara empiezan a curársele, gana un poco de peso y tiene mejor aspecto, lo suficiente como para conseguir un trabajo de unas horas en el KFC, donde andan tan escasos de personal que le perdonan que solo pueda ir esporádicamente.

Le paga un alquiler a Renee para que la deje dormir en el suelo.

No le ayuda que Renee esté siempre drogada y que se prostituya para conseguir dinero, pero está bien cuando quiere meterse porque así está acompañada. De todos modos está intentando ahorrar para alquilar una habitación propia en algún sitio (lo único que tendrá nunca en común con Virginia Woolf, seguramente).

Así que está limpia y sobria, aunque no le chifle la idea.

Lo que sí le chifla es la pistola.

Rara vez la suelta, incluso cuando está drogada.

La heroína y la pistola están relacionadas. La heroína, como cualquier opiáceo, es una respuesta al dolor. Jacqui tiene algunos recuerdos dolorosos. Recuerdos traumáticos. Cuando se mete, esos recuerdos se difuminan. Y cuando no, vuelven con furia.

Algunas veces esos recuerdos son como películas del pasado.

Otras, son fogonazos del presente, suceden en el momento, en tiempo real.

Su padrastro, Barry, entrando en su cuarto y cogiéndosela cuando era pequeña. *Este será nuestro secreto (re), nuestro secretito (sol), ya verás cómo te gusta (mi menor).*

Travis muriéndose de sobredosis en sus brazos.

Aquel tipo violándola en el coche, el disparo de la pistola.

Esas cosas no suceden en el pasado, suceden en el instante a no ser que se meta, que se ponga bien arriba, que se escape, que huya. Ese es su pavoroso dilema: drogarse y olvidar, o no drogarse y recordar.

Revivir esa mierda una y otra vez.

Así que procura no drogarse y se aferra a la pistola.

La pistola la protege de los recuerdos nuevos.

Bueno, más o menos. Porque algunas noches especialmente largas, de madrugada, ha vuelto la pistola contra sí misma. Cuando los fogonazos se agudizan, cuando Barry está encima de ella susurrándole al oído, o el gordo le gruñe encima, o Travis se muere con la cabeza sobre su regazo, entonces se mete el cañón en la boca (¿como una verga?, especula) e intenta apretar el gatillo.

Solo para que se detenga.

Para que paren los fogonazos.

Para que pare la necesidad de drogarse.

Oye decir a Barry: «Hazlo, zorra», y a su violador: «Hazlo, puta», y a Travis: «Hazlo, cariño, ven conmigo, te echo de menos», y se oye decir a sí misma: «Hazlo, hazlo, hazlo de una vez».

Pero no puede.

Le tiembla la mano y le da miedo apretar sin querer el gatillo mientras se saca el cañón de la boca. Sería muy propio de mí, piensa, cagarla y matarme mientras intento no matarme. Y entonces se sienta con sus recuerdos, con sus fogonazos, hasta que el pálido sol del invierno entra por la ventana sucia.

Salvar a un adicto.

Es lo que intenta Bobby Cirello.

Cuando se fue de Nueva York, subió al coche sin saber adónde iba. Simplemente puso rumbo al norte y no paró hasta llegar a los montes Catskills, alquiló una cabaña cerca de Shandaken y se ocultó allí como un forajido.

Pidió por teléfono una baja médica que nadie —y Mullen menos que nadie— puso en duda, porque la jefatura en pleno se alegraba de que Bobby Cirello no anduviera por allí.

Y ahí pasó todas las fiestas, todo el áspero y frío invierno.

Salía a cortar leña para la chimenea y leía las novelas que el anterior inquilino había dejado en la casa. Una vez por semana, más o menos, iba en coche al mercado de Phoenicia a hacer la compra. Aparte de eso, vivía como un ermitaño, como Thoreau, como el puto Unabomber, pensaba Bobby, aunque él se afeitaba todos los días, y eso que a nadie le importaba que lo hiciera o no, más que a él.

Intentaba decidir qué iba a hacer, qué camino seguir a continuación.

No dio con ninguna respuesta mientras veía caer la nieve más allá de la ventana.

Luego la nieve dejó de caer, empezó a derretirse en el suelo y el camino de tierra de la cabaña se embarró, y Cirello seguía sin tener ni idea de cómo salvarse, de cómo redimirse, de cómo intentar, al menos, enmendar las cosas.

Luego, una mañana, se levantó, se preparó café y un par de huevos fritos y recogió sus cosas antes siquiera de comprender por qué lo hacía o adónde iba. Volvió a subir al coche y se fue derecho a Kingston, donde había avistado por última vez a Jacqui, la yonqui. Se presentó en la comisaría local y enseñó su placa.

Lo conocían. Bueno, de oídas por lo menos.

—Usted es el agente de la redada contra los Get Money Boys —le dijo el sargento que atendía el mostrador—. Le estamos muy agradecidos.

Cinco minutos después, Cirello estaba sentado con una detective.

—Estoy buscando a una tal Jacqui Davis —dijo—. Es heroinómana. La vi aquí hace unos meses, antes de Navidad.

La detective consultó su base de datos.

—Sí, la conocemos. Tenemos una orden de detención contra ella.

—¿Por posesión?

—Por intento de asesinato —contestó la detective—. Podría estar implicada en un tiroteo. La víctima declaró que se subió a su coche en un semáforo en rojo, que lo obligó a ir hasta una zona de las afueras y que intentó robarle. Él se resistió y ella le disparó.

—¿Y ustedes se lo creen?

—No, ni hablar —respondió ella—. La chica se prostituía, la conocemos desde hace meses, el tipo era un cliente. Fue una mamada que acabó mal.

Una mamada que acabó mal.

—El tipo es un cerdo —añadió la detective—. Pero aun así tuvimos que investigar la denuncia. La chica se fue de la ciudad. No hemos vuelto a verla en las calles desde el incidente.

—¿Alguna pista de dónde fue?

—Desapareció sin más —dijo la detective—. Y no tenemos presupuesto suficiente para seguirle el rastro. La única esperanza es que aparezca en alguna parte y ejecuten la orden de detención. ¿Nos haría un favor? Si la encuentra, ¿puede avisarnos?

—Claro.

Un callejón sin salida, pensó Cirello.

Sabía que debería haberlo dejado ahí, no insistir, Jacqui no era más que una yonqui entre miles.

Pero no paró.

Ni siquiera sabía por qué.

Asumió su papel de detective y se aplicó a fondo a la tarea.

Recorrió la 87 haciendo averiguaciones. Sabía que los yonquis van donde está la droga. Igual que limaduras de hierro atraídas por un imán. Así que, si Jacqui se había ido de Kingston, seguramente se había dirigido al sur, hacia la ciudad. Tal vez hubiera vuelto a Nueva York, a la isla. O tal vez no hubiera llegado tan lejos. En New Paltz había mucha droga (¿y dónde no, carajo?), y también en Nyack.

Fue a hablar con la policía de New Paltz.

No la habían visto, pero le enseñaron dónde estaba el barrio de la droga y pasó dos días recorriéndolo. Se alojó en el EconoLodge y durmió a ratos. Es decir, cuando no lo llamaban los federales, porque había un tipo de la oficina del consejero especial que no paraba de telefonearle y de dejarle mensajes pidiéndole que se pusiera en contacto con ellos.

Cirello hizo oídos sordos.

A la mierda con ellos.

A la mierda con todos: con el consejero especial, con Keller, con O'Brien, con todos ellos. Que jueguen su juego sin mí.

Con permiso de la policía de New Paltz, se metió en el edificio Southside Terrace. Encontró a una yonqui en un pasillo y le enseñó su insignia. Ningún yonqui vería la diferencia entre la insignia de la policía de Nueva York y la de la policía de New Paltz, ni les interesaría verla. Lo único que les importa es que no los detengan.

—¿Has visto a esta chica?

—No.

—Mira otra vez, de verdad —dijo Cirello—. O te lo puedo preguntar en comisaría.

La mujer miró con más atención la fotografía.

—No la he visto nunca.

Cirello se fue a Nyack e hizo lo mismo: se presentó en la comisaría local, recabó cierta información y se fue a rondar por las calles. El principal supermercado de la droga, Nyack Plaza, fue desalojado después de la redada contra Darius Darnell y los adictos de la zona se habían desbandado y estaban hechos polvo.

Así que Cirello siguió buscando.

Estuvo dando vueltas en coche por la ciudad hasta que vio a un grupito de gente en un estacionamiento. Se escabulleron como perdices cuando se acercó a ellos, pero consiguió alcanzar a la más lenta, una tal Renee.

—No la conozco —dijo Renee cuando Cirello le enseñó la foto de Jacqui.

Él notó que estaba mintiendo.

—Tienes dos opciones —dijo—. Mentirme otra vez y desintoxicarte en una celda. O decirme la verdad y tu próximo piquete corre por mi cuenta.

—Puede que la haya visto.

—¿Está aquí, en Nyack?

—Sí.

—No me obligues a sacarte las palabras con tirabuzón —dijo Cirello—. ¿Dónde está?

—Ahora vive sola —dijo Renee—. Lo digo porque antes vivía conmigo…

—Santo Dios.

—Pero ahora vive sola.

—¿Dónde? —preguntó Cirello.

—¿Qué quieres? ¿Una dirección y todo eso?

—Claro.

—Pues no la sé.

Yonquis.

Pero le dio indicaciones y una descripción de la casa.

Cirello le dio veinte billetes.

La naturaleza aborrece el vacío.

Que es lo que creó la detención de los Get Money Boys en Kingston y Nyack: un gran agujero en el negocio de la heroína.

En el mundo de la droga, ningún vacío dura mucho tiempo.

Hay demasiado dinero en juego.

Así que alguien se apresura a llenarlo.

Corre a llenarlo.

Los primeros en llegar fueron los de Calle 18.

—Recoge tus cosas —le dijo Davido a Nico—. Te vas de viaje.

—¿Adónde? —preguntó Nico.

—A Nyack.

—¿Eso dónde está?

—No lo sé —contestó Davido—. Por el norte. Te vas con Benedicto y con el Flaco.

Le explicó que, como la policía había detenido a los *mayates* con las grandes redadas, había una oportunidad en ese pueblo y que los mandamases querían aprovecharla. Que iban a montar un negocito en un motel y a correr la voz de que se podía llamar a cierto número de teléfono para que te llevaran la droga a domicilio.

—¿Qué les digo a mis tíos? —preguntó Nico.

—No les digas nada, lárgate sin más —dijo Davido—. Seguramente se alegrarán.

Seguramente, pensó Nico.

Solo les he dado problemas.

—¿Puedo llevarme la bici? —preguntó.

—¿Cómo carajo vas a hacer el reparto si no? —contestó Davido—. ¿Por Uber?

—Mi audiencia es dentro de un par de semanas —dijo Nico.

—Óyeme, Nico —dijo Davido—. ¿Sabes qué va a pasar en esa audiencia? Que el juez mandará que te esposen y te deporten. Pero, si no te encuentran, no pueden deportarte, *manito*.

Nico se fue a casa, metió unas cuantas cosas en una bolsa de basura y se fue antes de que volvieran sus tíos. Se encontró con Benny y el Flaco y fueron en metro hasta Grand Central y luego en tren hasta Tarrytown. Después, un Uber los llevó a Nyack, al otro lado del río.

Así que ahora pasa el rato en el motel Super 8 jugando a videojuegos con Benedicto y el Flaco. Es divertido: tienen dinero, tienen hierba y nadie les dice lo que tienen que hacer, excepto que se encarguen del reparto cuando suena el teléfono. Y en Nyack hay McDonald's, Burger King, Wendy's y KFC. Benny y el Flaco andan siempre quejándose de cuánto echan de menos la comida guatemalteca, pero Nico no. Mientras pueda comer una Cuarto de Libra, él no echará de menos el arroz con frijoles, ni los frijoles con arroz.

Ahora pulsa frenéticamente los botones del aparato y espera a que suene el teléfono.

Pistola en mano, Jacqui espera a que su padrastro entre por la puerta.

Este será nuestro secreto (re), nuestro secretito (sol), ya verás cómo te gusta (mi menor).

Retrocede poco a poco, de espaldas a la pared, sin dejar de apuntar a la puerta.

De su habitación.

De su habitación propia.

Le está yendo bien: trabaja por horas, paga el alquiler de un cuarto en una casa de High Avenue, lo que no deja de parecerle irónico o divertido en sus momentos de mayor lucidez*. Últimamente está casi siempre sobria, y desde que cerró el Plaza le es más fácil llegar a las reuniones.

Además, le gusta su habitación. Está en un tercer piso y la ventana da a Gedney Street y a un parquecito. Hay una buena panadería calle arriba y ha hablado con los dueños para hacer unas horas allí y aprender quizás a hacer bollos y pan.

Pero los fogonazos la están matando.

Las ecuaciones son cruelmente sencillas.

Pico = 0 fogonazos.

0 pico = fogonazos.

Así que ahora está limpia y jodida a más no poder. Barry está justo al otro lado de la puerta, oye sus pasos, lo oye respirar. Va a entrar, a tirarla al suelo, a echarse encima de ella, a demostrarle cuánto la quiere.

Este será nuestro secreto (re), nuestro secretito (sol), ya verás cómo te gusta (mi menor).

---

* *High*: en argot, «pasón» (N. de la t.).

Jacqui tiembla, suda. Como si estuviera con el mono. Así que, ¿cuál es la diferencia?

La heroína le canta.

Este será nuestro secreto (re), nuestro secretito (sol), ya verás cómo te gusta (mi menor).

Con la pistola todavía en la mano, marca el número.

Rollins ha conseguido localizar a Cirello.

Su tarjeta Visa muestra que está en el Quality Inn de Nanuet, Nueva York, al oeste de Nyack. Ayer estaba en New Paltz, pero se fue antes de que pudieran mandar a alguien allí. También han mandado a alguien a Nanuet. Si nosotros podemos localizar a Cirello, se dijo Rollins, también puede hacerlo el consejero especial. Así que un equipo de dos hombres estuvo vigilando el motel desde el otro lado de la calle y siguió a Cirello cuando salió.

Ahora no lo pierden de vista.

Están esperando el momento oportuno.

Cirello tiene que desaparecer.

Luego harán correr la voz de que era un poli corrupto.

Cirello estaciona en High Avenue.

La descripción del edificio encaja.

Sale del coche, busca la entrada trasera y sube las escaleras.

Jacqui oye llamar a la puerta.

Apunta con la pistola.

Cree que puede traspasar la puerta de un balazo antes de que entre Barry.

Tensa el dedo sobre el gatillo.

Llaman por teléfono.

Rollins les da luz verde.

Nico pedalea furiosamente.

Es divertido ir volando por las calles, incluso con una bolsa de heroína metida en la boca, como una ardilla listada.

—¿Jacqui? —dice Cirello—. Soy el detective Cirello. ¿Te acuerdas de mí?

Jacqui vuelve al presente.

—Sí.

—¿Puedo entrar? Tenemos que hablar.

Ella se levanta, se esconde la pistola debajo de la camisa y abre la puerta.

—¿Se puede? —pregunta Cirello.

Jacqui lo deja entrar. El único mueble que hay en la habitación es la cama, así que Cirello se sienta en ella. Jacqui se sienta a su lado.

—Jacqui —dice Cirello—, ¿sabes que te están buscando en Kingston?

—Sí.

—¿Le disparaste a ese tipo?

Ella asiente con la cabeza.

Jacqui se lo cuenta.

—Quiero llevarte a Kingston —dice Cirello—. Para que te entregues.

—No.

—Escúchame. Tienes que entregarte. Te harán unas preguntas. Les dices exactamente lo mismo que me has dicho a mí. Te preguntarán, porque yo se los diré, si temías por tu vida, y les dirás que sí.

—¿Iré a la cárcel?

—Puede que sí —contesta Cirello—. O puede que no. Pero si les dices que actuaste en defensa propia, no pasarás allí mucho tiempo.

Alguien toca a la puerta.

Cirello oye decir:

—¡Domino's!

—¿Pediste pizza? —pregunta.

Jacqui niega con la cabeza.

Cirello se levanta y abre la puerta.

Es un chiquillo.

Con carrillos de ardilla.

Ven el coche de Cirello estacionado en la calle.

La yonqui del parque, esa con la que lo vieron hablar, les dijo que iba a ver a otra yonqui.

Es perfecto.

Poli corrupto muere tiroteado en un ajuste de cuentas.

Se abre la puerta.

Una mano agarra a Nico del cuello y lo jala. El tipo le da vuelta y le hace una llave apretándole la tráquea.

—No tragues, enano. No… tragues…

Nico no tiene elección.

No podría tragar aunque quisiera.

Se está ahogando.

—Escúpelas —ordena el tipo—. ¡Escúpelas! ¿Hablas inglés? *¡Escúpelas, pequeño imbécil!*

Nico escupe la bola de heroína envuelta en un globo.

El tipo lo empuja contra la pared.

—Soy policía. Pon las manos en la espalda. *Manos a la espalda.*

Nico pone las manos en la espalda y nota cómo lo esposa.

—¿Cuántos años tienes? —pregunta el policía.

—Doce, creo.

—¿Crees? ¿Cómo te llamas?

—Nico.

—¿Nico qué más?

—Ramírez.

—¿Qué eres, un *paro*? —pregunta el poli—. ¿De quién?

Nico sabe que eso no debe contestar.

Se encoge de hombros.

—¿Crees que tus jefes estarían dispuestos a pasar un solo minuto en la cárcel por ti? —pregunta el poli—. Pues no. Por eso te mandan a ti en vez de venir ellos. Hazte un favor, piensa en lo que te conviene.

Nico sabe lo que le conviene.

Mantener la boca cerrada.

Cirello se vuelve hacia Jacqui.

—¿Lo llamaste tú?

Ella baja la cabeza y asiente.

Avergonzada, con un mono del carajo, ve fogonazos. El ruido, el movimiento, los gritos…

Es demasiado.

Necesita un piquete.

Entonces oye pasos subiendo por la escalera.

Se detienen al otro lado de la puerta.

Cirello se maldice por intentar rescatar a una yonqui.

Ahora tiene que llevar a Kingston a una adicta con el mono y hacerse cargo de un chiquillo que entrega droga.

Eso te pasa, se dice, por ser…

La puerta se abre de golpe y choca contra la pared.

El tipo lleva la pistola en alto, apunta a la cabeza de Cirello.

Estoy muerto, piensa el detective.

La detonación es ensordecedora.

El tipo suelta la pistola y retrocede tambaleándose, sale por la puerta y cae de espaldas contra la pared. Resbala por ella, dejando una mancha de sangre tras él.

Cirello gira y ve a Jacqui allí de pie.

Con una pistola en la mano.

Y el cañón apoyado en la sien.

Este será nuestro secreto... nuestro secretito...

—No —dice Cirello—. Por favor.

Da un paso hacia ella.

Jacqui le apunta con la pistola.

Él extiende la mano.

—Tú no quieres hacer eso.

Cuando Jacqui era pequeña...

Cuando ella era pequeña...

Cuando Jacqui era una niña...

Le da la pistola.

Nico mira al policía.

—¿Qué viste? —pregunta el poli.

Nico no contesta.

—¿Que qué viste?

—¡Nada!

—Eso es —dice el poli—. Ahora largo de aquí. ¡Corre!

Nico echa a correr.

Cirello le pasa a Jacqui las llaves de su coche.

—Vete a esperar al coche, solo tardaré un minuto —dice Cirello—. Y no huyas. Anda, vete.

Jacqui sale.

Cirello se acerca al cadáver y le mete dos balazos más en el pecho.

Luego llama a la policía de Nyack.

4
El estanque reflectante

Pues la muerte recordada habría de ser como un espejo.
—Shakespeare, *Pericles*

Washington, D. C.
Abril de 2017

La primavera, piensa Keller, es la mejor época del año en Washington. Los famosos cerezos florecen en abril, y confía en tener tiempo para dar un paseo por el Mall más tarde, para verlos.

Crosby se muestra pesimista al respecto: le ha advertido que la comparecencia durará seguramente todo el día; más de un día, probablemente. Los senadores tendrán muchas preguntas que hacerle, habrá discursos disfrazados de preguntas y se perderá mucho tiempo en escenificaciones.

Keller, aun así, se hace ilusiones.

A fin de cuentas, la primavera es la estación de las ilusiones, la época del renacer y el optimismo. (La hierba —recuerda— crece entre los huesos de los esqueletos). Quiere ser optimista: el día de hoy podría ser un principio, o un final.

Para el país, la primavera no ha sido un momento de regeneración, sino de caos. La destitución del consejero especial por parte del presidente ha desencadenado la «crisis constitucional» que temían los comentaristas políticos. Los demócratas piden el *impeachment* a gritos; los republicanos responden, también a gritos, que Scorti se excedió en sus funciones y que su destitución estaba justificada. Los medios liberales y conservadores se gritan entre sí como vecinos enemistados a través de una valla.

Y en el centro de la tormenta está Keller.

Dennison aprovecha cada ocasión para vituperarlo: Keller es un embustero, un criminal, debería estar en la cárcel, ¿por qué no lo ha imputado el Departamento de Justicia, cómo es que no está detenido y en prisión?

—Esa es una posibilidad que hay que tener muy en cuenta —le ha advertido Crosby a Keller—. Ahora que no hay consejero especial, la oficina del fiscal general podría encausarte. Está claro que el presidente está presionando en ese sentido.

La presión viene también del otro lado, de los medios y los políticos demócratas que exigen saber por qué Keller no presenta las pruebas que dice tener en su poder.

Crosby fue «de gira» a responder.

«¿—Qué mecanismos existen ahora para que el señor Keller entregue esa información? El presidente ha dado carpetazo a la investigación del consejero especial. ¿Se supone que Keller tiene que entregársela a un fiscal general que, dicho sea de paso, se ha recusado por su posible parcialidad en este caso? ¿O a su ayudante?

»—Podría entregársela al fiscal general de Nueva York.

»—Ya hemos sondeado esa posibilidad —contestó Crosby—. Lamentablemente, el fiscal general Goodwin no creyó que las pruebas estuvieran suficientemente corroboradas. En nuestra opinión se equivocó, y tenemos la impresión de que se está replanteando su decisión, a la luz de hechos acaecidos recientemente».

Es decir, el intento de asesinato de un testigo clave, el detective Bobby Cirello.

Se había filtrado la noticia de que Cirello estuvo presente en una reunión entre Lerner, Claiborne y ciertos banqueros mexicanos que representaban, supuestamente, los intereses de varios cárteles del narcotráfico. Y que Darius Darnell, un traficante de drogas ya detenido, pidió a Cirello que se encargara de las medidas de seguridad de la reunión. Cirello, que trabajaba en realidad como infiltrado, colocó micrófonos en la sala, de ahí las presuntas grabaciones de Keller.

«Scorti quería interrogar a Cirello», informó un periodista televisivo. «Poco después de que el agente de policía fuera citado a declarar, alguien intenta matarlo ¿y esperan que nos creamos que fue una coincidencia?».

Los medios conservadores contraatacaron.

«Fuentes acreditadas del Departamento de Policía de Nueva York me informan que Bobby Cirello era un policía corrupto. Al parecer, Asuntos Internos había abierto una investigación. Tiene problemas con el juego, le debe dinero a la mafia y estaba tratando de saldar esas deudas trabajando como guardaespaldas para narcotraficantes. El tiroteo no tuvo nada que ver con el asunto *Towergate*. ¿Y qué hacía Cirello en Nyack, tan lejos de su jurisdicción, y en compañía de una joven heroinómana?».

Pero Goodwin abrió una investigación para esclarecer el intento de asesinato contra Cirello y reabrió el caso Claiborne para determinar si la sobredosis que acabó con su vida fue accidental.

«Una cacería de brujas», tuiteó Dennison. «Un intento vergonzoso de revertir los resultados de unas elecciones democráticas. Goodwin es un pusilánime, un incauto. Habría que destituirlo. Habría que encerrar a Cirello, a Keller y a todos los demás ¡y tirar la llave!».

«Pese a que el señor Dennison parezca creer lo contrario», replicó el gobernador de Nueva York, «solo el pueblo de Nueva York puede destituir al fiscal general de Nueva York. Lo que, por cierto, tendría que suceder en unas elecciones».

Con todo, los republicanos de la asamblea de Nueva York han iniciado un proceso para pedir la destitución de Goodwin. Han hecho circular peticiones por todo el estado y plantado mesitas delante de los supermercados para recoger el número de firmas necesario.

«Esto es como el *Watergate*», dijo el senador Elmore ante los micrófonos. «El presidente en funciones ha participado, como mínimo, en un encubrimiento deliberado para subvertir los mecanismos de la justicia. Es una vergüenza. Debería dimitir o, en caso de que no lo haga, verse sometido a un proceso de destitución».

«No hay ninguna prueba», respondió O'Brien, «de que el presidente Dennison haya incurrido en un delito de obstrucción a la justicia. Solo lo que afirma Art Keller. Igual que no hay pruebas de que Jason Lerner o cualquier otra persona relacionada con Terra, incluido el presidente, tuviera conocimiento de que los bancos con los que estaban tratando hacían negocios con cárteles del narcotráfico. Si Keller tuviera tales pruebas, ya las habría presentado. No las tiene porque no las hay. Caso cerrado».

O'Brien cree que lo mío es un farol, pensó Keller, que voy a ceder para impedir que Ruiz testifique.

Pero el caso no está cerrado.

Durante todo el invierno y principios de la primavera ha seguido siendo una herida abierta en el cuerpo político, desgarrando aún más una sociedad ya dividida. Manifestantes de uno y otro signo se enfrentaron en tumultos violentos. El Congreso estaba «paralizado»; el gobierno, «incapacitado» para sacar adelante medidas concretas.

Había que hacer algo.

Intervino el Congreso.

Se formó a toda prisa un subcomité del Senado presidido por Ben O'Brien para investigar el caso *Towergate*.

En la lista de testigos estaban…

Jason Lerner.

John Scorti.

Robert Cirello.

El fiscal general David Fowler.

Denton Howard.

Art Keller.

Y Eddie Ruiz.

La pistola apuntando a mi cabeza, pensó Keller. O'Brien lo ha convocado después que a mí como amenaza.

Lerner fue el primero en comparecer.

Keller lo vio en la tele diciendo:

—Mi empresa ha hecho negocios con numerosas entidades crediticias de todo el mundo, incluida HBMX. No podemos rastrear la procedencia de todo su capital. Confiamos en que los bancos tengan sus propios mecanismos de control interno y se adhieran a la legislación nacional e internacional de supervisión y control bancarios. Si la supervisión falló en este caso, les remito a los organismos competentes en esa materia.

—Entonces, ¿no tenía usted conocimiento alguno de que los fondos del crédito relativo al edificio Park Tower procedían de dinero del narcotráfico? —preguntó O'Brien.

—En primer lugar —dijo Lerner—, sigo sin tener la certeza de que sea así. No se ha demostrado. Y en segundo lugar, en aquel momento, naturalmente, no tenía ningún conocimiento de que fuera así.

—¿Y si lo hubiera tenido? —preguntó O'Brien.

—No habría aceptado los fondos —respondió Lerner.

—Lamento preguntarle esto —dijo O'Brien— pero ¿tuvo usted algo que ver con la muerte del señor Claiborne?

—Por supuesto que no —dijo Lerner—. Le tenía afecto a Chandler, éramos amigos. Me apenó muchísimo lo que pasó.

—¿Y con el intento de asesinato del detective Cirello?

—No sé nada de eso.

El siguiente en preguntar fue Elmore, que hizo un repaso de la precaria situación financiera de Park Tower y el endeudamiento de Lerner y puso de manifiesto que, de haber perdido Park Tower, Terra se habría hundido definitivamente. Después, consiguió que Lerner reconociera que el presidente Dennison era el titular del quince por ciento de las acciones de la compañía.

—De modo que el presidente Dennison tiene un interés financiero directo en el éxito o el fracaso de Park Tower —afirmó Elmore.

—Supongo que podría decirse así.

—Y por lo tanto cualquier investigación de Park Tower o Terra suponía una amenaza directa contra él.

—No, no creo que se sintiera amenazado.

Scorti compareció al día siguiente.

El exmarine se mostró firme como una roca.

En su declaración inicial dijo:

—Quiero dejar constancia de que no puedo ofrecer conclusiones definitivas ante este subcomité, puesto que mi investigación se vio truncada de manera arbitraria. A instancias del Senado, y en contra de mi criterio, he presentado las pruebas y documentos que hemos recabado hasta la fecha, pero advierto a los senadores de que no deben sacar conclusiones de dichos materiales, dado que son el resultado de una investigación incompleta y podrían inducirles a error.

De modo, se dijo Keller, que acaba de mearse con toda intención encima de cualquier testimonio que pueda ofrecer.

Los senadores lo intentaron de todos modos.

—¿Sus pesquisas revelaron alguna actividad delictiva por parte del señor Keller? —preguntó O'Brien.

—Mis pesquisas indicaban esa posibilidad.

—Pero ¿no llegó a ninguna conclusión?

—No se me dio oportunidad de hacerlo.

Elmore contraatacó.

—¿Sus pesquisas le indujeron a sospechar que Terra podía haber incurrido en acciones delictivas?

—Mis pesquisas indicaban esa posibilidad.

—¿Y le indujeron asimismo a sospechar que el presidente podía haber incurrido en acciones delictivas, como por ejemplo obstrucción a la justicia? —preguntó Elmore.

—Mis pesquisas indicaban esa posibilidad. Les repito…

—¿Qué opina de su destitución? —le atajó Elmore.

Scorti lo miró como si fuera idiota.

—¿Que qué opino?

—Sí.

—No es de mi agrado.

—¿Opina usted que su destitución constituye, en sí misma, un acto de obstrucción a la justicia? —insistió Elmore.

—Creo que eso ya no me corresponde decidirlo a mí —repuso Scorti.

Y así siguió, negándose tenazmente a dar respuestas concluyentes, alegando que no había concluido su investigación.

El fiscal general Fowler declaró ese mismo día.

—¿Le ofreció usted al señor Keller la posibilidad de conservar su puesto si ponía fin a la investigación del caso *Towergate*? —preguntó O'Brien.

—No, no lo hice.

—¿Pidió a alguien que lo hiciera en su nombre?

—No.

Elmore continuó el interrogatorio.

—¿Por qué se abstuvo de este caso?

—Había, aparentemente, un conflicto de intereses —respondió Fowler.

—¿Aparentemente o de hecho?

Al día siguiente compareció Denton Howard.

O'Brien le formuló las mismas preguntas, y Howard negó que le hubiera hecho una oferta a Keller.

Keller vio la comparecencia en el despacho de Crosby, mientras preparaba la suya.

—¿Está mintiendo? —preguntó Crosby.

—Sí.

—Pero de eso no tienes grabaciones.

—No soy Richard Nixon.

O'Brien preguntó:

—¿Le pidió el presidente que le hiciera una oferta al señor Keller?

—No.

Keller vio a Elmore preguntar:

—¿Por qué se ha negado a proseguir la investigación del caso *Towergate*?

—Porque no hay nada que investigar —respondió Howard—. Nada en absoluto.

Para entonces, las comparecencias ante el subcomité se habían convertido en una obsesión nacional, con índices de audiencia nunca vistos desde el *Watergate*. El público las sintonizaba como si fueran el juicio de un famoso por asesinato o una miniserie de gran éxito. Escogían héroes y villanos, debatían en el trabajo lo que ocurriría a continuación y esperaban con ansia el próximo capítulo.

Bobby Cirello tuvo una actuación estelar.

Declaró que, en efecto, Darnell le había pedido que se encargara de las medidas de seguridad de las reuniones en el hotel; y que, antes de la segunda de dichas reuniones y por orden judicial, colocó micrófonos en la sala.

—¿Qué hizo con esas grabaciones? —preguntó O'Brien.

—Se las entregué a mi jefe.

—¿Qué hizo su jefe con ellas?

—Desconozco la respuesta a esa pregunta.

—¿Tenemos que pedir su comparecencia? —preguntó O'Brien.

—Desconozco la respuesta a esa pregunta.

Cirello había subido muchas veces al estrado de los testigos, pensó Keller.

—¿Sabe usted por qué le pidió Darnell que se ocupara de la seguridad de esas reuniones? —preguntó Elmore.

—Quería asegurarse de que no había ningún riesgo, ni dispositivos de grabación —respondió Cirello.

—Supongo que lo que le estoy preguntando —añadió Elmore—, es si sabe usted por qué fue un narcotraficante quien le pidió que llevara a cabo esa tarea.

—Porque se lo pidió otro narcotraficante.

—¿Se refiere a Eddie Ruiz?

—Así es.

—¿Conoce usted al señor Ruiz?

—Sí, lo conozco.

—¿En qué circunstancias se conocieron? —preguntó Elmore.

—Me encargué de llevarle millones de dólares —dijo Cirello—, de parte del señor Darnell.

—¿Era dinero del narcotráfico?

—Eran pagos por la venta de heroína.

O'Brien tomó al testigo.

—¿Sabe usted si el señor Lerner tiene alguna relación con el señor Ruiz?

—Desconozco la respuesta a esa pregunta.

—Sí que la conoce —dijo O'Brien—. La respuesta es que no le consta que exista relación de ningún tipo entre ellos, ¿no es cierto? ¿Tiene usted constancia de que hubiera alguna relación entre el señor Ruiz y el señor Claiborne?

—No.

—¿Y entre el señor Darnell y el señor Lerner o el señor Claiborne? —insistió O'Brien.

—No.

—¿Quién intentó matarlo? —preguntó O'Brien.

—No lo sé.

—¿Aún no se ha identificado al fallecido?

—Que yo sepa, no.

—Puede que usted ni siquiera fuera el objetivo del ataque, ¿no es cierto? —preguntó el senador—. Puede que fuera la señorita...

—Era a mí a quien apuntaba la pistola —respondió Cirello—. Fui yo quien disparó.

—¿Qué hacía usted allí, detective Cirello, lejos de Nueva York, en el apartamento de una joven? —preguntó O'Brien.

—Trataba de ayudar a una adicta.

—¿Lo consiguió?

—No lo sé.

—Desde luego, hay muchas cosas que no sabe —comentó el senador, y procedió a vapulear a Cirello—. Es usted un jugador empedernido, ¿no es cierto? Debe dinero a la mafia y el propio cuerpo de policía al que pertenece lo está investigando. ¿Cómo espera que creamos una sola palabra de lo que diga?

Al ver esto, Keller se puso furioso.

Pero Cirello no pareció alterarse. No perdió la compostura. Se había enfrentado a numerosos abogados defensores a lo largo de su carrera y escuchó las palabras del senador sin inmutarse antes de contestar con aplomo:

—Senador, era un agente de policía infiltrado. Está claro que ignora usted lo que eso implica, y no creo que tengamos tiempo ahora mismo para que lo aleccione al respecto.

Ese fragmento de la sesión salió en todos los programas de noticias.

Pero no cambia el hecho, piensa Keller, de que no se ha establecido ninguna relación fehaciente entre Lerner y los cárteles.

Lo lógico sería que el siguiente en declarar fuera Hugo Hidalgo.

Él podría atestiguar la relación entre Ruiz y Caro, poner de manifiesto que fue Caro quien ordenó a Ruiz que se encargara de la seguridad de las reuniones. Ello no demostraría que Lerner estaba al corriente de la situación —eso solo pueden hacerlo las grabaciones—, pero ayudaría enormemente a vincular a Terra con el cártel.

Pero Hidalgo ha desaparecido.

Nadie ha podido dar con él.

A Keller le preocupa que esté muerto.

Mataron a Claiborne, intentaron matar a Cirello, todo indica que han podido atentar también contra Hugo. No hay ni rastro de él. El FBI lo está buscando, los *marshals* lo están buscando, incluso los partidarios que aún tiene Keller en la DEA andan tras su pista.

Y nada.

De modo que el siguiente testigo es Keller.

A fin de cuentas, todo depende de él.

Porque de momento las cosas no van bien, le ha explicado Crosby. Lerner se mantuvo firme, y también Fowler y Howard. El testimonio de Cirello los perjudicó, pero no pudo establecer el vínculo esencial.

El presidente y sus aliados están usando las comparecencias para apuntalar su posición.

«Nada de lavado de dinero», tuiteó Dennison. «Ninguna obstrucción. Cacería de brujas demostrada. Ahora la justicia debería cumplir con su deber: procesar a Keller».

Si las comparecencias no mejoran, le dice Crosby a Keller, es posible que el fiscal general se atreva a imputarlo.

—En cuanto a Lerner y Terra —dijo Crosby—, todo se reduce a las grabaciones. En cuanto al fiscal general, Howard y el presidente, ahora todo es cuestión de credibilidad. Es tu palabra contra la suya. Todo depende de lo que crea la opinión pública.

Crosby no es tonta.

Vio el nombre de Ruiz en la lista, vio dónde estaba situado y llegó a la conclusión acertada.

—¿Qué pruebas tienen contra ti, Art? —le preguntó la víspera de su testimonio—. ¿Qué sabe Ruiz?

Él no contestó.

—Está bien —dijo la abogada—. Ahora tienes que tomar una decisión. Te dije que desde mi punto de vista mi trabajo consistía en impedir que vayas a la cárcel. Mi consejo como tu abogada es que tires la toalla. Yo te diré cuándo acogerte a la Quinta Enmienda. Francamente dudo que lleguen a imputarte si reculas en la comparecencia. No querrán volver a abrir esta gusanera. Déjalo, Art. Es muy triste, es bochornoso, no es el país que ninguno de los dos quiere, pero mi consejo es que lo dejes.

Keller la escuchó.

Tenía que reconocer que había pensado lo mismo.

Que no tenía sentido ser un kamikaze en una guerra perdida de antemano.

En ese momento, no sabía qué iba a hacer.

Tampoco lo sabía el país.

El testimonio de Art Keller era un acontecimiento muy esperado, comparable al juicio de O. J. Simpson, el episodio final de *Los Soprano* o el Super Bowl. Todo mundo esperaba a ver qué pasaba, qué haría, qué diría.

Sería Keller contra Dennison.

La hora de la verdad.

Ahora Keller se enfunda un traje gris y se anuda una corbata roja y piensa en las llamadas que recibió anoche.

La primera fue de O'Brien.

—Es tu última oportunidad de hacer lo correcto —le dijo el senador—. Recuerda a quién tenemos y lo que tenemos.

La segunda fue de Marisol.

—Solo quería desearte buena suerte —le dijo.

—Gracias —contestó él—. Eres muy amable.

—Ay, Arturo… ¿Qué vas a hacer?

—No pasa nada —dijo Keller—. Sé lo que voy a hacer.

—¿Lo sabes?

Sí, piensa mientras se ajusta la corbata.

Quizá por primera vez en mi vida, sé lo que voy a hacer.

Voy a salvar mi vida.

El francotirador se llama Daniel Mercado.

Veterano de la guerra de Irak, «extranjero ilegal». Despedido del ejército debido a «problemas psicológicos» sin especificar. Madre y varias hermanas residentes en Mexicali. Trata de introducirse en la Eme.

A Mercado le dicen que la orden la ha dado el *jefe* del cártel de Sinaloa, Ricardo Núñez, en recuerdo del martirizado Adán Barrera, *el Señor*. Si completa con éxito la misión, se transferirán dos millones de dólares a una cuenta en un paraíso fiscal: para él, si vive, o para su madre, si no. En todo caso, si decide aceptar el encargo, su familia será tratada como oro en paño. En cambio, si decide rechazar una petición directa del *Patrón*, pues… ¿quién puede garantizar su seguridad en los tiempos que corren?

Rollins conoce a ese tipo de hombres. Mercado es un resentido: el país por el que luchó le ha negado la nacionalidad, lo echaron del ejército que tanto amaba. Necesita desesperadamente sentirse parte de algo. Si no puede ser del ejército, tendrá que ser de la Eme. Si sobrevive a este encargo, podrá entrar automáticamente. Mercado tiene delirios de grandeza: quiere ser un héroe, una leyenda. Y el hombre que por fin consiga vengar al santo Adán lo será, no hay duda.

Además, sabe disparar.

Según su expediente militar, es un francotirador «experto», del más alto nivel. Según su propio relato, que puede ser cierto o no, mató a catorce objetivos en Irak.

Le aseguran que no es una misión suicida.

Un equipo estará esperándolo en un lugar predeterminado para sacarlo de la ciudad y del país. Habrá también un equipo de apoyo *in situ* y un lugar de encuentro alternativo. Las posibilidades de escapar no son tan escasas como parece: habrá mucha confusión, mucho desorden, sobre todo cuando Mercado empiece a disparar indiscriminadamente. Tiene bastantes probabilidades de llegar a uno de los dos puntos de extracción.

Si te capturan, le dicen, adelante, puedes contarlo todo. Queremos que los estadounidenses sepan que estamos vengando al santo Adán. Si vas a prisión, la Eme se asegurará de que tengas la mejor vida posible: alcohol, drogas, mujeres. Serás el rey del patio, un héroe de *la raza*.

Y la muerte de Keller tendrá, además, una ventaja política, se dice Rollins.

El asesinato de un alto funcionario gubernamental será equiparable a Pearl Harbor. El presidente podrá utilizarlo como pretexto para financiar el muro fronterizo, deportar a extranjeros indocumentados y hacer prácticamente todo lo que quiera en contra de México.

A Mercado no le dicen que va a haber otros dos tiradores de refuerzo, por si él falla. Mercado llevará un AR-15, porque es lo que esperará el público estadounidense. Los tiradores de emergencia también usarán armas calibre 5.56.

Mercado acepta la misión.

Es Oswald, se dice Rollins. Es Ray, es Sirhan.

El chivo expiatorio perfecto.

No se puede entrar sin más y ver al presidente de Estados Unidos.

Bueno, quizá sí, si eres Nora Hayden.

Nora llamó a alguien que a su vez llamó a otra persona que hizo una llamada, y ahora está en el ascensor, camino del *penthouse* del edificio de Dennison en Nueva York, donde probablemente el presidente pasa más tiempo que en la Casa Blanca. Está aquí, sin duda, el día que Art Keller va a comparecer ante el Congreso, porque no quiere estar en Washington para eso.

Los tipos del Servicio Secreto registran a Nora.

No lleva armas.

Que ellos puedan encontrar, al menos.

Dennison despide a sus asistentes cuando ella entra en la enorme sala, con su maravillosa vista de Central Park. Mira a Nora y dice:

—Cuánto tiempo.

—Décadas —contesta ella—. Pero lo recuerdo como si hubiera sido anoche. Todos esos jueguecitos sórdidos, los giros, las perversiones…

—¿Qué es esto? ¿Chantaje? —pregunta Dennison—. ¿Cuánto quieres? Te daré el número de mi abogado, el señor Cohn. Resuélvelo con él.

—No quiero dinero.

—¿Un trabajo, entonces? —pregunta Dennison, visiblemente exasperado—. ¿Un apartamento? ¿Qué?

—A mi marido —dice Nora—. Sean Callan.

A Dennison le brillan los ojos. Lo sabe.

—Harás que lo liberen inmediatamente —dice Nora—. O iré a la prensa y haré que lo que te está haciendo Art Keller parezca una palmadita en la mano. Lo contaré todo con pelos y señales.

—Nadie te creerá.

—Claro que sí —dice Nora—. Mira esta cara, falso hijo de puta. Me convertiré en una estrella en cuestión de segundos. Y todo mundo me creerá porque les daré detalles. Entonces tú lo negarás, yo te demandaré por difamación, tú tendrás que declarar ante un juez y saldrán a la luz todos esos detalles. Y tendrás que admitirlos o cometer perjurio. Así que, ¿qué eliges?

• • •

Keller oye reír a un niño.

Es un sonido discordante, extraño, fuera de lugar mientras sube la escalinata del Capitolio. Los periodistas le ponen cámaras delante de la cara, le gritan preguntas. Otras personas quieren que les firme un autógrafo. Algunos gritan: «¡Dales duro, Keller!». Otros le dicen que se vaya al infierno. Unos cuantos sostienen pancartas y carteles: ¡HAGAMOS A AMÉRICA GRANDE OTRA VEZ! ¡A LA CÁRCEL CON ÉL! ¡EL MURO SE CONSTRUIRÁ!

Sabe que se ha convertido en una figura controversial, que es la encarnación de una grieta que amenaza con ensancharse y partir al país en dos. Ha desencadenado un escándalo, una investigación que se extiende desde los campos de amapola en México a Wall Street y la propia Casa Blanca.

Deteniéndose un instante, Keller se vuelve para mirar el largo paseo del National Mall, los cerezos en flor, el monumento a Washington a lo lejos. No ve el estanque reflectante, ni el Monumento a los Veteranos de Vietnam, pero sabe que están ahí: pasea a menudo por el Muro para rendir homenaje a viejos amigos. Tal vez vaya allí después, según cómo vayan las cosas dentro. Puede que sea la última vez en mucho tiempo, en lo que le queda de vida, quizá. Al contemplar el césped verde, las flores rosas que flotan literalmente en la brisa suave, todo le parece tan apacible...

Pero Keller está en guerra: contra la DEA, contra el Senado de Estados Unidos, contra los cárteles mexicanos, y hasta contra el presidente de Estados Unidos.

Y son todos lo mismo.

Algunos quieren silenciarlo, enviarlo a la cárcel, acabar con él; unos pocos, sospecha, quieren matarlo. Casi espera oír la detonación de un rifle mientras sube los últimos escaños para ir a testificar, de modo que la risa del niño es un agradable respiro, un recordatorio necesario de que fuera de su mundo de drogas, mentiras, dinero sucio y asesinatos hay otra vida, otro país en el que los niños todavía ríen.

Keller apenas recuerda ese país.

Ha pasado casi toda su vida librando una guerra al otro lado de la frontera, y ahora está en casa.

Y se ha traído la guerra con él.

Se abre paso entre la gente hasta alcanzar la seguridad relativa del Capitolio y lo escoltan hasta la sala donde se celebra la audiencia. Los senadores ya están en su tribuna, sentados en sillas de respaldo alto delante de un friso de madera.

Keller ocupa su asiento detrás de una mesa, al nivel del suelo. Sabe que es un arreglo premeditado para intimidar al testigo, para que tenga que mirar desde abajo a los senadores. Crosby se sienta a su lado.

Keller mira brevemente alrededor y ve que, a su espalda, la galería está abarrotada de gente. La mayoría de los espectadores son periodistas.

Pero Marisol está entre ellos.

Lo saluda con una inclinación de cabeza y él hace lo mismo.

O'Brien pide silencio haciendo sonar un un martillo de madera y a continuación un ujier toma juramento a Keller.

Jura decir la verdad.

O'Brien empieza:

—Señor Keller…

Crosby lo interrumpe.

—Señor presidente, mi cliente quisiera hacer una declaración.

—Que sea breve, por favor —dice O'Brien—. Tenemos muchos asuntos de los que hablar. Pero adelante, señor Keller.

—Gracias, señor presidente —dice Keller—. Y gracias también al comité por escucharme. No pienso responder a ninguna pregunta hoy.

Se oyen murmullos en la sala.

O'Brien vuelve a hacer oír el martillo.

—Es usted consciente de que eso podría considerarse desacato —dice—. ¿Tiene intención de acogerse a la Quinta Enmienda?

—No —responde Keller—. Creo que llega un momento en el que debemos mirarnos a nosotros mismos, como individuos y como nación, con honestidad y franqueza, y decir la verdad. Eso es lo que tengo intención de hacer hoy.

La sala queda en silencio.

Belinda sube al asiento del copiloto del coche que Tito mandó para que la recoja.

El nuevo padrino quiere entregarle personalmente su recompensa.

El chofer la saluda, Belinda le contesta y se abrocha el cinturón. Luego nota que el cañón de una pistola se le clava en la nuca.

—Oh, no —dice.

—Conocí a Adán Barrera en 1975 —dice Keller—. Yo era en aquel entonces un joven agente de la DEA destinado en la oficina de Sinaloa, México. Barrera tenía, creo, diecinueve años en aquel momento. Me presentó a su tío, Miguel Ángel Barrera, que entonces era policía. Los Barrera me proporcionaron información que condujo al arresto de varios traficantes de heroína.

Yo era muy ingenuo en aquella época y no me di cuenta de que ellos también eran traficantes y me estaban utilizando para eliminar a la competencia.

»Es cierto que salvé a Adán Barrera de una paliza brutal y de su posible asesinato a manos de la policía federal mexicana y de pilotos mercenarios estadounidenses. Fue en el transcurso de la Operación Cóndor, durante la cual la DEA, yo mismo incluido, y la policía y el ejército mexicanos envenenaron y quemaron miles de hectáreas de amapola, lo que forzó a millares de *campesinos*, pequeños agricultores mexicanos, a abandonar sus campos y aldeas.

»Pero la Operación Cóndor tuvo una consecuencia imprevista: obligó a los cultivadores de opio mexicanos a dispersarse por todo México. Al tratar de extirpar un cáncer, provocamos su metástasis. Formaron una organización, la Federación, el primer cártel auténtico de la droga, bajo el liderazgo de Miguel Ángel Barrera, alias M-1, también conocido como el Padrino. Él fue el encargado de dividir a México en *plazas*, territorios para el contrabando de drogas hacia Estados Unidos, y de dirigir la Federación desde su base en Guadalajara.

Keller hace una pausa para beber agua de un vaso.

—Para sustituir el comercio ilegal de heroína —prosigue—, Barrera introdujo un producto nuevo, el *crack*, un tipo de cocaína extremadamente adictiva que dio lugar a una trágica epidemia de efectos devastadores en el Estados Unidos urbano de los años ochenta.

»En aquel momento, la DEA estaba centrada en el tráfico ilegal de cocaína entre Colombia y Florida y no prestó suficiente atención a la «puerta trasera» de México y a lo que se conocería después como «el Trampolín Mexicano», es decir, los cargamentos de cocaína que llegaban en pequeños aviones y que, desde Colombia, eran trasladados a diversos lugares de Centroamérica y de allí a Guadalajara, desde donde la droga se distribuía a las distintas plazas y era introducida en nuestro país.

»Durante este periodo, yo estaba al mando de nuestra oficina en Guadalajara y traté de alertar a mis superiores de la existencia del Trampolín Mexicano. Era una voz clamando en el desierto. En aquel momento, Adán Barrera vivía en San Diego, donde vendía cocaína para su tío. Como resultado de nuestras operaciones, Barrera tuvo que huir de su casa de San Diego. Su esposa, que estaba embarazada, sufrió una caída grave al tratar de escapar de una redada y su hija nació posteriormente con un defecto congénito grave que, a la vuelta de los años, acabaría con su vida.

»Barrera me culpó por esa tragedia.

»En aquel momento, para ocultar que había intervenido el teléfono del domicilio de Miguel Ángel Barrera sin autorización judicial, inventé un personaje ficticio, un informante al que di el nombre clave de Chupar. Enfurecido por las pérdidas causadas por las filtraciones de las que creía responsable a ese presunto informante, el M-1 ordenó a Adán Barrera y otros individuos, entre ellos Rafael Caro, que secuestraran a mi entonces compañero, Ernesto Hidalgo, para obligarlo a revelar la identidad del informante.

»Ernie no disponía de esa información. Yo no le había hablado de las grabaciones ilegales ni, evidentemente, le había dicho el nombre de un informante que no existía.

»Barrera, su hermano Raúl, Rafael Caro y otros torturaron a Ernie Hidalgo hasta la muerte en el curso de varios días, a pesar de que yo había pactado con Adán cerrar la investigación si soltaban a Ernie.

»Como consecuencia del asesinato del agente Hidalgo, Miguel Barrera huyó a El Salvador, donde yo mismo y la policía mexicana dimos con él. Desde allí lo trasladamos al consulado de Estados Unidos en Costa Rica, donde varios agentes de los servicios de inteligencia estadounidenses me obligaron por la fuerza a entregárselos y lo dejaron en libertad.

O'Brien deja oír su martillo.

—Creo que ya hemos oído suficiente, señor Keller. Se le ha convocado para que responda a las preguntas de este comité, no para que utilice tácticas dilatorias y…

—Me secuestraron —prosigue Keller, interrumpiéndolo— y me llevaron a un campo de entrenamiento para guerrillas contrarrevolucionarias en la frontera de Nicaragua, el cual era financiado por Miguel Ángel Barrera y donde un agente de inteligencia de alto rango llamado John Hobbs me explicó que el Trampolín Mexicano incluía cargamentos de cocaína trasladados por una empresa fantasma llamada SETCO, cuyas ganancias se estaban empleando para financiar a las guerrillas contrarrevolucionarias en su guerra contra el gobierno comunista de Nicaragua.

»Una cosa quiero que quede clara: posteriores investigaciones periodísticas acusaron a la CIA de estar vendiendo *crack* en ciudades de Estados Unidos. Hasta donde yo sé, no es cierto. Lo que sí es cierto es que el NSC, Consejo Nacional de Seguridad, llevó a cabo una operación denominada Cerbero para encubrir el contrabando de cocaína con el propósito de proveer fondos y armas a la Contra, cosa que el Congreso se había negado a hacer expresamente. Yo vi las drogas, vi los aviones, vi al personal del NSC. Dicho en pocas palabras, la guerra contra el comunismo se impuso a la guerra contra las drogas.

»En 1991 presté declaración ante un comité del Congreso que investigaba este asunto. Testifiqué bajo juramento que nunca había oído hablar de SETCO, ni de Cerbero. Declaré asimismo que desconocía la existencia de una operación llamada Niebla Roja, en la que participaron diversos países y cuyo objetivo era asesinar a líderes comunistas e izquierdistas en América Central.

»Mentí. Cometí perjurio.

Crosby tapa el micrófono con la mano.

—Art…

Él le aparta suavemente la mano y prosigue:

—A cambio de mi contribución a dicho encubrimiento, recibí el mando del Distrito Suroeste de la DEA, con poder absoluto para perseguir y castigar a los responsables del asesinato del agente Hidalgo y a sus cómplices.

»Así lo hice, con saña, literalmente.

»Tardé años en llevar a Adán Barrera ante la justicia y, en el curso de esa persecución, hice cosas de las que no me siento orgulloso. Quebranté las leyes de Estados Unidos y México a fin, básicamente, de secuestrar a sospechosos y traerlos por la fuerza a territorio estadounidense.

Crosby se inclina hacia el micrófono.

—Señor presidente, quisiera pedir un descanso. Mi cliente…

—Estoy bien —dice Keller—. Infringí el reglamento de la DEA y actué con frecuencia sin la correspondiente autorización judicial. En 1994, me serví del asesinato ordenado por Adán Barrera en contra del cardenal Juan Parada, elemento de la Operación Niebla Roja, para convencer a la amante de Barrera, una ciudadana estadounidense llamada Nora Hayden, de que fuera mi informante. La señorita Hayden era, al igual que yo, buena amiga del cardenal Parada, que también era el párroco de Adán Barrera.

»Para proteger la identidad de la señorita Hayden, hice saber falsamente a los Barrera que el informante era un joven traficante llamado Fabián Martínez. Reaccionaron enviando a un equipo de sicarios a matar a Martínez y a las diecinueve personas inocentes, hombres, mujeres y niños, que vivían en su domicilio familiar.

»La responsabilidad de esos asesinatos pesará sobre mí hasta el día que muera.

Hace una pausa. La sala sigue en silencio.

Los viejos hacen la *siesta*.

Y se levantan de la siesta a orinar.

Caro estira las piernas y apoya los pies en el suelo frío. Solo lleva puesta una camiseta grande y vieja que le cuelga sobre las flacas piernas, que le tiemblan cuando recorre el pasillo hasta el cuarto de baño.

Envejecer es mala idea, se dice, la cosa más tonta que hacemos en la vida.

Así que ha habido reveses.

Siempre hay reveses.

Pero en conjunto la situación es buena.

Elena ha ido a reunirse con su hermano en el infierno.

Núñez está para el arrastre.

Tito controla cada vez más territorio de los Esparza y pronto acabará con ellos. Y en cuanto lo haga, se dice Caro, tú acabas con Tito. Su familia política protestará, pero los Valenzuela son tan ricos precisamente porque valoran más el dinero que el parentesco.

Un año o dos, puede que un poco más, y tendré lo que se me debía.

Y dentro de unas horas Art Keller habrá muerto.

Eso también se me debía.

Abre la puerta del cuarto de baño y pestañea.

Hay un joven sentado en el escusado, apuntándole con una pistola.

—¿Qué quieres? —pregunta Caro.

—La periodista —dice el joven—. ¿Tenías que asesinarla? ¿Matarla a golpes?

Caro no contesta.

—Y los cuarenta y tres muchachos de ese autobús —continúa el joven—. ¿Ellos también tenían que morir? ¿Tenías que quemar sus cuerpos para que no quedara nada que sus familias pudieran enterrar?

—¿Quién eres tú? —pregunta Caro.

—Soy un *hijo* —contesta el joven—. Mi padre era Ernesto Hidalgo. ¿Te dice algo ese nombre?

A Caro se le vacía la vejiga.

—Se ha especulado públicamente —dice Keller— acerca de la detención de Adán Barrera en 1999, que efectué yo mismo. Los hechos son los siguientes: atraje a Barrera al otro lado de la frontera haciéndole creer que su hija estaba a punto de morir, lo que era falso, y lo detuve en el estacionamiento del hospital. Para forzar su liberación, agentes de los servicios de inteligencia estadounidenses secuestraron a la señorita Hayden y acordamos un intercambio de rehenes, por decirlo así, en un puente de San Diego. Miguel Ángel Barrera, John Hobbs y un agente estadounidense llamado Salvatore Scachi estaban presentes.

»Su intención no era intercambiar a la señorita Hayden por Barrera, sino matarnos a ella y a mí. En el tiroteo que siguió, Hobbs y Scachi fueron abatidos por el mismo pistolero al que habían contratado para matarme. Yo maté a Miguel Ángel Barrera y volví a detener a Adán.

»Puedo confirmar los rumores según los cuales había otro francotirador en el puente. Más adelante descubrí que se llamaba Sean Callan, un exmercenario y guardaespaldas de Adán Barrera que mantenía una relación amorosa con Nora Hayden.

»Tras los sucesos del puente, se abrió una investigación y tuve que prestar declaración ante un comité especial del Congreso al que expliqué lo que sabía sobre el Trampolín Mexicano y las operaciones Cerbero y Niebla Roja. Creo que mi testimonio fue suprimido. Hasta donde yo sé, nunca se ha hecho público. Tal vez usted pueda decirme qué ocurrió, senador O'Brien, puesto que formaba parte de ese comité.

El senador lo fulmina con la mirada.

—Tal y como aseguran los rumores, me retiré a un monasterio de Nuevo México —continúa Keller—. Intentaba encontrar un poco de serenidad y reflexionar, además, sobre lo que había hecho en mi empeño por perseguir a Barrera. Permanecí allí hasta que Barrera ofreció una recompensa de dos millones de dólares por mi cabeza, lo que ponía en peligro la vida de mis anfitriones, y el Departamento de Justicia aceptó trasladar a Barrera a México para que cumpliera condena allá. Yo sabía que Barrera se «fugaría» de la prisión de Puente Grande. No fue en realidad una fuga, naturalmente. Una fuga no implica la participación activa de los carceleros. Barrera fue sencillamente puesto en libertad por el director de la cárcel, Ricardo Núñez, que más tarde se convirtió en su lugarteniente.

»Por voluntad propia, volví a la DEA y fui destinado a México para ayudar a detener de nuevo a Barrera y llevarlo ante la justicia. Entre tanto, Adán Barrera remodeló la organización de su tío, conocida desde entonces como cártel de Sinaloa, y se lanzó a una guerra de conquista para eliminar a los diversos cárteles regionales y apoderarse de las valiosísimas plazas de Tijuana, Nuevo Laredo y Ciudad Juárez. Durante los diez años siguientes, las luchas intestinas entre cárteles causaron la muerte de más de cien mil ciudadanos mexicanos, la mayoría de ellos víctimas inocentes: el conflicto más sangriento de este continente desde la Guerra Civil estadounidense. Ese conflicto se libró justo al otro lado de nuestras fronteras. En Texas, en Arizona, Nuevo México y California se oyeron literalmente los disparos de algunas de sus batallas.

»De los cárteles enfrentados, el más violento era un grupo conocido como los Zetas, formado en principio por antiguos miembros de las fuerzas especiales mexicanas que desertaron de sus unidades para unirse al cártel del Golfo y que con el tiempo se convirtieron en una organización independiente. Es casi imposible describir, o creer, el sadismo absoluto de que daban muestra los Zetas: inmolaciones, decapitaciones, asesinatos masivos de mujeres y niños… Todo ello documentado y distribuido en grabaciones de video para aterrorizar a la población civil.

»El asesinato de diecinueve personas inocentes en 1997 me dejó horrorizado. En el momento culminante de las guerras del narco, entre 2010 y 2012, diecinueve muertos en un solo día se habría considerado una cifra insignificante, apenas merecedora de aparecer en los medios de comunicación.

»Ciertos elementos del gobierno mexicano —al que a menudo se acusa de corrupción justificadamente—, ansiosos por detener la carnicería, hicieron un pacto con el diablo. Considerando al cártel de Sinaloa el mal menor en comparación con los Zetas, acordaron tácitamente con Adán Barrera ayudarlo a ganar su guerra contra los Zetas. Yo tomé parte en ese acuerdo.

Bebe otro trago de agua.

Callan sale a la luz del día, se hace sombra con la mano sobre los ojos y ve a Nora y a Flor junto al coche.

Se acerca y lo abrazan las dos.

—¿Qué te ha costado esto? —pregunta.

—Unos cuantos malos recuerdos —dice Nora—. Un encuentro desagradable. Nada más.

Camino del aeropuerto, dice:

—Flor me ha hablado de un niño con el que hizo el viaje. Se perdieron la pista. Me pregunta si podemos ayudarla a encontrarlo.

—Podemos intentarlo, claro —dice Callan—. ¿Cómo se llama?

—Nico —dice Flor.

—¿Crees que consiguió llegar a Estados Unidos? —pregunta Callan.

—No lo sé.

La mayoría no lo consiguen, se dice Callan. Los mandan de vuelta a casa inmediatamente.

En este caso, a un vertedero de basura, si no recuerda mal la historia de Flor.

Yo he tenido más suerte, se dice.

He estado en el vertedero más de una vez en mi vida, y siempre alguien me ha echado una mano para salir.

Mira a Nora.

—Empezaremos por buscar en ciudad de Guatemala.

Toman un avión para ir al aeropuerto Juan Santamaría de San José, Costa Rica.

María y Carlos están esperándolos para llevarlos de vuelta a casa.

—Me reuní personalmente con Adán Barrera —continúa Keller— y acordamos dejar a un lado nuestro conflicto a fin de erradicar a los Zetas. Para ser del todo sincero, debo decir que los Zetas habían intentado matar a mi actual esposa, la doctora Marisol Cisneros, a la que dejaron gravemente herida, y amenazaron con volver a atentar contra su vida. Sin duda esto influyó en mi criterio y contribuyó a que tomara esa decisión.

»En México, la campaña contra los Zetas estuvo liderada por las FES, las fuerzas especiales de los marinos mexicanos. Los Zetas habían asesinado a la familia de uno de sus oficiales, lo que propició la formación, dentro del cuerpo, de una unidad secreta a la que se dio el nombre de *los Matazetas*.

»Yo mismo y otro agente de la DEA les prestamos ayuda, proporcionándoles recursos de inteligencia para localizar células y campos de entrenamiento de los Zetas y dar con el paradero de sus principales cabecillas. Conviene recordar aquí que los Zetas habían asesinado a un agente de la DEA, Richard Jiménez. Dicho sin ambages, se trataba de un programa de eliminación sistemática. El número de Zetas muertos superó con mucho al de detenidos.

»Los analistas de la situación del narcotráfico mexicano han puesto de manifiesto la relativa escasez de detenciones, capturas y muertes de personal del cártel de Sinaloa en comparación con otros cárteles, entre ellos especialmente el de los Zetas, y han opinado que ello demostraba un trato de favor por parte del gobierno al cártel sinaloense. Puedo afirmar que dicha conclusión es cierta, y que Estados Unidos contribuyó asimismo a este trato a fin de propiciar cierta estabilidad en México.

»Han circulado rumores e informaciones acerca de una operación encubierta efectuada en Guatemala. Permítanme aclarar este punto.

»En octubre de 2012, Adán Barrera acordó reunirse con los cabecillas de los Zetas para debatir un tratado de paz. Dicha reunión debía tener lugar en una remota localidad guatemalteca llamada Dos Erres.

»Era una trampa.

»Dimití de mi puesto en la DEA para incorporarme a una empresa de seguridad privada llamada Tidewater, con sede en Virginia. Se trataba, en realidad, de un equipo de mercenarios: exintegrantes de los SEAL y del DEVGRU adiestrados para llevar a cabo una incursión en Dos Erres con el único fin de eliminar a la jefatura de los Zetas. La operación estuvo financiada por varias empresas petroleras, dado que los Zetas habían estado atacando oleoductos en México, y usted, senador O'Brien, se encargó de su coordinación.

»Yo ayudé a dirigir dicha operación con pleno conocimiento de que quebrantaba tanto leyes internacionales como estadounidenses. Creía entonces, y creo ahora, que aun así estaba justificada moralmente. Contraviniendo de nuevo la ley, conseguí la excarcelación temporal de Edward Ruiz, un narco nacido en Estados Unidos que desde hacía tiempo realizaba labores de informante, para que acompañara al comando, dado que podía identificar personalmente a los cabecillas de los Zetas.

»Lo que no sabíamos era que los Zetas planeaban matar a Barrera en el transcurso de la reunión. Tras las conversaciones de paz, le tendieron una emboscada a la delegación sinaloense y los masacraron. Nosotros llegamos cuando la masacre acababa y cumplimos nuestro objetivo de eliminar a los jefes de los Zetas, destruyendo así, de manera fehaciente, su organización.

»Los restos mortales de Adán Barrera se localizaron posteriormente, en marzo de 2014, poco después de que yo asumiera el cargo de director de la DEA. Se concluyó que había muerto como consecuencia del asalto de los Zetas.

»Esto no es cierto.

»Yo maté a Adán Barrera.

El público de la sala ruge.

O'Brien hace sonar el martillo.

Keller se inclina un poco más hacia el micrófono y dice en voz alta:

—Se suponía que tenía que localizarlo y sacarlo de allí, si seguía vivo. Lo localicé, en efecto. Había sobrevivido al ataque y estaba escondido en la selva, fuera del campamento.

»Le disparé dos veces a la cara.

»Estoy absolutamente dispuesto a asumir mi responsabilidad por ello si el gobierno guatemalteco decide pedir mi extradición, así como para asumir la responsabilidad de cualquier delito que pueda haber cometido contra la legislación estadounidense por participar en dicha operación y en su posterior encubrimiento.

Crosby levanta las manos y se recuesta en la silla como diciendo «Adelante, inmólate».

Eddie Ruiz cuelga después de hablar por teléfono con Minimum Ben.

El abogado le dijo que ya no puede chantajear a Art Keller porque el propio Keller acaba de delatarse públicamente. Ha confesado lo de la incursión en Guatemala y lo de la muerte de Barrera, además. Le ha quitado de las manos su único as y se lo ha metido por el culo.

Ahora lo único que puedo hacer es delatar a Lerner. Decirles que sí, carajo, que yo me ocupé de la seguridad de las reuniones con Lerner. Y que le encargué el trabajo a un traficante porque las reuniones se trataban de eso: sobre conseguir dinero de la droga.

¿Que como lo sé?, se dice, ensayando su discurso.

Pues porque el que me lo pidió fue Rafael Caro.

• • •

Nico vuelve por fin a Manhattan.

Al centro mismo, al Juzgado de Inmigración de Federal Plaza, en la parte más vieja de la ciudad. Afuera hay una larga cola de gente que espera para pasar por el control de seguridad. La mayoría son latinos; algunos son asiáticos. Hay también otros niños, casi todos con sus familias. Unos pocos, como Nico, solos. Sus tíos no quisieron venir a la audiencia por miedo a que los deporten.

Así que Nico ha venido solo.

Cruza el control y sube a la planta doce, donde encuentra su nombre y el número de sala que le corresponde en un gran tablón de anuncios. El pasillo está abarrotado; los pocos bancos que hay están llenos y mucha gente se apoya contra la pared o se sienta en el suelo. Nico se abre paso lentamente entre el gentío, intentando encontrar a su abogada de oficio, la señora Espinosa. Por fin la ve y se acerca a ella. Hablan en el pasillo, porque no hay ninguna sala prevista para ese fin.

La abogada casi tiene que gritar para hacerse oír.

—Nico, vas a comparecer delante de un juez que decidirá si puedes quedarte o si te deportan. Muy bien, tenemos unos cinco minutos. Responde a todas las preguntas sinceramente, y si te pregunta si tu vida corre peligro si regresas a Guatemala, di que sí. ¿Entendido?

Entran en la sala atestada y se sientan en la parte de atrás. Nico mira al juez. Parece un viejo, con pelo blanco y anteojos. Tiene pinta de malvado, y Nico pasa media hora allí, mientras el magistrado niega el asilo a dos mujeres y un adolescente.

Entonces oye decir su nombre.

—Vamos —dice Espinosa.

Hace entrar a Nico en el estrado de los testigos y dice:

—Marilyn Espinosa, abogada de oficio de Nico Ramírez.

—Gracias, señora Espinosa. ¿Es necesario un intérprete?

—El señor Ramírez habla algo de inglés —contesta Espinosa—. Pero sí, por si acaso.

El juez echa un vistazo al expediente y pregunta:

—Señor Ramírez, ¿solicita el estatuto de refugiado?

—Sí, Señoría.

—¿Sobre qué bases?

—El señor Ramírez tuvo que huir de Guatemala —dice la abogada— porque una banda callejera, Calle 18, amenazó con matarlo si no se unía a ella. Con toda probabilidad lo matarán si regresa.

El juez estudia un poco más los papeles.

—Pero se unió a la banda.

—Le tatuaron la insignia de la banda por la fuerza. Es un niño, Señoría.

—Tengo el sumario delante —contesta el juez—. ¿Qué opina Seguridad Nacional?

El abogado de Seguridad Nacional responde:

—El señor Ramírez entró en el país de forma ilegal. Recomendamos su expulsión.

—Señoría —dice Espinosa—, ¿podría al menos escuchar a mi cliente?

El juez mira a Nico.

—Jovencito, ¿por qué quiere usted quedarse en Estados Unidos?

—Porque me matarán si vuelvo —dice Nico.

—¿Quién?

—El Pulga.

—¿Quién?

—Es el jefe de la Dieciocho en mi barrio —explica Nico.

—¿Tiene algo más que decir? —pregunta el juez.

Nico piensa con todas sus fuerzas. ¿Qué puede decir para convencer al juez de que lo deje quedarse? Está desesperado.

—Porque esto es precioso —dice por fin.

El juez vuelve a examinar la documentación y luego levanta la vista.

—Voy a encomendar al señor Ramírez a la custodia de Seguridad Nacional para que proceda a su deportación.

—Señoría —dice Espinosa—, eso podría equivaler a una condena a muerte.

—O podría estar salvando la vida de algún ciudadano estadounidense al desembarazarnos de un delincuente precoz —replica el juez—. Ya tenemos suficientes pandilleros y traficantes de drogas en este país sin necesidad de importarlos.

Mira a Nico y formula una pregunta protocolaria:

—¿Renuncia a la apelación?

Nico no entiende a qué se refiere ni siquiera cuando se lo traducen.

—No, Señoría —dice Espinosa—. Pensamos recurrir a la Junta de Apelación y solicitar fianza.

—Lo que en este caso supondría simplemente su vuelta a Virginia del Sur —dice el juez—. Fianza denegada. Tiene treinta días para recurrir. El ICE se hará cargo de la custodia del señor Ramírez y procederá a su deportación.

Un desconocido esposa a Nico y lo saca de la sala. Nico mira a Espinosa, que intenta no quedarse atrás entre el gentío.

—Presentaré un recurso, Nico —dice—. Y un escrito para que se reconsidere el dictamen del juez.

Nico entiende lo suficiente para saber que va a pedirles que cambien de idea.

Pero sabe que no van a cambiar de idea.

Va a volver al Basurero.

Es basura y va a volver al montón de la basura.

—Unos meses después de la operación en Guatemala —dice Keller—, el senador O'Brien me propuso que me hiciera cargo de la dirección de la DEA. Acepté porque creía sinceramente que podía hacer algo para remediar la epidemia de heroína que aflige a este país. Creí que para eso me lo había pedido el senador O'Brien. Ahora me doy cuenta de que fui de nuevo un ingenuo y de que el senador me puso en ese puesto para encubrir la operación en Guatemala.

—Creo que ya hemos oído suficiente —dice O'Brien.

—La ejecución extrajudicial de Adán Barrera, que yo mismo llevé a cabo, tuvo, además, el efecto contrario al que yo esperaba —prosigue Keller—. Durante la breve hegemonía del cártel de Sinaloa, México vivió un periodo de paz y seguridad relativas. Al eliminar a Barrera, desencadené una lucha por el trono entre una serie de rivales de segunda fila, lo que a su vez sembró el caos en un país que ya había sufrido demasiado. De hecho, México acaba de vivir su año más violento, superando incluso los horrores vividos entre 2010 y 2012.

»Y las drogas siguen llegando, lo que me conduce finalmente a tratar el tema por el que se me ha pedido que declare hoy aquí.

—Voy a suspender esta audiencia hasta nueva orden —dice O'Brien—. El señor Keller está sencillamente haciendo nuevas acusaciones infundadas…

—Yo quiero que la audiencia continúe —interrumpe Elmore—. Hemos convocado al señor Keller para que testifique y tiene derecho a completar su testimonio.

—No tiene derecho a verter falacias —replica O'Brien—. Voy a levantar la sesión y…

—Si lo hace —dice Keller—, continuaré mi declaración en la escalinata del Capitolio.

—Está usted incurriendo en desacato, señor Keller —le advierte O'Brien.

—No se imagina usted cuánto lo lamento, senador.

—Prosiga —dice Elmore.

—Mientras desempeñaba el cargo de director de la DEA —continúa Keller—, tuve noticia de que una nueva red de tráfico de heroína, dirigida por Eddie Ruiz y por Rafael Caro, que había salido de prisión recientemente tras cumplir condena por narcotráfico, estaba introduciendo cantidades ingentes de heroína y fentanilo en Estados Unidos a través de diversos intermediarios en la ciudad de Nueva York. Averigüé asimismo que Caro ordenó el asesinato de cuarenta y nueve estudiantes en México, algunos de los cuales murieron abrasados, y la tortura y asesinato de la periodista Ana Villanueva, que estaba investigando dicha atrocidad.

»Supe también que la empresa Terra, encabezada por Jason Lerner, asesor especial de la Casa Blanca, con la ayuda del fondo de cobertura del que era gestor Chandler Claiborne acordó un préstamo multimillonario con la mediación de un banco mexicano. Pero el dinero en cuestión procedía de un consorcio o sindicato de organizaciones del narcotráfico mexicanas entre las que se encontraban la de Caro y Ruiz, responsable de ese asesinato masivo.

»Escuchas autorizadas revelan que Lerner incurrió en fraude bancario y violó con pleno conocimiento de causa la legislación antiblanqueo de capitales. Otra grabación, también autorizada judicialmente, de una conversación entre Lerner y Claiborne, demuestra sin lugar a dudas que ambos tenían conocimiento de que el origen del préstamo era dinero del narcotráfico procedente, entre otros, de Rafael Caro.

»Estuve en conversaciones con el consejero especial Scorti para hacerle entrega de las grabaciones y los documentos probatorios. Francamente, me preocupaba que, si entregaba las cintas, fueran eliminadas. Así pues, quisiera ahora que este comité escuche los fragmentos relevantes al caso.

Coloca una pequeña grabadora sobre la mesa.

—¡Esto no puede ser! —exclama O'Brien.

—¿Intenta usted omitir esta evidencia? —pregunta Elmore.

—Esto no es «evidencia» —replica O'Brien—. Ignoramos la procedencia de esas grabaciones, desconocemos su origen, podrían muy bien infringir los derechos legales de...

—No lo sabremos hasta que las oigamos —dice Elmore—. ¿Quiere usted que las oigamos, senador O'Brien?

—Deberíamos oírlas a puerta cerrada —responde O'Brien.

—Entonces, lo que no quiere usted es que el pueblo de Estados Unidos escuche estas grabaciones —dice Elmore—. Yo, por mi parte, creo que la ciudadanía tiene derecho a...

—¡Quiero que se requisen esas cintas! —exclama O'Brien—. Quiero que se requisen y se entreguen al fiscal general de Estados Unidos.

»—Que te estoy diciendo que es dinero del narcotráfico.

»—Santo Dios, ¿traes un micro?

»—No digas pendejadas.

»—¿Lo traes?

»—¡No!

»—Porque si es así…

»—¿Crees que voy a arriesgarme a tocarle los huevos a esa gente? Tú sabes quiénes son, sabes lo que hacen.

»—Sí, lo sé. ¿Y tú? ¿Lo sabes?

»—Me matarían a mí y a toda mi familia.

»—Sí, exacto.

»—Tengo miedo, Jason. Estoy pensando en acudir a la policía.

»—No lo hagas. Es lo último que debes hacer.

»—Si esto se pone mal…

»—Tenemos las espaldas cubiertas. ¿Es que no lo entiendes? Dinero de las drogas o dinero ruso, qué más da. Si hay una investigación, podemos cerrarla en cualquier momento. Ahora estamos en la cumbre. Somos intocables.

»—No sé…

»—Chandler, necesitaba ese puto crédito. Mi suegro necesitaba ese puto crédito. ¿Sabes adónde quiero llegar?».

Otro tumulto en la sala.

Los periodistas empiezan a salir a toda prisa.

O'Brien intenta poner orden en vano.

Crosby tapa el micrófono con la mano y dice:

—Dios mío, Art.

Keller mira a Marisol, al otro lado de la sala; luego se inclina hacia el micro y dice:

—Mientras todavía ocupaba mi puesto, tanto el actual director de la DEA, Denton Howard, como el senador O'Brien, me pidieron que pusiera fin a la investigación sobre Jason Lerner. El señor Howard, dándome señales inequívocas de que el mensaje procedía del presidente Dennison, me propuso que, a cambio, podría permanecer en mi cargo y me dio a entender que el gobierno apoyaría además ciertas medidas liberalizadoras que yo defendía.

»Rechacé dichas ofertas. Temiendo que las pruebas fueran destruidas, saqué las cintas y los documentos de las oficinas de la DEA y los escondí en lugar seguro. Soy plenamente consciente de que, al hacerlo, he violado ciertas leyes federales y repito que estoy dispuesto a asumir la responsabilidad y a aceptar las consecuencias. Dejo a otros decidir si la actuación de los señores Howard y O'Brien puede considerarse obstrucción a la justicia.

O'Brien se levanta y sale de la sala seguido por sus asistentes.

Elmore hace un gesto a Keller para que prosiga.

—Como resultado de esta investigación —dice Keller—, y con la inapreciable colaboración del Departamento de Policía de Nueva York, desmantelamos la red Caro-Ruiz e incautamos una enorme cantidad de heroína mezclada con fentanilo. Los encargados de lavar el dinero de los narcotraficantes, sin embargo, siguen sin comparecer ante la justicia.

»A menudo acusamos a México de ser un país corrupto —añade Keller—. Es muy fácil hacerlo, porque con frecuencia es cierto. Yo mismo puedo atestiguar la existencia de corrupción en los niveles más altos de la administración mexicana. Sin embargo…

»También hemos de fijarnos en la corrupción que afecta a Estados Unidos. Acabo de mostrarles una grabación que revela la existencia de corrupción en los niveles más elevados de las finanzas y la política estadounidenses, protagonizada por las personas que con mayor ahínco lanzan acusaciones contra México.

»Si no investigamos exhaustivamente y de manera honesta la corrupción que afecta a nuestro país y la perseguimos judicialmente, somos unos hipócritas de la peor especie y deberíamos abrir inmediatamente las puertas de la cárcel a todos los hombres, mujeres y niños (sí, niños), que actualmente cumplen condena por posesión o venta de estupefacientes.

»Pero la corrupción no solo es cuestión de dinero, tiene raíces mucho más profundas. Tenemos que preguntarnos qué clase de corrupción es la que afecta a nuestro espíritu colectivo como nación para que seamos el mayor consumidor de drogas ilegales del mundo. Podemos decir que el origen de la epidemia de heroína está en territorio mexicano, pero los opiáceos son siempre una respuesta al dolor. ¿Qué dolor sufre en su seno la sociedad estadounidense que nos impulsa a buscar drogas para aliviarlo, para mitigarlo?

»¿Es la pobreza? ¿La injusticia? ¿El aislamiento?

»Desconozco la respuesta, pero debemos formularnos la interrogante esencial…

»¿Por qué?

Cirello se reúne con la detective de Kingston y un fiscal del estado.

—Fue en defensa propia —dice—. El tipo estaba violándola, iba a matarla.

—Ella se estaba prostituyendo —responde el fiscal.

Cirello mira a la detective y comprende que la entrevista va a transcurrir como debe: le formulará las preguntas adecuadas de manera pertinente y al fiscal no le quedará más remedio que aceptar que fue en defensa propia.

—Por favor, hagan lo que puedan por esta chica —dice Cirello—. Es heroinómana. Necesita ayuda, no ir a la cárcel.

—Ya ha estado en rehabilitación —alega el fiscal—. ¿Cuántas veces quiere que la mandemos a desintoxicarse?

—Las que hagan falta —responde Cirello.

• • •

Jacqui está sentada frente a una mesa en la sala de interrogatorio.

Entra el poli.

—Hola —dice Jacqui.

—Hola.

—Voy a ir a la cárcel, ¿eh?

—Creo que no —responde Cirello—. Sea lo que sea lo que te pregunte la agente, tú contesta que sí, ¿de acuerdo?

—Te debo mucho —dice Jacqui.

—No, al contrario, yo te debo mucho a ti.

—Está bien —dice ella—. Estamos en deuda uno con el otro.

—Cuídate, ¿sí?

—Tú también.

El poli se va.

Jacqui empieza a canturrear para sus adentros.

«Cuando Jacqui…».

Luego para.

Ya no soy una niña pequeña, piensa.

Ric está sentado en su celda.

No tiene nada más que hacer, hasta que lo trasladen. Ha solicitado una reducción de condena: doce años de prisión, la mitad de los que le han caído a su padre. Ric sabe que su viejo ya no saldrá de la cárcel.

Pero yo seré todavía joven, se dice. Tendré cuarenta y pocos.

Todavía me quedará vida por delante.

No como a Belinda.

En la cárcel ya se ha corrido la noticia de que Belinda está muerta: la mandó ejecutar Iván Esparza por no matar a Ric.

Ric se siente culpable por ello.

Por el mismo medio se ha enterado de que Iván está ahora a las órdenes de Tito Ascensión.

Así que se acabó, piensa.

Se acabó el cártel de Sinaloa.

Eres el ahijado de nada.

Da igual, se dice. De todos modos, lo de la droga se ha terminado. Lo que tienes que hacer es cumplir tu condena y volver con tu familia.

Valeria será ya una adolescente.

De pronto, oye una voz sorda. Parece que viniera del escusado. Se inclina y oye:

—¿Ric? ¿Ric Núñez?

—¿Sí?

—¿Qué tal? ¿Qué pasa, hermano? Soy Eddie Ruiz.

¿Eddie el Loco?, piensa Ric.

¿Qué carajo…?

—Óyeme, Ric. Podemos hacer cosas juntos…

Cirello sube a su coche y se dirige al sur por la 87, de vuelta a la ciudad.

De vuelta al trabajo.

La misión ha terminado por fin y seguro que Mullen le consigue un caso de primera, pero sabe que jamás logrará quitarse del todo el tufo a corrupción. Siempre existirá esa sospecha, esa duda, los susurros a sus espaldas, el rumor de que parte del dinero del narco se le «pegó», como esos billetes arrugados que uno encuentra en el bolsillo de los jeans cuando los saca de la lavadora.

Puede seguir en su puesto, hacer sus horas, jubilarse y tener su pensión, pero ya nada será lo mismo.

Al llegar a Newburgh, tuerce al oeste por la 84.

No sabe dónde va, solo sabe que no quiere regresar a la ciudad, ni a la policía de Nueva York, ni a Narcóticos.

Está harto.

—He pasado toda mi vida adulta luchando en la guerra contra las drogas —dice Keller—. He tenido muchos compañeros en esta guerra, algunos de ellos caídos, y estoy orgulloso de su sacrificio, de su dedicación y de sus esfuerzos por combatir lo que consideran un mal sin paliativos.

»Son buenas personas que creen sinceramente en lo que hacen.

»Pero, lamentablemente, he llegado a la conclusión de que nos hemos equivocado de guerra, y de que este conflicto debe acabar.

»La guerra contra las drogas dura ya cincuenta años: medio siglo. Es la guerra más larga que ha librado Estados Unidos. Hemos invertido en ella más de un billón de dólares y hemos metido tras las rejas a millones de personas, en su mayoría negros, latinos y pobres: la mayor población carcelaria del mundo. Hemos militarizado nuestras fuerzas policiales. La guerra contra las drogas se ha convertido en una maquinaria económica autosuficiente. Poblaciones que antes rivalizaban por convertirse en sedes de fábricas, ahora rivalizan por construir prisiones. Al «privatizar las cárceles» —una de las expresiones más detestables que puedo imaginar— hemos capitalizado nuestro sistema penitenciario. Ahora hay empresas que obtienen pingües beneficios por mantener a seres humanos encarcelados. Tribunales, abogados, policías, prisiones… Somos más adictos a la guerra contra las drogas que a las drogas contra las que pretendemos luchar.

»La guerra contra las drogas no es una guerra solo nominal. Han sido asesinadas innumerables personas debido a que las drogas son ilegales. Las empresas de vino, de cerveza o de tabaco no se enfrentan a tiros para dominar el mercado, pero eso es justamente lo que vemos en nuestras esquinas y nuestras barriadas: tiroteos por el control del tráfico de drogas. Y, naturalmente, en México. Debido a que las drogas son ilegales, mandamos sesenta mil millones de dólares al año a los sociópatas violentos que forman los cárteles, un dinero que sirve para sobornar a políticos y policías y para comprar las armas que han matado a cientos de miles de personas, sin que de momento se divise el final de la matanza.

»El «problema mexicano de las drogas» no es el problema mexicano de las drogas. Es el problema estadounidense de las drogas. Nosotros somos los compradores y, sin compradores, no puede haber vendedores.

»Hemos librado esta guerra durante cinco décadas y, después de tantos años, de tanto dinero y tanto sufrimiento, ¿cuál es el resultado?

»Que la droga es más abundante, más poderosa y más asequible que nunca.

»Las muertes por sobredosis nunca habían sido tan numerosas. Hoy en día muere más gente por sobredosis que en accidentes de tráfico o por armas de fuego.

»Todo ello, siendo ilegales las drogas.

»Si eso es una victoria, no quisiera ver la derrota.

»Tenemos que poner fin a esta guerra.

»Tenemos que legalizar todas las drogas e invertir nuestro tiempo, nuestro dinero y nuestros esfuerzos en encarar y poner remedio a las causas profundas del abuso de drogas.

»Tenemos que formular y dar respuesta a la pregunta «¿Por qué?».

»Hasta que respondamos esa interrogante, estaremos condenados a repetir la misma trágica y monótona danza de la muerte.

»Hobbes dijo que el infierno era la verdad vista demasiado tarde —añade Keller—. Rezo por que no hayamos visto demasiado tarde esta verdad. Gracias por su atención.

Se levanta y sale de la sala.

Con el brazo alrededor del hombro de Marisol, Keller se abre paso entre la muchedumbre de periodistas que esperan frente al Capitolio y ayuda a su esposa a subir al coche que los espera.

—¿Adónde vamos? —pregunta Marisol—. Nuestra casa estará sitiada.

Cierto, piensa Keller.

Está exhausto.

La adrenalina de su discurso catártico se ha agotado; tiene la mente cansada y no sabe qué va a pasar a continuación. ¿Van a detenerlo?, se pregunta. ¿A meterlo en la cárcel? Y, si es así, ¿volveré a salir?

—Me apetece ir a dar un paseo —dice—. Para despejarme.

Marisol lo interroga con la mirada.

—¿Dónde quieres ir?

—Al Muro —contesta Keller.

Quiere despedirse de algunos viejos amigos; decir adiós, quizá, a su primera guerra mientras todavía tiene ocasión.

—¿Quieres venir conmigo?

—Nos van a ver.

—Tardarán un rato en localizarnos —dice Keller.

—Está bien. Vamos.

Keller le dice al chofer que los deje en Independence Avenue, entre la Cuenca Tidal y el memorial a la Segunda Guerra Mundial.

Rollins va varios coches más atrás.

—¿Adónde va? —pregunta Mercado.

Es francotirador está nervioso, piensa Rollins viendo cómo da golpecitos con el pie en el suelo del coche. Unos pocos nervios vienen bien; demasiados, no tanto.

Siguen al coche de Keller por Independence.

El coche se detiene.

Rollins ve que Keller ayuda a salir a su esposa.

—Ya sé dónde va —dice.

Al Muro.

Mercado sale del coche.

Hace un día de primavera precioso, de esos que atraen a miles de turistas para ver los cerezos en flor a lo largo de la Cuenca Tidal. Uno de esos días por los que los habitantes de Washington se alegran de vivir en la ciudad.

Keller y Marisol caminan por el perímetro del memorial a la Segunda Guerra Mundial. No quieren acercarse demasiado y perturbar los momentos de recogimiento, de remembranza y de duelo de los grupos de veteranos que, acompañados por guías voluntarios, recorren las losas inscritas con nombres de batallas y campañas. Keller recuerda que a este programa lo llaman «vuelos de homenaje»: traen en avión a veteranos de todo el país para que visiten el monumento. Son ancianos de cabello blanco, encorvados; algunos de ellos llevan bastón, no pocos van en silla de ruedas, y Keller se pregunta qué pensarán al ver el nombre de sus viejas batallas.

Aquella fue una guerra «buena», se dice: el bien contra el mal, lo negro contra lo blanco.

Ellos salvaron al mundo de la tiranía fascista, y nosotros... Bueno, a nosotros nos contaron, nos vendieron el mito de que estábamos salvando al mundo del comunismo.

Toman un camino que bordea el estanque de Constitution Gardens. Keller ve en ello cierta ironía: si en algo parecen estar de acuerdo todos los medios es en que ha desencadenado una «crisis constitucional».

—Estoy orgullosa de ti —dice Mari.

—Sí, bueno.

—*Te amo, Arturo.*

—*Yo te amo también, Mari.*

Rodean el estanque por el lado oeste, dejan atrás un pequeño kiosco y el acceso a los baños, y siguen el camino que conduce al Monumento a los Veteranos de Vietnam.

—Objetivo localizado —dice Mercado dirigiéndose al micro que lleva a la altura del cuello.

—Sitúate en posición.

Uno de los coches está estacionado en Constitution Avenue. Rollins rodea la zona y toma Henry Bacon Drive, que se dirige hacia el nordeste desde el Monumento a Lincoln. Mercado corta entre los árboles y se sitúa detrás del edificio de los baños, desde el que se divisa el Muro.

El Muro se encuentra en la hondonada del parque, oculto como un secreto bochornoso o una íntima vergüenza.

Keller mira los nombres grabados en la piedra. Lo de Vietnam ocurrió hace mucho tiempo, en otra vida, y él ha librado una larga guerra propia desde entonces. Aquí y allá, los familiares han dejado flores o tabaco, incluso botellitas de alcohol.

En el muro de Vietnam no hay batallas inscritas. Ni Khe Sanhs, ni Qu?ng Tris, ni Hamburger Hills. Quizá porque ganamos todas las batallas pero perdimos la guerra, se dice Keller. Tantos muertos para una guerra inútil. En visitas anteriores, ha visto hombres apoyarse contra la pared y sollozar como niños.

Hoy hay unos cuarenta visitantes. Algunos podrían ser veteranos; otros, familiares; la mayoría, probablemente, turistas. Dos hombres maduros, ataviados con uniformes y gorras de la VFW, la Asociación de Veteranos de Guerras Extranjeras, ayudan a los visitantes a localizar el nombre de sus seres queridos.

Es un cálido día de primavera, un poco ventoso, y la brisa suspende en el aire las flores de los cerezos. Percibiendo su emoción, Marisol lo toma de la mano.

Keller ve al mismo tiempo al niño y el destello de la mira telescópica.

El niño, tomado de la mano de su madre, mira los nombres grabados en el muro de piedra negra y Keller se pregunta si busca un nombre en concreto —el de su abuelo, quizá, o el de un tío— o si su madre lo habrá traído al Monumento a los Veteranos de Vietnam como punto final de un largo paseo por el National Mall.

Ahora Keller ve al niño y un instante después, a la derecha, en dirección al Monumento a Washington, un extraño, inesperado destello de luz.

Mercado se inclina, fija la mira en Keller. Apunta a su cabeza y dice:

—Alegría.

Oye la orden:

—Adelante.

Aprieta el gatillo.

Keller se abalanza sobre la madre y el niño, los tira al suelo.

Luego se vuelve para proteger a Mari.

La bala lo hace girar como un trompo.

Le rasguña el cráneo y le deja el cuello al revés.

La sangre se le mete en los ojos y, al alargar el brazo para jalar a Marisol, la vista se le tiñe literalmente de rojo.

El bastón de ella cae con estrépito sobre la acera.

Keller cubre el cuerpo de Marisol con el suyo.

Otras balas se incrustan en el Muro, por encima de él.

Oye gritos y voces de alarma. Alguien aúlla:

—¡Están disparando!

Keller levanta los ojos intentando descubrir de dónde vienen los disparos y ve que proceden del sureste, más o menos a las diez: de detrás de un pequeño edificio que —recuerda— es un baño público. Se lleva la mano a la cadera buscando la Sig Sauer y entonces se acuerda de que va desarmado.

El tirador pasa a disparo automático.

Las balas rocían la pared de piedra por encima de él, levantando lascas entre los nombres. La gente yace en el suelo o se agazapa contra el muro. Cerca de los extremos, más bajos, unos pocos avanzan a gatas y echan a correr hacia Constitution Avenue. Otros se quedan en pie, anonadados.

Keller grita:

—¡Al suelo! ¡Están disparando! ¡Al suelo!

Pero se da cuenta de que no va a servir de nada: el monumento se ha convertido en una trampa mortal. El Muro describe una ancha V y solo hay dos salidas, siguiendo un estrecho sendero. Una pareja de mediana edad corre hacia la salida este, hacia el francotirador, y cae abatida de inmediato, como comparsas de un horrendo videojuego.

—Mari —dice Keller—, tenemos que movernos. ¿Entiendes?

Espera hasta que los disparos cesan un momento mientras el tirador cambia el cargador y entonces se levanta, agarra a Mari y se la echa al hombro. Cargado con ella, avanza siguiendo la pared hacia la salida oeste, donde el muro desciende paulatinamente hasta llegarle a la cintura, y entonces levanta a Mari, pasa al otro lado y la deposita detrás de un árbol.

—¡Agáchate! —grita—. ¡Quédate aquí!

—¿Adónde vas?

El tiroteo comienza de nuevo.

Keller salta otra vez el Muro y empieza a llevar a la gente hacia la salida suroeste. Apoya una mano en la nuca de una mujer, le empuja la cabeza hacia abajo y la hace avanzar gritando:

—¡Por aquí! ¡Por aquí!

Y entonces oye el nítido siseo de una bala y el áspero chasquido del impacto. La mujer se tambalea y cae de rodillas, agarrándose el brazo mientras la sangre le mana entre los dedos.

Keller intenta levantarla.

Un proyectil silba al pasar rozándole la cara.

Un joven corre hacia él y extiende los brazos hacia la mujer.

—¡Soy enfermero!

Keller la deja en sus manos, da media vuelta y sigue empujando a gente delante de él, alejándola del tiroteo. Vuelve a ver al niño, tomado aún de la mano de su madre, los ojos dilatados por el miedo. La madre lo empuja, intentando protegerlo con su cuerpo.

Keller le pasa un brazo por el hombro y la obliga a agacharse y a seguir avanzando.

—Ya los tengo —dice—. Ya los tengo. No se paren.

La conduce a lugar seguro, hasta el final de la pared, y desanda el camino.

Otra pausa en los disparos cuando el tirador vuelve a cambiar de cargador.

Dios mío, piensa Keller, ¿cuántos tendrá?

Uno más, como mínimo, porque los disparos se reanudan de nuevo.

La gente se tambalea y cae.

Las sirenas chillan y aúllan, los rotores de los helicópteros zumban rítmicamente como un bajo.

Keller agarra a un hombre para jalarlo, pero una bala se incrusta en su espalda y el hombre se desploma a sus pies.

La mayoría de los visitantes ha logrado llegar a la salida oeste, otros yacen tendidos sobre la acera y otros, los que eligieron el camino equivocado, descansan inermes sobre la hierba.

Una botella de agua que alguien ha dejado caer se vacía a borbotones sobre la acera.

Un teléfono celular con la pantalla agrietada suena en el suelo junto a un *souvenir*: un busto de Lincoln, pequeño y barato, con la cara salpicada de sangre.

Keller mira hacia el este y ve que un agente de policía del Servicio Nacional de Parques, pistola en mano, corre hacia el edificio de los baños y cae con el pecho acribillado.

Se echa al suelo, se acerca a rastras al policía y le palpa el cuello buscándole el pulso. Está muerto. Varias balas impactan en el cadáver y Keller se aplasta contra la tierra, detrás de él. Levanta la vista y cree ver al tirador agachado detrás del edificio de los baños, cambiando de cargador.

Art Keller se ha pasado casi la vida entera librando una guerra al otro lado de la frontera, y ahora está en casa.

Se ha traído la guerra con él.

Toma la pistola del policía muerto, una Glock de 9 milímetros, y avanza entre los árboles hacia el tirador.

Mercado empieza a asustarse.

Ha fallado el blanco y además lo ha perdido de vista entre los árboles. Ha caído un montón de gente, las sirenas aúllan, y él ha matado a un policía. Coloca otro cargador y se asoma desde detrás del edificio para ver si divisa a Keller y puede completar la misión antes de salir disparado.

Pero no ve al objetivo.

Al mirar hacia Constitution Avenue, ve que la vía de escape está cerrada: están llegando camiones policiales, y equipos de SWAT fuertemente armados saltan de ellos a toda prisa. Mercado mira hacia el sur, a su derecha, y ve más coches circulando a toda velocidad por el paseo. Un helicóptero sobrevuela la zona.

Solo puede salir por el otro lado, hacia el oeste por Bacon Drive; es su única oportunidad.

—Objetivo abatido —miente dirigiéndose al micro—. Me retiro hacia el punto de encuentro.

No hay respuesta.

—Adelante —dice, dejándose dominar por el pánico—. ¡Adelante!

Silencio.

Los hijos de puta lo han abandonado.

Rollins sale de Constitution y se dirige hacia el oeste, en dirección a Roosevelt Bridge. El plan era que uno de los dos coches recogiera a Mercado, lo liquidara allí mismo y se deshiciera de su cuerpo, pero es absurdo esperar eso ahora.

La policía se encargará de Mercado y, si lo capturan vivo y habla, les dirá exactamente lo que tiene que decirles, nada más.

Que Ricardo Núñez lo contrató para matar a Art Keller.

Y en el caso mucho más probable de que muera antes… Bueno, solo será un perturbado más que ha cometido una matanza indiscriminada.

Pensamientos y oraciones.

Keller se agacha detrás de una estatua de bronce: una enfermera sosteniendo a un soldado herido en su regazo.

El corazón le late a mil por hora y la sangre aún se le mete en los ojos. Se la limpia, respira hondo y echa a correr.

Mercado se desplaza al otro lado del edificio y asoma la cabeza.

Lo que ve lo asusta aún más.

Un hombre viene hacia él.

Al menos podría ser un hombre. Parece más bien un monstruo.

Lleva en la cara una máscara de sangre y masa encefálica, la pechera de su camisa está roja de sangre.

Sostiene una pistola en alto mientras corre hacia él.

Es Keller.

Pero Mercado sabe ahora que nunca tendrá esos dos millones de dólares, ni entrará en la Eme, ni tendrá privilegios por ser el hombre que vengó al santo Adán.

Sabe que le han tendido una trampa.

Que es un chivo expiatorio.

Se lanza a correr.

Levanta el rifle y dispara.

Keller corre tras él.

O avanza a trompicones, mejor dicho.

No se ha dado cuenta hasta ahora de que está herido. Le duele horriblemente el pecho. O quizá me está dando un infarto, se dice. En cualquier caso, se siente débil y mareado, pero sigue adelante sin apartar los ojos del francotirador, que corre hacia el estanque del Monumento a Lincoln.

Keller pone un pie delante del otro.

Es lo único que hay que hacer, hasta que ya no pueda hacerlo más.

Cada paso le produce una punzada en el pecho. Cada paso lo agota. Se le acelera cada vez más la respiración y se oye jadear ásperamente. Sabe que se está desangrando por dentro.

Pero es lo que has hecho siempre, se dice.

Desangrarte por dentro.

Un pie después del otro, se dice.

Hasta que ya no puedas más.

Entonces ve al tirador.

Está atrapado.

Tiene el estanque detrás, vienen policías por ambos lados.

Se para, se vuelve y mira de frente a Keller.

Levanta el rifle y dispara.

Keller apunta al pecho, aprieta el gatillo y lo mantiene apretado.

El tirador cae de espaldas al estanque.

Keller hinca las rodillas en el suelo.

Cae de bruces, los brazos tendidos hacia delante.

Epílogo

Adiós, amigos míos, dejamos El Paso.
El río Grande está seco como un hueso
y todas las historias se han contado ya.

—Tom Russell, *Leaving El Paso*

Sur de California.
Mayo de 2018

Desde la loma cercana a su casa, por la que pasean casi a diario, Keller alcanza a ver México.

Marisol opina que hacen una pareja estupenda, muy bien acoplada, renqueando los dos colina arriba con sus respectivos bastones.

Son los lisiados de la guerra contra las drogas.

Y nosotros hemos tenido suerte, piensa Keller.

Sobrevivimos.

Su recuperación fue larga, difícil e incierta: una bala le fracturó el cráneo, otras tres lo hirieron en las piernas. Se habría desangrado junto al estanque reflectante de no ser porque los servicios de emergencia ya estaban cerca.

El saldo del «tiroteo del Mall» fue espantoso, pero no tanto como pudo haberlo sido. Cinco muertos y catorce heridos. Después sucedió lo de siempre: hubo pensamientos y oraciones en recuerdo de las víctimas, se habló del control de armas y de la salud mental y no se hizo absolutamente nada al respecto.

El nuevo consejero especial nombrado por el Congreso investigó la posibilidad de que Daniel Mercado hubiera sido contratado por el cártel de Sinaloa para asesinar a Art Keller, pero no pudo probar nada.

Disponía, sin embargo, de indicios suficientes para procesar a Jason Lerner, Denton Howard y Ben O'Brien.

Los juicios están en marcha.

Igual que las audiencias de *impeachment*.

Dennison y sus aliados se defienden como gatos panza arriba de las acusaciones de obstrucción a la justicia, perjurio y corrupción.

Es difícil saber en qué acabará todo esto.

Eddie Ruiz no pudo pactar con nadie: ni con el consejero especial, ni con

California, ni con Nueva York. Ha vuelto a Victorville, y con un poco de suerte se quedará allí.

No ha habido juicio contra Keller. Ni juicio ni imputación, porque a ningún fiscal se le ocurriría poner al héroe del tiroteo del Mall ante un jurado. Y Guatemala se ha lavado las manos: que los muertos entierren a los muertos. Keller, católico culpable hasta el final, no consigue decidir si eso es bueno o malo.

—Acepta la gracia que se te ofrece —le dijo Marisol.

Eso intenta.

Compraron el pequeño rancho poco después de que saliera del hospital. Con su fama —o su notoriedad— habría sido imposible vivir en Washington, y ambos decidieron que querían una vida más tranquila. El sitio tiene doce hectáreas de terreno, casi todo llano, una arboleda de robles entre peñascos y media hectárea de manzanos. En el pueblo cercano hay un supermercado, un bar y una librería de viejo.

Suficiente.

Sus días son apacibles; sus noches lo son aún más.

Keller lee casi siempre historia, a Marisol le ha dado por pintar, en un estilo llamado *plein air*.

Althea viene de visita a veces. Marisol lo llama en broma «su harén». Michael vino a pasar unos días por Navidad. Hasta Hugo Hidalgo vino a presentar sus respetos, a disculparse por lo que dijo y a contarle a Keller que ha ingresado en la oficina del *sheriff* del condado de Bexar. Dijo que al fin se había librado de su obsesión por lo que le sucedió a su padre.

Y yo, piensa Keller, me he librado al fin de mi obsesión por Adán Barrera.

Está muerto.

La vida vuelve a ti, se dice Keller.

Mira hacia la frontera y se pregunta qué estará pasando en México. El caos y la violencia continúan. Rafael Caro ha muerto y Tito Ascensión es el nuevo «padrino», de modo que a ambos lados de la línea mandan hombres brutales y estúpidos.

Pero allá abajo no hay muro, se dice sonriendo.

Y nunca lo habrá. Una frontera es algo que nos separa pero que también nos une. No puede haber muro real, igual que no hay muro que divida los mejores y los peores impulsos del alma humana.

Keller lo sabe. Ha estado a ambos lados de la frontera.

Toma a Mari de la mano y juntos bajan cojeando por la colina.

Agradecimientos

Un amigo muy querido me hizo notar hace poco que llevo escribiendo esta historia todo un tercio de mi vida. Lo que empezó con un libro titulado *El poder del perro*, continuó con *El cártel* y ahora concluye con *La frontera*, me ha absorbido durante más de veinte años. Un viaje de décadas no se hace en solitario, sino acompañado paso a paso no solo por los personajes de ficción que habitan ese mundo imaginario, sino por personas de carne y hueso, relaciones largas y valiosas sin las cuales este peregrinaje no podría haber empezado ni mucho menos haber llegado a su fin.

Tengo contraída con esas personas una deuda que jamás podré saldar.

Shane Salerno, mi amigo, colega y agente insuperable, estaba ya ahí al principio y, cosa rara, sigue ahí al final. La palabra *lealtad* no alcanza a describir su constancia, su fe, su prudencia y su defensa apasionada. Sin él y sin The Story Factory, estos libros —y mi carrera— no existirían.

Mi hijo, Thomas Winslow, era un niño cuando me ayudaba a clasificar los materiales para el primer libro. Ahora es un joven con una vida plena y un trabajo propio (y más importante que aquel), y yo no podría estar más orgulloso de él ni más agradecido por el papel que desempeña en mi vida y en mi obra.

Mi esposa, Jean Winslow —que, aunque parezca mentira, es todavía más guapa que cuando dio comienzo esta odisea— ha soportado mis obsesiones, mis cambios de humor y las vicisitudes de una vida de escritor. Me ha acompañado en giras promocionales y en viajes de investigación, ha caminado literalmente a mi lado para comprobar detalles sobre el terreno («Cariño, tú ponte ahí mientras yo me voy allí a ver si es posible dispararte desde esa posición») y ha viajado conmigo a lugares no siempre paradisíacos. Su buen ánimo, su espíritu aventurero y su cariño constante son la alegría de mi existencia.

Sonny Mehta editó los dos primeros manuscritos, uno de los cuales tenía dos mil páginas cuando lo entregué. Siempre le estaré agradecido por la célebre agudeza de su sentido estético, su extraordinaria paciencia y su amabilidad.

David Highfill heredó el volumen final, una tarea difícil a la que aportó su considerable talento, sensibilidad y destreza, por lo que le estoy tremendamente agradecido.

Mucha gente me ha apoyado en este viaje, que no habría llegado a ningún sitio sin los libreros, algunos de los cuales han vendido personalmente cientos de ejemplares de mis libros, me han acogido calurosamente en sus tiendas y se han convertido en verdaderos amigos.

No debo olvidarme de los equipos de ventas y *marketing* de las editoriales, que han acarreado literalmente mis libros de acá para allá y son los héroes y heroínas olvidados del mundo literario. Les doy las gracias por ello.

Igual que se las doy a los lectores. Sin ellos, no podría dedicarme a este trabajo que tanto me gusta. A fin de cuentas, ellos son la clave de todo, y su apoyo, aliento y respeto significan mucho para mí. No me canso de darles las gracias.

Hago extensiva mi más sincera gratitud a los críticos que han escrito reseñas tan amables de mis libros, a los periodistas que me han dado tanta cancha y a mis compañeros escritores, que tan generosos han sido conmigo.

A mi madre, Ottis Winslow, por prestarme su porche, en el que escribí gran parte de estos libros.

A los muchos amigos que me brindaron ayuda, comida, música y risas: Teressa Palozzi, Pete y Linda Maslowski, Thom Walla, John y Theresa Culver, Scott Svoboda y Jan Enstrom, Andrew Walsh, Tom Russell (el bardo de América), M. A. Gillette, el finado James Gillette, Bill y Ruth McEneaney, Mark Rubinsky y el difunto reverendo Lee Hancock, Don Young, Steven Wendelin, el difunto Jim Robie, Ron y Kim Lubesnick, Ted y Michelle Tarbert, Cameron Pierce Hughes, el cantautor David Nedwidek y Katy Allen, Scott y Deb Kinney, Jon y Alla Muench, Jim y Josie Talbert, Neal Griffin, y la gente de Mr. Manita's, Jeremy's on the Hill, Wynola Pizza, El Fuego, Drift Surf, The Right Click y The Red Hen. No podría —ni habría querido— recorrer este camino sin ustedes.

A Liate Stehlik, de William Morrow, muchísimas gracias por tu confianza y tu fe en mí. Significa muchísimo.

A Andy LeCount, por tu energía y tus muchos esfuerzos en mi nombre.

Y a Brian Murray, Michael Morrison, Lynn Grady, Kaitlin Harri, Jennifer Hart, Shelby Meizlik, Brian Grogan, Juliette Shapland y Samantha Hagerbaumer, mi agradecimiento sincero por su apoyo infatigable.

Sharyn Rosenblum y Daniell Bartlett han recorrido literalmente muchos kilómetros conmigo. Hemos estado juntos en embotellamientos de tráfico, estaciones de tren y vestíbulos de hoteles. Su eficiencia, buen humor y consideración han sido un verdadero regalo.

A Chloe Moffet, Laura Cherkas y Laurie McGee les debo mucho por su trabajo detallado, cuidadoso, atento y creativo en mi manuscrito. Me han salvado de muchos errores.

A Deborah Randall y a toda la gente de The Story Factory, muchísimas gracias por todo su apoyo y vuestros valiosos consejos.

A Matthew Snyder y Joe Cohen de CAA, gracias sinceras por aguantarme en este largo viaje.

Cynthia Swartz y Elizabeth Kushel han sido extraordinariamente creativas y amables.

A mi abogado, Richard Heller, le debo mucho.

Esta es una obra de ficción. Sin embargo, cualquier lector familiarizado mínimamente con el mundo de la droga se dará cuenta de que algunos de sus elementos están inspirados en acontecimientos de la vida real. He consultado, a ese fin, muchas fuentes.

Mi más hondo agradecimiento a todos aquellos que me han hecho partícipes de sus historias y experiencias. La deuda que tengo contraída con ellos es impagable.

Para este volumen he consultado numerosas fuentes impresas, entre ellas los libros *Enrique's Journey*, de Sonia Nazario (ed. esp.: *La travesía de Enrique*), y *Adiós, Niño: The Gangs of Guatemala City and the Politics of Death*, de Deborah T. Levenson. Así como, entre otros, el trabajo de los siguientes articulistas y medios periodísticos:

Tim Rogers, de *Splinter*; Kirk Semple, John Otis, Sonia Nazario, Azam Ahmed, J. David Goodman y Michael Wilson, Sam Quinones, William Neuman, Julia Preston, Wil S. Hylton y Jeff Sommer, del *New York Times*; Laura Weiss, de *LobeLog*; Leighton Akio Woodhouse, de *The Intercept*; Tyche Hendricks, de KQED; Jessie Knadler, de WEMC y WMRA; Chico Harlan, David Nakamura, Joshua Partlow y Julia Preston, de *The Washington Post*; Rodrigo Dominguez Villegas, del Migration Policy Institute; Leon Watson y Jessica Jerreat, del *Daily Mail*; Nina Lakhan, Amanda Holpuch, Lois Beckett, Rory Carroll y David Agren, de *The Guardian*; Tracy Wilkinson y Molly Hennessy-Fiske, de *Los Angeles Times*; Sarah Yolanda McClure, del Center For Latin American Studies; Lorne Matalon, de *Fronteras*; Laura C. Mallonee, de *Hyperallergic*; Roque Planas, Tom Mills y Avinash Tharoor, del *HuffPost*; Ian Gordon, James Ridgeway y Jean Casella, y Laura Smith, de *Mother Jones*; Amanda Taub, de *Vox*; Aseem Metha, de *Narratively*; Christopher Woody, Jeremy Bender y Christina Sterbenz, de *Business Insider*; Yemeli Ortega, de MSN; Josh Eells, de *Rolling Stone*; Duncan Tucker, Luis Chaparro y Nathaniel Janowitz, de *Vice News*; John Annese, Larry McShane y Christopher Zoukish, del *New York Daily News*; Ian Frazier, de *The New Yorker*; Kristina Davis y Greg Moran, del *San Diego*

Union-Tribune; Cora Currier, de *ProPublica*; Amanda Sakuma, de MSNBC; Claudia Morales, Vivian Kuo y Jason Hanna, de CNN; *La Jornada*; InSight Crime; *Borderland Beat*; *Blog del Narco*; *Mexico News Daily*; Univisión; *El Universal*; Council on Hemispheric Affairs y Associated Press.

Al concluir esta caminata literaria de veinte años de duración, echo la vista atrás con el convencimiento de que ningún escritor ha contado con mayor ayuda y respaldo, ni ha tenido mejores amigos o una familia más cariñosa, ni ha sido más feliz haciendo su trabajo. Para mí, cada paso de este largo camino ha valido la pena. Mi mayor deseo es que el lector pueda decir lo mismo.